O. Schlömilch, E. Kahl, M. Cantor

Zeitschrift für Mathematik und Physik

Neunzehnter Jahrgang

Anatiposi

O. Schlömilch, E. Kahl, M. Cantor

Zeitschrift für Mathematik und Physik

Neunzehnter Jahrgang

Unveränderter Nachdruck der Originalausgabe von 1874.

1. Auflage 2023 | ISBN: 978-3-38200-973-1

Anatiposi Verlag ist ein Imprint der Outlook Verlagsgesellschaft mbH.

Verlag: Outlook Verlag GmbH, Zeilweg 44, 60439 Frankfurt, Deutschland
Vertretungsberechtigt: E. Roepke, Zeilweg 44, 60439 Frankfurt, Deutschland
Druck: Books on Demand GmbH, In de Tarpen 42, 22848 Norderstedt, Deutschland

Anal.

Zeitschrift

für

Mathematik und Physik

herausgegeben

50/2 7/-

unter der verantwortlichen Redaction

von

Dr. O. Schlömilch, Dr. E. Kahl

und

Dr. M. Cantor.

Neunzehnter Jahrgang.

Mit 5 lithographirten Tafeln.

LEIPZIG,

Verlag von B. G. Teubner.

Harm. Fund.
April 7, 1874 –
Dec. 30. 1874.

Druck von B. G. Teubner in Dresden.

Inhalt.

Geschichte der Mathematik.

Arithmetik und Analysis.

Synthetische und analytische Geometrie.

Mechanik.

Molecularphysik.

Optik.

april 7

Zeitschrift

für

Mathematik und Physik

herausgegeben

unter der verantwortlichen Redaction

von

Dr. O. Schlömilch, Dr. E. Kahl

und

Dr. M. Cantor.

19. Jahrgang. 1. Heft.

Ausgegeben am 18. Februar 1874.

Leipzig,

Verlag von B. G. Teubner.

1874.

I.

Sieben Vorlesungen aus der analytischen Geometrie der Kegelschnitte.

Von

Ludwig

Dr. Otto Hesse,

Professor am Polytechnikum zu München.

Sechszehnte Vorlesung.*

Allgemeine Eigenschaften der Kegelschnitte.

Man kann die gerade Linie als den geometrischen Ort aller Punkte auffassen, deren Coordinaten einer beliebig gegebenen linearen Gleichung genügen. Unter diesem Gesichtspunkte wird der geometrische Ort aller derjenigen Punkte, deren Coordinaten einer beliebig gegebenen Gleichung des zweiten Grades genügen, eine Curve zweiter Ordnung oder kürzer **Kegelschnitt** genant. Der letztere gebräuchlichere Name ist der älteren synthetischen Raumgeometrie entnommen, welche die Curve als den Schnitt einer Ebene und eines Rotationskegels definirt.

Die Kegelschnitt-Gleichung besteht im Allgemeinen aus sechs Gliedern, wovon drei der zweiten Ordnung, zwei der ersten Ordnung und ein Glied der nullten Ordnung sind in Rücksicht auf die rechtwinkligen Coordinaten x und y des variabelen Punktes. Machen wir jedoch die Gleichung durch Einführung der homogenen Coordinaten homogen und bezeichnen mit $f(x,y,z)$ einen Ausdruck von der Form:

1) $$f(x,y,z)=a_{00}x^2+a_{11}y^2+a_{22}z^2+2a_{12}yz+2a_{20}zx+2a_{01}xy,$$

so wird nach der gegebenen Definition $f(x,y,z)=0$ die allgemeine Form der Gleichung eines Kegelschnittes sein und die Verhältnisse der sechs Coefficienten a in der Gleichung werden die Natur und die Lage des Kegelschnittes in der Ebene bedingen.

Soll der Kegelschnitt durch einen Punkt gehen, dessen homogene Coordinaten gegeben sind, so müssen diese, an Stelle der variabelen Coordinaten gesetzt, der Gleichung genügen. Dieses giebt eine lineare homogene Bedingungsgleichung zwischen den sechs Coefficienten. Durch fünf solcher Bedingungsgleichungen werden die Verhältnisse der sechs Coefficienten a unzweideutig bestimmt sein. Man kann daher sagen:

---

* Diese Vorlesungen sind die Fortsetzung meiner fünfzehn „Vorlesungen aus der analytischen Geometrie der geraden Linie, des Punktes und des Kreises. Teubner 1873". Sie setzen die Bekanntschaft des Lesers mit den Determinanten voraus, etwa in dem Umfange, als sie in meiner Schrift „Die Determinanten. Teubner 1873" vorgetragen sind. Die Kenntniss der Regeln des Differentiirens wird ebenfalls vorausgesetzt.

Durch fünf beliebig gewählte Punkte in der Ebene lässt sich im Allgemeinen nur ein einziger Kegelschnitt legen und dieser Kegelschnitt ist in allen seinen Theilen durch die fünf gewählten Punkte vollständig bestimmt.

Der Kegelschnitt kann ein Linienpaar werden, wenn die fünf gegebenen Punkte eine specielle Lage haben; er kann sogar illusorisch werden. Um dieses nachzuweisen, müssen wir die Gleichung des Kegelschnittes selbst aufstellen, der durch fünf seiner Punkte gegeben ist.

Wenn wir die homogenen Coordinaten eines beliebigen Punktes auf einem Kegelschnitte mit x, y, z bezeichnen und mit angehängten Indices die Coordinaten der fünf gegebenen Punkte desselben, so haben wir folgende sechs Gleichungen:

$$f(x,y,z)=0,\quad f(x_1,y_1,z_1)=0,\quad f(x_2,y_2,z_2)=0,$$
$$f(x_3,y_3,z_3)=0,\quad f(x_4,y_4,z_4)=0,\quad f(x_5,y_5,z_5)=0.$$

Die Elimination der sechs zu bestimmenden Coefficienten a aus diesen Gleichungen ergiebt die Gleichung des Kegelschnittes, der durch die fünf bezeichneten Punkte geht:

$$2)\qquad \Delta=0,$$

wenn wir mit Δ die Determinante bezeichnen:

$$3)\qquad \Delta=\begin{vmatrix} x^2, & y^2, & z^2, & yz, & zx, & xy \\ x_1^2, & y_1^2, & z_1^2, & y_1z_1, & z_1x_1, & x_1y_1 \\ x_2^2, & y_2^2, & z_2^2, & y_2z_2, & z_2x_2, & x_2y_2 \\ x_3^2, & y_3^2, & z_3^2, & y_3z_3, & z_3x_3, & x_3y_3 \\ x_4^2, & y_4^2, & z_4^2, & y_4z_4, & z_4x_4, & x_4y_4 \\ x_5^2, & y_5^2, & z_5^2, & y_5z_5, & z_5x_5, & y_5y_5 \end{vmatrix};$$

denn es verschwindet die Determinante Δ, so oft man für die variabelen Coordinaten die Coordinaten eines der fünf Punkte setzt.

In diese Determinante lassen sich die Ausdrücke:

$$U\equiv ax+by+cz$$
$$U_1\equiv ax_1+by_1+cz_1$$
$$\cdot\ \cdot\ \cdot\ \cdot\ \cdot$$

einführen wie folgt. Wir multipliciren die Elemente der ersten Vertikalreihe mit a und addiren dazu die mit b multiplicirten Elemente der letzten und die mit c multiplicirten Elemente der vorletzten Vertikalreihe. Dadurch wird:

$$a\Delta=\begin{vmatrix} xU, & y^2, & z^2, & yz, & zx, & xy, \\ x_1U_1, & y_1^2, & z_1^2, & y_1z_1, & z_1x_1, & x_1y_1 \\ \cdot & \cdot & \cdot & \cdot & \cdot & \cdot \\ x_5U_5, & y_5^2, & z_5^2, & y_5z_5, & z_5x_5, & x_5y_5 \end{vmatrix}.$$

Multipliciren wir in dieser Determinante die Elemente der zweiten Vertikalreihe mit b und addiren dazu die mit a multiplicirten Elemente der letzten und die mit c multiplicirten Elemente der vierten Vertikalreihe, multipliciren endlich die Elemente der dritten Vertikalreihe mit c und addiren dazu die mit a

multiplicirten Elemente der vorletzten und die mit b multiplicirten Elemente der vierten Vertikalreihe, so erhalten wir schliesslich:

$$4)\qquad abc\,\Delta = \left|\begin{array}{ccc|ccc} xU, & yU, & zU & yz, & zx, & xy \\ x_1U_1, & y_1U_1, & z_1U_1 & y_1z_1, & z_1x_1, & x_1y_1 \\ x_2U_2, & y_2U_2, & z_2U_2 & y_2z_2, & z_2x_2, & x_2y_2 \\ \hline x_3U_3, & y_3U_3, & z_3U_3 & y_3z_3, & z_3x_3, & x_3y_3 \\ x_4U_4, & y_4U_4, & z_4U_4 & y_4z_4, & z_4x_4, & x_4y_4 \\ x_5U_5, & y_5U_5, & z_4U_5 & y_5z_5, & z_5x_5, & x_5g_5 \end{array}\right|$$

Diese Determinante ist durch Striche in vier Quadrate getheilt. Wenn von den fünf gegebenen Punkten des Kegelschnittes die drei letzten in einer geraden Linie liegen, die durch die Gleichung $U=0$ gegeben ist, so verschwinden sämmtliche Elemente des links unten gelegenen Quadrates und die Determinante selbst zerfällt in das Produkt von zwei Determinanten der Art, dass man hat:

$$abc\,\Delta = \begin{vmatrix} xU, & yU, & zU \\ x_1U_1, & y_1U_1, & z_1U_1 \\ x_2U_2, & y_2U_2, & z_2U_2 \end{vmatrix} \begin{vmatrix} y_3z_3, & z_3x_3, & x_3y_3 \\ y_4z_4, & z_4x_4, & x_4y_4 \\ y_5z_5, & z_5x_5, & x_5y_5 \end{vmatrix}$$

oder einfacher:

$$5)\qquad abc\,\Delta = UU_1U_2 \begin{vmatrix} x, & y, & z \\ x_1, & y_1, & z_1 \\ x_2, & y_2, & z_2 \end{vmatrix} \begin{vmatrix} y_3z_3, & z_3x_3, & x_3y_3 \\ y_4z_4, & z_4x_4, & x_4y_4 \\ y_5z_5, & z_5x_5, & x_5y_5 \end{vmatrix}.$$

Es beweist dieses den Satz:

Wenn von fünf gegebenen Punkten eines Kegelschnittes drei Punkte auf einer geraden Linie liegen, so zerfällt der Kegelschnitt in zwei gerade Linien, von welchen die eine du ch die genannten drei Punkte geht, die andere die noch übrigen Punkte verbindet.

Nach diesem Satze wird der durch fünf Punkte bestimmte Kegelschnitt in zwei gerade Linien zerfallen, wenn vier von diesen Punkten auf einer geraden Linie liegen, und diese gerade Linie wird ein Theil des Kegelschnittes sein. Den zweiten Theil bildet aber eine jede gerade Linie, welche durch den fünften Punkt geht. Es kann demnach der Kegelschnitt nicht vollständig bestimmt sein, während seine Gleichung 2) doch nichts Unbestimmtes enthält. Dieses Paradoxon werden wir lösen, wenn wir nachweisen, dass die Gleichung 2) $\Delta=0$ unter der angenommenen Bedingung eine identische Gleichung wird und deshalb keine Kegelschnitt-Gleichung sein kann.

Wenn $U_1=0$, $U_2=0$, $U_3=0$, $U_4=0$ die Gleichungen der vier ersten Punkte des Kegelschnittes sind, welche der Annahme nach auf einer geraden Linie liegen, so haben wir unter 36) der neunten Vorlesung nachgewiesen, dass sich vier Factoren $\varkappa$ der Art bestimmen lassen, dass man identisch hat:

$$\varkappa_1 U_1^2 + \varkappa_2 U_2^2 + \varkappa_3 U_3^2 + \varkappa_4 U_4^2 \equiv 0.$$

Diese in Rücksicht auf die Variabelen x, y, z identische Gleichung löset sich auf in folgende sechs Gleichungen:

$$
6) \quad
\begin{aligned}
&x_1 x_1^2 + x_2 x_2^2 + x_3 x_3^2 + x_4 x_4^2 = 0,\\
&x_1 y_1^2 + x_2 y_2^2 + x_3 y_3^2 + x_4 y_4^2 = 0,\\
&x_1 z_1^2 + x_2 z_2^2 + x_3 z_3^2 + x_4 z_4^2 = 0,\\
&x_1 y_1 z_1 + x_2 y_2 z_2 + x_3 y_3 z_3 + x_4 y_4 z_4 = 0,\\
&x_1 z_1 x_1 + x_2 z_2 x_2 + x_3 z_3 x_3 + x_4 z_4 x_4 = 0,\\
&x_1 x_1 y_1 + x_2 x_2 y_2 + x_3 x_3 y_3 + x_4 x_4 y_4 = 0.
\end{aligned}
$$

Gehen wir nun zurück auf die in 3) aufgestellte Determinante. Wenn wir in derselben zu den mit x_1 multiplicirten Elementen der zweiten Horizontalreihe addiren die mit x_2 multiplicirten Elemente der dritten Horizontalreihe, wenn wir ferner dazu addiren die mit x_3 multiplicirten Elemente der vierten und die mit x_4 multiplicirten Elemente der fünften Horizontalreihe, so erhält die Determinante nur den Factor x_1. Es verschwinden aber auf Grund der angegebenen Gleichungen 6) sämmtliche Elemente der zweiten Horizontalreihe und man hat eine von selbst verschwindende Determinante $x_1 \Delta$, die gleich Null gesetzt, nicht mehr der analytische Ausdruck einer Curve sein kann.

Der Kegelschnitt $f(x,y,z) = 0$ wird ein Linienpaar sein, wenn der linke Theil der Gleichung in zwei lineare Factoren A und B zerfällt der Art, dass man identisch hat:

$$\tfrac{1}{2} f(x,y,z) \equiv AB.$$

Aus dieser Gleichung gehen wieder identische Gleichungen hervor, wenn man dieselbe nach den Variabelen partiell differentiirt:

$$
\begin{aligned}
\tfrac{1}{2} f'(x) &\equiv A \frac{\partial B}{\partial x} + B \frac{\partial A}{\partial x},\\
\tfrac{1}{2} f'(y) &\equiv A \frac{\partial B}{\partial y} + B \frac{\partial A}{\partial y},\\
\tfrac{1}{2} f'(z) &\equiv A \frac{\partial B}{\partial z} + B \frac{\partial A}{\partial z}.
\end{aligned}
$$

Lässt man in diesen Gleichungen die Variabelen der Coordinaten des Schnittpunktes der geraden Linien $A = 0$ und $B = 0$ bedeuten, in welche der Kegelschnitt zerfällt, so nehmen sie die einfachere Gestalt an:

$$7) \quad f'(x) = 0, \quad f'(y) = 0, \quad f'(z) = 0$$

und das Resultat der Elimination:

$$
8) \quad
\begin{vmatrix}
a_{00}, & a_{01}, & a_{02}\\
a_{10}, & a_{11}, & a_{12}\\
a_{20}, & a_{21}, & a_{22}
\end{vmatrix} = 0
$$

wird die Bedingung sein, unter welcher der Kegelschnitt $f(x,y,z) = 0$ in ein Linienpaar zerfällt. Es ist dieses dieselbe Bedingungsgleichung, welche wir in 5) der achten Vorlesung auf einem andern, weitläuftigeren Wege abgeleitet haben. Wir wollen es jedoch nicht verschweigen, dass das gleichzeitige Bestehen der drei Gleichungen 7) in vielen Fällen ein durchsichtigeres Kriterium für ein Linienpaar ist, als die Gleichung 8).

Die Determinante auf der linken Seite der Gleichung 8) heisst die **Determinante der Function** $f(x,y,z)$, weil ihre Elemente die zweiten partiellen Differentialquotienten der Function sind. Auf Grund dieser Difinition können wir nun den Satz aussprechen:

9) **Wenn $f(x,y,z)=0$ die homogene Gleichung eines Kegelschnittes ist, so stellt dieselbe ein Linienpaar dar unter der Bedingung, dass die Determinante der Function $f(x,y,z)$ verschwindet.**

Irgend zwei durch ihre Gleichungen in gewöhnlichen Punktcoordinaten gegebene Curven schneiden sich in Punkten, deren Coordinaten den beiden Gleichungen zugleich genügen. Es ist daher die Zahl der Schnittpunkte zweier Curven gleich der Zahl der Werthepaare der Coordinaten, welche ihren Gleichungen zugleich genügen. Ist die eine Curve ein Kegelschnitt, die andere eine gerade Linie, und man setzt den Werth von y aus der Gleichung der geraden Linie in die Gleichung des Kegelschnittes, so erhält man eine quadratische Gleichung in x und jeder Wurzel dieser Gleichung entspricht ein Werth von y, der sich aus der Gleichung der geraden Linie berechnen lässt. Man kann daher sagen:

Die gerade Linie schneidet den Kegelschnitt in zwei Punkten.

Hierauf basirt die Aufgabe:

Die Gleichung des Punktepaares zu bestimmen, in welchem ein gegebener Kegelschnitt von einer gegebenen geraden Linie geschnitten wird.

Wenn

10)
$$f(x,y,z)=0,$$
$$ax+by+cz=0$$

die Gleichungen des Kegelschnittes und der geraden Linie sind, und man versteht unter x, y, z die Coordinaten irgend eines der beiden Schnittpunkte, so wird

11)
$$ux+vy+wz=0$$

die Gleichung des Schnittpunktes selber sein.

Die Elimination der homogenen Punktcoordinaten aus den aufgestellten Gleichungen giebt die Gleichung des gesuchten Punktepaares:

12)
$$f(bw-cv,\ cu-aw,\ av-bu)=0.$$

Dass diese Gleichung ein Punktepaar darstellt, wird man auch daraus ersehen können, dass der linke Theil derselben wirklich in zwei lineare Factoren zerfällt, wofür wir die Bedingungen eben zuvor entwickelt haben.

Um die Frage nach der Zahl der Schnittpunkte zweier Kegelschnitte zur Entscheidung zu bringen, ordnen wir die in gewöhnlichen Punktcoordinaten gegebenen Kegelschnitt-Gleichungen nach den Potenzen der Variabele y:

$$a_2+a_1y+u_0y^2=0,$$
$$b_2+b_1y+b_0y^2=0.$$

indem wir mit den den Buchstaben a und b angehängten Indices zugleich den Grad ihrer Ausdrücke in x bezeichnen. Mit diesen Gleichungen bestehen zugleich folgende:

$$a_2 y + a_1 y^2 + a_0 y^3 = 0,$$
$$b_2 y + b_1 y^2 + b_0 y^3 = 0.$$

Die Elimination sämmtlicher Potenzen von y wie aus linearen Gleichungen ergiebt eine biquadratische Gleichung in x. Der einer Wurzel x dieser Gleichung entsprechende Werth von y wird erhalten, wenn man aus den beiden ersten Gleichungen die Potenzen y und y^2 wie aus linearen Gleichungen berechnet. Wir schliessen hieraus:

Zwei Kegelschnitte schneiden sich in vier Punkten.

Dieser Satz trifft sichtbar zu, wenn die Kegelschnitte Linienpaare werden, und die Uebereinstimmung kann als Beweis gelten, dass die aus der Elimination hervorgegangene biquadratische Gleichung nicht etwa durch eine ungeschickte Operation einen überflüssigen Factor erhalten hat, durch welchen der Grad der Gleichung unnöthig erhöht ist.

Die Gleichung der vier Punkte zu bestimmen, in welchen sich zwei gegebene Kegelschnitte $f(x, y, z) = 0$ und $\varphi(x, y, z) = 0$ schneiden.

Diese Aufgabe verlangt die Elimination der Variabelen x, y, z aus folgenden drei Gleichungen:

$$2f(x,y,z) \equiv xf'(x) + yf'(y) + zf'(z) = 0,$$
$$2\varphi(x,y,z) \equiv x\varphi'(x) + y\varphi'(y) + z\varphi'(z) = 0,$$
$$R \equiv xu \quad + \quad yv \quad + \quad zw \quad = 0.$$

Eliminirt man die ausserhalb der Functionenzeichen stehenden Variabelen x, y, z wie aus linearen Gleichungen, so erhält man:

$$D \equiv \begin{vmatrix} f'(x), & f'(y), & f'(z) \\ \varphi'(x), & \varphi'(y), & \varphi'(z) \\ u, & v, & w, \end{vmatrix} = 0,$$

eine homogene Gleichung des zweiten Grades in Rücksicht auf die Variabelen x, y, z und des ersten Grades in Rücksicht auf u, v, w, welche zugleich mit den drei angegebenen Gleichungen besteht. Wir haben demnach folgende sechs Gleichungen:

$$f(x,y,z) = 0, \quad \varphi(x,y,z) = 0, \quad D = 0,$$
$$xR = 0, \qquad yR = 0, \quad zR = 0$$

des zweiten Grades in x, y, z, und die Elimination der sechs Potenzen und Producte dieser Variabelen wie aus linearen Gleichungen ergiebt die gesuchte Gleichung der vier Schnittpunkte:

$$\Omega = 0.$$

Es ist dieses eine homogene Gleichung des vierten Grades in Rücksicht auf die Liniencoordinaten u, v, w, weil vier von den sechs hervorgehobenen Gleichungen in Rücksicht auf dieselben Variabelen linear und homogen sind.

Diese Gleichung $\Omega = 0$ geht über in die oben erwähnte biquadratische Gleichung in x, wenn man setzt $u = z = 1$, $v = 0$, $w = -x$. Denn dadurch wird von den drei Gleichungen, aus welchen die Variabelen x, y, z zu eliminiren waren, die dritte eine identische Gleichung und die beiden ersten die Gleichungen der Kegelschnitte, ausgedrückt in gewöhnlichen Punktcoordinaten.

Durch vier Punkte ist ein Kegelschnitt nicht vollständig bestimmt. Nehmen wir nun an, dass die vier Punkte gegeben seien als die Schnittpunkte von zwei gegebenen Kegelschnitten $f(x,y,z) = 0$ und $\varphi(x,y,z) = 0$, so stellt die Gleichung:

13) $$f(x,y,z) - \lambda \varphi(x,y,z) = 0$$

mit dem willkürlichen Factor λ die ganze Schaar von Kegelschnitten dar, welche sich in denselben vier Punkten schneiden. Denn wenn x, y, z die Coordinaten eines Schnittpunktes der beiden genannten Kegelschnitte bezeichnen, so machen sie sowohl die Function f als die Function φ verschwinden. Es verschwindet also auch der linke Theil der Gleichung 13), wenn die Variabelen die Coordinaten des Schnittpunktes bedeuten. Der Kegelschnitt 13) geht also in der That durch die vier Schnittpunkte der gegebenen beiden Kegelschnitte. Die Gleichung 13) stellt aber auch jeden beliebigen Kegelschnitt aus der Schaar dar. Denn fixiren wir irgend einen Punkt auf ihm, wodurch er vollständig bestimmt wird, so können wir dem Factor λ immer einen solchen Werth beilegen, dass der Kegelschnitt 13) durch diesen Punkt geht.

Wenn die gegebenen beiden Kegelschnitte Linienpaare sind, so wird sich immer ein Factor λ der Art bestimmen lassen, dass 13) das dritte Linienpaar wird, welches durch die Schnittpunkte der beiden gegebenen Linienpaare geht. Daraus entspringt der Satz:

14) Wenn $Q = 0$, $Q_1 = 0$, $Q_2 = 0$ die Gleichungen von drei Linienpaaren sind, welche durch dieselben vier Punkte gehen, so lassen sich drei Factoren q der Art bestimmen, dass man identisch hat:

$$qQ + q_1 Q_1 + q_2 Q_2 \equiv 0,$$

und umgekehrt, schneiden sich je zwei Linienpaare in denselben vier Punkten, wenn sich Factoren der genannten Art bestimmen lassen.

Der Vergleich dieses Satzes mit dem Satze 21) der achten Vorlesung lehrt, dass drei Linienpaare der Involution zu betrachten sind als drei Linienpaare, welche durch vier Punkte gelegt sind in dem Grenzfalle, wenn die vier Punkte zusammenfallen.

Da sich durch vier Punkte drei Linienpaare legen lassen, so wird man den Factor λ in der Gleichung 13) auf dreifache Art so bestimmen können, dass die Gleichung 13) jedes Mal ein Linienpaar darstellt. Dieser Factor ergiebt sich als die Wurzel einer kubischen Gleichung, die man erhält, wenn man die Determinante der Function auf der linken Seite der Gleichung 13) gleich Null setzt. Denn wenn die genannte Determinante verschwindet, so wird nach Satz 8) die Gleichung 13) ein Linienpaar darstellen.

Wir brechen hiermit ab in der Absicht, den beregten Gegenstand, die drei Linienpaare, welche durch die Schnittpunkte zweier Kegelschnitte gehen, in einer späteren Vorlesung über die Auflösung zweier Gleichungen des zweiten Grades mit zwei Unbekannten einer ausführlicheren Discussion zu unterwerfen.

Siebenzehnte Vorlesung.

Pole und Polaren der Kegelschnitte.

Nachdem wir in der vorhergehenden Vorlesung den Kegelschnitt definirt haben als den geometrischen Ort aller Punkte, deren homogene Coordinaten einer gegebenen Gleichung des zweiten Grades genügen:

$$1)\qquad f(x, y, z) = 0,$$

so bringen wir dieselbe in Verbindung mit den Coordinaten eines beliebigen Punktes einer geraden Linie, von welcher zwei Punkte 0 und 1 durch ihre Coordinaten x_0, y_0, z_0 und x_1, y_1, z_1 gegeben seien. Alsdann hat man auf Grund der elften Vorlesung folgende Ausdrücke der Coordinaten des beliebigen Punktes:

$$2)\qquad \begin{aligned} x &= x_0 + \lambda x_1, \\ y &= y_0 + \lambda y_1, \\ z &= z_0 + \lambda z_1. \end{aligned}$$

Dieser Punkt wird der Schnittpunkt der geraden Linie und des Kegelschnittes sein, wenn die Variabele λ so bestimmt wird, dass die Coordinaten des Punktes in die Gleichung des Kegelschnittes gesetzt, der Gleichung genügen, das ist unter der Bedingung:

$$3)\qquad f(x_0 + \lambda x_1, y_0 + \lambda y_1, z_0 + \lambda z_1) = 0.$$

Der Umstand, dass diese Gleichung eine in λ quadratische Gleichung ist, beweiset auf's Neue den in der vorhergehenden Vorlesung aufgestellten Satz, wornach eine gerade Linie den Kegelschnitt in zwei Punkten schneidet. Denn setzt man in 2) für λ die eine oder die andere Wurzel der Gleichung ein, so werden x, y, z die Coordinaten des einen oder des andern Schnittpunktes.

Die Schnittpunkte werden reell oder imaginär, je nachdem die quadratische Gleichung reelle oder imaginäre Wurzeln hat. In dem Grenzfalle, wenn die Wurzeln gleich werden, fallen die Schnittpunkte zusammen und die gerade Linie 01 wird Tangente des Kegelschnittes. Dieses trifft zu, wenn das anharmonische Verhältniss des gegebenen Punktepaares zu dem Schnittpunktepaare gleich $+1$ wird

Im Allgemeinen ist das Verhältniss der Wurzeln der quadratischen Gleichung das anharmonische Verhältniss des Punktepaares, in welchem die gerade Linie 01 den Kegelschnitt schneidet, zu dem gegebenen Punktepaare 0 und 1.

Die eben angeführten Thatsachen machen es wahrscheinlich, dass die quadratische Gleichung 3) die Quelle sein werde weiterer geometrischer

Wahrheiten. Wir unterwerfen deshalb die genannte Gleichung einer ausführlichen Discussion.

Die Gleichung 3) nimmt, nach Potenzen der Unbekannten λ entwickelt, die Gestalt an:

4) $$f_{00}+2\lambda f_{01}+\lambda^2 f_{11}=0,$$

wenn:

5) $$\begin{aligned}2f_{00}&=2f(x_0,y_0,z_0)=x_0f'(x_0)+y_0f'(y_0)+z_0f'(z_0),\\ 2f_{11}&=2f(x_1,y_1,z_1)=x_1f'(x_1)+y_1f'(y_1)+z_1f'(z_1),\\ 2f_{01}&=x_0f'(x_1)+y_0f'(y_1)+z_0f'(z_1)\\ &=x_1f'(x_0)+y_1f'(y_0)+z_1f'(z_0).\end{aligned}$$

Diese Ausdrücke der Coefficienten in der quadratischen Gleichung 4) sind Functionen der sechs homogenen Coordinaten der beliebig gegebenen Punkte 0 und 1. Sie sind zusammengesetzt aus den partiellen Differentialquotienten der Function f, nach den Variabelen genommen, und der Variabelen selber. Sie können aber auch dargestellt werden als Functionen der Differentialquotienten, wie wir dieses in dem allgemeinen Falle der Function f_{01} nachweisen werden. Man hat nämlich identisch:

$$\begin{aligned}a_{00}x_0+a_{01}y_0+a_{02}z_0-\tfrac{1}{2}f'(x_0)&=0,\\ a_{10}x_0+a_{11}y_0+a_{12}z_0-\tfrac{1}{2}f'(y_0)&=0,\\ a_{20}x_0+a_{21}y_0+a_{22}z_0-\tfrac{1}{2}f'(z_0)&=0,\\ \tfrac{1}{2}f'(x_1).x_0+\tfrac{1}{2}f'(y_1).y_0+\tfrac{1}{2}f'(z_1).z_0-\quad f_{01}\quad&=0.\end{aligned}$$

Eliminirt man aus diesen vier Gleichungen die ausserhalb der Functionzeichen stehenden Variabelen, x_0, y_0, z_0 wie die Unbekannten aus linearen Gleichungen, so wird:

$$\begin{vmatrix}a_{00}, & a_{01}, & a_{02}, & \tfrac{1}{2}f'(x_0)\\ a_{10}, & a_{11}, & a_{12}, & \tfrac{1}{2}f'(y_0)\\ a_{20}, & a_{21}, & a_{22}, & \tfrac{1}{2}f'(z_0)\\ \tfrac{1}{2}f'(x_1), & \tfrac{1}{2}f'(y_1), & \tfrac{1}{2}f'(z_1), & f_{01}\end{vmatrix}=0,$$

und hieraus erhält man, wenn man mit A die Determinante der Function f bezeichnet:

6) $$A=\begin{vmatrix}a_{00}, & a_{01}, & a_{02}\\ a_{10}, & a_{11}, & a_{12}\\ a_{20}, & a_{21}, & a_{22}\end{vmatrix}.$$

den Ausdruck der bilinearen Function f_{01} selber:

7) $$f_{01}=-\frac{1}{A}\begin{vmatrix}a_{00}, & a_{01}, & a_{02}, & \tfrac{1}{2}f'(x_0)\\ a_{10}, & a_{11}, & a_{12}, & \tfrac{1}{2}f'(y_0)\\ a_{20}, & a_{21}, & a_{22}, & \tfrac{1}{2}f'(z_0)\\ \tfrac{1}{2}f'(x_1), & \tfrac{1}{2}f'(y_1), & \tfrac{1}{2}f'(z_1), & 0\end{vmatrix}.$$

Es drückt sich demnach die Function f durch ihre Diffentialquotienten aus wie folgt:

8) $$f(x,y,z)=-\frac{1}{A}\begin{vmatrix}a_{00}, & a_{01}, & a_{02}, & \tfrac{1}{2}f'(x)\\ a_{10}, & a_{11}, & a_{12}, & \tfrac{1}{2}f'(y)\\ a_{20}, & a_{21}, & a_{22}, & \tfrac{1}{2}f'(z)\\ \tfrac{1}{2}f'(x), & \tfrac{1}{2}f'(y) & \tfrac{1}{2}f'(z), & 0\end{vmatrix}.$$

jedoch darf die Function f nicht in lineare Factoren zerlegbar sein, weil dann die Determinante A verschwindet, wodurch der Ausdruck der Function illusorisch wird.*

Nehmen wir nun die oben abgebrochene Betrachtung des anharmonischen Verhältnisses des gegebenen Punktepaares 0 und 1 zu dem Schnittpunktepaare der geraden Linie 01 und des Kegelschnittes wieder auf. Das genannte anharmonische Verhältniss war das Verhältniss der beiden Wurzeln der

---

* Um die Frage nach dem weitesten Ausdrucke der Function f durch ihre partiellen Differentialquotienten in dem beregten Falle aufzunehmen, betrachten wir die Determinante $\varDelta$:

$$\varDelta = \begin{vmatrix} a_{00}, & a_{01}, & a_{02}, & b_0, & \tfrac{1}{2}f'(x) \\ a_{10}, & a_{11}, & a_{12}, & b_1, & \tfrac{1}{2}f'(y) \\ a_{20}, & a_{21}, & a_{22}, & b_2, & \tfrac{1}{2}f'(z) \\ c_0, & c_1, & c_2, & \lambda, & 0 \\ \tfrac{1}{2}f'(x), & \tfrac{1}{2}f'(y), & \tfrac{1}{2}f'(z), & 0, & f \end{vmatrix}.$$

Multipliciren wir die Elemente der drei ersten Vertikalreihen respective mit x, y, z und ziehen sie von den Elementen der letzten Vertikalreihe ab, so ändert sich die Determinante nur in ihrer Form. Die Formänderung ist wahrzunehmen nur in den Elementen der letzten Vertikalreihe, deren Elemente der Reihe nach werden:

$$0,\ 0,\ 0,\ -(c_0 x + c_1 y + c_2 z),\ 0.$$

Es ist daraus ersichtlich, dass die Determinante $\varDelta$ den in Rücksicht auf die Variabelen x, y, z linearen Factor $c = c_0 x + c_1 y + c_2 z$ hat und dass sie sich so darstellen lässt:

$$\varDelta = c \begin{vmatrix} a_{00}, & a_{01}, & a_{02}, & b_0 \\ a_{10}, & a_{11}, & a_{12}, & b_1 \\ a_{20}, & a_{21}, & a_{22}, & b_2 \\ \tfrac{1}{2}f'(x), & \tfrac{1}{2}f'(y), & \tfrac{1}{2}f'(z), & 0 \end{vmatrix}.$$

Multipliciren wir nun in der Determinante auf der rechten Seite der vorliegenden Gleichung die Elemente der drei ersten Horizontalreihen mit x, y, z und ziehen sie von der letzten Horizontalreihe ab, so erhalten wir eine Determinante, aus welcher sich auch der lineare Factor $b = b_0 x + b_1 y + b_2 z$ absondern lässt, so dass schliesslich die vorgelegte Determinante die Form erhält:

$$\varDelta = -cbA.$$

Verschwindet nun die Determinante A, so verschwindet auch $\varDelta$, und aus der Gleichung $\varDelta = 0$ ergiebt sich, dass in dem vorliegenden Falle die Function f durch ihre partiellen Differentialquotienten mit Zuziehung von willkürlichen Constanten b, c und λ ausgedrückt werden kann wie folgt:

$$\begin{vmatrix} a_{00}, & a_{01}, & a_{02}, & b_0 \\ a_{10}, & a_{11}, & a_{12}, & b_1 \\ a_{20}, & a_{21}, & a_{22}, & b_2 \\ c_0, & c_1, & c_2, & \lambda \end{vmatrix} f = - \begin{vmatrix} a_{00}, & a_{01}, & a_{02}, & b_0, & \tfrac{1}{2}f'(x) \\ a_{10}, & a_{11}, & a_{12}, & b_1, & \tfrac{1}{2}f'(y) \\ a_{20}, & a_{21}, & a_{22}, & b_2, & \tfrac{1}{2}f'(z) \\ c_0, & c_1, & c_2, & \lambda, & 0 \\ \tfrac{1}{2}f'(x), & \tfrac{1}{2}f'(y), & \tfrac{1}{2}f'(z), & 0, & 0 \end{vmatrix}.$$

Eine Ausnahme davon bildet der Fall, wenn mit der Determinante A der Function f zugleich sämmtliche Unterdeterminanten verschwinden. In diesem Falle ist jede homogene Function der partiellen Differentialquotienten vom zweiten Grade, mit einem passenden constanten Factor multiplicirt, der Ausdruck für die Function f.

quadratischen Gleichung 4). Dieses Verhältniss wird ein harmonisches, wenn die Summe der Wurzeln verschwindet, das ist, wenn $f_{01} = 0$ wird.

Man nennt zwei Punkte harmonische Pole des Kegelschnittes, wenn ihre Verbindungslinie den Kegelschnitt in zwei Punkten schneidet, die harmonisch sind zu den beiden Punkten. Die Bedingung für ein harmonisches Polenpaar 0 und 1 ist demnach die Gleichung $f_{01} = 0$ oder wenn wir mit x, y, z die Coordinaten des Punktes 1 bezeichnen:

9) $$x f'(x_0) + y f'(y_0) + z f'(z_0) = 0.$$

Nehmen wir nun an, dass der Punkt 0 gegeben sei, der Punkt 1 aber gesucht werde, so sehen wir, dass seine Coordinaten der linearen Bedingungsgleichung 9) zu genügen haben, welche Gleichung eine gerade Linie darstellt. Diese gerade Linie, auf welcher der dem gegebenen Punkte 0 zugeordnete harmonische Pol beliebig angenommen werden kann, heisst die Polare des gegebenen Punktes und der gegebene Punkt wird der Pol genannt. Es ist demnach die Polare eines gegebenen Punktes der geometrische Ort des dem gegebenen Punkte zugeordneten harmonischen Poles oder, anders ausgedrückt, der geometrische Ort des vierten harmonischen Punktes auf den durch den gegebenen Punkt gehenden Strahlen.

Die in der dreizehnten Vorlesung angeführte Construction der Polare für den Kreis gilt ebenso für den Kegelschnitt.

Nehmen wir nun auf der Polare 9) einen Punkt 1 beliebig an, so genügen seine Coordinaten der Gleichung:

$$x_1 f'(x_0) + y_1 f'(y_0) + z_1 f'(z_0) = 0$$

und die Gleichung der Polare dieses Punktes wird:

$$x_1 f'(x) + y_1 f'(y) + z_1 f'(z) = 0.$$

Da diese Gleichung aber auf Grund der vorhergehenden erfüllt wird, wenn man für die variabelen Coordinaten die Coordinaten des Punktes 0 setzt, so geht die Polare des Punktes 1 durch den Pol 0, was wir so ausdrücken können:

10) Die Polaren aller Punkte auf einer geraden Linie schneiden sich in dem Pole der geraden Linie.

Dieser Satz verschafft uns das Mittel den Pol zu construiren, wenn seine Polare gegeben ist. Er lässt sich auch umkehren wie folgt:

11) Wenn eine gerade Linie sich um einen Punkt in ihr dreht, so beschreibt der Pol die Polare des Drehpunktes.

Der Pol 0 liegt von seiner Polare 9) bald weiter entfernt, bald näher, je nach seiner Lage zu dem Kegelschnitte. Er kann selbst in seine Polare fallen. Dieses trifft zu, wenn die Coordinaten x_0, y_0, z_0 der Gleichung 9) genügen, das heisst, wenn $f(x_0, y_0, z_0) = 0$.

Es fällt demnach der Pol nur dann in seine Polare, wenn er in der Peripherie des Kegelschnittes liegt. In diesem Falle hat auch die Polare eine ausgezeichnete Eigenschaft. Denn erinnern wir uns der Construction von Punkten auf der Polare durch Strahlen, welche von dem Pole ausgehen, so giebt dieselbe in dem vorliegenden Falle nur Punkte, welche mit dem Pole zusammenfallen, ausgenommen wenn der Strahl den Kegelschnitt in einem unendlich nahen Punkte schneidet, das heisst, wenn der Strahl Tangente des Kegelschnittes wird, unter welcher Bedingung jeder Punkt der Tangente als der vierte harmonische Punkt zu betrachten ist. Wir schliessen hieraus:

12) Wenn der Pol auf dem Kegelschnitte selbst liegt, so wird seine Polare Tangente des Kegelschnittes für den Pol, und der Pol der Tangente eines Kegelschnittes ist ihr Berührungspunkt.

Es ist demnach 9) die Gleichung der Tangente des Kegelschnittes in dem Punkte 0, wenn dieser Punkt ein Punkt des Kegelschnittes ist.

Die von einem gegebenen Punkte ausgehenden Tangenten eines Kegelschnittes construirt man nach dem Vorhergehenden, wenn man die Schnittpunkte der Polare und des Kegelschnittes mit dem gegebenen Punkte durch gerade Linien verbindet. Diese Verbindungslinien sind Tangenten des Kegelschnittes, weil die Schnittpunkte der Polare, als Pole betrachtet, Polaren haben, welche sich in dem gegebenen Punkte schneiden.

Wie vorhin dem Pole, so können wir auch der Polare eine specielle Lage geben, sie zum Beispiel in das Unendliche fallen lassen und die Eigenschaften des Poles untersuchen. Dieses wird auf den Mittelpunkt des Kegelschnittes führen.

Es ist eine charakteristische Eigenschaft der Polare, dass sie mit dem Kegelschnitte jeden Strahl harmonisch theilt, der von dem Pole ausgeht. Liegt nun die Polare im Unendlichen, so schneidet jeder von dem Pole ausgehende Strahl die Polare in einem Punkte des Unendlichen. Der ihm zugeordnete harmonische Punkt auf dem Strahle liegt in der Mitte der beiden Schnittpunkte. Wir können demnach sagen: Der Pol der geraden Linie im Unendlichen halbirt jede Sehne des Kegelschnittes, welche durch ihn geht. Ein Punkt aber, der jede durch ihn gehende Sehne des Kegelschnittes halbirt, heisst Mittelpunkt des Kegelschnittes. Auf Grund dieser Definition können wir nun den Satz aussprechen:

13) Der Pol der geraden Linie, welche im Unendlichen liegt, ist der Mittelpunkt des Kegelschnittes.

Die eben angestellte geometrische Entwickelung fordert auf zur Bestimmung der Coordinaten des Mittelpunktes eines Kegelschnittes. Um dieser Aufforderung nachzukommen, gehen wir zurück auf die Gleichung 9) der Polare des Punktes 0. Diese Polare fällt in das Unendliche unter den Bedingungen:

$$f'(x_0)=0, \quad f'(y_0)=0.$$

Es sind also dieses die linearen Gleichungen, aus welchen die homogenen Coordinaten x_0, y_0, z_0 des Mittelpunktes zu bestimmen sind. Jede Gleichung für sich stellt eine gerade Linie dar, welche zu dem Kegelschnitte in einer ganz bestimmten Beziehung steht. Diese Beziehung ergiebt sich aus der Gleichung der Polare $x_0 f'(x), + y_0 f'(x) + z_0 f'(z) = 0$ des Poles 0, wenn man den Pol entweder in das Unendliche x-Axe oder in das Unendliche der y-Axe rücken lässt. Denn setzt man in dem ersten Falle $x_0 = 1$, $y_0 = 0$, $z_0 = 0$, und im zweiten Falle $x_0 = 0$, $y_0 = 1$, $z_0 = 0$, so erhält man die Gleichungen der Polaren der genannten beiden Punkte im Unendlichen:

14) $$f'(x) = 0,\ f'(y) = 0,$$

welche, abgesehen von der Bezeichnung der Unbekannten, mit den vorhergehenden Gleichungen vollkommen übereinstimmen. Und in der That muss sich auch nach dem Satze 8) der Pol der geraden Linie im Unendlichen, das ist der Mittelpunkt des Kegelschnittes, als der Schnitt der Polaren jener beiden auf den Coordinatenaxen im Unendlichen gelegenen Punkte bestimmen lassen.

Es erhebt sich nun die Frage, ob der Mittelpunkt des Kegelschnittes auf der Curve selbst liegen kann. Dieses wird zutreffen, wenn die aus 14) berechneten Werthe der Coordinaten in die Gleichung $xf'(x) + yf'(y) + zf'(z) = 0$ des Kegelschnittes gesetzt, der Gleichung genügen. Da aber die beiden ersten Glieder der letzten Gleichung auf Grund von 14) verschwinden, so wird der Mittelpunkt des Kegelschnittes auf der Curve selber liegen, wenn folgenden drei Gleichungen zugleich genügt werden kann:

15) $$f'(x) = 0,\ f'(y) = 0,\ f'(z) = 0.$$

Es sind dieses die Gleichungen 6) der vorhergehenden Vorlesung, der Bedingungen für ein Linienpaar. Wir können demnach sagen:

16) Wenn der Mittelpunkt eines Kegelschnittes auf der Curve selbst liegt, so ist der Kegelschnitt ein Linienpaar und sein Mittelpunkt der Schnittpunkt des Linienpaares.

Die die Coordinaten des Mittelpunktes eines Kegelschnittes $f(x, y, z) = 0$ bestimmenden Gleichungen 14) sind folgende:

$$a_{00}x + a_{01}y + a_{02}z = 0,$$
$$a_{10}x + a_{11}y + a_{12}z = 0.$$

Die Werthe der Unbekannten in ihnen stellen sich dar als Brüche mit demselben Nenner, der folgende Determinante ist:

17) $$\begin{vmatrix} a_{00}, & a_{01} \\ a_{10}, & a_{11} \end{vmatrix}.$$

Verschwindet sie, so werden die Coordinaten des Mittelpunktes unendlich gross und der Mittelpunkt liegt im Unendlichen. Von Kegelschnitten dieser Gattung sagt man, dass sie keinen Mittelpunkt haben, und nennt sie Parabeln. Alle anderen Kegelschnitte haben Mittelpunkte, welche im Endlichen liegen. Wir drücken dieses kurz so aus:

18) Wenn $f(x, y, z) = 0$ die homogene Gleichung eines Kegelschnittes ist, so stellt dieselbe eine Parabel dar unter der Bedingung, dass diejenige Unterdeterminante der Function $f(x, y, z)$ verschwindet, welche dem letzten Elemente a_{22} entspricht.

Der Mittelpunkt eines Kegelschnittes kann unter Umständen der Anfangspunkt des Coordinatensystemes sein. Es muss sich dieses aber in der Gleichung des Kegelschnittes selbst geltend machen, die in diesem Falle Mittelpunkt-Gleichung genannt wird. Die Coordinaten des Anfangspunktes sind $x = y = 0$

Setzen wir diese Werthe der Coordinaten in die letzten, den Mittelpunkt bestimmenden Gleichungen, so erhalten wir $a_{20} = a_{21} = 0$. Das will sagen: In der Mittelpunkt-Gleichung eines Kegelschnittes fehlen die beiden Glieder, welche die erste Potenz von x und die erste Potenz von y zum Factor haben.

Wenn diese beiden Glieder in der Gleichung der Kegelschnitte fehlen, so kann man auch direct nachweisen, dass jede durch den Anfangspunkt gezogene Sehne durch ihn halbirt wird. Denn wenn x, y, z die Coordinaten des einen Schnittpunktes der Sehne sind, welche der Gleichung des Kegelschnittes genügen, so genügen auch die Coordinaten $x, y, -z$ des auf der anderen Seite der Sehne gleichweit von dem Anfangspunkte entfernten Punktes der Gleichung.

Die Bestimmung der Coordinaten des Mittelpunktes eines Kegelschnittes lässt sich auch als eine Aufgabe der Differentialrechnung auffassen. Denn machen wir von den gewöhnlichen Coordinaten Gebrauch, indem wir $z = 1$ setzen, so bestimmen bekanntlich die Gleichungen 14) die Werthe der Variabelen, welche die Function $f(x, y, 1)$ zu einem Maximum oder Minimum machen. Wir können daher sagen:

19) Die Coordinaten des Mittelpunktes eines Kegelschnittes $f(x,y,1) = 0$ haben die charakteristische Eigenschaft, die Function $f(x,y,1)$ zu einem Maximum oder Minimum zu machen.

Auf die Untersuchung, ob ein wirkliches Maximum oder Minimum vorliegt, gehen wir hier nicht näher ein, bemerken aber, dass dieselbe auf den Unterschied der beiden Geschlechter der Kegelschnitte führen würde, welche einen Mittelpunkt haben, von welchem Unterschied in der einundzwanzigsten Vorlesung die Rede sein wird.

Wir wollen uns nun ein algebraisches Hülfsmittel schaffen, welches dazu dienen soll, um von den Coordinaten des Poles zu den Coordinaten seiner Polare und umgekehrt von den Coordinaten der Polare zu den Coordinaten des Poles überzugehen. Zu diesem Zwecke wenden wir uns der Gleichung der Polare 9) des Punktes 0 wieder zu. Bezeichnen wir mit u_0, v_0, w_0 die Coordinaten der Polare, so können wir setzen:

$$\tfrac{1}{2}f'(x_0) = u_0, \ \tfrac{1}{2}f'(y_0) = v_0, \ \tfrac{1}{2}f'(z_0) = w_0$$

und erhalten daraus mit Weglassung des Index 0 folgende Relationen zwischen den Coordinaten x, y, z und den Coordinaten u, v, w seiner Polare:

20) $$\tfrac{1}{2}f'(x) = u, \ \tfrac{1}{2}f'(y) = v, \ \tfrac{1}{2}f'(z) = w.$$

Will man umgekehrt die Coordinaten des Poles durch die Coordinaten der Polare ausdrücken, so hat man diese linearen Gleichungen 20) nach den Unbekannten x, y, z aufzulösen, was in dem Folgenden geschehen soll.

In 8) ist die Function f der Variabelen x, y, z als eine Function ihrer partiellen Differentialquotienten dargestellt werden, welche unter Vermittelung der Relationen 20) in eine Function $F(u, v, w)$ der Variabelen u, v, w übergeht, so dass man hat:

21) $$f(x, y, z) = F(u, v, w) = -\frac{1}{A}\begin{vmatrix} a_{00}, & a_{01}, & a_{02}, & u \\ a_{10}, & a_{11}, & a_{12}, & v \\ a_{20}, & a_{21}, & a_{22}, & w \\ u, & v, & w, & 0 \end{vmatrix}.$$

Die Functionen $f(xyz)$ und $F(uvw)$ heissen **reciproke Functionen**, weil, wie es sich sogleich zeigen wird, eine jede aus der andern durch dieselbe Operation hervorgeht.

Um dieses zu beweisen, heben wir zwei Formen der Function F hervor:

$$F(u, v, w) = f(x, y, z)$$
$$F(u, v, w) = xu + yv + zw.$$

Es sind dieses Gleichungen, welche unter Vermittelung der Gleichungen 20) identische werden, sowohl in Rücksicht auf die Variabelen x, y, z, als in Rücksicht auf die Variabelen u, v, w. Die partielle Differentiation nach den letzteren Variabelen ist daher auch erlaubt und es entstehen daraus gerade diejenigen Gleichungen, welche wir abzuleiten beabsichtigen.

Die Differentiation nach der Variabele u der ersten Gleichung ergiebt:

$$F'(u) = \frac{\partial x}{\partial u} f'(x) + \frac{\partial y}{\partial u} f'(y) + \frac{\partial z}{\partial u} f'(z)$$
$$= 2\left\{\frac{\partial x}{\partial u} u + \frac{\partial y}{\partial u} v + \frac{\partial z}{\partial u} w\right\}$$

und der zweiten Gleichung:

$$F'(u) = x + \left\{\frac{\partial x}{\partial u} u + \frac{\partial y}{\partial u} v + \frac{\partial z}{\partial u} w\right\}.$$

Dividirt man die erste von diesen Gleichungen durch 2 und zieht sie von der letzten Gleichung ab, so erhält man:

$$\tfrac{1}{2}F'(u) = x.$$

Auf diese Weise erhält man durch Differentiation derselben beiden Gleichungen nach den Variabelen u, v, w der Reihe nach die Gleichungen:

22) $$\tfrac{1}{2}F'(u) = x, \quad \tfrac{1}{2}F'(v) = y, \quad \tfrac{1}{2}F'(w) = z.$$

Es sind diese Gleichungen nichts Anderes, als die Auflösungen der Gleichungen 20).

Man kommt demnach, wenn die Function F gegeben ist, auf dieselbe Weise zu der Function f, als umgekehrt. Man braucht für die halben partiellen Differentialquotienten der gegebenen Function F nur neue Variabelen in F einzuführen, um den Ausdruck der reciproken Function f zu erhalten.

Die oben dargelegte Reciprocität der Functionen f und F muss sich auch in der Geometrie geltend machen und es wird unsere nächste Aufgabe sein, sie zur Anschauung zu bringen.

Wir gehen zu diesem Zwecke von den Gleichungen 20) oder, was dasselbe ist, von den Gleichungen 22), den Relationen zwischen den Coordinaten des Poles und den Coordinaten seiner Polare aus, welche, wie wir gesehen haben, die folgende Gleichung zu einer identischen Gleichung machen:

23) $$f(x, y, z) = F(u, v, w).$$

Diese Gleichung sagt uns, dass ihr rechter Theil verschwinden muss, wenn der linke Theil verschwindet. Der linke Theil verschwindet aber nur, wenn der Pol den Kegelschnitt durchläuft. Da unter dieser Voraussetzung nach 12) die Polare Tangente des Kegelschnittes wird, so machen ihre Coordinaten u, v, w auch die Function F verschwinden, aber nur in dem vorgesehenen Falle. Es werden daher u, v, w nur dann die Coordinaten einer Tangente des Kegelschnittes sein, wenn sie der Gleichung genügen:

23) $$F(u, v, w) = 0,$$

und umgekehrt werden die Coordinaten einer jeden Tangente des Kegelschnittes diese Gleichung befriedigen.

Denkt man sich nun den Kegelschnitt gegeben, nicht wie zu Anfang der vorhergehenden Vorlesung durch seine Punkte, sondern durch seine Tangenten, so ist die angegebene Gleichung 24) der analytische Ausdruck des Kegelschnittes. Wir werden deshalb die Gleichung 24) die Gleichung des Kegelschnittes in Liniencoordinaten nennen. Denn jede gerade Linie, deren Coordinaten der Gleichung genügen, ist Tangente des Kegelschnittes, jedoch keine andere.

Die einzige Ausnahme von der doppelten Darstellung des Kegelschnittes durch seine Gleichung $f = 0$ in Punktcoordinaten und durch seine Gleichung $F = 0$ in Liniencoordinaten macht das Linienpaar. Denn in diesem Falle verschwindet in 8) und 21) die Determinante A und es lässt sich nicht mehr wie in 8) die Function f eindeutig als eine Function ihrer partiellen Differentialquotienten oder, wie in 21), als eine Function der Liniencoordinaten darstellen.

Eine eingehendere Untersuchung der Function F mit Weglassung des unendlich werdenden Factors würde ergeben, dass sie das Quadrat ist einer linearen Function, welche gleich Null gesetzt, die Gleichung des Punktes wird, in welchem sich das Linienpaar $f = 0$ schneidet.

Achtzehnte Vorlesung.

Weitere allgemeine Eigenschaften der Kegelschnitte.

Nachdem wir in der vorhergehenden Vorlesung, von der Gleichung 1) $f(x, y, z) = 0$ des Kegelschnittes in Punktcoordinaten ausgehend, am Schlusse derselben den Begriff der Kegelschnitt-Gleichung 20) $F(u, v, w) = 0$ in Liniencoordinaten entwickelt haben, so empfiehlt es sich, an diese Gleichung ganz analoge Betrachtungen anzuknüpfen, als in der sechszehnten Vorlesung an die Gleichung $f(x, y, z) = 0$. Und in der That bezweckt diese Vorlesung Nichts weiter, als die in jener Vorlesung aufgestellten Gleichungen nach Veränderung der Punktcoordinaten in Liniencoordinaten geometrisch zu interpretiren.

Die Function $F(u, v, w)$ hat die Form:

1) $$F(u, v, w) = e\,u^2 + e\,v^2 + e\,w^2 + 2e\,vw + 2e\,wu + 2e\,uv$$

und die Verhältnisse der sechs Coefficienten c in der Gleichung $F(u, v, w) = 0$ des Kegelschnittes werden die Natur und die Lage des Kegelschnittes bedingen.

Wenn der Kegelschnitt eine durch ihre Coordinaten gegebene gerade Linie als Tangente hat, so müssen diese Coordinaten, an Stelle der Variabelen gesetzt, der Kegelschnitt-Gleichung genügen. Dieses giebt eine lineare homogene Bedingungsgleichung zwischen den Coefficienten. Da nun fünf solcher Bedingungsgleichungen erforderlich sind, um die Verhältnisse der sechs Coefficienten festzustellen, so erkennen wir darin den Beweis des Satzes:

Durch fünf beliebig gewählte Tangenten ist im Allgemeinen der Kegelschnitt bestimmt.

Unter gewissen Umständen kann der Kegelschnitt ein Punktepaar werden, unter anderen Umständen kann er unbestimmt bleiben.

Bezeichnen wir mit u, v, w die variabelen Coordinaten der Tangente eines Kegelschnittes und mit angehängten Indices die Coordinaten von beliebig gegebenen fünf Tangenten, so haben wir folgende sechs Gleichungen:

$$F(u, v, w) = 0,\ F(u_1, v_1, w_1) = 0,\ F(u_2, v_2, w_2) = 0,$$
$$F(u_3, v_3, w_3) = 0,\ F(u_4, v_4, w_4) = 0,\ F(u_5, v_5, w_5) = 0,$$

aus welchen durch Elimination der sechs Coefficienten c die Gleichung desjenigen Kegelschnittes hervorgeht, welcher die fünf gegebenen Tangenten hat:

$$2)\qquad \Delta = 0,$$

wenn wir unter Δ die Determinante verstehen:

$$3)\qquad \Delta = \begin{vmatrix} u^2, & v^2, & w^2, & vw, & wu, & uv \\ u_1^2, & v_1^2, & w_1^2, & v_1w_1, & w_1u_1, & u_1v_1 \\ u_2^2, & v_2^2, & w_2^2, & v_2w_2, & w_2u_2, & u_2v_2 \\ u_3^2, & v_3^2, & w_3^2, & v_3w_3, & w_3u_3, & u_3v_3 \\ u_4^2, & v_4^2, & w_4^2, & v_4w_4, & w_4u_4, & u_4v_4 \\ u_5^2, & v_5^2, & w_5^2, & v_5w_5, & w_5u_5, & u_5v_5 \end{vmatrix}.$$

Bezeichnen wir ferner mit $U, U_1 \ldots$ die Ausdrücke:

$$4)\qquad \begin{aligned} U &\equiv au + bv + cw \\ U_1 &\equiv a_1u + b_1v + c_1w \\ &\ldots\ldots\ldots \end{aligned}$$

und nehmen an, dass von den fünf gegebenen Tangenten die drei letzten durch einen und denselben Punkt gehen, der durch seine Gleichung $U = 0$ gegeben sei, so geht auf demselben Wege wie in der sechszehnten Vorlesung aus der Gleichung 3) die Gleichung 5) hervor:

$$5)\qquad abc\,\Delta = U U_1 U_2 \begin{vmatrix} u, & v, & w \\ u_1, & v_1, & w_1 \\ u_2, & v_2, & w_2 \end{vmatrix} \begin{vmatrix} v_3w_3, & w_3u_3, & u_3v_3 \\ v_4w_4, & w_4u_4, & u_4v_4 \\ v_5w_5, & w_5u_5, & u_5v_5 \end{vmatrix}$$

welche Gleichung geometrisch gedeutet den Satz giebt:

Wenn von fünf gegebenen Tangenten eines Kegelschnittes drei Tangenten durch einen und denselben Punkt gehen, so zerfällt der Kegelschnitt in zwei Punkte, von welchen der eine der genannte Punkt ist, der andere der Schnittpunkt der beiden übrigen Tangenten.

In dem Falle, dass von den fünf gegebenen Tangenten vier Tangenten durch einen und denselben Punkt gehen, zerfällt der Kegelschnitt ebenfalls in ein Punktepaar. Der eine von diesen Punkten ist der gemeinsame Schnittpunkt der vier Tangenten, der andere Punkt kann aber auf der letzten Tangente beliebig gewählt werden. Der Kegelschnitt wird also ein nicht vollkommen bestimmtes Punktepaar. Auf Grund dieser geometrischen Betrachtung kann man schliessen, dass in dem vorliegenden Falle die Determinante Δ identisch verschwindet, und darauf hin sich die Aufgabe stellen, das Verschwinden der Determinante Δ algebraisch nachzuweisen.

Wir nehmen diese Aufgabe um so lieber auf, als sie uns die Gelegenheit bietet, einen Satz, den wir in der neunten Vorlesung nur ganz flüchtig angedeutet haben, hier nachzutragen und zur Anwendung zu bringen. Dieser Satz, welcher dem Satze 36) dort entspricht, lautet:

Wenn $U_1 = 0$, $U_2 = 0$, $U_3 = 0$, $U_4 = 0$ die Gleichungen von irgend vier geraden Linien sind, welche durch denselben Punkt gehen, so lassen sich vier Factoren $\varkappa$ der Art bestimmen, dass man identisch hat:

$$6) \qquad \varkappa_1^2 U_1^2 + \varkappa_2 U_2^2 + \varkappa_3 U_3^2 + \varkappa_4 U_4^2 \equiv 0,$$

und umgekehrt drücken jene vier Gleichungen solche gerade Linien aus, welche sich in demselben Punkte schneiden, wenn sich vier Factoren der genannten Art bestimmen lassen.

Der Beweis dieses Satzes ergiebt sich aus dem Beweise jenes hervorgehobenen Satzes 36) durch blosse Vertauschung von Punkt und gerader Linie oder von Punktcoordinaten mit Liniencoordinaten.

Sehen wir jedoch ab von dem Wege der Erfindung und stellen uns die Aufgabe, den Satz nur zu beweisen, so werden wir sagen, dass unter den Bedingungen des Satzes zwei Symbole U_3 und U_4 linear zusammengesetzt werden können aus den beiden anderen Symbolen U_1 und U_2 wie folgt:

$$U_3 \equiv m U_1 + n U_2, \quad U_4 \equiv p U_1 + q U_2.$$

Quadriren wir diese Gleichungen und eliminiren dann das Product $U_1 U_2$, so erhalten wir eine lineare identische Gleichung zwischen den Quadraten der vier Symbole wie in dem Satze. Findet umgekehrt zwischen den Symbolen von irgend vier geraden Linien die identische Gleichung 6) statt, das ist eine Gleichung, welche für beliebige Werthe der Variabelen x und y verschwindet, so verschwinden in der nach Potenzen und Producten der Variabelen geordneten Gleichung 6) sämmtliche Coefficienten. Durch Differentiation der Gleichung nach der einen Variabele oder nach der anderen erhält man deshalb wieder identische, aber lineare Gleichungen zwischen den vier Symbolen, vermittelst welcher sich zwei Symbole durch die beiden anderen linear ausdrücken lassen.

Diese identische Gleichung 6) zerfällt nun wie die gleichlautende Gleichung in der sechszehnten Vorlesung in sechs Gleichungen 6), auf Grund welcher das identische Verschwinden der Determinante Δ sich in gleicher Weise nachweisen lässt, als in der genannten Vorlesung für den entsprechenden Fall.

Der Kegelschnitt $F(u,v,w)=0$ wird ein Punktepaar, wenn der linke Theil der Gleichung in zwei Factoren A und B zerlegbar ist, so dass man identisch hat:

$$\tfrac{1}{2}F(u,v,w)\equiv AB.$$

Differentiirt man diese Gleichung nach den Variabelen, so erhält man drei Gleichungen, deren rechte Theile verschwinden, wenn man unter u, v, w die Coordinaten der geraden Linie versteht, welche die Punkte $A=0$ und $B=0$ verbindet. Unter dieser Voraussetzung hat man dann:

7) $$F'(u)=0,\ F'(v)=0,\ F'(w)=0,$$

und das Resultat der Elimination aus diesen Gleichungen:

8) $$\begin{vmatrix} e_{00}, & e_{01}, & e_{02} \\ e_{10}, & e_{11}, & e_{12} \\ e_{20}, & e_{21}, & e_{22} \end{vmatrix}=0$$

wird die Bedingung sein, unter welcher die Kegelschnitt-Gleichung ein Punktepaar darstellt. Wir drücken dieses kürzer so aus:

9) Wenn $F(u,v,w)=0$ die Gleichung eines Kegelschnittes ist in homogenen Liniencoordinaten, so wird der Kegelschnitt ein Punktepaar unter der Bedingung, dass die Determinante der Function F verschwindet.

Das gleichzeitige Bestehen der drei Gleichungen 7) kann ebenfalls als ein Kriterium für ein Punktepaar gelten, und in der That führt dieses Kriterium oftmals viel einfacher zum Ziele, wie zum Beispiel, wenn man direct nachweisen will, dass die Gleichung 11) aus der sechszehnten Vorlesung:

$$f(bw-cv,\ cu-aw,\ av-bu)=0$$

ein Punktepaar darstellt, welches auf der durch die Coordinaten a, b, c gegebenen geraden Linie liegt. Differentiirt man nämlich die Gleichung partiell nach u, v, w, so erhält man drei Gleichungen, welche in Rücksicht auf die Variabelen $(bw-cv)$, $(cu-aw)$, $(av-bu)$ linear und homogen sind. Da nun diese Variabelen verschwinden für $u=a$, $v=b$, $w=c$, so werden auch die drei Gleichungen für die genannten Werthe erfüllt.

Stellen wir nun die Gleichung eines Kegelschnittes in Liniencoordinaten zusammen mit der Gleichung eines Punktes, so giebt es zwei Werthsysteme für die Variabelen, welche beiden Gleichungen zugleich genügen. Daraus schliessen wir:

Von einem beliebig gegebenen Punkte lassen sich an einen Kegelschnitt zwei Tangenten legen.

Daran knüpft sich nun die Aufgabe:

Die Gleichung des Tangentenpaares zu bestimmen, welches von einem gegebenen Punkte an einen Kegelschnitt gezogen werden kann.

Wenn

10) $$F(u,v,w)=0,$$
$$au+bv+cw=0$$

die Gleichungen des Kegelschnittes und des Punktes sind und u, v, w die Coordinaten der Tangente, welche beiden Gleichungen zugleich genügen, so wird:

11) $$ux + vy + wz = 0$$

die Gleichung der Tangente selbst. Das Resultat der Elimination der Variabelen u, v, w aus den angeführten drei Gleichungen giebt die Gleichung des verlangten Tangentenpaares:

12) $$F(bz - cy,\ cx - az,\ ay - bx) = 0.$$

Es ist dieses eine Gleichung, an welcher die in der sechszehnten Vorlesung entwickelten Bedingungen 7) für ein Linienpaar sich leicht nachweisen lassen.

In derselben, der sechszehnten Vorlesung wurde bewiesen, dass es nur vier Werthsysteme giebt, welche zweien Gleichungen des zweiten Grades mit zwei Unbekannten zugleich genügen. Sind demnach die Gleichungen von zwei Kegelschnitten in Liniencoordinaten gegeben, so werden auch nur vier Systeme Werthe der Coordinaten den Gleichungen genügen, was sich geometrisch so ausdrücken lässt:

An zwei Kegelschnitte lassen sich vier gemeinschaftliche Tangenten legen.

Diesem Satze schliesst sich die Aufgabe an:

Die Gleichung der vier gemeinschaftlichen Tangenten zu bestimmen, welche sich an zwei gegebene Kegelschnitte $F(u, v, w) = 0$ und $\Phi(u, v, w) = 0$ legen lassen.

Wenn wir zu diesem Zwecke die Determinante D bilden:

$$D = \begin{vmatrix} F'(u), & F'(v), & F'(w) \\ \Phi'(u), & \Phi'(v), & \Phi'(w) \\ x, & y, & z \end{vmatrix}$$

und setzen:

$$R \equiv ux + vy + wz,$$

so erhalten wir die gesuchte Gleichung als das Resultat der Elimination der Quadrate und der Producte der Variabelen u, v, w aus folgenden Gleichungen:

$$F(u, v, w) = 0,\ \Phi(u, v, w) = 0,\quad D = 0,$$
$$uR = 0,\qquad vR = 0,\ wR = 0.$$

Vier Tangenten bestimmen einen Kegelschnitt nicht vollständig. Wenn vier Tangenten gegeben sind als die gemeinschaftlichen Tangenten zweier gegebenen Kegelschnitte $F = 0$ und $\Phi = 0$, so stellt sich die Gleichung eines jeden Kegelschnittes, welcher die vier gegebenen Tangenten hat, in der Form dar:

13) $$F(u, v, w) - \lambda \Phi(u, v, w) = 0.$$

Die Variation des Factors λ lässt, wie leicht zu erweisen ist, daraus alle möglichen Kegelschnitte hervorgehen, für welche die vier gegebenen geraden Linien Tangenten sind.

Unter dieser Schaar von Kegelschnitten, welche vier gegebene gerade Linien berühren, befinden sich drei Punktepaare, nämlich diejenigen drei Punktepaare, in welchen sich die vier gegebenen geraden Linien schneiden.

Nimmt man nun zwei von diesen Punktepaaren für die Kegelschnitte $F=0$ und $\Phi=0$, so lässt sich immer ein Factor λ der Art bestimmen, dass die Gleichung 13) das dritte Punktepaar darstellt, und dieses lässt sich als Satz ausdrücken wie folgt:

14) Wenn $Q=0$, $Q_1=0$, $Q_2=0$ die Gleichungen von drei Punktepaaren sind, in welchen sich vier gerade Linien schneiden, so lassen sich drei Factoren q der Art bestimmen, dass man identisch hat:

$$qQ+q_1Q_1+q_2Q_2\equiv 0,$$

und umgekehrt liegen drei Punktepaare auf einer geraden Linie, wenn sich Factoren der Art bestimmen lassen.

Dieser Satz ist eine Verallgemeinerung des Satzes 31) der achten Vorlesung. Er beweist, dass drei Punktepaare der Involution zu betrachten sind als die Grenze von drei Punktepaaren, in welchen sich vier gerade Linien schneiden für den Fall, dass die vier geraden Linien in eine zusammenfallen.

Neunzehnte Vorlesung.

Fortsetzung der siebenzehnten Vorlesung über Pole und Polaren der Kegelschnitte.

Wir gehen von der Kegelschnitt-Gleichung aus in Liniencoordinaten:

$$F(u,v,w)=0, \tag{1}$$

und bringen dieselbe in Verbindung mit den Coordinaten u, v, w irgend einer geraden Linie, welche durch den Schnittpunkt zweier geraden Linien 0 und 1 geht, deren Coordinaten wir durch angehängte Indices bezeichnen:

$$\begin{aligned} u&=u_0+\lambda u_1,\\ v&=v_0+\lambda v_1,\\ w&=w_0+\lambda w_1. \end{aligned} \tag{2}$$

Die gerade Linie wird Tangente des Kegelschnittes, wenn die Variabele λ einen Werth erhält, welcher der Gleichung genügt:

$$F(u_0+\lambda u_1,\ v_0+\lambda v_1,\ w_0+\lambda w_1)=0. \tag{3}$$

Da diese Gleichung in λ quadratisch ist, so werden sich von dem oben genannten Schnittpunkte aus zwei Tangenten an den Kegelschnitt legen lassen, was wir bereits in der vorhergehenden Vorlesung auf einem anderen Wege eingesehen haben. Der einen Wurzel λ der quadratischen Gleichung wird die eine, der anderen Wurzel die andere Tangente entsprechen, und das Verhältniss der beiden Wurzeln wird das anharmonische Verhältniss des Tangentenpaares zu dem gegebenen Linienpaare sein. Das Tangentenpaar wird zugleich mit den Wurzeln der quadratischen Gleichung reell oder imaginär. In dem Grenzfalle der gleichen Wurzeln fallen die Tangenten zusammen und der Schnittpunkt der gegebenen beiden geraden Linien 0 und 1 wird ein Punkt des Kegelschnittes.

Diese kurzen Andeutungen mögen genügen, um die quadratische Gleichung 3) als die Quelle erscheinen zu lassen, aus welcher die Antworten auf viele sich hier aufdrängende Fragen geschöpft werden können.

Die quadratische Gleichung 3) erhält entwickelt die Form:

$$4)\qquad F_{00}+2\lambda F_{01}+\lambda^2 F_{11}=0,$$

wenn man setzt:

$$5)\qquad \begin{aligned} 2F_{00}&=2F(u_0v_0w_0)=u_0F'(u_0)+v_0F'(v_0)+w_0F'(w_0),\\ 2F_{11}&=2F(u_1v_1w_1)=u_1F'(u_1)+v_1F'(v_1)+w_1F'(w_1),\\ 2F_{01}&=\quad u_0F'(u_1)\quad+v_0F'(v_1)+w_0F'(w_1),\\ &=\quad u_1F'(u_0)\quad+v_1F'(v_0)+w_1F'(w_0). \end{aligned}$$

Dieses sind Ausdrücke der Coordinaten der gegebenen beiden geraden Linien 0 und 1, welche sich, wenn man mit E die Determinante bezeichnet:

$$6)\qquad E=\begin{vmatrix} e_{00}, & e_{01}, & e_{02} \\ e_{10}, & e_{11}, & e_{12} \\ e_{20}, & e_{21}, & e_{22} \end{vmatrix},$$

analog den gleich numerirten Ausdrücken in der siebenzehnten Vorlesung so wiedergeben lassen:

$$7)\qquad F_{01}=-\frac{1}{E}\begin{vmatrix} e_{00}, & e_{01}, & e_{02}, & \frac{1}{2}F'(u_0) \\ e_{10}, & e_{11}, & e_{12}, & \frac{1}{2}F'(v_0) \\ e_{20}, & e_{21}, & e_{22}, & \frac{1}{2}F'(w_0) \\ \frac{1}{2}F'(u_1), & \frac{1}{2}F'(v_1), & \frac{1}{2}F'(w_1), & 0 \end{vmatrix}.$$

und aus dieser Gleichung geht durch Specialisirung folgende hervor:

$$8)\qquad F(u,v,w)=-\frac{1}{E}\begin{vmatrix} e_{00}, & e_{01}, & e_{02}, & \frac{1}{2}F'(u) \\ e_{10}, & e_{11}, & e_{12}, & \frac{1}{2}F'(v) \\ e_{20}, & e_{21}, & e_{22}, & \frac{1}{2}F'(w) \\ \frac{1}{2}F'(u), & \frac{1}{2}F'(v), & \frac{1}{2}F'(w), & 0 \end{vmatrix}.$$

Die Gleichungen 7) und 8) werden illusorisch, wenn die Determinante E verschwindet, das ist in dem Falle, wenn die Kegelschnitt-Gleichung $F(u,v,w)=0$ ein Linienpaar darstellt. Es ist dieses ganz analog dem Falle in der siebenzehnten Vorlesung, wenn dort die Kegelschnitt-Gleichung ein Linienpaar ausdrückt.

Das anharmonische Verhältniss des Tangentenpaares aus dem Schnittpunkte der gegebenen beiden geraden Linien 0 und 1 an den Kegelschnitt gelegt, wird ein harmonisches, und die genannten beiden geraden Linien werden harmonische Polaren des Kegelschnittes, wenn die Summe der Wurzeln der quadratischen Gleichung 4) verschwindet, das ist unter der Bedingung $F_{01}=0$.

Harmonische Polaren des Kegelschnittes werden nämlich zwei gerade Linien genannt, welche harmonisch sind zu dem Tangentenpaare, welches von ihrem Schnittpunkte aus an den Kegelschnitt gelegt werden kann. Die Bedingung für ein Paar harmonischer Polaren 0 und 1 des Kegelschnittes ist demnach die Gleichung $F_{01}=0$, oder, wenn wir mit u, v, w die Coordinaten der geraden Linie 1 bezeichnen:

9) $$uF'(u_1)+vF'(v_1)+wF'(w_1)=0.$$

Diese Gleichung ist die Gleichung eines Punktes. Es ist demnach die einer gegebenen geraden Linie 0 zugeordnete Polare nicht eine ganz bestimmte gerade Linie, sondern jede gerade Linie, welche durch denjenigen Punkt geht, dessen analytischer Ausdruck die Gleichung 9) ist. Daran knüpft sich nun die Frage, welche Lage der genannte Punkt zu der gegebenen geraden Linie 0 haben wird, eine Frage, die in dem Folgenden beantwortet werden soll.

Wir gehen zu diesem Zwecke von der in der sechszehnten Vorlesung unter 5) aufgeführten Function f_{01} aus, einer Function der Coordinaten irgend zweier Pole 0 und 1 des Kegelschnittes. Die Coordinaten der Pole lassen sich nach 20) und 22) der siebenzehnten Vorlesung ersetzen durch die Coordinaten ihrer Polaren. Hierdurch erhält man $f_{01}=F_{01}$ oder mit Weglassung des Index 1 die Gleichung:

10) $$xf'(x_0)+yf'(y_0)+zf'(z_0)=uF'(u_0)+vF'(v_0)+wF'(w_0).$$

Diese Gleichung, von welcher die Gleichung 23) in der siebenzehnten Vorlesung ein specieller Fall ist, wird wieder eine identische, wenn man auf der linken Seite die Coordinaten der Pole ausdrückt durch die Coordinaten ihrer Polaren, oder auf der rechten Seite die Coordinaten der Polaren ersetzt durch die Coordinaten ihrer Pole.

Dass eine Seite der Gleichung nicht verschwinden kann, ohne die andere Seite verschwinden zu machen, davon sind die folgenden Sätze die geometrische Interpretation.

11) Die Polaren von zwei harmonischen Polen eines Kegelschnittes sind harmonische Polaren.

12) Die Pole von zwei harmonischen Polaren eines Kegelschnittes sind harmonische Pole.

Ferner ist ersichtlich, dass die Gleichung 9), welcher man auch die Gestalt geben kann:

$$u_0F'(u)+v_0F'(v)+w_0F'(w)=0,$$

die Gleichung des Poles ist der durch ihre Coordinaten u_0, v_0, w_0 gegebenen geraden Linie.

Der Pol wird der Mittelpunkt des Kegelschnittes, wenn seine Polare in das Unendliche fällt, das ist, wenn $u_0=v_0=0$, und unter dieser Voraussetzung geht die zuletzt angegebene Gleichung über in die Gleichung des Mittelpunktes:

13) $$F'(w)=0.$$

Hieraus entspringt die Regel: Wenn man die Gleichung eines Kegelschnittes in homogenen Liniencoordinaten partiell nach der letzten Variabelen differentiirt, so erhält man die Gleichung des Mittelpunktes.

Der Mittelpunkt eines Kegelschnittes, der in ein Punktepaar ausartet, ist der Mittelpunkt der geraden Linie, welche die Punkte verbindet. Stellt also die Kegelschnitt-Gleichung zwei Punkte dar, so wird nach der angegebenen Regel der Halbirungspunkt der Verbindungslinie sehr einfach bestimmt, viel einfacher als in dem Satze 29) der achten Vorlesung, zu dessen Herleitung noch nicht die dargebotenen Hilfsmittel bereit lagen.

Aus der letzten ausführlich hingeschriebenen Gleichung 13):

$$e_{20}u + e_{21}v + e_{22}w = 0$$

entnehmen wir nun die homogenen Coordinaten e_{20}, e_{21}, e_{22} des Mittelpunktes. Dieser Punkt wird im Unendlichen liegen, wenn $e_{22} = 0$. Das will aber sagen:

14) Die Gleichung $F(u, v, w) = 0$ eines Kegelschnittes stellt eine Parabel dar, wenn in derselben dasjenige Glied verschwindet, welches den Factor w^2 hat.

Die Coordinaten des Mittelpunktes werden die Coordinaten des Anfangspunktes in dem Coordinatensysteme, wenn $e_{20} = e_{21} = 0$. Dieses drücken wir so aus:

Die Mittelpunkt-Gleichung in Liniencoordinaten eines Kegelschnittes enthält die beiden Glieder nicht, welche die erste Potenz von u und die erste Potenz von v zu Factoren haben.

Es drückt sich dieses nur anders aus, wenn wir in Erinnerung der Mittelpunkt-Gleichung in Punktcoordinaten eines Kegelschnittes sagen: „Die reciproken Functionen f und F haben die Eigenschaft, dass, wenn in der einen Function zwei Glieder verschwinden, welche die Producte der Variabelen zu Factoren haben, in der anderen die entsprechenden Glieder ebenfalls verschwinden.“ Der hervorgehobene Satz ist dann nur die geometrische Interpretation dieser Bemerkung, die auch algebraisch leicht nachgewiesen werden kann.

Wir haben in dem ersten Theile unserer Vorlesungen harmonische Linienpaare und Linienpaare der Involution kennen gelernt und ihre Eigenschaften erörtert. Es drängt sich nun die Frage auf, welches die Eigenschaften ihrer Pole sein werden und umgekehrt, welche Eigenschaften die Polaren von harmonischen Punktepaaren oder von Punktepaaren der Involution haben werden. Diese Frage soll in dem Folgenden zur Entscheidung kommen.

Wir gehen zu diesem Zwecke von den Sätzen 10) und 11) der siebenzehnten Vorlesung aus, von welchen der erste so ausgesprochen werden kann: „Beschreibt der Pol eines Kegelschnittes eine gerade Linie, so dreht sich die Polare um den Pol der geraden Linie.“ Ist demnach die Gleichung der geraden Linie gegeben, so geht dieselbe in die Gleichung ihres Poles über, wenn man die Coordinaten x, y, z des Poles in ihr ersetzt durch die in 22) derselben Vorlesung angegebenen Ausdrücke der Coordinaten der Polare: $x = \frac{1}{2}F'(u)$, $y = \frac{1}{2}F'(v)$, $z = \frac{1}{2}F'(w)$. Der andere Satz: „Dreht sich die Polare um einen gegebenen Punkt in ihr, so beschreibt der Pol die Polare des Drehpunktes“, lässt erkennen, dass man in der Gleichung eines gegebenen Punktes für die

Coordinaten u, v, w nach 20) nur zu substituiren braucht die Coordinaten des Poles wie folgt: $u = \frac{1}{2}f'(x)$, $v = \frac{1}{2}f'(y)$, $w = \frac{1}{2}f'(z)$, um die Gleichung der Polare des gegebenen Punktes zu erhalten.

Sind nun die Gleichungen von zwei Linienpaaren gegeben, welche von einem und demselben Punkte ausgehen:

$$U_0 = 0, \quad U_1 = 0, \quad U_0 - \lambda U_1 = 0, \quad U_0 - \mu U_1 = 0,$$

und nimmt man an, dass durch die angegebenen ersten Substitutionen U_0 in V_0 und U_1 in V_1 übergehen, so werden die Gleichungen:

$$V_0 = 0, \quad V_1 = 0, \quad V_0 - \lambda V_1 = 0, \quad V_0 - \mu V_1 = 0$$

respective die Pole jener geraden Linien darstellen. Es liegt aber zu Tage, dass das anharmonische Verhältniss $\lambda : \mu$ der Linienpaare das gleiche ist, als das ihrer Polepaare. Dasselbe Ergebniss würde sich herausstellen, wenn man von den letzteren Gleichungen als von gegebenen Punktepaaren auf einer geraden Linie ausginge und durch die zweite Art der Substitutionen die Gleichungen auf die Form der ersten Gleichungen bringen wollte. Daraus entspringen nun die Sätze:

15) Das anharmonische Verhältniss von zwei Linienpaaren, welche von demselben Punkte ausgehen, ist gleich dem anharmonischen Verhältnisse ihrer Polepaare.

16) Das anharmonische Verhältniss von zwei Punktepaaren auf einer geraden Linie ist gleich dem anharmonischen Verhältnisse ihrer Polarenpaare.

Wenn das anharmonische Verhältniss ein harmonisches wird, so folgen daraus die Sätze:

17) Die Pole von zwei harmonischen Linienpaaren sind harmonische Punktepaare.

18) Die Polaren von zwei harmonischen Punktepaaren sind harmonische Linienpaare.

Da nach der in der dritten Vorlesung aufgestellten Definition drei Linienpaare eine Involution bilden, wenn sie harmonisch sind mit einem vierten Linienpaare, und nach der Definition in der fünften Vorlesung drei Punktepaare eine Involution bilden, wenn sie harmonisch sind mit einem vierten Punktepaare, so entspringen, wenn wir entweder von dem vierten Linienpaare oder von dem vierten Punktepaare ausgehen, aus den beiden letzten Sätzen folgende:

19) Die Pole von drei Linienpaaren der Involution bilden eine Involution.

20) Die Polaren von drei Punktepaaren der Involution bilden eine Involution.

Es bleibt noch übrig das Verhalten der Polare zu untersuchen, wenn der Pol einen zweiten gegebenen Kegelschnitt beschreibt, und das Verhalten des Poles, wenn die Polare sich als Tangente um einen zweiten gegebenen Kegelschnitte bewegt.

Da bei dieser Gelegenheit mehrere Kegelschnitte auftreten, so wollen wir zur Unterscheidung denjenigen Kegelschnitt *Directrix* nennen, auf welchen Pol und Polare zu beziehen sind, und feststellen, dass $f(x, y, z) = 0$ $F(u, v, w)$ die Gleichungen der Directrix seien respective in Punkt- oder Liniencoordinaten. Als Directrix kann jeder beliebige Kegelschnitt dienen mit Ausnahme des Linienpaares und des Punktepaares.

Beschreibt nun der Pol einen gegebenen Kegelschnitt:

$$\varphi(x, y, z) = 0,$$

und man ersetzt in der Gleichung die Coordinaten des Poles durch die bekannten Ausdrücke der Coordinaten der Polare, so erhält man:

$$\varphi\left[\tfrac{1}{2}F'(u),\quad \tfrac{1}{2}F'(v),\quad \tfrac{1}{2}F'(w)\right] = 0,$$

die Gleichung eines zweiten Kegelschnittes in Liniencoordinaten. Die geometrische Deutung derselben giebt den Satz:

19) *Wenn der Pol einen Kegelschnitt beschreibt, so bewegt sich seine Polare als Tangente um einen zweiten Kegelschnitt.*

Die beiden Kegelschnitte heissen *reciproke Polaren*, weil jeder aus dem anderen in gleicher Weise entsteht. Um diese Eigenschaft der beiden Kegelschnitte nachzuweisen, fixiren wir auf dem ersten Kegelschnitte zwei Punkte 0 und 1 und legen durch dieselben eine gerade Linie (01). Die Polaren der beiden Punkte 0 und 1, welche wir ebenfalls mit 0 und 1 bezeichnen wollen, sind nach dem eben bewiesenen Satze Tangenten des zweiten Kegelschnittes. Ihr Schnittpunkt (01) ist nach einem früheren Satze der Pol der geraden Linie (01). Denkt man sich nun die beiden Punkte 0 und 1 auf dem ersten Kegelschnitte nahe gerückt, bis sie im Grenzfalle zusammenfallen, so wird die gerade Linie (01) Tangente des ersten Kegelschnittes. In dem Grenzfalle fallen auch die Tangenten 0 und 1 des zweiten Kegelschnittes zusammen und ihr Schnittpunkt (01) wird der Berührungspunkt, der sich auf demselben Kegelschnitt befindet. Es ist hiermit der Beweis geliefert, dass die Polaren sämmtlicher Punkte, welche auf dem zweiten Kegelschnitte liegen, für den ersten Kegelschnitt Tangenten sind. Wir schliessen daraus auf den allgemeinen Satz:

20) *Wenn eine gerade Linie sich als Tangente um einen Kegelschnitt bewegt, so beschreibt ihr Pol einen zweiten Kegelschnitt.*

Der directe Beweis dieses Satzes nach der Analogie des Beweises für den vorhergehenden Satz ergiebt sich, wenn man den Kegelschnitt durch seine Gleichung, in Liniencoordinaten gegeben, annimmt:

$$\Phi(u, v, w) = 0,$$

und in demselben für die Coordinaten der Polare, welche sich als Tangente um den Kegelschnitt bewegen soll, die bekannten Ausdrücke der Coordinaten des Poles substituirt. Auf diese Weiee erhält man:

$$\Phi\left[\tfrac{1}{2}f'(x),\quad \tfrac{1}{2}f'(y),\quad \tfrac{1}{2}f'(z)\right] = 0,$$

die Gleichung des Kegelschnittes, welchen der Pol beschreibt.

Wenn wir nun, um eine Uebersicht zu gewinnen, einen Rückblick werfen auf die Entwickelungen in den vorausgegangenen Vorlesungen, so kann es uns nicht entgehen, dass die hervorgehobenen Sätze sich grösstentheils paaren in der Art, dass einem geometrischen Satze über die Lage von Punkten und geraden Linien ein entsprechender Satz über die Lage von geraden Linien und Punkten in der correspondirenden Vorlesung gegenübersteht. Diese Dualität geometrischer Sätze tritt lebhafter hervor in der zwölften Vorlesung über das Pascal'sche und das Brianchon'sche Sechseck, welche sich bequem in zwei gesonderte Vorlesungen zertheilen lässt, wie umgekehrt je zwei correspondirende Vorlesungen sich in ähnlicher Weise zusammenfassen lassen. Das Band, welches je zwei correspondirende Sätze verbindet, ist die Gleichung, in welcher man ein Mal den Variabelen die Bedeutung der Punktcoordinaten, das andere Mal die Bedeutung von Liniencoordinaten giebt.

Eine Ausnahme bilden die Vorlesungen über den Kreis. Da erhebt sich nun die Frage, von welcher Art die geometrischen Sätze sein werden, wenn man in den, die Kreissätze beweisenden Gleichungen an Stelle der Punktcoordinaten Liniencoordinaten setzt und in dieser Voraussetzung die Gleichungen geometrisch zu interpretiren unternimmt. Es wird sich dann zeigen, dass in der angegebenen Richtung Kegelschnitte, welche einen Brennpunkt gemein haben, den Kreisen entsprechen und dass aus den Kreissätzen Sätze von Kegelschnitten hervorgehen, welche einen Brennpunkt gemein haben.

Sehen wir jedoch ab von der eben hervorgehobenen Ausnahme, so hat die synthetische Geometrie den unbestrittenen Ruhm, die Dualität geometrischer Sätze entdeckt und ein Princip aufgestellt zu haben, nach welchem aus einer grossen Klasse von bekannten geometrischen Sätzen sich andere ableiten lassen, wie umgekehrt aus den abgeleiteten die bekannten Sätze. Dieses Princip ist bekannt unter dem Namen des Gesetzes der Reciprocität und wir werden es in der nächsten Vorlesung ausführlich entwickeln.

Was aber die beregte Dualität zwischen Kreisen und Kegelschnitten mit einem gemeinsamen Brennpunkte anbetrifft, so behalten wir uns vor, in einer späteren Vorlesung auf dieselbe zurück zu kommen, nachdem wir vorher die Eigenschaften der Brennpunkte und der confocalen Kegelschnitte entwickelt haben werden. Wir werden dann Gelegenheit nehmen zu zeigen, wie, unter Annahme einer besimmten Directrix, durch das Reciprocitätsgesetz die in den vorausgegangenen Vorlesungen entwickelten Eigenschaften der Kreise sich in enge Verbindung bringen lassen mit den Eigenschaften focaler und im Speciellen confocaler Kegelschnitte. Die zum Voraus angekündigte Vorlesung wird es sich zur Aufgabe machen, die vorausgegangenen Vorlesungen über Kreise gerade so zu ergänzen, wie je zwei correspondirende Vorlesungen einander.

Zwanzigste Vorlesung.

Das Gesetz der Reciprocität.

Die in den vorausgegangenen Vorlesungen entwickelten Sätze über Pole und Polaren eines Kegelschnittes bilden die Grundlage für das Gesetz der Reciprocität, eines Gesetzes, durch welches sich aus einer grossen Classe von bekannten Sätzen über die Lage von Figuren und Figurentheilen neue Sätze ableiten lassen, welche wieder auf die bekannten Sätze zurückführen, wenn sie als die bekannten Sätze vorausgesetzt werden. Solche Sätze der Geometrie heissen deshalb reciproke Sätze. Wir werden sie in dem Folgenden nebeneinander stellen, wie das in der elften und zwölften Vorlesung in der Voraussicht der nachfolgenden bereits geschehen ist.

Um das beregte Princip der Uebertragung an einigen Beispielen deutlich zu machen, gehen wir vorerst von dem in der zwölften Vorlesung bewiesenen Satze aus: „Durch die sechs Ecken eines Pascal'schen Sechseckes lässt sich ein Kegelschnitt legen.“ In anderer Auffassung desselben Satzes können wir auch sagen: „Ein jedes Sechseck, welches einem Kegelschnitt einbeschrieben wird, ist ein Pascal'sches Sechseck.“

Denn denken wir uns ein dem Kegelschnitte einbeschriebenes Sechseck 12 ... 56, welches kein Pascal'sches Sechseck wäre, so könnte man ein Pascal'sches Sechseck 12 ... 56' construiren, dessen letzte Ecke 6' auf der Verbindungslinie der Ecke 5 und 6 liegt. Beide Sechsecke wären dem durch die fünf Punkte 12 ... 5 bestimmten Kegelschnitte einbeschrieben, und man hätte eine gerade Linie 56, welche den Kegelschnitt in den drei Punkten 566' schnitte. Daraus folgt, dass die Punkte 6 und 6' zusammenfallen.

Wir eilen unserer Entwickelung voran, wenn wir die reciproken Sätze proclamiren:

Ein jedes Sechseck, welches einem Kegelschnitte einbeschrieben wird, ist ein Pascal'sches Sechseck.

Ein jedes Sechseck, welches einem Kegelschnitte umbeschrieben wird, ist ein Brianchon'sches Sechseck.

Es wird aber unsere nächste Aufgabe sein, die angegebenen beiden Sätze in eine organische Verbindung zu bringen und letzteren durch die als bekannt vorausgesetzten Sätze von Pol und Polare zu beweisen.

Denken wir uns zu diesem Zwecke ein einem gegebenen Kegelschnitte einbeschriebenes Sechseck mit den Ecken 12 ... 56. Die Tangenten des Kegelschnittes in den Ecken werden wir ohne Verwechselung der Bezeichnungen mit denselben Zahlzeichen ausdrücken. Diese Tangenten bilden ein dem Kegelschnitte umbeschriebenes Seckseck mit den aufeinander folgenden Seiten 12 ... 56, und zwar ist jede Seite die Polare des mit ihr gleichbezeichneten Poles. Eine Seite (12) des einbeschriebenen Sechseckes, welche die Pole 1 und 2 verbindet, ist darum die Polare des Poles (12), in welchem sich die Seiten 1 und 2 des umbeschriebenen Sechseckes schneiden. In dieser Weise werden die aufeinander folgenden Ecken (12)(23)... des umbeschriebenen Sechseckes die Pole sein der gleichbezeichneten Seiten des einbeschriebenen Sechseckes.

Der Schnittpunkt (12)(45) der gegenüberliegenden Seiten (12) und (45) des Pascal'schen Sechseckes, wird der Pol der geraden Linie (12)(45), welche die Punkte (12) und (45) verbindet. Construiren wir nun die Punkte:

(12)(45), (23)(56), (34)(61),

in welchen sich die gegenüberliegenden Seiten des einbeschriebenen Pascal-schen Sechseckes schneiden, so sehen wir, dass dieselben den gleichbezeichneten Polaren entsprechen. Suchen wir diese aber in dem dem Kegelschnitte umbeschriebenen Sechsecke auf, so finden wir, dass dieselben die Diagonalen sind, welche die gegenüberliegenden Ecken verbinden. Da nun nach dem ersten oben aufgestellten Satze die hervorgehobenen drei Punkte auf einer geraden Linie liegen, so müssen die Diagonalen, welche die gegenüberliegenden Ecken des umbeschriebenen Sechseckes verbinden, sich in einem und demselben Punkte schneiden.

Es ist damit unter Voraussetzung des Pascal'schen Satzes der ihm reciproke Brianchon'sche Satz angezeigt, denn wir haben ein bestimmtes, dem Kegelschnitt umbeschriebenes Sechseck vor Augen, welches ein Brianchon'sches Sechseck ist.

Wir haben hiermit den Weg der Erfindung betreten, denn es erhebt sich die Frage, ob auch jedes dem Kegelschnitte umbeschriebene Sechseck ein Brianchon'sches ist. Diese Frage lässt sich leicht beantworten, wenn man nicht von dem Pascal'schen Sechsecke, sondern von einem beliebigen, dem Kegelschnitte umbeschriebenen Sechsecke ausgeht. Ihm entspricht ein bestimmtes, dem Kegelschnitte einbeschriebenes Sechseck, dessen Ecken die Tangirungspunkte der Seiten des umbeschriebenen Sechseckes sind. Da durch das dem Kegelschnitt beliebig umbeschriebene Sechseck zugleich das einbeschriebene Pascal'sche Sechseck gegeben ist, so ist ersichtlich, dass jedes dem Kegelschnitte umbeschriebene Sechseck ein Brianchon'sches sein muss, weil das einbeschriebene Sechseck ein Pascal'sches ist. Aber auch umgekehrt ist in gleicher Weise der Pascal'sche Satz eine Folge des Brianchon'schen Satzes.

Wir haben zum Beweise des einen Satzes aus seinem reciproken der Einfachheit wegen den Kegelschnitt als Directrix genommen, von welchem der Satz handelt. Diesen Vortheil wollen wir in dem nachfolgenden Beweise zur Erreichung grösserer Allgemeinheit in der Beweisführung aufgeben.

Wir gehen von einer Figur aus, welche den Pascal'schen Satz verdeutlicht, also von einem gegebenen Kegelschnitte, dem ein Sechseck mit den aufeinander folgenden Ecken 12 ... 56 einbeschrieben ist. Die gegenüberliegenden Seiten desselben schneiden sich in den drei Punkten:

1) (12)(45), (23)(56), (34)(61),

welche in der Pascal'schen Linie liegen.

Wenn wir nun einen beliebigen Kegelschnitt als Directrix wählen und für jeden Punkt in der beschriebenen Figur die Polare und für jede gerade Linie den Pol der Directrix construiren, so erhalten wir eine zweite, reciproke Figur deren Bestandtheile wir entsprechend der zum Grunde gelegten ersten Figur mit den gleichen Zahlzeichen ausdrücken. Die reciproke Figur besteht dann aus einem Kegelschnitte und einem demselben umbeschriebenen Sechsecke 12 ... 56 und den Diagonalen, welche die gegenüberliegenden Ecken verbinden:

2) (12)(45), (23)(56), (34)(61).

Da diese die Polaren sind für die Pole 1) rücksichtlich der Directrix, so sieht man, dass das dem genannten Kegelschnitte umbeschriebene Sechseck ein Brianchon'sches ist.

Damit ist der Brianchon'sche Satz erfunden, jedoch nicht bewiesen. Denn es liegt zwar ein einem Kegelschnitte umbeschriebenes Sechseck vor, welches ein Brianchon'sches Sechseck ist; man wird aber doch Bedenken haben, den Brianchon'schen Satz allgemein auszusprechen, da die reciproke Figur sowohl von ihrer Grundfigur als von der Directrix abhängig ist.

Um keinem Zweifel Raum zu geben und zugleich die Methode der Beweisführung für reciproke Sätze darzulegen, gehen wir von der reciproken Figur aus in derjenigen Allgemeinheit, wie der zu beweisende reciproke Satz es verlangt. In unserem Falle liegt also ein beliebiger Kegelschnitt vor und ein um denselben beschriebenes Sechseck 12 ... 56 mit den Diagonalen 2), von welchen nachgewiesen werden soll, dass sie sich in einem und demselben Punkte schneiden.

Die der gegebenen reciproke Figur wird aus einem Kegelschnitte bestehen und einem demselben einbeschriebenen Pascal'schen Sechseck 12 ... 56. Da nun die gegenüberliegenden Seiten dieses Sechseckes sich in drei Punkten schneiden, welche auf einer geraden Linie liegen, so müssen sich ihre Polaren 2) rücksichtlich der Directrix in einem und demselben Punkte schneiden.

Reciproke Sätze sind ferner folgende:

Zwei Kegelschnitte schneiden sich in vier Punkten.	An zwei Kegelschnitte lassen sich vier gemeinschaftliche Tangenten legen.

Man stelle sich zwei Kegelschnitte vor, welche den ersten Satz verdeutlichen. Die reciproke Figur wird wieder aus zwei Kegelschnitten bestehen, für welche die gemeinschaftlichen Tangenten die Polaren der Schnittpunkte in der ersten Figur sind rücksichtlich der Directrix. Eine weitere Tangente können die beiden Kegelschnitte nicht haben, weil dann ihr Pol ein fünfter Schnittpunkt der beiden zu Grunde gelegten Kegelschnitte wäre.

Wir haben also den Fall von zwei Kegelschnitten vor Augen, welche nur vier gemeinschaftliche Tangenten haben. Dass dieser Fall massgebend ist für das Allgemeine, erweist sich, wenn wir von der letzten Figur in ihrer Allgemeinheit ausgehend, uns ihre reciproke Figur vorstellen. In dieser würden zwei Kegelschnitte fünf Schnittpunkte aufzuweisen haben, wenn ihre reciproken Kegelschnitte fünf gemeinschaftliche Tangenten hätten.

Aus den beiden hervorgehobenen Beispielen wird zu entnehmen sein, sowohl wie zu einem bekannten Satze sein reciproker Satz gefunden, als wie er bewiesen werden kann. Wenn wir nun in der Absicht, die in allen früheren Vorlesungen vorgeführten Sätze als reciproke Sätze nebeneinander zu stellen, sämmtliche Sätze durchmustern, so begegnen wir in der zweiten Vorlesung einem Satze: „Die drei Perpendikel, welche von den Ecken eines Dreieckes auf die gegenüberliegenden Seiten gefällt sind, schneiden sich in einem und demselben Punkte“, für welchen sich kein reciproker Satz angeben lässt. Dieser Mangel haftet jedoch nicht an dem Satze, sondern an dem für ihn gewählten Ausdruck, wie sich sogleich zeigen wird.

Wenn wir uns den Satz durch eine Figur verdeutlichen, so haben wir drei Linienpaare vor Augen, welche durch vier Punkte gehen, und jede zwei Linien eines Paares stehen aufeinander senkrecht. Es lassen sich aber jede zwei gerade Linien, welche aufeinander senkrecht stehen, auffassen als ein Paar harmonischer Polaren eines bestimmten, in Liniencoordinaten ausgedrückten Kegelschnittes $\Phi(u, v, w) = 0$, wenn $\Phi(u, v, w) = u^2 + v^2$ ist. Denn wenn $u_0\, v_0\, w_0$ die Coordinaten einer geraden Linie und $u_1\, v_1\, w_1$ die Coordinaten einer anderen geraden Linie bedeuten, so ist die Bedingung für harmonische Polaren des genannten Kegelschnittes:

$$\Phi_{01} = u_0 u_1 + v_0 v_1 = 0$$

gerade die Bedingung, dass die beiden geraden Linien auf einander senkrecht stehen.

Auf Grund Dieses können wir den angegebenen Satz auch so ausdrücken: „Wenn von drei Linienpaaren, welche sich in denselben vier Punkten schneiden, zwei Linienpaare harmonische Polaren sind des Kegelschnittes $\Phi(u, v, w) = 0$, so ist das dritte Linienpaar ebenfalls ein Polarenpaar des Kegelschnittes.“ Dieser Kegelschnitt ist ein ganz besonderer; wir brauchen ihn hier aber um so weniger zu beleuchten, als wir in der nächsten Vorlesung ausführlicher auf ihn zurückkommen werden.

Der genannte Satz ist nur für den angegebenen Kegelschnitt bewiesen. Da erhebt sich nun die Frage, ob er allgemeine Geltung habe für jeden beliebigen Kegelschnitt, eine Frage, die wir im Folgenden beantworten wollen.

Wir gehen von dem Satze 14) der sechszehnten Vorlesung aus, welcher sagt, dass identisch sein muss:

$$3) \qquad \mathfrak{q} Q + \mathfrak{q}_1 Q_1 + \mathfrak{q}_2 Q_2 \equiv 0,$$

wenn $Q = 0$, $Q_1 = 0$, $Q_2 = 0$ die Gleichungen von drei Linienpaaren sind, welche sich in vier Punkten schneiden. Die drei Linienpaare seien 12, 34, 56. Die homogenen Coordinaten derselben bezeichnen wir durch u, v, w mit angehängten Indices, den bezeichneten Punkten entsprechend. Alsdann haben wir die Ausdrücke:

$$4) \qquad \begin{aligned} Q &\equiv (u_1 x + v_1 y + w_1 z)(u_2 x + v_2 y + w_2 z), \\ Q_1 &\equiv (u_3 x + v_3 y + w_3 z)(u_4 x + v_4 y + w_4 z), \\ Q_2 &\equiv (u_5 x + v_5 y + w_5 z)(u_6 x + v_6 y + w_6 z). \end{aligned}$$

welche in 3) eingesetzt, diese Gleichung zu einer identischen machen. Dieselbe wird dadurch identisch, dass nach ihrer Entwickelung sowohl die Coefficienten der Quadrate der Variabelen, als auch die Coefficienten der Producte verschwinden. Es ist daher erlaubt, in der entwickelten Gleichung 3) an Stelle der variabelen Grössen x^2, y^2, z^2, yz, zx, xy respective andere Grössen e_{00}, e_{11}, e_{22}, e_{12}, e_{20}, e_{02} zu substituiren, ohne die Gültigkeit der Gleichung dadurch aufzuheben. Durch diese Substitutionen gehen aber die entwickelten Ausdrücke Q, Q_1, Q_2, wenn wir die Bezeichnungen 5) der neunzehnten Vorlesung adoptiren, über in: F_{12}, F_{34}, F_{56} und die Gleichung 3) selber in:

5) $$qF_{12} + q_1F_{34} + q_2F_{56} = 0.$$

Verschwinden nun die beiden ersten Glieder dieser Gleichung, das ist, wenn das Linienpaar 12 sowohl, als das Linienpaar 34 harmonische Polaren des Kegelschnittes $F(u, v, w) = 0$ sind, so verschwindet auch das letzte Glied, dessen Verschwinden eben der analytische Ausdruck für das Polarenpaar 56 ist.

Wir haben damit den folgenden Satz bewiesen, dessen reciproken Satz wir zugleich anschliessen.

Wenn von drei Linienpaaren, welche sich in denselben vier Punkten schneiden, zwei Linienpaare harmonische Polaren eines Kegelschnittes sind, so ist das dritte Linienpaar ebenfalls ein Polarenpaar des Kegelschnittes.

Wenn die Endpunkte von zwei Diagonalen eines vollständigen Viereckes harmonische Polepaare eines Kegelschnittes sind, so sind die Endpunkte der dritten Diagonale ebenfalls harmonische Pole des Kegelschnittes.

Um den reciproken Satz aus dem bewiesenen Satze abzuleiten, denken wir uns vorerst zwei reciproke Figuren, die erste bestehend aus einem Kegelschnitte und einem Polarenpaare, welches bekanntlich harmonisch ist mit dem von seinem Schnittpunkte an den Kegelschnitt gelegten Tangentenpaare. Die andere reciproke Figur bietet einen Kegelschnitt dar und zwei Punktepaare, von welchen das zweite Paar dem Tangentenpaare in der andern Figur entsprechend auf dem Kegelschnitte liegt, das erste Paar auf der Verbindungslinie des zweiten Paares. Da nun die beiden Linienpaare der ersten Figur harmonisch sind, so werden die ihnen entsprechenden Punktepaare der zweiten Figur ebenfalls harmonisch sein. Das will aber sagen, dass das dem Polarenpaare entsprechende Punktepaar der reciproken Figur ein Polepaar ist für den Kegelschnitt dieser Figur.

Stellen wir uns nun eine, den bewiesenen Satz verdeutlichende Figur vor, zugleich mit ihrer reciproken Figur, so wird letztere bestehen aus einem Kegelschnitte und drei Polepaaren desselben, welche die Schnittpunkte von vier geraden Linien sind, wie der oben angegebene reciproke Satz es verlangt. Ein strenger Beweis desselben kann dadurch geführt werden, dass man von dem Bilde des Satzes in seiner Allgemeinheit ausgeht und sich das reciproke Bild vor Augen legt. Da dasselbe den als bekannt vorausgesetzten ersten Satz verdeutlicht, so können wir aus diesem Satze auf den zu beweisenden Satz schliessen.

Da nach Bemerkungen in der sechszehnten und achtzehnten Vorlesung die durch vier Punkte gelegten Linienpaare eine Involution bilden, wenn die vier Punkte in einen zusammenfallen, und die Endpunkte der Diagonalen eines vollständigen Viereckes eine Involution bilden, wenn die Seiten des Viereckes in einer geraden Linie liegen, so gehen aus den genannten reciproken Sätzen in den bezeichneten Fällen folgende schon bekannte Sätze hervor:

Wenn drei harmonische Polarenpaare eines Kegelschnittes von demselben Punkte ausgehen, so bilden sie eine Involution.

Wenn drei Polepaare eines Kegelschnittes auf einer und derselben geraden Linie liegen, so bilden sie eine Involution.

Nach der vorausgegangenen Darlegung des Gesetzes der Reciprocität an einzelnen Fällen wollen wir zum Schlusse dieses Uebertragungsprincip allgemein in Worten wiedergeben.

Eine Figur in der Ebene besteht im Allgemeinen aus Punkten, geraden Linien und Curven. Man kann sich dieselbe in doppelter Weise entstanden denken, durch den Punkt oder durch die gerade Linie. Wählt man den Punkt als die Einheit der Erzeugung, so wird die Figur der Inbegriff aller Punkte sein, welche in ihr liegen. Wählt man dagegen die gerade Linie als die Einheit der Erzeugung, so stellt sich der Punkt dar als der Inbegriff aller geraden Linien, welche durch ihn gehen, und die Curve als der Inbegriff sämmtlicher Tangenten.

Legt man nun einen Kegelschnitt als Directrix zum Grunde und betrachtet jeden Punkt einer gegebenen Figur als einen Pol, so wird seine Polare eine reciproke Figur bedingen, eine Figur, welche auch durch den Pol einer variabelen geraden Linie beschrieben wird, wenn man letztere als Erzeugerin der gegebenen Figur betrachtet.

In dieser Weise entspricht jedem Punkte einer gegebenen Figur eine gerade Linie der reciproken Figur, jeder geraden Linie der gegebenen Figur entspricht ein Punkt der reciproken Figur, endlich entspricht jeder Curve der gegebenen Figur wieder eine Curve der reciproken Figur, die durch die Polare berührt wird, wenn der Pol die Curve der gegebenen Figur beschreibt, und die der Pol beschreibt, wenn sich die Polare als Tangente um die Curve der gegebenen Figur bewegt. Umgekehrt entspricht auch in gleicher Weise die gegebene Figur ihrer reciproken Figur.

Hiernach bedingt eine jede Eigenschaft einer gegebenen Figur, welche sich auf die Lage ihrer Bestandtheile bezieht, eine entsprechende Eigenschaft der reciproken Figur. Da nun jede Eigenschaft einer Figur sich als geometrischer Satz ausdrücken lässt, so ist ein entsprechender Satz für die reciproke Figur die Folge des ausgesprochenen Satzes.

Der gefolgerte Satz hängt allerdings an der reciproken Figur, die eine durch die gegebene Figur ganz bestimmte ist; allein die Willkürlichkeit der gegebenen Figur wird auch eine entsprechende Willkürlichkeit der reciproken Figur zulassen, wodurch der in der reciproken Figur bewiesene Satz einen gewissen Grad der Allgemeinheit erlangt. Wie weit sich diese Allgemeinheit erstreckt, erfährt man, wenn man von einer allgemein gedachten reciproken Figur ausgehend, die zuvor gegebene als die reciproke von ihr bildet. Befindet sich unter diesen Umständen letztere noch in den Grenzen der Allgemeinheit des zum Grunde gelegten Satzes, so hat man die Ueberzeugung gewonnen, dass der aus der reciproken Figur abgelesene Satz seine allgemeine Gültigkeit hat.

Eine weitere Willkürlichkeit in der reciproken Figur ist durch die Wahl der Directrix bedingt. Es wird sich, wie schon am Ende der vorhergehenden Vorlesung angedeutet worden ist, in einer spätern Vorlesung zeigen, von welchem Einflusse die richtige Wahl der Directrix ist auf die Erfindung neuer geometrischer Sätze.

Einundzwanzigste Vorlesung.

Classification der Kegelschnitte.

Die Kegelschnitt-Gleichung $f(x, y, 1) = 0$ in gewöhnlichen Punktcoordinaten besteht aus drei Gliedern $f(x, y)$ der zweiten Ordnung und aus drei linearen Gliedern, so dass man hat:

1) $$f(x, y, 1) = f(x, y) + 2a_{20}x + 2a_{21}y + a_{22}.$$

Durch Drehung des Coordinatensystemes um den Anfangspunkt lässt sich, wie in der zehnten Vorlesung dargelegt wurde, die Function $f(x, y)$ auf die Form zurückführen: $f(x, y) = \lambda_0 X^2 + \lambda_1 Y^2$, während die linearen Glieder in 1) linear bleiben. Verschiebt man nun noch das Coordinatensystem sich selbst parallel, so dass der Coordinaten-Anfangspunkt der Mittelpunkt des Kegelschnittes wird, so fallen nach der siebenzehnten Vorlesung von den linearen Gliedern noch zwei fort, so dass schliesslich die Function $f(x, y, 1)$ nur die Glieder behält:

2) $$f(x, y, 1) = \lambda_0 X^2 + \lambda_1 Y^2 + \varkappa.$$

Die Substitutionen, welche diese Transformation bewirken, sind folgende:

3) $$\begin{aligned} x &= a(X + A) + a'(Y + B), \\ y &= b(X + A) + b'(Y + B), \end{aligned}$$

in welchen A und B die Coordinaten des Mittelpunktes des Kegelschnittes $f(x, y, 1) = 0$ bedeuten. Was die Grössen λ_0 und λ_1 anbetrifft, so sind sie bekannt als die Wurzeln der quadratischen Gleichung:

3) $$(a_{00} - \lambda)(a_{11} - \lambda) - a^2_{01} = 0.$$

Die Natur des Kegelschnittes, abgesehen von seiner Lage, hängt also ab von den drei reellen Constanten λ_0, λ_1, $\varkappa$. Die beiden ersten sind reell als die

Wurzeln der quadratischen Gleichung 4), die letztere ist reell, weil sie, wie aus der Gleichung 2) zu ersehen ist, eine ganze Function ist der Coefficienten in der gegebenen Function, ferner der reellen Coefficienten in den Substitutionen 3) und endlich der reellen Coordinaten des Mittelpunktes. Wir wollen bemerken, um sogleich davon Gebrauch zu machen, dass der rechte Theil der Gleichung 2) wieder in den linken Theil übergeht, also in die Function $f(x, y, 1)$, von der wir ausgingen, wenn wir die Variabelen X und Y auf Grund der Substitution 3) ersetzen durch die Variabelen x und y.

Wir haben hiernach durch blosse Verlegung des Coordinatensystemes die beliebig gegebene Kegelschnitt-Gleichung $f(x, y, 1) = 0$ auf ihre einfachste Form zurückgeführt:

5) $$\lambda_0 X^2 + \lambda_1 Y^2 + \varkappa = 0.$$

Man sagt, die Gleichung 5) des Kegelschnittes sei auf den Mittelpunkt und die Axen desselben bezogen, indem man unter *Axen des Kegelschnittes* die von dem Mittelpunkte in der Richtung der bezeichneten Coordinatenaxen ausgehenden Radien versteht, welche von dem Kegelschnitte begrenzt sind.

Betrachten wir nun zwei solcher Kegelschnitte 5), deren Gleichungen sich nur in dem Werthe der Constante $\varkappa$ unterscheiden, welcher Werth für den zweiten Kegelschnitt sein mag $\varkappa - \lambda$, so sehen wir, dass wenn X und Y die Coordinaten eines beliebigen Punktes auf dem ersten Kegelschnitte bedeuten, immer eine von den Coordinaten unabhängige Grösse μ sich bestimmen lässt der Art, dass μX und μY die Coordinaten eines Punktes auf dem zweiten Kegelschnitte sind. Das will sagen, dass die von dem gemeinsamen Mittelpunkte in derselben Richtung ausgehenden Radien der beiden Kegelschnitte immer gleiches Verhältniss haben. Solche Kegelschnitte heissen *ähnliche und ähnlich liegende Kegelschnitte mit gemeinsamem Mittelpunkte.*

Auf Grund dieser Definition und der oben gemachten Bemerkung, dass der rechte Theil der Gleichung 2) durch die Substitution 3) in den linken Theil übergeht, können wir nun allgemein den Satz aussprechen:

6) *Wenn die Gleichungen von zwei Kegelschnitten nur um eine additive Constante unterschieden sind, so haben die Kegelschnitte denselben Mittelpunkt und sind ähnlich und ähnlich liegend.*

Wir drücken diesen Satz nun anders aus, wenn wir unter der Voraussetzung, dass der Kegelschnitt durch seine Gleichung $f(x, y, z) = 0$ in homogenen Punktcoordinaten gegeben sei, sagen:

Die Gleichung

7) $$f(x, y, z) - \lambda \varphi(x, y, z) = 0$$

mit dem willkürlichen Factor λ ist der analytische Ausdruck aller ähnlichen und ähnlich liegenden Kegelschnitte mit gemeinsamem Mittelpunkte, wenn die Function φ ist $\varphi = z^2$. Hierdurch kennzeichnen wir die in Rede stehende

Classe von Kegelschnitten als solche, welche durch die vier Punkte gehen, in welchen die Kegelschnitte $f=0$ und $\varphi=0$ sich schneiden.

Zu gleicher Zeit werden wir aber auch auf einen Kegelschnitt $\varphi=0$ aufmerksam gemacht, der bemerkenswerthe Eigenschaften hat. Er ist nichts Anderes als ein Linienpaar, welches mit der geraden Linie im Unendlichen zusammenfällt. Seine charakteristische Eigenschaft ist, dass je zwei Punkte 0 und 1 harmonische Pole zu ihm sind, wenn der eine von ihnen im Unendlichen liegt. Es ergiebt sich dieses aber sowohl aus der geometrischen Anschauung, als wenn man auf die in der siebenzehnten Vorlesung entwickelte Bedingungsgleichung $\varphi_{01}=0$ für harmonische Pole des Kegelschnittes $\varphi=0$ zurückgeht. Wir definiren diesen Kegelschnitt aber auch analytisch, wenn wir sagen: Er ist der einzige Kegelschnitt, dessen Gleichung in Punktcoordinaten für jedes rechtwinklige Coordinatensystem sich nicht ändert. Diese Definition wird in dem zweiten Theile unserer Vorlesung auf die Entdeckung eines andren, ebenso ausgezeichneten Kegelschnittes führen.

Die Bedingungsgleichung für ein harmonisches Polenpaar 0 und 1 des Kegelschnittes 7) lässt sich auf Grund der siebenzehnten Vorlesung kurz durch die Gleichung wiedergeben:

8) $$f_{01}-\lambda\varphi_{01}=0.$$

Das erste Glied dieser Gleichung verschwindet, wenn das Punktepaar 0 und 1 ein harmonisches Polepaar ist des gegebenen Kegelschnittes $f=0$, das zweite Glied verschwindet, wenn einer der beiden Pole im Unendlichen liegt. Daraus folgt, dass jedes Polepaar des gegebenen Kegelschnittes $f=0$ ein Polepaar des Kegelschnittes 7) ist, wenn der eine Pol im Unendlichen liegt. Diese Bemerkung lässt sich so ausdrücken:

9) Die Sehnen, welche auf einer beliebig gegebenen geraden Linie von ähnlichen und ähnlich liegenden Kegelschnitten begrenzt werden, haben denselben Mittelpunkt.

Denn wenn von einem harmonischen Polepaare eines Kegelschnittes der eine Pol im Unendlichen liegt, so halbirt der andere die Sehne, welche durch beide geht.

Werfen wir nun einen Blick auf die Lage der vier Punkte, in welchen sich die Kegelschnitte 7) schneiden, so kann es uns nicht entgehen, dass dieselben zwar sämmtlich im Unendlichen liegen, dass sie sich aber in der Art paaren, dass zwei derselben zusammenfallen, und dass das andere Paar wieder in einem Punkte zusammenfällt. Durch diese vier Punkte im Unendlichen lassen sich drei Linienpaare legen. Dass von diesen drei Linienpaaren zwei Paare im Unendlichen liegen, ist ersichtlich. Es bleibt also noch ein Linienpaar übrig, welches zusammenfallende Punkte verbindet. Dieses Linienpaar braucht nicht nothwendigerweise im Unendlichen zu liegen, und es erhebt sich daher die Frage, ob unter den Kegelschnitten 7) ein Linienpaar im Endlichen anzutreffen ist.

In der That lässt sich ein Factor λ der Art bestimmen, dass die Gleichung 7) ein endliches Linienpaar wird, und dieses Linienpaar hat die Eigenschaft, jeden Kegelschnitt 7) im Unendlichen zu berühren. Dieses Linienpaar, welches von dem gemeinsamen Mittelpunkte der Kegelschnitte 7) ausgeht, wird mit dem Namen der Asymptoten bezeichnet. Man kann demnach die Asymptoten eines Kegelschnittes definiren als die von dem Mittelpunkte an den Kegelschnitt gelegten Tangenten, oder auch als dasjenige Tangentenpaar, welches den Kegelschnitt im Unendlichen berührt. Auf Grund dieser Definitionen charakterisirt sich denn die aufgeführte Classe von ähnlichen und ähnlich liegenden Kegelschnitten mit demselben Mittelpunkte als solche, welche dieselben Asymptoten haben.

Die Asymptoten eines Kegelschnittes können imaginär oder reell sein. Darnach zerfallen dann, wie wir sogleich sehen werden, die Kegelschnitte, welche einen Mittelpunkt haben, in Ellipsen und Hyperbeln.

Wir ändern nur den Coordinatenanfang, wenn wir in der Gleichung 5) des Kegelschnittes die Variabelen um Constanten ändern. Durch diese Aenderung vermehren sich die Glieder der Gleichung nur um lineare Glieder, während die Glieder zweiter Ordnung unbehelligt bleiben selbst bei beliebiger Verlegung des Coordinatenanfanges. Wir schliessen daraus in Berücksichtigung des Satzes 6):

10) Wenn die Gleichungen von zwei Kegelschnitten in ihren Gliedern der zweiten Ordnung übereinstimmen, so liegen ähnliche und ähnlich liegende Kegelschnitte vor.

Es haben also Kegelschnitte parallele Asymptotenpaare, wenn in ihren Gleichungen die Glieder zweiter Ordnung übereinstimmen.

Kehren wir nun zu der Axen-Gleichung 5) des Kegelschnittes zurück, so können wir mit Veränderung der Bezeichnung der Coordinaten zwei Fälle unterscheiden, wenn die quadratische Gleichung 4), von welcher das Axenproblem des Kegelschnittes abhängt, Wurzeln mit gleichen Vorzeichen hat:

11) $$\frac{x^2}{a^2}+\frac{y^2}{b^2}-1=0,$$

12) $$\frac{x^2}{a^2}+\frac{y^2}{b^2}+1=0.$$

Diese Gleichungen sind die analytischen Ausdrücke für Kegelschnitte, welche Ellipsen genannt werden. Die letzteren, welche keinen reellen Punkt aufzuweisen haben, heissen deshalb imaginäre Ellipsen.

Ob die Gleichung $f(x, y, 1)=0$, von welcher wir ausgingen, einer Ellipse zugehöre oder nicht, erfahren wir aus der Gleichung 4). Das von λ unabhängige Glied in ihr, welches das Product der Wurzeln ausdrückt, muss positiv sein im Falle der Ellipse Es ist demnach $a_{00}a_{11}-a_{01}{}^2=pos.$ das Kriterium für die Ellipse $f(x, y, 1)=0$.

Es kann aber auch in der Axengleichung 5) des Kegelschnittes $\varkappa$ verschwinden. In diesem Falle ergiebt sich daraus mit Beibehaltung der gleichen Bezeichnung die Gleichung des Asymptotenpaares

$$13)\qquad \frac{x^2}{a^2}+\frac{y^2}{b^2}=0$$

sowohl für den Kegelschnitt 11) als 12). Da dieses Linienpaar imaginär ist, so kann man die Ellipsen auch als diejenigen Kegelschnitte bezeichnen, welche imaginäre Asymptoten haben.

Den Fall, wenn eine Wurzel der quadratischen Gleichung 5) verschwindet, brauchen wir hier nicht weiter zu discutiren, erstens weil die Gleichung 5) dann ein mit einer Coordinatenaxe paralleles Linienpaar darstellen würde, und zweitens weil, wie es sich in dem Folgenden zeigen wird, gerade derjenige Fall vorläge, den wir in unserer Untersuchung ausdrücklich ausgeschlossen haben, nämlich der Fall, wenn der Kegelschnitt keinen Mittelpunkt hat.

Wir kommen nun zu dem zweiten Falle der ungleichen Vorzeichen der Wurzeln der quadratischen Gleichung 4). In diesem Falle können wir, wenn wir die Coordinatenaxen für gleichberechtigt nehmen, nur eine Form der Kegelschnitt-Gleichung hervorheben:

$$14)\qquad \frac{x^2}{a^2}-\frac{y^2}{b^2}-1=0.$$

Es ist dieses die Gleichung der Hyperbel. Das Kriterium für die Hyperbel-Gleichung $f(x,y,1)=0$ ist demnach, dass das von λ unabhängige Glied in der Gleichung 4) das negative Vorzeichen hat, dass $a_{00}a_{11}-a^2_{01}=neg.$

Wenn man in der genannten Hyperbel-Gleichung das ganz constante Glied unterdrückt, so erhält man die Gleichung der Asymptoten der Hyperbel 14):

$$15)\qquad \frac{x^2}{a^2}-\frac{y^2}{b^2}=0,$$

eine Gleichung, welche in reelle Factoren zerlegbar ist. Man kann daher die Hyperbel auch definiren als denjenigen Kegelschnitt mit einem Mittelpunkte, welcher reelle Asymptoten hat. Und in der That, wenn man in der Gleichung $f(x,y,1)=0$ dem ganz constanten Gliede einen solchen Werth beilegt, dass die Gleichung in lineare Factoren zerfällt, und die Bedingungen aufstellt, unter welchen die Factoren imaginär oder reell werden, so erhält man gerade die oben aufgestellten Kriterien für Ellipsen und Hyperbeln.

Wenn in der Hyperbel-Gleichung 14) $a=b$ wird, so liegt eine gleichseitige Hyperbel vor, die sich dadurch charakterisirt, dass ihre Asymptoten aufeinander senkrecht stehen. Die gleichseitige Hyperbel entspricht in gewisser Art derjenigen Ellipse, deren Axen einander gleich sind, das ist dem Kreise.

Was die Form der behandelten Kegelschnitte mit einem Mittelpunkte anbetrifft, so kann dieselbe leicht aus ihren Axengleichungen abgenommen werden. Die Ellipse erscheint als eine geschlossene Curve, die Hyperbel hat zwei getrennte Aeste, die in das Unendliche verlaufen.

Es bleibt noch übrig, die Parabel-Gleichung $f(x,y,1)=0$ in ähnlicher Weise zu discutiren. Zu diesem Zwecke gehen wir auf die Darstellung der Function $f(x,y,1)$ in 1) zurück. Durch Drehung des Coordinatensystems um den Anfangspunkt lässt sich die Function $f(x,y)$ auf die Form zurückführen:

$$f(x,y)=\lambda_0 X^2+\lambda_1 Y^2,$$

während die linearen Glieder in der Function $f(x,y,1)$ linear bleiben. Da aber λ_0 und λ_1 die Wurzeln der quadratischen Gleichung 4) sind, in welcher das von λ unabhängige Glied $a_{00}a_{11}-a^2_{01}=0$ wird, so hat die Gleichung eine Wurzel $\lambda_0=0$. Es wird demnach $f(x,y)=\lambda_1 Y^2$ und

$$f(x,y,1)=\lambda_1 Y^2+2(a_{20}a+a_{21}b)X+2(a_{20}a'+a_{21}b')Y+a_{22}.$$

Wir verlegen nur den Anfangspunkt des letzten Coordinatensystemes, ohne die Richtung der Coordinatenaxen zu ändern, wenn wir für X und Y respective setzen $X+A$ und $Y+B$, wodurch die Gleichung übergeht in

$$16)\qquad \begin{aligned} f(x,y,1)=\lambda_1(Y+B)^2&+2(a_{20}a+a_{21}b)(X+A)\\ &+2(a_{20}a'+a_{21}b')(Y+B)+a_{22}.\end{aligned}$$

Diese Transformation wird wieder bewirkt durch die Substitution 3), mit dem Unterschiede, dass hier über die Coordinaten A und B noch keine Bestimmung getroffen ist.

Der rechte Theil der Gleichung enthält entwickelt nur vier Glieder mit den Factoren Y^2, X, Y, und ein von den Variabelen freies Glied Ihre Coefficienten sind der Reihe nach:

$$\begin{aligned}&\lambda_1,\\ &2(a_{20}a+a_{21}b)=-2\mu,\\ &2(a_{20}a'+a_{21}b')+\lambda_1 B,\\ &\lambda_1 B^2+2(a_{20}a+a_{21}b)A+2(a_{20}a'+a_{21}b')B+a_{22}.\end{aligned}$$

Die beiden ersten Coefficienten bleiben unberührt von der Lage des neuen Coordinatenanfanges, dagegen können die beiden letzten Coefficienten durch geeignete Wahl der Coordinaten A und B zum Verschwinden gebracht werden. Setzt man nämlich den vorletzten Coefficienten gleich Null, so ergiebt sich daraus der Werth von B und hierauf wieder eindeutig der Werth von A, wenn man den letzten Coefficienten gleich Null setzt.

Setzen wir die eben bezeichneten Werthe von A und B voraus, so sehen wir, dass in dem vorliegenden Falle die behandelte Function durch die Substitutionen 3) transformirt wird in:

$$17)\qquad f(x,y,1)=\lambda_1 Y^2-2\mu X,$$

wonach die Parabel-Gleichung, wenn wir $\frac{\mu}{\lambda_1}=p$ setzen und die Bezeichnung der Coordinaten wie früher ändern, ihre einfachste Gestalt erhält:

$$18)\qquad y^2-2px=0$$

Die Grösse p, welche die Natur der Parabel bedingt, heisst **Parameter**. Die Kegelschnitt-Gleichungen 11) und 14) mit einem Mittelpunkte haben zwei Parameter a und b. Sie sind die Ausdrücke für die Längen der Axen. Die Axe b der Hyperbel wird auch Zwergaxe oder imaginäre Axe genannt. Die geometrische Bedeutung des Parameters der Parabel liegt nicht so nahe. Wir müssen sie als ein in der nächstfolgenden Vorlesung zu lösendes Problem hier vertagen.

Die Form der Parabel ergiebt sich aus ihrer Gleichung 18). Sie besteht aus einem Aste, der die y-Axe des Coordinatensystemes in dem Anfangspunkte berührt und sich dann symmetrisch um die x-Axe in das Unendliche erstreckt. Ihr Mittelpunkt liegt im Unendlichen der x-Axe. Der Anfangspunkt des Coordinatensystemes, auf welches sich die Gleichung 18) bezieht, heisst der **Scheitel der Parabel**. Er charakterisirt sich dadurch, dass er auf der Parabel selber liegt, und dass die Tangente in ihm senkrecht steht auf seiner Verbindungslinie mit dem Mittelpunkte, der in das Unendliche fällt. Diese Verbindungslinie wird **Durchmesser der Parabel** genannt.

In derselben Weise, als wir von der Kegelschnitt-Gleichung $f(x,y,1)=0$ in Punktcoordinaten ausgegangen sind, können wir auch die Gleichung in Liniencoordinaten $F(u,v,1)=0$ desselben Kegelschnittes unserer Entwickelung zu Grunde legen. Ganz gleiche Betrachtungen, die wir an der letzteren Kegelschnitt-Gleichung anstellen, werden theils auf dieselben, theils auf neue Thatsachen führen.

Durch Verlegung des Coordinaten-Anfangspunktes in den Mittelpunkt des Kegelschnittes lässt sich, wie man in der neunzehnten Vorlesung gesehen hat, die Gleichung des Kegelschnittes auf die Form zurückführen:

$$F(u,v)+\frac{1}{\varkappa}=0,$$

wenn man unter $F(u,v)$ die Glieder der zweiten Ordnung versteht. Durch Drehung des Coordinatensystemes um den Anfangspunkt lässt sich die Function $F(u,v)$ zurückführen auf die Form:

$$F(u,v)=\frac{U^2}{\lambda_0}+\frac{V^2}{\lambda_1}.$$

Ziehen wir nun die genannten beiden Operationen in eine zusammen, so erhalten wir die Transformation:

$$19)\qquad F(u,v,1)=\frac{C}{(1-AU-BV)^2}\left\{\frac{U^2}{\lambda_0}+\frac{V^2}{\lambda_1}+\frac{1}{\varkappa}\right\}$$

zugleich mit den Substitutionen, welche diese Transformation bewirken:

$$20)\qquad u=\frac{aU+a'V}{1-AU-BV},\quad v=\frac{bU+b'V}{1-AU-BV}.$$

Es bedeuten hier A und B die Coordinaten des Mittelpunktes, C eine Con-

λ_1, $\varkappa$ anbetrifft, so haben sie vorläufig nur die Bedeutung von Constanten, welche erst zu bestimmen sind. Es wird sich aber sogleich zeigen, dass diese Constanten für den betrachteten Kegelschnitt die gleiche Bedeutung haben, als die mit gleichen Zeichen ausgedrückten Constanten in der vorausgegangenen Untersuchung.

Die Transformation 19) führt die gegebene Kegelschnitt-Gleichung:

$$F(u, v, 1) = 0$$

auf die Axengleichung zurück:

21) $$\frac{U^2}{\lambda_0} + \frac{V^2}{\lambda_1} + \frac{1}{\varkappa} = 0,$$

in welcher die Coordinatenaxen die Richtung der Axen des Kegelschnittes angeben.

Wir sind nun in der Lage, uns davon überzeugen zu können, dass die Constanten λ_0, λ_1, $\varkappa$ in dieser Gleichung des Kegelschnittes dieselbe Bedeutung der gleichbezeichneten Constanten in der Gleichung 5) ebendesselben Kegelschnittes haben. Wir brauchen nur die Gleichungen 5) und 21) homogen zu machen, um zu sehen, dass der linke Theil der einen Gleichung die reciproke Function des linken Theiles der anderen Gleichung ist.

Die Veränderung von $\varkappa$ hat uns in dem ersten Theile unserer Vorlesung auf einen höchst merkwürdigen Kegelschnitt $\varphi = 0$ geführt, dessen charakteristische Eigenschaft ist, dass je zwei Punkte harmonische Pole zu ihm sind, wenn einer von ihnen im Unendlichen liegt. Die Veränderung von $\varkappa$ in unserer Gleichung 21) würde nichts Neues bieten. Indem wir aber an der charakteristischen Eigenschaft des genannten Kegelschnittes $\varphi = 0$ festhalten, erhebt sich die analoge Frage, ob wohl ein Kegelschnitt existirt, dessen harmonische Polaren immer aufeinander senkrecht stehen. Eine andere charakteristische Eigenschaft des Kegelschnittes $\varphi = 0$ war, dass seine Gleichung in jedem rechtwinkligen Coordinatensysteme dieselbe blieb. Daran schliesst sich nun die weitere Frage, ob ein Kegelschnitt existirt, dessen Gleichung in Liniencoordinaten für jedes rechtwinklige Coordinatensystem ungeändert bleibt.

Wenn sich nun beide Fragen bejahend beantworten lassen, also zwei Kegelschnitte gefunden werden können, von welchen der eine der einen, der andere der anderen Bedingung genügt, so drängt sich die weitere Frage auf, ob die beiden Kegelschnitte von einander verschieden sind. Diese Fragen sollen in dem Folgenden beantwortet werden.

Es existirt in der That, wenn wir setzen:

$$\Phi(u, v, w) = u^2 + v^2,$$

ein Kegelschnitt $\Phi(u, v, w) = 0$, dessen Gleichung für jedes rechtwinklige Coordinatensystem ungeändert bleibt. Er stellt ein imaginäres Punktepaar im Unendlichen dar.

Zwei durch ihre Coordinaten gegebene gerade Linien 0 und 1 sind harmonische Polaren zu ihm, wenn $\Phi_{01} = 0$, das ist, wenn $u_0 u_1 + v_0 v_1 = 0$. Die-

recht stehen. Da diese Bedingung immer erfüllt wird, wenn zwei gegebene gerade Linien 0 und 1 aufeinander senkrecht stehen, so hat der Kegelschnitt beide, oben hervorgehobene Eigenschaften. Seine Gleichung ändert sich nicht von einem rechtwinkligen Coordinatensysteme zu einem anderen, und je zwei aufeinander senkrecht stehende gerade Linien sind harmonische Polaren zu ihm.

Nachdem wir nun einen in seiner Art ausgezeichneten Kegelschnitt $\Phi(u,v,w)=0$ kennen gelernt haben mit Eigenschaften, welche ganz analog sind den Eigenschaften des in dem ersten Theile unserer Vorlesung aufgeführten Kegelschnittes $\varphi(x,y,z)=0$, so bleibt noch übrig, ihn in ähnlicher Weise zu verwerthen. Zu diesem Zwecke stellen wir die Gleichung der Kegelschnitte auf, die mit den beregten beiden Kegelschnitten dieselben Tangenten haben:

22) $$F(u,v,w)-\lambda\,\Phi(u,v,w)=0.$$

Da die gemeinschaftlichen Tangenten dieser Kegelschnitte nichts Anderes sind, als die von den beiden im Unendlichen liegenden imaginären Punkten $\Phi=0$ an den gegebenen Kegelschnitt gezogenen Tangenten, so werden dieselben imaginäre gerade Linien. Von ihnen ausgehend die vorliegende Classe von Kegelschnitten geometrisch zu definiren, ist daher nicht zulässig; wir müssen vielmehr eine reelle charakteristische Eigenschaft der Definition zum Grunde legen.

Nehmen wir zu diesem Zwecke zwei gerade Linien 0 und 1, so werden sie harmonische Polaren des Kegelschnittes 22) sein unter der Bedingung:

23) $$F_{01}-\lambda\,\Phi_{01}=0.$$

Das erste Glied der Gleichung verschwindet, wenn die genannten Linien harmonische Polaren des gegebenen Kegelschnittes sind; das andere Glied verschwindet, wenn jene Linien aufeinander senkrecht stehen. Es ist daher jedes Polarenpaar des gegebenen Kegelschnittes ein Polarenpaar der ganzen Classe von Kegelschnitten 22), wenn die Polaren des gegebenen Kegelschnittes auf einander senkrecht stehen. Solche Kegelschnitte führen den Namen der confocalen Kegelschnitte wegen der Eigenschaft ihrer Brennpunkte, wovon in der nächsten Vorlesung die Rede sein wird. Hier definiren wir die Kegelschnitte 22) als die Classe von Kegelschnitten, für welche jedes Paar Polaren, welche auf einander senkrecht stehen, ein Polarenpaar ist für die ganze Classe, wenn dasselbe ein Polarenpaar ist für einen Kegelschnitt aus der Classe.

Aus dieser Definition folgt nun unmittelbar der Satz, welcher dem Satze 9) entspricht:

24) Wenn man von einem beliebigen Punkte an confocale Kegelschnitte Tangentenpaare legt, so werden die Winkel, welche ein jedes Tangentenpaar bildet, von einem und demselben Linienpaare halbirt.

Zum Beweise des Satzes brauchen wir uns nur daran zu erinnern, dass das Linienpaar, welches die Winkel des Tangentenpaares eines Kegelschnittes halbirt, harmonisch ist zu dem Tangentenpaare und darum ein senkrechtes Polarenpaar

Wenn man den beliebigen Punkt in den Schnittpunkt zweier confocalen Kegelschnitte verlegt, so fallen die Tangentenpaare zusammen, das erste mit der Tangente des ersten Kegelschnittes, das zweite mit der Tangente des anderen Kegelschnittes. Daraus folgt der specielle Satz:

25) Confocale Kegelschnitte schneiden einander senkrecht.

Das will sagen, dass die Tangenten in dem Schnittpunkte aufeinander senkrecht stehen.

Um noch auf eine andere, nicht charakteristische Eigenschaft der confocalen Kegelschnitte aufmerksam zu machen, bemerken wir, dass die allgemeine Gleichung 22) confocaler Kegelschnitte, wenn man $w=1$ setzt, durch die Substitution 20) übergeht in:

26) $$C\left\{\frac{U^2}{\lambda_0}+\frac{V^2}{\lambda_1}+\frac{1}{\varkappa}\right\}-\lambda\{U^2+V^2\}=0,$$

woraus wir schliessen, dass confocale Kegelschnitte denselben Mittelpunkt und dieselbe Richtung der Axen haben.

Gehen wir schliesslich auf die Axen-Gleichung 21) des Kegelschnittes zurück, so lassen sich mit Veränderung der Variabelen zwei Fälle:

27) $$a^2u^2+b^2v^2-1=0,$$

28) $$a^2u^2+b^2v^2+1=0$$

der reellen und imaginären Ellipse unterscheiden und der Fall der Hyperbel:

29) $$a^2u^2-b^2v^2-1=0.$$

Es sind dieses Gleichungen, welche unmittelbar durch Uebertragung von Punktcoordinaten in Liniencoordinaten aus den Gleichungen 11), 12), 14) hervorgehen. Auf dieselbe Weise erhält man aus 18):

30) $$v^2-\frac{2}{p}u=0,$$

die Gleichung der Parabel in ihrer einfachsten Gestalt, ausgedrückt durch Liniencoordinaten.

Es lag dieser Vorlesung vornehmlich die Absicht zum Grunde, die Dualität zwischen ähnlichen und ähnlich liegenden Kegelschnitten mit demselben Mittelpunkte und den confocalen Kegelschnitten nicht allein zur Anschauung zu bringen, sondern auch eine organische Verbindung zwischen den genannten beiden Classen herzustellen. Wir wollen uns aber nicht verhehlen, dass das aufgeführte Band nur ein erkünsteltes ist, wie es die synthetische Geometrie zur Erforschung ihrer Wahrheiten nicht selten gebraucht. Wir mussten Definitionen verschiedener Art vorausgehen lassen, um eine Einsicht in jene Dualität wahrnehmbar zu machen, wir mussten unsere Zuflucht nehmen zu dem Unendlichen, sogar zu der im Unsichtbaren wirkenden Macht des Imaginären. Und dennoch liess sich die sich von selbst erhebende Frage, „welche Punkte der confocalen Kegelschnitte den Asymptoten der ersten Classe von Kegelschnitten entsprechen“, nicht beantworten. Es sind dieses die Brennpunkte, von welchen in der nächsten Vorlesung die Rede sein wird. Die natürlichste Verbindung zwischen Asymptoten und Brennpunkten ohne Hilfe des Imaginären muss man nicht in der Ebene, sondern auf der Kugeloberfläche suchen, wovon am Ende der vierten Vorlesung meiner Raumgeometrie eine kurze Andeutung gegeben ist.

Zweiundzwanzigste Vorlesung.

Construction der Kegelschnitte von ihren Brennpunkten aus.

Die gerade Linie ist in der zweiten Vorlesung als der geometrische Ort eines variabelen Punktes definirt worden, dessen Abstände von zwei festen Punkten einander gleich sind. Wenn wir die von dem variabelen Punkte nach den beiden festen Punkten gezogenen geraden Linien der Kürze wegen Radien vectoren nennen und die festen Punkte mit dem Namen der Brennpunkte bezeichnen, weil jeder von dem einen Brennpunkte durch die gerade Linie reflectirte Strahl wie von dem andern Brennpunkte ausgegangen erscheint, so können wir auch sagen, dass der variabele Punkt der geraden Linie die charakteristische Eigenschaft habe, dass die Differenz der von ihm nach den Brennpunkten geführten Radienvectoren gleich Null sei. Daran schliesst sich nun die Frage, welches der geometrische Ort eines variabelen Punktes sein werde, wenn die Differenz oder die Summe der Radienvectoren nicht Null, sondern eine gegebene Grösse ist.

Bezeichnen wir mit x_0, y_0, z_0 und x_1, y_1, z_1 die Coordinaten der gegebenen Brennpunkte 0 und 1 und mit R_0 und R_1 die Quadrate der von dem variabelen Punkte x, y nach den Brennpunkten gezogenen Radienvectoren, so haben wir

$$1)\qquad \begin{aligned} R_0 &= (x-x_0)^2+(y-y_0)^2, \\ R_1 &= (x-x_1)^2+(y-y_1)^2. \end{aligned}$$

Soll nun die Summe oder die Differenz der Radienvectoren eine gegebene Grösse $2a$ sein, so wird die Gleichung:

$$2)\qquad \sqrt{R_0} \pm \sqrt{R_1} = 2a$$

der analytische Ausdruck für die gesuchte Curve. Durch Quadrirung beider Theile der Gleichung erhalten wir:

$$\pm 2\sqrt{R_0 R_1} = 4a^2 - (R_0+R_1)$$

und wenn wir abermals beide Theile der Gleichung quadriren, so wird:

$$3)\qquad 16a^4 - 8a^2(R_0+R_1) + (R_0-R_1)^2 = 0$$

die von dem Irrationalen befreite Gleichung der Curve.

Diese Gleichung ist in Rücksicht auf die variabelen Coordinaten von der zweiten Ordnung, weil $(R_0 - R_1)$ von der ersten Ordnung ist. Wir können demnach sagen, dass ein variabeler Punkt einen Kegelschnitt beschreibt, wenn entweder die Summe oder die Differenz seiner nach den Brennpunkten geführten Radienvectoren eine gegebene Grösse ist.

Wenn wir der begonnenen Untersuchung, in welcher sich ein Unterschied zwischen Ellipse und Hyperbel entsprechend der Summe und der Differenz der Radienvectoren bemerkbar machen wird, voraneilen, so mag es auffallen, dass dieselbe Gleichung 3) bestimmt sein soll, sowohl eine Ellipse, als eine Hyperbel darzustellen. Diesen scheinbaren Widerspruch wollen wir gleich damit beseitigen, dass wir auf die allgemeine Gleichung 5) in der vorhergehenden Vorlesung der Kegelschnitte mit einem Mittelpunkte aufmerksam machen, welche je nach den Umständen eine Ellipse oder eine Hyperbel ausdrückt. In gleicher Weise werden wir in der vorliegenden Untersuchung einen Unterschied zu machen haben, ob die gegebene Grösse $2a$, über welche wir nach Belieben verfügen können, grösser oder kleiner ist als der Abstand der beiden Brennpunkte von einander; denn dieser Unterschied wird sich als die Bedingung herausstellen, ob eine Ellipse oder Hyperbel vorliegt.

Um unsere Untersuchung zu vereinfachen und die Kegelschnitt-Gleichung gleich auf die Axen bezogen zu haben, verlegen wir die Brennpunkte in die x-Axe zu beiden Seiten der y-Axe in der Entfernung e. Alsdann wird

$$x_0 = -e, \quad y_0 = 0, \quad x_1 = +e, \quad y_1 = 0,$$

und aus 1) wird

$$4) \qquad \begin{aligned} R_0 &= (x+e)^2 + y^2, \\ R_1 &= (x-e)^2 + y^2. \end{aligned}$$

Setzen wir nun die Werthe von

$$R_0 + R_1 = 2(x^2+y^2+e^2), \quad R_0 - R_1 = 4ex$$

in die Gleichung 3) ein, so geht die genannte Gleichung über in

$$5) \qquad x^2(a^2-e^2) + a^2y^2 - a^2(a^2-e^2) = 0.$$

In dem ersten Falle, wenn die Summe der Radienvectoren gleich $2a$ sein soll, müssen wir, um eine reelle Curve zu erhalten, annehmen, dass $a > e$. Setzen wir nun $a^2 - e^2 = b^2$, so geht die Gleichung 5) über in:

$$6) \qquad \frac{x^2}{a^2} + \frac{y^2}{b^2} - 1 = 0.$$

Der gesuchte Ort des variabelen Punktes ist also eine Ellipse.

In dem andern Falle, wenn die Differenz der Radienvectoren gleich $2a$ sein soll, muss unter der Bedingung einer reellen Curve angenommen werden, dass $e^2 - a^2 = b^2$ eine positive Grösse ist. Alsdann geht die Gleichung 5) über in

$$7) \qquad \frac{x^2}{a^2} - \frac{y^2}{b^2} - 1 = 0,$$

die Gleichung einer Hyperbel.

Um beide Fälle aber unter demselben Gesichtspunkte zusammen zu fassen, bleiben wir bei der Gleichung 5). Wenn wir die Gleichung 5) des gesuchten Kegelschnittes durch Liniencoordinaten ausdrücken, so finden wir:

$$8) \qquad (u^2e^2 + 1) + (a^2 - e^2)(u^2 + v^2) = 0$$

eine Gleichung, welche zusammengesetzt ist aus den beiden Gleichungen:

$$u^2 e^2 - 1 = 0 \text{ und } u^2 + v^2 = 0.$$

Die erste Gleichung ist die der Brennpunkte, die andere Gleichung stellt das im Unendlichen gelegene imaginäre Punktepaar dar, dessen Eigenschaften wir in der vorausgegangenen Vorlesung dargelegt haben.

Wenn wir in der Gleichung 8) die Grösse a variiren lassen, so ist diese Gleichung auf Grund der vorhergehenden Vorlesung der analytische Ausdruck von confocalen Kegelschnitten. Da diese Gleichung für $a = e$ das Brennpunktepaar darstellt, so ist das Brennpunktepaar confocal mit dem Kegelschnitte 8), und der Satz 24) der vorhergehenden Vorlesung kann in dem vorliegenden Falle so ausgesprochen werden:

9) Die Winkel, welche das von einem beliebigen Punkte an einen Kegelschnitt gelegte Tangentenpaar bildet, und die Winkel, welche die von demselben Punkte nach den Brennpunkten des Kegelschnittes geführten Radienvectoren bilden, werden von demselben Linienpaare halbirt.

Wird der beliebige Punkt ein Punkt des Kegelschnittes selber, so lässt sich der Satz so ausdrücken:

10) Die von einem beliebigen Punkte eines Kegelschnittes nach seinen Brennpunkten gezogenen Radienvectoren bilden gleiche Winkel mit der Tangente in dem Punkte.

Dieser Satz ist die Veranlassung der Benennung der Brennpunkte gewesen; denn jeder Strahl, der von einem Brennpunkte in der Richtung des Radiusvector ausgeht, wird von dem Kegelschnitte in der Richtung des andern Radiusvector reflectirt.

Die Gleichung des Brennpunktepaares des gegebenen Kegelschnittes 8) erhielten wir, indem wir das Punktepaar suchten, welches confocal ist mit dem Kegelschnitte. Es giebt aber noch zwei Punktepaare, welche ebenfalls mit dem gegebenen Kegelschnitte confocal sind. Ihre Gleichungen erhalten wir, wenn wir entweder $a = 0$ oder $a = \infty$ setzen:

$$v^2 e^2 + 1 = 0, \quad u^2 + v^2 = 0.$$

Was das erste Punktepaar anbetrifft, so ist ersichtlich, dass dasselbe auf der zweiten Axe des Kegelschnittes liegt in der imaginären Entfernung ei und $-ei$ von dem Mittelpunkte. Es ist selbst imaginär, aber vollständig bestimmt durch das reelle Brennpunktepaar. Das letzte Punktepaar ist ebenfalls imaginär, liegt in dem Unendlichen und ist für jeden Kegelschnitt das gleiche. Auch diese beiden imaginären Punktepaare werden Brennpunkte des Kegelschnittes genannt wegen gleicher analytischer Eigenschaften als die reellen Brennpunkte.

Aus der geführten Untersuchung ergiebt sich nun folgende, im praktischen Leben gebräuchliche Construction der Ellipse 6).

Der eine Endpunkt eines unausdehnbaren Fadens von der Länge $2a$ sei mit dem einen Brennpunkte e fest verbunden, sowie der andere Endpunkt mit dem zweiten Brennpunkte e'. Wenn man alsdann einen Stift so bewegt, dass er den Faden fortwährend spannt, so beschreibt er die Ellipse.

Fig. 1.

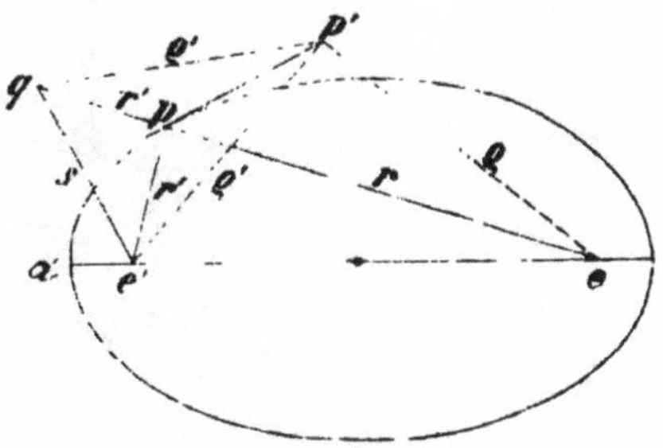

Um in einem gegebenen Punkte p der Ellipse die Tangente zu construiren, verlängern wir den Radiusvector r um den andern Radiusvector r' bis q. Halbiren wir alsdann die gerade Linie $e'q$ in s, so wird sp die Tangente sein, das ist eine gerade Linie, welche mit der Ellipse nur den Punkt p gemein hat. Denn wenn noch ein zweiter Punkt p' der geraden Linie sp und der Ellipse gemeinsam wäre, so würde die Summe der Radienvectoren ϱ und ϱ' gleich der Summe der Radienvectoren r und r' des Punktes p sein. Da nun $p'e' = p'q = \varrho'$, so läge ein Dreieck qep' vor, in welchem die Summe zweier Seiten ϱ und ϱ' gleich der dritten Seite $(r+r')$ ist.

Aus dieser Construction der Tangente ergiebt sich ebenfalls der Satz 10). Denn wie die Figur zeigt, bilden die von dem Punkte p ausgehenden Radienvectoren r und r' gleiche Winkel mit der Tangente ps.*

Um die Hyperbel 7) mechanisch zu construiren, denken wir uns ein von dem Brennpunkte e' ausgehendes Lineal von beliebiger, aber gegebener Länge l. Ein unausdehnbarer Faden von der Länge $(2a+l)$ fange in dem andern Brennpunkte e an und ende in der Spitze des Lineales. Wenn unter diesen Umständen ein Stift fortwährend den Faden in dem variabelen Punkte p spannt, ohne das Lineal zu verlassen, so beschreibt derselbe einen Zweig der Hyperbel. Denn die Differenz der von dem Punkte p nach den Brennpunkten e und e' gerichteten Radienvectoren ist immer gleich $2a$. Durch Verwechselung der Brennpunkte wird sich auch der andere Zweig der Hyperbel beschreiben lassen.

Die Tangente der Hyperbel 7) in dem Punkte p lässt sich in folgender Weise construiren. Man trage auf dem von dem Punkte p nach dem Brenn-

---

* Die Optik macht Gebrauch von den Entfernungen $\alpha e = R$ und $\alpha e' = R'$ der Brennpunkte von dem Scheitel α der Ellipse. Da diese Entfernungen sind:

$$R = a - e \text{ und } R' = a + e,$$

so hat man:

$$\frac{1}{R} + \frac{1}{R'} = \frac{2a}{b^2}.$$

Erinnert man sich nun aus der Differentialrechnung, dass $\frac{b^2}{a} = P$ der Krümmungsradius der Ellipse ist in ihrem Scheitel α, so hat man die in der Optik gebräuchliche Formel für sphärische Brennspiegel, welche die elliptischen annähernd ersetzen:

$$\frac{1}{R} + \frac{1}{R'} = \frac{2}{P}.$$

Fig. 2.

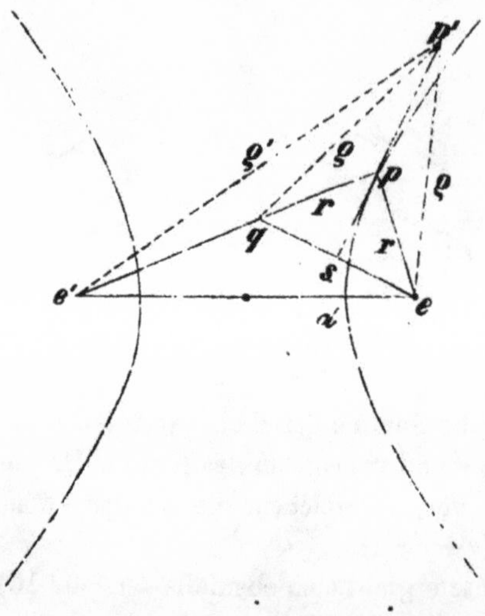

punkte e' gerichteten Radiusvector r' den anderen Radiusvector r bis q auf und halbire die gerade Linie qe in s. Alsdann wird die gerade Linie sp die Tangente sein. Denn wäre dieser geraden Linie und der Hyperbel noch ein anderer Punkt p' gemeinsam, so hätte das Dreieck $qe'p'$, weil

$$\varrho' = 2e + \varrho$$

ist, eine Seite $p'e' = \varrho'$, welche gleich sein müsste der Summe der beiden anderen Seiten $2e$ und ϱ.

Diese Construction beweiset zugleich den Satz 10), dass die von einem Punkte der Hyperbel nach den Brennpunkten gerichteten Strahlen mit der Tangente gleiche Winkel bilden.*

Es war nothwendig, den Begriff der confocalen Kegelschnitte, abgesehen von den eben entwickelten Eigenschaften ihrer Brennpunkte, so allgemein zu fassen, wie er in dem zweiten Theile der vorangegangenen Vorlesung dargelegt worden ist, wenn man nicht den Grenzfall von Ellipse und Hyperbel ausschliessen wollte, die Parabel, von der jetzt gehandelt werden soll.

Wenn eine Parabel-Gleichung:

11) $$y^2 - 2px = 0$$

vorliegt oder, in Liniencoordinaten ausgedrückt:

12) $$v^2 - \frac{2}{p}u = 0,$$

so ist die Gleichung:

13) $$v^2 - \frac{2}{p}u - \lambda(u^2 + v^2) = 0$$

---

* Entnehmen wir aus der Differentialrechnung die Grösse des Krümmungsradius der Hyperbel in ihrem Scheitel α, $P = \frac{b^2}{a}$, und bezeichnen die Abstände der Brennpunkte von dem Scheitel mit $\alpha e = R$ und $\alpha e' = -R'$, weil letzterer nach der entgegengesetzten Seite gerichtet ist, so haben wir $R = e - a$ und $-R' = e + a$, und daraus folgt wieder wie oben:

$$\frac{1}{R} + \frac{1}{R'} = \frac{2}{P}.$$

Diese sowohl für die Ellipse, als für die Hyperbel geltende Formel dient in der Physik als Beweis, dass der sphärische Brennspiegel, wenn es sich nur um Strahlen handelt, welche sich von der Axe des Spiegels nicht sehr weit entfernen, geeignet ist, ebensowohl als elliptischer, wie als hyperbolischer Spiegel zu dienen.

die Gleichung aller mit der gegebenen Parabel 11) confocalen Kegelschnitte. Diese Kegelschnitte sind, weil das von den Variabelen unabhängige Glied in der Gleichung fehlt, wieder Parabeln, und wir können sagen: „eine Parabel kann nur confocal sein wieder mit einer Parabel“.

Unter den confocalen Parabeln 13) befinden sich zwei Brennpunktepaare entsprechend den Werthen $\lambda = 1$ und $\lambda = \infty$. Das letztere ist wieder das im Unendlichen gelegene imaginäre Punktepaar, das erste wird durch die Gleichung ausgedrückt:

$$u\left(u + \frac{2}{p}\right) = 0.$$

Aus dieser Gleichung entnehmen wir nun, dass beide Brennpunkte auf dem Durchmesser der Parabel liegen, der eine im Unendlichen, der andere in dem Abstande $\frac{p}{2}$ von dem Scheitel der Parabel. Es werden demnach alle Parabeln confocal sein, wenn ihre im Endlichen gelegenen Brennpunkte zusammenfallen und ihre Durchmesser in einer und derselben geraden Linie liegen.

Da die vorliegende Gattung von confocalen Kegelschnitten in den allgemeinen Sätzen 24) und 25) der vorhergehenden Vorlesung nicht ausgeschlossen wurde, so können wir sagen:

14) Wenn man von einem beliebigen Punkte an eine Parabel ein Tangentenpaar legt und ein Strahlenpaar durch die Brennpunkte, so bildet ein jedes Paar Winkel, welche von einem und demselben Linienpaare halbirt werden.

Rückt der beliebige Punkt in die Parabel selber, so können wir dem Satze folgenden Ausdruck geben:

15) Wenn man von einem beliebigen Punkte der Parabel zwei Strahlen ausgehen lässt, den einen parallel dem Durchmesser, den anderen in der Richtung des Brennpunktes, so bilden die beiden Strahlen gleiche Winkel mit der Tangente in dem Punkte.

Es werden also alle von dem Brennpunkte ausgehenden Strahlen von der Parabel in der Richtung des Durchmessers reflectirt, wie umgekehrt alle Strahlen, welche parallel dem Durchmesser die Parabel treffen, in der Richtung des Brennpunktes reflectirt werden.

Um die Parabel 11) zu construiren, fixiren wir eine auf dem Durchmesser senkrecht stehende gerade Linie l, welche in entgegengesetzter Richtung den gleichen Abstand $\frac{p}{2}$ von dem Scheitel a der Parabel hat, als der Brennpunkt e. Die Parabel ergiebt sich dann als der geometrische Ort eines variabelen Punktes p, der ebenso weit absteht von dem Brennpunkte e, als von der fixirten geraden Linie l. Denn bezeichnen wir mit x und y die Coordinaten des variabelen Punktes p und mit r den gleichen Abstand, so haben wir $r = \frac{p}{2} + x$ und

$r^2 = \left(\frac{p}{2} - x\right)^2 + y^2$, woraus durch Elimination von r die Gleichung 11) der Parabel hervorgeht.*

Fig. 3.

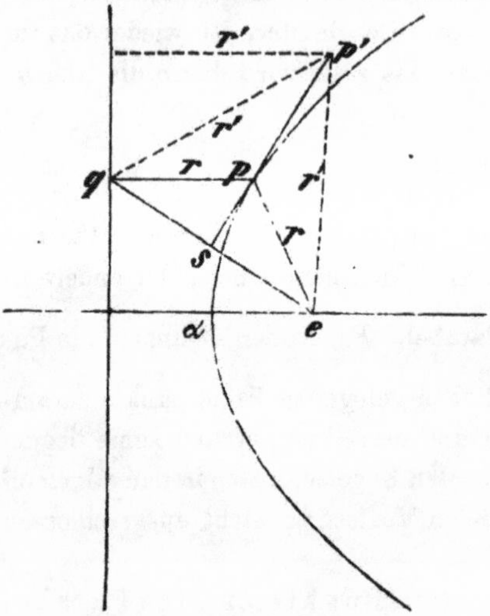

Wenn man den Mittelpunkt s der geraden Linie eq verbindet mit dem Punkte p, so wird die Verbindungslinie die Tangente in dem letzteren Punkte. Denn wenn dieselbe die Parabel in einem anderen Punkte p' träfe, so müssten die drei geraden Linien e einander gleich sein. Auch aus dieser Construction der Tangente ergiebt sich der Satz 15).

Nachdem wir nun Mittel angegeben haben, sämmtliche Kegelschnitte von ihren Brennpunkten aus zu construiren, so bleibt noch übrig, die confocalen Kegelschnitte durch ihre Punktgleichungen mit einem willkürlichen Parameter λ auszudrücken.

Zu diesem Zwecke gehen wir auf die Gleichung 8) der confocalen Kegelschnitte mit dem willkürlichen Parameter a^2 zurück. Setzen wir $a^2 + \lambda$ statt a^2, so stellt jene Gleichung alle mit dem Kegelschnitte 8) confocalen Kegelschnitte dar. Da nun die Gleichung 5) denselben Kegelschnitt 8) darstellt, wie auch die Gleichung 6), so haben wir die Gleichung sämmtlicher, mit der Ellipse 6) confocalen Kegelschnitte:

$$16) \qquad \frac{x^2}{a^2+\lambda} + \frac{y^2}{b^2+\lambda} - 1 = 0.$$

Für die Hyperbel braucht man keine besondere Untersuchung anzustellen, weil die angegebene Gleichung schon die confocalen Hyperbeln umfasst, welche den Werthen von λ entsprechen, welche zwischen $-b^2$ und $-a^2$ liegen.

Um eine Einsicht in die Natur dieser confocalen Kegelschnitte zu gewinnen, wollen wir den Parameter λ von $\lambda = \infty$ bis $\lambda = -b^2$ abnehmen lassen

---

* Die in der vorangegangenen Anmerkung aufgeführte Formel der Optik gilt auch hier. Denn da der Krümmungsradius P der Parabel 11) in ihrem Scheitel α ist $P = p$, die Entfernung R' des einen Brennpunktes von dem Scheitel unendlich gross, dagegen die Entfernung des anderen Brennpunktes gleich $\frac{p}{2}$ wird, so haben wir:

$$\frac{1}{R} = \frac{2}{P}.$$

Will man daher den parabolischen Spiegel annähernd ersetzen durch einen sphärischen, so hat man den Halbirungspunkt des Radius des Spiegels für den Brennpunkt zu nehmen.

und alle Zwischenstadien in Anrechnung bringen Von der ersten bis zur letzten Grenze sind die Kegelschnitte Ellipsen. Sie fangen an mit unendlich grossen Axen, die allmälig kleiner werden, und enden mit einer Ellipse, deren kleinste Axe verschwindet und die mit der geraden Linie zusammenfällt, welche die Brennpunkte verbindet. In ihrer Gesammtheit erfüllen sie die ganze Ebene.

Lassen wir λ weiter abnehmen von $\lambda = -b^2$ bis $\lambda = -a^2$, so liegen Hyperbeln vor; in dem ersten Grenzfalle eine Hyperbel, deren Zweige mit denjenigen beiden geraden Linien zusammenfallen, welche von den Brennpunkten in entgegengesetzter Richtung des gemeinsamen Mittelpunktes der Kegelschnitte in das Unendliche verlaufen. In der letzten Grenze artet die Hyperbel in ein Linienpaar aus, welches mit der den confocalen Hyperbeln gemeinsamen Richtung der imaginären Axen zusammenfällt. Auch die confocalen Hyperbeln erfüllen die ganze Ebene, so dass wir sagen können, dass durch jeden Punkt der Ebene sowohl eine confocale Ellipse als Hyperbel geht. Die folgende Betrachtung wird ganz dasselbe algebraisch einleuchtender darstellen.

Wenn wir unter x und y die Coordinaten eines beliebigen Punktes p verstehen, so wird die nur anders geschriebene Gleichung 16):

17) $$x^2(a^2+\lambda)+y^2(b^2+\lambda)-(a^2+\lambda)(b^2+\lambda)=0$$

die Bedingung sein, dass der Kegelschnitt 16) durch den Punkt p geht. Da diese Gleichung in λ quadratisch ist, so folgt daraus, dass durch einen gegebenen Punkt in der Ebene nur zwei confocale Kegelschnitte gelegt werden können, denn die eine Wurzel λ wird dem einen, die andere dem anderen, durch den Punkt p gelegten Kegelschnitt 16) entsprechen. Wie es sich sogleich zeigen wird, lässt sich sowohl die eine, als die andere Wurzel der quadratischen Gleichung 17) begrenzen dadurch, dass man unabhängig von der Lage des Punktes p Werthe angeben kann, zwischen welchen jede der beiden Wurzeln zu suchen ist. Diese Grenzen sind eben die oben angegebenen für Ellipsen und Hyperbeln. Setzen wir das noch zu Beweisende voraus, so können wir sagen:

18) In jedem Punkte in der Ebene schneiden sich zwei mit einem gegebenen Kegelschnitte confocale Kegelschnitte, von welchen der eine eine Ellipse, der andere eine Hyperbel ist.

Da in diesem Satze alle reellen Punkte der Ebene in Betracht genommen wurden, so folgt aus demselben, dass weder confocale Ellipsen sich in reellen Punkten schneiden können, noch confocale Hyperbeln.

Die zum Beweise des Satzes 18) oben gemachte Voraussetzung ergiebt sich aus der Betrachtung des linken Theiles der Gleichung 17). Derselbe wird für $\lambda = +\infty$ negativ, für $\lambda = -b^2 - \varepsilon$ positiv, wenn ε eine verschwindende Grösse bedeutet, und für $\lambda = -a^2 - \varepsilon$ wieder negativ. Daraus folgt, dass die Wurzeln der quadratischen Gleichung 17) zwischen den angegebenen Grenzen liegen.

Imaginäre Ellipsen 16) erhält man, wenn man λ von $-a^2$ bis $-\infty$ abnehmen lässt.

Es bleibt noch übrig, die confocalen Parabeln 13) in ähnlicher Weise zu behandeln. Uebertragen wir zu diesem Zwecke ihre Gleichung 13) in Liniencoordinaten, so ergiebt sich:

$$\frac{y^2}{1-\lambda}-2p\left(x-\frac{\lambda}{2}p\right)=0$$

oder, wenn wir den Anfang des Coordinatensystemes in den Brennpunkt dadurch verlegen, dass wir $x+\frac{p}{2}$ für x setzen:

$$\frac{y^2}{1-\lambda}-2p\left\{x+\frac{p}{2}(1-\lambda)\right\}=0.$$

Wir erhalten demnach durch Einführung eines neuen Parameters $p(1-\lambda)=\varkappa$ den allgemeinen Ausdruck für confocale Parabeln, deren gemeinschaftlicher Brennpunkt im Anfange der Coordinaten liegt und deren Durchmesser in die x-Axe fallen:

16) $$y^2-2\varkappa\left(x+\frac{\varkappa}{2}\right)=0.$$

Diese in $\varkappa$ quadratische Gleichung beweiset, dass durch jeden Punkt der Ebene zwei confocale Parabeln gehen. Nehmen wir an, dass x und y die Coordinaten eines gegebenen Punktes in der Ebene seien, und die erstere positiv, so sehen wir, dass eine Wurzel $\varkappa$ zwischen den Grenzen $\varkappa=+\infty$ und $\varkappa=0$ liegt, die andere zwischen $\varkappa=-2x$ und $\varkappa=-\infty$. In dem anderen Falle, wenn x negativ ist, liegt die eine Wurzel zwischen den Grenzen $\varkappa=+\infty$ und $\varkappa=+2x$, die andere zwischen den Grenzen $\varkappa=0$ und $\varkappa=-\infty$.

Wie die confocalen Kegelschnitte mit einem Mittelpunkte sich trennen in Ellipsen und Hyperbeln, so hat man auch zwei Classen von confocalen Parabeln. Die Scheitel der einen Classe liegen auf der einen Seite von dem gemeinsamen Brennpunkte, die Scheitel der anderen Classe liegen auf der anderen Seite. Die beiden Classen sind congruent und nur von verschiedener Lage, denn aus der Gleichung 16) einer Parabel erhält man die Gleichung ihrer congruenten Parabel, wenn man für $\varkappa$ setzt $-\varkappa$. Eine jede der beiden Classen dehnt sich über die ganze Ebene aus.

II.

Ueber die Formen, in denen die Lösungen einer diophantischen Gleichung vom ersten Grade enthalten sind.*

Von

Dr. K. Weihrauch,

Docent an der Universität Dorpat.

1.

Es möge die Gleichung

1) $$\sum_{k=1}^{k=n} A_k x_k = A$$

vorgelegt sein und die Forderung gestellt werden, die ganzzahligen, positiven, dieser Gleichung genügenden Werthe der x_k (mit Ausschluss des Werthes Null) zu bestimmen. Vorbedingungen für die Möglichkeit dieser Bestimmung sind bekanntlich: 1. die Rationalität von A und sämmtlichen Coefficienten A_k, die übrigens positiv oder negativ sein dürfen; 2. die Abwesenheit eines allen A_k gemeinsamen Theilers >1 und 3. die Uebereinstimmung im Zeichen zwischen A und mindestens einer der Grössen A_k. Die Bestimmung selbst erfolgt dann im Allgemeinen am raschesten nach Euler's Methode, indem man zuerst, wenn A_i der kleinste der Coefficienten ist, nach x_i auflöst und die rechte Seite der Gleichung als eine ganze Zahl, die um einen mit dem Nenner A_i behafteten Bruch vermehrt ist, darstellt; an Stelle dieses Bruches wird eine neue Unbekannte eingeführt, die entsprechende Gleichung etwa nach x_h aufgelöst, wenn B_h der kleinste der übrig gebliebenen Coefficienten der x ist u. s. f., wobei schliesslich alle Brüche verschwinden und eine Rücksubstitution sämmtliche x_k ganzzahlig darstellt. Man übersieht dabei leicht, dass im Allgemeinen jedes x_k von gewissen, schliesslich eingeführten $(n-1)$ Unbekannten, welche ein- für allemal die Veränderlichen heissen mögen, ganzzahlig abhängig erscheint.

---

* Umarbeitung des ersten Theils einer im Jahre 1869 in Dorpat vom Verfasser [illegible]

Bezeichnen wir die Veränderlichen, die übrigens positive oder negative ganzzahlige Werthe annehmen dürfen, durch den Buchstaben t, und stellen M_1, $M_2 \ldots M_n$ bestimmte positive oder negative ganzzahlige Grössen vor, für welche

2) $$\sum_{k=1}^{k=n} A_k M_k = A,$$

heissen a endlich die ganzzahligen Coefficienten der t, so ergiebt das Euler'sche Verfahren die Lösungen von 1) in dem System

3) $$x_k = M_k + \sum_{i=1}^{i=n-1} a_{k,i} t_i, \quad k = 1, 2 \ldots n.$$

Aus den Bedingungen

4) $$x_k > 0, \quad k = 1, 2 \ldots n$$

lassen sich dann, falls alle A_k positiv sind, eine obere und eine untere Grenze für jedes t_i, falls eins oder mehrere der A_k negativ sind, mindestens eine der beiden Grenzen ableiten, deren Berücksichtigung beim Ertheilen von Zahlenwerthen an die t_i zusammengehörige Werthsysteme der x_k liefert. Wie man systematisch vorzugehen habe, um im ersten Falle, wo die Anzahl der Lösungen offenbar eine begrenzte ist, dieselben sämmtlich zu erhalten, ist von selbst klar. Wir wollen das System 3), die Endgleichungen für die x_k, eine Form für die Gleichung 1) nennen.

Es leuchtet nun ohne Weiteres ein, dass, wenn in dem oben geschilderten Gange der Rechnung erlaubte Veränderungen eintreten, z. B. wenn manchmal die grösseren, manchmal die kleineren Reste bei den Divisionen genommen werden, die entstehenden Formen, äusserlich wenigstens, ein ganz verschiedenes Aussehen haben müssen. So liefert die Gleichung

$$13x_1 + 16x_2 + 31x_3 = 401,$$

wenn überall die gewöhnlichen Divisionsreste genommen werden, die Form

I) $$\begin{aligned} x_1 &= 26 - 11t_1 - 5t_2, \\ x_2 &= 2 + 7t_1 + 6t_2, \\ x_3 &= 1 + t_1 - t_2. \end{aligned}$$

Nimmt man dagegen überall die kleinsten Reste, so entsteht die Form

II) $$\begin{aligned} x_1 &= 32 - 5t_1 - t_2, \\ x_2 &= 1 + 6t_1 - 5t_2, \\ x_3 &= -1 - t_1 - 3t_2. \end{aligned}$$

Es fragt sich nun, ob die so gewonnenen Formen für die nämliche Gleichung genau dieselben Lösungen liefern, und wenn dies der Fall ist, ob sie auch alle Lösungen umfassen, deren 1) fähig ist? In der Natur des Verfahrens selbst scheint die bejahende Antwort auf diese Fragen noch nicht zu liegen. Später wird bewiesen werden, dass das Euler'sche Verfahren in der That immer vollständige Formen, d. h. solche, welche alle Lösungen enthalten, liefert. Andere Methoden, die sich aus dem Folgenden ergeben, liefern meistens unvollständige Formen. So genügt obiger Gleichung die Form

$$\text{III)}\quad \begin{aligned} x_1 &= 8 - 21t_1 + 17t_2, \\ x_2 &= 5 + 19t_1 - 8t_2, \\ x_3 &= 7 - t_1 - 3t_2, \end{aligned}$$

wie man sich leicht überzeugt. Während indessen die Formen I) und II) die Lösungssysteme

$x_1 =$	26	20	15	10	14	9	4	8	3	2	1
$x_2 =$	2	3	9	15	4	10	16	5	11	6	1
$x_3 =$	1	3	2	1	5	4	3	7	6	9	12

ergeben, weist III) nur

$x_1 =$	8	4
$x_2 =$	5	16
$x_3 =$	7	3

auf. Es fragt sich deshalb vor Allem: Welches ist das Kriterium für die Vollständigkeit einer Form? Wie wird der Zusammenhang zweier Formen vermittelt?

Die Beantwortung dieser Fragen mag den递Haupttheil der vorliegenden Abhandlung ausmachen.

2.

Wir gehen zu genauerer Betrachtung des Systems 3) über.

Durch Substitution von 3) in 1) ergiebt sich unter Berücksichtigung der Gleichung 2) und des Umstandes, dass alle t_i voneinander unabhängig sind, das System

$$5)\qquad \sum_{k=1}^{k=n} A_k\, a_{k,i} = 0, \qquad i = 1, 2 \ldots (n-2), (n-1).$$

Umgekehrt genügt also die Beschaffung der Grössen M_k vermittelst 2), der Grössen $a_{k,i}$ vermittelst 5) zur Herstellung einer Form für 1); in allen Fällen ist die praktische Ausführung sehr leicht. Für die n Grössen M_k ist nur eine Gleichung, für die $n(n-1)$ Grössen $a_{k,i}$ sind nur $n-1$ Gleichungen vorhanden. Da nun n mindestens gleich 2 ist, so liegt in allen Fällen für die M_k eine einfache diophantische Gleichung vor. Es wird sich später zeigen, dass das Kriterium für die Vollständigkeit der Form in einer einzigen Gleichung für die $a_{k,i}$ besteht. Nur also wenn $n(n-1) = n$, d. h. $n = 2$, sind die $a_{k,i}$ vollständig bestimmt, oder eine diophantische Gleichung mit zwei Unbekannten besitzt immer nur eine vollständige Form, den wesentlichen Bestandtheilen nach wenigstens. Für $n > 2$ sind die $a_{k,i}$ nicht mehr bestimmt, es giebt dann immer unendlich viele vollständige Formen. Bei der wirklichen Bestimmung der $a_{k,i}$ ist darauf zu sehen, dass zwischen den Coefficienten einer Endgleichung nicht eine Relation eingeführt werde, die in derselben Weise für die correspondirenden Elemente aller anderen Endgleichungen gilt, weil dadurch die Forderung der Unabhängigkeit der Grössen t_i voneinander verletzt würde. Wählt man z. B.

$$a_{p,1} = m . a_{p,2}, \quad p = 1, 2 \ldots n,$$

dann lassen sich die beiden Veränderlichen t_1 und t_2 durch eine einzige neue

$$s_1 = m t_1 + t_2$$

mit dem Coefficienten $a_{p,2}$ ersetzen; die x_k werden von nur $n-2$ Veränderlichen abhängig gemacht, was wohl bei einzelnen derselben, nicht aber bei allen stattfinden darf.

Eleganter fällt die Bestimmung der $a_{k,i}$ in folgender Weise aus:

Bezeichnet $d_{p,q}$ eine beliebige, positive oder negative ganze Zahl, so stelle man die Determinante auf:

$$6) \qquad E = \begin{vmatrix} A_1, & d_{1,1}, & d_{1,2} & \ldots & d_{1,n-1} \\ A_2, & d_{2,1}, & d_{2,2} & \ldots & d_{2,n-1} \\ \cdot & \cdot & \cdot & & \cdot \\ \cdot & \cdot & \cdot & & \cdot \\ \cdot & \cdot & \cdot & & \cdot \\ A_n, & d_{n,1}, & d_{n,2} & \ldots & d_{n,n-1} \end{vmatrix}.$$

Stellt $\delta_{p,q}$ den zu $d_{p,q}$ gehörigen ersten Minor von E vor, so hat man bekanntlich

$$7) \qquad \sum_{p=1}^{p=n} d_{p,q}\, \delta_{p,q} = E,$$

$$8) \qquad \sum_{p=1}^{p=n} A_p\, \delta_{p,q} = 0.$$

$a_{k,i}$ wird mithin aus 6) in sehr einfacher Weise erhalten, indem man in E die k^{te} Zeile und die $i+1^{\text{te}}$ Colonne unterdrückt und die übrigbleibende Determinante mit $(-1)^{k+i-1}$ multiplicirt.

Soll z. B. für die Gleichung

$$3x_1 + 5x_2 + 8x_3 + 11x_4 = 1374$$

eine Form aufgestellt werden, so findet man rasch für $x_4 = 1$ und $x_3 = 2$ die Werthe $x_2 = 3$, $x_1 = 444$. Setzt man dann

$$E = \begin{vmatrix} 3, & 1, & 1, & 2 \\ 5, & 2, & 1, & 1 \\ 8, & 3, & 2, & 4 \\ 11, & 2, & 3, & 1 \end{vmatrix},$$

so hat man

$$a_{1,1} = - \begin{vmatrix} 5, & 1, & 1 \\ 8, & 2, & 4 \\ 11, & 3, & 1 \end{vmatrix}, \quad a_{2,1} = + \begin{vmatrix} 3, & 1, & 2 \\ 8, & 2, & 4 \\ 11, & 3, & 1 \end{vmatrix} \text{ u. s. f.}$$

und erhält die Form

$$x_1 = 444 + 12t_1 + 30t_2 - 4t_3,$$
$$x_2 = 3 + 10t_1 + 13t_2 - 4t_3,$$
$$x_3 = 2 - 8t_1 - 18t_2 + 4t_3,$$
$$x_4 = 1 - 2t_1 - t_2.$$

Dass dieselbe keine vollständige sein kann, sieht man, auch ohne das Kriterium schon zu kennen.

Der Zusammenhang zwischen den $a_{k,i}$ und den Coefficienten der Urgleichung kann noch in anderer Weise, als es durch 5) geschehen, dargelegt werden. Wir führen zu diesem Zwecke die Determinante

$$9)\qquad D = \begin{vmatrix} a_1, & a_{1,1}, & a_{1,2} & \dots & a_{1,n-1} \\ a_2, & a_{2,1}, & a_{2,2} & \dots & a_{2,n-1} \\ \cdot & \cdot & \cdot & & \cdot \\ \cdot & \cdot & \cdot & & \cdot \\ \cdot & \cdot & \cdot & & \cdot \\ a_n, & a_{n,1}, & a_{n,2} & \dots & a_{n,n-1} \end{vmatrix}$$

ein, wo die a_p vorläufig willkürliche ganze Zahlen sein mögen, und bezeichnen die ersten Minoren von D durch α_p und $\alpha_{p,q}$. Eliminirt man nun aus den $n-1$ Gleichungen des Systems 5) $n-2$ der A_k, so entsteht als Gleichung zwischen A_r und A_s etwa

$$10)\qquad A_r \begin{vmatrix} a_{1,1} & \dots & a_{1,n-1} \\ a_{2,1} & \dots & a_{2,n-1} \\ \cdot & & \cdot \\ \cdot & & \cdot \\ \cdot & & \cdot \\ a_{s-1,1} & \dots & a_{s-1,n-1} \\ a_{s+1,1} & \dots & a_{s+1,n-1} \\ \cdot & & \cdot \\ \cdot & & \cdot \\ \cdot & & \cdot \\ a_{n,1} & \dots & a_{n,n-1} \end{vmatrix} = -A_s \begin{vmatrix} a_{1,1} & \dots & a_{1,n-1} \\ a_{2,1} & \dots & a_{2,n-1} \\ \cdot & & \cdot \\ \cdot & & \cdot \\ \cdot & & \cdot \\ a_{r-1,1} & \dots & a_{r-1,n-1} \\ a_{s,1} & \dots & a_{s,n-1} \\ a_{r+1,1} & \dots & a_{r+1,n-1} \\ \cdot & & \cdot \\ \cdot & & \cdot \\ \cdot & & \cdot \\ a_{s-1,1} & \dots & a_{s-1,n-1} \\ a_{s+1,1} & \dots & a_{s+1,n-1} \\ \cdot & & \cdot \\ \cdot & & \cdot \\ \cdot & & \cdot \\ a_{n,1} & \dots & a_{n,n-1} \end{vmatrix}.$$

Beide Determinanten reduciren sich, wie sehr leicht gefunden wird, auf

$$\alpha_s(-1)^{s-1} \text{ und } \alpha_r(-1)^{r-1}(-1)^{s-r-1},$$

so dass entsteht

$$11)\qquad A_r\alpha_s = A_s\alpha_r.$$

Setzt man nun

so gilt ganz allgemein

13) $$\alpha_k = K \,.\, A_k.$$

K kann niemals ein wahrer Bruch sein, weil sonst wegen der Ganzzahligkeit der Minoren α_k sämmtliche Coefficienten der Urgleichung den Nenner jenes Bruches als gemeinsamen Theiler besitzen müssten, was der ursprünglichen Voraussetzung widerspricht. Ebenso wenig kann K Null sein, da dann im System 5) Abhängigkeit einer oder mehrerer Gleichungen von den übrigen stattfinden müsste, was schon früher als unstatthaft bezeichnet wurde. K muss mithin immer eine positive oder negative ganze Zahl sein, mit Ausschluss der Null. Wir legen derselben den Namen Charakteristik bei, weil von ihr ganz allein die Entscheidung über die Vollständigkeit der Form abhängt.

Es besitzt z. B. die Form III), S. 55, die Charakteristik -5, während die auf S. 57 entwickelte Form $K = +16$ liefert.

Auf einem andern Wege kann 13) folgendermassen gewonnen werden: Aus 3) muss durch Elimination der t_i wieder die ursprüngliche Gleichung entstehen. Nimmt man die Elimination vor, indem man eine neue Veränderliche t_0 mit den Coefficienten $a_{k,0}$ überall zufügt und schliesslich $t_0 = 0$ setzt, so entsteht

14) $$\begin{vmatrix} x_1, & a_{1,1}, & a_{1,2} & \dots & a_{1,n-1} \\ x_2, & a_{2,1}, & a_{2,2} & \dots & a_{2,n-1} \\ \cdot & \cdot & \cdot & & \cdot \\ \cdot & \cdot & \cdot & & \cdot \\ \cdot & \cdot & \cdot & & \cdot \\ x_n, & a_{n,1}, & a_{n,2} & \dots & a_{n,n-1} \end{vmatrix} = \begin{vmatrix} M_1, & a_{1,1}, & a_{1,2} & \dots & a_{1,n-1} \\ M_2, & a_{2,1}, & a_{2,2} & \dots & a_{2,n-1} \\ \cdot & \cdot & \cdot & & \cdot \\ \cdot & \cdot & \cdot & & \cdot \\ \cdot & \cdot & \cdot & & \cdot \\ M_n, & a_{n,1}, & a_{n,2} & \dots & a_{n,n-1} \end{vmatrix},$$

oder entwickelt

15) $$\sum_{k=1}^{k=n} x_k\, \alpha_k = \sum_{k=1}^{k=n} M_k\, \alpha_k,$$

woraus durch Vergleichung mit 1)

16) $$\alpha_k = K \,.\, A_k$$

und dann weiter

17) $$\sum_{k=1}^{k=n} M_k\, \alpha_k = K A$$

folgt.

Es ist leicht, einen Zusammenhang zwischen der in 6) eingeführten, zur Bestimmung der $a_{k,i}$ dienenden Determinante E und der Charakteristik K der entstehenden Form ausfindig zu machen. Wählt man in der Determinante 9) die Grössen a_p der ersten Colonne so, dass sie die ersten Minoren der ersten Colonne in E sind, dann wird D die Reciprocaldeterminante von E, und man hat nach einem bekannten Satze*

* [illegible]

18) $$\alpha_k = E^{n-2} . A_k ,$$

woraus bei Zuziehung von 13) folgt

19) $$K = E^{n-2}.$$

So findet sich für das Beispiel S. 57, in welchem $K=16$ wurde, für E der Werth $+4$.

3.

Wir gehen nach diesen Vorbereitungen zur Entwickelung des Kriteriums über.

Soll das System 3) vollständig sein, so muss man, falls irgend eine Lösung der Urgleichung durch

20) $$x_k = L_k , \quad k = 1, 2 \ldots n$$

dargestellt wird, wo L und M natürlich verschiedene Lösungen bezeichnen, aus dem System

21) $$L_k = M_k + \sum_{i=1}^{i=n-1} a_{k,i}\, t_i , \quad k = 1, 2 \ldots n$$

unter allen Umständen ganzzahlige Werthe für die t_i ableiten können. (Die Aufgabe ist trotz der n Gleichungen für die $n-1$ Unbekannten t_i nicht überbestimmt.) Wählt man zur Bestimmung von t_1 die $n-1$ ersten Gleichungen in 21), so ergiebt sich sofort

23) $$(-1)^{n-1}\, t_1\, \alpha_n = \begin{vmatrix} L_1 - M_1 , & a_{1,2} , & a_{1,3} & \ldots & a_{1,n-1} \\ L_2 - M_2 , & a_{2,2} , & a_{2,3} & \ldots & a_{2,n-1} \\ \cdot & \cdot & \cdot & & \cdot \\ \cdot & \cdot & \cdot & & \cdot \\ \cdot & \cdot & \cdot & & \cdot \\ L_{n-1} - M_{n-1} , & a_{n-1,2} , & a_{n-1,3} & \ldots & a_{n-1,n-1} \end{vmatrix} .$$

Aus 2) und 20) folgt dann weiter

23) $$\sum_{k=1}^{k=n} A_k\, (L_k - M_k) = 0 ,$$

so dass man mit Rücksicht auf die Gleichung 5) als eine neue Form für 1) das System aufstellen kann

24) $$x_k = M_k + (L_k - M_k)\, t_1 + \sum_{i=2}^{i=n-1} \alpha_{k,i}\, t_i , \quad k = 1, 2 \ldots n.$$

Heisst die hierzu gehörige Charakteristik K', so geht 22) mit Rücksicht auf 13) über in

25) $$(-1)^{n-1} K . A_n t_1 = (-1)^{n-1} K' A_n$$

oder

26) $$t_1 = K' : K.$$

Da K' offenbar von der Wahl der speciellen Lösung L abhängt, im Allgemeinen also in keiner Beziehung zu K steht, so kann t_1 (und Analoges gilt für die übrigen Veränderlichen) nur eine ganze Zahl werden, sobald

27) $$K = \pm 1.$$

In dieser Bedingung liegt mithin das Kriterium für die Vollständigkeit einer Form.

So sind die Formen I) und II) vollständig, da jene die Charakteristik -1, diese $+1$ ergiebt, während die Form III) ihrer Charakteristik -5 wegen nothwendigerweise unvollständig ist.

Für eine vollständige Form muss man nach 13) und 27) stets haben

28) $$\alpha_k = \pm A_k.$$

Für $n=2$, also bei der einfachsten diophantischen Gleichung

$$A_1 x_1 + A_2 x_2 = A,$$

hat man $\alpha_1 = \alpha_{2,1}$, $\alpha_2 = -\alpha_1$, , oder als einzige vollständige Form bekanntlich

$$x_1 = M_1 \mp A_2 t_1,$$
$$x_2 = M_2 \pm A_1 t_1,$$

während alle unvollständigen Formen durch

$$x_1 = M_1 \mp K A_2 t_1,$$
$$x_2 = M_2 \pm K A_1 t_1$$

($K^2 > 1$) gegeben sind.

Zur Aufstellung einer vollständigen Form genügt es, in 6) die Grössen $d_{p,q}$ so zu wählen, dass $E = \pm 1$ wird [m. s. 19)]. Dies lässt sich im Allgemeinen durch willkürliche Annahme von $(n+1)(n-2)$ der $n(n-1)$ Grössen $d_{p,q}$ und durch Auflösung einer diophantischen Gleichung mit zwei Unbekannten erreichen.

4.

Es soll nun der Nachweis geliefert werden, dass das für die Praxis immer zu empfehlende Euler'sche Verfahren stets vollständige Formen liefert.

Liegt wieder vor

29) $$\sum_{k=1}^{k=n} A_k x_k = A,$$

so werde, um die Auflösung auf die einer Gleichung mit $n-1$ Unbekannten zurückzuführen:

30) $$A - A_n x_n = z_n$$

gesetzt, was nur in dem einzigen Falle zu modificiren wäre, wenn die Grössen $A_1, A_2 \ldots A_{n-1}$ den gemeinsamen Theiler $q > 1$ hätten; dann müsste der Grösse z_n dieser Factor ebenfalls beigegeben werden, wodurch in den folgenden Operationen nur unwesentliche Veränderungen eintreten. Die Auflösung der Gleichung

31) $$\sum^{k=n-1} A_k x_k = z_n$$

nach dem Euler'schen Verfahren ergebe die Form

$$32)\qquad x_k = m_k + \sum_{i=2}^{i=n-1} a_{k.i}\, t_i\,, \quad k = 1, 2 \ldots (n-1)$$

mit der Charakteristik K_{n-2}, so dass nach 13)

$$33)\qquad \begin{vmatrix} a_{2,2}, & a_{2,3} & \ldots & a_{2,n-1} \\ a_{3,2}, & a_{3,3} & \ldots & a_{3,n-1} \\ \cdot & \cdot & & \cdot \\ \cdot & \cdot & & \cdot \\ \cdot & \cdot & & \cdot \\ a_{n-1,2}, & a_{n-1,3} & \ldots & a_{n-1,n-1} \end{vmatrix} = K_{n-2}\, A_1.$$

Die Grössen m_k in 32) enthalten alle noch z_n, d. h. x_n; ist nun

$$m_p = M_p + d_p\, x_n\,,$$

so liefert die Substitution in 32) als Form für die Gleichung 29) das System

$$34)\qquad \left\{ \begin{aligned} x_k &= M_k + d_k x_n + \sum_{i=2}^{i=n-1} a_{k,i}\, t_i\,, \quad k = 1, 2 \ldots (n-1), \\ x_n &= \qquad\quad x_n\,, \end{aligned} \right.$$

in welchem eine Unbekannte die Rolle einer Veränderlichen übernommen hat, und dessen Charakteristik K_{n-1} sei. Man hat dann nach 13)

$$35)\qquad \begin{vmatrix} d_1, & a_{1,2}, & a_{1,3} & \ldots & a_{1,n-1} \\ d_2, & a_{2,2}, & a_{2,3} & \ldots & a_{2,n-1} \\ \cdot & \cdot & \cdot & & \cdot \\ \cdot & \cdot & \cdot & & \cdot \\ \cdot & \cdot & \cdot & & \cdot \\ d_{n-1}, & a_{n-1,2}, & a_{n-1,3} & \ldots & a_{n-1,n-1} \end{vmatrix} = (-1)^{n-1} K_{n-1}\, A_n.$$

Substituirt man 34) in 29), so entsteht folgendes, den Gleichungen 5) analoges System:

$$36)\qquad \left\{ \begin{aligned} &\sum_{k=1}^{k=n-1} A_k\, d_k = -A_n\,, \\ &\sum_{k=1}^{k=n-1} A_k\, a_{k,i} = 0, \quad i = 2, 3 \ldots (n-1), \end{aligned} \right.$$

woraus man folgert, dass

$$37)\; A_1 \begin{vmatrix} d_1, & d_2 & \ldots & d_{n-1} \\ a_{1,2}, & a_{2,2} & \ldots & a_{n-1,2} \\ a_{1,3}, & a_{2,3} & \ldots & a_{n-1,3} \\ \cdot & \cdot & & \cdot \\ \cdot & \cdot & & \cdot \\ \cdot & \cdot & & \cdot \end{vmatrix} = -A_n \begin{vmatrix} a_{2,2}, & a_{3,2} & \ldots & a_{n-1,2} \\ a_{2,3}, & a_{3,3} & \ldots & a_{n-1,3} \\ \cdot & \cdot & & \cdot \\ \cdot & \cdot & & \cdot \\ \cdot & \cdot & & \cdot \\ a_{2,n-1}, & a_{3,n-1} & \ldots & a_{n-1,n-1} \end{vmatrix}.$$

Die beiden Determinanten sind mit denen in 33) und 35) identisch, woraus resultirt

38) $$K_{n-1} = (-1)^n K_{n-2}.$$

Führt man nun die Lösung der Gleichung 31) in derselben Weise durch die Substitution $z_n - A_{n-1} x_{n-1} = z_{n-1}$ auf die einer Gleichung mit $n-2$ Unbekannten zurück, deren Form die Charakteristik K_{n-3} habe, wobei wieder $K_{n-2} = (-1)^{n-1} K_{n-3}$ wird u. s. f., so langt man schliesslich bei der Gleichung

39) $$A_1 x_1 + A_2 x_2 = z_2$$

an, für die nachgewiesen werden muss, dass das Euler'sche Verfahren ihr die Charakteristik $K_1 = \pm 1$ verschafft. Das Verfahren ist aber hierbei nichts Anderes, als die Verwandlung von $A_1 : A_2$ in einen Kettenbruch, der schliesslich beim Rückwärtssubstituiren die Veränderliche t_1 mit den Coefficienten $\mp A_2$ und $\pm A_1$ wieder ergeben muss, d. h. der nothwendig auf eine vollständige Form führt. Es folgt daraus sofort, dass auch $K_{n-1} = \pm 1$ erhalten werden muss, wenn in der Gleichung 29) das Euler'sche Verfahren angewandt wird.

5.

Die Aufgabe, zu einer gegebenen Form die zugehörige Gleichung zu finden, kann in doppelter Weise gelöst werden. Entweder elimipirt man alle t_i und muss als Resultante die ursprüngliche Gleichung erhalten [m. s. 14)], oder man bildet gemäss 13) sämmtliche ersten Minoren der ersten Colonne der Determinante D in 9), aus denen man durch Weglassung des grössten gemeinsamen Theilers die Coefficienten A_k der Urgleichung unmittelbar gewinnt, worauf A durch 2) bestimmt wird.

Ebenso ist nun die Lösung der Aufgabe leicht, aus n gegebenen Auflösungen die Urgleichung abzuleiten. Diese seien vorgestellt durch

40) $$x_k = m_{k,i}, \quad \begin{matrix} k = 1, 2 \ldots n, \\ i = 1, 2 \ldots n. \end{matrix}$$

In derselben Weise, wie in 23) und 24), ergiebt sich, dass zur Aufstellung einer Form sofort Ausdrücke wie $m_{p,q} - m_{r,s}$ an Stelle der $a_{k,i}$ verwandt werden dürfen. Macht man einen der Indices, etwa q, constant, z. B. gleich 1, so erhält man die Form

41) $$x_k = m_{k,1} + \sum_{i=2}^{i=n} (m_{k,1} - m_{k,i}) t_{i-1}, \quad k = 1, 2 \ldots n.$$

Dass alle so entstehenden Formeln dieselbe Charakteristik besitzen, ist sehr leicht nachzuweisen, sobald man den Satz heranzieht, dass der Werth einer Determinante nicht verändert wird, wenn zu den Elementen einer Colonne die Elemente einer andern addirt werden. Ist die Form aufgestellt, so erfolgt die Ableitung der Urgleichung in der vorher besprochenen Weise

Wir geben ein einfaches Beispiel. Sei

$x_1 =$	17	13	10	3
$x_2 =$	5	6	8	13
$x_3 =$	4	2	3	1
$x_4 =$	1	5	6	9

Daraus lässt sich die Form bilden

$$\begin{aligned} x_1 &= 17 + 4t_1 + 7t_2 + 14t_3, \\ x_2 &= 5 - t_1 - 3t_2 - 8t_3, \\ x_3 &= 4 + 2t_1 + t_2 + 3t_3, \\ x_4 &= 1 - 4t_1 - 5t_2 - 8t_3. \end{aligned}$$

Man findet

$$\alpha_1 = 29, \quad \alpha_2 = 28, \quad \alpha_3 = 6, \quad \alpha_4 = 25,$$

daraus

$$K = 1;$$

die Form ist also eine vollständige und die Urgleichung lautet

$$29x_1 + 28x_2 + 6x_3 + 25x_4 = 682.$$

Sollten alle Minoren verschwinden, so bewiese dies, dass eine Urgleichung gar nicht existirt; verschwinden nur s der Minoren, so reducirt sich die Urgleichung auf eine mit $n-s$ Unbekannten, indem dann, etwa für $\alpha_r = 0$, aus 11) geschlossen werden muss $A_r = 0$.

6.

Wir geben zur Ermittelung des Zusammenhangs zweier Formen für dieselbe Urgleichung über. In 3) mögen die Veränderlichen t durch neue Veränderliche s ersetzt werden, die mit jenen durch folgendes System verknüpft sein sollen:

42) $$t_k = \sum_{i=1}^{i=n-1} b_{k,i}\, s_i, \quad k = 1, 2 \ldots (n-1),$$

wo selbstverständlich die $b_{k,i}$ ganzzahlig vorausgesetzt sind. Es werde die Determinante der Substitution $\Sigma \pm (b_{1,1}, b_{2,2} \ldots b_{n-1,n-1})$ durch B bezeichnet. Das System 3) geht durch 42) über in

43) $$x_k = M_k + \sum_{i=1}^{i=n-1} s_i \sum_{l=1}^{l=n-1} a_{k,l} \cdot b_{l,i}, \quad k = 1, 2 \ldots n.$$

Heisst ein Minor der analog 9) aus den Coefficienten in 43) gebildeten Determinante (für die erste Colonne) B_p, so hat man nach bekannten Sätzen aus der Determinantenlehre

44) $$B_p = B \cdot \alpha_p;$$

ferner, wenn K_1 die Charakteristik von 43) ist:

45) $$K_1 = B K$$

Soll mithin die Charakteristik (abgesehen vom Zeichen) bei der Transformation ungeändert bleiben, so gilt für 42) die Bedingung

46) $$B = \pm 1.$$

Ist diese Bedingung erfüllt, dann sind die beiden Formen 3) und 43) äquivalent, d. h. solche, welche die nämlichen Lösungen liefern; denn die zu irgend einer Auflösung von 1) gehörigen Werthe der t geben, wie aus 46) hervorgeht, ganzzahlige Werthe der s, welche dieselbe Lösung vermittelst 43) finden lassen, und umgekehrt. Gleichheit der Charakteristik und der speciellen Lösung von M reicht aber noch nicht aus, um die Aequivalenz zweier Formen zu begründen; es muss vielmehr, wenn dieselbe stattfinden soll, eine Transformation mit dem Modulus ± 1 möglich sein. Untersuchen wir daher überhaupt, unter welchen Umständen sich die Form 3)

47) $$x_k = M_k + \sum_{i=1}^{i=n-1} a_{k,i}\, t_i, \quad k = 1, 2 \ldots n$$

in die andere Form

48) $$x_k = M_k + \sum_{i=1}^{i=n-1} c_{k,i}\, s_i, \quad k = 1, 2 \ldots n$$

transformiren lässt, was natürlich durch eine Substitution wie in 42) geschehen müsste. Wir haben beiden Formen aus leicht ersichtlichen Gründen dieselbe specielle Lösung gegeben. Allgemein wäre zu setzen

49) $$c_{k,i} = \sum_{l=1}^{l=n-1} a_{k,l}\, b_{l,i}, \quad \begin{matrix} k = 1, 2 \ldots n, \\ i = 1, 2 \ldots (n-1). \end{matrix}$$

Man erhält also $n(n-1)$ Gleichungen für die $(n-1)^2$ Grössen b; indessen ist diese Ueberbestimmtheit wieder nur scheinbar. Greifen wir aus 49) das System heraus

50) $$c_{k,i} = \sum_{l=1}^{l=n-1} a_{k,l}\, b_{l,i}, \quad k = 1, 2 \ldots (n-1),$$

so findet sich sofort (i constant) in der bekannten Determinantenbezeichnung

51) $$\begin{aligned} & b_{l,i}\, \Sigma \pm (a_{1,1}, a_{2,2} \ldots a_{n-1,n-1}) \\ & = \Sigma \pm (a_{1,1}, a_{2,2} \ldots a_{l-1,l-1}, c_{l,i}, a_{l+1,l+1} \ldots a_{n-1,n-1}). \end{aligned}$$

Nun lässt sich aber auch die neue Form aufstellen

52) $$x_k = M_k + \sum_{h=1}^{h=l-1} a_{k,h}\, t_h + c_{k,i}\, t_l + \sum_{h=l+1}^{h=n-1} a_{k,h}\, t_h, \quad k = 1, 2 \ldots n.$$

Heisst die Charakteristik derselben $K_{l,i}$, so wird aus 51) gemäss 13) sofort

53) $$K A_n\, b_{l,i} = K_{l,i} A_n$$

oder

54) $$b_{l,i} = \frac{K_{l,i}}{K}.$$

Da die Grössen b ganzzahlig sein sollen, so ergiebt sich Folgendes:

Um über die Möglichkeit der Transformation einer Form in eine andere zu entscheiden, suche man die Charakteristiken $K_{l,i}$ der $(n-1)^2$ neuen Formen auf, welche entstehen, wenn man immer je eine Coefficientencolonne der ersten Form durch eine Colonne der zweiten Form ersetzt. Sind sämmtliche Charakteristiken $K_{l,i}$ durch die Charakteristik K der ersten Form theilbar, so ist die Transformation möglich und die Quotienten sind gleichzeitig die Coefficienten der Substitution. Wird dann $B = \pm 1$, so sind die Formen äquivalent. Jede vollständige Form lässt sich wegen $K = \pm 1$ in jede andere, vollständige oder unvollständige Form transformiren; für den ersten Fall wird $B = \pm 1$, für den zweiten $B^2 > 1$ sein müssen. Die Anzahl der vollständigen Formen ist, mit Ausnahme des Falles $n=2$, stets unendlich gross, da $B = \pm 1$ unendlich viele Auflösungen zulässt; in dem ebenerwähnten Falle wird

$$B = \pm 1 = b_{1,1},$$

so dass die einzige Substitution $t_1 = \pm s_1$ ist, wodurch die Form, abgesehen vom Zeichen, in sich selbst übergeht.

Wir fügen ein einfaches Beispiel für eine solche Transformation bei.

Für die Gleichung

$$21 x_1 + 29 x_2 + 53 x_3 = 800$$

lassen sich die beiden Formen aufstellen:

$$\text{I.}\quad \begin{aligned} x_1 &= 14 - 3t_1 - 14t_2, \\ x_2 &= 1 + 4t_1 + t_2, \\ x_3 &= 9 - t_1 + 5t_2; \end{aligned} \qquad \text{II.}\quad \begin{aligned} x_1 &= 14 - 2s_1 + 5s_2, \\ x_2 &= 1 - 15s_1 + 11s_2, \\ x_3 &= 9 + 9s_1 - 8s_2, \end{aligned}$$

die beide vollständig sind; für beide ist $K = +1$. Man hat sofort

$$b_{1,1} = \begin{vmatrix} -2, & -14 \\ -15, & +1 \end{vmatrix} : 53, \quad b_{1,2} = \begin{vmatrix} +5, & -14 \\ +11, & +1 \end{vmatrix} : 53,$$

$$b_{2,1} = \begin{vmatrix} -3, & -2 \\ +4, & -15 \end{vmatrix} : 53, \quad b_{2,2} = \begin{vmatrix} -3, & +5 \\ +4, & +11 \end{vmatrix} : 53,$$

und daraus die Substitution

$$\begin{aligned} t_1 &= -4s_1 + 3s_2, \quad B = +1, \\ t_2 &= s_1 - s_2. \end{aligned}$$

7.

Es bleibt noch übrig, ein paar Worte über die Verwandlung einer un vollständigen Form in eine vollständige zu sagen.

Die Charakteristik K, die wir diesmal absolut genommen >1 voraussetzen, kann in der Form 3) auf verschiedene Weisen auftreten. Es is nämlich weder K, noch einer seiner Theiler Factor irgend einer Coefficientencolonne in 3), oder die Coefficienten einer Colonne haben den gemeinsamen Theiler $q \gtrless \frac{1}{K}$, durch den dann, wie aus 9) erhellt, nothwendigerweise K theilbar sein muss, oder es ist endlich K selbst der gemeinsame Theiler der Colonnenglieder. Im letzteren Falle wird die Form durch Weglassung des Factors K sofort eine vollständige; im zweiten Falle führt dieselbe Operation mit dem Factor q auf den ersten Fall zurück, der also allein noch zu untersuchen ist. Erledigt wird er durch die Bemerkung, dass man eine Substitution mit dem Modulus ± 1 aufzusuchen habe, durch welche die neue Form in den Coefficienten einer Colonne überall den Factor K aufweist. Es möge dies die erste Colonne sein. Wir bestimmen dann die Grössen $c_{k,1}$ so, dass sie der Bedingung

55) $$\sum_{k=1}^{k=n} A_k c_{k,1} = 0$$

ohne Allen gemeinsamen Theiler genügen. An Stelle des Systems 50) wird dann gelöst

56) $$\sum_{l=1}^{l=n-1} a_{k,l} b_{l,1} = K c_{k,1}, \quad k = 1, 2 \ldots (n-1),$$

woraus mit Rücksicht auf 54) entspringt

57) $$b_{p,1} = K_{p,1}, \quad p = 1, 2 \ldots (n-1).$$

Ist so die Bestimmung der ersten Colonne in B erfolgt, dann bleibt für die noch fehlenden $(n-1)(n-2)$ Grössen

$$b_{k,i}, \; k = 1, 2 \ldots (n-1), \; i = 2, 3 \ldots (n-1)$$

die einzige Gleichung

$$B = \pm 1$$

übrig, die, da wir den Fall $n = 2$ ausschliessen, immer unendlich viele Auflösungen zulässt; man wird $n(n-3)$ jener $(n-1)(n-2)$ Grössen willkürlich wählen dürfen und dann nur noch eine diophantische Gleichung mit zwei Unbekannten zu lösen haben. Auf weiteres Detail einzugehen scheint überflüssig; es mag nur noch bemerkt werden, dass, wenn man in 55) die Grössen

$$c_{2,1} = c_{3,1} = \ldots = c_{n-1,1} = 0$$

wählt, für $c_{1,1}$ der Werth A_n, für $c_{n,1}$ der Werth $-A_1$ gefunden wird, wo wir voraussetzen, dass A_n und A_1 keinen gemeinsamen Theiler besitzen; dann sieht man aus 56) leicht, dass, abgesehen vom Zeichen, die $b_{p,1}$ nichts Anderes sind, als die ersten Minoren der ersten Colonne von α_n.

Wir schliessen mit einem Beispiele für die Umänderung einer unvollständigen Form. Für die Gleichung

$$70 x_1 + 42 x_2 + 30 x_3 + 105 x_4 = 8009$$

lässt sich die Form aufstellen

$$\begin{aligned} x_1 &= 8 \quad\quad\quad\;\; + 6 t_2 - 9 t_3, \\ x_2 &= 172 - 10 t_1 - 20 t_2 + 5 t_3, \\ x_3 &= 4 \;\; - 7 t_1 + 14 t_2 + 21 t_3, \\ x_4 &= 1 \;\; + 6 t_1 \quad\quad\quad - 2 t_3. \end{aligned}$$

Sie besitzt die Charakteristik -34, kann aber durch Weglassung des Factors 2 in der Colonne für t_2 auf eine neue Form mit der Charakteristik -17 reducirt werden:

$$x_1 = 8 \quad + 3t_2 - 9t_3,$$
$$x_2 = 172 - 10t_1 - 10t_2 + 5t_3,$$
$$x_3 = 4 - 7t_1 + 7t_2 + 21t_3,$$
$$x_4 = 1 + 6t_1 \quad - 2t_3.$$

Nach 55) lösen wir zuerst die Gleichung

$$70c_{1,1} + 42c_{2,1} + 30c_{3,1} + 105c_{4,1} = 0.$$

Man genügt derselben durch $c_{1,1} = 6$, $c_{2,1} = -25$, $c_{3,1} = 14$, $c_{4,1} = 2$.

Weiter hat man

$$b_{1,1} = \begin{vmatrix} 6, & 3, & -9 \\ -25, & -10, & 5 \\ 14, & 7, & 21 \end{vmatrix} : 105, \quad b_{2,1} = \begin{vmatrix} 0, & 6, & -9 \\ -10, & -25, & 5 \\ -7, & 14, & 21 \end{vmatrix} : 105,$$

$$b_{3,1} = \begin{vmatrix} 0, & 3, & 6 \\ -10, & -10, & -25 \\ -7, & 7, & 14 \end{vmatrix} : 105;$$

$b_{1,1} = 6$, $b_{2,1} = 37$, $b_{3,1} = 1$.

Wählt man für $b_{1,2}, b_{2,2}, b_{3,2}, b_{3,3}$ die Werthe 1, 2, 3, 5, so hat man

$$B = \begin{vmatrix} 6, & 1, & b_{1,3} \\ 37, & 2, & b_{2,3} \\ 1, & 3, & 5 \end{vmatrix} = 1.$$

Daraus findet sich

$$b_{1,3} = 1, \quad b_{2,3} = -1$$

und wir erhalten die Substitution

$$t_1 = 6s_1 + s_2 + s_3,$$
$$t_2 = 37s_1 + 2s_2 - s_3,$$
$$t_3 = s_1 + 3s_2 + 5s_3.$$

Unsere obige Form mit der Charakteristik -17 geht hierdurch über in

$$x_1 = 8 + 102s_1 - 21s_2 - 48s_3,$$
$$x_2 = 172 - 425s_1 - 15s_2 + 25s_3,$$
$$x_3 = 4 + 238s_1 + 70s_2 + 91s_3,$$
$$x_4 = 1 + 34s_1 \quad - 4s_3.$$

Hieraus erhält man dann durch Weglassung des Factors 17 aus der Colonne für s_1 die vollständige Form

$$x_1 = 8 + 6s_1 - 21s_2 - 48s_3,$$
$$x_2 = 172 - 25s_1 - 15s_2 + 25s_3,$$
$$x_3 = 4 + 14s_1 + 70s_2 + 91s_3,$$
$$x_4 = 1 + 2s_1 \quad - 4s_3,$$

welche 9139 Lösungen für die Urgleichung ergiebt.

III.

Zur Transversalentheorie der ebenen algebraischen Curven.

Von

Prof. S. GUNDELFINGER

in Tübingen.

Im XVII. Bande dieser Zeitschrift, S. 164—167, entwickelt Herr Ed. Weyr die Gleichung der Einhüllenden aller constanten Sehnen einer gegebenen Ellipse. Die dort gegebene Entwickelung ist zwar sehr sinnreich, jedoch, als von der Integration einer Differentialgleichung ausgehend, wenig direct und der rein algebraischen Theorie der Curven fremd. Dieser Umstand veranlasst mich, eine mir schon seit längerer Zeit bekannte Lösung des analogen Problems für eine ebene Curve n^{ten} Grades mitzutheilen. Die Lösung stützt sich wesentlich auf die merkwürdige Form, in welche sich die sogenannte Differenzengleichung (gebildet aus den $\frac{n(n-1)}{2}$ quadrirten Differenzen der Wurzeln einer gegebenen Gleichung n^{ten} Grades) mit Hilfe der Invariantentheorie bringen lässt. Dabei wird sich mit Leichtigkeit die Beantwortung einiger Fragen ergeben, welche sich auf Tangenten algebraischer Curven beziehen und von Steiner im 55. Bande des Borchardt'schen Journals unerledigt gelassen worden sind.

§ 1.

Hilfssatz aus der Theorie der symmetrischen Functionen.

Sind $\xi_1, \xi_2 \ldots \xi_n$ die Wurzeln der Gleichung n^{ten} Grades

$$1) \qquad a_0 x^n + a_1 x^{n-1} + a_2 x^{n-2} + \ldots + a_n = 0,$$

so ist bekanntlich die symmetrische Function $\Sigma \xi_1^a \xi_2^b \xi_3^c \ldots$ eine ganze Function der Grössen $\frac{a_1}{a_0}, \frac{a_2}{a_0} \ldots \frac{a_n}{a_0}$, und zwar vom Grade a, wenn a den grössten der Exponenten $a, b, c \ldots$ bedeutet.* Daher kann man

* Dieser Satz und seine Ausdehnung auf die symmetrischen Functionen mehrerer simultanen Gleichungen findet sich meines Wissens zuerst ausgesprochen und

2) $$a_0^a \Sigma \xi_1^a \xi_2^b \xi_3^c \ldots = \varphi(a_0, a_1 \ldots a_n)$$

setzen, mit $\varphi(a_0, a_1 \ldots a_n)$ eine ganze homogene Function der Coefficienten a_i bezeichnet, welche überdies bei völliger Willkürlichkeit von s die Relation erfüllt

3) $$\varphi(a_0, a_1 s, a_2 s^2 \ldots a_n s^n) = s^{a+b+c+\cdots} \varphi(a_0, a_1 \ldots a_n).^*$$

Unter Festsetzung dieser Bezeichnungen gilt der

Lehrsatz I. Wofern die Coefficienten $a_0, a_1, a_2 \ldots a_n$ ganze Functionen willkürlicher Veränderlicher $x, y, z \ldots$ sind, und zwar beziehungsweise von den Graden g_0, $g_0 + d$, $g_0 + 2d \ldots g_0 + nd$, so enthält $\varphi(a_0, a_1 \ldots a_n)$ die Variabeln $x, y, z \ldots$ im Grade $ag_0 + d(a + b + c + \ldots)$.

Es stimmt nämlich der Grad, den $\varphi(a_0, a_1 \ldots a_n)$ in Bezug auf x, y, z .. erreicht, mit der Dimension von $\varphi(a_0 t^{g_0}, a_1 t^{g_0+d} \ldots a_n t^{g_0+nd})$ in t überein.

Da φ eine homogene Function a^{ten} Grades, so hat man

$$\varphi(a_0 . t^{g_0}, a_1 t^d . t^{g_0}, a_2 t^{2d} . t^{g_0} \ldots a_n t^{nd} . t^{g_0}) = t^{ag_0} \varphi(a_0, a_1 t^d \ldots a_n t^{nd})$$
$$= t^{ag_0} . t^{d(a+b+c+\cdots)} . \varphi(a_0, a_1 \ldots a_n),$$

welch letztere Gleichung das ausgesprochene Theorem beweist. Die Summe $a+b+c\ldots$ heisst gewöhnlich das Gewicht der symmetrischen Function $\Sigma \xi_1^a \xi_2^b \xi_3^c \ldots$; den Exponenten a, für welchen ein besonderer Name gleichfalls wünschenswerth, werde ich im Nachfolgenden den Leitexponenten der symmetrischen Function nennen.

§ 2.

Gleichung der Einhüllenden aller Sehnen einer Curve n^{ten} Grades von constanter Länge.

Es sei

4) $$f(x_1, x_2, x_3) = (a_1 x_1 + a_2 x_2 + a_3 x_3)^n = a_x^n = b_x^n = \ldots$$

die Gleichung einer beliebigen Curve n^{ten} Grades in homogenen Coordinaten, so dass

4a) $$f(x, y, 1) = (a_1 x + a_2 y + a_3)^n = (b_1 x + b_2 y + b_3)^n = \ldots$$

die Gleichung derselben in rechtwinkligen Coordinaten x, y sein würde. Die Frage nach der Classe der Einhüllenden aller Sehnen, die der Curve 4a) eingeschrieben und von constanter Länge t sein sollen, kommt offenbar darauf hinaus, die Anzahl derjenigen Geraden zu bestimmen, welche durch einen gegebenen Punkt (a, b) gehen und von deren n Schnittpunkten mit der Curve zwei die Entfernung t besitzen.

---

bewiesen in der ausgezeichneten Abhandlung Schläfli's: „Ueber die Resultante eines Systems mehrerer algebraischer Gleichungen", S. 7. Der Beweis, welcher in Salmon's „Höherer Algebra" mitgetheilt ist, kann nicht als bindend angesehen werden.

Zieht man von dem Punkte (a, b) eine Sehne unter dem Winkel φ gegen die positive X-Axe, so bestehen für irgend einen Punkt (xy) dieser Sehne Relationen von der Form

$$x = a + r\cos\varphi, \quad y = b + r\sin\varphi.$$

Zur Bestimmung der n Entfernungen $r_1, r_2 \ldots r_n$ des Punktes (a, b) von den n Schnittpunkten der Curve 4a) mit der Sehne hat man also die Gleichung n^{ten} Grades:

$$f(a + r\cos\varphi,\ b + r\sin\varphi,\ 1) = 0$$

oder

5) $$\alpha_n + n\alpha_{n-1}r + \binom{n}{2}\alpha_{n-2}r^2 + \ldots + \binom{n}{1}\alpha_1 r^{n-1} + \alpha_0 r^n = 0,$$

worin

$$\alpha_n = f(a, b, 1) = f, \quad \alpha_{n-1} = \frac{1}{n}\left\{\frac{\partial f}{\partial a}\cos\varphi + \frac{\partial f}{\partial b}\sin\varphi\right\},$$

$$\alpha_{n-2} = \frac{1}{n(n-1)}\left\{\frac{\partial^2 f}{\partial a^2}\cos^2\varphi + 2\frac{\partial^2 f}{\partial a\,\partial b}\cos\varphi\sin\varphi + \frac{\partial^2 f}{\partial b^2}\sin^2\varphi\right\}$$

. . . .

$$\alpha_0 = f(\cos\varphi, \sin\varphi, 0).$$

Setzt man

7) $$y_1 = a,\ y_2 = b,\ y_3 = 1 \text{ und } z_1 = \cos\varphi,\ z_2 = \sin\varphi,\ z_3 = 0,$$

so kann allgemein der Coefficient α_i symbolisch dargestellt werden durch

8) $$\alpha_i = (a_1 y_1 + a_2 y_2 + a_3 y_3)^i (a_1 z_1 + a_2 z_2 + a_3 z_3)^{n-i} = a_y^i a_z^{n-i} = b_y^i b_z^{n-i} = \ldots$$

Sollen zwei der Schnittpunkte die Entfernung t haben, so muss die Bedingung bestehen

$$[(r_1 - r_2)^2 - t^2]\,[(r_1 - r_3)^2 - t^2] \ldots [(r_{n-1} - r_n)^2 - t^2] = 0,$$

worin das Product linker Hand aus $\frac{n(n-1)}{2}$ Factoren besteht. Entwickelt man dasselbe, so ergiebt sich, der Kürze wegen

$$p = \tfrac{1}{2}n(n-1) \text{ und } t^2 = \tau$$

gesetzt, eine Gleichung der Form

9) $$\tau^p + C_1\tau^{p-1} + C_2\tau^{p-2} + \ldots + C_p = 0.$$

Darin ist C_l für $l < n$ eine symmetrische Function der n Wurzeln $r_1, r_2 \ldots r_n$ vom Leitexponenten $2(n-1)$ und vom Gewichte $2l$, also nach den Hilfsbetrachtungen des vorigen Paragraphen $\alpha_0^{2l} C_l$ ein Ausdruck des $2l^{\text{ten}}$ Grades in $\alpha_0, \alpha_1, \alpha_2 \ldots \alpha_n$, d. h. in den Coefficienten der gegebenen Curvengleichung, $2l(n-1)^{\text{ten}}$ Grades in $\cos\varphi$ und $\sin\varphi$, endlich $2l^{\text{ten}}$ Grades in a und b. Wenn jedoch $l \geqq n$, ist C_l vom Leitexponenten $2(n-1)$ und vom Gewichte $2l$, daher $\alpha_0^{2(n-1)} C_l$ vom $2(n-1)^{\text{ten}}$ Grade in den Coefficienten der gegebenen Curvengleichung, vom $[2(n-1)n - 2l]^{\text{ten}}$ Grade in $\cos\varphi$ und $\sin\varphi$ und vom $2l^{\text{ten}}$ Grade in Bezug auf a und b. In der aus 9) durch Multiplication mit $\alpha_0^{2(n-1)}$ hervorgehenden Gleichung

$$
9a)\quad \begin{aligned}
&\alpha_0^{2(n-1)}\tau^p + \alpha_0^{2(n-2)}.\,\alpha_0^2 C_1 \tau^{p-1} + \alpha_0^{2(n-3)}.\,\alpha_0^4 C_2 \tau^{p-2} + \dots \\
&\dots + \alpha_0^{2(n-1)} C_n \tau^{p-n} + \alpha_0^{2(n-1)} C_{n+1} \tau^{p-n-1} + \dots \\
&\dots + \alpha_0^{2(n-1)} C_p = 0
\end{aligned}
$$

ist somit der Coefficient von τ^{p-l} (für jedes l von 0 bis p) eine homogene Function $[2(n-1)n-2l]^{\text{ten}}$ Grades von $\cos\varphi$ und $\sin\varphi$, und nach Division mit $(\cos\varphi)^{2n(n-1)}$ geht 9a) mit Rücksicht auf die Relation $\frac{1}{\cos^2\varphi} = 1 + tg^2\varphi$ in eine Gleichung $2(n-1)n^{\text{ten}}$ Grades für $tang\,\varphi$ über. Dies giebt das

Theorem II. Die Einhüllende aller einer Curve n^{ten} Grades eingeschriebenen Sehnen von constanter Länge ist eine Curve der $2(n-1)n^{\text{ten}}$ Classe.

Man erhält auch die Gleichung dieser Einhüllenden in variabelen Liniencoordinaten sehr leicht. Die rechtwinkligen Coordinaten u, v der durch den Punkt (a, b) unter dem Winkel φ gegen die X-Axe gezogenen Sehne genügen den Beziehungen

$$
10)\quad \sin\varphi = \frac{-u}{\sqrt{u^2+v^2}}, \qquad \cos\varphi = \frac{v}{\sqrt{u^2+v^2}}, \qquad b\cos\varphi - a\sin\varphi = \frac{1}{\sqrt{u^2+v^2}}.
$$

Ersetzt man in 9a) $\cos\varphi$, $\sin\varphi$ und $b\cos\varphi - a\sin\varphi$ durch diese Werthe, so stellt sie die Bedingung für die Coordinaten irgend einer Tangente der Einhüllenden dar; vorausgesetzt, dass es gelingt, die Coefficienten $\alpha_0^{2l} C_l$ in eine Form zu bringen, bei der sie a und b nur noch in der Verbindung $a\cos\varphi - b\sin\varphi$ enthalten. Diese Umgestaltung der Coefficienten lässt sich ohne Mühe vermittelst der Methoden der neueren Algebra herstellen. Nach den Untersuchungen von Michael Roberts* lassen sich nämlich

$$
\alpha_0^2 C_1,\ \alpha_0^4 C_2,\ \alpha_0^6 C_3 \dots \alpha_0^{2(n-1)} C_p
$$

sämmtlich durch die Coefficientenverbindungen

$$
\alpha_0\alpha_2 - \alpha_1^2,\ \alpha_0\alpha_4 - 4\alpha_1\alpha_3 + 3\alpha_2^2,\ \alpha_0\alpha_6 - 4\alpha_1\alpha_5 + 15\alpha_2\alpha_4 - 10\alpha_3^2 \dots
$$

ausdrücken, d. h. durch die Invarianten und Leitcoefficienten gewisser Covarianten der binären Form

$$
11)\quad \alpha_0\xi^n + n\alpha_1\xi^{n-1}\eta + \binom{n}{2}\alpha_2\xi^{n-2}\eta^2 + \dots + \alpha_n\eta^n = \psi(\xi,\eta).
$$

Stellt man die Form $\psi(\xi,\eta)$ symbolisch dar, setzt also

$$
12)\quad \psi(\xi,\eta) = (\beta_1\xi + \beta_2\eta)^n = (\gamma_1\xi + \gamma_2\eta)^n = \dots,
$$

so hängen die symbolischen Coefficienten β_1 und β_2, γ_1 und $\gamma_2 \dots$ nach 7) und 8) mit den symbolischen Coefficienten $a_1 a_2 a_3$, $b_1 b_2 b_3 \dots$ durch die Relationen zusammen

$$
13)\quad \begin{aligned}
\beta_1 &= a_1 z_1 + a_2 z_2 + a_3 z_3, & \beta_2 &= a_1 y_1 + a_2 y_2 + a_3 y_3, \\
\gamma_1 &= b_1 z_1 + b_2 z_2 + b_3 z_3, & \gamma_2 &= b_1 y_1 + b_2 y_2 + b_3 y_3 \text{ u. s. w.}
\end{aligned}
$$

---

* Vergl. Fiedler, „Elemente der neueren Geometrie", S. 159 flgg.; Michael Roberts in dem Journal von Tortolini, Bd. VII S. 257.

Die Invarianten der binären Form ψ enthalten, symbolisch dargestellt, nur Factoren der Gestalt

$$\beta_1\gamma_2 - \beta_2\gamma_1 = a_x b_y - a_y b_x = \Sigma \pm a_1 b_1 u_3,$$

wenn

$$u_1 = y_3 z_2 - y_2 z_3,\ u_2 = y_1 z_3 - y_3 z_1,\ u_3 = y_2 z_1 - y_1 z_2$$

oder nach 7)

$$u_1 = \sin\varphi,\ u_2 = -\cos\varphi,\ u_3 = b\cos\varphi - a\sin\varphi;$$

in den Leitcoefficienten der Covarianten dagegen befinden sich ausserdem noch symbolische Factoren β_1, $\gamma_1\ldots$, also überhaupt keine a und b mehr. Sobald man also die Invarianten und Covarianten-Leitcoefficienten, vermöge deren die Coefficienten $\alpha_0^{2l}C_l$ sich ausdrücken, in symbolische Form gebracht hat, liefert 9a) unter Zuhilfenahme der Substitutionen 10) die Gleichung der Einhüllenden. Diese letztere enthält nach den obigen Angaben u und v mindestens homogen im Grade $n(n-1)$ und die Coefficienten von $f(x,y,1)=0$ in der Dimension $2(n-1)$. In Worten:

III. Alle constanten Sehnen einer Curve n^{ten} Grades $f(x,y,1)=0$ hüllen eine Curve $2n(n-1)^{\text{ter}}$ Classe ein, welche die unendlich ferne Gerade zur $n(n-1)$-fachen Tangente hat. Die Gleichung der Einhüllenden ist in den Coefficienten von $f(x,y,1)$ von der $2(n-1)^{\text{ten}}$ Dimension.

§ 3.

Anwendungen auf Curven zweiter und dritter Ordnung.

Die Darstellung der Differenzengleichung von

$$\psi(\xi,\eta) = \alpha_0\xi^n + n\alpha_1\xi^{n-1}\eta + \ldots + \alpha_n\eta^n = 0$$

in der verlangten Form bietet durchaus keine principiellen Schwierigkeiten dar.*

Für $n=2$, 3, 4 und 5 sind die darauf bezüglichen Formeln von M. Roberts endgiltig ausgerechnet worden. Es kann somit für diese Fälle auch sofort die Gleichung der fraglichen Einhüllenden angeschrieben werden.

a) Fall einer Curve zweiten Grades:

$$f(x,y,1) = a_{11}x^2 + 2a_{12}xy + a_{22}y^2 + \ldots + a_{33} = 0.$$

Bedeutet A_{ik} den Coefficienten von a_{ik} in der Determinante $\Sigma \pm a_{11}a_{22}a_{33}$, so ist die Gleichung der Einhüllenden aller ihrer Sehnen von der constanten Länge t:

$$\begin{aligned}2(A_{11}u^2 + 2A_{12}uv + A_{22}v^2 + 2A_{13}u + \ldots + A_{33})(u^2+v^2)\\ + t^2(a_{11}v^2 - 2a_{12}uv + a_{22}u^2) = 0.\end{aligned} \tag{14}$$

* Die neueren symbolischen Methoden gestatten eine grosse Vereinfachung in den Ableitungen von Roberts.

Durch jeden Punkt p der Ebene gehen also vier Sehnen von einer gegebenen Länge t. Die Mitten solcher vier gleicher Sehnen liegen in einem Kreise. Diese von Steiner ohne Beweis ausgesprochene Eigenschaft ist leicht zu erhärten.

Wird nämlich über irgend einer Sehne des Kegelschnittes, deren Coordinaten u, v sind, als Durchmesser ein Kreis beschrieben, so ist die Gleichung dieses Kreises (in laufenden Coordinaten x, y):

$$(a_{11}+a_{22})(ux+vy+1)^2+(u^2+v^2)f(x,y,1)$$
$$-[uf'(x)+vf'(y)](ux+vy+1)=0.$$

Setzt man hierin

$$u=\frac{u_1-\lambda u_2}{1-\lambda}, \quad v=\frac{v_1-\lambda v_2}{1-\lambda},$$

mit u_1, v_1 und u_2, v_2 die Coordinaten irgend zweier durch p gehenden Sehnen bezeichnet, so ergiebt sich eine Relation von der Form

$$k_0+2\lambda k_1+\lambda^2 k_2=0.$$

Dieselbe stellt für die verschiedenen Werthe von λ sämmtliche Kreise dar, welche über den durch p gezogenen Sehnen als Durchmesser beschrieben sind und welche dem Kreisnetze

$$k_0+\lambda k_1+\mu k_2=0$$

angehören. Die Mittelpunkte der zu einem solchen Netze gehörigen Kreise von constantem Radius liegen aber auf einem um den Potenzpunkt des Netzes beschriebenen Kreise, somit insbesondere auch die Mitten der obigen vier gleichen Sehnen $\left(\text{als Centren von Kreisen mit dem Radius } \frac{t}{2}\right)$.

b) $n=3$. Die Gleichung der Curve dritter Ordnung sei in homogenen Coordinaten

$$f(x_1x_2x_3)=ax_1^3+3bx_1^2x_2+3cx_1x_2^2+dx_2^3+3ex_1^2x_3+\ldots=0.$$

Man setze ferner

$$f_{ik}=\tfrac{1}{6}\frac{\partial^2 f}{\partial x_i\,\partial x_k}, \quad i \text{ und } k=1,2,3,$$

nenne F_{ik} den Coefficienten von f_{ik} in $\Sigma\pm f_{11}f_{22}f_{33}$ und führe überdies die Bezeichnungen ein

$$2(F_{11}u_1^2+2F_{12}u_1u_2+\ldots+F_{33}u_3^2)=\Theta_{11}x_1^2+2\Theta_{12}x_1x_2+\ldots+\Theta_{33}x_3^2,$$

$$F(u_1u_2u_3)=-2\begin{vmatrix}\Theta_{11} & \Theta_{12} & \Theta_{13} & u_1\\ \Theta_{21} & \Theta_{22} & \Theta_{23} & u_2\\ \Theta_{31} & \Theta_{32} & \Theta_{33} & u_3\\ u_1 & u_2 & u_3 & 0\end{vmatrix},$$

$$\Phi(u_1,u_2)=au_2^3-3bu_1u_2^2+3cu_2u_1^2-du_1^3.$$

Alsdann ist die Gleichung der Einhüllenden aller Sehnen von der Länge t in rechtwinkligen Liniencoordinaten u, v:

$$4[\Phi(uv)]^4t^6+8t^4[\Phi(uv)]^2(\Theta_{11}v^2-2\Theta_{12}vu+\Theta_{22}u^2)(u^2+v^2)$$

15) [illegible]

Die Mittheilung der auf die Curven vierten und fünften Grades bezüglichen Formeln unterdrücken wir wegen ihrer zu grossen Weitläufigkeit.

§ 4.

Zwei Theoreme über Tangenten algebraischer Curven.

Jede Tangente einer Curve n^{ten} Grades hat mit dieser noch $n-2$ weitere Schnittpunkte gemein. Steiner hat nun die Frage angeregt: Wie viele Tangenten giebt es, auf deren jeder der Berührungspunkt von den $n-2$ übrigen Schnittpunkten eine gegebene Entfernung t besitzt? Sind y_i die homogenen Coordinaten des Berührungspunktes irgend einer Tangente

16) $$f'(y_1)x_1+f'(y_2)x_2+f'(y_3)x_3=0,$$

so giebt es bekanntlich* eine Curve $(n-2)^{ten}$ Grades, welche diese Tangente in ihren $n-2$ übrigen Schnittpunkten mit der Curve trifft und deren Gleichung

17) $$\varphi(x_1, x_2, x_3)=0$$

die Coordinaten y_i in der Dimension $2(n-2)$ enthält. Damit einer der $n-2$ Schnittpunkte (x) von dem Berührungspunkte y die Entfernung t habe, muss die Gleichung bestehen

18) $$(y_1x_3-y_3x_1)^2+(y_2x_3-y_3x_2)^2-t^2x_3^2y_3^2=0.$$

Durch Elimination der x_i aus den Gleichungen 16) bis 18) erhält man also die Bedingung für die Coordinaten (y_i) des Berührungspunktes einer solchen Tangente. Da die Gleichung 16) in den x_i linear, so lässt sich nach einem von Clebsch aufgestellten und von mir erweiterten Uebertragungsprincip** das Eliminationsresultat sofort bilden. Es ist vom $2(n-2)(n+2)^{ten}$ Grade in den y_i, was den Satz giebt:

IV. Eine Curve n^{ten} Grades besitzt $2(n-2)(n+2)n$ Tangenten, auf deren jeder der Berührungspunkt von einem der $n-2$ übrigen Schnittpunkte eine gegebene Entfernung t besitzt. Die Berührungspunkte dieser Tangenten sind die Schnittpunkte der Grundcurve mit einer Curve $2(n-2)(n+2)^{ten}$ Grades, deren Gleichung durch Elimination der x_i aus den Relationen 16) bis 18) erhalten wird.

Für $n=3$ ist z. B. die letztere Curve vom Grade 10. Ihre Gleichung in laufenden Coordinaten y_i ist, wenn Δ die Hesse'sche Determinante von $f(y_1y_2y_3)$ bedeutet und der Kürze wegen

$$x_1=f'(y_2)\Delta'(y_3)-f'(y_3)\Delta'(y_2),\quad x_2=f'(y_3)\Delta'(y_1)-f'(y_1)\Delta'(y_3),$$
$$x_3=f'(y_1)\Delta'(y_2)-f'(y_2)\Delta'(y_1)$$

---

* *Philosophical Transactions* 1859.

** Borchardt's Journal, Bd. 59 S. 28, und Mathematische Annalen, Bd. V

gesetzt ward:

$$(y_1x_3 - y_3x_1)^2 + (y_2x_3 - y_3x_2)^2 - t^2 y_3^2 x_3^2 = 0.$$

Wieviele Tangenten giebt es ferner, von deren $n-2$ übrigen Schnittpunkten zwei eine gegebene Entfernung besitzen sollen? Man erhält die Bedingung für die Coordinaten y_i des Berührungspunktes einer solchen Tangente, wenn man ausdrückt, dass die Gerade 16) eine Berührende der Curve sei, welche von der constanten Sehne der Curve 17) eingehüllt wird. Die Gleichung der letzteren Einhüllenden enthält nach dem Theorem III) die Coefficienten von $\varphi(x_1 x_2 x_3)$ in der Dimension $2(n-3)$, also die y_i in der Dimension $4(n-2)(n-3)$.

Werden überdies die im $2(n-2)(n-3)^{\text{ten}}$ Grade auftretenden variabeln Tangentialcoordinaten durch die $f'(y_i)$ ersetzt, so hat man für die y_i eine Relation vom Grade

$$2(n-2)(n-3)(n-1) + 4(n-2)(n-3) = 2(n-2)(n-3)(n+1).$$

In Worten:

V. **Es giebt $2(n-2)(n-3)(n+1)n$ Tangenten einer Curve n^{ten} Grades von der Beschaffenheit, dass unter den $n-2$ übrigen Schnittpunkten einer jeden zwei eine gegebene Entfernung haben. Die Berührungspunkte dieser Tangenten sind die Schnittpunkte der Grundcurve mit einer Curve $2(n-2)(n-3)(n+1)^{\text{ten}}$ Grades.**

Die Gleichung der letzteren Curve wird in der eben angegebenen Weise ohne Schwierigkeiten gebildet.

Kleinere Mittheilungen.

I. Reliquiae Copernicanae.

I. Ueber einige Notizen des Copernicus in dem *ΛΕΞΙΚΌΝ ΚΑΤΆ ΣΤΟΙΧΕΊΩΝ* des Iohannes Crastonus (Mutinae 1499).[1]

In den *Analecta Warmiensia*[2] hat Hipler und in den *Monumenta Copernicana*[3] hat Prowe wieder auf einige Notizen aufmerksam gemacht, welche Copernicus auf das Vorsetzblatt und das Nachblatt eines Folianten geschrieben hat, der jetzt unter der Nummer „*Catal. Ups.* 85. *VIII.* 1" in der Upsalenser Bibliothek sich befindet. Dieser Band ent-

[1] Ein Band in Folio, betitelt (Bl. 3ᵃ, Z. 1): „*ΛΕΞΙΚΟ'Ν ΚΑΤΑ ΣΤΟΙΧΕ'ΙΩΝ*" 294 Blatt, davon Blatt 1 leer ist, Blatt 2—256 hat Copernicus handschriftlich von 2—256 foliirt. Auf Blatt 257ᵇ, Zeile 9—12, steht das Impressum:

> „*Mutinae Impraessum in aedibus Dionysii Berlochi bonon̄. subter raneis. Anno humanae redemptionis. Millesimo Nonagesimo No no (sic!). Tertiodecimo Kalen. Nouemb. Diuo Hercule estensi. Ferrariae duce imperii habenas gubernante.*"

Blatt 258ᵃ enthält das Registrum und das Druckersignet. Vor dem Impressum steht die Notiz: „*ΤΈΛΟΣ ΣΤΝ ΘΕΩ͂ ΤΟ͂Τ ΛΕΞΙΚΟ͂Τ.*" Auf Blatt 2ᵃ steht ein Brief, betitelt (Zeile 1—2):

> „*Bonus Accursius Pisanus uiro litteratissimo ac grauissimo Iohanni Frācisco turriano ducali quaestori salutem plurimam dicit.*"

Blatt 259ᵃ: „*Ambrosius Regiensis studiosis Salutem*" (Zeile 1). Datirt: „*Regii Lepidi tertio nonas Julias. M. D.*" Dann folgt ein lateinischer Index zu dem Wörterbuche des Crastonus und auf Blatt 294ᵇ nach den Erratis: „*L. Manlii Regiensis Scazon.*" Das Ganze ohne Blatt- noch Seitenzahlen, aber mit Signaturen. Man sehe Hain, Repertorium Nr. 5814, der aber das erste leere Blatt nicht mitzählt, obwohl sein erstes Blatt die Signatur *Aii* hat.

[2] *Analecta Warmiensia.* Studien zur Geschichte der ermländischen Archive und Bibliotheken von Professor Dr. Franz Hipler, Regens des ermländischen Priesterseminars zu Braunsberg. Braunsberg 1872. Verlag von Ed. Peter. 1 Bltt., 173 S. 8⁰. — S. 121.

[3] *Monumenta Copernicana.* Festgabe zum 19. Februar 1873. Von Leopold Prowe. Berlin 1873. Weidmann'sche Buchhandlung. VIII, 164 S. gr. 8⁰. — S. 56,

hält das *Λέξικον κατὰ στοιχείων* des Iohannes Crastonus in der Ausgabe Mutinae 1499. Von den erwähnten Notizen liegen mir photographische Abbildungen in sehr gelungener Ausführung vor, und da ich durch diese im Stande bin, einige Ungenauigkeiten beider Herausgeber zu verbessern, zugleich auch ein von Copernicus aufgegebenes Räthsel wenigstens theilweise zu lösen, so bringe ich diese hier zunächst nochmals zum Abdruck. Von den im Buche selbst befindlichen Noten werde ich nur einige erwähnen, da die meisten rein philologisch sind und durch Prowe eine genaue Herausgabe erfahren werden.

Auf dem Vorsetzblatte findet sich Folgendes:

„*Βιβλιον Νικολέου τȣ Κόπερνικου* (sic!)

♉ * ♊ ♋ ♌ ♍

ν Θαργηλιων Σκιροφοριων (sic!) *Εκατομβαιων Μεταγειτνιων Βοηδρομον* (sic!)[4]

ςηριων Πυανεψιων[5] *Ανθεςηριων* (sic!) *Ποσειδεων* (sic!) *Γαμηλιων*[6] *Ελαφηβολιων*[7]

♏ * ♒ * ♐ * ♓ *

ses annum a solsticio estiuo auspicantur απο τȣ εκατομβαιονος (sic!)[8] *asiatici ab equinoctio*
lj similiter[9] *et grecj*[10] *et a verno arabes et damascenj Εκ των Θεοδωρȣ γαζα*[11]
"Αρμα,[12] *διφρος, αντυξ, χνοη, κανθοι,*[13] *κνημη,*[14] *ιτυς.*"

Durch das Unterstreichen der Worte *Ανθεςηριων* und *Ποσειδεων* hat Copernicus offenbar ebenso wie durch die untergesetzten Zeichen des Thierkreises andeuten wollen, dass er sich anfänglich in der Reihenfolge geirrt habe. Ursprünglich hatte er dem Anthesterion das Zeichen des Steinbocks ♑ untergeschrieben; dies ist aber nachträglich durchstrichen und dafür das des Wassermanns ♒ gesetzt worden. Unter dem Poseideon steht ebenso ausgestrichen nochmals das Zeichen des Schützen ♐, aber auch das des Steinbocks ♑, natürlich gleichfalls durchstrichen. Unter dem Gamelion stand ursprünglich das Zeichen des Wassermanns ♒; dasselbe ist aber

---

4 Prowe druckt *Βοηδρομιων*.

5 Prowe verwechselt das Zeichen des Scorpions mit dem der Jungfrau.

6 Prowe hat die Bedeutung des ausgestrichenen Zeichens des Wassermanns nicht erkannt und bildet deshalb in seinem Abdrucke dieses durchgestrichene Zeichen nach.

7 *Ελαφοβολιων* bei Prowe.

8 *εκατομβαιωνος* bei Hipler und Prowe.

9 Hipler und Prowe lesen fälschlich *sicuti*.

10 *Greci* liest Prowe.

11 *Θεοδωρου Γαζα* bei Prowe, *Γαζα* liest auch Hipler.

12 *Αρεια* bei Hipler.

13 Hipler liest *κανεον*.

14 [illegible] bei Hipler.

getilgt, und so steht factisch gar kein Zeichen darunter. Offenbar ist nur aus Unachtsamkeit das Zeichen des Steinbocks ♑ zu machen vergessen worden. Aus Allem ergiebt sich, dass Copernicus die griechischen Monate in folgender Reihenfolge aufführen wollte:

Μουνιχιών, Θαργηλιών, Σκιρροφοριών, Ἑκατομβαιών, Μεταγειτνιών, Βοηδρομιών, Μαιμακτηριών, Πυανεψιών, Ποσειδεών, Γαμηλιών, Ἀνθεστηριών, Ἐλαφηβολιών,

d. h. in der gewöhnlich angenommenen. Die Lage der Monate nach unserer Bezeichnung ist aber durch die darüber, resp. darunter gesetzten Himmelszeichen dem gewöhnlichen Gebrauche gegenüber um einen ganzen Monat verschoben, bedingt durch die Annahme, dass der Hekatombaion mit dem Sommersolstitium am 21. Juni zusammenfällt, welche in dem lateinischen Passus, der dem griechischen folgt, ausgesprochen ist. Was die, einigen Himmelszeichen beigegebenen Sternchen bedeuten sollen, ist unklar.

Mit der von Copernicus festgehaltenen Reihenfolge der Monate und dem Anfange des Hekatombaion stimmen nun aber die von ihm an den Uebersetzungen der griechischen Namen durch Crastonus gemachten Verbesserungen keineswegs. Crastonus übersetzt (Blatt 72[a]) *Ἑκατομβαιών* mit Aprilis, Copernicus verbessert *iunius:* für die Uebersetzung von *Βοηδρομιών* Iunius setzt er *Augustus mensis*, für *Γαμηλιών* October: *Januarius:* für *Ἐλαφηβολιών* December: *Februarius:* für *Θαργηλιών* Februarius: *Aprilis:* für *Μαιμακτηριών* Augustus: *September:* für *Μουνιχιών* Ianuarius: *Martius;* für *Ποσειδεών* November: *December;* er fügt ein das fehlende *Πυανεψιών mensis october*, wo er zuerst *mensis Augustus* geschrieben hatte; endlich schreibt Copernicus für *Σκιρροφοριών* martius mensis: *maius.* Fügt man die beiden von Copernicus nicht verzeichneten Monate *Μεταγειτνιών* und *Ἀνθεστηριών* an die leeren Stellen ein, so erhält man folgende, von der obigen abweichende Reihe:

Ἑκατομβαιών	[*Μεταγειτνιών*]	*Βοηδρομιών*	*Μαιμακτηριών*
Juni:	*Juli;*	*August;*	*September:*
Πυανεψιών	[*Ἀνθεστηριών*]	*Ποσειδεών*	*Γαμηλιών*
October:	*November:*	*December;*	*Januar:*
Ἐλαφηβολιών	*Μουνιχιών*	*Θαργηλιών*	*Σκιρροφοριών*
Februar;	*März:*	*April:*	*Mai:*

genau diejenige, welche Copernicus festgestellt hatte, ehe er durch die oben erwähnten Zeichen die Reihenfolge der drei Monate Poseideon, Gamelion und Anthesterion vertauschte. Wenn daher Copernicus in seiner Uebersetzung des *Theophylactus Simokatta* den *Ἀνθεστηριών* durch November wiedergiebt, so hat er nach der von ihm anfänglich festgehaltenen Reihenfolge nicht so ganz Unrecht, obwohl man *ἐνάτη φθίνοντος Ἀν-*

θεστηριῶνος eher durch den 1. December als den 1. November wiedergeben könnte, da die griechischen Monatsanfänge mit unseren Monatsmitten zusammenfallen.

Die von Hipler fälschlich auf das letzte Blatt verlegte Reihenfolge von Vocabeln, die sich auf den Wagen beziehen, liest dieser in folgender merkwürdigen Weise:

Αρεια, διφρος, αντυξ, χνοη, κανεον, κνημα, ιτυς.

Hiervon gäbe *κανεον*, der Wagenkorb, noch einen Sinn, das richtige *κανθοι* bezeichnet dagegen den Radreifen; was aber *Αρεια*, Drohung, und *κνημα*, die Frucht im Mutterleibe, hier sollten, ist unerfindlich, während *Ἅρμα* und *κνήμη*, Wagen und Speiche, an ihrer richtigen Stelle stehen. Wir haben also

Ἅρμα	*δίφρος*	*ἄντυξ*	*χνόη*
Wagen,	Wagensitz,	Knopf, um die Leine anzub.,	Axe,

κανθοί	*κνήμη*	*ἴτυς*
Radreifen,	Speiche,	Radkranz.

Auf der Rückseite des zweiten Nachblattes des fraglichen Bandes soll sich nach Hipler die Notiz finden:

Αλνολιθινη ατιζ Μελσακ ωξου αμφωτερα Βροθ,

welche schwer verständlich sei. Diese Notiz lautet wirklich so:

Αλνολιθινη ͵ατιδ Μελσακ ͵ωξε αμφωτερα (sic!) ͵βροθ.

Die Striche unter *ατιδ*, *ωξε*, *βροθ* zeigen deutlich, dass man es hier mit Zahlen zu thun hat. Die Notiz würde also bedeuten:

„Allenstein 1314, Mehlsack 865, beides zusammen 2179".

Nach einer Inschrift an der Kirche in Allenstein aus dem Jahre 1721 soll diese *Anno Dni* 1315 gebaut sein; darauf könnte sich also *ατιδ* beziehen. (So ist zu lesen und nicht *ατιζ*; der von Hipler als ζ gelesene Buchstabe ist wesentlich von dem ζ in *Γαζα* verschieden, das in der Notiz auf dem Vorsetzblatte sich findet); *ωξον*, wie Hipler liest, gäbe 1330, aber nur, wenn man gegen die Gewohnheit die griechischen Zahlen behandelt. In diesem Jahre soll die Kirche in Mehlsack vollendet sein; da aber Copernicus zu deutlich *ωξε* geschrieben hat, als dass man die Hipler'sche Lesart beibehalten könnte, so lassen wir vorläufig die Beziehung zwischen 865 und Mehlsack offen. Das Ganze scheint ein mnemotechnisches Hilfsmittel gewesen zu sein, durch das zu *Αλνολιθινη* und *Μελσακ* passende Wort *Βροθ* die beiden anderen Zahlen 1314 und 865 leicht zu behalten, denn 1314+865 giebt genau 2179. Dass gerade das Wort *Βροθ* als Vermittler des Gedächtnisses auftritt, dürfte deshalb nicht uninteressant sein, weil ein Pole kaum zu diesem Zwecke sich eines deutschen Wortes bedient haben würde. Beiläufig will ich hier noch eine Frage aufwerfen, deren Beantwortung ich von des Polnischen mehr Kundigen, als ich es bin, wünschen möchte. An mehreren Stellen der Revolutionen leitet Copernicus den Nachsatz mit *sic* oder *ita* ein[15], ist dies aus dem Geiste der polnischen Sprache erklärbar, kann Jemand, der so schreibt, polnisch gedacht haben? Ueberhaupt finden sich in den Revolutionen eine sehr grosse Zahl von handgreiflichen Germanismen, ob Polonismen, wage ich nicht zu behaupten.

II. Die Notizen in der *editio princeps* des Euklides von 1482.
(Zugleich ein Beitrag zur Geschichte der Trisection des Winkels.)

Von rein mathematischen Schriften im Besitze des Copernicus ist der Euklid von 1482 die einzig erhaltene. Er besass davon eins der sehr seltenen Exemplare mit dem Titel: „*Preclarissimũ opus elementoꝝ Euclidis megarẽsis ṽna (sic!) cũ cõ ‖ mentis Campani ꝑspicacissimi in artẽ geometriã incipit felicit̃*“,[16] welche in dem ersten Bogen von den gewöhnlichen abweichen, sonst aber genau damit übereinstimmen. Sein Exemplar befindet sich jetzt in Upsala mit der Bibliotheknummer „32. VI. 52“.

Copernicus hat in diesem Werke dem ersten, zweiten, dritten und fünften Buche die nachfolgenden Ueberschriften hinzugefügt:

„*Liber primus de quantitate triangula*“ (Blatt a_2^a);
„*De quantitate seu magnitudine quadrangula rectangula*“ (Blatt b_1^b);
„*De magnitudine circulari*“ (Blatt b_5^a);
„*de relatione quantitatum vnius ad alterum siue de proportionibus*“ (Blatt d_8^a).

Nach dieser Ausgabe hat er auch in seiner Originalhandschrift die Sätze des Euklides citirt. Seine Herausgeber haben statt nach dieser Edition die Angaben nach einer aus griechischer Quelle geflossenen Ausgabe gemacht, während bekanntlich die Ratdolt'sche Ausgabe aus dem Arabischen übersetzt ist. In der Säcularausgabe habe ich die Angaben des Autographs wiederhergestellt, ohne in den Prolegomenis dieser Aenderung Erwähnung zu thun. Ich hole hiermit das Versäumte nach.

Die für die Geschichte der Mathematik wichtigste Bemerkung hat Copernicus aber zu einem Zusatze am Ende des vierten Buches gemacht, in welchem Campanus die Trisection des Winkels lehren will. Da sich Copernicus in seiner Anmerkung auf bestimmte Worte des Campanus bezieht, die Ausgabe des Euklid wohl auch nicht Jedem zugänglich sein dürfte, theile ich nachfolgend unter Auflösung der Abkürzungen den betreffenden Passus mit.

---

[15] M. s. z. B. S. 413, S. 5—7 der Säcularausgabe: „*Quoniam vero tres superiores, Saturnus, Iupiter et Mars, aliis quibusdam legibus feruntur in longitudinem quam reliqui duo: ita quoque in latitudinis motu non parum differunt.*“

[16] Siehe Hain, Repertorium Nr. 6693. Hain kennt jedoch die im ersten Bogen abweichende Ausgabe nicht, sondern nur die mit dem Titel: „*Preclarissimus liber elementorum Euclidis perspi- ‖ cacissimi: in artem Geometrie incipit quã foelicissime*“. Ein Exemplar der von Copernicus besessenen Ausgabe befindet sich auch in der Gymnasialbibliothek zu Thorn (A. fol. 22).

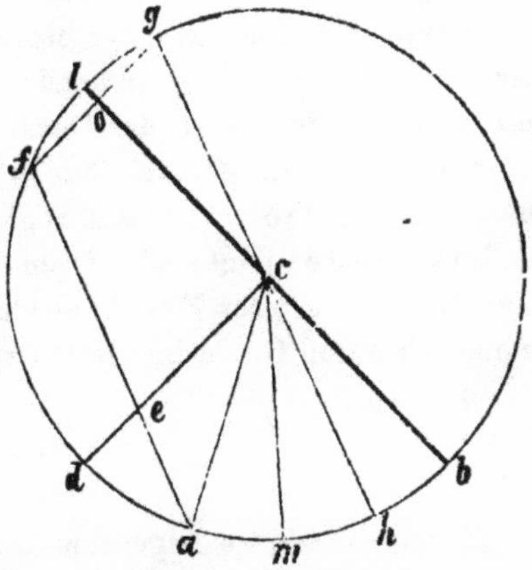

„*Datum angulum in tria equa dividere. Sit angulus datus .c., volo ipsum dividere in tres equales angulos, quod sic facio. pono primo .c. centrum circuli describendo circulum qualitercunque contingat, et protraho latera continentia datum angulum usque quo secent circumferentiam in punctis .a. et .b., tunc a puncto .c, quod est centrum circuli, duco lineam .c.d. perpendiculariter ad lineam .c.b., et in linea .c.d. assigno punctum .e., a quo duco lineam ad equalitatem .c.b., usque quo secet circumferentiam circuli in puncto .f., et produco .e. usque .a. Deinde protraho lineam .g.h. equidistantem .f.a., que, scilicet .g.h., transeat per centrum; et duco lineam .f.g. equidistantem linee .e.c., et protraho lineam .c.b. in continuum et directum usque ad .l., que secat lineam .f.g. orthogonaliter in puncto .o. et per equalia: dico ergo, quod arcus .l.g. est equalis arcui .h.b. propter hoc, quod angulus .l.c.g. est equalis angulo .h.c.b., cum sint contra se positi. Cum igitur arcus .f.g. sit duplus arcui .l.g., erit etiam duplus arcui .h.b.: sed arcus .f.g. est equalis arcui .a.h., cum sint inter duas lineas equidistantes, que sunt .f.a. et .g.h.: ergo arcus .h.a. est duplus arcui .h.b., ergo et angulus .a.c.h. est duplus angulo .h.c.b. Dividam ergo angulum .a.c.h. per equalia per lineam .c.m., et patet propositum.*"

Ich habe sowohl in der Figur, als im Texte einige kleine Druckversehen stillschweigend verbessert. Hierzu macht nun Copernicus am Fusse der Seite ($d_2{}^b$) folgende Bemerkung.

„*Datum angulum (intellige, qui non fuerit maior recto) trifarium secare. et in linea* cd *etc. Id aptius explanatum fuisset hoc modo: Et ducatur recta linea* aef *secans* cd *in* e *et circumferentiam in* f, *ita ut* ef *aequalis sit ipsi* cb. *De quo vide Nicomedem de conchoidibus.*"

Die Worte „*Datum angulum*" bis „*in linea* cd *etc.*" dienen offenbar nur dazu, die Stelle zu bezeichnen, auf welche sich die Correctur des Copernicus bezieht. Die letzten Worte „*De quo vide Nicomedem de conchoidibus*" sind aber merkwürdig, da allgemein die Schrift des Nikomedes *de conchoidibus* für verloren gilt, bis jetzt auch nirgends eine Notiz bekannt geworden ist, die wie die vorliegende behauptet, den Nikomedes selbst eingesehen zu haben; denn dass des Copernicus Worte anders nicht verstanden werden können, ist klar. Dass Copernicus die grösste Zahl der von ihm citirten Schriftsteller entweder selbst besessen hat, oder dass sie ihm sonst zugänglich gewesen, lässt sich aus den noch erhaltenen Katalogen der ermländischen Bibliotheken seiner Zeit leicht nachweisen; es würde also hier die Frage entstehen: hat Copernicus ein Exemplar des Nikomedes de conchoidibus in Händen gehabt oder dies wenigstens geglaubt?

Es giebt eine von **Gerhard von Cremona** aus dem Arabischen übersetzte, nachweislich mit einer einzigen ebenfalls fraglichen Ausnahme auf griechische Quellen zurückgehende Schrift, in welcher die von **Copernicus** geforderte Aenderung in der Construction der Aufgabe fast mit denselben Worten sich findet. Ehe ich jedoch darauf weiter eingehe, will ich zunächst aus **Pappos**, **Proklos** und **Eutokios** mittheilen, was wir von dem Werke des **Nikomedes** jetzt noch wissen. Ich verdanke den Hinweis auf diese Notizen Herrn Professor **Brettschneider** in Gotha, habe dieselben jedoch sämmtlich durch Ocularinspection verificirt.

(Fortsetzung folgt.)

Thorn. M. Curtze.

II. Ueber einige Eigenschaften der Oberflächen zweiten Grades.

§ 1. Bestehen zwischen neun Grössen abc, $a'b'c'$, $a''b''c''$ die sechs Relationen

$$1)\quad \begin{cases} a^2+b^2+c^2=1,\\ a'^2+b'^2+c'^2=1,\\ a''^2+b''^2+c''^2=1;\end{cases} \qquad 2)\quad \begin{cases} aa'+bb'+cc'=0,\\ a'a''+b'b''+c'c''=0,\\ a''a+b''b+c''c=0,\end{cases}$$

so hat man auch

$$3)\quad \begin{cases} a^2+a'^2+a''^2=1,\\ b^2+b'^2+b''^2=1,\\ c^2+c'^2+c''^2=1;\end{cases} \qquad 4)\quad \begin{cases} ab+a'b'+a''b''=0,\\ bc+b'c'+b''c''=0,\\ ca+c'a'+c''a''=0.\end{cases}$$

In allen Lehrbüchern der analytischen Geometrie des Raumes wird dieser algebraische Satz mitgetheilt und angewandt, aber immer nur in Verbindung mit der Transformation der Coordinaten. Doch ist es nicht schwer, die Formeln 3) und 4) direct aus 1) und 2) abzuleiten.

Es sei

$$\Delta=\begin{vmatrix} a & b & c\\ a' & b' & c'\\ a'' & b'' & c''\end{vmatrix},$$

so ist nach 1) und 2)

$$\Delta^2=\begin{vmatrix} a & b & c\\ a' & b' & c'\\ a'' & b'' & c''\end{vmatrix}\begin{vmatrix} a & b & c\\ a' & b' & c'\\ a'' & b'' & c''\end{vmatrix}=\begin{vmatrix} 1 & 0 & 0\\ 0 & 1 & 0\\ 0 & 0 & 1\end{vmatrix}=1,$$

daher

$$\Delta=\pm 1.$$

Die erste und dritte Gleichung von 2) geben

$$\frac{a}{\begin{vmatrix} b' & c'\\ b'' & c''\end{vmatrix}}=\frac{b}{\begin{vmatrix} c' & a'\\ c'' & a''\end{vmatrix}}=\frac{c}{\begin{vmatrix} a' & b'\\ a'' & b''\end{vmatrix}}=P,$$

und durch Substitution in der ersten Gleichung von 1) resultirt

$$\Delta P=1 \text{ oder } P=\pm 1.$$

Demnach wird

$$a = \pm \begin{vmatrix} b' & c' \\ b'' & c'' \end{vmatrix}, \quad b = \pm \begin{vmatrix} c' & a' \\ c'' & a'' \end{vmatrix}, \quad c = \pm \begin{vmatrix} a' & b' \\ a'' & b'' \end{vmatrix}.$$

Auf gleiche Weise folgt

$$a' = \pm \begin{vmatrix} b'' & c'' \\ b & c \end{vmatrix}, \quad b' = \pm \begin{vmatrix} c'' & a'' \\ c & a \end{vmatrix}, \quad c' = \pm \begin{vmatrix} a'' & b'' \\ a & b \end{vmatrix},$$

$$a'' = \pm \begin{vmatrix} b & c \\ b' & c' \end{vmatrix}, \quad b'' = \pm \begin{vmatrix} c & a \\ c' & a' \end{vmatrix}, \quad c'' = \pm \begin{vmatrix} a & b \\ a' & b' \end{vmatrix}.$$

Durch gehörige Substitution dieser Werthe in der Gleichung

$$\begin{vmatrix} a & b & c \\ a' & b' & c' \\ a'' & b'' & c'' \end{vmatrix} = \pm 1$$

findet man die Formeln 3) und 4).

Sind dieselben neun Grössen verbunden durch die Relationen

$$5) \quad \begin{cases} a^2 + b^2 - c^2 = 1, \\ a'^2 + b'^2 - c'^2 = 1, \\ a''^2 + b''^2 - c''^2 = -1; \end{cases} \qquad 6) \quad \begin{cases} a\,a' + b\,b' - c\,c' = 0, \\ a'a'' + b'b'' - c'c'' = 0, \\ a''a + b''b - c''c = 0, \end{cases}$$

so ist

$$\Delta^2 = \begin{vmatrix} a & b & c \\ a' & b' & c' \\ a'' & b'' & c'' \end{vmatrix}^2 = - \begin{vmatrix} a & b & c \\ a' & b' & c' \\ a'' & b'' & c'' \end{vmatrix} \begin{vmatrix} a & b & -c \\ a' & b' & -c' \\ a'' & b'' & -c'' \end{vmatrix} = - \begin{vmatrix} 1 & 0 & 0 \\ 0 & 1 & 0 \\ 0 & 0 & -1 \end{vmatrix} = +1,$$

daher

$$7) \quad \Delta = \begin{vmatrix} a & b & c \\ a' & b' & c' \\ a'' & b'' & c'' \end{vmatrix} = - \begin{vmatrix} a & b & -c \\ a' & b' & -c' \\ a'' & b'' & -c'' \end{vmatrix} = \pm 1.$$

Nun folgt aus der ersten und dritten Gleichung von 6)

$$\frac{a}{\begin{vmatrix} b' & -c' \\ b'' & -c'' \end{vmatrix}} = \frac{b}{\begin{vmatrix} -c' & a' \\ -c'' & a'' \end{vmatrix}} = \frac{c}{\begin{vmatrix} a' & b' \\ a'' & b'' \end{vmatrix}} = P,$$

und durch Substitution in der ersten Gleichung von 8)

$$-PD = \pm 1 \text{ oder } P = \mp 1.$$

Jetzt wird

$$a = \mp \begin{vmatrix} b' & -c' \\ b'' & -c'' \end{vmatrix}, \quad b = \mp \begin{vmatrix} -c' & a' \\ -c'' & a'' \end{vmatrix}, \quad c = \mp \begin{vmatrix} a' & b' \\ a'' & b'' \end{vmatrix}.$$

Auf gleiche Weise findet man

$$a' = \mp \begin{vmatrix} b'' & -c'' \\ b & -c \end{vmatrix}, \quad b' = \mp \begin{vmatrix} -c'' & a'' \\ -c & a \end{vmatrix}, \quad c' = \mp \begin{vmatrix} a'' & b'' \\ a & b \end{vmatrix},$$

$$a'' = \pm \begin{vmatrix} b & -c \\ b' & -c' \end{vmatrix}, \quad b'' = \pm \begin{vmatrix} -c & a \\ -c' & a' \end{vmatrix}, \quad c'' = \pm \begin{vmatrix} a & b \\ a' & b' \end{vmatrix}.$$

Durch gehörige Substitution in der Gleichung 7) folgt

$$8) \quad \begin{cases} a^2 + a'^2 - a''^2 = 1, \\ b^2 + b'^2 - b''^2 = 1, \\ c^2 + c'^2 - c''^2 = -1; \end{cases} \qquad 9) \quad \begin{cases} ab + a'b' - a''b'' = 0, \\ bc + b'c' - b''c'' = 0, \\ ca + c'a' - c''a'' = 0 \end{cases}$$

Die sechs Relationen 5) und 6) zwischen neun Grössen geben die sechs neuen Relationen 8) und 9). Es ist deutlich, dass diese letzteren nicht durch irgendwelche Coordinatentransformationen bedingt sind, und darum musste der Beweis unabhängig von ihnen geliefert werden.

Jetzt ist es leicht, auf gleiche Weise aus den sechs Relationen

$$a^2 - b^2 - c^2 = +1, \qquad a a' - b b' - c c' = 0,$$
$$a'^2 - b'^2 - c'^2 = -1, \qquad a' a'' - b' b'' - c' c'' = 0,$$
$$a''^2 - b''^2 - c''^2 = -1; \qquad a'' a - b'' b - c'' c = 0,$$

diese sechs verwandten abzuleiten:

$$a^2 - a'^2 - a''^2 = 1, \qquad a b - a' b' - a'' b'' = 0,$$
$$b^2 - b'^2 - b''^2 = -1, \qquad b c - b' c' - b'' c'' = 0,$$
$$c^2 - c'^2 - c''^2 = -1; \qquad c a - c' a' - c'' a'' = 0.$$

§ 2. Es sei die Gleichung eines Ellipsoids

$$1)\qquad \frac{x^2}{a^2} + \frac{y^2}{b^2} + \frac{z^2}{c^2} = 1,$$

so werden die Tangentenebenen in den Punkten $x_1 y_1 z_1$, $x_2 y_2 z_2$, $x_3 y_3 z_3$ gegeben durch die Gleichungen

$$2)\qquad \left\{\begin{aligned} \frac{x x_1}{a^2} + \frac{y y_1}{b^2} + \frac{z z_1}{c^2} &= 1, \\ \frac{x x_2}{a^2} + \frac{y y_2}{b^2} + \frac{z z_2}{c^2} &= 1, \\ \frac{x x_3}{a^2} + \frac{y y_3}{b^2} + \frac{z z_3}{c^2} &= 1, \end{aligned}\right.$$

wobei diese Beziehungen gelten:

$$3)\qquad \left\{\begin{aligned} \frac{x_1^2}{a^2} + \frac{y_1^2}{b^2} + \frac{z_1^2}{c^2} &= 1, \\ \frac{x_2^2}{a^2} + \frac{y_2^2}{b^2} + \frac{z_2^2}{c^2} &= 1, \\ \frac{x_3^2}{a^2} + \frac{y_3^2}{b^2} + \frac{z_3^2}{c^2} &= 1. \end{aligned}\right.$$

Die Bedingungen, unter welchen die Tangentenebenen parallel sind zu drei conjugirten Diametralebenen, sind

$$4)\qquad \left\{\begin{aligned} \frac{x_1 x_2}{a^2} + \frac{y_1 y_2}{b^2} + \frac{z_1 z_2}{c^2} &= 0, \\ \frac{x_2 x_3}{a^2} + \frac{y_2 y_3}{b^2} + \frac{z_2 z_3}{c^2} &= 0, \\ \frac{x_3 x_1}{a^2} + \frac{y_3 y_1}{b^2} + \frac{z_3 z_1}{c^2} &= 0. \end{aligned}\right.$$

Zwischen den neun Grössen $\frac{x_1}{a}\ \frac{y_1}{b}\ \frac{z_1}{c}$, $\frac{x_2}{a}\ \frac{y_2}{b}\ \frac{z_2}{c}$, $\frac{x_3}{a}\ \frac{y_3}{b}\ \frac{z_3}{c}$ bestehen folglich die sechs Relationen 1) und 2) von § 1; die daraus folgenden 3) und 4) ergeben in diesem Falle

$$5)\quad \begin{cases} x_1^2+x_2^2+x_3^2=a^2, \\ y_1^2+y_2^2+y_3^2=b^2, \\ z_1^2+z_2^2+z_3^2=c^2; \end{cases} \qquad 6)\quad \begin{cases} x_1y_1+x_2y_2+x_3y_3=0, \\ y_1z_1+y_2z_2+y_3z_3=0, \\ z_1x_1+z_2x_2+z_3x_3=0. \end{cases}$$

Mittels dieser Gleichungen wird die Summe der Quadrate von 2)

$$7)\quad \frac{x^2}{a^2}+\frac{y^2}{b^2}+\frac{z^2}{c^2}=3,$$

und diese Gleichung drückt aus, dass der Ort des Durchschnittspunktes der drei Tangentenebenen, das ist der Ecken des um das Ellipsoid 1) beschriebenen Parallelepipeds, das ähnlichen Ellipsoid 7) ist.*

Beschreibt der Mittelpunkt des Tangentenkegels das Ellipsoid 7), so findet man leicht für die Enveloppe der Berührungsebene das ähnliche Ellipsoid

$$8)\quad \frac{x^2}{a^2}+\frac{y^2}{b^2}+\frac{z^2}{c^2}=\tfrac{1}{3},$$

so dass jeder Durchmesser von den drei ähnlichen Ellipsoiden 1), 7) und 8) in solcher Weise durchschnitten wird, dass der mittelste Durchmesser das geometrische Mittel zwischen dem kleinsten und grössten ist.

Diese Eigenschaft kann folgendermassen ausgedehnt werden.

Beschreibt der Mittelpunkt des das Ellipsoid 1) umfassenden Tangentenkegels die ähnliche Fläche

$$\frac{x^2}{a^2}+\frac{y^2}{b^2}+\frac{z^2}{c^2}=C,$$

so ist die Enveloppe der Berührungsebene das ähnliche Ellipsoid

$$\frac{x^2}{a^2}+\frac{y^2}{b^2}+\frac{z^2}{c^2}=\frac{1}{C}$$

und umgekehrt.

Die Gleichung

$$9)\quad \frac{x^2}{a^2}+\frac{y^2}{b^2}+\frac{z^2}{c^2}=\pm 1$$

repräsentirt bekanntlich ein Hyperboloid mit einer Mantelfläche und das conjugirte Hyperboloid mit zwei Mantelflächen; diese zwei Flächen haben einen gemeinschaftlichen Asymptotenkegel, dessen Gleichung ist

$$\frac{x^2}{a^2}+\frac{y^2}{b^2}+\frac{z^2}{c^2}=0.$$

Von drei beliebigen conjugirten Durchmessern wird jeder die eine oder die andere Fläche durchschneiden. Bringt man in den Durchschnittspunkten Tangentenebenen an die Fläche, so bilden diese sechs Ebenen ein Parallelepiped. Wir werden jetzt den Ort der Ecken dieses Parallelepipeds bestimmen.

---

* Salmon: „Analyt. Geometrie des Raumes", I, Nr. 93.

Die Gleichungen dreier Ebenen, deren zwei die eine, deren eine die andere Fläche 9) berühren, sind

$$10)\quad \left\{\begin{aligned} \frac{xx_1}{a^2}+\frac{yy_1}{b^2}-\frac{zz_1}{c^2}&=\pm 1,\\ \frac{xx_2}{a^2}+\frac{yy_2}{b^2}-\frac{zz_2}{c^2}&=\pm 1,\\ \frac{xx_3}{a^2}+\frac{yy_3}{b^2}-\frac{zz_3}{c^2}&=\mp 1. \end{aligned}\right.$$

Die Coordinaten der Berührungspunkte sind verbunden durch die Relationen

$$11)\quad \left\{\begin{aligned} \frac{x_1^2}{a^2}+\frac{y_1^2}{b^2}-\frac{z_1^2}{c^2}&=\pm 1,\\ \frac{x_2^2}{a^2}+\frac{y_2^2}{b^2}-\frac{z_2^2}{c^2}&=\pm 1,\\ \frac{x_3^2}{a^2}+\frac{y_3^2}{b^2}-\frac{z_3^2}{c^2}&=\mp 1, \end{aligned}\right.$$

und die Bedingungen, unter denen die Tangentenebenen parallel sind zu drei conjugirten Diametralebenen, werden ausgedrückt durch die Gleichungen

$$12)\quad \left\{\begin{aligned} \frac{x_1x_2}{a^2}+\frac{y_1y_2}{b^2}-\frac{z_1z_2}{c^2}&=0,\\ \frac{x_2x_3}{a^2}+\frac{y_2y_3}{b^2}-\frac{z_2z_3}{e^2}&=0,\\ \frac{x_3x_1}{a^2}+\frac{y_3y_1}{b^2}-\frac{z_3z_1}{c^2}&=0. \end{aligned}\right.$$

Zwischen den neun Grössen $\frac{x_1}{a}\,\frac{y_1}{b}\,\frac{z_1}{c},\ \frac{x_2}{a}\,\frac{y_2}{b}\,\frac{z_2}{c},\ \frac{x_3}{a}\,\frac{y_3}{b}\,\frac{z_3}{c}$ bestehen daher die Relationen 5) und 6) von § 1; diese geben die neuen Relationen 8) und 9), welche in diesem Falle folgendermassen ausgedrückt werden:

$$13)\quad \left\{\begin{aligned} x_1^2+x_2^2-x_3^2&=\pm a^2,\\ y_1^2+y_2^2-y_3^2&=\pm b^2,\\ z_1^2+z_2^2-z_3^2&=\mp c^2; \end{aligned}\right. \qquad 14)\quad \left\{\begin{aligned} x_1y_1+x_2y_2-x_3y_3&=0,\\ y_1z_1+y_2z_2-y_3z_3&=0,\\ z_1x_1+z_2x_2-z_3x_3&=0. \end{aligned}\right.$$

Nimmt man jetzt die Quadrate der Gleichungen 10), addirt die beiden ersten und subtrahirt die letzte, so bleibt wegen der Relationen 13) und 14)

$$\frac{x^2}{a^2}+\frac{y^2}{b^2}-\frac{z^2}{c^2}=1.$$

Hieraus folgt, dass der Ort der Durchschnittspunkte dreier Tangentenebenen, welche parallel sind mit drei conjugirten Diametralebenen, das heisst der Ort des genannten Parallelepipeds, das gegebene Hyperboloid mit einer Mantelfläche ist.

§ 3. Ist die Gleichung einer Kegelfläche zweiten Grades mit dem Centrum in dem Anfangspunkte und mit den Axen in den Richtungen der Coordinatenaxen

1) $$A_1 x^2 + A_2 y^2 + A_3 z^2 = 0,$$
so wird die Tangentenebene in dem Punkte $x_1 y_1 z_1$ dargestellt durch
$$A_1 x x_1 + A_2 y y_1 + A_3 z z_1 = 0$$
oder in normaler Form
$$ax + by + cz = 0,$$
wo
$$a = \frac{A_1 x_1}{P}, \quad b = \frac{A_2 y_1}{P}, \quad c = \frac{A_3 z_1}{P}, \quad P^2 = A_1^2 x_1^2 + A_2^2 y_1^2 + A_3^2 z_1^2.$$
Aus 1) folgt dann

2) $$\frac{a^2}{A_1} + \frac{b^2}{A_2} + \frac{c^2}{A_3} = 0.$$

Hat man noch zwei andere Tangentenebenen an der Kegelfläche, für welche abc übergehen in $a'b'c'$, $a''b''c''$, so ist auch

3) $$\frac{a'^2}{A_1} + \frac{b'^2}{A_2} + \frac{c'^2}{A_3} = 0,$$

4) $$\frac{a''^2}{A_1} + \frac{b''^2}{A_2} + \frac{c''^2}{A_3} = 0.$$

Damit die drei Tangentenebenen rechtwinklig seien, muss
$$a^2 + a'^2 + a''^2 = 1,$$
$$b^2 + b'^2 + b''^2 = 1,$$
$$c^2 + c'^2 + c''^2 = 1.$$
Wegen dieser Relationen ergiebt die Addition der Gleichungen 2), 3) und 4)

5) $$\frac{1}{A_1} + \frac{1}{A_2} + \frac{1}{A_3} = 0,$$

Diese Relation ist die Bedingung, unter welcher man zu der Kegelfläche 1) drei rechtwinklige Tangentenebenen legen kann.

Es sei jetzt die Gleichung der Kegelfläche mit dem Centrum in dem Anfangspunkte allgemein

6) $$a_1 x^2 + a_2 y^2 + a_3 z^2 + 2b_1 yz + 2b_2 xz + 2b_3 xy = 0.$$

Die Coefficienten A_1, A_2, A_3 der reducirten Gleichung 1) sind die Wurzeln der cubischen Gleichung

7) $$\begin{vmatrix} a_1 - A & b_3 & b_2 \\ b_3 & a_2 - A & b_1 \\ b_2 & b_1 & a_3 - A \end{vmatrix} = 0.$$

Die Bedingung 5) zwischen den drei Wurzeln wird in der Gleichung 7) ausgedrückt wie folgt:

8) $$\begin{vmatrix} a_1 & b_3 \\ b_3 & a_2 \end{vmatrix} + \begin{vmatrix} a_2 & b_1 \\ b_1 & a_3 \end{vmatrix} + \begin{vmatrix} a_3 & b_2 \\ b_2 & a_1 \end{vmatrix} = 0.$$

Besteht diese Relation, so kann man an die Kegelfläche 6) drei rechtwinklige Tangentenebenen legen.

Ist die Gleichung einer Fläche zweiten Grades mit einem Centrum gegeben in der Form

9) $$A_1 x^2 + A_2 y^2 + A_3 z^2 = 1,$$

so ist die Gleichung des Tangentenkegels, der den Punkt $x_1 y_1 z_1$ zum Centrum hat,

10) $$(A_1 x_1^2 + A_2 y_1^2 + A_3 z_1^2 - 1)(A_1 x^2 + A_2 y^2 + A_3 z^2 - 1) \\ = (A_1 x x_1 + A_2 y y_1 + A_3 z z_1 - 1)^2.$$

Vergleicht man diese Formel mit 6), so ergiebt sich

$$\begin{aligned} a_1 &= A_1 (A_2 y_1^2 + A_3 z_1^2 - 1), & b_1 &= - A_2 A_3 y_1 z_1, \\ a_2 &= A_2 (A_3 z_1^2 + A_1 x_1^2 - 1), & b_2 &= - A_3 A_1 z_1 x_1, \\ a_3 &= A_3 (A_1 x_1^2 + A_2 y_1^2 - 1); & b_3 &= - A_1 A_2 x_1 y_1, \end{aligned}$$

und die Gleichung 8) geht hierdurch über in

11) $$[A_1 A_2 (A_3 z_1^2 - 1) + A_2 A_3 (A_1 x_1^2 - 1) \\ + A_3 A_1 (A_2 y_1^2 - 1)] [A_1 x_1^2 + A_2 y_1^2 + A_3 z_1^2 - 1) = 0.$$

Da das zweite Glied nicht Null werden kann, ohne dass der Tangentenkegel in eine Berührungsebene übergeht, so muss das erste Glied Null sein; daraus folgt:

$$A_1 A_2 A_3 (x_1^2 + y_1^2 + z_1^2) = A_1 A_2 + A_3 A_1 + A_1 A_2$$

oder

12) $$x_1^2 + y_1^2 + z_1^2 = \frac{1}{A_1} + \frac{1}{A_2} + \frac{1}{A_3}.$$

Die Gleichung giebt die Bedingung, unter welcher zu der Kegelfläche 10) drei rechtwinklige Tangentenebenen zu legen sind. Diese Ebenen berühren auch die Fläche 9), daher drückt 10) die Eigenschaft aus: Der Ort des Durchschnittspunktes dreier rechtwinkligen Tangentenebenen zu der Fläche 9) ist eine concentrische Kugelfläche, mit dem Halbmesser

$$R = \sqrt{\frac{1}{A_1} + \frac{1}{A_2} + \frac{1}{A_3}}.*$$

Die Gleichung der Polarebene des Punktes $x_1 y_1 z_1$ ist

$$A_1 x x_1 + A_2 y y_1 + A_3 z z_1 = 1.$$

Beschreibt der Pol die Kugelfläche

$$x_1^2 + y_1^2 + z_1^2 = R^2,$$

so ist die Enveloppe der Polarebene

$$R^2 (A_1^2 x^2 + A_2^2 y^2 + A_3^2 z^2) = 1,$$

und diese Gleichung stellt ein Ellipsoid dar, dessen Mittelpunkt und Axen mit denjenigen der gegebenen Fläche zusammenfallen.

Ist die gegebene Fläche ein Ellipsoid mit den halben Axen abc, so wird der Halbmesser der Kugelfläche

$$R = \sqrt{a^2 + b^2 + c^2}$$

und die halben Axen der Enveloppe der Berührungsebene sind

---

* Salmon: „Analyt. Geometrie des Raumes", I, Nr. 89.

$$\frac{a^2}{\sqrt{a^2+b^2+c^2}},\ \frac{b^2}{\sqrt{a^2+b^2+c^2}},\ \frac{c^2}{\sqrt{a^2+b^2+c^2}}.$$

Ist die Fläche ein Hyperboloid mit einer Mantelfläche und c die halbe imaginäre Axe, so wird der Halbmesser der Kugelfläche

$$R=\sqrt{a^2+b^2-c^2}$$

und die halben Axen der Enveloppe sind

$$\frac{a^2}{\sqrt{a^2+b^2-c^2}},\ \frac{b^2}{\sqrt{a^2+b^2-c^2}},\ \frac{c^2}{\sqrt{a^2+b^2-c^2}}.$$

Die Lösung wird imaginär, wenn

$$a^2+b^2<c^2.$$

Für ein Hyperboloid mit zwei Mantelflächen ist der Halbmesser der Kugelfläche

$$R=\sqrt{a^2-b^2-c^2}$$

und die halben Axen der Enveloppe

$$\frac{a^2}{\sqrt{a^2-b^2-c^2}},\ \frac{b^2}{\sqrt{a^2-b^2-c^2}},\ \frac{c^2}{\sqrt{a^2-b^2-c^2}}.$$

Hier ist die Lösung imaginär, wenn

$$a^2<b^2+c^2.$$

Ist für das Hyperboloid mit einer Mantelfläche $a^2=b^2+c^2$ und für das Hyperboloid mit zwei Mantelflächen $a^2+b^2=c^2$, so gehen die zugehörigen Kugelflächen in den einzigen Mittelpunkt über und die rechtwinkligen Tangentenebenen berühren den Asymptotenkegel, so dass die Polarebene in unendlichen Abstand fällt.

Betrachten wir jetzt die Flächen zweiten Grades ohne Mittelpunkt, deren Gleichung ist

13) $$P_1x^2+P_2y^2=2z.$$

Der Tangentenkegel mit dem Mittelpunkte $x_1y_1z_1$ wird gegeben durch die Gleichung

14) $$[P_1x_1^2+P_2y_1^2-2z_1][P_1x^2+P_2y^2-2z]=[P_1xx_1+P_2yy_1-(z+z_1)]^2.$$

Aus der Vergleichung mit 6) folgt

$$a_1=P_1(P_2y_1^2-2z_1),\qquad b_1=P_2y_1,$$
$$a_2=P_2(P_1x_1^2-2z_1),\qquad b_2=P_1x_1,$$
$$a_3=-1;\qquad b_3=-P_1P_2x_1y_1;$$

hierdurch wird die Bedingung 7), welche ausdrückt, dass zu der Kegelfläche drei rechtwinklige Tangentenebenen zu legen sind:

$$[2P_1P_2z_1+P_1+P_2][P_1x_1^2+P_2y_1^2-2z_1]=0.$$

Da jedoch das zweite Glied nicht Null sein kann, so muss

$$2P_1P_2z_1+P_1+P_2=0$$

oder

15) $$z_1=-\tfrac{1}{2}\left(\frac{1}{P_1}+\frac{1}{P_2}\right).$$

Hieraus folgt, dass der Ort des Durchschnittspunktes dreier rechtwinkligen Tangentenebenen eine Ebene, rechtwinklig zur Hauptaxe ist.

Der Pol der Ebene 15) ist der Punkt auf der Hauptaxe, dessen Abstand vom Scheitel ist

$$z = \tfrac{1}{2}\left(\frac{1}{p_1} + \frac{1}{p_2}\right),$$

so dass die Polarebene jedes Punktes der Ebene 15) durch diesen Pol geht.

Ist die gegebene Fläche das elliptische Paraboloid, dessen Gleichung ist

$$\frac{x^2}{p_1} + \frac{y^2}{p_2} = 2z,$$

so wird die Gleichung der Ebene

$$z = -\tfrac{1}{2}(p_1 + p_2)$$

und der Abstand des Poles

$$z = \tfrac{1}{2}(p_1 + p_2).$$

Ist die Gleichung des hyperbolischen Paraboloids

$$\frac{x^2}{p_1} - \frac{y^2}{p_2} = 2z,$$

so wird die Ebene gegeben durch die Formel

$$z_1 = -\tfrac{1}{2}(p_1 - p_2),$$

liegt daher an der Seite des kleinsten Parameters, während der Pol dagegen in der grössten Hauptparabel liegt.

Ist $p_1 = p_2$, so geht die Ebene durch den Scheitel, mit dem auch der Pol zusammenfällt. Die zwei rechtwinkligen Asymptotenebenen und die Hauptebene bilden in diesem Falle ein System dreier rechtwinkligen Tangentenebenen.

Leyden. Dr. van Geer.

III. Ueber die Auswerthung des Integrals $\int_0^\infty \frac{x^{a-1}\,dx}{x+\mu}$.

Wegen des grossen Interesses, welches dieses Integral in Absicht auf die Theorie der Euler'schen Integrale beansprucht, dürfte eine meines Wissens neue und jedenfalls wenig umständliche Ableitung seines Werthes einige Aufmerksamkeit verdienen, zumal da sie die Einfachheit und Fruchtbarkeit der neueren Methoden, welche sich auf die Beachtung der Functionswerthe für complexe Argumente stützen, illustrirt.

Den Ausgangspunkt bilde das um den Punkt $z = m$ herum genommene vollständige Integral

1) $$\int_m \frac{z^{a-1}\,dz}{z-m} = i\,.\,2\pi\,.\,m^{a-1}, \quad (m \text{ nicht} = 0).$$

Dass diese Gleichung richtig ist, erhellt sofort, wenn man bedenkt, dass die integrirte Function den Punkt $z=m$ als einfachen Pol besitzt; und der Werth von m^{a-1} ist ein beliebig gewählter unter denen, welche die Potenz m^{a-1} bei einem gebrochenen oder irrationalen, selbst bei einem complexen a annehmen kann.

Den Integrationsweg darf man, ohne Aenderung des in 1) angegebenen Werthes, bekanntlich beliebig ausdehnen, sobald nur ausser dem Punkte $z=m$ kein neuer singulärer Punkt der integrirten Function in ihn oder in das begrenzte Feld eintritt. Unter der Voraussetzung, dass m keine positive Zahl sei, darf man ihn daher bei unserer Function längs des positiven Ufers des positiven Theiles der reellen Axe zunächst von $z=r$ bis $z=r_1>mod. m$, dann längs eines Kreises vom Radius r_1 um den Nullpunkt herum bis zum Punkte $z=r_1$ auf dem negativen Ufer der reellen Axe, dann längs der letzteren bis zum Punkte $z=r$ und hierauf endlich längs des Kreises vom Radius r um den Nullpunkt herum bis zum Punkte $z=r$ auf dem positiven Ufer zurückführen.

Dadurch zerlegt sich die linke Seite der Gleichung 1) in vier Theile. Der erste und der dritte unterscheiden sich dadurch, dass im ersten $dz=dx$ positiv, im dritten aber $dz=-dx$ negativ ist, und dass die integrirte Function im ersten Theil $=\frac{x^{a-1}}{x-m}$, im dritten aber $=\frac{x^{a-1}e^{i(a-1)2\pi}}{x-m}$ ist; denn bei der Bewegung auf dem Kreise $z=re^{i\varrho}$ vom positiven zum negativen Ufer der reellen Axe wächst ϱ um 2π. Daher geben der erste und der dritte Theil zusammen:

$$2)\quad \begin{aligned}\int_r^{r_1}\frac{z^{a-1}dz}{z-m}+\int_r^{r_1}\frac{z^{a-1}dz}{z-m}&=\int_r^{r_1}\frac{x^{a-1}dx}{x-m}+\int_r^{r_1}\frac{x e^{i(a-1)2\pi}.(-dx)}{x-m}\\ &=(1-e^{i(a-1)2\pi}).\int_r^{r_1}\frac{x^{a-1}dx}{x-m}.\end{aligned}$$

Der zweite und der vierte Theil erscheinen, da bei ihnen $\frac{dz}{z}=id\varrho$ ist, in der Gestalt

$$3)\qquad \pm i\int_0^{2\pi}\frac{r^a e^{ia\varrho}d\varrho}{re^{i\varrho}-m}=\pm i\int_0^{2\pi}\frac{r^\alpha e^{-\beta\varrho}.e^{i(\alpha\varrho+\beta l r)}d\varrho}{re^{i\varrho}-m},$$

wenn $a=\alpha+i\beta$ gesetzt ist.

Wir fragen, unter welchen Bedingungen dieselben für unendlich kleine und unendlich grosse ϱ den Grenzwerth Null haben. Da Beides offenbar dann eintritt, wenn $0<\alpha<1$ ist, so folgt in Verbindung mit 2) und 1):

$$4)\quad \int_0^\infty \frac{x^{a-1}\,dx}{x-m} = \frac{i\,.\,2\pi\,.\,m^{a-1}}{1-e^{i(a-1).2\pi}} = \frac{i\,.\,2\pi\,.\,m^{a-1}}{1-e^{ia2\pi}} = \frac{i\,.\,2\pi\,.\,m^{a-1}}{-e^{ia\pi}\,.\,2i\sin a\pi}$$

$$= \frac{\pi(-m)^{a-1}}{\sin a\pi}.$$

Das ist aber die bekannte Gleichung

$$5)\quad \int_0^\infty \frac{x^{a-1}\,dx}{x+\mu} = \frac{\pi\mu^{a-1}}{\sin a\pi},$$

deren Geltung mithin für alle diejenigen Fälle constatirt ist, in welchen μ weder eine negative Zahl, noch Null, und der reelle Theil α von $a=\alpha+i\beta$ eine von Null verschiedene positive, die 1 nicht erreichende Zahl bedeutet.

Uebrigens erkennt man auch sehr leicht, dass der Werth des Integrals unendlich oder unbestimmt in jedem Falle wird, in welchem man den Symbolen μ und a andere Werthe beilegen möchte, wobei selbstverständlich nicht die Formeln 4) und 5), sondern die Integralausdrücke selbst zu Rathe zu ziehen sind.

Es mag nur noch erwähnt werden, dass aus 5) für $0 < m < n$ sofort durch Substitution von x^n statt x und von $\frac{m}{n} = a$ folgt

$$\int_0^\infty \frac{x^{m-1}\,dx}{x^n+\mu} = \frac{\pi\mu^{\frac{m}{n}-1}}{n\sin\frac{m\pi}{n}},$$

wo μ ebenfalls weder Null, noch negativ sein darf. Lässt man für m und n complexe Werthe $m=m_1+im_2$, $n=n_1+in_2$ zu, so ist die Bedingung, dass

$$n_1^2+n_2^2 > n_1m_1+n_2m_2 > 0$$

sein muss.

Bei der hergebrachten ziemlich umständlichen Behandlungsweise muss man in Betracht ziehen, dass eine Function sich sprungweise ändern kann, wenn ein Parameter sich stetig ändert, und die complexen Werthe unserer Exponenten a, m und n dürften sich kaum bewältigen lassen.

Berlin. Dr. WORPITZKY.

IV. Ueber die Auflösung der Gleichung $t^2 - Du^2 = \pm 4$, wo D eine positive ungerade Zahl und kein Quadrat ist.

Bedeutet λ die grösste ganze Zahl unter $\frac{\sqrt{D}+1}{2}$, so ist die Form

$$(f) = \left(2,\ 2\lambda-1,\ -\frac{D-(2\lambda-1)^2}{2}\right)$$

eine reducirte, und zwar hat die Entwickelung ihrer ersten Wurzel die Gestalt

$$\omega = \frac{1}{\frac{\sqrt{D}+1}{2} - \lambda} = (k_1, k_2 \ldots k_2, k_1, 2\lambda - 1, \omega),$$

woraus sich für $\frac{\sqrt{D}+1}{2}$ die Entwickelung ergiebt

$$\frac{\sqrt{D}+1}{2} = (\lambda, k_1, k_2 \ldots k_2, k_1, 2\lambda - 1, \omega)$$

(Dirichlet, Zahlentheorie, § 79 Anmerkung).

Die Gliederanzahl der Kettenbruchperiode mag mit ν bezeichnet werden, ferner die Näherungsbrüche von ω mit $\frac{z_\mu}{n_\mu}$ und diejenigen von $\frac{\sqrt{D}+1}{2}$ mit $\frac{Z_\mu}{N_\mu}$, und zwar in der Weise, dass gesetzt wird

$$\frac{z_1}{n_1} = k_1 \text{ u. s. w.}, \quad \frac{Z_0}{N_0} = \lambda, \quad \frac{Z_1}{N_1} = (\lambda, k_1) \text{ u. s. w.};$$

dann bestehen die Gleichungen

$$N_\mu = z_\mu, \quad Z_\mu = n_\mu + \lambda z_\mu.$$

In dem Falle $D \equiv 3 \pmod 4$ ist nun die Form (f) von der ersten, im Falle $D \equiv 1 \pmod 4$ von der zweiten Art. Benutzt man sie im ersten Falle zur Lösung der Gleichung $t^2 - Du^2 = \pm 1$, so werden nach dem allgemeinen Verfahren (Dirichlet, § 83) die sämmtlichen positiven Lösungen durch die Formeln erhalten

$$1) \qquad t = \tfrac{1}{2}(n_{h\nu-1} + z_{h\nu}), \quad u = \tfrac{1}{2} z_{h\nu-1}.$$

Da die Gleichung $t^2 - Du^2 = \pm 4$, wenn $D \equiv 3 \pmod 4$ ist, nur gerade Lösungen hat, so erhält man hieraus als die sämmtlichen positiven Lösungen der letzteren Gleichung

$$2) \qquad t = n_{h\nu-1} + z_{h\nu}, \quad u = z_{h\nu-1}.$$

Benutzt man ferner im Falle $D \equiv 1 \pmod 4$ die Form zur Lösung der Gleichung $t^2 - Du^2 = \pm 4$, so ergeben sich dieselben Formeln 2). Es werden daher, sobald D ungerade ist, die sämmtlichen positiven Lösungen durch die Formeln 2) geliefert.

Man kann nun t in folgender Weise umformen:

$$\begin{aligned} t &= [k_2 \ldots k_2, k_1] + [k_1, k_2 \ldots k_2, k_1, 2\lambda - 1], \\ &= [k_2 \ldots k_2, k_1] + [k_1, k_2 \ldots k_2] + (2\lambda - 1)[k_1, k_2 \ldots k_2, k_1], \\ &= 2([k_2 \ldots k_2, k_1] + \lambda [k_1, k_2 \ldots k_2, k_1]) - [k_1, k_2 \ldots k_2, k_1], \\ &= 2 Z_{h\nu-1} - N_{h\nu-1}. \end{aligned}$$

Ferner ist

Das Resultat ist daher folgendes:

Die sämmtlichen positiven Lösungen der Gleichung $t^2 - Du^2 = \pm 4$ werden durch die Formeln geliefert:

3) $$t = 2Z_{h\nu-1} - N_{h\nu-1}, \quad u = N_{h\nu-1}.$$

(Durch diese Formeln wird auch noch die Lösung erhalten $t=2$, $u=0$, wenn man setzt $Z_{-1}=1$, $N_{-1}=0$.)

Anmerkung. Bezeichnet man die Näherungsbrüche von $\frac{\sqrt{D}-1}{2}$ mit $\frac{Z'_\mu}{N'_\mu}$, so sind die Formeln 3) identisch mit

4) $$t = 2Z'_{h\nu-1} + N'_{h\nu-1}, \quad u = N'_{h\nu-1}.$$

Beispiel.

$$t^2 - 61u^2 = \pm 4,$$

$$\frac{\sqrt{61}+1}{2} = \left(4, 2, 2, 7, \frac{1}{\frac{\sqrt{61}+1}{2} - 4}\right).$$

Die Näherungszähler und -Nenner dieses Kettenbruches sind

μ	-1	0	1	2	3	4	5	6	7	8
Z_μ	1	4	9	22	163	348	859	6361	13581	33523
N_μ	0	1	2	5	37	79	195	1444	3083	7610

Da $\nu=3$ ist, so erhält man hieraus die Lösungen

$\mu = 3h-1$	-1	2	5	8
$t = 2Z_{3h-1} - N_{3h-1}$	2	39	1523	59436
$u = N_{3h-1}$	0	5	195	7610

Naumburg. WALTER SCHMIDT, cand. phil.

V. Einfacher Beweis der Gleichung zwischen den in Jahrg. XVI S. 1 flgg. dieser Zeitschrift mitgetheilten homogenen Ebenencoordinaten.

Die *l. c.* von mir vorgeschlagenen homogenen Plancoordinaten sind die Abstände der variabeln Ebene T von den Eckpunkten A_k des Coordinatentetraeders, dividirt durch den Abstand der Ebene T von irgend einem im Raume fest angenommenen Punkte, dem Fixpunkte C.

Bedeuten r_1, r_2, r_3, r_4 die Coordinaten des Fixpunktes in Bezug auf das Tetraeder, ist ferner u_k die auf A_k bezügliche Coordinate von T, ist ferner P_k der Schnitt von T und A_kC, so ist

1) $$P_kA_k : P_kC = u_k,$$

folglich

$$CA_k : P_kC = u_k - 1.$$

Liegen nun die Tetraeder $CP_iP_kP_l$ und $CA_iA_kA_l$ in derselben Ecke oder in zwei Scheitelecken, so haben sie dasselbe Vorzeichen; liegen sie dagegen in zwei Gegenecken oder in zwei Nebenecken, so haben sie entgegengesetzte Zeichen.

In dem ersten dieser vier Fälle sind die drei Verhältnisse

$$P_iC:CA_i, \quad P_kC:CA_k, \quad P_lC:CA_l$$

negativ; im zweiten sind zwei derselben negativ, eins ist positiv; im dritten sind alle drei positiv; im vierten ist eins positiv, zwei sind negativ.

In jedem Falle ist also

$$2)\qquad \frac{CP_iP_kP_l}{CA_iA_kA_l} = -\frac{CP_i}{CA_i}\cdot\frac{CP_k}{CA_k}\cdot\frac{CP_l}{CA_l}.$$

Bemerkt man nun, dass für jede Lage von C die Formeln gelten

$$3)\qquad \begin{array}{ll} CA_1A_2A_3 = \tfrac{1}{3}g_4r_4, & CA_3A_4A_1 = \tfrac{1}{3}g_2r_2, \\ CA_2A_3A_4 = -\tfrac{1}{3}g_1r_1, & CA_4A_1A_2 = -\tfrac{1}{3}g_3r_3, \end{array}$$

so findet man aus 2) und 1)

$$4)\qquad \begin{aligned} &3(CP_2P_3P_4 + CP_3P_4P_1 + CP_1P_4P_2 + CP_1P_2P_3) \\ &= \frac{g_1r_1}{(u_2-1)(u_3-1)(u_4-1)} + \frac{g_2r_2}{(u_3-1)(u_4-1)(u_1-1)} \\ &+ \frac{g_3r_3}{(u_4-1)(u_1-1)(u_2-1)} + \frac{g_4r_4}{(u_1-1)(u_2-1)(u_3-1)}. \end{aligned}$$

Allgemein ist

$$CP_2P_3P_4 + CP_3P_4P_1 + CP_1P_4P_2 + CP_1P_2P_3 = P_4P_1P_2P_3.$$

Da nun hier die vier Punkte P auf einer Ebene liegen, so folgt

$$P_4P_1P_2P_3 = 0.$$

Hierdurch ergiebt sich aus 4)

$$g_1r_1(u_1-1) + g_2r_2(u_2-1) + g_3r_3(u_3-1) + g_4u_4(u_4-1) = 0.$$

Hieraus folgt die gewünschte Gleichung

$$g_1r_1u_1 + g_2r_2u_2 + g_3r_3u_3 + g_4r_4u_4 = \Delta,$$

wenn Δ das dreifache Volumen des Axentetraeders bezeichnet.

In ganz derselben Weise leitet man die Gleichung ab, welche zwischen den von mir *l. c.* vorgeschlagenen Coordinaten der Geraden in der Ebene besteht.

Dresden, 6. October 1873. Dr. RICHARD HEGER.

VI. Einige Bemerkungen zu dem Aufsatze Steinschneider's: „Thabit („Thebit") ben Korra" (Bd. XVIII, Heft 4, S. 331 flgg.).

In genanntem Aufsatze hat Steinschneider (S. 337) auf meine Autorität hin die Handschrift *F. II.* 33 in Basel als die Arbeit des Thabit *de figura quae nominatur sector* enthaltend aufgeführt. Als ich dies 1868 niederschrieb, hatte ich den betreffenden Codex noch nicht zur Hand; in einer ausführlichen Arbeit, die ich später an Boncompagni sendete und von der die vier ersten Bogen noch 1869 dreimal zu meiner Correctur kamen — seitdem ist davon wieder Alles still geworden —, habe ich meine Ansicht nach Autopsie geändert. In der Handschrift *F. II.* 33 heisst das 16. Stück *Liber Carastonis vel Thebit filius Chorae: de figuris sectoribus* aus dem einfachen Grunde, weil (wie eine Vergleichung dessen, was ich 1868 in dieser Zeitschrift geschrieben, unmittelbar ergiebt) darin wirklich immer von der Theilung einer Geraden in verschiedene *sectores*. Abschnitte, gesprochen wird. Ich kann daher Näheres über das Werk Thabit's nicht angeben; mir will nur das *Thebit de proportionibus*. was in der Oxforder Handschrift vorausgeht, sehr zweifelhaft erscheinen. Der Campani'schen Arbeit *de figura sectore* in der Florentiner Handschrift geht nämlich auch ein Werk *de proportionalitate* voraus, dem Campanus angehörend. Ob das nicht Verwechselung sein dürfte, wie Steinschneider selbst unter Nr. 8 zugiebt?

Das unter Nr. 8 angeführte Werk *De motu octavae sphaerae* ist enthalten in Basel *F. II.* 33[33]. Vorauf geht dort die *Theorica planetarum* des Campanus, mit der die Handschrift auch, wie der Augenschein lehrt, gleichzeitig geschrieben ist. Auch von dem in Anmerkung 9 erwähnten Tideus enthält die Baseler Handschrift zwei Stücke, nämlich: *Thideus de speculis comburentibus vel de sectione mukesi*, enthaltend die Theorie der parabolischen Brennspiegel, und ein anderes blos *De speculis* betitelt, das die gewöhnlichen Sachen enthält.

Thorn, 27. November 1873. M. Curtze.

INHALT.

Die bedeutende Steigerung der Herstellungskosten und ganz besonders der Kosten des mathematischen Satzes nöthigt die Verlagshandlung, den Preis dieser Zeitschrift von 1874 an auf **16 Mark** für den Jahrgang zu stellen.

May 21

Zeitschrift
für
Mathematik und Physik

herausgegeben

unter der verantwortlichen Redaction

von

Dr. O. Schlömilch, Dr. E. Kahl

und

Dr. M. Cantor.

19. Jahrgang. 2. Heft.

Mit 2 lithographirten Tafeln.

Ausgegeben am 25. März 1874.

Leipzig,

Verlag von B. G. Teubner.

1874.

IV.

Ein Theorem über die Wechselwirkungen in endlichen Entfernungen.

Von

NICOLAUS UMOW,

Docent an der Universität Odessa.

In der vorliegenden Arbeit werden einige allgemeine Eigenschaften der Wechselwirkungen in endlichen Entfernungen dargelegt, welche die Möglichkeit gewähren, nach den bekannten Wechselwirkungen die Gesetze derjenigen zu bestimmen, welche nicht unmittelbar aus der Erfahrung gefunden werden können.

Um die Vorstellung der mechanischen Kraft von der Voraussetzung der Ursache derselbenzu trennen, werde ich für die Ursachen der Wechselwirkungen das Wort „Agentium", welches schon von Clausius benutzt war, einführen. Unter diesem Worte werde ich die elektrischen und magnetischen Flüssigkeiten, den elektrischen Strom, die wägbare Materie u. s. w. verstehen.

§ 1.

Das Theorem, dessen Ableitung die Aufgabe dieser Arbeit ist, lautet folgendermassen.

Wenn wir drei Agentien A_1, A_2, β haben, von denen die zwei ersten miteinander gleichartig und mit dem dritten gleich- oder verschiedenartig sind, können wir, wenn das Gesetz der Wechselwirkungen von A_1 und A_2 mit β bekannt ist, das Gesetz der Wechselwirkungen von A_1 und A_2 miteinander durch folgende Methode bestimmen.

Den ganzen, die Agentien A_1 und A_2 umgebenden Raum denken wir uns stetig und gleichmässig von den Agentien β gefüllt, so dass die Wirkung der Agentien β auf das Agentium A_1 und A_2 (jedes einzeln genommen) gleich Null ist. Den ganzen von den Agentien β gefüllten Raum werde ich „Zwischenmittel" nennen.

Wollen wir die Kräfte, mit welchen A_1 und A_2 auf die Theilchen des Zwischenmittels in den Richtungen der rechtwinkligen Coordinatenaxen wirken, mit den Geschwindigkeiten u, v, w derselben Theilchen identificiren. (Diese Grössen können entweder die Geschwindigkeiten in den Richtungen der Coordinatenaxen oder die Rotationsgeschwindigkeiten um dieselben Axen darstellen.) Dann haben wir, wenn für die Wirkung von A_1 auf A_2 ein Potential Π existirt, die Formel

$$1)\qquad \pm \Pi = a + \tfrac{1}{2}\iiint \{u^2 + v^2 + w^2\}\, dx\, dy\, dz,$$

wo a eine Constante ist und das dreifache Integral auf den ganzen Raum ausgedehnt wird, welcher zwischen der Fläche einer unendlich grossen Sphäre und den Flächen, die unendlich nahe die Agentien A_1 und A_2 umgeben, liegt. Das Vorzeichen der Grösse Π wird durch die einfachste, für jede Art der Agentien mögliche Erfahrung bestimmt.

Das Theorem 1) kann noch anders ausgedrückt werden. Bezeichnen wir durch $\frac{\varkappa_1 v_1^2}{2}$, $\frac{\varkappa_2 v_2^2}{2}$ die lebendigen Kräfte der Bewegungen der Agentien A_1 und A_2, welche durch ihre Wechselwirkung verursacht werden, und wollen wir annehmen, dass die Grösse Π die Zeit nicht explicite enthält, so haben wir dann dem Princip der Erhaltung der lebendigen Kraft zufolge

$$2)\qquad \frac{\varkappa_1 v_1^2}{2} + \frac{\varkappa_2 v_2^2}{2} + \Pi = b,$$

wo b eine Constante ist. Wenn wir hier die Grösse Π aus 1) einsetzen, so haben wir

$$3)\qquad \frac{\varkappa_1 v_1^2}{2} + \frac{\varkappa_2 v_2^2}{2} \pm \tfrac{1}{2}\iiint \{u^2 + v^2 + w^2\}\, dx\, dy\, dz = const.$$

Den Ausdruck 1) werde ich noch in einer andern Form darstellen.

Es seien $\xi_{i\beta}$, $\eta_{i\beta}$, $\zeta_{i\beta}$ die Kraftcomponenten in den Richtungen der Coordinatenaxen, mit welchen das Agentium A_i auf das eine gewisse Lage im Raume einnehmende Agentium β wirkt. Indem wir β als ein Theilchen des Zwischenmittels ansehen, werden wir seine entsprechenden Geschwindigkeiten durch u_i, v_i, w_i bezeichnen. Unserem Theorem gemäss müssen wir dann im Falle zweier Agentien A_1 und A_2 setzen

$$4)\qquad \begin{aligned} \xi_{1\beta} &= u_1, & \xi_{2\beta} &= u_2, \\ \eta_{1\beta} &= v_1, & \eta_{2\beta} &= v_2, \\ \zeta_{1\beta} &= w_1, & \zeta_{2\beta} &= w_2, \end{aligned}$$

folglich

$$u = u_1 + u_2, \quad v = v_1 + v_2, \quad w = w_1 + w_2.$$

Wenn wir diese Grössen in 1) einsetzen, so finden wir

$$5)\qquad \begin{aligned} \pm \Pi = a &+ \tfrac{1}{2}\iiint \{u_1^2 + v_1^2 + w_1^2\}\, dx\, dx\, dz \\ &+ \tfrac{1}{2}\iiint \{u_2^2 + v_2^2 + w_2^2\}\, dx\, dy\, dz \\ &+ \iiint \{u_1 u_2 + v_1 v_2 + w_1 w_2\}\, dx\, dy\, dz. \end{aligned}$$

Da u_i, v_i, w_i eine Unstetigkeit nur in den Theilen des Raumes, welche mit den entsprechenden Agentien A_i erfüllt sind, erleiden können, so stellen die zwei ersten Integrale Grössen vor, welche von der relativen Lage der Agentien A_1 und A_2 unabhängig sind, und werden daher positive Constante sein. Ihre Summe werde ich durch K^2 bezeichnen. Folglich:

$$\pm \Pi = a + K^2 + \int\int\int \{u_1 u_2 + v_1 v_2 + w_1 w_2\}\, dx\, dy\, dz. \tag{6}$$

Das hier dargelegte Theorem wird erstens für alle uns bekannten, in endlichen Entfernungen wirkenden Naturkräfte verificirt, zweitens wird es für gewisse Kräfte abgeleitet, und drittens werden wir die Möglichkeit haben, einige allgemeine Schlüsse über die Wechselwirkungen in Entfernungen zu machen.

Das Theorem wollen wir für folgende specielle Fälle verificiren:

1. A_1 und A_2 sind zwei Stromelemente, β ist ein Magnetpol. Das Theorem giebt den Ausdruck des Potentials zweier Stromelemente aufeinander, welches mit dem Potential von Helmholtz identisch ist.

2. A_1 und A_2 sind zwei geschlossene Ströme, β ist ein Magnetpol. Das Theorem giebt den allgemein bekannten Ausdruck des Potentials zweier geschlossener Ströme aufeinander.

3. A_1 und A_2 sind zwei Magnetpole, β ein Stromelement. Wir erhalten das Potential zweier Magnetpole aufeinander.

4. A_1, A_2 und β sind magnetische, elektrische oder wägbare Massen. Das Theorem giebt entsprechende Potentiale.

§ 2.

A_1 und A_2 sind zwei Stromelemente, β ein Magnetpol.

Es seien die Längen beider Stromelemente ds_1 und ds_2. Die geometrischen Centra dieser Elemente wollen wir durch A_1 und A_2 bezeichnen. Die Intensitäten der Ströme seien i_1 und i_2. Denken wir uns noch eine magnetische Flüssigkeit von der Dichtigkeit Eins, welche in dem ganzen Raume ergossen ist, der zwischen einer unendlich grossen Sphäre und zwei unendlich kleinen, die Elemente ds_1 und ds_2 umgebenden Sphären liegt.

Bezeichnen wir durch $\alpha_1, \beta_1, \gamma_1$, $\alpha_2, \beta_2, \gamma_2$ die Winkel der Elemente ds_1 und ds_2 mit den Coordinatenaxen, so haben wir folgende Ausdrücke für die Kräfte, mit welchen A_1 und A_2 auf die Theilchen des magnetischen Mittels wirken:

$$\begin{aligned} \xi_{1\beta} &= \frac{(y-y_1)\cos\gamma_1 - (z-z_1)\cos\beta_1}{r_1^3}\, i_1\, ds_1 = u_1, \\ \eta_{1\beta} &= \frac{(z-z_1)\cos\alpha_1 - (x-x_1)\cos\gamma_1}{r_1^3}\, i_1\, ds_1 = v_1, \\ \zeta_{1\beta} &= \frac{(x-x_1)\cos\beta_1 - (y-y_1)\cos\alpha_1}{r_1^3}\, i_1\, ds_1 = w_1, \end{aligned} \tag{7}$$

$$\xi_{2\beta} = \frac{(y-y_2)\cos\gamma_2 - (z-z_2)\cos\beta_2}{r_2^3}\, i_2 ds_2 = u_2,$$

7)
$$\eta_{2\beta} = \frac{(z-z_2)\cos\alpha_2 - (x-x_2)\cos\gamma_2}{r_2^3}\, i_2 ds_2 = v_2,$$

$$\zeta_{2\beta} = \frac{(x-x_2)\cos\beta_2 - (y-y_2)\cos\alpha_2}{r_2^3}\, i_2 ds_2 = w_2.$$

Es sind hier x_1, y_1, z_1, x_2, y_2, z_2 die Coordinaten der Centra A_1 und A_2.

Diese Ausdrücke der Kräfte eines Stromelements auf einen Magnetpol können als Folgerungen der Gesetze von Briot und Savart angesehen werden. Indem wir die Ausdrücke 7) in die Formel 6) einsetzen, erhalten wir

$$\pm \Pi = a + K^2$$

8)
$$\begin{aligned}
&+ i_1 i_2 ds_1 ds_2 \iiint \frac{\{(y-y_1)\cos\gamma_1 - (z-z_1)\cos\beta_1\}\{(y-y_2)\cos\gamma_2 - (z-z_2)\cos\beta_2\}}{r_1^3 r_2^3}\, d\omega \\
&+ i_1 i_2 ds_1 ds_2 \iiint \frac{\{(z-z_1)\cos\alpha_1 - (x-x_1)\cos\gamma_1\}\{(z-z_2)\cos\alpha_2 - (x-x_2)\cos\gamma_2\}}{r_1^3 r_2^3}\, d\omega \\
&+ i_1 i_2 ds_1 ds_2 \iiint \frac{\{(x-x_1)\cos\beta_1 - (y-y_1)\cos\alpha_1\}\{(x-x_2)\cos\beta_2 - (y-y_2)\cos\alpha_2\}}{r_1^3 r_2^3}\, d\omega.
\end{aligned}$$

Der Einfachheit wegen wollen wir für die x-Axe die Verbindungslinie der beiden Elemente ds_1 und ds_2 und ihren Mittelpunkt für den Coordinatenanfangspunkt annehmen. Es werden dann $y_1 = z_1 = y_2 = z_2 = 0$. Bezeichnen wir die Enfernung der beiden Elemente durch R, so haben wir

$$x_1 = -\frac{R}{2}, \quad x_2 = +\frac{R}{2}.$$

Ausserdem ist es leicht einzusehen, dass die dreifachen Integrale, bei denen unter dem Integralzeichen Coordinaten in erster Potenz als Factoren vorkommen, verschwinden. Folglich:

9)
$$\pm \Pi = a + K^2$$

$$+ i_1 i_2 ds_1 ds_2 \left\{ \begin{aligned}
&\cos\gamma_1 \cos\gamma_2 \iiint \frac{y^2 d\omega}{r_1^3 r_2^3} + \cos\beta_1 \cos\beta_2 \iiint \frac{z^2 d\omega}{r_1^3 r_2^3} \\
&+ \cos\alpha_1 \cos\alpha_2 \iiint \frac{z^2 d\omega}{r_1^3 r_2^3} + \cos\gamma_1 \cos\gamma_2 \iiint \frac{x^2 - \frac{R^2}{4}}{r_1^3 r_2^3} d\omega \\
&+ \cos\beta_1 \cos\beta_2 \iiint \frac{x^2 - \frac{R^2}{4}}{r_1^3 r_2^3} d\omega + \cos\alpha_1 \cos\alpha_2 \iiint \frac{y^2 d\omega}{r_1^3 r_2^3}
\end{aligned} \right\}.$$

Wir haben noch wegen der vollen Symmetrie um die x-Axe

10)
$$\iiint \frac{y^2 d\omega}{r_1^3 r_2^3} = \iiint \frac{z^2 d\omega}{r_1^3 r_2^3}.$$

Wenn wir durch (ds_1, ds_2) den Winkel der beiden Elemente ds_1 und ds_2 bezeichnen, erhalten wir

$$11)\qquad \pm \Pi = a + K^2$$

$$+ i_1 i_2 \, ds_1 \, ds_2 \left\{ \cos(ds_1, ds_2) \iiint \frac{y^2 \, d\omega}{r_1^3 r_2^3} + \{\cos\beta_1 \cos\beta_2 + \cos\gamma_1 \cos\gamma_2\} \iiint \frac{x^2 - \frac{R^2}{4}}{r_1^3 r_2^3} \, d\omega \right\}.$$

Da

$$12)\qquad \cos\beta_1 \cos\beta_2 + \cos\gamma_1 \cos\gamma_2 = \cos(ds_1, ds_2) - \cos\alpha_1 \cos\alpha_2,$$

so folgt sofort

$$13)\qquad \pm \Pi = a + K^2$$

$$+ i_1 i_2 \, ds_1 \, ds_2 \left\{ \cos(ds_1, ds_2) \iiint \frac{y^2 + x^2 - \frac{R^2}{4}}{r_1^3 r_2^3} \, d\omega - \cos(R, ds_1) \cos(R, ds_2) \iiint \frac{x^2 - \frac{R^2}{4}}{r_1^3 r_2^3} \, d\omega \right\},$$

da

$$\alpha_1 = \angle(R, ds_1), \quad \alpha_2 = \angle(R, ds_2).$$

Um den definitiven Ausdruck für die Grösse Π zu finden, müssen wir die hier vorkommenden Integrale bestimmen.

Zu diesem Zwecke werden wir drei Systeme orthogonaler Flächen statt rechtwinkliger Coordinaten einführen (*Betti*, *teorica delle forze che agiscono secondo la legge di Newton*, *Pisa* 1865):

1. Ebenen, welche durch die x-Axe gehen; ich werde sie meridionale Ebenen nennen. Der Parameter φ dieser Ebenen ändert sich zwischen 0 und 2π.

2. Rotationsflächen, welche durch die meridionalen Ebenen in Kreisen geschnitten werden, die durch die Centra A_1 und A_2 gehen. Es erfolgt dann die Gleichung dieser Kreise:

$$14)\qquad x^2 + \left(\varrho - \frac{R}{2 \tan v}\right)^2 = \left(\frac{R}{2 \sin v}\right)^2.$$

Es ist hier $\varrho = \sqrt{y^2 + z^2}$, und der Parameter v der Kreise ändert sich von 0 bis π.

3. Rotationsflächen, welche von den meridionalen Ebenen in Kreisen geschnitten werden, die durch zwei imaginäre Punkte gehen. Diese Punkte liegen in der x Axe und ihre Entfernungen von dem Coordinatenanfangspunkte sind

$$15)\qquad \pm \frac{R}{2}\sqrt{-1}.$$

Die Gleichung dieser Kreise ist

$$16)\qquad \left(x + \frac{R}{2 \tan h u}\right)^2 + \beta^2 = \left(\frac{R}{2 \sin h u}\right)^2.$$

Es ist hier u der Parameter der Kreise, welcher sich zwischen $-\infty$ und $+\infty$ ändert; *langh*, *sinh*, *cosh* bezeichnen die hyperbolischen Tangenten, Sinusse und Cosinusse.

Die Gleichungen für den Uebergang von den ebenen Coordinaten x, y, z zu den eingeführten sind folgende:

17)
$$x = \frac{R \sinh u}{2(\cosh u - \cos v)},$$
$$y = \frac{R \sin v \,.\, \sin v}{2(\cosh u - \cos v)},$$
$$z = \frac{R \sin v \,.\, \cos \varphi}{2(\cosh u - \cos v)}.$$

Wenn wir durch h_1, h_2, h_3 die differentiellen Parameter erster Ordnung der eingeführten Flächen bezeichnen, so erhalten wir den folgenden Ausdruck für das Raumelement:

18)
$$d\omega = \frac{du \,.\, dv \,.\, d\varphi}{h_1 \,.\, h_2 \,.\, h_3}$$

oder

19)
$$d\omega = \frac{R^3}{6} \,.\, \frac{du \,.\, dv \,.\, d\varphi \,.\, \sin v}{(\cosh u - \cos v)^3}.$$

Wenn wir die Functionen, die unter dem Zeichen der dreifachen Integrale in dem Ausdrucke 13) vorkommen, in den eingeführten Coordinaten ausdrücken, so werden wir finden, dass im Zähler der genannten Functionen der constante Factor R^5 und im Nenner R^6 erscheinen wird. Es kann folglich der Factor $\frac{1}{R}$ ausserhalb der Integralzeichen gestellt werden. Unter den Integralzeichen aber bleiben Ausdrücke, die blos von den Integrationsgrenzen abhängen und nie unendlich werden für die Centra A_1 und A_2. Sie werden folglich von der Lage der Elemente unabhängig sein. Wir erhalten daher, wenn wir mit λ und μ zwei Constante bezeichnen:

20)
$$\pm \Pi = a + K^2 + \frac{i_1 i_2 \, ds_1 \, ds_2}{R} \Big\{ \lambda \cos(ds_1, ds_2) - \mu \cos(R, ds_1) \cos(R, ds_2) \Big\}.$$

Wenn wir die Constante a so wählen, dass $a + K^2 = 0$, so wird die Grösse Π mit dem Ausdrucke des Potentials zweier Stromelemente auf einander identisch, wie es von Helmholtz (Crelle, 1871) gegeben ist. Von den beiden Vorzeichen der Grösse Π muss man das Vorzeichen $-$ beibehalten, da zwei einander parallele, auf ihrer Verbindungslinie senkrecht stehende Stromelemente, in denen die Ströme gleichgerichtet sind, einander anziehen; die Coefficienten λ und μ aber, wie leicht einzusehen ist, sind positive Grössen.

§ 3.

Es seien A_1 und A_2 zwei geschlossene Ströme, β ein Magnetpol. Die Verification unseres Theorems für diesen Fall ist in dem Artikel des Herrn

Prof. Kirchhoff „Ueber die Kräfte, welche zwei unendlich dünne, starre Ringe in einer Flüssigkeit scheinbar aufeinander ausüben können" (Crelle, 1870) in versteckter Form enthalten. Die folgende Auseinanderlegung wird um so einfacher, als es das Wesen des Theorems selbst gestattet.

Denken wir uns zwei sehr dünne Ringe A_1, A_2 von beliebiger Form, welche von den Strömen i_1, i_2 durchflossen sind. Der ganze Raum zwischen einer unendlich grossen Sphäre und zwei Flächen, von denen jede völlig von einem Ringe begrenzt ist, denken wir uns mit einer gleichförmigen magnetischen Flüssigkeit von der Dichtigkeit Eins erfüllt. Jedes Theilchen dieser Flüssigkeit kann als ein Magnetpol betrachtet werden. Wenn wir mit U_1, U_2 die Potentiale beider Ströme auf einen Magnetpol bezeichnen, so haben wir unserem Theorem gemäss

21)
$$u_1 = \frac{dU_1}{dx}, \quad u_2 = \frac{dU_2}{dx},$$
$$v_1 = \frac{dU_1}{dy}, \quad v_2 = \frac{dU_2}{dy},$$
$$w_1 = \frac{dU_1}{dz}, \quad w_2 = \frac{dU_2}{dz}.$$

Die Functionen U_1, U_2 genügen der Gleichung von Laplace in der ganzen Ausdehnung des Raumes, welcher von der magnetischen Flüssigkeit erfüllt ist; sie verschwinden für unendlich entfernte Punkte; bei dem Durchgange durch die Flächen, die von den Ringen begrenzt sind, erleiden sie Stetigkeitsunterbrechungen, welche durch die Grössen $4\pi i_1$ und $4\pi i_2$ repräsentirt werden.

Wenn wir die Ausdrücke 21) in die Formel 6) einsetzen, finden wir

22) $$\pm \Pi = a + K^2 + \iiint \left\{ \frac{dU_1}{dx} \cdot \frac{dU_2}{dx} + \frac{dU_1}{dy} \cdot \frac{dU_2}{dy} + \frac{dU_1}{dz} \cdot \frac{dU_2}{dz} \right\} dx\, dy\, dz.$$

Das hier vorkommende dreifache Integral kann mittels des Theorems von Green umgewandelt werden; wir erhalten somit

23) $$\pm \Pi = a + K^2 - \int U_1 \frac{dU_2}{dn} ds,$$

wo ds ein Element der durch die Ringe begrenzten Flächen ist, dn das Element der Normale zu ds, und das Integral auf beide Seiten der genannten Flächen ausgedehnt werden muss. In dem angeführten Artikel zeigt Herr Prof. Kirchhoff die Bedeutung des Integrals des 23). Ausdrucks; dieser Bedeutung zufolge können wir die Formel 23) auf folgende Weise schreiben:

24) $$\Pi = a + K^2 - \frac{i_1 i_2}{4U} \iint \frac{ds_1\, ds_2}{r} \cos(ds_1\, ds_2).$$

Wenn wir $a + K^2 = 0$ annehmen, so erhalten wir den bekannten Ausdruck des Potentials zweier geschlossener Ströme aufeinander.

§ 4.

A_1 und A_2 sind zwei Magnetpole, β ein Element von geradlinigen, der x-Axe parallelen Strömen, welche den ganzen Raum ausfüllen. Die Intensität der Ströme ist gleich 1. Die Verbindungslinie der Pole A_1 und A_2 nehmen wir für die x-Axe.

Die Kräfte, mit welchen die Pole A_1 und A_2 auf irgend ein Stromelement wirken, werden in diesem Falle

$$
25)\quad
\begin{aligned}
\xi_{1\beta} &= \quad 0 = u_1, & \xi_{2\beta} &= \quad 0 = u_2,\\
\eta_{1\beta} &= \frac{\mu_1 z}{r_1^3} = v_1, & \eta_{2\beta} &= \frac{\mu_2 z}{r_2^3} = v_2,\\
\zeta_{1\beta} &= -\frac{\mu_1 y}{r_1^3} = w_1, & \zeta_{2\beta} &= -\frac{\mu_2 y}{r_2^3} = w_2.
\end{aligned}
$$

Es sind hier x, y, z die Coordinaten des Stromelements, und r_1, r_2 seine Entfernungen von den Polen A_1, A_2; μ_1, μ_2 sind die Mengen der magnetischen Flüssigkeiten in den Polen.

Wenn wir die Ausdrücke 25) in 6) einsetzen, so finden wir

$$
26)\quad \pm\Pi = a + K^2 + \mu_1\mu_2 \iiint \frac{y^2+z^2}{r_1^3 r_2^3}\, d\omega.
$$

Wenn wir die krummlinigen Coordinaten des § 2 einführen, so wird der vorhergehende Ausdruck in den folgenden umgewandelt:

$$
27)\quad \pm\Pi = a + K^2 + \lambda\frac{\mu_1\mu_2}{R},
$$

wo λ eine Constante und R die Entfernung der Pole ist. Wenn wir $a + K^2 = 0$ annehmen, so finden wir das Potential zweier magnetischer Massen aufeinander. Bei der Grösse Π muss man das Vorzeichen $+$ beibehalten, da die gleichnamigen magnetischen Massen sich abstossen.

§ 5.

A_1, A_2, β sind alle gleichartig und sind nichts Anderes, als elektrische oder magnetische, oder ponderable Massen. Wollen wir diese Massen durch m_1, m_2 bezeichnen, und denken wir uns dieselben in unendlich kleinen Volumina A_1 und A_2 concentrirt. Den ganzen Raum zwischen einer unendlich grossen Sphäre und zwei unendlich kleinen, die Punkte A_1 und A_2 umgebenden Sphären denken wir uns von den Agentien β, deren Intensität der Einheit gleich ist, erfüllt.

Bezeichnen wir die Entfernungen eines Theilchens des Mittels von A_1 und A_2 durch r_1, r_2, so haben wir

$$\xi_{1\beta} = -\frac{d\frac{m_1}{r_1}}{dx} = u_1, \quad \xi_{2\beta} = -\frac{d\frac{m_2}{r_2}}{dx} = u_2,$$

28) $$\eta_{1\beta} = -\frac{d\frac{m_1}{r_1}}{dy} = v_1, \quad \eta_{2\beta} = -\frac{d\frac{m_2}{r_2}}{dy} = v_2,$$

$$\zeta_{1\beta} = -\frac{d\frac{m_1}{r_1}}{dz} = w_1, \quad \zeta_{2\beta} = -\frac{d\frac{m_2}{r_2}}{dz} = w_2.$$

Wir finden den folgenden Ausdruck, indem wir diese Grössen in die Formel 6) einsetzen:

29) $$\pm \Pi = a + K^2 + \iiint \left\{ \frac{d\frac{m_1}{r_1}}{dx} \cdot \frac{d\frac{m_2}{r_2}}{dx} + \frac{d\frac{m_1}{r_1}}{dy} \cdot \frac{d\frac{m_2}{r_2}}{dy} + \frac{d\frac{m_1}{r_1}}{dz} \cdot \frac{d\frac{m_2}{r_2}}{dz} \right\} dx\, dy\, dz.$$

Nach dem Green'schen Theorem wird dieser Ausdruck in den folgenden umgewandelt, indem wir unendlich kleine Grössen höherer Ordnung vernachlässigen:

30) $$\pm \Pi = a + K^2 + \frac{4\pi m_1 m_2}{R}.$$

Setzen wir $a + K^2 = 0$, so erhalten wir den allgemein bekannten Ausdruck des Potentials zweier magnetischen oder elektrischen Massen aufeinander, wenn wir bei der Grösse Π das Vorzeichen + beibehalten, und den Ausdruck des Potentials der ponderabilen Massen aufeinander, wenn wir das Vorzeichen — beibehalten. Im ersten Falle wird die Wahl des Vorzeichens dadurch bedingt, dass die gleichnamigen Massen sich abstossen, im zweiten aber umgekehrt.

Das auseinandergesetzte Theorem könnten wir noch für verschiedenartige Combinationen der Naturkräfte verificiren. Indem ich es als richtig annehme, werde ich einige Folgerungen aus demselben ableiten.

§ 6.

Folgerung I. Es soll eine Wechselwirkung zwischen zwei beliebigen Agentien stattfinden.

Wenn ein Agentium β existirte, zwischen welchem und zwei gleichartigen Agentien A_1, A_2 keine Wechselwirkung stattfände, so müssten wir in dem Ausdrucke 6) $u = v = w = 0$ annehmen; es wäre dann das Potential von A_1 auf A_2 eine constante Grösse, d. h. es existirte keine Wechselwirkung von A_1 auf A_2, was der Erfahrung widerspricht, da immer zwischen zwei gleichartigen Agentien eine Wechselwirkung stattfindet.

§ 7.

Die Wechselwirkung verschiedener Agentien in Entfernungen wird immer durch Functionen ihrer Coordinaten dargestellt. Diese Functionen müssen immer homogene Functionen sein; denn drückten sich die Kräfte nicht durch homogene Functionen der Coordinaten aus, so wäre das Verhältniss zweier Kräfte, mit welchen zwei Agentien in zwei verschiedenen Lagen aufeinander wirken, von der Wahl der Längeneinheiten abhängig, was unmöglich ist.

Wollen wir annehmen, dass die Kräfte, welche von zwei gleichartigen, unendlich kleine Raum-, Flächen- oder Linienelemente füllenden Agentien A_1, A_2 auf β ausgeübt werden, durch homogene Functionen m^{ter} Potenz ausgedrückt werden. Es können dabei die Coefficienten, die in der Function vorkommen, nach der Art der Agentien von verschiedenen Bedingungen abhängen.

Es werden in unserem Falle die Producte u_1, u_2 u. s. w. homogene Functionen $2m^{ter}$ Potenz sein. Indem wir die rechtwinkligen Coordinaten und das Raumelement durch die im § 2 eingeführten krummlinigen Coordinaten ausdrücken, können wir aus dem dreifachen Integrale

$$\iiint (u_1 u_2 + v_1 v_2 + w_1 w_2)\, d\omega$$

die Grösse R^{2m+3} heraussetzen, wo R die gegenseitige Entfernung der Agentien A_1 und A_2 ist. Bezeichnen wir durch M eine Constante, so haben wir folglich [nach der Formel 6), wenn $a+K^2=0$ gesetzt wird]:

31) $$\Pi = M R^{2m+3}.$$

Um die Kraft zu finden, differentiiren wir nach R

32) $$\frac{d\Pi}{dR} = (2m+3) M R^{2m+2}.$$

Nach diesen Vorbemerkungen kann ich eine neue Folgerung auseinandersetzen.

Folgerung II. Das allgemeine Gesetz der Wechselwirkungen in endlichen Entfernungen kann nur durch eine homogene Function -2ter Potenz ausgedrückt werden.

α) Wollen wir die angeführte Folgerung erstens für gleichartige Agentien ableiten. Denken wir uns die Agentien β mit A_1, A_2 gleichartig; die Potenz m der homogenen Functionen, welche die von A_1 und A_2 auf β ausgeübten Kräfte darstellen, soll mit derjenigen der Entfernung R übereinstimmen, welcher die zwischen A_1 und A_2 wirkende Kraft proportional ist, d. h. der Formel 32) gemäss

33) $$m = 2m + 2,$$

woraus

34) $$m = -2,$$

was zu beweisen war.

β) Jetzt komme ich zu der Wechselwirkung zwischen ungleichartigen Agentien. Nach der ersten Folgerung soll eine Wechselwirkung zwischen zwei beliebig gewählten Agentien stattfinden. Es seien daher A_1 und A_2

zwei beliebige gleichartige Agentien und β ein beliebiges, ihnen ungleichartiges Agentium; es wird dann m die Potenz der homogenen Functionen, die die Kräfte darstellen, welche A_1, A_2 auf β ausüben. Nach der Formel 32) wird die zwischen A_1 und A_2 wirkende Kraft eine homogene Function von $(2m+2)^{\text{ter}}$ Potenz. Nach der Formel 34) muss aber diese Potenz, da A_1 und A_2 gleichartig sind, gleich -2 sein. Folglich

35) $$-2 = 2m + 2,$$

woraus wir die Potenz der homogenen Functionen finden, die die Kräfte darstellen, welche ungleichartige Agentien aufeinander ausüben:

36) $$m = -2,$$

was zu beweisen war.

§ 8.

Das in § 1 dargelegte Theorem besteht aus zwei Theilen:

1. Das Potential zweier gleichartiger Agentien aufeinander kann immer durch die Summe der Quadrate von Grössen, die für alle Punkte des Raumes gegeben sind, ausgedrückt werden.

2. Die Grösse, welche hier als für alle Punkte des Raumes gegeben betrachtet wird, ist mit der Kraft identisch, mit welcher beide Agentien auf irgend ein anderes, in demselben Punkte des Raumes liegendes Agentium wirken.

§ 9.

Der erste Theil des Theorems kann *a priori* abgeleitet werden im Falle, dass ein Potential für Kräfte der Agentien A_1, A_2 auf β existirt.

Als Ausgangspunkt der Ableitung des Theorems in unserem Falle wird das Gesetz der Wechselwirkung dienen, nach welchem die Wirkung immer gleich, aber der Gegenwirkung entgegengesetzt ist. Mit anderen Worten: wir müssen zu demselben Resultate kommen, wenn wir das Potential des Agentiums A_1 auf A_2 oder des Agentiums A_2 auf A_1 berechnen, d. h.:

37) $$\Pi_{12} = \Pi_{21}.$$

Es folgt hieraus, dass Π symmetrisch aus zwei Functionen gebildet sein muss, von denen jede nur von den Elementen des einen der Agentien A_1, A_2 abhängig ist. Indem wir aus diesen Functionen die Grösse Π_{12} berechnen, müssen wir sie gewissen Operationen in Bezug auf A_1 und A_2 unterwerfen; wenn wir aber Π_{21} berechnen, so müssen wir sie den entsprechenden Operationen in Bezug auf die Agentien A_2, A_1 unterwerfen.

Wir werden allen diesen Forderungen genügen, indem wir setzen

38) $$\begin{aligned} \Pi_{12} &= b - \int V_1 \frac{dV_2}{du_2} d\sigma_2 - \int V_1 \frac{dV_2}{du_1} d\sigma_1, \\ \Pi_{21} &= b - \int V_2 \frac{dV_1}{du_1} d\sigma_1 - \int V_2 \frac{dV_1}{du_2} d\sigma_2. \end{aligned}$$

Es ist hier b eine willkürliche Constante, V_1, V_2 sind zwei Functionen, von denen die erste nur von den Elementen des Centrums A_1, und die zweite nur von den Elementen des Centrums A_2 abhängt. Die Integrale werden auf die Elemente $d\sigma_1$, $d\sigma_2$ zweier Flächen, die unendlich nahe die Agentien A_1, A_2 umgeben, ausgedehnt; du_1, du_2 stellen die Elemente der Normalen zu diesen Flächen vor, die in den unbegrenzten, die Agentien umgebenden Raum gerichtet sind.

Wollen wir annehmen, dass die Functionen V_1, V_2 in dem ganzen unbegrenzten Raume, der die Agentien A_1, A_2 umgiebt, endlich und stetig bleiben und dass sie für unendlich entfernte Punkte verschwinden. In diesem Falle können wir mittels des Green'schen Theorems die Gleichungen 37) in folgende umwandeln:

39)
$$\begin{aligned}\Pi_{12} &= b+\iiint\left\{\frac{dV_1}{dx}\cdot\frac{dV_2}{dx}+\frac{dV_1}{dy}\cdot\frac{dV_2}{dy}+\frac{dV_1}{dz}\cdot\frac{dV_2}{dz}\right\}d\omega\\ &\quad+\iiint V_1\Delta_2 V_2\,d\omega,\\ \Pi_{21} &= b+\iiint\left\{\frac{dV_1}{dx}\cdot\frac{dV_2}{dx}+\frac{dV_1}{dy}\cdot\frac{dV_2}{dy}+\frac{dV_1}{dz}\cdot\frac{dV_2}{dz}\right\}d\omega\\ &\quad+\iiint V_2\Delta_2 V_1\,d\omega,\end{aligned}$$

wo

40)
$$\Delta_2=\frac{d_1^2}{dx^2}+\frac{d_1^2}{dy^2}+\frac{d_1^2}{dz^2},$$

und das dreifache Integral wird auf den ganzen Raum B, der zwischen einer unendlich grossen Sphäre und zwei, die Agentien unendlich nahe umgebenden Flächen liegt, ausgedehnt.

Damit die Bedingung 37) erfüllt sei, müssen wir haben

41)
$$\iiint V_2\Delta_2 V_1\,d\omega=\iiint V_1\Delta_2 V_2\,d\omega.$$

Wir genügen dieser Gleichung durch die Voraussetzung, dass die Functionen V_1, V_2 der Gleichung von Laplace genügen:

42)
$$\Delta_2 V_1=0,\quad \Delta_2 V_2=0.$$

Wollen wir bemerken, dass die Ausdrücke

43)
$$\begin{aligned}&\tfrac{1}{2}\iiint\left\{\left(\frac{dV_1}{dx}\right)^2+\left(\frac{dV_1}{dy}\right)^2+\left(\frac{dV_1}{dz}\right)^2\right\}d\omega,\\ &\tfrac{1}{2}\iiint\left\{\left(\frac{dV_2}{dx}\right)^2+\left(\frac{dV_2}{dy}\right)^2+\left(\frac{dV_2}{dz}\right)^2\right\}d\omega,\end{aligned}$$

in welchen die dreifachen Integrale auf den ganzen Raum B ausgedehnt sind, constante Grössen darstellen. Wir können folglich wegen der Gleichungen 42) schreiben

44)
$$\Pi=a+\tfrac{1}{2}\iiint\left\{\left(\frac{dV_1}{dx}+\frac{dV_2}{dx}\right)^2+\left(\frac{dV_1}{dy}+\frac{dV_2}{dy}\right)^2+\left(\frac{dV_1}{dz}+\frac{dV_2}{dz}\right)^2\right\}d\omega,$$

was zu beweisen war.

Wenn für die Wirkungen der Agentien A_1, A_2 auf β die Potentiale V_1, V_2 existiren, so werden die Kräfte in den Richtungen der Coordinatenaxen durch entsprechende Differentialquotienten dargestellt; indem wir sie mit den Geschwindigkeiten in drei einander senkrechten Richtungen identificiren, finden wir

45) $$\Pi = a + \tfrac{1}{2}\int\int\int\{(u_1+u_2)^2+(v_1+v_2)^2+(w_1+w_2)^2\}\,d\omega;$$

ein Ausdruck, der mit dem 5) übereinstimmt, mit dem Unterschiede, dass Π hier ein bestimmtes Vorzeichen hat. Es können aber die zwei Vorzeichen der Grösse Π, die in 5) hervortreten, auf ein einziges reducirt werden.

§ 10.

Von den zwei Vorzeichen, die vor der Grösse Π in den Ausdrücken 5) oder 6) stehen, hatte ich das positive beibehalten, wenn bei der Wechselwirkung gleichnamiger Agentien eine Abstossung stattfindet, und das negative, wenn die gleichnamigen Agentien sich anziehen,* z. B. im Falle der Stromelemente und der Gravitation.

Die Grösse Π kann immer das eine positive Vorzeichen beibehalten, wenn wir die Dichtigkeit d des Zwischenmittels durch den folgenden allgemeinen Ausdruck darstellen:

46) $$d = \alpha + \beta\sqrt{-1},$$

wobei, wenn

1. die gleichnamigen Agentien sich voneinander abstossen:

47) $$\alpha = 1, \quad \beta = 0;$$

2. die gleichnamigen Agentien sich anziehen:

48) $$\alpha = 0, \quad \beta = 1.$$

Die Bedeutung der Grösse $\sqrt{-1}$ wird durch folgende Ueberlegungen weiter erklärt. Die Einführung der Formel 46) giebt uns die Möglichkeit, statt der Formel 5) für Π die Formel 45) anzunehmen. Indem wir sie in den Ausdruck 3) des Princips der Erhaltung der lebendigen Kraft einsetzen, finden wir

49) $$\frac{\varkappa_1 V_1^2}{2} + \frac{\varkappa_2 V_1^2}{2} + \tfrac{1}{2}\int\int\int\{u^2+v^2+w^2\}\,d\omega = const.$$

§ 11.

Die physikalische Bedeutung des Ausdruckes 49) befindet sich im innigsten Zusammenhange mit einer Ansicht über die Art der Wechselwirkungen in endlichen Entfernungen, welche in der Wissenschaft allmälig durchdringt. Wollen wir als eine physikalische Wahrheit annehmen, dass

* Ausser der Wechselwirkung zweier geschlossener Ströme aufeinander, wovon

eine Wechselwirkung in endlichen Entfernungen zwischen willkürlichen Agentien, wenn sie von keinem Zwischenmittel umgeben sind, unmöglich ist.

Der erste Theil unseres Theorems, welcher durch die Formel 49) ausgedrückt ist, zeigt uns, dass die Wechselwirkung in endlichen Entfernungen zwischen zwei Agentien, die von einem Zwischenmittel umgeben sind, charakterisirt wird durch den Uebergang der lebendigen Kraft von der Bewegung der Agentien auf die Bewegungen der Theilchen des Zwischenmittels, und umgekehrt. Von der andern Seite zeigt uns ein Blick auf die Formel 49), dass die potentielle Energie der Agentien der lebendigen Kraft des Zwischenmittels gleich ist, und umgekehrt, dass die potentielle Energie des Zwischenmittels der lebendigen Kraft der Agentien gleich ist.

Der zweite Theil des Theorems wird durch die Eigenschaften des Zwischenmittels, dessen Existenz für die Wechselwirkung der Agentien in endlichen Entfernungen nothwendig ist, bedingt. Mit diesen Schlüssen steht die in einigen Fällen imaginäre Dichtigkeit des Zwischenmittels nicht im Widerspruche. Die imaginären Grössen haben in diesem Falle dieselbe Bedeutung wie in anderen physikalischen Fragen. Ihr Vorkommen zeigt nur eine unrichtige Bestimmung der Bewegungsarten oder eine unrichtige Combination derselben. Bei der Berechnung des Potentials zweier geschlossener Ströme aufeinander ist die Dichtigkeit des Zwischenmittels eine reelle Grösse, bei der Berechnung aber des Potentials zweier Stromelemente aufeinander ist sie imaginär. Im ersten Falle vermeiden wir die imaginären Grössen, indem wir einen geschlossenen Strom durch zwei mit magnetischen Flüssigkeiten belegte Flächen ersetzen. Es liegt daher die Voraussetzung auf der Hand, dass im zweiten Falle die imaginären Grössen beseitigt werden, wenn die Stromelemente durch andere Agentien ersetzt werden, derart, dass die gleichnamigen sich abstossen (elektrische Massen).

Es ist jetzt sehr wichtig, zu beurtheilen: wie weit erstreckt sich der Zusammenhang des ersten Theiles unseres Theorems oder der Formel 49) mit dem Princip der Unmöglichkeit der unmittelbaren Wechselwirkung in endlichen Entfernungen?

§ 12.

Denken wir uns zwei gleichartige, in zwei Punkten concentrirte Agentien A_1 und A_2. Auf eine solche Art der centralen Wechselwirkungen können alle Naturkräfte zurückgeführt werden. Bezeichnen wir durch $\frac{\varkappa_1 v_1^2}{2}$, $\frac{\varkappa_2 v_2^2}{2}$ die lebendigen Kräfte der Centra A_1, A_2 und durch Π ihre potentielle Energie. Indem wir von einer stabilen Gleichgewichtslage der Centra ausgehen, können wir dieselbe so wählen, dass die Grösse Π immer einen positiven Werth hat. Wir haben dann dem Princip der lebendigen Kraft gemäss

$$\frac{\varkappa_1 v_1^2}{2} + \frac{\varkappa_2 v_2^2}{2} + \Pi = c. \tag{50}$$

Wenn wir das Princip der Unmöglichkeit der unmittelbaren Wechselwirkung in endlichen Entfernungen annehmen, so müssen wir ein Zwischenmittel, das die Agentien A_1, A_2 umgiebt, einführen. Es sei $\Sigma\frac{\mu_1 v_1^2}{2}$ die Summe der lebendigen Kräfte aller Theilchen des Zwischenmittels und Π_1 die potentielle Energie desselben. Indem wir zu einem solchen, aus den Agentien A_1, A_2 und dem Zwischenmittel bestehenden System das Princip der lebendigen Kraft anwenden, erhalten wir

$$\frac{\varkappa_1 v_1^2}{2} + \frac{\varkappa_2 v_2^2}{2} + \Pi + \Sigma\frac{\mu_1 v_1^2}{2} + \Pi_1 = c \tag{51}$$

Da die Centra A_1 und A_2 (unserer Annahme zufolge) aufeinander nicht unmittelbar wirken, ist $\Pi=0$, folglich

$$\frac{\varkappa_1 v_1^2}{2} + \frac{\varkappa_2 v_2^2}{2} + \Sigma\frac{\mu_1 v_1^2}{2} + \Pi_1 = c. \tag{52}$$

Indem wir diese Gleichung mit 50) vergleichen, erhalten wir

$$\Pi = \Sigma\frac{\mu_1 v_1^2}{2} + \Pi_1, \tag{53}$$

d. h. die potentielle Energie zweier in endlichen Entfernungen wechselwirkender Agentien aufeinander ist gleich der Summe der kinetischen und potentiellen Energie des Zwischenmittels.

Diese Folgerung kann noch einfacher formulirt werden, wenn wir die Frage beantworten: Ist die Entwickelung der potentiellen Energie möglich bei der Wechselwirkung in *unendlich kleinen Entfernungen* zweier Agentien, die von einem Zwischenmittel *nicht* umgeben sind?

Denken wir uns, dass die Centra A_1, A_2 sich im Anfange in endlichen Entfernungen voneinander befänden, so dass keine Wechselwirkung zwischen ihnen möglich wäre. Es sei die Summe ihrer lebendigen Kräfte gleich $\frac{w_0^2}{2}$. Wollen wir annehmen, dass bei ihren weiteren Bewegungen die Centra unendlich nahe aneinander vorbeigehen. In diesem Augenblicke findet eine Wechselwirkung statt. Dann gehen sie weiter auseinander, ohne eine Kraft aufeinander auszuüben, da sie nach unserer Annahme von keinem Zwischenmittel umgeben sind. Nach dem Gesetze der *Erhaltung der Energie* muss die Summe der lebendigen Kräfte und der potentiellen Energie im Augenblicke der Wechselwirkung der Centra in unendlich kleinen Entfernungen der Grösse $\frac{w_0^2}{2}$ gleich sein. Wenn wir die Summe der lebendigen

Kräfte für dieses Moment durch $\frac{w_1^2}{2}$ und die potentielle Energie durch p_1 bezeichnen, so haben wir

54) $$\frac{w_0^2}{2} = \frac{w_1^2}{2} + p_1.$$

Ich bemerke, dass die Möglichkeit der Umwandlung der potentiellen Energie in die lebendige Kraft immer existiren muss. Diese Möglichkeit wird nach der herrschenden Meinung durch den sogenannten Spannungszustand der Kräfte bedingt; sie existirt folglich nur, soweit zwischen den Agentien Kräfte wirken, welche im Allgemeinen unendlich klein sein können, aber doch immer existiren müssen.

In unserem Falle aber, wegen der Nichtexistenz eines Mittels zwischen den sich voneinander entfernenden Centren, existirt keine Wechselwirkung mehr. Die potentielle Energie p_1 kann daher niemals in eine lebendige Kraft umgewandelt werden. Es stellt also hier die Grösse p_1 keine potentielle Energie mehr vor, sondern einen Verlust der lebendigen Kraft, der niemals wieder hergestellt wird. Wir haben es hier mit einem Verluste der Energie, der dem Gesetze ihrer Erhaltung widerspricht, zu thun; wir müssen daher annehmen, dass $p_1 = 0$.

Es folgt hieraus, dass die Wechselwirkung zweier Agentien, die von keinem Zwischenmittel umgeben sind, nicht die Summe ihrer lebendigen Kräfte ändert.

Wir kommen also zu einem allgemeinen Princip:

Die Möglichkeit der Entwickelung der potentiellen Energie bei irgend einer Wechselwirkung in beliebiger Entfernung wird durch das Dasein eines Mittels zwischen den wechselwirkenden Agentien bedingt.

Kehren wir jetzt wieder zu dem Ausdrucke 53) zurück. Wenn das von uns im Anfange dieses Paragraphen eingeführte Zwischenmittel von einem andern durchdrungen wird, so haben wir nach dem oben bewiesenen Princip $\Pi_1 = 0$, folglich aus 53)

55) $$\Pi = \Sigma \frac{\mu_1 v_1^2}{2},$$

und der Ausdruck 52) wird in den folgenden umgewandelt:

56) $$\frac{\varkappa_1 v_1^2}{2} + \frac{\varkappa_2 v_2^2}{2} + \Sigma \frac{\mu_1 v_1^2}{2} = c.$$

Diese Gleichung führt uns zu folgenden Schlüssen:

1. Die potentielle Energie der Agentien A_1, A_2 ist nichts Anderes, als die lebendige Kraft der Bewegungen der Theilchen des Zwischenmittels.

2. Die potentielle Energie des Zwischenmittels ist nichts Anderes, als die lebendige Kraft der Bewegungen der Agentien A_1, A_2.

3. Die Wechselwirkung besteht in der gegenseitigen Umwandlung der lebendigen Kräfte der Agentien A_1, A_2 und des Zwischenmittels.

§ 13.

Wir können zu der oben bewiesenen Bedeutung der potentiellen Energie noch durch eine logische Analyse der herrschenden Ideen über die potentielle Energie kommen.

Die Idee des Princips der Erhaltung der Energie besteht darin, dass in der Natur neben einer Erscheinung, deren Intensität abnimmt, eine andere, deren Intensität in demselben Masse zunimmt, entstehen muss; wenn die letztere Erscheinung nicht angezeigt oder verneint wird, so wird das mit der Annahme gleichbedeutend, dass es möglich ist, die Energie aus Nichts zu schaffen, was ein physikalischer Unsinn ist. Wollen wir das Gesetz der Erhaltung der Energie mit dem Princip der Erhaltung der lebendigen Kraft vergleichen. Das Letztere drückt die Umwandelbarkeit der kinetischen Energie in die potentielle aus. Die kinetische Energie ist das Mass der Intensität einer reellen Erscheinung — der Bewegung. Nun wollen wir sehen: was für eine reelle Erscheinung wird der potentiellen Energie entsprechen? In der Wissenschaft finden wir bis jetzt nur die einzige Antwort: die potentielle Energie stellt die Intensität einer rellen Erscheinung, der Arbeit der Kräfte, dar.

Kann aber z. B. die Arbeit der centralen Kräfte diejenige reelle Erscheinung sein, welche mit dem Verschwinden der lebendigen Kraft der Centra zunimmt und, so zu sagen, diese lebendige Kraft überlebt?

Es ist leicht einzusehen, dass die Idee der Arbeit unvermeidlich mit der Idee irgendwelcher Veränderung verbunden ist. Ich kann von der Arbeit der Kräfte nur so lange sprechen, als der Angriffspunkt dieser Kräfte in Bewegung begriffen ist. Sobald er ruht, giebt es keine Arbeit mehr. Die Annahme aber, dass die Arbeit existirt wie eine reelle Erscheinung, welche die Energie aufgespeichert enthält, nachdem die ganze lebendige Kraft verschwunden ist und die Centra ruhen, ist unmöglich, denn im Augenblicke der Ruhe kann man nicht die Existenz Desjenigen annehmen, welches nur während der Bewegung existiren kann.

Man könnte noch annehmen, dass die verschwundene lebendige Kraft in Form eines Vorrathes in dem Spannungszustande der Kräfte, die zwischen den Centren wirken, verborgen sei. Abgesehen von der vollständigen Unbestimmtheit dieser Voraussetzung, genügt es, zu erinnern, dass im Falle zweier sich anziehenden Centren ihre kinetische Energie, mithin auch die Spannung der zwischen ihnen wirkenden Kräfte, mit der Entfernung gleichzeitig immer kleiner wird.

Die einzige Antwort, welche allen Forderungen einer physikalischen Lösung entspricht, besteht in der Annahme der Umwandlung der lebendigen Kraft der wechselwirkenden Agentien in die lebendige Kraft der Theilchen des sie umgebenden Zwischenmittels, welches die Wechselwirkungen

§ 14.

Die vorhergehenden Ergebnisse können verallgemeinert werden. Ein System gleichnamiger Agentien, welches von der übrigen Natur ausgeschieden ist, werde ich ein einfaches Mittel nennen.

Ein zusammengesetztes Mittel wird durch mehrere einfache, einander durchdringende Mittel gebildet.

Die Wechselwirkung der Elemente eines einfachen, unbegrenzten Mittels ändert nicht die Summe ihrer lebendigen Kräfte. Unter dem Worte „lebendige Kraft" verstehe ich die lebendige Kraft aller Formen von Bewegungen, welche in dem Mittel für den gegebenen Augenblick existiren.

Als ein Beispiel eines einfachen Mittels können die vollkommenen Gase dienen. In Bezug auf gewisse Bewegungsformen, z. B. für Schwingungen, spielt ein unbegrenztes, elastisches Mittel die Rolle eines einfachen Mittels.

Die Elemente, aus denen die einfachen Mittel zusammengesetzt sind, können einen sehr complicirten Bau haben. Ein materielles Theilchen z. B. besteht aus Molekülen und die letzteren aus Atomen. Alle Theile eines und desselben Elements können sich auf sehr verschiedene Arten bewegen und die lebendige Kraft kann von den einen Formen der Bewegungen auf die anderen, die sich im Experimente nicht offenbaren, übergehen, was zu einer Täuschung führen kann, welche in der Voraussetzung besteht, dass die lebendige Kraft eines einfachen Mittels sich in die potentielle Energie umwandelt. Eine ähnliche Täuschung äussert sich bei der Zusammenstellung der Gleichung der lebendigen Kraft für Gase, wie sie in der Mechanik abgeleitet wird, mit den Ergebnissen der dynamischen Theorie der Gase.

Die Körper der Natur sind meistens zusammengesetzte oder einfache Mittel, die von einem oder mehreren in dem Weltraume ergossenen einfachen Mitteln durchdrungen sind.

§ 15.

Die vorhergehenden Schlüsse führen zu folgendem Ausdrucke des Gesetzes der Erhaltung der Energie:

a) Jede Aenderung in der Grösse der lebendigen Kraft wird durch ihren Uebergang von den Theilchen des einen Mittels auf die Theilchen des andern, oder von den einen Bewegungsformen auf die anderen bedingt.

b) Ein gegebenes Quantum der lebendigen Kraft bleibt sich immer gleich bei jedem Wechsel der Erscheinungen.

c) Die Summe der lebendigen Kräfte in der Natur bleibt unverändert.

V.

Ueber die Steiner'sche Hypocycloide mit drei Rückkehrpunkten.

Von

MILINOWSKI,
Gymnasiallehrer in Tilsit.

(Hierzu Tafel I, Fig. 1—6.)

Im zweiten Heft des 17. Jahrgangs dieser Zeitschrift hat Dr. Kiepert die meisten der von Steiner im 53. Bande des Crelle'schen Journals mitgetheilten Sätze über eine gemeine Hypocycloide mit 3 Rückkehrpunkten abgeleitet, indem er die Enveloppe der Geraden μs bestimmt, wenn sich 2 Punkte μ und s auf einem Kreise in entgegengesetzter Richtung bewegen, und zwar der eine doppelt so schnell, als der andere. Steiner selbst hat die Eigenschaften jener Curve aus den Eigenschaften des Dreiecks und des Kreises abgeleitet und es ist wohl nicht ohne Interesse, dem Gedankengange des grossen Geometers folgend, aus den elementaren Beziehungen zwischen Dreieck und Kreis die angegebenen Sätze zu entwickeln. Bevor dies aber geschieht, sollen jene Sätze für einen beliebigen Kegelschnitt allein mit den Hilfsmitteln, welche die Geometrie der Lage bietet, bewiesen werden.

Auf einem Kegelschnitte K sei P ein beliebiger Punkt; es seien qr zwei durch P gezogene Gerade, welche K in Q und R schneiden, und endlich sei g eine beliebige Gerade. Welche Curve wird dann von allen Geraden eingehüllt, deren Schnittpunkte mit q und r harmonisch durch die mit g und K getrennt werden? Durch einen festen Punkt X sei x ein variabler Strahl, welcher g in Y schneidet. Das Büschel $X(Y\ldots)$ ist in perspectivischer Lage mit dem Büschel $P(Y\ldots)$, und wenn PZ der Strahl ist, welcher q und r von PY harmonisch trennt, so ist auch $P(Z\ldots)$ in projectivischer Beziehung mit $X(Y\ldots)$. Der von beiden Büscheln erzeugte Kegelschnitt schneidet K

haben also die Eigenschaft, dass ihre Schnittpunkte mit q und r durch die mit K und g harmonisch getrennt werden. Gerade von dieser Eigenschaft lassen sich daher durch jeden Punkt nur drei ziehen und daher werden alle Gerade von dieser Eigenschaft von einer Curve C_3 der dritten Classe eingehüllt. — Wählt man X auf g, zieht PX und PZ, welches q und r von PX harmonisch trennt, so schneidet PZ den Kegelschnitt K ineinem Punkte M, und es ist XM die einzige Tangente, welche von X an C_3 gezogen werden kann. Daraus lässt sich schliessen, dass g eine Doppeltangente von C_3 ist. Da also C_3 von der vierten Ordnung ist, so mag es mit C_3^4 bezeichnet werden.

Zunächst sollen die gemeinschaftlichen Tangenten von K und C_3^4 aufgesucht werden. Ist X ein Punkt von K, x die Tangente in ihm, welche qr in $\mathfrak{Q}\,\mathfrak{R}$ schneidet, ist Y der Punkt, welcher X von $\mathfrak{Q}\,\mathfrak{R}$ harmonisch trennt, so entspricht jedem Punkt X ein Strahl PY und umgekehrt. Bei der Veränderung von X stehen also die Punkte $X\ldots$ zu den Tangenten $x\ldots$ und auch zu den Strahlen $P(Y\ldots)$ in projectivischer Beziehung. Das Strahlenbüschel $P(Y\ldots)$ erzeugt mit dem Tangentenbüschel $K(x\ldots)$ eine Curve dritter Ordnung, die P zum Doppelpunkt hat und die Gerade g in 3 Punkten $Y'\ Y''\ Y'''$ schneidet. Sind PX', PX'', PX''' die drei Strahlen, welche q und r von PY', PY'', PY''' harmonisch trennen und $X'\ X''\ X'''$ ihre Schnittpunkte mit K, so sind $X'\,Y'$, $X''\,Y''$, $X'''\,Y'''$ die einzigen Tangenten, welche K und C_3^4 gemeinschaftlich haben. Da im Allgemeinen zwei Curven dritter und zweiter Classe 6 gemeinschaftliche Tangenten haben, so fallen in jeder der obigen drei Tangenten je zwei zusammen und es müssen sich die Curven in $X'\ X''\ X'''$ berühren.

Auch auf folgendem Wege lässt sich das erreichte Resultat ableiten. Ist X ein beliebiger Punkt von g, PZ der Strahl, welcher q und r von PX harmonisch trennt, und gleichzeitig Z sein Schnittpunkt mit K, dann ist bei der Veränderung von X auf g das Büschel $P(X\ldots)$ in projectivischer Beziehung mit $P(Z\ldots)$ und dasselbe gilt daher auch von den Punktreihen $g(X\ldots)$ und $K(Z\ldots)$. Die Enveloppe der Verbindungslinien entsprechender Punkte ist aber eine Curve dritter Classe, welche g doppelt und K dreifach berührt.

1. Wir folgern daher: „Alle Geraden, deren Schnittpunkte mit q und r durch die mit g und K harmonisch getrennt werden, werden von einer Curve dritter Classe eingehüllt, die g doppelt und K dreifach berührt."

Die Eigenschaften dieser Curve, allerdings für einen besondern Fall, ergeben sich unmittelbar aus einigen Sätzen über das geradlinige Dreieck. Der besondere Fall ist derjenige, dass die Gerade QR durch den Pol von g bezüglich K geht.

Fig. 1. Ist ABC ein Dreieck, sind P_1 und P_2 beliebige Punkte, so ziehe man durch sie nach den Ecken Transversalen, welche die Seiten in

harmonischen Gegenpunkte $A'_2 B'_2 C'_2$ bezüglich der Ecken des Dreiecks, dann liegen dieselben in einer Geraden g. Man betrachte $ABCP_1$ als die Grundpunkte eines Kegelschnittbüschels, dann liegen die conjugirten Punkte zu den Punkten von g in Bezug auf das Büschel auf einem Kegelschnitt K, der durch die drei Diagonalpunkte $A_1 B_1 C_1$ des Vierecks $ABCP_1$ geht. Der Schnittpunkt A'_2 von g und BC hat als conjugirten Punkt A_2, also geht K durch A_2 und auch durch $B_2 C_2$. Bezeichnet man noch die Schnittpunkte von AP_1, BP_1, CP_1 mit K und g mit α und $\mathfrak{A}$, β und $\mathfrak{B}$, γ und $\mathfrak{C}$, so sind diese drei Punktpaare conjugirt in Bezug auf das Kegelschnittbüschel. Es gehört nämlich das Geradenpaar (AP_1, BC) zu den Kegelschnitten desselben und daher muss der conjugirte Punkt zu $\mathfrak{A}$ auf AP_1 liegen, also der Schnittpunkt von AP_1 mit K sein. Zu den Kegelschnitten des Büschels gehört aber auch das Geradenpaar (BP_1, AC) und daher sind die Punkte $\mathfrak{A}$ und α durch A und P_1 harmonisch getrennt. Wenn man zu den Punkten $A_1 B_1 C_1$ bezüglich der Ecken die harmonischen Gegenpunkte $A'_1 B'_1 C'_1$ bestimmen würde, so erhielte man eine neue Gerade g', auf welcher die drei letzten Punkte liegen. Die conjugirten Punkte zu den Punkten von g' bezüglich eines Kegelschnittbüschels mit den Grundpunkten $ABCP_2$ liegen auf demselben Kegelschnitt K, weil er auch durch die Punkte $A_1 B_1 C_1 A_2 B_2 C_2$ geht; der Kegelschnitt K aber trennt auch die Paare A und P_2, B und P_2, C und P_2 harmonisch von der Geraden g'. — Die Linie $B_2 C_2$ schneidet g in A'_2; ferner treffen sich die Geraden $B_2 C_2$ und $A_2 C_1$ in E, $B_2 C_1$ und $A_2 C_2$ in F. Dann ist der Büschel $C_1(BCA_2A'_2)$ harmonisch, und ebenso wegen des Vierecks $A_2 B_2 C_2 C_1$ der Büschel $E\,(A_2 B_2 F C'_2)$ oder $E\,(FC'_2 A_2 A'_2)$; beide Büschel haben zwei zusammenfallende Strahlen $C_1 A_2$ und EA_2 und daher liegen die Schnittpunkte der übrigen in einer Geraden. Einer dieser Schnittpunkte ist A'_2; $C_1 B$ und EC'_2 schneiden sich in C'_2, $C_1 C$ und EF in einem Punkt C''_2, dann liegen also $A'_2 C'_2 C''_2$ in der Geraden g, d. h. C''_2 fällt mit $\mathfrak{C}$ zusammen. Wegen des Vierseits $ABCP_1$ schliesst man, dass die Punkte $A'_2 \mathfrak{A}\, B'_2 \mathfrak{B}\, C'_2 \mathfrak{C}$ die Punktpaare einer Involution sind. Im Punkt C'_2 schneiden sich die Geraden $A_2 B_2$ und $C_1 C_2$; die Schnittpunkte der Verbindungslinien dieser Punkte sind zwei Punkte der Polare von C'_2 bezüglich K, also ist EF diese Polare und da sie durch $\mathfrak{C}$ geht, so folgt, dass $\mathfrak{C}$ auf der Polare von C'_2 liegt. Ferner folgt, dass die drei Geraden $A'_2\mathfrak{A}$, $B'_2\mathfrak{B}$, $C'_2\mathfrak{C}$ sich in einem Punkt Π, dem Pol von g schneiden. Weil C'_2 und $\mathfrak{C}$ conjugirte Punkte in Bezug auf K sind, so liegt der Schnittpunkt γ von $C_1\mathfrak{C}$ mit K in einer Geraden mit C_2 und Π, daraus folgt, dass die drei Geraden $A_2\alpha$, $B_2\beta$, $C_2\gamma$ sich im Pol Π der Geraden g schneiden. Daher:

2. „Zieht man durch die Ecken ABC eines Dreiecks und zwei Punkte P_1 und P_2 Transversalen, welche die Seiten in $A_1 B_1 C_1 A_2 B_2 C_2$ schneiden, so liegen die harmonischen Gegenpunkte derselben in Bezug auf die Ecken auf 2 Geraden g und g'. Die sechs Fusspunkte liegen auf einem

monisch von g' und die Punkte A und P_2, B und P_2, C und P_2 harmonisch von g trennt. Sind $\alpha\beta\gamma$ und $\alpha'\beta'\gamma'$ diese Trennungspunkte, so schneiden sich αA_2, βB_2, γC_2 im Pol Π von g, $\alpha' A_1$, $\beta' B_1$, $\gamma' C_1$ im Pol Π' von g' bezüglich K."

Es seien $A_1 B_1 C_1$ drei Punkte eines Kegelschnitts K, Π ein beliebiger Punkt. Alle Strahlen, welche durch die Seiten $A_1 B_1$ und $A_1 C_1$ harmonisch getrennt werden, bilden eine Involution; ebenso bilden die Strahlen von A_1 nach den Schnittpunkten von K mit den Strahlen des Strahlenbüschels in Π eine Involution. Beide Involutionen haben ein gemeinschaftliches Strahlenpaar, welches K in α und A_2 schneiden mag. Auf gleiche Weise erhält man in B_1 ein solches Strahlenpaar, welches K in β und B_2 schneidet; es liegen also α und A_2 sowohl, als β und B_2 in gerader Linie mit Π. Die in A_1 und B_1 erhaltenen Strahlenpaare sind durch die Seiten des Dreiecks $A_1 B_1 C_1$ harmonisch getrennt und da die harmonischen Büschel in A_1 und B_1 den Strahl $A_1 B_1$ gemeinschaftlich haben, so liegen die Schnittpunkte C_1, C, P der übrigen in einer Geraden. Endlich geht der Strahl, welcher $C_1 A_1$ und $C_1 B_1$ von $C_1 P$ harmonisch trennt durch die Schnittpunkte B und C von $A_1 C$ mit $B_1 P$ und $B_1 C$ mit $A_1 P$, so dass man ein Dreieck ABC erhält. Ist g die Polare von Π bezüglich K, so muss nach dem vorigen Satz das Strahlenpaar $C_1 A$, $C_1 P$ den Kegelschnitt K in zwei Punkten C_2 und γ schneiden, welche in gerader Linie mit Π liegen. In dem erhaltenen Dreieck ABC werden sowohl die Seiten AB, BC, AC als die Abschnitte AP, BP, CP durch K und g harmonisch getheilt. Aus Allem ergiebt sich der Satz:

3. „Sind $A_1 B_1 C_1$ drei beliebige Punkte eines Kegelschnitts K und man zieht durch die Ecken des Dreiecks $A_1 B_1 C_1$ solche Strahlen, welche durch die Seiten harmonisch getrennt sind und deren Schnittpunkte αA_2, βB_2, γC_2 mit K in einer geraden Linie mit einem Punkt Π liegen, so schneiden sich diese Strahlen zu je drei in vier Punkten $ABCP$. Dadurch entstehen vier Dreiecke ABC, ABP, CBP, ACP, deren Seiten durch K und die Polare g von Π harmonisch getrennt werden."

In Bezug auf einen Kegelschnitt K seien Π und g Pol und Polare. Durch einen Punkt C_1 auf K ziehe man zwei Gerade $C_1 \gamma$ und $C_1 C_2$, so dass ihre Schnittpunkte γ und C_2 mit K in einer Geraden mit Π liegen. Zieht man nun 2 Strahlen, die durch $C_1 \gamma$ und $C_1 C_2$ harmonisch getrennt sind und K in A_1 und B_1 schneiden, dann schneiden sich die Strahlenpaare in A_1 und B_1, welche durch $A_1 B_1$ und $A_1 C_1$, $B_1 A_1$ und $B_1 C_1$ harmonisch getrennt sind und K in solchen Punkten α und A_2, β und B_2 schneiden, dass αA_2 und βB_2 sich in Π treffen, in zwei Punkten A und B auf $C_1 C_2$ und in zwei anderen C und P auf $C_1 \gamma$, so dass A und B durch C_2 und g, C und P durch γ und g harmonisch getrennt werden. Ebenso werden die Schnittpunkte von $A_1 A$, $A_1 B$, $B_1 A$, $B_1 B$ mit $C_1 C_2$ und $C_1 \gamma$ durch K und g harmonisch getrennt. Bei der Veränderung von A_1 und B_1 erhalten wir lauter solche Gerade, deren Schnittpunkte mit $C_1 C_2$ und $C_1 \gamma$ durch g und K harmonisch getrennt werden. Alle diese Geraden werden also von einer Curve C_3^4 der dritten Classe und vierten Ordnung eingehüllt, welche g zur Doppeltangente hat und auch $C_1\gamma$ und $C_1 C_2$ berührt. Die sechs Tangenten, welche zu einer Gruppe $A_1 B_1 C_1$ gehören, haben die Eigenschaft, dass jede von ihnen durch K und g von ihren Schnittpunkten mit jedem der Tangentenpaare aus A_1, B_1 oder C_1 harmonisch getrennt wird. Also kann man, da eine Curve dritter Classe vierter Ordnung durch sechs Tangenten und die Doppeltangente bestimmt ist, jedes der Tangentenpaare, auch wenn A_1 und B_1 sich ändern, benutzen, um dieselbe Curve dritter Classe herzustellen, indem man alle Linien aufsucht, deren Schnittpunkte mit diesem Tangentenpaare harmonisch durch K und g getrennt sind. Aus Allem lässt sich folgern:

4. „Ist qr ein Linienpaar, dessen Scheitel P auf einem Kegelschnitt K liegt, dessen andere Schnittpunkte SS_1 mit K in gerader Linie mit einem bestimmten Punkt Π liegen, so werden alle Geraden, deren Schnittpunkte mit q und r harmonisch durch K und die Polare g von Π getrennt werden, von einer Curve C_3^4 dritter Classe vierter Ordnung eingehüllt, die g zur Doppeltangente und q und r zu einfachen Tangenten hat. Von jedem Punkt P' von K lassen sich drei Tangenten $q'r's'$ an C_3^4 ziehen, von denen zwei K in solchen Punkten $S'S'_1$ schneiden, dass die Gerade $S'S'_1$ durch Π geht. Wenn je zwei solche Tangenten ein Tangentenpaar genannt werden, so wird jedes Tangentenpaar von irgend einer Tangente in solchen zwei Punkten geschnitten, dass sie durch g und K harmonisch getrennt werden. — Die Curve C_3^4 berührt den Kegelschnitt K in drei Punkten."

Letzteres folgt aus Satz 1; doch lässt es sich auch dadurch beweisen, dass man zeigt, wie die Curve C_3^4 als Enveloppe der Verbindungslinien entsprechender Punkte einer Punktreihe und einer zu ihr projectivischen Punktinvolution auf K betrachtet werden kann. Die drei Punkte der Involution, die mit ihren entsprechenden in der projectivischen Punktreihe zusammenfallen, sind die Berührungspunkte von K mit C_3^4. Jedem Punkt A_1 entspricht ein Punktpaar αA_2 einer Involution und umgekehrt. Denn ist $X_1 X_2$ ein Punktpaar der Involution auf AB, welche durch die Schnittpunkte mit den einzelnen Tangentenpaaren erzeugt wird, so ist bei der Veränderung von $X_1 X_2$ das Büschel $\alpha(X_1 \ldots X_2 \ldots)$ in projectivischer Beziehung mit dem Büschel $A(X_2 \ldots X_1 \ldots)$. Beide Büschel erzeugen einen Kegelschnitt, der K in α, A_2, C_2 und noch einem vierten Punkt schneidet. Bezeichnen wir ihn mit X, so treffen die Strahlen $X\alpha$ und XA_2 die Linie AB in einem Punktpaar der Involution $X_1 X_2$ und bilden daher ein Tangentenpaar; also fällt X mit A_1 zusammen. Die Punktreihe $A_1 \ldots$ ist also in projectivischer Beziehung mit der Involution $A_2\alpha \ldots$ und die Verbindungslinien entsprechender Punkte werden von der Curve C_3^4 eingehüllt, die daher auch K dreifach berührt.

Wenn der Punkt A_1 (Fig. 1) dem Punkt C_1 unendlich nahe rückt, so wird auch die Tangente $A_1 A$ unendlich benachbart der Tangente $C_1 A$ sein, und der Schnittpunkt A wird der Berührungspunkt der Tangente $C_1 A$ oder $A_1 A$ sein. Da aber A von P durch α und die Doppeltangente g harmonisch getrennt wird, in unserem Fall aber P mit C_1, α mit C_2 zusammenfällt, so schliessen wir:

5. „Der Berührungspunkt auf einer Tangente t irgend eines Tangentenpaares wird erhalten, wenn man denjenigen Punkt A sucht, der den Scheitel C_1 der Tangente t, welcher auf K liegt, von ihren Schnittpunkten mit K und der Doppeltangente harmonisch trennt."

Fig. 2. Der Scheitel eines Tangentenpaares qr sei P, die Tangenten schneiden K in SS_1, die Gerade SS_1 geht durch den Pol Π der Doppeltangente g. Es seien UU_1 die Schnittpunkte von qr mit g und TT_1 seien die Punkte auf qr, welche P von SU, resp. $S_1 U_1$ harmonisch trennen, also die Berührungspunkte auf q und r. Da also $PTSU$ und $PT_1 S_1 U_1$ je vier harmonische Punkte sind, so schneiden sich TT_1, SS_1, UU_1 in einem Punkt N. Von dem harmonischen Büschel $N(PTSU)$ wird die Gerade $P\Pi$ in harmonischen Punkten geschnitten. Wenn die Schnittpunkte $(NT, P\Pi)$ mit X und $(NU, P\Pi)$ mit V bezeichnet werden, so sind $PX\Pi V$ vier harmonische Punkte; wenn Q der Schnittpunkt von $P\Pi$ mit K ist, so sind auch $PQ\Pi V$ vier harmonische Punkte, weil V auf der Polare von g von Π liegt, also muss X mit Q zusammenfallen, d. h. die Verbindungslinie TT_1 der Berührungspunkte schneidet K im Schnittpunkt von $P\Pi$ mit K. Die Punkte $SS_1 \Pi N$ sind auch harmonisch und daher wird der Büschel $P(SS_1 \Pi N)$ von TT_1 in harmonischen Punkten geschnitten und es sind $TT_1 QN$ vier harmonische Punkte. Es wird also TT_1 durch ein Tangentenpaar, durch K und die Doppeltangente harmonisch so getheilt, dass die Schnittpunkte mit dem Tangentenpaar zugeordnete sind, und daher ist TT_1 selbst eine Tangente der Curve, d. h.:

6. „Die Verbindungslinie der Berührungspunkte auf den Tangenten eines Paares ist selbst eine Tangente."

Der zweite Schnittpunkt von TT_1 heisst Q_1, dann lässt sich nachweisen, dass PQ_1 auch eine Tangente von C_3^4 ist. Denn denkt man sich in Q_1 die zweite Tangente des Paares, dessen eine Tangente TT_1 ist, so müssen beide die Tangenten PS und PS_1 in solchen Punkten schneiden, welche durch g und K harmonisch getrennt sind. Da dies aber die Geraden $Q_1 T$ und $Q_1 P$ thun, so sind sie auch die Tangenten eines Paares. Daraus folgt folgende Construction der einzelnen Tangentenpaare:

7. „Wenn die eine Tangente eines Paares mit dem Scheitel P den Kegelschnitt K in S trifft, so construire man den Punkt T, durch welchen P von g und K harmonisch getrennt wird, ziehe $P\Pi$ bis zum Schnittpunkt Q mit K, ferner TQ, bis es K zum zweiten Mal in Q_1 schneidet, und endlich $Q_1 P$, so sind $Q_1 T$ und $Q_1 P$ wieder die Tangenten eines Paares."

Die erhaltenen Resultate lassen sich auch in folgenden Satz zusammenfassen:

8. „Zieht man durch irgend einen Punkt P in der Ebene eines Dreiecks ABC die Transversalen AA_1, BB_1, CC_1, so hat die Curve C_3^4 dritter Classe mit einer Doppeltangente g, welche die drei Seiten AB, BC, AC und die drei Transversalen AA_1, BB_1, CC_1 berührt, die Eigenschaft, dass jede ihrer Tangenten durch die Tangentenpaare A_1A und A_1B, B_1B und B_1A, C_1C und C_1A in Punktpaaren einer Involution geschnitten wird, deren Doppelpunkte die Schnittpunkte mit der Doppeltangente g und mit dem Polarkegelschnitt K von g in Bezug auf ein Kegelschnittbüschel mit den Grundpunkten $A_1B_1C_1P$ sind. Aus jedem Punkt von K lassen sich drei Tangenten an C_3^4 ziehen, von denen zwei bei der Veränderung des Punktes den Kegelschnitt K in Punktpaaren einer Involution schneiden. Das Involutionscentrum ist der Pol der Doppeltangente in Bezug auf K. Jedes Tangentenpaar wird von jeder Tangente in zwei Punkten geschnitten, die durch g und K harmonisch getrennt sind. — Die Curve C_3^4 berührt K in drei Punkten."

Wählt man zum Punkt P den Schnittpunkt der drei Mittellinien und zur Geraden g die unendlich entfernte Gerade, so folgt:

8a. „Die Curve dritter Classe, welche die drei Seiten eines Dreiecks und seine drei Mittellinien berührt und die unendlich entfernte Gerade zur Doppeltangente hat, berührt die Ellipse E, welche die drei Seiten in ihren Halbirungspunkten berührt, auch in diesen. Sind $\alpha\beta\gamma$ die Schnittpunkte der Mittellinien mit der Ellipse E, so erhält man in ihnen die Tangentenpaare, indem man durch den Mittelpunkt der Ellipse Parallelen zu den Seiten zieht, und α mit den Schnittpunkten von E und der Parallelen zu BC, β mit denen von E und der Parallelen zu AC, γ mit denen von E und der Parallelen zu AB verbindet. Sind $\alpha'\alpha''$, $\beta'\beta''$, $\gamma'\gamma''$ jene Schnittpunkte und schneiden die Tangenten $\alpha\alpha'$ und $\alpha\alpha''$ die Seite BC in α'_1 und α''_1, $\beta\beta'$ und $\beta\beta''$ die Seite AC in β'_1 und β''_1, $\gamma\gamma'$ und $\gamma\gamma''$ die Seite AB in γ'_1 und γ''_1, so sind diese Punkte die Berührungspunkte auf jenen Tangenten. Wenn man jede der Mittellinien um ihren dritten Theil über die Ecke hinaus verlängert, so sind die Endpunkte der Verlängerungen die drei Rückkehrpunkte der Curve. Denn sind $A_1B_1C_1$ die Halbirungspunkte der Seiten, ist A'_1 ein dem A_1 sehr nahe liegender Punkt, so ist das Stück einer jeden von A'_1 zu ziehenden Tangente, welches Sehne von E ist, kleiner als der Durchmesser, also auch das Stück von A'_1 bis zum Berührungspunkt, den man erhält, wenn man die Sehne um sich selbst verlängert, kleiner als das entsprechende auf der Mittellinie."

Die eben besprochene Curve C_3^4 dritter Classe vierter Ordnung kann man auch als Cayley'sche Curve einer Curve dritter Ordnung entstehen

Cayley'schen Curve. Es seien $\mathfrak{K}_0\mathfrak{K}_1\mathfrak{K}_2$ drei Kegelschnitte von der besonderen Lage, dass die Polarkegelschnitte einer Geraden g bezüglich der drei Büschel $(\mathfrak{K}_0\mathfrak{K}_1)$, $(\mathfrak{K}_1\mathfrak{K}_2)$ und $(\mathfrak{K}_2\mathfrak{K}_0)$ in einen Kegelschnitt K zusammenfallen, dann ist der Polarkegelschnitt von g in Bezug auf irgend eines der Büschel, welche in dem durch die drei Kegelschnitte $\mathfrak{K}_0\mathfrak{K}_1\mathfrak{K}_2$ bestimmten Netz enthalten sind, derselbe Kegelschnitt K, oder mit anderen Worten: die Tripelcurve des Netzes $(\mathfrak{K}_0\mathfrak{K}_1\mathfrak{K}_2)$ besteht aus der Geraden g und dem Kegelschnitt K. Letzterer enthält bezüglich aller Büschel des Netzes die conjugirten Punkte zu den Punkten von g, und da die Punktreihe auf g mit der Punktreihe der conjugirten Punkte auf K in projectivischer Beziehung steht, so ist die Enveloppe der Verbindungslinien entsprechender Punkte eine Curve C_3^4 dritter Classe, welche g als Doppeltangente hat. Die Cayley'sche Curve eines Netzes ist aber auch die Enveloppe aller im Netz vorkommenden Geradenpaare, welche zu den Kegelschnitten desselben gehören. Nennen wir daher die vier Grundpunkte irgend eines Kegelschnittbüschels des Netzes $ABCP$ und die Diagonalpunkte des durch diese vier Punkte bestimmten vollständigen Vierseits $A_1B_1C_1$, so berührt C_3^4 die sechs Geraden AB, BC, AC, CC_1, AA_1, BB_1, welche man auch als die drei Seiten eines Dreiecks und die drei durch einen Punkt P nach den Ecken gezogenen Tranversalen betrachten kann. Solcher sechs zusammengehörigen Tangentengruppen giebt es unzählig viele und daher auch unendlich viele Gruppen $ABCP$, $A'B'C'P'\ldots$; die Diagonalpunkte der durch diese vier Punkte bestimmten vollständigen Vierseite $A_1B_1C_1$, $A'_1B'_1C'_1\ldots$ liegen auf dem Kegelschnitt K und dieser trennt die Punkte AB, BC, AC, CP, AP, BP, $A'B'$, $B'C'$, $C'A'$, $C'P'$, $A'P'$, $B'P'\ldots$ harmonisch von g. Die Doppelpunkte der im Netz vorkommenden Geradenpaare sind die Punkte $A_1B_1C_1$, $A'_1B'_1C'_1\ldots$ und liegen auf K; die Geraden eines Paares nennen wir ein Tangentenpaar oder correspondirende Tangenten der Curve C_3^4. Da alle Kegelschnitte des Netzes von jeder Geraden eines Geradenpaares in den Punktpaaren einer Involution geschnitten werden, deren Doppelpunkte auf K und g liegen, da ferner die Tangentenpaare zu den Kegelschnitten des Netzes gehören, so folgt, dass das Stück einer Tangente zwischen einem Tangentenpaar durch K und g harmonisch getheilt wird. Sind A_1 und A'_1 zwei unendlich benachbarte Punkte von K, so werden auch die von ihnen ausgehenden Tangentenpaare unendlich benachbart sein und der Schnittpunkt zweier unendlich benachbarten Tangenten wird als der Berührungspunkt einer jeden mit C_3^4 angesehen werden können; dieser trennt aber nach dem eben erhaltenen Resultat A_1 von g und K harmonisch. — Auch noch auf folgende Art lässt sich dieses Resultat erhalten. Der Tripelcurve (K, g) lassen sich unzählig viele vollständige Vierecke einschreiben, deren gegenüberliegende Ecken conjugirte Punktpaare der Curve sind; es sei $PQP'Q'P''Q''$ ein solches Viereck, so dass die drei Punkte $PP'P''$ auf

Q unendlich nahe an Q' rückt, so wird der Schnittpunkt von PQ und $P'Q'$ der Berührungspunkt von PQ mit der Curve C_3^4 sein. Dieser wird aber, wegen der Eigenschaften des vollständigen Vierecks, durch den Schnittpunkt Q'' von PQ' und $P'Q$, welcher in diesem Grenzfalle auch auf K liegt, von P und Q harmonisch getrennt. Es wird also die Verbindungslinie PQ zweier conjugirter Punkte der Tripelcurve durch diese und den Berührungspunkt harmonisch getheilt. — Aus der Entstehung der Curve C_3^4 folgt, dass sie den Kegelschnitt K in drei Punkten berührt; die Berührungspunkte seien $P_0 P'_0 P''_0$, die Tangenten in ihnen treffen die Gerade g in drei Punkten $Q_0 Q'_0 Q''_0$, welche nach der Analogie bei einem allgemeinen Netz drei Wendepunkte der Curve (K, g) sind. Die harmonischen Polaren derselben oder, was hier gleichbedeutend ist, ihre Polaren in Bezug auf K, schneiden sich in einem Punkt Π und sind Rückkehrtangenten von C_3^4; sie gehen durch die drei Berührungspunkte $P_0 P'_0 P''_0$ von K und C_3^4; die Rückkehrpunkte von C_3^4 trennen auf jenen Polaren die Punkte $P_0 P'_0 P''_0$ harmonisch von K und g.

Unter den Kegelschnitten des Netzes giebt es solche, die sich berühren; dann hat man statt der vier Grundpunkte $ABCP$ eines Büschels deren nur drei, in denen zwei von ihnen, etwa C und P zusammenfallen. Dann ist C der Doppelpunkt eines Geradenpaares (CA, CB) des Kegelschnittnetzes und liegt daher auf K, so dass wir schliessen können, dass, wenn zwei Kegelschnitte des Netzes sich berühren, der Berührungspunkt auf K liegt. Die Geraden CA und CB bilden ein Tangentenpaar von C_3^4. Eigentlich haben wir von A aus die beiden Tangenten AC und AP, die einander unendlich nahe liegen; also ist A der Berührungspunkt von CA mit C_3^4 und B der von CB mit C_3^4; da aber AB selbst Tangente von C_3^4 ist, so folgt, dass die Verbindungslinien der Berührungspunkte auf den Tangenten eines Paares wieder eine Tangente von C_3^4 ist. — Daraus ergiebt sich, dass die Schnittpunkte der Tangenten eines Paares mit K und der Pol Π von g bezüglich K, der Schnittpunkt der drei Rückkehrtangenten, in einer Geraden liegen. Ist nämlich (Fig. 2) P der Scheitel eines Tangentenpaares, sind SS_1 dessen Schnittpunkte mit K, UU_1 die Schnittpunkte mit g, TT_1 die Berührungspunkte, so sind $PTUS$ und $PT_1U_1S_1$ je vier harmonische Punkte, also schneiden sich TT_1, UU_1, SS_1 in einem Punkt N; sind ΠNSS_1 vier harmonische Punkte und zieht man $P\Pi$, welche Linie die Gerade TT_1 in Q schneiden mag, so sind $NQTT_1$ vier harmonische Punkte, wegen des harmonischen Büschels $P(N\Pi SS_1)$; da aber TT_1 durch g und K harmonisch getrennt wird, weil es ein Stück einer Tangente ist, das von einem Tangentenpaar begrenzt wird, und da N auf g liegt, so muss Q auf K liegen. Die Punkte P und Q werden aber durch die Strahlen $N\Pi$ und NU_1 harmonisch getrennt und daraus folgt, dass Π und g Pol und Polare in Bezug auf K sind. — Ziehen wir in den Punkten, in welchen g von den Kegelschnitten irgend eines der

umhüllen dieselben eine Curve K_3^4 dritter Classe mit der Doppeltangente g, die ausserdem den Polarkegelschnitt von g bezüglich dieses Büschels in drei Punkten berührt. Zu den Tangenten von K_3^4 gehören auch die Geraden der drei im Büschel vorkommenden Geradenpaare, daher fällt K_3^4 mit C_3^4 zusammen. Welches Büschel des Kegelschnittnetzes man auch wählt, die Tangenten in den Schnittpunkten der Kegelschnitte desselben mit g umhüllen stets dieselbe Curve C_3^4. Die Berührungspunkte von C_3^4 mit der Doppeltangente g sind die Doppelpunkte der Involution, in welcher g von den Kegelschnitten eines Büschels getroffen wird; daraus folgt, dass die Gerade g von allen Kegelschnittbüscheln in derselben Involution getroffen wird, dass ferner in jedem Kegelschnittbüschel des Netzes zwei Kegelschnitte vorhanden sind, welche zwei andere in einem andern Büschel in den Berührungspunkten der Doppeltangente berühren. — Sind also EF irgend zwei Punkte, welche diese Berührungspunkte harmonisch trennen, so giebt es in jedem Büschel einen Kegelschnitt, also unendlich viele Kegelschnitte, welche durch E und F gehen und sich in diesen Punkten doppelt berühren, also bilden alle diese Kegelschnitte ein Büschel und die gemeinschaftlichen Tangenten in E und F ein Tangentenpaar.

9. „Sind $\mathfrak{K}_0\mathfrak{K}_1\mathfrak{K}_2$ drei Kegelschnitte von der Beschaffenheit, dass die Polarkegelschnitte einer Geraden g bezüglich der Büschel $(\mathfrak{K}_0\mathfrak{K}_1)$, $(\mathfrak{K}_1\mathfrak{K}_2)$, $(\mathfrak{K}_2\mathfrak{K}_0)$ zusammenfallen, so besteht die Tripelcurve des Netzes $(\mathfrak{K}_0\mathfrak{K}_1\mathfrak{K}_2)$ aus der Geraden g und einem Kegelschnitt K. Die Cayley'sche Curve des Netzes ist eine Curve C_3^4 dritter Classe mit der Doppeltangente g und berührt K in drei Punkten; durch diese gehen die drei Rückkehrtangenten und schneiden sich im Pol Π von g bezüglich K. Durch jeden Punkt P von K lassen sich drei Tangenten ziehen, erstens die Verbindungslinie von P mit seinem conjugirten Punkt Q, dann die beiden Geraden durch P, welche einen Kegelschnitt des Netzes bilden. Auf PQ trennt der Berührungspunkt diese Punkte von K harmonisch; auf jeder der beiden anderen Tangenten trennen die Berührungspunkte P von K und g harmonisch und ihre Verbindungslinie ist wieder eine Tangente von C_3^4. Die Tangenten eines Paares schneiden K in zwei Punkten, welche mit dem Pol Π von g bezüglich K in einer Geraden liegen. — Unter den Kegelschnitten des Netzes giebt es unendlich viele, welche sich doppelt in zwei Punkten von g berühren; die gemeinschaftlichen Tangenten in diesen Punkten bilden stets ein Tangentenpaar von C_3^4 und schneiden sich also auf K; es giebt unendlich viele andere Kegelschnitte des Netzes, die sich berühren; die Berührungspunkte liegen auf K oder in den Berührungspunkten von C_3^4 mit der Doppeltangente, so dass diese von allen Kegelschnitten des Netzes in den Punktpaaren einer Involution geschnitten wird. — Jedes Stück einer Tangente zwischen den Tangenten eines Paares oder welches Sehne eines Kegelschnittes des Netzes ist, wird

Wenn ABC die Ecken eines Dreiecks mit den Seiten abc, und $A''B''C''$ drei beliebige Punkte sind, wenn ferner u eine veränderliche Gerade ist, welche die Seiten abc in den veränderlichen Punkten XYZ schneidet, so kann man sich die Frage stellen: Giebt es solche Gerade u, dass die Geraden $A''X$, $B''Y$, $C''Z$ sich in einem Punkt Q schneiden, welche Curve haben sie als Enveloppe und welche Curve durchläuft Q?

Ist P irgend ein Punkt und schneidet eine veränderliche Gerade u durch P die Seiten in XYZ, so sind die Punktreihen $a(X\ldots)$, $b(Y\ldots)$, $c(Z\ldots)$ in perspectivischer Beziehung und daher sind die Strahlenbüschel $A''(X\ldots)$, $B''(Y\ldots)$, $C''(Z\ldots)$ in projectivischer Beziehung. Daher erzeugen die beiden ersten einen Kegelschnitt $[XY]$, die beiden letzten einen Kegelschnitt $[YZ]$. Beide Kegelschnitte treffen sich ausser in B'' noch in drei Punkten QQ_1Q_2. Jeder dieser Punkte, z. B. Q, hat die Eigenschaft, dass die drei Geraden $A''Q$, $B''Q$, $C''Q$ die Seiten abc in drei Punkten einer Geraden treffen, welche durch P geht. Da also durch jeden Punkt P drei Gerade von der verlangten Eigenschaft sich ziehen lassen, so werden alle solche Geraden von einer Curve $C_3{}^4$ der dritten Classe eingehüllt. — Wenn der Punkt P sich auf einer festen Geraden p bewegt, so werden, falls er sie vollständig durchläuft, alle Tangenten der Curve C_3 und daher auch alle Punkte Q erhalten. Die Gerade p schneide die Seiten abc in den Punkten MNO und die Linien $A''M$ und $B''N$ treffen sich in R, $B''N$ und $C''O$ in S. Jedem Punkt P von p entsprechen zwei Kegelschnitte $[XY]$ und $[YZ]$; alle Kegelschnitte $[XY]$ schneiden sich in den vier Punkten $A''B''CR$, alle $[YZ]$ in $B''C''AS$; beziehen wir je zwei Kegelschnitte aufeinander, welche demselben Punkte P entsprechen, so erhalten wir zwei projectivische Kegelschnittbüschel; sie erzeugen eine Curve C^4 der vierten Ordnung. — Rückt der Punkt P nach N, so zerfallen die ihm entsprechenden Kegelschnitte $[XY]$ und $[YZ]$ in Geradenpaare, von welchen der eine Theil die Gerade $B''N$ ist. Daher zerfällt die Curve vierter Ordnung in die Gerade $B''N$ und in eine Curve C^3 dritter Ordnung. Letztere geht durch die Ecken ABC und durch die drei Punkte $A''B''C''$ und enthält alle Punkte Q. Es folgt:

10. „Alle Geraden u, welche die Seiten abc in solchen Punkten XYZ schneiden, dass die Verbindungsgeraden $A''X$, $B''Y$, $C''Z$ sich in einem Punkt Q treffen, werden von einer Curve C_3 dritter Classe eingehüllt; alle Punkte Q liegen auf einer Curve $C_3{}^4$ dritter Ordnung."

Fig. 3. Diesen allgemeinen Satz wollen wir auf einen speciellen Fall anwenden. Es sollen nämlich die Punkte $A''B''C''$ auf einer Geraden g liegen und mit den Schnittpunkten $A'B'C'$ der Seiten abc mit g sechs Punkte in Involution sein, so dass $A'A''$, $B'B''$, $C'C''$ einander zugeordnet sind. In den projectivischen Kegelschnittbüscheln entsprechen sich dann noch die Geradenpaare $(A''B'', CR)$ und $(B''C'', AS)$, also zerfällt die Curve dritter Ordnung in die Gerade g oder $A''B''C''$ und einen Kegelschnitt K, der

$C''B$, 𝔅 von $A''C$ und $C''A$, ℭ von $A''B$ und $B''A$ geht, denn diese gehören zu den Punkten Q. — Bezeichnet man die harmonischen Gegenpunkte von $A'B'C'$ mit $\alpha\beta\gamma$ in Bezug auf die Ecken des Dreiecks, so geht $\alpha\beta$ durch C', $\beta\gamma$ durch A', $\gamma\alpha$ durch B'. Da g also die Seiten des Dreiecks $\alpha\beta\gamma$ in $A'B'C'$ schneidet und $A''B''C''$ mit jenen drei Punkten in Involution sind, so müssen sich $A''\alpha$, $B''\beta$, $C''\gamma$ in einem Punkt Π schneiden. Die harmonischen Büschel $B''(AC\beta B')$ und $C''(AB\gamma C')$ haben g als gemeinsamen Strahl, folglich liegen die Schnittpunkte der übrigen, A, 𝔄, Π in einer Geraden. Daher muss die Gerade A𝔄 durch Π gehen und dasselbe folgt für die Geraden B𝔅 und Cℭ, und es ist g die Polare von Π in Bezug auf K, daher muss 𝔄𝔅 durch C', 𝔅ℭ durch A', ℭ𝔄 durch B' gehen und die Punkte $A'A''$, $B'B''$, $C'C''$ sind conjugirt in Bezug auf K. — Verbindet man einen veränderlichen Punkt Q von K mit $A''B''C''$, so liegen die Schnittpunkte der Verbindungsgeraden mit abc in einer veränderlichen Geraden, welche von einer Curve C_3 dritter Classe eingehüllt wird, die auch die Seiten abc und die drei Geraden CC'', BB'', AA'', die sich übrigens in einem Punkt schneiden müssen, berührt und g zur Doppeltangente hat. Denn ist U ein beliebiger Punkt von g, so zerfallen die ihm entsprechenden Kegelschnitte $[XY]$ und $[YZ]$ in Geradenpaare, von denen g der eine Theil ist. Die anderen Theile u' und u'' schneiden sich in einem Punkt und die Verbindungsgerade desselben mit U ist die einzige von U an C_3 mögliche Tangente; also ist g Doppeltangente. — Bei der Veränderung von U auf g beschreiben alle u' einen Strahlenbüschel mit dem Scheitel C, alle u'' einen solchen mit dem Scheitel A; die beiden Büschel sind projectivisch und erzeugen ebenfalls den Kegelschnitt K. Aus dieser Entstehungsart von K lässt sich noch klarer als vorhin erkennen, dass die Punkte 𝔄𝔅ℭ auf K liegen. Denn ist U der Schnittpunkt von AB mit g, so sind die entsprechenden Kegelschnitte $[XY]$ und $[YZ]$ die Geradenpaare (g, Cℭ) und (g, AB''); die Theile Cℭ und AB'' schneiden sich aber in ℭ. — Die Curve C_3^4 dritter Classe vierter Ordnung, die g zur Doppeltangente hat und die drei Seiten abc und die drei durch einen Punkt gehenden Transversalen CC'', BB'', AA'' berührt, muss also die in den Sätzen 5, 6, 7, 8 angeführten Eigenschaften haben. Aus Allem folgt:

11. „Zieht man durch einen Punkt P in der Ebene eines Dreiecks ABC mit den Seiten abc die drei Transversalen abc, schneidet die Seiten und Transversalen durch eine Gerade g in den Punkten $A'B'C'A''B''C''$, so werden alle Geraden, welche abc in solchen Punkten XYZ schneiden, dass $A''X$, $B''Y$, $C''Z$ sich in einem Punkt Q treffen, von einer Curve C_3^4 dritter Classe vierter Ordnung eingehüllt. Diese hat g zur Doppeltangente und berührt die Seiten abc und die Transversalen $a_1b_1c_1$. Von ihr gelten die Sätze 5, 6, 7, 8. Alle Punkte Q liegen auf einem Kegelschnitt K, in Bezug auf welchen $A'A''$, $B'B''$, $C'C''$ conjugirte Punkte sind."

Umgekehrt:

12. „Ist einem Kegelschnitt K ein Dreieck ABC mit den Seiten abc eingeschrieben und schneidet eine Gerade g die Seiten in $A'B'C'$, sind $A''B''C''$ die den letzten Punkten bezüglich K conjugirten Punkte auf g, so schneiden die Verbindungsgeraden von $A''B''C''$ mit einem Punkt Q von K die Seiten abc in drei Punkten einer Geraden. Alle diese Geraden haben als Enveloppe eine Curve dritter Classe vierter Ordnung."

Von speciellen Fällen des letzten Satzes seien folgende erwähnt:

13. „Ist E' die einem Dreieck ABC umschriebene Ellipse, welche den Schwerpunkt zum Mittelpunkt hat, ist Q ein veränderlicher Punkt auf ihr, sind abc die Seiten, $a_1 b_1 c_1$ die Mittellinien, so schneiden die Parallelen durch Q zu $a_1 b_1 c_1$ die Seiten abc in drei Punkten einer Geraden. Alle diese Geraden, die bei der Veränderung von Q entstehen, werden von einer Curve C_3^4 eingehüllt, welche $abc a_1 b_1 c_1$ berührt, die unendlich entfernte Gerade zur Doppeltangente hat und die concentrische Ellipse E, welche abc in ihren Halbirungspunkten berührt, auch in diesen berührt. Von ihr gelten die in 9 entwickelten Eigenschaften."

14. „Die drei Perpendikel, welche von einem Punkt Q des einem Dreieck umgeschriebenen Kreises auf die Seiten gefällt werden können, treffen diese in drei Punkten einer Geraden. Wenn Q den Kreis durchläuft, so bewegen sich alle entsprechenden Geraden auf einer Curve C_3^4 dritter Classe vierter Ordnung, welche die unendlich entfernte Gerade zur Doppeltangente hat, die drei Seiten des Dreiecks, seine drei Höhen und den Kreis, der durch die Fusspunkte derselben geht, dreifach berührt."

Auch von dieser Curve gelten die Sätze 5, 6, 7, 8, und es wären somit die von Steiner ohne Beweis mitgetheilten Eigenschaften entwickelt. Ohne Zweifel aber ist er auf einem andern Wege zu ihnen gelangt, denn er benutzt den Satz 14 als Ausgangspunkt und in der That lassen sich aus ihm mit Hilfe der elementaren Beziehungen zwischen Dreieck und Kreis jene Eigenschaften ohne Schwierigkeit entwickeln. Einen Beweis des Ausgangssatzes findet man im ersten Theil der Steiner'schen Vorlesungen, herausgegeben von Geiser und Schroeter. — Die Seiten eines Dreiecks ABC (Fig. 4) seien abc; auf sie fälle man von ABC aus die Höhen AH_1, BH_2, CH_3 und beschreibe um ABC und $H_1 H_2 H_3$ die Kreise. Letzterer schneidet, wenn H der Höhenpunkt des Dreiecks, die Abschnitte AH, BH, CH in den Mitten $\mathfrak{H}_1 \mathfrak{H}_2 \mathfrak{H}_3$ und auch die Seiten abc in ihren Halbirungspunkten $\alpha\beta\gamma$ und heisst deshalb der Mittenkreis. Sein Mittelpunkt heisse M; er liegt mit dem Mittelpunkt O des dem Dreieck ABC umgeschriebenen Kreises und dem Höhenpunkt H auf einer Geraden und halbirt die Strecke OH. Verlängert man die Höhen bis zum nochmaligen Durchschnitt mit dem Kreis um O in $A_1 B_1 C_1$, dann ist $HH_1 = A_1 H_1$, $HH_2 = B_1 H_2$, $HH_3 = C_1 H_3$, weil H der Aehnlichkeitspunkt der beiden Kreise ist und deren Radien im Ver-

Secante zwischen H und dem Kreis um O durch den Kreis um M halbirt. Die Schnittpunkte der aus ABC gefällten Höhen mit der unendlich entfernten Geraden g_∞ sollen mit $A_\infty B_\infty C_\infty$ bezeichnet werden. Ist nun P ein variabler Punkt auf dem Kreise K um O, sind xyz seine Perpendikel auf abc und XYZ deren Fusspunkte, so liegen diese auf einer Geraden p. Dass alle Geraden p eine Curve C_3^4 dritter Classe einhüllen, welche g_∞ zur Doppeltangente hat, folgt aus Früherem, lässt sich jedoch auch wie folgt ableiten. Dazu benutzen wir noch die von Steiner a. a. O. bewiesene Eigenschaft der Linie p, dass, wenn man die Perpendikel PX, PY, PZ über XYZ hinaus um sich selbst verlängert, die drei Endpunkte in einer neuen Geraden q liegen, welche durch H geht und parallel zu p ist. Wenn diese die Seiten abc in $\mathfrak{ABC}$ schneidet, dann liegen die Punkte $A_1\mathfrak{A}P$, $B_1\mathfrak{B}P$, $C_1\mathfrak{C}P$ je in einer Geraden. Das Perpendikel z treffe verlängert K noch in P'; sind dann $x'y'z'$ die von P' auf die Seiten abc herabgelassenen Perpendikel und $X'Y'Z'$ ihre Fusspunkte, so liegen diese in einer neuen Geraden p', welcher eine parallele Gerade q' durch H entspricht. Letztere erhält man auch, wenn man P' mit A_1 verbindet und den Schnittpunkt $\mathfrak{A}'$ der Verbindungslinie mit der Seite a wieder mit H verbindet. Wenn P den Kreis K durchläuft, so erhält man in H die Strahlenpaare $qq'q_1q_1'q_2q_2'\ldots$, welche die Seite a in $\mathfrak{A}\mathfrak{A}'\mathfrak{A}_1\mathfrak{A}'_1\mathfrak{A}_2\mathfrak{A}'_2\ldots$ schneiden mögen. Es liegen dann die Punkte $A_1\mathfrak{A}P$, $A_1\mathfrak{A}'P'$, $A_1\mathfrak{A}_1P_1$, $A_1\mathfrak{A}'_1P'_1$, $A_1\mathfrak{A}_2P_2$, $A_1\mathfrak{A}'_2P'_2\ldots$ je in einer Geraden; da aber die Geraden PP', $P_1P'_1$, $P_2P'_2\ldots$ sich in C_∞ schneiden, so bilden die Punkte PP', $P_1P'_1$, $P_2P'_2\ldots$ eine Involution; also sind auch die Strahlen $A_1(\mathfrak{A}\mathfrak{A}'\mathfrak{A}_1\mathfrak{A}'_1\mathfrak{A}_2\mathfrak{A}'_2\ldots)$ und $H(\mathfrak{A}\mathfrak{A}'\mathfrak{A}_1\mathfrak{A}'_1\mathfrak{A}_2\mathfrak{A}'_2\ldots)$ oder $H(qq'q_1q'_1q_2q'_2\ldots)$ in Involution. Von ihnen wird die Gerade g_∞ in einer Punktinvolution geschnitten, die zur Punktreihe $ZZ_1Z_2\ldots$ auf c in projectivischer Beziehung stehen muss. Die Verbindungslinien der entsprechenden Punkte sind aber die Geraden $pp'p_1p'_1p_2p'_2\ldots$ und diese werden daher von einer Curve C_3^4 dritter Classe eingehüllt, welche g_∞ zur Doppeltangente hat und die Seite c berührt. Ebenso weist man nach, dass C_3^4 auch die Seiten a und b berührt. Rückt P in eine der Ecken des Dreiecks, so findet man, dass die von dieser Ecke gefällte Höhe auch eine Tangente von C_3^4 ist.

Durch P ziehe man den Durchmesser $P\mathfrak{P}$ im Kreis um O, so entspricht jedem der beiden Punkte P und $\mathfrak{P}$ eine Gerade p und $\mathfrak{p}$; man verbinde beide Punkte mit A_1, und bezeichne die Schnittpunkte der Verbindungslinien und der Seite a mit α und $\mathfrak{a}$, so sind $A_1\alpha$ und $A_1\mathfrak{a}$ aufeinander senkrecht, also auch $H\alpha$ und $H\mathfrak{a}$; denn $\triangle\alpha\mathfrak{a}A_1 \cong \triangle\alpha\mathfrak{a}H$. Da aber p und $\mathfrak{p}$ den Linien $H\alpha$ und $H\mathfrak{a}$ parallel sind, so sind auch p und $\mathfrak{p}$ aufeinander senkrecht. Die Gerade PH schneide p in R, so muss R auch auf dem Mittenkreis $\mathfrak{K}$ liegen; ebenso liegt der Schnittpunkt $\mathfrak{R}$ von $\mathfrak{P}H$ mit $\mathfrak{p}$ auf $\mathfrak{K}$ und die Gerade $R\mathfrak{R}$ muss durch den Mittelpunkt M desselben gehen. Die durch R und $\mathfrak{R}$ gehenden Geraden p und $\mathfrak{p}$ müssen sich also auf $\mathfrak{K}$ in einem Punkt S schneiden. Jedem Durchmesser $R\mathfrak{R}$ entspricht also ein rechtwinkliges Tangentenpaar

SR und $S\mathfrak{R}$. Die Punktinvolution $(R\mathfrak{R}\ldots)$ ist aber in projectivischer Beziehung mit der Punktreihe $(S\ldots)$; die Verbindungslinien entsprechender Punkte werden aber von C_3^4 eingehüllt. — Zu einem Punkte S lassen sich die beiden rechtwinkligen Tangenten leicht dadurch bestimmen, dass man auf c von γ aus die Strecke γS nach beiden Seiten bis Z und $\mathfrak{Z}$ abschneidet und SZ und $S\mathfrak{Z}$ zieht. Dies sind dann die rechtwinkligen Tangenten. Denn schneiden die Linien SR und $S\mathfrak{R}$ die Seite c in Z und $\mathfrak{Z}$, so müssen PZ und $\mathfrak{P}\mathfrak{Z}$ auf c senkrecht stehen, und aus congruenten Dreiecken folgt dann $\gamma Z = \gamma \mathfrak{Z}$. Aus dieser Entstehung von C_3^4 erkennen wir, dass diese Curve den Mittenkreis $\mathfrak{K}$ in drei Punkten berührt. Es folgt:

15. „Die Enveloppe der Geraden p ist eine Curve dritter Classe C_3^4, die man erhält als Erzeugniss einer Punktreihe auf einer Seite und einer zu ihr projectivischen Punktinvolution auf der unendlich entfernten Geraden oder als Erzeugniss einer Punktreihe auf $\mathfrak{K}$ und einer zu ihr projectivischen Involution auf $\mathfrak{K}$. Deshalb berührt C_3^4 die Seiten des Dreiecks, hat g_∞ zur Doppeltangente und berührt $\mathfrak{K}$ in drei Punkten."

Die zum Punkte P auf K gehörende Tangente p erhält man auch, wenn man PZ senkrecht auf c fällt, den Schnittpunkt R von PH mit $\mathfrak{K}$ bestimmt und RZ zieht. Diese Linie mag die Höhe CH_3 in Q schneiden, dann ist $\triangle HRQ \cong PZR$ und deshalb ist $RZ = RQ$ und auch $PZ = HQ$. Die durch die Höhenfusspunkte gehenden Seiten und Höhen bilden drei rechtwinklige Tangentenpaare. Jedes wird von einer beliebigen Tangente in zwei Punkten geschnitten, deren Entfernung durch den Mittenkreis $\mathfrak{K}$ halbirt wird. Hieraus folgen die neuen Bestimmungsarten von C_3^4.

16. „Die Curve C_3^4 ist die Enveloppe aller Geraden, welche die Seiten und Höhen des Dreiecks in einer solchen Involution schneiden, dass die Doppelpunkte derselben auf dem Mittenkreise $\mathfrak{K}$ und auf g_∞ liegen, wenn je zwei Schnittpunkte der Geraden mit einer Seite und ihrer Höhe als zugeordnete betrachtet werden. – Oder: Alle Geraden, deren Schnittpunkte mit einer Seite und ihrer Höhe harmonisch durch die Schnittpunkte mit $\mathfrak{K}$ und g_∞ getheilt werden, werden von C_3^4 eingehüllt. — Oder: Ist P ein variabler Punkt von K, PZ seine Senkrechte auf c, und macht man von H aus $HQ = PZ$, indem man PZ auf dem nach der Seite zu liegenden Abschnitte HH_3 abträgt, so ist die Enveloppe der Geraden QZ die Curve C_3^4."

Die beiden rechtwinkligen Tangenten in S schneiden $\mathfrak{K}$ in R und $\mathfrak{R}$. SR trifft OH_3 in Q und AB in Z, und es ist $RZ = RQ = RH_3$, weil ZQH_3 ein rechtwinkliges Dreieck ist. Durch S ziehe man eine Parallele zu H_2H_3, welche $\mathfrak{K}$ in E schneidet, und durch Z eine Parallele ZF auch zu H_2H_3, und verbinde noch S mit H_1, dann ist

$$\sphericalangle RZH_3 = FZH_3 - FZR \text{ und } \sphericalangle RH_3Z = H_1H_3R - H_1H_3Z,$$

ferner

$$\sphericalangle RZH_3 = RH_3Z$$

wegen des gleichschenkligen Dreiecks RZH_3, und

$$\sphericalangle FZH_3 = H_1 H_3 B,$$

weil die Geraden $H_1 H_3$ und $H_2 H_3$ mit AB gleiche Winkel bilden, also ist auch

$$\sphericalangle FZR = H_1 H_3 R'.$$

Da aber $\sphericalangle FZR = ESR$ als Wechselwinkel zwischen Parallelen, so ist auch

$$\sphericalangle ESR = H_1 H_3 R',$$

also

$$\sphericalangle ESR + H_1 H_3 R = 180^0, \; H_1 H_3 R = H_1 SR,$$

also auch

$$\sphericalangle ESR + H_1 SR = 180^0.$$

In Worten:

17. „Zieht man in einem Punkte S die beiden rechtwinkligen Tangenten, verbindet S mit dem einen Höhenfusspunkte H_1 und zieht zur Verbindungslinie $H_2 H_3$ der beiden anderen Höhenfusspunkte durch S eine Parallele, so werden die Winkel, welche letztere mit SH_1 bildet, durch die beiden rechtwinkligen Tangenten halbirt."

Natürlich kann statt H_1 jeder der beiden anderen Höhenfusspunkte H_2 oder H_3 genommen werden, dann tritt $H_1 H_3$ oder $H_1 H_2$ für $H_2 H_3$ ein. Dieser Satz liefert eine neue Construction einer Curve dritter Classe:

18. „Ist H_1 ein beliebiger Punkt eines Kegelschnittes $\mathfrak{K}$, l eine beliebige Gerade, S ein veränderlicher Punkt von $\mathfrak{K}$, verbindet man S mit H_1 und zieht durch S zu l eine Parallele SE, so werden die Halbirungslinien der Winkel, welche die beiden letzten Linien SH_1 und SE bilden, von einer Curve dritter Classe eingehüllt."

(Fig. 5.) Wird für l die Gerade $H_2 H_3$ gewählt, so erhält man die Curve C_3^4. — Sind auf die angegebene Weise in S und S', zwei beliebigen Punkten von $\mathfrak{K}$, die rechtwinkligen Tangenten SR und $S\mathfrak{R}$, $S'R'$ und $S'\mathfrak{R}'$ construirt, sind T und U die Schnittpunkte von SR mit $S'R'$ und $S'\mathfrak{R}'$, ferner SE, $S'E'$, TV Parallelen zu $H_2 H_3$, dann ist

$$\sphericalangle H_1 SR = RSE = RTV = H_1 S'R, \; \sphericalangle VTS' = TS'E' = TS'H_1,$$

also auch

$$RTV - VTS' = RS'H_1 - H_1 S'T \text{ oder } \sphericalangle RTS' = TS'R.$$

Also ist $RT = RS'$, und da $TS'U$ ein rechter Winkel ist, so ist auch $RT = RU$, d. h.:

19. „Das Stück irgend einer Tangente von C_3^4, welches zwischen zwei rechtwinkligen Tangenten liegt, wird durch den Mittenkreis halbirt."

Lässt man den Punkt S dem Punkte S' unendlich nahe rücken, so geht der vorige Satz über in folgenden:

20. „Sind SR und $S\mathfrak{R}$ zwei rechtwinklige Tangenten aus einem Punkte S von $\mathfrak{K}$, R und $\mathfrak{R}$ ihre Schnittpunkte mit $\mathfrak{K}$, verlängert man beide um sich selbst bis R_1 und $\mathfrak{R}_1$, so sind diese Punkte die Berührungspunkte jeder Tangente mit C_3^4."

(Fig. 6.) Die Gerade $R_1 \mathfrak{R}_1$ schneide $\mathfrak{K}$ in zwei Punkten Q und Q_1; da $QQ_1 \| R\mathfrak{R}$, so muss die Gerade SM die Linie $R_1\mathfrak{R}_1$ im Halbirungspunkte $\mathfrak{Q}$ treffen; da ferner $SR:RR_1 = SM:M\mathfrak{Q}$, also $SM = M\mathfrak{Q}$ ist, so muss $\mathfrak{Q}$ auf $\mathfrak{K}$ liegen, also mit Q zusammenfallen. Deshalb steht SQ_1 senkrecht auf $R_1\mathfrak{R}_1$. Letztere ist aber eine Tangente von C_3^4, weil das Stück $R_1\mathfrak{R}_1$ derselben, welches zwischen zwei rechtwinkligen Tangenten liegt, durch $\mathfrak{K}$ in Q halbirt wird, also ist $Q_1 S$ die zu $R_1\mathfrak{R}_1$ gehörende rechtwinklige Tangente. Man erhält dieselbe, wenn man durch R den Durchmesser RM zieht und auf ihn von S aus eine Senkrechte fällt. Also:

21. „Die Verbindungslinie der Berührungspunkte auf zwei rechtwinkligen Tangenten ist auch eine Tangente. — Zieht man aus einem Punkte S eine der beiden rechtwinkligen Tangenten SR, dann den Durchmesser RM und endlich von S auf RM eine Senkrechte, die $\mathfrak{K}$ in Q_1 trifft, so ist $Q_1 S$ die eine Tangente des rechtwinkligen Paares in Q_1; man ziehe SM, fälle von Q_1 darauf eine Senkrechte, so ist diese wieder eine Tangente $Q_1 Q'_1$ etc."

Die Gerade $Q_1 M$ treffe $\mathfrak{K}$ noch in Q'; dann ist die Punktreihe $(SQ_1 Q'_1 \ldots)$ in projectivischer Beziehung zur Involution $(R\mathfrak{R}QSQ_1Q' \ldots)$. Die Verbindungslinien entsprechender Punkte sind Tangenten von C_3^4. Wenn S nach Q_1 und von Q_1 nach Q'_1 gelangt, so hat der dem S entsprechende Punkt $\mathfrak{R}$ sich nach S und von dort nach Q' bewegt; da aber Bog. $SQ_1 = 2$ Bog. SR, Bog. $Q_1 Q'_1 = 2$ Bog. SQ' ist, so folgt:

22. „Hat man auf einem Kreise $\mathfrak{K}$ zwei Punkte S und $\mathfrak{R}$, die sich in entgegengesetzter Richtung bewegen, und zwar der erste doppelt so schnell als der zweite, so werden alle Geraden $S\mathfrak{R}$ von der Curve C_3^4 eingehüllt."

Gelangt der Punkt S nach einem Höhenfusspunkte H_3, so kommt $\mathfrak{R}$ nach γ und dann müssen sie sich in einem Punkte W treffen, welcher den Bogen γH_3 im Verhältniss von $1:2$ theilt. Die Tangente in W an $\mathfrak{K}$ ist dann zugleich Tangente an C_3^4, und zwar muss W der Berührungspunkt sein, also berühren sich $\mathfrak{K}$ und C_3^4 in W und ausserdem in zwei Punkten U und V, welche die Bogen αH_1 und βH_2 im Verhältniss von $1:2$ theilen. Dass die Punkte UVW die Ecken eines gleichseitigen Dreiecks sind, folgt daraus, dass die Punkte S und $\mathfrak{R}$ sich mit gleichförmiger Geschwindigkeit bewegen.

Noch auf folgende Art lassen sich die Berührungspunkte der Curven $\mathfrak{K}$ und C_3^4 ermitteln. Es sind diejenigen Punkte UVW, in denen entsprechende der Punktreihe $S \ldots$ und der projectivischen Involution $R\mathfrak{R} \ldots$ zusammenfallen. Die Tangente in W an $\mathfrak{K}$ muss zugleich Tangente von C_3^4 sein; die zweite zu ihr rechtwinklige geht dann durch den Mittelpunkt M; die erste schneide γH_3 in G, die zweite in N (vergl. Fig. 4). Dann ist $\gamma N = \gamma G = \gamma W$, also $\triangle \gamma N W \sim \triangle \gamma M W$, und $\sphericalangle N\gamma W = \gamma M W$ oder Bogen $H_3 W$ doppelt so gross als γW.

Ferner ist $\sphericalangle O\gamma M = \gamma \mathfrak{H}_3 H_3 = B - A$, wenn mit ABC auch die Winkel des Dreiecks ABC bezeichnet werden, also $\gamma M H_3 = 2(B-A)$ und

$$\text{Bog.}\,\gamma W = \tfrac{2}{3}(B-A),\ \text{Bog.}\,\beta V = \tfrac{2}{3}(C-A),\ \text{Bog.}\,\alpha U = \tfrac{2}{3}(C-B).$$

Weiter ist

$$\begin{aligned}\text{Bog.}\,UW = \text{Bog.}\,(\alpha\gamma - \gamma W + \alpha U) &= 2B - \tfrac{2}{3}B + \tfrac{2}{3}A + \tfrac{2}{3}C - \tfrac{2}{3}B \\ &= \tfrac{2}{3}(A+B+C),\end{aligned}$$

also Bog. $UV = \frac{4}{3}R$ oder 120^0. Ebenso gross sind die Bogen VW und WU; das Dreieck UVW ist also gleichseitig. In Worten:

23. „Die Curve C_3^4 berührt $\mathfrak{K}$ in den Ecken UVW eines gleichseitigen Dreiecks, welche die Bogen αH_1, βH_2, γH_3 im Verhältniss von $1:2$ theilen."

Auf den Tangenten UM, VM, WM erhält man die Berührungspunkte $U'V'W'$, wenn man $UU' = VV' = WW'$ gleich dem doppelten Durchmesser des Kreises $\mathfrak{K}$ macht. Diese Tangenten sind also die längsten, die sich von irgend einem Punkte von $\mathfrak{K}$ ziehen lassen, also sind $U'V'W'$ die drei Rückkehrpunkte der Curve, also:

24. „Die Curve C_3^4 hat drei Rückkehrpunkte, welche die Schnittpunkte der Tangenten UM, VM, WM mit einem Kreise um M sind, dessen Radius dreimal so gross als der von $\mathfrak{K}$ ist."

Ist P ein variabler Punkt von g_∞, so ziehe man H_3P und suche durch H_3 denjenigen Strahl, welcher H_3P von H_3C und H_3A harmonisch trennt; wenn dieser $\mathfrak{K}$ noch in Q schneidet, so ist PQ eine Tangente von C_3^4; da die Punktreihen $(P\ldots)$ und $(Q\ldots)$ in projectivischer Beziehung sind, so folgt:

25. „Die Curve C_3^4 ist die Enveloppe entsprechender Punkte zweier projectivischen Punktreihen auf $\mathfrak{K}$ und g_∞." (Vgl. Schröter, Cr. Journ. Bd. 54.)

Da die Curve C_3^4 von der vierten Ordnung ist, so muss sie $\mathfrak{K}$ in acht Punkten schneiden; von diesen kennen wir sechs, nämlich die drei Berührungspunkte UVW. Aus der Entstehung der Curve als Enveloppe der entsprechenden Punkte einer projectivischen Punktreihe und einer zu ihr projectivischen Punktinvolution auf $\mathfrak{K}$ folgt, dass C_3^4 den Kegelschnitt $\mathfrak{K}$ in den beiden Punkten schneiden muss, welche den Doppelpunkten der Involution entsprechen. Da aber diese imaginär sind, nämlich die beiden imaginären Kreispunkte, so müssen auch jene imaginär, also auch die beiden imaginären Kreispunkte sein. Wir schliessen:

26. „Die Curve C_3^4 schneidet den Kreis $\mathfrak{K}$ in den beiden imaginären Kreispunkten."

Im Obigen ist auch eine Auflösung der Aufgabe, einen Winkel in drei gleiche Theile zu theilen, enthalten. Der gegebene Winkel sei (Fig. 4) $\gamma M H_3$. In γ und H_3 errichte man auf γH_3 zwei Senkrechte, ziehe durch M eine Gerade, welche jene beiden in O und H schneidet, ziehe um O mit einem Radius, der gleich $2\gamma M$ ist, einen Kreis, der γH_3 in A und B und γH in C schneiden mag. Dann ist der Kreis um M mit γM der zum Dreieck ABC gehörige Mittenkreis, der durch die Höhenfusspunkte $H_1 H_2 H_3$ und die Halbirungspunkte $\alpha\beta\gamma$ der Seiten geht. Die Höhen schneiden den Kreis um M in $\mathfrak{H}_1\mathfrak{H}_2\mathfrak{H}_3$; dann bestimmen die Punkte $H_1 H_2 H_3$ und die Punktpaare αH_1, βH_2, γH_3 die projectivische Beziehung zwischen einer Punktreihe und einer Punktinvolution auf dem Kreis um M und die Strahlenbüschel $\alpha(H_1 H_2 H_3 \ldots)$ und $H_1(\alpha\mathfrak{H}_1\,\beta\mathfrak{H}_2\,\gamma\mathfrak{H}_3\ldots)$ erzeugen einen Kegelschnitt, der durch H_1, aber nicht durch α geht und den Kreis um M in drei Punkten UVW schneidet. Einer von ihnen theilt den Bogen γH_3 im Verhältniss von 1:2.

Es seien H'_3A' und H'_3C', H'_2B' und H'_2A' irgend zwei rechtwinklige Tangentenpaare; es werde H'_3A' von den Tangenten des andern Paares in B' und A', H'_3C' in H' und C' geschnitten; dann sind $A'B'C'$ die Ecken eines Dreiecks, dessen Höhenpunkt H' ist, also stehen $A'H'$ und $B'C'$ auch aufeinander senkrecht; ihr Schnittpunkt sei H'_1. Die Punkte, in denen die zwischen dem Tangentenpaare H'_2B' und H'_2A' liegenden Stücke des ersten Paares halbirt werden, seien γ' und $\mathfrak{H}'_3$; ebenso seien β' und $\mathfrak{H}'_2$ die Punkte, in denen die zwischen den Tangenten des ersten Paares liegenden Stücke des zweiten Paares halbirt werden; dann müssen $H'_2H'_3\beta'\gamma'\mathfrak{H}'_2\mathfrak{H}'_3$ auf dem Kreise um M liegen; auf ihm muss also auch H'_1 liegen, denn der Kreis um M ist zugleich der Kreis der Höhenfusspunkte für das Dreieck $A'B'C'$, also ist auch H'_1A' und H'_1B' ein rechtwinkliges Tangentenpaar. Der dem Dreieck $A'B'C'$ umgeschriebene Kreis hat denselben Radius, wie der Kreis, welcher dem Dreieck ABC umschrieben ist. Es folgt hieraus:

27. „Die Tangenten gruppiren sich zu je sechs so, dass sie die Seiten und Höhen eines Dreiecks sind, dessen Mittenkreis der Kreis M ist. Oder: Sind h'_2b' und h'_3c' irgend zwei rechtwinklige Tangentenpaare und werden die Tangenten des ersten Paares von denen des zweiten in $B'H'$ und $A'C'$ geschnitten, so bilden die Geraden $A'H'$ und $B'C'$ ein neues rechtwinkliges Tangentenpaar h'_1a'."

Da $A'H'$ doppelt so gross ist, als die zu $A'H'$ parallele Mittelsenkrechte im $\triangle A'B'C'$, welche $B'C'$ in α' treffen mag; da ferner der Radius des dem Dreieck $A'B'C'$ umschriebenen Kreises gleich dem des Urkreises ist, so ist für alle solche Dreiecke, wenn mit O' der Mittelpunkt des umschriebenen Kreises und mit r sein Radius bezeichnet wird, die Summe der Quadrate

$$\overline{B'\alpha'}^2 + \overline{O'\alpha'}^2 = r^2 \text{ oder } \overline{B'C'}^2 + \overline{A'H'}^2 = 4r^2$$

constant. Nennt man vier solche zusammengehörige Punkte wie $ABCH$ oder $A'B'C'H'$ ein Quadrupel, so heisst das letzte Resultat:

28. „In jedem durch ein Quadrupel $A'B'C'H'$ bestimmten vollständigen Viereck ist die Summe der Quadrate der Gegenseiten

$$\overline{B'C'}^2 + \overline{A'H'}^2 = \overline{C'A'}^2 + \overline{B'H'}^2 = \overline{A'B'}^2 + \overline{C'H'}^2 = 4r^2.\text{“}$$

Bezeichnet man mit x den Radius des dem Dreieck $A'B'H'$ umschriebenen Kreises, so können wir den Flächeninhalt des Dreiecks ausdrücken durch

$$\frac{A'H'.B'H'.A'B'}{4x}\text{ und auch durch }\frac{H'H'_3.A'B'}{2},$$

und daraus folgt

$$x=\frac{A'H'.B'H'}{2H'H'_3}=\frac{2r.\cos B'A'C'.2r.\cos A'B'C'}{2.2r.\cos A'B'C'.\cos B'A'C'}=r.$$

Die den vier Dreiecken $A'B'C'$, $A'B'H'$, $B'C'H'$, $C'A'H'$ umschriebenen Kreise haben also denselben Radius; bezeichnen wir ihre Mittelpunkte mit $O'C'_1A_1B'_1$, so bilden sie die Ecken eines Vierecks, welches dem Viereck $H'C'A'B'$ congruent ist. Man erhält diese vier Punkte $O'A'_1B'_1C'_1$, indem man in den Halbirungspunkten der Seiten der Dreiecke $A'B'C'$, $A'B'H'$, $B'C'H'$, $C'A'H'$ Senkrechte errichtet und sie bis zum Durchschnitte verlängert. Es lassen sich dann die Vierecke $O'A'_1B'_1C'_1$ und $H'A'B'C'$ zur Deckung bringen; O' ist der Mittelpunkt des dem $\triangle A'B'C'$ umgeschriebenen Kreises und zugleich der Höhenpunkt des Dreiecks $A_1B'_1C'_1$; H' ist der Höhenpunkt des ersten Dreiecks und der Mittelpunkt des dem zweiten umgeschriebenen Kreises; M ist die Mitte von $O'H'$, daher schneiden sich in M die Geraden $C'C'_1$, $B'B'_1$, $A'A'_1$ und M ist daher der Mittelpunkt eines Kreises, der durch die Höhenfusspunkte in beiden Dreiecken geht. Die Seiten und Höhen des Dreiecks $A'_1B'_1C'_1$ bilden daher rechtwinklige Tangentenpaare einer der Curve C_3^4 congruenten, aber um 180^0 um M herumbewegten Curve $\mathfrak{C}_3^4$, die den Kreis um M in den Punkten $U_1V_1W_1$ berührt, welche den Berührungspunkten UVW von C_3^4 und dem Kreise M diametral gegenüberliegen.

29. „In jedem durch ein Quadrupel $A'B'C'H'$ bestimmten vollständigen Viereck sind die Radien der den Dreiecken $A'B'C'$, $A'B'H'$, $B'C'H'$, $C'A'H'$ umschriebenen Kreise einander gleich; ihre Mittelpunkte $O'C'_1A'_1B'_1$ sind die Ecken eines Vierecks, welches dem Viereck $H'A'B'C'$ congruent ist und so liegt, dass die Geraden $A'A'_1$, $B'B'_1$, $C'C'_1$, $O'H'$ sich im Mittelpunkte M schneiden; daher ist O' der Höhenpunkt des Dreiecks $A'_1B'_1C'_1$ und die Höhen und Seiten desselben sind Tangenten einer Curve $\mathfrak{C}_3^4$, welche der Curve C_3^4 congruent, aber um 180^0 gegen dieselbe um den Punkt M gedreht ist, so dass ihre Berührungspunkte $U_1V_1W_1$ mit dem Kreise um M die den Berührungspunkten UVW diametral gegenüberliegenden Punkte sind."

Es giebt unzählig viele Gruppen von drei rechtwinkligen Tangentenpaaren, derart, dass ihre vier Durchschnitte die Ecken und den Höhenpunkt eines Dreiecks bilden. Eines dieser Dreiecke sei $A'B'C'$, sein Höhenpunkt sei H'; durch die vier Punkte $A'B'C'H'$ lässt sich ein Büschel gleichseitiger Hyperbeln legen, deren Mittelpunkte auf einem Kreise liegen, welcher durch die drei Fusspunkte der Höhen des Dreiecks $A'B'C'$ geht (vgl. Steiner's Vorlesungen, herausgeg. von Schröter, Bd. II S. 234); dieser Kreis ist aber, wie vorher gezeigt, der durch die drei Fusspunkte der Höhen des Urdreiecks ABC gelegte Kreis mit dem Mittelpunkte M. Demnach erscheint jedes rechtwinklige Tangentenpaar als Asymptoten einer gleichseitigen Hyperbel, also, in Bezug auf das Dreieck ABC:

30. „Fällt man von einem Punkte P des einem Dreieck ABC umschriebenen Kreises die Perpendikel auf die drei Seiten, so ist die Gerade g, auf welcher die Fusspunkte jener Perpendikel liegen, Asymptote einer dem Dreieck ABC umschriebenen gleichseitigen Hyperbel, welche den einen Schnittpunkt von g mit dem Mittenkreise des Dreiecks ABC zum Mittelpunkt hat."

Wählen wir irgend drei, $\mathfrak{K}_0 \mathfrak{K}_1 \mathfrak{K}_2$, aus den unzählig vielen gleichseitigen Hyperbeln heraus, so ist der Polarkegelschnitt von g_∞ bezüglich der drei Büschel $(\mathfrak{K}_0 \mathfrak{K}_1)$, $(\mathfrak{K}_1 \mathfrak{K}_2)$, $(\mathfrak{K}_2 \mathfrak{K}_0)$ derselbe, nämlich der Mittenkreis des Dreiecks ABC mit dem Mittelpunkt M. Der Polarkegelschnitt ist auch der Ort der zu den Punkten von g_∞ conjugirten Punkte, also bilden die Gerade g_∞ und der Kreis M die Tripelcurve des durch die drei Kegelschnitte $\mathfrak{K}_0 \mathfrak{K}_1 \mathfrak{K}_2$ bestimmten Kegelschnittnetzes (vergl. Schroeter, Steiner's Vorlesungen, Bd. II § 62). — Die Punkte von g_∞ und die ihnen conjugirten auf dem Kreise M bilden zwei projectivische Punktreihen; verbindet man je zwei entsprechende Punkte, so ist die Enveloppe der Verbindungslinien eine Curve K_3^4 dritter Classe vierter Ordnung, welche den Kreis M dreifach und g_∞ doppelt berührt. Diese Curve K_3^4 hat den Namen Cayley'sche Curve des Netzes $(\mathfrak{K}_0 \mathfrak{K}_1 \mathfrak{K}_2)$; man erhält sie auch als Enveloppe der im Kegelschnittnetz vorkommenden Geradenpaare. Die Grundpunkte der drei Büschel $(\mathfrak{K}_0 \mathfrak{K}_1)$, $(\mathfrak{K}_1 \mathfrak{K}_2)$, $(\mathfrak{K}_2 \mathfrak{K}_0)$ bilden aber drei Quadrupel; jedes Quadrupel liefert sechs Tangenten von C_3^4 sowohl, wie von K_3^4, also haben C_3^4 und K_3^4 18 Tangenten und die Doppeltangente gemeinschaftlich und fallen daher zusammen. Daraus folgt:

31. „Wählt man drei beliebige Quadrupel und legt durch jedes von ihnen eine gleichseitige Hyperbel, so bestimmen diese drei Hyperbeln ein Kegelschnittnetz, dessen Tripelcurve aus g_∞ und dem Kreise M besteht. Die Cayley'sche Curve desselben ist die Curve C_3^4."

Aus dieser Entstehung der Curve C_3^4 folgen leicht alle eben angegebenen Eigenschaften derselben (vergl. Durège, Die ebenen Curven dritter Ordnung, 496—516) und noch folgende andere (vergl. Schröter, Steiner's Vorlesungen):

32. „Alle Geraden von der Beschaffenheit, dass sie die drei gleichseitigen Hyperbeln $\mathfrak{K}_0 \mathfrak{K}_1 \mathfrak{K}_2$ in drei Punktpaaren einer Involution treffen, umhüllen die Curve C_3^4, welche zugleich die 18 gemeinschaftlichen Secanten je zweier der drei Kegelschnitte $\mathfrak{K}_0 \mathfrak{K}_1 \mathfrak{K}_2$ berührt. Die Doppelpunkte der Involutionen auf allen solchen Geraden liegen auf g^∞ und dem Kreise M. Uebrigens schneidet jede solche Gerade alle Hyperbeln in den Punktpaaren einer Involution."

Die Tripelcurve eines Kegelschnittnetzes ist der Ort der Punkte, in denen sich zwei Hyperbeln des Netzes berühren (vergl. Cremona, Einleitung in eine geometrische Theorie der ebenen Curven. Art. 90), also liegen alle Berührungspunkte der Hyperbeln auf g_∞ und dem Kreise um M. Dies lässt sich jedoch direct zeigen. Da je zwei Hyperbeln sich in einem Quadrupel $A'B'C'H'$ schneiden, so müssen, im Fall sie sich berühren sollen, zwei der vier Punkte, etwa C' und H', zusammenfallen, d. h. der Höhenpunkt H' des Dreiecks $A'B'C'$ fällt in eine Ecke C'; das Dreieck ist also bei C' rechtwinklig. Das Stück $C'H'$ einer Tangente zwischen dem rechtwinkligen Tangentenpaar $A'C'$ und $B'H'$ wird vom Kreise um M halbirt; wenn also C' und H' zusammenfallen, so geschieht dies in einem Punkte des Kreises um M, also:

33. „Wenn sich irgend zwei Hyperbeln des Netzes berühren, so geschieht dies in einem Punkte des Kreises um M. — Ausserdem giebt es unzählig viele Hyperbeln des Netzes, welche dieselben zwei Tangenten eines rechtwinkligen Paares zu Asymptoten haben, und noch zwei Büschel, deren Kegelschnitte sich in den Berührungspunkten von C_3^4 und der Doppeltangente berühren."

Noch eine Art der Entstehung der Curve C_3^4 giebt Steiner in der citirten Abhandlung im 53. Bande des Crelle'schen Journals an und diese mag schliesslich hier noch besprochen werden.

Es seien $ABCH$ die vier Punkte eines Quadrupels und $\mathfrak{k}^2 \mathfrak{k}_1^2 \mathfrak{k}_2^2 \ldots$ sei die Schaar von Kegelschnitten, welche die Seiten des Dreiecks ABC berühren und durch H gehen; die Mittelpunkte aller dieser Kegelschnitte liegen auf einem Kegelschnitte $\mathfrak{M}^2$ (vergl. Steiner, Vorlesungen, herausgeg. von Schröter, S. 380); wir suchen zunächst auf den Transversalen $x \ldots$ durch H die Punkte auf, welche die Schnittpunkte von x und der Curve dritter Ordnung $(\mathfrak{M}^2, g_\infty)$ harmonisch trennen. Wir nennen $X_0 X_1 X_2$ die Schnittpunkte von x mit g_∞ und $\mathfrak{M}^2$, betrachten $(\mathfrak{M}^2, g_\infty)$ als eine Tripelcurve und bestimmen zu je zweien jener drei Schnittpunkte die dritten Tripelpunkte, so dass $X_0 X_1 X_{01}$, $X_1 X_2 X_{12}$, $X_2 X_0 X_{20}$ je ein Tripel bilden. Dreht sich x um H, so erhalten wir auf diese Weise immer neue Tripel. Hierzu wählen wir drei feste Tripel $P_0 P_1 P_{01}$, $Q_1 Q_2 Q_{12}$, $R_2 R_0 R_{20}$ und legen Kegelschnitte durch $P_0 P_1 P_{01}$ und alle Tripel $X_0 X_1 X_{01} \ldots$, ebenso durch $Q_1 Q_2 Q_{12}$ und alle Tripel $X_1 X_2 X_{12} \ldots$, und auch durch $R_2 R_0 R_{20}$ und alle Tripel $X_2 X_0 X_{20} \ldots$, und bestimmen endlich die Polaren von H in Bezug auf alle diese Kegelschnitte, so sind dieselben die Geraden dreier collinearen Systeme. Alle Punkte, in denen sich drei entsprechende Strahlen schneiden, erfüllen eine Curve C^3 dritter Ordnung, welche je zwei der drei Punkte $X_0 X_1 X_2 \ldots$ harmonisch von H trennt. Da aber die Punkte $X_1 X_2 \ldots$, welche auf $\mathfrak{M}^2$ liegen, durch die Polare h von H bezüglich $\mathfrak{M}^2$ harmonisch von H getrennt werden, so zerfällt C^3 in diese Polare h und einen Kegelschnitt C^2. Werden X_0 und X_1 durch Y_{01} harmonisch von H getrennt, so ist X_1 die Mitte der Strecke HY_{01}, weil X_0 auf g_∞ liegt, und man erhält den Kegelschnitt C^2 daher auch, indem man H mit den Mittelpunkten aller Kegelschnitte der Schaar $\mathfrak{k}^2 \mathfrak{k}_1^2 \mathfrak{k}_2^2 \ldots$ verbindet und die Verbindungslinien um sich selbst verlängert oder, mit anderen Worten: C^2 ist der Ort der Endpunkte der Durchmesser der Kegelschnitte $\mathfrak{k}^2\mathfrak{k}_1^2\mathfrak{k}_2^2\ldots$, welche durch H gezogen werden können. — Ist t eine beliebige Gerade durch H, so giebt es einen einzigen Kegelschnitt der Schaar, etwa $\mathfrak{k}^2$, welcher t in H berührt; der Endpunkt seines durch H gezogenen Durchmessers heisse U und die Tangente in U an $\mathfrak{k}^2$ treffe g_∞ in T; dann muss auch t durch T gehen. Bei der Veränderung von t beschreibt der Punkt T eine Punktreihe auf g_∞ und U eine ihm projectivische Punktreihe auf C^2, daher ist die Enveloppe aller Geraden TU eine Curve $\mathfrak{K}_3^4$ dritter Classe vierter Ordnung, welche g_∞ zur Doppeltangente hat und C^2 dreifach berührt. — Zieht man durch H zur Seite AB die Parallele c', so giebt es nur einen Kegelschnitt der Schaar $\mathfrak{k}^2\mathfrak{k}_1^2\ldots$, welcher c' in H berührt; der Endpunkt seines durch H gehenden Durchmessers muss natürlich auf AB liegen, weil er selbst AB berührt, und deshalb muss auch C^2 die Seite AB berühren, denn es giebt auf AB nur einen Endpunkt eines durch H gehenden Durchmessers der Schaar; dieser heisse $\mathfrak{C}$. Die Berührungspunkte von BC und AC mit C^2 seien $\mathfrak{A}$ und $\mathfrak{B}$; es sind also die Geraden AB, BC, AC gemeinschaftliche Tangenten von C^2 und $\mathfrak{K}_3^4$, und da diese sich selbst berühren, so sind $\mathfrak{A}$, $\mathfrak{B}$, $\mathfrak{C}$ die Berührungspunkte. — Die drei Höhen des Dreiecks können auch zu der Schaar $\mathfrak{k}^2\mathfrak{k}_1^2\mathfrak{k}_2^2\ldots$ gezählt werden, indem man sie als unendlich abgeplattete Kegelschnitte betrachtet; ihre Mittelpunkte sind die Halbirungspunkte der Höhen, sie heissen $D_1 D_2 D_3$; macht man $D_1 U_1 = D_1 H$, $D_2 U_2 = D_2 H$, $D_3 U_3 = D_3 H$ auf diesen Höhen, so muss C^2 durch $U_1 U_2 U_3$ gehen; die Tangenten in diesen Punkten fallen mit den Höhen zusammen und diese sind daher auch Tangenten von $\mathfrak{K}_3^4$. Deshalb muss $\mathfrak{K}_3^4$ mit C_3^4 zusammenfallen, weil beide Curven die Doppeltangente und sechs andere Tangenten gemeinschaftlich haben. Daraus folgt:

34. „Denkt man sich rücksichtlich irgend eines der oben beschriebenen Quadrupel $ABCH$ die Schaar Kegelschnitte, welche durch einen der vier Punkte, etwa durch H gehen und dem durch die übrigen drei Punkte ABC bestimmten Dreieck eingeschrieben sind, ferner in jedem Kegelschnitt den durch den Punkt H gehenden Durchmesser HU, so liegen alle Punkte $U\ldots$ auf einem Kegelschnitte C^2, welcher die Seiten des Dreiecks ABC in drei Punkten $\mathfrak{A}\mathfrak{B}\mathfrak{C}$ berührt und durch drei leicht zu construirende Punkte $U_1 U_2 U_3$ auf den Höhen des Dreiecks geht. Zieht man in den Endpunkten $U\ldots$ Tangenten an die Kegelschnitte der Schaar, so ist die Enveloppe aller dieser Tangenten die oben betrachtete Curve C_3^4, und zwar für alle unzähligen Quadrupel dieselbe Curve. Sie berührt den Kegelschnitt C^2 in den drei Punkten $\mathfrak{A}\mathfrak{B}\mathfrak{C}$, in denen dieser die Seiten des Dreiecks ABC berührt.“

VI.

Ueber die osculatorischen Kegelschnitte ebener Curven.

Von

Prof. ENNEPER

in Göttingen.

Nach der Angabe von Lacroix im „*Traité du calcul différentiel et du calcul intégral*", *T. I pag.* 445 (*Paris* 1810) scheint Ampère der Erste gewesen zu sein, welcher sich mit der genaueren Bestimmung der osculatorischen Parabel zweiten Grades in einem gegebenen Punkte einer planen Curve beschäftigt hat. Lacroix selbst hat die Untersuchungen von Ampère nicht reproducirt, sondern beschränkt sich in Beziehung auf die Osculation von Curven auf ähnliche Betrachtungen, wie sich solche schon in älteren Werken vorfinden, z. B. bei Cramer in dem Abschnitte: „*Courbure des Courbes comparées à celles des sommets de Paraboles*" auf S. 555 der „*Introduction à l'analyse des lignes courbes algébriques*", *Genève* 1750. Ebenso findet sich nichts Wesentliches unter dem Artikel „Berührung" des mathematischen Wörterbuches von Klügel und Grunert's Supplementen dazu. Von neueren, ausführlicheren Werken über Differentialrechnung seien die von Moigno und Bertrand erwähnt. In seinen „*Leçons de calcul différentiel et de calcul intégral*", *T. I p.* 268 — 270 (*Paris* 1840), beschränkt sich Moigno auf die Bestimmung der parabolischen Curve, welche in der Gleichung

$$y = a_0 + a_1 x + a_2 x^2 + \ldots + a_{n-1} x^{n-1}$$

enthalten ist und mit einer gegebenen Curve einen Contact $(n-1)^{\text{ter}}$ Ordnung hat, während Bertrand auf S. 571 seines „*Traité de calcul diff. et de calc. integr.*" („*Calcul différentiel*", *Paris* 1864) die ganze Theorie der Berührung unter den „*Courbes osculatrices*" in wenigen Zeilen behandelt. Die Abhandlung von Ampère findet sich im „*Journal de l'école polytechnique*", *Cah.* 14 *T. VII p.* 159 (*Paris* 1808) unter dem Titel: „*Sur les avantages qu'on peut retirer, dans la théorie des Courbes, de la considération des Paraboles osculatrices, avec des Reflexions sur les fonctions différentielles dont la valeur ne change pas lors de la transformation des axes*". Das Verfahren, welches Ampère zur Bestimmung der osculatorischen Parabel zweiten Grades einschlägt, ist insofern nicht ohne Weitläufigkeit, als die Darstellung der Elemente der Parabel von den Coordinaten des Punktes der gegebenen Curve und den Differentialquotienten derselben abhängig gemacht wird. Die Differentialquotienten werden zuerst in Beziehung auf eine der Coordinaten als abhängige, die andere als unabhängige Variabele gebildet und später in Beziehung auf eine beliebige unabhängige Variabele transformirt; es ergeben sich hierbei Ausdrücke, welche durch eine Transformation der Coordinaten dieselbe Form behalten, worauf sich die zweite Hälfte der Ueberschrift der genannten Abhandlung bezieht. Die Befolgung desselben Weges zur Bestimmung der osculatorischen Ellipse oder Hyperbel würde zu etwas unübersichtlichen Resultaten führen, während die Einführung des Krümmungshalbmessers als Function des Winkels, welchen zwei Normalen einschliessen, die Formeln ungemein vereinfacht und gleichzeitig gestattet, von vornherein die Untersuchung über den osculatorischen Kegelschnitt einer Curve in einem bestimmten Punkte ausführen zu können.

I. Die orthogonalen Coordinaten eines Punktes P einer ebenen Curve seien x, y, es sei ferner ϱ der Krümmungshalbmesser in P und w der Winkel, welchen die Tangente zur Curve im Punkte P mit der Abscissenaxe bildet. Das Bogenelement der Curve werde durch ∂s bezeichnet. Man hat dann die bekannten Gleichungen

$$\frac{\partial x}{\partial s} = \cos w, \quad \frac{\partial y}{\partial s} = \sin w, \quad \frac{\partial s}{\varrho} = \partial w$$

oder

1) $$\frac{\partial x}{\partial w} = \varrho \cos w, \quad \frac{\partial y}{\partial w} = \varrho \sin w.$$

Der Einfachheit halber werden x, y und ϱ als Functionen von w angesehen. Geht der Kegelschnitt, bestimmt durch die Gleichung

2) $$AX^2 + A_1 Y^2 + 2BXY + 2CX + 2C_1 Y + E = 0,$$

durch den Punkt (x, y), so ist

3) $$Ax^2 + A_1 y^2 + 2Bxy + 2Cx + 2C_1 y + E = 0.$$

Infolge der Annahme ist die linke Seite der vorstehenden Gleichung eine Function von w; wird dieselbe durch $F(w)$ bezeichnet, so sind die Bedingungen, dass der Kegelschnitt durch vier oder fünf successive Punkte der Curve gehe:

$$F(w) = 0, \quad F(w+\delta) = 0, \quad F(w+2\delta) = 0, \quad F(w+3\delta) = 0,$$

wozu noch $F(w+4\delta) = 0$ für einen vierpunktigen Contact tritt.

Man weiss, dass die gleichzeitige Existenz der obigen Gleichungen für ein unbegrenzt abnehmendes δ auf

$$F(w) = 0, \quad F'(w) = 0, \quad F''(w) = 0, \quad F'''(w) = 0 \text{ und } F^{IV}(w) = 0$$

herauskommt, d. h. man hat einfach die linke Seite der Gleichung 3) mehrfach zu differentiiren, mit Rücksicht auf die Gleichungen 1). Zur Verein-

$$\frac{\partial \varrho}{\partial w} = \varrho', \quad \frac{\partial^2 \varrho}{\partial w^2} = \varrho'',$$

$$4) \qquad Ax + By + C = L, \quad Bx + A_1 y + C_1 = M.$$

Wegen 1) und 4) giebt die Gleichung 3) nach w differentiirt:

$$5) \qquad L \cos w + M \sin w = 0.$$

Durch Differentiation der vorstehenden Gleichung nach w folgt

$$6) \qquad \varrho\,(A \cos^2 w + 2B \sin w \cos w + A_1 \sin^2 w) = L \sin w - M \cos w.$$

Differentiirt man diese Gleichung nach w, so folgt, mit Rücksicht auf die Gleichung 5):

$$7) \qquad \begin{aligned} A\,(\varrho' \cos^2 w - 3\varrho \sin w \cos w) + A_1\,(\varrho' \sin^2 w + 3\varrho \sin w \cos w) \\ + B\,(\varrho' \sin 2w + 3\varrho \cos 2w) = 0. \end{aligned}$$

Die Gleichung 7) endlich nach w differentiirt, giebt

$$8) \qquad \begin{aligned} & A\,(\varrho'' \cos^2 w - 5\varrho' \sin w \cos w - 3\varrho \cos 2w) \\ & + A_1\,(\varrho'' \sin^2 w + 5\varrho' \sin w \cos w + 3\varrho \cos 2w) \\ & + B\,(\varrho'' \sin 2w + 5\varrho' \cos 2w - 6\varrho \sin 2w) = 0. \end{aligned}$$

Entwickelt man aus den Gleichungen 5) und 6) die Werthe von L und M, so folgt wegen 4)

$$9) \qquad \begin{aligned} Ax + By + C &= \varrho(A \cos^2 w + 2B \sin w \cos w + A_1 \sin^2 w) \sin w, \\ Bx + A_1 y + C_1 &= -\varrho\,(A \cos^2 w + 2B \sin w \cos w + A_1 \sin^2 w) \cos w. \end{aligned}$$

Die Gleichungen 2) und 3) geben durch Elimination von E

$$10) \qquad \begin{aligned} & AX^2 + A_1 Y^2 + 2BXY + 2CX + 2C_1 Y \\ & = Ax^2 + A_1 y^2 + 2Bxy + 2Cx + 2C_1 y. \end{aligned}$$

Es werde zuerst der Fall einer Ellipse oder Hyperbel mit ungleichen Axen betrachtet. Sind x_1, y_1 die Coordinaten des Mittelpunktes der osculatorischen Curve, so finden die Gleichungen statt:

$$Ax_1 + By_1 + C = 0, \quad Bx_1 + A_1 y_1 + C_1 = 0.$$

Setzt man aus diesen Gleichungen die Werthe von C und C_1 in die Gleichungen 9) und 10), so gehen dieselben über in

$$11) \qquad \begin{aligned} A(x-x_1) + B\,(y-y_1) &= \varrho\,(A \cos^2 w + 2B \sin w \cos w + A_1 \sin^2 w) \sin w, \\ B(x-x_1) + A_1\,(y-y_1) &= -\varrho\,(A \cos^2 w + 2B \sin w \cos w + A_1 \sin^2 w) \cos w, \end{aligned}$$

$$\begin{aligned} & A\,(X-x_1)^2 + A_1\,(Y-y_1)^2 + 2B(X-x_1)(Y-y_1) \\ & = A\,(x-x_1)^2 + A_1\,(y-y_1)^2 + 2B\,(x-x_1)(y-y_1). \end{aligned}$$

Durch Substitution der Werthe von $x-x_1$ und $y-y_1$ aus 11) in die rechte Seite der vorstehenden Gleichung folgt

$$12) \qquad \begin{aligned} & A(X-x_1)^2 + A_1\,(Y-y_1)^2 + 2B\,(X-x_1)(Y-y_1) \\ & = \varrho^2\,\frac{(A \cos^2 n + 2B \sin w \cos w + A_1 \sin^2 w)^2}{AA_1 - B^2}. \end{aligned}$$

Bedeutet λ eine Unbestimmte, so geben die Gleichungen 7) und 8)

$$13)\quad \left\{\begin{aligned} \lambda A &= (5\varrho'^2 - 3\varrho\varrho'')\sin^2 w + 3\varrho\varrho' \sin 2w + 9\varrho^2, \\ \lambda A_1 &= (5\varrho'^2 - 3\varrho\varrho'')\cos^2 w - 3\varrho\varrho' \sin 2w + 9\varrho^2, \\ \lambda B &= -(5\varrho'^2 - 3\varrho\varrho'')\sin w \cos w - 3\varrho\varrho' \cos 2w. \end{aligned}\right.$$

Mit Hilfe dieser Gleichungen lässt sich die Gleichung 12), d. h. die Gleichung des osculatorischen Kegelschnitts, auf folgende Form bringen:

$$14)\quad \frac{\{(X-x_1)\cos(\varphi+w)+(Y-y_1)\sin(\varphi+w)\}^2}{\frac{5\varrho'^2-3\varrho\varrho''}{2}+9\varrho^2+N}+\frac{\{(X-x_1)\sin(\varphi+w)-(Y-y_1)\cos(\varphi+w)\}^2}{\frac{5\varrho'^2-3\varrho\varrho''}{2}+9\varrho^2-N} = \left(\frac{3\varrho^2}{4\varrho'^2+9\varrho^2-3\varrho\varrho''}\right)^2,$$

wo φ und N durch folgende Gleichungen bestimmt sind:

$$15)\quad \left\{\begin{aligned} & N\cos 2\varphi = \frac{5\varrho'^2-3\varrho\varrho''}{2}, \quad N\sin 2\varphi = 3\varrho\varrho', \\ & N^2 = \left(\frac{5\varrho'^2-3\varrho\varrho''}{2}\right)^2 + (3\varrho\varrho')^2. \end{aligned}\right.$$

In der Gleichung 14) ist die Gleichung des Kegelschnitts so umgeformt, dass sich leicht die Richtungen der Hauptaxen und die Lage der Brennpunkte bestimmen lassen. Setzt man die Werthe von A, B, C aus 13) in die Gleichungen 11), so erhält man zur Bestimmung von x_1 und y_1 die Gleichungen

$$16)\quad x_1 - x = 3\varrho^2 \frac{\varrho'\cos w - 3\varrho\sin w}{4\varrho'^2+9\varrho^2-3\varrho\varrho''}, \quad y_1 - y = 3\varrho^2\frac{\varrho'\sin w + 3\varrho\cos w}{4\varrho'^2+9\varrho^2-3\varrho\varrho''}.$$

Liegt der Punkt (x, y) im Endpunkte einer der Hauptaxen, so muss eine der Quantitäten

$$(X-x_1)\cos(\varphi+w)+(Y-y_1)\sin(\varphi+w),$$
$$(X-x_1)\sin(\varphi+w)-(Y-y_1)\cos(\varphi+w)$$

für $X=x$, $Y=y$ verschwinden; es verschwindet also auch dann das Product dieser Quantitäten für $X=x$, $Y=y$. Nun ist mit Rücksicht auf 15) und 16)

$$\{(x-x_1)\cos(\varphi+w)+(y-y_1)\sin(\varphi+w)\}\{(x-x_1)\sin(\varphi+w)-(y-y_1)\cos(\varphi+w)\}$$
$$= \frac{9\varrho^4}{(4\varrho'^2+9\varrho^2-3\varrho\varrho'')^2}(\varrho'\cos\varrho + 3\varrho\sin\varphi)(\varrho'\sin\varphi - 3\varrho\cos\varphi)$$
$$= -\frac{27\varrho^5\varrho'}{(4\varrho'^2+9\varrho^2-3\varrho\varrho'')N}.$$

Soll der Punkt (x,y) die angegebene Lage haben, so muss ϱ' verschwinden, d. h. die Curve wird dann im Punkte P von ihrem osculatorischen Kreise überosculirt, es liegen dann vier successive Punkte auf einem Kreise. Zur Vereinfachung der Werthe von x_1 und y_1 setze man

$$17)\quad \varrho' = 3\varrho \tang u.$$

Die Differentialquotienten von u nach w bezeichne man durch u', u'' u. s. f. Die Gleichung 7) giebt

$$\varrho'' = 3\varrho' \, tang\, u + \frac{3\varrho u'}{\cos^2 u} = 3\varrho\left(3\, tang^2 u + \frac{u'}{\cos^2 u}\right).$$

Mit Hilfe dieser Gleichung und der Gleichung 17) geben die Gleichungen 16)

$$18)\qquad x_1 = x - \varrho \cos u \, \frac{\sin(w-u)}{1-u'}, \quad y_1 = y + \varrho \cos u \, \frac{\cos(w-u)}{1-u'}.$$

Die vorstehenden Gleichungen differentiire man nach w; mit Rücksicht auf die Gleichungen 1) und 17) findet man

$$19)\qquad \left\{\begin{aligned} \frac{\partial x_1}{\partial w} &= \varrho\left\{\frac{4-2u'}{1-u'} \sin u + \frac{u''}{(1-u')^2} \cos u\right\} \sin(u-w), \\ \frac{\partial y_1}{\partial w} &= \varrho\left\{\frac{4-2u'}{1-u'} \sin u + \frac{u''}{(1-u')^2} \sin u\right\} \cos(u-w). \end{aligned}\right.$$

Der Punkt (x_1, y_1) liegt auf einer Curve, gebildet aus den Centren der osculatorischen Kegelschnitte. Bezeichnet man für diese Curve das Bogenelement durch ∂s, ferner durch ϱ_1 den Krümmungshalbmesser im Punkte (x_1, y_1), und durch w_1 den Winkel, welchen die Tangente in diesem Punkte mit der Abscissenaxe bildet, so geben die Gleichungen 19)

$$20)\qquad \frac{\partial s_1}{\partial w} = \varrho\left\{\frac{4-2u'}{1-u'} \sin u + \frac{u''}{(1-u')^2} \cos u\right\},$$

und mittels dieser Gleichung

$$\frac{\partial x_1}{\partial s_1} = \cos w_1 = \sin(u-w), \quad \frac{\partial y_1}{\partial s_1} = \sin w_1 = \cos(u-w),$$

folglich

$$21)\qquad w_1 = \frac{\pi}{2} - (u-w).$$

II. Fallen die Mittelpunkte der osculatorischen Kreise einer Curve zusammen, so ist die Curve selbst ein Kreis; ähnlich ist die Curve ein Kegelschnitt, wenn ihre osculatorischen Kegelschnitte sämmtlich denselben Mittelpunkt haben. Wird eine Curve von ihrem osculatorischen Kegelschnitte überosculirt, hat also mit demselben einen Contact fünfter Ordnung, so tritt zu den beiden Gleichungen 7) und 8) noch eine dritte Gleichung, welche sich durch Differentiation der Gleichung 8) nach w ergiebt. Eliminirt man A, A_1 und B zwischen diesen drei Gleichungen, führt den Winkel u mittels der Gleichung 17) ein, so erhält man mittels einer Rechnung, welche weiter keine Schwierigkeit darbietet:

$$22)\qquad (4-2u') \sin u + \frac{u''}{1-u'} \cos u = 0.$$

Diese Gleichung bestimmt die Werthe von w, denen Punkte entsprechen, in welchen die Curve vom Kegelschnitt überosculirt wird. Findet die Gleichung 22) für jeden Punkt der Curve statt, so ist sie selbst ein Kegelschnitt, die Gleichungen 19) zeigen dann, dass x_1 und y_1 constante Werthe haben. Man kann auch unabhängig von diesen Betrachtungen direct darthun, dass durch die Gleichungen 17) und 22) ein Kegelschnitt bestimmt ist.

Da die auszuführenden Rechnungen sich ziemlich einfach bewerkstelligen lassen, so mögen dieselben hier Platz finden. Die Gleichung 22) durch $(2-u')\cos u$ dividirt und mit u' multiplicirt, giebt

$$2u'\frac{\sin u}{\cos u}+\frac{u'u''}{(1-u')(2-u')}=0$$

oder

23) $$2u'\frac{\sin u}{\cos u}+\left(\frac{1}{1-u'}-\frac{2}{2-u'}\right)u''=0.$$

Nimmt man $1>u'$ an, bedeutet g eine Constante, so giebt die vorstehende Gleichung integrirt:

$$\frac{(2-u')^2}{1-u'}=4g^2\cos^2 u.$$

Da $(2-u')^2>4(1-u')$, so ist rechts $g>1$. Die vorstehende Gleichung giebt

$$u'+2(g^2\cos^2 u-1)=\pm 2g\cos u\sqrt{g^2\cos^2 u-1}.$$

Nimmt man rechts das obere Zeichen (für das untere Zeichen erhält man ein analoges Resultat), so folgt

$$\frac{u'}{\sqrt{g^2\cos^2 u-1}}\,\frac{1}{g\cos u-\sqrt{g^2\cos^2 u-1}}=2$$

oder

$$\frac{u'}{\sqrt{g^2\cos^2 u-1}}\left(g\cos u+\sqrt{g^2\cos^2 u-1}\right)=2,$$

d. i.

$$\frac{g\cos u\, u'}{\sqrt{g^2\cos^2 u-1}}=2-u'.$$

Bedeutet w_0 eine Constante, so folgt durch Integration

$$\arcsin\frac{g}{\sqrt{g^2-1}}\sin u=2(w-w_0)-u$$

oder

$$\frac{g}{\sqrt{g^2-1}}\sin u=\sin[2(w-w_0)-u].$$

Diese Gleichung giebt

$$\tang u=\frac{\sin 2(w-w_0)\sqrt{g^2-1}}{g+\cos 2(w-w_0)\sqrt{g^2-1}}.$$

Nach 17) ist die linke Seite gleich $\frac{\varrho'}{3\varrho}$. Bedeutet h eine weitere Constante, so erhält man

24) $$\varrho=\frac{h}{\{g+\cos 2(w-w_0)\sqrt{g^2-1}\}^{3/2}}.$$

Sind x_0 und y_0 Constanten, so geben die Gleichungen 1)

$$x-x_0=\int\varrho\cos w\,\partial w,\quad y-y_0=\int\varrho\sin w\,\partial w$$

oder

$$25)\quad \begin{aligned} (x-x_0)\cos w_0 + (y-y_0)\sin w_0 &= \int \varrho \cos(w-w_0)\,\partial w, \\ -(x-x_0)\sin w_0 + (y-y_0)\cos w_0 &= \int \varrho \sin(w-w_0)\,\partial w. \end{aligned}$$

Setzt man rechts für ϱ seinen Werth aus 24) und in den beiden Integralen

$$\sqrt{\frac{g-\sqrt{g^2-1}}{g+\sqrt{g^2-1}}}\,.\,tang(w-w_0) = tang\, v,$$

so folgt

$$(x-x_0)\cos w_0 + (y-y_0)\sin w_0 = \frac{h}{\sqrt{g+\sqrt{g^2-1}}}\sin v = h\sqrt{g-\sqrt{g^2-1}}\,.\,\sin v,$$

$$(x-x_0)\sin w_0 - (y-y_0)\cos w_0 = \frac{h}{\sqrt{g-\sqrt{g^2-1}}}\cos v = h\sqrt{g+\sqrt{g^2-1}}\,.\,\cos v.$$

Die Elimination von v giebt

$$\frac{\{(x-x_0)\cos w_0 + (y-y_0)\sin w_0\}^2}{g-\sqrt{g^2-1}} + \frac{\{(x-x_0)\sin w_0 - (y-y_0)\cos w_0\}^2}{g+\sqrt{g^2-1}} = h^2,$$

was die allgemeinste Gleichung der Ellipse ist.

Nimmt man in der Gleichung 23) $u' > 1$, setzt also

$$2u'\frac{\sin u}{\cos u} = \frac{u''}{u'-1} - \frac{2u''}{u'-2},$$

so folgt

$$\frac{(u'-2)^2}{u'-1} = 4g^2\cos^2 u$$

oder

$$u'-2(g^2\cos^2 u+1) = \pm 2g\cos u\sqrt{g^2\cos^2 u+1},$$

wo g wieder eine Constante bedeutet. Nimmt man in dem Ausdrucke rechts das untere Zeichen, um ähnliche Entwickelungen wie im ersten Falle zu erhalten, so ist

$$\frac{u'}{\sqrt{g^2\cos^2 u+1}}\cdot\frac{1}{\sqrt{g^2\cos^2 u+1}-g\cos u} = 2$$

oder, nach einer analogen Transformation wie vorhin:

$$\frac{g\cos u\,.\,u'}{\sqrt{g^2\cos^2 u+1}} = 2-u'.$$

Diese Gleichung giebt

$$\frac{g}{\sqrt{g^2+1}}\sin u = \sin\{2(w-w_0)-u\},$$

wo wieder w_0 eine Constante ist. Setzt man hierin

$$tang\, u = \frac{\varrho'}{3\varrho},$$

so erhält man durch Integration

$$\varrho = \frac{h}{\{g+\cos 2(w-w_0)\sqrt{g^2+1}\}^{3/2}}.$$

Setzt man diesen Werth von ϱ in die Gleichungen 25) und darauf in den rechts stehenden Integralen

$$\sqrt{\frac{\sqrt{g^2+1}-g}{\sqrt{g^2+1}+g}}\, tang(w-w_0) = \sin v,$$

so erhält man schliesslich

$$(x-x_0)\cos w_0 + (y-y_0)\sin w_0 = \frac{h}{\sqrt{g^2+1}+g}\, tang\, v,$$

$$-(x-x_0)\sin w_0 + (y-y_0)\cos w_0 = \frac{h}{\sqrt{g^2+1}-g}\,\frac{1}{\cos v},$$

welche Gleichungen bekanntlich auf die allgemeine Gleichung der Hyperbel führen.

Die Gleichungen 19) zeigen, dass der Punkt (x_1, y_1) nicht auf einer festen Geraden liegen kann, eine Gleichung von der Form $a x_1 + b y_1 + c = 0$, wo a, b, c Constanten sind, führt durch Differentiation auf

$$\{a \sin(u-w) + b\cos(u-w)\}\frac{\partial s_1}{\partial w} = 0.$$

Da im Allgemeinen nicht $u-w$ constant ist, so muss $\frac{\partial s_1}{\partial w}$ verschwinden, man erhält wieder den vorhin behandelten Fall.

III. Ist $u=a$, wo a eine Constante bedeutet, so giebt die Gleichung 17)

$$\varrho = k e^{3 w\, tang\, a}.$$

Für diesen Werth von ϱ geben die Gleichungen 1), mit Weglassung von Constanten, welche sich auf die Lage des Anfangspunktes beziehen:

$$\frac{x}{k} = e^{3w\, tang\, a}\,\frac{3\, tang\, a \cos w + \sin w}{1+(3\, tang\, a)^2},$$

$$\frac{y}{k} = e^{3w\, tang\, a}\,\frac{3\, tang\, a \sin w - \cos w}{1+(3\, tang\, a)^2}.$$

Diese Gleichungen beziehen sich auf eine logarithmische Spirale. Mittels der vorstehenden Werthe von ϱ, x, y lassen sich die Gleichungen 16) auf folgende Formen bringen:

$$\frac{x_1}{k} = \frac{4\sin a\, e^{3w\, tang\, a}}{1+(3\, tang\, a)^2}\left\{3\, tang\, a \cos\left(w+\frac{\pi}{2}-a\right) + \sin\left(w+\frac{\pi}{2}-a\right)\right\},$$

$$\frac{y_1}{k} = \frac{4\sin a\, e^{3w\, tang\, a}}{1+(3\, tang\, a)^2}\left\{3\, tang\, a \sin\left(w+\frac{\pi}{2}-a\right) - \cos\left(w+\frac{\pi}{2}-a\right)\right\}.$$

Durch diese Gleichungen ist wieder eine logarithmische Spirale bestimmt, welche mit der vorhergehenden identisch ist. Da im vorliegenden Falle $4\varrho'^2 - 3\varrho\varrho'' + 9\varrho^2$ positiv ist, so hat die logarithmische Spirale in Beziehung auf die Mittelpunkte ihrer osculatorischen Ellipsen dieselbe Eigenschaft, wie in Beziehung auf die Mittelpunkte der osculatorischen Kreise; in beiden Fällen liegen diese Mittelpunkte auf der Curve selbst.

Es soll für das Folgende angenommen werden, dass der Werth von u nicht constant ist.

Analog dem Problem, die Curve zu finden, für welche die Mittelpunkte der osculatorischen Kreise gegeben sind, entspricht einer gegebenen Curve, auf welcher die Mittelpunkte der osculatorischen Kegelschnitte liegen, eine primitive Curve, oder besser unendlich viele primitive Curven, deren analytische Darstellung auf einer Inversion der in I) entwickelten Formeln beruht.

Setzt man zur Vereinfachung

26) $$p = \frac{\varrho \cos u}{1-u'}$$

und in den Gleichungen 18) nach 21) $w - u = w_1 - \frac{\pi}{2}$, so erhält man

27) $$x = x_1 - p \cos w_1, \quad y = y_1 - p \sin w_1.$$

In diesen Gleichungen ist p als Function von w_1 darzustellen. Sieht man w als Function von w_1 an, so geben die Gleichungen 27), mit Rücksicht auf

$$\frac{\partial x_1}{\partial w_1} = \varrho_1 \cos w_1, \quad \frac{\partial y_1}{\partial w_1} = \varrho_1 \sin w_1,$$

nach w_1 differentiirt

$$\varrho \cos w \frac{\partial w}{\partial w_1} = \left(\varrho_1 - \frac{\partial p}{\partial w_1}\right) \cos w_1 + p \sin w_1,$$

$$\varrho \sin w \frac{\partial w}{\partial w_1} = \left(\varrho_1 - \frac{\partial p}{\partial w_1}\right) \sin w_1 - p \cos w_1.$$

Aus diesen Gleichungen erhält man unmittelbar die folgenden:

$$\varrho \cos (w_1 - w) \cdot \frac{\partial w}{\partial w_1} = \varrho_1 - \frac{\partial p}{\partial w_1},$$

$$\varrho \sin (w_1 - w) \cdot \frac{\partial w}{\partial w_1} = p$$

oder nach 21) $w_1 - w = \frac{\pi}{2} - u$ gesetzt:

28) $$\varrho \sin u \frac{\partial w}{\partial w_1} = \varrho_1 - \frac{\partial p}{\partial w_1}, \quad \varrho \cos u \frac{\partial w}{\partial w_1} = p.$$

Eliminirt man $\frac{\partial w}{\partial w_1}$ zwischen diesen Gleichungen, so folgt

29) $$\varrho_1 - \frac{dp}{\partial w_1} = p \operatorname{tang} u.$$

Die zweite Gleichung 28), nämlich

$$\varrho \cos u \frac{\partial w}{\partial w_1} = p,$$

wird infolge der Gleichung 26) identisch; setzt man nämlich für p seinen Werth ein, so folgt

30)
$$(1-u')\frac{\partial w}{\partial w_1}=1,$$

welche Gleichung direct durch Differentiation der Gleichung 21) nach w_1 folgt, wenn w und u als Functionen von w_1 angesehen werden. Es ist dann auch

$$\frac{\partial u}{\partial w_1}=\frac{\partial u}{\partial w}\,\frac{\partial w}{\partial w_1}=u'\,\frac{\partial w}{\partial w_1}.$$

Diese Gleichung in Verbindung mit der Gleichung 30) giebt

$$\frac{\partial u}{\partial w_1}=\frac{u'}{1-u'},\quad \frac{\partial w}{\partial w_1}=\frac{1}{1-u'}$$

oder

31)
$$u'=\frac{\dfrac{\partial u}{\partial w_1}}{1+\dfrac{\partial u}{\partial w_1}},\quad \frac{1}{1-u'}=1+\frac{\partial u}{\partial w_1}=\frac{\partial w}{\partial w_1}.$$

Zur Bestimmung von p ist ausser der Gleichung 29) noch eine zweite Gleichung nöthig, mit deren Hilfe die Quantität $tang\,u$ aus der Gleichung 29) entfernt werden kann. Führt man in die Gleichung 17), nämlich

$$\varrho'=3\varrho\,tang\,u,$$

mittels der Gleichungen 31) w_1 statt w als unabhängige Variabele ein, so folgt

$$\frac{1}{\varrho}\,\frac{\partial\varrho}{\partial w_1}=3\left(1+\frac{\partial u}{\partial w_1}\right)tang\,u.$$

Bedeutet k_1 eine Constante, so ergiebt die vorstehende Gleichung integrirt

$$\varrho=k_1\frac{e^{\int tang\,u\,dw_1}}{cos^3 u}$$

oder

32)
$$e^{\int tang\,u\,dw_1}=q$$

gesetzt

33)
$$\varrho=k_1\frac{q^3}{cos^3 u}.$$

Aus der Gleichung 32) leitet man successive die folgenden ab:

$$tang\,u=\frac{1}{q}\,\frac{\partial q}{\partial w_1},\quad \frac{1}{cos^2 u}\,\frac{\partial u}{\partial w_1}=\frac{1}{q}\,\frac{\partial^2 q}{\partial w_1^2}-\left(\frac{1}{q}\,\frac{\partial q}{\partial w_1}\right)^2,$$

$$\frac{1}{cos^2 u}\left(1+\frac{\partial u}{\partial w_1}\right)=1+\frac{1}{q}\,\frac{\partial^2 q}{\partial w_1^2}.$$

Setzt man in der letzten der vorstehenden Gleichungen nach 31)

$$1+\frac{\partial u}{\partial w_1}=\frac{1}{1-u'},$$

so folgt

$$\frac{1}{(1-u')\,cos^2 u}=\frac{1}{q}\left(q+\frac{\partial^2 q}{\partial w_1^2}\right).$$

Multiplicirt man diese Gleichung mit der Gleichung 33), so folgt mit Rücksicht auf den Werth von p aus 26):

34)
$$p = k_1 q^2 \left(q + \frac{\partial^2 q}{\partial w_1^2}\right).$$

Setzt man in 29) für $tang\, u$ seinen Werth aus 32), so geht die Gleichung über in

$$\varrho_1 = \frac{\partial p}{\partial w_1} + \frac{p}{q}\,\frac{\partial q}{\partial w_1} = \frac{1}{q}\,\frac{\partial pq}{\partial w_1}.$$

Setzt man hierin endlich den Werth von p aus 34), so folgt

$$\frac{\partial\, q^2\left(q + \frac{\partial^2 q}{\partial w_1^2}\right)}{\partial w_1} = \frac{\varrho_1}{k_1}\, q$$

oder entwickelt

35)
$$q^2\,\frac{\partial^3 q}{\partial w_1^3} + 3q\,\frac{\partial q}{\partial w_1}\,\frac{\partial^2 q}{\partial w_1^2} + 4q^2\,\frac{\partial q}{\partial w_1} = \frac{\varrho_1}{k_1}.$$

Ist q mittels der vorstehenden Gleichung als Function von w_1 bestimmt, so folgt der Werth von p mittels der Gleichung 34). Sind nun x_1, y_1 gegeben, und zwar in Function von w_1, so geben die Gleichungen 27) x, y als Functionen von w_1, durch welche Gleichungen dann die Curve bestimmt ist, welche einer gegebenen Curve der Mittelpunkte der osculatorischen Kegelschnitte entspricht, also zu der gegebenen Curve in einem analogen Verhältnisse steht wie die Evolvente zur Evolute. Sieht man in der Differentialgleichung 35) ϱ_1 als eine beliebige Function von w_1 an, so scheint dieselbe nicht allgemein integrabel zu sein, oder besser, q lässt sich nicht in allen Fällen direct als Function von w_1 darstellen. Dieses lässt sich leicht an einem Beispiel zeigen, indem man den umgekehrten Weg einschlägt. Ist die primitive Curve die Evolvente eines Kreises, sind a und b Constanten, so hat man

$$x = a\cos w + (b + aw)\sin w, \quad y = a\sin w - (b + aw)\cos w.$$

Diese Gleichungen geben

36)
$$\varrho = b + aw, \quad \varrho' = a, \quad \varrho'' = 0,$$
$$tang\, u = \frac{\varrho'}{3\varrho} = \frac{a}{b + wa}.$$

Da nun $w_1 = \frac{\pi}{2} + w - u$, so ist

$$\log q = \int tang\, u\, \partial w_1 = \int tang\, u\, \partial w - \int tang\, u\, \partial u.$$

Nun ist nach 36)

$$\int tang\, u\, \partial w = \int \frac{a}{b + aw}\, \partial w = \log(b + aw),$$

folglich

$$q = (b + aw)\cos u.$$

Setzt man hierin nach 36) $b+aw=a\,cot\,u$ und $u=\frac{\pi}{2}-(w_1-w)$, so erhält man

$$q=a\frac{sin^2(w_1-w)}{cos(w_1-w)},\quad \frac{b+aw}{a}=tang(w_1-w).$$

Die zweite der vorstehenden Gleichungen giebt zwischen w und w_1 eine transcendente Gleichung, von deren Lösung ebenfalls die Bestimmung von q in Function von w_1 abhängt.

Nimmt man in der Gleichung 35) für q eine Function von w_1, so erhält man ϱ_1 in Function von w_1, also dann auch x_1, y_1 und p und schliesslich aus den Gleichungen 27) x und y als Functionen von w_1.

IV. Durch besondere Annahmen über die Art des osculatorischen Kegelschnitts ergeben sich in der allgemeinen Gleichung 1) Relationen zwischen den Coefficienten A, A_1, B, C, C_1 und E; jeder Relation entspricht eine Verminderung der Ordnung des Contacts um eine Einheit. Soll z. B. der Kegelschnitt eine gleichseitige Hyperbel sein, so können nur die Gleichungen 3), 5), 6) und 7) stattfinden, an Stelle von 8) tritt $A+A_1=0$. Die Gleichungen 11) und 12) gehen im vorliegenden Falle über in

$$x_1=x+3\varrho^2\frac{3\varrho\,sin\,w-\varrho'\,cos\,w}{\varrho'^2+9\varrho^2},\quad y_1=y-3\varrho^2\frac{3\varrho\,cos\,w+\varrho'\,sin\,w}{\varrho'^2+9\varrho^2},$$

$$\{(X-x_1)\,cos(w-\varphi)+(Y-y_1)\,sin(w-\varphi)\}^2-\{(X-x_1)\,sin(w-\varphi)-(Y-y_1)\,cos(w-\varphi)\}^2$$
$$=-\frac{(3\varrho)^2}{\varrho'^2+9\varrho^2}\,\frac{\varrho^2}{3\varrho\,cos\,2\varphi+\varrho'\,sin\,2\varphi},$$

wo $3\varrho\,sin\,2\varphi=\varrho'\,cos\,2\varphi$. Soll der Berührungspunkt (x, y) im Endpunkte einer der Hauptaxen der Curve 1) liegen, so kann im Allgemeinen nur noch von einer Berührung zweiter Ordnung die Rede sein. Da nämlich im Punkte P die Curve und der Kegelschnitt dieselbe Normale haben, so enthält die Normale, welche dann eine der Hauptaxen des Kegelschnittes ist, seinen Mittelpunkt (x_1, y_1). Es ist also in diesem Falle

$$37)\qquad (x_1-x)\,cos\,w+(y_1-y)\,sin\,w=0.$$

Bleibt man bei dem Contacte zweiter Ordnung stehen, so gelten die Gleichungen 3), 5) und 6), mithin auch die Gleichungen 11). Eliminirt man x_1-x und y_1-y zwischen der Gleichung 37) und den Gleichungen 12), so folgt

$$(A_1-A)\,sin\,w\,cos\,w+B\,cos\,2w=0$$

oder auch

$$38)\qquad A=-B\frac{sin\,w}{cos\,w}+t,\quad A_1=-B\frac{cos\,w}{sin\,w}+t,$$

wo t eine Unbestimmte bedeutet. Mittels der vorstehenden Gleichungen reducirt sich die linke Seite der Gleichung 7) auf $t\varrho'$, welcher Ausdruck nur für besondere Punkte verschwinden kann, welche $\varrho'=0$ entsprechen. Es kann nicht $t=0$ sein, sonst folgte aus 38) $AA_1-B^2=0$, welche Gleichung keinen Kegelschnitt mit einem Mittelpunkte zulässt. Hieraus ergiebt sich, dass die Gleichungen 38) die Gleichung 7) ausschliessen: es kann kein Contact dritter Ordnung stattfinden; ein Resultat, welches zu erwarten war.

Setzt man die Werthe von A und A_1 aus 38) in 11), so findet man

$$39)\quad \left(\frac{B}{\sin w \cos w}-t\right)(x_1-x)=\varrho t \sin w,\quad \left(\frac{B}{\sin w \cos w}-t\right)(y_1-y)=-\varrho t \cos w.$$

Für $A=A_1$ ist nach 38) $B=0$, die Gleichungen 39) bestimmen dann den Mittelpunkt des Krümmungskreises. Für eine gleichseitige Hyperbel, also $A+A_1=0$, geben die Gleichungen 38)

$$\frac{B}{\sin w \cos w}=2t.$$

Die Gleichungen 39) nehmen in diesem Falle die einfachen Formen an:

$$x_1-x=\varrho \sin w,\quad y_1-y=-\varrho \cos w.$$

Hat eine gleichseitige Hyperbel mit einer Curve einen Contact zweiter Ordnung, so dass der Berührungspunkt ein Scheitelpunkt der Hyperbel ist, so liegt ihr Mittelpunkt auf der Normalen in einer Entfernung vom Berührungspunkte, welche gleich dem Krümmungshalbmesser ist. Die Mittelpunkte der Hyperbel und des Krümmungskreises liegen auf entgegengesetzten Seiten der Curve.

V. Die osculatorische Parabel, welche mit einer Curve im Punkte (x, y) einen Contact dritter Ordnung hat, ist durch die Gleichungen 3), 5), 6) und 7) bestimmt nebst der Relation $AA_1-B^2=0$. Setzt man die Werthe von E, C, C_1 aus den Gleichungen 3) und 9) in die Gleichung 1), so nimmt dieselbe die Form an:

$$40)\quad \begin{gathered} A(X-x)^2+2B(X-x)(Y-y)+A_1(Y-y)^2 \\ +2\varrho(A\cos^2 w+2B\sin w\cos w+A_1\sin^2 w)\{(X-x)\sin w-(Y-y)\cos w\}=0. \end{gathered}$$

Die Gleichung 7), nämlich

$$41)\quad \begin{gathered} A(\varrho'\cos^2 w-3\varrho\sin w\cos w)+A_1(\varrho'\sin^2 w+3\varrho\sin w\cos w) \\ =-B(\varrho'\sin 2w+3\varrho\cos 2w), \end{gathered}$$

in Verbindung mit $AA_1-B^2=0$ giebt

$$42)\quad A(\varrho'\sin^2 w-3\varrho\sin w\cos w)-A_1(\varrho'\sin^2 w+3\varrho\sin w\cos w)=\pm 3B\varrho.$$

Für das obere Zeichen giebt die Gleichung 40)

$$(X-x)\sin w-(Y-y)\cos w=0,$$

was die Gleichung der Tangente ist. Für das untere Zeichen erhält man aus 41) und 42)

$$\frac{A}{B}=-\frac{\varrho'\sin w+3\varrho\cos w}{\varrho'\cos w-3\varrho\sin w},\quad \frac{A_1}{B}=-\frac{\varrho'\cos w-3\varrho\sin w}{\varrho'\sin w+3\varrho\cos w}.$$

Hierdurch lässt sich die Gleichung 40) auf folgende Form bringen:

$$\left\{(X-x)(\varrho'\sin w+3\varrho\cos w)-(Y-y)(\varrho'\cos w-3\varrho\sin w)+\frac{9\varrho^3\varrho'}{\varrho'^2+9\varrho^2}\right\}^2$$

$$43)\quad =\frac{54\varrho^4}{\varrho'^2+9\varrho^2}\left\{(X-x)(\varrho'\cos w-3\varrho\sin w)+(Y-y)(\varrho'\sin w+3\varrho\cos w)+\frac{3}{2}\cdot\frac{(\varrho\varrho')^2}{\varrho'^2+9\varrho^2}\right\}.$$

Für die Coordinaten x_1, y_1 des Brennpunktes hat man die Gleichungen

$$(x_1-x)(\varrho'\sin w+3\varrho\cos w)-(y_1-y)(\varrho'\cos w-3\varrho\sin w)+\frac{9\varrho^3\varrho'}{\varrho'^2+9\varrho^2}=0,$$

$$(x_1-x)(\varrho'\cos w-3\varrho\sin w)+(y_1-y)(\varrho'\sin w+3\varrho\cos w)+\frac{3}{2}\frac{(\varrho\varrho')^2}{\varrho'^2+9\varrho^2}=\frac{1}{2}\cdot\frac{27\varrho^4}{\varrho'^2+\varrho^2},$$

und hieraus

$$x_1-x=-\frac{3}{2}\varrho^2\frac{\varrho'\cos w+3\varrho\sin w}{\varrho'^2+9\varrho^2},\quad y_1-y=-\frac{3}{2}\varrho^2\frac{\varrho'\sin w-3\varrho\cos w}{\varrho'^2+9\varrho^2}.$$

Setzt man

$$44)\qquad \varrho'=3\varrho\tang u,$$

so werden die Gleichungen für x_1, y_1 einfacher:

$$45)\qquad x_1=x-\frac{\varrho}{2}\cos u\sin(u+w),\quad y_1=y+\frac{\varrho}{2}\cos u\cos(u+w).$$

Diese Gleichungen nach w differentiirt, geben, mit Rücksicht auf 44):

$$46)\qquad \frac{\partial x_1}{\partial w}=\varrho\frac{1-u'}{2}\cos(2u+w),\quad \frac{\partial y_1}{\partial w}=\varrho\frac{1-u'}{2}\sin(2u+w).$$

Haben für die Curve, welche der Brennpunkt beschreibt, ϱ_1, w_1 und s_1 im Punkte (x_1, y_1) analoge Bedeutungen wie ϱ, w und s im Punkte (x, y) der primitiven Curve, so erhält man aus den Gleichungen 46)

$$\frac{\partial s_1}{\partial w}=\varrho\frac{1-u'}{2},\quad w_1=2u+w$$

oder auch

$$47)\qquad \varrho_1\frac{\partial w_1}{\partial w}=\varrho\frac{1-u'}{2},\quad w_1=2u+w,$$

da $\partial s_1=\varrho_1\,\partial w_1$. Sieht man wieder w, u und ϱ als Functionen von w_1 an, so giebt die Gleichung $w_1=2u+w$, nach w_1 differentiirt:

$$1=(1+2u')\frac{\partial w}{\partial w_1}.$$

Aus dieser Gleichung und

$$\frac{\partial u}{\partial w_1}=u'\frac{\partial w}{\partial w_1}$$

erhält man

$$\left(1-2\frac{\partial u}{\partial w_1}\right)u'=\frac{\partial u}{\partial w_1},\quad 1-2\frac{\partial u}{\partial w_1}=\frac{\partial w}{\partial w_1}.$$

Führt man w_1 als unabhängige Variabele mittels der vorstehenden Gleichungen in die Gleichung 44) und die erste Gleichung 47) ein, so erhält man

$$\text{48)} \quad \frac{1}{\varrho}\,\frac{\partial \varrho}{\partial w_1} = 3\left(1 - 2\,\frac{\partial u}{\partial w_1}\right) \operatorname{tang} u, \qquad \varrho_1 = \tfrac{1}{2}\varrho\left(1 - 3\,\frac{\partial u}{\partial w_1}\right).$$

Die Gleichungen 45) geben, $w = w_1 - 2u$ gesetzt:

$$\text{49)} \quad x = x_1 + \tfrac{1}{2}\varrho \cos u \sin(w_1 - u), \qquad y = y_1 - \tfrac{1}{2}\varrho \cos u \cos(w_1 - u).$$

Durch die Gleichungen 48) und 49) ist die primitive Curve bestimmt, wenn der Ort der Brennpunkte der osculatorischen Parabeln zweiten Grades gegeben ist. Von einigen besonderen Fällen abgesehen, scheint die allgemeine Integration der Gleichungen 48) nicht ausführbar zu sein. Fallen die Brennpunkte aller Parabeln zusammen, so sind x_1 und y_1 constant; die Gleichungen 46) geben dann $1 = u'$, folglich $u = w - w_0$, wo w_0 eine Constante ist. Die Gleichung 44) wird dann

$$\frac{\varrho'}{\varrho} = 3 \operatorname{tang}(w - w_0).$$

Hieraus folgt

$$\varrho = \frac{k}{\cos^3(w - w_0)},$$

wo k eine Constante ist. Für den vorstehenden Werth von ϱ geben die Gleichungen 25)

$$(x - x_0)\cos w_0 + (y - y_0)\sin w_0 = k \operatorname{tang}(w - w_0),$$

$$-(x - x_0)\sin w_0 + (y - y_0)\cos w_0 = \frac{k}{2\cos^2(w - w_0)}.$$

Durch Elimination von $w - w_0$ zwischen den vorstehenden Gleichungen ergiebt sich die allgemeine Gleichung der Parabel. Liegt der Punkt (x_1, y_1) auf einer Geraden, wird dieselbe der x-Axe parallel genommen, so ist y_1 constant. Die zweite Gleichung 46) giebt dann $2u + w = 0$. Hierdurch geht die erste Gleichung 46) über in

$$\frac{\partial x_1}{\partial w} = \varrho\,\frac{1 - u'}{2}.$$

oder, $w = -2u$ gesetzt:

$$\frac{\partial x_1}{\partial u} = -\tfrac{3}{2}\varrho.$$

Bedeutet also x_0 eine Constante, so ist

$$\text{50)} \quad x_1 - x_0 = -\tfrac{3}{2}\int \varrho\,\partial u.$$

Die Gleichung 44) wird für $w = -2u$

$$\frac{1}{\varrho}\,\frac{\partial \varrho}{\partial u} = -6 \operatorname{tang} u.$$

Hieraus folgt

$$\text{51)} \quad \varrho = k(\cos u)^6.$$

Setzt man in den Gleichungen 46) $u + w = -u$, ferner für x_1 und ϱ ihre Werthe aus 50) und 51), endlich $y_1 = y_0$, wo y_0 eine Constante ist, so folgt

$$x = x_0 - \tfrac{7}{2} k \int (\cos u)^6 \, \partial u - \frac{k}{2} (\cos u)^7 \sin u,$$

$$y = y_0 - \frac{k}{2} (\cos u)^8.$$

Die in der ersten Gleichung vorkommende Integration lässt sich bekanntlich leicht bewerkstelligen, man kann dann durch Elimination von u die Gleichung der Curve herstellen; für manche Zwecke ist es einfacher, die beiden Gleichungen in der obigen Art beizubehalten.

Mittels der Gleichung 43) ergiebt sich für die Directrix der Parabel folgende Gleichung:

$$(X-x)(\varrho' \cos w - 3\varrho \sin w) + (Y-y)(\varrho' \sin w + 3\varrho \cos w)$$
$$+ \tfrac{3}{2} \frac{(\varrho\varrho')^2}{\varrho'^2 + 9\varrho^2} = -\tfrac{27}{2} \frac{\varrho^4}{\varrho'^2 + 9\varrho^2}.$$

Durch Einführung des Winkels u aus 44) erhält man nach gehöriger Reduction

52) $$(X-x)\sin(w-u) - (Y-y)\cos(w-u) = \tfrac{1}{2}\varrho \cos u.$$

Die Directrix berührt eine Curve, welche durch die Gleichung 52) und die Derivirte dieser Gleichung in Beziehung auf w bestimmt ist. Mit Rücksicht auf die Gleichungen 1) und 44) findet man

$$(X-x)\cos(w-u) + (Y-y)\sin(w-u) = \tfrac{1}{2}\varrho \sin u.$$

Aus dieser Gleichung und der Gleichung 52) folgt

53) $$X - x = \tfrac{1}{2}\varrho \sin w, \quad Y - y = -\tfrac{1}{2}\varrho \cos w.$$

Aus dem Vorstehenden gelangt man zu dem Resultate, dass der Schnittpunkt der Directrixlinie der osculatorischen Parabel zweiten Grades im Punkte P einer Curve die Normale des Punktes P in einem Punkte schneidet, welcher gleichzeitig der Enveloppe der Directrixlinien sämmtlicher osculatorischen Parabeln angehört. Die weitere Untersuchung der Enveloppe, für welche ein Punkt (X, Y) durch die Gleichungen 52) bestimmt ist, bietet mittels der Gleichungen 1) und 44) keine Schwierigkeiten, weshalb hier ein weiteres Eingehen auf diese und ähnliche Untersuchungen unterbleiben möge.

VII.

Kinematisch-geometrische Untersuchungen der Bewegung ähnlich-veränderlicher ebener Systeme.

Von

Dr. L. Burmester,

Professor der darstellenden Geometrie am königl. Polytechnikum zu Dresden.

(Hierzu Taf. II, Fig. 1 – 14.)

Erste Mittheilung.

In der kinematischen Geometrie wurde bis jetzt fast ausschliesslich die Bewegung starrer Systeme mit reichem Erfolge behandelt, und die Bewegung veränderlicher Systeme fand nur in einem ganz speciellen Falle* ein wenig Beachtung; denn der Pfad vom bewegten Starren zum bewegten Veränderlichen führt durch Hindernisse, die schwer und nicht auf einmal beseitigt werden können. Die Lehre von der Bewegung veränderlicher Systeme, deren Mannichfaltigkeit ohne Grenzen ist, bildet in geometrischer Hinsicht ein neues, kaum berührtes grosses Forschungsgebiet, welches das fruchtreiche Feld der Bewegung starrer Systeme einschliesst; wir müssen uns daher begnügen, wenn es uns ermöglicht wird, einen Theil dieses Gebietes vorwärtsgehend zu überschauen. Die Lehre von der Bewegung starrer Systeme giebt der theoretischen Maschinengetriebelehre ihre Grundlage und fördert ihre Fortentwickelung, und bei rein geometrischen Untersuchungen zeigt sie sich als ein hochnützliches Werkzeug. Die Bewegung veränderlicher Systeme offenbart sich in unendlicher Mannichfaltigkeit in der Natur, in dem Bilden der Krystalle wie in dem Wachsen der Organismen, und in theoretischer Richtung bietet sie dem Mathematiker den ergiebigsten Stoff zur Untersuchung. Der Nutzen der Erforschung der Bewegung veränderlicher Systeme ist daher, wenn auch besondere Bewegungsformen vorausgesetzt werden, für die Folge von grosser Bedeutung. Wir werden

* Siehe Anmerkung Seite 165.

in unseren Betrachtungen vom Speciellen zum Allgemeineren fortschreiten, und auf diesem Wege werden wir zu interessanten geometrischen Resultaten und zu wichtigen kinematischen Beziehungen gelangen, welche geeignet sind, zu weiterem Studium anzuregen.

Wir untersuchen in dieser Abhandlung die Bewegung eines veränderlichen, sich ähnlich bleibenden ebenen Systems innerhalb einer festen Ebene. Dieses veränderliche System, d. h. eine Ebene mit allen in ihr liegenden veränderlichen Punkten und Geraden, wollen wir des kürzeren Ausdrucks wegen ein ähnlich-veränderliches ebenes System nennen. Wenn ein angenommenes ähnlich-veränderliches ebenes System, dessen Elemente Punkte und Geraden sind, während der Bewegung in einer festen Ebene aus einem Zustande in einen andern übergeht, so wollen wir diese Zustände, um die Wandlung anzudeuten, die Phasen des ähnlich-veränderlichen Systems oder kurz die Systemphasen nennen. Die Punkte und Geraden des Systems, die an sich unveränderlich sind und nur ihre gegenseitige Lage im System ändern, nehmen in jeder Systemphase eine bestimmte Lage in der festen Ebene an.

Ein ähnlich-veränderliches ebenes System ist durch zwei Punkte bestimmt, und daher können wir, indem wir die Bewegung zweier Systempunkte verfolgen, aus ihrem Laufe die Bewegung des ganzen ähnlich-veränderlichen Systems erschliessen. Wir nehmen an, es seien A und B zwei Punkte eines ähnlich-veränderlichen Systems S, die sich resp. auf zwei Geraden a und b (Fig. 1) so bewegen, dass die unbegrenzt gedachte Gerade AB des Systems S in ihren verschiedenen Lagen $A_1 B_1$, $A_2 B_2$, $A_3 B_3, \ldots$ die Geraden a und b, deren Schnittpunkt mit H bezeichnet ist, in ähnlichen Punktreihen schneidet. Wenn wir um die Dreiecke $HA_1 B_1$, $HA_2 B_2$, $HA_3 B_3, \ldots$ Kreise beschreiben, so schneiden sich diese ausser in H noch in einem zweiten Punkte O; denn um die Kreismittelpunkte zu erhalten, errichten wir in den Mitten auf die sich in H treffenden Dreieckseiten Senkrechte; diese können wir, weil die genannten Mitten auf den Geraden a, b zwei ähnliche Punktreihen bilden, als die Strahlen zweier projectivischer Büschel betrachten, welche die unendlich ferne Gerade entsprechend gemein haben, und demnach eine Gerade erzeugen, auf der die Kreismittelpunkte liegen. Verbinden wir den Punkt O mit den Punkten $A_1, A_2, A_3 \ldots$ und $B_1, B_2, B_3 \ldots$, so sind die Dreiecke $OA_1 B_1$, $OA_2 B_2$, $OA_3 B_3$ ähnlich, denn es ist

$$\sphericalangle O A_1 B_1 = \sphericalangle O A_2 B_2 = \sphericalangle O A_3 B_3 = \ldots \sphericalangle O H B_n,$$
$$\sphericalangle O B_1 A_1 = \sphericalangle O B_2 A_2 = \sphericalangle O B_3 A_3 = \ldots \sphericalangle O H A_m$$

und ausserdem

$$\sphericalangle A_1 O B_1 = \sphericalangle A_2 O B_2 = \sphericalangle A_3 O B_3 = \ldots \sphericalangle A_m H B_m.$$

Der Punkt O des ähnlich-veränderlichen Systems S verändert hiernach seine Lage während der Bewegung des Systems nicht; es ist der selbstentsprechende Punkt je zweier Systemphasen, der Aehnlichkeitspol genannt werden soll.

Betrachten wir noch einen dritten Systempunkt C, dessen Lagen resp. C_1, C_2, C_3... sein mögen, so bewegt sich auch dieser Punkt auf einer Geraden c; denn die Dreiecke OA_1C_1, OA_2C_2, OA_3C_3... sind ähnlich, weil die Vierecke $OA_1C_1B_1$, $OA_2C_2B_2$, $OA_3C_3B_3$.. ähnlich sind. — Hieraus folgt der Satz:

I. Bewegen sich zwei Punkte eines ähnlich-veränderlichen ebenen Systems derart auf zwei Geraden, dass sie auf diesen ähnliche Punktreihen erzeugen, so bleibt ein Systempunkt, der Aehnlichkeitspol aller Systemphasen, unbeweglich; alle beweglichen Systempunkte bewegen sich auf Geraden, welche durch je zwei homologe Punkte zweier Systemphasen gehen, und erzeugen auf diesen Geraden ähnliche Punktreihen.

Diese Bewegungsform eines ähnlich-veränderlichen ebenen Systems wollen wir die geradlinige Bewegung desselben und die Geraden, auf denen sich die Systempunkte bewegen, die Bahngeraden nennen. Die geradlinige Bewegung eines ähnlich-veränderlichen ebenen Systems ist auch nach obigem Satze bestimmt, wenn ein Systempunkt fest bleibt und ein zweiter sich auf einer Geraden bewegt.

In Fig. 1 ist $\sphericalangle OA_1H = \sphericalangle OB_1H$, $\sphericalangle OA_2H = \sphericalangle OB_2H$ etc. Hieraus folgt:

II. Die Geraden, welche von dem Aehnlichkeitspol nach den Punkten einer Systemphase gehen, bilden mit den Bahngeraden dieser Punkte gleiche Winkel.

Bestimmen wir auf den Bahngeraden a, b, c... resp. die Punkte A_x, B_x, C_x..., so dass

$$\frac{A_1A_x}{A_xA_2} = \frac{B_1B_x}{B_xB_2} = \frac{C_1C_x}{C_xC_2} = \ldots$$

ist, dann bilden die Punkte A_x, B_x, C_x... eine Phase S_x des ähnlich-veränderlichen Systems S.

Unter den unendlich vielen Phasen, in welche das System S während der Bewegung eintritt, sind je zwei congruent; denn ziehen wir vom Aehnlichkeitspol O (Fig. 1) nach einer Bahngeraden, etwa nach a, zwei gleichlange Gerade OA_m und OA_n, so sind die Systemphasen S_m und S_n, welche den Geraden OA_m und OA_n entsprechen, congruent. Hiernach sind die Bahngeraden die unbegrenzt gedachten Verbindungsgeraden der homologen Punkte zweier congruenter Systeme S_m und S_n. — Wenn wir den Aehnlichkeitspol ausschliessen, so entspricht jedem Systempunkte eine durch ihn gehende Bahngerade in der festen Ebene, und wenn wir die Geraden ausschliessen, welche durch den Aehnlichkeitspol gehen, so entspricht jeder Geraden der festen Ebene ein auf ihr liegender Systempunkt. Ist D_m die Lage eines Systempunktes D in der Phase S_m und D_n der homologe Punkt in der Phase S_n, so ist $D_m D_n$ die Bahngerade des Systempunktes D. — Ist e_m eine in der festen Ebene liegende Bahngerade und betrachten wir sie einstweilen zum System S_m gehörig, so erhalten wir den sich auf ihr bewegenden Systempunkt E in der Lage E_m, wenn wir die homologe Gerade e_n bestimmen und zum Durchschnittspunkt E_n der Geraden e_m, e_n den homologen Punkt E_m construiren. Auf diese Weise kann man leicht zu einem beliebig angenommenen System von Punkten die entsprechenden Bahngeraden und zu einem beliebig angenommenen System von Bahngeraden die entsprechenden Punkte bestimmen.

Betrachten wir im ähnlich-veränderlichen System S eine Curve k und bezeichnen wir zwei congruente Phasen derselben mit k_m und k_n, so entsprechen den Curvenpunkten eine Schaar von Bahngeraden, welche durch die homologen Punkte der Curven k_m, k_n gehen und eine in der festen Ebene liegende Curve $\varkappa$ umhüllen. Auf einer beliebigen Phase k_x der Curve k giebt es im Allgemeinen einen Curvenpunkt P_x, dessen Tangente mit seiner Bahngeraden zusammenfällt; demnach fällt auch die Tangente eines unendlich nahe an P_x liegenden Punktes P_y der unmittelbar folgenden Systemphase k_y mit seiner Bahngeraden zusammen. Hieraus folgt der Satz:

III. Die Curve, welche die Bahngeraden der Punkte einer Systemcurve umhüllen, wird auch von den Phasen der Systemcurve während der geradlinigen Bewegung des ähnlich veränderlichen Systems umhüllt.

Es kann auch der Fall eintreten, dass nicht alle Bahngeraden und nicht alle Phasen bei dem Umhüllen zur Geltung kommen.

Eine Curve k, deren Phasen eine andere Curve $\varkappa$ umhüllen, wollen wir die Hüllcurve, und die von den Phasen umhüllte Curve $\varkappa$ in der festen Ebene die Hüllbahn nennen.

In Fig. 2 sind zwei congruente Phasen k_m, k_n einer Systemcurve k gegeben; der Aehnlichkeitspol O ist dann als selbstentsprechender Punkt der Systeme S_m, S_n bestimmt. Fällen wir von O Senkrechte auf die Bahngeraden $A_m A_n$, $B_m B_n$, $C_m C_n$, ..., so liegen die Fusspunkte in den Mitten dieser Geraden und bilden eine Curve k_k, welche die kleinste Phase der Curve k ist. Hieraus folgt:

IV. Die kleinste Phase einer Systemcurve ist die Fusspunktcurve der von den Bahngeraden eingehüllten Curve in Bezug auf den Aehnlichkeitspol als Pol.

Nehmen wir die Tangenten einer beliebigen Curve $\varkappa$ (Fig. 3) als Bahngeraden und einen beliebigen Punkt O als Aehnlichkeitspol, so erhalten wir die kleinste Phase k_k der Hüllcurve k, welcher die Curve $\varkappa$ als Hüllbahn angehört, wenn wir für O als Pol die Fusspunktcurve k_k der Curve $\varkappa$ construiren. Es giebt demnach, da O beliebig angenommen wurde, unendlich viele Hüllcurven, denen dieselbe Hüllbahn $\varkappa$ entspricht. Nehmen wir aber auf zwei beliebigen Tangenten oder Bahngeraden a, b zwei Paare homologer Punkte A_1, A_2 und B_1, B_2 beliebig an, so ist der Aehnlichkeitspol O bestimmt, denn es ist der zweite Durchschnittspunkt der um die Dreiecke $A_1 B_1 H$, $A_2 B_2 H$ beschriebenen Kreise.

Nach dem Satze II können wir leicht eine beliebige Phase k_x der Hüllcurve k construiren. Wir nehmen auf einer beliebigen Bahngeraden, etwa auf a, einen Punkt A_x der zu bestimmenden Phase k_x an, fällen von O auf a eine Senkrechte OA_k und ziehen von O Gerade unter dem constanten Winkel $O A_x A_k$ in gleichem Sinne nach allen Bahngeraden, dann bilden die Schnittpunkte A_x, B_x, C_x... die Phase k_x. Soll die zu bestimmende Phase k_x die Hüllbahn $\varkappa$ in einem gegebenen Punkte D_x berühren, so erhalten wir diese Phase, wenn wir von O Gerade unter dem Winkel $O D_x D_k$ gegen die Tangenten ziehen. Aus dieser Construction ergiebt sich der Satz:

> V. Zieht man von einem beliebigen, in der Ebene einer ebenen Curve liegenden Punkte nach den Tangenten der Curve Gerade unter gleichem Winkel und in gleichem Sinne, so bilden die Scheitel der constanten Winkel eine Curve, welche der jenem Punkte entsprechenden Fusspunktcurve ähnlich ist.

Ist die Hüllbahn ein Punkt Π, so gehen die Bahngeraden durch diesen Punkt und die Fusspunkte der von O auf diese Geraden gefällten Senkrechten liegen auf einem Kreise, dessen Durchmesser $O\Pi$ ist. Die Phasen eines durch den Aehnlichkeitspol O gehenden Systemkreises schneiden sich ausser im Punkte O noch in einem zweiten Punkte Π, und alle Punkte des Systemkreises bewegen sich auf Geraden, die durch den Punkt Π gehen.

Sind drei beliebige Geraden a, b, c (Fig. 4) gegeben und nehmen wir zwei Lagen A_1, A_2, B_1, B_2 zweier Systempunkte A, B an, so ist der Aehnlichkeitspol O bestimmt. Fällen wir von O auf die Bahngeraden Senkrechte, dann bilden die Fusspunkte A_k, B_k, C_k ein Dreieck, welches die kleinste Phase des Systems Dreieck ABC ist, dessen Eckpunkte sich auf den Geraden a, b, c bewegen. Nehmen wir O beliebig an, dann ist das Systemdreieck ABC auch bestimmt. Hieraus folgt: Bewegen sich drei Punkte eines ähnlich-veränderlichen Systems auf drei Geraden, so bewegen sich alle Punkte, mit Ausnahme des Aehnlichkeitspoles, auf einer Geraden.*

Ist die Hüllcurve k eine Gerade AB, so umhüllen die Bahngeraden aller Punkte derselben eine Parabel π; denn die Bahngeraden sind die Verbindungsgeraden zweier ähnlicher Punktreihen. Die Systemgerade AB um-

* Dieser Satz wurde von Herrn Petersen in *Nouv. Annales de math.* 2e *série t. V, p.* 480 mitgetheilt.

hüllt nach dem Satze III während der Bewegung dieselbe Parabel π. Fällen wir von dem Aehnlichkeitspol O (Fig. 5) auf die Lagen $A_1 B_1$, $A_2 B_2$, $A_3 B_3$,... der Systemgeraden AB Senkrechte, so liegen die Fusspunkte F_1, F_2, F_3..., weil die Dreiecke $OA_1 F_1$, $OA_2 F_2$, $OA_3 F_3$... ähnlich sind, auf einer Geraden, welche die Scheiteltangente der von AB umhüllten Parabel π ist. Die Gerade AB fällt während der Bewegung nach und nach einmal mit den Bahngeraden ihrer Punkte zusammen und demnach geht die Scheiteltangente der Parabel π durch alle Fusspunkte der von O auf die Bahngeraden gefällten Senkrechten. Hieraus folgt der Satz:

VI. **Jede Systemgerade eines ähnlich-veränderlichen Systems umhüllt während der geradlinigen Bewegung desselben eine Parabel, deren Brennpunkt der Aehnlichkeitspol ist und deren Scheiteltangente die Fusspunkte der vom Aehnlichkeitspol auf die Bahngeraden aller Punkte der Systemgeraden gefällten Senkrechten enthält.**

Aus diesem ergiebt sich noch der bekannte Satz: Bewegt sich der Scheitel eines Winkels auf einer Geraden, während der eine Schenkel durch einen festen Punkt geht, so umhüllt der andere Schenkel eine Parabel, deren Brennpunkt der feste Punkt ist.

Nehmen wir an, es sei ein Punkt, etwa A_2, der Mittelpunkt eines Büschels von Systemgeraden, so umhüllen alle diese Geraden Parabeln, die den Aehnlichkeitspol O als gemeinschaftlichen Brennpunkt haben. Alle diese Geraden fallen während der Bewegung einmal mit der Bahngeraden a des Punktes A zusammen; folglich schneiden sich die Scheiteltangenten der von dem Geradenbüscheln umhüllten Parabeln in dem Fusspunkte F_0 der vom Aehnlichkeitspol O auf die Bahngerade a gefällten Senkrechten und die Scheitel dieser Parabeln liegen auf einem über OF_0 als Durchmesser beschriebenen Kreise.

Die Systemgerade des Büschels A_2, welche durch O geht, umhüllt den Punkt O und die Bahngeraden aller Punkte dieser Systemgeraden sind parallel.* Für diesen Fall ist die eingehüllte Parabel in eine in O einerseits begrenzte Gerade, welche jenen Bahngeraden parallel ist, übergegangen; der Scheitel der Parabel ist mit dem Brennpunkte zusammengefallen.

Die Punkte, in welchen die Systemgeraden das Büschel A in einem bestimmten Moment (etwa wenn A sich in A_2 befindet) die Parabeln berühren, kann man leicht bestimmen. Zu diesem Zwecke errichten wir in A_2 auf die Bahngerade a und in O auf OA_2 eine Senkrechte; vom Durchschnitt N der beiden Senkrechten ziehen wir Senkrechte auf die Geraden des Büschels A_2. Dann sind die so erhaltenen Fusspunkte P'_2, P''_2..., welche auf einem Kreise liegen, die genannten Berührungspunkte. Diese Punkte be-

* Hier macht nur der Aehnlichkeitspol O, der seine Lage nicht ändert, eine Ausnahme.

wegen sich in dem bestimmten Moment in der Richtung der Geraden $P'_2 A_2$, $P''_2 A_2$, ..., welche durch den Punkt A_2 gehen, und werden daher auch die Gleitungspunkte genannt.

Da eine Systemgerade während der geradlinigen Bewegung eines ähnlich-veränderlichen Systems dieselbe Parabel erzeugt, welche die Bahngeraden umhüllen, so wird auch eine geradlinige Bewegung eines ähnlich-veränderlichen Systems hervorgebracht, wenn wir die beiden Schnittpunkte, welche eine sich an einer Parabel entlang bewegende Tangente mit zwei anderen festen Tangenten derselben Parabel bildet, als zwei Systempunkte eines ähnlich-veränderlichen Systems betrachten. Vier beliebige Gerade können wir stets als vier Tangenten einer Parabel ansehen, und können daher auch in einem Vierseit Fig. 6 einerseits die Punkte A_1, B_1 und A_2, B_2 und andererseits die Punkte A_1, A_2 und B_1, B_2 als homologe Lagen von zwei Paar Punkten, welche demselben ähnlich-veränderlichen System angehören, betrachten. Der Aehnlichkeitspol O ist dann der zweite Durchschnittspunkt der um die Dreiecke HA_1B_1, HA_2B_2 und ferner um die Dreiecke IA_1A_2, IB_1B_2 beschriebenen Kreise. Hieraus folgt der wichtige Satz:

VII. Beschreibt man um die vier Dreiecke, welche von den Seiten eines vollständigen Vierseits gebildet werden, Kreise, so schneiden sich diese Kreise in **einem** Punkte.*

Dieser Satz führt uns zu einem für die Folge sehr wichtigen Princip, das für die Bewegung starrer Systeme von Lionardo da Vinci** herrührt und seine Geltung auch für die Bewegung ähnlich-veränderlicher Systeme bewahrt. Nach diesem Princip ist die Bewegung umkehrbar; man kann ohne Einfluss auf das Umhüllungsgebilde das Starre als veränderlich und das Veränderliche als starr betrachten.

Nehmen wir an, in Fig. 3 seien k_x und k_k zwei beliebige Phasen einer Curve k eines ähnlich-veränderlichen Systems S, und A, B, C... Punkte der Curve k, welche sich auf den in einer festen Ebene ε liegenden Bahngeraden a, b, c... bewegen und in jenen Phasen resp. die Lagen A_x, B_x, C_x... und A_k, B_k, C_k... einnehmen, so können wir uns alle Phasen der Curve k auf einmal in einer festen Ebene e erstarrt denken und die Ebene ε in der Ebene e als beweglich betrachten, ferner annehmen, dass die in ε liegenden Punkte und Geraden ein ähnlich veränderliches System S' bilden. Auf den beiden in der festen Ebene e erstarrten Phasen k_x, k_k bilden die Punkte A_x, B_x, C_x... und A_k, B_k, C_k... ähnliche krumme Punktreihen und die Punktpaare A_xA_k, B_xB_k, C_xC_k, ... bestimmen die Phasen S'_x, S'_k, ... des ähnlich-veränderlichen Systems S', in dem auch die Lage des Systempunktes O unveränderlich ist.

---

* Dieser Satz wurde auch von Herrn Petersen a. a. O. mitgetheilt.

** Chasles. Geschichte der Geometrie von Sohncke. 1839. S. 447.

Ziehen wir die Geraden $A_x B_x$, $A_k B_k$, welche sich in I treffen, und denken wir uns um die Dreiecke $I A_x A_k$, $I B_x B_k$ Kreise beschrieben, so schneiden sich diese nach obigem Satze auch in dem Aehnlichkeitspol O. Dasselbe gilt von allen Punktpaaren der ähnlichen krummen Punktreihen. Hieraus ergiebt sich der Satz:

VIII. Bewegen sich zwei Punkte eines ähnlich-veränderlichen ebenen Systems derart auf zwei ähnlichen Curven, dass sie auf diesen ähnliche krumme Punktreihen erzeugen, so bleibt ein Systempunkt, der Aehnlichkeitspol aller Systemphasen, unbeweglich; alle beweglichen Systempunkte bewegen sich auf ähnlichen Curven und erzeugen auf diesen ähnliche krumme Punktreihen.

Diese Bewegungsform eines ähnlich-veränderlichen ebenen Systems wollen wir die einförmig-krummlinige Bewegung desselben und die ähnlichen Curven, auf denen sich die Systempunkte bewegen, die Bahncurven nennen.

Die einförmig-krummlinige Bewegung eines ähnlich-veränderlichen ebenen Systems ist auch nach obigem Satze bestimmt, wenn ein Systempunkt fest bleibt und ein zweiter sich auf einer Curve bewegt.

Blicken wir auf die Fig. 3 zurück, so können wir den Satz aussprechen:

IX. Bewegen sich zwei Punkte X', K' des ähnlich-veränderlichen ebenen Systems S' auf den ähnlichen Curven k_x, k_k derart, dass sie die ähnlichen Punktreihen A_x, B_x, $C_x \ldots$ und A_k, B_k, $C_k \ldots$ erzeugen, so umhüllt die Systemgerade $X'K'$ während der Bewegung eine Curve $\varkappa$, dieselbe Curve, welche die Phasen der Curve k bei der geradlinigen Bewegung des ähnlich-veränderlichen ebenen Systems S umhüllen.

Geht bei der einförmig-krummlinigen Bewegung eines ähnlich-veränderlichen Systems S' dieses System aus einer beliebigen Phase S'_x in eine unendlich nahe Phase S'_y über, so durchlaufen die Systempunkte auf ihren Bahncurven unendlich kleine Strecken, welche man als geradlinig ansehen kann, und demnach kann man auch die Bewegung des Systems S' aus der Phase S'_x in die unendlich nahe Phase S' als geradlinig und die Tangenten in den betreffenden Punkten an ihren Bahncurven als Bahngerade betrachten. Hieraus folgt nach Beachtung des Satzes II:

X. Die Geraden, welche von dem Aehnlichkeitspol nach den Punkten einer Systemphase gehen, bilden mit den in diesen Punkten an ihren Bahncurven gezogenen Tangenten gleiche Winkel.

Für den besondern Fall, wenn das System starr ist, sind diese gleichen Winkel bekanntlich stets rechte Winkel. Nehmen wir in dem System

S' eine beliebige Curve k' an, so umhüllen die Phasen dieser Curve während der einförmig-krummlinigen Bewegung des Systems S' eine Curve $\varkappa'$, welche, wie bei der geradlinigen Bewegung, die Hüllbahn der Hüllcurve k' ist. Aus den auf S. 157 für die geradlinige Bewegung erhaltenen Folgerungen oder aus dem Princip der Umkehrung der Bewegung ergiebt sich auch für die krummlinige Bewegung eines ähnlich-veränderlichen Systems der Satz:

> XI. Die Curve, welche die Bahncurven der Punkte einer Systemcurve umhüllen, wird auch von den Phasen der Systemcurve während der einförmig-krummlinigen Bewegung des ähnlich-veränderlichen Systems umhüllt.

Es kann jedoch der Fall eintreten, dass nicht alle Bahncurven und nicht alle Phasen bei dem Umhüllen zur Geltung kommen.

Nach diesen Erörterungen wollen wir unsere Betrachtungen zunächst wieder an die geradlinige Bewegung eines ähnlich-veränderlichen Systems S anknüpfen. Ist die Hüllcurve eines ähnlich-veränderlichen Systems S, welches sich geradlinig bewegt, ein Kreis k, und nehmen wir an, dass in Fig. 7 k_m, k_n zwei congruente Phasen des Kreises k sind, dann sind die Mittelpunkte M_m, M_n derselben zwei homologe Punkte. Ausser diesen müssen auf k_m und k_n noch zwei beliebige Punkte A_m, A_n als homologe Punkte gegeben sein, und hierdurch ist die geradlinige Bewegung des Systems S bestimmt. Wir erhalten den Aehnlichkeitspol O, den selbstentsprechenden Punkt der congruenten Systemphasen S_m, S_n, indem wir auf $M_m M_n$ in der Mitte M_k und auf $A_m A_n$ in der Mitte A_k Senkrechte errichten; diese schneiden sich in dem Aehnlichkeitspol O. Denken wir uns auf k_m und k_n congruente homologe Punktreihen A_m, B_m, C_m ... und A_n, B_n, C_n ... bestimmt und diese homologen Punkte durch die entsprechenden Bahngeraden verbunden, so umhüllen diese die Curve $\varkappa$, welche die Hüllbahn des Systemkreises k ist. Denken wir uns ferner von O auf diese Bahngeraden Senkrechte gezogen, dann liegen die Fusspunkte auf einem Kreise k_k, der die kleinste Phase des Systemkreises k ist. Wenn aber der Scheitel eines rechten Winkels sich auf einem Kreise k_k bewegt, während der eine Schenkel durch einen festen Punkt O geht, so umhüllt der andere Schenkel einen Kegelschnitt, dessen Brennpunkt O, dessen Mittelpunkt M_k der Mittelpunkt des Kreises k_k und dessen Hauptaxe der Durchmesser dieses Kreises ist. Dies führt uns zu folgendem Satze:

> XII. Ein Systemkreis eines ähnlich-veränderlichen Systems umhüllt während der geradlinigen Bewegung desselben einen Kegelschnitt, dessen einer Brennpunkt der Aehnlichkeitspol, dessen Mittelpunkt der Fusspunkt der vom Aehnlichkeitspol auf die Bahngerade des Kreismittelpunktes gefällten Senkrechten

und dessen Hauptaxe gleich dem Durchmesser der kleinsten Kreisphase ist.

Je nachdem der Aehnlichkeitspol O ausserhalb oder innerhalb des Systemkreises k liegt, ist der Kegelschnitt eine Hyperbel oder Ellipse. Liegt der Aehnlichkeitspol O auf dem Kreise k, dann degenerirt der Kegelschnitt zu einer Geraden; der Brennpunkt O fällt mit dem einen Scheitel zusammen. Die Phasen des Kreises k umhüllen dann ausser dem Aehnlichkeitspol noch einen zweiten Punkt und bilden demnach ein Chordalkreissystem, dessen unendlich grosser Kreis in jene Gerade übergeht. Die Bahngeraden der Punkte des Kreises k schneiden sich in diesem Falle in dem genannten zweiten Punkte.

Der Systempunkt, dessen Lage auf der Kreisphase k_k mit einem Scheitel des umhüllten Kegelschnittes zusammenfällt, bewegt sich auf der Scheiteltangente. Der Punkt, dessen Lage auf der Kreisphase k_k sich im Berührungspunkte einer von O an k_k gezogenen Tangente befindet, bewegt sich auf einer Asymptote der umhüllten Hyperbel.

Aus Obigem ergiebt sich eine einfache praktische Kegelschnittconstruction, die besonders für die Hyperbel sehr zu empfehlen ist. Es sei O (Fig. 7) der Brennpunkt, M_k der Mittelpunkt und C_k ein Scheitel einer Hyperbel. Wir ziehen durch M_k und C_k Senkrechte zur Hauptaxe der Hyperbel und durch den Brennpunkt O eine Gerade, welche diese Senkrechten in M_x und C_x schneidet, und beschreiben um M_x mit $M_x C_x$ als Radius einen Kreis k_x. Dieser berührt dann die Hyperbel. Bestimmen wir auf diese Weise mehrere Kreise, so erhalten wir die Hyperbel sehr genau und leicht als die Umhüllte dieser Kreise.

Um den Berührungspunkt B_x einer Kegelschnittstangente $B_m B_k$ zu bestimmen, errichten wir in O auf $O B_k$ eine Senkrechte, ziehen $M_k B_k$, welche die Senkrechte in N trifft, und fällen von N auf $B_m B_k$ eine Senkrechte; dann ist der Fusspunkt B_x derselben der Berührungspunkt. Diese Senkrechte schneidet $M_k M_m$ in einem Punkte M_x, und beschreiben wir um M_x mit $M_x B_x$ als Radius einen Kreis k_x, so ist auch B_x der Punkt, in dem die Kreisphase k_x den Kegelschnitt berührt. Betrachten wir k_x als eine beliebig angenommene Kreisphase, so können wir auch leicht den Berührungspunkt B_x bestimmen, wenn wir beachten, dass nach dem Satze II die von O nach M_x und B_x gezogenen Geraden mit den Bahngeraden $M_x M_k$ und $B_x B_k$ gleiche Winkel bilden. Errichten wir auf $O M_x$ in der Mitte eine Senkrechte, die $M_x M_k$ in einem Punkte V schneidet, und beschreiben wir um V mit dem Radius $V M_x$ einen Kreis, so geht dieser durch O und schneidet k_x in dem Berührungspunkte B_x; denn die genannten Winkel sind dann gleich.

Nehmen wir in dem ähnlich-veränderlichen ebenen System S, welches sich geradlinig bewegt, ein System concentrischer Kreise an, so umhüllen diese Kreise ein System confocaler Kegelschnitte. Die Punkte, in denen die concentrischen Kreisphasen in einem bestimmten Moment die umhüllten Kegelschnitte berühren, liegen auf einem durch den Aehnlichkeitspol und durch den gemeinschaftlichen Mittelpunkt der Kreisphasen gehenden Kreise. Nehmen wir im System S ein System von Chordalkreisen an, so umhüllen diese ein System von Kegelschnitten, die den Aehnlichkeitspol als gemeinsamen Brennpunkt haben und deren Nebenaxen eine Parabel umhüllen.

Denken wir uns die Kreisphasen eines Kreises k erstarrt, und nehmen wir an: auf zwei erstarrt gedachten beliebigen Kreisphasen k_x und k_2 (Fig. 7) bewegen sich zwei Punkte eines ähnlich-veränderlichen Systems derart, dass sie auf diesen Kreisphasen ähnliche Punktreihen erzeugen, so ist nach dem Satze VIII der Systempunkt O unbeweglich und alle beweglichen Systempunkte bewegen sich auf Kreisen. Diese besondere einförmig-krummlinige Bewegung eines ähnlich-veränderlichen Systems wollen wir die kreislinige Bewegung desselben, und die Kreise, auf denen sich die Systempunkte bewegen, die Bahnkreise nennen.

Es seien in Fig. 8 zwei Bahnkreise a und b, deren Mittelpunkte α und β sind, gegeben. Auf diesen Bahnkreisen nehmen wir die Lagen A_1, A_2 und B_1, B_2 zweier Punkte A und B eines ähnlich-veränderlichen Systems S so an, dass den Kreisbogen $A_1 A_2$ und $B_1 B_2$ gleiche Centriwinkel angehören. Durch $A_1 B_1$ und $A_2 B_2$ sind zwei Phasen S_1 und S_2 des Systems S bestimmt. Beschreiben wir um die Dreiecke $HA_1 B_1$, $HA_2 B_2$ Kreise, so schneiden sich diese ausser in H noch in dem Aehnlichkeitspol O. Denselben Punkt erhalten wir aber auch, wenn wir um die Dreiecke $IA_1 A_2$ und $IB_1 B_2$ Kreise beschreiben. Die kreislinige Bewegung eines ähnlich-veränderlichen Systems ist auch bestimmt, wenn ein Systempunkt O fest bleibt und ein Systempunkt A sich auf einem Kreise a bewegt. Ein beliebiger anderer Systempunkt C bewegt sich demnach auf einem Kreise c, dessen Mittelpunkt γ mit den Kreismittelpunkten α, β ein Dreieck bildet, welches dem Systemdreieck ABC oder dessen Phasen $A_1 B_1 C_1$, $A_2 B_2 C_2$ .. ähnlich ist. Zieht man vom Aehnlichkeitspol O nach α, β, γ Geraden, welche die Kreise a, b, c resp. in den Punkten A_k, A_g; B_k, B_g und C_k, C_g schneiden, so ist $A_k B_k C_k$ die kleinste und $A_g B_g C_g$ die grösste Phase des Systemdreiecks ABC. Hieraus ergeben sich die Sätze:

> Bei der kreislinigen Bewegung eines ähnlich-veränderlichen Systems S ist das Mittelpunktsystem der Bahnkreise dem System S ähnlich.
>
> Bei der kreislinigen Bewegung eines ähnlich-veränderlichen Systems S tritt dasselbe in eine kleinste und in eine grösste Phase, welche beide unter sich und mit dem Mittelpunktsystem in ähnlicher Lage liegen, für welche der Aehnlichkeitspol O der Aehnlichkeitspunkt ist.

Schliesst ein Bahnkreis den Aehnlichkeitspol aus oder ein, so wird er von allen Bahnkreisen aus- oder eingeschlossen. Geht ein Bahnkreis durch den Aehnlichkeitspol, so gehen alle Bahnkreise durch denselben.

Der Bahnkreis d des Fusspunktes D der von O auf die Systemgerade AB gefällten Senkrechten ist der kleinste von allen Bahnkreisen, auf denen sich die Punkte der unbegrenzten Systemgeraden AB bewegen. Der Bahnkreis d berührt die Lagen $A_k B_k$, $A_g B_g$, welche die Systemgerade AB resp. in der kleinsten und in der grössten Systemphase einnimmt. Der Mittelpunkt δ des Bahnkreises d ist der Fusspunkt der von O auf $\alpha\beta$ gezogenen Senkrechten. Hieraus und aus dem Satze XII folgt:

Jede Systemgerade eines ähnlich-veränderlichen ebenen Systems umhüllt während der kreislinigen Bewegung desselben einen Kegelschnitt, dessen einer Brennpunkt der Aehnlichkeitspol, dessen Mittelpunkt der Mittelpunkt des der Systemgeraden entsprechenden kleinsten Bahnkreises und dessen Hauptaxe gleich dem Durchmesser dieses Kreises ist.

In dem speciellen Falle, wenn die Bahnkreise durch den Aehnlichkeitspol gehen, umhüllt jede Systemgerade einen Punkt.* Nehmen wir in dem ähnlich-veränderlichen System ein Strahlenbüschel an, so umhüllen die Geraden desselben eine Schaar von Kegelschnitten, welche den Aehnlichkeitspol als einen gemeinschaftlichen Brennpunkt haben und deren Mittelpunkt auf einem durch diesen Brennpunkt gehenden Kreise liegen. Die Gleitungspunkte lassen sich sehr leicht in ähnlicher Weise, wie auf Seite 159 angegeben, bestimmen.

Betrachten wir in dem ähnlich-veränderlichen ebenen System einen Kreis k als Hüllcurve, so können wir die Hüllbahn $\varkappa$, welche die Phasen des Kreises k bei der kreislinigen Bewegung umhüllen, leicht construiren. Es sei in Fig. 9 O der Aehnlichkeitspol, μ der Mittelpunkt des Bahnkreises m, auf dem sich der Mittelpunkt M des Systemkreises k bewegt, k_g die grösste Kreisphase und M_g der Mittelpunkt derselben. Den Mittelpunkt α des Bahnkreises a, auf dem sich der auf $O\mu$ liegende Punkt A_g der Kreisphase k_g bewegt, erhalten wir, wenn wir durch O eine beliebige Gerade legen, auf dieser $O\mu' = O\mu$, $OM'_g = OM_g$ machen und $\mu'\alpha$ parallel $M'_g A_g$ ziehen. Legen wir durch O eine beliebige Gerade OM_x, welche die Kreise m und a einerseits resp. in den Punkten M_x und A_x trifft, und beschreiben wir um M_x mit $M_x A_x$ als Radius den Kreis k_x, so ist dieser eine Phase des Systemkreises k und die Punkte A_g, A_x und M_g, M_x liegen auf Parallelen. Bestimmen wir

* Diese specielle kreislinige Bewegung eines ähnlich-veränderlichen Systems wurde von Herrn Durand (*Nouv. Annales de mathématiques*, 2. *série T. VI p.* 60) sehr kurz, von Herrn Wiener (*Annali di matematica*, *seria II T.* I *p.* 139) und Herrn Affolter (Grunert's Archiv für Math., 55. Theil S. 175) ausführlicher behandelt.

auf diese Weise eine hinreichende Anzahl solcher Kreisphasen, dann ergiebt sich die Curve $\varkappa$ als Umhüllungscurve derselben. Die Punkte B_x und C_x, in denen k_x die Curve $\varkappa$ berührt, kann man nach der in Fig. 7 auf Seite 163 angegebenen Weise bestimmen; denn man kann die Bewegung momentan als geradlinig ansehen. Wir ziehen zu diesem Zwecke in M_x an den Kreis m die Tangente $M_x U$, errichten auf $O M_x$ in der Mitte eine Senkrechte, welche die Tangente in V trifft, und beschreiben um V mit VM_x einen Kreis; dieser geht durch O und schneidet k_x in den Berührungspunkten B_x und C_x, und die Geraden UB_x und UC_x sind zwei Tangenten, welche die Curve $\varkappa$ in den Punkten B_x und C_x berühren. Nach dem Satze XI umhüllen auch die Bahnkreise der Punkte des Kreises k die Curve $\varkappa$. Um z. B. den Mittelpunkt β des Bahnkreises b für den Systempunkt B, dessen Lage auf k_g der Punkt B_g ist, zu bestimmen, ziehen wir OB_g und $\mu\beta$ parallel $M_g B_g$. — Nach dem Princip der Umkehrung der Bewegung können die Kreisphasen und die Kreisbahnen ihre Rolle vertauschen; wir können diese als Kreisphasen und jene als Kreisbahnen betrachten. Dann erhalten wir eine neue kreislinige Bewegung, die denselben festen Aehnlichkeitspol O besitzt und dieselbe Curve $\varkappa$ als Hüllbahn eines Hüllkreises liefert.

Die kreislinige Bewegung können wir noch von einem ganz andern Gesichtspunkte aus betrachten. Wir nehmen an, es seien in Fig. 10 A'_1, B'_1 und A'_2, B'_2 die Lagen zweier Punkte A', B' eines um O' rotirenden starren ebenen Systems S', dessen Lagen wir resp. mit S'_1 und S'_2 bezeichnen; ferner seien A^0, B^0 zwei Punkte eines festen starren Systems S^0, welches dem System S' ähnlich ist. Denken wir uns nun alle homologen Punkte der Systeme S^0 und S'_1 verbunden und auf den Verbindungsgeraden $A^0 A'_1$, $B^0 B'_1 \ldots$ die Punkte A^I_1, $B^I_1 \ldots$ so bestimmt, dass

$$\frac{A^0 A^I_1}{A^I_1 A'_1} = \frac{B^0 B^I_1}{B^I_1 B'_1} = \ldots n \text{ (constant)}$$

ist, dann bilden die Punkte A^I_1, $B^I_1 \ldots$ eine Phase S^I_1 eines ähnlich-veränderlichen ebenen Systems S^I, welches nach den Erörterungen Seite 156 dem System S' oder S^0 ähnlich ist. Bestimmen wir in gleicher Weise für denselben Werth von n auf den Geraden $A^0 A'_2$, $B^0 B'_2 \ldots$ die Punkte A^I_2, $B^I_2 \ldots$, dann erhalten wir eine zweite Phase S^I_2 des ähnlich-veränderlichen Systems S^I. Dreht sich das starre System S' um den festen Punkt O', so nimmt das ähnlich-veränderliche System S^I eine kreislinige Bewegung an. Der Bahnkreis a^I des Punktes A^I und der Bahnkreis b^I des Punktes B^I entsprechen resp. den Kreisen a', b', auf denen sich die Punkte A', B' des starren Systems S' bewegen. Die Mittelpunkte α^I, $\beta^I \ldots$ der Bahnkreise a^I, $b^I \ldots$ bilden ein jenen Systemen ähnliches System, welches mit dem festen starren System S^0 ähnliche Lage hat, für welche O' der Aehnlichkeitspunkt ist. Dem Drehpunkte O' in S' entspricht der Aehnlichkeitspol O^I in S^I. Geben wir dem n verschiedene Werthe, so erhalten wir verschiedene kreislinige Bewegungen. In Fig. 10 sind noch die Lagen A^{II}_1, B^{II}_1, A^{II}_2, B^{II}_2 zweier Punkte eines ähnlich-veränderlichen Systems S^{II}, die den Punkten $A'_1 B'_1$, $A'_2 B'_2$ entsprechen, für einen bestimmten negativen Werth von n angegeben. Nähert sich der Werth von n der Grenze Null, dann werden die Bahnkreise unendlich klein und ihre Mittelpunkte fallen mit den betreffenden Punkten des festen starren Systems S^0 zusammen.

Bei den bisherigen Bewegungsformen der ähnlich-veränderlichen ebenen Systeme war stets der Aehnlichkeitspol fest; wenn wir aber zur allgemeinen Bewegungsform eines ähnlich-veränderlichen ebenen Systems übergehen, dann ändert auch der Aehnlichkeitspol zweier unendlich naher Systemphasen seine Lage und bei der Umkehrung der Bewegung tritt dem ähnlich-veränderlichen System ein anderes gesetzmässig-veränderliches System gegenüber. Die allgemeine Bewegung eines ähnlich-veränderlichen ebenen Systems S ist bestimmt, wenn wir zwei beliebige Curven a und b (Fig. 11) als Bahncurven zweier Punkte A und B des Systems S, und eine dritte beliebige Curve $\varkappa$ als Hüllbahn der Systemgeraden AB annehmen. Bewegt sich die Gerade AB berührend an der Curve $\varkappa$ entlang, so entsteht die allgemeine Bewegung des Systems S. Wir bestimmen zunächst den Aehnlichkeitspol O zweier unendlich naher Systemphasen, nämlich die Systemphase S_1, welche durch die Punkte $A_1 B_1$, und die Systemphase S_2, welche durch die unendlich nahe an A_1, B_1 liegenden Punkte A_2, B_2 bestimmt ist. Blicken wir auf Fig. 6 zurück und nehmen wir an, die Punkte A_2, B_2 liegen resp. unendlich nahe an den Punkten A_1, B_1, so erhalten wir die Figur $IA_1 B_1 H$ (Fig. 11); zwei Vierecksseiten sind in der Geraden $A_1 B_1$ zusammengefallen, H ist der Berührungspunkt der Geraden $A_1 B_1$ an der Curve $\varkappa$ und IA_1, IB_1 sind Tangenten an den Bahncurven a, b. Um den Aehnlichkeitspol O zu bestimmen, beschreiben wir einen durch A_1 und H gehenden Kreis, dessen Mittelpunkt m_a auf der Curvennormale $A_1 N_a$ liegt, ferner einen durch B_1 und H gehenden Kreis, dessen Mittelpunkt m_b auf der Curvennormale $B_1 N_b$ liegt. Diese Kreise schneiden sich ausser im Punkte H in dem Aehnlichkeitspol O, durch den auch der um das Dreieck $A_1 B_1 I$ beschriebene Kreis geht. Die Kreisdurchmesser $A_1 N_a$, $B_1 N_b$ schneiden sich in dem Endpunkte P des Kreisdurchmessers IP. Ziehen wir die Normale im Punkte H an die Curve $\varkappa$, so gehen die beiden ersten Kreise durch die Punkte N_a, N_b, in denen diese Normale die Normalen $A_1 N_a$, $B_1 N_b$ trifft. Die Bestimmung des Aehnlichkeitspoles vereinfacht sich demnach folgendermassen:

Wir ziehen in A_1 und B_1 an die Bahncurven a, b die Normalen, ferner in H an die Curve $\varkappa$ die Normale, welche die ersten Normalen in N_a und N_b schneidet, und beschreiben über $A_1 N_a$ und $B_1 N_b$ als Durchmesser Kreise; diese schneiden sich ausser in H in dem Aehnlichkeitspol O. Ist der Schnitt der Kreise nicht genau, so erhalten wir den Punkt O auch ebenso leicht, wenn wir auf die Verbindungsgerade der Kreismittelpunkte m_a, m_b von H die Senkrechte HF ziehen und auf dieser $OF = FH$ machen. Den so bestimmten Punkt O wollen wir den Aehnlichkeitspol der Systemphase S_1 nennen.

Construiren wir in der angegebenen Weise für die Phasen $S_1, S_2, S_3 \ldots$, welche in Fig. 12 durch die Punktpaare $A_1 B_1$, $A_2 B_2$, $A_3 B_3 \ldots$ bestimmt sind, die entsprechenden Aehnlichkeitspole O^{I}, O^{II}, $O^{III} \ldots$, dann bilden diese in der festen Ebene eine Curve ω, welche wir die **Aehnlichkeitspolbahn** nennen. Bestimmen wir die Punkte O^1, O^2, $O^3 \ldots$, so dass

$$\triangle O^1 A_1 B_1 \sim \triangle O^{I} A_1 B_1,$$
$$\triangle O^2 A_1 B_1 \sim \triangle O^{II} A_2 B_2,$$
$$\triangle O^3 A_1 B_1 \sim \triangle O^{III} A_3 B_3$$
$$\vdots \qquad \vdots$$

dann liefern die Punkte O^1, O^2, $O^3 \ldots$ eine Curve o, welche **Aehnlichkeitspolcurve** heissen soll. Bei einem bewegten starren System gehen die Curven ω und o resp. in die Polbahn und Polcurve über.

In Fig. 13 sind ausser den beiden gegebenen Bahncurven a, b, auf denen sich die Systempunkte A, B bewegen, noch die Bahncurven c, d, e der Systempunkte C, D, E construirt. Alle Bahncurven schneiden sich in Fig. 13 in einem Punkte W, dem Durchschnittspunkte der gegebenen Curven a, b, und das ähnlich-veränderliche System wächst gleichsam organisch aus dem Punkte W heraus. Wir wollen deshalb in der Folge einen solchen Punkt einen **Keimpunkt** nennen.

Für die Systemphase S_1, welche durch die Punkte A_1 B_1 bestimmt wird, ist der Aehnlichkeitspol O in der oben angegebenen Weise construirt. Ziehen wir von O nach allen Punkten der Phase S_1 Gerade, so bilden diese nach dem Satze X gleiche Winkel mit den in diesen Punkten an ihre Bahncurven gezogenen Tangenten. Hiernach kann man leicht die Tangenten der Bahncurven construiren. Aus der Gleichheit der genannten Winkel folgt der Satz:

XIII. **Die Tangenten sowie die Normalen an den Bahncurven, welche durch die Punkte eines Systemkreises beschrieben werden, umhüllen für jede Kreisphase einen Kegelschnitt, dessen einer Brennpunkt der entsprechende Aehnlichkeitspol ist.**

Wenn der Systemkreis in eine Gerade übergeht, dann ist der Kegelschnitt eine Parabel. Für die Punkte einer durch den Aehnlichkeitspol gehenden Kreisphase schneiden sich sowohl die Tangenten, als die Normalen an den betreffenden Bahncurven in einem Punkte, und diese beiden Punkte sind die Endpunkte eines Durchmessers der Kreisphase. Betrachten wir z. B. in Fig. 11 den um das Dreieck $A_1 B_1 I$ beschriebenen, durch O gehenden Kreis als eine Kreisphase, so gehen die Tangenten, welche in den auf diesem Kreise liegenden Punkten die Bahncurven berühren, durch den Punkt I und die Normalen durch den Punkt P.

Wir können die allgemeine Bewegung eines ähnlich-veränderlichen ebenen Systems noch von einem andern Gesichtspunkte aus auffassen. Wir nehmen an, es bewegen sich zwei Punkte A', B' eines starren Systems S' auf zwei gegebenen Curven a', b' (Fig. 14), und eine Lage S'_1 des Systems S' sei durch die Punkte A'_1, B'_1 bestimmt. Es seien α', β' die Krümmungsmittelpunkte für die Curvenpunkte A'_1, B'_1 und ferner seien A^0, B^0 zwei Punkte eines festen starren Systems S^0, welches dem System S' ähnlich ist. Bestimmen wir in analoger Weise wie in Fig. 10 auf den Verbindungsgeraden der homologen Punkte $A^0A'_1$, $B^0B'_1$ ... die Punkte A_1, B_1, so dass

$$\frac{A^0A_1}{A_1A'_1} = \frac{B_0B_1}{B_1B'_1} = \ldots n \text{ (constant)}$$

ist, dann bilden die Punkte A_1, B_1 . . eine Phase S_1 eines ähnlich-veränderlichen Systems S, welches dem System S' oder S^0 ähnlich ist. Einer zweiten Lage S'_2 des starren Systems S' entspricht eine zweite Phase S_2 des Systems S u. s. w. Die Punkte A, B des ähnlich-veränderlichen Systems S bewegen sich auf den Curven a, b, welche den Curven a', b' resp. ähnlich sind. Den Krümmungsmittelpunkten α', β' entsprechen die Krümmungsmittelpunkte α, β, die den Curvenpunkten A_1, B_1 angehören; dem Pol O' für die Lage S'_1 des starren Systems S' entspricht der Aehnlichkeitspol O für die Phase S_1 des ähnlich-veränderlichen Systems S und man erhält denselben, wenn man zu O' den homologen Punkt O^0 construirt und auf der Geraden O^0O' den Punkt O so bestimmt, dass er die Strecke O^0O' in obigem Verhältnisse theilt. Denken wir uns um die vier Dreiecke, welche in dem vollständigen Vierseit $A_1B_1\alpha\beta PQ$ auftreten, Kreise beschrieben, so schneiden sich diese vier Kreise in dem Punkte O, und die Krümmungsmittelpunkte α, β liegen auf einem durch O und den Schnittpunkt P der Normalen αA_1, βB_1 gehenden Kreise. Demnach kann man, wenn ein Krümmungsmittelpunkt bekannt ist, den andern leicht bestimmen.

In einer zweiten Mittheilung wird die Fortsetzung dieser kinematischen Untersuchungen erfolgen, und immer mehr wird sich die ausserordentliche Fruchtbarkeit derselben entfalten. Wir werden von der Bewegung der ähnlich-veränderlichen Systeme leichten Schrittes zu der Bewegung der collinear-veränderlichen Systeme gelangen und der Satz I wird sich als ein specieller Fall des folgenden Satzes manifestiren:

Bewegen sich vier Punkte eines collinear-veränderlichen ebenen Systems derart auf vier Geraden, dass sie auf diesen collineare Punktreihen erzeugen, welche von einer bestimmten Geraden in entsprechenden Punkten geschnitten werden, so bleibt ein Systempunkt fest und unter Umständen bleiben auch drei Systempunkte unbeweglich; alle beweglichen Systempunkte bewegen sich auf Geraden, welche durch je zwei homologe Punkte zweier Systemphasen gehen, und erzeugen auf diesen Geraden collineare Punktreihen.

Dieser Satz wird dann die Grundlage weitergehender Untersuchungen

Kleinere Mittheilungen.

VII. Zur Erzeugung von Curven vierter und dritter Ordnung durch zwei collineare Strahlsysteme.

Herr Professor Schröter hat in Math. Ann. Bd. 5 S. 50 flg. die allgemeine Erzeugung von Curven dritter Ordnung aus zwei collinearen Strahlsystemen in reducirter Lage geometrisch entwickelt.

Wenn die Verbindungsgerade der beiden Centra zweier collinearen Systeme zu zwei entsprechenden Strahlenpaaren gehört, so werden *l. c.* die Systeme als Systeme in halbperspectivischer Lage bezeichnet; für wesentlich denselben Fall hat bereits früher Herr Professor Weyr (in seiner „Theorie der mehrdeutigen Elementargebilde", Leipzig 1869) den Ausdruck reducirte Lage gewählt, der unzweifelhaft dem oben vorzuziehen ist.

Es sei mir gestattet, einige Bemerkungen mitzutheilen, die durch den Aufsatz des Herrn Professor Schröter veranlasst worden sind.

Sind $A=0$, $B=0$, $A_1=0$, $B_1=0$ die Gleichungen von vier Strahlen zweier Systeme und entsprechen sich die Paare

$$AB=0 \text{ und } A_1 B_1=0,$$

ferner die Paare

$$aA^2+AB+bB^2=0 \text{ und } \alpha A_1^2+A_1 B_1+\beta B_1^2=0,$$

so wird durch je zwei collineare Systeme, in denen diese beiden Paare sich entsprechen, eine Curve des Büschels erzeugt:

$$1)\quad C_{IV} \equiv AB(\alpha A_1^2+A_1 B_1+\beta B_1^2)-k\, A_1 B_1\,(aA^2+AB+bB^2)=0.$$

Um k zu bestimmen, ist noch ein Punkt von C_{IV} beliebig zu wählen oder, was dasselbe bedeutet, es müssen noch zwei entsprechende Strahlen der beiden Systeme gegeben sein; — in Uebereinstimmung damit, dass zwei collineare Involutionen durch zwei entsprechende Doppelpaare und ein Paar entsprechende Elemente bestimmt sind.

Die Curve C_{IV} hat die Centra der Strahlsysteme zu Doppelpunkten.

Denn irgend eine Gerade durch das Centrum eines der beiden Systeme

2) $A = cB$, bez. $A_1 = \gamma B_1$

schneidet C_{IV} in Punkten, welche den Gleichungen genügen, die sich durch die Substitutionen 2) in 1) ergeben:

$$B^2[c(\alpha A_1^2 + A_1 B_1 + \beta B_1^2) - k A_1 B_1(ac^2 + c + b)] = 0,$$

bez.

$$B_1^2[AB(\alpha\gamma^2 + \gamma + \beta) - k(aA^2 + AB + bB^2)] = 0.$$

Die Factoren B^2, bez. B_1^2 lehren, dass die Gerade $A = cB$ im Punkte $B = A = 0$ und die Gerade $A_1 = \gamma B_1$ im Punkte $B_1 = A_1 = 0$ die Curve in zwei zusammenfallenden Punkten schneidet.

Dem Paare des einen Systems, welchem die Centrale beider Systeme angehört, entspricht offenbar die Tangentenpaar im Centrum des andern Systems.

Um zu erfahren, inwieweit diese Bemerkungen umkehrbar sind, beziehe man eine Curve vierter Ordnung mit zwei reellen Doppelpunkten auf ein Axendreieck $A_1 A_2 A_3$, in welchem A_2, A_3 zwei Doppelpunkte und $A_1 A_2$, sowie $A_1 A_3$ Tangenten in den Doppelpunkten sind. Die Gleichung der Curve sei

3) $$\Sigma a_{iklm} x_i x_k x_l x_m = 0,$$

wobei für *iklm* alle Combinationen von 1, 2, 3 mit Wiederholung zu setzen sind.

Soll A_3 ein Doppelpunkt sein, so muss die Gerade

4) $$x_1 = \mu x_2$$

für beliebige μ zwei in $x_1 = x_2 = 0$ zusammenfallende Schnittpunkte mit der Curve ergeben. Substituirt man also 4) in 3), so müssen das von x_2 befreite und das mit x_2 multiplicirte Glied unabhängig von μ verschwinden. Dies ergiebt

5) $$a_{3331} = a_{3332} = a_{3333} = 0.$$

Ebenso folgt als Bedingung dafür, dass A_2 ein Doppelpunkt ist:

6) $$a_{2221} = a_{2223} = a_{2222} = 0.$$

Die Axe $A_2 A_1$ ist Tangente im Doppelpunkte, wenn sie in A_2 die Curve dreimal schneidet, wenn also die Substitution $x_3 = 0$ in 3) ein Resultat giebt, das weder ein Glied mit x_1^0, noch mit x_1 oder x_1^2 enthält. Unter den Coefficienten a, deren Indices 3 nicht enthalten, müssen also die verschwinden, die 1 gar nicht, oder nur einmal oder zweimal enthalten. Hieraus ergiebt sich die neue Bedingung

7) $$a_{2211} = 0.$$

Ebenso folgt daraus, dass $A_3 A_1$ Tangente sein soll;

8) $$\ldots = 0$$

Die Gleichung der Curve reducirt sich hiernach auf

$$9)\quad a_{1111}x_1^4 + a_{1112}x_1^3x_2 + a_{1113}x_1^3x_3 + a_{1123}x_1^2x_2x_3 + a_{2233}x_2^2x_3^2 + a_{1223}x_1x_2^2x_3 + a_{1233}x_1x_2x_3^2 = 0.$$

Die zweite Tangente im Punkte A_2 findet man, indem man $x_1 = \nu x_3$ substituirt und einen von Null verschiedenen Werth ν wählt, für welchen das mit x_3^2 multiplicirte Glied des Substitutionsresultats verschwindet. Man erhält

$$a_{2233} + a_{1223}\nu = 0,$$

also die Gleichung der Tangente

$$10)\quad M \equiv a_{1223}x_1 + a_{2233}x_3 = 0.$$

Ebenso erhält man für die zweite Tangente in A_3

$$11)\quad N \equiv a_{1233}x_1 + a_{2233}x_2 = 0.$$

Soll nun die Curve durch zwei collineare Involutionen erzeugt werden können, so müssen die beiden Tangenten des einen Doppelpunktes dem Paare entsprechen, welches von A_2A_3 und einer durch den andern Doppelpunkt gehenden Geraden gebildet wird; es müssen also die Punkte, in welchen die Tangenten je eines Doppelpunktes die Curve schneiden, auf einer Geraden liegen, die durch den andern Doppelpunkt geht.

Die letztere Bedingung ist zugleich ausreichend. Denn sind P und Q die beiden letztgenannten Geraden durch A_2, bez. A_3, so bilde man zwei collineare Systeme mit den entsprechenden Paaren:

$$x_1P = 0 \text{ entspreche } x_2N = 0,$$
$$x_3M = 0 \quad\text{,,}\quad x_1Q = 0,$$

und nehme zur vollständigen Bestimmung der Collineation der beiden Systeme noch zwei nach einem beliebigen Curvenpunkte y gezogene Strahlen als entsprechend.

Die durch diese beiden Systeme erzeugte Curve hat dann mit der gegebenen die Doppelpunkte und die Tangenten in denselben gemein — was zehn gemeinsamen Punkten äquivalent ist; ferner die Punkte, in welchen P das Paar x_2N und die, in welchen Q das Paar x_3M schneidet, endlich den Punkt Y; im Ganzen also 15 Punkte, die wegen der Willkürlichkeit von Y nicht zu einem Schnittpunktsystem zweier Curven vierter Ordnung gehören. Mithin ist die durch die collinearen Systeme erzeugte Curve mit der gegebenen identisch.

Um nun zu ermitteln, unter welcher Bedingung die ausserhalb A_3 vorhandenen Schnittpunkte von $x_2N = 0$ und der Curve mit A_2 in einer Geraden (P) liegen, substituirt man

$$x_2 = 0 \text{ und } a_{1233}x_1 + a_{2233}x_2 = 0$$

der Reihe nach in 9) und setze die beiden sich ergebenden Werthe von $x_3 : x_1$ einander gleich. Man erhält dann die Bedingung

$$12)\quad a\,(a\,a - a\,a) + a\,a\,a = 0$$

Die Symmetrie dieser Formel für 2 und 3 zeigt, dass sie zugleich auch die Bedingung dafür ist, dass die ausser A_2 vorhandenen Schnittpunkte von $x_3 M = 0$ und der Curve mit A_3 in einer Geraden (Q) liegen.

Hieraus folgt der Satz:

Wenn in einer Curve vierter Ordnung mit zwei reellen Doppelpunkten die Tangenten in dem einen Doppelpunkte die Curve in zwei ferneren Punkten schneiden, die mit dem andern Doppelpunkte auf einer Geraden liegen, so schneiden auch die Tangenten des andern Doppelpunktes die Curve noch in zwei Punkten, die mit dem ersteren Doppelpunkte auf einer Geraden enthalten sind. Dann und nur dann lässt sich die Curve — und zwar nur in einer Weise — durch zwei collineare Strahlsysteme erzeugen, deren Centra die beiden Doppelpunkte sind. In diesem Systeme entsprechen dann die beiden Tangenten des einen Doppelpunktes dem Paare des andern Systems, welches aus der Verbindungsgeraden des Doppelpunktes und aus der Geraden durch die beiden Punkte besteht, in denen die beiden Doppelpunktstangenten die Curve noch ausserhalb des Doppelpunktes schneiden.

Wählt man zwei Strahlensysteme in reducirter Lage, indem man etwa A und A_1 mit der Centrale Γ der Systeme zusammenfallen lässt, so wird aus Gleichung 1)

$$\Gamma\left[B(\alpha\Gamma^2 + \Gamma B_1 + \beta B_1^2) - k B_1(a\Gamma^2 + \Gamma B + b B^2)\right] = 0.$$

Die erzeugte Curve vierter Ordnung reducirt sich also auf den Verein der Geraden $\Gamma = 0$ und der Curve dritter Ordnung:

$$13) \quad C_{III} = B(\alpha\Gamma^2 + \Gamma B_1 + \Gamma B_1^2) - k B_1(a\Gamma^2 + \Gamma B + b B^2) = 0.$$

Die Geraden $B = 0$, $B_1 = 0$ schneiden die Curve C_{III} in Punkten, die noch ausserdem den Bedingungen genügen

$$ak B_1 \Gamma^2 = 0, \quad \alpha B \Gamma^2 = 0.$$

B hat also im Punkte $B = \Gamma = 0$ und B_1 im Punkte $B_1 = \Gamma = 0$ zwei zusammenfallende Punkte mit der Curve gemein; beide Geraden berühren also die Curve. Je zwei entsprechende Strahlenpaare haben die Gleichungen

$$14) \quad \begin{aligned} \alpha\Gamma^2 + \Gamma B_1 + \beta B_1^2 + \varkappa\sigma B_1 \Gamma &= 0 \\ \text{und } a\Gamma^2 + \Gamma B + b B^2 + \sigma B \Gamma &= 0. \end{aligned}$$

Umgekehrt lässt sich leicht zeigen, dass eine Curve dritter Ordnung von zwei Punkten $A_1 A_2$ aus, welche denselben Tangentialpunkt haben, durch zwei collineare Strahlsysteme in reducirter Lage projicirt werden kann.

Denn wählt man $A_1 A_2$ und die Tangenten in diesen Punkten zu Axen eines Coordinatendreiecks, auf welches man die Curve bezieht, und setzt man deren Gleichung in der Form voraus

$$\Sigma a_{ikl} x_i x_k x_l = 0,$$

so ruft die besondere Lage der Axen die Bedingungen hervor:

15) $$a_{111} = a_{222} = a_{333} = a_{223} = a_{113} = 0.$$

Der hierdurch vereinfachten Curvengleichung kann man die Form geben

16) $$\begin{aligned} & x_1 (a_{122} x_2^2 + \mu a_{123} x_2 x_3 + a_{133} x_3^2) \\ & + x_2 [a_{112} x_1^2 + (1 - \mu) a_{123} x_1 x_3 + a_{213} x_3^2] = 0, \end{aligned}$$

welche in der That mit 13) übereinstimmt.

Ist einer C_{III} ein vollständiges Vierseit eingeschrieben, so sind die in je zwei gegenüberliegenden Ecken sich schneidenden Seiten entsprechende Paare der von diesen Ecken aus zur Erzeugung der Curve construirten Involutionen. Sind also $A_1 A_2$, $B_1 B_2$, $C_1 C_2$ die Gegeneckenpaare eines vollständigen Vierseits, so werden die drei Paare $A_1 A_2$, $B_1 B_2$, $C_1 C_2$ sowohl von den Centren A_1 und A_2, sowie von den Centren B_1 und B_2 aus durch entsprechende Strahlenpaare projicirt.

Diese Beobachtung veranlasst zu untersuchen, ob vielleicht alle **Paare gegenüberliegender Schnittpunkte von entsprechenden Strahlenpaaren der von A_1 und A_2 aus construirten Involutionen von jedem dieser Paare aus durch entsprechende Strahlenpaare zweier Involutionen projicirt werden.**

Sind nun

$$(x_3 + a x_2)(x_3 + b x_2) = 0 \text{ und } (x_3 + \alpha x_1)(x_3 + \beta x_1) = 0$$

zwei entsprechende Strahlenpaare und $B_1 B_2$ zwei gegenüberliegende Schnittpunkte derselben, nämlich

$$\begin{aligned} & B_1 \text{ der Schnitt von } x_3 + a x_2 = 0 \text{ und } x_3 + \alpha x_1 = 0, \\ & B_2 \quad " \quad " \quad " \quad x_3 + b x_2 = 0 \quad " \quad x_3 + \beta x_1 = 0, \end{aligned}$$

so lässt sich die Gleichung der Curve zunächst schreiben

17) $$x_1 (x_3 + a x_2)(x_3 + b x_2) - \varkappa x_2 (x_3 + \alpha x_1)(x_3 + \beta x_1) = 0.$$

Sind ferner

$$(x_3 + n x_2)(x_3 + p x_2) = 0 \text{ und } (x_3 + \nu x_1)(x_3 + \pi x_1) = 0$$

irgend zwei andere entsprechende Strahlenpaare, welche $Q_1 Q_2$ zu gegenüberliegenden Schnittpunkten haben, nämlich

$$\begin{aligned} & Q_1 \text{ auf } (x_3 + n x_2) = 0 \text{ und } (x_3 + \nu x_1) = 0, \\ & Q_2 \quad " \quad (x_3 + p x_2) = 0 \quad " \quad (x_3 + \pi x_1) = 0, \end{aligned}$$

so müssen für einen noch unbestimmten Werth von σ die Identitäten gelten

$$\begin{aligned} (x_3 + n x_2)(x_3 + p x_2) & \equiv (x_3 + a x_2)(x_3 + b x_2) + \sigma x_3 x_2, \\ (x_3 + \nu x_1)(x_3 + \pi x_1) & \equiv (x_3 + \alpha x_1)(x_3 + \beta x_1) + \sigma \varkappa x_3 x_1, \end{aligned}$$

woraus die Bedingungen folgen

18) $$\begin{aligned} & np = ab, \quad n + p = a + b + \sigma, \\ & \nu \pi = \alpha \beta, \quad \nu + \pi = \alpha + \beta + \sigma \varkappa. \end{aligned}$$

Für die Involutionen mit den Centren B_1, B_2 sind entsprechende Strahlenpaare

$$(x_3 + a x_2)(x_3 + \alpha x_1) = 0 \text{ und } (x_3 + b x_2)(x_3 + \beta x_1) = 0.$$

Haben ferner für noch unbestimmte Werthe $\lambda\mu$ die Tangenten in $B_1 B_2$ die Gleichungen

$$x_3 + \alpha x_1 + \lambda(x_3 + a x_2) = 0 \text{ und } x_3 + \beta x_1 + \mu(x_3 + b x_2) = 0,$$

so lässt sich der Gleichung der Curve auch die Form geben

19)
$$\begin{aligned}[x_3 + \beta x_1 + \mu(x_3 + b x_2)](x_3 + a x_2)(x_3 + \alpha x_1) \\ - \nu[x_3 + \alpha x_1 + \lambda(x_3 + a x_2)](x_3 + b x_2)(x_3 + \beta x_1) = 0.\end{aligned}$$

Vergleicht man 17) und 19), so ergiebt sich

$$\nu = 1, \quad \lambda = \mu = -\frac{(a-b)}{\varkappa(\alpha-\beta)}.$$

Mit Hilfe dieser Werthe wird aus 19)

20)
$$\begin{aligned}[(a-b-\varkappa\,\overline{\alpha-\beta})\,x_3 - b\,(a-b)\,x_2 + \varkappa\beta\,(\alpha-\beta)\,x_1]\,(x_3 + a x_2)(x_3 + \alpha x_1) \\ - [(a-b-\varkappa\,\overline{\alpha-\beta})\,x_3 - a\,(a-b)\,x_2 + \varkappa\alpha\,(\alpha-\beta)\,x_1]\,(x_3 + b x_2)(x_3 + \beta x_1) = 0.\end{aligned}$$

Benutzt man die Gleichung für die Gerade, welche den Schnittpunkt der Strahlen

$$(x_3 + r x_2) = 0 \text{ und } (x_3 + s x_1) = 0$$

mit dem Schnittpunkte der Strahlen

$$(x_3 + \varrho x_2) = 0 \text{ und } (x_3 + \sigma x_1) = 0$$

verbindet:

21) $$G \equiv (r\sigma - s\varrho)\,x_3 + r\varrho\,(\sigma - s)\,x_2 + s\sigma\,(r - \varrho)\,x_1 = 0,$$

und setzt darin

für r, s, ϱ, σ die Werthe a, α, b, β,

so erhält man die Gleichung von $B_1 B_2$ zu

22) $$B_1 B_2 \equiv (a\beta - \alpha b)\,x_3 + a b\,(\beta - \alpha)\,x_2 + \alpha\beta\,(a - b)\,x_1 = 0.$$

Zwei entsprechende Strahlenpaare der auf $B_1 B_2$ liegenden collinearen Involutionen haben daher die Gleichungen

23)
$$\begin{aligned}0 = M &\equiv (x_3 + a x_2)(x_3 + \alpha x_1) \\ &+ \tau\,[(a - b - \varkappa\,\overline{\alpha - \beta})\,x_1 - a\,(a-b)\,x_2 + \varkappa\alpha\,(\alpha-\beta)\,x_3] \\ &\quad [(a\beta - \alpha b)\,x_3 - a b\,(\alpha - \beta)\,x_2 + \alpha\beta\,(a - b)\,x_1],\\ 0 = M' &\equiv (x_3 + b x_2)(x_3 + \beta x_1) \\ &+ \tau\,[(a - b - \varkappa\,\overline{\alpha - \beta})\,x_1 - b\,(a-b)\,x_2 + \varkappa\beta\,(\alpha-\beta)\,x_3] \\ &\quad [(a\beta - \alpha b)\,x_3 - a b\,(\alpha - \beta)\,x_2 + \alpha\beta\,(a - b)\,x_1].\end{aligned}$$

Die Gleichungen der Geraden $B_1 Q_1$, $B_1 Q_2$, $B_2 Q_1$, $B_2 Q_2$ werden aus 21) erhalten, wenn man

r	s	ϱ	σ	ersetzt durch
a	α	n	ν	(für $B_1 Q_1$),
a	α	p	π	(für $B_1 Q_2$),
b	β	n	ν	(für $B_2 Q_1$),
b	β	p	π	(für $B_2 Q_2$).

Dann ergeben sich die Gleichungen für die Paare $(B_1 Q_1)(B_1 Q_2)$ und $(B_2 Q_1)(B_2 Q_2)$ zu

$$24)\quad 0=(B_1Q_1)(B_1Q_2)\equiv[(a\nu-\alpha n)x_3+an(\nu-\alpha)x_2+\alpha\nu(a-n)x_1]$$
$$\times[(a\pi-\alpha p)x_3+ap(\pi-\alpha)x_2+\alpha\pi(a-p)x_1],$$
$$0=(B_2Q_1)(B_2Q_2)\equiv[(b\nu-\beta n)x_3+bn(\nu-\beta)x_2+\beta\nu(b-n)x_1]$$
$$\times[(b\pi-\beta p)x_3+bp(\pi-\beta)x_2+\beta\pi(b-p)x_1).$$

Sollen nun diese beiden Paare entsprechende Paare der auf B_1 und B_2 liegenden collinearen Involutionen sein, so müssen für eine bestimmte Wahl von c, d die Identitäten erfüllt werden

$$25)\quad (B_1Q_1)(B_1Q_2)\equiv cM,\quad (B_2Q_1)(B_2Q_2)\equiv dM'.$$

Vergleicht man die Glieder auf beiden Seiten, so ergeben sich die Bedingungen

$$26)\quad c\tau=-\frac{a\alpha\sigma}{(a-b)(\alpha-\beta)},$$
$$c+c\tau[(a-b)-\varkappa(\alpha-\beta)](a\beta-\alpha b)=a\alpha(a\beta+\alpha b-p\nu-\pi n),$$
$$d\tau=-\frac{b\beta\sigma}{(a-b)(\alpha-\beta)},$$
$$d+d\tau[(a-b)-\varkappa(\alpha-\beta)](a\beta-\alpha b)=b\beta(a\beta+\alpha b-p\nu-\pi n).$$

Setzt man

$$c=a\alpha\,.\,e,\quad d=b\beta\,.\,e,$$

so werden diese Gleichungen erfüllt für

$$e=\frac{\sigma}{(a-b)(\alpha-\beta)}[(a-b)-\varkappa(\alpha-\beta)](a\beta-\alpha b)+a\beta+\alpha b-p\nu-\pi n,$$
$$\tau=-\frac{\sigma}{e(a-b)(\alpha-\beta)}.$$

Die Existenz eines solchen Werthes von τ bestätigt den oben ausgesprochenen Satz.

Dresden, am 5. September 1873. Dr. R. Heger.

VIII. Elementare Beweise zweier bekannten Theoreme aus der Optik.

(Hierzu Taf. I, Fig. 7 und 8.)

1. Wenn zwei verschiedene homogene Medien durch eine ebene Grenzfläche voneinander getrennt sind, so gelangt ein Lichtstrahl von einem Punkte P des einen Mediums zu einem Punkte Q des andern Mediums in der kürzesten Zeit, wenn die Sinusse des Einfalls- und Brechungswinkels sich zu einander verhalten wie die Geschwindigkeiten c_1 und c_2 des Lichtes innerhalb der einzelnen Medien, wenn also $\sin u : \sin v = c_1 : c_2$ ist.

Denkt man sich durch die Punkte P und Q (Fig. 7) einen Normalschnitt $PMQN$ durch die Ebene gelegt, ist PS der einfallende, SQ der gebrochene Lichtstrahl und bezeichnet man das Loth PD mit a, das Loth QE mit b, den Abstand DE mit d; seien ferner die Zeiten, in welchen der Lichtstrahl von P über R, S und T nach Q gelangen würde, beziehendlich t'', t und t' und darunter t ein Minimum, so finden folgende Gleichungen statt:

$$\text{I)}\quad t''=\frac{a}{c_1 \cos u''}+\frac{b}{c_2 \cos v''}, \qquad \text{IV)}\quad a \tan u''+b \tan v''=d,$$

$$\text{II)}\quad t=\frac{a}{c_1 \cos u}+\frac{b}{c_2 \cos v}, \qquad \text{V)}\quad a \tan u+b \tan v=d,$$

$$\text{III)}\quad t'=\frac{a}{c_1 \cos u'}+\frac{b}{c_2 \cos v'}, \qquad \text{VI)}\quad a \tan u'+b \tan v'=d.$$

Aus I) und III) folgt

$$t''-t'=\frac{a}{c_1}\left(\frac{1}{\cos u''}-\frac{1}{\cos u'}\right)+\frac{b}{c_2}\left(\frac{1}{\cos v''}-\frac{1}{\cos v'}\right)$$
$$=-\frac{2a}{c_1}\,\frac{\sin\frac{1}{2}(u'+u'')\sin\frac{1}{2}(u'-u'')}{\cos u' \cos u''}-\frac{2b}{c_2}\,\frac{\sin\frac{1}{2}(v'+v'')\sin\frac{1}{2}(v'-v'')}{\cos v' \cos v''};$$

$$\frac{t''-t'}{\sin\frac{1}{2}(u''-u')}=\frac{2a}{c_1}\,\frac{\sin\frac{1}{2}(u'+u'')}{\cos u' \cos u''}+\frac{2b}{c_2}\,\frac{\sin\frac{1}{2}(v'+v'')}{\cos v' \cos v''}\cdot\frac{\sin\frac{1}{2}(v'-v'')}{\sin\frac{1}{2}(u'-u'')}.$$

Aus IV) und VI) folgt weiter

$$\frac{\sin\frac{1}{2}(v'-v'')}{\sin\frac{1}{2}(u'-u'')}=-\frac{a}{b}\cdot\frac{\cos\frac{1}{2}(u'-u'')}{\cos\frac{1}{2}(v'-v'')}\cdot\frac{\cos v' \cos v''}{\cos u' \cos u''}.$$

Demzufolge erhält man

$$\frac{t''-t'}{\sin\frac{1}{2}(u''-u')}=\frac{2a}{\cos u' \cos u''}\left\{\frac{\sin\frac{1}{2}(u'+u'')}{c_1}-\frac{\sin\frac{1}{2}(v'+v'')}{c_2}\cdot\frac{\cos\frac{1}{2}(u'-u'')}{\cos\frac{1}{2}(v'-v'')}\right\}.$$

Nun ist klar, dass ein Lichtstrahl von P aus auf geradlinigen Wegen über die Punkte F und H, welche ausserhalb DE liegen, in um so längeren Zeiten gelangen würde, je weiter diese Punkte von E und D entfernt liegen. Daraus folgt, dass zwischen E und D wenigstens ein Minimum von t liegen muss. Ein solches möge also in S liegen; alsdann müssen sich zu beiden Seiten wenigstens immer je zwei gleiche Werthe t'' und t' angeben lassen, so dass $t''-t'$ gleich Null ist. Demzufolge ist für je zwei solcher Werthe t'' und t'

$$\frac{\sin\frac{1}{2}(u'+u'')}{c_1}=\frac{\sin\frac{1}{2}(v'+v'')}{c_2}\cdot\frac{\cos\frac{1}{2}(u'-u'')}{\cos\frac{1}{2}(v'-v'')}.$$

Nimmt man $t''=t$, so wird auch $t'=t$, also $u''=u'=u$ und $v''=v'=v$, woraus folgt

$$\sin u : \sin v = c_1 : c_2.$$

Ist $c_1 > c_2$, so ist $\sin u > \sin v$, und weil u und v positive und spitze Winkel sind: $u > v$. Deshalb muss dieses Minimum t einem Punkte zwischen E und U entsprechen.

Dass es nur ein einziges Minimum t giebt, lässt sich indirect beweisen. Angenommen nämlich, es gäbe noch ein zweites Minimum für den Einfallswinkel u''', so müsse ebenfalls $\sin u''' : \sin v''' = c_1 : c_2$, mithin

$$\sin u''' : \sin v''' = \sin u : \sin v.$$

Wäre $u''' > u$, also aus einfachen geometrischen Gründen $v''' < v$, so müsste $\sin u''' > \sin u$, dagegen $\sin v''' < \sin v$ sein, folglich $\sin u''' : \sin v''' > \sin u : \sin v$, was der vorigen Gleichung widersprechen würde.

Bei dieser Betrachtung ist durch die Construction des Normalschnittes MN stillschweigend vorausgesetzt, dass der einfallende und gebrochene Lichtstrahl in einer Ebene liegen. Aber man erkennt leicht, dass jeder in dem Normalschnitte MN der Grenzebene liegende Punkt für sich einem Minimum von t mit Beziehung auf alle in seiner Normalen liegenden Punkte der Ebene entspricht. Denn es sei GK die in der ebenen Grenzfläche der beiden Medien gelegene Normale des Punktes S und S' irgend ein Punkt in derselben, so ist $PS' > PS$ und $QS' > QS$. Da der von dem Lichtstrahl durchlaufene Weg PSQ in jedem der Medien einzeln kürzer ist als der Weg $PS'Q$, so ist natürlich die Zeit t ein absolutes Minimum bezüglich aller Punkte der ebenen Grenzfläche.

Verbindet man alle Punkte der Ebene miteinander, für welche t' constant ist, so erhält man lauter geschlossene Curven, welche sämmtlich einander und den Punkt S umhüllen. Dieselben werden durch den Normalschnitt in symmetrische Hälften getheilt. Bezeichnet man die Abscisse DR mit x, die Ordinate RR' mit y, so erhält man für die Curven die algebraische Gleichung

$$\frac{\sqrt{a^2+x^2+y^2}}{c_1}+\frac{\sqrt{b^2+(d-x)^2+y^2}}{c_2}=t'.$$

Die Curven sind also vom vierten Grade. Ist $d=0$, ist also P in der Normalen des Punktes Q, so ist x^2+y^2 eine constante Grösse, also die Curven sämmtlich concentrische Kreise, ausserdem t' ein Minimum für $x^2+y^2=0$, d. h. also für den Fusspunkt der Normalen.

2. Wenn zwei verschiedene Medien durch eine ebene Grenzfläche MN (Fig. 8) voneinander getrennt sind, so erblickt ein in P befindliches Auge den im dichteren Medium befindlichen Punkt Q in einem Punkte Q', welcher der Oberfläche näher liegt, und ein in Q befindliches Auge einen in dem dünneren Medium befindlichen Punkt P in einem Punkte P', welcher von der Oberfläche weiter absteht.

Dieser bekannte Erfahrungssatz dürfte wohl kaum in irgend einem Lehrbuche der Physik fehlen; dagegen wird der mathematische Beweis desselben merkwürdigerweise überall vermisst. Der wahre Sachverhalt ist wohl von vornherein nicht so evident, dass derselbe keines Beweises bedürfte; denn es giebt doch in der Verlängerung der Gesichtslinie PT eine unendliche Menge von Punkten, deren Entfernung von der Oberfläche MN grösser als QC ist. Man wird sehen, dass der Beweis ziemlich umständlich ist und die Betrachtung unendlich kleiner Winkel erfordert.

QTP und QUR seien zwei so nahe gelegene, das Brechungsgesetz befolgende Lichtstrahlen, dass sie zugleich in das bei PR befindliche Auge gelangen können Der sehr kleine Winkel TQU, welchen beide im unteren Medium miteinander bilden, sei δ. Denkt man ihn unendlich klein, so sind Einfallswinkel und Brechungswinkel für beide nahezu gleichgross. Es möge ferner das unendlich kleine Stück TU des Normalschnittes MN mit l und die Strecke QU mit r bezeichnet werden. Der scheinbare Ort oder das virtuelle Bild des Punktes Q ist der Durchschnittspunkt Q' der Strahlen PT und RU; der Winkel $PQ'R$ sei δ' und der Abstand TQ' gleich ϱ. Man ziehe TA senkrecht gegen TQ', UB senkrecht gegen QT. Bezeichnen wir endlich noch der Kürze halber QC mit b, $Q'D$ mit b', die Geschwindigkeiten des Lichtes im oberen und unteren Medium beziehendlich mit c_1 und c_2, so ist

I. für den Strahl QTP: $\sin v : \sin u = c_2 : c_1$;

II. „ „ „ QUR: $\sin(v-\delta) : \sin(u-\delta') = c_2 : c_1$.

Aus der Gleichung II) folgt

$$\frac{\sin v \cos\delta - \cos v \sin\delta}{\sin u \cos\delta' - \cos u \sin\delta'} = \frac{c_2}{c_1}$$

und, da man wegen der Kleinheit der Winkel δ und δ' $\cos\delta = 1$, $\sin\delta = \delta$ setzen kann:

$$\frac{\sin v - \delta\cos v}{\sin u - \delta'\cos u} = \frac{c_2}{c_1} \quad \text{oder auch} \quad \frac{c_1}{c_2}\sin v - \frac{c_1}{c_2}\,\delta\cos v = \sin u - \delta'\cos u.$$

Wegen des Brechungsgesetzes $\frac{c_1}{c_2}\sin v = \sin u$ erhält man nun

$$\delta : \delta' = c_2 \cos u : c_1 \cos v.$$

Ferner ist

$$\delta = \frac{l\cos v}{r} \quad \text{und} \quad \delta' = \frac{l\cos u}{\varrho},$$

also

$$\varrho : r = \delta\cos u : \delta'\cos v = c_2 \cos u^2 : c_1 \cos v^2 = \frac{\sin v}{\sin u} : \frac{\cos v^2}{\cos u^2}.$$

Endlich ist noch $b' = \varrho\cos u$ und $b = r\cos v$, folglich $\varrho : r = b'\cos v : b\cos u$ und

III) $$b' : b = \sin v \cos u^3 : \sin u \cos v^3.$$

Die Gleichung III) bestimmt die relative Nähe des Bildes an der Grenzfläche. Ist nun $c_1 > c_2$, so ist $\sin u > \sin v$ und $\cos u < \cos v$, also in der That $b' < b$. Ist im speciellen Falle $u = 0^0$, so ist auch $v = 0^0$, also

$$\cos u = \cos v = 1.$$

Wenn also K der Ort des Auges ist, Q'' der scheinbare Ort des Objects Q, so ist, wenn $Q''C$ mit b'' bezeichnet wird:

$$b'' : b = \sin v_0 : \sin u_0 = c_2 : c_1$$

und die Verkürzung also dem Brechungsexponenten gleich. Für ein in Q befindliches Auge und ein in P befindliches Object gelten die vorigen Sätze umgekehrt.

Lässt man den Ort des Objects Q unverändert und bewegt das Auge von K durch P nach H, so wächst der Einfallswinkel von 0^0 bis 90^0 und es ist die Curve $Q''Q'Q'''$ der scheinbare Ort des Objects Q. Ist nämlich $u=90^0$, so ist $\sin u=1$ und $\cos u=0$, also auch $\varrho=0$ und $\sin v'=c_2:c_1$. Ferner ist $TD=\varrho \sin u$, $TC=r \sin v$, also $TD:TC=\cos u^2:\cos v^2<1$.

Man findet ausserdem leicht

$$r'^2=b^2+Q'''C^2=b^2+r'^2 \sin v'^2=b^2+r'^2(c_2:c_1)^2,$$

also $r'=c_1 b:\sqrt{c_1^2-c_2^2}$. Ist $c_2:c_1=3:4$ (Wasser), so ist $r'=1{,}51\,b$.

Hierdurch wird nun die bekannte Thatsache erklärlich, dass der Boden der mit Flüssigkeit gefüllten Gefässe um so mehr gehoben erscheint, je grösser die Neigung der Gesichtslinie gegen die Niveaufläche ist, bis endlich der Boden bei einer Neigung der Gesichtslinie um 90^0 gegen das Einfallsloth mit der Niveaufläche zusammenzufallen scheint. Auch nähert sich das virtuelle Bild eines auf dem Boden liegenden Objects Q mit dem Auge fortwährend bis in Q'''. Die Grösse der Annäherung beträgt für Wasser bei constanter Entfernung r' des Auges vom Objecte Q nahezu $0{,}51\,b$, also ungefähr die anderthalbfache Tiefe des Gefässes; dagegen beträgt die Grösse der Annäherung für das in K befindliche Auge nur $0{,}25\,b$.

Husum. Prof. Dr. Ludwig Matthiessen.

IX. Ueber die Curve, die entsteht, wenn sich leichte haftende Körperchen auf einer krummen Fläche aufhäufen.

(Hierzu Taf. I, Fig. 9—11.)

Die Fläche sei eine Cylinderfläche, die Axe sei wagerecht; ein zur Axe senkrechter Querschnitt sei $ADBC$. (Fig. 9.) Senkrecht zu AB fallen Schneeflocken.

Wegen der Adhäsion der Schneeflocken an die Oberfläche kann man absehen von der Schwere.

Angenommen die Schneeflocken fielen auf AB, so würden sie sich gleichmässig darüber verbreiten, und da ein Schneetheilchen als ein prismatisches Körperchen betrachtet werden kann, dessen Ausdehnung in der Richtung der Axe nicht berücksichtigt wird, so würde sich eine gleichmässig hohe Schichte von prismatischen Körperchen, deren Querschnitt als ein Rechteck berechnet werden kann, über AB verbreiten. Nehmen wir den Querschnitt eines solchen Theilchens $=dh.dx$, wo dh die Höhe und dx die Breite, so ist der Ausdruck $dh.dx=$ constant, da man die Schneetheilchen als von gleichem Volumen betrachten kann.

Das Volumen $dh.dx$ lagert sich nun auf dem Bogen ds, so wird es den Bogen nicht ausfüllen, und zwar um so weniger, je grösser ds im Verhältniss zu dx ist. ds ist im Verhältniss zu dx am grössten gegen die Punkte A und B hin. Dort müssten also die Schneeflocken am dichtesten fallen, um eine gleichmässige Schneedecke herzustellen. Dies ist jedoch nicht der Fall, und so wird denn die Schneedecke von D nach A und B hin allmälig an Dicke abnehmen. Der Erfolg ist derselbe, wenn man annimmt, das Theilchen $dh.dx$ verbreite sich über ds und verliere dabei entsprechend an Höhe. Die Höhe, die es dann haben kann, sei dm, so ist

$$\text{I)} \qquad ds.dm = dh.dx,$$

worin $ds = dx \cdot \frac{r}{y}$, weil $x^2+y^2=r^2$.

In Fig. 10 sei C ein Punkt der gesuchten Curve, dessen Coordinaten α, β; die Coordinaten von B seien x, y, $AB = r$, $BC = dm$, so ist

$$\frac{r+dm}{r} = \frac{\beta}{y} = \frac{\alpha}{x},$$

also

$$dm = r \cdot \frac{\beta - y}{y} = r \cdot \frac{\alpha - x}{x}.$$

Die Werthe von ds und dm eingesetzt in 1) giebt

$$\text{II)} \qquad r^2 \cdot \frac{\beta - y}{y^2} = dh,$$

$$\text{III)} \qquad r^2 \cdot \frac{\alpha - x}{xy} = dh.$$

Um die Gleichung der Schneecurve zu finden, hat man aus II), III) und $x^2+y^2=r^2$ x, y zu eliminiren. dh ist constant und hat die messbare Grösse h.

Man erhält

$$(\alpha^2+\beta^2)^2 = (\alpha^2+\beta^2)(r^2+2h.\beta) - \beta^2 h^2$$

oder

$$\text{IV)} \qquad (x^2+y^2)^2 = (x^2+y^2)(r^2+2hy) - y^2h^2,$$

wenn man schliesslich anstatt α, β x, y setzt.

In Polarcoordinaten wird die Gleichung der Curve einfach. Es ist ϱ der Leitstrahl, t die Anomalie und

$$x^2+y^2=\varrho^2, \quad y = \varrho \sin t, \quad x = \varrho \cos t.$$

Die Curvengleichung wird dann

$$\varrho^4 = \varrho^2(r^2+2h\varrho \sin t) - h^2\varrho^2 \sin^2 t$$

oder

$$\varrho^2 - 2h\varrho \sin t + h^2 \sin^2 t = r^2,$$

daraus

$$(\varrho - h \sin t)^2 = r^2,$$

also

$$\varrho = r + h \sin t.$$

Aus dieser Gleichung ergiebt sich eine einfache Construction für die Curve. Es sei

$$AB = r, \ BM = h, \ \angle MAF = \angle BMD = t,$$

so ist

$$BD = h \sin t \text{ und } AC = r + h \sin t,$$

wenn

$$BD = BC.$$

Die Curve (Fig. 11) hat in Gleichung und Form einige Aehnlichkeit mit der Cardioide.

Schreibt man die Gleichung IV)

$$(x^2+y^2)[r^2+2hy-(x^2+y^2)] = y^2 . h^2$$

und nimmt h im Verhältniss zu r sehr klein, so verschwindet $\left(\frac{h}{r}\right)^2$ gegen $\frac{h}{r}$ und die Gleichung ist

$$r^2+2hy-(x^2+y^2) = 0.$$

Transformirt man die Coordinaten, so dass $y = y' + m$, so hat man $x^2+y^2 = r^2+h^2$.

Je kleiner also h im Verhältniss zu r, desto mehr nähert sich die Curve dem Kreise, dessen Radius r und dessen Mittelpunkt von dem Mittelpunkte des gegebenen Kreises in der Richtung der Verticalen um h absteht.

Mainz. E. Ritsert.

X. Bestimmung der Ordnung und Classe der Evolute einer beliebigen Curve n^{ter} Ordnung.

Die Evolute einer beliebigen ebenen Curve C^n von der n^{ten} Ordnung und $n(n-1)^{\text{ten}}$ Classe lässt sich auf folgende Art nach Ordnung und Classe bestimmen. Wir bezeichnen die beiden Kreispunkte der Ebene mit I und I_1 und suchen zuerst die Classe der Evolute. Es sei P ein beliebiger Punkt, a eine variable Gerade durch ihn, welche II_1 oder g_∞ in A schneidet; es sei B der harmonische Gegenpunkt von A bezüglich II_1 und β die erste Polare von B in Bezug auf C^n. Wenn a sich um P dreht, so durchläuft β die Curven eines Büschels $(n-1)^{\text{ter}}$ Ordnung mit $(n-1)^2$ Grundpunkten und es sind die Büschel $P(a\ldots)$ und $(\beta\ldots)$ in projectivischer Beziehung. Der Ort der Schnittpunkte homologer Elemente ist eine Curve $\mathfrak{C}^n$ n^{ter} Ordnung, welche C^n in n^2 Punkten trifft, deren Verbindungslinien mit P die n^2 Normalen von P an C^n liefern. — Wir lassen nun P eine Gerade l durchlaufen. Jeder Lage von P entspricht eine Curve $\mathfrak{C}^n$ und alle Curven $\mathfrak{C}^n$ bilden ein Büschel mit n^2 Grundpunkten. Erstens gehören zu diesen Grundpunkten die $(n-1)^2$ Grundpunkte des Büschels $(\beta\ldots)$. Die Curven dieses Büschels schneiden die Gerade II_1 in den Punktgruppen einer Involution vom $(n-1)^{\text{ten}}$ Grade, welche projectivisch zur Punktreihe $A\ldots$ auf II_1 liegt und mit ihr n entsprechende Punkte gemein hat. Durch diese muss auch jede Curve $\mathfrak{C}^n$ gehen. Die Gerade l endlich kann als ein Strahl angesehen werden, der jedem der Büschel P angehört; ihm entspricht eine Curve β, welche er in $n-1$ Punkten schneidet, und auch durch diese müssen alle $\mathfrak{C}^n$ gehen.

Also gehen alle $\mathfrak{C}^n$ durch $(n-1)^2+2n-1=n^2-2n+1+2n-1=n^2$ Punkte und bilden also ein Büschel. Cremona (Einleitung in eine geometrische Theorie der ebenen Curven) hat gezeigt, dass es in einem Büschel n^{ter} Ordnung höchstens $3n(n-1)$ Curven giebt, welche eine Curve n^{ter} Ordnung berühren. Ist nun P ein solcher Punkt, dass die ihm zugehörige Curve $\mathfrak{C}^n$ die gegebene Curve C^n berührt, so lassen sich von P nur n^2-1 Normalen an C^n ziehen und P ist also ein Punkt der Evolute. Auf jeder Geraden l liegen aber $3n(n-1)$ solche Punkte P, also ist die Evolute von der $3n(n-1)^{\text{ten}}$ Ordnung.

Wenn P ein Punkt von g_∞ und Q der zugeordnete harmonische bezüglich II_1 ist, so kann man von P nur $n(n-1)$ Normalen an C^n ziehen, weil sich von Q soviel Tangenten an C^n ziehen lassen; also ist g_∞ eine $n$fache Tangente der Evolute, und zwar fallen mit g_∞ die n Normalen zusammen, welche in den n Schnittpunkten von C^n und g_∞ sich ziehen lassen. Ist aber I ein Schnittpunkt von g_∞ und C^n, so ist die Tangente in I zugleich Normale in diesem Punkte. In dem Falle also, dass C^n durch I geht, lassen sich von irgend einem Punkte P auf g_∞ nur $n(n-1)-1$ oder n^2-n-1 Normalen an C^n ziehen, und ebenso können wir schliessen, dass sich von einem ganz beliebigen Punkte dann nur n^2-1 Normalen ziehen lassen. Doch lässt sich dies Resultat auch auf folgende Art erhalten. — Ist P der beliebige Punkt, so erhalten wir, wie im Anfange, ein Strahlbüschel $P(a\ldots)$, welches mit dem Büschel $(\beta\ldots)$ der ersten Polaren in projectivischer Beziehung steht. Die dem Strahl PI entsprechende Curve β_i ist diejenige, welche C^n in I berührt, also ist I ein Punkt der dem Punkte P entsprechenden Curve $\mathfrak{C}^n$ und die Gerade PI daher nicht unter die von P an C^n zu ziehenden Normalen zu rechnen. In diesem Falle ist die Evolute daher von der $(n^2-1)^{\text{ten}}$ Classe, und wenn C^n durch beide Kreispunkte geht, so ist die Evolute von der $(n^2-2)^{\text{ten}}$ Classe und hat g als $(n-2)$-fache Tangente.

Um für den Fall, dass I ein Punkt von C^n ist, die Ordnung der Evolute zu bestimmen, lasse man P wieder eine beliebige Gerade l durchlaufen; jeder Lage von P entspricht eine Curve $\mathfrak{C}^n$ des Büschels. Alle $\mathfrak{C}^n$ haben I als Grundpunkt; es giebt eine Curve $\mathfrak{C}_i{}^n$, welche C^n in I berührt. Ist i die Tangente in I an C^n, welche l in P_i schneidet, so lässt sich von P_i eine Tangente weniger, als von einem beliebigen Punkte an die Evolute ziehen. Im Ganzen wird also l die Evolute in drei Punkten weniger schneiden, als wenn C^n nicht durch I ginge. — Geht C^n durch beide Kreispunkte I und I_1, so wird dadurch die Ordnung der Evolute um 6 verringert und ist in diesem Falle $3n(n-1)-6=3(n^2-n-2)$.

Wir nehmen endlich an, die Gerade g_∞ sei eine Tangente von C^n und es sei C der Berührungspunkt; dann schneiden sich alle Polaren β in C und die irgend einem Punkte P entsprechende Curve $\mathfrak{C}^n$ geht auch durch C.

lute um eine Einheit verringert, die Ordnung derselben aber um zwei Einheiten, so dass also die Classe der Evolute n^2-1 und die Ordnung $3n(n-1)-2$ ist.

Wir erhalten dadurch die Sätze:

„Die Evolute einer Curve C^n n^{ter} Ordnung ist eine Curve von der Classe n^2 und der Ordnung $3n(n-1)$; geht C^n durch einen der Kreispunkte, so ist die Classe der Evolute n^2-1 und die Ordnung $3(n^2-n-1)$; berührt endlich C^n die unendlich entfernte Gerade g_∞ der Ebene, so ist die Classe der Evolute n^2-1 und die Ordnung $3n(n-1)-2$.

Tilsit. MILINOWSKI.

Fig. 1.

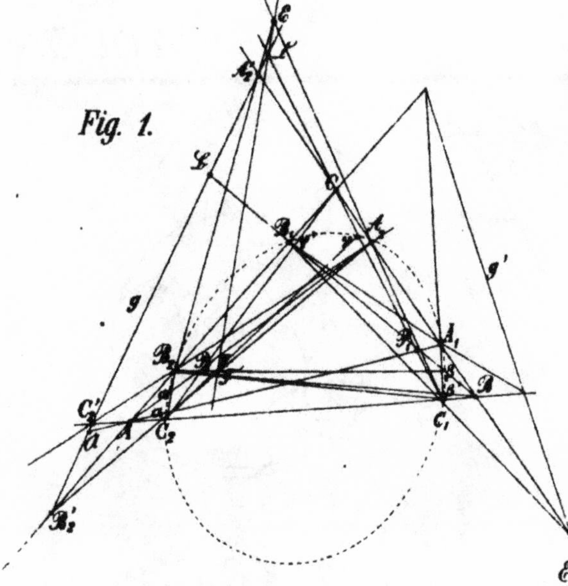

Fig.

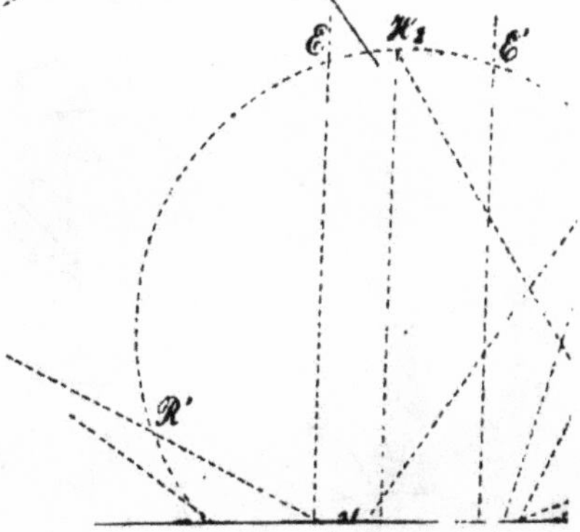

Fig. 3.

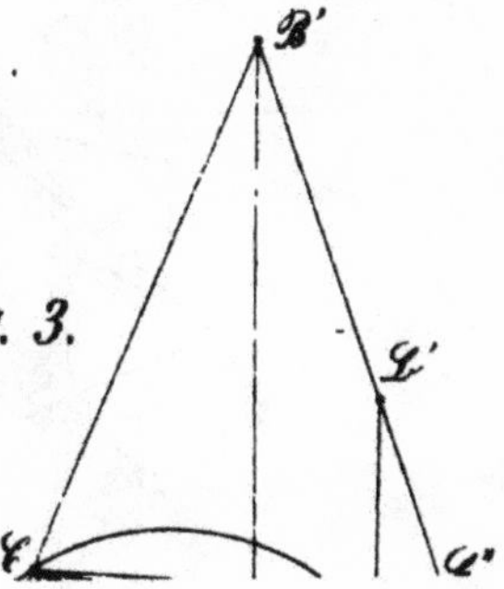

Tafel II.

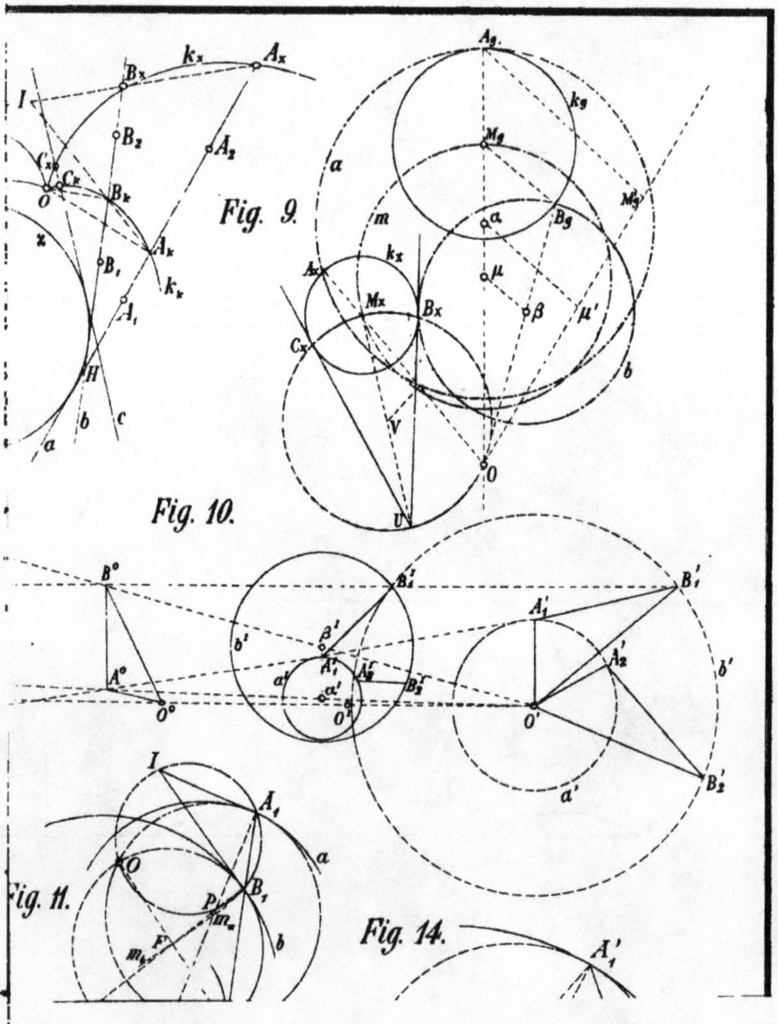

Neuer Verlag von B. G. Teubner in Leipzig. 1873.

Bardey, Dr. E., methodisch geordnete Aufgabensammlung, mehr als 7000 Aufgaben enthaltend, über alle Theile der Elementar-Arithmetik, für Gymnasien, Realschulen und polytechnische Lehranstalten. Dritte Auflage. [XII u. 306 S.] gr. 8. geh. 27 Ngr.

——— besonderer Abdruck der in der zweiten Auflage neu hinzugekommenen Aufgaben. [XVI S.] gr. 8. geh. 3 Ngr.

Die „Resultate" sind durch den Buchhandel nicht zu beziehen, sondern werden von der Verlagshandlung nur an Lehrer direkt geliefert.

Clebsch, Alfred. Versuch einer Darlegung und Würdigung seiner wissenschaftlichen Leistungen von einigen seiner Freunde. [55 S.] gr. 8. geh. n. 12 Ngr.

Durège, Dr. H., Professor an der Universität zu Prag, **Elemente der Theorie der Functionen einer complexen veränderlichen Grösse,** mit besonderer Berücksichtigung der Schöpfungen Riemann's bearbeitet. Zweite zum Theil umgearbeitete Auflage. gr. 8. geh. n. 1 Thlr. 22 Ngr.

Helmert, Fr., die Ausgleichungsrechnung nach der Methode der kleinsten Quadrate mit Anwendungen auf die Geodäsie und die Theorie der Messinstrumente. [XI u. 348 S.] gr. 8. geh. n. 2 Thlr. 10 Ngr.

Hesse, Dr. **Otto,** ord. Prof. an d. königl. Polytechnikum zu München, **die vier Species.** [35 S.] gr. 8. geh. n. 10 Ngr.

——— **Vorlesungen aus der analytischen Geometrie der geraden Linie,** des Punktes und des Kreises in der Ebene. Zweite verbesserte und vermehrte Auflage. gr. 8. geh. n. 1 Thlr. 22 Ngr.

——— **die Determinanten** elementar behandelt. Zweite Auflage. [IV u. 48 S.] gr. 8. geh. n. 12 Ngr.

Neumann, Dr. **Carl,** Professor an der Universität zu Leipzig, **Theorie der elektrischen Kräfte.** Darlegung und Erweiterung der von A. Ampère, F. Neumann, W. Weber, G. Kirchhoff entwickelten mathematischen Theorien. I. Theil. gr. 8. geh. n. 2 Thlr. 12 Ngr.

Salmon, Georg, analytische Geometrie der Kegelschnitte mit besonderer Berücksichtigung der neueren Methoden. Deutsch bearbeitet von Dr. W. Fiedler, Professor am eidgen. Polytechnikum zu Zürich. Dritte Auflage. [XXXV u. 609 S.] gr. 8. geh. n. 4 Thlr. 24 Ngr.

——— **analytische Geometrie der höheren ebenen Curven.** Deutsch bearbeitet von Dr. Wilhelm Fiedler, Professor am eidgenössischen Polytechnikum zu Zürich. [XVI u. 472 S.] gr. 8. geh. n. 3 Thlr. 10 Ngr.

Schlömilch, Dr. **Oskar,** Kgl. Sächs. Geh. Hofrath, Professor an der polytechnischen Schule in Dresden, **Uebungsbuch zum Studium der höheren Analysis.** Erster Theil: Aufgaben aus der Differentialrechnung. Zweite vermehrte Auflage. Mit Holzschnitten im Texte. [VII u. 287 S.] gr. 8. geh. n. 2 Thlr.

Schröder, Dr. **E.,** Professor am Pro- und Realgymnasium in Baden-Baden, **Lehrbuch der Arithmetik und Algebra** für Lehrer und Studirende. Erster Band. Die sieben algebraischen Operationen. [X u. 360 S.] gr. 8. geh. n. 2 Thlr. 20 Ngr.

Schüler, Wilhelm Friedrich, Docent am königlichen Polytechnikum zu München, **die Arithmetik und Algebra in philosophischer Begründung.** Vorlesungen. I. Theil. gr. 8. geh. 1 Thlr. 10 Ngr.

Weyrauch, Dr. **Jakob, allgemeine Theorie** und Berechnung der kontinuirlichen und einfachen Träger. Für den akademischen Unterricht und zum Gebrauch der Ingenieure. Mit vielen Holzschnitten und 4 lithographirten Tafeln. gr. 8. geh. n. 1 Thlr. 22 Ngr.

INHALT.

Seite

Kleinere Mittheilungen.

Literaturzeitung (besonders paginirt).

Recensionen:

Bibliographie vom 16. Januar bis 28. Februar 1874:

June 13

Zeitschrift

für

Mathematik und Physik

herausgegeben

unter der verantwortlichen Redaction

von

Dr. O. Schlömilch, Dr. E. Kahl

und

Dr. M. Cantor.

19. Jahrgang. 3. Heft.

Mit 1 lithographirten Tafel.

Ausgegeben am 12. Mai 1874.

Leipzig,

Verlag von B. G. Teubner.

1874.

Urtheile der Presse

über die

arithmetische Aufgabensammlung

von **E. Bardey.**

[Verlag von B. G. Teubner in Leipzig, 3. Aufl., 1873. Preis 27 Ngr.]

Zeitschrift für mathem. Unterricht. — — — Wer wollte aber behaupten, dass von da aus (von Heis nämlich) nicht noch ein weiterer Fortschritt möglich sei? Darum ist das Erscheinen einer neuen Aufgabensammlung für dasselbe Gebiet der Mathematik vollkommen berechtigt, falls sie die bessere Methode noch mehr in das Einzelne hineinträgt und Schritt für Schritt dem Anfänger den Weg zu ebnen, schroffe Uebergänge auszugleichen bemüht ist. Und das, glaube ich, ist gerade einer der Vorzüge der Bardey'schen Sammlung. — — — Hinsichtlich der Auswahl und Folge der Beispiele weist eine genauere Vergleichung des Buches mit seinen Vorgängern einen bedeutenden Fortschritt auf; man merkt es dem Verfasser bald ab, dass er Uebung im Unterrichten und eine nicht gewöhnliche didaktische Gewandtheit hat. Die vorgelegten Exempel schreiten vom Einfacheren zum Zusammengesetzteren, vom Leichteren zum Schwereren stetig fort, die vorangehenden bereiten auf die nachfolgenden vor und es sind durchweg die Formen, in denen Anfänger leicht Irrthümer machen, so wie die, welche in zusammengesetzten Rechnungen eine besondere Wichtigkeit haben, vorzugsweise berücksichtigt. Ueberhaupt aber findet sich in allen Abschnitten eine grosse Mannichfaltigkeit der Rechnungsformen in den zur Erzielung der Rechenfertigkeit geeigneten Verbindungen. Besonders zeichnen sich sämmtliche Abschnitte von den Gleichungen aus. Der Verfasser hat diesem Gegenstande seine besondere Liebe zugewendet, wie denn auch sein 1868 über „Algebr. Gleichungen" erschienenes Werk zu den besten gehört, die über Algebra erschienen sind. Die Auflösung der Gleichungen bildet ja auch für das weitere Fortschreiten in der gesammten Mathematik die wichtigste Disciplin, ohne grosse Uebung darin ist kein Fortschritt möglich. Um die Uebergänge zu neuen Formen recht deutlich hervorzuheben, sind die Aufgaben über die Operationen in Abtheilungen geschieden, die Uebungen über Gleichungen, sowohl die mit gegebener Gleichung, als die eingekleideten Aufgaben in zwei, resp. drei Stufen, eine für den Unterricht sehr zweckmässige Einrichtung. — Die Zahl der in der Bardey'schen Sammlung gelieferten Aufgaben übertrifft die von M. Hirsch sowohl als die reichhaltigere von Heis bei weitem. — — **Die Bardey'sche Sammlung dürfte somit als die reichhaltigste angesehen werden, die zur Zeit existirt.** — —

Conrector Dr. Hausst in Parchim.

Zeitschrift für mathem. Unterricht. — — — Jedenfalls darf es als kein geringes Lob bezeichnet werden, wenn man sagen muss, dass er seine Vorgänger in wesentlichen Stücken übertroffen hat. — — — Noch mehr fast möchte aber Gewicht zu legen sein auf die Einleitung der einzelnen Kapitel, welche in den Stoff einzuführen oder doch durch Fragen an ihn zu erinnern bestimmt sind. Diese einleitenden Bemerkungen machen ein Lehrbuch ganz unnöthig, sobald nur der Lehrer es versteht, den Schüler wirklich anregend zu erfassen. Ist doch gerade für diese Zweige der Schulmathematik, wo die Uebung so ausschliesslich in den Vordergrund tritt, ein eigentliches Lehrbuch dem Unterricht fast im Wege. In der vorliegenden Form wird, nachdem der Gegenstand während des Unterrichts gehörig besprochen ist, Alles hinlänglich dem Gedächtniss zurückgerufen, und der Schüler findet zugleich an der Spitze des Abschnitts, dem er viele Aufgaben zu entnehmen hat, einen Rathgeber für etwaige Verlegenheiten, der gerade so viel oder so wenig sagt, als wünschenswerth ist. Es würde zu weit führen, hier im Einzelnen Wohlgelungenes zu erwähnen u. s. w. — — — Die Theorie der Gleichungen des 3. und 4. Grades ist hier sehr hübsch und elegant vorgetragen, und die auf Seite 284 dargestellte Methode zur Lösung der biquadratischen Gleichungen wird auch dem Lehrer zum Theil neu

VIII.

Ueber den Beschleunigungszustand des ebenen unveränderlichen, in der Ebene beweglichen Systems.

Von

W. Schell,

Professor am Polytechnikum zu Carlsruhe.

(Hierzu Taf. III, Fig. 1—14.)

Der momentane Geschwindigkeitszustand eines unveränderlichen ebenen, in der Ebene beweglichen Systems zur Zeit t ist durch die Lage des Mittelpunktes C der Geschwindigkeiten (des Momentancentrums), die Grösse ω und den Sinn der Winkelgeschwindigkeit vollkommen bestimmt. Die Geschwindigkeit $v = r\omega$ eines Systempunktes M in der Entfernung $CM = r$ von C ist auf concentrischen Kreisen um C nach Grösse, auf den Strahlen dieses Punktes nach Richtung constant, für Punkte desselben Strahles auf verschiedenen Seiten von C aber dem Sinne nach entgegengesetzt. Die Punkte M beschreiben in dem auf t folgenden Zeitelemente dt Bogenelemente $ds = r\omega\, dt$ senkrecht zu CM und dem Sinne nach harmonirend mit ω. Der Mittelpunkt der Geschwindigkeiten, dessen Geschwindigkeit momentan Null ist, wechselt im Allgemeinen im System, wie in der Ebene, in welcher die Bewegung erfolgt. Der Ort aller Mittelpunkte C in der Ebene der Bewegung ist eine Curve (C), der Ort der Systempunkte Γ, welche nach und nach Mittelpunkte der Geschwindigkeiten werden, eine Curve (Γ) im System, und es rollt im Laufe der Bewegung die Curve (Γ) auf der Curve (C), ohne zu gleiten, so dass der Berührungspunkt beider Curven Mittelpunkt der Geschwindigkeiten ist für die Lage des beweglichen Systems, welche durch die zugehörige Lage der Curve (Γ) auf der Curve (C) charakterisirt wird.

Aehnliches gilt von dem Beschleunigungszustande des Systems zur Zeit t, welcher zu dem Geschwindigkeitszustande dieser Zeit hinzutritt, um ihn in den Geschwindigkeitszustand des nächstfolgenden Moments $t + dt$ überzuführen, d. h. die Winkelgeschwindigkeit ω um C in die Winkel-

folgenden Betrachtungen sollen die charakteristischen Eigenschaften des Beschleunigungszustandes des ebenen Systems mit Hilfe rein geometrischer Methoden entwickeln.

Vorliegende Arbeit beabsichtigt, der Beschleunigungstheorie ebener Systeme eine rein geometrische Grundlage zu geben und dieselbe im Einzelnen eingehender zu bearbeiten, als bisher geschehen. Sie bietet eine neue Behandlung des Mittelpunktes der Beschleunigungen und der beiden Kreise, welche die Orte verschwindender Tangential- und Normalbeschleunigung sind, und schliesst derselben die Entwickelung einiger weiterer Beschleunigungsorte nebst der Lösung dahin gehöriger Probleme an. Der Theorie der Krümmungen der Bahnen, welche in neuester Zeit von Herrn Aronhold eine ausgezeichnete Bearbeitung erfahren hat („Grundzüge der kinematischen Geometrie" in den Verhandlungen des Vereins zur Beförderung des Gewerbfleisses in Preussen, 1872), wurden nur einzelne Bemerkungen gewidmet. Der Mittelpunkt der Beschleunigungen und jene beiden Kreise wurden bereits 1853 von Bresse gefunden (*Mémoire sur un théorème nouveau concernant les mouvements plans et sur l'application de la cinématique à la détermination des rayons de courbure. Journal de l'école polytechnique, T. XX p.* 89). Wesentlich neu dürfte die Einführung des Mittelpunktes der Winkelbeschleunigung sein, worauf vorzugsweise die hier erreichte geometrische Klarheit hinsichtlich der Entwickelung des Beschleunigungszustandes im ebenen System beruht.

§ 1. Die Winkelbeschleunigung und ihr Mittelpunkt.

Es seien ω und $\omega + d\omega$ die Winkelgeschwindigkeiten des Systems zu den Zeiten t und $t + dt$, so dass dasselbe mit der Winkelgeschwindigkeit ω während des ersten auf t folgenden Zeitelements um C, mit $\omega + d\omega$ während des zweiten Zeitelementes um C' rotirt. (Fig. 1.) Nach einem bekannten Satze ist die Winkelgeschwindigkeit $\omega + d\omega$ des zweiten Zeitelementes äquivalent der Winkelgeschwindigkeit ω um C und der unendlich kleinen Winkelgeschwindigkeit $d\omega$ um ein gewisses, mit C und C' in gerader Linie liegendes Centrum H. Indem wir diese beiden Componenten an die Stelle von $\omega + d\omega$ während des zweiten Zeitelementes treten lassen, besteht die Bewegung des Systems in einer Rotation um C mit der Winkelgeschwindigkeit ω zwei Zeitelemente hindurch und einer Rotation mit der Winkelgeschwindigkeit $d\omega$ um H während des zweiten dieser Zeitelemente. Da die Punkte in der Einheit der Entfernung von C vermöge der Rotation um diesen Punkt zwei Zeitelemente hindurch unveränderliche Geschwindigkeit ω besitzen, so ist ihre Tangentialbeschleunigung Null und haben dieselben blos centripetale Beschleunigung nach C hin gerichtet gleich ω^2. Vermöge der Rotation um H erlangen die Punkte in der Entfernung gleich der Einheit von H den un-

ses Punktes, auf welchen sie liegen. Diese unendlich kleine Geschwindigkeitsänderung $d\omega$ nennen wir die Elementarwinkelbeschleunigung des Systems zur Zeit t und H ihren Mittelpunkt; dieselbe Grösse aber, auf die Zeiteinheit bezogen, nämlich $\alpha = \frac{d\omega}{dt}$, dessen Winkelbeschleunigung und H ebenso ihren Mittelpunkt. Die Winkelbeschleunigung ist positiv oder negativ, je nachdem $d\omega$ positiv oder negativ ist, d. h. je nachdem die Winkelgeschwindigkeit ω wächst oder abnimmt. Der Mittelpunkt der Winkelbeschleunigung liegt auf der gemeinsamen Tangente der Curven (C), (Γ) auf dem Halbstrahle vom Sinne CC' bei positivem, auf dem Halbstrahle des Sinnes $C'C$ bei negativem $d\omega$ im Abstande CH, welcher aus der Proportion

$$\frac{CC'}{d\omega} = \frac{C'H}{\omega} = \frac{CH}{\omega + d\omega}$$

folgt. Verbinden wir hiermit die Geschwindigkeit U, mit welcher der Mittelpunkt C der Geschwindigkeiten wechselt, nämlich die Grösse $U = \frac{CC'}{dt}$, so ergiebt sich für den gesuchten Abstand CH, den wir mit c bezeichnen wollen:

$$c = \frac{\omega U}{\alpha}.$$

Diese Entwickelung führt uns zu dem Satze:

Der Beschleunigungszustand des beweglichen ebenen Systems, welcher den Geschwindigkeitszustand desselben zur Zeit t ändert, wird durch zwei Beschleunigungscomponenten dargestellt: die Centripetalbeschleunigung und die Winkelbeschleunigung. Die erstere ist nach dem Mittelpunkte C der Geschwindigkeiten gerichtet und hat in der Einheit der Entfernung von diesem die Intensität ω^2, letztere ist senkrecht zu den Strahlen ihres Mittelpunktes H, welcher auf der gemeinsamen Tangente der Curven (C), (Γ) liegt, und besitzt in der Entfernung gleich der Einheit von diesem die Intensität $\alpha = \frac{d\omega}{dt}$. Die Entfernung c der Mittelpunkte C und H voneinander ist $c = \frac{\omega U}{\alpha}$. Die Punkte in der Einheit der Entfernung von C und H erlangen durch diese Beschleunigungscomponenten die elementaren Geschwindigkeitsänderungen $\omega^2 dt$ und $\alpha dt = d\omega$, erstere nach C hin gerichtet, letztere senkrecht zum Strahle des Punktes H.

Ist der Mittelpunkt C der Geschwindigkeiten stationär, also $U = 0$, so fällt der Mittelpunkt H der Winkelbeschleunigung mit ihm zusammen. Ist die Winkelgeschwindigkeit ω constant, ohne dass $U=0$ ist, so rückt H ins Unendliche. Wird ω zur Zeit $t=0$, ohne dass U unendlich wird, so fallen H und C ebenfalls zusammen.

§ 2. Die Beschleunigung der Systempunkte.

Mit Hilfe der im vorigen Paragraphen benutzten Zerlegung der Bewegung des Systems in eine Rotation um C mit der Winkelgeschwindigkeit ω während beider Zeitelemente und eine Rotation mit der Winkelgeschwindigkeit $d\omega$ um H während des zweiten dieser Zeitelemente ergiebt sich ebenso der Satz (Fig. 2):

> Die Beschleunigung φ eines Systempunktes M, dessen Entfernungen vom Mittelpunkte C der Geschwindigkeiten r und vom Mittelpunkte H der Winkelbeschleunigung r' ist, hat zwei Componenten: die centripetale Beschleunigung $\omega^2 r$ nach C gerichtet und die von der Winkelbeschleunigung herrührende Beschleunigung $\alpha r'$ senkrecht zu r' und dem Sinne nach mit ω harmonirend oder nicht harmonirend, je nachdem α positiv oder negativ ist.

Wir wollen dem System für das zweite Zeitelement um C die unendlich kleine Winkelgeschwindigkeit gleich der Elementarwinkelbeschleunigung $d\omega$ in deren Sinn und zugleich im umgekehrten Sinne ertheilen (Fig. 3) und von diesen beiden zugefügten Componenten die erstere mit der Winkelgeschwindigkeit ω des zweiten Zeitelementes um C zu $\omega + d\omega$, die andere aber mit der Elementarwinkelbeschleunigung $d\omega$ um H zu dem Rotationspaare $(d\omega, -d\omega)$ verbinden, welches einer unendlich kleinen Translationsgeschwindigkeit $CH.d\omega = c\,d\omega = c\alpha\,dt = \omega U\,dt$ parallel zur Normalen der Curve (C) äquivalent und nach derjenigen Seite der Tangente von (C) gerichtet ist, nach welcher die Winkelgeschwindigkeit ω das System nicht in Rotation versetzt. Das System rotirt alsdann im ersten Zeitelemente mit der Winkelgeschwindigkeit ω um C, im zweiten Zeitelemente mit $\omega + d\omega$ gleichfalls um C und besitzt in diesem Zeitelemente zugleich die unendlich kleine Translationsgeschwindigkeit $\omega U\,dt$. Die Beschleunigung des Systempunktes M setzt sich daher zusammen aus der Beschleunigung, welche von dieser Rotation herrührt und in die centripetale Beschleunigung $\omega^2 r$ und die tangentiale $r\dfrac{d\omega}{dt} = \alpha r$ zerfällt, sowie aus der für alle Systempunkte gleichen Beschleunigung ωU, welche durch das Rotationspaar veranlasst wird. Die letztere Componente rührt allein von dem Wechsel des Mittelpunktes der Geschwindigkeiten her und verschwindet, wenn das System blos um C rotirt. Wir können sie als das Winkelbeschleunigungspaar $(\alpha, -\alpha)$ mit dem Momente $\alpha c = \omega U$ auffassen. Wir erhalten hiernach den Satz (Fig. 4):

Die Beschleunigung des Systempunktes M ist darstellbar durch zwei Componenten, von denen die eine die Beschleunigung ist, welche der Systempunkt haben würde, wenn der Mittelpunkt der Geschwindigkeiten C nicht wechselte, während die andere von diesem Wechsel des Mittelpunktes der Geschwindigkeiten herrührt. Die erstere zerfällt in die centripetale Componente $\omega^2 r$, welche nach dem Mittelpunkte C hin gerichtet ist, und in die Tangentialbeschleunigung αr senkrecht zu dem Strahle des Mittelpunktes C, welcher durch M geht, und bildet mit der Normalen CM der Bahn des Systempunktes den constanten Winkel λ, für welchen $tang \lambda = \frac{\alpha}{\omega^2}$ ist. Die letztere Componente ist von der Lage des Punktes M im System unabhängig, senkrecht zur Tangente der Curve (C) und nach derjenigen Seite dieser Tangente gewandt, nach welcher die Winkelgeschwindigkeit ω das System nicht dreht; sie wird durch das Moment $\alpha c = \omega U$ des Winkelbeschleunigungspaares $(\alpha, -\alpha)$ ausgedrückt.

Hieraus erhellt, dass sämmtliche Punkte des Systems eine gemeinsame Beschleunigungscomponente haben. Sie ist die Beschleunigung des Mittelpunktes C der Geschwindigkeiten. Denn für ihn ist wegen $r = 0$ die Beschleunigung, welche von der Rotation um C herrührt, Null; die von der Winkelbeschleunigung α um H herrührende ist aber αc und senkrecht zu c.

§ 3. Mittelpunkt der Beschleunigung.

Es kann gefragt werden, ob es im System Punkte gebe, deren Beschleunigung Null ist. Aus dem ersten Satze des § 2 folgt, dass ein solcher Punkt den Bedingungen genügen müsse: 1. dass die Componenten $\omega^2 r$ und $\alpha r'$, von denen die erste längs r gerichtet, die zweite senkrecht zu r' ist, in eine Gerade fallen, 2. dass dieselben entgegengesetzten Sinnes seien und 3. dass ihre Grösse dieselbe sei. Der ersten Bedingung zufolge kann ein solcher Punkt nur auf dem Kreise liegen, der über der Verbindungslinie der Mittelpunkte der Geschwindigkeiten und der Winkelbeschleunigung als Durchmesser beschrieben werden kann. Verfolgt man aber die Punkte dieses Kreises, so erkennt man leicht, dass nur die Punkte der einen Hälfte desselben der zweiten Bedingung genügen. Für positive, wie negative Werthe von α haben nur die Punkte auf der Seite von CH entgegengesetzte Beschleunigungscomponenten, nach welcher die Rotation nicht erfolgt; die der andern Seite haben Beschleunigungscomponenten $\omega^2 r$ und $\alpha r'$, welche

Halbkreise $\omega^2 r - \alpha r'$, auf dem zweiten $\omega^2 r + \alpha r'$. Der dritten Bedingung gemäss muss $\omega^2 r - \alpha r' = 0$, d. h.

$$\frac{r}{r'} = \frac{\alpha}{\omega^2} = tang\,\lambda$$

sein. Der Ort der Punkte, welche dieser Bedingung genügen, ist ein Kreis, dessen Mittelpunkt auf CH liegt und welcher die Strecke CH im Verhältnisse $\alpha : \omega^2$ harmonisch theilt. Dieser Kreis schneidet mithin den vorhin bezeichneten Halbkreis über CH in dem einzigen Punkte, dessen Beschleunigung verschwindet. Der Strahl des Punktes C, welcher nach diesem Punkte geht, bildet mit der Normalen der Curve (C) den Winkel λ. Daher (Fig. 5):

Es giebt in dem beweglichen System für jeden Zeitmoment nur einen Punkt, dessen Beschleunigung Null, dessen Geschwindigkeit in diesem Momente also nach Grösse und Richtung stationär ist.

Wir nennen diesen Punkt den **Mittelpunkt der Beschleunigungen** und bezeichnen ihn mit G.

Der Mittelpunkt G der Beschleunigungen liegt stets auf derjenigen Seite der gemeinsamen Tangente der Curven (C) und (Γ), nach welcher die Rotation des Systems um C nicht erfolgt, und mit dem Mittelpunkte H der Winkelbeschleunigung auf gleicher Seite der Normalen dieser Curven.

Die Abstände r_0, r'_0 des Punktes G von C und H ergeben sich mit Hilfe der Gleichungen

$$\omega^2 r_0 - \alpha r'_0 = 0, \quad r_0^2 + r'^2_0 = c^2,$$

nämlich

$$r_0 = \frac{\alpha c}{\sqrt{\omega^4 + \alpha^2}} = \frac{\omega U}{\sqrt{\omega^4 + \alpha^2}}, \quad r'_0 = \frac{\omega^2 c}{\sqrt{\omega^4 + \alpha^2}} = \frac{\omega^3 U}{\alpha\sqrt{\omega^4 + \alpha^2}}.$$

Eine Linie durch G parallel zur Normalen der Curve (C) theilt die Strecke CH im Verhältniss

$$\frac{r_0^2}{r_0'^2} = \frac{\alpha^2}{\omega^4}.$$

Ist die Winkelgeschwindigkeit ω constant, also $\alpha = 0$, so wird

$$c = \frac{\omega U}{\alpha} = \infty, \text{ mithin } r'_0 = \infty, \text{ aber } r_0 = \frac{U}{\omega}.$$

Der Mittelpunkt der Beschleunigungen fällt dann in die Normale der Curve (C). Seine Lage in diesem Falle ist ein Punkt J, welcher in späteren Paragraphen eine Rolle spielen wird; man nennt ihn den **Wendepol**. Da

$$r_0 = \frac{U}{\omega} = \frac{\omega U}{\alpha} \cdot \frac{\alpha}{\omega} = c.\,tg\,\lambda,$$

so ist J der Schnittpunkt der Geraden HG mit der Normalen an (C).

Ist $U = 0$ oder $\omega = 0$, so fallen die drei Punkte C, H, G in C zusammen.

Fällt der Mittelpunkt C der Geschwindigkeiten ins Unendliche und wird $\omega=0$, aber so, dass $r\omega$ endlich und für alle Punkte constant gleich v wird, so hat das System eine Translationsgeschwindigkeit. Für sie fällt G mit C und H im Unendlichen zusammen. Die parallelen Richtungen der Normalen der Bahnen der Systempunkte gehen durch G und die Beschleunigungen aller Punkte sind parallel, gleich und gleichen Sinnes.

§ 4. Darstellung der Beschleunigung der Systempunkte mit Hilfe des Mittelpunktes der Beschleunigungen.

Es seien (Figg. 6 und 7) C, H, G die Mittelpunkte der Geschwindigkeiten, der Winkelbeschleunigung und der Beschleunigung, und $CH=c$, $CG=r_0$, $HG=r'_0$ ihre Entfernungen voneinander. Ein beliebiger Systempunkt M in den Entfernungen $CM=r$, $HM=r'$, $GM=p$ von diesen Punkten besitzt die beiden Beschleunigungscomponenten $\omega^2 r$ längs MC nach C hin gerichtet und $\alpha r'$ senkrecht zu HM und dem Sinne nach harmonirend mit α. Wir zerlegen die centripetale Componente $\omega^2 r$ nach p und parallel GC; vermöge der Aehnlichkeit der hierzu dienenden Figuren erhalten wir hierdurch statt $\omega^2 r$ die Componenten $\omega^2 p$ nach G hin gerichtet und $\omega^2 r_0$ parallel GC. Die letztere ist von der Lage des Punktes M im System unabhängig, für alle Punkte dieselbe nach Grösse, Richtung und Sinn und stellt die centripetale Beschleunigung des Punktes G dar. Die von der Winkelbeschleunigung α herrührende Componente $\alpha r'$ lösen wir ebenfalls in zwei Componenten auf. Zu dem Ende denken wir zunächst dem System um G zwei gleiche, unendlich kleine Geschwindigkeitscomponenten gleich der Elementarwinkelbeschleunigung $d\omega$ ertheilt und erhalten dadurch anstatt $d\omega$ um H die Elementarwinkelbeschleunigung $d\omega$ um G in Verbindung mit dem Rotationspaare $(d\omega, -d\omega)$, dessen Moment $d\omega \,.\, GH$ eine unendlich kleine Translationsgeschwindigkeit senkrecht zu GH und dem Sinne nach mit $d\omega$ um H harmonirend darstellt. Indem wir mit dem Zeitelemente dt dividirt denken, tritt hierdurch an die Stelle der Winkelbeschleunigung α um H dieselbe Winkelbeschleunigung α um G in Verbindung mit der Beschleunigung $\alpha r'_0$ senkrecht zu GH. Die Winkelbeschleunigung α um G veranlasst im Punkte M die Beschleunigungscomponente αp senkrecht zum Strahle GM und harmonirenden Sinnes mit α, welche in Verbindung mit der Beschleunigung $\alpha r'_0$ die aus der Winkelbeschleunigung α entspringende Beschleunigungscomponente αr vertreten kann. Die Componente $\alpha r'_0$ ist, wie $\omega^2 r_0$, von der Lage des Systempunktes unabhängig und stellt die aus der Winkelbeschleunigung stammende Beschleunigung des Punktes G dar. Diese beiden letztgenannten Componenten tilgen sich daher an jedem Systempunkte M, wie sie sich am Mittelpunkte der Beschleunigungen tilgten (§ 3). Demnach bleiben dem Punkte M die Componenten $\omega^2 p$ und αp, so dass wir zu folgendem Satze gelangen:

Die Beschleunigung φ eines Systempunktes M in der Entfernung p vom Mittelpunkte G der Beschleunigungen kann durch zwei Componenten dargestellt werden: die centripetale Beschleunigung $\omega^2 p$, nach dem Punkte G hin gerichtet und der Entfernung p von diesem proportional, und die Beschleunigung αp, von der Winkelbeschleunigung α herrührend, senkrecht zum Strahle GM des Beschleunigungsmittelpunktes, harmonirenden Sinnes mit α und gleichfalls dem Abstande p proportional.

Aus diesen zueinander rechtwinkligen Componenten $\omega^2 p$ und αp erhält man die Grösse φ der Beschleunigung und ihre Neigung λ gegen den Strahl GM, nämlich

$$\varphi = p\sqrt{\omega^4+\alpha^2} = p\vartheta, \quad tg\lambda = \frac{\alpha}{\omega^2}.$$

Hieraus folgt weiter:

Die Beschleunigung des Systempunktes ist der Entfernung vom Mittelpunkte der Beschleunigungen proportional und auf concentrischen Kreisen um diesen Punkt constant. Sie bildet in allen Punkten des Systems mit dem Strahle dieses Punktes constanten Winkel und ist längs eines und desselben Strahles constant nach Richtung, in zwei Punkten desselben Strahles aber, welche auf verschiedenen Seiten des Beschleunigungsmittelpunktes liegen, dem Sinne nach entgegengesetzt.

Die Existenz der centripetalen Beschleunigungscomponente $\omega^2 p$ bewirkt, dass der Winkel λ, den φ mit dem Strahle GM bildet, nicht grösser als $\frac{1}{2}\pi$ sein kann.

Die vorstehende Reduction der Beschleunigungen ist anwendbar nicht blos für den Punkt G, sondern auch für jeden andern Punkt P; nur tilgen sich bei der Wahl eines solchen die Componenten wie $\omega^2 r_0$ und $\alpha r'_0$ nicht. Man kann die Beschleunigung auch hier aus zwei Componenten $\omega^2 . PM$ und $\alpha . PM$ bilden, die erste nach P gerichtet, die zweite senkrecht zu PM, zu welchen aber noch $\omega^2 . PC$ und $\alpha . PH$ hinzutreten, von denen die eine parallel PC, die andere senkrecht zu PH ist.

Es ist nicht uninteressant zu bemerken, dass das System der centripetalen Beschleunigungen wie $\omega^2 r$ von einem Centrum auf das andere übertragen werden kann, wenn man allen Systempunkten eine gemeinschaftliche Beschleunigung hinzufügt, gleich dem Producte aus dem Quadrate der Winkelgeschwindigkeit und dem Abstande beider Centra, parallel diesem Abstande und von dem Sinne, welcher vom zweiten Centrum nach dem ersten hinzeigt. Ebenso kann jedes von einer Winkelbeschleunigung herrührende

System von Beschleunigungen auf ein anderes Centrum der Winkelbeschleunigung bezogen werden, wenn zugleich dem System eine Translationsbeschleunigung gleich dem Momente des Paares von Winkelbeschleunigungen zugefügt wird, welches durch die Winkelbeschleunigung um das erste und die entgegengesetzte Winkelbeschleunigung um das zweite Centrum gebildet wird.

Wenn man auf die hier angedeutete Weise z. B. die Beschleunigungen $\omega^2 p$ und αp von G auf C überträgt, so ergeben sich $\omega^2 r$, αr in Verbindung mit $\omega^2 r_0$ parallel CG und αr_0 senkrecht zu CG, welche beide zusammen die Componente

$$r_0\sqrt{\omega^4+\alpha^2}=\omega U=\alpha c$$

(s. § 3) liefern, welches die Beschleunigung des Punktes C ist. Dies Resultat stimmt mit dem zweiten Satze des § 2 überein. Man erkennt hierin mit Leichtigkeit den etwas allgemeinen Satz:

Man kann Beschleunigungen des Systems vom Beschleunigungsmittelpunkte G auf jeden andern Punkt P übertragen, indem man zugleich allen Systempunkten die Beschleunigung des Punktes P ertheilt.

§ 5. Ort der Systempunkte, deren Beschleunigung der Normalen oder der Tangente der Curve C parallel ist.

Der Mittelpunkt C der Geschwindigkeiten hat keine nach c gerichtete Centripetalbeschleunigung, seine Beschleunigung rührt blos von der Winkelbeschleunigung α um H her; dieselbe ist $\alpha c=\omega U$ und parallel zur Normalen der Curve C. Da die Beschleunigungen aller Punkte eines Strahles von G parallel sind, so ist die Gerade CG der Ort aller Punkte, deren Beschleunigung der Normalen der Curve (C) parallel ist.

Der Mittelpunkt H der Winkelbeschleunigung besitzt blos Centripetalbeschleunigung nach C hin. Daher ist die Gerade GH der Ort aller Punkte, deren Beschleunigung parallel der Tangente der Curve (C) ist.

Von den beiden hier erwähnten Geraden bildet die erste mit der Normalen, die letztere mit der Tangente der Curve (C) den Winkel λ, für welchen $tg\lambda=\alpha:\omega^2$; da sie sich in G schneiden und durch C und H gehen, so sind sie senkrecht zueinander und können zur Auffindung des Mittelpunktes der Beschleunigungen dienen.

§ 6. Der Ort der Systempunkte, deren Tangentialbeschleunigung verschwindet.

Die Gerade CM ist die Normale der Bahn des Systempunktes M. Für Punkte ohne Tangentialbeschleunigung müssen die beiden Componenten der Beschleunigung, die centripetale nach C gerichtete $\omega^2 r$ und die zu MH

senkrechte, von der Winkelbeschleunigung um H herrührende in diese Normale fallen. Für sie müssen also CM und MH zueinander rechtwinklig werden. Daher:

Der Kreis, welcher über dem Abstande der Mittelpunkte C und H der Geschwindigkeiten und der Winkelbeschleunigung als Durchmesser beschrieben werden kann, ist der Ort der Systempunkte ohne Tangentialbeschleunigung.

Die Beschleunigung der Punkte dieses Kreises ist blos Normalbeschleunigung $\varphi_n = \omega^2 r \mp \alpha r'$, wo das Zeichen $(-)$ für die Punkte auf der Seite von CH gilt, auf welcher der Beschleunigungsmittelpunkt liegt, das Zeichen $(+)$ für die andere Seite und die Beschleunigung positiv nach C hin gerechnet ist.

Da die Tangentialbeschleunigung der Punkte des Kreises Null ist, so ist ihre Geschwindigkeit zur Zeit t stationär, also im Allgemeinen ein Maximum oder Minimum in Bezug auf Zeit oder Ort.

Bezeichnen wir den Winkel HMC, den die Strahlen, welche von irgend einem Systempunkte M nach den Mittelpunkten C und H der Geschwindigkeiten und der Winkelbeschleunigung gezogen werden können, miteinander bilden, positiv im Sinne der Winkelgeschwindigkeit ω gerechnet, mit ε, so ist die Tangentialbeschleunigung φ_t bestimmt durch die Gleichung

$$\varphi_t = \alpha r' \cos \varepsilon$$

und positiv für die Punkte ausserhalb des Kreises über CH als Durchmesser, negativ für die Punkte im Innern desselben. Daher der Satz:

Der Kreis, welcher den Ort der Systempunkte ohne Tangentialbeschleunigung darstellt, scheidet die Punkte, deren Geschwindigkeit zur Zeit t wächst, von denen, deren Geschwindigkeit im Abnehmen begriffen ist; die ersteren liegen ausserhalb, die letzteren innerhalb desselben.

Der Mittelpunkt der Beschleunigungen hat keine Tangentialbeschleunigung und liegt auf dem genannten Kreise (§ 3).

§ 7. Der Ort gleicher Tangentialbeschleunigung.

Die Punkte M gleicher Tangentialbeschleunigung a genügen der Bedingung $\alpha r' \cos \varepsilon = a$. Bezeichnet ϑ den Winkel, welchen der Radiusvector $CM = r$, vom Mittelpunkte der Geschwindigkeiten nach M gezogen, mit CH bildet, so ist die Sehne, welche er in dem Kreise der Punkte ohne Tangentialbeschleunigung bestimmt, $c \cos \vartheta = r - r' \cos \varepsilon$. Hiermit erhält man für die Punkte M die Gleichung

$$r = c \cos \vartheta + \frac{a}{\alpha}.$$

Der Ort derselben wird daher erhalten, indem man auf den Strahlen des Punktes C von ihrem Schnittpunkte D mit dem Kreise die Länge $DM = \frac{a}{\alpha}$ aufträgt, und ist daher eine **Pascal'sche Schneckenlinie** (Fig. 8). Für die Punkte dieser Curve ausserhalb des Kreises ist die Tangentialbeschleunigung der positive Werth von $a = \alpha : DM$, für die inneren der negative; der Doppelpunkt C der Curve genügt der Forderung nicht, da seine Beschleunigung αc Tangentialbeschleunigung ist. Für $a = c\alpha$ wird die Curve eine Cardioide, für $a = 0$ der Kreis über CH als Durchmesser.

Die Tangentialbeschleunigung ist constant auf den einzelnen Curven eines Systems Pascal'scher Schneckenlinien, welche den Mittelpunkt der Geschwindigkeiten zum Dopelpunkte, die Tangente der Curve (C) zur Symmetrieaxe und den Kreis verschwindender Tangentialbeschleunigung zur Basis haben.

§ 8. Der Ort der Systempunkte, deren Normalbeschleunigung verschwindet.

Die Normalbeschleunigung φ_n des Systempunktes M besteht aus der centripetalen Componente $\omega^2 r$ und dem Bestandtheile $\alpha r' \sin \varepsilon$ der von der Winkelbeschleunigung α um H herrührenden Beschleunigung $\alpha r'$, deren anderer Bestandtheil $\alpha r' \cos \varepsilon$ die Tangentialbeschleunigung φ_t bildet. Sie ist daher $\varphi_n = \omega^2 r - \alpha r' \sin \varepsilon$, wenn hinsichtlich des Sinnes von ε die obige Bestimmung festgehalten wird. Die Punkte M, deren Normalbeschleunigung verschwindet, genügen daher der Bedingung $\omega^2 r - \alpha r' \sin \varepsilon = 0$ und da $c \cos \vartheta' = r' \sin \varepsilon$ ist, wenn ϑ' den Winkel bezeichnet, welchen r mit der Normalen der Curve (C) bildet (Fig. 9), so geht diese Bedingung über in $r = \frac{\alpha c}{\omega^2} \cos \vartheta'$ oder, da $\alpha c = \omega U$ ist, in $r = \frac{U}{\omega} \cos \vartheta'$. Trägt man daher auf der Normalen von (C) nach der Seite von CH, auf welcher der Mittelpunkt der Beschleunigungen liegt, die Länge $CJ = \frac{U}{\omega}$ auf, so sind die Punkte M ohne Normalbeschleunigung die Projectionen des Punktes J auf die Strahlen des Mittelpunktes C der Geschwindigkeiten. Hieraus folgt der Satz:

Der Ort der Systempunkte ohne Normalbeschleunigung ist ein Kreis vom Durchmesser $\frac{U}{\omega}$, welcher die Curve (C) im Mittelpunkte der Geschwindigkeiten berührt und mit dem Beschleunigungsmittelpunkte auf derselben Seite der Tangente dieser Curve liegt.

Die Grösse $\frac{U}{\omega}$, welche die Lage des Wendepols (§ 3) bestimmt, hat eine rein geometrische Bedeutung, die sich später ergeben wird.

Der Mittelpunkt G der Beschleunigungen liegt auf dem Kreise, da er keine Normalbeschleunigu ng hat.

Für die Punkte im Innern des Kreises wird die Normalbeschleunigung, deren positiven Sinn wir nach C hin gerichtet angenommen haben, negativ; für äussere Punkte ist sie positiv. Man erkennt dies sofort, wenn man die Punkte eines Strahles von C (Fig. 10) verfolgt. Für den Punkt M' seien $HM' = r'$ und Winkel $HM'C = \varepsilon'$, für einen andern Punkt M'' seien die entsprechenden Grössen r'', ε''. Die Normalbeschleunigung beider ist dann, wenn r_1, r_2 ihre Abstände von C sind:

$$\varphi'_n = \omega^2 r_1 - \alpha r' \sin\varepsilon' \text{ und } \varphi''_n = \omega^2 r_2 - \alpha r'' \sin\varepsilon''.$$

Nun ist aber sowohl $r' \sin\varepsilon'$ als auch $r'' \sin\varepsilon''$ die von H auf die Richtung des Strahles CM' gefällte Höhe des Dreiecks $HM'M''$, daher sind die subtractiven Glieder beider Ausdrücke φ'_n und φ''_n gleich. Die ersten Glieder derselben sind aber proportional dem Abstande der Systempunkte von C. Daher nimmt φ_n auf dem Strahle mit der Entfernung von C ab und da es auf dem Kreise verschwindet, so ist es im Innenraum negativ, im Aussenraume positiv.

Der Kreis der Punkte verschwindender Normalbeschleunigung scheidet die Systempunkte positiver Normalbeschleunigung von den Systempunkten negativer Normalbeschleunigung so, dass die ersteren ausserhalb, die letzteren innerhalb liegen. Die Normalbeschleunigung aller Punkte ausserhalb dieses Kreises ist daher nach dem Mittelpunkte der Geschwindigkeiten hin gerichtet, die Normalbeschleunigung der Punkte innerhalb desselben ist von diesem Punkte abgewandt.

Da die Normalbeschleunigung eines Punktes immer nach dem Krümmungsmittelpunkte seiner Bahn gerichtet ist, so folgt weiter:

Die Krümmungsmittelpunkte der Bahnen der Punkte, welche im Innern des Kreises ohne Normalbeschleunigung liegen, fallen auf die Seite des Mittelpunktes der Geschwindigkeiten, auf welcher dieser Kreis liegt; die der Punkte ausserhalb dieses Kreises auf die entgegengesetzte. Die Bahnen der inneren Punkte wenden daher ihre convexe Seite, diese der äusseren Punkte ihre concave Seite dem Mittelpunkte der Geschwindigkeiten zu. Die Bahnen der Punkte des Kreises selbst bilden den Uebergang und haben diese Punkte zu Wendepunkten.

Die letzte Behauptung dieses Satzes folgt daraus, dass die Normalbeschleunigung, da sie gleich dem Quadrate der Geschwindigkeit, dividirt durch den Krümmungshalbmesser der Bahn ist, nur verschwinden kann, wenn letzterer unendlich wird, also die Krümmungsmittelpunkte der Bahnen jener Punkte des Kreises im Unendlichen liegen, für die Bahnen selbst also zwei aufeinanderfolgende Bogenelemente in ein und dieselbe Gerade fallen. Dieser Eigenschaft wegen nennen wir den Ort der Punkte ohne Normalbeschleunigung den Wendekreis des Systems für C als Mittelpunkt der Geschwindigkeiten.

§ 9. Der Ort der Punkte gleicher Normalbeschleunigung.

Für die Punkte, deren Normalbeschleunigung zur Zeit t den Werth b hat, ist

$$\omega^2 r - \alpha r' \sin\varepsilon = b.$$

Da aber $r' \sin\varepsilon = c \cos\vartheta'$, so wird für sie

$$r = \frac{\alpha c}{\omega^2} \cos\vartheta' + \frac{b}{\omega^2} \quad \text{oder} \quad r = \frac{U}{\omega} \cos\vartheta' + \frac{b}{\omega^2}.$$

Die Grösse $\frac{U}{\omega} \cos\vartheta'$ ist aber die Sehne, welche der Strahl r im Wendekreise bestimmt. Daher:

Der Ort der Punkte gleicher Normalbeschleunigung ist eine Pascal'sche Schneckenlinie mit dem Mittelpunkte der Geschwindigkeiten als Doppelpunkt, der Normalen der Curve (C) als Symmetrieaxe und dem Wendekreise als Basis.

§ 10. Der Ort der Systempunkte, deren Beschleunigung mit der Normalen ihrer Bahn denselben Winkel μ bildet.

Rechnen wir den Winkel μ, den die Beschleunigung φ eines Punktes M mit der Normalen CM seiner Bahn bildet, positiv, wenn die Richtung der Beschleunigung im Sinne der Winkelgeschwindigkeit um M gedreht werden müsste, um mit der Richtung MC zusammenzufallen, so bildet (Fig. 11) der Strahl MG des Beschleunigungsmittelpunktes, auf welchem M liegt, mit MC den Winkel $\lambda - \mu$. Daher ist der Ort aller Punkte M, deren Beschleunigung mit der Normalen den Winkel μ bildet, ein Kreis über CG, welcher den Peripheriewinkel μ fasst. Die Beschleunigungsrichtung dieser Punkte schneidet die Normale der Curve (C) in einem festen Punkte. Ist nämlich D der Punkt, in welchem unser Kreis diese Normale ausser C zum zweiten Male schneidet, so ist in dem Dreieck CDG, dessen Aussenwinkel bei C gleich λ ist, der Winkel CDG gleich $\lambda - \mu$ und folglich der Winkel CGD gleich μ. Da also der Peripheriewinkel über dem Bogen CD gleich μ ist, so geht die Richtung von φ, welche mit MC denselben Winkel bildet, durch D. Dies gilt Alles für positive, wie für negative μ; im letzteren Falle erscheint nur λ als innerer Winkel des Dreiecks CDG. Ist $2R$ der Durchmesser des gesuchten Ortes, so folgt aus der Proportion

$$\frac{CD}{\sin\mu} = \frac{CG}{\sin(\lambda-\mu)} = \frac{DG}{\sin\lambda} = 2R$$

der Durchmesser

$$2R = \frac{CG}{\sin(\lambda-\mu)}$$

und der Abstand des festen Punktes D von C

$$CD = CG\,.\,\frac{\sin\mu}{\sin(\lambda-\mu)}.$$

Für positive μ fällt D auf die Seite von CH, auf welcher der Wendekreis nicht liegt; für negative auf die entgegengesetzte.

Der Ort der Punkte constanten Winkels μ enthält die Kreise verschwindender Tangential- und Normalbeschleunigung als specielle Fälle. Denn für $\mu=0$ erlangt die Beschleunigung die Richtung der Normalen MC; hierfür wird $CD=0$, $2R=\frac{CG}{\sin\lambda}$, und geht mithin unser Kreis in den Kreis CH als Durchmesser über. Für $\mu=\frac{\pi}{2}$ wird $CD=-\frac{CG}{\cos\lambda}$, und wird der Kreis zum Orte verschwindender Normalbeschleunigung. Wir können daher den Satz aufstellen:

> Der Ort der Systempunkte, deren Beschleunigungsrichtung mit der Normalen ihrer Bahn denselben Winkel bildet, ist ein Kreis, welcher die Mittelpunkte C und G der Geschwindigkeiten und der Beschleunigungen enthält und die Normale der Curve (C) in einem Punkte D schneidet, so dass CG mit dieser Normalen den Winkel $\lambda-\mu$ oder $\lambda+\mu$ bildet, je nachdem die Beschleunigungsrichtung im Sinne der Winkelgeschwindigkeit oder im entgegengesetzten Sinne um die Grösse μ gedreht werden müsste, um sie mit der Richtung der Normalen der Bahn zusammenfallen zu lassen.

§ 11. Einige weitere Orte von bestimmten Eigenschaften der Beschleunigung.

Durch jeden Punkt des Systems kann eine Curve gelegt werden, deren Normalen die Richtungen der Beschleunigung der Curvenpunkte sind. Da die Normale die Richtung der Beschleunigung haben soll und diese mit dem Strahle, welcher den Beschleunigungsmittelpunkt mit dem Curvenpunkte verbindet, den constanten Winkel λ bildet, so ist die Curve eine logarithmische Spirale, deren Pol im Beschleunigungscentrum liegt und deren Tangenten gegen die Radienvectoren dieses Poles unter dem Winkel $\frac{1}{2}\pi-\lambda$ geneigt sind. Ebenso ist der Ort der Punkte, deren Tangenten die Beschleunigungsrichtung haben, eine logarithmische Spirale von der Neigung

λ gegen die Radienvectoren. Ebenso die Orte der Punkte, deren Beschleunigung mit der Tangente oder Normalen constante Winkel bilden.

Der Ort der Punkte, deren Beschleunigung durch einen festen Punkt P geht, ist ein Kreis, welcher den Mittelpunkt der Beschleunigungen enthält und den Winkel λ als Peripheriewinkel fasst. (Von den zwei möglichen Kreisen ist nur der eine hierher gehörig.) Daher liegen je zwei Systempunkte mit den Schnittpunkten ihrer Beschleunigungsrichtungen und dem Mittelpunkte der Beschleunigungen auf demselben Kreise.

Der Ort der Punkte, für welche die centripetale Beschleunigung $\omega^2 r$ in Bezug auf den Mittelpunkt der Geschwindigkeiten constantes Verhältniss ε zu der Beschleunigung $\alpha r'$ senkrecht zum Strahle r' des Mittelpunktes der Winkelgeschwindigkeit hat, ist der Kreis $\frac{r}{r'} = \frac{\varepsilon \alpha}{\omega^2}$.

Ebenso sind die Orte, für welche die Verhältnisse von ωr, $\omega^2 p$, αp constant sind, Kreise.

§ 12. Die geometrische Bedeutung des Wendekreises.

Die Bewegung des ebenen Systems ist bekanntlich äquivalent dem Rollen einer gewissen Curve (Γ), welche dem beweglichen System angehört, auf einer gewissen andern Curve (C) in der Ebene der Bewegung; der Berührungspunkt beider Curven ist das jedesmalige Momentancentrum oder der Mittelpunkt der Geschwindigkeiten. Für die Elementarbewegung können beide Curven durch ihre Krümmungskreise vertreten werden, da sie mit den Curven drei successive Punkte gemein haben. Fallen nun beide Krümmungskreise auf entgegengesetzte Seiten der gemeinsamen Tangente, so ist der unendlich kleine Winkel $d\Theta$, um welchen sich das System dreht, um aus der Lage für das Momentancentrum C in die folgende, dem Momentancentrum C' entsprechende Lage zu gelangen, die Summe der Contingenzwinkel $d\varepsilon$, $d\varepsilon'$ der Curven (C), (Γ) (Fig. 12). Bezeichnen ϱ, ϱ' ihre Krümmungshalbmesser und $d\sigma$ das gemeinsame Bogenelement CC', sowie ω die Winkelgeschwindigkeit und U die Wechselgeschwindigkeit des Momentancentrums, so bestehen die Relationen

$$d\Theta = d\varepsilon + d\varepsilon', \quad \frac{1}{\varrho} = \frac{d\varepsilon}{d\sigma}, \quad \frac{1}{\varrho'} = \frac{d\varepsilon'}{d\sigma}, \quad \omega = \frac{d\Theta}{dt}, \quad U = \frac{d\sigma}{dt},$$

aus welchen folgt

$$\frac{\omega}{U} = \frac{d\Theta}{d\sigma} = \frac{1}{\varrho} + \frac{1}{\varrho'}.$$

Liegen aber die Curven (C), (Γ) auf derselben Seite der gemeinschaftlichen Tangente, so ist $d\Theta = d\varepsilon - d\varepsilon'$ und also positiv oder negativ, je nachdem $\frac{1}{\varrho} \gtrless \frac{1}{\varrho'}$ ist, welchen Fällen eine Drehung in einem oder dem andern Sinne entspricht. Demzufolge gilt hier die Relation

$$\frac{\omega}{U} = \frac{d\Theta}{d\sigma} = \frac{1}{\varrho} - \frac{1}{\varrho'}.$$

Wir fanden nun aber (§ 8), dass $\frac{U}{\omega}$ der Durchmesser des Wendekreises sei. Daher der Satz:

Der Durchmesser des Wendekreises ist der reciproke Werth der Summe oder Differenz der Krümmungen der beiden während der Bewegung aufeinander rollenden Curven (C) und (Γ).

Die Formel

$$\omega = \left(\frac{1}{\varrho} \pm \frac{1}{\varrho'}\right) U$$

bestimmt die Abhängigkeit, in welcher die Winkelgeschwindigkeit und die Wechselgeschwindigkeit des Momentancentrums zueinander stehen.

Die Eigenschaft des Wendekreises, dass **die Krümmungshalbmesser der Bahnen seiner Punkte unendlich gross sind**, kann folgendermassen geometrisch erwiesen werden.

Durch den Berührungspunkt C der Curven (C), (Γ) (Fig. 13) ziehen wir einen beliebigen Strahl und durch den folgenden Punkt C', den Endpunkt ihres gemeinschaftlichen Bogenelements CC', mit ihm eine Parallele. Ein weiterer Strahl durch C, welcher mit dem ersten den unendlich kleinen Winkel $d\Theta$ bildet, um welchen das System sich dreht, schneidet den Parallelstrahl in M', welcher Punkt die Lage des Punktes M im Abstande $CM = CM'$ bezeichnet, in welche dieser durch die Drehung des Systems gelangt. Nun ist MC die Normale der Bahn des Punktes M für seine erste, $M'C'$ die Normale derselben für seine zweite Lage. Beide Normalen schneiden sich aber im Krümmungsmittelpunkte der Bahn von M und da sie parallel sind, so liegt dieser Krümmungsmittelpunkt im Unendlichen. Demnach giebt es auf jedem Strahle des Punktes C einen Punkt M, für dessen Bahn der Krümmungshalbmesser unendlich gross ist. Da der Winkel $d\Theta$ für alle Strahlen derselbe ist, so liegen die Punkte M' auf einem Kreise um CC', welcher den Winkel $CM'C' = d\Theta$ als Peripheriewinkel fasst. Der Durchmesser dieses Kreises ist daher $\frac{CC'}{d\Theta} = \frac{d\sigma}{d\Theta} = \frac{U}{\omega}$. In der Grenze ist dieser Kreis der Ort der Punkte M. Die Punkte M' liegen nur auf der Seite von CC', nach welcher hin die Rotation $d\Theta$ nicht erfolgt. Der fragliche Ort ist daher der Wendekreis.

Es sei MM' (Fig. 14) das Bahnelement irgend eines Systempunktes M, J_1J', das Bahnelement des Punktes J_1, in welchem der Strahl CM den Wendekreis trifft, so dass also der Winkel $CJ_1C' = d\Theta$ ist. Liegt nun M ausserhalb des Wendekreises, aber auf der Seite der Tangente der Curve (C), wo dieser Kreis liegt, so ist der Winkel $CM'C'$, den wir mit $d\mu$ bezeichnen, kleiner als $d\Theta$, da $d\Theta$ Peripheriewinkel dieses Kreis ist. Daher schneiden sich die Normalen MC, $M'C'$ der Bahn von M jenseits C in K auf der entgegengesetzten Seite der Tangente von (C) unter dem Contingenzwinkel $d\tau$, für welchen $d\tau = d\Theta - d\mu$ ist. Für Punkte M innerhalb des Wendekreises ist $d\mu > d\Theta$ und liegt der Schnittpunkt K der Normalen auf der Seite dieses Kreises, so dass $d\tau = d\mu - d\Theta$ wird. Liegt aber M auf der dem Wendekreise abgewandten Seite der Tangente an (C), so fällt der Normalendurchschnitt stets zwischen C und M und $d\tau = d\Theta + d\mu$. Man erkennt hieraus, dass der Wendekreis nur auf derjenigen Seite liegen kann, für welche $d\tau = \pm(d\mu - d\Theta)$ wird, da nur für Punkte auf ihr $d\tau$ verschwinden und also der Krümmungsmittelpunkt ins Unendliche rücken kann. Um den Krümmungshalbmesser MK zu bestimmen, sei i der Winkel, welchen CM mit der Normalen der Curve (C) bildet, und werde mit KC der unendlich kleine Kreisbogen CQ beschrieben. Man hat dann in allen Fällen

$$CK \,.\, d\tau = CC' \,.\, \cos i, \quad C'M \,.\, d\mu = CC' \,.\, \cos i, \quad \frac{1}{CJ} = \frac{d\Theta}{CC'},$$

wo CJ der Durchmesser des Wendekreises ist. Entnehmen wir hieraus die Werthe von $d\tau$, $d\mu$, $d\Theta$ und setzen sie in die Relationen $d\tau = d\Theta - d\mu$, $d\tau = d\mu - d\Theta$, $d\tau = d\Theta + d\mu$, welche den verschiedenen Lagen des Punktes M entsprechen, ein, so kommt, wenn für $C'M$ und $CJ \,.\, \cos i$ die gleichbedeutenden Linien CM und CJ_1 gesetzt werden, in diesen drei Fällen der Ordnung nach

$$\frac{1}{CK} = \frac{1}{CJ_1} - \frac{1}{CM}, \quad \frac{1}{CK} = \frac{1}{CM} - \frac{1}{CJ_1}, \quad \frac{1}{CK} = \frac{1}{CJ_1} + \frac{1}{CM},$$

und wenn man hierin die Linien durch CM und MJ_1 ausdrückt, was die Substitution von

$$\left.\begin{aligned} CK &= MK - CM \\ CJ_1 &= CM - MJ_1 \end{aligned}\right\} \text{ im ersten,}$$

$$\left.\begin{aligned} CK &= CM + MK \\ CJ_1 &= CM + MJ_1 \end{aligned}\right\} \text{ im zweiten}$$

und

$$\left.\begin{aligned} CK &= CM - MK \\ CJ_1 &= MJ_1 - CM \end{aligned}\right\} \text{ im dritten Falle}$$

erfordert, so gelangt man für alle Fälle zu der Relation

$$MC^2 = MJ_1 \,.\, MK,$$

mit Hilfe welcher der Krümmungshalbmesser des Punktes M als die dritte Proportionale zu seinem Abstande vom Momentancentrum und der Projection J_1 des Wendepols J auf die Normale MC gefunden wird.

Sucht man den zu C in Bezug auf M symmetrisch liegenden Punkt C_1 auf der Normalen CM auf, so sind die vier Punkte $C, C_1; J, K$ harmonisch, und zwar ist der Krümmungsmittelpunkt K der Projection J_1 des Wendepols zugeordnet. Man erkennt dies aus vorstehender Gleichung in Verbindung mit der § 8 durchgeführten Betrachtung über die Lage von K, woraus sich ergiebt, dass die Punkte C, C_1 stets durch J_1 und K getrennt werden.

Man kann hieran mancherlei Constructionen des Krümmungshalbmessers anlehnen, wie ich in meiner „Theorie der Bewegung und der Kräfte" S. 392 flgg. gezeigt habe.

§ 13. Das umgekehrte Problem der Beschleunigungen.

Durch den Mittelpunkt C der Geschwindigkeiten und die Grösse und den Sinn der Winkelgeschwindigkeit ω zur Zeit t ist der Geschwindigkeitszustand des unveränderlichen ebenen, in einer Ebene beweglichen Systems für diese Zeit bestimmt. Kommen zu diesen Elementen noch deren Aenderungselemente, nämlich die Grösse und der Sinn der Winkelbeschleunigung $\alpha = \frac{d\omega}{d\sigma}$ und die Grösse, Richtung und der Sinn der Wechselgeschwindigkeit U jenes Mittelpunktes C, so folgt daraus der Beschleunigungszustand zu derselben Zeit t, nämlich der Mittelpunkt G der Beschleunigungen und die Beschleunigung aller Systempunkte. Man kann nun eine Reihe umgekehrter Probleme bezeichnen, welche verlangen, aus der Grösse, dem Verhältniss, der Richtung oder anderen Bedingungen der Beschleunigung einzelner Systempunkte den Mittelpunkt der Beschleunigungen, die Winkelgeschwindigkeit, die Winkelbeschleunigung und die Elemente des Geschwindigkeitszustandes zu bestimmen. Einzelne derselben wollen wir hier behandeln.

Es seien die Richtungen, der Sinn und das Verhältniss $\varkappa$ der Beschleunigungen φ_a, φ_b zweier bestimmter Systempunkte A, B gegeben. Nach § 11 liegen A, B und der Schnittpunkt D der beiden Beschleunigungsrichtungen mit dem noch unbekannten Beschleunigungsmittelpunkte G auf ein und demselben, nämlich dem dem Dreieck ABD umschriebenen Kreise. Da ferner die Beschleunigungen der Systempunkte ihrem Abstande vom Beschleunigungsmittelpunkte proportional sind, so ist $GA : GB = \varkappa$ und liegt mithin G auf einem zweiten Kreise, dessen Mittelpunkt der Verbindungslinie AB der gegebenen Punkte angehört und welcher die Strecke AB nach dem Verhältniss $\varkappa$ harmonisch theilt. Von den beiden Schnittpunkten dieser Kreise ist aber nur einer Beschleunigungsmittelpunkt. Welcher von beiden dies ist, entscheidet sich durch den Sinn der Beschleunigungen, der bei allen Systempunkten nach derselben Seite der Strahlen gewandt ist, welche von G nach ihnen hinlaufen. Damit ist die Aufgabe gelöst:

> Aus dem Verhältnisse, den Richtungen und dem Sinne der Beschleunigung irgend zweier Systempunkte den Mittelpunkt der Beschleunigungen, die Richtung und den Sinn, sowie die Grössenverhältnisse der Beschleunigungen aller Systempunkte zu finden.

Sind die Beschleunigungen der beiden Systempunkte A und B parallel, so wird der Kreis um ABD unendlich gross und geht in die Gerade AB

über. Fallen dabei die Beschleunigungen dem Sinne nach auf dieselbe Seite von AB, so liegt der Beschleunigungsmittelpunkt auf dieser Geraden ausserhalb AB, fallen sie auf entgegengesetzte Seiten zwischen A und B. Sind die Beschleunigungen parallel und gleich, so wird der zweite der obigen Kreise ebenfalls unendlich gross und fällt G ins Unendliche, wenn die Beschleunigungen dem Sinne nach auf dieselbe, in die Mitte zwischen A und B, wenn sie auf entgegengesetzte Seite fallen. Im letzteren Falle ist der Schnittpunkt beider unendlich grosser Kreise nur dann Beschleunigungsmittelpunkt, wenn der Winkel, welchen die Beschleunigungsrichtungen mit AB bilden, $\leqq \frac{1}{2}\pi$ ist. Sonst existirt überhaupt kein solcher Mittelpunkt. Zwei entgegengesetzt gleiche Beschleunigungen, welche längs AB nach dem Innern der Strecke AB gerichtet sind, sind als Grenzlage zweier auf entgegengesetzte Seiten von AB fallender Beschleunigungen anzusehen und liegt ihr Beschleunigungsmittelpunkt für diesen Fall in der Mitte von AB. Zwei entgegengesetzt gleiche Beschleunigungen, welche nach den Aussenstrahlen gerichtet sind, liefern keinen Beschleunigungsmittelpunkt.

Fügt man den oben gegebenen Elementen die Lage des Mittelpunktes C der Geschwindigkeiten hinzu, so ist die Normale und die Tangente der Curve (C) bestimmt, denn die Richtung der Beschleunigung des Punktes C fällt mit der Normalen zusammen. Da die Richtung der Beschleunigung der Systempunkte gefunden ist und sie mit den Strahlen des Beschleunigungsmittelpunktes den Winkel λ bildet, dessen Tangente $tg\,\lambda = \alpha : \omega^2$ ist, so ist auch dieses Verhältniss bekannt. Ziehen wir nach irgend einem Systempunkte, z. B. nach A, den Strahl CA und tragen an diesen den Winkel λ bei A in derselben Weise an, wie der Winkel GAD gegen den Strahl GA liegt, und ziehen durch A eine Gerade in der Richtung der Normalen der Curve (C), so würde die Beschleunigung φ_a des Punktes A, wenn sie der Grösse nach bekannt wäre, nach dem Schenkel jenes Winkels, der nicht in CA fällt, und der Richtung der Normalen in zwei Componenten zerlegt werden können, von denen die erstere $CA.\vartheta$, die letztere ωU sein müsste (§ 2). Das Verhältniss derselben, was aber durch Richtung und Sinn von φ_a bestimmt ist, ist damit bekannt, und wenn dasselbe mit n bezeichnet wird, so hat man $CA.\vartheta : \omega U = n$, woraus $\frac{U}{\omega} = \frac{CA}{n\cos\lambda}$ folgt. $\frac{U}{\omega}$ ist aber der Durchmesser des Wendekreises, welcher demnach gleichfalls construirt werden kann. Hiermit ist aber weiter auch der Mittelpunkt H der Winkelbeschleunigung bekannt, denn eine Gerade durch den Wendepol und den Mittelpunkt der Beschleunigungen bezeichnet ihn auf der Tangente der Curve (C).

Hieraus ergiebt sich:

Aus Richtung, Sinn und dem Grössenverhältnisse der Beschleunigung zweier Systempunkte, sowie der Lage des Mittelpunktes der Geschwindigkeiten kön-

nen die Verhältnisse der Beschleunigungen aller Systempunkte, die Lage der Tangente und Normalen der Curve (C) und das Verhältniss der Wechselgeschwindigkeit des Mittelpunktes der Geschwindigkeiten zur Winkelgeschwindigkeit gefunden werden.

Sind gegeben der Mittelpunkt G der Beschleunigung und der Wendepol J, so ist der Mittelpunkt der Geschwindigkeiten auf die Senkrechte beschränkt, welche in G auf GJ errichtet werden kann. Kommt hierzu noch die Grösse des Winkels λ, d. h. das Verhältniss $\alpha:\omega^2$, so ergeben sich zwei Punkte für C.

IX.

Zur Theorie der kubischen und biquadratischen Involution.

Von

Milinowski,

Gymnasiallehrer in Tilsit.

I.

Die synthetische Geometrie hat, soviel mir bekannt, noch keinen strengen Beweis für den Satz geliefert, dass die conischen Polaren eines Punktes P in Bezug auf die Curven dritter Ordnung eines Büschels selbst ein Büschel bilden, und musste vorläufig den von Cremona gegebenen Beweis annehmen. Nach ihm müssen die conischen Polaren von P deshalb ein Kegelschnittbüschel bilden, weil durch den Punkt P nur eine conische Polare gehen kann, nämlich diejenige in Bezug auf die Curve des Büschels dritter Ordnung, welche durch P geht. — Im Folgenden soll für einen besondern Fall des Curvenbüschels dritter Ordnung ein strengerer Beweis gegeben werden, für den Fall nämlich, dass sechs von den neun Grundpunkten des Büschels auf einem Kegelschnitt liegen. — Wenn man durch einen der vier Grundpunkte eines Kegelschnittbüschels einen beliebigen Kegelschnitt legt, so wird derselbe in den Punktgruppen einer kubischen Involution geschnitten oder die Transversalen durch einen beliebigen Punkt P schneiden eine Curve dritter Ordnung mit einem Doppelpunkt $\varDelta$ in solchen Punktgruppen, dass die Verbindungslinien derselben mit $\varDelta$ die Strahlengruppen einer kubischen Involution bilden. Dass die beiden Definitionen für eine kubische Involution gleichbedeutend sind, erkennt man leicht vermittelst einer Verwandtschaft des zweiten Grades. Wir bezeichnen die Curve dritter Ordnung vierter Classe mit C_4^3 und nennen ihren Doppelpunkt $\varDelta$. Durch den beliebigen Punkt P sei p eine Transversale und schneide C_4^3 in QRS, so bilden die drei Geraden $\varDelta Q$, $\varDelta R$, $\varDelta S$ eine Curve dritter Ordnung mit dem dreifachen Punkt $\varDelta$. Die conischen Polaren von P bezüglich C_4^3 und der Curve $\varDelta\,(QRS)$ schneiden sich in zwei Punkten M und N von p; die conische Polare von P bezüglich $\varDelta\,(QRS)$ ist das Geradenpaar $(\varDelta M, \varDelta N)$. Wenn sich P um p dreht, so bilden die Strahlengruppen

$\Delta(QRS)$ eine kubische Involution und die Strahlenpaare $\Delta(MN)$ eine quadratische Involution, weil MN... die Schnittpunkte des Strahlenbüschels $P(p\ldots)$ mit der conischen Polare von P sind. Die Punkte MN sind gleichzeitig die harmonischen Mittelpunkte zweiten Grades der Punkte QRS in Bezug auf P als Pol und wir finden, wenn wir die kubische und quadratische Strahleninvolution durch eine Transversale t, welche durch P geht, schneiden, den Satz:

> 1. „Die harmonischen Mittelpunkte zweiten Grades der Punktgruppen einer cubischen Involution bezüglich eines Punktes als Pol bilden eine quadratische Involution."

Es seien $ABCD$ die Grundpunkte eines Kegelschnittbüschels, g eine Gerade und auf ihr eine Punktreihe $E_1 E_2\ldots$, die mit den Kegelschnitten $\varkappa_1 \varkappa_2\ldots$ des Büschels in projectivischer Beziehung steht. Verbinden wir einen beliebigen Punkt P mit den Punkten $E_1 E_2\ldots$, so ist das Büschel $P(E_1 E_2\ldots)$ in projectivischer Beziehnng mit dem Büschel $\varkappa_1 \varkappa_2\ldots$ und homologe Elemente schneiden sich in den Punkten einer Curve C^3 dritter Ordnung. Wir lassen den Punkt P sich auf einer Geraden l bewegen, so entspricht jeder Lage von P eine Curve C^3 und alle diese Curven haben neun gemeinsame Punkte. Erstens die vier Grundpunkte $ABCD$; zweitens die Schnittpunkte E und F von l, als eines gemeinschaftlichen Strahles aller Büschel (P) mit dem ihm entsprechenden Kegelschnitt λ des Büschels $(ABCD)$ und drittens die Doppelpunkte GHI der Punktreihe $E_1 E_2\ldots$ und der ihr projectivischen quadratischen Involution, in welcher g von den Kegelschnitten $\varkappa_1 \varkappa_2\ldots$ geschnitten wird. Alle Curven C^3 haben also die neun Punkte $ABCDEFGHI$ gemein, von denen die ersten sechs auf dem Kegelschnitt λ, die letzten drei auf der Geraden g liegen. In Betreff der Reellität der neun Grundpunkte sind folgende Fälle zu unterscheiden: Es sind 1. alle neun Grundpunkte reell, 2. a) A und B imaginär, die anderen sieben reell, 2. b) G und H imaginär, die anderen sieben reell, 3. a) $ABCD$ imaginär, die anderen reell, 3. b) $ABGH$ imaginär, die anderen reell, 4. a) $ABCDEF$ imaginär, GHI reell, 4. b) $ABCDGH$ imaginär, EFI reell, 5. $ABCDEFGH$ imaginär, I reell. Wir schneiden die Kegelschnitte des Büschels $(ABCD)$ durch eine Transversale t in den Punktpaaren $F_1 G_1$, $F_2 G_2$ ... einer zur Punktreihe $E_1 E_2\ldots$ auf g projectivischen Involution. Die Enveloppe der Verbindungsgeraden homologer Punkte ist eine Curve $C_3{}^4$ dritter Classe vierter Ordnung, welche g berührt und t zur Doppeltangente hat. Jedem Punkt P von l entspricht eine Curve C^3 und es lassen sich deren Schnittpunkte mit t leicht bestimmen. Nennen wir dieselben $F_1 F_2 F_3$, so sind die drei Kegelschnitte des Büschels $(ABCD)$, welche durch $F_1 F_2 F_3$ gehen, die homologen Elemente zu PE_1, PE_2, PE_3 in dem Strahlenbüschel $P(E_1 E_2 E_3\ldots)$, also sind PE_1, PE_2, PE_3, da sie durch F_1, F_2, F_3 gehen, die drei von P an $C_4{}^3$ zu ziehenden Tangenten. Man findet demnach die Durchschnittspunkte der Curven C^3 mit t als die

Schnittpunkte der Tangenten, die sich von den Punkten P der Geraden l an C_3^4 ziehen lassen, mit der Doppeltangente t dieser Curve. Nach der Definition bilden aber diese Schnittpunkte eine kubische Involution und es folgt:

2. „Liegen von den neun Grundpunkten eines Curvenbüschels dritter Ordnung sechs auf einem Kegelschnitt, so wird jede Transversale t von den Curven des Büschels in den Punktgruppen einer kubischen Involution geschnitten."

Durch einen Punkt T legen wir die Transversalen $tt'\ldots$, welche die Curven C^3 in den Punktgruppen $F_1 F_2 F_3$, $F'_1 F'_2 F'_3 \ldots$ treffen. Die conischen Polaren τ von T bezüglich C^3 schneiden die Transversalen $tt'\ldots$ in den harmonischen Mittelpunkten zweiten Grades $M_1 N_1$, $M'_1 N'_1$, ... und bilden, da nach 1. alle Paare $M_1 N_1 \ldots$ auf $t\ldots$, $M'_1 N'_1 \ldots$ auf $t'\ldots$ die Punktpaare von quadratischen Involutionen sind, ein Kegelschnittbüschel. Also:

3. „Liegen von den neun Grundpunkten eines Curvenbüschels dritter Ordnung sechs auf einem Kegelschnitt, so bilden die conischen Polaren eines Punktes T bezüglich aller Curven des Büschels ein Kegelschnittbüschel."

Wir nehmen jetzt an, die neun Grundpunkte $ABCDEFGHI$ der Curven dritter Ordnung C^3 eines Büschels haben nicht mehr die Eigenschaft, dass irgendwelche sechs von ihnen auf einem Kegelschnitt liegen. Die Geraden AB, $AC \ldots AI$ schneiden diese Curven noch in $\mathfrak{B}\ldots$, $\mathfrak{C}\ldots$, $\ldots \mathfrak{J}\ldots$ und es sind diese Punktreihen unter sich und mit den Curven $C^3\ldots$ des Büschels dritter Ordnung in projectivischer Beziehung. Es seien $\alpha\ldots$ die conischen Polaren von A in Bezug auf $C^3\ldots$ und sie schneiden die Geraden AB, AC $\ldots AI$ noch in $\mathfrak{B}'\ldots$, $\mathfrak{C}'\ldots$, $\ldots \mathfrak{J}'\ldots$. Dann sind $A\mathfrak{B}'B\mathfrak{B}$, $A\mathfrak{C}'C\mathfrak{C}\ldots$, $A\mathfrak{J}'I\mathfrak{J}$ je vier harmonische Punkte. Da jedem Punkt $\mathfrak{B}$ ein Punkt $\mathfrak{B}'$ und umgekehrt jedem Punkte $\mathfrak{B}'$ ein Punkt $\mathfrak{B}$ entspricht, so sind die Punktreihen $\mathfrak{B}\ldots$ und $\mathfrak{B}'\ldots$ und daher auch die Punktreihen $\mathfrak{B}'\ldots$, $\mathfrak{C}'\ldots$, $\ldots$, $\mathfrak{J}'\ldots$ in projectivischer Beziehung und deshalb müssen die conischen Polaren $\alpha\ldots$ von A ein Kegelschnittbüschel bilden, denn durch jeden Punkt einer der acht Geraden AB, $\ldots AI$ geht, nur eine von allen conischen Polaren. Dasselbe gilt von den conischen Polaren eines jeden der neun Grundpunkte. — Ist nun weiter P ein beliebiger Punkt, sind $\pi\ldots$ seine conischen Polaren und $p\ldots$ seine Polaren bezüglich der Kegelschnitte $\alpha\ldots$, so sind die Geraden $p\ldots$ zugleich die Polaren von A bezüglich der Kegelschnitte $\pi\ldots$. Sie müssen sich, da alle Kegelschnitte $\alpha\ldots$ ein Büschel bilden, in einem Punkt P_a schneiden, so dass P und P_a conjugirte Punkte in Bezug auf das Büschel der Kegelschnitte $\alpha\ldots$, A und P_a conjugirte Punkte in Bezug auf die Kegelschnitte $\pi\ldots$ sind. Ganz ebenso findet man noch acht andere Paare B und $P_b\ldots$, I und P_i von conjugirten Punkten der Kegelschnitte $\pi\ldots$ und deshalb bilden diese Kegelschnitte ein Büschel und es gilt allgemein:

4. „Die conischen Polaren π... eines Punktes P in Bezug auf die Curven C^3... eines Curvenbüschels dritter Ordnung bilden ein Kegelschnittbüschel.“

Drei Curven C^3 C_1^3 C_2^3 des Büschels schneiden eine Gerade g in den Punkten QRS, $Q_1R_1S_1$, $Q_2R_2S_2$. Auf g nehmen wir die Punkte PP'... und es seien $\pi\pi_1\pi_2$, $\pi'\pi_1'\pi'_2$... deren conische Polaren in Bezug auf jene drei Curven, welche von g in den Punkten MN, M_1N_1, M_2N_2; $M'N'$, $M'_1N'_1$, $M'_2N'_2$; ... geschnitten werden. Zu jedem der Punkte P... gehören also sechs Punkte MN, M_1N_1, M_2N_2, die eine quadratische Involution bilden. Durch die beiden Gruppen QRS, $Q_1R_1S_1$ wird eine kubische Involution bestimmt und da MN, M_1N_1; $M'N'$, $M_1'N_1'$; ... die harmonischen Mittelpunkte zweiten Grades für diese beiden Gruppen bezüglich der Punkte PP'... sind, so muss es in der kubischen Involution nach 1. Gruppen $\varkappa\varrho\sigma$, $\varkappa'\varrho'\sigma'$... geben, für welche M_2N_2, $M'_2N'_2$... in Bezug auf P, P'... harmonische Mittelpunkte zweiten Grades sind. Da im Allgemeinen ein Punkt P für zwei Gruppen von drei Punkten $Q_2R_2S_2$ und $\varkappa\varrho\sigma$ nicht dieselben harmonischen Mittelpunkte zweiten Grades hat, so könnte es sich ereignen, dass eine Gruppe $\varkappa\varrho\sigma$ mit $Q_2R_2S_2$ zusammenfällt und dann gehörte $Q_2R_2S_2$ zur Involution. Träfe dies aber nicht ein, so wäre die Punktreihe PP'... in projectivischer Beziehung zur Involution $\varkappa\varrho\sigma$, $\varkappa'\varrho'\sigma'$.... Der Gruppe QRS dieser Involution entspräche ein Punkt $\mathfrak{P}$ und in Bezug auf diesen müssten die harmonischen Mittelpunkte zweiten Grades der Punkte QRS und $Q_2R_2S_2$ dieselben sein, und weil sich in ihnen die conischen Polaren von $\mathfrak{P}$ bezüglich aller C^3... schneiden würden, so müssten sie die harmonischen Mittelpunkte zweiten Grades für jede Gruppe, in der g von irgend einer der Curven C^3... geschnitten wird, sein. Dies geht aber nicht, denn sonst müsste es auch, weil die neun Grundpunkte $ABCDEFGHI$ beliebig gewählt sind, für den Fall gelten, dass sechs von ihnen auf einem Kegelschnitt liegen. Im letzten Fall bilden die Schnittpunkte von g die Gruppen einer kubischen Involution, und wenn wir auf die Definition derselben durch die Curve dritter Ordnung vierter Classe zurückgehen, so müsste ein Punkt $\mathfrak{P}$ in Bezug auf dieselbe als conische Polare ein Geradenpaar haben, dessen Doppelpunkt im Doppelpunkt der Curve liegt. Dies aber ist nicht möglich. Da die zweite Annahme, dass zwischen den Punkten PP'... und den Gruppen $\varkappa\varrho\sigma$, $\varkappa'\varrho'\sigma'$... eine projectivische Beziehung bestehen kann, unstatthaft ist, so muss $\varkappa\varrho\sigma$ und überhaupt jede dieser Gruppen mit $Q_2R_2S_2$ zusammenfallen. Daher bilden QRS, $Q_1R_1S_1$, $Q_2R_2S_2$ drei Punktgruppen einer kubischen Involution, und weil $C^3C_1^3C_2^3$ drei beliebig gewählte Curven des Büschels waren, so folgt allgemein:

5. „Jede Gerade wird von den Curven eines Büschels dritter Ordnung in den Punktgruppen einer kubischen Involution geschnitten.“

Lässt man jedem Punkte einer Ebene seinen conjugirten in Bezug auf ein festes Kegelschnittbüschel entsprechen, so besteht zwischen den Punkten der Ebene eine Verwandtschaft des zweiten Grades, deren Hauptpunkte die drei Scheitel der im Büschel vorkommenden Geradenpaare sind und die von Durège die Steiner'sche Verwandtschaft genannt ist. — Sind wieder C^3... die Curven eines Büschels dritter Ordnung mit beliebigen neun Grundpunkten $ABCDEFGHI$, und ist g eine Gerade, welche die Curven C^3... in den Punktgruppen QRS... schneidet, so entsprechen in einer Steiner'schen Verwandtschaft, deren Hauptpunkte ABC sein mögen, den Curven C^3... die Curven $\mathfrak{C}^3$... eines Büschels dritter Ordnung mit den neun Grundpunkten $ABC\mathfrak{DEFGHJ}$, der Geraden g ein Kegelschnitt γ durch die drei Punkte ABC, und den Gruppen QRS... von g die Gruppen $\mathfrak{QRS}$... von γ, wenn $\mathfrak{DE}$... die den Punkten DE... in der Steiner'schen Verwandtschaft entsprechenden Punkte sind. Die Verbindungslinien $\mathfrak{QR}$, $\mathfrak{RS}$, $\mathfrak{SQ}$... werden Tangenten eines Kegelschnitts $\mathfrak{K}$ sein, denn von irgend einem Punkte $\mathfrak{Q}$ des Kegelschnitts γ lassen sich nur zwei Tangenten an die Enveloppe aller Geraden $\mathfrak{QR}$, $\mathfrak{RS}$, $\mathfrak{SQ}$... ziehen, nämlich die Tangenten $\mathfrak{QR}$ und $\mathfrak{QS}$, welche $\mathfrak{Q}$ mit den beiden Punkten $\mathfrak{R}$ und $\mathfrak{S}$ von γ verbinden, welche mit $\mathfrak{Q}$ eine Gruppe des Kegelschnitts γ bilden. Weil also die Enveloppe der Geraden $\mathfrak{QR}$... ein Kegelschnitt $\mathfrak{K}$ ist, so können wir schliessen, dass die Gruppen $\mathfrak{QRS}$... die Gruppen einer kubischen Involution sind; denn legt man durch zwei Gruppen $\mathfrak{QRS}$ und $\mathfrak{Q}_1\mathfrak{R}_1\mathfrak{S}_1$ zwei beliebige Kegelschnitte K und K_1, so ist durch dieselben ein Büschel bestimmt, dessen Kegelschnitte K_2, K_3... den Kegelschnitt γ in den Punkten einer kubischen Involution $q_2r_2s_2$, $q_3r_3s_3$... schneiden, deren Involutionskegelschnitt $\mathfrak{K}$ ist. Ist $\mathfrak{Q}_2\mathfrak{R}_2\mathfrak{S}_2$ irgend eine Gruppe aus der Schaar $\mathfrak{QRS}$..., so muss sie mit irgend einer Gruppe $q_2r_2s_2$ der kubischen Involution zusammenfallen, weil beide die Ecken von Dreiecken sind, deren Seiten den Kegelschnitt $\mathfrak{K}$ berühren. Da also die Gruppen $\mathfrak{QRS}$... eine kubische Involution bilden, so müssen auch die Gruppen QRS... auf g eine solche bilden und es folgt wieder allgemein der Satz 5. und aus ihm dann der Satz 4.

Für ein Curvenbüschel dritter Ordnung, dessen sämmtliche Curven C_Δ^3... den Doppelpunkt Δ gemeinschaftlich haben, lassen sich die Sätze 4. und 5. auch auf folgende Art ableiten. Es seien KK_1... die Kegelschnitte eines Büschels mit den vier Grundpunkten $\mathfrak{ABC}\Delta$ und D ein beliebiger Punkt; man kann sich dann jeden Kegelschnitt des Büschels entstanden denken durch ein Strahlenbüschel in D und eine ihm projectivische Strahleninvolution in Δ, die in reducirter Lage sich befinden, weil die Verbindungslinie $D\Delta$ sich selbst entspricht. Dreht man nun, unter Festhaltung der projectivischen Beziehungen sämmtlicher Büschel in D und Δ, alle diese Büschel um D und Δ um denselben Winkel, so entsteht aus dem Kegelschnittbüschel ein Büschel von Curven dritter Ordnung C_Δ^3.... die alle Δ

zum Doppelpunkt haben und durch fünf gemeinschaftliche Punkte $ABCDE$ gehen, wenn $ABCE$ die Punkte sind, in denen sich die Strahlen $\varDelta\mathfrak{A}$ und $D\mathfrak{A}$, $\varDelta\mathfrak{B}$ und $D\mathfrak{B}$, $\varDelta\mathfrak{C}$ und $D\mathfrak{C}$, $\varDelta D$ und $D\varDelta$ nach der Drehung schneiden. — Ist $\mathfrak{K}$ ein beliebiger Kegelschnitt durch die beiden Punkte $\varDelta$ und $\mathfrak{A}$, so wird er von den Kegelschnitten K... in den Punktpaaren $\mathfrak{P}\mathfrak{Q}$... einer quadratischen Involution geschnitten; ist $\mathfrak{K}_1$ ein anderer Kegelschnitt, der durch $\varDelta$ geht, so wird er von den Kegelschnitten K... in den Punktgruppen $\mathfrak{R}\mathfrak{S}\mathfrak{T}$... einer kubischen Involution geschnitten. Beide Kegelschnitte kann man sich durch ein Strahlenbüschel und eine projectivische Strahleninvolution, die sich in reducirter Lage befinden, erzeugt denken. Lässt man diese beiden Büschelpaare an der vorhin festgesetzten Drehung theilnehmen, so wird aus $\mathfrak{K}$ eine Curve $\mathfrak{C}^3$ und aus $\mathfrak{K}_1$ eine Curve $\mathfrak{C}_1{}^3$, die beide $\varDelta$ zum Doppelpunkt haben. Die erstere geht durch $D\varDelta$ und E und wird von den Curven $C_4{}^3$... in den Punktpaaren PQ... geschnitten. Da die Strahlen $\varDelta(\mathfrak{P}\mathfrak{Q}...)$ eine quadratische Involution bildeten, so gilt dasselbe auch von den Strahlen $\varDelta(PQ...)$. — Die Curve $\mathfrak{C}_1{}^3$ geht durch D und E und wird von den Curven $C_4{}^3$... in den Punktgruppen RST... geschnitten, und da $\varDelta(\mathfrak{R}\mathfrak{S}\mathfrak{T}...)$ eine kubische Involution bilden, so müssen auch die Strahlen $\varDelta(RST...)$ eine solche bilden.

Eine Gerade g schneidet die Kegelschnitte K... in den Punktpaaren $\mathfrak{M}\mathfrak{N}$... einer quadratischen Involution; wir denken uns g entstanden durch zwei perspectivische Strahlenbüschel in $\varDelta$ und D. Nach der Drehung ist aus g ein Kegelschnitt γ geworden, der durch die Punkte $\varDelta$, D und E geht und von den Curven $C_4{}^3$... in den Punktpaaren MN... einer quadratischen Involution geschnitten wird.

Einem Kegelschnitt $\varkappa$ durch $\mathfrak{A}$ und D entspricht nach der Drehung eine Curve γ^3 dritter Ordnung mit dem Doppelpunkte D, welche von jeder der Curven $C_4{}^3$... in einer Gruppe FGH... von drei Punkten geschnitten wird. Vor der Drehung lagen diese Gruppen in den Punkten $\mathfrak{F}\mathfrak{G}\mathfrak{H}$... von $\varkappa$ und bildeten eine kubische Involution, also ist das Strahlenbüschel $D(FGH...)$ ein kubisch-involutorisches.

Ist ferner $\varkappa_1$ ein Kegelschnitt durch $\mathfrak{A}$, $\mathfrak{B}$ und D und wird er von den Kegelschnitten KK_1... in den Punkten $\mathfrak{F}_1\mathfrak{G}_1$... einer quadratischen Involution geschnitten, so entspricht ihm nach der Drehung eine Curve $\gamma_1{}^3$ dritter Ordnung mit dem Doppelpunkte D, welche von den Curven $C_4{}^3$... in den Punkten F_1G_1... geschnitten wird, so dass das Büschel $D(F_1G_1...)$ ein quadratisch-involutorisches ist.

Wenn die in $\varDelta D$ vereinigten entsprechenden Strahlen sich nach der Drehung in einem Punkte E schneiden, und man dreht in entgegengesetzter Richtung $\varDelta D$ um den Winkel $D\varDelta E$ und $D\varDelta$ um den Winkel $\varDelta DE$, so erhält man als Schnittpunkt einen Punkt E'. Legt man durch diesen und die Punkte D und $\varDelta$ einen beliebigen Kegelschnitt λ, so wird dieser von den Kegelschnitten KK_1... in den Punktgruppen einer kubischen Involution geschnitten. Nach der Drehung fallen die entsprechenden Strahlen $\Delta E'$ und DE' in die Gerade ΔD zusammen und die projectivischen Strahlenbüschel, welche λ erzeugten, gelangen in perspectivische Lage und erzeugen eine Gerade l. Diese muss daher von den Curven C_4^3... in den Punktgruppen einer kubischen Involution geschnitten werden. Aus Allem folgt:

6. **Haben die Curven C_4^3... eines Büschels den gemeinschaftlichen Doppelpunkt Δ und die fünf Grundpunkte $ABCDE$, so wird jede Curve $\mathfrak{C}^3$ dritter Ordnung, welche Δ zum Doppelpunkte hat und durch drei Grundpunkte geht, in den Punktpaaren einer quadratischen Involution, 2. jede Curve $\mathfrak{C}_1^3$ dritter Ordnung, welche Δ zum Doppelpunkte hat und durch zwei Grundpunkte geht, in den Punktgruppen einer kubischen Involution, 3. jeder Kegelschnitt γ, der durch den Doppelpunkt und zwei Grundpunkte gelegt ist, in den Punktpaaren einer quadratischen Involution, 4. jede Curve γ^3 dritter Ordnung, welche einen der Grundpunkte zum Doppelpunkte hat und durch einen andern Grundpunkt und den Doppelpunkt Δ geht, in den Punktgruppen einer kubischen Involution, 5. jede Curve γ_1^3 dritter Ordnung, welche einen der Grundpunkte zum Doppelpunkte hat und durch zwei andere und den Doppelpunkt Δ geht, in den Punktpaaren einer quadratischen Involution, 6. jede Gerade in den Punktgruppen einer kubischen Involution geschnitten.**

Man könnte leicht noch mehr ähnliche Sätze aufstellen. Von den Grundpunkten müssen der Doppelpunkt und drei andere stets reell, zwei können imaginär sein. Auf folgende Art gelangt man zu einem Büschel, in welchem vier Grundpunkte imaginär sein können. Es sei Δ der Scheitel einer quadratischen Involution, deren Strahlenpaare $a_1 a_2$, $b_1 b_2$... sein mögen; projectivisch zu ihr sei eine Punktreihe A, B... auf einer Geraden g; ferner sei l eine feste Gerade und X auf ihr ein variabler Punkt. Verbindet man X mit A, B..., so ist das Strahlenbüschel $X(A, B...)$ in projectivischer Beziehung mit der Involution $\Delta(a_1 a_2, b_1 b_2...)$. Beide erzeugen eine Curve C_4^3 dritter Ordnung mit dem Doppelpunkt Δ, welche g in drei festen Punkten schneidet. Wird nämlich g vom Büschel $\Delta(a_1 a_2...)$ in den Punktpaaren $A_1 A_2$... einer quadratischen Involution geschnitten, so hat diese mit der projectivischen Punktreihe AB... drei Doppelpunkte MNO gemeinschaftlich, von denen zwei imaginär werden können. Es schneidet l die g in L; wir können nun die Involution $A_1 A_2$... so bestimmt denken, dass dem Punkte L ein imaginäres Punktepaar, also dem gemeinschaftlichen Strahl l aller Büschel X ein imaginäres Strahlenpaar $l_1 l_2$ in Δ entspricht. Die imaginären Schnittpunkte PQ von l und $l_1 l_2$ sind zwei gemeinschaftliche Punkte aller Curven C_4^3. Wir haben somit ein Büschel erhalten mit dem gemeinschaftlichen Doppelpunkt Δ und den fünf Grundpunkten $MNOPQ$. Von diesen können vier, nämlich $MNPQ$, imaginär werden. Auf dieselbe Weise, wie für den Satz 2, findet man, dass jede Gerade von allen Curven dieses Büschels in einer kubischen Involution geschnitten wird.

Nachdem bewiesen ist, dass eine Gerade von allen Curven dritter Ordnung eines Büschels mit gemeinschaftlichem Doppelpunkte in den Punktgruppen einer kubischen Involution geschnitten wird, lässt sich dasselbe für ein Büschel von Curven dritter Ordnung mit neun gemeinschaftlichen Grundpunkten leicht folgern. Sind $ABCDEFGHI$ die neun Grundpunkte, so kann man sich jede Curve des Büschels erzeugt denken durch ein Kegelschnittbüschel $(ABCD)$ und ein Strahlenbüschel (P), dessen Scheitel P auf dem Kegelschnitt $\mathfrak{K}$ liegt, welcher durch die fünf Punkte $EFGHI$ bestimmt ist. Irgend eine Gerade g werde vom Büschel $(ABCD)$ in der quadratischen Involution MN, $M_1N_1, \ldots$ und von dem variablen Strahlenbüschel (P) in der Punktreihe X, $X_1, \ldots$ geschnitten. Die drei Doppelpunkte von MN, $M_1N_1, \ldots$ und der variablen Reihe X, $X_1, \ldots$ bilden aber die Punktgruppen einer kubischen Involution. Denn ist Δ ein beliebiger Punkt, so ist die Involution $\Delta(MN, M_1N_1, \ldots)$ in projectivischer Beziehung mit dem variablen Büschel $P(X, X_1 \ldots)$. Die Erzeugnisse dieser Büschel sind Curven dritter Ordnung eines Büschels mit gemeinschaftlichem Doppelpunkt Δ und den fünf Grundpunkten $EFGHI$, und diese Curven schneiden die Gerade g in denselben Punktgruppen, in denen sie von den Curven des Büschels $(ABCDEFGHI)$ geschnitten wird. Also bilden diese Punktgruppen eine kubische Involution.

II.

Eine biquadratische Involution soll definirt werden als die Gesammtheit von Gruppen von je vier Punkten, in denen ein Kegelschnitt $\mathfrak{K}$ von den Kegelschnitten $KK_1 \ldots$ eines Büschels geschnitten wird.

Bezeichnen wir diese Gruppen auf $\mathfrak{K}$ mit $ABCD$, $A_1B_1C_1D_1 \ldots$, so werden die sechs Verbindungslinien der Punkte einer jeden Gruppe Tangenten einer Curve sein. Da durch einen beliebigen Punkt A nur drei Tangenten an dieselbe sich ziehen lassen: AB, AC, AD, so ist diese Curve von der dritten Classe. — Dies kann man jedoch noch auf folgende Art beweisen. Die Grundpunkte des Büschels $KK_1 \ldots$ seien $PQRS$; die Kegelschnitte K und $\mathfrak{K}$ bilden ein neues Büschel mit den Grundpunkten $ABCD$ und schneiden die Geraden PQ und PR in den Punktpaaren zweier projectivischen Involutionen. Die Schnittpunkte von PQ mit $\mathfrak{K}$ seien TU, von PR mit $\mathfrak{K}$ seien T_1U_1 und das Geradenpaar (AB, CD) schneide PQ in XY, PR in X_1Y_1; (AC, BD) schneide PQ in $X'Y'$, PR in $X'_1Y'_1$ und (AD, BC) schneide PQ in $X''Y''$, PR in $X''_1Y''_1$, dann ist die Involution $(PQ, TU, XY, X'Y', X''Y'', \ldots)$ in projectivischer Beziehung mit der Involution

$(P_1 R, T_1 U, X_1 Y_1, X'_1 Y'_1, X''_1 Y''_1, \ldots)$. Wählen wir statt des Kegelschnittes K irgend einen andern des Büschels, so bleiben die Paare PQ, TU und PR, $T_1 U_1$ unverändert, also müssen die Paare, in denen PQ und PR von den Geradenpaaren $(A_1 B_1, C_1 D_1)$, $(A_1 C_1, B_1 D_1)$, $(A_1 D_1, B_1 C_1)$ geschnitten werden, jenen Involutionen angehören und wir folgern, dass die drei Paare von Geraden, in welche die sechs Verbindungslinien der vier Punkte irgend einer Gruppe der biquadratischen Involution zerfallen, die Geraden PQ und PR in projectivischen quadratischen Punktinvolutionen schneiden, in denen PQ und PR homologe Punktpaare sind. Also ist die Enveloppe aller jener Verbindungslinien, die Involutionscurve, eine Curve C_3^6 dritter Classe sechster Ordnung. Da die genannten Geradenpaare auch die Geraden SP und SR, QR und QS in den Punktpaaren projectivischer quadratischer Involutionen schneiden, so müssen auch diese vier Geraden Tangenten von C_3^6 sein. Daher folgt:

7. „Sind $ABCD\ldots$ die Punktgruppen einer biquadratischen Involution auf einem Kegelschnitt $\mathfrak{K}$, so ist die Enveloppe der Verbindungslinien der vier Punkte aller Gruppen eine Curve C_3^6 dritter Classe sechster Ordnung. — Legt man durch die Punkte der einzelnen Gruppen und einen beliebigen Punkt P Kegelschnitte $KK_1\ldots$, so schneiden sich diese noch in drei Punkten QRS; die sechs Verbindungslinien der vier Punkte aller unzähligen Gruppen $PQRS$ sind auch Tangenten von C_3^6."

Wir benutzen jetzt die Steiner'sche Verwandtschaft und nehmen zwei von den Grundpunkten, etwa P und Q, und einen beliebigen Punkt Δ von $\mathfrak{K}$ zu Hauptpunkten derselben, so entspricht dem Kegelschnitt $\mathfrak{K}$ eine Curve $\mathfrak{C}_4^3$ dritter Ordnung mit dem Doppelpunkt Δ, und den Kegelschnitten $KK_1\ldots$ entsprechen wieder Kegelschnitte $K'K'_1\ldots$ eines Büschels, welches auch P und Q zu zwei Grundpunkten hat. Den Gruppen $ABCD\ldots$ entsprechen Gruppen $A'B'C'D'\ldots$ auf $\mathfrak{C}_4^3$, so dass die Strahlengruppen $\Delta(A'B'C'D'\ldots)$ eine biquadratische Involution bilden. Es folgt:

8. „Eine Curve $\mathfrak{C}_4^3$ dritter Ordnung mit dem Doppelpunkte Δ wird von den Kegelschnitten $KK_1\ldots$ eines Büschels, von dessen Grundpunkten zwei, P und Q, auf $\mathfrak{C}_4^3$ liegen, in den Punktgruppen einer biquadratischen Involution geschnitten, so dass die Verbindungslinien von Δ mit denselben die Strahlengruppen einer biquadratischen Strahleninvolution bilden."

Wenn man P und Q als die beiden Nachbarpunkte des Doppelpunktes Δ wählt, die auf den beiden Doppelpunktstangenten liegen, so heisst der Satz:

8. a) „Eine Curve $\mathfrak{C}_4^3$ dritter Ordnung mit dem Doppelpunkt $\varDelta$ wird von den Kegelschnitten eines Büschels, von dessen Grundpunkten zwei, P und Q, mit $\varDelta$ zusammenfallen, in solchen Punktgruppen geschnitten, dass ihre Verbindungslinien mit $\varDelta$ die Strahlengruppen einer biquadratischen Involution bilden."

8. b) „Die Curven dritter Ordnung eines Büschels mit gemeinschaftlichem Doppelpunkt $\varDelta$ schneiden einen durch denselben gelegten Kegelschnitt $\mathfrak{K}$ in den Punktgruppen einer biquadratischen Involution."

Denn sind $ABCD\ldots$ die Gruppen auf $\mathfrak{K}$, so sind die sechs Verbindungslinien dieser vier Punkte einer jeden Gruppe Tangenten einer Curve C_3 dritter Classe, weil von einem Punkte A des Kegelschnittes $\mathfrak{K}$ sich nur drei Tangenten an die Enveloppe aller jener Verbindungslinien ziehen lassen, die Geraden nämlich, welche A mit den drei Punkten verbinden, die mit A zusammen eine Gruppe bilden. Es können also alle Gruppen $ABCD\ldots$ auch erzeugt werden durch die Schnittpunkte der Kegelschnitte eines Büschels mit $\mathfrak{K}$ und sind daher die Punktgruppen einer biquadratischen Involution.

Nehmen wir $\varDelta$ und zwei Punkte von $\mathfrak{K}$ als Hauptpunkte einer Steiner'schen Verwandtschaft, so entspricht dem Kegelschnitt $\mathfrak{K}$ eine Gerade g und allen Curven dritter Ordnung entsprechen die Curven vierter Ordnung eines Büschels mit gemeinschaftlichem dreifachen Punkt $\varDelta$. Da den Punktgruppen der Involution auf $\mathfrak{K}$ die Punktgruppen der Involution auf g entsprechen, so folgt:

9. „Die Curven vierter Ordnung eines Büschels mit demselben dreifachen Punkte werden von jeder Geraden in den Punktgruppen einer biquadratischen Involution geschnitten."

Sind wieder $C_4^3\ldots$ die Curven dritter Ordnung eines Büschels mit demselben Doppelpunkt $\varDelta$ und ist $\mathfrak{K}$ ein Kegelschnitt durch ihn, und wählen wir $\varDelta$ und zwei Grundpunkte zu Hauptpunkten einer Steiner'schen Verwandtschaft, so entsprechen in ihr den Curven C_4^3 die Kegelschnitte $K\ldots$ eines Büschels, das $\varDelta$ zu einem Grundpunkte hat, und dem Kegelschnitt $\mathfrak{K}$ entspricht eine Curve $\mathfrak{C}_4^3$ mit dem Doppelpunkt $\varDelta$. Den Punktgruppen, in denen $\mathfrak{K}$ von $C_4^3\ldots$ geschnitten wird, entsprechen die Punktgruppen, in denen $\mathfrak{C}_4^3$ von $K\ldots$ geschnitten wird. Also:

10. „Wenn eine Curve $\mathfrak{C}_4^3$ dritter Ordnung mit einem Doppelpunkt $\varDelta$ diesen in einem der Grundpunkte eines Kegelschnittbüschels liegen hat, so wird sie von den Kegelschnitten $K\ldots$ dieses Büschels in solchen Punkten geschnitten, dass ihre Verbindungslinien mit $\varDelta$ eine biquadratische Involution bilden."

Nehmen wir jetzt den Doppelpunkt Δ und zwei Grundpunkte des Büschels K... zu Hauptpunkten einer Steiner'schen Verwandtschaft, so entspricht in ihr der Curve $\mathfrak{C}_4^3$ eine Curve $\mathfrak{C}^4$, welche Δ zum dreifachen Punkte hat. Den Kegelschnitten K... entsprechen die Geraden g... eines Büschels und es folgt:

11. „Die Geraden g... eines Büschels schneiden eine Curve C^4 vierter Ordnung, die einen dreifachen Punkt Δ hat, in solchen Punkten, dass ihre Verbindungslinien mit Δ die Strahlengruppen einer biquadratischen Involution bilden."

Sind K.... die Kegelschnitte eines Büschels, ist $\mathfrak{K}$ ein beliebiger Kegelschnitt; wählen wir drei Punkte von $\mathfrak{K}$ zu Hauptpunkten einer Steiner'schen Verwandtschaft, so entspricht dem $\mathfrak{K}$ eine Gerade g und den Kegelschnitten K... entsprechen die Curven vierter Ordnung eines Büschels mit drei Doppelpunkten. Daraus folgt:

12. „Alle Curven vierter Ordnung eines Büschels, welche drei gemeinschaftliche Doppelpunkte haben, werden von einer Geraden in den Punkten einer biquadratischen Involution geschnitten."

Es seien eine kubische Strahleninvolution und ein concentrisches projectivisches Strahlenbüschel gegeben; der gemeinschaftliche Scheitel beider sei Δ, $(a_1 a_2 a_3)$, $(b_1 b_2 b_3)$ ... Gruppen der Involution, a, b ... die entsprechenden Strahlen des Büschels. Durch einen beliebigen Punkt P lege man zwei Gerade α und β, welche $a_1 a_2 a_3$ und $b_1 b_2 b_3$ in $A_1 A_2 A_3$ und $B_1 B_2 B_3$ schneiden; durch diese sechs Punkte lege man eine Curve dritter Ordnung C_4^3, welche in Δ einen Doppelpunkt hat, so entspricht jedem Strahl γ, δ... von P eine Gruppe $(c_1 c_2 c_3)$, $(d_1 d_2 d_3)$ ... von Δ; daher müssen die Büschel $\Delta(abc...)$ und $P(\alpha\beta\gamma...)$ projectivisch sein und einen Kegelschnitt erzeugen, der C_4^3 ausser in Δ noch in vier Punkten $LMNO$ schneidet. In den vier Strahlen ΔL, ΔM, ΔN, ΔO fallen je zwei entsprechende Strahlen der Involution und des Büschels in Δ zusammen. Daraus folgt sofort:

13. „Eine kubische Strahleninvolution und ein zu ihr projectivisches Strahlenbüschel erzeugen durch die Schnittpunkte homologer Strahlen eine Curve C^4 vierter Ordnung mit dem dreifachen Punkt Δ."

Sind C^3... die Curven dritter Ordnung eines Büschels $(ABCDEFGHI)$, $P(a...)$ die Strahlen eines projectivischen Büschels, so erzeugen die Büschel C^3... und $P(a...)$ eine Curve vierter Ordnung C^4. Wir schneiden $P(a...)$ durch eine Gerade g in den Punkten Q..., und lassen P sich auf einer Geraden l bewegen, dann sind alle Büschel $P(Q...)$ projectivisch dem Büschel C^3... und erzeugen mit diesem Curven vierter Ordnung, welche folgende Punkte gemeinschaftlich haben: 1. die neun Grundpunkte $ABCD$ $EFGHI$; 2. die drei Punkte KLM, in denen l als Strahl eines jeden Büschels P die ihm entsprechende Curve C^3 schneidet. Die Curven C^3... schneiden g in einer zur Reihe Q... projectivischen kubischen Involution; es fallen viermal entsprechende Punkte zusammen, diese seien $RSTU$ und sie sind allen Curven C^4 gemeinschaftlich. Wir erhalten somit ein Büschel von Curven vierter Ordnung mit 16 Grundpunkten. — Eine Transversale t schneide C^3... in den Punktgruppen (XYZ)... einer kubischen, zur Punktreihe Q... auf g projectivischen Involution. Die Enveloppe der Verbindungslinien entsprechender Punkte ist eine Curve C_4 vierter Classe mit der dreifachen Tangente t. Von einem beliebigen Punkte P lassen sich an C_4 vier Tangenten ziehen, welche t und g in vier homologen Punktpaaren X und Q schneiden. Dem Strahl PQ entspricht eine Curve C^3, welche PQ in X schneiden muss; daher sind die Schnittpunkte der vier Tangenten, die sich von P an C^4 ziehen lassen, mit t zugleich die Schnittpunkte der dem Punkte P entsprechenden Curve C^4 mit t. Zieht man aber von den Punkten einer Geraden l Tangenten an eine Curve C_4 vierter Classe mit einer dreifachen Tangente t, so wird diese nach der Definition in einer biquadratischen Involution geschnitten, also folgt:

14. „Wenn von den 16 Grundpunkten eines Büschels von Curven vierter Ordnung zwölf auf einer Curve dritter Ordnung liegen, so wird jede Gerade von den Curven dieses Büschels in den Punktgruppen einer biquadratischen Involution geschnitten."

Es seien wieder C^3... die Curven dritter Ordnung eines Büschels mit den neun Grundpunkten $ABCDEFGHI$, doch seien zwei von ihnen, A und B, conjugirte Punkte einer jeden C^3..., diese als Hesse'sche Curven betrachtet. Man kann sich dann jede dieser Curven C^3... durch zwei projectivische quadratische Strahleninvolutionen mit den Scheiteln A und B erzeugt denken, die in der Geraden AB zwei homologe Strahlen haben. Durch A und B legen wir einen beliebigen Kegelschnitt $\mathfrak{K}$, welcher von jeder C^3... in einer Gruppe von vier Punkten geschnitten wird. Die sechs Verbindungslinien einer jeden solchen Gruppe berühren eine Curve C_3 dritter Classe, denn von jedem Punkte auf $\mathfrak{K}$ lassen sich an diese Curve nur drei Tangenten ziehen, die Geraden nämlich, welche jenen Punkt mit den drei Punkten verbinden, die mit ihm eine Gruppe bilden. Daher bilden alle diese Gruppen eine biquadratische Involution. Ist $\mathfrak{M}'$ ein beliebiger Punkt von $\mathfrak{K}$, so schneiden sich in ihm zwei homologe Strahlen der Involutionen in A und B. Drehen wir alle Involutionen in A und B um solche Winkel, dass $A\mathfrak{M}'$ und $B\mathfrak{M}'$ auf AB fallen, so werden sie jetzt Curven vierter Ordnung erzeugen, welche A und B zu Doppelpunkten und ausserdem acht gemeinschaftliche Punkte $\mathfrak{C}\mathfrak{D}\mathfrak{E}\mathfrak{F}\mathfrak{G}\mathfrak{H}\mathfrak{J}\mathfrak{M}$ haben, wenn $\mathfrak{M}$ derjenige Punkt ist, in dem die vor der Drehung auf AB vereinigten homologen Strahlen nach der Drehung sich schneiden. Alle diese Curven bilden also ein Büschel. Die beiden projectivischen Strahlenbüschel in A und B, welche den Kegelschnitt $\mathfrak{K}$ erzeugen, schneiden sich nach der Drehung auf einer Geraden g. Ihre Schnittpunkte mit den Curven des Büschels vierter Ordnung bilden eine biquadratische Involution, weil sie vor der Drehung eine solche auf $\mathfrak{K}$ bilden. Daraus folgt:

15. „Die Curven vierter Ordnung eines Büschels mit zwei gemeinschaftlichen Doppelpunkten werden von jeder Transversale in den Punkten einer biquadratischen Involution geschnitten."

Sind $K K_1 K_2 \ldots$ die Kegelschnitte eines Netzes und nimmt man in Bezug auf dieselben die Polaren $p' p'_1 p'_2 \ldots$ eines beliebigen Punktes Q, so ist zwischen den Kegelschnitten $K K_1 K_2 \ldots$ und den Geraden $p' p'_1 p'_2 \ldots$, die wir als zwei Systeme Σ und Σ' auffassen, eine geometrische Verwandtschaft hergestellt. In dieser entspricht jedem Kegelschnitt K' von Σ' eine Curve C^4 vierter Ordnung von Σ. Sind also $K' K'_1 K'_2 \ldots$ die Kegelschnitte eines Büschels mit den vier Grundpunkten $A' B' C' D'$, so entsprechen ihnen die Curven $C^4 C_1^4 C_2^4 \ldots$ vierter Ordnung eines Büschels mit den Grundpunkten $A A_1 A_2 A_3 B B_1 B_2 B_3 C C_1 C_2 C_3 D D_1 D_2 D_3$, worin $A A_1 A_2 A_3$ die Grundpunkte eines Kegelschnittbüschels von Σ sind, welchem in Σ' ein Strahlenbüschel mit dem Scheitel A' entspricht. Ebenso sind $B B_1 B_2 B_3$, $C C_1 C_2 C_3$, $D D_1 D_2 D_3$ Grundpunkte von Kegelschnittbüscheln in Σ, welche Kegelschnittbüschel des Netzes sind und denen in Σ' Strahlenbüschel mit den Scheiteln B', C', D' entsprechen. Je zwei dieser vier Gruppen von vier Grundpunkten liegen auf einem Kegelschnitt des Netzes. Irgend eine Gerade g schneidet die Curven $C^4 C_1^4 \ldots$ in Punktgruppen $W X Y Z$, $W_1 X_1 Y_1 Z_1, \ldots$, denen die Punktgruppen $W' X' Y' Z'$, $W'_1 X'_1 Y'_1 Z'_1, \ldots$ auf einem Kegelschnitt γ' entsprechen, welcher der Geraden g von Σ in Σ' entspricht. Da die letzten Punktgruppen eine biquadratische Involution bilden, so ist es auch mit den ersten der Fall und wir haben den Satz:

16. „Wenn die 16 Grundpunkte $A A_1 A_2 A_3 B B_1 B_2 B_3 C C_1 C_2 C_3 D D_1 D_2 D_3$ der Curven $C^4 C_1^4 \ldots$ vierter Ordnung eines Büschels so liegen, dass je zwei der vier Gruppen $A A_1 A_2 A_3$, $B B_1 B_2 B_3$, $C C_1 C_2 C_3$, $D D_1 D_2 D_3$ acht Punkte eines Kegelschnittes sind, so schneiden diese Curven irgend eine Gerade in den Punktgruppen einer biquadratischen Involution."

Sämmtlichen Geraden p von Σ entsprechen Kegelschnitte π' von Σ'; von diesen gehen 16 durch irgend zwei Punkte A' und B', acht durch einen Punkt A' und berühren ausserdem eine Gerade p', und vier berühren zwei Gerade p' und p'_1. Denn den Punkten A' und B' entsprechen in Σ die Punkte $A A_1 A_2 A_3$ und $B B_1 B_2 B_3$, und den 16 Geraden p, welche die vier Punkte $A A_1 A_2 A_3$ mit den vier Punkten $B B_1 B_2 B_3$ verbinden, entsprechen in Σ' 16 Kegelschnitte π' durch A' und B'. Der Geraden p' von Σ' entspricht in Σ ein Kegelschnitt K, an welchen sich von den vier Punkten $A A_1 A_2 A_3$ acht Tangenten ziehen lassen, und diesen entsprechen in Σ' acht Kegelschnitte π', welche durch A' gehen und p' berühren; der Geraden p'_1 von Σ' entspricht in Σ ein Kegelschnitt K_1 und den vier gemeinschaftlichen Tangenten von K und K_1 entsprechen die vier Kegelschnitte π', welche p' und p'_1 berühren. Unter allen Kegelschnitten π' giebt es also 16 (vergl. Cremona, Einleitung in eine geometrische Theorie der ebenen Curven, S. 293), welche einen Kegelschnitt K' doppelt berühren. Die 16 Geraden p von Σ, welche diesen 16 Kegelschnitten π' entsprechen, sind daher Doppeltangenten der Curve C^4 vierter Ordnung, welche in Σ dem Kegelschnitt K' von Σ' entspricht. Allen Tangenten von K' entsprechen in Σ solche Kegelschnitte, welche C^4 in vier Punkten berühren und zu den Kegelschnitten des Netzes gehören. Von ihnen gehen durch einen Punkt nur zwei und sie bilden also eine Kegelschnittreihe vom Index zwei. Wir können alle Kegelschnitte des Netzes als conische Polaren einer Curve dritter Ordnung ansehen; dann liegen die Pole aller Kegelschnitte der Reihe auf einem Kegelschnitte, welcher die Hesse'sche Curve des Netzes in sechs Punkten schneidet. Die conischen Polaren dieser sechs Punkte sind Geradenpaare, deren Theile folglich Doppeltangenten von C^4 sind. Da wir somit noch zwölf Doppeltangenten erhalten, so hat C^4 im Ganzen 28 Doppeltangenten und es folgt:

17. „Eine Curve C^4 hat 28 Doppeltangenten."

Salmon giebt von diesem Beweise für die Existenz der 28 Doppeltangenten nur den zweiten Theil (vergl. Salmon, Analytische Geometrie der höheren ebenen Curven, bearbeitet von Fiedler).

X.

Zur independenten Darstellung der Bernoulli'schen Zahlen.

Von

H. Nägelsbach,

Gymnasialprofessor in Zweibrücken.

Die Darstellung der Summe $1^k + 2^k + \ldots + n^k$ als Function von n, und damit die independente Darstellung der Bernoulli'schen Zahlen, ergiebt sich sehr einfach mittels einer symmetrischen Function, die ich schon einmal in dieser Zeitschrift (17. Jahrgang) zu einer Umformung der Resultante zweier ganzen Functionen benützt und vorher im Programm des Zweibrückener Gymnasiums von 1871 ausführlich behandelt habe.

Diese Function, dargestellt durch $(\alpha_1, \alpha_2 \overset{k}{\ldots} \alpha_n)$, wo k eine ganze Zahl bedeutet, ist am einfachsten definirt durch die Gleichung

$$1)\qquad (\alpha_1, \alpha_2 \overset{k}{\ldots} \alpha_n) = (\alpha_1, \alpha_2 \overset{k}{\ldots} \alpha_{n-1}) + \alpha_n (\alpha_1, \alpha_2 \overset{k-1}{\ldots} \alpha_n),$$

wobei $(\alpha_1 \overset{0}{\ldots} \alpha_n) = 1$ und $(\overset{k}{\alpha_1}) = \overset{k}{\alpha_1}$ zu nehmen ist. Für positive k ist die Function nichts Anderes, als die Summe der Combinationen k^{ter} Classe mit Wiederholungen aus den Elementen $\alpha_1, \alpha_2 \ldots \alpha_n$. Für $k = -1, -2, \ldots -(n-1)$ wird die Function null, für $k = -n$ wird sie $\frac{(-1)^{n-1}}{\alpha_1 . \alpha_2 \ldots \alpha_n}$ u. s. w.

Ist

$$f_x = (x - \alpha_1)(x - \alpha_2) \ldots (x - \alpha_n),$$

so sind die $(\alpha_1 \overset{k}{\ldots} \alpha_n)$ mit positiven, resp. negativen k, die Coefficienten in der Entwickelung von $\frac{1}{f_x}$ nach fallenden, resp. steigenden Potenzen von x. Man hat nämlich

$$2)\qquad \frac{1}{f_x} = \sum_{a=0}^{a=\infty} (\alpha_1 \overset{a}{\ldots} \alpha_n)\, x^{-n-a}$$

und

$$2\text{a})\qquad \frac{1}{f_x} = -\sum^{a=\infty} (\alpha_1 \overset{-n-a}{\ldots} \alpha_n)\, x^a.$$

Dies ist eine Folge der Identität

$$3)\quad \overset{r}{(\alpha_1 \dots \alpha_k)} - \underset{(\alpha_1 \dots \alpha_n)}{\overset{1}{C}} \overset{r-1}{(\alpha_1 \dots \alpha_k)} + \underset{(\alpha_1 \dots \alpha_n)}{\overset{2}{C}} \overset{r-2}{(\alpha_1 \dots \alpha_k)} + \dots (-1)^n \underset{(\alpha_1 \dots \alpha_n)}{\overset{n}{C}} \overset{r-n}{(\alpha_1 \dots \alpha_k)} = 0,$$

welche gilt für jedes ganze r und für $k \gtreqless n$, und bei welcher, wie überhaupt in der folgenden Abhandlung, unter $\underset{(\alpha_1 \dots \alpha_n)}{\overset{\mathfrak{a}}{C}}$ zu verstehen ist die Summe der Combinationen ohne Wiederholungen $\mathfrak{a}^{\text{ter}}$ Classe aus den Elementen $\alpha_1, \alpha_2 \dots \alpha_n$. Ein Beweis derselben ist angedeutet in der Abhandlung im 17. Jahrgang dieser Zeitschrift (S. 340 Anm.), ein anderer ausgeführt im Zweibrückener Programm § 5.

Es ist nützlich, den Begriff dieser Function zu erweitern durh Einführung der Function $[(\alpha_1 \dots \alpha_n) \overset{k}{:} (\beta_1 \dots \beta_m)]$ oder einfacher $(\alpha_1 \dots \alpha_n \overset{k}{:} \beta_1 \dots \beta_m)$, welche definirt sein mag durch die Identität

$$4)\quad [(\alpha_1 \dots \alpha_n) \overset{k}{:} (\beta_1 \dots \beta_m)]$$
$$= [(\alpha_1 \dots \alpha_n) \overset{k}{:} (\beta_1 \dots \beta_{m-1})] - \beta_m [(\alpha_1 \dots \alpha_n) \overset{k-1}{:} (\beta_1 \dots \beta_{m-1})].$$

Durch wiederholte Anwendung derselben findet man

$$5)\quad [(\alpha_1 \dots \alpha_n) \overset{k}{:} (\beta_1 \dots \beta_m)] = \sum_{\mathfrak{a}=0}^{\mathfrak{a}=m} (-1)^{\mathfrak{a}} \underset{(\beta_1 \dots \beta_m)}{\overset{\mathfrak{a}}{C}} \overset{k-\mathfrak{a}}{(\alpha_1 \dots \alpha_n)}.$$

Unsere Function ist also symmetrisch in Bezug auf die β ebenso, wie in Bezug auf die α. Ich kann somit die α und ebenso die β beliebig unter sich vertauschen, d. h. die Operationen, durch welche diese Elemente nach und nach eingeführt werden, in beliebiger Ordnung vornehmen. Nicht minder aber ergiebt sich aus der 5), dass auch die durch die Multiplications- und Divisionszeichen angedeuteten Operationen sich unter sich vertauschen lassen, so dass man z. B. hat

$$[(\alpha_1 \dots \alpha_{n-1}) \overset{k}{:} (\beta_1 \dots \beta_m) . \alpha_n] = [(\alpha_1 \dots \alpha_n) \overset{k}{:} (\beta_1 \dots \beta_m)].$$

Dann folgt aber aus 4) und 1), dass, wenn $\beta_m = \alpha_n$ ist, man hat

$$[(\alpha_1 \dots \alpha_n) \overset{k}{:} (\beta_1 \dots \beta_{m-1} \alpha_n)] = [(\alpha_1 \dots \alpha_{n-1}) \overset{k}{:} (\beta_1 \dots \beta_{m-1})],$$

dass also überhaupt gleiche α und β sich aufheben. Insbesondere wird die Function identisch null für jedes k, wenn die α sämmtlich unter den β enthalten sind. Die 5) zeigt auch noch, dass, so lange $m < n$ ist:

$$[(\alpha_1 \dots \alpha_n) \overset{0}{:} (\beta_1 \dots \beta_m)] = 1 \text{ und } [(\alpha_1 \dots \alpha_n) \overset{-k}{:} (\beta_1 \dots \beta_m)] = 0$$

ist für $k \lhd n - m$.

Auch diese erweiterten Functionen stehen in Zusammenhang mit der Division. Sei nämlich

$$g_x = (x - \beta_1)(x - \beta_2) \dots (x - \beta_m).$$

so hat man, so lange $m < n$ ist:

$$6)\qquad \frac{g_x}{f_x} = \sum_{\mathfrak{a}=0}^{\mathfrak{a}=\infty} [(\alpha_1 \ldots \alpha_n) \overset{\mathfrak{a}}{:} (\beta_1 \ldots \beta_m)] \,.\, x^{m-n-\mathfrak{a}}$$

und

$$6\mathrm{a})\qquad \frac{g_x}{f_x} = -\sum_{\mathfrak{a}=0}^{\mathfrak{a}=\infty} [(\alpha_1 \ldots \alpha_n) \overset{-n+m-\mathfrak{a}}{:} (\beta_1 \ldots \beta_m)] \,.\, x^{\mathfrak{a}}.$$

Auch wenn $m > n$ ist, bleiben die Coefficienten in beiden Fällen richtig für $\mathfrak{a} > m-n$. Für $\mathfrak{a} \lessgtr m-n$ dagegen tritt eine Modification ein, indem dann von $[(\alpha_1 \ldots \alpha_n) \overset{\mathfrak{a}}{:} (\beta_1 \ldots \beta_m)]$ alle Glieder wegzulassen sind, welche bei der Entwickelung nach 5) $(\alpha_1 \overset{k}{\ldots} \alpha_n)$ mit negativen, resp. positiven Exponenten enthalten. Dies Alles ergiebt sich, wenn man die Entwickelung von $\frac{g_x}{f_x}$ dadurch ausführt, dass man $\frac{1}{f_x}$ erst nach 2), resp. 2a) entwickelt und dann mit g_x multiplicirt. Es hängt damit wesentlich zusammen die Identität

$$\begin{aligned} &[(\alpha_1 \ldots \alpha_k) \overset{r}{:} (\beta_1 \ldots \beta_m)] - \underset{(\alpha_1 \ldots \alpha_n)}{\overset{1}{C}} [(\alpha_1 \ldots \alpha_k) \overset{r-1}{:} (\beta_1 \ldots \beta_m) + \underset{(\alpha_1 \ldots \alpha_n)}{\overset{2}{C}} [(\alpha_1 \ldots \alpha_k) \overset{r-2}{:} (\beta_1 \ldots \beta_m)] - \ldots \\ 7)\qquad &\ldots + (-1)^n \underset{(\alpha_1 \ldots \alpha_n)}{\overset{n}{C}} [(\alpha_1 \ldots \alpha_k) \overset{r-n}{:} (\beta_1 \ldots \beta_m)] = 0, \end{aligned}$$

die für jedes ganze r und für $k < n$ gilt und nur die Entwickelung von

$$[(\alpha_1 \ldots \alpha_k) \overset{r}{:} (\beta_1 \ldots \beta_m\, \alpha_1 \ldots \alpha_n)] = 0$$

nach 5) ist.

Die angegebenen Eigenschaften dieser vielfach anwendbaren Functionen veranlassen mich, für sie den Namen „Divisionscoefficienten" vorzuschlagen.

Von den zahlreichen interessanten Identitäten, die sich zwischen denselben aufstellen lassen, ist im Folgenden eine gegeben, welche die sogenannte Bernoulli'sche Function als besondern Fall enthält und auf elementarem Wege zu verschiedenen, theilweise neuen, recurrenten und independenten Darstellungen der Bernoulli'schen Zahlen führt.

Durch abwechselnde Anwendung der 1) und 4) erhalte ich

$$[(\alpha_1 \ldots \alpha_n) \overset{k}{:} (\beta_1 \ldots \beta_m)]$$

$$= [(\alpha_1 \ldots \alpha_{n-1}) \overset{k}{:} (\beta_1 \ldots \beta_m)] + \alpha_n [(\alpha_1 \ldots \alpha_n) \overset{k-1}{:} (\beta_1 \ldots \beta_m)],$$

$$\alpha_n [(\alpha_1 \ldots \alpha_n) \overset{k-1}{:} (\beta_1 \ldots \beta_m)]$$

$$[(\alpha_1 \ldots \alpha_{n-1}) \overset{k-1}{:} (\beta_1 \ldots \beta_m)] + \alpha_n [(\alpha_1 \ldots \alpha_n) \overset{k-2}{:} (\beta_1 \ldots \beta_m)]$$

$$\alpha_n[\overset{k-1}{(\alpha_1 \dots \alpha_n)} : (\beta_1 \dots \beta_{m-1})]$$
$$= \alpha_n[\overset{k-1}{(\alpha_1 \dots \alpha_{n-1})} : (\beta_1 \dots \beta_{m-1})] + \alpha^2_n[\overset{k-2}{(\alpha_1 \dots \alpha_n)} : (\beta_1 \dots \beta_{m-1})].$$

Die Addition dieser Gleichungen giebt

$$[\overset{k}{(\alpha_1 \dots \alpha_n)} : (\beta_1 \dots \beta_m)] = [\overset{k}{(\alpha_1 \dots \alpha_{n-1})} : (\beta_1 \dots \beta_m)]$$
$$+ \alpha_n[\overset{k-1}{(\alpha_1 \dots \alpha_{n-1})} : (\beta_1 \dots \beta_{m-1})] + \alpha_n(\alpha_n - \beta_m)[\overset{k-2}{(\alpha_1 \dots \alpha_n)} : (\beta_1 \dots \beta_{m-1})].$$

Werden auf das letzte Glied wieder die beiden letzten Transformationen angewandt und so fortgefahren, so erhält man schliesslich, und zwar giltig für alle ganzen k, die Identität

$$8)\quad [\overset{k}{(\alpha_1 \dots \alpha_n)} : (\beta_1 \dots \beta_m)] = [\overset{k}{(\alpha_1 \dots \alpha_{n-1})} : (\beta_1 \dots \beta_m)] + \alpha_n[\overset{k-1}{(\alpha_1 \dots \alpha_{n-1})} : (\beta_1 \dots \beta_{m-1})]$$
$$+ \sum_{\mathfrak{a}=0}^{\mathfrak{a}=l} \alpha_n(\alpha_n - \beta_m) \dots (\alpha_n - \beta_{m-\mathfrak{a}})[\overset{k-\mathfrak{a}-2}{(\alpha_1 \dots \alpha_{n-1})} : (\beta_1 \dots \beta_{m-\mathfrak{a}-2})]$$
$$+ \alpha_n(\alpha_n - \beta_m) \dots (\alpha_n - \beta_{m-l-1})[\overset{k-l-3}{(\alpha_1 \dots \alpha_n)} : (\beta_1 \dots \beta_{m-l-2})].$$

Treffe ich nun die Bestimmung, dass $m = n - 1$ und $\beta_l = \alpha_{n-l}$ ist, so wird das erste Glied rechts null, und ich erhalte, wenn ich das zweite Glied mit zur Summe ziehe und l statt $l+1$ setze:

$$9)\quad \alpha_n^k = \sum_{\mathfrak{a}=0}^{\mathfrak{a}=l} \alpha_n(\alpha_n - \alpha_1) \dots (\alpha_n - \alpha_\mathfrak{a}) \overset{k-\mathfrak{a}-1}{(\alpha_1 \dots \alpha_{\mathfrak{a}+1})}$$
$$+ \alpha_n(\alpha_n - \alpha_1) \dots (\alpha_n - \alpha_{l+1}) \cdot \overset{k-l-2}{(\alpha_1 \dots \alpha_{l+1}\alpha_n)}.$$

Diese Identität gilt noch für jedes ganze k. Ich kann sie ausdehnen bis $l = n - 2$. Dann lässt sich auch das Restglied zur Summe ziehen und ich erhalte

$$10)\quad \alpha_n^k = \sum_{\mathfrak{a}=0}^{\mathfrak{a}=n-1} \alpha_n(\alpha_n - \alpha_1) \dots (\alpha_n - \alpha_\mathfrak{a}) \overset{k-\mathfrak{a}-1}{(\alpha_1 \dots \alpha_{\mathfrak{a}+1})}.$$

Ist aber k positiv und kleiner als n, so bricht die Reihe ab mit $\alpha = k - 1$ und ich habe

$$11)\quad \alpha_n^k = \sum_{\mathfrak{a}=0}^{\mathfrak{a}=k-1} \alpha_n(\alpha_n - \alpha_1) \dots (\alpha_n - \alpha_\mathfrak{a}) \overset{k-\mathfrak{a}-1}{(\alpha_1 \dots \alpha_{\mathfrak{a}+1})}.$$

Werden die $\alpha_1 \dots \alpha_k$ negativ genommen, so ergiebt sich

$$11\,\text{a})\quad \alpha_n^k = \sum_{\mathfrak{a}=0}^{\mathfrak{a}=k-1} (-1)^{k-\mathfrak{a}-1} \alpha_n(\alpha_n + \alpha_1) \dots (\alpha_n + \alpha_\mathfrak{a}) \overset{k-\mathfrak{a}-1}{(\alpha_1 \dots \alpha_{\mathfrak{a}+1})}.$$

Wenn man die 11) und 11 a) nach Potenzen von α_n ordnet, erkennt man, dass sie beruhen auf der Identität

$$12)\quad \sum_{\mathfrak{a}=0}^{\mathfrak{a}=h} (-1)^\mathfrak{a} \overset{h-\mathfrak{a}}{C}_{(\alpha_1 \dots \alpha_{k-\mathfrak{a}-1})} \overset{\mathfrak{a}}{(\alpha_1 \dots \alpha_{k-\mathfrak{a}})} = 0.$$

Ist nun α_n ein beliebiger Werth und haben die $\alpha_1, \alpha_2, \alpha_3 \ldots$ beziehungsweise die Werthe $\Delta\alpha, 2\Delta\alpha, 3\Delta\alpha, \ldots$, so erhält man aus 11) und 11a)

$$\alpha_n^k = \sum_{\mathfrak{a}=0}^{\mathfrak{a}=k+1} \frac{1}{(\mathfrak{a}+2)\Delta\alpha}(\alpha_n+\alpha_1).\alpha_n\ldots(\alpha_n-\alpha_{\mathfrak{a}})\overset{k-\mathfrak{a}-1}{(1\ldots\mathfrak{a}+1)}.(\Delta\alpha)^{k-\mathfrak{a}-1}$$
$$-\sum_{\mathfrak{a}=0}^{\mathfrak{a}=k-1} \frac{1}{(\mathfrak{a}+2)\Delta\alpha}\alpha_n.(\alpha_n-\alpha_1)\ldots(\alpha_n-\alpha_{\mathfrak{a}+1})\overset{k-\mathfrak{a}-1}{(1\ldots\mathfrak{a}+1)}.(\Delta\alpha)^{k-\mathfrak{a}-1}$$

und

$$\alpha_n^k = \sum_{\mathfrak{a}=0.}^{\mathfrak{a}=k-1}(-1)^{k-\mathfrak{a}-1}.\frac{1}{(\mathfrak{a}+2)\Delta\alpha}.\alpha_n(\alpha_n+\alpha_1)\ldots(\alpha_n+\alpha_{\mathfrak{a}+1})\overset{k-\mathfrak{a}-1}{(1\ldots\mathfrak{a}+1)}(\Delta\alpha)^{k-\mathfrak{a}-1}$$
$$-\sum_{\mathfrak{a}=0}^{\mathfrak{a}=k-1}(-1)^{k-\mathfrak{a}-1}.\frac{1}{(\mathfrak{a}+2)\Delta\alpha}.(\alpha_n-\alpha_1).\alpha_n.(\alpha_n+\alpha_1)\ldots(\alpha_n+\alpha_{\mathfrak{a}})\overset{k-\mathfrak{a}-1}{(1\ldots\mathfrak{a}+1)}(\Delta\alpha)^{k-\mathfrak{a}-1}.$$

Bezeichne ich demnach das endliche Integral mit $I\alpha_n^k$ und den Ausdruck, der entsteht, wenn ich hierin α_n durch $\alpha_n+\Delta\alpha$ ersetze, mit $S\alpha_n^k$, so giebt dies

$$13)\quad I\alpha_n^k = \sum_{\mathfrak{a}=0}^{\mathfrak{a}=k-1}\frac{1}{\mathfrak{a}+2}.\alpha_n(\alpha_n-\alpha_1)\ldots(\alpha_n-\alpha_{\mathfrak{a}+1})\overset{k-\mathfrak{a}-1}{(1\ldots\mathfrak{a}+1)}.(\Delta\alpha)^{k-\mathfrak{a}-2}$$

und

$$S\alpha_n^k = \sum_{\mathfrak{a}=0}^{\mathfrak{a}=k-1}\frac{1}{\mathfrak{a}+2}.(\alpha_n+\alpha_1)\alpha_n\ldots(\alpha_n-\alpha_{\mathfrak{a}})\overset{k-\mathfrak{a}-1}{(1\ldots\mathfrak{a}+1)}.(\Delta\alpha)^{k-\mathfrak{a}-2}.$$

Ebenso auch

$$13\mathrm{a})\quad I\alpha_n^k = \sum_{\mathfrak{a}=0}^{\mathfrak{a}=k-1}(-1)^{k-\mathfrak{a}-1}\frac{1}{\mathfrak{a}+2}(\alpha_n-\alpha_1)\alpha_n\ldots(\alpha_n+\alpha_{\mathfrak{a}})\overset{k-\mathfrak{a}-1}{(1\ldots\mathfrak{a}+1)}(\Delta\alpha)^{k-\mathfrak{a}-2}$$

und

$$S\alpha_n^k = \sum_{\mathfrak{a}=0}^{\mathfrak{a}=k-1}(-1)^{k-\mathfrak{a}-1}\frac{1}{\mathfrak{a}+2}(\alpha_n)(\alpha_n+\alpha_1)\ldots(\alpha_n+\alpha_{\mathfrak{a}+1})\overset{k-\mathfrak{a}-1}{(1\ldots\mathfrak{a}+1)}(\Delta\alpha)^{k-\mathfrak{a}-2}.$$

Wird nun $I\alpha_n^k$ in 13) nach Potenzen von α_n geordnet und noch α_n^k addirt, so kommt

$$14)\quad S\alpha_n^k = \frac{\alpha_n^{k+1}}{(k+1)\Delta\alpha}+\tfrac{1}{2}\alpha_n^k$$
$$+\sum_{h=1}^{h=k-1}\alpha_n^{k-h}\sum_{\mathfrak{a}=0}^{\mathfrak{a}=h+1}(-1)^{h+1-\mathfrak{a}}.\frac{1}{k-\mathfrak{a}+1}\overset{\mathfrak{a}}{(1\ldots k-\mathfrak{a})}\overset{h+1-\mathfrak{a}}{\underset{(1\ldots k-\mathfrak{a})}{C}}(\Delta\alpha)^h.$$

Wird aber $S\alpha_n^k$ in 13a) nach Potenzen von α_n geordnet, so erhält man

$$14\mathrm{a})\quad S\alpha_n^k = \frac{\alpha_n^{k+1}}{(k+1)\Delta\alpha}+\tfrac{1}{2}\alpha_n^k$$
$$+\sum_{h=1}^{h=k-1}\alpha_n^{k-h}\sum_{\mathfrak{a}=0}^{\mathfrak{a}=h+1}(-1)^{\mathfrak{a}}\frac{1}{k-\mathfrak{a}+1}\overset{\mathfrak{a}}{(1\ldots k-\mathfrak{a})}\overset{h+1-\mathfrak{a}}{\underset{(1\ldots k-\mathfrak{a})}{C}}(\Delta\alpha)^h.$$

Beide Entwickelungen sind die nämlichen bis auf die Vorzeichen der Coefficienten von α_n^{k-h} für gerade h. Diese Coefficienten müssen also null werden, und man hat

$$15)\qquad \sum_{a=0}^{a=2h-1}(-1)^a \frac{1}{k+1-a}(1\ldots \overset{a}{k}-a)\overset{2h-1-a}{\underset{(1,..k-a)}{C}}=0.$$

Die Entwickelung lässt sich dann, wenn $\left(\frac{k}{2}\right)$ die grösste in $\frac{k}{2}$ enthaltene ganze Zahl bedeutet, folgendermassen schreiben:

$$16)\qquad S\alpha_n^k=\frac{\alpha_n^{k+1}}{(k+1)\,\Delta\alpha}+\tfrac{1}{2}\alpha_n^k$$
$$+\sum_{h=1}^{h=\left(\frac{k}{2}\right)}\alpha_n^{k+1-2h}\sum_{a=0}^{a=2h}(-1)^a\frac{1}{k-a+1}(1\ldots \overset{a}{k}-a)\overset{2h-a}{\underset{(1\ldots k-a)}{C}}(\Delta\alpha)^{2h-1}.$$

Nun ist weiter

$$S\alpha_n^k-S(\alpha_n-\Delta\alpha)^k=\alpha_n^k.$$

Setze ich also in 16) $\alpha_n-\Delta\alpha$ statt α_n, ordne den Ausdruck nach Potenzen von α_n und ziehen ihn ab von der 16) selbst, so müssen die Coefficienten aller Potenzen mit Ausnahme von α_n^k gleich null werden. Potenzen von der Form α_n^{k-2h} kommen aber nur in $S(\alpha_n-\Delta\alpha)^k$ vor, ihre Coefficienten müssen also bei diesem Ausdruck schon verschwinden. Ich erhalte sonach, wenn ich zur Abkürzung

$$\sum_{a=0}^{a=2h}(-1)^a\frac{1}{k-a+1}(1\ldots \overset{a}{k}-a)\overset{2h-a}{\underset{(1\ldots k-a)}{C}}=\overset{2h}{\underset{k}{H}}$$

setze:

$$17)\qquad \frac{-(k+1)_{2h-1}}{k+1}+\tfrac{1}{2}.k_{2h-2}-(k-1)_{2h-3}\overset{2}{\underset{k}{H}}-(k-3)_{2h-5}\overset{4}{\underset{k}{H}}-\ldots$$
$$\ldots-(k-2h+3)_1\overset{2h-2}{\underset{k}{H}}=0.$$

Ebenso aber ergiebt sich aus $S\alpha_n^{k-1}-S(\alpha_n-\Delta\alpha)^{k-1}=\alpha_n^{k-1}$

$$18)\qquad \frac{-k_{2h-1}}{k+1}+\tfrac{1}{2}(k-1)_{2h-2}-(k-2)_{2h-3}\overset{2}{\underset{k-1}{H}}-(k-4)_{2h-5}\overset{4}{\underset{k-1}{H}}-\ldots$$
$$\ldots-(k-2h+2)_1\overset{2h-2}{\underset{k-1}{H}}=0.$$

Aus 17) und 18) aber folgt, wenn ich der Reihe nach $h=2,3,\ldots h+1$ setze:

$$\overset{2}{\underset{k}{H}}=\frac{k}{k-1}.\overset{2}{\underset{k-1}{H}},\quad \overset{4}{\underset{k}{H}}=\frac{k}{k-3}.\overset{4}{\underset{k-1}{H}},\ \ldots\ \overset{2h}{\underset{k}{H}}=\frac{k}{k-2h+1}.\overset{2h}{\underset{k-1}{H}},$$

und die wiederholte Anwendung dieser Relation liefert

$$\overset{2h}{\underset{k}{H}}=\frac{k}{k-2h+1}\cdot\overset{2h}{\underset{k-1}{H}}=\frac{k\,.\,(k-1)}{(k-2h+1)\,(k-2h)}\cdot\overset{2h}{\underset{k-2}{H}}=\ldots$$

$$\ldots=\frac{k\,.\,(k-1)\ldots(2h+1)}{(k-2h+1)\,(k-2h)\ldots 2}\cdot\overset{2h}{\underset{2h}{H}}$$

oder

19) $$\overset{2h}{\underset{k}{H}}=\frac{1}{2h}\cdot k_{2h-1}\cdot\overset{2h}{\underset{2h}{H}}.$$

Dadurch geht die 16) über in

20) $$S\alpha_n^k=\frac{\alpha_n^{k+1}}{(k+1)\,\varDelta\alpha}+\tfrac{1}{2}\alpha_n^k$$

$$+\sum_{h=1}^{h=\left(\frac{k}{2}\right)}\alpha_n^{k-2h+1}\cdot\frac{1}{2h}\cdot k_{2h-1}\sum_{\mathfrak{a}=0}^{\mathfrak{a}=2h-1}(-1)^{\mathfrak{a}}\cdot\frac{(2h-\mathfrak{a})!}{2h-\mathfrak{a}+1}\cdot(1\ldots\overset{\mathfrak{a}}{2h}-\mathfrak{a})(\varDelta\alpha)^{2h-1}.$$

Ist nun $\varDelta\alpha=1$ und α_n die ganze positive Zahl n, so giebt dies

21) $$Sn^k=(1^k+2^k+\ldots+n^k)=\frac{n^{k+1}}{k+1}+\tfrac{1}{2}n^k$$

$$+\sum_{h=1}^{h=\left(\frac{k}{2}\right)}n^{k-2h+1}\cdot\frac{1}{2h}\cdot k_{2h-1}\sum_{\mathfrak{a}=0}^{\mathfrak{a}=2h-1}(-1)^{\mathfrak{a}}\,\frac{(2h-\mathfrak{a})!}{2h-\mathfrak{a}+1}\cdot(1\ldots\overset{\mathfrak{a}}{2h}-\mathfrak{a}).$$

Für die Bernoulli'schen Zahlen hat man sonach den Ausdruck

22) $$(-1)^{h-1}\,.\,B_{2h-1}=\sum_{\mathfrak{a}=0}^{\mathfrak{a}=2h-1}(-1)^{\mathfrak{a}}\,\frac{(2h-\mathfrak{a})!}{2h-\mathfrak{a}+1}\,(1\ldots\overset{\mathfrak{a}}{2h}-\mathfrak{a}).$$

Diesen Ausdruck finde ich schon bei v. Staudt, *De numeris Bernoullianis*, Erlangen 1845. Er ist dort abgeleitet mittels der gewöhnlichen Summenformel für arithmetische Reihen k^{ter} Ordnung und mit Hilfe einer Identität, welche die Entwickelung von 11) nach Potenzen von α_n ist für

$$\alpha_1,\alpha_2,\alpha_3\ldots=1,2,3\ldots \text{ und } \alpha_n=x.$$

v. Staudt hat sie durch Induction bewiesen. Er ergiebt sich übrigens aus jener Summenformel auch folgendermassen. Man hat

$$Sn^k=n_1a_0+n_2a_1+n_3a_2+\ldots+n_{k+1}a_k,$$

wo die $a_0, a_1\ldots a_k$ die ersten Glieder der Reihe und ihrer Differenzenreihen bedeuten. Nun ist aber, wie man sofort sieht:

$$a_0=1^k,\;\; a_1=\overset{k-1}{(1,2)},\;\; a_2=2!\,\overset{k-2}{(1,2,3)},\;\ldots\; a_k=k!\,(1\ldots\overset{0}{k+1}).$$

Wenn man diese Werthe einsetzt und dann nach Potenzen von n ordnet, erhält man eine der 14) ähnliche Summe, die sich mittels der 12) auf diese selbst, resp. auf den besondern Fall reducirt. Die Vergleichung führt dann auf einige weitere Identitäten und auch auf andere Ausdrücke für die Bernoulli'schen Zahlen, die aber hier nicht weiter berücksichtigt werden sollen, weil sie mit den gegebenen den Uebelstand theilen, dass jedes Glied einen andern Nenner enthält.

Führe ich in der 20) die Bernoulli'schen Zahlen ein und ziehe α_n^k ab, so wird daraus

$$23)\quad I\alpha_n^k = \frac{\alpha_n^{k+1}}{(k+1)\,\Delta\alpha} - \tfrac{1}{2}\alpha_n^k + \sum_{h=1}^{h=\left(\frac{k}{2}\right)} \alpha_n^{k-2h+1}\,\frac{1}{2h}\,k_{2h-1}\,(-1)^{h-1}\,B_{2h-1}\,(\Delta\alpha)^{2h-1}.$$

Aus der Herleitung dieser Formel ist sofort klar, dass man hat

$$24)\quad (\alpha_n - m.\Delta\alpha)^k + [\alpha_n - (m-1).\Delta\alpha]^k + \ldots$$
$$\ldots + (\alpha_n - \Delta\alpha)^k = I\alpha_n^k - I(\alpha_n - m.\Delta\alpha)^k.$$

Ausserdem giebt die Vergleichung von 13) und 13a) die Identität

$$25)\quad I\alpha_n^k = (-1)^{k+1}\,I(\Delta\alpha - \alpha_n)^k$$

(vgl. Schlömilch, Comp. d. höh. Anal., II. Bd. S. 212).

Für negative k liefert die 10) zwar auch

$$26)\quad \alpha_n^{-k} = \sum_{\mathfrak{a}=0}^{\mathfrak{a}=n-1} \alpha_n(\alpha_n-\alpha_1)\ldots(\alpha_n-\alpha_{\mathfrak{a}})\,(1\ldots\mathfrak{a}+1)^{-k-\mathfrak{a}-1}\,(\Delta\alpha)^{-k-\mathfrak{a}-1}$$

und

$$27)\quad I\alpha_n^{-k} = \sum_{\mathfrak{a}=0}^{\mathfrak{a}=n-2} \frac{1}{\mathfrak{a}+2}\,.\,\alpha_n(\alpha_n-\alpha_1)\ldots(\alpha_n-\alpha_{\mathfrak{a}+1})\,(1\ldots\mathfrak{a}+1)^{-k-\mathfrak{a}-1}\,(\Delta\alpha)^{-k-\mathfrak{a}-2}$$
$$= \sum_{h=0}^{h=n-1} (-1)^h\,\alpha_n^{n-h}\,.\sum_{\mathfrak{a}=0}^{\mathfrak{a}=h} (-1)^{\mathfrak{a}}\,\frac{1}{n-\mathfrak{a}}\,(1\ldots n-\mathfrak{a}-1)^{-k-n+\mathfrak{a}+1}\,\overset{h-\mathfrak{a}}{\underset{(1\ldots n-\mathfrak{a}-1)}{C}}\,(\Delta\alpha)^{-k-n+h}$$
$$= \sum_{h=1}^{h=n} (-1)^h\,\alpha_n^h\,.\sum_{\mathfrak{a}=h}^{\mathfrak{a}=n} (-1)^{\mathfrak{a}}\,\frac{1}{\mathfrak{a}}\,(1\ldots\mathfrak{a}-1)^{-k-\mathfrak{a}+1}\,\overset{\mathfrak{a}-h}{\underset{(1\ldots\mathfrak{a}-1)}{C}}\,(\Delta\alpha)^{-k-h},$$

allein die Coefficienten sind hier nicht unabhängig von n.

Zu bequemeren Ausdrücken für die Bernoulli'schen Zahlen führt die Identität

$$28)\quad [1^k + 2^k + \ldots + (2n)^k] = [1^k + 3^k + \ldots + (2n-1)^k]$$
$$+ 2^k.(1^k + 2^k + \ldots + n^k).$$

Zunächst giebt die 23) für $\alpha_n = 2n-1$ und $\Delta\mathfrak{a} = 2$

$$29)\quad I(2n-1)^k = \frac{(2n-1)^{k+1}}{2\,(k+1)} - \tfrac{1}{2}(2n-1)^k$$
$$+ \sum_{h=1}^{h=\left(\frac{k}{2}\right)} (2n-1)^{k+1-2h}\,\frac{1}{2h}\,.\,k_{2h-1}\,(-1)^{h-1}\,B_{2h-1}\,2^{2h-1}.$$

Da aber

$$[1^k + 3^k + \ldots + (2n-1)^k] = (2n-1)^k + I(2n-1)^k - I1^k$$

ist, hat man

30) $$[1^k+3^k+\ldots+(2n-1)^k]$$

$$=2^k.\left\{\frac{(n-\frac{1}{2})^{k+1}}{k+1}+\frac{(n-\frac{1}{2})^k}{2}+\sum_{h=1}^{h=\left(\frac{k}{2}\right)}(n-\tfrac{1}{2})^{k+1-2h}(-1)^{h-1}\frac{1}{2h}.k_{2h-1}B_{2h-1}\right\}$$

$$-\frac{1}{2(k+1)}+\tfrac{1}{2}-\sum_{h=1}^{h=\left(\frac{k}{2}\right)}(-1)^{h-1}\frac{1}{2h}.k_{2h-1}B_{2h-1}2^{2h-1}.$$

Nun ist einen Augenblick zu unterscheiden zwischen geraden und ungeraden k. Bei ungeraden k hebt sich, wenn der Ausdruck rechts nach Potenzen von n geordnet wird, das constante Glied weg und man erhält unter Berücksichtigung der Gleichung $k_{2\mathfrak{a}-1}.k-2\mathfrak{a}+1_{h-2\mathfrak{a}}=k_{h-1}.h-1_{2\mathfrak{a}-1}$

31) $$[1^k+3^k+\ldots+(2n-1)^k]$$

$$=\frac{2^k}{k+1}n^{k+1}+\sum_{h=2}^{h=k}(-1)^{h-1}\frac{1}{2h}.k_{h-1}.2^{k-h+1}n^{k-h+1}$$

$$\times\left\{h-1+\sum_{\mathfrak{a}=1}^{\mathfrak{a}=\left(\frac{h}{2}\right)}(-1)^{\mathfrak{a}}h_{2\mathfrak{a}}2^{2\mathfrak{a}}B_{2\mathfrak{a}-1}\right\}.$$

Bei geraden k erhält man, wenn 30) nach Potenzen von n entwickelt wird, das constante Glied verdoppelt, so dass zu der vorigen Summe noch hinzukommt

$$+\frac{1}{k+1}\left\{k+\sum_{h=1}^{h=\left(\frac{k}{2}\right)}(-1)^h\,k+1_{2h}.2^{2h}B_{2h-1}\right\}.$$

Da aber weiter nach 21)

32) $$[1^k+2^k+\ldots+(2n)^k]$$

$$=\frac{2^{k+1}n^{k+1}}{k+1}+2^{k-1}n^k+\sum_{h=1}^{h=\left(\frac{k}{2}\right)}2^{k-2h+1}n^{k-2h+1}\frac{1}{2h}.k_{2h-1}(-1)^{h-1}B_{2h-1}$$

und

33) $$2^k.(1^k+2^k+\ldots+n^k)$$

$$=\frac{2^k n^{k+1}}{k+1}+2^{k-1}n^k+\sum_{h=1}^{h=\left(\frac{k}{2}\right)}2^k.n^{k-2h+1}\frac{1}{2h}.k_{2h-1}(-1)^{h-1}B_{2h-1},$$

so zeigt die 28) sofort, dass in der Summe 31) die Glieder mit ungeradem h verschwinden und auch für gerade k das constante Glied, und dass die Identität gilt

34) $$2h+\sum_{\mathfrak{a}=1}^{\mathfrak{a}=h}(-1)^{\mathfrak{a}}(2h+1)_{2\mathfrak{a}}.2^{2\mathfrak{a}}B_{2\mathfrak{a}-1}=0.$$

Ebenso giebt die Gleichheit der Coefficienten der nicht verschwindenden Glieder

35) $$2h-1+\sum_{\mathfrak{a}=1}^{\mathfrak{a}=h}(-1)^{\mathfrak{a}}\,2h_{2\mathfrak{a}}\cdot 2^{2\mathfrak{a}}\,B_{2\mathfrak{a}-1}=(-1)^{h-1}\,B_{2h-1}\,2\,.\,(2^{2h-1}-1)$$

und die 30) erhält die Form

36) $$[1^k+3^k+\ldots+(2n-1)^k]$$
$$=\frac{2^k\,n^{k+1}}{k+1}-\sum_{h=1}^{h=\left(\frac{k}{2}\right)}2^{k-2h+1}\,n^{k-2h+1}\,\frac{1}{2h}\,.\,k_{2h-1}\,(-1)^{h-1}\,B_{2h-1}\,(2^{2h-1}-1).$$

Die 34) und 35) sind bequeme Recursionsformeln für die B, da die Coefficienten in denselben ganze Zahlen sind; aber es lassen sich durch Combination derselben noch weit einfachere bilden. Zunächst setze ich in 34) $h-1$ statt h und ziehe sie dann von der 35) ab. Wenn ich dann Alles auf eine Seite schaffe, ergiebt sich

37) $$(-1)^h\,B_{2h-1}\,(2^{2h+1}-2)+\sum_{\mathfrak{a}=0}^{\mathfrak{a}=h-2}[(-1)^{h-1-\mathfrak{a}}\,2h-1_{2+2\mathfrak{a}}\,2^{2h-2\mathfrak{a}-2}\,B_{2h-3-2\mathfrak{a}}]+1=0.$$

Durch ein ähnliches Verfahren liessen sich nun nach und nach die Binomialcoefficienten erniedrigen und zugleich die Constanten und die ersten B wegschaffen; aber der Ausdruck wird complicirt und ich verfahre lieber folgendermassen.

Aus der 3) ergiebt sich, wenn sämmtliche α gleich 1 genommen werden, für $n \overline{\gtrless} k$ und für ein beliebiges ganzes r die Identität

38) $$\sum_{\mathfrak{a}=0}^{\mathfrak{a}=n}(-1)^{\mathfrak{a}}\,n_{\mathfrak{a}}\,(k+r-1-\mathfrak{a})_{k-1}=0.$$

Bilde ich nun nach 35) und 34) die $2h-1$ Gleichungen:

$$(-1)^{h-1}\,B_{2h-1}\,(2^{2h+1}-2)=\sum_{\mathfrak{a}=0}^{\mathfrak{a}=h-2}[(-1)^{h-1-\mathfrak{a}}\,2h_{(2h-2-2\mathfrak{a})}\,2^{2h-2-2\mathfrak{a}}\,B_{2h-3-2\mathfrak{a}}]+2h-1,$$

$$0=\sum_{\mathfrak{a}=0}^{\mathfrak{a}=h-2}[(-1)^{h-1-\mathfrak{a}}\,(2h-1)_{2h-2-2\mathfrak{a}}\,2^{2h-2-2\mathfrak{a}}\,B_{2h-3-2\mathfrak{a}}]+2h-2,$$

$$(-1)^{h-2}\,B_{2h-3}\,(2^{2h-2}-2)=\sum_{\mathfrak{a}=0}^{\mathfrak{a}=h-2}[(-1)^{h-1-\mathfrak{a}}\,(2h-2)_{2h-2-2\mathfrak{a}}\,2^{2h-2-2\mathfrak{a}}\,B_{2h-3-2\mathfrak{a}}]+2h-3,$$

$$0=\sum_{\mathfrak{a}=0}^{\mathfrak{a}=h-2}[(-1)^{h-1-\mathfrak{a}}\,(2h-3)_{2h-2-2\mathfrak{a}}\,2^{2h-2-2\mathfrak{a}}\,B_{2h-3-2\mathfrak{a}}]+2h-4$$

. . .
. . .
. . .,

multiplicire dann dieselben der Reihe nach mit 1, $-(2h-1)_1$, $+(2h-1)_2$, $-(2h-1)_3$, ... $+(2h-1)_{2h-2}$ und addire sie alle, so verschwindet die rechte Seite infolge der 38) und es bleibt

39) $$(-1)^{h-1}\,B_{2h-1}\,(2^{2h+1}-2)+\sum_{\mathfrak{a}=0}^{\mathfrak{a}=h-2}(-1)^{h-2-\mathfrak{a}}\,(2h-1)_{2\mathfrak{a}+2}\,(2^{2h-2\mathfrak{a}-2}-2)\,B_{2h-3-2\mathfrak{a}}=0.$$

Wird dann zu dieser die 37) addirt, so kommt

$$40)\qquad \sum_{a=0}^{a=h-2} (-1)^{h-1-a} (2h-1)_{2a+2} \cdot 2. B_{2h-2a-3} + 1 = 0,$$

was sich übersichtlicher schreiben lässt wie folgt:

$$41)\qquad \sum_{a=1}^{a=h} (-1)^{a-1}\, \overline{2h+1}_{2a-1}\, B_{2a-1} = \tfrac{1}{2}.$$

Die Einfachheit dieser Recursionsformel lässt Nichts mehr zu wünschen übrig. Sie ist das Analogon zu den für die Tangenten- und die Secanten-coefficienten bestehenden Relationen.

Man kann mittels der 34), 35), 37) und 41) leicht die Bernoulli'schen Zahlen in Determinantenform darstellen. Es ergiebt sich so auf dem gewöhnlichen Wege aus der 34)

$$42)\qquad 3.5.7\ldots(2h+1) \,.\, 2^{2h-1} (-1)^{h-1} B_{2h-1}$$

$$= \begin{vmatrix} 3_2, & 0, & 0, & \ldots & 0, & 1 \\ 5_2, & 5_4, & 0, & \ldots & 0, & 2 \\ 7_2, & 7_4, & 7_6, & \ldots & 0, & 3 \\ \cdot & \cdot & \cdot & & \cdot & \cdot \\ \cdot & \cdot & \cdot & & \cdot & \cdot \\ \cdot & \cdot & \cdot & & \cdot & \cdot \\ (2h-1)_2, & (2h-1)_4, & (2h-1)_6, & \ldots & (2h-1)_{(2h-2)}, & h-1 \\ (2h+1)_2, & (2h+1)_4, & (2h+1)_6, & \ldots & (2h+1)_{2h-2}, & h \end{vmatrix}.$$

Aus der 35) ergiebt sich

$$43)\qquad 2\,.\,(2^2-1).(2^4-1)\ldots(2^{2h}-1)\,(-1)^{h-1} B_{2h-1}$$

$$= \begin{vmatrix} 2^2-1, & 0, & 0, & \ldots & 0, & 1 \\ 2.4_2, & 2^4-1, & 0, & \ldots & 0, & 3 \\ 2.6_2, & 2^3.6_4, & 2^6-1, & \ldots & 0, & 5 \\ \cdot & \cdot & \cdot & & \cdot & \cdot \\ \cdot & \cdot & \cdot & & \cdot & \cdot \\ \cdot & \cdot & \cdot & & \cdot & \cdot \\ 2.(2h-2)_2, & 2^3(2h-2)_4, & 2^5.(2h-2)_6, & \ldots & (2^{2h-2}-1), & 2h-3 \\ 2.(2h)_2, & 2^3.(2h)_4, & 2^5.(2h)_6, & \ldots & 2^{2h-3}.(2h)_{2h-2}, & 2h-1 \end{vmatrix}.$$

Aus der 37) ergiebt sich

$$44)\qquad 2.(2^2-1).(2^4-1)\ldots(2^{2h}-1)(-1)^{h-1} B_{2h-1}$$

$$= \begin{vmatrix} 2^2-1, & 0, & 0, & \ldots & 0, & 1 \\ 2.3_1, & 2^4-1, & 0, & \ldots & 0, & 1 \\ 2.5_1, & 2^3.5_3, & 2^6-1, & \ldots & 0, & 1 \\ \cdot & \cdot & \cdot & & \cdot & \cdot \\ \cdot & \cdot & \cdot & & \cdot & \cdot \\ \cdot & \cdot & \cdot & & \cdot & \cdot \\ 2.(2h-3)_1, & 2^3.(2h-3)_3, & 2^5.(2h-3)_5, & \ldots & 2^{2h-2}-1, & 1 \\ 2.(2h-1)_1, & 2^3.(2h-1)_3, & 2^5.(2h-1)_5, & \ldots & 2^{2h-3}(2h-1)_{2h-3}, & 1 \end{vmatrix}.$$

Aus der 41) endlich ergiebt sich

45) $$3_2 \cdot 5_2 \cdot 7_2 \ldots (2h+1)_2 (-1)^{h-1} B_{2h-1}$$

$$= \frac{1}{2} \cdot \begin{vmatrix} 3_1, & 0, & 0, & \ldots & 0, & 1 \\ 5_1, & 5_3, & 0, & \ldots & 0, & 1 \\ 7_1, & 7_3, & 7_5, & \ldots & 0, & 1 \\ \cdot & \cdot & \cdot & & \cdot & \cdot \\ \cdot & \cdot & \cdot & & \cdot & \cdot \\ \cdot & \cdot & \cdot & & \cdot & \cdot \\ 2h-1_1, & 2h-1_3, & 2h-1_5, & \ldots & 2h-1_{2h-3}, & 1 \\ 2h+1_1, & 2h+1_3, & 2h+1_5, & \ldots & 2h+1_{2h-3}, & 1 \end{vmatrix}.$$

Die Entwickelung dieser Determinanten wird nicht besonders einfach. Einen leichter zu berechnenden Ausdruck erhalte ich aus der 35) folgendermassen. Die 35) lässt sich schreiben

$$(-1)^{h-1} B_{2h-1} 2 . (2^{2h}-1)$$
$$= 2h - 1 + 2h \,.\, \sum_{a=1}^{a=h-1} (-1)^a \frac{1}{2a} . (2h-1)_{2a-1} 2^{2a} B_{2a-1}.$$

Die 23) aber liefert für $a_n = \frac{1}{2}$, $\Delta a = 1$ und $k = 2h - 1$

$$I(\tfrac{1}{2})^{2h-1} = (\tfrac{1}{2})^{2h} . \frac{1}{2h} - \tfrac{1}{2}(\tfrac{1}{2})^{2h-1}$$
$$+ \sum_{a=1}^{a=h-1} (\tfrac{1}{2})^{2h-2a} . \frac{1}{2a} . (2h-1)_{2a-1} (-1)^{a-1} B_{2a-1}.$$

Die Vergleichung beider Ausdrücke giebt dann die Relation

46) $$(-1)^{h-1} B_{2h-1} = -\frac{h \,.\, 2^{2h} . I(\frac{1}{2})^{2h-1}}{2^{2h}-1}$$

(vergl. Schlömilch, Höb. Analysis, S. 212).

Nach 13 a) aber wird

47) $$I(\tfrac{1}{2})^{2h-1} = \sum_{a=0}^{a=2h-2} (-1)^{a-1} . \frac{1}{a+2} . 1 . 3 \ldots 2a+1 . (\tfrac{1}{2})^{a+2} (1 \ldots a+1)^{2h-2-a}$$

oder, wenn ich statt a $2h-2-a$ setze:

$$I(\tfrac{1}{2})^{2h-1} = \frac{1}{2^{2h}} \sum_{a=0}^{a=2h-2} (-1)^{a-1} \frac{1}{2h-a} . 1 . 3 \ldots 4h - 2a - 3 . 2^a (1 \ldots 2h - 1 - a)^a.$$

Demnach wird

48) $$(-1)^{h-1} B_{2h-1}$$
$$= \frac{h}{2^{2h}-1} \sum_{a=0}^{a=2h-2} (-1)^a \frac{1}{2h-a} . 1 . 3 \ldots 4h - 2a - 3 . 2^a . (1 \ldots 2h - 1 - a)^a.$$

Bei diesem Ausdruck können als Nenner in den einzelnen Gliedern nur noch Potenzen von 2 übrig bleiben. Sollen auch diese vermieden werden, so lässt er sich noch umformen in

49) $$(-1)^{h-1} B_{2h-1}$$
$$= \frac{2h}{2^{2h}(2^{2h}-1)} \sum_{\mathfrak{a}=0}^{\mathfrak{a}=2h-2} (-1)^{\mathfrak{a}} (4h-2\mathfrak{a}-2)(4h-2\mathfrak{a}-3)\ldots(2h-\mathfrak{a}+1) \,.\, 2^{2\mathfrak{a}} (1\ldots\overset{\mathfrak{a}}{2h-1-\mathfrak{a}}).$$

Dabei ist nur zu bemerken, dass für $\mathfrak{a} = 2h-2$ der erste Factor des Products 2, der letzte 3 wird und dann 1 für das ganze Product zu nehmen ist.

Man hat früher nach Laplace's Vorgang die Bernoulli'schen Zahlen dargestellt mittels der Function

50) $$\overset{n}{\underset{k}{L}} = k^n - (n+1)_1 (k-1)^n + (n+1)_2 (k-2)^n - \ldots$$
$$\ldots + (-1)^{k-2} (n+1)_{k-2} 2^n + (-1)^{k-1} (n+1)_{k-1} 1^n$$

(vergl. Supplemente zu Klügel's mathem. Wörterbuch). Darnach ist

51) $$(-1)^{k-1} B_{2k-1} = \frac{2k}{2^{2k}.(2^{2k}-1)} \cdot \left(\overset{2k-1}{\underset{1}{L}} - \overset{2k-1}{\underset{2}{L}} + \overset{2k-1}{\underset{3}{L}} - \ldots - \overset{2k-1}{\underset{2k-2}{L}} + \overset{2k-1}{\underset{2k-1}{L}} \right)$$

und die Zahl der Glieder lässt sich noch auf die Hälfte reduciren mittels der Identität

52) $$\overset{n}{\underset{k}{L}} = \overset{n}{\underset{n-k+1}{L}} .$$

Aus der 51) nun lässt sich noch ein weiterer, den hier gegebenen analoger Ausdruck ableiten, und ich will auch dies noch durchführen, weil er unter allen der einfachste wird und zur Ableitung noch einige wichtige Identitäten zu benutzen sind. Ich gehe dabei aus von der Gleichung

53) $$(n \ldots \overset{m-\mathfrak{a}}{n-\mathfrak{a}}) = \frac{1}{\mathfrak{a}!\,\mathfrak{a}-1!\ldots 1!}$$
$$\times \begin{vmatrix} (n-\mathfrak{a})^0, & (n-\mathfrak{a})^1, & \ldots & (n-\mathfrak{a})^{\mathfrak{a}-1}, & (n-\mathfrak{a})^m \\ (n-\mathfrak{a}+1)^0, & (n-\mathfrak{a}+1)^1, & \ldots & (n-\mathfrak{a}+1)^{\mathfrak{a}-1}, & (n-\mathfrak{a}+1)^m \\ \vdots & \vdots & & \vdots & \vdots \\ (n-1)^0, & (n-1)^1, & \ldots & (n-1)^{\mathfrak{a}-1}, & (n-1)^m \\ n^0, & n^1, & \ldots & n^{\mathfrak{a}-1}, & n^m \end{vmatrix}.$$

Für den Beweis derselben kann ich auf die Abhandlung im 17. Jahrgang dieser Zeitschrift oder das Zweibrückener Programm verweisen. Wird hier die Determinante nach den Gliedern der letzten Colonne entwickelt, so erhält man

$$(n \ldots \overset{m-\mathfrak{a}}{n-\mathfrak{a}}) = \frac{1}{\mathfrak{a}!\,\mathfrak{a}-1!\ldots 1!} \times$$
$$\Big\{ n^m.\,\mathfrak{a}-1!\ldots 1! - (n-1)^m \frac{\mathfrak{a}!}{1} \,.\, \mathfrak{a}-2!\ldots 1! + (n-2)^m \frac{\mathfrak{a}!}{2}\,\frac{\mathfrak{a}-1!}{1} \,.\, \mathfrak{a}-3!\ldots 1! + \ldots$$
$$\ldots + (-1)^{\mathfrak{a}} (n-\mathfrak{a})^m\, \mathfrak{a}-1!\ldots 1! \Big\}$$

oder

54) $$\mathfrak{a}!\,(n \ldots \overset{m-\mathfrak{a}}{n-\mathfrak{a}!}) = n_m - \mathfrak{a}_1 (n-1)^m + \mathfrak{a}_2 (n-2)^m + \ldots (-1)^{\mathfrak{a}} \mathfrak{a}_{\mathfrak{a}} (n-\mathfrak{a})_m.$$

Diese Identität ist giltig für jedes ganze m, so lange $0 < \mathfrak{a} < n$; für jedes positive m auch noch, wenn $\mathfrak{a} \geqslant n$ ist. Der Ausdruck $\overset{n}{\underset{k}{L}}$ wäre übereinstimmend mit der rechten Seite dieser Identität, wenn er nicht mit 1^n abbrechen würde. Ebendaher aber ergiebt sich ein einfacher Beweis für die 52). Es sei nämlich in 54) $n=k$, $\mathfrak{a}=m=n$, so wird daraus

$$n! = k^n - n_1 (k-1)^n + n_2 (k-2)^n + \ldots (-1)^{k-1} n_{k-1} 1^n$$
$$+ (-1)^n \{ (-1)^{k+1} n_{k+1} 1^n + (-1)^{k+2} n_{k+2} 2^n + \ldots + (-1)^n n_n (n-k)^n \}.$$

Für $n=k-1$ aber erhält man

$$n! = (k-1)^n - n_1 (k-2)^n + \ldots + (-1)^{k-2} n_{k-2} 1^n$$
$$+ (-1)^n \{ (-1)^k n_k 1^n + (-1)^{k+1} n_{k+1} 2^n + \ldots + (-1)^n n_n (n-k+1)^n \}.$$

Die Subtraction liefert sofort

55) $k^n - (n+1)_1 (k-1)^n + (n+1)_2 (k-2)^n + \ldots + (-1)^{k-1} (n+1)_{k-1} 1^n$
$$= (n-k+1)^n - (n+1)_1 (n-k)^n + \ldots + (-1)^{n-k} n+1_{n-k} 1^n,$$

das heisst

$$\overset{n}{\underset{k}{L}} = \overset{n}{\underset{n-k+1}{L}}.$$

Die Function $\overset{n}{\underset{k}{L}}$ selbst wäre

56) $\overset{n}{\underset{k}{L}} = \dfrac{1}{n-1! \, n-2! \ldots 1!} \left\{ \begin{array}{l} \begin{vmatrix} (k-n)^0, & (k-n)^1 & \ldots & (k-n)^{n-1}, & 0 \\ \vdots & \vdots & & \vdots & \vdots \\ (-1)^0, & (-1)^1 & \ldots & (-1)^{n-1}, & 0 \\ 0^0, & 0^1 & \ldots & 0^{n-1}, & 0 \\ 1^0, & 1^1 & \ldots & 1^{n-1}, & 1^n \\ \vdots & \vdots & & \vdots & \vdots \\ k^0, & k^1 & \ldots & k^{n-1}, & k^n \end{vmatrix} \\[3em] - \begin{vmatrix} (k-1-n)^0, & (k-1-n)^1 & \ldots & (k-1-n)^{n-1}, & 0 \\ \vdots & \vdots & & \vdots & \vdots \\ (-1)^0, & (-1)^1 & \ldots & (-1)^{n-1}, & 0 \\ 0^0, & 0^1 & \ldots & 0^{n-1}, & 0 \\ 1^0, & 1^1 & \ldots & 1^{n-1}, & 1^n \\ \vdots & \vdots & & \vdots & \vdots \\ (k-1)^0, & (k-1)^1 & \ldots & (k-1)^{n-1}, & (k-1)^n \end{vmatrix} \end{array} \right\}.$

Wird nun in 51) für die L ihr Ausdruck in 50) gesetzt und werden dann die Glieder mit gleichen Potenzen zusammengefasst, so erhält man

$$57)\quad (-1)^{h-1} B_{2h-1} = \frac{2h}{2^{2h}(2^{2h}-1)} \cdot \sum_{\mathfrak{a}=0}^{\mathfrak{a}=2h-2} (-1)^{\mathfrak{a}} (2h-1-\mathfrak{a})^{2h-1} \cdot \sum_{\mathfrak{b}=0}^{\mathfrak{b}=\mathfrak{a}} (2h)_{\mathfrak{b}}.$$

Nun ist aber

$$(2h)_1 + (2h)_0 = (2h-1)_1 + 2\,(2h-2)_0,$$
$$(2h)_2 + (2h)_1 + (2h)_0 = (2h-1)_2 + 2\,(2h-2)_1 + 4\,(2h-3)_0,$$
$$(2h)_3 + (2h)_2 + (2h)_1 + (2h)_0 = (2h-1)_3 + 2\,(2h-2)_2 + 4\,(2h-3)_1 + 8\,(2h-4)_0.$$

Dies lässt vermuthen, dass man allgemein hat

$$58)\quad \sum_{\mathfrak{b}=0}^{\mathfrak{b}=\mathfrak{a}} (2h)_{\mathfrak{b}} = \sum_{\mathfrak{b}=0}^{\mathfrak{b}=\mathfrak{a}} 2^{\mathfrak{b}} (2h-1-\mathfrak{b})_{\mathfrak{a}-\mathfrak{b}},$$

und die Vermuthung bestätigt sich in der That durch einen einfachen Inductionsbeweis. Mit Hilfe der 58) nun geht die 57), wenn man sie nach den Potenzen von 2 ordnet, über in

$$(-1)^{h-1} B_{2h-1}$$
$$= \frac{2h}{2^{2h}(2^{2h}-1)} \cdot \sum_{\mathfrak{b}=0}^{\mathfrak{b}=2h-2} (-1)^{\mathfrak{b}}\, 2^{\mathfrak{b}} \cdot \sum_{\mathfrak{a}=0}^{\mathfrak{a}=2h-2-\mathfrak{b}} (-1)^{\mathfrak{a}} (2h-1-\mathfrak{b})_{\mathfrak{a}} (2h-1-\mathfrak{b}-\mathfrak{a})^{2h-1},$$

und dies giebt mit Hilfe der 54)

$$59)\quad (-1)^{h-1} B_{2h-1} = \frac{2h}{2^{2h}(2^{2h}-1)} \cdot \sum_{\mathfrak{b}=0}^{\mathfrak{b}=2h-2} (-1)^{\mathfrak{b}} (2h-1-\mathfrak{b})!\,(1\,.\,.\,\overset{\mathfrak{b}}{2h-1-\mathfrak{b}}) \,.\, 2^{\mathfrak{b}}.$$

Diesen Ausdruck direct aus der 23) abzuleiten, resp. die Identität dieser Summe mit der Summe in 49) direct zu beweisen, ist mir bis jetzt nicht gelungen.

XI.

Ueber die Herstellung des Ausdruckes ΔF und der Differentialgleichungen elastischer isotroper Medien in allgemeinen orthogonalen Coordinaten.

Von

Dr. L. Pochhammer,

ausserord. Professor an der Universität Kiel.

Lamé hat in die Probleme der partiellen Differentialgleichungen die allgemeinen krummlinigen, sich rechtwinklig schneidenden Coordinaten eingeführt und unter Anderem sowohl die Summe

$$\Delta F = \frac{d^2 F}{dx_1^2} + \frac{d^2 F}{dx_2^2} + \frac{d^2 F}{dx_3^2}$$

als auch die in den Elasticitätsgleichungen isotroper Körper vorkommenden Grössen zuerst mittels derselben ausgedrückt. Die bezüglichen Entwickelungen sind in den *Leçons I, II, XV, XVI* seines bekannten Werkes „*Leçons sur les Coordonnées Curvilignes*", *Paris* 1859, enthalten, woselbst die Transformation mittels eines directen und elementaren, aber ziemlich weitläufigen Verfahrens bewirkt wird. Man verdankt Jacobi (Bd. 36 des Crelle'schen Journals, S. 117) eine sehr viel kürzere Ableitung der Formel für ΔF mit Hilfe der Variationsrechnung, während Dirichlet zur Herstellung derselben in seinen Vorlesungen den Green'schen Satz auf ein unendlich kleines, von den orthogonalen Flächen begrenztes Volumen angewendet hat. Was die Elasticitätsgleichungen betrifft, so rührt von Herrn C. Neumann ein Verfahren her, durch die Potentialtheorie und die Variationsrechnung zu den Lamé'schen Formeln zu gelangen (Bd. 57 des Crelle'schen Journals), und Herr Borchardt hat (im 76. Bande des erwähnten Journals) durch Ermittelung dreier charakteristischer Ausdrücke eine kürzere, gleichfalls auf die Variationsrechnung basirte Ableitung derselben gegeben. Wenn nun auch diese Methoden dem Wesen der Aufgabe vorzüglich angepasst sein mögen, so dürften die Lamé'schen Rechnungen doch ihren Werth behalten. Es wird wünschenswerth bleiben, die erwähnten Trans-

Entwickelungen enthalten nun aber erhebliche Längen, die nicht in der Methode selbst begründet sind und die zu beseitigen der Gegenstand dieses Aufsatzes ist. Durch eine etwas modificirte Anwendung bekannter Hilfsformeln kann man die Lamé'schen Rechnungen bedeutend abkürzen, ohne ihren einfachen Charakter zu beeinträchtigen.

Nachdem im ersten Paragraphen die Formeln, die sich auf die allgemeinen orthogonalen Coordinaten beziehen, recapitulirt sind, wird in § 2 die Ableitung des Ausdruckes $\varDelta F$ und in § 3 die Transformation der Elasticitätsgleichungen, die für das Innere isotroper Medien gelten, durchgeführt werden.

§ 1.

An Stelle der geradlinigen rechtwinkligen Coordinaten x_1, x_2, x_3 werden mittels der Gleichungen

$$1)\qquad f_1(x_1, x_2, x_3) = \varrho_1,\quad f_2(x_1, x_2, x_3) = \varrho_2,\quad f_3(x_1, x_2, x_3) = \varrho_3$$

die Coordinaten ϱ_1, ϱ_2, ϱ_3 eingeführt, von denen man voraussetzt, dass sie den Bedingungen der Orthogonalität

$$2)\qquad \left\{\begin{aligned} &\frac{d\varrho_2}{dx_1}\frac{d\varrho_3}{dx_1}+\frac{d\varrho_2}{dx_2}\frac{d\varrho_3}{dx_2}+\frac{d\varrho_2}{dx_3}\frac{d\varrho_3}{dx_3}=0,\\ &\frac{d\varrho_3}{dx_1}\frac{d\varrho_1}{dx_1}+\frac{d\varrho_3}{dx_2}\frac{d\varrho_1}{dx_2}+\frac{d\varrho_3}{dx_3}\frac{d\varrho_1}{dx_3}=0,\\ &\frac{d\varrho_1}{dx_1}\frac{d\varrho_2}{dx_1}+\frac{d\varrho_1}{dx_2}\frac{d\varrho_2}{dx_2}+\frac{d\varrho_1}{dx_3}\frac{d\varrho_2}{dx_3}=0 \end{aligned}\right.$$

genügen. Nennt man für $i = 1, 2, 3$

$$3)\qquad h_i = +\sqrt{\left\{\left(\frac{d\varrho_i}{dx_1}\right)^2+\left(\frac{d\varrho_i}{dx_2}\right)^2+\left(\frac{d\varrho_i}{dx_3}\right)^2\right\}},$$

so gilt die leicht zu beweisende Relation ($i = 1, 2, 3$ und $\nu = 1, 2, 3$)

$$\frac{d\varrho_i}{dx_\nu} = h_i^2\frac{dx_\nu}{d\varrho_i},$$

woraus die Gleichung

$$4)\qquad \left\{\begin{aligned} &\frac{d\Phi}{dx_1}\frac{d\varrho_i}{dx_1}+\frac{d\Phi}{dx_2}\frac{d\varrho_i}{dx_2}+\frac{d\Phi}{dx_3}\frac{d\varrho_i}{dx_3}\\ &= h_i^2\left[\frac{d\Phi}{dx_1}\frac{dx_1}{d\varrho_i}+\frac{d\Phi}{dx_2}\frac{dx_2}{d\varrho_i}+\frac{d\Phi}{dx_3}\frac{dx_3}{d\varrho_i}\right] = h_i^2\frac{d\Phi}{d\varrho_i} \end{aligned}\right.$$

für eine beliebige Function Φ folgt (*Coord. Curvil.*, p. 12).

Dreht man das rechtwinklige Coordinatenkreuz x_1, x_2, x_3 in eine neue Lage x'_1, x'_2, x'_3, so bestehen für die Cosinus der von den Axen eingeschlossenen Winkel bekanntlich die neun Gleichungen

$$5)\qquad \left\{\begin{aligned} m_1 &= n_2 p_3 - p_2 n_3,\\ n_1 &= p_2 m_3 - m_2 p_3 \text{ etc.} \end{aligned}\right.$$

In denselben bedeuten m_1, n_1, p_1 die Cosinus der Winkel zwischen der x'_1-

m_3, n_3, p_3 die entsprechende Bedeutung für die x'_2- und x'_3-Axe haben. Nun sind die Cosinus der Winkel, welche die im Punkte x_1, x_2, x_3 auf der Fläche $f_i(x_1, x_2, x_3) = \varrho_i$ errichtete Normale mit der x_1-, x_2-, x_3-Axe bildet, gleich

$$6)\qquad \frac{1}{h_i}\frac{d\varrho_i}{dx_1},\quad \frac{1}{h_i}\frac{d\varrho_i}{dx_2},\quad \frac{1}{h_i}\frac{d\varrho_i}{dx_3},$$

und da die Orthogonalität der Flächen ϱ_1, ϱ_2, ϱ_3 vorausgesetzt ist, kann man die Normalen auf die drei Flächen mit der x'_1-, x'_2-, x'_3-Axe identificiren und in den Gleichungen 5) die Cosinus m_i, n_i, p_i durch die Werthe 6) ersetzen. Die neun Gleichungen 5) lassen sich dann, wie leicht zu sehen, durch die eine für $i = 1, 2, 3$ und $\nu = 1, 2, 3$ giltige Formel

$$7)\qquad \frac{d\varrho_i}{dx_\nu} = \frac{h_i}{h_{i+1}\,h_{i+2}}\left\{\frac{d\varrho_{i+1}}{dx_{\nu+1}}\frac{d\varrho_{i+2}}{dx_{\nu+2}} - \frac{d\varrho_{i+1}}{dx_{\nu+2}}\frac{d\varrho_{i+2}}{dx_{\nu+1}}\right\}$$

darstellen. Diese Gleichung 7) ist, ebenso wie die folgenden, so zu verstehen, dass eine cyclische Verrückung der Indices, die nur die Werthe 1, 2, 3 annehmen, stattfindet, und daher x_4, x_5, ϱ_4, ϱ_5, h_4, h_5 durch x_1, x_2, ϱ_1, ϱ_2, h_1, h_2 zu ersetzen sind.

Für die Transformation der Elasticitätsgleichungen kommt noch eine zu 4) analoge Formel in Betracht, welche mit Hilfe von 7) abgeleitet wird. Bezeichnet Φ eine beliebige Function von x_1, x_2, x_3, so besteht zunächst die identische Gleichung

$$\begin{aligned}
&\frac{d\Phi}{dx_{\nu+2}}\frac{d\varrho_1}{dx_{\nu+1}} - \frac{d\Phi}{dx_{\nu+1}}\frac{d\varrho_1}{dx_{\nu+2}}\\
&= \left(\frac{d\Phi}{d\varrho_1}\frac{d\varrho_1}{dx_{\nu+2}} + \frac{d\Phi}{d\varrho_2}\frac{d\varrho_2}{dx_{\nu+2}} + \frac{d\Phi}{d\varrho_3}\frac{d\varrho_3}{dx_{\nu+2}}\right)\cdot\frac{d\varrho_1}{dx_{\nu+1}}\\
&\quad - \left(\frac{d\Phi}{d\varrho_1}\frac{d\varrho_1}{dx_{\nu+1}} + \frac{d\Phi}{d\varrho_2}\frac{d\varrho_2}{dx_{x+1}} + \frac{d\Phi}{d\varrho_3}\frac{d\varrho_3}{dx_{\nu+1}}\right)\cdot\frac{d\varrho_1}{dx_{\nu+2}}\\
&= \frac{d\Phi}{d\varrho_2}\left(\frac{d\varrho_1}{dx_{\nu+1}}\frac{d\varrho_2}{dx_{\nu+2}} - \frac{d\varrho_1}{dx_{\nu+2}}\frac{d\varrho_2}{dx_{\nu+1}}\right)\\
&\quad - \frac{d\Phi}{d\varrho_3}\left(\frac{d\varrho_3}{dx_{\nu+1}}\frac{d\varrho_1}{dx_{\nu+2}} - \frac{d\varrho_3}{dx_{\nu+2}}\frac{d\varrho_1}{dx_{\nu+1}}\right),
\end{aligned}$$

und für diesen Ausdruck kann man zufolge der Gleichung 7) (für $i = 3$ und $i = 2$) setzen

$$\frac{d\Phi}{d\varrho_2}\frac{h_1 h_2}{h_3}\frac{d\varrho_3}{dx_\nu} - \frac{d\Phi}{d\varrho_3}\frac{h_1 h_3}{h_2}\frac{d\varrho_2}{dx_\nu}.$$

Durch Permutation der Grössen ϱ_1, ϱ_2, ϱ_3 ergeben sich zwei entsprechende Gleichungen; das Resultat kann dann in die eine Gleichung

$$8)\qquad \left\{\begin{aligned}
&\frac{d\Phi}{dx_{\nu+2}}\frac{d\varrho_i}{dx_{\nu+1}} - \frac{d\Phi}{dx_{\nu+1}}\frac{d\varrho_i}{dx_{\nu+2}}\\
&= \frac{h_i h_{i+1}}{h_{i+2}}\frac{d\Phi}{d\varrho_{i+1}}\frac{d\varrho_{i+2}}{dx_\nu} - \frac{h_i h_{i+2}}{h_{i+1}}\frac{d\Phi}{d\varrho_{i+2}}\frac{d\varrho_{i+1}}{dx_\nu},
\end{aligned}\right.$$

§ 2.

Differentiirt man die Gleichung

$$\frac{dF}{dx_\nu} = \frac{dF}{d\varrho_1}\frac{d\varrho_1}{dx_\nu} + \frac{dF}{d\varrho_2}\frac{d\varrho_2}{dx_\nu} + \frac{dF}{d\varrho_3}\frac{d\varrho_3}{dx_\nu},$$

in welcher F eine beliebige Function von x_1, x_2, x_3 bedeutet, nach x_ν, und summirt in Bezug auf ν, so ergiebt sich nach Berücksichtigung von 2) und 3) die Gleichung

$$9)\quad \left\{ \begin{aligned} \Delta F &= \frac{d^2F}{dx_1^2} + \frac{d^2F}{dx_2^2} + \frac{d^2F}{dx_3^2} \\ &= h_1^2\frac{d^2F}{d\varrho_1^2} + h_2^2\frac{d^2F}{d\varrho_2^2} + h_3^2\frac{d^2F}{d\varrho_3^2} + \frac{dF}{d\varrho_1}\Delta\varrho_1 + \frac{dF}{d\varrho_2}\Delta\varrho_2 + \frac{dF}{d\varrho_3}\Delta\varrho_3. \end{aligned} \right.$$

Um dieselbe weiter zu transformiren, hat man die Grössen $\Delta\varrho_1$, $\Delta\varrho_2$, $\Delta\varrho_3$ als Functionen von h_1, h_2, h_3 auszudrücken. Durch Differentiation der Gleichung 7) für $i=1$

$$10)\quad \frac{d\varrho_1}{dx_\nu} = \frac{h_1}{h_2h_3}\left\{\frac{d\varrho_2}{dx_{\nu+1}}\frac{d\varrho_3}{dx_{\nu+2}} - \frac{d\varrho_2}{dx_{\nu+2}}\frac{d\varrho_3}{dx_{\nu+1}}\right\}$$

nach der Variabeln x_ν ergiebt sich

$$\frac{d^2\varrho_1}{dx_\nu^2} = S_\nu + T_\nu,$$

wenn

$$S_\nu = \frac{d}{dx_\nu}\left(\frac{h_1}{h_2h_3}\right)\cdot\left\{\frac{d\varrho_2}{dx_{\nu+1}}\frac{d\varrho_3}{dx_{\nu+2}} - \frac{d\varrho_2}{dx_{\nu+2}}\frac{d\varrho_3}{dx_{\nu+1}}\right\},$$

$$T_\nu = \frac{h_1}{h_2h_3}\left\{\begin{aligned} &\frac{d\varrho_2}{dx_{\nu+1}}\frac{d^2\varrho_3}{dx_\nu\,dx_{\nu+2}} + \frac{d\varrho_3}{dx_{\nu+2}}\frac{d^2\varrho_2}{dx_{\nu+1}\,dx_\nu} \\ &- \frac{d\varrho_2}{dx_{\nu+2}}\frac{d^2\varrho_3}{dx_{\nu+1}\,dx_\nu} - \frac{d\varrho_3}{dx_{\nu+1}}\frac{d^2\varrho_2}{dx_\nu\,dx_{\nu+2}} \end{aligned}\right\}$$

gesetzt wird. Der Ausdruck S_ν nimmt, wenn man für die in der Klammer stehende Differenz ihren Werth aus 10) substituirt, die Gestalt

$$S_\nu = \frac{h_2h_3}{h_1}\frac{d}{dx_\nu}\left(\frac{h_1}{h_2h_3}\right)\frac{d\varrho_1}{dx_\nu}$$

an. Für $\Delta\varrho_1$ ergiebt sich durch Summation nach ν die Gleichung

$$\Delta\varrho_1 = S_1 + S_2 + S_3 + T_1 + T_2 + T_3.$$

Aber nach der Formel 4), für $\Phi = \frac{h_1}{h_2h_3}$ und $i=1$, ist

$$\begin{aligned} S_1 + S_2 + S_3 &= \frac{h_2h_3}{h_1}\left\{\frac{d}{dx_1}\left(\frac{h_1}{h_2h_3}\right)\frac{d\varrho_1}{dx_1} + \frac{d}{dx_2}\left(\frac{h_1}{h_2h_3}\right)\frac{d\varrho_1}{dx_2} + \frac{d}{dx_3}\left(\frac{h_1}{h_2h_3}\right)\frac{d\varrho_1}{dx_3}\right\} \\ &= \frac{h_2h_3}{h_1}\cdot h_1^2\frac{d}{d\varrho_1}\frac{h_1}{h_2h_3} = h_1h_2h_3\frac{d}{d\varrho_1}\frac{h_1}{h_2h_3}. \end{aligned}$$

Die Summe $T_1 + T_2 + T_3$ ist identisch Null; denn in dem Ausdrucke

dus aus dem ersten und der zweite aus dem vierten, wenn man $\nu+1$ statt ν setzt. Folglich heben sich in $T_1+T_2+T_3$ einerseits die ersten und dritten, andererseits die zweiten und vierten Summanden gegenseitig auf. Man erhält auf diese Weise, indem man die analogen Gleichungen ergänzt, für $\Delta\varrho_1$, $\Delta\varrho_2$, $\Delta\varrho_3$ die Werthe

$$\text{11a)}\quad \left\{\begin{aligned} \Delta\varrho_1 &= h_1 h_2 h_3 \frac{d}{d\varrho_1}\,\frac{h_1}{h_2 h_3}, \\ \Delta\varrho_2 &= h_1 h_2 h_3 \frac{d}{d\varrho_2}\,\frac{h_2}{h_3 h_1}, \\ \Delta\varrho_3 &= h_1 h_2 h_3 \frac{d}{d\varrho_3}\,\frac{h_3}{h_1 h_2}. \end{aligned}\right.$$

Setzt man diese Ausdrücke in 9) ein, so gelangt man zu der Lamé'schen Formel

$$\text{12)}\quad \Delta F = h_1 h_2 h_3 \left\{\frac{d}{d\varrho_1}\left(\frac{h_1}{h_2 h_3}\,\frac{dF}{d\varrho_1}\right)+\frac{d}{d\varrho_2}\left(\frac{h_2}{h_3 h_1}\,\frac{dF}{d\varrho_2}\right)+\frac{d}{d\varrho_3}\left(\frac{h_3}{h_1 h_2}\,\frac{dF}{d\varrho_3}\right)\right\}.$$

§ 3.

Für die im Innern eines homogenen isotropen Mediums stattfindenden elastischen Verschiebungen haben die Differentialgleichungen, bei Anwendung der geradlinigen rechtwinkligen Coordinaten x_1, x_2, x_3, die folgende Form:*

$$\text{13)}\quad \left\{\begin{aligned} \mu\left(\frac{dU_2}{dx_3}-\frac{dU_3}{dx_2}\right) &= (\lambda+2\mu)\frac{d\vartheta}{dx_1}+\left(X_1-\frac{d^2u_1}{dt^2}\right)\delta, \\ \mu\left(\frac{dU_3}{dx_1}-\frac{dU_1}{dx_3}\right) &= (\lambda+2\mu)\frac{d\vartheta}{dx_2}+\left(X_2-\frac{d^2u_2}{dt^2}\right)\delta, \\ \mu\left(\frac{dU_1}{dx_2}-\frac{dU_2}{dx_1}\right) &= (\lambda+2\mu)\frac{d\vartheta}{dx_3}+\left(X_3-\frac{d^2u_3}{dt^2}\right)\delta. \end{aligned}\right.$$

Hierin sind λ und μ die dem Medium eigenthümlichen Elasticitätsconstanten, δ die anfängliche Dichtigkeit desselben, X_1, X_2, X_3 die der x_1-, x_2-, x_3-Axe parallelen Componenten der von aussen her auf das betrachtete Massentheilchen wirkenden Kräfte, und u_1, u_2, u_3 die Verschiebungen des letzteren parallel den erwähnten Axen; endlich ist

$$\text{14)}\quad \left\{\begin{aligned} &\vartheta = \frac{du_1}{dx_1}+\frac{du_2}{dx_2}+\frac{du_3}{dx_3}, \\ &U_1 = \frac{du_2}{dx_3}-\frac{du_3}{dx_2},\quad U_2 = \frac{du_3}{dx_1}-\frac{du_1}{dx_3},\quad U_3 = \frac{du_1}{dx_2}-\frac{du_2}{dx_1} \end{aligned}\right.$$

gesetzt worden.

Um die Gleichungen 13) auf die krummlinigen Coordinaten ϱ_1, ϱ_2, ϱ_3 zu beziehen, fixire man nach Lamé in der Anfangslage des betrachteten

* *Lamé, Théorie de l'Elasticité, Paris* 1852, *p.* 67, und *Lamé, Coordonnées Curvilignes, Paris* 1859, *p.* 286.

Massentheilchens die Normalen der durch dasselbe hindurchgehenden Flächen $\varrho_1, \varrho_2, \varrho_3$, und nenne R_1, R_2, R_3 die Projectionen der Verschiebung, die das Theilchen erfährt, auf diese Normalen. Die den letzteren parallelen Componenten der äusseren Kräfte seien F_1, F_2, F_3. Dann bestehen zufolge von 6) die Gleichungen

$$15)\quad \begin{cases} u_\nu = \dfrac{R_1}{h_1}\dfrac{d\varrho_1}{dx_\nu} + \dfrac{R_2}{h_2}\dfrac{d\varrho_2}{dx_\nu} + \dfrac{R_3}{h_3}\dfrac{d\varrho_3}{dx_\nu}, \\ X_\nu = \dfrac{F_1}{h_1}\dfrac{d\varrho_1}{dx_\nu} + \dfrac{F_2}{h_2}\dfrac{d\varrho_2}{dx_\nu} + \dfrac{F_3}{h_3}\dfrac{d\varrho_3}{dx_\nu} \end{cases}$$

für $\nu = 1, 2, 3$. Der Abkürzung halber setzt man

$$16)\quad \frac{R_1}{h_1} = Q_1, \quad \frac{R_2}{h_2} = Q_2, \quad \frac{R_3}{h_3} = Q_3,$$

also

$$17)\quad u_\nu = Q_1\frac{d\varrho_1}{dx_\nu} + Q_2\frac{d\varrho_2}{dx_\nu} + Q_3\frac{d\varrho_3}{dx_\nu}.$$

Die Aufgabe der Transformation besteht nun darin, einerseits für ϑ, andererseits für die drei Differenzen $\dfrac{dU_2}{dx_3} - \dfrac{dU_3}{dx_2}$ etc. ihre Werthe in R_1, R_2, R_3 abzuleiten, während $\varrho_1, \varrho_2, \varrho_3$ als unabhängige Variable gelten.

Um zunächst den Ausdruck für die kubische Dilatation ϑ herzustellen, differentiire man die Gleichung 17) nach x_ν:

$$\frac{du_\nu}{dx_\nu} = \frac{dQ_1}{dx_\nu}\frac{d\varrho_1}{dx_\nu} + \frac{dQ_2}{dx_\nu}\frac{d\varrho_2}{dx_\nu} + \frac{dQ_3}{dx_\nu}\frac{d\varrho_3}{dx_\nu} + Q_1\frac{d^2\varrho_1}{dx^2_\nu} + Q_2\frac{d^2\varrho_2}{dx^2_\nu} + Q_3\frac{d^2\varrho_3}{dx^2_\nu},$$

woraus durch Summation nach ν die Gleichung

$$\Sigma_\nu \frac{du_\nu}{dx_\nu} = \vartheta = \begin{cases} \Sigma_\nu \dfrac{dQ_1}{dx_\nu}\dfrac{d\varrho_1}{dx_\nu} + \Sigma_\nu \dfrac{dQ_2}{dx_\nu}\dfrac{d\varrho_2}{dx_\nu} + \Sigma_\nu \dfrac{dQ_3}{dx_\nu}\dfrac{d\varrho_3}{dx_\nu} \\ + Q_1 \Delta\varrho_1 + Q_2\Delta\varrho_2 + Q_3\Delta\varrho_3 \end{cases}$$

oder, nach Anwendung der Formeln 4) und 11):

$$\vartheta = h_1^2\frac{dQ_1}{d\varrho_1} + h_2^2\frac{dQ_2}{d\varrho_2} + h_3^2\frac{dQ_3}{d\varrho_3}$$
$$+ h_1 h_2 h_3\left\{Q_1\frac{d}{d\varrho_1}\frac{h_1}{h_2 h_3} + Q_2\frac{d}{d\varrho_2}\frac{h_2}{h_3 h_1} + Q_3\frac{d}{d\varrho_3}\frac{h_3}{h_1 h_2}\right\}$$

erhalten wird. Nun ist

$$h_1^2\frac{dQ_1}{d\varrho_1} + h_1 h_2 h_3 Q_1\frac{d}{d\varrho_1}\frac{h_1}{h_2 h_3} = h_1 h_2 h_3\left(\frac{h_1}{h_2 h_3}\frac{dQ_1}{d\varrho_1} + Q_1\frac{d}{d\varrho_1}\frac{h_1}{h_2 h_3}\right)$$
$$= h_1 h_2 h_3\frac{d}{d\varrho_1}\left(\frac{h_1}{h_2 h_3}Q_1\right) = h_1 h_2 h_3\frac{d}{d\varrho_1}\frac{R_1}{h_2 h_3},$$

so dass, unter Berücksichtigung der analogen Relationen, die von Lamé (*Coord. Curvil.* S. 282 u. 291) angegebene, aber mittels langwieriger Rechnungen abgeleitete Gleichung

18) $$\vartheta = h_1 h_2 h_3 \left\{ \frac{d}{d\varrho_1} \frac{R_1}{h_2 h_3} + \frac{d}{d\varrho_2} \frac{R_2}{h_3 h_1} + \frac{d}{d\varrho_3} \frac{R_3}{h_1 h_2} \right\}$$

folgt.

Die Ausdrücke U_1, U_2, U_3 und die drei Differenzen $\frac{dU_2}{dx_3} - \frac{dU_3}{dx_2}$ etc. ergeben sich leicht aus der folgenden Betrachtung. Werden drei Grössen p_1, p_2, p_3 durch die Gleichungen

19) $$p_k = q_1 \frac{d\varrho_1}{dx_k} + q_2 \frac{d\varrho_2}{dx_k} + q_3 \frac{d\varrho_3}{dx_k}$$

für $k = 1, 2, 3$ definirt, während q_1, q_2, q_3 beliebige Functionen sind, so ist (für $\nu = 1, 2, 3$)

$$\frac{dp_{\nu+1}}{dx_{\nu+2}} - \frac{dp_{\nu+2}}{dx_{\nu+1}} = \left\{ \begin{array}{l} \frac{dq_1}{dx_{\nu+2}} \frac{d\varrho_1}{dx_{\nu+1}} + \frac{dq_2}{dx_{\nu+2}} \frac{d\varrho_2}{dx_{\nu+1}} + \frac{dq_3}{dx_{\nu+2}} \frac{d\varrho_3}{dx_{\nu+1}} \\ - \frac{dq_1}{dx_{\nu+1}} \frac{d\varrho_1}{dx_{\nu+2}} - \frac{dq_2}{dx_{\nu+1}} \frac{d\varrho_2}{dx_{\nu+2}} - \frac{dq_3}{dx_{\nu+1}} \frac{d\varrho_3}{dx_{\nu+2}}, \end{array} \right.$$

indem sechs Summanden sich fortheben. Durch Benutzung der Hilfsgleichung 8), in welcher Φ nacheinander gleich q_1, q_2, q_3 gesetzt wird, entsteht hieraus die Gleichung

20) $$\frac{dp_{\nu+1}}{dx_{\nu+2}} - \frac{dp_{\nu+2}}{dx_{\nu+1}} = \left\{ \begin{array}{l} \frac{h_2 h_3}{h_1} \left(\frac{dq_2}{d\varrho_3} - \frac{dq_3}{d\varrho_2} \right) \frac{d\varrho_1}{dx_\nu} + \frac{h_3 h_1}{h_2} \left(\frac{dq_3}{d\varrho_1} - \frac{dq_1}{d\varrho_3} \right) \frac{d\varrho_2}{dx_\nu} \\ \qquad + \frac{h_1 h_2}{h_3} \left(\frac{dq_1}{d\varrho_2} - \frac{dq_2}{d\varrho_1} \right) \frac{d\varrho_3}{dx_\nu}, \end{array} \right.$$

welche die Folge von 19) ist.

Wendet man dieses Resultat zunächst auf die Gleichungen 17) an, die für

$$p_k = u_k, \quad q_k = Q_k$$

mit 19) übereinstimmen, so ergiebt sich für U_ν, $= \frac{du_{\nu+1}}{dx_{\nu+2}} - \frac{du_{\nu+2}}{dx_{\nu+1}}$, die die Gleichung

21) $$U_\nu = A_1 \frac{d\varrho_1}{dx_\nu} + A_2 \frac{d\varrho_2}{dx_\nu} + A_3 \frac{d\varrho_3}{dx_\nu},$$

wenn zur Abkürzung

$$A_1 = \frac{h_2 h_3}{h_1} \left(\frac{dQ_2}{d\varrho_3} - \frac{dQ_3}{d\varrho_2} \right) = \frac{h_2 h_3}{h_1} \left(\frac{d}{d\varrho_3} \frac{R_2}{h_2} - \frac{d}{d\varrho_2} \frac{R_3}{h_3} \right),$$

$$A_2 = \frac{h_3 h_1}{h_2} \left(\frac{dQ_3}{d\varrho_1} - \frac{dQ_1}{d\varrho_3} \right) = \frac{h_3 h_1}{h_2} \left(\frac{d}{d\varrho_1} \frac{R_3}{h_3} - \frac{d}{d\varrho_3} \frac{R_1}{h_1} \right),$$

$$A_3 = \frac{h_1 h_2}{h_3} \left(\frac{dQ_1}{d\varrho_2} - \frac{dQ_2}{d\varrho_1} \right) = \frac{h_1 h_2}{h_3} \left(\frac{d}{d\varrho_2} \frac{R_1}{h_1} - \frac{d}{d\varrho_1} \frac{R_2}{h_2} \right)$$

gesetzt wird. Da ferner auch die Gleichungen 21) für $p_k = U_k$, $q_k = A_k$ mit 19) identisch sind, so führt die nochmalige Benutzung von 20) zu der Gleichung

$$22)\quad \frac{dU_{\nu+1}}{dx_{\nu+2}}-\frac{dU_{\nu+2}}{dx_{\nu+1}}=\left\{\begin{aligned}&\frac{h_2h_3}{h_1}\left(\frac{dA_2}{d\varrho_3}-\frac{dA_3}{d\varrho_2}\right)\frac{d\varrho_1}{dx_\nu}+\frac{h_3h_1}{h_2}\left(\frac{dA_3}{d\varrho_1}-\frac{dA_1}{d\varrho_3}\right)\frac{d\varrho_2}{dx_\nu}\\&\qquad+\frac{h_1h_2}{h_3}\left(\frac{dA_1}{d\varrho_2}-\frac{dA_2}{d\varrho_1}\right)\frac{d\varrho_3}{dx_\nu},\end{aligned}\right.$$

welche für $\nu = 1, 2, 3$ gilt und mit dem Gleichungssystem 21) auf Seite 289 der *Coord. Curvil.* übereinstimmt. Hiermit sind die in den Gleichunger 13) vorkommenden Ausdrücke in der neuen Form hergestellt.

Die Substitution der Werthe 16) und 22) giebt, wie Lamé ausführt, den Gleichungen 13) die Form

$$P_1\frac{d\varrho_1}{dx_\nu}+P_2\frac{d\varrho_2}{dx_\nu}+P_3\frac{d\varrho_3}{dx_\nu}=0$$

für $\nu = 1, 2, 3$, woraus

$$P_1=P_2=P_3=0$$

folgt. Auf diese Weise erhält man

$$23)\quad \left\{\begin{aligned}\frac{dA_2}{d\varrho_3}-\frac{dA_3}{d\varrho_2}&=\frac{\lambda+2\mu}{\mu}\,\frac{h_1}{h_2^2h_3}\,\frac{d\vartheta}{d\varrho_1}+\frac{1}{h_2h_3}\left(F_1-\frac{d^2R_1}{dt^2}\right)\frac{\delta}{\mu},\\ \frac{dA_3}{d\varrho_1}-\frac{dA_1}{d\varrho_3}&=\frac{\lambda+2\mu}{\mu}\,\frac{h_2}{h_3h_1}\,\frac{d\vartheta}{d\varrho_2}+\frac{1}{h_3h_1}\left(F_2-\frac{d^2R_2}{dt^2}\right)\frac{\delta}{\mu},\\ \frac{dA_1}{d\varrho_2}-\frac{dA_2}{d\varrho_1}&=\frac{\lambda+2\mu}{\mu}\,\frac{h_3}{h_1h_2}\,\frac{d\vartheta}{d\varrho_3}+\frac{1}{h_1h_2}\left(F_3-\frac{d^2R_3}{dt^2}\right)\frac{\delta}{\mu}\end{aligned}\right.$$

(*l. c.* S. 290) als die gesuchten, für beliebige orthogonale Coordinaten geltenden Elasticitätsgleichungen isotroper Körper.*

---

* In Bezug auf die Benennungen bemerke man, dass hier

$$x_1,\ x_2,\ x_3,\ u_1,\ u_2,\ u_3,\ U_1,\ U_2,\ U_3,\ A_1,\ A_2,\ A_3,\ Q_1,\ Q_2,\ Q_3$$

steht, wo Lamé die Buchstaben

$$x,\ y,\ z,\ u,\ v,\ w,\ U,\ V,\ W,\ A,\ B,\ \Gamma,\ a,\ b,\ c$$

anwendet, und dass

$$\varrho_1,\ \varrho_2,\ \varrho_3,\ h_1,\ h_2,\ h_3,\ R_1,\ R_2,\ R_3,\ F_1,\ F_2,\ F_3$$

statt

$$\varrho,\ \varrho_1,\ \varrho_2,\ h,\ h_1,\ h_2,\ R,\ R_1,\ R_2,\ F,\ F_1,\ F_2$$

gesetzt worden ist.

XII.

Relative Bewegung sich berührender Rotationsflächen.

Von

H. Zimmermann

in Carlsruhe.

Die relative Lage zweier sich berührender Flächen ist im Allgemeinen bestimmt durch die Berührungspunkte, sowie den Winkel, welchen zwei Gerade bilden, die je durch zwei beliebige, aber feste Punkte ein und derselben Fläche gelegt werden können. Als zwei solche Punkte kann man auf jeder Fläche zwei aufeinanderfolgende Punkte einer Curve wählen. Demnach ist die relative Bewegung sich berührender Flächen bestimmt, wenn in jeder Fläche der geometrische Ort aller successiven Berührungspunkte gegeben, und festgesetzt ist, mit welchen Punkten des einen Ortes jeder Punkt des andern zusammenfallen soll, und wenn zugleich für jede specielle Lage der Winkel bestimmt ist, welchen die Tangenten an die beiden geometrischen Orte im jeweiligen Berührungspunkte miteinander bilden.

Sieht man von etwaigen Spitzen, Kanten etc. einer Fläche ab, so wird im Allgemeinen der geometrische Ort aller Berührungspunkte eine continuirliche Curve sein. Die Natur dieser Curve, zusammen mit der Natur der bewegten Flächen, könnte als charakteristisches Unterscheidungsmerkmal für verschiedene mögliche Fälle und somit als Basis für die systematische Eintheilung einer allgemeinen Untersuchung dienen.

Der folgende Versuch beschränkt sich auf die Annahme, dass die bewegten Flächen Rotationsflächen und die geometrischen Orte aller successiven Berührungspunkte Parallelkreise seien.

I.

Relative Bewegung sich in einem Punkte berührender Rotationsflächen.

Es sei M der Berührungspunkt der beiden Rotationsflächen F_1 und F_2. Die beiden Flächen gemeinschaftliche Tangentialebene in M sei E; die durch den Berührungspunkt M gehenden Parallelkreise, kurz Berührungskreise genannt, mögen wie ihre Radien mit R_1 und R_2 bezeichnet werden. Die Schnittlinie der durch M gehenden Meridianebenen, nämlich die Normale in M, schneide die Axen beider Flächen in N_1, resp. N_2 unter Winkeln, die mit γ_1, resp. γ_2 bezeichnet werden mögen. Der Winkel dieser Meridianebenen sei ψ. Zwei in M an die Berührungskreise, oder auch zwei an die entsprechenden Meridiane gelegte Tangenten bilden miteinander denselben Winkel. Die Schnittlinien der beiden zu M gehörigen Meridianebenen mit der Tangentialebene, nämlich die Tangenten an die Meridiane in M, mögen die Axen der zugehörigen Flächen in S_1, resp. S_2 treffen.

Ist ϑ der Winkel und p der kürzeste Abstand der Axen beider Rotationsflächen, so ergiebt sich leicht

1) $$\cos\vartheta = \sin\gamma_1 \sin\gamma_2 \cos\psi - \cos\gamma_1 \cos\gamma_2$$

und

2) $$R = \frac{N_1 N_2 \sin\gamma_1 \sin\gamma_2 \sin\psi}{\sin\vartheta} = \frac{(R_1 \sin\gamma_2 + R_2 \sin\gamma_1)\sin\psi}{\sin\vartheta}.$$

Da ein- für allemal die Voraussetzung gemacht wurde, dass der geometrische Ort der Berührungspunkte auf jeder der Flächen ein Parallelkreis sei, so sind R_1 und R_2, sowie γ_1 und γ_2 constant. Daraus folgt mit Rücksicht auf die eben gefundenen Gleichungen, dass ϑ und p, d. h. Winkel und Abstand der Rotationsaxen, für die Dauer der Bewegung unveränderlich sind, insofern ψ constant angenommen wird.

Damit nun die relative Bewegung beider Flächen vollständig bestimmt sei, muss noch eine Annahme gemacht werden für das Gesetz, nach welchem die Punkte des einen Parallelkreises mit denen des andern in Berührung treten oder, was dasselbe ist, über die relative Bewegung zweier in M zusammenfallender Punkte von F_1 und F_2. Man kann dann, ohne die relative Bewegung der Flächen zu ändern, beiden zusammen eine Bewegung ertheilen, gleich und entgegengesetzt der absoluten Bewegung der einen, so wird diese zu absoluter Ruhe kommen und die relative Bewegung der andern als absolute erscheinen.

Es ist klar, dass man nach Willkür die eine oder die andere Fläche zur ruhenden machen kann. Wählt man z. B. die Fläche F_1 als feste, F_2 als bewegte, so ergiebt sich, dass im vorliegenden Falle die Axe von F_2 um die Axe von F_1 rotirt, d. h. die Punkte der bewegten Axe beschreiben Kreise, deren Mittelpunkte auf der zur Ebene dieser Kreise senkrechten festen Axe liegen. Die bewegte Fläche wird dabei im Allgemeinen selbst um ihre Axe rotiren und das Gesetz, nach welchem dies geschieht, muss sich aus der Annahme bestimmen lassen, die für die relative Bewegung in M zusammenfallender Punkte der Berührungskreise gemacht wurde. Man kann im gewählten Beispiele dieses Gesetz als gefunden betrachten, wenn das Verhältniss $\frac{\omega_1}{\omega_2}$ für jede Lage der bewegten Fläche gefunden ist, unter

ω_1 die Winkelgeschwindigkeit der Rotation der bewegten um die feste

Axe, und unter ω_2 die Winkelgeschwindigkeit der Rotation der bewegten Fläche um ihre Axe verstanden.

Die Untersuchung wird symmetrischer und die Gleichwerthigkeit beider Flächen besser zur Geltung gebracht, wenn man den oben definirten Bewegungszustand noch etwas modificirt. Ertheilt man nämlich beiden Flächen zugleich eine Drehung um die Axe der festen, gleich und entgegengesetzt derjenigen, welche die bewegte Axe um die feste ausführt, so kommt die erstere zur Ruhe und die vorher feste Fläche rotirt jetzt um ihre im Raume immer noch feste Axe, und zwar — im oben gewählten Beispiele — mit einer Winkelgeschwindigkeit $= \omega_1$.

Wenn also jetzt die Form der Aufgabe dahin abgeändert wird:

> Es soll die relative Bewegung zweier sich in einem Punkte berührender Rotationsflächen, die um ihre im Raume festen geometrischen Axen rotiren, untersucht werden, —

so ist damit die Allgemeinheit der Untersuchung nicht beeinträchtigt.

Zunächst handelt es sich nun darum, eine Beziehung zwischen der relativen Bewegung zweier in M zusammenfallender Punkte M_1 und M_2 beider Flächen und dem Verhältniss $\frac{\omega_1}{\omega_2}$ der Winkelgeschwindigkeiten, mit welchen dieselben in einem bestimmten Augenblicke um ihre Axen rotiren, aufzustellen, womit der geometrische Theil der Aufgabe gelöst ist.

Bezeichnet man die von den im Anfange eines Zeitelementes in M vereinigten Punkten M_1 und M_2 während desselben beschriebenen Wegelemente MM_1 und MM_2 mit ds_1, resp. ds_2, so hat man

3) $$ds_1 = R_1 \omega_1 dt, \quad ds_2 = R_2 \omega_2 dt.$$

Die Verbindungslinie $M_1 M_2$ der Endpunkte M_1 und M_2 der von M der Richtung und Grösse nach aufgetragenen Elemente ds_1 und ds_2 stellt die relative elementare Verschiebung der Punkte M_1 und M_2 gegeneinander sowohl nach Richtung, als auch nach Grösse dar, und da die Wegelemente ds_1 und ds_2 in die beiden Flächen gemeinschaftliche Tangentialebene E fallen, so liegt auch $M_1 M_2$ in dieser Ebene.

Bezeichnet man die Strecke $M_1 M_2$ kurz mit ds, so ergiebt sich leicht im Dreieck $MM_1 M_2$

4) $$ds^2 = ds_1^2 + ds_2^2 - 2\, ds_1\, ds_2 \cos(\pi - \psi),$$

wenn ψ die in Folgendem näher zu erörternde Bedeutung hat.

Jeder der beiden Berührungskreise theilt mit seiner Ebene den Raum in zwei Theile, von denen einer als positiv, der andere als negativ aufgefasst werden mag, und zwar sei der Theil positiv, von welchem aus gesehen die Rotation in einem bestimmten als positiv angenommenen Sinne, z. B. dem der Uhrzeigerbewegung erfolgt. Unter positiver Axenrichtung werde nun die Richtung der Rotationsaxe vom negativen zum positivon Theile des Raumes verstanden, und unter **positiver Richtung** einer Linie überhaupt die Richtung derselben von dem im negativen Theile des Raumes liegenden Aste aus nach dem im positiven Theile liegenden hin. Es ist klar, dass eine Richtung positiv ist, so lange ihr Winkel mit der positiven Axenrichtung spitz ist. Wenn, von dem positiven Theile einer Axe aus nach der negativen Richtung derselben hingesehen, die positive Richtung der andern einen Drehungssinn zeigt, der mit dem als positiv angenommenen übereinstimmt, so mögen die beiden Axenrichtungen **consentirend**, im andern Falle **dissentirend** genannt werden.

Jetzt möge ψ den Winkel zwischen den positiven Richtungen der meridionalen Tangenten in M darstellen. Dann ist offenbar $\pi-\psi$ der Winkel der Wegelemente ds_1 und ds_2, und damit die Giltigkeit der letzten Gleichung erwiesen.

Wird nun auch unter ϑ der Winkel zwischen den positiven Axenrichtungen verstanden, und sind γ_1, resp. γ_2 die Winkel dieser Richtungen mit den Richtungen N_1M, resp. N_2M, dann ist unter allen Umständen ψ aus Gleichung 1) eindeutig bestimmt.

Führt man nun die Werthe von ds_1 und ds_2 aus 3) und 4) ein, so ergiebt sich nach Division mit dt

$$5)\qquad \frac{ds}{dt}=\sqrt{(R_1\omega_1)^2+(R_2\omega_2)^2+2R_1R_2\omega_1\omega_2\cos\psi}.$$

Der Quotient $\frac{ds}{dt}=v$ mag **Geschwindigkeit des relativen Gleitens im Punkte** M oder kurz **relative Gleitungsgeschwindigkeit** genannt werden. Dieselbe kann, der Gleichung 5) zufolge, nur dann verschwinden, wenn $\cos\psi=-1$, also $\psi=\pi$, und wenn zugleich $R_1\omega_1=R_2\omega_2$ wird, d. h. wenn die Axen der Rotationsflächen sich schneiden ($p=0$) und die Punkte M_1 und M_2 beim Zusammentreffen gleiche Geschwindigkeiten haben.

Für $\psi=\pi$ fallen die Tangenten an die Berührungskreise in M zusammen; M_1 und M_2 bewegen sich in demselben Sinne, sind also am Ende des Zeitelements nach Zurücklegung gleicher Bogenlängen noch miteinander in der Ebene E vereinigt.

Wenn zwei Curven sich so bewegen, dass sie in jeder speciellen Lage eine gemeinschaftliche Tangente haben und dass der Berührungspunkt auf beiden gleiche Strecken zurücklegt, so sagt man: sie **rollen** aufeinander. Liegen die betreffenden Curven auf sich berührenden Flächen, so sagt man auch von diesen, dass sie aufeinander rollen.

Es ergiebt sich mithin der Satz:

Zwei um ihre Axen rotirende Umdrehungsflächen rollen aufeinander, wenn ihre Axen sich schneiden und die Radien der Berührungskreise sich umgekehrt ver-

Um die Richtung von ds zu bestimmen, mögen im Dreieck MM_1M_2 die den Seiten $MM_1 = ds_1$ und $MM_2 = ds_2$ gegenüberliegenden Winkel mit φ_1, resp. φ_2 bezeichnet werden. Damit hat man sofort

$$\varphi_1 + \varphi_2 = \psi$$

und

$$\frac{ds}{\sin(\pi - \psi)} = \frac{ds_1}{\sin\varphi_1} = \frac{ds_2}{\sin\varphi_2}$$

oder, nach Division mit dt und Einführung der Werthe von $\frac{ds}{dt}$, $\frac{ds_1}{dt}$ und $\frac{ds_2}{dt}$:

$$6)\quad \frac{\sqrt{(R_1\omega_1)^2 + (R_2\omega_2)^2 + 2R_1R_2\omega_1\omega_2\cos\psi}}{\sin\psi} = \frac{R_1\omega_1}{\sin\varphi_1} = \frac{R_2\omega_2}{\sin\varphi_2}.$$

Aus einer dieser beiden Gleichungen ist in jedem Momente die Richtung der relativen Verschiebung der in M zusammenfallenden Punkte von F_1 und F_2 zu bestimmen. Zugleich ergiebt sich, dass diese Richtung nur von dem Verhältniss $\frac{\omega_1}{\omega_2}$ abhängt; denn setzt man $\frac{\omega_1}{\omega_2} = \varepsilon$, so wird

$$7)\quad \left\{\begin{aligned} \sin\varphi_1 &= \frac{R_1\varepsilon\sin\psi}{\sqrt{(R_1\varepsilon)^2 + R_2^2 + 2R_1R_2\varepsilon\cos\psi}} = \frac{R_1\omega_1\sin\psi}{v}, \\ \sin\varphi_2 &= \frac{R_2\sin\psi}{\sqrt{(R_1\varepsilon)^2 + R_2^2 + 2R_1R_2\varepsilon\cos\psi}} = \frac{R_2\omega_2\sin\psi}{v}. \end{aligned}\right.$$

Nachdem in dieser Weise allgemein Richtung und Grösse der Gleitungsgeschwindigkeit und damit die relative Bewegung coincidirender Punkte als Function von $\frac{\omega_1}{\omega_2}$ bestimmt ist, soll nun noch eine Anwendung von obigen Formeln gemacht werden.

Nimmt man nämlich an, dass die relative Bewegung der Flächen F_1 und F_2 aufeinander mit Widerständen verknüpft sei, so lässt sich die Aufgabe stellen: die Arbeit zu berechnen, die aufgewendet werden muss, um eine gegebene Bewegung der Flächen zu bewirken. Im Folgenden wird nun vorausgesetzt, dass nur ein solcher Widerstand auftritt, und zwar die Reibung im Berührungspunkte M.

Bezeichnet man den Normaldruck beider Flächen mit P, den Reibungscoefficienten mit μ, den (tangentialen) Reibungswiderstand (des Gleitens) mit W, den tangentialen Druck, welchen unter Umständen eine Fläche auf die andere ausüben kann, ohne dass Gleiten eintritt, mit w, so ist bekanntlich

$$w < W \text{ und } W = P\mu.$$

Dieser in der Richtung des relativen Gleitens wirkende Widerstand W (resp. der beim Rollen in der Richtung der gemeinschaftlichen Tangente

die eine Fläche gerade den entgegengesetzten Sinn wie in Bezug auf die andere.

Zerlegt man nun W in der Ebene E einerseits nach der zu R_1 tangentialen und der dazu senkrechten, andererseits nach der zu R_2 tangentialen und der dazu senkrechten Richtung, so schneidet in jedem dieser beiden Fälle die zweite Componente die betreffende Axe, während die erste zu derselben senkrecht ist. Die Grösse dieser Componenten ist

$$W \cos\varphi_2, \quad W \sin\varphi_2,$$

beziehungsweise

$$W \cos\varphi_1, \quad W \sin\varphi_1.$$

Der Weg des Angriffspunktes von W fällt in die Richtung der ersten Componenten, während die zweiten zu demselben senkrecht sind. Die bei einer Bewegung der Fläche F_1 von W verrichtete Elementararbeit ist demnach

$$W \cos\varphi_2 \, ds_1 = W R_1 \omega_1 \cos\varphi_2 \, dt,$$

entsprechend einem Wegelement ds_1, und analog ist für F_2

$$W \cos\varphi_1 \, ds_2 = W R_2 \omega_2 \cos\varphi_1 \, dt.$$

Das Verhältniss gleichzeitig von beiden Flächen verrichteter Elementararbeiten ist

8) $$\frac{R_1 \omega_1 \cos\varphi_2}{R_2 \omega_2 \cos\varphi_1},$$

d. h. unabhängig von W und unveränderlich für ein constantes Verhältniss $\frac{\omega_1}{\omega_2}$, und also auch für endliche Zeiträume geltend.

Insofern nun W sowohl, wie φ_1, φ_2 und ω_1, ω_2 unabhängig von t sind, hat man

9) $$A_1 = W R_1 \omega_1 \cos\varphi_2 \quad \text{und} \quad A_2 = W R_2 \omega_2 \cos\varphi_1$$

als Arbeit pro Zeiteinheit oder

$$A_1 = W \cos\varphi_2, \text{ resp. } A_2 = W \cos\varphi_1$$

als Arbeit pro Einheit des Weges, den ein Punkt auf R_1, resp. R_2 zurücklegt.

Setzt man in diese Gleichungen die früher gefundenen Werthe von φ_1, φ_2 ein, so erhält man bei gegebenen Werthen von W, ω_1 und ω_2 die entsprechenden Arbeiten.*

Wäre umgekehrt die Arbeit gegeben, welche eine der Flächen leiten soll, und die Arbeit verlangt, welche zu dem Zwecke der andern mitzutheilen und durch die Reibung auf die erstere zu übertragen ist, so hat man aus 8)

* Dabei ist zu beachten, dass W die obere Grenze des beim Rollen ($\psi = \pi$, $R_1 \omega_1 = R_2 \omega_2$) eintretenden kleineren Widerstandes w ist; in diesem Falle stellt $A_1 = W R_1 \omega_1 = A_2 = W R_2 \omega_2$ das Maximum der durch Reibung übertragbaren Ar-

10) $$\frac{A_1}{A_2} = \frac{\cos\varphi_2}{\cos\varphi_1} \frac{R_1\omega_1}{R_2\omega_2},$$

und da allgemein

$$\frac{R_1\omega_1}{R_2\omega_2} = \frac{\sin\varphi_1}{\sin\varphi_2},$$

so folgt

11) $$\frac{A_1}{A_2} = \frac{\cos\varphi_2}{\cos\varphi_1} \frac{\sin\varphi_1}{\sin\varphi_2} = \frac{tg\,\varphi_1}{tg\,\varphi_2}.$$

Führt man in 10) für $\cos\varphi_2$ und $\cos\varphi_1$ ihre aus 7) leicht zu bestimmenden Werthe ein, so ergiebt sich

12) $$\frac{A_1}{A_2} = \frac{R_1\omega_1}{R_2\omega_2} \frac{R_1\omega_1 + R_2\omega_2\cos\psi}{R_2\omega_2 + R_1\omega_1\cos\psi} = \frac{\frac{R_1\omega_1}{R_2\omega_2} + \cos\psi}{\frac{R_2\omega_2}{R_1\omega_1} + \cos\psi}.$$

Für $\frac{\omega_1}{\omega_2}$ auflösend, erhält man mit $\frac{A_1}{A_2} = J$

13) $$\frac{\omega_1}{\omega_2} = \frac{R_2}{R_1}\left(-\frac{1-J}{2}\cos\psi \pm \sqrt{J + \frac{(1-J)^2\cos^2\psi}{4}}\right).$$

Aus diesen Gleichungen lässt sich eins von den beiden Verhältnissen $\frac{\omega_1}{\omega_2}$, $\frac{A_1}{A_2}$ durch das andere ausdrücken und damit, wenn eine dieser Grössen gegeben ist, die andere direct berechnen.

Ist z. B.

$$R_1\omega_1 = R_2\omega_2,$$

so folgt aus 12) und 9)

$$A_1 = A_2 = W R_1\omega_1\cos\varphi_2,$$

und da für $R_1\omega_1 = R_2\omega_2$ die Gleichung $\varphi_1 = \varphi_2 = \frac{1}{2}\psi$ gilt, so hat man

$$A_1 = A_2 = W R_1\omega_1\cos\tfrac{1}{2}\psi,$$

d. h.:

Verhalten sich die Winkelgeschwindigkeiten der Rotationen zweier sich in einem Punkte mit Reibung berührender Flächen umgekehrt wie die Radien der entsprechenden Berührungskreise, so ist die durch die Reibung übertragene Arbeit gleich der aufgewendeten.

Diese beiden Arbeiten können, beiläufig bemerkt, nur dann gleichzeitig Null werden, wenn $\cos\frac{1}{2}\psi = 0$, also $\psi = \pi$ wird, d. h. wenn die Flächen aufeinanderrollen.

Ein noch bemerkenswertherer Specialfall tritt ein, wenn eine der Arbeiten Null ist. Wäre z. B.

$$A_1 = 0,$$

so hätte man aus 13)

$$\frac{\omega_1}{\omega_2} = -\frac{R_2}{R_1}\cos\psi \quad \text{oder} \quad \frac{R_1\omega_1}{R_2\omega_2} = -\cos\psi.$$

Aus den früheren Betrachtungen oder aus 11) ergiebt sich dann

$$\varphi_2 = \frac{\pi}{2} \quad \text{und} \quad \varphi_1 = \psi - \frac{\pi}{2}$$

(von $\varphi_1 = 0$ ist abzusehen, insofern ω_1 von Null verschieden ist) und mithin

$$\psi > \frac{\pi}{2},$$

$$\sin\varphi_1 = -\cos\psi = \frac{R_1\,\omega_1}{R_2\,\omega_2},$$

$$\cos\varphi_1 = \quad \sin\psi,$$

$$A_2 = W\cos\varphi_1 = W\sin\psi$$

als Arbeit pro Einheit des Weges, welchen ein Punkt des Berührungskreises R_2 zurücklegt.

Diese ganze Arbeit wird durch die Reibung, welche mit dem Gleiten von F_2 gegen F_1 in der durch die Axe von F_1 gehenden Richtung verknüpft ist, absorbirt, und zwar ist der Sinn des Gleitens von M nach der positiven oder negativen Seite der Ebene von R_1 gerichtet, je nachdem die Axenrichtungen von F_1 und F_2 consentiren oder dissentiren. Dabei erfährt F_1 in dieser Richtung einen Druck $= W$, während F_2 eine Reaction $= W\sin\varphi_1 = -W\cos\psi$ in positiver oder negativer Richtung (in Bezug auf die Ebene von R_2) erfährt, je nachdem die Axenrichtungen von F_1 und F_2 consentiren oder dissentiren.

Die aufzuwendende Arbeit A_2 wird Null, wenn $\psi = \pi$ wird; dann wird zugleich $R_1\,\omega_1 = R_2\,\omega_2$ und die Flächen rollen aufeinander.

Aus

$$\frac{R_1\,\omega_1}{R_2\,\omega_2} = -\cos\psi$$

folgt, dass ω_1 und ω_2 gleichzeitig constant sein müssen. Mit Rücksicht hierauf ergiebt sich, dass die zuletzt gefundenen Beziehungen zur Geltung kommen, wenn eine um ihre Axe frei bewegliche Rotationsfläche F_1 dadurch in gleichförmiger Drehung erhalten wird, dass eine andere, ebenfalls gleichförmig rotirende Fläche F_2 die erstere mit Reibung berührt. Die in der Zeiteinheit aufzuwendende Arbeit ist dann $W R_2\,\omega_2 \sin\psi$.

Giebt man beiden Rotationsflächen eine gemeinschaftliche Drehung um die Axe von F_2, gleich und entgegengesetzt ω_2, so kommt F_2 zur Ruhe und die Axe von F_1 rotirt um die von F_2 mit der Winkelgeschwindigkeit ω_2, während F_1 selbst mit der Winkelgeschwindigkeit ω_1 um seine eigene Axe rotirt. Offenbar muss in diesem Falle dieselbe Arbeit aufgewendet werden, wie vorher, damit ω_1 und ω_2 constant bleiben.

In beiden Fällen wird die Arbeit Null und die Flächen rollen aufeinander, wenn $\psi = \pi$ wird, also die Axen sich schneiden.

Hiermit ist die Aufgabe, die geometrischen Gesetze der Bewegung sich

flächen aufzustellen, gelöst und eine Anwendung der gefundenen Sätze gemacht worden.

In Folgendem soll nun die Untersuchung auf Rotationsflächen ausgedehnt werden, die sich in zwei Punkten berühren und im Uebrigen sich nach den bisher gemachten analogen Voraussetzungen bewegen.

II.

Relative Bewegung sich in zwei Punkten berührender Rotationsflächen.

Zwei Rotationsflächen F_1 und F_2 mögen sich in zwei Punkten M und M' berühren. Die geometrischen Orte aller Punkte, die im Laufe der Bewegung Berührungspunkte werden können, seien auf jeder der Flächen die durch M und M' gehenden Parallelkreise. Wendet man dann die früheren Bezeichnungen auch auf die neuen, dem Punkte M' entsprechenden Elemente an (indem man sie durch Accent von den zu M gehörigen unterscheidet), so lassen sich die in I gefundenen Gleichungen ohne Weiteres auch hier benutzen, aber vorläufig nur für jedes der zu den Punkten M und M' gehörigen Systeme von Linien und Kreisen einzeln. Inwieweit die Bewegung dadurch, dass diese beiden Systeme fest miteinander verbunden sind, modificirt worden, ist erst näher zu untersuchen.

Da mit constantem ψ Winkel und Abstand der Axen der Rotationskörper constant ist, und da dasselbe gilt für constantes ψ', so können ψ und ψ' nur gleichzeitig constant oder veränderlich sein.

Es wird speciell ψ und ψ' gleichzeitig $=0$ und $=\pi$, wie sich aus den Gleichungen für den kürzesten Abstand

$$p=\frac{(R_1 \sin\gamma_2+R_2 \sin\gamma_1)\sin\psi}{\sin\vartheta}=\frac{(R'_1 \sin\gamma'_2+R'_2 \sin\gamma'_1)\sin\psi'}{\sin\vartheta}$$

mit $p=0$ ergiebt.

Es ist ferner die Winkelgeschwindigkeit ω_1 constant für das ganze System F_1, und ebenso ω_2 für F_2. Der Gleichung

$$1)\quad\left\{\begin{aligned} v&=\sqrt{(R_1\omega_1)^2+(R_2\omega_2)^2+2R_1R_2\omega_1\omega_2\cos\psi}\\ &\text{entspricht mithin}\\ v'&=\sqrt{(R'_1\omega_1)^2+(R'_2\omega_2)^2+2R'_1R'_2\omega_1\omega_2\cos\psi'}.\end{aligned}\right.$$

Analog ist

$$2)\quad \frac{v}{\sin\psi}=\frac{R_1\omega_1}{\sin\varphi_1}=\frac{R_2\omega_2}{\sin\varphi_2}\quad\text{entsprechend:}\quad\frac{v'}{\sin\psi'}=\frac{R'_1\omega_1}{\sin\varphi'_1}=\frac{R'_2\omega_2}{\sin\varphi'_2},$$

was voraussetzt, dass

$$3)\quad \varphi_1+\varphi_2=\psi,\quad \varphi'_1+\varphi'_2=\psi'$$

ist.

Aus diesen Gleichungen lassen sich nun einige Schlüsse ziehen. Es ergiebt sich zunächst, da φ'_1 und φ'_2 bei constantem ψ' nur von $\frac{\omega_1}{\omega_2}$ abhängig sind, dass φ_1, φ_2, φ'_1 und φ'_2 bei constantem ψ und ψ' Functionen nur von $\frac{\omega_1}{\omega_2}$ sind; es können also diese vier Winkel nur gleichzeitig constant sein.

Insbesondere ergiebt sich, dass φ_1 nur Null sein kann, wenn $\omega_1 = 0$ ist (vorausgesetzt, dass nicht gleichzeitig $\varphi_2 = 0$, also $\psi = 0$ oder $\psi = \pi$ ist); in diesem Falle verschwindet aber auch φ'_1. Analog können φ_2 und φ'_2 nur gleichzeitig Null sein.

Sind φ_1 und φ_2 gleichzeitig Null, so ist $\psi = 0$ oder $\psi = \pi$; nach Früherem muss dann auch $\psi' = 0$ oder $\psi' = \pi$ sein, woraus folgt, dass φ'_1 und φ'_2 verschwinden, dass also φ_1, φ_2 und φ'_1, φ'_2 nur gleichzeitig Null werden können.

Demnach stellt sich jetzt der Satz dar:

Bei der Rotation sich zweipunktig berührender Rotationsflächen um sich kreuzende Axen findet ein Gleiten in der Richtung der Tangenten, die in den Berührungspunkten an die beiden Berührungskreise einer Fläche gelegt werden können, immer gleichzeitig und nur dann statt, wenn die Rotationsgeschwindigkeit der anderen Null ist.

Die Gleitungsgeschwindigkeiten v, resp. v' bestimmen sich dann aus den Gleichungen

$$\left.\begin{aligned} v &= R_1\,\omega_1 \\ v' &= R'_1\,\omega_1 \end{aligned}\right\}\ \text{für } \omega_2 = 0$$

oder

$$\left.\begin{aligned} v &= R_2\,\omega_2 \\ v' &= R'_2\,\omega_2 \end{aligned}\right\}\ \text{für } \omega_1 = 0.$$

Schneiden sich die Rotationsaxen, haben also die beiden Berührungskreise sowohl im einen, als im andern Berührungspunkte beider Flächen gemeinschaftliche Tangenten, und tritt überhaupt Gleiten ein ($v \lesseqgtr 0$, $v' \lesseqgtr 0$), so erfolgt dasselbe in der Richtung dieser Tangenten, welches auch die Werthe der Winkelgeschwindigkeiten (ω_1 und ω_2) sein mögen.

Es wird dann

$$\left.\begin{aligned} v &= R_1\,\omega_1 - R_2\,\omega_2 \\ \text{und } v' &= R'_1\,\omega_1 - R'_2\,\omega_2 \end{aligned}\right\}\ \text{für } \psi = \pi = \psi'$$

oder

$$\left.\begin{aligned} v &= R_1\,\omega_1 + R_2\,\omega_2 \\ \text{und } v' &= R'_1\,\omega_1 + R'_2\,\omega_2 \end{aligned}\right\}\ \text{für } \psi = 0 = \psi'.$$

Die Winkel φ_1 und φ_2 werden einander gleich, wenn

$$R_1\omega_1 = R_2\omega_2$$

wird. Dasselbe gilt für die Winkel φ'_1 und φ'_2, wenn

$$R'_1 \omega_1 = R'_2 \omega_2$$

wird.

Es ist also

$$\frac{R_1}{R_2} = \frac{R'_1}{R'_2} = \frac{\omega_2}{\omega_1}$$

die nothwendige und hinreichende Bedingung dafür, dass φ_1 und φ_2, sowie φ'_1 und φ'_2 gleichzeitig einander gleich werden.

Diese Sätze sollen nun, ähnlich wie die in I, benutzt werden, um die Bewegung der Flächen F_1 und F_2 zu untersuchen für den Fall, dass das relative Gleiten in M und M' mit Reibungswiderständen verknüpft ist.

Zunächst ergiebt sich, dass die zur Ueberwindung der Reibung von F_1 in der Zeiteinheit nothwendigen Arbeiten

$$A_1 = W R_1 \omega_1 \cos \varphi_2 \text{ und } A'_1 = W' R'_1 \omega_1 \cos \varphi'_2$$

sind. Die entsprechenden Arbeiten an F_2 sind

$$A_2 = W R_2 \omega_2 \cos \varphi_1 \text{ und } A'_2 = W' R'_2 \omega_2 \cos \varphi'_1.$$

Bezeichnet man das Verhältniss der an der einen Fläche wirkenden zu der durch die Reibung auf die andere übertragenen Arbeit, nämlich $\frac{A_1 + A'_1}{A_2 + A'_2}$, mit J, so hat man

$$4)\qquad J = \frac{\omega_1}{\omega_2} \frac{W R_1 \cos \varphi_2 + W' R'_1 \cos \varphi'_2}{W R_2 \cos \varphi_1 + W' R'_2 \cos \varphi'_1}.$$

Mit Hilfe dieser und der folgenden vier Gleichungen

$$5)\qquad \begin{cases} \sin \varphi_1 = \dfrac{R_1 \omega_1 \sin \psi}{v}, & \sin \varphi'_1 = \dfrac{R'_1 \omega_1 \sin \psi'}{v'}, \\ \sin \varphi_2 = \dfrac{R_2 \omega_2 \sin \psi}{v}, & \sin \varphi'_2 = \dfrac{R'_2 \omega_2 \sin \psi'}{v'} \end{cases}$$

lässt sich das Verhältniss der aufgewendeten zur übertragenen Arbeit und das Verhältniss der Winkelgeschwindigkeiten, eins durch das andere, ausdrücken.

Soll nun die Gleichung 4) erfüllt sein für beliebige Werthe von W und W', so muss

$$J = \frac{R_1 \omega_1}{R_2 \omega_2} \frac{\cos \varphi_2}{\cos \varphi_1} = \frac{R'_1 \omega_2 \cos \varphi'_2}{R'_2 \omega_2 \cos \varphi'_1}$$

sein.

Hieraus lassen sich ganz dieselben Folgerungen ziehen, wie aus der Gleichung I, 10). Insbesondere hat man

$$6)\qquad J = \frac{tg\, \varphi_1}{tg\, \varphi_2} = \frac{tg\, \varphi'_1}{tg\, \varphi'_2},$$

ferner

$$7)\qquad J=\frac{\dfrac{R_1\,\omega_1}{R_2\,\omega_2}+\cos\psi}{\dfrac{R_2\,\omega_2}{R_1\,\omega_1}+\cos\psi}=\frac{\dfrac{R'_1\,\omega_1}{R'_2\,\omega_2}+\cos\psi'}{\dfrac{R'_2\,\omega_2}{R'_1\,\omega_1}+\cos\psi'}$$

und

$$8)\qquad \frac{\omega_1}{\omega_2}=\frac{R_2}{R_1}\left(-\frac{1-J}{2}\cos\psi\pm\sqrt{J+\frac{(1-J)^2\cos^2\psi}{4}}\right)$$
$$=\frac{R'_2}{R'_1}\left(-\frac{1-J}{2}\cos\psi'\pm\sqrt{J+\frac{(1-J)^2\cos^2\psi}{4}}\right).$$

Aus diesen Gleichungen ergiebt sich für

$$J=1:$$

$$\frac{\omega_1}{\omega_2}=\frac{R_2}{R_1}=\frac{R'_2}{R'_1},$$

d. h.:

Verhalten sich die Winkelgeschwindigkeiten der Rotation zweier sich in zwei Punkten berührender Flächen umgekehrt wie die Radien der entsprechenden Berührungskreise, so ist die durch die Reibung übertragene Arbeit gleich der aufgewendeten, welche Werthe auch die Reibungswiderstände haben mögen.

Es ist dann mit Rücksicht auf 2) und 3)

$$\varphi_1=\varphi_2=\tfrac{1}{2}\psi,\quad \varphi'_1=\varphi'_2=\tfrac{1}{2}\psi'$$

und

$$A_1+A'_1=\left(WR_1\cos\frac{\psi}{2}+W'R_1\cos\frac{\psi'}{2}\right)\omega_1$$
$$=A_2+A'_2=\left(WR_2\cos\frac{\psi}{2}+W'R'_2\cos\frac{\psi'}{2}\right)\omega_2.$$

Für $J=0$ folgt aus 8)

$$\frac{\omega_1}{\omega_2}=-\frac{R_2}{R_1}\cos\psi=-\frac{R'_2}{R'_1}\cos\psi'.$$

Da in diesem Falle $A_1+A'_1=0$ ist, so wird die ganze Arbeit $A_2+A'_2$ durch die Reibung consumirt.

Aus 6) und 3) ergiebt sich dabei

$$\varphi_2=\varphi'_2=\frac{\pi}{2},$$

$$\varphi_1=\psi-\frac{\pi}{2},\quad \varphi'_1=\psi'-\frac{\pi}{2},$$

also

$$\cos\varphi_1=\cos\varphi'_1=\sin\psi$$

und mithin

Sind diese Bedingungen erfüllt, so dreht sich die Fläche F_1 bei Abwesenheit anderer als durch die Reibung an F_2 hervorgerufener Kräfte gleichförmig, wenn F_2 gleichförmig rotirt, bei beliebigen Werthen dieser Kräfte.

Im Folgenden soll nun der Fall, dass die Axen der Rotationskörper sich schneiden, noch etwas näher betrachtet werden.

Aus den Gleichungen 5) ergiebt sich

$$\cos\varphi_1 = \frac{R_1\omega_1\cos\psi + R_2\omega_2}{v}; \quad \cos\varphi'_1 = \frac{R'_1\omega_1\cos\psi' + R'_2\omega_2}{v'},$$

$$\cos\varphi_2 = \frac{R_2\omega_2\cos\psi + R_1\omega_1}{v}, \quad \cos\varphi'_2 = \frac{R'_2\omega_2\cos\psi' + R'_1\omega_1}{v'}.$$

Setzt man hierin

$$\cos\psi = \cos\psi' = -1,$$

so folgt

$$\cos\varphi_1 = \pm 1, \quad \cos\varphi'_1 = \pm 1,$$
$$\cos\varphi_2 = \mp 1, \quad \cos\varphi'_2 = \mp 1,$$

und zwar gelten die oberen Zeichen, wenn

$$R_1\omega_1 < R_2\omega_2 \text{ und } R'_1\omega_1 < R'_2\omega_2,$$

die unteren, wenn

$$R_1\omega_1 > R_2\omega_2 \text{ und } R'_1\omega_1 > R'_2\omega_2$$

ist.

Diese beiden Fälle mögen in Folgendem, auf zwei zu verschiedenen Resultaten führende Weisen combinirt, betrachtet werden.

A)
$$\begin{cases} R_1\omega_1 \lesseqgtr R_2\omega_2, \\ R'_1\omega_1 \lesseqgtr R'_2\omega_2. \end{cases}$$

Dann ist

$$J = -\frac{\omega_1}{\omega_2}\,\frac{WR_1 + W'R'_1}{WR_2 + W'R'_2}$$

und hieraus

$$\frac{W}{W'} = -\frac{R'_1\omega_1 + JR'_2\omega_2}{R_1\omega_1 + JR_2\omega_2}.$$

B)
$$\begin{cases} R_1\omega_1 \lesseqgtr R_2\omega_2, \\ R'_1\omega_1 \gtreqless R'_2\omega_2. \end{cases}$$

Dann ist

$$J = -\frac{\omega_1}{\omega_2}\,\frac{WR_1 - W'R'_1}{WR_2 - W'R'_2}$$

und hieraus

$$\frac{W}{W'} = \frac{R'_1\omega_1 + JR'_1\omega_2}{R_1\omega_1 + JR_2\omega_2}.$$

Aus diesen Gleichungen bestimmt sich das Verhältniss der Winkel-

das Verhältniss der Widerstände bei gegebenem Winkelgeschwindigkeitsverhältniss.

Setzt man nun

$$J = 0,$$

also

$$A_1 + A'_1 = 0,$$

so ist, damit die absoluten Grössen W und W' mit dem positiven Vorzeichen erscheinen, Fall B) vorauszusetzen, wornach

$$9)\quad \frac{W}{W'} = \frac{R'_1}{R_1}$$

und

$$A_2 + A'_2 = (W R_2 - W' R'_2)\,\omega_2$$

während $\frac{\omega_1}{\omega_2}$ unbestimmt bleibt.

Dieser Fall fordert eine nähere Untersuchung.

Es waren unter W und W' die in den Punkten M und M' wirkenden, dem Gleiten entsprechenden Reibungswiderstände verstanden. Diese Widerstände sind durch die Natur des Materials und die Grösse des Normaldrucks vollständig bestimmt; es enthält mithin die Gleichung

$$\frac{W}{W'} = \frac{R'_1}{R_1}$$

eine Ueberbestimmung, resp. einen Widerspruch, der nur dadurch gehoben werden kann, dass man untersucht, inwiefern etwa die Voraussetzung eines gleichzeitigen Gleitens in M und M' im vorliegenden Falle, d. h. bei sich schneidenden Axen der Rotationskörper und bei Abwesenheit aller auf die Fläche F_1 wirkenden (nicht von der Reibung herrührenden) Kräfte, nicht erfüllt ist.

Findet nämlich nur in M oder M' Gleiten statt, so können die Widerstände in M', resp. M die Maximalwerthe W', resp. W nicht erreichen, und die Gleichung 9) ist nur auf die thatsächlich auftretenden Widerstände w und w' zu beziehen, so dass man hat

$$10)\quad \frac{w}{w'} = \frac{R'_1}{R_1}$$

und

$$11)\quad A_2 + A'_2 = (w R_2 - w' R'_2)\,\omega_2.$$

Diese Widerstände (w und w') können nur gleichzeitig Null werden, und dies ist wiederum nur möglich, wenn kein Gleiten stattfindet. Es lässt sich aber auch leicht indirect zeigen, dass sie (bei den gemachten Voraussetzungen) Null sein müssen, wenn nur gleichförmig rollende Bewegung stattfindet. Denkt man sich nämlich die beiden Kreise R_1 und R'_1 unabhängig voneinander mit der gleichen Winkelgeschwindigkeit ω_1 um ihre Axe rotirend, so wirkt auf jeden dieser Kreise nur die eine Kraft w, resp. w', und eine gleichförmige Drehung wäre unmöglich, wenn diese Kräfte von

stems vollkommen übereinstimmt mit der des starren, so gilt der eben gemachte Schluss auch für dieses.

Im Falle des Rollens ist demnach

$$w = w' = 0$$

und es bleibt nur noch der Fall des Gleitens zu erledigen.

Zunächst ist klar, dass, wenn nicht Rollen stattfindet, mindestens ein Kreis gleiten muss. Es müssen daher, unter q und q' positive Grössen verstanden, von denen mindestens eine Null ist, die Gleichungen bestehen:

$$12)\qquad \left\{ \begin{array}{l} w + q = W \\ w' + q' = W' \end{array} \right\} \text{ mit } \begin{array}{l} q = 0 \text{ oder} \\ q' = 0. \end{array}$$

Sind beide Grössen, q und q', gleichzeitig Null, so sind die thatsächlich auftretenden Widerstände w und w' den grösstmöglichen W und W' gleich. Dies kann nur der Fall sein, wenn beide Kreise R_1 und R'_1 gleichzeitig gleiten.

Da nun unter allen Umständen die Bezeichnung gilt

$$\frac{w}{w'} = \frac{R'_1}{R_1},$$

und da nach 12) aus $\frac{W}{W'} = \frac{w}{w'}$ immer gefolgert werden kann

$$W = w, \quad W' = w',$$

so ist die nothwendige und hinreichende Bedingung dafür, dass beide Kreise gleichzeitig gleiten:

$$\frac{R'_1}{R_1} = \frac{W}{W'},$$

d. h.:

Die Radien der gleitenden Kreise müssen sich umgekehrt verhalten wie die an ihnen angreifenden (dem Gleiten entsprechenden) Widerstände.

Ist dagegen

$$13)\qquad \frac{W}{W'} > \frac{R'_1}{R_1},$$

also auch

$$\frac{W}{W'} > \frac{w}{w'}$$

oder, mit Einführung von q und q':

$$\frac{w + q}{w' + q'} > \frac{w}{w'},$$

so erhält man sofort

$$\frac{w'}{w} > \frac{q'}{q}.$$

Da entweder q' oder q Null sein muss und $\frac{w'}{w}$ eine endliche Grösse ist, so hat man hier

$$q' = 0$$

zu setzen, mithin

14)
$$w' = W',$$

und das Gleiten findet zwischen den Kreisen R'_1 und R'_2 statt, während die Kreise R_1 und R_2 aufeinanderrollen.

Demnach ist

$$\frac{\omega_1}{\omega_2} = \frac{R_2}{R_1},$$

und da

$$\frac{w}{w'} = \frac{R'_1}{R_1}$$

sein muss, so ergiebt sich

15)
$$w = \frac{R'_1}{R_1} W'.$$

Ist ferner

16)
$$\frac{W}{W'} < \frac{R'_1}{R},$$

also auch

$$\frac{W}{W'} < \frac{w}{w'},$$

so erhält man

$$\frac{w'}{w} < \frac{q'}{q},$$

und da $\frac{w'}{w}$ jedenfalls >0 ist, so muss

$$q = 0,$$

also

17)
$$w = W$$

sein und das Gleiten findet zwischen den Kreisen R_1 und R_2 statt, während R'_1 und R'_2 aufeinanderrollen.

Demnach ist

$$\frac{\omega_1}{\omega_2} = \frac{R'_2}{R_1}$$

und, mit Rücksicht auf $\frac{w}{w'} = \frac{R'_1}{R_1}$:

18)
$$w' = \frac{R_1}{R'_1} W.$$

Mit Hilfe dieser Gleichungen ist man nun im Stande, die Grössen der Widerstände w und w' (bei gegebenem W und W') und damit die aufzuwendende Arbeit $A_2 + A'_2$ nach Gleichung 11) zu berechnen.

Die Richtungen von w und w' bilden offenbar den Winkel π miteinander, d. h sie sind parallel und entgegengesetzt. Sie reduciren sich mithin auf ein Kräftepaar, wenn

$$\frac{w}{w'} = \frac{R'_1}{R_1} = 1.$$

d. h. wenn die Berührungskreise der ohne Einfluss äusserer Kräfte rollenden Fläche einander gleich sind.

Ist dagegen

$$\frac{w}{w'} \gtrless 1,$$

also auch

$$\frac{R'_1}{R_1} \gtrless 1,$$

so reduciren sich beide Kräfte auf eine Einzelkraft Q, die der Differenz von w und w' gleich ist, die Richtung der grösseren hat und auf der Seite derselben liegt.

Bezeichnet man die Abstände der Kraft Q von den Punkten M und M' mit d, resp. d', so ist

$$\frac{d}{d'} = \frac{w'}{w},$$

also auch

$$\frac{d}{d'} = \frac{R_1}{R'_1},$$

d. h.: Die Resultante der Reibungswiderstände w und w' geht durch die Spitze des Kegels, der durch die Kreise R_1 und R'_1 gelegt werden kann.

Die Resultate obiger Untersuchung lassen sich mit Nutzen verwenden bei Berechnung der Arbeitsverluste, welche eintreten, wenn die Rotation einer Welle auf eine andere durch Frictionsräder übertragen wird. Ferner dürften sie einen Beitrag liefern zur Gewinnung sicherer Grundlagen für eine möglichst rationelle Theorie der Widerstände, welche Eisenbahnfahrzeuge in den Bahnkrümmungen erfahren.

Kleinere Mittheilungen.

XI. Eine Eigenschaft der Hesse'schen Fläche einer Fläche dritter Ordnung.

Sind

$$\alpha=0,\ \beta=0,\ \gamma=0,\ \delta=0,\ \varepsilon=0$$

die Gleichungen der fünf Ebenen des Sylvester'schen Pentaeders einer Fläche dritter Ordnung, wobei die in ihnen enthaltenen Coefficienten so bestimmt sein mögen, dass

$$\alpha+\beta+\gamma+\delta+\varepsilon=0$$

ist, so lässt sich bekanntlich die Gleichung der Fläche auf die Form

1)
$$\frac{\alpha^3}{A}+\frac{\beta^3}{B}+\frac{\gamma^3}{C}+\frac{\delta^3}{D}+\frac{\varepsilon^3}{E}=0$$

bringen, wogegen die Gleichung ihrer Hesse'schen Fläche durch

2)
$$\frac{A}{\alpha}+\frac{B}{\beta}+\frac{C}{\gamma}+\frac{D}{\delta}+\frac{E}{\varepsilon}=0$$

dargestellt ist. Die zehn Ecken des Pentaeders sind Knotenpunkte der Hesse'schen Fläche und diese besitzt in jeder einen Berührungskegel zweiter Ordnung, dessen Gleichung z. B. für den Punkt $\alpha=0,\ \beta=0,\ \gamma=0$ ist:

3)
$$\frac{A}{\alpha}+\frac{B}{\beta}+\frac{C}{\gamma}=0.$$

Ebenso enthält die Hesse'sche Fläche die zehn Kanten des Pentaeders und besitzt längs jeder derselben eine einzige Tangentialebene, deren Gleichung z. B. für die Kante $\delta=0,\ \varepsilon=0$ ist:

4)
$$\frac{\delta}{D}+\frac{\varepsilon}{E}=0.$$

Jeder der zehn Berührungskegel schneidet die Fläche noch in einem Kegelschnitt und jeder derartige Kegelschnitt liegt in einer der zehn Tangentialebenen, die längs der Pentaederkanten an die Hesse'sche Fläche gelegt werden können. Für diese zehn Kegelschnitte nun lässt sich eine bemerkenswerthe Eigenschaft erweisen.

liebige Ebene, so schneidet diese die Hesse'sche Fläche in der Kante und überdies in einer Curve dritten Grades, die einem vollständigen Viereck umschrieben ist, welches von jener Kante und ausserdem von den Schnittlinien der Ebene mit den drei Pentaederebenen $\alpha = 0$, $\beta = 0$, $\gamma = 0$ gebildet wird. Ist die Gleichung der beliebigen Ebene

$$\delta = k\varepsilon,$$

so ist diejenige der Curve dritten Grades hierdurch und durch

$$\frac{A}{\alpha} + \frac{B}{\beta} + \frac{C}{\gamma} + \frac{D + kE}{\delta} = 0$$

dargestellt. Für jede einem vollständigen Viereck umschriebene Curve dritten Grades liegen aber die drei Punkte, in welchen sich die in je zwei gegenüberliegenden Ecken gezogenen Tangenten schneiden, in einer geraden Linie. Die Gleichung derselben ist für die vorliegende Curve:

$$\delta = k\varepsilon, \quad \frac{\alpha}{A} + \frac{\beta}{B} + \frac{\gamma}{C} + \frac{\delta}{D + kE} = 0.$$

Zu jeder durch die Kante $\delta = 0$, $\varepsilon = 0$ gelegten Ebene gehört eine derartige gerade Linie und die Gesammtheit dieser Linien bildet eine Fläche zweiten Grades, deren Gleichung die Form hat:

$$5)\qquad \left(\frac{\alpha}{A} + \frac{\beta}{B} + \frac{\gamma}{C}\right)\left(\frac{D}{\delta} + \frac{E}{\varepsilon}\right) + 1 = 0.$$

Diese Gleichung stellt aber einen Kegel dar, dessen Scheitel auf der Kante $\delta = 0$, $\varepsilon = 0$ da liegt, wo sie von der Ebene

$$\frac{\alpha}{A} + \frac{\beta}{B} + \frac{\gamma}{C} = 0$$

oder auch von der andern:

$$6)\qquad \frac{\alpha}{A} + \frac{\beta}{B} + \frac{\gamma}{C} + \frac{\delta}{D} + \frac{\varepsilon}{E} = 0$$

geschnitten wird. Dieser Kegel nun berührt einmal die Fläche längs der Kante $\delta = 0$, $\varepsilon = 0$, er durchschneidet sie aber auch, wie eine einfache Betrachtung der Gleichung zeigt, in den drei Kegelschnitten, welche die Fläche mit den Berührungskegeln der drei auf jener Kante liegenden Knotenpunkte gemeinsam hat. Es giebt zehn solche Kegel, deren Scheitel sämmtlich in der Ebene 6) liegen, und es ist somit folgender Satz erwiesen:

Für die Hesse'sche Fläche jeder Fläche dritter Ordnung liegen die zehn Kegelschnitte, in welchen die Tangentialkegel der zehn Knotenpunkte die Fläche durchschneiden, zehnmal zu je dreien in perspectivischer Lage. Die Scheitel der zehn so entstehenden Sehkegel liegen auf den Pentaederkanten und befinden sich sämmtlich in einer Ebene.

Für die speciellen Flächen dritten Grades, deren Gleichung auf die Form gebracht werden kann:

$$7)\qquad k(\alpha^3 + \beta^3 + \gamma^3 + \delta^3) - (\alpha + \beta + \gamma + \delta)^3 = 0$$

fällt die Ebene der zehn Kegelscheitel mit der fünften Pentaederebene

$$\alpha+\beta+\gamma+\delta=0$$

zusammen und enthält somit vier Kanten des Pentaeders. Die vier Kegel, die vorher auf diesen Kanten ihre Scheitel hatten, gehen in Ebenenpaare über, welche diese Kanten zu Durchschnittslinien haben, und die drei Kegelschnitte, die vorher auf jedem Kegel lagen, gehen in sechs gerade Linien über, von denen drei auf der einen und drei auf der andern Ebene des Paares liegen.

Auf der Hesse'schen Fläche

$$\frac{1}{\alpha}+\frac{1}{\beta}+\frac{1}{\gamma}+\frac{1}{\delta}-\frac{k}{\alpha+\beta+\gamma+\delta}=0$$

oder

$$8)\qquad \left(\frac{1}{\alpha}+\frac{1}{\beta}+\frac{1}{\gamma}+\frac{1}{\delta}\right)(\alpha+\beta+\gamma+\delta)=k$$

liegen dann ausser den zehn Pentaederkanten noch zwölf gerade Linien, von denen je zwei durch einen der sechs Knotenpunkte gehen, die in der Ebene $\varepsilon=0$ liegen. Der Grund für dieses Zerfallen von sechs Kegelschnitten in sechs Paare von Geraden ist darin zu suchen, dass die Ebenen, welche die Hesse'sche Fläche längs der Kanten berühren, die diesen sechs Knotenpunkten gegenüberliegen, zugleich durch den entsprechenden Knotenpunkt gehen, z. B. die Ebene

$$\alpha+\beta=0$$

durch den Punkt

$$\gamma=0,\ \delta=0,\ \alpha+\beta+\gamma+\delta=0.$$

Der Kegel 5) geht im vorliegenden Falle in das Ebenenpaar

$$(\alpha+\beta+\gamma)^2+(2-k)(\alpha+\beta+\gamma)\delta+\delta^2=0$$

über, dessen Ebenen gleich denen der anderen Paare reell sind, sobald k nicht zwischen 0 und 4 liegt. Für die Fläche, bei welcher $k=4$:

$$\left(\frac{1}{\alpha}+\frac{1}{\beta}+\frac{1}{\gamma}+\frac{1}{\delta}\right)(\alpha+\beta+\gamma+\delta)=4,$$

fallen die zwei Ebenen jedes Paares zusammen; die vier so entstehenden Ebenen

$$\begin{aligned}-\alpha+\beta+\gamma+\delta&=0,\\ \alpha-\beta+\gamma+\delta&=0,\\ \alpha+\beta-\gamma+\delta&=0,\\ \alpha+\beta+\gamma-\delta&=0\end{aligned}$$

bilden ein Tetraeder, dessen Kanten auf der Fläche liegen und dessen Ecken weitere Knotenpunkte derselben sind. Die vorliegende Fläche ist die Hesse'sche Fläche zweier Flächen dritter Ordnung mit vier Knotenpunkten, deren Gleichungen resp.

$$\frac{1}{\alpha}+\frac{1}{\beta}+\frac{1}{\gamma}+\frac{1}{\delta}=0$$

und

$$\frac{1}{-\alpha+\beta+\gamma+\delta}+\frac{1}{\alpha-\beta+\gamma+\delta}+\frac{1}{\alpha+\beta-\gamma+\delta}+\frac{1}{\alpha+\beta+\gamma-\delta}=0,$$

oder in der Normalform

$$(-\alpha+\beta+\gamma+\delta)^2+(\alpha-\beta+\gamma+\delta)^2+(\alpha+\beta-\gamma+\delta)^2 \\ +(\alpha+\beta+\gamma-\delta)^2-2(\alpha+\beta+\gamma+\delta)^2=0$$

und

$$4(\alpha^2+\beta^2+\gamma^2+\delta^2)-(\alpha+\beta+\gamma+\delta)^2=0$$

sind.

Chemnitz. Dr. Emil Eckardt.

XII. Das angebliche Werk des Euklides über die Waage.

Im *Journal Asiatique* von 1851 hat Woepcke eine „*Notice sur des traductions arabes de deux ouvrages perdus d'Euclide*“ veröffentlicht. Diese Notiz enthält nicht nur Mittheilungen über diese Schriften, sondern nach dem Manuscripte *Supplément arabe* 952. 2 den Text und die Uebersetzung des einen Werkes und die Uebersetzung des zweiten. Während wir über das zweite, „das Buch über die Theilung der Figuren“, das bestimmte Zeugniss des Proklos besitzen, haben wir über das erste Stück dieser Notiz „*Le livre d'Euclide sur la balance*“ nirgend eine Erwähnung bei Schriftstellern des Alterthums, welche über Euklides gehandelt haben. Nach einer Bemerkung Woepcke's am Ende seiner Uebersetzung existirt ein anderes Manuscript, welches das Buch — es besteht nur aus vier Lehrsätzen — den Beni Musa, den berühmten drei Brüdern, zuschreibt. Woepcke versucht diesen Umstand zu entkräften; ich glaube Grund zu haben, das Gegentheil für richtig zu halten.

Thabit ben Korrah war Schüler der Beni Musa. Man vergleiche nun das, was ich im Supplementhefte 1868 dieser Zeitschrift über dessen *Liber Karastonis* mitgetheilt habe, mit dem, was Woepcke als Werk des Euklides übersetzt hat, und man wird unmittelbar zugeben müssen, dass das unzweifelhaft dem Thabit zugehörige Werk über die Handwaage nichts Anderes ist, als eine weitere Ausführung und Vervollständigung des Pseudoeuklidischen Werkes. Da Thabit auch die Untersuchungen über die Trisection seines Lehrers weiter ausführte, die Beni Musa aber nachweislich über Karaston geschrieben haben (vergl. a. a. O.), so dürfte es wohl wahrscheinlicher sein, dass es auch dies Werk seiner Lehrer war, das er in seinem *Liber Karastonis* fortführte, als das des Euklides.

Eine andere Thatsache scheint dem freilich zu widerstreiten. In der Handschrift F. II. 33 der Bibliothek zu Basel findet sich das Werk *de Ponderibus* des Jordanus Nemorarius unter dem Titel „*Jordanus de Nemore et Euclides de Ponderibus*“ und dieses Buch hat in seinem ersten Theile ebenfalls viel Aehnlichkeit mit dem durch Woepcke übersetzten arabischen Originale, scheint aber mit dem *Liber de canonio*, das Woepcke a. a. O. erwähnt, identisch; und da ein Werk, in welchem es heisst: „*Sicut demonstratum est ab Euclide et Archimede, et aliis*", nicht von Euklides sein kann, so fällt dieses Argument weg. So lange wir also über ein Buch des Euklides *de ponderibus* nicht Autoritäten aus dem Alterthum besitzen, möchte ich die Autenticität der Autorschaft des Euklides bezweifeln und sie den Beni Musa gewahrt wissen.

Thorn, 13. Febr. 1874. M. Curtze.

XIII. Ueber die Construction von Ovallinien.

(Hierzu Tafel III, Fig. 15–17.)

In der „Anleitung zum Linearzeichnen" von Prof. Delabar, I. Th., 2. Aufl. S. 49, Nr. 136 findet sich folgende Construction eines Ovales, dessen Halbaxen $CA = a$ und $CB = b$ gegeben sind (Taf. III. Fig. 15): Man schneide auf AB die Strecke $BE = BD = a - b$ ab und errichte im Mittelpunkte F des Restes AE auf AE eine Senkrechte, welche AC in G, BC in H schneidet; G und H sind dann die Mittelpunkte, GA und HB die Radien zweier Kreise, die sich in einem Punkte J der Geraden HF berühren und zusammen einen Quadranten des Ovales bilden. Der Verfasser fügt noch die Bemerkung hinzu, dass J ein „mathematisch genauer" Punkt des Ellipsenquadranten sei. — Da die Aufgabe, aus zwei Kreisbögen einen Ovalquadranten von gegebenen Halbaxen zusammenzusetzen, insofern unbestimmt ist, als man den kleineren Radius beliebig (nur $< b$) wählen kann (Zeitschr. Bd. IV, S. 244), so hätte die obige Construction nur dann einigen Werth, wenn J wirklich ein Ellipsenpunkt wäre; in der That ist dies aber nicht der Fall, wie zunächst gezeigt werden soll.

Bezeichnet man $AB = \sqrt{a^2 + b^2}$ zur Abkürzung mit c, so findet man leicht folgende Werthe:

$$CG = \frac{(a-b)(a+b+c)}{2a}, \quad CH = \frac{(a-b)(a+b+c)}{2b},$$

$$GH = \frac{(a-b)(a+b+c)c}{2ab},$$

$$AG = \frac{(c+b-a)c}{2a}, \quad BH = \frac{(c+a-b)c}{2b},$$

woraus sich zunächst $BH - AG = GH$, also die Berührung beider Kreise ergiebt. Als Coordinaten des Berührungspunktes J erhält man

$$\xi = \frac{c + (a-b)}{2}, \quad \eta = \frac{c - (a-b)}{2},$$

und wenn nun J ein Ellipsenpunkt sein sollte, so müsste die Gleichung

$$b^2 \xi^2 + a^2 \eta^2 = a^2 b^2$$

stattfinden; in Wirklichkeit liefern dagegen die vorigen Werthe

$$b^2 \xi^2 + a^2 \eta^2 = a^2 b^2 + \tfrac{1}{2}(a-b)^2 [a^2 + ab + b^2 - (a+b)c].$$

Nur wenn a und b wenig differiren, ist die rechte Seite nahezu $= a^2 b^2$.

Zur richtigen Lösung der Aufgabe, aus zwei sich berührenden Kreisbögen einen Ovalquadranten zu construiren, welcher mit der Ellipse ausser den Scheiteln A und B noch einen zwischenliegenden Punkt W gemein hat, gelangt man auf folgende Weise (Taf. III, Fig. 16).

Die excentrische Anomalie ACU des Punktes W heisse ω; die rechtwinkligen Coordinaten von W sind dann $CP = a\cos\omega$, $CQ = b\sin\omega$. Ist ferner M der auf CA liegende Mittelpunkt des Kreises, welcher durch A und W geht, und analog N der Mittelpunkt des durch B und W gehenden Kreises, so gelten die leicht entwickelbaren Formeln

$$CM = \frac{a^2 - b^2}{2a}(1 + \cos\omega), \quad CN = \frac{a^2 - b^2}{2b}(1 + \sin\omega).$$

Zur Berührung der beiden Kreise ist erforderlich, dass die Punkte M, N, W in einer Geraden liegen; dies giebt für ω die Bedingungsgleichung

$$(a^2 - b^2)(1 - \cos\omega\sin\omega) = (a^2 + b^2)(\cos\omega - \sin\omega).$$

Ihre Auflösung wird einfach, wenn man $\cos\omega - \sin\omega = z$ als neue Unbekannte ansieht; man erhält die beiden Wurzeln

$$z = \frac{a+b}{a-b} \text{ und } z = \frac{a-b}{a+b},$$

von denen nur die zweite zu gebrauchen ist, weil im ersten Quadranten $\cos\omega - \sin\omega$ zwischen -1 und $+1$ liegen muss. Hiernach ist

$$\cos\omega - \sin\omega = \frac{a-b}{a+b}$$

oder

$$\sin(\tfrac{1}{4}\pi - \omega) = \frac{1}{\sqrt{2}} \cdot \frac{a-b}{a+b}$$

oder auch

$$\sin 2\omega = \frac{4ab}{(a+b)^2},$$

wobei rechter Hand das harmonische Mittel aus den Halbaxen, dividirt durch deren arithmetisches Mittel, vorkommt.

Aus den letzten drei Formeln lassen sich verschiedene Constructionen der excentrischen Anomalie von W herleiten; am einfachsten dürfte die folgende sein: Man construire den Punkt S, dessen rechtwinklige Coordinaten $CR = \frac{1}{2}(a+b)$ und $RS = -\frac{1}{2}(a+b)$ sind, beschreibe aus dem Mittelpunkte S mit dem Radius SC einen Kreis und aus dem Mittelpunkte C mit dem Halbmesser $a - b$ einen zweiten Kreis, welcher den ersten in T schneidet; es ist dann $\angle ACT = \omega$, worauf die Construction leicht zu Ende geführt werden kann (Taf. III, Fig. 17).

Wenn auch das Mitgetheilte von sehr untergeordneter Bedeutung ist, so lässt es sich doch bei Uebungen in der analytischen Geometrie gelegentlich als Aufgabe verwenden.

SCHLÖMILCH.

XIV. Zur Frage über isotherme Coordinatensysteme.

Mit Lamé (*Leçons sur les coordonnées curvilignes etc.*) nennen wir dann ein Coordinatensystem dreifach isotherm, wenn es folgende Bedingungen erfüllt.

Wird irgend ein Punkt des Raumes dadurch seiner Lage nach festgelegt, dass er betrachtet wird als der Durchschnittspunkt der drei Flächen

$$\alpha = f_\alpha(x, y, z);\ \beta = f_\beta(x, y, z);\ \gamma = f_\gamma(x, y, z),$$

deren jede durch jeden beliebigen Raumpunkt hindurchgelegt werden kann, vorausgesetzt, dass man den Parametern α, β und γ entsprechende Werthe giebt, und schneiden sich diese drei Flächen durchaus rechtwinklig, so sagt man bekanntlich, dass das eben genannte Flächensystem ein orthogonales Flächensystem sei und dass die Coordinaten irgend eines Raumpunktes die Werthe der Parameter α, β und γ der obigen Flächen seien, die sich in jenem Raumpunkte gegenseitig rechtwinklig durchschneiden.

Genügen nun noch die in x, y und z ausgedrückten Parameter α, β und γ der schematisch dargestellten Bedingung

$$\frac{\partial^2 \ldots}{\partial x^2} + \frac{\partial^2 \ldots}{\partial y^2} + \frac{\partial^2 \ldots}{\partial z^2} \equiv 0, \text{ oder } \Delta_2 \equiv 0$$

identisch, so nennt man das Coordinatensystem der α, β und γ ein dreifach isothermes.

Es liegt nun die Frage nahe, ob man zu jeder beliebig gegebenen Fläche zwei andere Flächen so hinzufinden kann, dass alle drei Flächen, bezogen auf gewisse in ihnen vorkommende Parameter α, β und γ, zusammen ein dreifach isothermes Coordinatensystem bilden.

Was nun zunächst die individuelle gegebene Fläche anlangt und das Aufsuchen von deren Parameter α, so giebt darüber das Gauss-Dirichlet'sche Princip Aufschluss dahin, dass es sagt, wenn überhaupt ein solcher Parameter α zu der gegebenen Fläche existirt, so ist er nur einzig vorhanden, oder ein zweiter Parameter α' könnte sich von dem vorigen α nur durch eine additive und eine multiplicirende Constante unterscheiden, so dass der Zusammenhang besteht $\alpha' = A\alpha + B$, wo A und B rein numerische Constanten darstellen.

Wir nehmen also an, dass die gegebene Fläche immer bereits auf die Form gebracht sei

$$\alpha = f_\alpha(x, y, z);\ \Delta_2(\alpha) = 0.$$

Ob nun zu der Fläche $\alpha = f_\alpha(x, y, z)$ die beiden anderen isothermen Flächen immer gefunden werden können, hat Lamé durch eine einfache Behauptung entschieden, aber nicht weiter vollständig durch Beweise oder Beispiele erhärtet.

Nachdem Lamé nämlich S. 34 den Beweis geliefert hat, dass, wenn

isotherme Coordinatensystem vorhanden sein müsse und leicht gefunden werden könne, sagt er einfach S. 35: „*lorsque deux des trois familles des surfaces conjugées sont isothermes, la troisième ne l'est pas nécessairement.*"

Wir führen zunächst für diese Behauptung Lamé's ein Beispiel an, um später die Frage genauer zu discutiren.

Die drei Flächen

$$\frac{x^2}{a}+\frac{y^2}{a}-2z-a=0,\quad \alpha=Ml a+N,$$
$$\beta=z+al\sqrt{x^2+y^2},$$
$$\gamma=\operatorname{arctng}\frac{y}{x}$$

bilden, wie man sich leicht durch directe Differentiationen überzeugen kann, ein dreifach isothermes Coordinatensystem, wenn man unter M und N rein numerische Constanten versteht.

Die erste dieser Flächen stellt ein System von Rotationsparaboloiden dar um die Z-Axe als Rotationsaxe, deren Meridianebenen durch das dritte Flächensystem mit dem Parameter γ vertreten werden.

Es hat keine Schwierigkeit, für die Flächen des eben genannten isothermen Systemes ganz analoge Resultate abzuleiten, wie sie für die beiden bis jetzt allein bekannten nicht cylindrisch isothermen Coordinatensysteme, nämlich das sphärische und ellipsoidische, schon längst bekannt sind; wir übergehen aber hier derartige Betrachtungen, indem wir nur noch auf die sich von selbst aus dem obigen Beispiele ergebende Folgerung hinweisen, dass unter einem dreifach isothermen Coordinatensysteme **nicht** nothwendig ein Flächensystem enthalten sein muss, das aus allseitig geschlossenen Flächen besteht.

Hat man weiter das Flächensystem

$$\frac{x^2}{a}+\frac{y^2}{a+m}=2z+a,\quad \alpha=Ml\left(2a+m+2\sqrt{a(a+m)}\right)+N,$$
$$\frac{x^2}{b}-\frac{y^2}{m-b}=2z+b,\quad \beta=M'\operatorname{arctng}\frac{2b-m}{2\sqrt{b(m-b)}}+N',$$
$$u=z+\frac{ab(a+2m-b)}{2m(a+b)}lx^2+\frac{(a+m)(m-b)(a-b)}{2m(a+b)}ly^2,$$

wo m eine gegebene unveränderliche Grösse, M, N, M' und N' numerische Constanten und α, β und u veränderliche Parameter bedeuten, so ist auch dieses Flächensystem, wie man sich leicht überzeugen kann, ein orthogonales. Die erste Flächenfamilie wird gebildet von elliptischen Paraboloiden, die zweite von hyperbolischen Hyperboloiden. Die ersten beiden dieser Flächenfamilien genügen, wie man sich leicht überzeugen kann, den Bedingungen $\Delta_2(\alpha)\equiv 0$ und $\Delta_2(\beta)\equiv 0$, allein die dritte Flächenfamilie erfüllt die entsprechende Bedingung nicht, und wir behaupten, dass es auch überhaupt nicht möglich sei, die Gleichung der dritten Flächenfamilie so um-

Da nämlich die Form der Gleichungen der beiden ersten Flächenfamilien unveränderlich feststeht, so wird durch die blossen Orthogonalitätsbedingungen die Form der rechten Seite der Gleichung der dritten Flächenfamilie festgelegt, so dass allein noch der Parameter u willkürlich ist, also auch als Function einer gewissen Constanten γ gedacht werden kann. Es ist nun die Frage, ob man u so als Function von γ darstellen kann, dass $\Delta_2(\gamma)\equiv 0$ identisch erfüllt ist. Gesetzt, es sei möglich, so wäre

$$\frac{\partial u}{\partial x}=\frac{\partial u}{\partial \gamma}\frac{\partial \gamma}{\partial x},\quad \frac{\partial u}{\partial y}=\frac{\partial u}{\partial \gamma}\frac{\partial \gamma}{\partial x},\quad \frac{\partial u}{\partial z}=\frac{\partial u}{\partial \gamma}\frac{\partial \gamma}{\partial z},$$

$$\frac{\partial^2 u}{\partial x^2}=\frac{\partial u}{\partial \gamma}\frac{\partial^2 \gamma}{\partial x^2}+\left(\frac{\partial \gamma}{\partial x}\right)^2\frac{\partial^2 u}{\partial \gamma^2},\quad \frac{\partial^2 u}{\partial y^2}=\frac{\partial u}{\partial \gamma}\frac{\partial^2 \gamma}{\partial y^2}+\left(\frac{\partial \gamma}{\partial y}\right)^2\frac{\partial^2 u}{\partial \gamma^2},$$

$$\frac{\partial^2 u}{\partial z^2}=\frac{\partial u}{\partial \gamma}\frac{\partial^2 \gamma}{\partial z^2}+\left(\frac{\partial \gamma}{\partial z}\right)^2\frac{\partial^2 u}{\partial \gamma^2}.$$

Addirt man die drei letzten Gleichungen, berücksichtigt dabei die ersten drei und die Bedingung $\Delta_2(\gamma)\equiv 0$, so entsteht:

$$\Delta_2(u)=\left[\left(\frac{\partial u}{\partial x}\right)^2+\left(\frac{\partial u}{\partial y}\right)^2+\left(\frac{\partial u}{\partial z}\right)^2\right]\frac{\frac{\partial^2 u}{\partial \gamma^2}}{\left(\frac{\partial u}{\partial \gamma}\right)^2},$$

oder besser:

$$\frac{\frac{\partial^2 u}{\partial \gamma^2}}{\left(\frac{\partial u}{\partial \gamma}\right)^2}=\frac{\frac{\partial^2 u}{\partial x^2}+\frac{\partial^2 u}{\partial y^2}+\frac{\partial^2 u}{\partial z^2}}{\left(\frac{\partial u}{\partial x}\right)^2+\left(\frac{\partial u}{\partial y}\right)^2+\left(\frac{\partial u}{\partial z}\right)^2}.$$

Die linke Seite dieser Gleichung kann aber, der Voraussetzung nach, als Function von u allein dargestellt werden, folglich muss auch die rechte Seite sich mit Hilfe der Gleichung $u=\ldots$ auf eine Function blos von u reduciren lassen. Dies ist aber, wie man sich leicht überzeugen kann, im vorliegenden Falle unmöglich und damit ist unsere Behauptung bewiesen, dass das vorliegende Flächensystem nicht zu einem dreifach isothermen umgestaltet werden könne. Die obige Behauptung Lamé's ist also an einem Beispiele verificirt.

Wir wenden uns nun zur genaueren Untersuchung über die Frage nach der Existenz isothermer Coordinatensysteme, und kommen zunächst dazu, dass wir ermitteln, ob zu jeder Fläche $\alpha=f_\alpha(x,y,z)$, $\Delta_2(\alpha)\equiv 0$ überhaupt ein orthogonales Flächensystem existiren müsse.

Gesetzt, es existirt ein solches der α, u und v, so müssen die Gleichungen identisch erfüllt sein:

$$\frac{\partial \alpha}{\partial x}\frac{\partial u}{\partial x}+\frac{\partial \alpha}{\partial y}\frac{\partial u}{\partial y}+\frac{\partial \alpha}{\partial z}\frac{\partial u}{\partial z}\equiv 0,$$

1)
$$\frac{\partial u}{\partial x}\frac{\partial v}{\partial x}+\frac{\partial u}{\partial y}\frac{\partial v}{\partial y}+\frac{\partial u}{\partial z}\frac{\partial v}{\partial z}\equiv 0,$$

$$\frac{\partial v}{\partial x}\frac{\partial \alpha}{\partial x}+\frac{\partial v}{\partial y}\frac{\partial \alpha}{\partial y}+\frac{\partial v}{\partial z}\frac{\partial \alpha}{\partial z}\equiv 0,$$

$$2) \qquad \Delta_2(\alpha) \equiv 0.$$

Da diese Gleichungen identisch in Bezug auf x, y und z erfüllt sein müssen, so muss auch jede andere Gleichung identisch erfüllt sein, die aus diesen Gleichungen durch Differentiation nach einer der Variablen x, y und z abgeleitet werden kann.

Soll nun das Orthogonalsystem α, u, v immer existiren, gleichgültig, welches auch die Flächenfamilie $\alpha = f_\alpha(x, y, z)$ sei, so dürfen sich aus 1) keine Gleichungen ableiten lassen, die nur die Derivirten von α enthielten, weil jede solche Gleichung eine Bedingung über die Beschaffenheit der Fläche α ausdrücken würde; eine solche Gleichung würde aber entstehen, wenn sich aus den Gleichungen 1) mehr Gleichungen ableiten liessen, als in ihnen verschiedene Derivirte von u und v vorkommen, denn in diesem Falle würden durch einfache Elimination dieser letzteren Derivirten Gleichungen entstehen, die nur die Derivirten von α enthielten. Wir haben also, um die vorliegende Frage zu unterscheiden, nur zu untersuchen, ob die Anzahl der Derivirten von u und v bis einschliesslich der p^{ten} Ordnung immer grösser ist als die Anzahl der unabhängigen Gleichungen, die man aus 1) durch $(p-1)$-malige Differentiation nach einer der Veriablen x, y und z ableiten kann.

Da u und v Functionen der drei Variablen x, y und z sind, so wächst die Anzahl ihrer partiellen Derivirten bekanntlich wie die Reihe der Dreieckszahlen, so dass, wenn

die Ordnung der Derivirten ist:	die Anzahl der Derivirten ist:
$p=1$,	3,
$p=2$,	6,
$p=3$	10
. . . . .	. . . . .
$p=p$,	$\frac{(p+1)(p+2)}{1\,.\,2}$.

Die Anzahl der Derivirten von u und v, bis zur p^{ten} Ordung einschliesslich, ist daher

$$2\left(3+6+10+\ldots+\frac{\overline{p+1}\;\overline{p+2}}{1\,.\,2}\right)=\frac{\overline{p+1}\;\overline{p+2}\;\overline{p+3}}{3}-2.$$

Ebenso aber, wie die Anzahl der Derivirten, ebenso schreitet auch die Anzahl der aus jeder der Gleichungen 1) durch partielle Differentiationen ableitbaren Gleichungen vorwärts. Die Anzahl der Gleichungen also, die man als unabhängig aus denen 1) ableiten kann, ist daher, die Gleichungen 1) eingeschlossen:

$$3\left(1+3+6+10+\ldots+\frac{p(p-1)}{1\,.\,2}\right)=\frac{p(p-1)(p-2)}{1\,.\,2}.$$

Diese Gleichungen enthalten sämmtliche Derivirte von u und v, deren Anzahl vorhin berechnet wurde und sie sind auch die einzigen unabhängigen

höheren Derivirten von α, u und v, als die p^{ter} Ordnung einschliesslich enthalten.* —

Nun sollte aber α auch der Gleichung 2), $\Delta_2(\alpha) \equiv 0$, identisch genügen, folglich auch jeder Gleichung, die aus dieser durch partielle Differentiation nach x, y oder z abgeleitet werden kann.

Hieraus folgt aber, dass im vorliegenden Falle die vorhin aufgestellte Anzahl von Gleichungen nicht durchaus von einander unabhängige umfasst, denn denkt man sich entweder aus den aus der ersten oder der dritten der Gleichungen 1) abgeleiteten Gleichungen diejenigen herausgewählt, die dieselben derivirten von α enthalten, als die sind, die in der aus $\Delta_2(\alpha) \equiv 0$ abgeleiteten Gleichung vorkommen, reducirt man weiter diese herausgewählten Gleichungen auf diese Derivirten von α, so kann man aus ihnen neue Gleichungen bilden, deren beide Seiten identisch verschwinden müssen. Es müssen daher unter der obigen Anzahl von Gleichungen genau doppelt so viele abhängige vorhanden sein, als aus der Gleichung $\Delta_2(\alpha) \equiv 0$ Gleichungen abgeleitet werden können, die keine höheren Derivirten von α als bis zur p^{ten} Ordnung einschliesslich enthalten.

Diese Anzahl ist aber,

$$\begin{aligned} \text{wenn } p &= 1: \ 0, \\ p &= 2: \ 1, \\ p &= 3: \ 3 \\ &\ldots\ldots \\ p &= p: \ \frac{\overline{p-1}\,.\,p}{1\,.\,2}. \end{aligned}$$

Unter der früher aufgestellten Anzahl von Gleichungen sind demnach

$$2\left(1+3+6+\ldots+\frac{\overline{p-1}\,p}{2}\right)=\frac{\overline{p-1}\,.\,p\,\overline{p+1}}{3}$$

abhängige, so dass die Anzahl der Derivirten von u und v bis zur p^{ten} Ordnung einschliesslich die Anzahl der diese Derivirten enthaltenden unabhängigen Gleichungen übertrifft um

$$\frac{\overline{p+1}\,.\,\overline{p+2}\,.\,\overline{p+3}}{1\,.\,2\,.\,3}-2-\left[\frac{p\,.\,\overline{p+1}\,.\,\overline{p+2}}{2}-\frac{\overline{p-1}\,.\,p\,.\,\overline{p+1}}{3}\right]$$

$$=\frac{p+1}{3}\left[\frac{p^2}{2}+p+6\right]-2.$$

Da diese Anzahl für jeden zulässigen Werth von p positiv ist, so folgt hieraus die Antwort auf die Eingangs dieser Betrachtung gestellte Frage in der Form:

---

* Daraus, dass für $p \geqq 6$ die Anzahl der Gleichungen die obige Anzahl der Derivirten übertrifft, schloss Serret (*Liouv. J. t. XII. p.* 241) mit Recht, dass nicht zu jeder gegebenen Flächenfamilie $\alpha = f_1(x, y, z)$ ein orthogonales Flächensystem

Zu jeder Flächenfamilie $\alpha = f_\alpha(x, y, z)$, $\Delta_2(\alpha) \equiv 0$ giebt es ein orthogonales Flächensystem.*

Nachdem wir bereits an einem Beispiele gesehen haben, dass nicht jedes solche Orthogonalsystem zu einem dreifach isothermen gemacht werden kann, liegt die Frage nahe, ob es wenigstens immer möglich sei, einer zweiten Flächenfamilie eine solche Form zu geben, dass ihr Parameter β die Bedingung $\Delta_2(\beta) \equiv 0$ identisch erfülle.

Diese Frage kann mit Hilfe der bisherigen Betrachtungen sehr leicht entschieden werden, indem einfach zu den Bedingungsgleichungen 1) jetzt noch die neue Gleichung $\Delta_2(\beta) \equiv 0$ hinzukommt, wenn wir statt u, β geschrieben denken. Aus dieser Gleichung lassen sich durch partielle Differentiation wieder neue ableiten, die ebenfalls identisch gelten, so dass die frühere Anzahl unabhängiger Gleichungen, die die partiellen Derivirten von β und v bis zur p^{ten} Ordnung einschliesslich umfassen, sich im Ganzen vermehrt um

$$\frac{\overline{p-1}\,.\,p\,.\,\overline{p+1}}{1\,.\,2\,.\,3}.$$

Es übersteigt also auch jetzt noch die Anzahl der Derivirten von β und v die Anzahl der unabhängigen Gleichungen um

$$\frac{p+1}{3}\left[\frac{p^2}{2}+p+6\right]-2-\frac{\overline{p-1}\,.\,p\,.\,\overline{p+1}}{1\,.\,2\,.\,3}=\frac{\overline{p+1}\,.\,\overline{p+4}}{2}-2.$$

Da auch diese Anzahl für jedes zulässige p positiv ist, so folgt, dass sich das vorige Resultat dahin erweitern lässt:

Von den beiden zu der Flächenfamilie $\alpha = f_\alpha(x,y,z)$, $\Delta_2(\alpha) \equiv 0$ gehörigen orthogonalen Flächenfamilien kann mindestens eine noch auf eine solche Form gebracht werden, dass ihr Parameter β der Bedingung $\Delta_2(\beta) \equiv 0$ identisch genügt.

Ist die Fläche $\alpha = f_\alpha(x, y, z)$ eine Rotationsfläche, deren geometrische Rotationsaxe etwa die Z-Axe ist, so findet man einfach für die Flächenfamilie mit dem Parameter β die Schaar der Meridianebenen, oder

$$\beta = arc\,tng\,\frac{y}{x}.$$

Freiberg, den 28. Februar 1874. Dr. Th. Kötteritzsch.

XV. Zur Algebra der Chinesen.

(Auszug aus einem Briefe an M. Cantor.)

In einem früheren Aufsatze zur „Geschichte der Zahlzeichen", Zeitschr. f. Math. u. Phys. III, S. 336, kommen Sie auf die Regel *Ta—yen* von

Sun tsze zu sprechen. Aus dem angezogenen Beispiele ziehen Sie den Schluss, dass die Chinesen in der unbestimmten Analytik nicht zu Hause gewesen seien. Dem ist wohl nicht so; wie wäre es auch möglich, dass die chinesischen Arithmetiker bei der Berechnung ihrer Cykeln Regeln angewendet hätten viele Jahrhunderte hindurch, wenn sie nicht allgemeine Giltigkeit hatten. Die Schuld liegt aber an Dr. Biernatzki, der die Stelle aus dem englischen Original falsch übertragen hat. Die Regel des Sun tsze wird nach vier Stanzen in die Auflösung folgender Aufgabe eingekleidet: „Eine Zahl durch 3 dividirt, giebt den Rest 2; durch 5 dividirt, den Rest 3 und durch 7 dividirt, den Rest 2.“ Darauf folgt „für 1 durch 3 gewonnen, setze 70; für 1 durch 5 gewonnen, setze 21; für 1 durch 7 gewonnen, schreibe 15; ist die Summe 106 oder mehr, so subtrahire davon 105 und der Rest ist die gesuchte Zahl.

Wir haben hier offenbar die Gauss'sche Methode vor uns und die Darstellung in ihren Zeichen ist demnach:

$$x \left\{ \begin{array}{l} \equiv n_1 \ (mod\, a_1) \\ \equiv n_2 \ (mod\, a_2). \\ \equiv n_3 \ (mod\, a_3) \end{array} \right.$$

Man bilde drei Hilfszahlen (chinesisch *tsching su*, das ist Multiplicator) h_1, h_2, h_3 in der Weise, dass

$$h_1 a_2 a_3 \equiv 1 \ (mod\, a_1),$$
$$h_2 a_1 a_3 \equiv 1 \ (mod\, a_2),$$
$$h_3 a_1 a_2 \equiv 1 \ (mod\, a_3),$$

alsdann ist

$$x = h_1 n_1 a_2 a_3 + h_2 n_2 a_1 a_3 + h_3 n_3 a_1 a_2.$$

Setzen wir die Zahlen ein, so ist

$$h_1 . 5 . 7 \equiv 1 \ (mod\, 3),$$

und dies drücken Sun tsze's Worte aus: „für 1 durch 3 gewonnen, setze 70“; der Multiplicator h_1 ist nämlich 2. Da aber zufälligerweise der Rest (*ki*) von $\frac{35}{3}$ auch 2 ist, so hat Biernatzki diese verwechselt.

Hieraus geht hervor, dass Sun tsze (200 n. Chr.) der Entdecker der unbestimmten Analytik ist. Auch ist sein Werk durch spätere Commentatoren, z. B. *Tsin kiu tschau* 1250, erhalten und erläutert; während diese Wissenschaft bei den Indern erst mit Aryabatta (360 n. Chr.) beginnt, dessen Werke oder Regeln sich erst bei Brahme Gupta (650) finden; die Cuttuca der Hindus ist eine ganz von der Tayen der Chinesen abweichende Methode, da jene mit der Euler'schen Methode coincidirt. Die Methode der Chinesen, sowie ihre Aufgaben sind originell. Eine Regel wie die Tien Yuen-Regel von Le Yay (1300 n. Chr.), welche mit der Horner'schen Methode der Auflösung numerischer Gleichungen identisch ist, findet sich weder bei den Hindus, noch bei den Italienern. Erst 300 Jahre später machte Vieta die ersten schwachen Versuche einer Näherungsmethode.

XVI. Ueber die unbestimmten Gleichungen ersten Grades.

Denkt man sich neben die in ganzen Zahlen aufzulösende Gleichung

1) $$ax \pm by = c$$

die andere gesetzt:

2) $$a'x \pm b'y = t,$$

wo a', b' und t vorerst unbestimmt bleiben, so erhält man daraus durch Elimination

$$x = \frac{b'c - bt}{ab' - a'b}, \quad y = \pm \frac{at - a'c}{ab' - a'b}.$$

Sollen nun x und y ganze Zahlen sein, so wird dies für jeden beliebigen Werth von t der Fall sein, wenn die Determinante $ab' - a'b = +1$ oder $= -1$ ist, was eintritt, wenn $\frac{a'}{b'}$ der letztvorhergehende Näherungswerth des in einen Kettenbruch verwandelten Bruches $\frac{a}{b}$ ist; damit sind a' und b' bestimmt, t dagegen bleibt unbestimmt.

Die Rechnung gestaltet sich also folgendermassen:

$$82x + 261y = 117,$$

5	82	261	3
	75	246	
7	7	15	2,
	7	14	
	0	1	

$$\frac{a}{b} = (1:3, 5, 2, 7).$$

Näherungswerthe:

$$\frac{0}{1}, \frac{1}{3}, \frac{5}{16}, \frac{11}{35}, \frac{82}{261},$$

also

$$82x + 261y = 117,$$
$$11x + 35y = t,$$

woraus unmittelbar

$$x = 261t - 35.117 = \text{u. s. w.},$$
$$y = 11.117 - 82t = \text{u. s. w.}$$

Diese Methode soll nichts wesentlich Neues bieten. Sie hat blos den Vorzug der Kürze, prägt sich dem Gedächtniss leicht ein und führt unabhängig von Formeln in jedem einzelnen Falle rasch und sicher zum Ziele.

Stuttgart, October 1873. C. Reuschle jun.

INHALT.

Druckfehler im 2. Heft.

Seite 103, Formel (24), statt

$$-\frac{i_1 i_2}{4U}\iint\frac{ds_1\,ds_2}{r}\cos(ds_1\,ds_2) \quad \text{ist zu lesen} \quad -\frac{i_1 i_2}{4\pi}\iint\frac{ds_1\,ds_2}{r}\cos(ds_1\,ds_2).$$

Seite 112, Zeile 14 v. u. statt: „von einem andern durchdrungen wird" soll stehen:

Zeitschrift

für

Mathematik und Physik

herausgegeben

unter der verantwortlichen Redaction

von

Dr. O. Schlömilch, Dr. E. Kahl

und

Dr. M. Cantor.

19. Jahrgang. 4. Heft.

Ausgegeben am 20. Juli 1874.

Leipzig,

Verlag von B. G. Teubner.

1874.

Urtheile der Presse

über die

arithmetische Aufgabensammlung

von **E. Bardey.**

[Verlag von B. G. Teubner in Leipzig, 3. Aufl., 1873. Preis 27 Ngr.]

Zeitschrift für mathem. Unterricht. — — — Wer wollte aber behaupten, dass von da aus (von Heis nämlich) nicht noch ein weiterer Fortschritt möglich sei? Darum ist das Erscheinen einer neuen Aufgabensammlung für dasselbe Gebiet der Mathematik vollkommen berechtigt, falls sie die bessere Methode noch mehr in das Einzelne hineinträgt und Schritt für Schritt dem Anfänger den Weg zu ebnen, schroffe Uebergänge auszugleichen bemüht ist. Und das, glaube ich, ist gerade einer der Vorzüge der Bardey'schen Sammlung. — — — Hinsichtlich der Auswahl und Folge der Beispiele weist eine genauere Vergleichung des Buches mit seinen Vorgängern einen bedeutenden Fortschritt auf; man merkt es dem Verfasser bald ab, dass er Uebung im Unterrichten und eine nicht gewöhnliche didaktische Gewandtheit hat. Die vorgelegten Exempel schreiten vom Einfacheren zum Zusammengesetzteren, vom Leichteren zum Schwereren stetig fort, die vorangehenden bereiten auf die nachfolgenden vor und es sind durchweg die Formen, in denen Anfänger leicht Irrthümer machen, so wie die, welche in zusammengesetzten Rechnungen eine besondere Wichtigkeit haben, vorzugsweise berücksichtigt. Ueberhaupt aber findet sich in allen Abschnitten eine grosse Mannichfaltigkeit der Rechnungsformen in den zur Erzielung der Rechenfertigkeit geeigneten Verbindungen. Besonders zeichnen sich sämmtliche Abschnitte von den Gleichungen aus. Der Verfasser hat diesem Gegenstande seine besondere Liebe zugewendet, wie denn auch sein 1868 über „Algebr. Gleichungen" erschienenes Werk zu den besten gehört, die über Algebra erschienen sind. Die Auflösung der Gleichungen bildet ja auch für das weitere Fortschreiten in der gesammten Mathematik die wichtigste Disciplin, ohne grosse Uebung darin ist kein Fortschritt möglich. Um die Uebergänge zu neuen Formen recht deutlich hervorzuheben, sind die Aufgaben über die Operationen in Abtheilungen geschieden, die Uebungen über Gleichungen, sowohl die mit gegebener Gleichung, als die eingekleideten Aufgaben in zwei, resp. drei Stufen, eine für den Unterricht sehr zweckmässige Einrichtung. — Die Zahl der in der Bardey'schen Sammlung gelieferten Aufgaben übertrifft die von M. Hirsch sowohl als die reichhaltigere von Heis bei weitem. — — **Die Bardey'sche Sammlung dürfte somit als die reichhaltigste angesehen werden, die zur Zeit existirt.** — —

Conrector Dr. Heussi in Parchim.

Zeitschrift für mathem. Unterricht. — — — Jedenfalls darf es als kein geringes Lob bezeichnet werden, wenn man sagen muss, dass er seine Vorgänger in wesentlichen Stücken übertroffen hat. — — — Noch mehr fast möchte aber Gewicht zu legen sein auf die Einleitung der einzelnen Kapitel, welche in den Stoff einzuführen oder doch durch Fragen an ihn zu erinnern bestimmt sind. Diese einleitenden Bemerkungen machen ein Lehrbuch ganz unnöthig, sobald nur der Lehrer es versteht, den Schüler wirklich anregend zu erfassen. Ist doch gerade für diese Zweige der Schulmathematik, wo die Uebung so ausschliesslich in den Vordergrund tritt, ein eigentliches Lehrbuch dem Unterricht fast im Wege. In der vorliegenden Form wird, nachdem der Gegenstand während des Unterrichts gehörig besprochen ist, Alles hinlänglich dem Gedächtniss zurückgerufen, und der Schüler findet zugleich an der Spitze des Abschnitts, dem er viele Aufgaben zu entnehmen hat, einen Rathgeber für etwaige Verlegenheiten, der gerade so viel oder so wenig sagt, als wünschenswerth ist. Es würde zu weit führen, hier im Einzelnen Wohlgelungenes zu erwähnen u. s. w. — — — Die Theorie der Gleichungen des 3. und 4. Grades ist hier sehr hübsch und elegant vorgetragen, und die auf Seite 284 dargestellte Methode zur Lösung der biquadratischen Gleichungen wird auch dem Lehrer zum Theil neu und immer erfreulich sein. Die Bekanntschaft mit den höheren Disciplinen ist

XIII.

Integration einer linearen Differentialgleichung zweiter Ordnung durch Gauss'sche Reihen.

Von

Dr. J. Thomae,

Professor an der Universität Halle.

In seinen „Beiträgen zur Theorie der durch die Gauss'sche Reihe $F(\alpha, \beta, \gamma, x)$ darstellbaren Functionen" hat Riemann eine Function P in folgender Weise definirt:

A) Für alle Werthe von x, ausser 0, ∞, 1, ist sie einändrig und endlich.

B) Sie lässt sich in die Formen bringen

$$c_\alpha P^\alpha + c_{\alpha'} P^{\alpha'}, \quad c_\beta P^\beta + c_{\beta'} P^{\beta'}, \quad c_\gamma P^\gamma + c_{\gamma'} P^{\gamma'},$$

so dass $x^{-\alpha}. P^\alpha$, $x^{-\alpha'}. P^{\alpha'}$ für $x=0$ einändrig bleiben und weder 0, noch unendlich werden, und $\left(\frac{1}{x}\right)^{-\beta}. P^\beta$, $\left(\frac{1}{x}\right)^{-\beta'}. P^{\beta'}$ für $x=\infty$ und $(1-x)^{-\gamma}. P^\gamma$, $(1-x)^{-\gamma'}. P^{\gamma'}$ für $x=1$ einändrig bleiben und weder 0, noch ∞ werden.

C) Zwischen je drei Zweigen dieser Function P', P'', P''' findet eine lineare homogene Gleichung mit constanten Coefficienten statt

$$c' P' + c'' P'' + c''' P''' = 0.$$

D) Die Summe der Exponenten $\alpha, \beta \ldots$ soll Eins sein, also es soll sein

$$\alpha + \alpha' + \beta + \beta' + \gamma + \gamma' = 1.$$

Er zeigt sodann, dass durch die Eigenschaften *A)*, *B)*, *C)*, *D)*, wenn nicht $\alpha - \alpha'$, $\beta - \beta'$ oder $\gamma - \gamma'$ eine ganze positive oder negative Zahl ist, die Function P bis auf zwei willkürliche Constanten, von denen sie eine lineare homogene Function ist, vollständig definirt sei.

Definirt man nun die Function

$$P\begin{pmatrix} \alpha, \beta, \gamma, \delta, & \\ \alpha', \beta', \gamma', \delta', & k, x \end{pmatrix}$$

dadurch, dass sie

1) für alle Werthe von x ausser 0, ∞, 1, $1:k$ endlich und einändrig sei,

2) dass sie in die Formen

$$c_\alpha P^\alpha + c_{\alpha'} P^{\alpha'}, \quad c_\beta P^\beta + c_{\beta'} P^{\beta'}, \quad c_\gamma P^\gamma + c_{\gamma'} P^{\gamma'}, \quad c_\delta P^\delta + c_{\delta'} P^{\delta'}$$

gebracht werden könne, so dass $c_\alpha, c_{\alpha'}, c_\beta \ldots$ Constanten sind und

$$x^{-\alpha}. P^\alpha, \; x^{-\alpha'}. P^{\alpha'}; \quad \left(\frac{1}{x}\right)^{-\beta}. P^\beta, \; \left(\frac{1}{x}\right)^{-\beta'}. P^{\beta'};$$

$$(1-x)^{-\gamma}. P^\gamma, \; (1-x)^{-\gamma'}. P^{\gamma'}; \quad (1-kx)^{-\delta}. P^\delta, \; (1-kx)^{-\delta'}. P^{\delta'}$$

bez. für $x=0$, ∞, 1, $1:k$ einändrig bleiben und weder 0, noch ∞ werden,

3) dass zwischen je dreien ihrer Zweige P', P'', P''' eine lineare homogene Relation mit constanten Coefficienten stattfinde

$$c'P' + c''P'' + c'''P''' = 0,$$

4) dass endlich die Exponentensumme

$$\alpha + \alpha' + \beta + \beta' + \gamma + \gamma' + \delta + \delta' = 2$$

sei;

so kann man zeigen, dass diese Function P eine lineare homogene Function von zwei Constanten sei, dass sie aber ausserdem noch einen willkürlichen Parameter enthält, von dem sie in complicirterer Weise abhängig ist. Man findet nämlich, dass diese Function P das allgemeine Integral einer linearen homogenen Differentialgleichung zweiter Ordnung ist. In dem speciellen Falle, auf welchen der allgemeine leicht zurückgeführt werden kann, in dem $\gamma' = \delta' = 0$ ist, ist diese Differentialgleichung

$$5) \quad \overline{1-x}\,.\,\overline{1-kx}\,.\,\frac{d^2y}{d\lg x^2} - \{\alpha+\alpha'+[\beta+\beta'+\delta-1-k(\alpha+\alpha'+\delta-1)]x$$

$$-(\beta+\beta')kx^2\}\frac{dy}{d\lg x} - (\alpha\alpha' + tx + \beta\beta' kx^2)y = 0,$$

worin t durch die Eigenschaften 1), 2), 3), 4) **nicht** bestimmt ist, also willkürlich bleibt.

Die Grösse t ist jedoch bestimmt, wenn eine von den Differenzen $\alpha-\alpha'$, $\beta-\beta'$, $\gamma-\gamma'$, $\delta-\delta'$ eine ganze Zahl ist und die Forderungen 2) aufrecht erhalten werden. Ob immer eine durch die Eigenschaften 1), 2), 3), 4) definirte Function existirt, kann *a priori* nicht bestimmt werden; ihre Existenz folgt erst daraus, dass von ihr gezeigt wird, sie sei das Integral einer Differentialgleichung. Umgekehrt lehrt aber die Differentialgleichung, dass eine durch 1), 2), 3), 4) definirte Function **nicht** vorhanden ist, wenn eine der Grössen $\alpha-\alpha'$, $\beta-\beta'$, $\gamma-\gamma'$, $\delta-\delta'$ eine ganze Zahl ist und wenn der Parameter (t) willkürliche Werthe behalten soll. Vielmehr folgt aus der Differentialgleichung, dass dieser Parameter, wenn $\pm m$ die ganze Zahl ist, welcher jene Differenz gleichkommt, nur m verschiedene Werthe (für $m=0$ gar keinen solchen Werth) annehmen kann, mit welchen die Bedingungen 2) verträglich sind, weil im Allgemei en die Integrale solcher Differentialgleichungen logarithmische Bestandtheile enthalten. Es reicht aus, für die

Differenz, welche einer ganzen Zahl m gleich sein soll, $\delta - \delta'$ zu nehmen und $\delta' = 0$ und $\delta = m$ zu setzen. Es kann dann die Function P als ein einfach erweiterter Fall der durch die Eigenschaften *A), B), C), D)* definirten Function angesehen werden, wenn in *C)* die Summe der Exponenten nicht gleich Eins, sondern

$$\alpha + \alpha' + \beta + \beta' + \gamma + \gamma' = 2 \pm m$$

gesetzt wird. Hierauf gründet es sich, dass ein grosser Theil der von Riemann in Bezug auf die Function P in der citirten und hier als bekannt vorausgesetzten Abhandlung entwickelten Eigenschaften bestehen bleibt, und es gelingt hier wie dort, die Function P durch Gauss'sche Reihen darzustellen.* Die hier gehegte Absicht ist nun die, die Differentialgleichung

$$\text{5a)}\quad 1-x \cdot 1-kx \cdot \frac{d^2 y}{d\,lg\,x^2} - \{\alpha + [\beta + \beta' + \delta - 1 - k(\alpha + \delta - 1)]\,x - (\beta + \beta')\,k x^2\}\,\frac{dy}{d\,lg\,x} + (\iota x + \beta\beta' k x^2)\,y = 0$$

oder, wenn man sie mittels der Formeln

$$\frac{dy}{d\,lg\,x} = -\frac{dy}{d\,lg\,1-kx} \cdot \frac{kx}{1-kx} = \frac{dy}{d\,lg\,1-kx}\,[1-(1-kx)^{-1}],$$

$$\frac{d^2 y}{d\,lg\,x^2} = [1 - 2(1-kx)^{-1} + (1-kx)^{-2}]\,\frac{d^2 y}{d\,lg(1-kx^2)} + [(1-kx)^{-1} - (1-kx)^{-2}]\,\frac{dy}{d\,lg(1-kx)}$$

transformirt und zur Abkürzung $1-k=k'$ setzt, der Differentialgleichung

$$\text{5b)}\quad [1-(1-kx)]\left[1 - \frac{1}{k'}(1-kx)\right] \cdot \frac{d^2 y}{d\,lg(1-kx)^2} - \left\{\delta - \left[\alpha + \delta - 1 - \frac{1}{k'}(\alpha + \beta + \beta' - 1)\right] x - \frac{\beta + \beta'}{k'}(1-kx)^2\right\} \frac{dy}{d\,lg\,1-kx} - \left[\frac{\beta\beta' + \iota}{k'}(1-kx) - \frac{\beta\beta'}{k'}(1-kx)^2\right] y = 0$$

oder der Differentialgleichung

$$\text{5c)}\quad [1-(1-x) \cdot \left[1 + \frac{k}{k'}(1-x)\right] \cdot \frac{d^2 y}{d\,lg(1-x^2)} - \left\{\gamma + \left[\frac{\beta + \beta' + \delta - 1}{k'} - \frac{k}{k'}(\beta + \beta' - \gamma)\right](1-x) + \frac{\beta + \beta'}{k'}\,k\,(1-x)^2\right\} \frac{dy}{d\,lg\,1-x} + \left[\frac{\iota + \beta\beta' k}{k'}(1-x) - \frac{\beta\beta' k}{k'}(1-x)^2\right] y = 0\ **$$

---

* Man vergleiche die von Herrn Hattendorff bearbeitete Abhandlung Riemann's „Ueber die Fläche vom kleinsten Inhalt, bei gegebener Begrenzung", Artikel 17.

** Der Coefficient von $-(1-x)\,\dfrac{dy}{d\,lg\,1-x}$ in 5c) kann auch

$$\beta + \beta' - \gamma + \frac{1}{k'}(\gamma + \delta - 1)$$

geschrieben werden.

mittels hypergeometrischer Reihen zu integriren, wenn δ eine ganze Zahl ist und das Integral logarithmische Bestandtheile gleichwohl nicht enthält.

Hierzu soll nun zunächst untersucht werden, welche Werthe t für $\delta=0$, $\delta=1$, $\delta=2$, $\delta=3$, $\delta=4$ annehmen muss, damit das Integral dieser Differentialgleichungen den Bedingungen 2) Genüge leistet, d. h. logarithmische Bestandtheile nicht enthält. Dies findet, wenn δ eine ganze positive Zahl ist, dann statt, wenn die Differentialgleichung 5a) [oder, was dasselbe ist, 5b) oder 5c)] ein particuläres Integral besitzt, das sich nach aufsteigenden Potenzen von $(1-kx)$ in eine convergente Reihe entwickeln lässt, deren niedrigste vorkommende Potenz die 0te ist, und eine lineare homogene Function von zwei willkürlichen Constanten ist. Dies zu untersuchen, benutzen wir die Differentialgleichung 5b). Wir setzen in dieselbe die Reihe

$$6)\quad y=K_0+K_1(1-kx)+K_2(1-kx)^2+\ldots+K_n(1-kx)^n+\ldots$$

ein und wenden die Methode der unbestimmten Coefficienten an. Die Differentialgleichung liefert die Gleichung

$$\sum_{0(n)}^{\infty} K_n(1-x)^n\left\{n.n-\delta-(1-kx)\left[\frac{k'+1}{k'}n^2-\left(\alpha+\delta-1-\frac{1}{k'}(\alpha+\beta+\beta'-1)\right)n\right.\right.$$
$$\left.\left.+\frac{\beta\beta'+t}{k'}\right]+(1-kx)^2\frac{n+\beta\,.\,n+\beta'}{k'}\right\}=0,$$

und hieraus ergiebt sich die Recursionsformel

$$7)\quad K_{n+2}\,.\,n+2\,.\,n+2-\delta$$
$$-K_{n+1}\left[\overline{n+1}^2\frac{k'+1}{k'}-\left(\alpha+\delta-1-\frac{1}{k'}(\alpha+\beta+\beta'-1)\right)\overline{n+1}+\frac{\beta\beta'+t}{k'}\right]$$
$$+K_n\frac{n+\beta\,.\,n+\beta'}{k'}=0,$$

also die Reihe von Gleichungen

$$7\text{a})\quad K_1.1-\delta-K_0\frac{\beta\beta'+t}{k'}=0,$$

$$K_2\,2.2-\delta-K_1\frac{\beta\beta'+t}{k'}-2\left(\alpha+\delta-2-\frac{1}{k'}(\alpha+\beta+\beta')\right)+K_0\frac{\beta\beta'}{k'}=0,$$

$$K_3\,3.3-\delta-K_2\left[\frac{\beta\beta'+t}{k'}-2\left(\alpha+\delta-1-\frac{1}{k'}(\alpha+\beta+\beta'-1)\right)+4\frac{k'+1}{k'}\right]$$
$$+K_1\frac{\beta+1\,.\,\beta'+1}{k'}=0,$$

$$K_4\,4\,.\,4-\delta-K_3\left[\frac{\beta\beta'+t}{k'}-3\left(\alpha+\delta-1-\frac{1}{k'}(\alpha+\beta+\beta'-1)\right)+9\frac{k'+1}{k'}\right]$$
$$+K_2\frac{\beta+2\,.\,\beta'+2}{k'}=0$$

. . . .

Ist nun $\delta=0$, so sind $K_1, K_2\ldots$ eindeutige, völlig bestimmte Functionen von K_0 und es kann t in keiner Weise so bestimmt werden, dass die Reihe 6) zwei willkürliche Constanten enthält.

Ist $\delta = 1$, so muss, wenn dann t durch t_0 bezeichnet wird:

$$t_0 = -\beta\beta' \tag{8a}$$

gesetzt werden, wenn $K_1, K_2 \ldots$ nicht ∞ sein sollen, und es sind dann $K_2, K_3 \ldots$ lineare homogene Functionen der **zwei** willkürlichen Constanten K_0 und K_1. Uebrigens sieht man sofort, dass in diesem Falle die Differentialgleichung 5a) den Factor $(1-kx)$ besitzt und nach Forthebung desselben in die gewöhnliche Differentialgleichung für die Gauss'sche Reihe übergeht.

Ist $\delta = 2$, so muss t eine Wurzel der Gleichung

$$\left(\frac{\beta\beta'+t}{k'}\right)^2 - \frac{\beta\beta'+t}{k'}\left(\alpha - \frac{1}{k'}(\alpha+\beta+\beta')\right) + \frac{\beta\beta'}{k'} = 0\,,$$

sein, deren Wurzeln wir mit t'_1, t''_1 oder eine unbestimmte mit t_1 bezeichnen wollen. Also es muss

$$\begin{aligned} t_1 + \beta\beta' &= \tfrac{1}{2}\left(\alpha k' - \alpha - \beta - \beta' \pm \sqrt{(\alpha k' - \alpha - \beta - \beta')^2 - 4\beta\beta' k'}\right), \\ &= \tfrac{1}{2}\left[\pm\sqrt{(\alpha k + \beta + \beta')^2 - 4\beta\beta' k'} - (\alpha k + \beta + \beta')\right] \end{aligned} \tag{8b}$$

sein, und es sind dann $K_3, K_4 \ldots$ lineare homogene Functionen der zwei willkürlichen Constanten K_0 und K_2.

Für $\delta = 3$ muss für t eine Wurzel der Gleichung dritten Grades

$$\begin{vmatrix} 0, & 2, & \dfrac{\beta\beta'+t}{k'} \\ 2, & \dfrac{\beta\beta'+t}{k'} - \left(\alpha + 1 - \dfrac{1}{k'}(\alpha+\beta+\beta')\right), & -\dfrac{\beta\beta'}{k'} \\ \dfrac{\beta\beta'+t}{k'} - 2\left(\alpha+\delta-1-\dfrac{1}{k'}(\alpha+\beta+\beta'-1)\right) + 4\,\dfrac{k'+1}{k'}, & -\dfrac{\beta+1\,.\,\beta'+1}{k'}, & 0 \end{vmatrix} = 0 \tag{8c}$$

gesetzt werden, welche mit t'_2, t''_2, t'''_2 oder eine unbestimmte unter ihnen mit t_2 bezeichnet werden können. Es sind dann $K_4, K_5, K_6 \ldots$ lineare homogene Functionen der willkürlichen Constanten K_0 und K_3, während K_2 und K_1 nur den willkürlichen Factor K_0 haben.

Ist $\delta = 4$, so muss für t eine Wurzel der Gleichung vierten Grades gesetzt werden

$$\begin{vmatrix} 0, & 0, & 3k', & \beta\beta'+t \\ 0, & 4k', & \beta\beta'+t-(\alpha+2)k'+\alpha+\beta+\beta', & -\beta\beta' \\ 3k', & \beta\beta'+t-2k'(\alpha+3)+2(\alpha+\beta+\beta'-1)+4(1+k'), & -(\beta+1)(\beta'+1), & 0 \\ \beta\beta'+t-3\left[(\alpha+3)k'-\alpha-\beta-\beta'+1\right]+9(k'+1), & -(\beta+2)(\beta'+2), & 0, & 0 \end{vmatrix} = 0, \tag{8d}$$

deren Wurzeln mit t'_3, t''_3, t'''_3, t^{IV}_3 bezeichnet werden können, und eine Unbestimmte unter ihnen mit t_3. Es sind dann $K_5, K_6 \ldots$ lineare homogene Functionen von **zwei** willkürlichen Constanten K_0 und K_4, während K_3, K_2, K_1 den willkürlichen Factor K_0 haben.

So giebt es für $\delta = m$ immer m verschiedene Werthe von t, welche bewirken, dass das Integral der Differentialgleichung 5a) den Bedingungen 2) Genüge leistet.

Weiter soll nun gezeigt werden, dass eine Function P, welche den Bedingungen 1), 2), 3), 4) Genüge leistet, das Integral einer Differentialgleichung zweiter Ordnung ist. Hierzu reicht es aus, weil offenbar

$$P\begin{pmatrix}\alpha, & \beta, & \gamma, & \delta, & k, x\\ \alpha', & \beta', & \gamma', & \delta', & \end{pmatrix}$$

$$=x^{\alpha'}.(1-x)^{\gamma'}(1-kx)^{\delta'}.P\begin{pmatrix}\alpha-\alpha', & \beta+\alpha'+\gamma'+\delta', & \gamma-\gamma', & \delta-\delta', & k, x\\ 0, & \beta'+\alpha'+\gamma'+\delta', & 0, & 0, & \end{pmatrix}$$

ist, die speciellere Function

$$P\begin{pmatrix}\alpha, & \beta, & \gamma, & \delta, & k, x\\ 0, & \beta', & 0, & 0, & \end{pmatrix}$$

zu betrachten, deren Zweige $P^{\alpha'}$, $P^{\gamma'}$, $P^{\delta'}$ bez. um 0, 1, $1:k$ herum einändrig endlich und von Null verschieden sind. Da nun angenommen wurde, dass zwischen je drei Zweigen der Function P eine lineare homogene Relation mit constanten Coefficienten stattfinden solle, so kann man

$$P^{\alpha}=\alpha_\beta P^\beta+\alpha_{\beta'}P^{\beta'}=\alpha_\gamma P^\gamma+\alpha_{\gamma'}P^{\gamma'}=\alpha_\delta P^\delta+\alpha_{\delta'}P^{\delta'},$$
$$P^{\alpha'}=\alpha'_\beta P^\beta+\alpha'_{\beta'}P^{\beta'}=\alpha'_\gamma P^\gamma+\alpha'_{\gamma'}P^{\gamma'}=\alpha'_\delta P^\delta+\alpha'_{\delta'}P^{\delta'}$$

setzen. Dann ist

$$\left(P^\alpha\frac{dP^{\alpha'}}{d\lg x}-P^{\alpha'}\frac{dP^\alpha}{d\lg x}\right)x^{-\alpha}(1-x)^{-\gamma+1}(1-kx)^{-\delta+1}$$
$$=(\alpha_\gamma\alpha'_{\gamma'}-\alpha'_\gamma\alpha_{\gamma'})\left(P^\gamma\frac{dP^{\gamma'}}{d\lg x}-P^{\gamma'}\frac{dP^\gamma}{d\lg x}\right)x^{-\alpha}(1-x)^{-\gamma+1}(1-kx)^{-\delta+1}$$
$$=(\alpha_\delta\alpha'_{\delta'}-\alpha'_\delta\alpha_{\delta'})\left(P^\delta\frac{dP^{\delta'}}{d\lg x}-P^{\delta'}\frac{dP^\delta}{d\lg x}\right)x^{-\alpha}(1-x)^{-\gamma+1}(1-kx)^{-\delta+1}$$
$$=(\alpha_\beta\alpha'_{\beta'}-\alpha'_\beta\alpha_{\beta'})\left(P^\beta\frac{dP^{\beta'}}{d\lg x}-P^{\beta'}\frac{dP^\beta}{d\lg x}\right)\left(\frac{1}{x}\right)^{\cdot\beta\cdot\beta'}\left(\frac{1}{x}-1\right)^{\cdot\gamma+1}\left(\frac{1}{x}-k\right)^{\cdot\delta+1}$$

eine überall endliche und einändrige Function von x, mithin eine Constante. In derselben Weise schliesst man, dass die Function

$$\left(\frac{d^2P^\alpha}{d\lg x^2}P^{\alpha'}-\frac{d^2P^{\alpha'}}{d\lg x^2}P^\alpha\right)x^{-\alpha}(1-x)^{-\gamma+2}(1-kx)^{-\delta+2}$$

und die Function

$$\left(\frac{dP^\alpha}{d\lg x}\frac{d^2P^{\alpha'}}{d\lg x^2}-\frac{dP^{\alpha'}}{d\lg x}\frac{d^2P^\alpha}{d\lg x^2}\right)x^{-\alpha}(1-x)^{-\gamma+2}(1-kx)^{-\delta+2}$$

eine ganze Function von x vom zweiten Grade sei und dass die letztere für $x=0$ verschwinde. Da nun für $y=P$ die Determinante

$$\begin{vmatrix} y, & \dfrac{dy}{d\lg x}, & \dfrac{d^2y}{d\lg x^2}\\ P^\alpha, & \dfrac{dP^\alpha}{d\lg x}, & \dfrac{d^2P^\alpha}{d\lg x^2}\\ P^{\alpha'}, & \dfrac{dP^{\alpha'}}{d\lg x}, & \dfrac{d^2P^{\alpha'}}{d\lg x^2}\end{vmatrix}$$

identisch verschwindet, so ergiebt sich, wenn man dieselbe mit

$$x^{-\alpha}(1-x)^{-\gamma+2}(1-kx)^{-\delta+2}$$

multiplicirt und gleich 0 setzt, dass P einer Differentialgleichung von der Form

$$1-x\,.\,1-kx\,.\,\frac{d^2y}{d\,lg\,x^2}-(A+Cx-kBx^2)\frac{dy}{d\,lg\,x}+(tx+B'kx^2)\,y=0$$

Genüge leisten muss. Die nach auf- oder absteigenden Potenzen von x fortschreitenden Reihenentwickelungen der Integrale dieser Differentialgleichung müssen gemäss 2) in je zwei Reihen zerfallen, von denen die eine aufsteigende mit der nullten Potenz, die andere mit der α^{ten} beginnt, während von den absteigenden die eine mit der $-\beta^{\text{ten}}$, die andere mit der $-\beta'^{\text{ten}}$ Potenz von x beginnt. Daraus ist ersichtlich, dass $A=\alpha$, $B=\beta+\beta'$, $B'=\beta.\beta'$ ist. Da ferner eine nach Potenzen von $1-kx$ aufsteigende Reihe existiren muss, welche mit der δ^{ten} Potenz beginnt, so folgt weiter

$$C=\beta+\beta'+\delta-1-k(\alpha+\delta-1).$$

Rechnet man nun noch den Exponenten γ aus, mit welchem eine der nach Potenzen von $1-x$ fortschreitenden Entwickelungen beginnt, so findet man, dass sich derselbe gemäss der Relation

$$\alpha+\beta+\beta'+\delta+\gamma=2$$

bestimmt, was mit 4) in Uebereinstimmung ist. Also genügt die Function P wirklich der Differentialgleichung 5a), in welcher t aus den Eigenschaften 1), 2), 3), 4) **nicht** bestimmt ist. Sie ist demnach, abgesehen von dem willkürlichen in ihr enthaltenen Parameter t, bis auf zwei willkürliche Constante, von denen sie eine lineare homogene Function ist, völlig bestimmt.

Wir beschränken nun die Integration dieser Differentialgleichung auf den Fall, in welchem δ eine ganze Zahl ist und logarithmische Bestandtheile ausgeschlossen sind. Da aber

$$P\begin{pmatrix}\alpha, & \beta, & \gamma, & -\delta, & k,\; x\\ \alpha', & \beta', & \gamma', & 0, & \end{pmatrix}=(1-kx)^{-\delta}\,P\begin{pmatrix}\alpha, & \beta-\delta, & \gamma, & 0, & k,\; x\\ \alpha', & \beta'-\delta, & \gamma', & \delta, & \end{pmatrix}$$

ist und offenbar die Exponenten α, α'; β, β'; γ, γ'; δ, δ' jedes Paares unter sich vertauscht werden können, ohne dass dadurch die Definition der Function P geändert würde, so wird die Allgemeinheit nicht beeinträchtigt, wenn man für δ nur **positive** ganze Zahlen setzt, was hier geschieht.

Für $\delta=0$ giebt es, wie oben bemerkt ist, keine Function P, welche den Bedingungen 2) gemäss ist. Für $\delta=1$ stimmt die Definition der Function P genau mit der Definition $A)$, $B)$, $C)$, $D)$ .. der **Riemann**'schen Function überein, und man hat also

$$P\begin{pmatrix}\alpha, & \beta, & \gamma, & 1, & k,\; x\\ \alpha', & \beta', & \gamma', & 0, & \end{pmatrix}=P\begin{pmatrix}\alpha, & \beta, & \gamma, & x\\ \alpha', & \beta', & \gamma', & \end{pmatrix},$$

welche Function **Riemann** durch **Gauss**'sche Reihen ausdrückt.

Eine besondere Behandlung lässt der Fall $\delta=2$ zu, welche wir hier folgen lassen. Differentiirt man die Gleichung

9)
$$\frac{1-x}{\alpha+\tau\,.\,\alpha'+\tau-\beta-\tau\,.\,\beta'-\tau\,.\,x}\cdot\frac{d^2y}{d\,lg\,x^2}$$
$$-\frac{\alpha+\alpha'+2\tau+(\beta+\beta'-2\tau)x}{\alpha+\tau\,.\,\alpha'+\tau-\beta-\tau\,.\,\beta'-\tau\,.\,x}\cdot\frac{dy}{d\,lg\,x}+y=0$$

nach $lg\,x$ und setzt $\frac{dy}{d\,lg\,x}=z$, so folgt

$$\frac{1-x}{\alpha+\tau\,.\,\alpha'+\tau-\beta-\tau\,.\,\beta'-\tau\,.\,x}\cdot\frac{d^2z}{d\,lg\,x^2}$$
$$-\left\{\frac{\alpha+\tau\,.\,\alpha'+\tau-\beta-\tau\,.\,\beta'-\tau}{(\alpha+\tau\,.\,\alpha'+\tau-\beta-\tau\,.\,\beta'-\tau\,.\,x)^2}x+\frac{\alpha+\alpha'+2\tau+(\beta+\beta'-2\tau)x}{\alpha+\tau\,.\,\alpha'+\tau-\beta-\tau\,.\,\beta'-\tau\,.\,x}\right\}\frac{dz}{d\,lg\,x}$$
$$+\left\{1-x\,\frac{\alpha+\tau\,.\,\alpha'+\tau\,.\,\beta+\beta'-2\tau+\ \alpha+\alpha'+2\tau\,.\,\beta-\tau\,.\,\beta'-\tau}{(\alpha+\tau\,.\,\alpha'+\tau-\beta-\tau\,.\,\beta'-\tau\,.\,x)^2}\right\}z=0,$$

oder wenn man

$$\frac{\beta-\tau\,.\,\beta'-\tau}{\alpha+\tau\,.\,\alpha'+\tau}=k,\quad 1-k=k',$$

also

10)
$$\tau^2k'-\tau\,[\beta+\beta'+(\alpha+\alpha')k]+\beta\beta'-\alpha\alpha'k=0$$

setzt, so folgt die Differentialgleichung

$$\frac{1-x}{1-kx}\cdot\frac{d^2z}{d\,lg\,x^2}-\frac{k'x+[\alpha+\alpha'+2\tau+(\beta+\beta'-2\tau)x](1-kx)}{(1-kx)^2}\,\frac{dz}{d\,lg\,x}$$
$$+\frac{(1-kx)^2\,\alpha+\tau\,.\,\alpha'+\tau-x[\beta+\beta'-2\tau+(\alpha+\alpha'+2\tau)k]}{(1-kx)^2}\,z=0$$

oder die Differentialgleichung

11)
$$1-x\,.\,1-kx\,.\,\frac{d^2z}{d\,lg\,x^2}$$
$$-[\alpha+\alpha'+2\tau+(1+\beta+\beta'-2\tau-k(\alpha+\alpha'+2\tau+1))\,x-(\beta+\beta'-2\tau)\,k\,x^2]\,\frac{dz}{d\,lg\,x}$$
$$+\{\alpha+\tau.\alpha'+\tau-[2.\beta-\tau.\beta'-\tau+(\beta+\beta'-2\tau+(\alpha+\alpha'+2\tau)k]\,x$$
$$+k\,\beta-\tau\,.\,\beta'-\tau\,.\,x^2\}\,z=0.$$

Setzt man weiter

$$z=\omega.x^\tau,\quad \frac{dz}{d\,lg\,x}=\tau.\omega{:}x^\tau+x^\tau\,\frac{d\omega}{d\,lg\,x},$$
$$\frac{d^2z}{d\,lg\,x^2}=\tau^2\,\omega\,x^\tau+2\,\tau\,x^\tau\,\frac{d\omega}{d\,lg\,x}+x^\tau\,\frac{d^2\omega}{d\,lg\,x^2},$$

so erhält man die Differentialgleichung

12a)
$$1-x\,.\,1-kx\,.\,\frac{d^2\omega}{d\,lg\,x^2}$$
$$-\{\alpha+\alpha'+[\beta+\beta'+1-k\,(\alpha+\alpha'+1)]\,x-(\beta+\beta')\,k\,x^2\}\,\frac{d\omega}{d\,lg\,x}$$
$$+\{\alpha\alpha'-[\tau^2k'-\tau(\beta+\beta'-1+k(\alpha+\alpha'-1))-((\alpha+\alpha')k+2\beta\beta'+\beta+\beta')]\,x$$
$$+\beta\beta'k\,x^2\}\,\omega=0$$

oder, wenn man τ^2 mittels 10) entfernt:

$$12)\qquad 1-x\,.\,1-kx\,.\,\frac{d^2\omega}{d\,lg\,x^2}$$
$$-\{\alpha+\alpha'+[\beta+\beta'+1-k(\alpha+\alpha'+1)]\,x-(\beta+\beta')\,kx^2\}\,\frac{d\omega}{d\,lg\,x}$$
$$+\{\alpha\alpha'+x(\tau k'-k\alpha\alpha'-\beta\beta'-\beta-\beta'-(\alpha+\alpha')k]+\beta\beta'kx^2\}\,\omega=0.$$

Wenn nun k eine willkürlich vorgegebene Grösse ist, so muss τ eine Wurzel der Gleichung 10), also

$$\tau=\frac{\beta+\beta'+(\alpha+\alpha')\,k\pm\sqrt{[\beta+\beta'+(\alpha+\alpha')\,k]^2-4\,(\beta\beta'-\alpha\alpha'k)\,k'}}{2\,k'}$$

sein. Setzt man darin $\alpha'=0$ und

$$\tau k'-\alpha k-\beta-\beta'=t_2+\beta\beta',$$

so ist

$$t_2+\beta\beta'=\frac{-\alpha k-\beta-\beta'\pm\sqrt{(\beta+\beta'+\alpha k)^2-4\beta\beta'k'}}{2},$$

was mit 8b) übereinstimmt.

Die Gleichung 10) wird nun in Gauss'schen Reihen durch den Ausdruck

$$13)\qquad Ax^{\alpha+\tau}.\,F(\alpha+\beta,\,\alpha+\beta',\,\alpha-\alpha'+1,\,x)$$
$$+A'x^{\alpha'+\tau}.\,F(\alpha'+\beta,\,\alpha'+\beta',\,\alpha'-\alpha+1,\,x)$$

völlig integrirt, wenn A und A' willkürliche Constanten sind. Daraus folgt, dass die Gleichung 12) durch die Gleichung

$$14)\qquad P=\omega=z.x^{-\tau}=x^{-\tau}\frac{dy}{d\,lg\,x}=P\begin{pmatrix}\alpha, & \beta, & \gamma, & 2, & k, & x\\ \alpha', & \beta', & 0, & 0, & & \end{pmatrix}$$
$$=A\Big(\frac{\alpha+\beta\,.\,\alpha+\beta'}{\alpha-\alpha'+1}\,x^{\alpha+1}F(\alpha+\beta+1,\,\alpha+\beta'+1,\,\alpha-\alpha'+2,\,x)$$
$$+(\alpha+\tau)\,x^{\alpha}F(\alpha+\beta,\,\alpha+\beta',\,\alpha-\alpha'+1,\,x)\Big)$$
$$+A'\Big(\frac{\alpha'+\beta\,.\,\alpha'+\beta'}{\alpha'-\alpha+1}\,x^{\alpha'+1}F(\alpha'+\beta+1,\,\alpha'+\beta'+1,\,\alpha-\alpha'+2,\,x)$$
$$+(\alpha'+\tau)\,x^{\alpha'}F(\alpha'+\beta,\,\alpha'+\beta',\,\alpha'-\alpha+1,\,x)\Big)$$

integrirt wird. Der mit A' multiplicirte Theil kann mit Hilfe der Formel 16) in Gauss' „*Disquisitiones generales circa seriem infinitam*" etc. auch so geschrieben werden:

14a) $(\alpha'+\tau-1)\,x^{\alpha'}.\,F(\alpha'+\beta,\,\alpha'+\beta',\,\alpha'-\alpha+1,\,x)+x^{\alpha'}F(\alpha'+\beta,\,\alpha'+\beta',\,\alpha'-\alpha,\,x)$,

so dass das Integral durch die beiden Riemann'schen Functionen

$$P\begin{pmatrix}\alpha, & \beta, & \gamma, & x\\ \alpha', & \beta', & 0, & \end{pmatrix},\quad P\begin{pmatrix}\alpha+1, & \beta, & \gamma-1, & x\\ \alpha', & \beta', & 0, & \end{pmatrix}$$

ausgedrückt ist.

Dass man auch für grössere Werthe von δ die Differentialgleichung 5) integriren kann, wenn ihr Integral keine logarithmischen Bestandtheile besitzt, beruht auf dem Satze der contiguen Functionen, welcher ebenso wie für die Gauss'sche Reihe, auch für die hier betrachteten Functionen besteht.

15) **Zwischen je drei P-Functionen, deren entsprechende Exponenten sich nur um ganze Zahlen unterscheiden, besteht immer eine lineare homogene Gleichung mit in x ganzen Coefficienten.**

Da nämlich unsere Function P sich nur bei 0, ∞, 1 verzweigt, bei $1:k$ hingegen einändrig ist, und

$$\alpha+\alpha'+\beta+\beta'+\gamma+\gamma'=2-\delta$$

also eine ganze Zahl ist, so bleiben die von Riemann in seiner erwähnten Abhandlung über die Gauss'sche Reihe in Art. III gemachten Schlüsse in Geltung, und es sind also von den Constanten α_β, $\alpha_{\beta'}$; α_γ, $\alpha_{\gamma'}$; α'_β, $\alpha'_{\beta'}$; α'_γ, $\alpha'_{\gamma'}$ fünf so beschaffen, dass sie durch geeignete Wahl der sechs willkürlichen Constanten

$$(P^{\alpha}x^{-\alpha})_{x=0},\quad (P^{\alpha'}x^{-\alpha'})_{x=0},\quad (P^{\beta}x^{\beta})_{x=\infty},\quad (P^{\beta'}x^{\beta'})_{x=\infty},$$
$$\left(P^{\gamma}\,\overline{1-x}^{-\gamma}\right)_{x=1},\quad \left(P^{\gamma'}\,\overline{1-x}^{-\gamma'}\right)_{x=1}$$

jedwede Werthe annehmen können, also willkürlich sind, während die übrigen drei eindeutige Functionen der fünf willkürlichen sind, in denen die Parameter sämmtlich ungeändert bleiben, wenn α, α', β, β', γ, γ' um beliebige ganze Zahlen geändert werden. (Riemann's Abhandlung S. 10.) Sind daher (m gleich einer ganzen Zahl gesetzt)

$$P\begin{pmatrix}\alpha, & \beta, & \gamma, & m+1, & k, & x\\ \alpha', & \beta', & \gamma', & 0, & & \end{pmatrix},\quad P_1\begin{pmatrix}\alpha_1, & \beta_1, & \gamma_1, & m_1+1, & k, & x\\ \alpha'_1, & \beta'_1, & \gamma'_1, & 0, & & \end{pmatrix}$$

zwei Functionen P, deren entsprechende Exponenten $\alpha, \alpha' \ldots m$; $\alpha_1, \alpha'_1 \ldots m_1$ sich nur um ganze Zahlen unterscheiden, so kann man die acht Grössen $(\alpha_\beta)_1$, $(\alpha_{\beta'})_1$, $(\alpha_\gamma)_1$, $(\alpha_{\gamma'})_1$, $(\alpha'_\beta)_1$, $(\alpha'_{\beta'})_1$, $(\alpha'_\gamma)_1$, $(\alpha'_{\gamma'})_1$ den acht Grössen α_β, $\alpha_{\beta'}$, α_γ, $\alpha_{\gamma'}$, α'_β, $\alpha'_{\beta'}$, α'_γ, $\alpha'_{\gamma'}$ bez. gleich annehmen, da aus der Gleichheit der fünf willkürlichen die Gleichheit der übrigen folgt. Dies angenommen, d. h. $(\alpha_\beta)_1=(\alpha_\beta)$ etc. gesetzt, ist

16)
$$\begin{vmatrix}P^{\alpha}, & P^{\alpha'}\\ P_1^{\alpha}, & P_1^{\alpha'}\end{vmatrix}=\begin{vmatrix}\alpha_\beta, & \alpha_{\beta'}\\ \alpha'_\beta, & \alpha'_{\beta'}\end{vmatrix}\begin{vmatrix}P^{\beta}, & P^{\beta'}\\ P_1^{\beta}, & P_1^{\beta'}\end{vmatrix}$$

$$=\begin{vmatrix}\alpha_\gamma & \alpha_{\gamma'}\\ \alpha'_\gamma & \alpha'_{\gamma'}\end{vmatrix}\begin{vmatrix}P^{\gamma}, & P^{\gamma'}\\ P_1^{\gamma}, & P_1^{\gamma'}\end{vmatrix}=\begin{vmatrix}\alpha_\delta P^{\delta}+\alpha_{\delta'}P^{\delta'}, & \alpha'_\delta P^{\delta}+\alpha'_{\delta'}P^{\delta'}\\ (\alpha_\delta)_1 P_1^{\delta_1}+(\alpha_{\delta'})_1 P_1^{\delta'_1}, & (\alpha'_\delta)_1 P_1^{\delta_1}+(\alpha'_{\delta'})_1 P_1^{\delta'_1}\end{vmatrix}$$

$$=[\alpha_\delta(\alpha'_\delta)_1-\alpha'_\delta(\alpha_\delta)_1]P^{\delta}P_1^{\delta_1}+[\alpha_\delta(\alpha'_{\delta'})_1-\alpha'_\delta(\alpha_{\delta'})_1]P^{\delta}P_1^{\delta'_1}$$
$$+[\alpha_{\delta'}(\alpha'_\delta)_1-\alpha'_{\delta'}(\alpha_\delta)_1]P^{\delta'}P^{\delta_1}+[\alpha_{\delta'}(\alpha'_{\delta'})_1-\alpha'_{\delta'}(\alpha_{\delta'})_1]P^{\delta'}P_1^{\delta'_1}.$$

Da aber $\delta'=\delta'_1=0$ ist und $\delta=m+1$, $\delta_1=m_1+1$ ganze Zahlen sind, so ergiebt sich, wenn $\bar{\alpha}$ diejenige von den Grössen $\alpha+\alpha'_1$, $\alpha_1+\alpha'$, $\bar{\beta}$ diejenige von den Grössen $\beta+\beta'_1$, $\beta'+\beta_1$, $\bar{\gamma}$ diejenige von den Grössen $\gamma+\gamma'_1$, $\gamma'+\gamma_1$ bedeutet, welche um eine positive ganze Zahl kleiner als die andere oder ihr gleich ist, dass der Ausdruck

$$\begin{vmatrix}P^{\alpha}, & P^{\alpha'}\\ P_1^{\alpha}, & P_1^{\alpha'}\end{vmatrix}=x^{-\bar{\alpha}}(1-x)^{-\bar{\gamma}}$$

für alle endlichen x endlich und einändrig sei, für $x=\infty$ aber einändrig und unendlich gross von der $-\overline{\alpha}-\overline{\beta}-\overline{\gamma}^{\text{ten}}$ Ordnung werde, also eine ganze Function vom Grade $-\overline{\alpha}-\overline{\beta}-\overline{\gamma}$ sei.* Hieraus folgt nun die Richtigkeit des Satzes 15) genau in derselben Weise, wie bei Riemann Art. III S. 18, und es gründet sich hierauf die Darstellung unserer Function P durch hypergeometrtische Reihen.

Es sei

$$P\begin{pmatrix}\alpha, & \beta, & \gamma, & 1, \\ 0, & \beta', & 0, & 0,\end{pmatrix} k,\ x\Big) = Q, \quad P\begin{pmatrix}\alpha+1, & \beta, & \gamma-1, & 1, \\ 0, & \beta', & 0, & 0,\end{pmatrix} k,\ x\Big) = R,$$

$$P\begin{pmatrix}\alpha, & \beta, & \gamma-m, & m+1, \\ 0, & \beta', & 0, & 0,\end{pmatrix} k,\ x\Big) = P_m$$

und

$$f = x^{-\alpha}(1-x)^{-\gamma},$$

so ist

$$(Q^{\alpha}R^{\alpha'} - Q^{\alpha'}R^{\alpha})\, x^{-\alpha}(1-x)^{-\gamma+1} = (1-x)\, f\,.\, |Q,\, R|$$

eine Constante,

$$(R^{\alpha}P_m^{\alpha'} - R^{\alpha'}P_m^{\alpha})\, x^{-\alpha}(1-x)^{-\gamma+m} = |R,\, P_m|\,.\, f\,.\,(1-x)^m = G_{m-1}$$

eine ganze Function vom $m-1^{\text{ten}}$ Grade und

$$(P_m^{\alpha}Q^{\alpha'} - P_m^{\alpha'}Q^{\alpha})\, x^{-\alpha}(1-x)^{-\gamma+m} = |P_m,\, Q|\,.\, f\,.\,(1-x)^m = H_{m-1}$$

eine ganze Function vom Grade $m-1$. Da ferner

$$(P_m\,.\,|Q,\, R| + Q\,.\,|R,\, P_m| + R\,|P_m,\, Q|)\,.\, f\,.\,(1-x)^m$$

identisch Null ist, so folgt

17) $$(1-x)^{m-1}\,.\, P_m + G_{m-1}\,.\, Q + H_{m-1}\,.\, R = 0.$$

Um also P_m durch Q und R, d. h. durch Gauss'sche Reihen auszudrücken, hat man eine endliche Anzahl von Constanten, nämlich die $2m$ in G und H enthaltenen Coefficienten zu bestimmen, was stets ausführbar ist. Bedient man sich hierzu der Methode der unbestimmten Coefficienten, indem man in die Gleichung 16) einen speciellen Zweig (etwa P_m^{α}, Q^{α}, R^{α}) einsetzt, so kann man den Coefficienten der niedrigsten Potenz der Entwickelung dieses Zweiges noch willkürlich, z. B. gleich Eins annehmen, obgleich diese Relation unter gewissen Voraussetzungen über diese Coefficienten (zu 16) hergeleitet ist; denn man kann die Verhältnisse dieser Coefficienten in die Functionen H_{m-1}, G_{m-1} einrechnen. Dann müssen aber die übrigen Zweige, wenn sie der Gleichung 17) nach geschehener Bestimmung dieser Coefficienten Genüge leisten wollen, abgesehen von einem willkürlichen, P_m, Q, R gemeinsamen Factor mit den Coefficienten versehen werden, die ihnen als Fortsetzung des bei der Berechnung angewendeten speciellen Zweiges zu-

---

* Da für Werthe von $\delta > 2$ es drei oder mehr verschiedene P-Functionen mit denselben Exponenten giebt, so können P und P_1 zwei verschiedene Functionen mit denselben Exponenten sein. Der Grad des obigen Ausdruckes ist dann der

kommen. Die Ausmittelung derselben macht keine Schwierigkeiten, weil die Fortsetzungen der hypergeometrischen Reihe bekannt sind.

Ist $\delta = m+1 = 2$, so folgt aus 17)

$$P_1 = AQ + BR,$$

worin A und B Constanten sind. Setzen wir hier die speciellen Zweige P_m^α. Q^α, R^α ein, so folgt, da R^α mit der $\alpha+1^{\text{ten}}$ Potenz beginnt, $A=1$. Der Coefficient $x^{\alpha+1}$ in P_m^α ist nach 5a)

$$\frac{\alpha(\alpha+\beta+\beta'+k')-t_1}{1+\alpha},$$

also ist

$$B = \frac{\alpha k' - \beta\beta' - t_1}{1+\alpha} = \frac{\alpha+\beta}{1+\alpha} . \frac{\alpha+\beta'}{\alpha+\tau},$$

wenn die Irrationalität in t_1 in den Nenner gebracht wird und τ eine Wurzel von 10) ist. Um dies Resultat mit 14) in Uebereinstimmung zu bringen, braucht man dort blos den Factor $\alpha+\tau$ in die Constante A einzurechnen.

Um in weiteren Fällen die in G_{m-1}, H_{m-1} enthaltenen Constanten auszurechnen, scheint es vortheilhaft, die zu γ' gehörenden Zweige zu benutzen, weil in der Entwickelung von $(1-x)^{m-1}P_m^{\gamma'}$ die ersten $m-2$ Potenzen fehlen. Wenn man demnach

$$G_{m-1} = g_0 + g_1(1-x) + g_2(1-x)^2 + \ldots + g_{m-1}(1-x)^{m-1},$$
$$H_{m-1} = h_0 + h_1(1-x) + h_2(1-x)^2 + \ldots + h_{m-1}(1-x)^{m-1}$$

setzt und beachtet, dass

$$Q^{\gamma'} = F(\beta, \beta', 1-\gamma, 1-x)$$
$$= 1 + \frac{\beta.\beta'}{1.1-\gamma}(1-x) + \frac{\beta}{1}.\frac{\beta+1}{2}.\frac{\beta'}{1-\gamma}.\frac{\beta'+1}{2-\gamma}(1-x)^2$$
$$+ \frac{\beta\beta'+1.\beta+2}{1.2.3}\,\frac{\beta'.\beta'+1.\beta'+2}{1-\gamma.2-\gamma.3-\gamma}(1-x)^3 + \ldots,$$

$$R^{\gamma'} = F(\beta, \beta', 2-\gamma, 1-x)$$
$$= 1 + \frac{\beta.\beta'}{1.2-\gamma}(1-x) + \frac{\beta.\beta+1.\beta'.\beta'+1}{1.2.2-\gamma.3-\gamma}(1-x)^2$$
$$+ \frac{\beta.\beta+1.\beta+2.\beta'.\beta'+1.\beta'+2}{1.2.3.2-\gamma.3-\gamma.4-\gamma}(1-x)^3 + \ldots,$$

so erhält man für $m=2$ ($\delta=3$) zur Bestimmung der Constanten die Gleichungen

$$\text{18)} \qquad g_0 + h_0 = 0, \quad h_0 = -g_0, \quad g_1 + h_1 + g_0\frac{\beta\beta'}{1-\gamma.2-\gamma} = 1,$$

$$g_1\frac{\beta\beta'}{1.1-\gamma} + h_1\frac{\beta\beta'}{1.2-\gamma} + g_0\frac{\beta.\beta+1.\beta'.\beta'+1}{1.1-\gamma.2-\gamma.3-\gamma} = \frac{t_2+\beta\beta'k}{k'.\gamma-1},$$

$$g_1\frac{\beta.\beta'\beta+1.\beta'+1}{1.2.1-\gamma.2-\gamma} + h_1\frac{\beta.\beta+1\,\beta'.\beta'+1}{1.2.2-\gamma.3-\gamma} + g_0\frac{\beta.\beta+1.\beta+2\,\beta'.\beta'+1.\beta'+2}{1.2.1-\gamma.2-\gamma.3-\gamma.4-\gamma}$$
$$= \frac{(t_2+\beta\beta'k)^2}{k'^2 1.2.1-\nu.2-\nu} + \frac{t_2+\beta\beta'k}{k'.2-\nu} + \frac{\beta\beta'k}{k'.2-\nu}.$$

Hierdurch sind die Grössen g_0, h_0, g_1, h_1 vollständig bestimmt. Wir wollen sie, als zu ($\delta=3$), $m=2$ gehörend, mit $g_0^{(2)}$, $h_0^{(2)}$, $g_1^{(2)}$, $h_1^{(2)}$ bezeichnen. Man hat also

19)
$$P_2\gamma' = [x g_1^{(2)} - (g_0^{(2)} + g_1^{(2)})]\, F(\beta, \beta', 1-\gamma, 1-x) + [x h_1^{(2)} - (h_0^{(2)} + h_1^{(2)})]\, F(\beta, \beta', 2-\gamma, 1-x)$$

und hieraus durch Fortsetzung dieser Function [wobei man von der Tabelle S. 60 Bd. XIV dieser Zeitschrift Gebrauch machen kann. Der gemeinsame Factor von γ_α, $(\gamma-1)_\alpha$ ist in die Constanten eingerechnet.]

20)
$$\begin{aligned} P_2 = Const. \{ &(x g_1^{(2)} - g_1^{(2)} - g_0^{(2)})\, F(\beta, \beta', 1-\alpha, x) \\ &+ (1-\gamma)(x h_1^{(2)} - h_0^{(2)} - h_1^{(2)})\, F(\beta, \beta', -\alpha, x) \} \\ + Const.' \Big\{ &(x g_1^{(2)} - g_0^{(2)} - g_1^{(2)})\, F(\beta, \beta', 1+\alpha, x) \\ &+ \frac{1-\gamma}{\gamma+\beta-1 \,.\, \gamma+\beta'-1} \,.\, (h_1^{(2)} x - h_0^{(2)} - h_1^{(2)})\, F(\beta, \beta', 2-\alpha, x) \Big\}. \end{aligned}$$

Hiermit begnügen wir uns, da hierdurch die Methode der Integration und ihre jedesmal mögliche Ausführbarkeit [die nur noch mit algebraischen Schwierigkeiten 8c) und 8d) verknüpft ist] ausreichend ins Licht gesetzt ist. Es kann noch bemerkt werden, dass sich diese Methode auch noch auf die Fälle erstreckt, in welchen ausser dem ausserwesentlichen singulären Punkte $1:k$ beliebig viele ebensolche ausserwesentliche singuläre Punkte der Integrale einer Differentialgleichung, etwa an den Stellen $1:k_1$, $1:k_2 \ldots 1:k_n$ vorhanden sind; denn in jedem solchen Falle bleibt der Satz 15) über die contiguen Functionen bestehen.

XIV.

Ueber die Abweichungen der Gase, insbesondere des Wasserstoffs, vom Mariotte'schen Gesetz.

Von

Dr. E. Budde

in Paris.

Bezeichnet v das Volumen eines Gases, p seinen Druck, so sollte bekanntlich, wenn die Temperatur unveränderlich ist, nach Mariotte

1) $$pv = const$$

sein; in Wirklichkeit ist aber

2) $$pv = const + \varphi(p),$$

wo φ das Symbol einer noch nicht näher bekannten Function ist. Diese Function kann positiv oder negativ sein; ist sie für ein Gas positiv, so wollen wir dasselbe positiv abweichend, im entgegengesetzten Falle negativ abweichend nennen.

Das Erfahrungsmaterial, welches für die Bestimmung von φ Werth hat, sind einestheils die berühmten Versuche von Regnault (*Rélation des expériences etc., Paris* 1847, im Original schwer zu finden, abgedruckt in den *Mémoires de l'acad. des sciences de l'Institut de Fr.*, Jahrgang 1847), anderntheils die verhältnissmässig wenig beachteten Experimente von Natterer (Ber. der Wiener Akademie V, VI, XII). Die Resultate beider sind in allen Lehrbüchern zu finden. Regnault erkannte, dass der Wasserstoff eine positive, alle anderen Gase eine negative Abweichung zeigen; seine Ergebnisse gelten für einen Druck bis zu 30 Atmosphären und eine Temperatur von nahe 4° C. Er stellt die empirische Formel auf

3) $$\frac{v'p'}{vp} = 1 + \alpha\left(\frac{v}{v'} - 1\right) + \beta\left(\frac{v}{v'} - 1\right)^2,$$

in welcher α und β constante Zahlen sind, deren Werthe uns hier nicht weiter interessiren. Bei Wasserstoff ist α und β positiv; trotzdem spricht er in seiner Abhandlung die Vermuthung aus, dass auch dies Gas, wie alle anderen, bei wachsendem Druck schliesslich zu einer negativen Abweichung übergehen werde. Er denkt, sämmtliche Gase müssten zuletzt das bekannte Verhalten der Kohlensäure zeigen.

Natterer findet für alle permanenten Gase gerade das Entgegengesetzte. Nach ihm verwandelt sich die negative Abweichung von Luft, Stickstoff und Kohlenoxyd bei sehr hohem Drucke in eine positive, welche schliesslich sogar stärker wird, als die des Wasserstoffs, übrigens auch bei diesem einen enorm hohen Grad erreicht. Einem Druck von 2790 Atmosphären entspricht nach ihm eine Verdichtung

von	H_2	N_2	Luft	CO
auf	$\frac{1}{1008}$,	$\frac{1}{705}$,	$\frac{1}{728}$,	$\frac{1}{727}$.

Für Wasserstoff hebe ich aus seiner Serie zur vorläufigen Uebersicht folgende Werthe von p und $\frac{1}{v}$ hervor. Der Druck ist in Atmosphären gemessen.

p	$\frac{1}{v}$	p	$\frac{1}{v}$	p	$\frac{1}{v}$
2790 —	1008,	930 —	598,	352 —	298,
1995 —	898,	685 —	498,	222 —	198,
1226 —	698,	505 —	398,	111 —	108.

Die Abweichungen bleiben bei seiner Methode unmerklich:

bei	H_2	O_2	N_2	Luft	CO
bis	78,	177,	85,	96,	127 Atmosphären.

Die Werthe von $p.v$, welche sich aus obigen Zahlen berechnen, sind gewiss nicht genau, namentlich bei relativ niedrigen Drucken; dies folgt sowohl *a priori* aus der Construction seines Apparates, wie *a posteriori* daraus, dass er z. B. bei Wasserstoff bis zu 78 Atmosphären die Abweichung $=0$ findet. Indess genügen seine Beobachtungen jedenfalls, um das Dasein einer sehr bedeutenden positiven Abweichung, und wohl auch, wenn man von den niedrigen Drucken absieht, um ungefähr das Gesetz derselben zu constatiren.

A. Dupré (*C. R.* der Pariser Akademie LVII und LIX) hat versucht, die Regnault'schen Zahlen auf eine einfachere Formel zu bringen. Zu dem Zwecke führt er den Begriff des „Covolumens" ein. Man denke sich zu dem Volumen v eines Gases einen constanten Zusatz c, das Covolumen, addirt; dann verhalten sich die Gase nach Dupré so, als ob die Summe $v+c$ dem Mariotte'schen Gesetz gehorchte. Für zwei Drucke p und p_1 wird also

$$4)\qquad (c+v)\,p=(c+v_1)\,p_1.$$

c ist nach ihm nur von der Natur des Gases abhängig. Für H_2 ist es negativ, für die anderen Gase positiv; für Kohlensäure will sich aber kein constanter Werth von c aus den Zahlen Regnault's ergeben. Dupré, der seine Formel für allgemein giltig hält, hilft sich durch die Annahme, dass eine Fehlerquelle, die für die anderen Gase verschwindet, die Bestimmungen bei CO_2 verunreinige. Diese Quelle ist aber nicht zu finden; er discutirt zwar einige störende Umstände, aber aus seinen Erörterungen folgt eben, dass diese nicht ausreichen, die auftretenden Differenzen zu erklären.

Der theoretische Werth von Dupré's Formel (er stützt sie auf den zweiten Lehrsatz der mechanischen Wärmetheorie, meiner Ansicht nach in nothwendig hypothetischer Weise) lassen wir bei Seite; wäre sie für mehrere Gase empirisch giltig, so würde sie immerhin Bedeutung beanspruchen. Es schien mir aber, als müsse er, auch um sie nur als Erfahrungssatz hinzustellen, den vorhandenen Zahlen einige Gewalt angethan haben, und eine ziemlich rohe, aber für die Sachlage hinreichend genaue Rechnung zeigte allerdings, dass dem so ist. Ich gebe diese Rechnung zunächst wieder.

Regnault's Methode setze ich als bekannt voraus. Die Tabellen, auf welche er seine Formel gründet, haben folgende Gestalt:

Nr.	v.	p.	t.	Combinirte Nummern.	$\frac{v_0}{v_1}$.	$\frac{p_1}{p_0}$.	$\frac{v_0 p_0}{v_1 p_1}$.
9	970,63	4209,48	4° 68	9 — 10	1,998135	1,992625	1,002765
10	1939,45	2112,53	"				
11	970,57	4208,97	"	11 — 12	1,998731	1,993232	1,002759
12	1939,91	2111,63	"				
13	970,00	4212,14	"	13 — 15	1,998758	1,993714	1,002503
15	1938,00	2112,69	"				

Das Beispiel ist der zweiten Serie für Luft entnommen. Es enthält Columne

1 die laufende Nummer des Experiments;

2 die beobachteten Volumina, ausgedrückt in Grammen Quecksilbers;

3 die zugehörigen Drucke in Millimetern (auf 0° reducirt);

4 die Temperatur, auf welche v bezogen ist;

5 die Nummern, welche combinirt sind, um in

6 die Werthe von $\frac{v_0}{v_1}$, in

7 die von $\frac{p_1}{p_0}$ und in

8 die von $\frac{v_0 p_0}{v_1 p_1}$ zu erhalten.

Die Grösse $\frac{v_0 p_0}{v_1 p_1} - 1$ lässt erkennen, wie das Gas vom Mariotte'schen Gesetz abweicht.

Man sieht, dass in den Werthen von $\frac{v_0 p_0}{v_1 p_1} - 1$ die zweite Stelle schon unsicher ist; dasselbe zeigt sich bei höheren Drucken, bei niederen ist die Unsicherheit noch grösser. Die Präcision der Beobachtung ist demnach, wie sich das auch leicht begreift, gering; wo die Werthe von $\frac{v_0 p_0}{v_1 p_1} - 1$ weniger als 0,002 betragen, findet man bei Durchsicht der Tabellen, dass ihr Betrag durch die Beobachtungsfehler nahe verdeckt wird. Deshalb kann man in der Rnchnung einige bequeme Vernachlässigungen einführen.

Regnault hat seine Versuche bekanntlich so eingerichtet, dass bei einem grossen Theil derselben $\frac{v_0}{v_1}$ sehr nahe gleich 2 wird. Ich habe zunächst nur diesen Theil der Versuche berücksichtigt; beim Wasserstoff sind dieselben jedoch unterhalb 4^m Druck kaum brauchbar, weshalb ich dort zwei andere Verhältnisse mit in Rechnung zog.

Ferner sieht man, dass die Volumina für v_0 und v_1 immer nahe bei 970 und 1940 liegen; dies Verhältniss, durch die Methode bedingt, kehrt immer wieder. Ich habe nun für je eine Serie das arithmetische Mittel sämmtlicher v_0, sämmtlicher v_1, p_0, p_1, $\frac{v_0}{v_1}$, $\frac{p_1}{p_0}$ und $\frac{v_0 p_0}{v_1 p_1}$ genommen und alle diese Mittel so behandelt, als ob sie zusammengehörten, als ob sie den mittleren Inhalt der Serie darstellten. So zieht sich also obige Serie zusammen auf folgendes Resultat:

$$v_0 = 1939{,}37,\quad v_1 = 970{,}40,\quad \frac{v_0}{v_1} = 1{,}998533,$$
$$p_0 = 2112{,}28,\quad p_1 = 4210{,}36,$$
$$\frac{p_1}{p_0} = 1{,}993190,\quad \frac{v_0 p_0}{v_1 p_1} = 1{,}002676.$$

Dabei war es für den ferneren Verlauf nicht nöthig, die sämmtlichen Decimalstellen zu führen; es schien aber wünschenswerth, die Beträge von $\frac{v_0 p_0}{v_1 p_1} - 1$ hervorzuheben und dabei anzudeuten, welches die mittlere Abweichung der Regnault'schen Zahlen von dem gefundenen Mittel ist. Diese Mittel stehen unten unter der Ueberschrift x und hinter ihnen ist der Betrag jener mittleren Abweichung mit einem $\pm$ in Einheiten der letzten Stelle angefügt.

Endlich wurden die vorkommenden Temperaturdifferenzen, die bis auf $\frac{1}{2}^{\circ}$ vom Mittel gehen, vernachlässigt, was man um so eher darf, da Regnault die direct miteinander verglichenen Volumina je einer Serie bereits auf gleiche Temperatur corrigirt hat.

So ergab nun eine grössere Anzahl von Serien die folgenden Resultate. (Bei Wasserstoff ist das Vorzeichen von x umgekehrt; die beiden letzten Zeilen bei diesem Gase sind vereinzelte Versuche, daher fehlt bei ihnen die

Luft.

$v.$	$p.$	$\frac{v_0}{v_1}$.	$\frac{p_1}{p_0}$.	$\frac{v_0 p_0}{v_1 p_1}$.	$x.$
1940 970	739 1476	2,001	1,997	1,0014	0,0014 ± 1
1939 970	2112 4210	1,998	1,993	1,0027	0,0027 ± 1
1941 980	4042 8178	1,981	1,975	1,0032	0,0032 ± 1
1940 970	6770 13474	1,999	1,990	1,0045	0,0045 ± 1
1940 971	9331 18549	1,999	1,987	1,0062	0,0062 ± 2
1946 1054	11476 21057	1,843	1,833	1,0057	0,0057 ± 2

Stickstoff.

$v.$	$p.$	$\frac{v_0}{v_1}$.	$\frac{p_1}{p_0}$.	$\frac{v_0 p_0}{v_1 p_1}$.	$x.$
1939 970	754 1506	1,999	1,997	1,0011	0,0011 ± 4
1939 970	2159 4313	1,999	1,997	1,0012	0,0012 ± 1
1940 970	3910 7810	2,000	1,995	1,0024	0,0024 ± 2
1941 967	8632 17251	2,008	1,998	1,0046	0,0046 ± 1
1943 1004	10979 21109	1,934	1,921	1,0065	0,0065 ± 2

Wasserstoff.

$v.$	$p.$	$\frac{v_0}{v_1}$.	$\frac{p_1}{p_0}$.	$\frac{v_0 p_0}{v_1 p_1}$.	$-x.$
1940 970	3991 8001	1,999	2,005	0,9972	0,0028 ± 3
1940 970	5844 11741	2,001	2,008	0,9960	0,0040 ± 1
1940 970	9176 18482	2,001	2,014	0,9933	0,0067 ± 2
1940 402	2211 10715	4,821	4,845	0,9948	0,0052

Auf diese Tabellen ist nun Dupré's Gleichung anzuwenden. Wir bringen sie zunächst auf die einfachste Form, indem wir darauf verzichten, das Covolumen explicite in ihr zum Ausdruck zu bringen. Denn dies Covolumen ist doch nur eine mathematische Fiction, deren Annahme Nichts weiter aussagt, als dass $\varphi(p)$ eine lineare Function von p sei. Statt 4) schreiben wir also die gleichbedeutende Formel

5) $$vp = a + kp,$$

in welcher k eine Constante, a der gleichfalls constante Grenzwerth ist, dem vp für $p=0$ sich nähert.

Für ein Gas unter zwei verschiedenen Drucken p_0 und p_1 folgt aus 5)

6) $$v_0 p_0 = a + k p_0,$$

7) $$v_1 p_1 = a + k p_1,$$

8) $$x = \frac{v_0 p_0}{v_1 p_1} - 1 = \frac{a + k p_0}{a + k p_1} - 1$$

und hieraus durch passende Umformungen

9) $$x = \frac{k}{a} p_0 \left(1 - \frac{v_0}{v_1}\right).$$

Diese Gleichung benutzen wir zunächst, um alle obigen Werthe von x auf das genaue Verhältniss $\frac{v_0}{v_1} = 2$ zu corrigiren. Man sieht, dass diese Correction verschwindet, wo $\frac{v_0}{v_1} - 2$ absolut genommen kleiner als 0,01 ist. Setzt man sie als überall geschehen voraus, so wird

10) $$x = -\frac{p_0}{a} k,$$

11) $$\frac{x}{p_0} = -\frac{k}{a}.$$

Es muss also $\frac{x}{p_0}$ eine constante Grösse sein. Wir erhalten für dieselbe, wenn der Druck in Metern gemessen wird, folgende Tabelle:

Luft: p_0	$\frac{x}{p_0}$	Stickstoff: p_0	$\frac{x}{p_0}$
0,739	0,0019 ± 2,	0,754	0,00150 ± 5,
2,112	0,0013 ± 1,	2,159	0,00056 ± 5,
4,042	0,0008 ± 2,	3,010	0,00061 ± 5,
6,779	0,0007 ± 1,	8,632	0,00053 ± 1,
9,331	0,0007 ± 2,	10,979	0,00060 ± 2,
11,476	0,0005 ± 1;		

Wasserstoff:

p_0	$\frac{x}{p_0}$	p_0	$\frac{x}{p_0}$
3,991	0,00070 ± 7	2,211	0,0006,
5.844	0,00069 ± 2	3,990	0,0008.
9,176	0,00073 ± 2		

Die Luft ergiebt eine regelmässig fortschreitende Reihe und man sieht deutlich, dass von einer Constanz von $\frac{x}{p_0}$ nicht die Rede sein kann. Beim Stickstoff sind die Resultate unregelmässig, was offenbar mit der Kleinheit von x zusammenhängt. Wenn man bedenkt, dass dies Gas nothwendig mit Luft eine gewisse Analogie haben muss, so scheint es annehmbar, dass die Grösse des ersten Werthes nicht zufällig, sondern dass eher die zweite Zahl 0,0006 beträchtlich zu klein sei und dass auch hier eine Abnahme von $\frac{x}{p_0}$ bei steigendem Anfangsdrucke vorliege. Will man das nicht, so kann man nur das ganze Resultat als unzulänglich bei Seite lassen. Der Wasserstoff dagegen stimmt innerhalb der beobachteten Grenzen mit der Dupréschen Voraussetzung leidlich überein.

Es lässt sich nun aus der Krönig-Clausius'schen Gastheorie für die positiven Abweichungen vom Mariotte'schen Gesetz eine einfache Erklärung geben, deren Consequenzen mit diesem Verhalten in auffallender Weise zusammentreffen.

Man kennt die Bedingungen für die vollkommene Gasëität, welche Clausius festgesetzt hat: Verschwinden der anziehenden Kräfte, die zwischen den Molekülen thätig sind, Verschwinden des Radius der Wirkungssphären gegen die mittleren Bahnlängen der Moleküle, Verschwinden der Zeit, welche zu einem Stosse gebraucht wird, gegen die Zeit der freien Bewegung eines Moleküls. Die letztere Bedingung schliesst die andere mit ein, dass das Stück der Bahn, auf dem ein Molekül der abstossenden Wirkung eines andern ausgesetzt ist, gegen die Bahnlänge der freien Bewegung verschwinde. Bei einem realen Gase sind nun zunächst die Anziehungen der Moleküle nicht völlig aufgehoben, und man ist allgemein darüber einig, dass eben den Anziehungsresten die gewöhnlichen, negativen Abweichungen vom Mariotte'schen Gesetz zuzuschreiben seien. Man hat sich sogar daran gewöhnt, die Vollkommenheit eines Gases nach ihnen allein zu beurtheilen, und hat demgemäss den Wasserstoff hier und da ein „mehr als vollkommenes" Gas nennen und sein Verhalten als widersinnig in Zweifel ziehen wollen. Wenn aber die durch Anziehung hervorgebrachten Unvollkommenheiten in einem Körper bis auf die letzte wahrnehmbare Spur verschwinden, so bleiben immer noch zwei Ursachen übrig, die eine merkliche

Erstens nämlich wird der Radius der Sphäre, innerhalb deren jedes Molekül elastisch abstossend wirkt, eine wenn auch geringe Grösse ε haben, zweitens kann die Zeit eines Stosses und die Tiefe, bis zu der die Elasticität der Moleküle nachgiebt, gegen die Zeit und die mittlere Länge der freien Bewegung einen kleinen Betrag von der Ordnung ζ aufzuweisen. Nach den Betrachtungen, welche Clausius über die Art des Abprallens angestellt hat, kann man sich die Moleküle so vorstellen, als ob jedes derselben einen Raum vom mittleren Radius δ, dessen Centrum sein Schwerpunkt ist, durch abstossende Kräfte sperrte. Eine Kugel vom Radius 2δ nennt Clausius die Wirkungssphäre des Moleküls; die Kugel vom Radius δ wollen wir seine Elasticitätssphäre nennen. Man kann die Moleküle für die Betrachtung ersetzen durch elastische Kugeln von der Grösse der Elasticitätssphären. Es ist ferner nicht unwahrscheinlich, dass die abstossenden Kräfte, welche das Abprallen verursachen, bei steigender Annäherung der Moleküle sehr rasch wachsen, dass also die Elasticitätssphären als hart elastisch zu betrachten seien. Demnach wäre ζ gegen ε eine kleine Grösse, und von den beiden zuletzt genannten Abweichungen würde sich die erste vorwiegend geltend machen. Jedenfalls darf man voraussetzen, dass bei constanter Temperatur die Elasticität der Moleküle durch die Zahl der Stösse, welche in der Zeiteinheit stattfinden, nicht geändert werde; so lange also die Bahnlängen hinreichend gross sind, darf man die Elasticitätssphären bei constanter Temperatur als incompressible Räume von unveränderlicher Grösse behandeln.

Wird demnach der Druck eines Gases variirt, so trifft die Volumveränderung nur die leeren Räume zwischen den Elasticitätssphären. Diese selbst füllen einen constanten Raum $\varkappa$. Für ein Gas, in welchem kein anderer Grund der Abweichung vom Mariotte'schen Gesetz vorhanden ist, erhalten wir demnach, wenn v_1 sein Volum beim Drucke 1 bezeichnet:

$$12)\qquad v = \varkappa + \frac{v_1 - \varkappa}{p}$$

oder, wenn man α statt $v_1 - \varkappa$ schreibt:

$$13)\qquad vp = \alpha + \varkappa p.$$

Man sieht, diese Gleichungen sind identisch mit 4) und 5), wobei $-\varkappa$ an die Stelle von c in 4) tritt. Das Dupré'sche Covolumen bekommt also hier einen physikalischen Sinn: es ist der Raum, den die Elasticitätssphären ausfüllen. Man sieht aber auch, dass dieser Sinn nur in dem Falle möglich ist, wo, wie beim Wasserstoff, das Covolumen einen negativen Werth hat.

Wir haben nun eben gezeigt, dass gerade der Wasserstoff dem empirischen Gesetz, welches die Gleichungen 4) und 5) ausdrücken, innerhalb der Grenzen von Regnault's Beobachtungen gehorcht. Es liegt daher nahe, anzunehmen, dass die Abweichung dieses Gases ihren Grund in den Verhältnissen hat, aus welchen die Gleichungen 12) und 13) abgeleitet sind

Somit legen wir dem Folgenden vorläufig die Hypothese zu Grunde: „Im Wasserstoff verschwinden die Anziehungen der Moleküle so vollkommen, dass sie bei der Discussion der Regnault'schen Beobachtungen ganz ausser Acht gelassen werden können. Die Abweichungen vom Mariotte-schen Gesetz, welche das Gas zeigt, rühren davon her, dass die Elasticitätssphären seiner Moleküle gegen den Raum, den es im Ganzen einnimmt, eine nicht ganz unmerkliche Grösse haben." Die Grössen a und k der Gleichung 5) bekommen dann die Bedeutung, welche die Entwickelung von Gleichung 13) den Grössen a und x zuweist. k ist der Raum, den die Elasticitätssphären in einem gegebenen Wasserstoffquantum füllen, a der leere Raum, welcher bei 4° C. und 1 M. Druck zwischen ihnen enthalten ist. $\frac{k}{a}$ findet sich aus der letzten Tabelle im Mittel zu 0,0007, das heisst also:

„Bei 4° C. und 1 M. Druck füllen die Elasticitätssphären des Wasserstoffs 0,0007 von dem Volum, welches leer zwischen ihnen enthalten ist"

oder, da $\frac{0,0007}{1,0007}$ merklich gleich 0,0007 ist:

„**Bei 4° C. und 1 M. Druck füllen die Elasticitätssphären des Wasserstoffs 0,0007 vom scheinbaren Volumen desselben.**"

Wie oben bemerkt, ist der Radius einer Clausius'schen Wirkungssphäre das Doppelte vom Radius unserer Elasticitätssphären; das Volumen, welches die Wirkungsphären füllen, ist demnach das achtfache von dem der Elasticitätssphären. Es hat nun Clausius den Satz bewiesen, dass der Radius der Wirkungssphären sich zur mittleren Weglänge der Moleküle verhält wie der Raum, den die Wirkungssphären füllen, zu dem Raume, den das Gas im Ganzen einnimmt. Bezeichnet also l die mittlere Weglänge der Wasserstoffmoleküle, so ist

16) $$\frac{2\delta}{l} = \frac{8x}{v},$$

17) $$\frac{\delta}{l} = \frac{4x}{v},$$

und das Verhalten des Wasserstoffs lässt sich auch reduciren auf den Satz:

„In Wasserstoff von 4° C. und 1 M. Druck beträgt die mittlere Weglänge der Moleküle das 358fache vom Radius der Elasticitätssphären."

Man könnte in dem obigen Annäherungswerthe noch etwas Unwahrscheinliches finden. Aus demselben ergiebt sich nämlich durch eine sehr einfache Rechnung, dass bei 4° C. und 1 Atm. Druck der mittlere Abstand der Moleküle im Wasserstoff etwa das 20fache vom Radius der Elasticitätssphären beträgt. Man ist aber gewohnt — mit wieviel Grund, lassen wir dahingestellt sein —, sich die Abstände der Moleküle als sehr gross gegen

„deren Dimensionen" vorzustellen. Was nun unter „Dimensionen der Moleküle" zu verstehen sei, ist schwer zu sagen, wenn man sich nicht darunter die Elasticitätssphären derselben oder etwas Aehnliches denken will; die Zahl 20 könnte demnach etwas klein erscheinen. Aber einerseits ist sie gross genug, um den Bedingungen der Gasicität annähernd zu genügen — das zeigt eben unsere ganze Rechnung, insbesondere Gleichung 13); andererseits kommen ihr die Versuche von Natterer direct zu Hilfe. Denn aus diesen ergiebt sich: wenn man Wasserstoff von 1 Atm. auf $\frac{1}{1000}$ seines Volumens bringt, bleibt vom Mariotte'schen Gesetz in demselben nichts Merkliches mehr übrig; und daraus folgt: wenn man die mittleren Abstände der Wasserstoffmoleküle bei 1 Atm. auf $\frac{1}{10}$ verkleinert, werden sie Grössen von gleicher Ordnung, mit den Dimensionen, auf welche die specifischen Kräfte der Moleküle wirksam sind.

Die Versuche von Natterer zeigen aber nicht blos das, sondern sie ordnen sich unserer Theorie in einer Weise unter, die, wenn man die Schwierigkeiten des Vergleichs bedenkt, geradezu merkwürdig genannt werden muss. Setzt man voraus, die Gleichungen 5) und 13) lassen sich auf dieselben anwenden, so kann man jedes der Zahlenpaare, welche Natterer für p und $\frac{1}{v}$ giebt, mit dem Anfangsdatum combiniren, welches lautet: „Das Volumen beim Druck einer Atmosphäre ist $=1$ gesetzt", und man kann darauf für jedes Zahlenpaar den Werth von $\frac{k}{a}$ berechnen. So erhält man folgende Tabelle:

p.	$\frac{1}{v}$.	$\frac{k}{a}$.	p.	$\frac{1}{v}$.	$\frac{k}{a}$.	p.	$\frac{1}{v}$.	$\frac{k}{a}$.
2790	1008	0,00083	1741	838	0,00081	1134	668	0,00081
2689	998	0,00083	1701	828	0,00081	1104	658	0,00081
2594	988	0,00082	1662	818	0,00082	1074	648	0,00080
2505	978	0,00082	1623	808	0,00082	1044	638	0,00080
2423	968	0,00082	1584	798	0,00082	1015	628	0,00080
2347	958	0,00081	1546	788	0,00081	986	618	0,00079
2277	948	0,00081	1508	778	0,00082	958	608	0,00079
2213	938	0,00081	1471	768	0,00082	930	598	0,00079
2154	928	0,00081	1434	758	0,00081	903	588	0,00078
2098	918	0,00081	1398	748	0,00080	876	578	0,00077
2044	908	0,00081	1362	738	0,00082	850	568	0,00077
1995	898	0,00081	1326	728	0,00082	824	558	0,00076
1948	888	0,00081	1292	718	0,00081	799	548	0,00075
1904	878	0,00081	1259	708	0,00081	775	538	0,00075
1862	868	0,00081	1226	698	0,00081	751	528	0,00075
1821	858	0,00081	1194	688	0,00080	728	518	0,00073
1781	848	0,00081	1164	678	0,00081	706	508	0,00073

p.	$\frac{1}{v}$.	$\frac{k}{a}$.	p.	$\frac{1}{v}$.	$\frac{k}{a}$.	p.	$\frac{1}{v}$.	$\frac{k}{a}$.
685	498	0,00072	423	348	0,00067	235	208	0,00073
665	488	0,00072	408	338	0,00067	222	198	0,00072
646	478	0,00072	393	328	0,00067	209	188	0,00071
627	468	0,00071	379	318	0,00067	196	178	0.00068
608	458	0,00071	365	308	0,00067	183	168	0,00065
590	448	0,00071	352	298	0,00068	170	158	0,00059
573	438	0,00071	339	288	0,00068	158	148	0,00057
556	428	0,00071	326	278	0,00070	146	138	0,00053
539	418	0,00071	313	268	0,00071	134	128	0,00046
522	408	0,00070	300	258	0,00072	123	118	0,00046
505	398	0,00070	287	248	0,00072	111	108	0,00033
488	388	0,00069	274	238	0,00073	100	98	0,00027
471	378	0,00069	261	228	0,00073	89	88	0,00017
454	368	0,00068	246	218	0,00069	78	78	0,00000
438	358	0,00067						

Natterer's Druckeinheit ist die Atmosphäre; die obigen Werthe $\frac{k}{a}$ sind durch Division mit 0,760 auf 1 M. als Einheit reducirt. Die Versuchstemperatur hat Natterer nicht angegeben; ebenso geht aus seinem Bericht hervor, dass er die Differenz zwischen dem augenblicklichen Barometerstand und 0,760 M. als eine zu vernachlässigende Grösse betrachtet hat. Es bleibt uns Nichts übrig, als seine Resultate so, wie sie da sind, mit denen Regnault's zu vergleichen.

Da ist nun die Uebereinstimmung immer noch eine merkwürdig gute. Bei Drucken unter 170 Atm. ergiebt sich $\frac{k}{a}$ zu klein, und nach dem, was über seine Methode bekannt ist, lässt sich, wie auch im Eingang bemerkt wurde, kaum bezweifeln, dass dieser Umstand in der mangelhaften Empfindlichkeit des Natterer'schen Apparates seinen Grund hat. Von 170 Atm. an aber werden die Zahlen für $\frac{k}{a}$ nahe constant und ihr Mittelwerth bis hoch hinauf zu 700 Atm. entfernt sich nicht wesentlich von

$$0{,}0007,$$

d. i. von dem Regnault'schen Werthe. Für die höchsten Pressionen zeigt sich ein langsames Steigen derselben. Dies kann mit der Theorie in Einklang gebracht werden. Denn wenn die Annäherung der Moleküle aneinander mehr und mehr zunimmt, so gewinnt die Zeit, während deren dieselben abstossend aufeinander wirken, an Bedeutung gegenüber der Zeit der freien Bewegung. Die Moleküle erleiden also auf einer relativ längeren Strecke der Bahn eine Abstossung; sie verhalten sich so, als ob sie auch jenseits der Elasticitätssphären noch merklich abstossend aufeinander wirkten, d. h.

die Function $\varphi(p)$ nimmt schliesslich schneller zu, als der Druck. Das Wachsthum derselben in obigen Reihen ist aber so gering, dass es noch fraglich bleibt, ob man nicht besser thut, es vorläufig auf Rechnung der Versuchsfehler zu schreiben und die Moleküle bis hoch hinauf als hart elastisch anzusehen.

Nach Alledem trage ich nun kein Bedenken, anzunehmen, dass die Beobachtungen von Natterer und die von Regnault sich derselben Gleichung

$$5) \qquad vp = a + kp$$

mit dem Werthe $\frac{k}{a} = 0{,}0007$ bis gegen 700 Atm. unterordnen und dass über, wie unter 700 Atm. das Verhalten des Wassertoffs sich in zweiter Annäherung erklären lässt durch die Annahme, die Elasticitätsphären seiner Moleküle haben eine nicht ganz verschwindende Grösse.

Wir haben nun bisher vorausgesetzt, dass die Abweichungen unseres Gases vom Mariotte'schen Gesetz ganz ausschliesslich durch die abstossenden Kräfte seiner Moleküle bedingt seien. Diese Annahme ist die einfachste, aber sie ist weder nothwendig, noch sehr wahrscheinlich. Ein sehr kleiner Rest von Anziehungen mag auch im Wasserstoff immerhin noch vorhanden sein. Die Grösse $\varphi(p)$ zerfällt dann in zwei Summanden, einen positiven und einen negativen, und unser Werth kp stellt die Differenz der beiden dar. Es ist aber wahrscheinlich, dass der negative Theil der Abweichung nach einem andern Gesetz wachse, als der positive, wie das sich auch bei Luft und Kohlensäure deutlich zeigt. Da nun $\frac{k}{a}$ bis zu vielen Atmosphären so sehr nahe constant bleibt, so ist zu schliessen, dass die negative Abweichung nicht im Stande ist, das Gesetz der positiven merklich zu stören, dass sie also gegen diese überhaupt nur einen geringen Betrag hat. Der Werth 0,0007 für das Verhältniss der Grösse der Elasticitätssphären zu dem Volumen des Gases mag also etwas zu klein sein; er bleibt aber immerhin angenähert richtig.

Derselbe Grund, der die Abweichung des Wasserstoffs veranlasst, existirt nun auch für die anderen Gase, und er muss auch bei ihnen eine Tendenz zu positiver Abweichung hervorrufen. Ja, es ist nicht unwahrscheinlich, dass die schwereren Moleküle der anderen Gase grössere Elasticitätssphären besitzen, als die des Wassertoffs, dass also in ihre Abweichungen ein positives Element eingeht, welches die Gesammtabweichung der letzteren noch übertrifft. Und so sehen wir denn in der That, dass Luft, Stickstoff, Sauerstoff und Kohlenoxyd bei Natterer schliesslich sich noch erheblich weniger zusammendrücken lassen, als der Wasserstoff.

Bei niedrigem Drucke wird aber diese Eigenschaft der letztgenannten Körper durch die Anziehung ihrer Moleküle verdeckt. Unter allen Umständen hat man für ein Gas die Grösse $\varphi(p)$ in zwei Summanden zu theiden; der eine derselben, φ_-, ist negativ und rührt von den in ihm vorhandenen Anziehungskräften her, der andere, φ_{--}, ist positiv und gehorcht annähernd dem Gesetz der Gleichung 13. Unter verschiedenen Drucke kommen dabei folgende Combinationen zu Stande:

1. p sehr klein, φ_- und $\varphi_{--} = \frac{1}{x}$, alle Gase nahe vollkommen;
2. p mässig, $\varphi_- > \varphi_{--}$, Fall des Wasserstoffs,
   $\varphi_{--} > \varphi_-$ Fall der übrigen Gase;
3. p sehr gross, $\varphi_- > \varphi_{--}$, Fall aller Gase, welche permanent bleiben. — Natterer.

Weiter ins Einzelne soll die Betrachtung der Gase, welche nicht Wasserstoff sind, hier nicht verfolgt werden.

Die Kenntniss der Abweichungen, welche die Gase zeigen, gewinnt offenbar an Interesse, wenn man sich dem Ziele nähert, sie zu erklären und ihre Gesetze zu deduciren. Die obigen Resultate gelten alle nur für eine Temperatur von nahe 4° C.; es wäre nun sehr zu wünschen, dass wir auch Gelegenheit hätten, Beobachtungen bei anderer, namentlich höherer Temperatur zu erörtern.

Nachträgliche Anmerkung. In den Bemerkungen, welche der Gleichung 12) vorausgehen, habe ich die Elasticitätssphären der Moleküle als Kugeln bezeichnet. Damit habe ich dem allgemeinen Gebrauch, die Moleküle, so lange es angeht, als Kugeln aufzufassen, nachgegeben, um die Discussion nicht durch Nebendinge aufzuhalten. Das dort Gesagte gilt aber auch, wenn man den Elasticitätssphären irgendwelche andere Form zuschreibt und unter δ den mittleren Radius derselben, d. h. den Radius einer Kugel, deren Volumen dem der Elasticitätssphären gleich ist, versteht. Ich bemerke dies ausdrücklich, weil ich keine unmotivirten Annahmen über die Gestalt der Moleküle einschleppen möchte.

XV.

Grundzüge einer neuen Moleculartheorie unter Voraussetzung Einer Materie und Eines Kraftprincipes.

Von

Dr. Oscar Simony

in Wien.

(Als Fortsetzung zu Jahrg. XVIII, 5. Heft S. 463—510)

§ 7.

Entsprechend der dreifachen Gliederung, welche die statischen Verhältnisse eines aus drei Atomen zusammengesetzten Complexes erforderten, werden auch dessen mögliche Bewegungserscheinungen in drei gesondert zu untersuchende Gruppen zerfallen, indem dieselben entweder aus den Wechselwirkungen dreier gesonderter Atome hervorgehen können, oder einem zweiatomigen Moleküle und einem Atom oder endlich den Bestandtheilen eines dreiatomigen Moleküls angehören.

In diesem Paragraphen mögen nun ausschliesslich jene Bewegungserscheinungen eine Erörterung finden, welche sich auf einen Atomcomplex erster Art beziehen, wobei wir zunächst in Analogie mit § 4 voraussetzen, dass dessen ursprünglich in irgendwelchen stabilen Gleichgewichtslagen befindliche Elemente lediglich infolge einer relativ sehr kleinen Verschiebung eines derselben zu Beginn der Zeit t in Bewegung gerathen seien.

Es sei uns daher gestattet, diesen Untersuchungen noch einige einleitende Betrachtungen über die Möglichkeit eines derartigen stabilen Gleichgewichtszustandes zwischen drei Atomen vorauszuschicken, durch welche gleichzeitig der erste Hauptsatz des § 6 analytisch vervollständigt wird.

Derselbe unterscheidet, wie aus den ihn bildenden Bedingungssystemen I) bis VII) hervorgeht, zwei Hauptfälle, je nachdem die drei Atomcentren in einer geraden Linie liegen oder deren Verbindungslinien $r_{1,2}$, $r_{1,3}$, $r_{2,3}$ ein Dreieck bilden, und es wurde bereits darauf hingewiesen, dass im letzteren Falle bei stabilem Gleichgewichte für $r_{1,2}$, $r_{1,3}$, $r_{2,3}$ stets drei Relationen von der Form

$$r_{1,2}=\frac{2\alpha_{1,2}}{(4p_1+1)\pi},\quad r_{1,3}=\frac{2\alpha_{1,3}}{(4p_2+1)\pi},\quad r_{2,3}=\frac{2\alpha_{2,3}}{(4p_3+1)\pi}$$

bestehen. Da jedoch diese Strecken — unter ϑ_1, ϑ_2, ϑ_3 die denselben gegenüberliegenden Dreieckswinkel verstanden — gleichzeitig den rein geometrischen Beziehungen

$$r_{1,2}=r_{1,3}\cos\vartheta_3+r_{2,3}\cos\vartheta_2,$$
$$r_{1,3}=r_{1,2}\cos\vartheta_3+r_{2,3}\cos\vartheta_1,$$
$$r_{2,3}=r_{1,3}\cos\vartheta_1+r_{1,2}\cos\vartheta_2$$

Genüge leisten müssen, so bleibt selbstverständlich noch die Frage offen, ob und unter welchen beschränkenden Bedingungen die Coexistenz zweier derartiger Gleichungssysteme analytisch zulässig sei. Ihre Beantwortung ergiebt sich aus den Gleichungen

86) $$\begin{cases}\dfrac{\alpha_{1,2}}{4p_1+1}=\dfrac{\alpha_{1,3}\cos\vartheta_3}{4p_2+1}+\dfrac{\alpha_{2,3}\cos\vartheta_2}{4p_3+1},\\[2ex]\dfrac{\alpha_{1,3}}{4p_2+1}=\dfrac{\alpha_{1,2}\cos\vartheta_3}{4p_1+1}+\dfrac{\alpha_{2,3}\cos\vartheta_1}{4p_3+1},\\[2ex]\dfrac{\alpha_{2,3}}{4p_3+1}=\dfrac{\alpha_{1,3}\cos\vartheta_1}{4p_2+1}+\dfrac{\alpha_{1,2}\cos\vartheta_2}{4p_1+1}\end{cases}$$

von selbst. Berücksichtigen wir nämlich, dass die in denselben auftretenden Indices p_1, p_2, p_3 ausschliesslich durch positive ganze, innerhalb der Intervalle

$$0,\ \frac{\alpha_{1,2}}{2\delta_{1,2}\pi}-\tfrac{1}{4};\quad 0,\ \frac{\alpha_{1,3}}{2\delta_{1,3}\pi}-\tfrac{1}{4};\quad 0,\ \frac{\alpha_{2,3}}{2\delta_{2,3}\pi}-\tfrac{1}{4}$$

liegende Zahlen ersetzt werden dürfen, so folgt hieraus unmittelbar, dass drei Atome, deren Centren nicht in einer geraden Linie liegen, nur dann in ein stabiles Gleichgewicht treten können, wenn sich die erwähnten Relationen 86) nach p_1, p_2, p_3 in ganzen, positiven Zahlen auflösen lassen.

Die Cosinusse der von den Verbindungslinien der Atomcentren eingeschlosenen Winkel ϑ_1, ϑ_2, ϑ_3 müssen mithin im Falle eines stabilen Gleichgewichts stets rationale Zahlen vorstellen, so dass, weil andererseits die Summe dieser drei Winkel ausnahmslos gleich zwei Rechten sein muss, lediglich solche Werthe für $\cos\vartheta_1$, $\cos\vartheta_2$, $\cos\vartheta_3$ zulässig sind, welche die Gleichung

$$\cos^2\vartheta_1+\cos^2\vartheta_2+\cos^2\vartheta_3+2\cos\vartheta_1\cos\vartheta_2\cos\vartheta_3=1$$

oder

87) $$\cos\vartheta_1=\sqrt{1-\cos^2\vartheta_2}\sqrt{1-\cos^2\vartheta_3}-\cos\vartheta_2\cos\vartheta_3$$

rational befriedigen. — Da nun der Ausdruck

$$\sqrt{1-\cos^2\vartheta_2}\sqrt{1-\cos^2\vartheta_3}$$

nur unter der Bedingung rational wird, dass entweder das Product

$$(1-\cos^2\vartheta_2)(1-\cos^2\vartheta_3)$$

oder jeder seiner Factoren ein vollständiges Quadrat repräsentirt, so können alle überhaupt möglichen rationalen Lösungen von 87) unter die Formeln

$$1. \quad \vartheta_1 = \vartheta_2 = \vartheta_3:$$
$$\cos\vartheta_1 = \cos\vartheta_2 = \cos\vartheta_3 = \tfrac{1}{2};$$

$$2. \quad \vartheta_1 \gtrless \vartheta_2 = \vartheta_3:$$
$$\cos\vartheta_1 = \frac{k_2^2 - 2k_1^2}{k_2^2}, \quad \cos\vartheta_2 = \cos\vartheta_3 = \frac{k_1}{k_2} \ (k_1 < k_2);$$

$$3. \quad \vartheta_1 \lessgtr \vartheta_2 \gtrless \vartheta_3:$$

$$\text{a)} \quad \cos\vartheta_1 = \frac{k_2^2 + k_3^2 - k_1^2}{2\,k_2 k_3}, \quad \cos\vartheta_2 = \frac{k_1^2 + k_3^2 - k_2^2}{2\,k_1 k_3}, \quad \cos\vartheta_3 = \frac{k_1^2 + k_2^2 - k_3^2}{2\,k_1 k_2},$$
$$(k_1 + k_2 > k_3, \quad k_1 + k_3 > k_2, \quad k_2 + k_3 > k_1),$$

$$\text{b)} \quad \cos\vartheta_1 = \frac{(k_1 k_4 + k_2 k_3)^2 - (k_1 k_3 - k_2 k_4)^2}{(k_1^2 + k_2^2)(k_3^2 + k_4^2)}, \quad \cos\vartheta_2 = \frac{k_1^2 - k_2^2}{k_1^2 + k_2^2},$$
$$\cos\vartheta_3 = \frac{k_3^2 - k_4^2}{k_3^2 + k_4^2},$$
$$\left(\frac{k_1}{k_2} : \frac{k_3}{k_4} \gtrless 1\right)$$

subsumirt werden, in welchen k_1, k_2, k_3, k_4 den beigefügten Bedingungen entsprechende, im Uebrigen arbiträre ganze oder gebrochene Zahlen vorstellen. Hierdurch erscheinen aber auch, kraft der Relationen 86), die Verhältnisse der den Winkeln $\vartheta_1, \vartheta_2, \vartheta_3$ gegenüberliegenden Dreiecksseiten $r_{1,2}$, $r_{1,3}$, $r_{2,3}$ vollkommen bestimmt, indem sich aus den ersteren der Reihe nach folgende Proportionen ableiten lassen:

$$1. \quad \vartheta_1 = \vartheta_2 = \vartheta_3:$$
$$r_{1,2} : r_{1,3} : r_{2,3} = 1 : 1 : 1;$$

$$2. \quad \vartheta_1 \gtrless \vartheta_2 = \vartheta_3:$$
$$r_{1,2} : r_{1,3} : r_{2,3} = 2\,k_1 : k_2 : k_2;$$

$$3. \quad \vartheta_1 \gtrless \vartheta_2 \gtrless \vartheta_3:$$
$$\text{a)} \quad r_{1,2} : r_{1,3} : r_{2,3} = k_1 : k_2 : k_3,$$
$$\text{b)} \quad r_{1,2} : r_{1,3} : r_{2,3} = \left(\frac{k_1}{k_2} - \frac{k_2}{k_1} + \frac{k_3}{k_4} - \frac{k_4}{k_3}\right) : \left(\frac{k_3}{k_4} + \frac{k_4}{k_3}\right) : \left(\frac{k_1}{k_2} + \frac{k_2}{k_1}\right).$$

Ihnen entspringt als allgemeines Gesetz:

Drei Atome, deren Mittelpunkte nicht in einer geraden Linie liegen, können nur dann in stabile Gleichgewichtslagen treten, wenn sich ihre Charakteristiken $\alpha_{1,2}$, $\alpha_{1,3}$, $\alpha_{2,3}$ wie rationale Zahlen verhalten, d. h. entweder an und für sich rational sind, oder rationale Multipla derselben Irrationalzahl (z. B. π) repräsentiren.

Natürlich besitzen, falls diese Forderung erfüllt ist, gleichzeitig die Verhältnisse ihrer Centrallinien wie der Cosinusse der von diesen eingeschlossenen Winkel in jeder dreiseitigen Gleichgewichtsfigur dieselbe Eigenschaft, so dass für jede so beschaffene Position zwei Proportionen von

$$88)\quad \begin{cases} \alpha_{1,2}:\alpha_{1,3}:\alpha_{2,3}=\alpha:\beta:\gamma, \\ r_{1,2}:r_{1,3}:r_{2,3}=\lambda:\mu:\nu \end{cases}$$

aufgestellt werden können. Hierbei bedeuten $\alpha, \beta, \gamma; \lambda, \mu, \nu$ immer ganze positive Zahlen von der Eigenschaft, dass die Differenzen

$$\alpha\mu-\beta\lambda,\ \alpha\nu-\gamma\lambda,\ \beta\nu-\gamma\mu$$

ohne Rest durch 4 theilbar sind, indem die aus 88) durch Substitution der allgemeinen Werthe von $r_{1,2}$, $r_{1,3}$, $r_{2,3}$ erhaltenen diophantischen Gleichungen

$$89)\quad \begin{cases} \beta\lambda p_1-\alpha\mu p_2=\frac{1}{4}(\alpha\mu-\beta\lambda), \\ \gamma\lambda p_1-\alpha\nu p_3=\frac{1}{4}(\alpha\nu-\gamma\lambda), \\ \gamma\mu p_2-\beta\nu p_3=\frac{1}{4}(\beta\nu-\gamma\mu) \end{cases}$$

nur unter diesen Bedingungen eine Lösung nach p_1, p_2, p_3 in ganzen positiven Zahlen gestatten.

Drei congruente Atome können also sowohl gleichseitige, als gleichschenklige, als ungleichseitige stabile Gleichgewichtsfiguren bilden, und zwar sind die einfachsten derselben:

1. Gleichseitige:

$$90)\quad \begin{cases} r_{1,2}=r_{1,3}=r_{2,3}=\frac{2\alpha}{\pi}, \\ r_{1,2}=r_{1,3}=r_{2,3}=\frac{2\alpha}{5\pi}, \\ r_{1,2}=r_{1,3}=r_{2,3}=\frac{2\alpha}{9\pi} \\ \quad\cdots \end{cases}$$

2. Gleichschenklige:

$$91)\quad \begin{cases} r_{1,2}=\frac{2\alpha}{5\pi},\quad r_{1,3}=r_{2,3}=\frac{2\alpha}{\pi}, \\ r_{1,2}=\frac{2\alpha}{9\pi},\quad r_{1,3}=r_{2,3}=\frac{2\alpha}{\pi}, \\ r_{1,2}=\frac{2\alpha}{9\pi},\quad r_{1,3}=r_{2,3}=\frac{2\alpha}{5\pi} \\ \quad\cdots \end{cases}$$

3. Ungleichseitige:

$$92)\quad \begin{cases} r_{1,2}=\frac{2\alpha}{9\pi},\quad r_{1,3}=\frac{2\alpha}{13\pi},\quad r_{2,3}=\frac{2\alpha}{17\pi}, \\ r_{1,2}=\frac{2\alpha}{13\pi},\quad r_{1,3}=\frac{2\alpha}{17\pi},\quad r_{2,3}=\frac{2\alpha}{21\pi}, \\ r_{1,2}=\frac{2\alpha}{17\pi},\quad r_{1,3}=\frac{2\alpha}{21\pi},\quad r_{2,3}=\frac{2\alpha}{25\pi} \\ \quad\cdots \end{cases}$$

Hingegen wird für drei heterogene Atome die Zahl der analogen Gleichgewichtslagen in vielen Fällen geringer ausfallen. Sind z. B.

— den millionsten Theil eines Millimeters als Längeneinheit angenommen —

$$\varrho_1 = 0{,}7, \quad \varrho_2 = 0{,}5, \quad \varrho_3 = 0{,}6 \text{ ihre Radien,}$$

$$\alpha_{1,2} = 350, \; \alpha_{1,3} = 230, \; \alpha_{2,3} = 270 \text{ ihre Charakteristiken,}$$

so ergiebt sich aus den die Gleichungen

$$23p_1 - 35p_2 = 3, \; 27p_1 - 35p_3 = 2, \; 27p_2 - 23p_3 = -1$$

befriedigenden allgemeinen Werthen von p_1, p_2, p_3

$$p_1 = 35n - 9, \; p_2 = 23n - 6, \; p_3 = 27n - 7$$

unmittelbar, dass nur eine einzige gleichseitige Gleichgewichtsfigur für $p_1 = 26$, $p_2 = 17$, $p_3 = 20$ von der Seitenlänge

$$r_{1,2} = r_{1,3} = r_{2,3} = \frac{20}{3\pi} = 2{,}122\ldots$$

möglich ist, indem p_1, p_2, p_3 gleichzeitig die Bedingungen

$$0 < p_1 < \frac{3500}{24\pi} - \tfrac{1}{4} = 46{,}170\ldots,$$

$$0 < p_2 < \frac{2300}{26\pi} - \tfrac{1}{4} = 27{,}908\ldots,$$

$$0 < p_3 < \frac{2700}{22\pi} - \tfrac{1}{4} = 38{,}815\ldots$$

zu erfüllen haben.

Es erübrigt jetzt noch die Frage nach der Möglichkeit eines stabilen Gleichgewichts dreier gesonderter Atome für jene Fälle zu erledigen, in welchen deren Centren in einer geraden Linie liegen. Dieselben erfordern eine doppelte Gliederung, je nachdem $r_{1,2}, r_{1,3}, r_{2,3}$ eines der Bedingungssysteme II), IV), VI) oder III), V), VII) befriedigen sollen.

Was zunächst den zweiten, vierten und sechsten Fall anbelangt, so entsprechen denselben der Reihe nach die diophantischen Gleichungen

$$93) \left\{ \begin{aligned} &\alpha_{1,2} + \alpha_{1,3} - \alpha_{2,3} + 4\{\alpha_{1,2}(p_2+p_3) + \alpha_{1,3}(p_1+p_3) - \alpha_{2,3}(p_1+p_2)\} \\ &\qquad + 16(\alpha_{1,2}p_2p_3 + \alpha_{1,3}p_1p_3 - \alpha_{2,3}p_1p_2) = 0, \\ &\alpha_{1,2} + \alpha_{2,3} - \alpha_{1,3} + 4\{\alpha_{1,2}(p_2+p_3) + \alpha_{2,3}(p_1+p_2) - \alpha_{1,3}(p_1+p_3)\} \\ &\qquad + 16(\alpha_{1,2}p_2p_3 + \alpha_{2,3}p_1p_2 - \alpha_{1,3}p_1p_3) = 0, \\ &\alpha_{1,3} + \alpha_{2,3} - \alpha_{1,2} + 4\{\alpha_{1,3}(p_1+p_3) + \alpha_{2,3}(p_1+p_2) - \alpha_{1,2}(p_2+p_3)\} \\ &\qquad + 16(\alpha_{1,3}p_1p_3 + \alpha_{2,3}p_1p_2 - \alpha_{1,2}p_2p_3) = 0, \end{aligned} \right.$$

welche sich für $\alpha_{1,2} = \alpha_{1,3} = \alpha_{2,3}$ auf

$$94) \left\{ \begin{aligned} &p_2p_3 + p_1p_3 - p_1p_2 + \frac{8p_3+1}{16} = 0, \\ &p_2p_3 + p_1p_2 - p_1p_3 + \frac{8p_2+1}{16} = 0, \\ &p_1p_3 + p_1p_2 - p_2p_3 + \frac{8p_1+1}{16} = 0 \end{aligned} \right.$$

reduciren und in ihrer Gesammtheit folgende Sätze begründen:

Für drei congruente Atome existirt keine geradlinige Position, in welcher die Kräfte $K_{1,2}$, $K_{1,3}$, $K_{2,3}$ gleichzeitig verschwinden könnten, weil die Grössen

$$8p_1+1,\ 8p_2+1,\ 8p_3+1$$

für jeden ganzen Werth von p_1, resp. p_2, p_3 ungerade Zahlen vorstellen. — Aber auch für drei heterogene Elemente kann ein durch die Relationen

$$K_{1,2}=K_{1,3}=K_{2,3}=0$$

charakterisirtes stabiles Gleichgewicht nur dann eintreten, wenn — abgesehen von der hierzu erforderlichen Rationalität der Verhältnisse $\alpha_{1,2}:\alpha_{1,3}:\alpha_{2,3}$ — einer der Ausdrücke

$$\begin{aligned}&\alpha_{1,2}(p_2+p_3)+\alpha_{1,3}(p_1+p_3)-\alpha_{2,3}(p_1+p_2)+\tfrac{1}{4}(\alpha_{1,2}+\alpha_{1,3}-\alpha_{2,3}),\\&\alpha_{1,2}(p_3+p_2)+\alpha_{2,3}(p_1+p_2)-\alpha_{1,3}(p_1+p_3)+\tfrac{1}{4}(\alpha_{1,2}+\alpha_{2,3}-\alpha_{1,3}),\\&\alpha_{1,3}(p_1+p_3)+\alpha_{2,3}(p_1+p_2)-\alpha_{1,2}(p_2+p_3)+\tfrac{1}{4}(\alpha_{1,3}+\alpha_{2,3}-\alpha_{1,2})\end{aligned}$$

ohne Rest durch 4 theilbar ist.*

Bedeutend einfacher gestaltet sich die Discussion jenes Gleichgewichtes, welches aus einem der Bedingungssysteme III), V), VII) hervorgeht, weil $r_{1,2}$, $r_{1,3}$, $r_{2,3}$ in jedem dieser Fälle durch eine algebraische und zwei transcendente Beziehungen vollständig bestimmt sind. Von den dieselben befriedigenden Specialwerthen der genannten Grössen werden dann offenbar blos jene zulässig sein, welche innerhalb der reellen Intervalle

$$\delta_{1,2},\ \infty;\quad \delta_{1,3},\ \infty;\quad \delta_{2,3},\ \infty$$

liegen und, wie eine einfache Ueberlegung lehrt, ein stabiles oder labiles Gleichgewicht begründen, je nachdem die Summen

$$95)\qquad \frac{dK_{1,2}}{dr_{1,2}}+\frac{dK_{1,3}}{dr_{1,3}},\quad \frac{dK_{1,2}}{dr_{1,2}}+\frac{dK_{2,3}}{dr_{2,3}},\quad \frac{dK_{1,3}}{dr_{1,3}}+\frac{dK_{2,3}}{dr_{2,3}}$$

positiv oder negativ sind. So verbleiben z. B. drei congruente Atome für alle zwischen $\frac{\alpha}{\delta}$ und ∞ liegende Werthe von $r_{1,2}$, $r_{1,3}$, $r_{2,3}$ in Ruhe, welche den Gleichungen

$$r_{1,2}+r_{2,3}=r_{1,3},\quad \frac{1}{r^2_{1,2}}\cos\frac{\alpha}{r_{1,2}}=\frac{1}{r^2_{2,3}}\cos\frac{\alpha}{r_{2,3}},\quad \frac{1}{r^2_{1,2}}\cos\frac{\alpha}{r_{1,2}}+\frac{1}{r^2_{1,3}}\cos\frac{\alpha}{r_{1,3}}=0$$

genügen. Hieraus ergiebt sich zunächst

* Diese Forderungen werden z. B. durch die dem Werthsysteme

$$\alpha_{1,2}=130,\quad \alpha_{1,3}=150,\quad \alpha_{2,3}=80$$

zugehörigen Atome insofern erfüllt, als die linke Seite der Gleichung

$$16(13p_2p_3+15p_1p_3-8p_1p_2)+4(7p_1+5p_2+28p_3)+20=0$$

für $p_1=3$, $p_2=6$, $p_3=1$ identisch gleich Null wird, und in der That befinden sich die drei in Betracht gezogenen Atome in den Distanzen

$$r_{1,2}=\frac{20}{\pi},\quad r_{1,3}=\frac{12}{\pi},\quad r_{2,3}=r_{1,2}+r_{1,3}=\frac{32}{\pi}$$

in einem stabilen Gleichgewichte.

$$r_{1,2}=r_{2,3}=\varkappa,\quad r_{1,3}=2\varkappa,\quad \cos\frac{\alpha}{\varkappa}+\tfrac{1}{4}\cos\frac{\alpha}{2\varkappa}=0,$$

mithin nach Auflösung der letzten Relation unter Einführung der zwischen $\frac{\pi}{4}$ und $\frac{\pi}{2}$ liegenden Bögen

$$\zeta_1=arc\cos\frac{\sqrt{129}-1}{64}=1.40824\ldots,$$

$$\zeta_2=arc\cos\frac{\sqrt{129}+1}{64}=1.37648\ldots$$

folgendes Werthsystem für $\varkappa$:

$$96)\left\{\begin{array}{llll}
\varkappa_1=\dfrac{\alpha}{\pi-\zeta_1}, & \varkappa_2=\dfrac{\alpha}{2\pi-\zeta_2}, & \varkappa_3=\dfrac{\alpha}{2\pi+\zeta_2}, & \varkappa_4=\dfrac{\alpha}{3\pi+\zeta_1},\\
\varkappa_5=\dfrac{\alpha}{5\pi-\zeta_1}, & \varkappa_6=\dfrac{\alpha}{6\pi-\zeta_2}, & \varkappa_7=\dfrac{\alpha}{6\pi+\zeta_2}, & \varkappa_8=\dfrac{\alpha}{7\pi+\zeta_1}\\
\ldots & \ldots & & \ldots\\
\multicolumn{2}{l}{\varkappa_{4p+1}=\dfrac{\alpha}{(4p+1)\pi-\zeta_1},} & \multicolumn{2}{l}{\varkappa_{4p+2}=\dfrac{\alpha}{(4p+2)\pi-\zeta_2},}\\
\multicolumn{2}{l}{\varkappa_{4p+3}=\dfrac{\alpha}{(4p+2)\pi+\zeta_2},} & \multicolumn{2}{l}{\varkappa_{4p+4}=\dfrac{\alpha}{(4p+3)\pi+\zeta_1}}\\
\ldots & \ldots & & \ldots
\end{array}\right.$$

Berücksichtigen wir ferner, dass in diesem Falle die Summen 95) allgemein in

$$2\left(\frac{dK}{dr}\right)_{r=\varkappa}=\frac{2\varepsilon m^2}{\varkappa^3}\left\{\frac{\alpha}{\varkappa}\sin\frac{\alpha}{\varkappa}-2\cos\frac{\alpha}{\varkappa}\right\},$$

$$\left(\frac{dK}{dr}\right)_{r=\varkappa}+\left(\frac{dK}{dr}\right)_{r=2\varkappa}=\frac{\varepsilon m^2}{\varkappa^3}\left\{\frac{\alpha}{\varkappa}\left(\sin\frac{\alpha}{\varkappa}+\tfrac{1}{16}\sin\frac{\alpha}{2\varkappa}\right)-\cos\frac{\alpha}{\varkappa}\right\}$$

übergehen, so gelangen wir durch Bildung der Ausdrücke

$$\left(\frac{dK}{dr}\right)_{r=\varkappa_{4p+1}}=\frac{\varepsilon m^2}{\varkappa^3_{4p+1}}\{[(4p+1)\pi-\zeta_1]\sin\zeta_1+2\cos\zeta_1\},$$

$$\left(\frac{dK}{dr}\right)_{r=\varkappa_{4p+1}}+\left(\frac{dK}{dr}\right)_{r=2\varkappa_{4p+1}}$$

$$=\frac{\varepsilon m^2}{\varkappa^3_{4p+1}}\left\{[(4p+1)\pi-\zeta_1]\left(\sin\zeta_1+\tfrac{1}{16}\cos\frac{\zeta_1}{2}\right)+\cos\zeta_1\right\};$$

$$\left(\frac{dK}{dr}\right)_{r=\varkappa_{4p+2}}=-\frac{\varepsilon m^2}{\varkappa^3_{4p+2}}\{[(4p+2)\pi-\zeta_2]\sin\zeta_2+2\cos\zeta_2\},$$

$$\left(\frac{dK}{dr}\right)_{r=\varkappa_{4p+2}}+\left(\frac{dK}{dr}\right)_{r=2\varkappa_{4p+2}}$$

εm^2 [illegible]

$$\left(\frac{dK}{dr}\right)_{r=\varkappa_{4p+3}} = \frac{\varepsilon m^2}{\varkappa^3_{4p+3}} \{[(4p+2)\pi + \zeta_2] \sin \zeta_2 - 2 \cos \zeta_2\},$$

$$\left(\frac{dK}{dr}\right)_{r=\varkappa_{4p+3}} + \left(\frac{dK}{dr}\right)_{r=2\varkappa_{4p+3}}$$

$$= \frac{\varepsilon m^2}{\varkappa^3_{4p+3}} \left\{[(4p+2)\pi + \zeta_2]\left(\sin \zeta_2 - \tfrac{1}{16} \sin \frac{\zeta_2}{2}\right) - \cos \zeta_2\right\};$$

$$\left(\frac{dK}{dr}\right)_{r=\varkappa_{4p+4}} = - \frac{\varepsilon m^2}{\varkappa^3_{4p+4}} \{[(4p+3)\pi + \zeta_1] \sin \zeta_1 - 2 \cos \zeta_1\},$$

$$\left(\frac{dK}{dr}\right)_{r=\varkappa_{4p+4}} + \left(\frac{dK}{dr}\right)_{r=2\varkappa_{4p+4}}$$

$$= - \frac{\varepsilon m^2}{\varkappa^3_{4p+4}} \left\{[(4p+3)\pi + \zeta_1]\left(\sin \zeta_1 + \tfrac{1}{16} \cos \frac{\zeta_1}{2}\right) - \cos \zeta_1\right\}$$

schliesslich zu der Einsicht, dass zwischen drei congruenten Atomen allgemein für

97) $$\begin{cases} r_{1,2} = r_{2,3} = \varkappa_{4p+1}, & r_{1,3} = 2\varkappa_{4p+1}, \\ r_{1,2} = r_{2,3} = \varkappa_{4p+3}, & r_{1,3} = 2\varkappa_{4p+3} \end{cases}$$

ein stabiles, für

98) $$\begin{cases} r_{1,2} = r_{2,3} = \varkappa_{4p+2}, & r_{1,3} = 2\varkappa_{4p+2}, \\ r_{1,2} = r_{2,3} = \varkappa_{4p+4}, & r_{1,3} = 2\varkappa_{4p+4} \end{cases}$$

ein labiles Gleichgewicht besteht.

Hiermit sind alle durch die weiteren Untersuchungen dieses Paragraphen vorausgesetzten Resultate gewonnen und wir können daher im Anschlusse an den zweiten Theil dieser Vorbemerkungen unmittelbar zur Betrachtung der Oscillationen dreier Atome übergehen, deren ursprüngliches stabiles Gleichgewicht zu Beginn der Zeit t durch eine relativ sehr kleine Verschiebung σ_3 des dritten Atoms in der Richtung ihrer gemeinsamen Centrallinie gestört wurde.

Bezeichnen wir die ursprünglichen Distanzen der drei Atomcentren von einem fixen Punkte O der letzteren mit d_1, d_2, d_3 und deren anfängliche relative Abstände mit $\varkappa_{1,2}$, $\varkappa_{1,3}$, $\varkappa_{2,3}$, so werden ihre Entfernungen von demselben Punkte O zu irgend einer Zeit t durch

$$r_1 = d_1 + s_1, \quad r_2 = d_2 + s_2, \quad r_3 = d_3 + s_3$$

wiedergegeben werden können, also ihre Bewegungsgleichungen allgemein die Formen

99) $$\begin{cases} \dfrac{d^2 s_1}{dt^2} = -(a m_2 + b m_3) s_1 + a m_2 s_2 + b m_3 s_3, \\ \dfrac{d^2 s_2}{dt^2} = a m_1 s_1 - (a m_1 + c m_3) s_2 + c m_3 s_3, \\ \dfrac{d^2 s_3}{dt^2} = b m_1 s_1 + c m_2 s_2 - (b m_1 + c m_2) s_3 \end{cases}$$

besitzen, indem unter der bezüglich σ_3 gemachten Annahme die zweiten und höhere Potenzen von s_1, s_2, s_3 als unendlich kleine Grössen der zweiten, resp. höherer Ordnungen vernachlässigt werden dürfen. Es treten somit in diesen Relationen ausser den Massen m_1, m_2, m_3 der Atome noch gewisse Constante a, b, c auf, deren Bedeutung direct von jenen Werthen abhängt, welche $K_{1,2}$, $K_{1,3}$, $K_{2,3}$ für

$$r_{1,2} = \varkappa_{1,2}, \quad r_{1,3} = \varkappa_{1,3}, \quad r_{2,3} = \varkappa_{2,3}$$

annehmen. Befriedigen $K_{1,2}$, $K_{1,3}$, $K_{2,3}$ für die erwähnten Distanzen eines der Bedingungssysteme II), IV), VI), so gelten die Gleichungen

100) $$a = \frac{\alpha_{1,2}\,\varepsilon_{1,2}}{\varkappa^4_{1,2}}, \quad b = \frac{\alpha_{1,3}\,\varepsilon_{1,3}}{\varkappa^4_{1,3}}, \quad c = \frac{\alpha_{2,3}\,\varepsilon_{2,3}}{\varkappa^4_{2,3}};$$

erfüllen diese Grössen hingegen die Bedingungen III), V) oder VII), so sind unter a, b, c die Ausdrücke

101) $$\left\{\begin{aligned} a &= \frac{\varepsilon_{1,2}}{\varkappa^3_{1,2}}\left(\frac{\alpha_{1,2}}{\varkappa_{1,2}} \sin \frac{\alpha_{1,2}}{\varkappa_{1,2}} - 2 \cos \frac{\alpha_{1,2}}{\varkappa_{1,2}}\right), \\ b &= \frac{\varepsilon_{1,3}}{\varkappa^3_{1,3}}\left(\frac{\alpha_{1,3}}{\varkappa_{1,3}} \sin \frac{\alpha_{1,3}}{\varkappa_{1,3}} - 2 \cos \frac{\alpha_{1,3}}{\varkappa_{1,3}}\right), \\ c &= \frac{\varepsilon_{2,3}}{\varkappa^3_{2,3}}\left(\frac{\alpha_{2,3}}{\varkappa_{2,3}} \sin \frac{\alpha_{2,3}}{\varkappa_{2,3}} - 2 \cos \frac{\alpha_{2,3}}{\varkappa_{2,3}}\right) \end{aligned}\right.$$

zu verstehen. — Unsere nächste Aufgabe wird jetzt darin bestehen, aus den gegebenen simultanen Differentialgleichungen solche abzuleiten, welche nur eine einzige dependente Veränderliche enthalten. Zu diesem Zwecke ersetzen wir s_1, s_2, s_3 durch die neuen Variabelen

102) $$s' = s_1 - \frac{m_3\sigma_3}{m_1+m_2+m_3}, \quad s'' = s_2 - \frac{m_3\sigma_3}{m_1+m_2+m_3}, \quad s''' = s_3 - \frac{m_3\sigma_3}{m_1+m_2+m_3}$$

und eliminiren aus den beiden ersten hierdurch erhaltenen Transformationsgleichungen das Product $m_3 s'''$ mit Hilfe der aus 99) resultirenden Beziehung

$$m_1 s_1 + m_2 s_2 + m_3 s_3 = m_3 \sigma_3, \text{ d. h. } m_1 s' + m_2 s'' + m_3 s''' = 0,$$

wodurch dieselben in

$$\frac{d^2 s'}{dt^2} = -\{a m_2 + b\,(m_1+m_3)\}\, s' + (a-b)\, m_2 s'',$$

$$\frac{d^2 s''}{dt^2} = (a-c)\, m_1 s' - \{a m_1 + c\,(m_2+m_3)\}\, s''$$

übergehen. Die doppelte Differentiation der vorletzten Gleichung liefert

$$\begin{aligned} \frac{d^4 s'}{dt^4} &= -\{a m_2 + b(m_1+m_3)\}\frac{d^2 s'}{dt^2} + (a-b)(a-c)\, m_1 m_2 s' \\ &\qquad - \{a m_1 + c(m_2+m_3)\}(a-b)\, m_2 s'' \\ &= -\{a\,(m_1+m_2) + b\,(m_1+m_3) + c\,(m_2+m_3)\}\frac{d^2 s'}{dt^2} \\ &\qquad + \{(a-b)(a-c)\, m_1 m_2 - \{a m_2 + b(m_1+m_3)\}\{a m_1 + c(m_2+m_3)\}\} s' \end{aligned}$$

folglich nach Einführung der Abkürzungen

103) $m_1+m_2+m_3=M,\ m_1+m_2=M_1,\ m_1+m_3=M_2,\ m_2+m_3=M_3$

als Endresultat

104) $$\frac{d^4 s'}{dt^4}+(aM_1+bM_2+cM_3)\frac{d^2 s'}{dt^2}+M(abm_1+acm_2+bcm_3)s'=0,$$

welches, wie man sich leicht überzeugen kann, gleichzeitig für s'' und s''' giltig erscheint.

Die allgemeine Lösung von 90) liegt daher in den Formeln

$$s' = A_1 \cos\mu_1 t + A_2 \sin\mu_1 t + A_3 \cos\mu_2 t + A_4 \sin\mu_2 t,$$
$$s'' = B_1 \cos\mu_1 t + B_2 \sin\mu_1 t + B_3 \cos\mu_2 t + B_4 \sin\mu_2 t,$$
$$s''' = C_1 \cos\mu_1 t + C_2 \sin\mu_1 t + C_3 \cos\mu_2 t + C_4 \sin\mu_2 t,$$

in welchen μ_1, μ_2 die Wurzelgrössen

105) $$\begin{cases} \mu_1=\sqrt{\tfrac{1}{2}\{aM_1+bM_2+cM_3 + \sqrt{(aM_1+bM_2+cM_3)^2-4M(abm_1+acm_2+bcm_3)}\}}, \\ \mu_2=\sqrt{\tfrac{1}{2}\{aM_1+bM_2+cM_3 - \sqrt{(aM_1+bM_2+cM_3)^2-4M(abm_1+acm_2+bcm_3)}\}} \end{cases}$$

repräsentiren, $A_1, B_1, C_1;\ A_2, B_2, C_2;\ A_3, B_3, C_3;\ A_4, B_4, C_4$ zwölf vor der Hand noch unbestimmte Constante vorstellen.

Dieselben müssen, wie die Substitution von s', s'', s''' in 99) lehrt, einerseits den Gleichungen

$$-(am_2+bm_3)A_1+am_2 B_1+bm_3 C_1+A_1\mu_1^2=0,$$
$$-(am_2+bm_3)A_2+am_2 B_2+bm_3 C_2+A_2\mu_1^2=0,$$
$$-(am_2+bm_3)A_3+am_2 B_3+bm_3 C_3+A_3\mu_2^2=0,$$
$$-(am_2+bm_3)A_4+am_2 B_4+bm_3 C_4+A_4\mu_2^2=0;$$

$$am_1 A_1-(am_1+cm_3)B_1+cm_3 C_1+B_1\mu_1^2=0,$$
$$am_1 A_2-(am_1+cm_3)B_2+cm_3 C_2+B_2\mu_1^2=0,$$
$$am_1 A_3-(am_1+cm_3)B_3+cm_3 C_3+B_3\mu_2^2=0,$$
$$am_1 A_4-(am_1+cm_3)B_4+cm_3 C_4+B_4\mu_2^2=0;$$

$$bm_1 A_1+cm_2 B_1-(bm_1+cm_2)C_1+C_1\mu_1^2=0,$$
$$bm_1 A_2+cm_2 B_2-(bm_1+cm_2)C_2+C_2\mu_1^2=0,$$
$$bm_1 A_3+cm_2 B_3-(bm_1+cm_2)C_3+C_3\mu_2^2=0,$$
$$bm_1 A_4+cm_2 B_4-(bm_1+cm_2)C_4+C_4\mu_2^2=0$$

genügen, andererseits entsprechend den Anfangsbedingungen

$$s'=-\frac{m_3\sigma_3}{M},\ \frac{ds'}{dt}=0;\quad s''=-\frac{m_3\sigma_3}{M},\ \frac{ds''}{dt}=0;\quad s'''=\sigma_3-\frac{m_3\sigma_3}{M},\ \frac{ds'''}{dt}=0$$

die Relationen

$$A_1+A_3=-\frac{m_3\sigma_3}{M},\quad A_2\mu_1+A_4\mu_2=0;$$

$$B_1+B_3=-\frac{m_3\sigma_3}{M},\quad B_2\mu_1+B_4\mu_2=0;$$

$$C_1+C_3=\sigma_3-\frac{m_3\sigma_3}{M},\quad C_2\mu_1+C_4\mu_2=0$$

erfüllen. Den letzteren zufolge reduciren sich die aus den drei vorhergehenden Bedingungssystemen ableitbaren Beziehungen

$$-(am_2+bm_3)(A_1+A_3)+am_2(B_1+B_3)+bm_3(C_1+C_3)+A_1\mu_1^2+A_3\mu_2^2=0,$$
$$-(am_2+bm_3)(A_2\mu_1+A_4\mu_2)+am_2(B_2\mu_1+B_4\mu_2)+bm_3(C_2\mu_1+C_4\mu_2)$$
$$+A_2\mu_1^3+A_4\mu_2^3=0;$$
$$am_1(A_1+A_3)-(am_1+cm_3)(B_1+B_3)+cm_3(C_1+C_3)+B_1\mu_1^2+B_3\mu_2^2=0,$$
$$am_1(A_2\mu_1+A_4\mu_2)-(am_1+cm_3)(B_2m_1+B_4\mu_2)+cm_3(C_2\mu_1+C_4\mu_2)$$
$$+B_2\mu_1^3+B_4\mu_2^3=0;$$
$$bm_1(A_1+A_3)+cm_2(B_1+B_3)-(bm_1+cm_2)(C_1+C_3)+C_1\mu_1^2+C_3\mu_2^2=0,$$
$$bm_1(A_2\mu_1+A_4\mu_2)+cm_2(B_2\mu_1+B_4\mu_2)-(bm_1+cm_2)(C_2\mu_1+C_4\mu_2)$$
$$+C_2\mu_1^3+C_4\mu_2^3=0$$

auf

$$bm_3\sigma_3+A_1\mu_1^2+A_3\mu_2^2=0,\quad A_2\mu_1^3+A_4\mu_2^3=0;$$
$$cm_3\sigma_3+B_1\mu_1^2+B_3\mu_2^2=0,\quad B_2\mu_1^3+B_4\mu_2^3=0;$$
$$-(bm_1+cm_2)\sigma_3+C_1\mu_1^2+C_3\mu_2^2=0,\quad C_2\mu_1^3+C_4\mu_2^3=0$$

und liefern, mit denselben combinirt, die Formeln

$$A_1=\frac{\mu_2^2-bM}{\mu_1^2-\mu_2^2}\,\frac{m_3\sigma_3}{M},\quad A_2=0,\quad A_3=-\frac{\mu_1^2-bM}{\mu_1^2-\mu_2^2}\,\frac{m_3\sigma_3}{M},\quad A_4=0;$$
$$B_1=\frac{\mu_2^2-cM}{\mu_1^2-\mu_2^2}\,\frac{m_3\sigma_3}{M},\quad B_2=0,\quad B_3=-\frac{\mu_1^2-cM}{\mu_1^2-\mu_2^2}\,\frac{m_3\sigma_3}{M},\quad B_4=0;$$
$$C_1=-\frac{M_1\mu_2^2-(bm_1+cm_2)M}{\mu_1^2-\mu_2^2}\,\frac{\sigma_3}{M},\quad C_2=0,$$
$$C_3=\quad\frac{M_1\mu_1^2-(bm_1+cm_2)M}{\mu_1^2-\mu_2^2}\,\frac{\sigma_3}{M},\quad C_4=0.$$

So ergiebt sich schliesslich für die fraglichen Elongationen d_1, d_2, d_3 und Geschwindigkeiten v_1, v_2, v_3 der Atome bezüglich ihrer um

$$\frac{m_3\sigma_3}{M}$$

verschobenen stabilen Gleichgewichtslagen das Werthsystem

106)

$$d_1=\frac{m_3\sigma_3}{M}\left\{\frac{\mu_2^2-bM}{\mu_1^2-\mu_2^2}\cos\mu_1 t-\frac{\mu_1^2-bM}{\mu_1^2-\mu_2^2}\cos\mu_2 t\right\},$$
$$v_1=\frac{m_3\sigma_3}{M}\left\{\frac{\mu_2(\mu_1^2-bM)}{\mu_1^2-\mu_2^2}\sin\mu_2 t-\frac{\mu_1(\mu_2^2-bM)}{\mu_1^2-\mu_2^2}\sin\mu_1 t\right\};$$
$$d_2=\frac{m_3\sigma_3}{M}\left\{\frac{\mu_2^2-cM}{\mu_1^2-\mu_2^2}\cos\mu_1 t-\frac{\mu_1^2-cM}{\mu_1^2-\mu_2^2}\cos\mu_2 t\right\},$$
$$v_2=\frac{m_3\sigma_3}{M}\left\{\frac{\mu_2(\mu_1^2-cM)}{\mu_1^2-\mu_2^2}\sin\mu_2 t-\frac{\mu_1(\mu_2^2-cM)}{\mu_1^2-\mu_2^2}\sin\mu_1 t\right\};$$
$$d_3=\frac{\sigma_3}{\ldots}\left\{\frac{M_1\mu_1^2-(bm_1+cm_2)M}{\ldots}\cos\mu_2 t-\frac{M_1\mu_2^2-(bm_1+cm_2)M}{\ldots}\cos\mu_1 t\right\},$$

$$v_3 = \frac{\sigma_3}{M}\left\{\frac{\mu_1\,[M_1\mu_2^2-(b m_1+c m_2)M]}{\mu_1^2-\mu_2^2}\sin\mu_1 t-\frac{\mu_2[M_1\mu_1^2-(b m_1+c m_2)M]}{\mu_1^2-\mu_2^2}\sin\mu_2 t\right\}.$$

Dasselbe gilt, sobald wir die in ihm vorkommenden Specialformen der Grössen A_1, A_3; B_1, B_3; C_1, C_3 durch

$$A'_1 = \frac{-[M_3\mu_2^2-(a m_2+b m_3)M]\,\sigma_1+(\mu_2^2-a M)\,m_2\sigma_2+(\mu_2^2-b M)\,m_3\sigma_3}{M(\mu_1^2-\mu_2^2)},$$

$$A'_3 = -\frac{-[M_3\mu_1^2-(a m_2+b m_3)M]\,\sigma_1+(\mu_1^2-a M)\,m_2\sigma_2+(\mu_1^2-b M)\,m_3\sigma_3}{M(\mu_1^2-\mu_2^2)};$$

$$B'_1 = \frac{(\mu_2^2-a M)\,m_1\sigma_1-[M_2\mu_2^2-(a m_1+c m_3)M]\,\sigma_2+(\mu_2^2-c M)\,m_3\sigma_3}{M(\mu_1^2-\mu_2^2)},$$

$$B'_3 = -\frac{(\mu_1^2-a M)\,m_1\sigma_1-[M_2\mu_1^2-(a m_1+c m_3)M]\,\sigma_2+(\mu_1^2-c M)\,m_3\sigma_3}{M(\mu_1^2-\mu_2^2)};$$

$$C'_1 = \frac{(\mu_2^2-b M)\,m_1\sigma_1+(\mu_2^2-c M)\,m_2\sigma_2-[M_1\mu_2^2-(b m_1+c m_2)M]\,\sigma_3}{M(\mu_1^2-\mu_2^2)},$$

$$C'_3 = -\frac{(\mu_1^2-b M)\,m_1\sigma_1+(\mu_1^2-c M)\,m_2\sigma_2-[M_1\mu_1^2-(b m_1+c m_2)M]\,\sigma_3}{M(\mu_1^2-\mu_2^2)}$$

ersetzen, auch für jenen complicirteren Fall, in welchem sämmtliche drei Atome zu Beginn der Zeit t relativ sehr kleine Verschiebungen σ_1, σ_2, σ_3 in der Richtung ihrer gemeinsamen Centrallinie erhielten, folglich ihre Gleichgewichtslagen um

$$S = \frac{m_1\sigma_1+m_2\sigma_2+m_3\sigma_3}{M}$$

verschoben wurden, und berechtigt demnach zu folgenden Sätzen:

1. Befinden sich drei Atome in den Distanzen

$$r_{1,2}=x_{1,2},\quad r_{1,3}=x_{1,3}=x_{1,2}+x_{2,3},\quad r_{2,3}=x_{2,3}$$

in einem stabilen Gleichgewichte, so genügen deren Massen und Charakteristiken jederzeit der Bedingung

$$107)\qquad (a M_1+b M_2+c M_3)^2-4M\,(a b m_1+a c m_2+b c m_3)\geqq 0.$$

Denn gesetzt, die erwähnte Differenz sei negativ, so würden, weil μ_1, μ_2, $\cos\mu_1 t$, $\cos\mu_2 t$ in diesem Falle die complexen Werthe

$$\mu_1 = \sqrt{\tfrac{1}{2}\{\sqrt{M(a b m_1+a c m_2+b c m_3)}+\tfrac{1}{2}(a M_1+b M_2+c M_3)\}}$$
$$+\,i\sqrt{\tfrac{1}{2}\{\sqrt{M(a b m_1+a c m_2+b c m_3)}-\tfrac{1}{2}(a M_1+b M_2+c M_3)\}}=\lambda+\mu i,$$
$$\mu_2=\lambda-\mu i;$$

$$\cos\mu_1 t = \frac{e^{\mu t}+e^{-\mu t}}{2}\cos\lambda t-i\,\frac{e^{\mu t}-e^{-\mu t}}{2}\sin\lambda t,$$

$$\cos\mu_2 t = \frac{e^{\mu t}+e^{-\mu t}}{2}\cos\lambda t+i\,\frac{e^{\mu t}-e^{-\mu t}}{2}\sin\lambda t$$

erhielten, z. B. einer relativ sehr kleinen Verschiebung σ_3 des dritten Atoms die Elongationen

$$d_1 = \frac{m_3\sigma_3}{M}\left\{\frac{\mu^2-\lambda^2+bM}{\ldots}(e^{\mu t}-e^{-\mu t})\sin\lambda t-\tfrac{1}{2}(e^{\mu t}+e^{-\mu t})\cos\lambda t\right\},$$

$$d_2 = \frac{m_3 \sigma_3}{M} \left\{ \frac{\mu^2 - \lambda^2 + cM}{4 \lambda \mu} (e^{\mu t} - e^{-\mu t}) \sin \lambda t - \tfrac{1}{2} (c^{\mu t} + e^{-\mu t}) \cos \lambda t \right\},$$

$$d_3 = \frac{\sigma_3}{M} \left\{ \frac{M_1}{2} (e^{\mu t} + e^{-\mu t}) \cos \lambda t \right.$$
$$\left. - \frac{(\mu^2 - \lambda^2) M_1 + (b m_1 + c m_2) M}{4 \lambda \mu} (e^{\mu t} - e^{-\mu t}) \sin \lambda t \right\}$$

entsprechen, welche für

$$t = \frac{2\pi}{\lambda}, \quad \frac{4\pi}{\lambda}, \ \ldots \ \frac{2n\pi}{\lambda}$$

in

$$d_1 = d_2 = -\frac{m_3 \sigma_3}{2M} \left(e^{\frac{2\mu\pi}{\lambda}} + e^{-\frac{2\mu\pi}{\lambda}} \right),$$
$$d_3 = \frac{M_1 \sigma_3}{2M} \left(e^{\frac{2\mu\pi}{\lambda}} + e^{-\frac{2\mu\pi}{\lambda}} \right);$$

$$d_1 = d_2 = -\frac{m_3 \sigma_3}{2M} \left(e^{\frac{4\mu\pi}{\lambda}} + e^{-\frac{4\mu\pi}{\lambda}} \right),$$
$$d_3 = \frac{M_1 \sigma_3}{2M} \left(e^{\frac{4\mu\pi}{\lambda}} + e^{-\frac{4\mu\pi}{\lambda}} \right)$$

. . . .

$$d_1 = d_2 = -\frac{m_3 \sigma_3}{2M} \left(e^{\frac{2n\mu\pi}{\lambda}} + e^{-\frac{2n\mu\pi}{\lambda}} \right),$$
$$d_3 = \frac{M_1 \sigma_3}{2M} \left(e^{\frac{2n\mu\pi}{\lambda}} + e^{-\frac{2n\mu\pi}{\lambda}} \right)$$

. . . .

übergehen, also einer unbegrenzten Vergrösserung fähig sind. Es würde mithin unter dieser Annahme ein stabiles Gleichgewicht zwischen drei Atomen bereits durch eine relativ sehr kleine Verschiebung eines derselben bleibend aufgehoben werden können, wodurch deren Unmöglichkeit bewiesen erscheint.

2. Besitzen für ein gegebenes stabiles Gleichgewicht dreier Atome dessen charakteristische Constanten a, b, c unter einander verschiedene Werthe, so resultiren aus relativ sehr kleinen Verschiebungen σ_1, σ_2, σ_3 der Atomcentren längs ihrer gemeinsamen Centrallinie im Allgemeinen drei verschiedene Zustände, je nachdem σ_1, σ_2, σ_3 zwei, eine oder keine einzige Relation des Gleichungssystems

108) $$A'_1 = 0, \ B'_1 = 0, \ C'_1 = 0; \quad A'_3 = 0, \ B'_3 = 0, \ C'_3 = 0$$

befriedigen.

Im ersten Falle, welcher ausschliesslich für

109) $$\sigma_1 = \sigma_2 = \sigma_3$$

eintreten kann, verbleiben die Atome in ihren veränderten Lagen in Ruhe, weil solche Verschiebungen die gegenseitigen Abstände ihrer Mittelpunkte nicht ändern können, und, wenn irgend zwei der Gleichungen 108) gelten, auch alle übrigen zutreffen. Im zweiten Falle zeigt jederzeit ein Bestandtheil des Complexes eine einfache periodische Bewegung von der allgemeinen Form

$$P \cos \mu_1 t, \text{ beziehungsweise } Q \cos \mu_2 t,$$

je nachdem σ_1, σ_2, σ_3 eine der drei ersten oder der drei letzten Beziehungen des Systems 108) erfüllen, während sich die Oscillationen der beiden übrigen Atome aus je zwei derartigen Schwingungen von gleichen Schwingungsdauern

$$\tau_1 = \frac{2\pi}{\mu_1}, \quad \tau_2 = \frac{2\pi}{\mu_2}, \tag{110}$$

aber verschiedenen Amplituden zusammensetzen.

Im dritten Falle endlich treten die Elongationen sämmtlicher Atome in der Gestalt

$$d = P' \cos \mu_1 t + Q' \cos \mu_2 t$$

auf, wobei übrigens die Werthe der Amplituden P'; Q' im Allgemeinen für jedes derselben verschieden ausfallen.

•

3. Sind zwei der Constanten a, b, c einander gleich, so werden die Quadrate von μ_1, μ_2 unter allen Umständen rational, wodurch eine auffallende Vereinfachung der Hauptgleichungen für d_1, d_2, d_3:

$$\left\{\begin{aligned} d_1 &= A'_1 \cos \mu_1 t + A'_3 \cos \mu_2 t, \\ d_2 &= B'_1 \cos \mu_1 t + B'_3 \cos \mu_2 t, \\ d_3 &= C'_1 \cos \mu_1 t + C'_3 \cos \mu_2 t \end{aligned}\right. \tag{111}$$

bewirkt wird. — Setzen wir nämlich $a = c$, resp. $a = b$, $b = c$, so ergeben sich aus 111) der Reihe nach die Gleichungssysteme

$$\left\{\begin{aligned} &a = c, \ \mu_1 = \sqrt{aM}, \ \mu_2 = \sqrt{bM_2 + cm_2}, \\ &d_1 = -\frac{m_2}{M_2}\frac{M_2\sigma_2 - m_1\sigma_1 - m_3\sigma_3}{M}\cos \mu_1 t + \frac{m_3}{M_2}(\sigma_1 - \sigma_3)\cos \mu_2 t, \\ &d_2 = \frac{M_2\sigma_2 - m_1 s_1 - m_3\sigma_3}{M}\cos \mu_1 t, \\ &d_3 = -\frac{m_2}{M_2}\frac{M_2\sigma_2 - m_1\sigma_1 - m_3\sigma_3}{M}\cos \mu_1 t - \frac{m_1}{M_2}(\sigma_1 - \sigma_3)\cos \mu_2 t; \end{aligned}\right. \tag{112}$$

$$\left\{\begin{aligned} &a = b, \ \mu_1 = \sqrt{bM}, \ \mu_2 = \sqrt{cM_3 + am_1}, \\ &d_1 = \frac{M_3\sigma_1 - m_2\sigma_2 - m_3\sigma_3}{M}\cos \mu_1 t, \\ &d_2 = -\frac{m_1}{M_3}\frac{M_3\sigma_1 - m_2\sigma_2 - m_3\sigma_3}{M}\cos \mu_1 t + \frac{m_3}{M_3}(\sigma_2 - \sigma_3)\cos \mu_2 t, \\ &d_3 = -\frac{m_1}{M_3}\frac{M_3\sigma_1 - m_2\sigma_2 - m_3\sigma_3}{M}\cos \mu_1 t - \frac{m_2}{M_3}(\sigma_2 - \sigma_3)\cos \mu_2 t; \end{aligned}\right. \tag{113}$$

$$114)\quad \begin{cases} b=c,\ \mu_1=\sqrt{cM},\ \mu_2=\sqrt{aM_1+bm_3}, \\ d_1=-\frac{m_3}{M_1}\frac{M_1\sigma_3-m_1\sigma_1-m_2\sigma_2}{M}\cos\mu_1 t+\frac{m_2}{M_1}(\sigma_1-\sigma_2)\cos\mu_2 t, \\ d_2=-\frac{m_3}{M_1}\frac{M_1\sigma_3-m_1\sigma_1-m_2\sigma_2}{M}\cos\mu_1 t-\frac{m_1}{M_1}(\sigma_1-\sigma_2)\cos\mu_2 t, \\ d_3=\frac{M_1\sigma_3-m_1\sigma_1-m_2\sigma_2}{M}\cos\mu_1 t. \end{cases}$$

Dieselben lehren, dass die Amplituden der hier interferirenden Schwingungen stets von a, b, c, d. h. von den Charakteristiken und Distanzen der wirkenden Atome unabhängig bleiben, und gestatten den Bestandtheilen jedes so beschaffenen dreiatomigen Complexes drei mögliche Bewegungsweisen:

α) Ein Element desselben verharrt in Ruhe, während die anderen eine einfache periodische Bewegung von der Schwingungsdauer τ_2 besitzen und von jenem in ihren Amplituden nicht im Mindesten beeinflusst werden. Sie verhalten sich also insofern wie ein selbstständiges zweiatomiges System und lassen die Gegenwart eines dritten Atoms nur aus ihrer erhöhten Schwingungszahl erkennen.

β) Sämmtliche Atome vollführen Schwingungen von derselben Dauer τ_1, wobei stets ein Atom seine eigenthümliche Amplitude besitzt und jene der beiden übrigen einander gleich sind. — Gleichzeitig erscheint das Verhältniss dieser Amplituden von den anfänglichen Verschiebungen σ_1, σ_2, σ_3 völlig unabhängig und variirt lediglich mit den Grössen der wirkenden Massen m_1, m_2, m_3.

γ) Die Oscillationen der Atome charakterisiren sich durch die Ausdrücke

$$-\frac{m'}{m''+m'''}P\cos\mu_1 t+\frac{m'''}{m''+m'''}Q\cos\mu_2 t,$$

$$P\cos\mu_1 t,$$

$$-\frac{m'}{m''+m'''}P\cos\mu_1 t-\frac{m''}{m''+m'''}Q\cos\mu_2 t,$$

in welchen m', m'', m''' irgendwelchen Massen entsprechen und weder P, noch Q verschwinden.

4. Bestehen schliesslich die Relationen

$$115)\quad a=b=c,\ \text{d. h. } \mu_1=\mu_2=\sqrt{aM}=\mu,$$

so folgt aus den durch sie bedingten allgemeinen Werthen von d_1, d_2, d_3

$$116)\quad \begin{cases} d_1=\frac{M_3\sigma_1-m_2\sigma_2-m_3\sigma_3}{M}\cos\mu t, \\ d_2=\frac{M_2\sigma_2-m_1\sigma_1-m_3\sigma_3}{M}\cos\mu t, \\ d_3=\frac{M_1\sigma_3-m_1\sigma_1-m_2\sigma_2}{M}\cos\mu t \end{cases}$$

sofort, dass in diesem Falle entweder alle Atome isochron schwingen oder die unter α) geschilderten Bewegungserscheinungen eintreten, indem die Beziehungen 116) z. B. für

$$\sigma_1 = \frac{m_2 \sigma_2 + m_3 \sigma_3}{M_3}, \text{ resp. } \sigma_2 = \frac{m_1 \sigma_1 + m_3 \sigma_3}{M_2}, \quad \sigma_3 = \frac{m_1 \sigma_1 + m_2 \sigma_2}{M_1}$$

in

$$117)\quad \begin{cases} d_1 = 0, \quad d_2 = \dfrac{m_3(\sigma_2 - \sigma_3)}{M_3} \cos \mu t, \quad d_3 = -\dfrac{m_2(\sigma_2 - \sigma_3)}{M_3} \cos \mu t, \\ \text{resp.} \\ d_1 = \dfrac{m_3(\sigma_1 - \sigma_3)}{M_2} \cos \mu t, \quad d_2 = 0, \quad d_3 = -\dfrac{m_1(\sigma_1 - \sigma_3)}{M_2} \cos \mu t, \\ d_1 = \dfrac{m_2(\sigma_1 - \sigma_2)}{M_1} \cos \mu t, \quad d_2 = -\dfrac{m_1(\sigma_1 - \sigma_2)}{M_1} \cos \mu t, \quad d_3 = 0 \end{cases}$$

übergehen.

5. Alle Bewegungen, welche ein aus drei congruenten Atomen mit gemeinsamer Centrallinie gebildeter stabiler Complex infolge relativ sehr kleiner centraler Verschiebungen seiner Bestandtheile darbieten kann, finden ihren Ausdruck in den Gleichungen

$$118)\quad \mu_1 = \sqrt{\frac{3\varepsilon m}{\varkappa^3}\left(\frac{\alpha}{\varkappa} \sin \frac{\alpha}{\varkappa} - 2 \cos \frac{\alpha}{\varkappa}\right)}, \quad \mu_2 = \sqrt{\frac{\alpha \varepsilon m}{\varkappa^4}\left(\sin \frac{\alpha}{\varkappa} + \tfrac{1}{8} \sin \frac{\alpha}{2\varkappa}\right)};$$

$$119\quad \begin{cases} d_1 = -\tfrac{1}{2}\, \dfrac{2\sigma_2 - (\sigma_1 + \sigma_3)}{3} \cos \mu_1 t + \tfrac{1}{2}(\sigma_1 - \sigma_3) \cos \mu_2 t, \\ d_2 = \dfrac{2\sigma_2 - (\sigma_1 + \sigma_3)}{3} \cos \mu_1 t, \\ d_3 = -\tfrac{1}{2}\, \dfrac{2\sigma_2 - (\sigma_1 + \sigma_3)}{3} \cos \mu_1 t - \tfrac{1}{2}(\sigma_1 - \sigma_3) \cos \mu_2 t, \end{cases}$$

in welchen $\varkappa$ eine der Grössen $\varkappa_{4p+1}$, beziehungsweise $\varkappa_{4p+3}$ vorstellt. — Die Amplituden der hierbei möglichen einfachen Schwingungen sind daher, unter Voraussetzung gleicher Verschiebungen für jedes beliebige derartige System constant.

Ungleich complicirter gestaltet sich die Betrachtung des allgemeinen Falles, in welchem drei Atome, die ursprünglich eine stabile dreiseitige Gleichgewichtsfigur bildeten, zu Beginn der Zeit t nach beliebigen Richtungen um relativ sehr kleine Strecken verschoben wurden. Ihre Mittelpunkte bewegen sich dann jederzeit in jener Ebene, welche durch die dem Momente $t = 0$ entsprechenden räumlichen Positionen derselben bestimmt ist, so dass ihre Bewegungen am zweckmässigsten auf ein rechtwinkliges, derselben Ebene angehöriges Coordinatensystem bezogen werden. Nennen wir ferner ϑ_1, ϑ_2, ϑ_3 die Winkel, welche dessen Abscissenaxe mit den dieser Ebene angehörigen stabilen Gleichgewichtsdistanzen $\varkappa_{1,2}$, $\varkappa_{1,3}$, $\varkappa_{2,3}$ der drei Atomcentren bildet, und setzen abkürzend

$$120)\quad \begin{cases} a \cos^2 \vartheta_1 = a_1, \quad a \sin \vartheta_1 \cos \vartheta_1 = a_2, \quad a \sin^2 \vartheta_1 = a_3; \\ b \cos^2 \vartheta_2 = b_1, \quad b \sin \vartheta_2 \cos \vartheta_2 = b_2, \quad b \sin^2 \vartheta_2 = b_3; \\ c \cos^2 \vartheta_3 = c_1, \quad c \sin \vartheta_3 \cos \vartheta_3 = c_2, \quad c \sin^2 \vartheta_3 = c_3 \end{cases}$$

so bestehen für deren variabele Verschiebungen $\xi_1, \eta_1; \xi_2, \eta_2; \xi_3, \eta_3$ aus ihren ursprünglichen Ruhelagen die simultanen Differentialgleichungen

$$
121)\left\{\begin{aligned}
\frac{d^2\xi_1}{dt^2} &= -(a_1 m_2 + b_1 m_3)\xi_1 + a_1 m_2 \xi_2 + b_1 m_3 \xi_3 - (a_2 m_2 + b_2 m_3)\eta_1 \\
&\qquad + a_2 m_2 \eta_2 + b_2 m_3 \eta_3, \\
\frac{d^2\eta_1}{dt^2} &= -(a_2 m_2 + b_2 m_3)\xi_1 + a_2 m_2 \xi_2 + b_2 m_3 \xi_3 - (a_3 m_2 + b_3 m_3)\eta_1 \\
&\qquad + a_3 m_2 \eta_2 + b_3 m_3 \eta_3; \\
\frac{d^2\xi_2}{dt^2} &= a_1 m_1 \xi_1 - (a_1 m_1 + c_1 m_3)\xi_2 + c_1 m_3 \xi_3 + a_2 m_1 \eta_1 \\
&\qquad - (a_2 m_1 + c_2 m_3)\eta_2 + c_2 m_3 \eta_3, \\
\frac{d^2\eta_2}{dt^2} &= a_2 m_1 \xi_1 - (a_2 m_1 + c_2 m_3)\xi_2 + c_2 m_3 \xi_3 + a_3 m_1 \eta_1 \\
&\qquad - (a_3 m_1 + c_3 m_3)\eta_2 + c_3 m_3 \eta_3; \\
\frac{d^2\xi_3}{dt^2} &= b_1 m_1 \xi_1 + c_1 m_2 \xi_2 - (b_1 m_1 + c_1 m_2)\xi_3 + b_2 m_1 \eta_1 + c_2 m_2 \eta_2 \\
&\qquad - (b_2 m_1 + c_2 m_2)\eta_3, \\
\frac{d^2\eta_3}{dt^2} &= b_2 m_1 \xi_1 + c_2 m_2 \xi_2 - (b_2 m_1 + c_2 m_2)\xi_3 + b_3 m_1 \eta_1 + c_3 m_2 \eta_2 \\
&\qquad - (b_3 m_1 + c_3 m_2)\eta_3.
\end{aligned}\right.
$$

Hieraus folgt — unter $\sigma_{1,x}, \sigma_{1,y}; \sigma_{2,x}, \sigma_{2,y}; \sigma_{3,x}, \sigma_{3,y}$ die Projectionen der anfänglichen Verschiebungen $\sigma_1, \sigma_2, \sigma_3$ auf die Abscissen- und Ordinatenaxe verstanden —

$$
\begin{aligned}
m_1\xi_1 + m_2\xi_2 + m_3\xi_3 &= m_1\sigma_{1,x} + m_2\sigma_{2,x} + m_3\sigma_{3,x}, \\
m_1\eta_1 + m_2\eta_2 + m_3\eta_3 &= m_1\sigma_{1,y} + m_2\sigma_{2,y} + m_3\sigma_{3,y},
\end{aligned}
$$

so dass es auch hier vortheilhaft erscheint, statt $\xi_1, \xi_2, \xi_3; \eta_1, \eta_2, \eta_3$ neue Veränderliche

$$
122)\left\{\begin{aligned}
\xi'_1 &= \xi_1 - \frac{m_1\sigma_{1,x} + m_2\sigma_{2,x} + m_3\sigma_{3,x}}{M} = \xi_1 - S, \quad \xi'_2 = \xi_2 - S, \quad \xi'_3 = \xi_3 - S; \\
\eta'_1 &= \eta_1 - \frac{m_1\sigma_{1,y} + m_2\sigma_{2,y} + m_3\sigma_{3,y}}{M} = \eta_1 - T, \quad \eta'_2 = \eta_2 - T, \quad \eta'_3 = \eta_3 - T
\end{aligned}\right.
$$

einzuführen und hierauf aus 121) ξ'_3, η'_3 mit Hilfe der Relationen

$$
123) \qquad \xi'_3 = -\frac{m_1}{m_3}\xi'_1 - \frac{m_2}{m_3}\xi'_2, \quad \eta'_3 = -\frac{m_1}{m_3}\eta'_1 - \frac{m_2}{m_3}\eta'_2
$$

zu eliminiren. Eine vollständige Erledigung des vorgelegten Problems erfordert demnach die Auflösung folgender Beziehungen:

$$
124)\left\{\begin{aligned}
\frac{d^2\xi'_1}{dt^2} &+ (a_1 m_2 + b_1 M_2)\xi'_1 - (a_1 - b_1) m_2 \xi'_2 + (a_2 m_2 + b_2 M_2)\eta'_1 \\
&\qquad - (a_2 - b_2) m_2 \eta'_2 = 0, \\
\frac{d^2\eta'_1}{dt^2} &+ (a_2 m_2 + b_2 M_2)\xi'_1 - (a_2 - b_2) m_2 \xi'_2 + (a_3 m_2 + b_3 M_2)\eta'_1
\end{aligned}\right.
$$

$$\left\{\begin{aligned} \frac{d^2\xi'_2}{dt^2} &- (a_1-c_1)m_1\xi'_1 + (a_1m_1+c_1M_3)\xi'_2 - (a_2-c_2)\,m_1\eta'_1 \\ &\qquad\qquad + (a_2m_1+c_2M_3)\eta'_2 = 0, \\ \frac{d^2\eta'_2}{dt^2} &- (a_2-c_2)m_1\xi'_1 + (a_2m_1+c_2M_3)\xi'_2 - (a_3-c_3)\,m_1\eta'_1 \\ &\qquad\qquad + (a_3m_1+c_3M_3)\eta'_2 = 0, \end{aligned}\right.$$

deren constante Coefficienten im Folgenden der Reihe nach mit $A_1 \dots A_4$, $B_1 \dots B_4$, $C_1 \dots C_4$, $D_1 \dots D_4$ bezeichnet werden mögen. Ihre Integration gelingt ohne Schwierigkeit nach Einführung der Hilfsgrössen

$$\lambda = \begin{vmatrix} -A_2 & C_2 & D_2 \\ -A_3 & C_3-\varepsilon & D_3 \\ -A_4 & C_4 & D_4-\varepsilon \end{vmatrix} : \begin{vmatrix} B_2-\varepsilon & C_2 & D_2 \\ B_3 & C_3-\varepsilon & D_3 \\ B_4 & C_4 & D_4-\varepsilon \end{vmatrix},$$

$$\mu = \begin{vmatrix} B_2-\varepsilon & -A_2 & D_2 \\ B_3 & -A_3 & D_3 \\ B_4 & -A_4 & D_4-\varepsilon \end{vmatrix} : \begin{vmatrix} B_2-\varepsilon & C_2 & D_2 \\ B_3 & C_3-\varepsilon & D_3 \\ B_4 & C_4 & D_4-\varepsilon \end{vmatrix},$$

$$\nu = \begin{vmatrix} B_2-\varepsilon & C_2 & -A_2 \\ B_3 & C_3-\varepsilon & -A_3 \\ B_4 & C_4 & -A_4 \end{vmatrix} : \begin{vmatrix} B_2-\varepsilon & C_2 & D_2 \\ B_3 & C_3-\varepsilon & D_3 \\ B_4 & C_4 & D_4-\varepsilon \end{vmatrix},$$

in welchen ε jede der vier Wurzeln der biquadratischen Gleichung

125) $$\varepsilon^4 - A\varepsilon^3 + B\varepsilon^2 - C\varepsilon + D = 0$$

$$\Bigg(A = A_1 + B_2 + C_3 + D_4,$$

$$B = \begin{vmatrix} A_1 & B_1 \\ A_2 & B_2 \end{vmatrix} + \begin{vmatrix} A_1 & C_1 \\ A_3 & C_3 \end{vmatrix} + \begin{vmatrix} A_1 & D_1 \\ A_4 & D_4 \end{vmatrix} + \begin{vmatrix} B_2 & C_2 \\ B_3 & C_3 \end{vmatrix} + \begin{vmatrix} B_2 & D_2 \\ B_4 & D_4 \end{vmatrix} + \begin{vmatrix} C_3 & D_3 \\ C_4 & D_4 \end{vmatrix},$$

$$C = \begin{vmatrix} A_1 & B_1 & C_1 \\ A_2 & B_2 & C_2 \\ A_3 & B_3 & C_3 \end{vmatrix} + \begin{vmatrix} A_1 & B_1 & D_1 \\ A_2 & B_2 & D_2 \\ A_4 & B_4 & D_4 \end{vmatrix} + \begin{vmatrix} A_1 & C_1 & D_1 \\ A_3 & C_3 & D_3 \\ A_4 & C_4 & D_4 \end{vmatrix} + \begin{vmatrix} B_2 & C_2 & D_2 \\ B_3 & C_3 & D_3 \\ B_4 & C_4 & D_4 \end{vmatrix},$$

$$D = \begin{vmatrix} A_1 & B_1 & C_1 & D_1 \\ A_2 & B_2 & C_2 & D_2 \\ A_3 & B_3 & C_3 & D_3 \\ A_4 & B_4 & C_4 & D_4 \end{vmatrix}\Bigg)$$

vorstellen kann, und liefert, entsprechend den vier möglichen Werthsystemen, für λ, μ, ν, ε vier Formeln von der allgemeinen Gestalt

$$\Omega = \xi'_1 + \lambda\xi'_2 + \mu\eta'_1 + \nu\eta'_2 = (K_0 + K_1\lambda + K_2\mu + K_3\nu)\cos t\sqrt{\varepsilon},$$

wobei K_0, K_1, K_2, K_3 jederzeit den Ausdrücken

$$K_0 = \frac{M_3\sigma_{1,x} - m_2\sigma_{2,x} - m_3\sigma_{3,x}}{M}, \quad K_1 = \frac{M_2\sigma_{2,x} - m_1\sigma_{1,x} - m_3\sigma_{3,x}}{M},$$

$$K_2 = \frac{M_3\sigma_{1,y} - m_2\sigma_{2,y} - m_3\sigma_{3,y}}{M}, \quad K_3 = \frac{M_2\sigma_{2,y} - m_1\sigma_{1,y} - m_3\sigma_{3,y}}{M}$$

äquivalent sind. Die Auflösung der so erhaltenen vier Integralgleichungen nach $\xi'_1, \eta'_1; \xi'_2, \eta'_2$ ergiebt schliesslich durch Combination mit 122) und 123) alle fraglichen Verschiebungen $\xi_1, \eta_1 \dots$ und Geschwindigkeitscomponenten $v_{1,x}, v_{1,y} \dots$ in den Formen

$$126) \left\{ \begin{array}{l} \xi = S + E \cos t\sqrt{\varepsilon_1} + F \cos t\sqrt{\varepsilon_2} + G \cos t\sqrt{\varepsilon_3} + H \cos t\sqrt{\varepsilon_4}, \\ v_x = -(E\sqrt{\varepsilon_1} \sin t\sqrt{\varepsilon_1} + F\sqrt{\varepsilon_2} \sin t\sqrt{\varepsilon_2} + G\sqrt{\varepsilon_3} \sin t\sqrt{\varepsilon_3} + H\sqrt{\varepsilon_4} \sin t\sqrt{\varepsilon_4}); \\ \eta = T + E' \cos t\sqrt{\varepsilon_1} + F' \cos t\sqrt{\varepsilon_2} + G' \cos t\sqrt{\varepsilon_3} + H' \cos t\sqrt{\varepsilon_4}, \\ v_y = -(E'\sqrt{\varepsilon_1} \sin t\sqrt{\varepsilon_1} + F'\sqrt{\varepsilon_2} \sin t\sqrt{\varepsilon_2} + G'\sqrt{\varepsilon_3} \sin t\sqrt{\varepsilon_3} + H'\sqrt{\varepsilon_4} \sin t\sqrt{\varepsilon_4}), \end{array} \right.$$

deren Discussion zu folgenden Sätzen führt:

1. Bilden drei Atome von den Charakteristiken $\alpha_{1,2}, \alpha_{1,3}, \alpha_{2,3}$ und den Massen m_1, m_2, m_3 eine stabile dreiseitige Gleichgewichtsfigur mit den Seiten $\varkappa_{1,2}, \varkappa_{1,3}, \varkappa_{2,3}$, so erfüllen die genannten Grössen jederzeit eines der Bedingungssysteme

$$127) \left\{ \begin{array}{ll} A,\ B,\ C,\ D > 0; & A,\ B,\ C > 0,\ D = 0; \\ A,\ B > 0,\ C = D = 0; & A > 0,\ B = C = D = 0, \end{array} \right.$$

indem negative oder complexe Werthe von ε mit einem stabilen Gleichgewichte der Atome unvereinbar sind und wenigstens eine Wurzel der Relation 125) von Null verschieden sein muss. Denn wäre $\sqrt{\varepsilon}$ reell oder complex, d. h.

$$\sqrt{\varepsilon} = \pm \varepsilon', \text{ resp. } \sqrt{\varepsilon} = \pm (\varepsilon' + \varepsilon'' i),$$

so würden solchen Werthen von ε die unmöglichen Integralgleichungen

$$\Omega = \tfrac{1}{2}(K_0 + K_1\lambda + K_2\mu + K_3\nu)(e^{\varepsilon' t} + e^{-\varepsilon' t}),$$

$$\Omega = \tfrac{1}{2}(K_0 + K_1\lambda + K_2\mu + K_3\nu)\{(e^{\varepsilon' t} + e^{-\varepsilon' t}) \cos \varepsilon'' t + i(e^{\varepsilon' t} - e^{-\varepsilon' t}) \sin \varepsilon'' t\}$$

entsprechen. Wäre endlich

$$A = B = C = D = 0,$$

so blieben $\xi_1, \eta_1; \xi_2, \eta_2 \dots$ für jeden Werth von t constant, was der Voraussetzung eines gestörten Gleichgewichts zuwiderlaufen würde.

2. Erleiden drei gesonderte, ursprünglich stabil ruhende Atome gleichzeitig relativ sehr kleine, derselben Ebene angehörige Verschiebungen σ_1, σ_2, σ_3 nach irgendwelchen Richtungen, so erfolgt eine oscillirende Bewegung ihrer Centren um ihre anfänglichen Ruhelagen von der Beschaffenheit, dass sich die Projectionen ihrer variablen Verschiebungen nach zwei beliebigen orthogonalen Coordinatenaxen höchstens aus je vier einfach periodischen Bewegungen von der gemeinsamen Form $P \cos \mu t$ und den Schwingungsdauern

$$128) \quad \tau_1 = \frac{2\pi}{\sqrt{\varepsilon_1}}, \quad \tau_2 = \frac{2\pi}{\sqrt{\varepsilon_2}}, \quad \tau_3 = \frac{2\pi}{\sqrt{\varepsilon_3}}, \quad \tau_4 = \frac{2\pi}{\sqrt{\varepsilon_4}}$$

zusammensetzen. Die Amplituden dieser einzelnen Schwingungen können hierbei von Atom zu Atom variiren, lassen sich aber immer in der Gestalt

$$129) \quad p\sigma_{1,x} + q\sigma_{2,x} - (p+q)\sigma_{3,x} + p'\sigma_{1,y} + q'\sigma_{2,y} - (p'+q')\sigma_{3,y}$$

darstellen, weil sie für

$$130) \quad \sigma_{1,x} = \sigma_{2,x} = \sigma_{3,x}; \ \sigma_{1,y} = \sigma_{2,y} = \sigma_{3,y} \ \dots$$

unter allen Umständen verschwinden müssen. Sind daher sämmtliche Wur-

existirt für den so beschaffenen Complex keine Verschiebungsweise, bei welcher auch nur ein einziges Atom eine einfach periodische Bewegung annehmen könnte; denn hierzu wäre erforderlich, dass sechs voneinander unabhängige heterogene Ausdrücke von der Form 129) gleichzeitig gleich Null würden, was nur durch die alle Amplituden annullirenden Voraussetzungen 130) erreicht werden könnte.

Besitzen hingegen zwei, drei oder alle Wurzeln von 125) dieselbe Grösse, beziehungsweise eine, zwei oder drei Wurzeln dieser Relation den Werth 0, so reduciren sich die allgemeinen Werthe für ξ und η insgesammt auf Aggregate von den Gestalten

$$P\cos\mu_1 t + Q\cos\mu_2 t + R\cos\mu_3 t, \quad \text{resp.} \quad P\cos\mu_1 t + Q\cos\mu_2 t, \quad \text{resp.} \quad P\cos\mu_1 t,$$

und unter solchen Umständen können nicht nur ein, sondern alle Atome des Complexes nach einem gemeinsamen, einfach periodischen Gesetze schwingen.

3. Die von den drei Atomcentren infolge der Verschiebungen σ_1, σ_2, σ_3 beschriebenen Bahnen sind mithin im Allgemeinen sehr complicirter Natur, ja theilweise nicht einmal geschlossen, überschreiten jedoch nie jene Kreisflächen, welche sich mit den Radien σ_1, σ_2, σ_3 um ihre ursprünglichen stabilen Gleichgewichtslagen beschreiben lassen. Ihre Gleichungen repräsentiren nur dann algebraische Curven, wenn die Argumente der in ihren Coordinaten ξ, η auftretenden Cosinusse als ganze Vielfache einer und derselben Grösse darstellbar sind; in allen übrigen Fällen entsprechen denselben transcendente krumme Linien. — Ist für ein Atom speciell

$$\xi = A + B\cos\mu t, \quad \eta = A' + B'\cos\mu t,$$

so bewegt sich dasselbe in einer durch die Gleichung

$$\eta = \frac{B'}{B}\xi + \frac{A'B - AB'}{B}$$

charakterisirten Geraden; bestehen hingegen für dessen Verschiebungen ξ, η zwei Relationen von den Formen

$$\xi = A + B\cos\mu t + C\cos 2\mu t; \quad \eta = A' + B'\cos\mu t + C'\cos 2\mu t,$$

so ist seine Bewegung entweder gleichfalls geradlinig oder parabolisch, indem die Elimination von t im letzteren Falle die Gleichung

$$\begin{aligned} C'^2\xi^2 + C^2\eta^2 - 2CC'\xi\eta &+ \{2C'(A'C - AC') + \tfrac{1}{2}B'(BC' - B'C)\}\xi \\ &- \{2C(A'C - AC') + \tfrac{1}{2}B(BC' - B'C)\}\eta \\ &- \tfrac{1}{2}\{(BC' - B'C)^2 + (AB' - A'B)(BC' - B'C) - 2(A'C - AC')^2\} = 0 \end{aligned}$$

liefert. Da ferner die soeben in Bezug auf ξ und η gemachten Voraussetzungen die einzigen sind, welche eine hinsichtlich dieser Veränderlichen quadratische Eliminationsgleichung ergeben, so folgt hieraus noch der allgemeine Satz:

4. Für einen mehratomigen Complex, dessen Bestandtheile lediglich ihren gegenseitigen Wechselwirkungen unterworfen gedacht werden, existirt keine räumliche Anordnung seiner Atome, aus welcher elliptische oder

kreisförmige Bewegungen ihrer Centren um irgendwelche stabile Gleichgewichtslagen unmittelbar hervorgehen könnten. Sollen daher dessenungeachtet solche Schwingungen möglich sein, so muss zu den zwei fundamentalen Voraussetzungen eines bestimmten Wirkungsgesetzes und bestimmter räumlicher Positionen noch eine dritte hinzugefügt werden, welche den Bestandtheilen des Complexes zu Beginn der Zeit t endliche Anfangsgeschwindigkeiten nach verschiedenen Richtungen zuschreibt und insofern ein fremdes, aus jenen beiden ersten Annahmen nicht ableitbares Element in alle folgenden Betrachtungen einführt. — Woher jedoch diese Geschwindigkeiten stammen, bleibt hierbei ebenso unerklärt, wie z. B. bei der bekannten Ableitung einer elliptischen Planetenbewegung aus dem Gravitationsgesetze der Ursprung einer auf dem anfänglichen Radius vector senkrecht stehenden Geschwindigkeitscomponente des Planetencentrums, ohne welche sich der Planet jederzeit geradlinig zu seinem Centralkörper hinbewegen würde.

5. Was endlich speciell die möglichen Bewegungserscheinungen dreier congruenter Atome anbelangt, so verdient der Fall einer ursprünglich gleichseitigen Gleichgewichtsfigur ihrer Centren seiner interessanten Lösung wegen eine besondere Untersuchung. Dieselbe vereinfacht sich bedeutend, wenn wir die Abscissenaxe unsers rechtwinkligen Coordinatensystems mit der Centrallinie zweier Atome zusammenfallen lassen, indem die Constanten des Systems 120) unter dieser Voraussetzung die Werthe

$$a_1 = a,\ a_2 = a_3 = 0;\quad b_1 = c_1 = \tfrac{1}{4}a,\ b_2 = -c_2 = \tfrac{1}{4}a\sqrt{3},\ b_3 = c_3 = \tfrac{3}{4}a$$

erhalten und die Gleichungen 123) und 124) demnach die Darstellungsweise gestatten:

$$\xi'_3 = -(\xi'_1+\xi'_2),\quad \eta'_3 = -(\eta'_1+\eta'_2);$$

$$\frac{d^2\xi'_1}{dt^2} = -b_3 m(2\xi'_1-\xi'_2) - b_2 m(2\eta'_1+\eta'_2),$$

$$\frac{d^2\xi'_2}{dt^2} = -b_3 m(2\xi'_2-\xi'_1) + b_2 m(\eta'_1+2\eta'_2),$$

$$\frac{d^2\eta'_1}{dt^2} = -b_2 m(2\xi'_1+\xi'_2) - b_3 m(2\eta'_1+\eta'_2),$$

$$\frac{d^2\eta'_2}{dt^2} = b_2 m(\xi'_1+2\xi'_2) - b_3 m(\eta'_1+2\eta'_2).$$

Aus ihnen ergeben sich zur Bestimmung von $\xi'_1+\xi'_2$, $\eta'_1-\eta'_2$ die Beziehungen

$$\frac{d^2(\xi'_1+\xi'_2)}{dt^2} = -b_3 m(\xi'_1+\xi'_2) - b_2 m(\eta'_1-\eta'_2),$$

$$\frac{d^2(\eta'_1-\eta'_2)}{dt^2} = -3b_2 m(\xi'_1+\xi'_2) - b_3 m(\eta'_1-\eta'_2)$$

und ebenso hinsichtlich der Grössen $\eta'_1+\eta'_2$, $\xi_1-\xi_2$ die Relationen

$$\frac{d^2(\eta'_1+\eta'_2)}{dt^2} = -3b_2 m(\eta'_1+\eta'_2) - b_2 m(\xi'_1-\xi'_2),$$

$$\frac{d^2(\xi'_1-\xi'_2)}{dt^2}=-3b_2m(\eta'_1+\eta'_2)-3b_3m(\xi'_1-\xi'_2),$$

welche mit Rücksicht auf die dem Momente $t=0$ entsprechenden Anfangsbedingungen

$$|\xi'_1+\xi'_2|^{t=0}=\tfrac{1}{3}(\sigma_{1,x}+\sigma_{2,x}-2\sigma_{3,x})=u_0,\quad |\xi'_1-\xi'_2|^{t=0}=\sigma_{1,x}-\sigma_{2,x}=u'_0;$$
$$|\eta'_1+\eta'_2|^{t=0}=\tfrac{1}{3}(\sigma_{1,y}+\sigma_{2,y}-2\sigma_{3,y})=v'_0,\quad |\eta'_1-\eta'_2|^{t=0}=\sigma_{1,y}-\sigma_{2,y}=v_0$$

folgende Lösungen für die fraglichen Unbekannten $\xi'_1, \eta'_1; \xi'_2, \eta'_2; \xi'_3, \eta'_3$ liefern:

132)

$$\xi'_1=\tfrac{1}{3}(u_0+\tfrac{1}{2}u'_0-\tfrac{1}{3}v'_0\sqrt{3})\cos\mu_1t+\tfrac{1}{4}(u'_0+v'_0\sqrt{3})\cos\mu_2t,$$
$$\eta'_1=-\tfrac{1}{3}(u_0\sqrt{3}-v_0)+\tfrac{1}{3}\left(u_0\sqrt{3}-\frac{1}{2\sqrt{3}}u'_0+\tfrac{1}{2}v'_0\right)\cos\mu_1t+\tfrac{1}{4}\left(v'_0+\frac{1}{\sqrt{3}}u'_0\right)\cos\mu_2t;$$
$$\xi'_2=\tfrac{1}{3}(u_0-\tfrac{1}{2}u'_0+\tfrac{1}{2}v'_0\sqrt{3})\cos\mu_1t-\tfrac{1}{4}(u'_0+v'_0\sqrt{3})\cos\mu_2t,$$
$$\eta'_2=\tfrac{1}{2}(u_0\sqrt{3}-v_0)-\tfrac{1}{3}\left(u_0\sqrt{3}+\frac{1}{2\sqrt{3}}u'_0-\tfrac{1}{3}v'_0\right)\cos\mu_1t+\tfrac{1}{4}\left(v'_0+\frac{1}{\sqrt{3}}u'_0\right)\cos\mu_2t;$$
$$\xi'_3=-u_0\cos\mu_1t,$$
$$\eta'_3=\tfrac{1}{2}\left(\frac{1}{\sqrt{3}}u'_0-v'_0\right)\cos\mu_1t-\tfrac{1}{2}\left(\frac{1}{\sqrt{3}}u'_0+v'_0\right)\cos\mu_2t,$$

wobei μ_1, μ_2 die Ausdrücke

132) $$\mu_1=\sqrt{\tfrac{3}{2}am},\quad \mu_2=\sqrt{3am}=\mu_1\sqrt{2}$$

vorstellen. Drei Atome, deren Centren anfänglich gleichweit voneinander entfernt waren, bewegen sich daher infolge relativ sehr kleiner Verschiebungen derselben entweder insgesammt geradlinig oder in transcendenten Curven von der gemeinsamen Gleichung

133) $$\arccos((A\xi+B\eta+C))=\frac{1}{\sqrt{2}}\arccos((A'\xi+B'\eta+C')),$$

welche also im Allgemeinen sechs von den Massen und Abständen der Atomcentren unabhängige Parameter enthalten.

Die bis jetzt aus den Gleichungen 99) und 121) gewonnenen Resultate umfassen bereits alle Bewegungserscheinungen, welche drei gesonderte Atome infolge kleiner Störungen ihres stabilen Gleichgewichts zeigen können, ja sie gelten, unter entsprechenden, lediglich die Constanten a, b, c betreffenden Modificationen auch für jedes andere Wirkungsgesetz von der Form

$$K=kmm'F(r,\alpha),$$

wenn nur $F(r,\alpha)$ eine continuirliche, innerhalb des Intervalles 0 bis ∞ überall endliche Function von r ist und für die Distanzen $\varkappa_{1,2}+\sigma$, $\varkappa_{1,3}+\sigma$, $\varkappa_{2,3}+\sigma$ negativ, hingegen für $\varkappa_{1,2}-\sigma$, $\varkappa_{1,3}-\sigma$, $\varkappa_{2,3}-\sigma$ positiv wird. Zugleich genügt eine einfache Verallgemeinerung des zu ihrer Auffindung gewählten Verfahrens, um das Problem relativ sehr kleiner Verschiebungen selbst für den allgemeinsten Fall eines n atomigen Complexes ($n\geq 4$) zu

um die Strecken $\sigma_1, \sigma_2 \ldots \sigma_n$ nach irgendwelchen Richtungen verschoben wurden. Die Bestimmung der Variabelen

$$\xi_1, \eta_1, \zeta_1; \ \xi_2, \eta_2, \zeta_2; \ \ldots \ \xi_n, \eta_n, \zeta_n$$

erfolgt dann aus $3n$ simultanen linearen Differentialgleichungen der zweiten Ordnung mit Hilfe der $3n-3$ vorläufig als verschieden vorausgesetzten Wurzelwerthe $\mu_1^2, \mu_2^2 \ldots \mu_{3n-3}^2$ einer Gleichung von der Form

$$134) \quad s^{3n-3} - A_1 s^{3n-4} + A_2 s^{3n-5} - \ldots + (-1)^{3n-3} A_{3n-3} = 0,^*$$

deren Coefficienten $A_1, A_2 \ldots A_{3n-3}$ von $\sigma_1, \sigma_2 \ldots \sigma_n$ unabhängig erscheinen, und liefert nach Einführung der Verschiebungen

$$135) \quad \Xi = \frac{\sum_{k=1}^{k=n} m_k \sigma_{k,x}}{\sum_{k=1}^{k=n} m_k}, \quad H = \frac{\sum_{k=1}^{k=n} m_k \sigma_{k,y}}{\sum_{k=1}^{k=n} m_k}, \quad Z = \frac{\sum_{k=1}^{k=n} m_k \sigma_{k,z}}{\sum_{k=1}^{k=n} m_k}$$

des Schwerpunktes des gesammten Systems allgemein für ξ_a, η_a, ζ_a

$$136) \quad \left\{ \begin{aligned} \xi_a &= \Xi + \sum_{k=1}^{k=3n-3} P_{a,k} \cos \mu_k t, \\ \eta_a &= H + \sum_{k=1}^{k=3n-3} Q_{a,k} \cos \mu_k t, \\ \zeta_a &= Z + \sum_{k=1}^{k=3n-3} R_{a,k} \cos \mu_k t. \end{aligned} \right.$$

Die in diesen Ausdrücken auftretenden Constanten P, Q, R sind hierbei im Allgemeinen bis auf je eine derselben von einander independent und stets lineare Functionen der Projectionen

$$\sigma_{1,x}, \sigma_{1,y}, \sigma_{1,z}; \ \sigma_{2,x}, \sigma_{2,y}, \sigma_{2,z} \ \ldots \ \sigma_{n,x}, \sigma_{n,y}, \sigma_{n,z}$$

von $\sigma_1, \sigma_2 \ldots \sigma_n$ auf die drei Coordinatenaxen, welche sich insgesammt unter die zusammenfassende Formel

$$137) \quad \sum_{k=1}^{k=n-1} \{p_k(\sigma_{k,x} - \sigma_{n,x}) + q_k(\sigma_{k,y} - \sigma_{n,y}) + r_k(\sigma_{k,z} - \sigma_{n,z})\}$$

---

* Der Beweis, dass hierbei negative oder complexe Werthe von $\mu_1^2, \mu_2^2 \ldots \mu_{3n-3}^2$ ausgeschlossen sind und wenigstens eine dieser Wurzeln grösser als Null sein muss, ist jenem für drei Atome völlig analog und lehrt, dass $A_1, A_2 \ldots A_{3n-3}$ unter Voraussetzung eines stabilen Gleichgewichts der n Atome jederzeit einem der $3n-3$ Bedingungssysteme

$$A_1, A_2 \ldots A_{3n-3} > 0;$$
$$A_1, A_2 \ldots A_{3n-4} > 0, \quad A_{3n-3} = 0;$$
$$A_1, A_2 \ldots A_{3n-5} > 0, \quad A_{3n-4} = A_{3n-3} = 0$$
$$\ldots \quad \ldots \quad \ldots$$
$$A_1 > 0, \quad A_2 = A_3 = \ldots = A_{3n-3} = 0$$

subsumiren lassen. Denn da der Gleichgewichtszustand des Systems durch gleichgrosse parallele Verschiebungen aller seiner Atome nach beliebiger Richtung nicht gestört werden kann, so müssen für

138) $\sigma_{1,x}=\sigma_{2,x}=\ldots=\sigma_{n,x};\ \sigma_{1,y}=\sigma_{2,y}=\ldots=\sigma_{n,y};\ \sigma_{1,z}=\sigma_{2,z}=\ldots=\sigma_{n,z}$

sämmtliche Factoren von $\cos\mu_1 t, \cos\mu_2 t \ldots \cos\mu_{3n-3} t$ gleich Null werden. Hieraus folgt weiter, dass durch die überhaupt möglichen Verschiebungsweisen der Elemente eines n atomigen Complexes höchstens $3n-1$ verschiedene Amplituden der ξ, η, ζ zusammensetzenden einfachen Schwingungen annullirt werden können, indem dieselben gleich Null gesetzt, nur $3n-1$ willkürliche Grössen

$$\frac{\sigma_{1,x}}{\sigma_{n,z}}, \frac{\sigma_{2,x}}{\sigma_{n,z}} \ldots \frac{\sigma_{n,x}}{\sigma_{n,z}};\ \frac{\sigma_{1,y}}{\sigma_{n,z}}, \frac{\sigma_{2,y}}{\sigma_{n,z}} \ldots \frac{\sigma_{n,y}}{\sigma_{n,z}};\ \frac{\sigma_{1,z}}{\sigma_{n,z}}, \frac{\sigma_{2,z}}{\sigma_{n,z}} \ldots \frac{\sigma_{n-1,z}}{\sigma_{n,z}}$$

enthalten.

Sind daher $\mu_1^2, \mu_2^2 \ldots \mu^2_{3n-3}$ und ebenso die Amplituden P, Q, R durchgängig heterogen, so wird thatsächlich kein einziges Atom des Complexes eine einfache Schwingung eingehen können, weil die Projectionen seiner veränderlichen Verschiebungen zusammen mindestens $2(3n-4)$ periodische Glieder besitzen, deren Cosinusse wenigstens $2(n-1)$ von einander differirende Argumente aufweisen. Ziehen wir übrigens nur kleine Werthe derselben in Betracht, so lassen sich die Gleichungen 136) mit Vernachlässigung der zweiten und höherer Potenzen von $\mu_1^2, \mu_2^2, \ldots \mu^2_{3n-3}$ näherungsweise durch

$$\xi_a = \Xi + \sum_{k=1}^{k=3n-3} P_{a,k} - \tfrac{1}{2} t^2 \sum_{k=1}^{k=3n-3} P_{a,k}\mu^2_k + \ldots,$$

$$\eta_a = H + \sum_{k=1}^{k=3n-3} Q_{a,k} - \tfrac{1}{2} t^2 \sum_{k=1}^{k=3n-3} Q_{a,k}\mu^2_k + \ldots,$$

$$\zeta_a = Z + \sum_{k=1}^{k=3n-3} R_{a,k} - \tfrac{1}{2} t^2 \sum_{k=1}^{k=3n-3} R_{a,k}\mu^2_k + \ldots$$

wiedergeben, in welchen Ausdrücken die Summen

$$\sum_{k=1}^{k=3n-3} P_{a,k}, \qquad \sum_{k=1}^{k=3n-3} Q_{a,k}, \qquad \sum_{k=1}^{k=3n-3} R_{a,k}$$

offenbar den Differenzen

$$\sigma_{a,x} - \Xi, \quad \sigma_{a,y} - H, \quad \sigma_{a,z} - Z$$

äquivalent sind, und gestatten dann auch folgende Schreibweise:

139) $$\left\{\begin{aligned} \xi_a &= \Xi + (\sigma_{a,x} - \Xi)\cos\mu_a t, & \mu^2_a &= \frac{1}{\sigma_{a,x} - \Xi}\sum_{k=1}^{k=3n-3} P_{a,k}\mu^2_k; \\ \eta_a &= H + (\sigma_{a,y} - H)\cos\mu'_a t, & \mu'^2_a &= \frac{1}{\sigma_{a,y} - H}\sum_{k=1}^{k=3n-3} Q_{a,k}\mu^2_k; \end{aligned}\right.$$

$$\zeta_a = Z + (\sigma_{a,z} - Z)\cos\mu''_a t, \quad \mu''^2_a = \frac{1}{\sigma_{a,z} - Z}\sum_{k=1}^{k=3n-3} R_{a,k}\,\mu^2_k.$$

Bei einer derartigen näherungsweisen Stellvertretung der wirklichen Bewegungen jedes Atoms durch drei mittlere, einfache, heterochrone Schwingungen nach drei aufeinander senkrechten Axen erhalten somit sämmtliche Atome von ihren Abständen und Chakteristiken unabhängige Amplituden, was bei den einzelnen Constanten P, Q, R keineswegs der Fall ist. Andererseits sind die Argumente $\mu_a t$, $\mu'_a t$, $\mu''_a t$ nunmehr Functionen der Verschiebungen, während μ_1, $\mu_2 \ldots \mu_{3n-3}$ ausschliesslich von den Massen, Abständen und Charakteristiken der Atome abhingen, und hierin liegt der Grund, warum eine unbedingte Adoption der Formeln 139) für 136) nicht nur mathematisch, sondern auch physikalisch unzulässig wäre, indem der Isochronismus kleiner Schwingungen desselben Atoms bei variablen Verschiebungen nothwendig gewahrt werden muss. — Nur in dem speciellen Falle der Gleichheit aller Wurzeln von 134) erscheinen die Relationen 138) von diesem Vorwurfe frei, weil unter solchen Umständen

$$\mu_a = \mu'_a = \mu''_a = \mu$$

wird, und liefern die fraglichen Unbekannten nicht blos näherungsweise, sondern vollkommen genau.

Berichtigung.

Im ersten Theile der Abhandlung, Bd. XVIII S. 507 Z. 14 von oben, lies statt: „zwei chemisch verwandte Atome“: „zwei chemisch nicht verwandte Atome“.

XVI.

Zur höheren Geodäsie.

Von

Dr. Nell,

Professor der Geodäsie am Polytechnicum zu Darmstadt.

A. Neue Herleitung des Legendre'schen Satzes, nebst einer Erweiterung desselben.

§ 1.

Im Folgenden mögen bedeuten

a, b, c die Seiten eines sphärischen Dreiecks, in Längenmass;
r den Radius der Kugel;
A, B, C die Winkel des Dreiecks;
ε den sphärischen Excess;
A', B', C' die Winkel eines ebenen Dreiecks von gleicher Seitenlänge;
F den Flächeninhalt des letzteren;
$s = \frac{1}{2}(a+b+c)$ den halben Umfang beider Dreiecke.

Die sphärische und ebene Trigonometrie giebt folgende Beziehungen:

$$tg^2 \tfrac{1}{2} A = \frac{\sin\frac{s-b}{r} \sin\frac{s-c}{r}}{\sin\frac{s}{r} \sin\frac{s-a}{r}}, \quad tg^2 \tfrac{1}{2} A' = \frac{(s-b)(s-c)}{s(s-a)}.$$

Nimmt man von der ersten Gleichung die Logarithmen, so ist

$$2 \log tg \tfrac{1}{2} A = \log\sin\frac{s-b}{r} + \log\sin\frac{s-c}{r} - \log\sin\frac{s}{r} - \log\sin\frac{s-a}{r}.$$

Da nun allgemein, wenn nicht über die sechste Dimension hinausgegangen wird:

$$\log\sin\frac{x}{r} = \log x - \log r - \frac{M}{6r^2}x^2 - \frac{M}{180r^4}x^4 - \frac{M}{2835r^6}x^6,$$

so findet sich

$$2\log tg\tfrac{1}{2}A = \log(s-b) - \frac{M(s-b)^2}{6r^2} - \frac{M(s-b)^4}{180r^4} - \frac{M(s-b)^6}{2835r^6}$$
$$+\log(s-c) - \frac{M(s-c)^2}{6r^2} - \frac{M(s-c)^4}{180r^4} - \frac{M(s-c)^6}{2835r^6}$$
$$-\log s \quad + \frac{Ms^2}{6r^2} + \frac{Ms^4}{180r^4} + \frac{Ms^6}{2835r^6}$$
$$-\log(s-a) + \frac{M(s-a)^2}{6r^2} + \frac{M(s-a)^4}{180r^4} + \frac{M(s-a)^6}{2835r^6},$$

$$2\log tg\tfrac{1}{2}A = \log\frac{(s-b)(s-c)}{s(s-a)} + \frac{M}{6r^2}\{s^2+(s-a)^2-(s-b)^2-(s-c)^2\}$$
$$+\frac{M}{180r^4}\{s^4+(s-a)^4-(s-b)^4-(s-c)^4\}$$
$$+\frac{M}{2835r^6}\{s^6+(s-a)^6-(s-b)^6-(s-c)^6\}.$$

Das logarithmische Glied zur Rechten des Gleichheitszeichens ist $= \log tg^2\frac{A}{2}$.

Beachtet man ferner, dass

$$s-a=\frac{b+c-a}{2}, \quad s-b=\frac{a-b+c}{2}, \quad s-c=\frac{a+b-c}{2},$$

so wird

$$s^2+(s-a)^2=\frac{a^2+b^2+c^2}{2}+bc \text{ und } (s-b)^2+(s-c)^2=\frac{a^2+b^2+c^2}{2}-bc,$$

daher

$$s^2+(s-a)^2-(s-b)^2-(s-c)^2=2bc,$$

$$s^4+(s-a)^4=\frac{a^4+b^4+c^4+6a^2b^2+6a^2c^2+6b^2c^2}{8}+\frac{3a^2bc+b^3c+bc^3}{2},$$

$$(s-b)^4+(s-c)^4=\frac{a^4+b^4+c^4+6a^2b^2+6a^2c^2+6b^2c^2}{8}-\frac{3a^2bc+b^3c+bc^3}{2},$$

$$s^4+(s-a)^4-(s-b)^4-(s-c)^4=3a^2bc+b^3c+bc^3,$$

$$s^6+(s-a)^6=\frac{a^6+b^6+c^6+15a^4b^2+15a^4c^2+15a^2b^4+15a^2c^4+15b^4c^2+15b^2c^4+90a^2b^2c^2}{32}$$
$$+\frac{15a^4bc+30a^2b^3c+30a^2bc^3+10b^3c^3+3b^5c+3bc^5}{16},$$

$$(s-b)^6+(s-c)^6$$
$$=\frac{a^6+b^6+c^6+15a^4b^2+15a^4c^2+15a^2b^4+15a^2c^4+15b^4c^2+15b^2c^4+90a^2b^2c^2}{32}$$
$$-\frac{15a^4bc+30a^2b^3c+30a^2bc^3+10b^3c^3+3b^5c+3bc^5}{16},$$

$$s^6+(s-a)^6-(s-b)^6-(s-c)^6$$
$$=\frac{bc}{8}(15a^4+30a^2b^2+30a^2c^2+10b^2c^2+3b^4+3c^4)=\frac{bc}{8}\,.\,G,$$

indem man den in der Klammer stehenden Ausdruck durch G bezeichnet

Diese Werthe eingesetzt, giebt

$$\log tg \tfrac{1}{2} A = \log tg \tfrac{1}{2} A' + \frac{Mbc}{6r^2} + \frac{Mbc(3a^2+b^2+c^2)}{360 r^4} + \frac{Mbc \,.\, G}{45360 r^6},$$

$$\frac{1}{M} \,.\, \log \frac{tg \frac{1}{2} A}{tg \frac{1}{2} A'} = \frac{bc}{6r^2} \left\{ 1 + \frac{3a^2+b^2+c^2}{60 r^2} + \frac{G}{7560 r^4} \right\}.$$

Um den Logarithmus zu entfernen, beachte man, dass

$$x = 1 + \frac{\log x}{M} + \frac{1}{1.2} \,.\, \left(\frac{\log x}{M}\right)^2 + \frac{1}{1.2.3} \,.\, \left(\frac{\log x}{M}\right)^3 + \ldots,$$

$$\frac{tg \frac{1}{2} A}{tg \frac{1}{2} A'} = 1 + \frac{bc}{6r^2} \left\{ 1 + \frac{3a^2+b^2+c^2}{60 r^2} + \frac{G}{7560 r^4} \right\}$$

$$+ \tfrac{1}{2} \,.\, \frac{b^2c^2}{36 r^4} \left(1 + \frac{3a^2+b^2+c^2}{30 r^2} \right) + \tfrac{1}{6} \,.\, \frac{b^3c^3}{216 r^6}$$

$$= 1 + \frac{bc}{6r^2} \left\{ 1 + \frac{3a^2+b^2+c^2}{60 r^2} + \frac{bc}{12 r^2} + \frac{G}{7560 r^4} + \frac{bc(3a^2+b^2+c^2)}{360 r^4} + \frac{b^2c^2}{216 r^4} \right\}.$$

Setzt man für G wieder seinen Werth ein und fasst die gleichnamigen Glieder zusammen, so erhält man

$$tg \tfrac{1}{2} A = tg \tfrac{1}{2} A' \left\{ 1 + \frac{bc}{6r^2} \left[1 + \frac{3a^2+b^2+c^2+5bc}{60 r^2} \right.\right.$$

$$\left.\left. + \frac{15a^4+3b^4+3c^4+30a^2b^2+30a^2c^2+45b^2c^2+63a^2bc+21b^3c+21bc^3}{7560 r^4} \right] \right\}.$$

Der Kürze halber schreiben wir diesen Ausdruck in folgender Weise:

$$tg \tfrac{1}{2} A = n \,.\, tg \tfrac{1}{2} A'.$$

Nun ist

$$\sin x = \frac{e^{xi} - e^{-xi}}{2i}, \quad \cos x = \frac{e^{xi} + e^{-xi}}{2},$$

folglich

$$tg\, x = \frac{e^{xi} - e^{-xi}}{i(e^{xi} + e^{-xi})} = \frac{1}{i} \,.\, \frac{e^{2xi} - 1}{e^{2xi} + 1},$$

folglich auch

$$\frac{e^{Ai} - 1}{i(e^{Ai} + 1)} = n \,.\, \frac{e^{A'i} - 1}{i(e^{A'i} + 1)}.$$

Daraus den Werth von e^{Ai} abgeleitet, giebt

$$e^{Ai} = \frac{\frac{1-n}{1+n} + e^{A'i}}{1 + \frac{1-n}{1+n} e^{A'i}} = e^{A'i} \,.\, \frac{1 + \frac{1-n}{1+n} e^{-A'i}}{1 + \frac{1-n}{1+n} e^{A'i}}.$$

Beiderseits die natürlichen Logarithmen genommen, und beachtet, dass

$$lg(1+x) = x - \tfrac{1}{2}x^2 + \tfrac{1}{3}x^3 - \tfrac{1}{4}x^4 + \ldots,$$

so wird

$$Ai = A'i + \frac{1-n}{1+n} e^{-A'i} - \tfrac{1}{2} \left(\frac{1-n}{1+n}\right)^2 e^{-2A'i} + \tfrac{1}{3} \left(\frac{1-n}{1+n}\right)^3 e^{-3A'i} - \ldots$$

$$- \frac{1-n}{1+n} e^{A'i} + \tfrac{1}{2} \left(\frac{1-n}{1+n}\right)^2 e^{2A'i} - \tfrac{1}{3} \left(\frac{1-n}{1+n}\right)^3 e^{3A'i} + \ldots,$$

$$A = A' - \frac{1-n}{1+n} \cdot \frac{e^{A'i} - e^{-A'i}}{i} + \tfrac{1}{2}\left(\frac{1-n}{1+n}\right)^2 \cdot \frac{e^{2A'i} - e^{-2A'i}}{i} - \tfrac{1}{3}\left(\frac{1-n}{1+n}\right) \cdot \frac{e^{3A'i} - e^{-3A'i}}{i} + \ldots.$$

Nun ist ferner

$$\frac{e^{mA'i} - e^{-mA'i}}{i} = 2 \sin m A',$$

daher

$$A = A' - \frac{1-n}{1+n} \cdot 2 \sin A' + \tfrac{1}{2}\left(\frac{1-n}{1+n}\right)^2 \cdot 2 \sin 2A' - \tfrac{1}{3}\left(\frac{1-n}{1+n}\right)^3 \cdot 2 \sin 3A' + \ldots.$$

Nach dem Früheren ist

$$n = 1 + \frac{bc}{6r^2}\left\{1 + \frac{3a^2 + b^2 + c^2 + 5bc}{60r^2} + \frac{15a^4 + 3b^4 + 3c^4 + 30a^2b^2 + 30a^2c^2 + 45b^2c^2 + 63a^2bc + 21b^3c + 21bc^3}{7560r^4}\right\},$$

$$\frac{1-n}{1+n} = -\frac{bc}{12r^2}\left\{1 + \frac{3a^2 + b^2 + c^2}{60r^2} + \frac{10a^4 + 2b^4 + 2c^4 + 20a^2b^2 + 20a^2c^2 - 5b^2c^2}{5040r^4}\right\}.$$

Diesen Werth in den Ausdruck für A eingesetzt und die Glieder, welche eine höhere Potenz von r als die sechste enthalten, weggelassen, giebt

$$A = A' + \frac{bc \sin A'}{6r^2}\left\{1 + \frac{3a^2 + b^2 + c^2}{60r^2} + \frac{10a^4 + 2b^4 + 2c^4 + 20a^2b^2 + 20a^2c^2 - 5b^2c^2}{5040r^4}\right\} + \frac{b^2c^2}{144r^4}\left\{1 + \frac{3a^2 + b^2 + c^2}{60r^2}\right\} \sin 2A' - \frac{b^3c^3}{2592r^6} \sin 3A'.$$

Wir setzen hier

$$\sin 2A' = 2 \sin A' \cos A',$$
$$\sin 3A' = \sin A'(4\cos^2 A' - 1),$$

ferner

$$bc \cos A' = \frac{b^2 + c^2 - a^2}{2} \quad \text{und} \quad bc \sin A' = 2F,$$

so geht der letztere Ausdruck für A in den folgenden über:

$$A = A' + \frac{F}{3r^2}\left\{1 + \frac{a^2 + 7b^2 + 7c^2}{120r^2} + \frac{a^4 + 31b^4 + 31c^4 + 16a^2b^2 + 16a^2c^2 + 31b^2c^2}{7560r^4}\right\}.$$

Ganz analog kann man schreiben

$$B = B' + \frac{F}{3r^2}\left\{1 + \frac{b^2 + 7a^2 + 7c^2}{120r^2} + \frac{b^4 + 31a^4 + 31c^4 + 16b^2a^2 + 16b^2c^2 + 31a^2c^2}{7560r^4}\right\},$$

$$C = C' + \frac{F}{3r^2}\left\{1 + \frac{c^2 + 7a^2 + 7b^2}{120r^2} + \frac{c^4 + 31a^4 + 31b^4 + 16c^2a^2 + 16c^2b^2 + 31a^2b^2}{7560r^4}\right\}.$$

Addirt man die drei Gleichungen und beachtet, dass $A' + B' + C' = 180^0$, $A + B + C = 180^0 + \varepsilon$, so findet sich

$$\varepsilon = \frac{F}{r^2}\left(1 + \frac{a^2 + b^2 + c^2}{24r^2} + \frac{a^4 + b^4 + c^4 + a^2b^2 + a^2c^2 + b^2c^2}{360r^4}\right).$$

§ 2.

Um dieses Resultat in Bezug auf seine Richtigkeit zu prüfen, wollen wir den Werth von ε auch noch aus der bekannten Formel

$$tg^2\frac{\varepsilon}{4} = tg\frac{s}{2r} \cdot tg\frac{s-a}{2r} \cdot tg\frac{s-b}{2r} \cdot tg\frac{s-c}{2r}$$

ableiten:

$$2\log tg\frac{\varepsilon}{4} = \log tg\frac{s}{2r} + \log tg\frac{s-a}{2r} + \log tg\frac{s-b}{2r} + tg \log\frac{s-c}{2r}.$$

Allgemein ist

$$\log tg x = \log x + \frac{M}{3}x^2 + \frac{7M}{90}x^4,$$

$$\log tg\frac{\varepsilon}{4} = \log\varepsilon - \log 4 + \frac{M}{48}\varepsilon^2 + \frac{7M}{23040}\varepsilon^4,$$

$$\log tg\frac{s}{2r} = \log\frac{s}{r} - \log 2 + \frac{M(s-a)^2}{12r^2} + \frac{7M(s-a)^4}{1440r^4},$$

$$\log tg\frac{s-a}{2r} = \log\frac{s-a}{r} - \log 2 + \frac{M(s-a)^2}{12r^2} + \frac{7M(s-a)^4}{1440r^4},$$

$$\log tg\frac{s-b}{2r} = \log\frac{s-b}{r} - \log 2 + \frac{M(s-b)^2}{12r^2} + \frac{7M(s-b)^4}{1440r^4},$$

$$\log tg\frac{s-c}{2r} = \log\frac{s-c}{r} - \log 2 + \frac{M(s-c)^2}{12r^2} + \frac{7M(s-c)^4}{1440r^4}.$$

Diese Werthe eingesetzt, erhält man

$$2\log\varepsilon - \log 16 + \frac{M}{24}\varepsilon^2 + \frac{7M}{11520}\varepsilon^4 = \log\frac{s(s-a)(s-b)(s-c)}{r^4} - 4\log 2 + \frac{M}{12r^2}[s^2 + (s-a)^2 + (s-b)^2 + (s-c)^2] + \frac{7M}{1440r^2}[s^4 + (s-a)^4 + (s-b)^4 + (s-c)^4,$$

$$\log\varepsilon + \frac{M}{48}\varepsilon^2 + \frac{7M}{23040}\varepsilon^4 = \log\frac{\sqrt{s(s-a)(s-b)(s-c)}}{r^2} + \frac{M}{24r^2}(a^2 + b^2 + c^2) + \frac{7M}{2880r^4} \cdot \frac{a^4 + b^4 + c^4 + 6a^2b^2 + 6a^2c^2 + 6b^2c^2}{4}.$$

Nun ist $\sqrt{s(s-a)(s-b)(s-c)} = F$. Daraus folgt, dass ein Näherungswerth von ε gleich ist $\frac{F}{r^2}$, daher $\varepsilon^2 = \frac{F^2}{r^4}$ und $\varepsilon^4 = \frac{F^4}{r^8}$; das Glied mit ε^4 wird daher weggelassen.

$$log\, \varepsilon + \frac{MF^2}{48r^4} = log\frac{F}{r^2} + \frac{M(a^2+b^2+c^2)}{24r^2} + \frac{7M(a^4+b^4+c^4+6a^2b^2+6a^2c^2+6b^2c^2)}{11520r^4},$$

$$F^2 = s(s-a)(s-b)(s-c) = \frac{2a^2b^2+2a^2c^2+2b^2c^2-a^4-b^4-c^4}{16},$$

$$log\frac{\varepsilon r^2}{F} = \frac{M(a^2+b^2+c^2)}{24r^2} + \frac{M}{5760r^4}(11a^4+11b^4+11c^4+6a^2b^2+6a^2c^2+6b^2c^2).$$

Durch Entfernung des Logarithmus erhält man

$$\frac{\varepsilon r^2}{F} = 1 + \frac{a^2+b^2+c^2}{24r^2} + \frac{11a^4+11b^4+11c^4+6a^2b^2+6a^2c^2+6b^2c^2}{5760r^4} + \frac{(a^2+b^2+c^2)^2}{1152r^4},$$

$$\varepsilon = \frac{F}{r^2}\left\{1 + \frac{a^2+b^2+c^2}{24r^2} + \frac{a^4+b^4+c^4+a^2b^2+a^2c^2+b^2c^2}{360r^4}\right\}.$$

Dieser Werth für ε stimmt mit dem früher erhaltenen vollständig überein.

§ 3.

Was den Halbmesser r betrifft, so nehmen wir dafür den mittleren Werth der Krümmungshalbmesser für diejenige Stelle der Erdoberfläche, an welcher das betreffende Dreieck liegt. Bezeichnet

a den Halbmesser des Erdäquators,

e die Excentricität der Meridianellipse,

φ die Polhöhe eines Ortes auf der Erdoberfläche,

R den Krümmungsradius des Verticalschnitts für das Azimuth α,

so ist (siehe Baeyer, Das Messen auf der sphäroidischen Erdoberfläche, S. 14)

$$R = \frac{a(1-e^2)}{(1-e^2\sin^2\varphi - e^2\cos^2\varphi\sin^2\alpha)\sqrt{1-e^2\sin^2\varphi}}.$$

Für $\alpha = 0$ erlangt R den kleinsten, für $\alpha = 90^0$ den grössten Werth. Bezeichnen wir jenen durch ϱ, diesen durch n, so haben wir

$$\varrho = \frac{a(1-e^2)}{(1-e^2\sin^2\varphi)^{3/2}} \text{ und } n = \frac{a}{\sqrt{1-e^2\sin^2\varphi}}.$$

Führt man diese beiden Werthe in den Ausdruck für R ein, so ergiebt sich

$$R = \frac{\varrho n}{\ldots}.$$

Denken wir uns die Bögen α von 0^0 bis 180^0 auf die Gerade AB aufgetragen und die zugehörigen Werthe von R als Ordinaten, so liefert die Verbindung der Endpunkte der letzteren eine gewisse Curve DEF. Den mittleren Werth des Krümmungsradius bestimmen wir nun in der Weise, dass wir die Höhe $AM = r$ eines Rechtecks suchen, welches mit der Figur $ADEFB$ gleichen Flächeninhalt und gleiche Grundlinie hat. Dies giebt die Beziehung

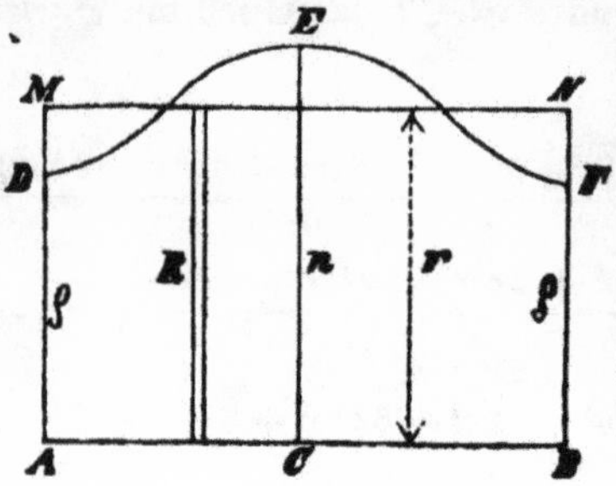

$$\pi r = \int_0^\pi R\, d\alpha = \int_0^\pi \frac{\varrho n\, d\alpha}{\varrho + (n-\varrho)\cos^2\alpha}.$$

Zur Ausführung der Integration setzen wir $tg\alpha = x$, folglich

$$d\alpha = dx \cos^2\alpha = \frac{dx}{1+x^2};$$

dies eingesetzt, giebt

$$\pi r = \varrho n \int \frac{\frac{dx}{1+x^2}}{\varrho + \frac{n-\varrho}{1+x^2}} = \varrho n \int \frac{dx}{n+\varrho x^2} = \varrho \int \frac{dx}{1+\left(x\sqrt{\frac{\varrho}{n}}\right)^2}$$

$$= \varrho \sqrt{\frac{n}{\varrho}} \int \frac{d\left(x\sqrt{\frac{\varrho}{n}}\right)}{1+\left(x\sqrt{\frac{\varrho}{n}}\right)^2},$$

$$\pi r = \sqrt{\varrho n}\,.\, arctg\left(\sqrt{\frac{\varrho}{n}}\,.\, tg\alpha\right).$$

Dieser Ausdruck wird $=0$ für $\alpha = 0$. Setzt man $\alpha = \pi$, so wird dafür

$$tg\alpha = 0 \text{ und } arctg\left(\sqrt{\frac{\varrho}{n}}\,.\, tg\alpha\right) = 0 \text{ oder auch } = \pi.$$

Da r jedenfalls zwischen ϱ und n liegen muss, so ist der letztere Werth beizubehalten; es ist also

$$\pi r = \sqrt{\varrho n}\,.\,\pi \text{ oder } r = \sqrt{\varrho n} = \sqrt{\frac{a^2(1-e^2)}{(1-e^2\sin^2\varphi)^2}} = \frac{b}{1-e^2\sin^2\varphi}.$$

r lässt sich am bequemsten berechnen, wenn man den Logarithmus in eine Reihe entwickelt. Man erhält dafür

$$\log r = \log b + Me^2\sin^2\varphi + \frac{Me^4}{2}\sin^4\varphi + \frac{Me^6}{3}\sin^6\varphi + \frac{Me^8}{4}\sin^8\varphi.$$

Im Metermass ist

n Toisen ausgedrückt, ist

$$\log b = 6{,}51336\ 93539.$$

Da ferner

$$\log e = 8{,}91220\ 52075,$$

so findet sich

$$\log M e^2 = 7{,}46219\ 47263 - 10,$$

$$\log \frac{M e^4}{2} = 4{,}985\ 5751 - 10,$$

$$\log \frac{M e^6}{3} = 2{,}63389 - 10,$$

$$\log \frac{M e^8}{4} = 0{,}3334 - 10,$$

$$\log \frac{M e^{10}}{5} = 8{,}0609 - 20.$$

Sei z. B. $\varphi = 50^0$:

$$\log b = 6{,}8031\ 8928$$
$$M e^2 \sin^2 \varphi = 0{,}0017\ 0099$$
$$\tfrac{1}{2} M e^4 \sin^4 \varphi = 0{,}0000\ 0333$$
$$\tfrac{1}{3} M e^6 \sin^6 \varphi = 0{,}0000\ 0001$$
$$\overline{\log r = 6{,}8048\ 9361.}$$

§ 4.

Die Differenzen zwischen den Winkeln des sphärischen und ebenen Dreiecks wollen wir nun durch den sphärischen Excess ausdrücken. Die Gleichung für ε am Schluss des § 1 giebt

$$\frac{F}{r^2} = \varepsilon \left(1 + \frac{a^2 + b^2 + c^2}{24 r^2} + \frac{a^4 + b^4 + c^4 + a^2 b^2 + a^2 c^2 + b^2 c^2}{360 r^4} \right)^{-1}.$$

Entwickelt man nach der Form $(1 + x)^{-1} = 1 - x + x^2 - x^3 + x^4 - \ldots$:

$$\frac{F}{r^2} = \varepsilon \left\{ 1 - \frac{a^2 + b^2 + c^2}{24 r^2} - \frac{a^4 + b^4 + c^4 + a^2 b^2 + a^2 c^2 + b^2 c^2}{360 r^4} \right.$$
$$\left. + \frac{a^4 + b^4 + c^4 + 2 a^2 b^2 + 2 a^2 c^2 + 2 b^2 c^2}{576 r^4} \right\},$$

$$\frac{F}{r^2} = \varepsilon \left\{ 1 - \frac{a^2 + b^2 + c^2}{24 r^2} + \frac{2 a^2 b^2 + 2 a^2 c^2 + 2 b^2 c^2 - 3 a^4 - 3 b^4 - 3 c^4}{2880 r^4} \right\}.$$

Diesen Werth in den Ausdruck für A eingesetzt, giebt

$$A - A' = \frac{\varepsilon}{3} \left(1 - \frac{a^2 + b^2 + c^2}{24 r^2} + \frac{2 a^2 b^2 + 2 a^2 c^2 + 2 b^2 c^2 - 3 a^4 - 3 b^4 - 3 c^4}{2880 r^4} \right).$$
$$\left(1 + \frac{a^2 + 7 b^2 + 7 c^2}{120 r^2} + \frac{a^4 + 31 b^4 + 31 c^4 + 16 a^2 b^2 + 16 a^2 c^2 + 31 b^2 c^2}{7560 r^4} \right).$$

Wird gehörig reducirt und werden die Glieder in der Klammer, welche die vierte Potenz übersteigen, weggelassen, so findet sich

$$A - A' = \frac{\varepsilon}{3} \left(1 + \frac{b^2 + c^2 - 2 a^2}{} + \frac{19(b^4 + c^4 - 2 a^4) + a^2 b^2 + a^2 c^2 - 2 b^2 c^2}{} \right).$$

analog findet sich

$$B-B'=\frac{\varepsilon}{3}\left(1+\frac{a^2+c^2-2b^2}{60r^2}+\frac{19(a^4+c^4-2b^4)+b^2a^2+b^2c^2-2a^2c^2}{30240r^4}\right),$$

$$C-C'=\frac{\varepsilon}{3}\left(1+\frac{a^2+b^2-2c^2}{60r^2}+\frac{19(a^4+b^4-2c^4)+c^2a^2+c^2b^2-2a^2b^2}{30240r^4}\right).$$

Um ε gleich in Secunden ausgedrückt zu erhalten, multiplicirt man noch den Werth dafür mit $\varrho = 206\,264'',8062$:

$$\varepsilon=\frac{F\varrho}{r^2}\left(1+\frac{a^2+b^2+c^2}{24r^2}+\frac{a^4+b^4+c^4+a^2b^2+a^2c^2+b^2c^2}{360r^4}\right).$$

§ 5.

Zur Anwendung der Formeln des vorigen Paragraphen wählen wir das Dreieck*, welches dazu diente, die Lage der Balearen-Insel Iviza gegen die Küste von Spanien festzusetzen. Die Seiten, in Metern ausgedrückt, sind

$$a = 142203{,}44,\quad s = 206673{,}205,\quad s-b = 45767{,}315,$$
$$b = 160905{,}89,\quad s-a = 64469{,}765,\quad s-c = 96436{,}125;$$
$$c = 110237{,}08,$$

die mittlere Polhöhe $\varphi = 39^0\,30'$. Damit findet sich nach § 3

$$\log r = 6{,}80436\,36482.$$

$$\log s = 5{,}31528\,41447$$
$$\log(s-a) = 4{,}80935\,60872$$
$$\log(s-b) = 4{,}66055\,54347$$
$$\log(s-c) = 4{,}98423\,97512$$
$$\log F^2 = 19{,}76943\,54475,$$
$$\log F = 9{,}88471\,77238$$
$$+\log\varrho = 5{,}31442\,51332$$
$$C.\log r^2 = 6{,}39127\,27036-20$$
$$\log\frac{F\varrho}{r^2} = 1{,}59041\,55606,$$
$$\frac{F\varrho}{r^2} = 38'',9417\,5863,$$
$$\frac{a^2}{24r^2} = 0{,}00002\,074349$$
$$\frac{b^2}{24r^2} = 0{,}00002\,655861$$
$$\frac{c^2}{24r^2} = 0{,}00001\,246571$$
$$\frac{a^2+b^2+c^2}{24r^2} = 0{,}00005\,976781,$$

$$\log\frac{a^2+b^2+c^2}{24r^2} = 5{,}776\,4673-10$$
$$\log\frac{F\varrho}{r^2} = 1{,}590\,4156$$
$$\log 0{,}003327464 = 7{,}3668829-10,$$
$$\frac{a^4}{360r^4} = 0{,}000\,000\,000\,689$$
$$\frac{b^4}{360r^4} = 0{,}000\,000\,001\,129$$
$$\frac{c^4}{360r^4} = 0{,}000\,000\,000\,249$$
$$0{,}000\,000\,002\,067$$
$$0{,}000\,000\,001\,825$$
$$\log 0{,}000\,000\,003\,892 = 1{,}59017-10$$
$$+\log\frac{F\varrho}{r^2} = 1{,}59042$$
$$\log 0{,}000\,000\,1516 = 3{,}18059-10,$$

---

* Dies ist eines der grössten Dreiecke, die jemals gemessen wurden.

$$\frac{a^2 b^2}{360 r^4} = 0{,}000\,000\,000\,881$$

$$\frac{a^2 c^2}{360 r^4} = 0{,}000\,000\,000\,414$$

$$\frac{b^2 c^2}{360 r^4} = 0{,}000\,000\,000\,530$$

$$0{,}000\,000\,001\,825.$$

Daher findet sich

$$\varepsilon = 38'',9417\,5863 + 0'',00232746 + 0{,}000\,000\,15,$$

$$\varepsilon = 38'',9440\,8624.$$

Um auch die Differenzen $A-A'$, $B-B'$, $C-C'$ nach § 4 zu berechnen, so ist

$$\frac{\varepsilon}{3} = 12'',9813\,6208,$$

$$\frac{b^2+c^2-2a^2}{60r^2}\cdot\frac{\varepsilon}{3} = -0{,}0000\,1279,$$

$$\frac{a^2+c^2-2b^2}{60r^2}\cdot\frac{\varepsilon}{3} = -0{,}0001\,0337,$$

$$\frac{a^2+b^2-2c^2}{60r^2}\cdot\frac{\varepsilon}{3} = 0{,}0001\,1616.$$

Das dritte Glied findet sich in den drei Fällen ausserordentlich klein; es beträgt bei dem Winkel B, wo es den grössten Werth hat, nur $0'',000\,000\,03785$, hat also zuerst auf die neunte Decimale der Secunden einen Einfluss und kann daher in allen Fällen ausser Acht gelassen werden. Hiernach ist

$$A-A' = 12'',9813\,4929,$$

$$B-B' = 12'',9812\,5871,$$

$$C-C' = 12'',9814\,7824.$$

Auch das dritte Glied in dem Ausdrucke für ε wird man immer vernachlässigen können, da es trotz dieses ungewöhnlich grossen Dreiecks zuerst auf die siebente Decimale der Secunden einen Einfluss ausübt.

Wir können daher für alle Fälle der Anwendung setzen

$$\varepsilon = \frac{F\varrho}{r^2}\left(1+\frac{a^2+b^2+c^2}{24r^2}\right),$$

$$A-A' = \frac{\varepsilon}{3}\left(1+\frac{b^2+c^2-2a^2}{60r^2}\right),$$

$$B-B' = \frac{\varepsilon}{3}\left(1+\frac{a^2+c^2-2b^2}{60r^2}\right),$$

$$C-C' = \frac{\varepsilon}{3}\left(1+\frac{a^2+b^2-2c^2}{60r^2}\right).$$

Ist $a=b=c$ oder das Dreieck gleichseitig, so wird einfach

$$A-A' = B-B' = C-C' = \frac{\varepsilon}{3}.$$

Da diese Form eines Dreiecks die günstigste ist, welche man stets so nahe als möglich zu erreichen sucht, so werden die Glieder $\frac{b^2+c^2-2a^2}{60r^2}$ etc. stets sehr klein sein.

B. Auflösung der sphärischen Dreiecke nach dem erweiterten Satze von Legendre.

§ 6.

Die am Schluss des vorigen Paragraphen angegebenen Werthe von ε, $A-A'$, $B-B'$, $C-C'$ wurden zuerst von Professor Buzengeiger im 6. Bande der Zeitschrift für Astronomie und verwandte Wissenschaften mitgetheilt. Sind die Dreiecksseiten im Verhältniss zum Erdhalbmesser so klein, dass die Glieder mit den Quadraten der Seiten nicht in Betracht kommen, so hat man also einfach

$$\varepsilon = \frac{F\varrho}{r^2}, \quad A-A' = B-B' = C-C' = \frac{\varepsilon}{3},$$

d. h. wenn man bei einem sphärischen Dreieck, dessen Seiten gegen den Radius der Kugel sehr klein sind, die letzteren geradlinig streckt, so findet man die Winkel des so entstandenen ebenen Dreiecks, wenn man jeden Winkel des ersteren um $\frac{1}{3}$ des sphärischen Excesses vermindert. (Satz von Legendre.)

Nun sind auch die Dreiecke fast immer so beschaffen, dass man diesen Satz ohne Weiteres anwenden kann, um Resultate zu erhalten, die an Genauigkeit Nichts zu wünschen übrig lassen. Es gilt sogar als Regel, die Dreiecksseiten nicht allzugross zu nehmen, indem bei allzugrossen Seiten infolge der Lateralrefraction Unsicherheiten entstehen, welche bei kürzeren Linien vermieden werden. Allein es können doch Fälle eintreten, wo man, wie z. B. bei der Aufnahme von Inseln, sehr grosse Dreiecksseiten nicht umgehen kann. Wir wollen uns nun mit der Auflösung solcher Dreiecke beschäftigen, und zwar unterscheiden wir die folgenden drei Fälle:

1. Gegeben die drei Seiten.
2. Gegeben zwei Seiten und der eingeschlossene Winkel.
3. Gegeben eine Seite und zwei Winkel.

Da die Formeln am Schluss des § 5 die Lösung des ersten Falles enthalten, so gehen wir sogleich zum zweiten über.

Es seien die Seiten a, b und $\sphericalangle C$ gegeben. Hier bestehen folgende Gleichungen:

$$\varepsilon = F\left(1+\frac{a^2+b^2+c^2}{24}\right), \quad F = \frac{ab}{2}\sin C', \quad C' = C - \frac{\varepsilon}{3} - \frac{a^2+b^2-2c^2}{180}\cdot\varepsilon,$$

$$\varepsilon = \frac{ab}{2}\left(1+\frac{a^2+b^2+c^2}{24}\right)\sin\left[C-\frac{\varepsilon}{3}\left(1+\frac{a^2+b^2-2c^2}{60}\right)\right],$$

$$\varepsilon = \frac{ab}{2}\left(1 + \frac{a^2+b^2+c^2}{24}\right)\left[\sin C \cos\frac{\varepsilon}{3}\left(1+\frac{a^2+b^2-2c^2}{60}\right)\right.$$
$$\left. - \cos C \sin\frac{\varepsilon}{3}\left(1+\frac{a^2+b^2-2c^2}{60}\right)\right],$$

$$\cos\frac{\varepsilon}{3}\left(1+\frac{a^2+b^2-2c^2}{60}\right) = 1 - \frac{\varepsilon^2}{18}\left(1+\frac{a^2+b^2-2c^2}{30}\right),$$

$$\sin\frac{\varepsilon}{3}\left(1+\frac{a^2+b^2-2c^2}{60}\right) = \frac{\varepsilon}{3}\left(1+\frac{a^2+b^2-2c^2}{60}\right).$$

Diese Werthe des Cosinus und Sinus eingesetzt, giebt

$$\varepsilon = \frac{ab}{2}\left(1+\frac{a^2+b^2+c^2}{24}\right)\left[\sin C - \frac{\varepsilon}{3}\left(1+\frac{a^2+b^2-2c^2}{60}\right)\cos C\right.$$
$$\left. - \frac{\varepsilon^2}{18}\left(1+\frac{a^2+b^2-2c^2}{30}\right)\sin C\right],$$

$$\varepsilon\left\{1+\frac{ab}{2}\left(1+\frac{a^2+b^2+c^2}{24}\right)\frac{1}{3}\left(1+\frac{a^2+b^2-2c^2}{60}\right)\cos C\right\}$$
$$= \frac{ab}{2}\left(1+\frac{a^2+b^2+c^2}{24}\right)\sin C - \frac{ab\sin C}{36}\varepsilon^2\left(1+\frac{a^2+b^2+c^2}{24}\right)$$
$$\left(1+\frac{a^2+b^2-2c^2}{30}\right),$$

$$\varepsilon\left\{1+\frac{ab}{6}\left(1+\frac{a^2+b^2+c^2}{24}+\frac{a^2+b^2-2c^2}{60}\right)\cos C\right\}$$
$$= \frac{ab\sin C}{2}\left(1+\frac{a^2+b^2+c^2}{24}\right)\left(1-\frac{\varepsilon^2}{18}\right).$$

Ein genäherter Werth von ε ist gleich

$$\frac{ab\sin C}{2}, \text{ also } \varepsilon^2 = \frac{a^2b^2\sin^2 C}{4}.$$

Da dieser Werth noch mit ab multiplicirt wird und die Glieder von der sechsten Dimension vernachlässigt werden, so fällt das Glied mit ε^2 hinweg.

$$\varepsilon\left\{1+\frac{ab}{6}\left(1+\frac{7a^2+7b^2+c^2}{120}\right)\cos C\right\} = \tfrac{1}{2}ab\sin C\left(1+\frac{a^2+b^2+c^2}{24}\right),$$

$$\varepsilon = \tfrac{1}{2}ab\sin C\left(1+\frac{a^2+b^2+c^2}{24}\right)\left[1-\frac{ab}{6}\left(1+\frac{7a^2+7b^2+c^2}{120}\right)\cos C\right],$$

$$\varepsilon = \tfrac{1}{2}ab\sin C\left(1+\frac{a^2+b^2+c^2}{24}-\frac{ab}{6}\cos C\right).$$

Da die Seite c unbekannt ist, so hat man

$$c^2 = a^2+b^2-2ab\cos C',$$

wo wir ohne merklichen Fehler C statt C' setzen können, daher

$$\varepsilon = \tfrac{1}{2}ab\sin C\left(1+\frac{a^2+b^2-3ab\cos C}{12}\right).$$

Sodann erhalten wir den Winkel C':

$$C' = C - \frac{\varepsilon}{3} - \frac{\varepsilon}{180}(a^2 + b^2 - 2c^2) = C - \frac{\varepsilon}{3} + \frac{\varepsilon}{180}(a^2 + b^2 - 4ab\cos C).$$

Jetzt lässt sich das Dreieck wie ein geradliniges auflösen.

§ 7.

Gegeben Seite c und die Winkel A, B.

$$\varepsilon = F\left(1 + \frac{a^2 + b^2 + c^2}{24}\right), \qquad F = \frac{c^2 \sin A' \sin B'}{2\sin(A' + B')},$$

$$A' = A - \frac{\varepsilon}{3}\left(1 + \frac{b^2 + c^2 - 2a^2}{60}\right), \quad B' = B - \frac{\varepsilon}{3}\left(1 + \frac{a^2 + c^2 - 2b^2}{60}\right),$$

$$A' + B' = A + B - \tfrac{2}{3}\varepsilon\left(1 + \frac{2c^2 - a^2 - b^2}{120}\right),$$

$$\sin A' = \sin A \cos\frac{\varepsilon}{3}\left(1 + \frac{b^2 + c^2 2 - a^2}{60}\right) - \cos A \sin\frac{\varepsilon}{3}\left(1 + \frac{b^2 + c^2 - 2a^2}{60}\right),$$

$$\sin A' = \sin A - \frac{\varepsilon}{3}\cos A\left(1 + \frac{b^2 + c^2 - 2a^2}{60}\right),$$

$$\sin B' = \sin B - \frac{\varepsilon}{3}\cos B\left(1 + \frac{a^2 + c^2 - 2b^2}{60}\right),$$

$$\sin A' \sin B' = \sin A \sin B - \frac{\varepsilon}{3}\cos A \sin B\left(1 + \frac{b^2 + c^2 - 2a^2}{60}\right),$$
$$- \frac{\varepsilon}{3}\sin A \cos B\left(1 + \frac{a^2 + c^2 - 2b^2}{60}\right),$$

$$\sin A' \sin B' = \sin A \sin B - \frac{\varepsilon}{3}\sin(A + B).$$

Die Glieder von der vierten Dimension wurden weggelassen, da sie im Ausdruck für F noch mit c^2 multiplicirt sind, also von der sechsten Dimension sein würden.

$$\sin(A' + B') = \sin(A + B)\cos\frac{2\varepsilon}{3}\left(1 + \frac{2c^2 - a^2 - b^2}{120}\right)$$
$$- \cos(A + B)\sin\frac{2\varepsilon}{3}\left(1 + \frac{2c^2 - a^2 - b^2}{120}\right),$$

$$\sin(A' + B') = \sin(A + B) - \tfrac{2}{3}\varepsilon\cos(A + B)\left(1 + \frac{2c^2 - a^2 - b^2}{120}\right),$$

$$\sin(A' + B') = \sin(A + B) - \tfrac{2}{3}\varepsilon\cos(A + B),$$

$$F = \frac{c^2}{2} \cdot \frac{\sin A \sin B - \frac{\varepsilon}{3}\sin(A + B)}{\sin(A + B) - \frac{2}{3}\varepsilon\cos(A + B)}.$$

Setzt man diesen Werth von F in den Ausdruck für ε ein, so wird

$$\varepsilon = \frac{c^2}{2} \cdot \frac{\sin A \sin B - \frac{\varepsilon}{3} \sin(A+B)}{\sin(A+B) - \frac{2}{3} \varepsilon \cos(A+B)} \left(1 + \frac{a^2+b^2+c^2}{24}\right),$$

$$\varepsilon \sin(A+B) - \tfrac{2}{3}\varepsilon^2 \cos(A+B) = \frac{c^2}{2} \sin A \sin B + \frac{c^2(a^2+b^2+c^2)}{48} \sin A \sin B - \frac{c^2 \varepsilon}{6} \sin(A+B),$$

$$\varepsilon \sin(A+B) . \left(1 + \frac{c^2}{6}\right) = \frac{c^2}{2} \sin A \sin B + \frac{c^2(a^2+b^2+c^2)}{48} \sin A \sin B + \tfrac{2}{3}\varepsilon^2 \cos(A+B).$$

Näherungswerth von $\varepsilon = \frac{c^2 \sin A \sin B}{2 \sin(A+B)}$, $\varepsilon^2 = \frac{c^4 \sin^2 A \sin^2 B}{4 \sin^2(A+B)}$:

$$\varepsilon = \frac{c^2 \sin A \sin B}{2 \sin(A+B)} \left(1 - \frac{c^2}{6}\right) + \frac{c^2(a^2+b^2+c^2)}{48} \cdot \frac{\sin A \sin B}{\sin(A+B)} + \frac{c^4}{6} \frac{\sin^2 A \sin^2 B}{\sin^2(A+B)} \cot(A+B),$$

$$\varepsilon = \frac{c^2 \sin A \sin B}{2 \sin(A+B)} \left(1 + \frac{a^2+b^2-3c^2}{24} + \frac{c^2}{3} \cdot \frac{\sin A \sin B}{\sin(A+B)} \cot(A+B)\right).$$

Da nun $c^2 = a^2 + b^2 - 2ab \cos C'$ und hier C' mit C vertauscht werden kann, so findet sich

$$a^2 + b^2 - 3c^2 = 2ab \cos C - 2c^2.$$

Ferner hat man näherungsweise

$$\cos C = \cos(180 - A - B) = -\cos(A+B), \quad a = \frac{c \sin A}{\sin(A+B)}, \quad b = \frac{c \sin B}{\sin(A+B)},$$

folglich

$$ab \cos C = -\frac{c^2 \sin A \sin B}{\sin(A+B)} \cot(A+B),$$

$$a^2 + b^2 - 3c^2 = -2 . c^2 . \frac{\sin A \sin B}{\sin(A+B)} \cot(A+B) - 2c^2,$$

$$\varepsilon = \frac{c^2 \sin A \sin B}{2 \sin(A+B)} \left\{1 + \frac{c^2}{4} \cdot \frac{\sin A \sin B}{\sin(A+B)} \cot(A+B) - \frac{c^2}{12}\right\}.$$

§ 8.

Wir wollen nun für die drei behandelten Fälle die Formel übersichtlich zusammenstellen.

1. Die drei Seiten des sphärischen Dreiecks a, b, c sind in Längenmass gegeben:

$$s = \tfrac{1}{2}(a+b+c),$$

$$R = \sqrt{\frac{(s-a)(s-b)(s-c)}{s}},$$

$$tg\,\tfrac{1}{2}A' = \frac{R}{s-a}, \quad tg\,\tfrac{1}{2}B' = \frac{R}{s-b}, \quad tg\,\tfrac{1}{2}C' = \frac{R}{s-c},$$

$$F = R\,.\,s,$$

$$\varepsilon = \frac{F\varrho}{r^2}\left(1 + \frac{a^2+b^2+c^2}{24r^2}\right),$$

$$A = A' + \frac{\varepsilon}{3} + \frac{b^2+c^2-2a^2}{180r^2}\,.\,\varepsilon,$$

$$B = B' + \frac{\varepsilon}{3} + \frac{a^2+c^2-2b^2}{180r^2}\,.\,\varepsilon,$$

$$C = C' + \frac{\varepsilon}{3} + \frac{a^2+b^2-2c^2}{180r^2}\,.\,\varepsilon.$$

2. Gegeben zwei Seiten a, b und der eingeschlossene Winkel C.

$$\varepsilon = \frac{\varrho}{2}\,.\,\frac{ab}{r^2}\sin C\left(1 + \frac{a^2+b^2-3ab\cos C}{12r^2}\right),$$

$$C' = C - \frac{\varepsilon}{3} - \frac{4ab\cos C - a^2 - b^2}{180r^2}\,.\,\varepsilon,$$

$$c\sin\tfrac{1}{2}(A'-B') = (a-b)\cos\tfrac{1}{2}C',$$

$$c\cos\tfrac{1}{2}(A'-B') = (a+b)\sin\tfrac{1}{2}C',$$

$$\tfrac{1}{2}(A'+B') = 90^0 - \tfrac{1}{2}C',$$

$$A = A' + \frac{\varepsilon}{3} + \frac{b^2+c^2-2a^2}{180r^2}\,.\,\varepsilon,$$

$$B = B' + \frac{\varepsilon}{3} + \frac{a^2+c^2-2b^2}{180r^2}\,.\,\varepsilon.$$

3. Gegeben eine Seite c und zwei Winkel A, B.

$$\varepsilon = \frac{\varrho}{2}\,.\,\frac{c^2}{r^2}\,\frac{\sin A\sin B}{\sin(A+B)}\left[1 + \frac{c^2}{12r^2}\left(\frac{\sin A\sin B}{\sin(A+B)}\,.\,3\cot(A+B) - 1\right)\right],$$

$$A' = A - \frac{\varepsilon}{3} - \frac{b^2+c^2-2a^2}{180r^2}\,.\,\varepsilon,\ ^*$$

$$B' = B - \frac{\varepsilon}{3} - \frac{a^2+c^2-2b^2}{180r^2}\,.\,\varepsilon,$$

$$C' = 180^0 - A' - B',$$

$$a = \frac{c\sin A'}{\sin C'}, \quad b = \frac{c\sin B'}{\sin C'},$$

$$C = C' + \frac{\varepsilon}{3} + \frac{a^2+b^2-2c^2}{180r^2}\,.\,\varepsilon.$$

§ 9.

Zur Anwendung der in § 8 gegebenen Regeln wählen wir dasselbe grosse Dreieck, das in § 5 schon theilweise berechnet wurde.

---

* a und b brauchen hier nur näherungsweise bekannt zu sein:

$$a = \frac{c\sin A}{\sin(A+B)}, \quad b = \frac{c\sin B}{\sin(A+B)}.$$

1. Gegeben die drei Seiten

$$a = 142\,203{,}44,\quad b = 160\,905{,}89,\quad c = 110\,237{,}08,$$

$$\varphi = 39^\circ\,30',\qquad \log r = 6{,}80436\,36482.$$

$$\log R = 4{,}56943\,35494,$$

$$\log tg\,\tfrac{1}{2}A' = 9{,}76007\,74622,\qquad A' = 59^\circ\,50'\,40'',26942,$$

$$\log tg\,\tfrac{1}{2}B' = 9{,}00887\,81146,\qquad B' = 78\;\;3\;\;56{,}44766,$$

$$\log tg\,\tfrac{1}{2}C' = 9{,}58519\,37981,\qquad C' = 42\;\;5\;\;23{,}28292.$$

Der sphärische Excess findet sich nach § 5; wird auf fünf Decimalen der Secunde abgerundet, so ist $\varepsilon = 38'',94409$. Ferner ebenfalls nach § 5

$$A - A' = 12{,}98135,\ \text{daher}\ A = 59^\circ\,50'\,53'',25077,$$

$$B - B' = 12{,}97126,\qquad B = 78\;\;4\;\;9{,}42892,$$

$$C - C' = 12{,}98148,\qquad C = 42\;\;5\;\;36{,}26440.$$

2. Gegeben

$$a = 142\,203{,}44,\quad b = 160\,905{,}89,\qquad C = 42^\circ\,5'\,36'',26440.$$

$$\log\frac{\varrho}{2} = 5{,}013\,3951$$

$$\log a = 5{,}152\,9101$$

$$\log b = 5{,}206\,5719$$

$$\log\sin C = 9{,}826\,2959 - 10$$

$$C.\log r^2 = 6{,}391\,2727 - 20$$

$$1{,}590\,4457,$$

$$\log 3 = 0{,}4771213$$

$$\log ab = 10{,}3594820$$

$$\log\cos C = 9{,}8704349 - 10$$

$$\log 3ab\cos C = 10{,}7070382,$$

$$2ab\cos C = 50996247000$$

$$a^2 + b^2 = 46112519200$$

$$-\ 4883727800,$$

$$38{,}94446$$

$$-\ 0{,}00039$$

$$\varepsilon = 38{,}94407,$$

$$(\log a^2 + b^2 - 3ab\cos C) = 9{,}6887515_n$$

$$\log 12r^2 = 14{,}6870085$$

$$5{,}0008430 - 10$$

$$1{,}5904457$$

$$\log 0{,}00039006 = 6{,}5912887_n - 10,$$

$$4ab\cos C = 67994996000$$

$$a^2 + b^2 = 46112519200$$

$$\log 21882476800 = 10{,}3400965$$

$$+\log\varepsilon = 1{,}5904414$$

$$+\,C\log 180r^2 = 4{,}1360002 - 20$$

$$\log 0{,}00011656 = 6{,}0665381 - 10,$$

$$C = 42^\circ\,5'\,36'',26440$$

$$-\frac{\varepsilon}{3} = -12'',98136$$

$$-\ 0'',00012$$

$$C' = 45^\circ\,5'\,23'',28292,$$

$$\log(a-b) = 4{,}27189\ 85021_n$$
$$\log\cos\tfrac{1}{2}C' = 9{,}97002\ 09406$$
$$4{,}24191\ 94427_n$$
$$5{,}03681\ 40433$$
$$\log tg\frac{A'-B'}{2} = 9{,}20510\ 53994_n,$$
$$\tfrac{1}{2}(A'-B') = -\ 9^0\ 6'\ 38'',08911$$
$$\tfrac{1}{2}(A'+B') = 68\ 57\ 18{,}35854$$
$$A' = 59^0\ 50'\ 40'',26943$$
$$B' = 78\ \ 3\ 56{,}44765,$$

$$\log(a+b) = 5{,}48159\ 93046$$
$$\log\sin\tfrac{1}{2}C' = 9{,}55521\ 47387$$
$$5{,}03681\ 40433$$
$$\log\cos\tfrac{1}{2}(A'-B') = 9{,}99448\ 63424$$
$$\log c = 5{,}04232\ 77009,$$
$$c = 110237{,}08007,$$
$$A = 59^0\ 50'\ 53'',25078$$
$$B = 78\ \ 4\ \ 9{,}42891.$$

3. Gegeben

$$c = 110\ 237{,}08, \qquad A = 59^0\ 50'\ 53'',25077, \quad B = 78\ \ 4\ \ 9{,}42892.$$

$$\log\frac{\varrho}{2} = 5{,}013\ 3951,$$
$$\log\frac{c^2}{r^2} = 6{,}475\ 9281 - 10$$
$$\log\sin A = 9{,}936\ 8640 - 10$$
$$\log\sin B = 9{,}990\ 5156 - 10$$
$$C.\log\sin(A+B) = 0{,}173\ 7948$$
$$\log 38{,}949\ 116 = 1{,}590\ 4976$$
$$38{,}949\ 116$$
$$-\ 0{,}005\ 043$$
$$\varepsilon = 38{,}944\ 073,$$

$$\log 3 = 0{,}477\ 1213$$
$$\log\cot(A+B) = 0{,}044\ 3038_n$$
$$\log\frac{\sin A\sin B}{\sin(A+B)} = 0{,}101\ 1744$$
$$0{,}622\ 5995_n,$$
$$0{,}715\ 4786_n$$
$$\log\frac{c^2}{r^2} = 6{,}475\ 9281 - 10$$
$$\log\frac{1}{\gamma 2} = 8{,}920\ 8188 - 10$$
$$6{,}112\ 2255_n - 10$$
$$1{,}590\ 4976$$
$$\log 0{,}0050\ 434 = 7{,}702\ 7231 - 10,$$

$$A' = A - \tfrac{1}{3}\varepsilon + 0{,}00001 = 59^0\ 50'\ 40{,}26942,$$
$$B' = B - \tfrac{1}{3}\varepsilon + 0{,}00010 = 78\ \ 3\ 56{,}44766,$$
$$A'+B' = 137\ 54\ 36{,}71708,$$
$$C' = 42\ \ 5\ 23{,}28292,$$
$$C = C' + \frac{\varepsilon}{3} + 0{,}00012 = 42\ \ 5\ 36{,}26440,$$

$$\log c = 5{,}04232\ 77010$$
$$\log\sin C' = 9{,}82626\ 56750$$
$$5{,}21606\ 20260,$$
$$\log\sin A' = 9{,}93684\ 80766$$
$$\log\sin B' = 9{,}99050\ 99160$$
$$\log a = 5{,}15291\ 01026, \qquad a = 142203{,}44006,$$
$$\log b = 5{,}20657\ 19420 \qquad b = 160905{,}89007.$$

Hieraus ersieht man, dass durch die Formeln des § 8 die betreffenden Aufgaben mit einer Genauigkeit, die Nichts zu wünschen übrig lässt, gelöst werden, indem z. B. trotz der ungewöhnlich grossen Dreiecksseiten die

Winkel bis auf eine oder zwei Einheiten der fünften Decimale der Secunde richtig gefunden wurden. Sind die Dreiecke beträchtlich kleiner, dann kann man die Glieder, welche r^4 im Nenner enthalten, einfach weglassen, wodurch die ganze Rechnung sich natürlich viel einfacher gestaltet.

§ 10.

Am häufigsten kommt in der Anwendung der Fall vor, dass in einem Dreieck alle drei Winkel gemessen wurden und auch eine Seite bekannt ist. Dann ist es zweckmässiger, in den Formeln am Schlusse des § 5 die Seiten durch die Winkel auszudrücken. Wir haben unter Beibehaltung der früheren Bezeichnungen

$$2\,b\,c\cos A' = b^2 + c^2 - a^2$$
$$2\,b\,c\sin A' = 4F$$
$$\cot A' = \frac{b^2 + c^2 - a^2}{4F}$$
$$4F\cot A' = b^2 + c^2 - a^2, \text{ analog hat man}$$
$$4F\cot B' = a^2 + c^2 - b^2$$
$$4F\cot C' = a^2 + b^2 - c^2$$
$$4F(\cot A' + \cot B' + \cot C') = a^2 + b^2 + c^2.$$

Ferner ist

$$4F\cot A' - 2F(\cot B' + \cot C')$$
$$= b^2 + c^2 - a^2 - \frac{a^2 + c^2 - b^2}{2} - \frac{a^2 + b^2 - c^2}{2} = b^2 + c^2 - 2a^2.$$

Darnach gestalten sich die Gleichungen des § 5 wie folgt:

$$\varepsilon = \varrho\,\frac{F}{r^2}\left\{1 + \frac{F}{6r^2}(\cot A' + \cot B' + \cot C')\right\}.$$

Für die Differenz der Winkel des ebenen und sphärischen Dreiecks erhält man

$$A - A' = \frac{\varepsilon}{3} + \frac{\varepsilon F}{90\,r^2}(2\cot A' - \cot B' - \cot C').$$

Da das zweite Glied sehr klein ist, so kann man, ohne merkliche Fehler zu begehen:

$$\frac{F}{r^2} = arc\,\varepsilon = \varepsilon''.\,arc\,1'' = \frac{\varepsilon''}{\varrho}$$

setzen und erhält, indem man jetzt ε als in Secunden ausgedrückt betrachtet:

$$A - A' = \frac{\varepsilon}{3} + \frac{\varepsilon^2}{90\,\varrho}(2\cot A' - \cot B' - \cot C');$$

in gleicher Weise ist

$$B - B' = \frac{\varepsilon}{3} + \frac{\varepsilon^2}{90\,\varrho}(2\cot B' - \cot A' - \cot C'),$$

$$C - C' = \frac{\varepsilon}{3} + \frac{\varepsilon^2}{90\,\varrho}(2\cot C' - \cot A' - \cot B'),$$

$$\log\frac{1}{90\,\varrho} = 2{,}7313324 = 10.$$

Sei nun z. B. die Seite c eines Dreiecks bekannt, und sind die drei

behaftet sind, durch A^0, B^0, C^0, und die daran anzubringenden Verbesserungen durch α, β, γ bezeichnet werden sollen, um die richtigen Werthe A, B, C zu erhalten, so ist hiernach

$$A = A^0 + \alpha, \quad B = B^0 + \beta, \quad C = C^0 + \gamma.$$

Ausserdem besteht die folgende Bedingungsgleichung:

$$0 = A + B + C - \pi - \varepsilon.$$

Den sphärischen Excess drücken wir durch die Seite c und die Winkel A, B aus (siehe Formel am Schluss des § 7)

$$\varepsilon = \frac{c^2}{2r^2} \cdot \frac{\sin A \sin B}{\sin(A+B)} + \frac{c^4}{8r^4}\left(\frac{\sin^2 A \sin^2 B \cos(A+B)}{\sin^3(A+B)} - \frac{\sin A \sin B}{3 \sin(A+B)}\right).$$

Zur Vereinfachung schreiben wir diese Formel in folgender Weise:

$$\varepsilon = \frac{c^2}{2r^2} \cdot f(A, B) + \frac{c^4}{8r^4} \cdot \varphi(A, B),$$

$$0 = A + B + C - \pi - \frac{c^2}{2r^2} \cdot f(A, B) - \frac{c^4}{8r^4} \varphi(A, B).$$

Werden die durch Messung erhaltenen Werthe der Winkel eingesetzt, so findet sich der Widerspruch w:

$$w = A^0 + B^0 + C^0 - \pi - \frac{c^2}{2r^2} \cdot f(A^0, B^0) - \frac{c^4}{8r^4} \varphi(A^0, B^0).$$

Setzt man $A^0 + B^0 + C^0 - \pi = \varepsilon^0$, so ist auch $w = \varepsilon^0 - \varepsilon$.

Nach der Methode der kleinsten Quadrate ist

$$\alpha = a_1 \varkappa, \quad \beta = a_2 \varkappa, \quad \gamma = a_3 \varkappa, \quad \varkappa = -\frac{w}{[aa]};$$

dabei ist

$$a_1 = \frac{dw}{dA^0}, \quad a_2 = \frac{dw}{dB^0}, \quad a_3 = \frac{dw}{dC^0}, \quad [aa] = a_1^2 + a_2^2 + a_3^2,$$

$$a_1 = 1 - \frac{c^2}{2r^2} \cdot \frac{df}{dA^0} - \frac{c^4}{8r^4} \cdot \frac{d\varphi}{dA^0},$$

$$a_2 = 1 - \frac{c^2}{2r^2} \cdot \frac{df}{dB^0} - \frac{c^4}{8r^4} \cdot \frac{d\varphi}{dB^0},$$

$$a_3 = 1,$$

$$[aa] = 3 - \frac{c^2}{r^2}\left(\frac{df}{dA^0} + \frac{df}{dB^0}\right) + \frac{c^4}{4r^4}\left\{\left(\frac{df}{dA^0}\right)^2 + \left(\frac{df}{dB^0}\right)^2 - \frac{d\varphi}{dA^0} - \frac{d\varphi}{dB^0}\right\}.$$

Zur Abkürzung schreiben wir

$$[aa] = 3 - \frac{c^2}{r^2}\left(\frac{df}{dA^0} + \frac{df}{dB^0}\right) + \frac{c^4}{4r^4} Q,$$

$$\varkappa = -\frac{w}{3}\left\{1 - \frac{c^2}{3r^2}\left(\frac{df}{dA^0} + \frac{df}{dB^0}\right) + \frac{c^4 Q}{12r^4}\right\}^{-1},$$

$$\varkappa = -\frac{w}{3}\left\{1 + \frac{c^2}{3r^2}\left(\frac{df}{dA^0} + \frac{df}{dB^0}\right) + \frac{c^4}{36r^4}\left[4\left(\frac{df}{dA^0} + \frac{df}{dB_0}\right)^2 - 3Q\right]\right\}.$$

Da $w = \varepsilon^0 - \varepsilon$ und ε von der zweiten Dimension ist, so lassen wir das Glied mit c^4 weg, indem wir überhaupt nicht über die vierte Dimension hinausgehen. Dadurch wird

$$\varkappa = \frac{\varepsilon - \varepsilon^0}{3}\left\{1 + \frac{c^2}{3r^2}\left(\frac{df}{dA^0} + \frac{df}{dB^0}\right)\right\},$$

$$\alpha = \frac{\varepsilon - \varepsilon^0}{3}\left\{1 + \frac{c^2}{3r^2}\left(\frac{df}{dA^0} + \frac{df}{dB^0}\right)\right\}.\left\{1 - \frac{c^2}{2r^2}.\frac{df}{dA^0}\right\},$$

$$\alpha = \frac{\varepsilon - \varepsilon^0}{3}\left\{1 + \frac{c^2}{6r^2}\left(2\frac{df}{dB^0} - \frac{df}{dA^0}\right)\right\},$$

$$\beta = \frac{\varepsilon - \varepsilon^0}{3}\left\{1 + \frac{c^2}{6r^2}\left(2\frac{df}{dA^0} - \frac{df}{dB^0}\right)\right\},$$

$$\gamma = \frac{\varepsilon - \varepsilon^0}{3}\left\{1 + \frac{c^2}{3r^2}\left(\frac{df}{dA^0} + \frac{df}{dB^0}\right)\right\}.$$

Da

$$f(A^0, B^0) = \frac{\sin A^0 \sin B^0}{\sin(A^0 + B^0)},$$

so ist

$$\frac{df}{dA^0} = \sin B^0 . \frac{\sin(A^0 + B^0)\cos A^0 - \sin A^0 \cos(A^0 + B^0)}{\sin^2(A^0 + B^0)},$$

$$\frac{df}{dA^0} = \frac{\sin^2 B^0}{\sin^2(A^0 + B^0)}, \quad \frac{df}{dB^0} = \frac{\sin^2 A^0}{\sin^2(A^0 + B^0)}.$$

Setzt man diese Werthe ein, so findet sich

$$\alpha = \frac{\varepsilon - \varepsilon^0}{3}\left\{1 + \frac{c^2}{6r^2}.\frac{2\sin^2 A^0 - \sin^2 B^0}{\sin^2(A^0 + B^0)}\right\},$$

$$\beta = \frac{\varepsilon - \varepsilon^0}{3}\left\{1 + \frac{c^2}{6r^2}.\frac{2\sin^2 B^0 - \sin^2 A^0}{\sin^2(A^0 + B^0)}\right\},$$

$$\gamma = \frac{\varepsilon - \varepsilon^0}{3}\left\{1 + \frac{c^2}{3r^2}.\frac{\sin^2 A^0 + \sin^2 B^0}{\sin^2(A^0 + B^0)}\right\}.$$

Hier kann man $\sin C^0$ statt $\sin(A^0 + B^0)$ setzen, indem das in dem zweiten Gliede, das immer sehr klein sein wird, keinen wesentlichen Unterschied hervorbringt.

§ 11.

Die Lösung der im vorigen Paragraphen behandelten Aufgabe ist durch folgende Gleichungen gegeben:

$$\varepsilon = \frac{\varrho}{2}.\frac{c^2}{r^2}.\frac{\sin A^0 \sin B^0}{\sin(A^0 + B^0)}\left\{1 - \frac{c^2}{12r^2}\left(\frac{\sin A^0 \sin B^0}{\sin C^0}.3\cot C^0 + 1\right)\right\},$$

$$\log \tfrac{1}{2}\varrho = 5{,}0133951,$$

$$\varepsilon^0 = A^0 + B^0 + C^0 - 180,$$

$$A = A^0 + \frac{\varepsilon - \varepsilon^0}{3} + \frac{\varepsilon - \varepsilon^0}{18}.\frac{c^2}{r^2}.\frac{2\sin^2 A^0 - \sin^2 B}{\sin^2 C^0},$$

$$B = B^0 + \frac{\varepsilon - \varepsilon^0}{3} + \frac{\varepsilon - \varepsilon^0}{18}.\frac{c^2}{r^2}.\frac{2\sin^2 B^0 - \sin^2 A^0}{\sin^2 C^0},$$

$$C = C^0 + \frac{\varepsilon - \varepsilon^0}{3} + \frac{\varepsilon - \varepsilon^0}{9}.\frac{c^2}{r^2}.\frac{\sin^2 A^0 + \sin^2 B^0}{\sin^2 C^0},$$

$$A' = A - \frac{\varepsilon}{3} - \frac{\varepsilon^2}{90\varrho}(2\cot A - \cot B - \cot C),$$

$$B' = B - \frac{\varepsilon}{3} - \frac{\varepsilon^2}{90\varrho}(2\cot B - \cot A - \cot C),$$

$$C' = C - \frac{\varepsilon}{3} - \frac{\varepsilon^2}{90\varrho}(2\cot C - \cot A - \cot B),$$

$$\log\frac{1}{90\varrho} = 2{,}73133 - 10,$$

$$a = \frac{c \sin A'}{\sin C'}, \qquad b = \frac{c \sin B'}{\sin C'}.$$

Diese Formeln wird man indess nur bei aussergewöhnlich grossen Dreiecken anwenden. Haben die Dreiecksseiten keine so grosse Länge, so ist einfacher

$$\varepsilon = \frac{\varrho}{2} \cdot \frac{c^2}{r^2} \cdot \frac{\sin A^0 \sin B^0}{\sin C^0},$$

$$\varepsilon^0 = A^0 + B^0 + C^0 - 180,$$

$$A = A^0 + \frac{\varepsilon - \varepsilon^0}{3}, \quad A' = A - \tfrac{1}{3}\varepsilon = A^0 - \tfrac{1}{3}\varepsilon^0,$$

$$B = B^0 + \frac{\varepsilon - \varepsilon^0}{3}, \quad B' = B - \tfrac{1}{3}\varepsilon = B^0 - \tfrac{1}{3}\varepsilon^0,$$

$$C = C^0 + \frac{\varepsilon - \varepsilon^0}{3}, \quad C' = C - \tfrac{1}{3}\varepsilon = C^0 - \tfrac{1}{3}\varepsilon^0,$$

$$a = \frac{c \sin A'}{\sin C'}, \qquad b = \frac{c \sin B'}{\sin C'}.$$

C. Auflösung der sphärischen Dreiecke nach der Additamenten-Methode.

§ 12.

Allgemein hat man

$$\log\sin x = \log x - \frac{M}{6}x^2 - \frac{M}{180}x^4 - \ldots.$$

Bezeichnet x die Seite eines sphärischen Dreiecks in Längenmass und r den Radius der Kugel, so erhält man, da dann der Bogen für den Radius 1 gleich $\frac{x}{r}$ ist:

$$\log\sin\frac{x}{r} = \log\frac{x}{r} - \frac{M}{6}\frac{x^2}{r^2} - \frac{M}{180}\frac{x^4}{r^4} - \ldots.$$

Das dritte Glied ist in allen hier vorkommenden Fällen so klein, dass es immer wird vernachlässigt werden können. In dem grossen Dreieck, § 9, war die grösste Seite = 160905,89 Meter.

$$\begin{array}{rl} \log M = & 9{,}63778-10 \\ 4\log 160905{,}89 = & 20{,}82629 \\ \hline & 20{,}46407 \\ -\log 180 r^4 = & 29{,}47272 \\ \hline & 0{,}99135-10, \end{array} \qquad \begin{array}{rl} \log 180 = & 2{,}25527 \\ \log r^4 = & 27{,}21745 \\ \hline & 29{,}47272, \end{array}$$

daher

$$\frac{M x^4}{180 r^4} = 0{,}000\,000\,000\,9803.$$

Dieses Glied beträgt also in diesem Beispiele nur eine Einheit der neunten Decimale von $\log\sin\frac{x}{r}$ und kann daher stets weggelassen werden, da es in kleineren Dreiecken noch viel kleiner ausfällt.

$$\log\sin\frac{x}{r} = \log x - \log r - \frac{M}{6r^2}x^2.$$

Das Glied $\frac{M}{6r^2}x^2$ nennt Bohnenberger das Additament der Seite x; durch Hinzufügen des Factors 10^7 wird das Additament in Einheiten der siebenten Decimale ausgedrückt; setzt man ausserdem $\frac{M.10^7}{6r^2} = P$, so findet sich: Additament $x = Px^2$.

Nun ist ferner

$$\log\cos\frac{x}{r} = -\frac{M}{2r^2}x^2 - \frac{M}{12r^4}x^4\ldots,$$

$$\log tg\frac{x}{r} = \log\frac{x}{r} + \frac{M}{3r^2}x^2 + \frac{7M}{90r^4}x^4\ldots.$$

Werden wieder die Glieder mit der vierten Potenz von x vernachlässigt, so findet sich (Einheiten der siebenten Decimale)

$$\log\cos\frac{x}{r} = -\frac{M.10^7}{2r^2}x^2,$$

$$\log tg\frac{x}{r} = \log x - \log r + \frac{M.10^7}{3r^2}x^2.$$

Hiernach haben wir also folgende Beziehungen:

$$\log\sin\frac{x}{r} = \log x - \log r - Px^2,$$

$$\log\cos\frac{x}{r} = -3Px^2,$$

$$\log tg\frac{x}{r} = \log x - \log r + 2Px^2.$$

Den Werth von $\log r$ für irgend eine Polhöhe φ erhält man nach den Vorschriften des § 3 oder entnimmt ihn aus folgendem Täfelchen; des

φ.	log P.	Diff.	log r (Meter).
20°	2.25258 − 10		6.803 5285
25	2.25222 − 10	36	6.803 7073
30	2.25180 − 10	42	6.803 9145
35	2.25135 − 10	45	6.804 1439
40	2.25086 − 10	49	6.804 3886
45	2.25035 − 10	51	6.804 6410
50	2.24985 − 10	50	6.804 8936
55	2 24936 − 10	49	6.805 1386
60	2.24890 − 10	46	6.805 3687
65	2.24849 − 10	41	6.805 5768
70	2.24812 − 10	37	6.805 5764

Erstes Beispiel.

$$x = 30000 \text{ Meter}, \quad \varphi = 50^0.$$

$$\log x = 4{,}4771213 \qquad \log P = 2{,}24985 - 10$$

$$\log r = 6{,}8048936 \qquad \log x^2 = 8{,}95424$$

$$\log \frac{x}{r} = 7{,}6722277 \qquad \log P x^2 = 1{,}20409,$$

$$P x^2 = 15{,}92,$$

$$P x^2 = 16 \qquad 2 P x^2 = 31{,}84,$$

$$2 P x^2 = 32 \qquad 3 P x^2 = 47{,}76,$$

$$\log \sin \frac{x}{r} = 7{,}6722261 \qquad \log \cos \frac{x}{r} = 9{,}9999952.$$

$$\log tg \frac{x}{r} = 7{,}6722309,$$

Zweites Beispiel. Von einem sphärischen Dreieck ist eine Seite und zwei Winkel gegeben.

$$b = 19794{,}643 \text{ Meter}, \quad \varphi = 49^0\, 30'$$

$$A = 75^0\, 24'\, 9'',630,$$

$$B = 42 \quad 4 \; 30{,}690.$$

Hier bestehen die Gleichungen

$$\sin \frac{a}{r} : \sin \frac{b}{r} = \sin A : \sin B,$$

$$\sin \frac{c}{r} : \sin \frac{b}{r} = \sin C : \sin B.$$

Die erste Gleichung giebt

$$\log \sin \frac{a}{r} = \log \sin \frac{b}{r} + \log \sin A - \log \sin B,$$

$$\log \sin \frac{a}{r} = \log a - \log r - P a^2,$$

$$\log\sin\frac{b}{r} = \log b - \log r - Pb^2,$$

daher

$$\log a - \log r - Pa^2 = \log b - \log r - Pb^2 + \log\sin A - \log\sin B,$$

$$\log a = \log\frac{b\sin A}{\sin B} + Pa^2 - Pb^2;$$

ebenso findet sich

$$\log c = \log\frac{b\sin C}{\sin B} + Pc^2 - Pb^2.$$

Man sieht sogleich, dass $\frac{b\sin A}{\sin B}$ einen Näherungswerth für a giebt, der vollständig hinreicht, um das Additament Pa^2 zu berechnen.

$$\begin{array}{rl} \log b = & 4{,}296\,5476\cdot9\ * \\ \log\sin A = & 9{,}985\,7501\cdot2 \\ C.\log\sin B = & 0{,}175\,8563\cdot5 \\ \hline & 4{,}456\,1541\cdot6 \\ + Pa^2 - Pb^2 = & 7\cdot6 \\ \hline \log a = & 4{,}456\,1549\cdot2, \end{array} \qquad \begin{array}{rl} \log P = & 2{,}24990 \\ \log a^2 = & 8{,}91231 \\ \log b^2 = & 8{,}59310 \\ \hline a = & 28586{,}101, \end{array}$$

$$\begin{array}{rl} \log Pa^2 = & 1{,}16221, \\ \log Pb^2 = & 0{,}84300, \end{array} \qquad \begin{array}{rl} Pa^2 = & 14{,}53 \\ Pb^2 = & 6{,}97 \\ \hline Pa^2 - Pb^2 = & 7{,}56, \end{array}$$

$$\begin{array}{rl} \log b = & 4{,}296\,5476\cdot9 \\ \log\sin C = & 9{,}948\,0173\cdot3 \\ C.\log\sin B = & 0{,}173\,8563\cdot5 \\ \hline & 4{,}418\,4213\cdot7 \\ & 5\cdot2 \\ \hline \log c = & 4{,}418\,4218\cdot9, \end{array} \qquad \begin{array}{rl} \log P = & 2{,}24990 \\ \log c^2 = & 8{,}83684 \\ \hline \log Pc^2 = & 1{,}08674, \\ & \\ c = & 26207{,}276, \end{array}$$

$$\begin{array}{rl} Pc^2 = & 12{,}21 \\ Pb^2 = & 6{,}97 \\ \hline Pc^2 - Pb^2 = & 5{,}24. \end{array}$$

§ 13.

Bezüglich der Auflösung der sphärischen Dreiecke unterscheiden wir wieder folgende drei Fälle.

1. Gegeben die drei Seiten a, b, c.
2. „ zwei Seiten und der eingeschlossene Winkel a, b, C.
3. „ eine Seite und die beiden daran liegenden Winkel c, A, B.

Für den ersten Fall giebt uns die sphärische Trigonometrie folgende Gleichungen:

$$tg\,\tfrac{1}{2}A = \frac{R'}{\sin(s-a)}, \quad tg\,\tfrac{1}{2}B = \frac{R'}{\sin(s-b)}, \quad tg\,\tfrac{1}{2}C = \frac{R'}{\sin(s-c)},$$

---

* Die achte Decimale ist durch Beachtung der Striche in Schrön's Tafel

wo

$$s = \tfrac{1}{2}(a+b+c) \text{ und } R' = \sqrt{\frac{\sin(s-a)\,\sin(s-b)\,\sin(s-c)}{\sin s}}.$$

Da die Seiten in Längenmass gegeben sind, so dividiren wir eine jede durch r, um sie auf Bogenmass zu reduciren, und erhalten sodann

$$2\log R' = \log\sin\frac{s-a}{r} + \log\sin\frac{s-b}{r} + \log\sin\frac{s-c}{r} - \log\sin\frac{s}{r},$$

$$\begin{aligned} 2\log R' = {} & \log(s-a) - \log r - P(s-a)^2 + \log(s-b) - \log r \\ & - P(s-b)^2 + \log(s-c) - \log r - P(s-c)^2 - \log s \\ & + \log r + Ps^2, \end{aligned}$$

$$\begin{aligned} 2\log R' - 2\log r = \log\frac{(s-a)(s-b)(s-c)}{s} + Ps^2 - P(s-a)^2 - P(s-b)^2 \\ - P(s-c)^2. \end{aligned}$$

Setzt man nun $R'.r = R$, so wird

$$\log R = \tfrac{1}{2}\left[\log\frac{(s-a)(s-b)(s-c)}{s} + Ps^2 - P(s-a)^2 - P(s-b)^2 - P(s-c)^2\right].$$

$$\begin{aligned} \log tg\,\tfrac{1}{2}A = \log R' - \log\sin\left(\frac{s-a}{r}\right) & = \log R' - \log(s-a) + \log r + P(s-a)^2 \\ & = \log\frac{R}{s-a} + P(s-a)^2. \end{aligned}$$

Für die Winkel B und C erhält man ganz analoge Ausdrücke.

Für den zweiten Fall, wo a, b und Winkel C gegeben sind, schreiben wir die Gauss'schen Gleichungen an:

$$\begin{aligned} \sin\tfrac{1}{2}c\,\sin\tfrac{1}{2}(A-B) &= \cos\tfrac{1}{2}C\,\sin\tfrac{1}{2}(a-b), \\ \sin\tfrac{1}{2}c\,\cos\tfrac{1}{2}(A-B) &= \sin\tfrac{1}{2}C\,\sin\tfrac{1}{2}(a+b), \\ \cos\tfrac{1}{2}c\,\sin\tfrac{1}{2}(A+B) &= \cos\tfrac{1}{2}C\,\cos\tfrac{1}{2}(a-b), \\ \cos\tfrac{1}{2}c\,\cos\tfrac{1}{2}(A+B) &= \sin\tfrac{1}{2}C\,\cos\tfrac{1}{2}(a+b). \end{aligned}$$

Durch Division erhält man daraus

$$tg\,\tfrac{1}{2}(A-B) = \cot\tfrac{1}{2}C\,\frac{\sin\tfrac{1}{2}(a-b)}{\sin\tfrac{1}{2}(a+b)},$$

$$tg\,\tfrac{1}{2}(A+B) = \cot\tfrac{1}{2}C\,\frac{\cos\tfrac{1}{2}(a-b)}{\cos\tfrac{1}{2}(a+b)},$$

$$tg\,\tfrac{1}{2}c = \frac{\sin\tfrac{1}{2}(A+B)}{\sin\tfrac{1}{2}(A-B)}\,tg\,\tfrac{1}{2}(a-b),$$

$$tg\,\tfrac{1}{2}c = \frac{\cos\tfrac{1}{2}(A+B)}{\cos\tfrac{1}{2}(A-B)}\,tg\,\tfrac{1}{2}(a+b),$$

$$\begin{aligned} \log tg\,\tfrac{1}{2}(A-B) & = \log\cot\tfrac{1}{2}C + \log\sin\frac{a-b}{2r} - \log\sin\frac{a+b}{2r} \\ & = \log\cot\tfrac{1}{2}C + \log\frac{a-b}{2} - \log r - P\left(\frac{a-b}{2}\right)^2 - \log\frac{a+b}{2} + \log r \\ & \quad + P\left(\frac{a+b}{2}\right)^2 \\ & = \log\cot\tfrac{1}{2}C + \log\frac{a-b}{a+b} + \frac{P}{4}(a^2 + 2ab + b^2 - a^2 + 2ab - b^2), \end{aligned}$$

$$\log tg \tfrac{1}{2}(A-B) = \log \frac{(a-b)\cot\frac{1}{2}C}{a+b} + P.ab.$$

Die zweite Gleichung logarithmirt, giebt

$$\log tg \tfrac{1}{2}(A+B) = \log\cot\tfrac{1}{2}C + \log\cos\frac{a-b}{2r} - \log\cos\frac{a+b}{2r}$$

$$= \log\cot\tfrac{1}{2}C - 3P\left(\frac{a-b}{2}\right)^2 + 3P\left(\frac{a+b}{2}\right)^2,$$

$$\log tg \tfrac{1}{2}(A+B) = \log\cot\tfrac{1}{2}C + 3P.ab.$$

Die dritte Gleichung giebt

$$\log tg\frac{c}{2r} = \log\frac{\sin\frac{1}{2}(A+B)}{\sin\frac{1}{2}(A-B)} + \log tg\frac{a-b}{2r},$$

$$\log\frac{c}{2} - \log r + 2P\left(\frac{c}{2}\right)^2 = \log\frac{\sin\frac{1}{2}(A+B)}{\sin\frac{1}{2}(A-B)} + \log\frac{a-b}{2} - \log r$$

$$+2P\left(\frac{a+b}{2}\right)^2,$$

$$\log c = \log\frac{(a-b)\sin\frac{1}{2}(A+B)}{\sin\frac{1}{2}(A-b)} + \tfrac{1}{2}.P[(a-b)^2 - c^2].$$

Für den dritten Fall, wenn c, A, B gegeben sind, geben uns die obigen Gauss'schen Gleichungen:

$$tg\tfrac{1}{2}(a-b) = \frac{\sin\frac{1}{2}(A-B)}{\sin\frac{1}{2}(A+B)}.tg\tfrac{1}{2}c,$$

$$tg\tfrac{1}{2}(a+b) = \frac{\cos\frac{1}{2}(A-B)}{\cos\frac{1}{2}(A+B)}.tg\tfrac{1}{2}c,$$

$$tg\tfrac{1}{2}C = \cot\tfrac{1}{2}(A-B)\frac{\sin\frac{1}{2}(a-b)}{\sin\frac{1}{2}(a+b)},$$

$$tg\tfrac{1}{2}C = \cot\tfrac{1}{2}(A+B)\frac{\cos\frac{1}{2}(a-b)}{\cos\frac{1}{2}(a+b)}.$$

Die erste Gleichung lässt sich schreiben:

$$\log tg\frac{a-b}{2r} = \log\frac{\sin\frac{1}{2}(A-B)}{\sin\frac{1}{2}(A+B)} + \log tg\frac{c}{2r},$$

$$\log\frac{a-b}{2} - \log r + 2P\left(\frac{a-b}{2}\right)^2 = \log\frac{\sin\frac{1}{2}(A-B)}{\sin\frac{1}{2}(A+B)} + \log\frac{c}{2} - \log r + 2P\left(\frac{c}{2}\right)^2,$$

$$\log\frac{a-b}{2} = \log\frac{c\sin\frac{1}{2}(A-B)}{2\sin\frac{1}{2}(A+B)} + \tfrac{1}{2}P[c^2 - (a-b)^2].$$

Die zweite Gleichung giebt in gleicher Weise

$$\log\frac{a+b}{2} = \log\frac{c\cos\frac{1}{2}(A-B)}{2\cos\frac{1}{2}(A+B)} + \tfrac{1}{2}P[c^2 - (a+b)^2].$$

Die dritte Gleichung giebt

$$\log tg\tfrac{1}{2}C = \log\cot\tfrac{1}{2}(A-B) + \log\sin\frac{a-b}{2r} - \log\sin\frac{a+b}{2r}$$

$$= \log\cot\tfrac{1}{2}(A-B) + \log\frac{a-b}{2} - \log r - P\left(\frac{a-b}{2}\right)^2 - \log\frac{a+b}{2}$$

$$\log tg \tfrac{1}{2} C = \log \frac{(a-b)\cot\frac{1}{2}(A-B)}{a+b} + P \,.\, ab.$$

Die letzte Gleichung liefert den Ausdruck

$$\log tg \tfrac{1}{2} C = \log \cot \tfrac{1}{2}(A+B) + 3 \,.\, P \,.\, ab.$$

§ 14.

Wir wollen jetzt die Formeln zur Auflösung der verschiedenen Aufgaben übersichtlich zusammenstellen.

1. Gegeben a, b, c.

$$s = \tfrac{1}{2}(a+b+c),$$

$$\log R = \tfrac{1}{2}\left\{\log \frac{(s-a)(s-b)(s-c)}{s} + Ps^2 - P(s-a)^2 - P(s-b)^2 - P(s-c)^2\right\},$$

$$\log tg \tfrac{1}{2} A = \log \frac{R}{s-a} + P(s-a)^2,$$

$$\log tg \tfrac{1}{2} B = \log \frac{R}{s-b} + P(s-b)^2,$$

$$\log tg \tfrac{1}{2} C = \log \frac{R}{s-c} + P(s-c)^2.$$

2. Gegeben a, b, C.

$$\log tg \tfrac{1}{2}(A-B) = \log \frac{(a-b)\cot\frac{1}{2}C}{a+b} + P \,.\, ab,$$

$$\log tg \tfrac{1}{2}(A-B) = \log \cot \tfrac{1}{2} c + 3 \,.\, P \,.\, ab.$$

Die Seite c kann nach einer der beiden folgenden Formeln berechnet werden:

$$\log c = \log \frac{(a-b)\sin\frac{1}{2}(A+B)}{\sin\frac{1}{2}(A-B)} - \tfrac{1}{2}P\left[c^2 - (a-b)^2\right],$$

$$\log c = \log \frac{(a+b)\cos\frac{1}{2}(A+B)}{\sin\frac{1}{2}(A-B)} + \tfrac{1}{2}P\left[(a+b)^2 - c^2\right].$$

3. Gegeben c, A, B.

$$\log \frac{a-b}{2} = \log \frac{c}{2} \,.\, \frac{\sin\frac{1}{2}(A-B)}{\sin\frac{1}{2}(A+B)} + \tfrac{1}{2}P\left[c^2 - (a-b)^2\right],$$

$$\log \frac{a-b}{2} = \log \frac{c}{2} \,.\, \frac{\cos\frac{1}{2}(A-B)}{\cos\frac{1}{2}(A+B)} + \tfrac{1}{2}P\left[(a+b)^2 - c^2\right].$$

Den Winkel C findet man nach einer der beiden folgenden Formeln:

$$\log tg \tfrac{1}{2} C = \log \frac{\frac{1}{2}(a-b)}{\frac{1}{2}(a+b)} \cot\tfrac{1}{2}(A-B) + P\,ab,$$

$$\log tg \tfrac{1}{2} C = \log \cot \tfrac{1}{2}(A+B) + 3 \,.\, P \,.\, ab.$$

§ 15.

Um die Anwendung dieser Formeln zu zeigen, wählen wir das Dreieck

1.

$$a = 52984{,}904 \text{ Meter} \qquad \varphi = 48^0\,45',$$
$$b = 42418{,}906 \;\;\text{,,} \qquad \log P = 2{,}24997 - 10,$$
$$c = 45247{,}578 \;\;\text{,,} \qquad P(s-a)^2 = 5{,}347$$
$$s = 70325{,}694 \text{ Meter}, \qquad P(s-b)^2 = 13{,}848$$
$$s - a = 17340{,}790, \qquad P(s-c)^2 = 11{,}183$$
$$s - b = 27906{,}788, \qquad 30{,}378$$
$$s - c = 25078{,}116, \qquad Ps^2 = 87{,}942$$
$$57{,}564,$$

$$\log(s-a) = 4{,}239\;0688{\cdot}64 \;*$$
$$\log(s-b) = 4{,}445\;7098\;68$$
$$\log(s-c) = 4{,}399\;2948{\cdot}88$$
$$13{,}084\;0736{\cdot}20$$
$$\log s = 4{,}847\;1140{\cdot}28$$
$$8{,}236\;9595{\cdot}92,$$
$$4{,}118\;4797{\cdot}96$$
$$+ \quad 28{,}78$$
$$\log R = 4{,}118\;4826{\cdot}74,$$

$$\log \frac{R}{s-a} = 9{,}879\;4138{\cdot}10,$$
$$\log \frac{R}{s-b} = 9{,}672\;7728{\cdot}06,$$
$$\log \frac{R}{s-c} = 9{,}719\;1877{\cdot}86,$$

$$\log tg \tfrac{1}{2} A = 9{,}879\;4143{\cdot}45, \qquad A = 74^0\,17'\,30'',78,$$
$$\log tg \tfrac{1}{2} B = 9{,}672\;7741{\cdot}91, \qquad B = 50\;\;24\;\;56{,}82,$$
$$\log tg \tfrac{1}{2} C = 9{,}719\;1889.04, \qquad C = 55\;\;17\;\;37{,}08.$$

2.

$$a = 52984{,}904 \qquad C = 55^0\,17'\,37'',08, \qquad \log P = 2{,}24997 - 10$$
$$b = 42418{,}906 \qquad \tfrac{1}{2}C = 27\;\;38\;\;48{,}54, \qquad \log a = 4{,}72415$$
$$a - b = 10565{,}998, \qquad a + b = 95403{,}810, \qquad \log b = 4{,}62756$$
$$\log Pab = 1{,}60168,$$
$$Pab = 39{,}965,$$

$$\log(a-b) = 4{,}023\;9105{\cdot}25$$
$$\log cot \tfrac{1}{2} C = 0{,}280\;8111{\cdot}00$$
$$4{,}304\;7216{\cdot}25$$
$$\log(a+b) = 4{,}979\;5657.11$$
$$9{,}325\;1559.14$$
$$+ Pab = \quad 39{\cdot}96$$
$$\log tg \frac{A-B}{2} = 9{,}325\;1599{\cdot}10,$$

$$\log cot \tfrac{1}{2} C = 0{,}280\;8111{\cdot}00$$
$$3P.ab = \quad 119{\cdot}90$$
$$\log tg \frac{A+B}{2} = 0{,}280\;8230{\cdot}90,$$

$$\frac{A+B}{2} = 62^0\,21'\,13'',802, \qquad A = 74^0\,17'\,30'',783,$$
$$\frac{A-B}{2} = 11\;\;56\;\;16{,}981, \qquad B = 50\;\;24\;\;56{,}821,$$

---

* Die achte und neunte Decimale sind nicht genau, indem sie durch Beachtung

$$\begin{aligned} \log(a-b) &= 4{,}023\ 9105{\cdot}25 \\ \log\sin\tfrac{1}{2}(A+B) &= 9{,}947\ 3503{\cdot}76 \\ &\overline{\ 3{,}971\ 2609{\cdot}01} \\ \log\sin\tfrac{1}{2}(A-B) &= 9{,}315\ 6638{\cdot}56 \\ &\overline{\ 4{,}6555\ 970{\cdot}45} \\ &\ -\quad 17{\cdot}21 \\ \log c &= 4{,}6555\ 953{\cdot}24, \\ \log\tfrac{1}{3}Pc^2 &= 1{,}26012, \\ \log\tfrac{1}{2}P(a-b)^2 &= 9{,}99676-10, \end{aligned}$$

$$\begin{aligned} \log\frac{P}{2} &= 1{,}94894-10, \\ \log c^2 &= 9{,}31118, \\ \log(a-b)^2 &= 8{,}04782, \\ c &= 45247{,}578, \\ \tfrac{1}{3}Pc^2 &= 18{,}202, \\ \tfrac{1}{3}P(a-b)^2 &= 0{,}993. \end{aligned}$$

3. $c = 45247{,}578$, $A = 74^0\,17'\,30'',78$, $B = 50^0\,24'\,56'',82$,

$\frac{c}{2} = 22623{,}789$, $\frac{1}{2}(A-B) = 11^0\,56'\,16'',98$, $\frac{1}{2}(A+B) = 62^0\,21'\,13'',80$,

$$\begin{aligned} \log\frac{c}{2} &= 4{,}354\ 5653\ 28 \\ \log\sin\tfrac{1}{2}(A-B) &= 9{,}315\ 6638{\cdot}46 \\ &\overline{\ 3{,}670\ 2291{\cdot}74} \\ \log\sin\tfrac{1}{2}(A+B) &= 9{,}947\ 3503{\cdot}74 \\ &\overline{\ 3{,}722\ 8788{\cdot}00} \\ &\ +\quad 17\ 21 \\ \log\frac{a-b}{2} &= 3{,}722\ 8805{\cdot}21, \end{aligned}$$

$$\begin{aligned} \log\frac{c}{2} &= 4{,}354\ 5653{\cdot}28 \\ \log\cos\frac{A-B}{2} &= 9{,}990\ 5039{\cdot}19 \\ &\overline{\ 4{,}345\ 0692{\cdot}47} \\ \log\cos\frac{A+B}{2} &= 9{,}666\ 5272{\cdot}99 \\ &\overline{\ 4{,}678\ 5419{\cdot}48} \\ &\ -\quad 62{\cdot}72 \\ \log\frac{a+b}{2} &= 4{,}678\ 5356{\cdot}76, \end{aligned}$$

$\frac{a-b}{2} = 5282{,}999$, $\frac{a+b}{2} = 47701{,}901$,

$a = 52984{,}900$, $b = 42418{,}902$,

$$\begin{aligned} \log\cot\tfrac{1}{2}(A+B) &= 9{,}719\ 1769{\cdot}25 \\ 3\,Pab &= \phantom{9{,}719\ 1}119{\cdot}90 \\ \log tg\,\tfrac{1}{2}C &= 9{,}719\ 1889{\cdot}15, \end{aligned}$$

$\frac{1}{2}C = 27^0\,38'\,48'',543$, $C = 55^0\,17'\,37'',086$.

§ 16.

Man kann auch die Additamentenmethode in Verbindung mit dem Legendre'schen Satz anwenden. Sind z. B. von einem Dreieck folgende Stücke gegeben:

zwei Seiten a, b und ein Winkel C.

$$\frac{\sin a}{\sin b} = \frac{\sin A}{\sin B} \quad \text{oder} \quad \frac{\sin a}{\sin b} \pm 1 = \frac{\sin A}{\sin B} \pm 1,$$

$$\frac{\sin a + \sin b}{\sin b} = \frac{\sin A + \sin B}{\sin B}, \quad \frac{\sin a - \sin b}{\sin b} = \frac{\sin A - \sin B}{\sin B},$$

$$\frac{\sin a + \sin b}{\sin a - \sin b} = \frac{\sin A + \sin B}{\sin A - \sin B} = \frac{tg\,\frac{1}{2}(A+B)}{tg\,\frac{1}{2}(A-B)},$$

$$tg\,\tfrac{1}{2}(A-B) = \frac{\sin a - \sin b}{\sin a + \sin b}\, tg\,\tfrac{1}{2}(A+B).$$

Führt man den Hilfswinkel λ ein und setzt $\cot\lambda = \frac{\sin a}{\sin b}$, so wird

$$\frac{\sin a - \sin b}{\sin a + \sin b} = \frac{\cot\lambda - 1}{\cot\lambda + 1} = tg(45-\lambda) = \cot(45+\lambda),$$

$$tg\,\tfrac{1}{2}(A-B) = \cot(45+\lambda)\, tg\,\tfrac{1}{2}(A+B),$$

$$\log\cot\lambda = \log\sin\frac{a}{r} - \log\sin\frac{b}{r} = \log\frac{a}{b} + P(b^2-a^2).$$

Die Lösung der Aufgabe ist daher durch folgende Gleichungen gegeben:

$$\log\cot\lambda = \log\frac{a}{b} + P(b^2-a^2), \qquad \varepsilon = \frac{\varrho}{2}\cdot\frac{ab}{r^2}\sin C,$$

$$tg\,\tfrac{1}{2}(A-B) = \cot(\lambda+45^0)\, tg\,\tfrac{1}{2}(A+B), \quad \tfrac{1}{2}(A+B) = 90^0 + \frac{\varepsilon}{2} - \frac{C}{2},$$

$$\log c = \log\frac{a\sin C}{\sin A} + P(c^2-a^2), \qquad \log c = \log\frac{a\sin\left(C-\frac{\varepsilon}{3}\right)}{\sin\left(A-\frac{\varepsilon}{3}\right)}.$$

Nehmen wir dasselbe Beispiel wie in § 15:

$$a = 52984{,}904, \qquad b = 42418{,}906, \qquad C = 55^0\,17'\,37'',08,$$

$$\log r = 6{,}80483,$$

$$\lambda = 38^0\,40'\,49'',256, \quad \varepsilon = 4'',681, \quad \tfrac{1}{2}(A+B) = 62^0\,21'\,13'',80,$$

$$\tfrac{1}{2}(A-B) = 11^0\,56'\,16'',96, \quad A = 74^0\,17'\,30'',76, \quad B = 50^0\,24'\,56'',84.$$

Nach der ersten Formel ist $\log c = 4{,}655\,5953{\cdot}71$
„ „ zweiten „ „ $\log c = 4{,}655\,5953{\cdot}69$ } $c = 45247{,}583$.

Wie in ähnlicher Weise andere Aufgaben, z. B. die Pothenot'sche, durch eine Verbindung beider Methoden gelöst werden können, dazu findet man Anleitung in Jordan's „Taschenbuch der praktischen Geometrie“ und in Bohnenberger's älterer Schrift: „*De computandis dimensionibus trigonometricis*“.

Kleinere Mittheilungen.

XVII. Zur Determinantenlehre.

1.

Liegt die Determinante $R = \Sigma \pm (a_{11} a_{22} \ldots a_{nn})$ vor, bildet man die Coefficienten, welche a_{ff}, $a_{ff} a_{gg}$, $a_{ff} a_{gg} a_{hh}$ u. s. w. in R haben, und stellt man die Werthe, welche diese Coefficienten, Determinanten $(n-1)^{\text{ten}}$, $(n-2)^{\text{ten}}$, $(n-3)^{\text{ten}}$ Grades u. s. f. annehmen, falls in denselben die Elemente der Diagonale von R verschwindend gedacht werden, durch D_f, D_{fg}, D_{fgh} u. s. w. vor, während R für dieselbe Annahme in D übergehen mag, so hat man*

1) $R = D + \Sigma a_{ff} D_f + \Sigma a_{ff} a_{gg} D_{fg} + \Sigma a_{ff} a_{gg} a_{hh} D_{fgh} + \ldots + a_{11} a_{22} \ldots a_{nn}$.

Die erste Summation hat $\binom{n}{1}$, die zweite $\binom{n}{2}$, die dritte $\binom{n}{3}$ Theilsätze u. s. f. Wir werden statt $\binom{n}{k}$ lieber schreiben $(n)_k$.

Bezeichnet man nun die Anzahl der Theilsätze in der Entwickelung einer Determinante m^{ten} Grades, in denen kein Diagonalelement auftritt, durch $\psi(m)$, so folgt aus 1) sofort, wie auch **Baltzer** *l. c.* angiebt:

2) $n! = \psi(n) + (n)_1 \psi(n-1) + (n)_2 \psi(n-2) + \ldots + (n)_{n-1} \psi(1) + (n)_n \psi(0)$.

Hier ist offenbar $\psi(0) = 1$ zu setzen, da der Theilsatz dem letzten in 1) entspricht, während $\psi(1)$ bekanntlich $= 0$ wird, entsprechend dem Umstande, dass in R keine Theilsätze auftreten, welche nur $n-1$ der Diagonalglieder enthalten. Wir wollen aus der direct gewonnenen Gleichung 2) den Ausdruck für $\psi(n)$ bestimmen und schlagen dazu zwei Wege ein, deren erster rasch zum Ziele führt, während der zweite, mühsamere, auf eigenthümliche Determinantenformen führt, die einer genaueren Untersuchung wohl werth sind.

Vorher sei noch beiläufig bemerkt, dass die Analyse, durch welche **Baltzer** *l. c.* zu dem richtigen Ausdruck für $\psi(n)$ geführt wird, **unrichtig** ist; der Fehler liegt in der dort zuerst aufgestellten Gleichung

---

* S. **Baltzer**. Determinanten. 3. Aufl., § 4. 2.

$$\chi(k)=\binom{n}{k}.(n-1)!=\frac{n!}{k!}.$$

Dass diese Formel bei der Bedeutung von $\chi(k)$ (die Anzahl der Glieder in R, welche k oder mehr Elemente der Diagonale enthalten) falsch ist, ergiebt sich sofort für $k=n-1$, wobei $\chi(n-1)=1$ entstehen müsste, während die Grundformel in Wirklichkeit liefert $\chi(n-1)=n$. Bei der Herleitung der Formel ist übersehen, dass z. B. der Diagonaltheilsatz mit seinen n Diagonalelementen $\binom{n}{k}$-mal mitgerechnet worden ist, statt einmal u. s. f. Die richtige Analyse hat J. J. Weyrauch in Crelle's Journal, Bd. 74 S. 275, gegeben. Unabhängig davon verfahren wir folgendermassen.

Es werde das der Gleichung 2) entsprechende System gebildet

$$3)\qquad (n-k)!=\sum_{p=0}^{p=n-k}(n-k)_p\,\psi(n-k-p),\quad k=0,1,2\ldots n,$$

woraus sich augenblicklich ergiebt

$$4)\qquad \psi(n)=\begin{vmatrix} n! & (n)_1 & (n)_2 & \ldots & (n)_{n-1} & (n)_n \\ (n-1)! & 1 & (n-1)_1 & \ldots & (n-1)_{n-2} & (n-1)_{n-1} \\ (n-2)! & 0 & 1 & \ldots & (n-2)_{n-3} & (n-2)_{n-2} \\ \cdot & \cdot & \cdot & & \cdot & \cdot \\ \cdot & \cdot & \cdot & & \cdot & \cdot \\ \cdot & \cdot & \cdot & & \cdot & \cdot \\ 1! & 0 & 0 & \ldots & 1 & (1)_1 \\ 0! & 0 & 0 & \ldots & 0 & 1 \end{vmatrix} : \begin{vmatrix} 1 & (n)_1 & (n)_2 & \ldots & & (n)_n \\ 0 & 1 & (n-1)_1 & \ldots & & (n-1)_{n-1} \\ 0 & 0 & 1 & \ldots & & (n-2)_{n-2} \\ \cdot & \cdot & \cdot & & & \cdot \\ \cdot & \cdot & \cdot & & & \cdot \\ \cdot & \cdot & \cdot & & & \cdot \\ 0 & 0 & 0 & \ldots & 1 & (1)_1 \\ 0 & 0 & 0 & \ldots & 0 & 1 \end{vmatrix}.$$

Die Divisionsdeterminante hat den Werth 1; es handelt sich also nur noch um die Zählerdeterminante. Wir transformiren sie, indem wir die $(i+1)^{\text{te}}$ Zeile mit $(-1)^i(n)_i$ multipliciren $(i=0,1,2\ldots n)$ und dann alle Zeilen von der zweiten bis zur $(n+1)^{\text{ten}}$ zur ersten addiren. Das erste Element der ersten Zeile wird dann

$$n!\,(n)_0-(n-1)!\,(n_1)+(n-2)!\,(n)_2-\ldots+(-1)^n\,0!\,(n)_n$$

oder

$$\sum_{p=0}^{p=n}(-1)^p\,(n-p)!\,(n)_p=n!\sum_{p=0}^{p=n}\frac{(-1)^p}{p!}$$

oder, da die beiden ersten Summanden sich aufheben:

$$=n!\sum_{p=2}^{p=n}\frac{(-1)^p}{p!}.$$

Sehen wir weiter, was aus dem $(k+1)^{\text{ten}}$ Gliede der ersten Zeile wird $(k=1,2\ldots n)$. Es heisst nach der Transformation

$$(n)_0(n)_k-(n)_1(n-1)_{k-1}+(n)_2(n-2)_{k-2}-\ldots+(-1)^k(n)_k(n-k)_0$$

$$=\sum^{i=k}(-1)^i(n)_i(n-i)_{k-i}=\sum^{i=k}(-1)^i(n)_k(k)_i=(n)_k\sum^{i=k}(-1)^i(k)^i.$$

Letztere Summe ist aber bekanntlich für $k=1, 2, 3\ldots$ immer gleich Null, also reducirt sich die Zählerdeterminante auf das erste Glied der ersten Zeile, multiplicirt mit einer Determinante n^{ten} Grades, deren Werth augenblicklich gleich 1 gefunden wird. Man hat also

5) $$\psi(n) = n!\sum_{p=2}^{p=n}\frac{(-1)^p}{p!}$$

übereinstimmend mit dem an der oben citirten Stelle gegebenen Resultate.

Der zweite Weg, den wir einschlagen, ist folgender. Bezeichnen wir die Zählerdeterminante $n+1^{\text{ten}}$ Grades in 4) durch D, also

6) $$\psi(n) = D,$$

die einzelnen Elemente durch $a_{i,k}\begin{pmatrix}i=0, 1\ldots n\\ k=0, 1\ldots n\end{pmatrix}$, mithin

7) $$D = \Sigma\pm a_{00}a_{11}\ldots a_{nn},$$

und sei weiter

8) $$R = \Sigma\pm a_{11}a_{22}\ldots a_{nn} = \begin{vmatrix} 1 & (n-1)_1 & (n-1)_2 & \ldots & (n-1)_{n-1} \\ 0 & 1 & (n-2)_1 & \ldots & (n-2)_{n-2} \\ 0 & 0 & 1 & \ldots & (n-3)_{n-3} \\ . & . & . & & . \\ . & . & . & & . \\ . & . & . & & . \\ 0 & 0 & 0 & \ldots & 1 \end{vmatrix}.$$

also $R=1$; wird der Coefficient von $a_{i,k}$ in R durch $\alpha_{i,k}$ bezeichnet, so hat man nach einem bekannten Satze*

9) $$\psi(n) = D = a_{00}R - \sum_{i=1}^{i=n}\sum_{k=1}^{k=n} a_{i,0}\,a_{0,k}\,\alpha_{i,k}$$
$$= n! - \sum_{i=1}^{i=n}\sum_{k=1}^{k=n}(n-i)!\,(n)_k\,\alpha_{i,k}.$$

Man findet leicht, dass in R

10) $$a_{i,k} = \begin{cases} 0 & i>k, \\ 1 & i=k, \\ (u-i)_{k-i} & i<k. \end{cases}$$

Zur Bestimmung von $\alpha_{i,k}$ hat man Folgendes:

a) Ist $i<k$, so heisst das Diagonalglied von $\alpha_{i,k}$

$$a_{11}\,a_{22}\ldots a_{i-1,i-1}\,a_{i+1,i}\,a_{i+2,i+1}\ldots a_{k,k-1}\,a_{k+1,k+1}\ldots a_{n,n}$$

oder

$$1\;\;1\;\ldots\;1\qquad 0\qquad 0\;\;\ldots\;\;0\qquad 1\;\;\ldots\;\;1,$$

während alle Elemente einerseits der Diagonale verschwinden, also

11) $$\alpha_{i,k} = 0,\quad i<k.$$

b) Für $i=k$ heissen alle Diagonalemente von α_{ii} eins, während wieder alle auf der einen Seite der Diagonale stehenden Elemente verschwinden, d. h.

---

* Baltzer, Determinanten, 3. Aufl., § 3, 16.

12) $$\alpha_{ii} = 1.$$

c) Für $i > k$ wird das Diagonalglied von $\alpha_{i,k}$

$$a_{11}\; a_{22} \ldots a_{k-1,k-1}\; a_{k,k+1}\; a_{k+1,k+2} \ldots a_{i-1,i}\; a_{i+1,i+1} \ldots a_{n,n}$$

oder

$$1 \quad 1 \ldots 1 \quad a_{k,k+1}\; a_{k+1,k+2} \ldots a_{i-1,i} \quad 1 \quad \ldots 1,$$

während alle unterhalb der $i-1$ ersten und $n-1$ letzten Ziffern 1 stehenden Elemente verschwinden. Man erhält also

13) $$\alpha_{i,k} = (-1)^{i+k} \begin{vmatrix} a_{k,k+1} & a_{k,k+2} & \ldots & a_{k,i} \\ a_{k+1,k+1} & a_{k+1,k+2} & \ldots & a_{k+1,i} \\ \cdot & \cdot & & \cdot \\ \cdot & \cdot & & \cdot \\ \cdot & \cdot & & \cdot \\ a_{i-1,k+1} & a_{i-1,k+2} & \ldots & a_{i-1,i} \end{vmatrix}, \quad i > k.$$

Dadurch geht 9) über in

14) $$\psi(n) = D = n! - \sum_{i=1}^{i=n} (n-i)!\,(n)_i - \sum_{k=1}^{k=n-1} \sum_{i=k+1}^{i=n} (n-i)!\,(n)_k\, \alpha_{i,k}.$$

Bezeichnen wir die Determinante in 13) durch $d_{i,k}$, so dass

15) $$\alpha_{i,k} = (-1)^{i+k}\, \partial_{i,k},$$

und setzen wir für die Grössen a ihre Werthe ein, so kommt folgende Determinante zum Vorschein:

16) $$\partial_{i,k} = \begin{vmatrix} (n-k)_1 & (n-k)_2 & (n-k)_3 & \ldots & (n-k)_{i-k-1} & (n-k)_{i-k} \\ 1 & (n-k-1)_1 & (n-k-1)_2 & \ldots & (n-k-1)_{i-k-2} & (n-k-1)_{i-k-1} \\ 0 & 1 & (n-k-2)_1 & \ldots & (n-k-2)_{i-k-3} & (n-k-2)_{i-k-2} \\ \cdot & \cdot & \cdot & & \cdot & \cdot \\ \cdot & \cdot & \cdot & & \cdot & \cdot \\ \cdot & \cdot & \cdot & & \cdot & \cdot \\ 0 & 0 & 0 & \ldots & 1 & (n-i+1)_1 \end{vmatrix}.$$

Entwickelt man die Determinante nach den Elementen der ersten Zeile und bemerkt, dass sich der Coefficient von $(n-k)_h$ auf eine Determinante $(i-k-h)^{\text{ten}}$ Grades reducirt, die wieder durch $d_{i,k+h}$ vorgestellt werden kann, so kommt

17) $$\partial_{i,k} = (n-k)_1\, \partial_{i,k+1} - (n-k)_2\, \partial_{i,k+2} + (n-k)_3\, \partial_{i,k+3} - \ldots$$
$$\ldots + (-1)^{i-k} (n-k)_{i-k-1}\, \partial_{i,i-1} + (-1)^{i-k+1} (n-k)_{i-k} \cdot 1,$$

18) $$\partial_{i,k} = \sum_{p=1}^{p=i-k} (-1)^{p+1} (n-k)_p\, \partial_{i,k+p}.$$

Nehmen wir an, es sei für alle $\partial_{i,s}$, wo $s = k+1,\ k+2 \ldots i-1$ ist, bewiesen, dass $\partial_{i,s} = (n-s)_{i-s}$, dann geht 18) über in

19) $$\partial_{i,k} = \sum_{p=1}^{p=i-k} (-1)^{p+1} (n-k)_p\, (n-k-p)_{i-k-p}$$
$$= (n-k)_{i-k} \left(\sum^{p=i-k} (-1)^{p+1} (i-k)_p + 1 \right).$$

Nun ist das Resultat dieser Summation null, also

20) $$\partial_{i,k} = (n-k)_{i-k},$$

wenn dasselbe für $\partial_{i,k+1}, \partial_{i,k+2} \ldots \partial_{i,i-1}$ bewiesen ist. Man hat nun allgemein

$$\partial_{h,h-1} = (n-h)_1,$$

woraus gefolgert wird, dass

$$\partial_{h,h-2} = (n-h)_2$$

u. s. w., also ohne jede Beschränkung (nur muss $i > k$ sein)

21) $$\partial_{i,k} = \begin{vmatrix} (n-k)_1 & (n-k)_2 & (n-k)_3 & \ldots & (n-k)_{i-k-1} & (n-k)_{i-k} \\ 1 & (n-k-1)_1 & (n-k-1)_2 & \ldots & (n-k-1)_{i-k-2} & (n-k-1)_{i-k-1} \\ 0 & 1 & (n-k-1)_1 & \ldots & (n-k-2)_{i-k-3} & (n-k-2)_{i-k-2} \\ 0 & 0 & 1 & \ldots & (n-k-3)_{i-k-4} & (n-k-3)_{i-k-3} \\ \cdot & \cdot & \cdot & & \cdot & \cdot \\ \cdot & \cdot & \cdot & & \cdot & \cdot \\ \cdot & \cdot & \cdot & & \cdot & \cdot \\ 0 & 0 & 0 & & 1 & (n-i+1)_1 \end{vmatrix} = (n-k)_{i-k}.$$

Direct lässt sich dies auch wie folgt, zeigen. Vollzieht man an den Zeilen von 21) die analogen Multiplicationen und Additionen, wie sie in 4) vorgenommen wurden, so verschwinden alle Elemente der ersten Zeile, mit Ausnahme des letzten, das in

$$(-1)^{i-k-1}(n-k)_{i-k}$$

übergeht, wie leicht gefunden wird; da nun $i-k-1$ Vertauschungen der Colonnen nothwendig sind, um die letzte Colonne zur ersten zu machen, ohne dass die Ordnung der übrigen gestört wird, so erhält man ohne Weiteres das frühere Resultat.

Aus Gleichung 14) wird nun

22) $$\psi(n) = n! - \sum_{i=1}^{i=n} (n-i)!\,(n)_i - \sum_{k=1}^{k=n-1} \sum_{i=k+1}^{i=n} (n-i)!\,(n)_k\,(-1)^{i+k}(n-k)_{i-k},$$

wofür geschrieben werden darf

21) $$\psi(n) = -\sum_{i=1} \frac{n!}{(2i)!} - \sum_{i=1} \frac{n!}{(2i+1)!} + \sum_{k=1}^{k=n-1} \sum_{i=k+1}^{i=n} (-1)^{i+k+1} \frac{n!}{i!}(i)_k.$$

Die beiden ersten Summationen sind bis $i = \frac{n}{2}$ oder $i = \frac{n-1}{2}$ fortzusetzen, je nachdem n gerade oder ungerade ist. Betrachten wir die Doppelsumme, die S heissen möge, so kann sie geschrieben werden

24) $$\frac{S}{n!} = \sum_{i=2}^{i=n} \frac{1}{i!} \sum_{k=1}^{k=i-1} (-1)^{i+k+1}(i)_k$$

$$= \sum_{i=2}^{i=n} \frac{1}{i!}\left(\sum_{k=0}^{k=i} (-1)^{i+k+1}(i)_k - (-1)^{i+1} + 1\right).$$

Nun ist aber die in der Klammer stehende Summe identisch mit null; für ein ungerades i verschwindet auch $1-(-1)^{i+1}$, während dieser Ausdruck für ein gerades i in 2 übergeht, also

$$25)\qquad S=2\sum_{i=1}\frac{n!}{(2i)!},\quad i=\frac{n}{2}\ \text{oder}\ =\frac{n-1}{2}.$$

Dadurch reducirt sich 23) auf

$$26)\qquad \psi(n)=\sum_{i=1}\frac{n!}{(2i)!}-\sum_{i=1}\frac{n!}{(2i+1)!}$$

oder

$$\psi(n)=n!\sum_{i=2}^{i=n}\frac{(-1)^i}{i!}$$

genau wie früher.

2.

Der Beweis, dass das Product der Differenzen von n Grössen $a_1, a_2 \dots a_n$ in Determinantenform dargestellt werden kann, dass nämlich

$$\varDelta_n=\prod_{i=1}^{i=n-1}\prod_{k=i+1}^{k=n}(a_k-a_i)=\varDelta(a_1,a_2\dots a_n)=\begin{vmatrix}1 & a_1 & a_1^2 & \dots & a_1^{n-1}\\ 1 & a_2 & a_2^2 & \dots & a_2^{n-1}\\ \cdot & \cdot & \cdot & & \cdot\\ \cdot & \cdot & \cdot & & \cdot\\ \cdot & \cdot & \cdot & & \cdot\\ 1 & a_n & a_n^2 & \dots & a_n^{n-1}\end{vmatrix},$$

kann in folgender Weise durch den Schluss von $n-1$ auf n geliefert werden. Es sei bewiesen, dass

$$\varDelta_{n-1}=\prod_{i=1}^{i=n-2}\prod_{k=i+1}^{k=n-1}(a_k-a_i)=\begin{vmatrix}1 & a_1 & a_1^2 & \dots & a_1^{n-2}\\ 1 & a_2 & a_2^2 & \dots & a_2^{n-2}\\ \cdot & \cdot & \cdot & & \cdot\\ \cdot & \cdot & \cdot & & \cdot\\ \cdot & \cdot & \cdot & & \cdot\\ 1 & a_{n-1} & a_{n-1}^2 & \dots & a_{n-1}^{n-2}\end{vmatrix}.$$

In $\varDelta_{n-1}$ addire man zu der p^{ten} Colonne $[p=2,3\dots(n-1)]$ alle vorhergehenden, nachdem die m^{te} derselben $[m=1,2\dots(p-1)]$ mit a_n^{p-m} multiplicirt worden ist. Es entsteht dann

$$\varDelta_{n-1}=\Sigma\pm b_{11}b_{22}\dots b_{n-1,n-1},$$

wo

$$b_{i,k}=\sum_{q=0}^{q=k-1}a_i^{k-1-q}\,a_n^q$$

ist. Aus der Definition von $\varDelta_n$ folgt augenblicklich

$$\varDelta_n=\varDelta_{n-1}\cdot\prod^{i=n-1}(a_n-a_i).$$

Vertheilt man die $(n-1)$ Factoren dieses Products auf die einzelnen Zeilen in der zuletzt für Δ_{n-1} gewonnenen Determinante derart, dass die i^{te} Zeile mit a_n-a_i multiplicirt wird, und berücksichtigt, dass

$$(a_n-a_i) \,.\, b_{i,k}=a_n^k-a_i^k,$$

so erhält man

$$\Delta_n=\begin{vmatrix} a_n-a_1 & a^2_n-a_1^2 & \dots a_n^{n-1}-a_1^{n-1} \\ a_n-a_2 & a^2_n-a_2^2 & \dots a_n^{n-1}-a_2^{n-1} \\ \cdot & \cdot & \cdot \\ \cdot & \cdot & \cdot \\ \cdot & \cdot & \cdot \\ a_n-a_{n-1} & a^2_n-a^2_{n-1} \dots & a_n^{n-1}-a_{n-1}^{n-1} \end{vmatrix}$$

$$=(-1)^{n-1}\,(-1)^{n-1}\begin{vmatrix} 0 & a_1-a_n & a_1^2-a^2_n \dots & a_1^{n-1}-a_n^{n-1} \\ 0 & a_2-a_n & a_2^2-a^2_n \dots & a_2^{n-1}-a_n^{n-1} \\ \cdot & \cdot & \cdot & \cdot \\ \cdot & \cdot & \cdot & \cdot \\ \cdot & \cdot & \cdot & \cdot \\ 0 & a_{n-1}-a_n & a^2_{n-1}-a^2_n \dots & a_{n-1}^{n-1}-a_n^{n-1} \\ 1 & a_n & a^2_n \dots & a_n^{n-1} \end{vmatrix}$$

oder

$$\Delta_n=\begin{vmatrix} 1 & a_1 & a_1^2 \dots & a_1^{n-1} \\ 1 & a_2 & a_2^2 \dots & a_2^{n-1} \\ \cdot & \cdot & \cdot & \cdot \\ \cdot & \cdot & \cdot & \cdot \\ \cdot & \cdot & \cdot & \cdot \\ 1 & a_n & a^2_n \dots & a_n^{n-1} \end{vmatrix},$$

was gezeigt werden sollte. Nun hat man

$$\Delta_2=(a_2-a_1)=\begin{vmatrix} 1 & a_1 \\ 1 & a_2 \end{vmatrix},$$

der Ausdruck für Δ_n gilt also allgemein.

Dorpat, 26. Februar 1874. K. WEIHRAUCH.

INHALT.

Druckfehler im 2. Heft.

Im ersten Theile der Abhandlung, Bd. XVIII S. 507 Z. 14 von oben, liess **statt:** „zwei chemisch verwandte Atome": „zwei chemisch n i c h t verwandte Atome".

Zeitschrift

für

Mathematik und Physik

herausgegeben

unter der verantwortlichen Redaction

von

Dr. O. Schlömilch, Dr. E. Kahl

und

Dr. M. Cantor.

19. Jahrgang. 5. Heft.

Mit einer lithographirten Tafel.

Ausgegeben am 15. September 1874.

Leipzig,

Verlag von B. G. Teubner.

XVII.

Die graphische Statik.

Historisches und Kritisches

von

Dr. Jacob Weyrauch
in Stuttgart.

Die graphische Statik ist seit dem Erscheinen des Culmann'schen Fundamentalwerkes („Die graphische Statik", Zürich, Meyer & Zeller, 1866) der Gegenstand sehr verschiedenartiger Würdigung, aber nirgends einer eingehenden Beurtheilung gewesen. Viele verhalten sich ihr gegenüber vollständig ablehnend, Andere acceptiren sie willig für praktische Stabilitätsuntersuchungen und es giebt sogar Leute, welche eine künftige Rivalin der analytischen Statik in ihr erblicken. Der letzte, etwas sonderbare Anspruch wird scheinbar unterstützt durch eine Passage im Vorwort bei Culmann, wo es heisst: Die graphische Statik „wird und muss sich ausdehnen, sowie die graphischen Methoden weiteren Eingang finden; dann aber wird sie der Behandlung durch den speciellen Fachmann entschlüpfen, und sie muss durch den Geometer und den Mechaniker zu einem eigenen Ganzen ausgebildet werden, das sich zur neueren Geometrie verhält wie dio analytische Mechanik zur höheren Analysis". Diese verschiedenen Meinungen finden ihre Vertreter an technischen Hochschulen und unter Ingenieuren.

Wir wollen vor Allem von den bei der Beurtheilung in Betracht kommenden Verhältnissen eine objective Darstellung geben. Doch werden wir uns erlauben, auch unsere eigene Meinung auszusprechen und überhaupt Erwägungen anzuknüpfen, geeignet, die Frage zu erledigen. Aus beiden Gründen wird es nöthig, mitunter auf scheinbar fremde Gebiete zu treten, um überall den Boden nachzuweisen, in welchem die neuen Bestrebungen wurzeln, wo sie ihre Grenzen finden, um ferner festzustellen, ob und wo Nahrung und Zweck für eine Weiterentwickelung vorhanden sind. So allein wird sich entscheiden lassen, in welchem Maasse und in welcher Richtung die graphische Statik, nicht nur vorübergehend, auf Anerkennung rechnen darf.

I.
Ueber mathematische Untersuchungen überhaupt.

Mathematische Wahrheiten können auf zwei wesentlich verschiedene Arten, durch Synthesis oder Analysis, erreicht werden. Die Synthesis geht von einfachsten oder geläufigen Wahrheiten durch Vergleichung und Combination stufenweise zu den complicirteren Erscheinungen über, die Analysis sucht die zusammengesetzten Erscheinungen auf die ihnen zu Grunde liegenden einfachen Verhältnisse zurückzuführen oder besondere Eigenschaften aus dem allgemeinen Zustande abzuleiten.

Die Analyse einer Erscheinung setzt ein richtiges Zusammenfassen ihrer Merkmale voraus. Insofern die letzteren in gewissen Beziehungen zwischen Ursache und Wirkung, dem Ganzen und seinen Theilen oder der Theile untereinander bestehen, lassen sie sich durch Gleichungen zusammenfassen. Alsdann sind die Operationen, welche zur Analyse nöthig werden, unabhängig von den concreten Erscheinungen, sondern bestimmt durch die Gesetze der abstracten Grössen, wie sie die Buchstabenrechnung im weitesten Sinne des Wortes lehrt. Die Buchstabenrechnung ist damit nicht die Analysis selbst, sondern nur ihr Werkzeug, „*instrument précieux et nécessaire sans doute, parce qu'il assure et facilite notre marche, mais qui n'a par lui même aucune vertu propre: qui ne dirige point l'esprit, mais que l'esprit doit diriger comme tout autre instrument*" (Poinsot, *Théorie nouvelle de la rotation, prés. à l'Acad.* 1834). Gewöhnlich bezeichnet man die höheren Partien der Buchstabenrechnung, denen man dann zahlreiche wirklich analytische Untersuchungen beigiebt, selbst mit dem Namen Analysis. Mit mehr Recht heissen alle Untersuchungen, welche auf Grund von Bedingungsgleichungen geführt werden, analytische Untersuchungen.

Die synthetische Untersuchung beruht auf vorwiegend geometrischen Anschauungen, indem sie die Kenntniss der Erscheinungen von concreten Bedingungen aus erreicht, welch letztere sich als räumliche Zustände und Vorgänge documentiren. Die gewöhnliche Gegenüberstellung von analytischem und geometrischem Verfahren, auch in der angewandten Mathematik, ist damit in gewissem Maasse motivirt. Indessen existirt auch ebensowohl eine analytische Geometrie wie eine geometrische Analysis; über letztere kann man sich bei Pappus unterrichten (Mathem. Sammlungen, 7. Buch). Wenn die reine Geometrie (im Gegensatz zur analytischen verstanden, VIII) von den Symbolen und Operationen der Buchstabenrechnung Gebrauch macht, so geschieht es nur, um Wahrheiten, die durch die Vorstellung und unabhängig von den Abmessungen der Hilfsfigur gefunden worden, in entsprechender Allgemeinheit und kürzer als mit Worten zu fixiren, oder sie so zu formen und umzubilden, dass sie auch bei analytischen Untersuchungen verwendbar werden. Alsdann spricht die

Anwendung der Buchstabenformeln ebenso wenig gegen den synthetischen Gang, wie sie oben das Wesen der analytischen Behandlung ausmachte.

Werden die analytischen Formeln und Operationen aus complicirteren geometrischen Untersuchungen ganz ausgeschlossen, so verzichtet man damit auf allgemeine Gesetze über metrische Beziehungen überhaupt; denn es bleibt nur die Vorstellung und die graphische Construction. Die Vorstellung reicht wohl aus, um die metrischen Verhältnisse etwa in der Elementargeometrie und den einfachsten Anwendungen derselben in voller Allgemeinheit aufzufassen, nicht mehr aber, wenn die gesuchte Strecke erst durch schrittweise Anwendung einer Reihe von Sätzen oder in der Hilfsfigur durch eine Reihe von Constructionen zu erlangen ist. Wollte man aber die Strecke der Hilfsfigur entnehmen, so würde selbst bei der Möglichkeit absolut genauen Abgreifens das Resultat zu dem gesuchten allgemeinen Gesetz nur in dem Verhältniss stehen, wie das Resultat der einzeln numerischen Berechnung zu dem Inhalt der allgemein giltigen algebraischen Formel.

Ausgedehntere Untersuchungen mit Hilfe graphischer Figuren allein können immer allgemeine Eigenschaften der Gestalt und Lage liefern und haben in dieser Hinsicht ihre Vorzüge; insofern durch sie auch die Ableitung von Maassverhältnissen bezweckt wird, bleibt bei Ausschluss der algebraischen Formeln nur die Aufeinanderfolge der Constructionen, der Gang der Ableitung, von allgemeiner Bedeutung. Wissenschaften, welche in dieser Weise verfahren, liefern also in Bezug auf metrische Beziehungen keine allgemeinen Gesetze, wohl aber für ihre Ableitung allgemeine Methoden. Hierher gehören die darstellende Geometrie und in neuerer Zeit die graphische Statik.

II.

Analytische und geometrische Mechanik.

Auf die Vorzüge einer geometrischen Betrachtung der Probleme der Mechanik aufmerksam zu machen, ist heute nicht mehr nöthig. Indessen war diese Auffassung nicht immer massgebend und die bedeutendste Entwickelung der geometrischen Mechanik fällt in unser Jahrhundert, es waren Poinsot, Chasles, Möbius u. A., welche die rein geometrischen Betrachtungen principiell wieder einführten.

Mit der Erfindung der Infinitesimalrechnung durch Leibnitz (1646—1714) und deren weiterer Ausbildung waren der Analysis so ausserordentliche und immer zunehmende Hilfsmittel zur Verfügung gestellt worden, dass die Thätigkeit der Mathematiker auf lange Zeit nur den analytischen Untersuchungen zugewandt blieb. In der Mechanik wurde die Herrschaft der Analysis auf die Spitze getrieben durch Lagrange (1736—1813) in

Mechanik zu reduciren auf eine Reihe von analytischen Operationen. „*On ne trouvera point de figures dans cet ouvrage. Les méthodes que j'y expose ne demandent ni constructions ni raisonnement géométrique ou mécanique, mais seulement des opérations algébriques assujéties à une marche régulière et uniforme*". (*Mécanique analytique, Paris* 1788, *Avert. I*, neueste Aufl. 1855.) Den Ausgangspunkt bildet das Princip der virtuellen Geschwindigkeiten. Der Darstellung von Lagrange folgen noch jetzt eine Reihe der gebräuchlichsten Lehrbücher der theoretischen Mechanik.

Die Wiederaufnahme der rein geometrischen Untersuchungen (VIII) durch Monge (1746—1818), den Schöpfer der darstellenden Geometrie, und seine Schüler konnte nicht ohne Einfluss auch auf die Mechanik bleiben. Im Jahre 1804 erschienen die „*Éléments de Statique*" von Poinsot, worin im Gegensatz zu Lagrange vertreten wird, „*que tous les théorèmes de la Statique rationelle ne sont plus au fond que des théorèmes de Géométrie*" (8. Aufl. S. 19; 11. Aufl. 1873). Die Arbeit war nur der Anfang einer Reihe von Abhandlungen, in welchen die Vortheile der synthetischen Entwickelung und geometrischen Anschauung der Mechanik vertheidigt und durch die wichtigsten Resultate sehr schlagend demonstrirt wurden.

Um diese Zeit standen sich die Ansichten über die zweckmässigste Behandlungsweise mathematischer Probleme sehr schroff gegenüber. Carnot (1753—1823), dem doch die neuere Geometrie nicht geringe Anregung verdankt, giebt überall der Analysis den Vorzug, denn die Synthesis „*est restreinte par la nature de ses procédés; elle ne peut jamais perdre de vue son objet, il faut que cet objet s'offre toujours à l'esprit, réel et net, ainsi que tous les rapprochemens et combinaisons qu'on en fait*". (*Géométrie de position, Paris* 1803, *Dissert.*) Was hier der synthetischen und geometrischen Untersuchung zum Vorwurf gemacht wird, hält Poinsot für ihren ganz besondern Vorzug: „*On peut bien par ces calculs plus ou moins longs et compliqués parvenir à déterminer le lieu ou se trouvera le corps au bout d'un temps donné, mais on le perd entièrement de vue, tandis qu'on voudrait l'observer et le suivre, pour ainsi dire, des yeux dans tout le cours de sa rotation*". (*Théorie nouv. d. l. rot.d. corps*, Auszug in *Él. d. Stat. VIII. éd. p.* 486, vollst. *Liouville*, *Journal etc. XVI.*)

Das Vorgehen Poinsot's fand zahlreiche Freunde. In Deutschland, wo die geometrischen Studien in den zwanziger Jahren einen ganz ausserordentlichen Aufschwung genommen hatten, schrieb Möbius sein „Lehrbuch der Statik". Die Mechanik, wie auch die Geometrie erhielt durch dies Werk die wichtigsten Bereicherungen. Möbius giebt stets der synthetischen Betrachtung den Vorzug und sucht auch analytisch gefundene Sätze geometrisch zu erläutern, „Beides aus dem Grunde, weil bei Untersuchungen, welche räumliche Gebilde betreffen, die geometrische Betrachtung eine Betrachtung der Sache an sich selbst und daher die natürlichste ist, während bei einer analytischen Behandlung, so elegant diese auch sein mag, der Gegenstand sich hinter fremdartigen Zeichen verbirgt und damit unserem

Auge mehr oder weniger verloren geht". (Lehrb. d. Statik, Leipzig 1837, Vorr. IV).

Selbst im analytischen Verfahren trat die geometrische Anschauung mehr und mehr in den Vordergrund. — Von allen Seiten ging man an die Ausbildung der Kinematik, der Lehre von der Bewegung ohne Rücksicht auf die Ursachen derselben. Bleibt doch nach Abstraction von der Energie der Bewegung nur noch die Bahn, also die eigentliche Geometrie (kinematische Geometrie oder Geometrie der Bewegung) übrig. Die Untersuchungen, welche durch Chasles, Möbius, Rodrigues, Jonquières u. A. eingeleitet worden, werden jetzt noch weiter geführt, und wenn es mit Hilfe der Geometrie gelungen ist, der Theorie der Bewegung unveränderlicher Systeme eine gewisse Abrundung zu geben, so liegt die geometrische Bewegungslehre gesetzmässig veränderlicher Systeme (zu welchen auch die biegsamen und elastigen gehören) noch gänzlich darnieder. Zur Erledigung solcher Partien der Mechanik wird die Anwendung der synthetischen Geometrie nöthig sein, denn sie bilden ihrem Grundgedanken nach eine Theorie der Verwandtschaft der Systeme.*

Bei Vergleichung der beiden Behandlungsweisen der Mechanik bestreitet Niemand, dass an sich der synthetischen Lösung der Vorzug gebührt. Wo sie möglich ist, erhält man viel umfassendere Aufschlüsse über die Natur der Erscheinungen, indem alle Eigenschaften derselben durch directe Uebertragung aus den einfachen und geläufigen Wahrheiten, von denen man ausgeht, folgen. Bei analytischen Untersuchungen müssen, selbst wenn es gelungen ist, die definitiven Gleichungen zu erhalten, die wirklichen Gesetze oft noch nachträglich und einzeln gefunden werden, obschon sie alle in den Gleichungen enthalten sind.

Indessen, nicht immer ist es möglich, den synthetischen Gang festzuhalten. Von der ersten Wahrheit führen die Wege nach allen Richtungen und es bedarf einer besondern Findergabe, das Ziel zu erreichen. Da hilft uns nun die Analysis mit ihrem reich ausgebildeten Methodenschatz und da ist für die Geometrie selbst „der Vortheil nicht zu unterschätzen, den ein gut angelegter Formalismus der Weiterforschung dadurch leistet, dass er gewissermassen dem Gedanken vorauseilt. Es ist zwar immer an der Forderung festzuhalten, dass man einen mathematischen Gegenstand nicht als erledigt betrachten soll, so lange er nicht begrifflich evident geworden ist, und es ist das Vordringen an der Hand des Formalismus eben nur ein erster, aber schon sehr

* Vergl. Schell, W., Theorie der Bewegung und der Kräfte, Leipzig 1870. Von hierher gehörigen Untersuchungen existiren bis jetzt nur: Burmester, Kinematisch-geometrische Untersuchungen der Bewegung ähnlich-veränderlicher ebener Systeme (Zeitschr. f. Math. u. Phys. 1874, S. 155), und die dort angeführten über specielle kreislinige Bewegung solcher Systeme von Durand (*Nouv. Ann. d. math.*, 2. *série VI*, 60), von Wiener (*Annali di matematica*, 2. *seria I*, 139) und von Affolter

wichtiger Schritt" (F. Klein, Vergleichende Betrachtungen über neuere geometrische Forschungen, Erlangen 1872, S. 41). — Die Rechnungsoperationen sind allerdings nicht die Hauptsache, sondern nur das Werkzeug, aber ein ganz vorzügliches Werkzeug, das fast überall angewandt werden kann und, vermöge seiner Verbindung mit einem ausgedehnten und selbstständigen Mechanismus, häufig nur angesetzt zu werden braucht, um von selbst zu wirken. Die eigentliche Analyse arbeitet zwischen den einzelnen Operationen und auf Grund der Rechnungsresultate.

Ohnedies kann sich ja auch die geometrische Mechanik nie ganz von den analytischen Formeln und Operationen befreien. Denn wenn es, mit Bezug auf das Beispiel von Poinsot, ungemein interessant und nützlich ist, dem Körper auf dem ganzen Wege seiner Rotation zu folgen, so ist dies doch praktisch von geringerem Interesse und es bleibt eben die Hauptaufgabe, „*à déterminer le lieu ou se trouvera le corps au bout d'un temps donné*".

Gegenwärtig lassen alle Mechaniker, welche beide Behandlungsweisen kennen, das Gute an beiden gelten, sie ergänzen sich einander. Manchmal muss man gar im Laufe derselben Untersuchung den allgemeinen analytischen Gang durch synthetische Ableitungen unterbrechen und umgekehrt. Und so können wir diese Betrachtung mit dem Satze schliessen, wodurch Schell seine „Theorie der Bewegung und der Kräfte" einleitet: „Beide Methoden, die analytische und die synthetische, sind vereint allein im Stande, der Mechanik die Schärfe und die Klarheit zu verleihen, welche heutzutage alle mathematischen Wissenschaften auszeichnen sollen."

III.
Geometrische Statik.

Die Statik ist ein specieller Fall der Dynamik; sie wurde früher stets unabhängig von der letzteren behandelt. Das d'Alembert'sche Princip giebt die Möglichkeit, die Probleme der Dynamik auf diejenigen der Statik zurückzuführen. In der technischen Mechanik wird diese Trennung noch jetzt aufrechterhalten, und zwar, wegen der ziemlich streng geschiedenen Fächer, in denen die beiderseitigen Anwendungen auftreten, und wegen der dadurch erreichten Einfachheit, mit Recht.

Nach der Mechanik der Alten, wie sie sich in den mathematischen Sammlungen des Pappus findet, geschah der erste grosse Schritt zur jetzigen geometrischen Statik, als Simon Stevinus (1548—1603) die Grösse und Richtung von Kräften durch gerade Linien darstellte. Stevin selbst gab einen Beweis von der Bedeutung seiner Methode in dem mittels derselben gefundenen Satze, dass drei auf einen Punkt wirkende Kräfte sich das Gleichgewicht halten, wenn sie parallel und proportional den drei Seiten eines rechtwinkligen Dreiecks sind. (*De Beghinselen der Weegkonst s. Statica, 1586.*)

Eine Hauptetappe bildete dann die Aufstellung des Parallelogramms der Kräfte durch Newton (1642—1727). Die Vereinigung zweier Geschwindigkeiten in besonderen Fällen war schon den Alten bekannt, Galilei macht Gebrauch davon für zwei rechtwinklig zueinander gerichtete Geschwindigkeiten, auch bei Descartes, Roberval, Mersenne, Wallis kommen Beispiele vor; aber der Fundamentalsatz war erst vorhanden, als Newton die Theorien der speciellen Wirkungen durch die Bezeichnung der allgemeinen Ursache ersetzte. (*Philosophiae naturalis principia mathematica*, London 1687, 3. Gesetz Zusatz 2; deutsch von Wolfers, Berlin 1872.)

Varignon hatte in seinem *Projet d'une nouvelle Mécanique* im gleichen Jahr 1687 und unabhängig von Newton das Princip von der Zusammensetzung der Bewegungen zum ersten Male allgemein ausgesprochen und angewandt; er ging in der „*Nouvelle Mécanique ou Statique, dont le projet fut donné en* 1687“ (nach seinem Tode herausgegeben, Paris 1725) mittels des ersten Axioms, „*Les effets sont toujours proportionnels à leurs causes ou forces productrices*“ zur Zusammensetzung der Kräfte über.

Die Statik von Varignon ist rein geometrisch. Er setzt nichts weiter voraus, als Buch 1—6 und 11 des Euklid und erklärt selbst die Bedeutung der + und —Zeichen. Aber in diesem Werke, dem ersten auf das Parallelogramm der Bewegungen und Kräfte begründeten, erhalten wir das Kräftepolygon und Seilpolygon (*Funiculaire, Section II*), als deren Ausbildung und Anwendung fast die ganze graphische Statik anzusehen ist. Varignon sah den Werth des Seilpolygons voraus und gab es als siebente der einfachen Maschinen.

Nach dem grossen Interim der Geometrie schrieb Monge einen „*Traité élémentaire de Statique*“ (Paris 1786, 7. Aufl. 1835). Das Werkchen beansprucht, zum ersten Mal Alles zu enthalten, was sich in der Statik synthetisch ableiten lasse. In den späteren Ausgaben heisst es, dass man die synthetische Statik ebenso vor der analytischen behandeln solle, wie die Elementargeometrie vor der analytischen Geometrie. So sei das Werkchen von Monge die nothwendige Vorbereitung auf Poisson's „*Traité de mécanique*“ (Paris 1811).

Den grössten Einfluss auf die Entwickelung der geometrischen Statik übte Poinsot aus. Durch die Einführung der Kräftepaare war es ihm gelungen, das Fundamentalproblem von beliebig vielen auf einen Körper wirkenden Kräften in elegantester Weise zu lösen (*Éléments de Statique, Paris* 1804, und *Mémoire sur la composition des moments et des aires dans la Mécanique*, den späteren Auflagen des ersten Werkes beigeheftet), und Chasles ergänzte die Lösung durch den Nachweis, dass der Inhalt des Tetraeders, welcher durch die beiden resultirenden Kräfte bestimmt ist, ein constanter sei, man möge zusammensetzen, wie man wolle. (Vergl. Begründung und Zusätze von Möbius in Crelle's Journal IV, 179.)

Unter den Händen von **Möbius** sind Geometrie und geometrische Statik fast vollständig miteinander verwachsen (Lehrbuch der Statik, Leipzig 1837). Von der grössten Wichtigkeit für die späteren Anwendungen war die Einführung der Regel der Zeichen. Die einfachsten Begriffe davon waren schon im vorigen Jahrhundert vorhanden.* Möbius erkannte ihre Bedeutung, dehnte sie auf die Bezeichnung des Inhalts von Dreiecken, Vielecken und dreiseitigen Pyramiden aus und wandte sie systematisch an (Barycentrischer Calcul, Leipzig 1827, besond. §§ 17—20, 165, 171; Verhandlungen d. königl. sächs. Akad. d. Wissensch. 1865, S. 31).

Neue Anregung, einen ausgedehnten Wirkungskreis und vielfache Bereicherung erhielt die geometrische Statik mit Begründung der graphischen Statik durch Culmann.

IV.
Das graphische Rechnen.

Die ausgedehnteste Anwendung findet die Statik im Ingenieurwesen. Dabei kommt es nicht nur darauf an, allgemeine Eigenschaften der Gestalt und Lage abzuleiten, es sind in der grössten Anzahl Fälle metrische Verhältnisse, welche verlangt werden. Allgemeines über die letzteren können wir im Allgemeinen nur mittels algebraischer Formeln und Operationen erhalten (I). Die rein graphische Theorie der Bauwerke entbehrt also insofern nothwendig der Vollständigkeit, als sie nirgends gemeingiltige Aufschlüsse über metrische Beziehungen giebt.

Indessen der praktische Ingenieur hat es mit speciellen Aufgaben zu thun, Dimensionen und angreifende Kräfte sind in Zahlen gegeben. Die Geometrie konnte keine allgemeinen Massbeziehungen liefern, weil die Resultate immer Consequenzen der verzeichneten Abmessungen der Figur waren. Verzeichnen wir nun aber die einem bestimmten Falle entsprechenden Abmessungen, so können wir ein für diesen Fall giltiges Resultat erhalten. Es bleibt nur zu zeigen, wie wir es erhalten: mit den hierher gehörenden Methoden beschäftigt sich das graphische Rechnen und, jedoch nicht ausschliesslich, die graphische Statik. Sobald nun von den speciellen Massverhältnissen der Figuren wirklich praktischer Gebrauch gemacht werden soll, hängt Alles von möglichst exacter Zeichnung ab. Eine Vorbedingung für die Anwendung der graphischen Methoden ist also die Gewandtheit im Umgang mit Zirkel und Lineal, die geometrische Zeichnenkunst, die aber gerade beim Ingenieur vorhanden ist.

---

* Möbius deutet darauf hin und es findet sich z. B. die Gleichung $\overline{AB} + \overline{BA} = 0$ bei Kästner, Geometrische Abhandlungen, I. Samml. 1790, S. 464.

Der Gedanke, welcher dem graphischen Rechnen zu Grunde liegt, ist einfach. Den Modificationen der Zahlen im numerischen Rechnen entsprechen immer Modificationen der Grössen, welche sie vertreten. Das Mass einer Grösse kann aber ebenso gut durch eine gerade Strecke, wie durch eine Zahl dargestellt werden, indem an Stelle der Zahleneinheit die lineare Einheit des Maassstabes (*échelle*) tritt. Um ein graphisches Rechnen zu ermöglichen, sind noch die den arithmetischen Operationen entsprechenden Modificationen der linearen Strecken nöthig, und diese liefert die Geometrie. Sie bestehen in graphischen Constructionen und beruhen auf bekannten Eigenschaften geometrischer Figuren. Der Massstab liefert das Mittel, jede in Zahlen gegebene Grösse sofort in eine lineare Strecke umzusetzen, und umgekehrt, jedes graphisch erhaltene Resultat sofort in Zahlen auszudrücken.

Die graphische Ableitung in Zahlen verlangter oder berechenbarer Grössen ist natürlich nichts Neues. Von dem *Traité de Gnomonique* des de la Hire (1682) bis zur *Géométrie descriptive* von Monge (1788) und weiter sind hier bedeutende Leistungen zu verzeichnen. Das graphische Rechnen soll aber weiter gehen. Es handelt sich darum, einen Formalismus zusammenzustellen, der nicht nur zur Auffindung von Maassen räumlicher Gebilde dienen kann, sondern der gerade so, wie das numerische oder Buchstabenrechnen, unabhängig von concreten Verhältnissen, überall anwendbar ist. Es handelt sich ferner darum, die Resultate (auch Producte und Potenzen) als nach einem gewissen Massstab in Zahlen umsetzbare gerade Strecken zu erhalten (weshalb die Flächenverwandlung eine Hauptrolle im graphischen Rechnen spielt). So war die Aufgabe, wie sie sich zuerst Cousinery stellte und deren Lösung er versuchte in seinem „*Calcul par le trait*“ (*ses éléments et ses applications*, Paris 1839).

Cousinery führte auf die graphischen vier Species, das Potenziren, Radiciren, die Proportionen, Progressionen, mit Anwendungen auf das Mass der Linien, Oberflächen, Cuben, auf die graphische Interpolation und auf Bestimmung der Stärke von Stützmauern und Widerlagern. Die Darstellung ist natürlich noch durchaus nicht vollständig, aber sie leidet auch an einer Breite und Umständlichkeit, mit welchen die zu Tage geförderten Resultate in keiner Weise Schritt halten. Es klingt etwas komisch, wenn Cousinery die bei der Herausgabe des *Calcul par le trait* schon vorhandenen graphischen Lösungen Poncelet's (*Mémoire sur la stabilité des revêtements*, im *Mémorial de l'off. du génie XII*, *XIII*, *XIV*) als elegante Beispiele seines graphischen Rechnens reclamirt (S. 243).

Indem Cousinery die Anwendung der Geometrie auch auf einem Gebiete zeigen und erleichtern wollte, wo die Analysis bis dahin Alleinherrscherin war, handelte er ganz im Sinne seiner Zeit, ohne allerdings von den Mitteln Gebrauch zu machen, welche sie ihm zur Verfügung stellte.

[illegible] Vorgänger vorübergegangen [illegible] neueren Geometrie vorauszusetzen, [illegible] der Perspective [illegible] französischen Vorgänger [illegible] Cousinery [illegible] In seiner Vorrede heisst es: [illegible] *sans les* [illegible] *de M. Gergonne et les travaux de M.* [illegible] *M. Poncelet. Nous avons envers M.* [illegible] *les premiers documents* [illegible] *à lui faire* [illegible] *dont il a bien* [illegible] *polaire"* (vgl. darüber *Chasles, Aperçu historique etc.*, deutsch v. Sohncke, S. 134, 192).

Warum Cousinery von der Perspective und nicht von der neueren Geometrie Gebrauch macht, ist leicht begreiflich. Die Ausbildung der Geometrie geschah damals, wie noch heute, in verschiedenen, fast unabhängig voneinander bestehenden Richtungen, und Cousinery selbst hatte das Vergnügen, seine „*Géométrie perspective*" (Paris 1828) durch die Berichterstatter der Akademie, Fresnel und Matthieu, als neu und geistreich bezeichnet, sowie auch durch Chasles hervorgehoben zu sehen.* Er suchte also natürlich sein eigene Methode zu entwickeln und fruchtbar zu machen, um so mehr, als sich zu dieser Zeit die Bedeutung der verschiedenen im Werden begriffenen Zweige der Geometrie noch nicht wie heute übersehen liess. Sodann schrieb der *Ingénieur en chef* B. E. Cousinery ausgesprochenermaassen für seine Collegen und glaubte die Kenntniss der neuesten Untersuchungen, selbst der seinigen, nicht ohne Weiteres voraussetzen zu dürfen, daher die zwischenfallenden Ableitungen.

Wir erwähnen diese Verhältnisse ausführlich, weil damit ein noch jetzt vorhandener Punkt der Discussion berührt wird. Denn die Einführung der neuern Geometrie in die graphischen Methoden durch Culmann ist noch 30 Jahre nach Cousinery ein Haupthinderniss der schnellen Verbreitung dieser Methoden geworden und alle Techniker, welche sich nach Culmann mit ihnen beschäftigten, sind wieder davon abgegangen, womit wir, beiläufig bemerkt, nicht immer einverstanden sind (VII, IX).

Nach Cousinery hat sich Niemand mit dem graphischen Rechnen als solchem beschäftigt, bis ihm Culmann eine Stelle in seiner graphischen

* Was die Neuheit betrifft, so ist dieselbe nicht unbestritten. Nach Fiedler sind die Grundanschauungen bereits vollständig enthalten in Lambert's berühmtem Werke: Die freie Perspective (Zürich 1759, II. Theil 1774. Vergl. Fiedler, Die darstellende Geometrie, S. 581). Auch Poncelet findet die Beurtheilung der *Géométrie perspective* durch Chasles nicht zutreffend (vergl. *Traité des propr. proj., II. éd.* [illegible]

Statik anwies. Die Darstellung ist hier bei Weitem besser und vor allen Dingen kürzer. Die Anschauung der Regel der Zeichen, welche Cousinery noch unbekannt war, tritt sofort hervor. Anstatt so unzeitiger und umständlicher Entwickelungen, wie die graphische Interpolation, sind einige Beispiele aus der Praxis des Ingenieurs gegeben, wo allein eine Anwendung des graphischen Rechnens denkbar ist. Unter diesen ist besonders das Massennivellement hervorzuheben, welches von dem bayrischen Sectionsingenieur Bruckner erdacht wurde. Bei den grossen Erdarbeiten im Strassen-, Canal- und Eisenbahnbau zeigt es nicht nur am deutlichsten die Verwendungsart der Massen, die Ausdehnung der Transportsectionen, die beste Anordnung der Erdtransporte, sondern lässt auch bei Gebrauch des Planimeters die Transportkosten entnehmen. (Vollständigste Darstellung: Eickemeyer, Das Massennivellement und sein praktischer Gebrauch, Leipzig, Teubner, 1871.)

Für Fernerstehende konnte es nun scheinen, als ob das graphische Rechnen im Ingenieurwesen eine ausserordentliche oder bedeutende Rolle spielen sollte. Dieser Umstand und die unterhaltenden Aufgaben, welche sich bei dem Umfange der Arithmetik natürlich mit Leichtigkeit darboten, führten der Arithmographie manche Freunde zu. Einige Publicationen suchten das Vorhandene auszubilden oder weitere Kreise dafür zu gewinnen, ohne wesentlich Neues zu liefern (H. Eggers, Grundzüge einer graphischen Arithmetik, Schaffhausen 1865; J. Schlesinger, Ueber Potenzcurven, in Zeitschr. d. österr. Arch.- u. Ing.-Vereins 1866; E. Jäger, Das graphische Rechnen, Speier 1867; E. Stamm, *Sul calcolo grafico*, in *Rendiconti del R. Istituto Lombardo*, *Fasc. VI;* K. v. Ott, Grundzüge des graphischen Rechnens und der graphischen Statik, Prag 1871).

In neuester Zeit ist zu den Methoden des graphischen Rechnens noch die Derivation und Integration gekommen. Eine Abhandlung von Šolin zeigt die erstere genau, soweit es die Hilfsmittel des Zeichnens erlauben, die letztere approximativ (Ueb. graph. Integr., ein Beitr. z. Arithmographie, in Abh. d. königl. böhm. Gesellsch. d. Wissensch., VI. Folge 5. Bd., Separatabdr. bei Rivnáč, Prag 1871). Zu bemerken ist, dass Beispiele doppelter Integration und Derivation schon im Jahre 1868 von Mohr gegeben wurden. Die graphische Construction der elastigen Linie und die Bestimmung der Stützenmomente am continuirlichen Träger sind im Wesentlichen als solche zu betrachten (Mohr, Beitrag zur Theorie der Holz- und Eisenconstructionen, in Zeitschr. d. hannöv. Ing.- u. Arch.-Vereins, 1868, S. 19, oder W. Ritter, Die elastige Linie, Zürich 1871).

Wir gaben alles hierher Gehörige, wie es uns entgegentrat. Was nun die wirkliche Bedeutung des graphischen Rechnens als selbstständige Disciplin betrifft, so wird dieselbe, wie wir glauben, sehr oft übertrieben. Der theoretische Werth ist nicht viel über Null, denn graphische Darstellungen oder Constructionen, wie sie das graphische Rechnen nicht bieten in keiner Beziehung etwas Neues. Das, was als praktische Anwendungen des graphischen Rechnens gezeigt wird, kann ganz einfach auf die Geometrie direct begründet werden und ist nirgends als Folge des graphischen Rechnens gefunden worden. Hält man es für zweckmässig, auf einige allgemeine Gesichtspunkte vor diesen Anwendungen aufmerksam zu machen, so lässt sich alles Wünschenswerthe bequem auf zehn Seiten Octav geben.

Im Anschluss ans graphische Rechnen könnten erwähnt werden eine Reihe von graphisch rechnenden Instrumenten, von denen die bekanntesten das Planimeter und der Rechenschieber sind. Die Wirkung des Planimeters ist im Sinne des graphischen Rechnens eine Flächenverwandlung, es wird auf eine constante Basis reducirt; der Rechenschieber kam erst in neuester Zeit in ausgehnteren Gebrauch und erlaubt, alle numerischen Operationen inclusive des Logarithmirens mittels eines Schiebers, der in einer Nute läuft, zu vollbringen. Die Literatur solcher Instrumente, besonders des Planimeters, ist bereits derart vollständig (vergl. Favaro, Bibliographie der mech. Planimetrie, 1815—1872, in Allg. Bauz. v. Förster 1873, S. 105), dass es überflüssig wäre, auch hier näher auf dieselben einzugehen, und führen wir zur Orientirung über die beiden genannten, für den Ingenieur wichtigen Instrumente nur an: Fischer, „Die mechanische Planimetrie, ihre geschichtl., theoret. u. prakt. Bedeut.", in „Schweiz. polyt. Zeitschr." 1868, und K. v. Ott, „Der logarithmische Rechenschieber, Theorie u. Gebrauch dess.", Prag 1873.

V.

Die graphische Darstellung.

Zu den graphischen Darstellungen im weitesten Sinne des Wortes gehört jedes durch Schreiben oder Zeichnen hervorgebrachte sichtbare Resultat. Der geschriebene Satz ist die graphische Wiedergabe des Inhalts eines Gedankens, der gezeichnete Strich die graphische Andeutung des Begriffes der Linie. In solcher Allgemeinheit haben wir die graphischen Darstellungen hier nicht zu betrachten.

Unter graphischer Darstellung im engern Sinne versteht man ein durch Zeichnung erlangtes Bild der Verschiedenheit oder Abhängigkeit von Zahlengrössen. In diesem Sinne kann man in der reinen Geometrie nicht von graphischen Darstellungen sprechen; dagegen wurden die letzteren durch Vieta (1540—1603) in die Analysis eingeführt (Chasles, *Aperçu historique*, dtsch. S. 49). Die Figur unterstützt die Vorstellung, die Gleichung fasst die Merkmale der Erscheinung zusammen (I) und wahrt die Unabhängigkeit von den verzeichneten Abmessungen. So wurde die Anschau-

Wird die graphische Darstellung auf Grund einer Anzahl passend gewählter und berechneter Einzelwerthe entworfen, so können auch die zwischenliegenden Werthe direct abgegriffen und mittels des Maasstabes in Zahlen umgesetzt werden. Die graphische Darstellung vertritt dann zugleich die numerische Tabelle. Derartige Anwendungen kommen in der Technik vielfach vor; wir erinnern nur beispielsweise an die graphische Darstellung der Maximalmomente und Maximalschubkräfte am continuirlichen Träger, sowie an die graphischen Eisenbahnfahrpläne, woraus alle Abfahrtzeiten, Entfernungen, Aufenthalte, Geschwindigkeiten und Kreuzungen ersichtlich sind. (Ueber die Begründ. ders. vergl. *Schell*, Theorie d. Bew. u. d. Kräfte, S. 106).

Waren die Einzelwerthe mittels einer Formel *berechnet*, so giebt ihre Verbindung in der Zeichnung ein Bild des Gesetzes, welches die Formel vertritt. Sind aber nur die Einzelwerthe bekannt, etwa *beobachtet*, so kann die Zusammenstellung auf das Gesetz schliessen lassen, welches die ersteren verbindet. Auf solche Weise trägt die graphische Darstellung bei zur Ableitung von Erfahrungsformeln und indirect zum Auffinden der genauen Beziehungen. Diese Anwendungen kommen in allen Theilen der angewandten Mathematik vor, so besonders in Astronomie und Meteorologie.

Nur nebenbei mag daran erinnert werden, dass die graphische Darstellung auch in der Statistik eine wichtige Rolle spielt. Sie hat dann oft nur den Zweck, mit Hilfe einer Reihe von Einzelresultaten ein anschauliches Gesammtbild obwaltender Verhältnisse zu liefern. Doch kann es sich auch um weitergehende Aufgaben handeln, z. B. aus dem Vergleich zweier gleichzeitiger, aber verschiedenartiger Beobachtungsreihen auf einen innern Zusammenhang zu schliessen.

Im Ingenieurwesen haben die graphischen Darstellungen in neuerer Zeit ganz besonders zugenommen. Alle graphischen Constructionen, insofern sie sich an analytische Formeln anlehnen, also nicht direct durch geometrische Gesetze dictirt werden, sind Nichts weiter, als Aufeinanderfolgen graphischer Darstellungen.

VI.

Graphische Statik.

Die wenigen Lehrbücher der graphischen Statik und die zahlreicheren Arbeiten über Anwendungen derselben geben keine Definition der graphischen Statik und konnten keine geben, weil Methode und Tragweite dieser neuen Disciplin nirgends festgestellt waren. Will man, wie wir es hier mit *Culmann* thun, im Gegensatz zu den Anwendungen von einer *reinen* Graphostatik sprechen, so muss man, wie folgt, definiren. Die graphische Statik ist die Lehre von den Constructionen, welche bei der graphischen Lösung der statischen Probleme des Ingenieurwesens zur Verwendung kommen; sie untersucht ferner die allgemeinen Beziehungen, die sich im Anschluss an diese Constructionen erreichen lassen. — Wir werden diese Abgrenzung, soweit sie nicht aus dem Bisherigen folgt, im Verlauf dieser Abhandlung noch weiter begründen.

Graphische Darstellungen analytisch gefundener Resultate waren, wie bereits gezeigt wurde, im Ingenieurwesen schon lange gebräuchlich. Sie dienten den im vorigen Capitel angegebenen Zwecken. Manchmal suchte man auch gewisse Werthe, deren analytische Berechnung etwas umständlich, durch eine graphische Construction zu erhalten. Hierher gehörige Beispiele finden sich in vielen Lehrbüchern über Baukunde, und wir erwähnen als eines der bemerkenswerthesten in neuerer Zeit die Construction der Hebelarme und Belastungsgrenzen in A. Ritter's „Theorie u. Berechnung eiserner Dach- u. Brückenconstructionen" (Hannover 1862, III. Aufl., 1873). Poncelet wandte bei praktischen Untersuchungen im Allgemeinen die Analysis an, suchte aber in einzelnen complicirteren Fällen die Ableitung von Formeln durch geometrische Constructionen zu erleichtern und graphische Lösungen aus analytischen Beziehungen abzuleiten (*Mémoire sur la stabilité des revêtements et leur fondation*, im *Mémorial de l'off. du génie, XII, XIII, XIV*, Separatabdr. Paris 1840, dtsch. v. Lahmeyer 1844). Dies Verfahren fand vielfach Anklang und die Untersuchungen Poncelet's wurden später mit allgemeineren Voraussetzungen wieder aufgenommen durch Saint-Guilhem (*Mémoire sur la poussée des terres avec ou sans surcharge*, in *Ann. des ponts et chauss.* 1858, *sem.* 1 *p.* 319).

Der Erste, welcher rein geometrischer Stabilitätsbestimmung der Bauwerke das Wort redete, war Cousinery. Er gab eine Anzahl von Beispielen als Anwendungen des graphischen Rechnens (*Application des procédés du calcul graphique à divers problèmes de stabilité*, in *Calcul par le trait*, IV. Abschn.). Seine Ideen scheinen in Frankreich wenig Anklang gefunden zu haben. Dagegen wurde die von Mery eingeführte graphische Construction der Druckcurve in Gewölben (*Mémoire sur l'équilibre des voûtes en berceau*, in den *Ann. d. ponts et chauss.* 1840, *sem.* 1 *p.* 50) von französischen Ingenieuren viel in der Praxis verwendet und durch Durand-Claye noch vor wenigen Jahren ausgebildet und auf eiserne Bogen ausgedehnt (*Ann. des ponts et chauss.* 1867, *sem.* 1 *p.* 63 und 1868, *sem.* 1 *p.* 109). Eine besondere Bedeutung erlangten die graphischen Stabilitätsuntersuchungen erst, als Culmann mit der „Graphischen Statik" hervortrat (I. Thl. Zürich 1864, das ganze Werk 1866).

Die Arbeit Culmann's muss in allen auf die Untersuchung der Bauwerke bezüglichen Parthien als original bezeichnet werden. Poncelet und Cousinery vermittelten ihm ausser dem allgemeinen Gedanken nur unwesentliche Beiträge. Culmann erkannte die Fruchtbarkeit der Beziehungen zwischen Kräfte- und Seilpolygon, auf welchen die meisten praktischen Lösungen beruhen. Er bildete diese Beziehungen aus, machte

sie in der Theorie der Momente nutzbar durch die Einführung der Schlusslinie, und indem er die Regel der Zeichen acceptirte, wurden allgemeine Gesichtspunkte für die Beurtheilung der verschiedensten Figuren gewonnen, welche bei gleichen Problemen entstehen können. Wie hierdurch, so noch in mancher Hinsicht wird auch die geometrische Statik aus dem Werke Culmann's Nutzen ziehen, wobei die Untersuchung über projectivische Verwandtschaft zwischen Kräfte- und Seilpolygon speciell hervorgehoben werden mag.

Die fundamentale Wichtigkeit der Theorie der Kräfte- und Seilpolygone wurde auch von Solchen erkannt, welche sich nach Culmann mit den graphischen Methoden beschäftigten. Es sind hier gerade diejenigen zwei Arbeiten zu erwähnen, welche für die Entwickelung der graphischen Statik besondern Werth haben: die Untersuchungen von Mohr und Cremona. Der Gedanke Mohr's, die elastige Linie als Seilpolygon aufzufassen (Beitrag zur Theorie der Holz- und Eisenconstructionen, in Ztschr. d. hannöv. Ing.- u. Arch.-V. 1868, S. 19), ist von principieller Bedeutung für die graphische Statik. Dass Mohr von ihm aus die graphische Bestimmung der Stützenmomente am continuirlichen Träger erreichte, ist als interessantes und nützliches Beispiel zu betrachten. Bereits wurde versucht, denselben Gedanken in anderen Fällen zu verwerthen (Fränkel, Zur Theorie der elastigen Bogenträger, in Zeitschr. d. hannöv. Ing.- u. Arch.-V. 1869, S. 115), und ferner ist damit eine Anregung zu ähnlichen Interpretationen gegeben.

Cremona hat vorzugsweise die geometrische Seite der graphischen Statik ins Auge gefasst. Von der Theorie der reciproken Polyeder ausgehend, gab er die reciproken Beziehungen zwischen Kräfte- und Seilpolygon in einer Allgemeinheit und Eleganz, wie man es von dem gefeierten italienischen Mathematiker erwarten konnte (*Le figure reciproche nelle statica grafica*, Milano, Länger 1872). Mit dieser Untersuchung ist der theoretischen Entwickelung der graphischen Statik wesentlich vorgearbeitet.

Culmann trug die graphische Statik an der Ingenieurabtheilung des Polytechnikums in Zürich schon im Jahre 1860 vor, und zwar unter den ungünstigsten Umständen. Der eidgenössische Schulrath hatte zwar die graphische Statik als Lehrgegenstand genehmigt, aber nicht die Geometrie der Lage, welche Culmann voraussetzte. Erst 1864 wurde letztere durch Reye in einem zweistündigen Semestralcurs gelesen. Aber auch hiernach reichte die zur Verfügung gestellte Zeit für keine der beiden Wissenschaften aus. Unterdessen war die graphische Statik in den Constructionssälen der Ingenieurschule, wo es irgend anging, benutzt worden und hatte auch in anderen Abtheilungen des Polytechnikums Freunde gefunden. Im Jahre 1863 erschien eine Brochure: Die graphische Statik der Axen und Wellen, nach Vorträgen von Reuleaux herausgegeben vom polytechnischen Vereine in Zürich. Diese nur autographirte Schrift enthält zum erstenmal die von Culmann eingeführte Bezeichnung „graphische Statik", und wird es Niemand schwer fallen, in der Vorrede zu Culmann's Werk eine hierauf bezügliche Passage zu entdecken. Da unsere Abhandlung auch überall die historischen Momente berücksichtigt, so durften diese Verhältnisse, besonders in Hinsicht auf die Zukunft, nicht unerwähnt bleiben.

Nach der oben angegebenen Definition der graphischen Statik müssten auch die Methoden des graphischen Rechnens, soweit sie bei statischen Untersuchungen zur Verwendung kommen, als zur graphischen Statik gehörig betrachtet werden, und mit Recht. Denn diese Methoden folgen aus der Geometrie direct und können von Jedem, der Geometrie versteht, auch ohne ihre Zusammenstellung unter dem Namen „graphisches Rechnen" verwendet werden (IV). So verfährt z. B. Bauschinger in „Elemente der graphischen Statik" (München 1871). Das Werk sieht auch von Anwendung der neueren Geometrie ab und zeichnet sich durch klare Darstellung aus, enthält aber nicht die speciellen Stabilitätsuntersuchungen der Bauwerke, auf die es vorbereitet.*

VII.
Ueber Methode und Grenzen der graphischen Statik.

Die vollkommenste Methode der graphischen Statik ist die synthetische oder geometrische. Wie in der geometrischen Statik, sollen die Lösungen womöglich auf rein mechanischen oder geometrischen Raisonnements beruhen. Culmann legt „die graphische Statik den Technikern als einen Versuch vor, die einer geometrischen Behandlung zugänglichen Aufgaben aus dem Gebiete des Ingenieurfaches mit Hilfe der neueren Geometrie zu lösen".

Immerhin ist die graphische Statik an und für sich nicht ein Product des Strebens, in Begeisterung für die Errungenschaften der neueren Geometrie, diese auch für die angewandte Mechanik nutzbar machen zu wollen; es wurden eben graphische Lösungen verlangt. Wie diese zu erreichen, war eine andere Frage. So kam es, dass Poncelet's Lösungen fast nur in graphischen Darstellungen analytischer Beziehungen bestanden, dass Cousinery jedes Hereinziehen von Formeln verwarf (*Calc. p. l. trait, p.* 243), dass Culmann die neuere Geometrie überall anwandte, wo er konnte, dass Bauschinger und viele Andere nur von der älteren Geometrie Gebrauch machen und dass neueste graphische Lösungen, in gewissem Masse auch die Mohr'schen, sich wieder ganz im Geiste Poncelet's an die Analysis anlehnen. Die rein geometrische Lösung wäre wohl meistens erwünscht, aber sie ist nicht immer erreichbar.

---

* Ein vollständiges Verzeichniss der Literatur über graphische Statik würde hier kaum am Platze sein, soll aber einem Separatabdruck dieses Aufsatzes (Leipzig, bei Teubner) beigefügt werden.

Ueberschaut man nun die Fälle, in welchen direct und ausschliesslich goemetrische Lösungen nicht möglich sind, so erkennt man leicht, dass erstere immer dann eintreten, wenn von den physikalischen Eigenschaften der Körper, also von Elasticität, Cohäsion u. s. w. Gebrauch gemacht werden muss. Warum? Der wirkliche Zustand des Körpers nach Eintreten des Gleichgewichts ist eine Folge der Bewegung des veränderlichen Systems der Körperpunkte. Die Theorie der Bewegung veränderlicher Systeme ist aber noch in keiner Weise bis zu praktischer Verwendbarkeit ausgebildet (II). Wir sind also genöthigt, von einem hypothetischen Gesammtzustand auszugehen (bei der Biegung auf der Annahme beruhend, dass alle vor Einwirkung der äusseren Kräfte geführten Querschnitte auch nach dieser Einwirkung noch Ebenen bilden). Aus diesem allgemeinen Zustande nun die zur Lösung nöthigen besonderen Verhältnisse abzuleiten (beim continuirlichen Träger die Stützenmomente), verlangt ein wesentlich analytisches Verfahren (I). Daher die Abhängigkeit der graphischen Constructionen in solchen Fällen von analytischen Beziehungen, welche dann, wenn die Körper als starr angenommen werden dürfen, wie beim Fachwerk, Gewölbe, einfachen Träger, nicht vorhanden ist.

Dem Wirkungskreis einer unabhängigen graphischen Statik sind also zunächst nur diejenigen in Betracht kommenden Aufgaben unterworfen, welche bei Annahme starrer Körper durch eine genügende Anzahl Bedingungen bestimmt sind. Darüber hinaus haben wir der Hauptsache nach nur graphische Interpretationen.

Erwähnt wurde schon, dass die graphische Statik ohne Anwendung der algebraischen Operationen keine allgemeinen Gesetze des Maasses liefert (IV). Aus verhältnissmässig einfachen Figuren hat man wohl hin und wieder allgemeine Formeln über metrische Beziehungen abgelesen, was ja nicht principiell unmöglich (I), allein diese Formeln waren doch immer schon vorher bekannt. Sodann gilt ein solches Resultat zunächst nur für diejenige Form der Figur, welche man betrachtet hat; es gilt nach der Terminologie Carnot's nur für die vorhanden gewesene als primitive Figur und müsste erst bewiesen oder umgeformt werden für alle correlativen Figuren, welche den Bedingungen der Aufgabe gemäss entstehen können. Wenn die graphischen Constructionen sich nach analytischen Operationen richten, so sind es die letzteren, welche die Herleitung der allgemeinen Maassverhältnisse vermitteln.

So bleiben also auch in der Theorie der Bauwerke die allgemeinen Gesetze der Gestalt und Lage für die rein graphische Behandlung übrig. Hierher gehören die schönen Ableitungen über ungünstigste Belastungen und hier führt die graphische Methode oft auf elegantere Weise zum Ziele, wie die analytische Theorie. Dass eine umfassende Ausbeutung dieser vortheilhaften Ableitung von Gestalt- und Lagenverhältnissen nicht ohne Geometrie der Lage möglich wird, ist selbstverständlich (IX).

Daher beruht die wissenschaftliche Zukunft der graphischen Statik wesentlich auf dem Einfluss der neueren Geometrie. Die höhere Geometrie principiell von den graphischen Methoden fernhalten wollen, wäre ebenso unklug und fruchtlos, wie der Versuch, die höhere Analysis von den analytischen Theorien auszuschliessen. Wie aber für gewisse Zwecke eine elementare Darstellung analytischer Theorien des Ingenieurs immer angezeigt bleiben wird, so hat auch eine elementare Ableitung graphostatischer Methoden ihre Berechtigung, noch mehr, so lange die neuere Geometrie noch nicht genügend verbreitet ist. Gleichen Schritt werden die beiden Behandlungsweisen, mit und ohne neuere Geometrie, auf die Dauer nicht halten können.

Culmann sagt von der graphischen Statik: „Sie enthält jetzt nur den allgemeinen Theil, dessen wir zur Behandlung unserer Bauaufgaben bedurften, allein sie wird und muss sich ausdehnen, sowie die graphischen Methoden weiteren Eingang finden; dann aber wird sie der Behandlung durch den speciellen Fachmann entschlüpfen und sie muss durch den Geometer und den Mechaniker zu einem eigenen Ganzen ausgebildet werden, das sich zur neueren Geometrie verhält wie die analytische Mechanik zur höheren Analysis.“ Eine solche Auffassung scheint nicht ganz correct. Es ist die geometrische Statik (oder Mechanik), für welche das angegebene Verhältniss bestehen kann. Dieser hat zwar Culmann werthvolle Beiträge geliefert, sie hat sich aber im Uebrigen ganz unabhängig und viel früher wie die graphische Statik entwickelt (III). Auch kommt es hier doch weniger auf Verbreitung der graphischen Methoden, als der geometrischen Anschauungen und Kenntnisse an. Denn handelt es sich nicht mehr um praktische Berechnungen, sondern um Herleitung allgemeiner Wahrheiten, so muss vor Allem von den besonderen Verhältnissen der verzeichneten Figuren abstrahirt, d. h. das Graphische von der graphischen Statik abgestreift werden. Nur eine durch die Vorstellung erfasste Wahrheit passt auf alle Figuren, welche man den Bedingungen der Aufgabe gemäss zeichnen kann.

Wir stellen in eine Linie Geometrie und geometrische Statik (Mechanik). Aus der Geometrie folgt die Constructionslehre, welche darstellende Geometrie heisst und die ihre praktische Anwendung im Architektur- und Maschinenzeichnen findet; aus der geometrischen Statik (Mechanik) entspringt die Constructionslehre, welche man graphische Statik (Mechanik) nennt und die ihre Verwendung bei der graphischen Berechnung der Bauwerke und Maschinen findet. Darstellende Geometrie und graphische Statik haben im Anschluss an diese praktischen Zwecke noch die allgemeinen Beziehungen zu ermitteln und auszunutzen, welche an den von ihnen betrachteten Gebilden auftreten, und so nach ihren Mitteln zur Auffindung und Ausbreitung von Wahrheiten der Geometrie und Mechanik überhaupt beizutragen.

Aus der Coordination von darstellender Geometrie und graphischer Statik kann auf eine gleiche Bedeutung der beiden Disciplinen nicht sofort geschlossen werden. Denn während es sich im geometrischen Zeichnen immer um Herstellung eines Bildes handelt, die graphische Methode also direct indicirt ist, hat man für die statischen (mechanischen) Berechnungen noch das analytische Verfahren. Es hängt also Alles von den gegenseitigen Vortheilen und Nachtheilen der graphischen und analytischen Methoden ab. In theoretischer Beziehung haben wir bisher das Wichtigste gesagt, es bleibt noch ein Vergleich vom praktischen Standpunkte aus anzustellen (X).

VIII.

Neuere Geometrie.

Die Geometrie ist die Lehre von den räumlichen Gebilden. Diese selbst und ihre Eigenschaften sind nicht immer in gleicher Ausdehnung und Allgemeinheit betrachtet und aufgefasst worden.

Wie die Anfänge der geometrischen Kenntnisse aus praktischen Bedürfnissen entsprungen waren, so beschränkten sich die Alten überhaupt fast ausschliesslich auf specielle Untersuchungen einzelner Figuren und Körper von definirter Form, welche sich dem Auge darboten. In den Phorismen des Euklid (—285) müssen zwar nach den Andeutungen des Pappus (Ende des 4. Jahrh.) auch gegenseitige Beziehungen des Kreises und der geraden Linie in gewisser Vollständigkeit enthalten gewesen sein, aber sie sind nicht auf uns gekommen.

Die so erlangten Eigenschaften hatten natürlich nur sehr beschränkte Bedeutung und konnten beim Wiederaufleben der Wissenschaften weder auf die Dauer anregen, noch genügende Aufschlüsse geben. Die Forscher nahmen also ihre Hilfsmittel, wo sie sich am besten darboten, in der Analysis. Diese war im 16. Jahrhundert durch die Algebra des Vieta (1540 — 1603) ganz besonders bereichert worden.

Von da ab diente die Geometrie lange Zeit hauptsächlich als Reliefgeberin der Analysis, deren Resultate sie graphisch interpretirte (V). Aus der Vereinigung erwuchsen die grössten Vortheile für beide Zweige der Mathematik, indem sie die Analysis zur Infinitesimalrechnung, die Geometrie zur analytischen Geometrie des Descartes (1596—1650) führte.

Aber die Ausdehnung und Allgemeinheit, welche die geometrischen Wahrheiten durch die geniale Schöpfung Descartes' erlangt hatten, war doch wesentlich der Analysis zu verdanken, Desargues (1593—1662) und Pascal (1623—1662) erweiterten die rein geometrischen Betrachtungen und thaten den ersten Schritt zur Anschauung der neueren Geometrie, indem sie die Kegelschnitte als Projectionen des Kreises auffassten und die Eigen-

Hiernach beschäftigten sich de la Hire (1640—1718), le Poivre (1704) und Huygens (1629—1695) mit geometrischen Untersuchungen. Während die beiden Ersten die Methoden des Desargues und Pascal ausbildeten, wandten Huygens und später Newton (1642—1727) die reine Geometrie auch in der Optik und Mechanik mit Vorliebe an. Bald zeigte sich jedoch die aufkommende Infinitesimalrechnung des Leibnitz und Newton (1684 und 1687) so ausserordentlich fruchtbar in der analytischen Geometrie, dass die eigentliche Geometrie im Sinne der Alten ganz in den Hintergrund trat; nur Einzelne, wie Lambert (1728—1777) blieben ihr vorwiegend zugeneigt.

Da trat Monge (1728—1777) auf und gab den Anlass zu vollständiger Umwälzung der geometrischen Anschauungen und zum Wiederaufbau der Wissenschaft auf neuen Grundlagen. Durch seine „*Leçons de Géométrie descriptive*“ (Paris 1788) wurden alle die Aufgaben, welche die Stereotomie, Perspective, Gnomonik u. s. w. in specieller und unsicherer Weise behandelt hatten, auf wenige allgemeine Principien zurückgeführt und ohne jede Anwendung der Analysis die wichtigsten Eigenschaften und Beziehungen von Linien und Oberflächen abgeleitet.

Indem die darstellende Geometrie die Verbindung zwischen Gebilden im Raume und verzeichneten Figuren lehrte, stärkte sie das Vorstellungsvermögen, indem sie die Transformation der Figuren in die Geometrie einführte, gab sie den Ableitungen der letzteren einen Vortheil, welchen bisher nur die Analysis besessen hatte, und indem sie ihre umfassenden Resultate lediglich der Anwendung der Projectionen verdankte, zeigte sie den Weg, auf welchem eine Entwickelung der Geometrie möglich war.

Unterdessen war man auch auf dem Gebiete der analytischen Geometrie zu der Ansicht gekommen, dass die erlangten Wahrheiten eine noch allgemeinere Auffassung zuliessen. Man hatte alle Eigenschaften nur bezüglich und vermittelst eines bestimmten Coordinatensystems erhalten. Aber schon Godin (1704—1760) sprach es aus: „*que l'art de découvrir les propriétés des courbes est à proprement parler, l'art de changer le système de coordonnées*“ (*Traité des propriétés communes à toutes les courbes*). Diese Idee nahm wieder auf Carnot (1753—1823) im VI. Abschnitt seiner „*Géométrie de position*“ (Paris 1803), in welchem Werke er eine allgemeinere Auffassung der Figuren von der Analysis aus zu erreichen und gleichzeitig die Unbestimmtheit der letzteren bei mehreren Lösungen in der schon von Leibnitz und d'Alembert angedeuteten Weise durch Einführung des Begriffes der Lage zu heben suchte.

Von nun an trat ein Wetteifer im Zusammenfassen und Ausbreiten geometrischer Wahrheiten ein, bei welchem die rein geometrische Richtung, der die neuen Hilfsmittel zur Verfügung standen, den Vorsprung behielt. Die Schüler von Monge arbeiteten mit ihm und in seinem Geiste weiter, Brianchon, Servois, Chasles, Poncelet, Gergonne füllten die

„Annales des Mathématiques" und die *„Correspondance sur l'école polytechnique"* mit neuen Resultaten, die beiden Letztgenannten entdeckten das allgemeine Gesetz der Reciprocität oder Dualität.

Die eigentliche Begründung der neueren Geometrie geschah durch Poncelet mit dem *„Traité des propriétés projectives des figures"* (*Paris* 1828 *II. éd.* 1865). *„Agrandir les resources de la simple Géométrie, en généraliser les conceptions et le langage ordinairement assez restreints, les rapprocher de ceux de la Géométrie analytique, et surtout offrir des moyens généraux, propres à démontrer et à faire découvrir, d'une manière facile, cette classe de propriétés dont jouissent les figures quand on les considère d'une manière purement abstraite et indépendamment d'aucune grandeur absolue et déterminée, tel est l'objet qu'on s'est spécialement proposé dans cet ouvrage* (*p. XXII*).

Die neuen Gedanken fielen in Deutschland auf ganz besonders fruchtbaren Boden. Hier waren es Möbius, Plücker, Steiner, Grassmann und viele Andere, welche von zum Theil ganz verschiedenen Gesichtspunkten ausgehend, eine Fülle neuer Gebiete eröffneten, die noch durchaus nicht vollständig ausgebeutet sind und im Verein mit weiteren Untersuchungen eine durchgreifende Veränderung unserer Anschauungen vom Raume im Gefolge hatten, deren neueste Phasen durch die Namen Riemann, Helmholtz und Lie-Klein markirt sind.

Auch in dieser Entwickelungsperiode blieb die Zweitheilung in analytische und synthetische oder rein geometrische Richtung bestehen. Plücker nahm die analytische Beziehung als das Allgemeinere an, welche beispielsweise und mit Vortheil geometrisch zu interpretiren wäre; Steiner erkannte in den räumlichen Gebilden selbst den eigentlichen Gegenstand und die wirksamsten Hilfsmittel der Forschung.

Beide Richtungen, die neuere analytische und synthetische, können natürlich nur zu denselben Resultaten führen; in Bezug auf die Werkzeuge aber mussten sie sich um so weiter voneinander entfernen, je mehr sich die Begriffe und Transformationen der reinen Geometrie an Allgemeinheit und Leichtigkeit den algebraischen näherten und so ein Verzicht auf die letzteren möglich wurde. Während also die analytische Geometrie nach Anwendung der Determinanten (Invariantentheorie) durch Hesse mit der Analysis in immer innigere Beziehungen trat, wobei englische und italienische Forscher, wie Salmon, Cayley, Cremona in hervorragender Weise mitwirkten, schloss der Erlanger Professor v. Staudt Formeln und metrische Beziehungen principiell aus und gab uns die Geometrie der Lage (Nürnberg 1847, Beitr. z. Geom. d. Lage, 3 Hefte, 1856, 1857, 1860).

Nach v. Staudt blieb die strenge Geometrie der Lage lange Zeit vernachlässigt, während die Steiner'sche Richtung der synthetischen Geometrie sich unausgesetzt und bis heute einer besondern Bevorzugung von Seiten der Mathematiker erfreute. Ein Grund hierfür mag wohl darin liegen, dass die Mathematiker kein Interesse an solcher principiellen Selbstständikeit der Geometrie haben, auf die auch die Analysis keinen Anspruch macht. Eine häufige Ursache war aber ohne Frage die ausserordentlich knappe, fast schematische Darstellungsweise v. Staudt's, die nicht gerade auf Jeden ermuthigend wirkte.

Culmann gab den Anlass zur Aenderung dieses Verhältnisses. In seiner graphischen Statik stützt er sich direct auf das Werk v. Staudt's, die Kenntniss der Geometrie der Lage setzt er — was mehr wie kühn war — bei allen Technikern voraus. Sie war zur Begründung der zunächst gegebenen Methoden nicht unbedingt erforderlich und schadete der Verbreitung der graphischen Statik, aber die Geometrie der Lage gewann. Diese musste zunächst am Züricher Polytechnikum obligatorisch vorgetragen werden und es entstand das erste und bis jetzt einzig vollständige Lehrbuch derselben: die „Geometrie der Lage", von Reye (Hannover 1868, I. Theil schon 1866) war die unmittelbare Folge der graphischen Statik von Culmann.

Seitdem ist die neuere Geometrie an allen technischen Lehranstalten eingeführt und so der Industrie und den Künsten zur Verfügung gestellt worden. Wie sie die höchsten Gebiete der Speculation erreicht, so soll sie nach dem Willen ihres Hauptförderers, des Ingenieurs und Genieofficiers Poncelet, auch in den realsten Verhältnissen zusammenfassend und vereinfachend wirken: *„Peu à peu les connaissances algébriques déviendront moins indispensables, et la science, reduite à ce qu'elle doit être, à ce qu'elle devrait être déjà, sera ainsi mise à la portée de cette classe d'hommes, qui n'a que des moments fort rares à y consacrer."*

IX.

Die neuere Geometrie im Ingenieurwesen.

Man sollte glauben, dass eine Wissenschaft, welche so von vornherein im Hinblick auf die Bedürfnisse der Praxis geschaffen worden war,* vor Allem in die technischen Kreise gedrungen sein müsste, würde sich aber sehr irren. Als Culmann seine graphische Statik ausschickte, herrschte noch überall tiefe Stille, und wenn die neuere Geometrie im Lehrplan einer oder der andern polytechnischen Schule vorkam, so war es ohne Zweifel ein enthusiastischer Privatdocent, welcher die undankbare Aufgabe übernommen hatte, vor leeren Bänken zu reden.

Woher kam diese Gleichgiltigkeit gegen eine Disciplin, welche von der *École polytechnique* ausgegangen war? Es ist schwer, einen Grund dafür zu finden. Am meisten hört man noch jetzt, dass bei der colossalen Ausdehnung, wie sie die Ingenieurwissenschaften genommen haben, die Stu-

* Poncelot hatte selbst auf den Titel seines mehrfach citirten Werkes gesetzt: *„Ouvrage utile à ceux qui s'occupent des applications de la Géométrie descriptive et d'opérations géométriques sur le terrain."*

direnden schon zu überladen seien. Sehr wahr, aber das soll ja gerade die neuere Geometrie mindern helfen. Dies ist es ja, worauf der gelehrte Beurtheiler von Monge, der Ingenieur Dupin, in seinen „*Développements de Géométrie*“ (Paris 1813) hinweist, wenn er sagt: „*Il semble que, dans l'état actuel des Sciences mathématiques le seul moyen d'empêcher que leur domaine ne devienne trop vaste pour notre intelligence, c'est de généraliser de plus en plus les théories que ces Sciences embrassent, afin qu'un petit nombre des verités générales et fécondes soit dans la tête des hommes l'expression abrégée de la plus grande variété des faits particuliers.*“ *

Die neuere Geometrie in ihrer jetzigen Form nimmt eine kleine Zahl von Grundgebilden an, deren Eigenschaften sie zunächst feststellt, und von denen ausgehend sie durch Vergleichung und Combination das ganze Gebiet der Raumwelt erreicht. Der Ingenieur hat es, auch während seiner Ausbildung, fortwährend mit der Raumwelt, mit geometrischen Sätzen und Constructionen zu thun, „wieviele überflüssige Definitionen und Beweise könnte man nicht sparen, wenn sie als Theile eines höheren Ganzen schon zum vollständigen Bewusstsein von den Schülern eingearbeitet worden wären“ (Culmann, Die graphische Statik, S. VIII).

Auch jetzt sind die Verhältnisse noch durchaus nicht überall richtig gestellt. Man lässt zwar an allen polytechnischen Schulen neuere Geometrie lesen, aber sorgt gleichzeitig, dass sie nicht gehört wird. Denn wenn man einen Unterschied zwischen obligatorischen und Freifächern, zwischen ordentlichen (Studienpläne) und ausserordentlichen Vorlesungen macht und die neuere Geometrie zu den letzteren verweist, muss sie nothwendig in den Hintergrund treten. Man könnte ohne Schaden für den Ingenieur den vorgeschriebenen Umfang der analytischen Geometrie etwas beschränken und dann wenigstens die Elemente der Geometrie der Lage obligatorisch einführen, resp. sie in die Studienpläne der Vorcurse oder Ingenieurschulen aufnehmen. Jedem bliebe es dann unbenommen, sich im Uebrigen die analytische wie synthetische Geometrie in beliebigem Umfang anzueignen.

Statt dessen hat man aus der graphischen Statik Alles, was sich ohne neuere Geometrie erreichen lässt, herausgenommen und ist richtig dahin gekommen, die graphische Statik anzuerkennen, aber nicht die Geometrie

* Dies Zusammenfassen sollte auch bei den analytischen Theorien des Ingenieurs überall da geschehen, wo es unbeschadet der Einfachheit möglich ist. Bei einer vor nicht langer Zeit erschienenen, darauf abzielenden Publication hatte ein Recensent und Assistent zu rügen, dass nicht die schon bekannten, übrigens viel weniger allgemeinen graphischen Methoden wiederholt seien. Die letzteren waren uns als Schüler Culmann's durchaus nicht fremd. Aber es wird voraussichtlich an Leuten nie fehlen, welche im Wiederholen besondere Virtuosität besitzen. Das konnten auch der Herr Assistent und sein Professor wissen.

der Lage. Damit wird die Verbreitung der neueren Geometrie allerdings verzögert, aber keineswegs verhindert. In nicht zu langer Zeit wird es eben nicht mehr möglich sein, ein wissenschaftliches Werk über angewandte Mathematik zu lesen, ohne auf die Anschauungen der neueren Geometrie zu stossen. Die Geometrie der Lage, welche rein graphische Anwendungen ohne Benutzung der analytischen Symbole zulässt, ist vor Allem berufen, die gemeinsamen Gesichtspunkte für die darstellende Geometrie, die praktische Geometrie und die graphische Statik zu liefern.

Wir halten es für zweckmässig, den Beginn dieser Umwandlungen zu signalisiren oder in Erinnerung zu bringen, sehen aber dabei von Mechanik und Physik ab, wo gewiss interessante Arbeiten von Lindemann, Burmester, Zech u. A. zu citiren wären, und beschränken uns auf die Fächer, welche zur besondern Domaine des Technikers gehören, mit Weglassung der graphischen Statik, auf darstellende und praktische Geometrie.

Die darstellende Geometrie war vor der neueren Geometrie vorhanden und letztere ist aus ersterer hervorgegangen. Jetzt liefert umgekehrt und gleichsam zum Danke die Geometrie der Lage der darstellenden Geometrie ihre fruchtbarsten Principien und wirksamsten Hilfsmittel. Wenn mit Rücksicht auf das verschiedene Alter Derjenigen, welchen darstellende Geometrie vorzutragen ist, die Geometrie der Lage nicht immer vorausgesetzt werden kann, so sollen doch stets Anschauungen und Terminologie derselben von vornherein eingeführt werden:

Fiedler, Methodik der darstellenden Geometrie, zugleich als Einleitung in die Geometrie der Lage, in den Sitzungsber. der k. k. Akad. d. Wissenschaften, 55. Bd. (1867.)

Flohr, Der mathematische Unterricht in der beschreibenden Geometrie, zugleich als Einleitung in die Lehre von den geometrischen Verwandtschaften. Progr. d. Dorotheenstädt. Realschule zu Berlin, Abdr. in Monatsbl. f. Zeichenunterr. 1869, S. 167; Separatabdr. Osnabrück, Meinders.

Schlesinger, Die Unterrichtsmethode der darstellenden Geometrie im Sinne der neueren Geometrie an Realschulen. Wien, Gerold (ohne Datum).

An Lehrbüchern zu diesem Zwecke und weitergehend für alle technischen Lehranstalten fehlt es nicht mehr:

Pohlke, Darstellende Geometrie, I. Abth. Berlin 1860 (II. Aufl. 1866); nicht fortgesetzt.

Schlesinger, Die darstellende Geometrie im Sinne der neueren Geometrie, für Schulen technischer Richtung. Wien, Gerold. 1870.

Fiedler, Die darstellende Geometrie, ein Grundriss zu Vorlesungen. Leipzig, Teubner, 1870.

Wie zusammenfassend und vereinfachend die Geometrie der Lage gerade hier wirkt, sieht man z. B. aus folgender kurzen Abhandlung:

Staudigl, Ueber die Identität von Constructionen in perspectivischer, schiefer und orthogonaler Projection, in den Sitzgsber. der k. k. Akad. d. Wissensch., 64. Bd. (1871); Separatabdr. bei Gerold,

wo folgender Satz bewiesen wird: „Alle Aufgaben der darstellenden Geometrie, bei denen weder ein Längen- noch ein Winkelmass in Betracht kommt, also alle Aufgaben, welche der Geometrie der Lage angehören, können auf ganz gleiche Weise, durch ganz dieselben Liniencomplexe sowohl in perspectivischer, wie in schiefer, als auch in orthogonaler (axonometrischer) Projection gelöst werden."

Burmester nimmt in seinen interessanten Untersuchungen über Beleuchtung zwar die Analysis als Ausgangspunkt, verdankt aber der neueren Geometrie die Einfachheit der Beleuchtungsconstructionen:

Burmester, Theorie und Darstellung der Beleuchtung gesetzmässig gestalteter Flächen, mit besonderer Rücksicht auf die Bedürfnisse technischer Hochschulen. Leipzig, Teubner, 1871.

In das geometrische Zeichnen als solches wurden die Begriffe der neueren Geometrie eingeführt durch Paulus in seinem Werke:

Paulus, Chr., Zeichnende Geometrie, zum Schulunterricht und zum Privatstudium. Stuttgart, Metzler. 1866.

Die so benannte neue Disciplin sollte eine Brücke bilden zwischen Geometrie und geometrischem Zeichnen und damit dem letzteren als wissenschaftliche Unterlage dienen.*

Auch auf dem Gebiete der praktischen Geometrie sind einige nur zu schüchterne Versuche gemacht worden, der neueren Geometrie Eingang zu verschaffen:

Müller, Ueber die Anwendung der anharmonischen und harmonischen Verhältnisse zur Auflösung einiger Aufgaben der Geodäsie, im Arch. f. Math. u. Phys., 45. Thl. (1866), S. 395.

Spangenberg, Ueber Geometrie der Lage und ihre Anwendung auf Perspective und praktische Geometrie. Vortr. in Cassel, Ref. in Dtsch. Bauzeitg. 1869, S. 6.

Franke, Anwendung einiger elementarer Sätze der Geometrie der Lage auf die Feldmesskunst, in der Ztschr. d. hannöv. Ing.- u. Arch. Vereins 1870, S. 405.

Baur, Auflösung einer Grenzausgleichungsaufgabe mittels neuerer Geometrie, in der Zeitschr. f. Vermessungswesen 1874, S. 29.

---

* Paulus drückt sich so aus (Vorr.): „Nach meiner Anschauung ist es die Aufgabe der zeichnenden Geometrie, die Grundformen der einfacheren und complicirteren symmetrischen Gestalten nach den Graden ihrer Entwickelung und mit den passenden Formen decorirt zu erläutern und zu entwerfen, während das geometrische Zeichnen die Aufgabe hat, die Anwendungen dieser Grundformen im Leben

X.
Praktische Bedeutung der graphischen Statik.

Wir haben in VII darauf hingewiesen, wie die Bedeutung der graphischen Statik grossentheils abhängig ist von den Vorzügen, welche sie dem analytischen Verfahren gegenüber geltend machen kann, und uns noch einen Vergleich vom praktischen Standpunkte aus vorbehalten.

Als Vortheil ist vor Allem hervorzuheben die weitgehende Unabhängigkeit der Constructionsmethoden von Regelmässigkeit oder Unregelmässigkeit der gegebenen Verhältnisse, wodurch sich die graphischen Lösungen gerade in complicirteren Fällen empfehlen. Ob die Kräfte gleich oder verschieden gross sind, ob sie in gleichen oder variirenden Strecken aufeinanderfolgen, selbst die gegenseitige Lage der Kräfte in der Ebene kommt im Wesentlichen nicht in Betracht. Schwerpunkt, Centralellipse, Kern aller noch so unregelmässigen Figuren könnten auf gleiche Arten gefunden werden, auch dann, wenn genaue analytische Lösungen kaum denkbar sind. So wird ein fast mechanisches Vorgehen bei vielen Stabilitätsuntersuchungen ermöglicht, ohne dass damit der Einblick in den innern Zusammenhang verloren geht. Denn bei der jedesmaligen selbstständigen Zusammensetzung der Kräfte ersieht man immer wieder die Entstehung, also den Grund der nachherigen Resultate, was bei der Substitution von Zahlen in Formeln, deren Ableitung dem Gedächtniss entschwunden sein kann, nicht der Fall ist.

Mit diesem Vortheil geht Hand in Hand ein Nachtheil. Die Gleichmässigkeit der Ableitungen ist eben die Folge ihres speciellen, wir möchten sagen, numerischen Charakters (I). Bei einem Zahlenbeispiel im analytischen Verfahren kommt es auch wenig auf grössere oder geringere Regelmässigkeit an. Der numerische Charakter hat aber die Folge, dass wir nirgends zu allgemeinen Gesetzen und Regeln über metrische Beziehungen gelangen (IV, VII, vergl. Culmann, Die graphische Statik, S. 456, 593 etc.), die in der Praxis gewiss nützlich sind.

Der praktische Ingenieur wird mit der Zeit des Zeichnens immer kundiger, während ihm die Leichtigkeit im analytischen Operiren mehr und mehr entschwindet. Eine einmal ausgeführte graphische Construction vergisst sich nicht leicht, oder ein Blick auf einen ähnlichen „Kräfteplan" genügt, den Gang wieder ins Gedächtniss zu rufen. Es ist freilich leicht, in klar gegebene Formeln einfach die speciellen Zahlenwerthe zu substituiren, aber die Formeln sind nicht überall klar gegeben, und auch die Verschiedenheit der Buchstabenzeichnungen in allen Büchern lässt die sich immer gleich bleibende graphische Lösung Manchen vorziehen.

Hierbei ist zu bemerken, dass die graphischen Lösungen sich nur dann

rein geometrische Weise entstanden ist und nicht, wenn es aus Uebersetzungen analytischer Operationen ins Graphische besteht. Im letzteren Falle muss man sich den Gang eben auch wieder an der Hand der Formeln ins Gedächtniss rufen, so dass die Sache oft verwirrter, anstatt einfacher wird. Hat man es sehr viel mit gleichen Constructionen zu thun, so fällt dieser Einwand ausser Betracht, dann wird aber auch das Handhaben der betreffenden Formeln keine Schwierigkeit machen.

Manchmal beabsichtigt man ohnedies, das Resultat einer Stabilitätsuntersuchung bildlich erscheinen zu lassen, wie beim Gewölbe, wo die graphische Methode besonders vortheilhaft und in Frankreich schon lange beliebt ist (VII). Dagegen beruht die oft vertretene Ansicht, dass man die Arbeit des Ingenieurs vor'm Zeichenbrett nicht durch schriftliche Berechnungen unterbrechen solle, auf einem Irrthum. Zu jedem ordentlichen Project gehört ein Erläuterungsbericht, der während des Projectirens zu entstehen hat. Die Kräfte und Beanspruchungen werden auch nicht graphisch, sondern numerisch verlangt, um die Dimensionen der Constructionstheile darnach zu bemessen.

Fehler, welche sich auf das gegenseitige Verhältniss der Beanspruchungen beziehen, bleiben bei der graphischen Lösung weniger leicht unbemerkt, wie bei der analytischen, weil immer eine gewisse Gesetzmässigkeit stattfindet, deren Fehlen an einer Stelle im Bilde auffällt. Andererseits kann bei der gewöhnlichen Berechnung leichter irgend eine Constructionsstelle herausgegriffen und die Beanspruchungen daselbst unabhängig von allen anderen festgestellt werden. Maass und Sinn des Einflusses einer bestimmten Grösse gehen aus der analytischen Formel direct hervor oder sie können leicht daraus gefunden werden.

Die Berechnungen nach den analytischen Theorien haben vor den graphischen Ableitungen den Vortheil der leichteren Controle. Dies ist in Ländern, welche den Vorzug haben, dass alle Projecte zu Ingenieurbauten bis ins Detail geprüft werden müssen, von Wichtigkeit. Sobald die angewandten Formeln von einem wissenschaftlich hervorragenden Mitgliede der Behörde geprüft und zutreffend befunden sind, können die weitläufigen numerischen Rechnungen von weniger maassgebenden Personen wiederholt werden. Wäre die Stabilitätsuntersuchung auf graphischem Wege bewerkstelligt, so müssten alle an der Controle Theilnehmenden auf der höchsten Stufe mathematisch-technischer Bildung stehen. Bei der numerischen Berechnung kann man sich in fast allen Fällen auf anerkannte Formeln oder Werke berufen; die graphische Construction, welche mit den wechselnden Grössenverhältnissen nicht selten ein ganz anderes Ansehen gewinnt, hätte der Controlirende oft vollständig wieder abzuleiten, um so mehr, da es nicht häufig, bei variabler Belastung nie, möglich ist, alle Linien, welche zur Herstellung eines Kräfteplans gedient haben, stehen zu lassen, ohne die

Die Frage, welche der beiden Untersuchungsarten am wenigsten Zeit erfordert, halten wir für unwesentlich. Bei einem Bauwerk, das Tausende bis Millionen kostet, kann es nicht darauf ankommen, ob die Berechnung einen Tag und selbst einige Tage mehr oder weniger in Anspruch nimmt, wenn nur die Resultate richtig und klar sind. Auch dürfte sich die Frage nicht in allen Fällen zu Gunsten der einen oder andern Methode entscheiden lassen.* Im Allgemeinen erfordert für die gewöhnlichen Fälle die analytische, für unregelmässige und complicirtere Formen die graphische Behandlung weniger Zeit.

Die Genauigkeit der graphischen Lösungen ist genügend, hängt aber von der Geschicklichkeit des Zeichners ab. Zu spitze Durchschneidungen muss man wo möglich durch eine veränderte Constructionsweise oder eine Nebenconstruction zu umgehen oder zu entscheiden suchen. Wir haben schon im Jahre 1869 graphische Lösungen neben den analytischen praktisch angewandt.** Die Resultate wurden dabei vor dem Ausziehen abgegriffen, und so gehörten Differenzen von zwei bis drei Procent gegen die numerische Berechnung zu den Ausnahmen und kamen nur bei kleineren Massverhältnissen vor. Je grösser die Kräfte und Dimensionen, mit denen man arbeitet, desto geringer die Fehler; man wähle also auch den Maasstab nicht zu klein.

Wir hoffen, dass die ihrem Ende nahende Abhandlung geeignet war, jedem Leser Klarheit über Wesen und Entstehung, Vortheile und Nachtheile der graphischen Statik zu verschaffen. Der Entschluss, ob man sich eingehender mit ihr beschäftigen und an ihrer Ausbildung theilnehmen will, wird damit, ebenso wie die Wahl der Richtung, erleichtert.

Jedenfalls ist die graphische Statik geeignet, besonders bei ausgedehnter Anwendung der Geometrie der Lage, in theoretischer Beziehung manche neue Gesichtspunkte zu liefern, und in praktischer Hinsicht kann sie oft vereinfachend wirken. Wer die neuen Methoden wirklich studirt hat, muss dies zugeben.

Andererseits wird die Bedeutung der graphischen Statik hier und da übertrieben. Unpraktisch scheint es, wenn in Werken für die Praxis graphische Lösungen von Aufgaben gegeben werden, die jeder vernünftige Mensch fast im Kopfe berechnen kann. Einen Zweck haben solche Lösungen allenfalls in speciellen Lehrbüchern der graphischen Statik, wo sie zur Vollständigkeit nöthig sind.

---

* Die auch schon gedruckte Ansicht, dass die numerische Berechnung eines continuirlichen Trägers etwa dreimal soviel Zeit erfordere, wie die graphische, ist abgeschmackt; warum nicht gleich die Angabe mit Decimalstellen ausstatten?

** So zeigten wir in dem autographisch vervielfältigten Erläuterungsberichte für die Brücke über den Spandauer Canal zu Berlin die übrigens auf der Hand liegende graphische Ableitung der Ordinaten des Schwedler'schen Trägers (mittels des

Beabsichtigt man die Stabilitätsuntersuchung zweimal vorzunehmen, wie es für grössere Bauwerke immer zu wünschen wäre, so ist zweckmässig, wenn eine passende graphische Lösung existirt, die erste Ermittelung graphisch, die zweite numerisch durchzuführen. Die Controle geschieht dann auf Grund der Berechnung und der graphische Kräfteplan kann dem Erläuterungsbericht ohne Erklärung beigelegt werden. Nichts gewährt mehr das Gefühl der Richtigkeit, als die Uebereinstimmung der graphischen und rechnerischen Resultate.

Einige graphostatische Constructionen dürften sich zur Verwendung im militärischen Ingenieurwesen empfehlen und scheint diese Ansicht der Genieofficier Poncelet gehabt zu haben, als er sein „*Mémoire sur la stabilité des revêtements*“ im „*Mémorial de l'officier du Génie*“ publicirte. Auch Holzhey, Professor am k. k. höheren Geniecurs, hat in den „Mittheil. üb. Gegst. d. Artillerie- u. Geniewesens“ Lösungen ähnlicher Aufgaben gegeben.

In allen Fällen vermeide man, den angehenden Ingenieur schon auf dem Polytechnikum der Analysis zu entwöhnen, um ihn durch eine Anzahl von Manipulationen zu entschädigen. Das wissenschaftliche Niveau und die Befähigung zu selbstständigem Fortschreiten würden bald sinken. Es ist zweckmässig, graphische Statik und die vortheilhafteren Anwendungen einzuführen, aber keinenfalls sollte dies auf Kosten der analytischen Theorien geschehen.

Graphische Statik kann, wo nöthig, ohne Voraussetzung der Geometrie der Lage vorgetragen werden. Sie wird sich in dieser Form und bei einiger weiterer Beschränkung ganz besonders für diejenige Classe von Technikern eignen, welchen ausgedehnte analytische Kenntnisse nothwendig abgehen, und hier geradezu eine Lücke ausfüllen.

An technischen Hochschulen jedoch muss die neuere Geometrie ohnedies unter die obligatorischen Fächer oder in die Studienpläne aufgenommen werden, und dann dürfte es dem Vortrag an einer solchen Anstalt angemessen sein, die Hilfsmittel überall da zu nehmen, wo sie sich am besten finden.

XI.
Graphische Dynamik.

Sobald der wissenschaftliche oder praktische Werth der graphischen Lösungen anerkannt ist, besteht kein Grund mehr, dieselben auf die statischen Probleme allein zu beschränken; Bestrebungen in der Richtung einer graphischen Dynamik konnten nicht lange auf sich warten lassen. Wir beschränken uns in Betreff derselben auf ein kurzes Referat.

Zunächst wurde ein Versuch gemacht, die graphischen Constructionen in der Theorie der oberschlächtigen und Kropfräder zu verwerthen (Seeberger, Ableitung der Theorie der oberschlächtigen Wasserräder auf gra-

Schwierigkeiten, welche sich dem analytischen Verfahren entgegenstellen, zu umgehen. Ueber den Werth der gegebenen Lösung können wir hier nicht sprechen, aber die spärliche Verwendung der Geometrie in genanntem Aufsatze rechtfertigt gewiss nicht den Titel desselben.

Eine kurze Notiz, welche die graphische Ermittelung der wirkenden Kraft für jede Lage eines bewegten Punktes zeigt, mag ebenfalls erwähnt werden (Kapp, Zur graphischen Phoronomie, in der Zeitschr. f. Math. u. Phys. 1872, S. 19).

Die eigentliche Begründung einer graphischen Dynamik wurde erst in jüngster Zeit versucht durch Pröll (Begründung graphischer Methoden zur Lösung dynamischer Probleme, im Civilingenieur 1873), welcher schon früher in einigen Abhandlungen eine ausgedehntere Anwendung der kinematischen Geometrie erstrebt hatte. Aus dem Umstande, dass die Wirkungen der Kräfte in der Dynamik durch die Bewegungsänderungen gemessen werden, welche ein Punkt oder die Punkte eines maschinellen Systems erleiden, schloss Pröll, dass es auch möglich sein müsse, die Wirkungen der Kräfte zueinander in ähnliche geometrische Beziehungen zu bringen, wie solche hinsichtlich der Bewegungsänderungen allein die kinematische Geometrie lehrt.

Die Untersuchungen, welche jetzt auch in selbstständiger Form erschienen sind (Versuch einer graphischen Dynamik, mit 10 Tafeln. Leipzig, Felix. 1874) zerfallen in drei Theile. Im ersten Theil werden die Wirkungen der „äusseren Kräfte" in Mechanismen behandelt, deren Bewegung parallel einer Ebene vor sich geht, wobei auch die äusseren Kräfte sämmtlich in der Ebene des Mechanismus gedacht sind. Im zweiten Theil wird versucht, die Wirkung äusserer Kräfte auf einen frei beweglichen materiellen Punkt einer graphischen Behandlung zu unterziehen. Der dritte Theil endlich betrachtet die Bewegung starrer, in sich unveränderlicher Systeme, die, frei beweglich, gegebenen Kraftwirkungen unterliegen.

Im Laufe der Entwickelungen wird von den analytischen Formeln in ausgedehntem Maasse Gebrauch gemacht. Das Werkchen soll natürlich nur der Anfang eines zu schaffenden Gebäudes sein, aber dieser Anfang wird von allen Denjenigen, welchen die graphischen Methoden liebgeworden sind, mit Dank entgegengenommen werden.

XVIII.

Ueber Büschel von Raumcurven dritter Ordnung in Verbindung mit Strahlencomplexen.

Von

Dr. Sılldorf

in Magdeburg.

Erster Abschnitt.

1.

Die Steiner'sche Erzeugung des Kegelschnittbüschels aus dem Strahlenbüschel erster Ordnung, welche auseinandergesetzt ist in Steiner's Theorie der Kegelschnitte, bearbeitet von Schröter, § 38, hat ihr Analogon im Raume. Den Kegelschnitten in derselben Ebene, welche vier reelle oder imaginäre Punkte gemein haben, entsprechen Raumcurven dritter Ordnung, welche auf derselben Regelfläche zweiter Ordnung liegen, vier reelle oder imaginäre Punkte gemein haben und die Strahlen der einen Regelschaar der Regelfläche zu gemeinschaftlichen Secanten haben. Die sämmtlichen Secanten dieser Raumcurven dritter Ordnung bilden einen Strahlencomplex zweiter Ordnung.

2.

Seien S und S_1 zwei feste Punkte im Raume und u eine feste Gerade. Diese Gerade fassen wir auf als Axe eines Ebenenbüschels erster Ordnung. Irgend eine Ebene α derselben sei der perspectivische Durchschnitt von zwei Strahlenbündeln mit den Mittelpunkten S und S_1. Denken wir diese Strahlenbündel starr und drehen sie beliebig um ihre Mittelpunkte, jedoch so, dass nach erfolgter Drehung in $\overline{SS_1}$ nicht zwei entsprechende Strahlen zusammenfallen. Dies kann man leicht vermeiden. Denn sei x der Strahl des Strahlenbündels S, welcher nach der Drehung mit $\overline{SS_1}$ zusammenfällt, so entsprechen diesem bei den verschiedenen Beziehungen, welche durch die den Ebenenbüschel u durchlaufende Ebene α vermittelt werden, die Strahlen eines Strahlenbüschels erster Ordnung mit S_1 als Mittelpunkt. Drehen wir nun den starr gedachten Bündel S_1, so haben wir dafür zu sorgen, dass keiner der Strahlen dieses Strahlenbüschels erster Ordnung nach der Drehung durch S gehe. Dieser Bedingung ist leicht genug zu genügen. Wir wollen ferner noch voraussetzen, dass nach der Drehung der Strahlenbündel nicht zwei Ebenen derselben, welche vor der Drehung auf α sich geschnitten haben, zusammenfallen. Die Strahlenbündel S und S_1 bleiben auch nach der Drehung collinear und erzeugen das Secantensystem einer Raumcurve k_α dritter Ordnung. In dieser Weise führt jede Ebene von u zu dem Secantensystem einer Raumcurve dritter Ordnung. Die Gerade $\overline{SS_1}$ oder a ist die Axe eines Ebenenbüschels, welcher doppelt zu denken ist. Irgend eine Ebene ε desselben entspricht sich selbst bei jeder collinearen Beziehung, welche durch die Ebenen von u vermittelt wird. Nach stattgefundener Drehung hat sich die Ebene ε in zwei Ebenen gespalten, welche eine Secante erzeugen, die jedem der erzeugten Secantensysteme angehören muss. Der ganze Ebenenbüschel a spaltet sich durch die Drehung in zwei projectivische Ebenenbüschel, welche eine Regelschaar erzeugen, deren Strahlen Secanten sind in allen erzeugten Secantensystemen. Nach der Drehung werden aus der Axe a die Geraden a' und a'_1, welche Leitstrahlen sind jener Regelschaar. Alle Curven k liegen auf jener Regelfläche und haben die Punkte S, S_1 gemein. In der Geraden u schneiden sich zwei Ebenen π, π_1 von S und S_1, welche nach der Drehung eine Secante u' erzeugen, die offenbar allen Raumcurven k angehört, so dass also die erzeugten Raumcurven dritter Ordnung derselben Regelfläche zweiter Ordnung aufgeschrieben sind, die Strahlen der einen Regelschaar derselben zu gemeinsamen Secanten haben, ausserdem noch eine gemeinsame Secante besitzen und endlich durch zwei auf der Regelfläche befindliche Punkte gehen.

Wir wollen dieses System von Raumcurven dritter Ordnung einen Büschel von Raumcurven dritter Ordnung nennen.

3.

Es fragt sich zunächst, wie die Secanten liegen, welche durch einen gegebenen Punkt A des Raumes gehen. Drehen wir den Ebenenbüschel $\overline{SA}$ und die Gerade $\overline{S_1A}$ in ihre ursprüngliche Lage zurück, und mögen die Geraden $\overline{SA}$ und $\overline{S_1A}$ in dieser Lage mit b und b_1 bezeichnet sein. Durch b_1 werden die Ebenenbüschel b und u projectivisch aufeinander bezogen, indem je zwei Ebenen, welche in demselben Punkte von b_1 sich schneiden, einander entsprechen sollen. Greifen wir eine beliebige Ebene von b heraus, sie heisse ε, und E sei der Punkt, in welchem sie von b_1 getroffen wird; α aber heisse die durch E gehende Ebene von u. Nun schneiden sich ε und α in einer Geraden, welche von b_1 aus durch eine Ebene des Bündels S_1

welche ε_1 heisse, projicirt wird. Nach der Drehung liefern ε und ε_1 als ε' und ε'_1 eine Secante der Raumcurve k_a, welche durch A gehen muss; und dies ist die einzige Secante von k_a, welche durch A geht, da im Allgemeinen durch einen Punkt im Raume nur eine Secante einer Raumcurve dritter Ordnung gehen kann. Wenn aber b und b_1 sich auf α in E schnitten, so würden die Ebenenbüschel b und b_1 nach erfolgter Drehung als b' oder $\overline{SA}$ und b'_1 oder $\overline{S_1 A}$ die Strahlen einer Kegelfläche zweiter Ordnung erzeugen, welche die Secanten wären von k_a, welche nunmehr durch A selbst ginge. Die Ebene $\overline{bb_1}$ wird sich in diesem Falle nach der Drehung in zwei Ebenen zerspalten haben, welche eine allen Raumcurven gemeinsame Secante erzeugen, die übrigens ein Strahl der obenerwähnten Regelschaar ist. Wenn indessen b und b_1 sich nicht schneiden, so erzeugen die Ebenenbüschel b und u, welche perspectivisch zu dem geraden Gebilde b_1 liegen, eine Regelschaar, von welcher b_1 ein Leitstrahl ist. Von b_1 aus wird daher dieselbe durch einen zu ihr projectivischen Ebenenbüschel projicirt. Oben wurden ε und ε_1 als Repräsentanten entsprechender Ebenen der Ebenenbüschel b und b_1 herausgehoben. Nach der Drehung schneiden sich die Axen dieser Ebenenbüschel im Punkte A und erzeugen eine Kegelfläche zweiter Ordnung, deren Strahlen die sämmtlichen Secanten der Raumcurven k sind, welche durch den Punkt A gehen. Es ist also erwiesen, dass die durch irgend einen Punkt des Raumes gehenden Secanten der Curven des Curvenbüschels dritter Odnung eine Kegelfläche zweiter Ordnung bilden.

4.

Fragen wir nunmehr nach der Anordnung der Secanten, welche in einer gegebenen Ebene π des Raumes sich befinden. Durch π sollen je zwei Ebenen von S und S_1 einander zugewiesen werden, welche sich auf π schneiden. Nur solche Paare einander zugeordneter Ebenen werden eine Secante erzeugen, welche sich vor der Drehung auf einer Ebene von u geschnitten haben oder deren Schnittlinie vor der Drehung die Gerade u geschnitten hat. Denken wir die soeben durch π collinear aufeinander bezogenen Strahlenbündel starr und drehen zurück, so erzeugen sie entweder das Secantensystem einer Raumcurve dritter Ordnung (Fälle der Entartung mit eingeschlossen) oder ein Strahlensystem erster Ordnung und erster Classe, und es fragt sich nun, welche Strahlen des erzeugten Systems die Gerade u schneiden. Wir projiciren von S aus das gerade Gebilde u durch einen Strahlenbüschel erster Ordnung, desgleichen auch von S_1 aus. Dem letzteren Strahlenbüschel entspricht in dem zurückgedrehten Strahlenbündel S ein anderer Strahlenbüschel, welcher projectivisch ist zu dem Strahlenbüschel S_1, also auch zu u und dem Strahlenbüschel, welcher u von S aus

angehörigen Strahlenbüschel verbinden, schneiden offenbar ihre in dem (zurückgedrehten) Strahlenbündel S_1 ihnen entsprechenden Ebenen in Geraden, welche durch die Punkte von u gehen, und erzeugen die sämmtlichen Strahlen des Secanten- oder Strahlensystems, welche u schneiden. Aber die beiden projectivischen Strahlenbüschel im Bündel S erzeugen die Ebenen eines Ebenenbüschels zweiter Ordnung; einen Ebenenbüschel zweiter Ordnung müssen daher auch die ihnen entsprechenden Ebenen im Bündel S_1 bilden. Drehen wir nun wieder vorwärts, so schneiden sich nach der Drehung die entsprechenden Ebenen dieser Ebenenbüschel zweiter Ordnung auf der Ebene π, und die Geraden, welche so auf π bestimmt werden, sind die sämmtlichen Secanten der Raumcurven k, welche in π sich befinden. Da dieselben von S (und ebenso von S_1) aus durch einen Ebenenbüschel zweiter Ordnung projicirt werden, so bilden sie die Strahlen eines Strahlenbüschels zweiter Ordnung. Daher ergiebt sich der Satz:

Die sämmtlichen Secanten des Curvenbüschels dritter Ordnung, welche in irgend einer Ebene des Raumes sich befinden, bilden einen Strahlenbüschel zweiter Ordnung.

Wir wollen die Gesammtheit aller Secanten der Curven des Curvenbüschels dritter Ordnung einen Strahlencomplex nennen, eine Benennung, welche sich später rechtfertigen wird.

5.

Ziehen wir durch S eine beliebige Gerade c' und drehen zurück. Dann mag die Gerade c heissen und die Ebene $\overline{c', SS_1}$ des Strahlenbündels S_1 mag vor der Drehung γ_1 gewesen sein. Die Ebene γ_1 schneidet den Ebenenbüschel u in einem Strahlenbüschel erster Ordnung, von welchem ein Strahl die Gerade c treffen muss. Durch diesen Strahl und durch c wird eine Ebene γ bestimmt, welche nach erfolgter Drehung die Ebene $\overline{c', SS_1}$ in c' schneidet, woraus hervorgeht, dass der beliebige Strahl c' von S eine Secante einer gewissen Curve des Curvenbüschels dritter Ordnung ist. Mithin ist jeder durch S gehende Strahl eine Secante, und ein Gleiches gilt von S_1. Die Punkte S und S_1 verdienen daher die Benennung **Hauptpunkte des Strahlencomplexes.**

Wenn die allen Curven k gemeinsame Secante u' die Regelfläche zweiter Ordnung, auf welcher sämmtliche Curven des Büschels liegen und welche wir F^2 nennen wollen, in zwei Punkten T und U schneidet, so sind auch diese Punkte Hauptpunkte des Strahlencomplexes.

Denn da die Strahlen der einen Regelschaar von F^2 gemeinsame Secanten aller Curven k sind, so geht sowohl durch T, als durch U je eine

Ziehen wir z. B. durch T einen beliebigen Strahl d', welcher von S und S_1 aus durch die Ebenen δ' und δ'_1 projicirt wird, und drehen zurück, so wird die Gerade u' zu u. Durch T geht ein Strahl s' der einen Regelschaar von F^2, die Ebenen $\overline{Ss'}$ und $\overline{S_1 s'}$ fallen nach der Zurückdrehung zusammen in eine Ebene σ, welche durch $\overline{SS_1}$ geht; die Ebenen $\overline{Su'}$ und $\overline{S_1 u'}$ werden zu $\overline{Su}$ und $\overline{S_1 u}$, also werden die Geraden $\overline{ST}$ und $\overline{S_1 T}$ nach der Zurückdrehung zu den Schnittlinien von σ mit $\overline{Su}$ und $\overline{S_1 u}$, schneiden sich also auf u. Die Ebenen δ' und δ'_1, welche durch resp. $\overline{ST}$ und $\overline{S_1 T}$ gehen, müssen nach der Rückwärtsdrehung durch die zurückgedrehten Geraden $\overline{ST}$ und $\overline{S_1 T}$ gehen, schneiden sich also auf der Geraden u. Daraus folgt aber, dass ihre Schnittlinie in einer Ebene des Ebenenbüschels u liegen muss. Drehen wir nun wieder vorwärts, so erkennen wir, dass die Ebenen δ' und δ'_1 sich in einer Geraden schneiden müssen, welche Secante einer gewissen Raumcurve ist. Die Schnittlinie von δ' und δ'_1 ist aber d', also ist der beliebige durch T gezogene Strahl d' eine Secante. Mithin ist T wirklich ein Hauptpunkt des Strahlencomplexes, und ebenso der Punkt U.

Bemerken wir noch, dass die Punkte T und U zusammenfallen können, wenn die Secante u' die Fläche F^2 berühren sollte. Der vorliegende Strahlencomplex kann also vier, drei oder zwei Hauptpunkte haben. Ein fünfter Hauptpunkt kann nicht existiren, weil auf einer Regelfläche zweiter Ordnung nur eine Raumcurve dritter Ordnung construirt werden kann, welche durch fünf auf der Fläche gegebene Punkte geht und die Strahlen der einen Regelschaar der Fläche zu Secanten hat. (Vergl. Reye, Geometrie der Lage, II, S. 236, Nr. 132.)

Wir können auch kürzer zeigen, dass ausser S und S_1 noch zwei Hauptpunkte T und U unter Umständen existiren. Projiciren wir von S und S_1 aus das gerade Gebilde u durch zwei Strahlenbüschel erster Ordnung, welche dadurch projectivisch aufeinander bezogen werden. Nach erfolgter Drehung schneiden sich die Ebenen beider Strahlenbüschel in einer Geraden, welche Träger ist von zwei ineinanderliegenden projectivischen geraden Gebilden. Solche haben bekanntlich im Allgemeinen und höchstens zwei Punkte entsprechend gemein, woraus folgt, dass nach der Drehung die beiden Strahlenbüschel zwei Paar entsprechende Strahlen besitzen können, welche sich schneiden. Der Schnittpunkt eines solchen Strahlenpaares ist aber ein gemeinsamer Schnittpunkt aller Raumcurven k. Dass jede Ebene, die durch einen solchen Strahl geht, von jeder Ebene, welche durch den ihm entsprechenden geht, in einer Secante geschnitten wird, folgt unmittelbar daraus, dass die in Rede stehenden Strahlen vor der Drehung sich auf u geschnitten haben. Die Schnittlinie jener Ebenen ging also vor der Drehung auch durch einen Punkt von u, lag mithin in einer bestimmten Ebene des

Die Ebene $\overline{SS_1T}$ geht durch die Geraden $\overline{ST}$ und $\overline{S_1T}$, welche, wie wir gesehen haben, sich vor der Drehung auf u schnitten. Durch Zurückdrehung spaltet sich die Ebene $\overline{SS_1T}$, welche einmal zum Bündel S, das andere Mal zum Bündel S_1 zu rechnen ist, in zwei Ebenen, deren Schnittlinie durch einen Punkt von u gehen muss. Drehen wir vorwärts, so müssen in ihrer neuen Lage die Ebenen sich in einer Secante schneiden; aber da sie zusammenfallen, ist jede in ihnen enthaltene Gerade eine Secante. Darum soll die Ebene $\overline{SS_1T}$ eine Hauptebene des Strahlencomplexes heissen. Dieselbe Benennung verdient offenbar die Ebene $\overline{SS_1U}$.

Betrachten wir jetzt die Ebene $\overline{STU}$. Vor der Drehung ging diese Ebene durch u. Die Bündel S und S_1 wurden durch diese Ebene $\overline{Su}$, welche einen der Strahlenbündelmittelpunkte S selbst in sich enthält, in eigenthümlicher Weise collinear aufeinander bezogen. Dem Strahlenbüschel S entsprach der Ebenenbüschel $\overline{S_1S}$, welcher von S_1 aus die Strahlen des erstern projicirte. Jedem Strahle des Punktes S, der nicht in $\overline{Su}$ lag, entsprach allein der Strahl $\overline{S_1S}$ des Bündels S_1. Nach erfolgter Drehung erzeugten der Strahlenbüschel erster Ordnung S und der Ebenenbüschel erster Ordnung $\overline{S_1S}$, dessen Axe wir oben nach der Drehung mit a'_1 bezeichnet haben, eine Curve zweiter Ordnung λ, welche durch S geht und mit a'_1 einen Punkt gemein hat. Aber auch jeder Punkt des Strahles a'_1 gehört dem Erzeugnisse an, da durch jeden Punkt von a'_1 nach der Drehung ein Strahl von S geht. Die Curve λ und die Gerade a'_1 zusammen bilden eine entartete Raumcurve dritter Ordnung; λ ist aber nichts Anderes, als die Schnittcurve der Ebene $\overline{Su'}$ (oder $\overline{STU}$) mit der Regelfläche F^2, welcher a'_1, wie oben gezeigt, als Leitstrahl der Secantenregelschaar angehört. Dass nun jede in der Ebene $\overline{STU}$ liegende Gerade eine Secante ist, nämlich von der entarteten Raumcurve dritter Ordnung, ist ersichtlich. Eine ähnliche Ueberlegung lässt auch die Ebene $\overline{S_1TU}$ als eine Hauptebene erkennen. Bemerkenswerth ist, dass die Ebenen $\overline{Su'}$ und $\overline{S_1u'}$ ihren Charakter als Hauptebenen bewahren, auch wenn die Gerade u' die Regelfläche F^2 nicht mehr in reellen Punkten trifft.

6.

Wenn eine Raumcurve dritter Ordnung durch zwei collineare Strahlenbündel S und S_1 erzeugt wird, so ist ihre Tangente in S der Strahl von S, welchem in S_1 der Strahl $\overline{S_1S}$ entspricht. Drehen wir rückwärts, so werden alle Strahlenbündelpaare S, S_1 perspectivisch und der Strahl $\overline{S_1S}$ nehme die ursprüngliche Lage e_1 an. Ihm entsprechen die Strahlen von S, welche das

wird. Der Strahlenbüschel S, welcher e_1 projicirt, ist projectivisch zu dem Ebenenbüschel u und bleibt es nach der Drehung. Daher bilden die sämmtlichen Tangenten der Curven des Curvenbüschels dritter Ordnung in S einen Strahlenbüschel erster Ordnung, welcher projectivisch ist zu dem Ebenenbüschel u in der Weise, dass jeder Strahl der Ebene entspricht, welcher die Curve dritter Ordnung ihre Entstehung verdankt, deren Tangente er ist. Ein Gleiches gilt von den Tangenten im Punkte S_1.

Nehmen wir an, dass die Hauptpunkte T und U reell sind. Dass z. B. die Tangenten der Curven des Curvenbüschels dritter Ordnung im Punkte T in derselben Ebene sich befinden, geht daraus hervor, dass sie sich in der Tangentenebene der Regelfläche F^2 befinden, welche T zum Berührungspunkte hat. Die Tangenten bilden aber auch einen vollständigen Strahlenbüschel erster Ordnung in der Tangentenebene, da jede durch den Hauptpunkt T gehende Gerade Secante einer Raumcurve dritter Ordnung k sein muss und doch nur einen Punkt mit derselben gemein haben kann. Von S und S_1 aus wird daher der Strahlenbüschel T durch zwei perspectivische Ebenenbüschel mit den Axen $\overline{ST}$ und $\overline{S_1T}$ projicirt. Drehen wir zurück, so schneiden die Axen $\overline{ST}$ und $\overline{S_1T}$, wie wir wissen, die Gerade u, und die Ebenenbüschel erzeugen eine Kegelfläche zweiter Ordnung, zu welcher der Ebenenbüschel u perspectivisch, also auch projectivisch ist. Mithin bilden auch die Tangenten der Curven des Curvenbüschels dritter Ordnung im Hauptpunkte T einen Strahlenbüschel erster Ordnung, welcher projectivisch ist zu dem Ebenenbüschel u in Ansehung der Strahlen und Ebenen, welche zu derselben Raumcurve k gehören. Ebenso verhält es sich mit den Tangenten in U.

Vergegenwärtigen wir uns endlich die Entstehung der Kegelfläche zweiter Ordnung in Nr. 3, welche die sämmtlichen, durch einen Punkt A des Raumes gehenden Secanten bilden, so springt sofort in die Augen, dass auch diese Kegelfläche zweiter Ordnung projectivisch ist zu dem Ebenenbüschel u in Anbetracht der Secanten und Ebenen, welche zu derselben Raumcurve k gehören.

Das Vorstehende fassen wir zusammen in dem Satz:

Die Tangenten der Curven eines Raumcurvenbüschels dritter Ordnung in den Hauptpunkten bilden Strahlenbüschel erster Ordnung, welche projectivisch sind zueinander und zu jeder Kegelfläche zweiter Ordnung, welche gebildet wird von den durch denselben Punkt gehenden Secanten, in Ansehung der Strahlen, welche zu derselben Raumcurve gehören.

7.

Unter s' wollen wir eine beliebige Secante der auf F^2 befindlichen Se-

durch zwei projectivische Strahlenbüschel erster Ordnung projicirt. Drehen wir zurück, so fallen die Ebenen dieser beiden Strahlenbüschel in eine Ebene σ zusammen, und die Strahlenbüschel erzeugen einen Kegelschnitt, dessen Punkte durch den Ebenenbüschel u involutorisch gepaart werden. Involutorisch werden auch die Strahlen der beiden Strahlenbüschel gepaart, insofern sie die involutorische Curve projiciren. Strahlen aber, welche ein Paar zugeordneter Punkte der Curve projiciren, erzeugen nach der Drehung zwei Punkte derselben Raumcurve dritter Ordnung. Da die involutorische Paarung der Strahlen der beiden Büschel auch nach der Drehung unverändert bestehen bleibt, so erkennen wir, dass die Punkte von s' durch die Curven des Curvenbüschels dritter Ordnung involutorisch gepaart werden.

Nennen wir die durch den Hauptpunkt T gehende, auf der Regelfläche F^2 gelegene Secante t', projiciren dieselbe von S und S_1 aus durch Strahlenbüschel erster Ordnung und drehen zurück, so werden diese Strahlenbüschel eine Curve zweiter Ordnung erzeugen, welche durch einen Punkt von u geht, da die Strahlen $\overline{ST}$ und $\overline{S_1 T}$ nach der Rückwärtsdrehung sich auf u schneiden müssen. Der Ebenenbüschel u projicirt die Curve zweiter Ordnung, welche auch von den zurückgedrehten Strahlenbüscheln S und S_1 projicirt wird. Diese letzteren sind also auch projectivisch zum Ebenenbüschel u und bleiben es nach der Vorwärtsdrehung. Dann aber erzeugen sie das gerade Gebilde t', von dessen Punkten jeder auf einer Curve des Curvenbüschels liegt; t' ist also projectivisch zum Ebenenbüschel u in Anbetracht der Punkte und Ebenen, welche zu derselben Raumcurve gehören. Dasselbe gilt von der durch U gehenden und auf F^2 liegenden Secante.

Die Secante r', welche durch den Hauptpunkt S geht und auf F^2 liegt, wird von S_1 aus durch die Ebene $\overline{S_1, r'}$ projicirt. Drehen wir zurück, so geht diese Ebene immer noch durch S, wie zuvor (Nr. 2), und r' befindet sich als r in derselben. Das gerade Gebilde r wird durch den Ebenenbüschel u projicirt, ebenso durch den Strahlenbüschel S_1. Drehen wir wieder vorwärts, so bestimmen die Strahlen des gedrehten Strahlenbüschels S_1 auf r' die Punkte, in welchen die Curven des Curvenbüschels r' schneiden. Mithin ist r' projectivisch zum Ebenenbüschel u in Anbetracht der Punkte und Ebenen, welche zu derselben Raumcurve gehören. Dasselbe gilt von der durch S_1 gehenden und auf F^2 liegenden Secante. Zusammenfassend können wir sagen:

Jeder Strahl der auf F^2 liegenden Secantenregelschaar wird durch die Curven des Büschels von Raumcurven dritter Ordnung in den Punkten eines involutorischen geraden Gebildes geschnitten, mit Ausnahme der Strahlen, welche durch die Hauptpunkte gehen; diese nämlich werden durch den Curvenbüschel in projectivischen geraden Gebilden

Die Secantenregelschaar auf F^2 besitzt eine Leitschaar von Nichtsecanten, welche, wie bekannt, je einen Punkt mit jeder der Raumcurven dritter Ordnung gemein haben müssen. Unter l wollen wir einen Strahl dieser Leitschaar verstehen, welcher durch keinen der Hauptpunkte geht. Von S und S_1 aus wird l durch zwei Ebenen projicirt, welche zurückgedreht sich in einer Geraden schneiden, welche vom Ebenenbüschel u in einem geraden Gebilde geschnitten wird. Die Strahlenbüschel erster Ordnung, welche dies gerade Gebilde projiciren, werden auch nach der Vorwärtsdrehung perspectivisch sein und das gerade Gebilde l erzeugen, weil l mit jeder Curve des Büschels einen und nur einen Punkt gemein haben muss. Der Leitstrahl l wird somit von den Curven des Büschels von Raumcurven dritter Ordnung in einem zum Ebenenbüschel u projectivischen geraden Gebilde geschnitten. Eine Ausnahme machen nur die Leitstrahlen, welche durch die Hauptpunkte gehen. Die durch S und S_1 gehenden haben wir oben (Nr. 2) a' und a'_1 genannt und (Nr. 5) als Theile entarteter Curven des Büschels ansehen müssen, welche aus Kegelschnitten, die durch S_1, T, U, resp. S, T, U gehen, und aus den Geraden a' und a'_1 zusammengesetzt sind. Als Gerade, die durch einen Hauptpunkt gehen, müssen a' und a'_1 Secanten sein; als Secanten der entarteten Curven kann man sie aber auch wirklich auffassen; in Bezug auf alle übrigen Curven sind sie Nichtsecanten. Auch die durch T und U (wenn diese Punkte reell sind) gehenden Leitstrahlen m und n sind Theile entarteter Raumcurven dritter Ordnung. In der That, wenn wir zurückdrehen, werden die Ebenen von S und S_1, welche in der Ebene $\overline{SS_1U}$ z. B. vereinigt sind, auseinandertreten und sich auf u schneiden, da (Nr. 5) die Strahlen $\overline{SU}$ und $\overline{S_1U}$ sich nach der Zurückdrehung auf u treffen. Die Schnittlinie der zurückgedrehten Ebenen wird von S und S_1 aus durch zwei perspectivische Strahlenbündel projicirt, welche nach der Vorwärtsdrehung einen Kegelschnitt erzeugen, der, wie leicht zu sehen, auf F^2 liegen muss. Der durch T gehende Leitstrahl m schneidet diesen Kegelschnitt in einem Punkte. Die Strahlen, welche von S und S_1 aus diesen Punkt projiciren, schneiden sich nach der Zurückdrehung auf der Geraden, welche die Schnittlinie der zurückgedrehten Ebenen $\overline{S, m}$ und $\overline{S_1, m}$ ist. Diese letztere Schnittlinie trifft u, weil die Strahlen $\overline{ST}$ und $\overline{S_1T}$ nach der Zurückdrehung auf u sich schneiden müssen. Aus alle dem geht hervor, dass die Schnittlinie der zurückgedrehten in $\overline{SS_1U}$ vereinigten Ebenen, die Schnittlinie der zurückgedrehten Ebenen $\overline{S, m}$ und $\overline{S_1, m}$ und u in derselben Ebene liegen müssen, aus welcher daher eine entartete Raumcurve dritter Ordnung hervorgeht, bestehend aus dem durch S, S_1, U gehenden Kegelschnitt und dem Leitstrahl m. In ähnlicher Weise erkennt man die Existenz einer entarteten Raumcurve dritter Ordnung, welche aus einem durch S, S_1, T gehenden Kegelschnitt und dem Leitstrahl n des Punktes U besteht. Aus dem Vorstehenden fliesst der Satz:

Die Leitstrahlen der Secantenregelschaar auf F^2 werden von den Curven des Büschels von Raumcurven dritter Ordnung in projectivischen geraden Gebilden geschnitten, mit Ausnahme der durch die Hauptpunkte gehenden Leitstrahlen, welche Theile sind von entarteten Curven des Büschels, welche aus je einem dieser Leitstrahlen und einem durch die jedesmal übrigen drei Hauptpunkte gehenden Kegelschnitt zusammengesetzt sind.

Weil durch jeden Punkt von F^2 ein Leitstrahl der Secantenregelschaar geht, folgt auch:

Durch jeden Punkt der Regelfläche F^2 geht eine und nur eine Curve des Büschels von Raumcurven dritter Ordnung. Eine Ausnahme machen nur die Hauptpunkte, durch welche alle Curven des Büschels gehen.

Zweiter Abschnitt.

8.

Einer andern Steiner'schen Erzeugung eines Kegelschnittbüschels (Theorie der Kegelschnitte, § 40) nachgebildet ist die folgende Erzeugung eines Büschels von Raumcurven dritter Ordnung.

Sei S ein im Raume fester Strahlenbündel und Σ ein auf denselben collinear bezogenes festes ebenes System. Auf einer festen Geraden u bewegen sich ein Punkt S_1, von welchem aus in jeder seiner Lagen das ebene System Σ durch einen perspectivischen, also zu S collinearen Strahlenbündel projicirt wird. Die collinearen Bündel S und S_1 erzeugen bei wechselnder Lage des Punktes S_1 unendlich viele Raumcurven k dritter Ordnung, deren Gesammtheit auch diesmal **ein Büschel von Raumcurven dritter Ordnung** genannt werden soll. Der dritte Abschnitt wird diese Benennung rechtfertigen.

Bei allen möglichen Beziehungen entspricht der Ebenenbüschel u, insofern er einen gewissen Strahlenbüschel auf Σ ausschneidet, einem bestimmten Ebenenbüschel des Strahlenbündels S, und beide erzeugen eine Regelschaar F von Secanten, welche allen Raumcurven des Systems angehören. Der Punkt S liegt auf der die Regelschaar enthaltenden Fläche zweiter Ordnung F^2, und durch ihn gehen alle Raumcurven des Büschels. Aber es giebt mindestens noch einen zweiten Punkt S_2 von derselben Eigenschaft. Nämlich im Bündel S giebt es mindestens einen und höchstens drei Strahlen, welche durch die ihnen entsprechenden Punkte von Σ gehen. Sei S_2 der eine auf jeden Fall existirende dieser Punkte. Der Ebene $\overline{uS_2}$ von S_1 muss eine durch S_2 gehende Ebene von S bei allen Beziehungen entsprechen, weswegen S_2 auf F^2 liegt. Aber auch dem Strahle $\overline{S_1S_2}$ entspricht immer der Strahl $\overline{SS_2}$, woraus folgt, dass der Punkt S_2 allen Curven k angehört. Aehnliches gilt von den etwa noch in Σ existirenden zwei Punkten S_3 und S_4, welche auf den entsprechenden Strahlen des Bündels S liegen. Wenn aber auch die Punkte S_3 und S_4 nicht reell sind, so ist es doch ihre Verbindungslinie, oder, mit anderen Worten, es giebt in Σ eine Gerade u_2, welche auf der ihr entsprechenden Ebene von S liegt. Dass diese Gerade gemeinsame Secante aller Curven k wird, ist evident. Sind die Punkte S_3 und S_4 reell, so sind sie die Schnittpunkte von u_2 mit F^2, und durch dieselben gehen alle Curven des Büschels.

Bemerken wir noch, dass, damit die Entstehung von Strahlensystemen erster Ordnung und Classe vermieden werde, u nicht einen der Strahlen $\overline{SS_2}$, $\overline{SS_3}$, $\overline{SS_4}$ schneiden darf. Diese Bedingung setzen wir als erfüllt voraus.

9.

Wenn die Punkte S_3 und S_4 reell sind, kann es vier entartete Raumcurven geben, welche dem Büschel angehören. Dieselben bestehen aus je einem Kegelschnitt, der durch drei der vier Punkte S, S_2, S_3, S_4 geht, und dem Leitstrahl der Regelschaar F, welcher durch den noch übrigen vierten Punkt geht. Erzeugt werden diese Curven, wenn der bewegliche Punkt S_1 in die Ebenen des Tetraeders $SS_2S_3S_4$ gelangt.

Nehmen wir zuerst an, S_1 liege in der Ebene $\overline{SS_3S_4}$, welche alsdann in den Strahlenbündeln S und S_1 sich selbst entspricht. Dem Strahlenbüschel S in derselben entspricht der Strahlenbüschel S_1, und beide erzeugen einen Kegelschnitt λ, welcher durch S, S_1, S_3, S_4 geht und die Schnittlinie der Ebene $\overline{SS_3S_4}$ mit der Regelfläche F^2 ist.

Dem Strahlenbüschel erster Ordnung S_1, welcher den durch S_2 gehenden Leitstrahl von F projicirt, muss ein Strahlenbüschel erster Ordnung S im Strahlenbündel S entsprechen; aber zwei Paar entsprechender Strahlen dieser Büschel schneiden sich auf dem Leitstrahl, nämlich die Strahlen $\overline{S_1S_2}$ und $\overline{SS_2}$ und diejenigen, welche nach dem Punkte hingehen, welchen der Leitstrahl mit λ gemein hat. Daher gehen die Ebenen beider Strahlenbüschel durch den Leitstrahl. Die Strahlen des Strahlenbüschels S_1 befinden sich in den Ebenen des Ebenenbüschels u, welcher die Strahlen der Regelschaar F projicirt, mithin müssen die entsprechenden Strahlen des Büschels S in den Ebenen von S sein, welche dieselben Strahlen von F projiciren. Diese Strahlen aber schneiden sämmtlich unsern Leitstrahl, woraus folgt, dass die Strahlenbüschel S und S_1 den Leitstrahl zum perspectivischen Durchschnitt haben. Derselbe gehört also dem Erzeugniss der Bündel S und S_1 an.

Eine analoge Betrachtung knüpft sich an die Lage des Punktes S_1 in

Liegt S_1 in der Ebene des ebenen Systems Σ, so ist S_1 ein Punkt des Kegelschnittes, welchen diese Ebene auf F^2 ausschneidet. Dem Ebenenbüschel u entspricht ein Ebenenbüschel v, dessen Axe der durch S gehende Leitstrahl von F ist. Der Ebenenbüschel u schneidet Σ in einem Strahlenbüschel erster Ordnung mit dem Mittelpunkte S_1. Greifen wir einen Strahl x aus diesem Büschel heraus, welcher den Strahl s von F treffen mag. Den Punkten des ebenen Systems Σ, welche in x liegen, entsprechen die Strahlen eines Büschels S, welcher in der Ebene $\overline{Ss}$ liegt. Dem Strahle x des Strahlenbündels S_1 entsprechen mithin die sämmtlichen Strahlen des Büschels $\overline{S_1 s}$, so dass der Punkt $x \cdot s$ des in Σ liegenden Kegelschnittes als Schnittpunkt entsprechender Strahlen der Bündel S und S_1 erscheint. Dieser Kegelschnitt ist also ein Theil der gegenwärtig erzeugten entarteten Raumcurven dritter Ordnung. Jedem Strahl von S_1, welcher nicht in Σ liegt, entspricht der Strahl v von S, welcher somit ebenfalls ein Theil jener Raumcurve ist.

10.

Durch jeden Punkt P von F^2 geht eine und nur eine Curve des Büschels von Raumcurven dritter Ordnung, mit Ausnahme der Punkte S, S_2, S_3, S_4.

Verbinden wir S mit P und nennen p die durch P gehende Secante der Regelschaar F. Dem Strahle $\overline{SP}$ von S entspricht ein Punkt P_1 von Σ, welcher, weil $\overline{SP}$ in der Ebene $\overline{Sp}$ liegt, in der Ebene $\overline{up}$ liegen muss. Mag S_1 auf u irgend eine Lage haben, auf jeden Fall muss der Strahl von S_1, welcher $\overline{SP}$ entspricht, in der Ebene $\overline{up}$ liegen und durch P_1 gehen. Wenn wir daher P_1 mit P verbinden, erhalten wir einen Strahl, welcher u in einem Punkte S_1 schneidet. S_1 ist aber der einzige auf u liegende Punkt, welcher zur Erzeugung einer Curve des Büschels führt, welche durch P geht. Dass übrigens verschiedene Punkte von u nicht zur Erzeugung derselben Raumcurve führen können, geht daraus hervor, dass u als Leitstrahl der Regelschaar F mit jeder auf F liegenden Raumcurve dritter Ordnung nur einen Punkt gemein haben kann.

11.

Dass das Tetraeder $SS_2S_3S_4$, von welchem immer die Ecken S und S_2, sowie die Ebenen $\overline{SS_2S_4}$ oder $\overline{Su_2}$ und $\overline{S_2S_3S_4}$ oder $\overline{S_2u_2}$ oder Σ reell sind, den Namen Haupttetraeder im früheren Sinne verdient, ergibt sich aus der folgenden Betrachtung.

Ein durch S gehender beliebiger Strahl heisse x, ihm entspricht ein Punkt X_1 in Σ. Die Ebene $\overline{xX_1}$ schneidet u in einem Punkte S_1. In den

und da es eine Ebene von x_1, nämlich $\overline{S_1 X_1 S}$ giebt, welche durch x geht, so ist x die Schnittlinie zweier entsprechenden Ebenen der Bündel S und S_1, also eine Secante der durch den Punkt S_1 hervorgerufenen Curve des Büschels.

Durch S_2 gehe der beliebige Strahl y und werde von S aus durch eine Ebene α projicirt. Dieser Ebene von S entspreche in Σ der Strahl a_1, welcher durch S_2 gehen muss. Durch y und a_1 ist eine Ebene bestimmt, welche auf u den Punkt S_1 ausschneidet, welcher als Mittelpunkt eines Strahlenbündels zu der Raumcurve führt, welcher y als Secante angehört.

Die Punkte S_3 und S_4 haben, wenn sie reell sind, gleichen Charakter mit S_2.

Die durch S, S_2, S_3, S_4 gehenden Leitstrahlen sind nur als Secanten der entarteten Raumcurven dritter Ordnung aufzufassen, für alle anderen Curven sind sie Nichtsecanten. Die Punkte S, S_2, S_3, S_4 verdienen also in Uebereinstimmung mit unseren früheren Benennungen den Namen Hauptpunkte. Dass die Ebenen des Tetraeders $SS_2S_3S_4$ wie früher Hauptebenen zu heissen verdienen, folgt daraus, dass in ihnen die Kegelschnitte liegen, welche Theile sind der entarteten Raumcurven dritter Ordnung, und dass diese Ebenen in den collinearen Strahlenbündeln, welche diese Curven erzeugen, sich selbst entsprechen, so dass jede ihrer Geraden als Schnittlinie zweier entsprechenden Ebenen gelten kann.

12.

Untersuchen wir jetzt die Lage der durch einen gegebenen Punkt A des Raumes gehenden Secanten der sämmtlichen Curven des Büschels dritter Ordnung. Dem Strahle $\overline{SA}$ von S entspreche der Punkt A_1 von Σ und der Strahl $\overline{A_1 S_1}$ des Bündels S_1. Der Ebene $\overline{AS_1 A_1}$ oder α_1 von S_1 entspricht eine gewisse Ebene α von S, nämlich die, welche dem Strahle a_1 von Σ entspricht, in welchem die Ebene $\overline{ASA_1}$ die Ebene Σ schneidet; die Ebenen α und α_1 schneiden sich in der Secante der Raumcurve dritter Ordnung, welche durch den Punkt S_1 hervorgerufen wird. Durchläuft S_1 das gerade Gebilde u, so durchläuft der Strahl $\overline{A_1 S_1}$, ebenso der Strahl a_1 einen Strahlenbüschel erster Ordnung, welcher perspectivisch ist zu dem Ebenenbüschel $\overline{AA_1}$, welchen die Ebene α_1 durchläuft. Auch die Ebene α durchläuft einen Ebenenbüschel mit der Axe $\overline{SA}$, welcher projectivisch ist zu dem von a_1 durchlaufenen Strahlenbüschel in Σ. Die projectivischen Ebenenbüschel $\overline{AA_1}$ und $\overline{SA}$ erzeugen eine Kegelfläche zweiter Ordnung, welche erfüllt wird von sämmtlichen durch A gehenden Secanten und projectivisch ist zu dem geraden Gebilde u in Ansehung der Strahlen und Punkte, welche zu derselben Curve des Büschels von Raumcurven dritter Ordnung ge-

Wenn A in einer Hauptebene liegt, werden die Ebenenbüschel $\overline{AA_1}$ und $\overline{SA}$ perspectivisch, so dass die Kegelfläche zweiter Ordnung in zwei Strahlenbüschel erster Ordnung entartet, von denen einer in der Hauptebene liegt.

13.

Eine Tangente einer der Curven des Büschels im Punkte S ist der Strahl von S, welchem der Strahl $\overline{S_1 S}$ von S_1 entspricht. Durchläuft S_1 das gerade Gebilde u, so beschreibt $\overline{S_1 S}$ einen Strahlenbüschel erster Ordnung, welcher in Σ ein gerades Gebilde bestimmt, dessen Punkten die sämmtlichen in S möglichen Tangenten der Curven entsprechen müssen. Diese Tangenten bilden daher einen Strahlenbüschel erster Ordnung, welcher projectivisch ist zu dem von S_1 durchlaufenen geraden Gebilde.

Betrachten wir zweitens die Tangenten im Hauptpunkte S_2. Dieselben befinden sich selbstverständlich in der Tangentenebene der Regelfläche F^2, welche S_2 zum Berührungspunkt hat; und auch jeder durch S_2 gehende Strahl dieser Ebene ist Tangente einer der Curven, weil er Secante einer solchen sein muss und doch nur einen Punkt mit derselben gemein haben kann. Von S aus projiciren wir den Büschel dieser Tangenten durch einen Ebenenbüschel, welchem in Σ ein projectivischer Strahlenbüschel S_2 entsprechen muss. Durch Verbindung der zusammengehörigen Strahlen des Tangentenbüschels und des Büschels in Σ erhalten wir einen Ebenenbüschel zweiter Ordnung, von welchem eine Ebene durch u gehen muss, nämlich diejenige, welche den durch S_2 gehenden Strahl der Regelschaar F, der mit zu dem Tangentenbüschel gehört, mit dem ihm entsprechenden Strahl des Strahlenbüschels S_2 in Σ verbindet. Der Ebenenbüschel zweiter Ordnung schneidet daher u in einem zu dem Tangentenbüschel S_2 projectivischen geraden Gebilde, dessen einzelne Punkte S_1 die Mittelpunkte der Strahlenbündel sind, welche die Curven erzeugen, deren Tangenten den Punkten S_1 entsprechen. Analoges gilt von den Punkten S_3 und S_4. So gelangen wir zu demselben Satz wie in Nr. 6, nämlich:

Die Tangenten der Curven des Büschels von Raumcurven dritter Ordnung in den Hauptpunkten bilden Strahlenbüschel erster Ordnung, welche projectivisch sind zueinander und zu jeder Kegelfläche zweiter Ordnung, welche gebildet wird von den durch denselben Punkt gehenden Secanten, in Ansehung der Strahlen, welche zu derselben Raumcurve gehören.

14.

Fragen wir jetzt nach der Anordnung der Secanten, welche in einer gegebenen Ebene π des Raumes sich befinden. Die Ebene π schneidet den Strahlenbündel S in einem ebenen System Σ, welches collinear ist zu Σ

Diejenigen Geraden von Σ_1 (oder π), welche mit den ihnen entsprechenden von Σ in einer Ebene liegen, sind offenbar die in π befindlichen Secanten. Dass diese aber einen Strahlenbüschel zweiter Ordnung bilden, folgt mit Leichtigkeit aus dem reciproken Satze des bekannten Satzes: dass die Strahlen eines Strahlenbündels S, welche von den ihnen entsprechenden eines collinearen Strahlenbündels S_1 geschnitten werden, auf einer Kegelfläche zweiter Ordnung sich befinden. Ausnahmen finden nur statt für die durch die Hauptpunkte gehenden Ebenen, in welchen der Strahlenbüschel zweiter Ordnung in zwei Strahlenbüschel erster Ordnung zerfällt.

15.

Sei s ein beliebiger Strahl der Regelschaar F, welcher von S aus durch einen Strahlenbüschel projicirt werde. Diesem letzteren entspricht in Σ ein gerades Gebilde s_1, welches sowohl s als u schneidet, während s und u selbst in derselben Ebene sich befinden. Die geraden Gebilde s und s_1 erzeugen einen Strahlenbüschel zweiter Ordnung, dessen Strahlen die Gerade u schneiden in Punkten, welche zur Erzeugung der Raumcurven führen, denen die entsprechenden Punkte auf s angehören (vergl. Nr. 10). Aber durch u werden die Strahlen des Strahlenbüschels zweiter Ordnung involutorisch gepaart, indem je zwei, welche auf u sich schneiden, zugeordnete sein sollen; mithin werden auch die Punkte des geraden Gebildes s involutorisch gepaart, so dass je zwei zusammengehören, welche auf derselben Raumcurve des Büschels liegen. Eine leicht übersehbare Ausnahme tritt ein in Betreff der durch die Hauptpunkte gehenden Secanten der Regelschaar F, welche von den Curven des Büschels in geraden Gebilden geschnitten werden, welche projectivisch sind zu einander und zum geraden Gebilde u.

Verstehen wir unter l einen beliebigen Leitstrahl der Regelschaar F, welcher durch keinen Hauptpunkt geht, und projiciren l von S aus durch einen Strahlenbüschel, z. B. den Punkt P von l durch den Strahl p von S, so entspricht dem Strahlenbüschel ein gerades Gebilde l_1 in Σ, und dem Strahle P mag der Punkt P_1 entsprechen. Verbindet man P mit P_1, so schneidet diese Verbindungslinie die Gerade u in einem Punkte (Nr. 10). Sämmtliche Geraden $\overline{PP_1}$ erfüllen eine Regelschaar, von welcher l, l_1 und u Leitstrahlen sind. Daher wird u in einem zu l projectivischen geraden Gebilde von den Strahlen der Regelschaar geschnitten; die Punkte dieses geraden Gebildes sind aber die Mittelpunkte S_1 der Strahlenbündel, welche die Curven des Büschels von Raumcurven dritter Ordnung erzeugen, deren Schnittpunkte mit l den Punkten von u entsprechen. Also werden sämmtliche Leitstrahlen der Regelschaar F von den Curven des Büschels von Raumcurven dritter Ordnung in projecti-

durch die Hauptpunkte gehenden Leitstrahlen, welche selbst Theile entarteter Curven des Büschels sind.

16.

Wenn die Regelfläche F^2 mit der Regelschaar F und den Punkten S und S_2, sowie die Secante u_2 gegeben sind, kann man den Büschel von Raumcurven dritter Ordnung folgendermassen construiren. Durch S_2 und u_2 legen wir eine Ebene, welche Träger eines ebenen Systems Σ werde. Den durch S gehenden Leitstrahl der Regelschaar F wollen wir v nennen, ausserdem greifen wir noch irgend einen Leitstrahl von F, der nicht durch S_2 geht, heraus, und dieser mag u heissen. Endlich wollen wir den durch S_2 gehenden Strahl von F mit s_2 und ein Paar beliebiger anderer Strahlen von F mit x und y bezeichnen, und u, x, y mögen die Ebene Σ in den Punkten U_1, X_1, Y_1 treffen. Um den Strahlenbündel mit dem Mittelpunkte S auf das ebene System Σ collinear zu beziehen, weisen wir dem Strahl $\overline{SS_2}$ den Punkt S_2, den Ebenen $\overline{Su_2}$, $\overline{Sx}$, $\overline{Sy}$ die Strahlen u_2, $\overline{U_1 X_1}$, $\overline{U_1 Y_1}$ der Reihe nach zu. Hierdurch ist die collineare Verwandtschaft von S und Σ vollkommen bestimmt. Wählen wir jetzt auf u noch einen beliebigen Punkt S_1 aus, von welchem aus wir das ebene System Σ durch einen Strahlenbündel projiciren. Die collinearen Strahlenbündel S und S_1 erzeugen das Secantensystem einer Raumcurve dritter Ordnung, welche durch S, S_1, S_2 geht und u_2 zur Secante hat. Den Ebenen $\overline{vx}$, $\overline{vy}$, $\overline{vs_2}$ des Ebenenbüschels v im Strahlenbündel S entsprechen die Ebenen $\overline{ux}$, $\overline{uy}$, $\overline{us_2}$ des Strahlenbündels S_1. Denn die Ebenen $\overline{vx}$, $\overline{vy}$ sind dieselben, wie oben $\overline{Sx}$, $\overline{Sy}$, daher müssen ihnen die Ebenen $\overline{S_1 U_1 X_1}$, $\overline{S_1 U_1 Y_1}$, d. h. $\overline{ux}$, $\overline{uy}$ entsprechen. Der Ebene $\overline{vs_2}$, welche dem Ebenenbüschel v angehört, muss in Σ ein Strahl entsprechen, welcher dem Strahlenbüschel U_1 angehört; nun aber geht $\overline{vs_2}$ durch den Strahl $\overline{SS_2}$, also muss der entsprechende Strahl von Σ durch S_2 gehen und $\overline{U_1 S_2}$ sein. Im Strahlenbündel S_1 entspricht der Ebene $\overline{vs_2}$ folglich die Ebene $\overline{S_1 U_1 S_2}$ oder $\overline{us_2}$. Die in der eben beschriebenen Weise projectivisch aufeinander bezogenen Ebenenbüschel v und u erzeugen eine Regelschaar, welche mit der gegebenen F drei Strahlen, nämlich x, y, s_2 gemein hat, also mit derselben identisch ist. Die von den collinearen Strahlenbündeln S und S_1 erzeugte Raumcurve dritter Ordnung hat mithin die Strahlen der Regelschaar F zu Secanten, liegt also auf der Regelfläche F^2, geht durch S und S_2 und hat auch die Gerade u_2 zur Secante. Lassen wir S_1 den Leitstrahl u durchlaufen, so gehen sämmtliche Curven eines Büschels von Raumcurven dritter Ordnung hervor.

Es ist noch zu zeigen, dass immer derselbe Büschel von Raumcurven

Sei u' ein anderer Leitstrahl, welcher die Rolle von u übernehmen soll. Wir wissen (Nr. 10), dass durch den Punkt S'_1 auf u' eine und nur eine Curve k des zuvor mit Hilfe von u erzeugten Büschels geht; aber die jetzt mit Hilfe von u' erzeugte und durch S'_1 gehende Curve k' kann nicht verschieden sein von k, weil, wie später bewiesen werden soll, es nur eine Raumcurve dritter Ordnung gibt, welche die Strahlen einer gegebenen Regelschaar und noch ausserdem zwei beliebige Gerade zu Secanten hat, und welche durch einen auf der von der Regelschaar erzeugten Regelfläche zweiter Ordnung gegebenen Punkt geht. Dieser Satz trifft hier zu, da ja $\overline{SS_2}$ und u_2 Secanten der Curve sind, welche durch S'_1 gehen soll.

17.

Wir haben in Nr. 8 vorausgesetzt, dass u keinen der Strahlen $\overline{SS_2}$, $\overline{SS_3}$, $\overline{SS_4}$ schneidet. Lassen wir jetzt diese Voraussetzung fallen und nehmen vielmehr an, dass u den Strahl $\overline{SS_2}$ schneidet. Dann muss (Nr. 8) $\overline{SS_2}$ ein Strahl der Regelschaar F sein. Auch die entarteten Raumcurven dritter Ordnung erleiden eine Aenderung. Denken wir den beweglichen Punkt S_1 gerade auf $\overline{SS_2}$ liegend, dann haben die Strahlenbündel S und S_1 den Strahl $\overline{SS_1}$ entsprechend gemein, erzeugen also ein Strahlensystem erster Ordnung und Classe, welches zwei sogenannte Axen besitzen kann, welche $\overline{SS_1}$ schneiden müssen. Diese Axen, im Verein mit $\overline{SS_1}$ (oder $\overline{SS_2}$), stellen eine entartete Raumcurve dritter Ordnung vor, welche durch den Punkt S_1 in seiner gegenwärtigen Lage hervorgerufen wird. Wenn die Punkte S_3 und S_4 reell sind, sind auch die Axen des Strahlensystems reell und nichts Anderes, als die durch S_3 und S_4 gehenden Leitstrahlen der Regelschaar F. In der That, dem Ebenenbüschel $\overline{SS_2}$ des Strahlenbündels S entspricht im ebenen System Σ ein Strahlenbüschel mit S_2 als Mittelpunkt. Da $\overline{SS_2}$ (oder $\overline{SS_1}$ im vorliegenden Falle) ein Strahl von F ist, so wird er von den durch S_3 und S_4 gehenden Leitstrahlen geschnitten. Dreht sich also eine Ebene des Bündels S um $\overline{SS_2}$, so wird sie auch der Reihe nach durch diese Leitstrahlen gehen. Einer Ebene von S aber, welche durch S_3 oder S_4 geht, entspricht in Σ ein Strahl, welcher ebenfalls durch S_3 oder S_4 geht, also im Bündel S_1 eine Ebene, welche auch durch S_3 oder S_4 geht. Daher müssen den Ebenen von S, welche die durch S_3 und S_4 gehenden Leitstrahlen projiciren, die Ebenen von S_1 entsprechen, welche durch $\overline{S_2S_3}$ und $\overline{S_2S_4}$ gehen, mithin ebenfalls jene Leitstrahlen projiciren. Betrachten wir die durch S, S_2, S_3 gehende Ebene, welche, ebenso wie die Ebene $\overline{SS_2S_4}$, sich selbst entspricht. Dem Strahlenbüschel S in derselben entspricht der Strahlen-

Büschel entspricht sich selbst. Die Strahlenbüschel müssen daher ein gerades Gebilde erzeugen, welches durch S_2 geht, da auch die Strahlen $\overline{SS_3}$ und $\overline{S_1 S_3}$ entsprechende sind. Die Strahlen des Büschels S befinden sich in der Ebene des Ebenenbüschels, dessen Axe der durch S gehende Leitstrahl v ist, daher müssen die entsprechenden Strahlen des Büschels S_1 in den Ebenen des Büschels u sich befinden, der mit jenem die Regelschaar F erzeugt. Mithin ist jeder Punkt des von den Strahlenbüscheln S und S_1 erzeugten geraden Gebildes ein Punkt eines Strahles von F, weswegen das gerade Gebilde selbst der durch S_3 gehende Leitstrahl ist. Ganz ähnlich verhält es sich mit dem durch S_4 gehenden Leitstrahl.

Ausser der Nr. 9 erfährt keine der Nummern 8 bis 16 eine Veränderung bei der gegenwärtigen Annahme. Von besonderer Wichtigkeit erscheint die Nr. 16, welche bei unserer gegenwärtigen Unterstellung, dass $\overline{SS_2}$ ein Strahl von F ist, die Construction eines Büschels von Raumcurven dritter Ordnung lehrt, der zwei auf demselben Strahl der gegebenen Regelschaar F gelegene Hauptpunkte besitzt.

Dritter Abschnitt.

18.

Der nächste Schritt zu grösserer Allgemeinheit ist der, ein System von Raumcurven dritter Ordnung zu betrachten, welche die Strahlen einer gegebenen Regelschaar F und ausserdem zwei Gerade s und t zu gemeinsamen Secanten haben. Schneidet nämlich eine von den beiden Geraden s und t, z. B. s, die Regelfläche F^2, welcher F angehört, in den Punkten S und S_1, so haben wir ganz den im vorigen Abschnitt behandelten Fall und können nach Nr. 16 alle Raumcurven dritter Ordnung construiren, welche den gegebenen Bedingungen genügen. Wir könnten also die Definition aufstellen: Alle Raumcurven dritter Ordnung, welche die Strahlen einer Regelschaar F und ausserdem zwei Gerade s und t zu gemeinsamen Secanten haben, bilden einen Büschel von Raumcurven dritter Ordnung.

Diese Definition schliesst die in den vorigen Abschnitten behandelten Büschel von Raumcurven dritter Ordnung in sich mit Ausnahme eines Falles, nämlich des in Nr. 17 erwähnten, wenn die Raumcurven dritter Ordnung durch zwei Punkte gehen sollen, welche auf demselben Strahl der Regelschaar F liegen, während die noch übrige gemeinsame Secante t die Regelfläche F^2 nicht schneiden soll. In diesem Falle ist s selbst ein Strahl von F, und die Bedingung, dass s Secante sein soll, ist schon in der Bedingung enthalten, dass die Strahlen von F Secanten sein sollen. Dafür tritt die Bedingung hinzu, dass die Curven durch zwei auf s gegebene Punkte gehen sollen. Verhielte es sich mit t wie mit s, wäre also auch t ein Strahl von F und wären auf t zwei Punkte T und T_1, sowie auf s die Punkte S und

S_1 gegeben, durch welche die Raumcurven dritter Ordnung gehen sollen, so brauchte man nur $\overline{ST}$ und $\overline{S_1 T_1}$ als allen Curven gemeinsame Secanten zu geben, um diesen Fall unter die oben ausgesprochene Definition zu bringen. Ebenso leicht ist zu erkennen, dass auch der Fall, dass t die Fläche F^2 schneidet, unter unsere obige Definition fällt. Demnach bleibt nur die einzige erwähnte Ausnahme, welche uns zur Verallgemeinerung unserer Definition nöthigt.

Die bisher betrachteten Büschel von Raumcurven dritter Ordnung hatten die gemeinsame Eigenschaft, dass ihre Secanten, welche durch einen gegebenen Punkt des Raumes gingen, eine Kegelfläche zweiter Ordnung erfüllten, und dass die Secanten, welche in einer gegebenen Ebene sich befanden, einen Strahlenbüschel zweiter Ordnung bildeten. Diese Eigenschaft aber ist charakteristisch für einen Strahlencomplex. Dieser Umstand führt uns auf folgende Definition:

Wenn zwei Raumcurven dritter Ordnung k und m die Strahlen einer Regelschaar F zu gemeinschaftlichen Secanten haben, so soll die Gesammtheit aller Raumcurven dritter Ordnung, welche die Strahlen von F zu gemeinschaftlichen Secanten haben und Ordnungscurven sind desjenigen Strahlencomplexes, welcher durch die Curven k und m als Ordnungscurven bestimmt ist, ein **Büschel von Raumcurven dritter Ordnung** heissen.

In den bisher betrachteten Fällen hatten die Raumcurven dritter Ordnung zwei Punkte gemein und eine nicht zu F gehörende Secante; werden nun die Curven k und m diesen Bedingungen unterworfen, so sind die gemeinsamen Punkte Hauptpunkte, und die gemeinsame Secante ist ein Hauptstrahl des Strahlencomplexes, alle nach Vorschrift der Definition construirten Curven müssen also durch diese beiden Punkte gehen und die genannte Secante zur Secante haben. Insofern sie auch F zur Secantenschaar haben, müssen sie mit den Curven, welche nach den früheren Erzeugungsarten in den beiden ersten Abschnitten construirt sind, identisch sein, wenn wir nachweisen können, dass von den nach Angabe der Definition construirten Curven durch jeden Punkt der Regelfläche F^2 eine geht. Dass auch der oben hervorgehobene Fall, in welchem die allen Curven eines Büschels gemeinsamen Punkte auf demselben Strahle von F liegen, unserer jetzigen Definition sich wohl unterordnet, ist einleuchtend, da ja die gegenseitige Lage der Fundamentalcurven k und m auf F^2 keiner Bedingung unterliegt.

19.

Wir nehmen an, dass die Regelschaar F der Regelfläche F^2 gegeben sei, und construiren vor Allem die beiden Fundamentalcurven k und m.

welche die Leitstrahlen l und l_1 der Regelschaar F gehen mögen. Die Strahlenbündel S und S_1 beziehen wir collinear so aufeinander, dass die Ebenenbüschel l und l_1, welche die Strahlen von F projiciren, einander entsprechen. Dies kann auf unendlich viele Arten geschehen, und alle so collinear aufeinander bezogenen Strahlenbündel S und S_1 erzeugen Raumcurven dritter Ordnung, welche durch S und S_1 gehen und auf F^2 liegen. Seien s und t zwei beliebige Gerade im Raume, welche zunächst nicht in derselben Ebene liegen sollen, und S ein Punkt auf F^2. Wenn S ein Punkt und s und t Secanten werden sollen einer Raumcurve dritter Ordnung, welcher die Secantenschaar F angehört, so können wir nicht mehr, wie zuvor, beide Punkte S und S_1 nebst den Leitstrahlen l und l_1 willkürlich wählen, sondern durch die Annahme von S, l und l_1 wird S_1 auf l_1 unzweideutig bestimmt sein. Wiederum werden l und l_1 als Axen von Ebenenbüscheln betrachtet, welche die Strahlen von F projiciren. Durch S ziehen wir eine Gerade u, welche die Secanten s und t schneidet. u wird wieder als Axe eines Ebenenbüschels betrachtet, welchem die Ebenen $\overline{ul}$, $\overline{us}$, $\overline{ut}$ angehören. Die Ebene $\overline{ul}$ schneidet aus der Regelschaar F die Secante r aus. r und l_1 liegen in einer Ebene, welche s und t in zwei Punkten trifft, deren Verbindungslinie u_1 auf l_1 den Punkt S_1 bestimmt Der Ebenenbüschel l_1 ist auf den Ebenenbüschel l mittels der Regelschaar F projectivisch bezogen, und der Ebenenbüschel u_1 wird auf u derart bezogen, dass den Ebenen $\overline{u_1 l_1}$, $\overline{u_1 s}$, $\overline{u_1 t}$ desselben die Ebenen $\overline{ul}$, $\overline{us}$, $\overline{ut}$ von u entsprechen. Durch diese beiden Paare projectivischer Ebenenbüschel sind die Strahlenbündel S und S_1 collinear aufeinander bezogen, denn der gemeinsamen Ebene $\overline{ul}$ oder $\overline{ur}$ der Ebenenbüschel u und l entspricht die gemeinsame Ebene $\overline{u_1 l_1}$ oder $\overline{u_1 r}$ der Ebenenbüschel u_1 und l_1. Auch wird durch die Bündel S und S_1 die Regelschaar F erzeugt, und s und t erweisen sich als Schnittlinien entsprechender Ebenen von S und S_1. Bemerken wir, dass diese collineare Beziehung der Strahlenbündel S und S_1 nur auf eine Art hergestellt werden kann. Liegen s und t in derselben Ebene, so darf ihr Schnittpunkt nur auf der Fläche F^2 liegen, und ihre Ebene darf S nicht enthalten, wenn es eine Raumcurve dritter Ordnung geben soll, welche den gegenwärtigen Bedingungen genügt. Die obige Construction bleibt auch in diesem Falle dieselbe. Aus dem Vorstehenden folgt der schon oben (Nr. 16) benutzte Satz:

Es giebt nur eine Raumcurve dritter Ordnung, welche die Strahlen einer gegebenen Regelschaar und ausserdem noch zwei beliebige Gerade zu Secanten hat, und welche durch einen auf der von der Regelschaar erzeugten Regelfläche zweiter Ordnung gegebenen Punkt geht.

Wenn nur eine Secante t gegeben ist, dafür aber die Punkte S und S

die gesuchte Raumcurve dritter Ordnung gehen soll, so wird man die Strahlenbündel S und S_1 collinear so aufeinander zu beziehen haben, dass den Ebenen $\overline{lx}$ und $\overline{ly}$, welche die Strahlen x und y von F von S aus projiciren, die Ebenen $\overline{l_1 x}$ und $\overline{l_1 y}$ entsprechen, welche von S_1 aus dieselben Strahlen projiciren, dass ferner der Ebene $\overline{Sl}$ die Ebene $\overline{S_1 l}$ und dem Strahle $\overline{SP}$ der Strahl $\overline{S_1 P}$ entspricht. Dann entsprechen einander die Ebenen $\overline{Pl}$ und $\overline{Pl_1}$, welche sich in dem durch P gehenden Strahl von F schneiden; dieser Strahl, sowie x und y gehören also der Regelschaar an, welche die Ebenenbüschel l und l_1, als Bestandtheile der Strahlenbündel S und S_1 betrachtet, erzeugen, mithin ist diese Regelschaar identisch mit F.

20.

Nachdem wir gesehen haben, wie zu einer gegebenen Secantenregelschaar unter gewissen Bedingungen Raumcurven dritter Ordnung construirt werden, wollen wir uns die Curven k und m, welche F zur Secantenschaar haben, als gegeben denken.

Seien S und S_1 zwei Punkte auf k. Die Strahlenbündel S und S_1 werden durch k collinear aufeinander bezogen. Die durch S und S_1 gehenden Leitstrahlen l und l_1 von F müssen je einen Punkt mit der Curve m gemein haben; diese Punkte sollen T und T_1 heissen. Auch die Strahlenbündel T und T_1 werden durch Vermittelung von m collinear aufeinander bezogen. Bemerken wir, dass dem S und T gemeinsamen Ebenenbüschel l, welcher die Regelschaar F projicirt, der S_1 und T_1 gemeinsame Ebenenbüschel l_1 entspricht, der ebenfalls F projicirt, so erhellt, dass durch die collineare Beziehung der beiden Paare von Strahlenbündeln S, T und S_1, T_1 eine collineare Beziehung zwischen zwei räumlichen Systemen Σ und Σ_1 geschaffen ist, deren ersterem S und T, deren letzterem S_1 und T_1 angehören. In diesen collinearen räumlichen Systemen sind sämmtliche Secanten von k und m Ordnungsstrahlen oder Strahlen des Strahlencomplexes, welchen Σ und Σ_1 erzeugen, und k und m selbst sind Ordnungscurven dieses Complexes, welcher immer derselbe bleibt, wie man auch auf k die Punkte S und S_1 annehmen mag, also durch die Curven k und m vollkommen bestimmt ist. (Vergl. Reye, Geometrie der Lage, II, S. 120.) Auf dem Leitstrahl l, auf dem schon S und T liegen, nehmen wir einen dritten Punkt U an. Demselben entspricht kraft der Raumcollineation ein Punkt U_1 auf l_1, und dem Strahlenbündel U entspricht in Σ_1 der Strahlenbündel U_1 derart, dass die Ebenenbüschel l und l_1, welche F projiciren, einander entsprechen. Die Bündel U und U_1 erzeugen eine Raumcurve dritter Ordnung n, welche eine Ordnungscurve des Strahlencomplexes ist; n rechnen wir somit nach unserer Definition zum Büschel (k, m) von Raumcurven dritter Ordnung, der durch k

strahlen von F sind und dass, wenn U das gerade Gebilde l durchläuft, U_1 das projectivische gerade Gebilde l_1 durchlaufen muss, so erhalten wir den Satz:

Sämmtliche Leitstrahlen der Regelschaar F werden von den Curven des Büschels von Raumcurven dritter Ordnung in projectivischen geraden Gebilden geschnitten.

21.

Ist V irgend ein Punkt auf F^2, durch welchen eine Curve des Büschels (k, m) gelegt werden soll, so ziehen wir den durch V gehenden Leitstrahl l von F, welcher k und m in je einem Punkte S und T schneiden muss. Ein völlig beliebiger zweiter Leitstrahl l_1 werde ausgewählt, und auch dieser muss k und m in je einem Punkte S_1 und T_1 schneiden. Ganz wie oben gelangt man zur collinearen Beziehung der räumlichen Systeme Σ und Σ_1 und zu demselben Strahlencomplex. Zum Punkte V findet sich V_1 auf l_1, und die Strahlenbündel V und V_1 erzeugen die gesuchte durch V gehende Curve des Büschels (k, m). So erkennen wir:

Durch jeden Punkt der Regelfläche F^2 geht eine und nur eine Curve des Büschels von Raumcurven dritter Ordnung; eine Ausnahme bilden nur die Punkte, in welchen sich die Curven k und m und mithin alle Curven des Büschels schneiden.

Dass diese Ausnahme eintritt, folgt daraus, dass ein k und m gemeinsamer Punkt, z. B. S_2, durch zwei Paare in Σ und Σ_1 einander entsprechender Strahlen, nämlich $\overline{SS_2}$, $\overline{TS_2}$ und $\overline{S_1S_2}$, $\overline{T_1S_2}$ projicirt wird, so dass er in Σ und Σ_1 sich selbst entspricht oder, mit anderen Worten, ein Hauptpunkt des Strahlencomplexes ist. Dass eine k und m gemeinsame Secante allen Curven des Büschels gemeinsam und ein Hauptstrahl des Strahlencomplexes ist, erhellt in ähnlicher Weise. Wenn wir das in Nr. 18 Gesagte uns vergegenwärtigen, so ist jetzt bewiesen, dass die durch die Erzeugungsarten der beiden ersten Abschnitte hervorgerufenen Büschel von Raumcurven dritter Ordnung auch unter die allgemeine Definition von Nr. 18 fallen. Daher der Satz:

Ein Büschel von Raumcurven dritter Ordnung ist durch irgend zwei seiner Curven bestimmt,

auf alle Arten der von uns betrachteten Büschel seine Anwendung findet. Sämmtliche Secanten der Raumcurven dritter Ordnung, welche die in den beiden ersten Abschnitten betrachteten Büschel bilden, machen also wirklich einen Strahlencomplex aus. Denn als Secanten von Ordnungscurven des durch irgend zwei der Raumcurven dritter Ordnung bestimmten Strahlencomplexes gehören sie zu den Strahlen dieses Complexes; und da die durch einen Punkt des Raumes gehenden Complexstrahlen eine Kegelfläche zweiter

der Curven des Büschels Strahlen jener Kegelfläche sein. Wir wissen aber, dass sie selbst eine Kegelfläche zweiter Ordnung bilden, also müssen beide Kegelflächen zweiter Ordnung identisch sein.

Auch im Falle der Erzeugung eines Büschels von Raumcurven dritter Ordnung nach der allgemeinen Definition der Nr. 18 lässt sich leicht zeigen, dass die sämmtlichen Secanten der Curven des Büschels einen Strahlencomplex bilden. Dass sie zu einem solchen gehören, ist schon erwiesen; denn die Curven, deren Secanten sie sind, gehören zu den Ordnungscurven des durch k und m bestimmten Strahlencomplexes. Sei A ein beliebiger Punkt des Raumes, so müssen die durch A gehenden Secanten der Curven des Büschels Strahlen des Kegels A sein; es fragt sich aber, ob auch umgekehrt jeder Strahl des Kegels A Secante einer Raumcurve des Büschels ist. Sei x irgend ein Strahl des Kegels A, also auch ein Strahl des Complexes. Rechnen wir x zu Σ, so muss der ihm in Σ_1 entsprechende Strahl x_1 mit ihm in einer Ebene liegen. Rechnen wir die Ebene $\overline{xx_1}$ zu Σ_1, so muss ihr in Σ eine durch x gehende Ebene entsprechen. Die erstere Ebene schneide den Leitstrahl l_1 in X_1, die letztere den entsprechenden Leitstrahl l in X; dann sind X und X_1 entsprechende Punkte der collinearen Räume, und die collinearen Strahlenbündel X und X_1 erzeugen eine Raumcurve dritter Ordnung, welche dem Büschel (k, m) angehört und von welcher x eine Secante ist, da zwei entsprechende Ebenen der Strahlenbündel X und X_1 sich in x schneiden. Jetzt können wir ganz allgemein den Satz aussprechen:

Die sämmtlichen Secanten der Curven eines Büschels von Raumcurven dritter Ordnung bilden einen Strahlencomplex.

22.

Durchläuft der Strahl x (zu Ende der vorigen Nummer) die Kegelfläche zweiter Ordnung A, so durchläuft der ihm entsprechende Strahl x_1 eine projectivische Kegelfläche zweiter Ordnung A_1 derart, dass immer je zwei entsprechende Strahlen sich schneiden. Auch ist die Verbindungslinie $\overline{AA_1}$ der beiden Kegelspitzen, weil sie zwei entsprechende Punkte verbindet, ein Strahl von jeder der beiden Kegelflächen. Die Punkte $x \cdot x_1$ durchlaufen eine Raumcurve dritter Ordnung ξ, welche von ihrer Secante $\overline{AA_1}$ aus durch einen Ebenenbüschel projicirt wird, welchen die Ebene $\overline{xx_1}$ durchwandert. Rechnen wir den Ebenenbüschel $\overline{AA_1}$ zu Σ_1, so bestimmt er auf l_1 ein zu ihm projectivisches gerades Gebilde. Diesem Ebenenbüschel $\overline{AA_1}$ entspricht in Σ ein projectivischer, dessen Axe ein durch A gehender Strahl des Kegels A ist, und welcher ebenfalls die Raumcurve ξ projicirt, insofern je die der Ebene $\overline{xx_1}$ entsprechende Ebene durch x gehen muss. Der letztere Ebenenbüschel schneidet den Leitstrahl l in einem geraden Gebilde, welches projectivisch ist zu dem von dem ersteren Ebenenbüschel auf l_1 erzeugten. Entsprechende Punkte X und X_1 von l und l_1 sind die Mittelpunkte von Strahlenbündeln, welche die Raumcurve des Büschels erzeugen, der x als Secante zugehört. Hieraus folgt:

Alle Kegelflächen, welche von den durch je einen Punkt des Raumes gehenden Secanten der Curven eines Büschels von Raumcurven dritter Ordnung gebildet werden, sind projectivisch in Ansehung der Strahlen, welche Secanten derselben Raumcurve sind.

23.

Dass die in einer gegebenen Ebene π des Raumes liegenden Secanten der Curven des Büschels einen Strahlenbüschel zweiter Ordnung bilden, folgt unmittelbar daraus, dass die Gesammtheit der Secanten des Büschels ein Strahlencomplex ist.

Ein Punkt S_2, der zwei und mithin allen Curven des Büschels gemeinsam ist, ist ein Hauptpunkt. Jeder durch ihn gehende Strahl ist ein Strahl des Secantencomplexes. Von Hauptpunkten und Hauptebenen hier weitläufig zu reden, wird mit Rücksicht auf das Frühere unterbleiben dürfen. Nur Eines mag noch besprochen werden. Wir wissen, dass die Tangenten der Curven des Büschels im Hauptpunkte S_2 einen Strahlenbüschel erster Ordnung bilden; dass derselbe projectivisch ist zum geraden Gebilde l, mag bewiesen werden. Dem Strahlenbüschel erster Ordnung der Tangenten entspricht in Σ_1 ein Strahlenbüschel, dessen Mittelpunkt auch S_2 ist. Beide erzeugen einen Ebenenbüschel zweiter Ordnung, welchen wir zu Σ_1 rechnen und E_1 nennen wollen. Zu den Tangenten in S_2 gehört auch der Strahl s_2 von F, welcher durch S_2 geht. Der Ebene $\overline{ls_2}$ entspricht die Ebene $\overline{l_1 s_2}$, in welcher die Gerade liegen muss, welche der Geraden s_2 in Σ_1 entspricht. Die Ebene $\overline{l_1 s_2}$ gehört also dem Ebenenbüschel E_1 an, weswegen l_1 von demselben in einem zu ihm, also auch zum Tangentenbüschel projectivischen geraden Gebilde geschnitten wird. In Σ entspricht dem Ebenenbüschel E_1 ein projectivischer Ebenenbüschel E, welcher l in einem zu jenem, also auch zu l_1 projectivischen geraden Gebilde schneidet. Entsprechende Punkte von l und l_1 erzeugen die Raumcurve des Büschels, welcher die Tangente zukommt, der jene Punkte entsprechen. Sind mehrere Hauptpunkte vorhanden, so haben wir, wie früher, den Satz:

Die Tangenten in den Hauptpunkten bilden Strahlenbüschel erster Ordnung, welche projectivisch sind in Ansehung der Strahlen, welche Tangenten derselben Raumcurve sind.

24.

Sei r irgend ein Strahl der Regelschaar F und l ein Leitstrahl wie früher. Durch jeden Punkt von l geht nur eine der Raumcurven des Büschels dritter Ordnung, und r kann als Secante von jeder solchen Curve höchstens zwei Punkte enthalten. Die Ebene $\overline{lr}$ muss einen Strahlenbüschel zweiter Ordnung von Secanten enthalten, zu welchem auch r gehört. Weisen wir je zwei Strahlen des Strahlenbüschels zweiter Ordnung einander zu, welche auf l sich schneiden, so werden die Strahlen dieses Büschels involutorisch gepaart und bestimmen auf r ein involutorisches gerades Gebilde. Aber durch jeden Punkt X von l geht eine Curve des Büschels dritter Ordnung, und wenn dieselbe r in zwei reellen Punkten Y und Z trifft, so sind $\overline{XY}$ und $\overline{XZ}$ zugeordnete Strahlen jener Strahleninvolution und Y und Z zugeordnete Punkte jener Punktinvolution. Nehmen wir den Punkt Y zuerst an. Durch ihn geht nothwendig eine Curve des Büschels, denn durch jeden Punkt von F^2 geht eine Curve desselben; diese Curve muss r noch einmal in Z schneiden und l in einem und nur einem Punkte X treffen. So ersehen wir, dass Punktepaare, wie Y, Z, nicht blos zu jener Punktinvolution gehören, sondern auch das gerade Gebilde r vollständig erfüllen. Wir haben mithin den Satz:

Jeder Strahl der Regelschaar F wird durch die Curven des Büschels von Raumcurven dritter Ordnung in den Punkten eines involutorischen geraden Gebildes geschnitten.

Eine Ausnahme bilden nur die Strahlen von F, welche durch Hauptpunkte gehen; diese nämlich werden durch den Curvenbüschel in projectivischen geraden Gebilden geschnitten.

25.

Noch eine Bemerkung mag hier angeschlossen werden, welche sich auf Nr. 19 bezieht.

Sind einem Kegelschnitt k zwei Dreiecke ABC und DEF eingeschrieben, so kann man sich den Kegelschnitt als Schnittcurve einer Ebene mit einer Regelfläche zweiter Ordnung denken und durch A, B, C, sowie durch D, E, F nach Nr. 19 je eine Raumcurve dritter Ordnung legen, welche die Strahlen der einen Regelschaar F der Regelfläche zu Secanten hat. Diese beiden Raumcurven dritter Ordnung kann man auffassen als Ordnungscurven eines Strahlencomplexes, welchen sie vollkommen bestimmen. Die Ebene des Kegelschnittes k enthält einen Strahlenbüschel zweiter Ordnung, dessen Strahlen dem Strahlencomplex angehören, zu welchem auch die Seiten der Dreiecke ABC und DEF als Secanten der Ordnungscurven gehören. Mithin berühren die Seiten dieser Dreiecke einen Kegelschnitt, und wir haben den Satz bewiesen:

Sind einem Kegelschnitte zwei Dreiecke eingeschrieben, so sind sie auch einem Kegelschnitte umschrieben.

26.

Die vorgetragenen Methoden zur Construction eines Büschels von Raumcurven dritter Ordnung sind zugleich Methoden zur Construction eines Strahlencomplexes. Ihre Anzahl verdoppelt sich, wenn noch die reciproken Methoden hinzugefügt werden. Anziehend sind auch die speciellen Fälle, welche aus dem ersten und zweiten Abschnitt sich ergeben. Obwohl ich dieselben betrachtet habe, so will ich doch, um die Geduld des Lesers nicht zu ermüden, auf deren Darstellung verzichten. Nur noch einen Satz auszusprechen und eine Aufgabe zu lösen, sei verstattet. Aus Nr. 24 nämlich, in Verbindung mit den Bemerkungen über die möglichen entarteten Curven eines Büschels von Raumcurven dritter Ordnung, geht hervor der Lehrsatz:

Werden auf einer Regelfläche zweiter Ordnung F^2, deren eine Regelschaar mit F bezeichnet werde, beliebige vier Punkte A, B, C, D angenommen, zieht man ferner durch diese Punkte die Leitstrahlen l, l_1, l_2, l_3 von F und bezeichnet mit λ, λ_1, λ_2, λ_3 die Kegelschnitte, welche durch die Ebenen $\overline{BCD}$, $\overline{CDA}$, $\overline{DAB}$, $\overline{ABC}$ auf F^2 ausgeschnitten werden, so wird jeder Strahl der Regelschaar F von l, λ; l_1, λ_1; l_2, λ_2; l_3, λ_3 in vier Punktepaaren in Involution geschnitten, während sämmtliche Leitstrahlen von F durch λ, λ_1, λ_2, λ_3 in projectivischen geraden Gebilden geschnitten werden.

Liegen zwei der Punkte A, B, C, D auf demselben Strahle s von F, z. B. C, D, so zerfällt λ in s und l_1, λ_1 in s und l, so dass irgend ein Strahl von F durch l, l_1; l_1, l; l_2, λ_2; l_3, λ_3 in nur drei involutorischen Punktepaaren getroffen wird. Die Punktepaare reduciren sich auf nur zwei, wenn sowohl A, B, als auch C, D je auf einem Strahle von F sich befinden. Der zweite Theil des Satzes wird unter diesen Bedingungen selbstverständlich.

Aus diesem Lehrsatze ergiebt sich die Lösung der Aufgabe:

Auf einer gegebenen Regelfläche zweiter Ordnung durch vier gegebene Punkte eine Raumcurve dritter Ordnung zu legen, welche eine gegebene Gerade g der Regelfläche berührt.

Behalten wir die vorigen Bezeichnungen bei und nennen F diejenige Regelschaar, welcher g angehört. Durch l und die Ebene BCD, l_1 und die Ebene CDA, l_2 und die Ebene DAB, l_3 und die Ebene ABC wird auf g

ein involutorisches gerades Gebilde mehr als bestimmt, dessen Ordnungspunkte M, N aufzusuchen sind. Durch M sowohl, als durch N geht je eine und nur eine Curve des Büschels von Raumcurven dritter Ordnung, dessen Hauptpunkte A, B, C, D sind und dessen Curven die Strahlen von F zu Secanten haben. Jene beiden Curven entsprechen den Bedingungen der Aufgabe; sie sind reell, wenn M und N es sind, und fallen zusammen, wenn g durch einen der gegebenen Punkte geht.

XIX.

Ableitung der Bewegungsgleichungen der Energie in continuirlichen Körpern.

Von

Nicolaus Umow,

Docent an der Universität Odessa.

1. Denken wir uns in einem in Bewegung begriffenen festen elastischen, oder flüssigen, compressiblen oder incompressiblen Medium, welches continuirlich im gewissen Raume verbreitet ist, ein unendlich kleines Raumelement. Dieses letztere besitzt immer ein gewisses Quantum lebendiger Kraft, kynetischer Energie, und ein gewisses Quantum potentieller Energie, d. h. jener Arbeit, welche von den molecularen Kräften des Elements bei der Rückkehr seiner Partikeln in die initiale stabile Gleichgewichtslage abgegeben wird. Die Summe beider Energien werde ich immer mit dem Namen Energie des Körperelements bezeichnen. Ich bezwecke nun in der vorliegenden Abhandlung, die Gleichungen für den Uebergang oder für die Bewegung der Energie von einem Körperelement zum andern abzuleiten.

Die Bewegung der Energie in einem Körper muss auf dem Gesetze ihrer Erhaltung beruhen. Den Ausdruck des Gesetzes der Bewegung der Energie in einem unendlich kleinen Körperelemente erhalten wir aus dem analogen Falle der Erhaltung der Quantität der Materie während der Bewegung einer compressiblen elastischen Flüssigkeit.

Zuvörderst muss bemerkt werden, dass ich im Nächstfolgenden ausdrücklich den Fall ausschliesse, wo äussere Kräfte auf die Körpertheilchen einwirken.

Wenn wir unter ϱ die Dichtigkeit eines flüssigen elastischen Mediums in einem Punkte des Raumes und ferner mit u, v, w die Geschwindigkeiten der Flüssigkeit längs rechtwinkligen Coordinatenaxen in demselben Punkte bezeichnen, so wird das Gesetz der Erhaltung der Materie im Raumelemente durch die folgende bekannte hydrodynamische Continuitätsgleichung ausgedrückt (Partielle Differentialgleichungen. Vorlesungen von Riemann, 1869):

$$1)\qquad \frac{d\varrho}{dt}+\frac{d(\varrho u)}{dx}+\frac{d(\varrho v)}{dy}+\frac{d(\varrho w)}{dz}=0,$$

wo t die Zeit und x, y, z rechtwinklige Raumcoordinaten bezeichnen. Die in einem Raumelemente eingeschlossene Quantität der Energie will ich mit $J\,dx\,dy\,dz$ bezeichnen und unter J die Dichtigkeit der Energie in einem Punkte des Raumes verstehen. Die Vermehrung in einem Raumelemente kann nur durch ihre Verminderung in benachbarten Theilen geschehen; somit können wir den Uebergang eines gewissen Quantums der Energie von einem Theile des Körpers auf den andern ganz wie den Fall des Ueberganges eines gewissen Quantums compressibler flüssiger Materie behandeln. Wir können mit anderen Worten ebenfalls von der Geschwindigkeit der Bewegung der Energie reden und ihre Componenten längs den Coordinatenaxen mit e_x, e_y, e_z bezeichnen. Die Grössen $Je_x\,dt\,dy\,dz$, $Je_y\,dt\,dx\,dz$, $Je_z\,dt\,dy\,dx$ stellen die Quantitäten der Energie, welche die drei Flächen $dy\,dz$, $dx\,dz$, $dx\,dy$ eines unendlich kleinen Parallelepipedons in einem Zeitelement durchfliessen, dar. Das Gesetz der Erhaltung der Energie im Raumelement wird offenbar durch folgenden, der Gleichung 1) analogen Ausdruck bezeichnet werden:

$$\mathrm{I})\qquad \frac{dJ}{dt}+\frac{d(Je_x)}{dx}+\frac{d(Je_y)}{dy}+\frac{d(Je_z)}{dz}=0.$$

In diesem Ausdrucke ist der Differentialquotient $\frac{dJ}{dt}$ nach der Zeit partiell genommen. Wir können bekanntlich noch die Gleichung bilden

$$\mathrm{I\,bis})\qquad \frac{1}{J}\frac{dJ}{dt}+\frac{de_x}{dx}+\frac{de_y}{dy}+\frac{de_z}{dz}=0,$$

wo $\frac{dJ}{dt}$ den vollen Differentialquotienten nach der Zeit bezeichnet.

Diese auf allgemeine Principien abgeleiteten Gleichungen I) und I bis) werden weiter auf alle uns bekannten Medien angewandt.

2. Wenn wir die Gleichung I) mit dem Raumelemente $dx\,dy\,dz$ multipliciren und für den ganzen vom Körper erfüllten Raum integriren, so erhalten wir die Gleichung der Erhaltung der Energie im ganzen Körper. Sie lautet:

$$2)\qquad \iiint\frac{dJ}{dt}\,dx\,dy\,dz+\iiint\left(\frac{dJe_x}{dx}+\frac{dJe_y}{dy}+\frac{dJe_z}{dz}\right)=0,$$

oder durch partielle Integration des zweiten Gliedes:

$$3)\qquad \iiint\frac{dJ}{dt}\,dx\,dy\,dz+\iint J(e_x\cos nx+e_y\cos ny+e_z\cos nz)\,d\sigma=0.$$

Es bezeichnet hier n das Element einer nach aussen zur Grenzfläche des Körpers gezogenen Normale und $d\sigma$ das Element der Grenzfläche.

Wenn wir mit e_n die Geschwindigkeit der Energie längs der obengenannten Normale bezeichnen, so haben wir

$$4)\qquad e_n = e_x \cos nx + e_y \cos ny + e_z \cos nz.$$

Aus den partiellen Differentialgleichungen der Bewegung einzelner Theilchen eines Körpers können wir bekanntlich den Ausdruck für die Erhaltung der Energie im ganzen Körper bilden. Bezeichnen wir mit δJ den Zuwachs der lebendigen Kraft in einem Raumelemente, mit δW den Zuwachs der mit negativem Vorzeichen genommenen Arbeit der molecularen Kräfte in demselben, mit δL den Zuwachs der Arbeit der äusseren, auf die Grenzflächen des Körpers wirkenden Zugkräfte, so haben wir für den Fall, wo keine äusseren Kräfte auf die Theilchen des Körpers wirken, folgenden Ausdruck der Erhaltung der Energie im ganzen Körper:

$$5)\qquad \int\!\!\int\!\!\int (\delta J + \delta W)\, d\omega + \int\!\!\int \delta L\, d\sigma = 0.$$

Dieser Ausdruck muss identisch sein mit den Ausdrücken 2) und 3). Es soll daher das zweifache Integral in der Gleichung 5), welches auf die ganze Oberfläche des Körpers ausgedehnt ist, sich in ein dreifaches Integral umwandeln, welches auf den ganzen vom Körper erfüllten Raum ausgedehnt ist und welches mit dem zweiten dreifachen Integral der Gleichung 2) identisch sein muss.

Die Umwandlung für die Fälle fester elastischer, flüssiger compressibler und incompressibler Körper durchzuführen, wird unsere nächste Aufgabe sein. Wird diese Umwandlung vollzogen, so müssen wir die Identität des umgewandelten Integrals mit dem zweiten dreifachen Integral der Gleichung 2) mathematisch ausdrücken. Die so gefundenen Bedingungen werden uns den Zusammenhang zwischen den Bewegungen der Energie und den Bewegungen sämmtlicher Körpertheilchen aufklären.

3. Die Bewegungsgleichungen der Energie in festen elastischen Körpern. Wollen wir mit u, v, w die Verschiebungen eines Theilchens eines festen elastischen Körpers längs den Coordinatenaxen, durch p_{xx}, p_{yy}, p_{zz} die normalen und durch p_{xy}, p_{yz}, p_{xz} die tangentialen, auf die Seiten eines unendlich kleinen Parallelepipedons wirkenden Zugkräfte, durch ϱ die in demselben vorhandene Dichtigkeit bezeichnen. Die Bedeutung der beiden Zugkräften gestellten Indices ist bekannt. Nehmen wir weiter an:

$$6)\qquad \delta u = \frac{du}{dt} = u', \quad \delta v = \frac{dv}{dt} = v', \quad \delta w = \frac{dw}{dt} = w'.$$

Die Gleichung der Erhaltung der Energie [5)] im ganzen Körper wird

$$
\begin{aligned}
&\iiint \frac{\varrho}{2}\,\delta(u'^2+v'^2+w'^2)\,d\omega \\
&+\iiint\Big[p_{xx}\frac{d\,\delta u}{dx}+p_{yy}\frac{d\,\delta v}{dy}+p_{zz}\frac{d\,\delta w}{dz}+p_{yz}\Big(\frac{d\,\delta v}{dz}+\frac{d\,\delta w}{dy}\Big) \\
7)\quad &\qquad +p_{xz}\Big(\frac{d\,\delta w}{dx}+\frac{d\,\delta u}{dz}\Big)+p_{xy}\Big(\frac{d\,\delta u}{dy}+\frac{d\,\delta v}{dx}\Big)\Big]\,d\omega \\
&-\iint\left\{\begin{array}{l}\delta u\,(p_{xx}\cos nx+p_{xy}\cos ny+p_{xz}\cos nz)\\ +\,\delta v\,(p_{xy}\cos nx+p_{yy}\cos ny+p_{yz}\cos nz)\\ +\,\delta w\,(p_{xz}\cos nx+p_{yz}\cos ny+p_{zz}\cos nz)\end{array}\right\}d\sigma=0.
\end{aligned}
$$

Die beiden dreifachen Integrale dieser Formel drücken den für die Zeiteinheit gewonnenen Zuwachs der Energie im ganzen elastischen Körper aus. Es muss somit das zweifache Integral sich in ein dreifaches, mit dem zweiten dreifachen Integral der Gleichung 2) identisches umwandeln. Wir können nämlich dieses zweifache Integral in das folgende dreifache umwandeln:

$$
8)\qquad -\iiint d\omega\left\{\begin{array}{l}\dfrac{d}{dx}(p_{xx}u'+p_{xy}v'+p_{xz}w')\\[2mm] +\dfrac{d}{dy}(p_{xy}u'+p_{yy}v'+p_{yz}w')\\[2mm] +\dfrac{d}{dz}(p_{xz}u'+p_{yz}v'+p_{zz}w')\end{array}\right\}.
$$

Es ist leicht, auch auf directem Wege aus den partiellen Bewegungsdifferentialgleichungen der Theilchen eines elastischen Körpers nachzuweisen, dass die Summe der unter den dreifachen Integralen des Ausdrucks 7) stehenden Functionen mit der Function, welche unter den Integralzeichen in dem Ausdrucke 8) steht, gleich null ist. Die letztgenannte Function muss daher mit derjenigen, welche unter dem zweiten dreifachen Integrale der Gleichung 2) vorkommt, d. h. mit

$$
9)\qquad \frac{d(Je_x)}{dx}+\frac{d(Je_y)}{dy}+\frac{d(Je_z)}{dz}
$$

identisch sein. Wir erhalten hierdurch folgende Bedingungen dieser Identität:

$$
10)\qquad \begin{aligned}
-Je_x&=p_{xx}u'+p_{xy}v'+p_{xz}w',\\
-Je_y&=p_{xy}u'+p_{yy}v'+p_{yz}w',\\
-Je_z&=p_{xz}u'+p_{yz}v'+p_{zz}w'.
\end{aligned}
$$

Es werden diesen Ausdrücken keine unbestimmten Functionen resp. von (y, z), (z, x), (x, y) hinzugefügt, da keine Bewegung der Energie vorhanden sein kann, wenn $u'=v'=w'=0$. Die Gleichungen 10) stellen uns die Bewegungsgleichungen der Energie in festen elastischen Körpern dar.

4. Die Gleichungen 10) können an verschiedenen Beispielen leicht verificirt werden. Letztere wollen wir den Erscheinungen der Wellenfort-

Nehmen wir an, dass in einem festen elastischen Körper ebene Wellen von longitudinalen Schwingungen sich fortpflanzen. Es sei z. B.

$$
11)\qquad \begin{aligned} v=0, \quad w=0, \\ u=A\cos\frac{2\pi}{T}\left(t-\frac{x}{\Omega}\right), \end{aligned}
$$

wo Ω die unbekannte Fortpflanzungsgeschwindigkeit der longitudinalen Schwingungen bezeichnet. Wir haben bei Zugrundelegung der Lamé'schen Elasticitätsformeln:

$$
12)\qquad \begin{aligned} p_{xx} &= (\lambda+2\mu)\frac{du}{dx}, & p_{yz} &= 0, \\ p_{yy} &= \lambda\frac{du}{dx}, & p_{xy} &= 0, \\ p_{zz} &= \lambda\frac{du}{dx}, & p_{xz} &= 0. \end{aligned}
$$

Es berechnet sich aus diesen Werthen

$$
13)\qquad J=\frac{2\pi^2A^2}{T^2}\left(\varrho+\frac{\lambda+2\mu}{\Omega}\right)\sin^2\frac{2\pi}{T}\left(t-\frac{x}{\Omega}\right).
$$

Es werden weiter die Ausdrücke 10):

$$
14)\qquad \begin{aligned} -Je_x &= -(\lambda+2\mu)\frac{4\pi^2A^2}{\Omega T^2}\sin^2\frac{2\pi}{T}\left(t-\frac{x}{\Omega}\right), \\ -Je_y &= 0, \\ -Je_z &= 0. \end{aligned}
$$

Wir erhalten hieraus $e_y=0$, $e_z=0$; es ist daher $e_x=\Omega$, und die Einstellung dieses Werthes in die erste der Gleichungen 14) giebt uns

$$
15)\qquad \Omega\left(\varrho+\frac{\lambda+2\mu}{\Omega^2}\right)=\frac{2(\lambda+2\mu)}{\Omega},
$$

woraus das bekannte Resultat folgt:

$$
16)\qquad \Omega^2=\frac{\lambda+2\mu}{\varrho}.
$$

Jetzt werden wir uns zu den allgemeinen Schlüssen über die Bewegung fortschreitender Wellen, welche aus den Gleichungen 10) gezogen werden können, wenden. In diesem Falle müssen die Geschwindigkeiten der Energie denjenigen der Wellen gleich sein.

Wenn wir mit B den Parameter der Wellenoberflächen bezeichnen, mit dn das Element einer zu einer derselben gezogenen Normalen, so haben wir

$$
17)\qquad dn=\frac{dB}{\Delta_1 B},
$$

wo

$$
\Delta_1 B=\left\{\left(\frac{dB}{dx}\right)^2+\left(\frac{dB}{dy}\right)^2+\left(\frac{dB}{dz}\right)^2\right\}^{1/2}.
$$

Da die zu verschiedenen Wellenoberflächen in correspondirenden

gewählte Wellen gleiche Strecken von denselben abschneiden, so können wir das Parameter B so wählen, dass

18) $$dn = dB,$$

d. h. dass

19) $$\Delta_1 B = 1.$$

Wenn wir mit c die Geschwindigkeit der Wellen bezeichnen, so haben wir ferner

20) $$e_x = c \cdot \frac{\frac{dB}{dx}}{\Delta_1 B}, \quad e_y = c \cdot \frac{\frac{dB}{dy}}{\Delta_1 B}, \quad e_z = c \cdot \frac{\frac{dB}{dz}}{\Delta_1 B}.$$

Wenn wir diese Werthe in die Gleichungen 10) einstellen, so haben wir

21) $$\begin{aligned} -Jc\frac{dB}{dx} &= p_{xx}u' + p_{xy}v' + p_{xz}w', \\ -Jc\frac{dB}{dy} &= p_{xy}u' + p_{yy}v' + p_{yz}w', \\ -Jc\frac{dB}{dz} &= p_{xz}u' + p_{yz}v' + p_{zz}w'. \end{aligned}$$

Es zeigen diese Ausdrücke, dass

22) $$\begin{aligned} &-\frac{p_{xx}u' + p_{xy}v' + p_{xz}w'}{Jc}, \\ &-\frac{p_{xy}u' + p_{yy}v' + p_{yz}w'}{Jc}, \\ &-\frac{p_{xz}u' + p_{yz}v' + p_{zz}w'}{Jc} \end{aligned}$$

die Cosinusse der Winkel der Normalen in einem Punkte der Wellenoberfläche mit den Coordinatenaxen sind. Diese Grössen bleiben daher constant längs eines und desselben Strahles.

Wenn wir die Werthe 20) und 19) in die Gleichung I) einsetzen und statt rechtwinkliger Coordinaten drei Systeme einander orthogonaler Oberflächen, von denen die eine das System der Wellenoberflächen darstellt, einführen, unddie Bedingungen der Orthogonalität nebst Gleichung 19) berücksichtigen, so werden wir erhalten

23) $$\frac{1}{c}\frac{dJ}{dt} + J\Delta_2 B + \frac{dJ}{dB} = 0.$$

Wenn wir ferner durch h_1, h_2 die differentiellen Parameter erster Ordnung von den Flächen, die zu zwei anderen Systemen orthogonaler Oberflächen gehören, bezeichnen, so haben wir bekanntlich

24) $$\Delta_2 B = \Delta_1 B_1 h_1 h_2 \frac{d}{dB}\left(\frac{\Delta_1 B}{h_1 h_2}\right)$$

oder wegen 19)

25) $$\Delta_2 B = \frac{d(\log h_1 h_2)}{\ldots}$$

Es wird daher das allgemeine Integral der partiellen Differentialgleichung erster Ordnung 23) folgende Gestalt haben:

26) $$J = h_1 . h_2 f(A - 3, \varrho_1, \varrho_2),$$

wo ϱ_1, ϱ_2 die Parameter der zwei anderen Systeme orthogonaler Oberflächen sind und f eine willkürliche Function bedeutet. Die Gleichung 26) giebt uns den Ausdruck der Energie im Falle fortschreitender Wellen für einen und denselben Punkt des Raumes. Er zeigt z. B., dass für sphärische Wellen die Energie wird mit wachsender Entfernung wie $\frac{1}{r^2}$ (da in diesem Falle $h_1 . h_2$ wie $\frac{1}{r^2}$ abnimmt), und für cylindrische Wellen wie $\frac{1}{r}$ abnehmen. Wenn wir in 26) den Werth

27) $$B = A + c_1$$

einsetzen, so erhalten wir das allgemeine Integral der Gleichung I bis), d. h. den Ausdruck der Energie

28) $$J = h_1, h_2 f(\varrho_1, \varrho_2)$$

für einen Punkt der Wellenoberfläche, welcher mit derselben in fortschreitender Bewegung begriffen ist.

Indem wir diesen Ausdruck mit dem räumlichen Element

29) $$d\omega = \frac{dB . d\varrho_1 \, d\varrho_2}{h_1 \, h_2}$$

multipliciren, so finden wir, dass ein und dasselbe Quantum der Energie immer mit einer und derselben Wellenoberfläche fortschreitet.

4. Ich kehre nun zu den allgemeinen Gesetzen der Bewegung der Energie in festen elastischen Körpern zurück. Stellen wir uns im Innern eines solchen Körpers ein unendlich kleines Flächenelement vor, dessen Normale wir mit n bezeichnen, und auf welches eine Spannkraft P wirkt, so haben wir bekanntlich

30) $$\begin{aligned} P \cos(Px) &= p_{xx} \cos(nx) + p_{xy} \cos(ny) + p_{xz} \cos(nz), \\ P \cos(Py) &= p_{xy} \cos(nx) + p_{yy} \cos(ny) + p_{yz} \cos(nz), \\ P \cos(Pz) &= p_{xz} \cos(nx) + p_{yz} \cos(ny) + p_{zz} \cos(nz). \end{aligned}$$

Multipliciren wir diese Ausdrücke mit u', v', w' und addiren, so erhalten wir mit Rücksicht auf Gleichungen 10)

31) $$P . i \cos(i, P) = - J e \cos(e, n),$$

wo i die Geschwindigkeit des Schwerpunktes des Elements bezeichnet und e die Geschwindigkeit der Bewegung der Energie. Wenn wir die Componente der Geschwindigkeit i, nach der Richtung der Spannkraft P genommen, mit i_p, und die Componente der Geschwindigkeit e der Energie nach der Richtung der Normale, welche derjenigen der Spannkraft P entgegengesetzt ist, mit e_n nennen, so haben wir

32) $$Pi = Je$$

Die Grösse Je_n bezeichnet das Quantum der Energie, welches in einem gegebenen Zeitpunkte das Flächenelement in der Richtung seiner Normalen durchfliesst und auf die Zeiteinheit bezogen ist. Bezeichnen wir dieses Quantum mit q_n, so haben wir

33) $$i_p = \frac{q_n}{P}.$$

Dieser Ausdruck gilt auch für die Oberfläche des Körpers und giebt uns ein Mittel, nach den gegebenen Grössen des Zuges oder des Druckes, welchem der Körper in einem Punkte seiner Oberfläche ausgesetzt ist, und nach der Quantität Je_n der in den Körper eintretenden Energie die Geschwindigkeit i_p des Punktes der Oberfläche zu berechnen.

Es ergiebt sich z. B., dass, wenn das auf die Zeiteinheit bezogene Quantum der Energie, welches in einer gegebenen Zeit durch einen Punkt der Oberfläche in den Körper eindringt, einem Kilogrammometer in 1″ gleich ist und der Druck P normal und gleich einer Atmosphäre, d. h. 10334 Kilogr. auf einen Quadratmeter, so wird der absolute Werth der Geschwindigkeit i_p gleich 0,096 Millimeter in 1″.

Der Ausdruck 33) berechtigt uns zu dem Schlusse, dass die Geschwindigkeiten i_p der Oberflächentheilchen beliebiger fester elastischer Körper einander gleich sind, wenn sie unter denselben normalen Zug- oder Druckkräften stehen und die in den Körper ein- oder austretenden Quanta der Energie dieselben sind.

Der Ausdruck 31) zeigt uns ferner, dass die Quantität der in der Richtung der Normalen zu einem Flächenelement fliessenden Energie gleich der negativen Arbeit ist, welche von der auf das Element wirkenden Spannkraft für einen gegebenen Zeitpunkt ausgeübt ist. (Die Zugkräfte müssen, wie bekannt, positiv, die Druckkräfte aber negativ gerechnet werden.

5. Die Bewegungsgleichungen der Energie in flüssigen Körpern. Wollen wir zunächst flüssige Körper ohne Rücksicht auf die sogenannte innere Reibung ihrer Theilchen betrachten. Wenn wir mit u, v, w die Geschwindigkeiten eines Flüssigkeitstheilchens längs den Coordinatenaxen in einem und demselben Punkte des Raumes, mit p den Druck und durch ϱ die Dichtigkeit bezeichnen, so haben wir folgende hydrodynamische Gleichungen:

34) $$\begin{aligned} -\frac{1}{\varrho}\frac{dp}{dx} &= \frac{du}{dt} + u\frac{du}{dx} + v\frac{du}{dy} + w\frac{du}{dz}, \\ -\frac{1}{\varrho}\frac{dp}{dy} &= \frac{dv}{dt} + u\frac{dv}{dx} + v\frac{dv}{dy} + w\frac{dv}{dz}, \\ -\frac{1}{\varrho}\frac{dp}{dz} &= \frac{dw}{dt} + u\frac{dw}{dx} + v\frac{dw}{dy} + w\frac{dw}{dz}. \end{aligned}$$

Wir lassen wiederum den Fall, wo äussere Kräfte auf die Flüssigkeitstheilchen einwirken, ausser Betrachtung. Es gelten noch für das Innere

$$
35)\quad \begin{aligned}
&\frac{d\varrho}{dt}+\frac{d(\varrho u)}{dx}+\frac{d(\varrho u)}{dy}+\frac{d(\varrho u)}{dz}=0,\\
&\frac{1}{\varrho}\frac{d\varrho}{dt}+\frac{du}{dx}+\frac{dv}{dy}+\frac{dw}{dz}=0.
\end{aligned}
$$

Indem wir die Gleichungen 34) resp. mit $u\,dt$, $v\,dt$, $w\,dt$ multipliciren, addiren und den erhaltenen Ausdruck über die ganze Ausdehnung des flüssigen Körpers integiren, so kommen wir durch prartielle Integration zu dem Ausdrucke für die Erhaltung der Energie im ganzen Körper, indem wir noch die cubische Ausdehnung Θ einführen:

$$
36)\quad \iiint\left[\frac{d}{dt}\left\{\frac{\varrho\,(u^2+v^2+w^2)}{2}-p\Theta\right\}\right]d\omega
+\iint\left[\frac{\varrho\,(u^2+v^2+w^2)}{2}+p\right][u\cos nx+v\cos ny+w\cos nz]\,d\sigma=0,
$$

wo das zweifache Integral auf die ganze Oberfläche des Körpers ausgedehnt ist und n die Normale zu einem Oberflächenelement bezeichnet. Das dreifache Integral dieses Ausdrucks stellt die Zunahme der Energie in sämmtlichen Körperelementen dar: das erste Glied der unter dem dreifachen Integralzeichen stehenden Function stellt nämlich die Aenderung der lebendigen Kraft im Innern eines Körperelements dar, während das zweite Glied die Aenderung der von den Druckkräften verrichteten Arbeit ausdrückt. Es folgt hieraus, dass das zweifache Integral des Ausdrucks 36) das Quantum der durch die Körperoberfläche ein- oder austretenden Energie bezeichnet. Dieses letzte Integral muss daher mit denjenigen des Ausdrucks 3) identisch sein. Es verwandelt sich erstens in ein dreifaches Integral

$$
37)\quad \iiint d\omega\left\{\begin{aligned}
&\frac{d}{dx}\left[u\left(p+\frac{\varrho\,(u^2+v^2+w^2)}{2}\right)\right]\\
&+\frac{d}{dy}\left[v\left(p+\frac{\varrho\,(u^2+v^2+w^2)}{2}\right)\right]\\
&+\frac{d}{dz}\left[w\left(p+\frac{\varrho\,(u^2+v^2+w^2)}{2}\right)\right]
\end{aligned}\right\}.
$$

Die Function, welche unter dem Integralzeichen in diesem Ausdrucke vorkommt, stellt die (für die Zeiteinheit genommene) Quantität der in ein Körperelement eintretenden Energie dar. Die Richtigkeit dieses Schlusses kann auch direct durch das Umformen der Function, die unter dem dreifachen Integralzeichen des Ausdruckes 36) vorkommt, mittels der hydrodynamischen Grundgleichungen bewiesen werden.

Folglich muss die Function, die unter dem Integralzeichen im Ausdruck 37) vorkommt, mit derjenigen des zweiten dreifachen Integrals der Gleichung 2), d. h. mit

$$
\frac{d(Je_x)}{dx}+\frac{d(Je_y)}{dy}+\frac{d(Je_z)}{dz}
$$

37) $Je_x = u\left(p + \frac{\varrho i^2}{2}\right), \quad Je_y = v\left(p + \frac{\varrho i^2}{2}\right), \quad Je_z = w\left(p + \frac{\varrho i^2}{2}\right),$

wo

38) $$i^2 = u^2 + v^2 + w^2.$$

Es stellen somit die Gleichungen 37) die Gesetze der Bewegung der Energie in flüssigen Körpern dar.

Wir erhalten hieraus, indem wir noch mit c die Geschwindigkeit der Energie bezeichnen, d. h.

39) $$c^2 = e_x^2 + e_y^2 + e_z^2,$$

dass

40) $$Jc = i\left(p + \frac{\varrho i^2}{2}\right),$$

d. h. die Quantität der Bewegung der Energie ist gleich dem Producte aus der Geschwindigkeit der Bewegung in die Summe des hydrostatischen Druckes und der lebendigen Kraft.

Aus den Gleichungen 37) und 40) erhalten wir ferner

41) $$\frac{e_x}{c} = \frac{u}{i}, \quad \frac{e_y}{c} = \frac{v}{i}, \quad \frac{e_z}{c} = \frac{w}{i},$$

d. h. die Richtung der Bewegung der Energie in flüssigen Körpern fällt mit derjenigen der Bewegung seiner Theilchen zusammen. Es können daher z. B. keine Transversalschwingungen in einer Flüssigkeit entstehen, was allgemein bekannt ist.

Die Gleichungen 37) gelten auch für die Oberfläche der Flüssigkeit und führen zu Schlüssen, welche denjenigen aus der Gleichung 32) gezogenen analog sind.

Wenn die Flüssigkeit incompressibel ist, so ist die Energie der lebendigen Kraft der Bewegung gleich, d. h.

42) $$J = \frac{\varrho i^2}{2}.$$

Wir finden dann aus der Gleichung 40)

43) $$i^2 - ic + \frac{2p}{\varrho} = 0,$$

woraus

44) $$c = i + \frac{2p}{\varrho}$$

und

45) $$i = \frac{c}{2} \pm \sqrt{\frac{c^2}{4} - \frac{2p}{\varrho}}.$$

Da für alle möglichen Bewegungen die Grösse i immer reell sein soll, so muss

46) $$\frac{c^2}{4} \geqq \frac{2p}{\varrho}.$$

Es wird ausserdem

Aus dem Ausdrucke 46) finden wir das Minimum c_m der möglichen Geschwindigkeit der Energie unter dem gegebenen Drucke

48) $$c_m = \sqrt{\frac{8p}{\varrho}}.$$

Wenn wir mit d die auf Wasser bei 4° C. bezogene Dichtigkeit der Flüssigkeit bezeichnen und durch n den in Atmosphären ausgedrückten Druck im Innern eines Flüssigkeitselements, so erhalten wir

49) $$c_m = 28{,}752\sqrt{\frac{n}{d}} \text{ Meter in } 1''.$$

Für $n=1$ haben wir für Wasser $c_m = 28{,}752$ Meter in 1″. Das Minimum der Geschwindigkeit der Energie wächst zugleich mit dem Druck und mit der abnehmenden Dichtigkeit der Flüssigkeit.

Wenn wir die Grösse $\frac{p}{\varrho}$ aus dem Ausdrucke 43) in die hydrodynamischen Grundgleichungen hineinstellen, so erhalten wir die folgende Form der hydrodynamischen Gleichungen für incompressible Flüssigkeiten:

50) $$\begin{aligned}
2\frac{du}{dt} + v\zeta - w\eta + \frac{d(ci)}{dx} &= 0,\\
2\frac{dv}{dt} + w\xi - u\zeta + \frac{d(ci)}{dy} &= 0,\\
2\frac{dw}{dt} + u\eta - v\xi + \frac{d(ci)}{dz} &= 0,
\end{aligned}$$

wo

51) $$2\xi = \frac{dv}{dz} - \frac{dw}{dy}, \quad 2\eta = \frac{dw}{dx} - \frac{du}{dz}, \quad 2\zeta = \frac{du}{dy} - \frac{dv}{dx}.$$

Die Grössen ξ, η, ζ sind die doppelten Rotationsgeschwindigkeiten des betreffenden Theilchens um die Coordinatenaxen. Wenn keine Rotationsbewegungen in der Flüssigkeit vorhanden sind, so erhalten wir aus den Gleichungen 50):

52) $$2\frac{du}{dt} + \frac{d(ci)}{dx} = 0, \quad 2\frac{dv}{dt} + \frac{d(ci)}{dy} = 0, \quad 2\frac{dw}{dt} + \frac{d(ci)}{dz} = 0.$$

Wenn wir mit φ das Geschwindigkeitspotential bezeichnen, so wird offenbar

53) $$\frac{d\varphi}{dt} = -\frac{ci}{2},$$

d. h. der negativ nach der Zeit genommene Differentialquotient des Geschwindigkeitspotentials ist gleich dem halben Producte aus der Geschwindigkeit der Bewegung eines Theilchens in die Fortpflanzungsgeschwindigkeit der Energie. [Der Gleichung 53) ist keine von der Zeit allein abhängige Function beigefügt, da wir uns dieselbe unter dem Zeichen φ eingeführt denken.]

Wir können endlich die Bewegungsgleichungen der Energie für die Flüssigkeiten mit innerer Reibung aufstellen. Die hier ausführbare Untersuchung ist ganz analog den früheren, und ich werde mich begnügen, allein das Resultat anzuführen:

$$Je_x = u\frac{\varrho(u^2+v^2+w^2)}{2} + p_{xx}u + p_{xy}v + p_{xz}w,$$

54) $$Je_y = v\frac{\varrho(u^2+v^2+w^2)}{2} + p_{xy}u + p_{yy}v + p_{yz}w,$$

$$Je_z = w\frac{\varrho(u^2+v^2+w^2)}{2} + p_{xz}u + p_{yz}v + p_{zz}w.$$

Die hier gebrauchten Bezeichnungen sind bekannt.

Anmerkungen.

Durch folgende Anmerkungen mögen einige, in dem obengenannten Aufsatze eingeführte Begriffe und die Allgemeinheit der abgeleiteten Bewegungsgleichungen der Energie erläutert werden.

1. Definition und Maass der Geschwindigkeit der Bewegung der Energie. Wenn die Bewegung eines Körpertheilchens M eine Aenderung durch irgendwelche Ursachen erleidet, so wird sich eine Perturbation der Bewegungen der Körpertheilchen allmälig durch den ganzen Körper verbreiten. Da keine Aenderung der Bewegung ohne eine Vermehrung oder Verminderung der Energie, d. h. ohne einen Zu- oder Abfluss derselben geschehen kann, so wird neben der Fortpflanzung der Perturbation der Bewegungen eine in diesem oder anderem Sinne vor sich gehende Bewegung der Energie geschehen. Da umgekehrt jeder Zu- oder Abfluss der Energie eine Perturbation der Bewegung mit sich führt, bestehe diese Perturbation in der Aenderung des früheren Bewegungszustandes oder in der Unterhaltung desselben, wenn es seiner Natur nach zum Ablaufe strebt, so werden die Richtung und Geschwindigkeit der Bewegung der Energie mit denjenigen der Fortpflanzung der Perturbation identisch sein.

Es soll jetzt gezeigt werden, dass wir als Maass der Geschwindigkeit der Energie in einer gegebenen Richtung und in einem gegebenen Punkte des Raumes den Quotienten aus der Quantität q der in der Zeiteinheit durch die Flächeneinheit in derselben Richtung fliessenden Energie zu der Dichtigkeit J der letzteren im gegebenen Punkte des Körpers annehmen können.

Es sei $+s$ die Richtung der Bewegung der Energie im Punkte M des Körpers. Wollen wir in der Richtung $-s$ einen zum Punkte M unendlich naheliegenden Punkt M' nehmen. Mit Vernachlässigung unendlich kleiner Grössen können wir annehmen, dass die Richtung der Bewegung der Energie im Punkte M' dieselbe wie im Punkte M ist. Wollen wir die Bedeutung des Quotienten

1) $$c = \frac{q}{J}.$$

aufsuchen. Es sei τ die unendlich kleine Zeit, welche für die Uebertragung der Energie vom Punkte M' zum Punkte M erforderlich ist. Während dieses Zeitintervalls wird die ganze im Innern eines unendlich dünnen Cylinders, mit der Basis σ und Axe MM' eingeschlossene Energie, d. h. $J.\overline{MM'}.\sigma$, durch die Fläche σ im Punkte M in der Richtung $+s$ fliessen. Es ist folglich

2) $$q = \frac{J.\overline{MM'}}{\tau}.$$

Indem wir diese Formel in 1) einsetzen, finden wir

3) $$c = \frac{\overline{MM'}}{\tau}.$$

Da die Geschwindigkeit der Energie auf der unendlich kleinen Strecke $\overline{MM'}$ als gleichförmig angesehen werden kann, so ist es bewiesen, dass c nichts Anderes, als die Geschwindigkeit der Bewegung der Energie im Punkte M ist. Es ist hieraus auch der allgemeine Satz über die Bedeutung des Quotienten $\frac{q}{J}$ für jede beliebige Richtung klar.

2. Es soll jetzt die Allgemeinheit der von mir abgeleiteten Bewegungsgleichungen der Energie gezeigt werden. Beim ersten Blicke kann es scheinen, dass die Ableitung derselben auf die bedingungslose Identität eines Ausdrucks der Form

4) $$-\frac{dJ}{dt} = \frac{dA}{dx} + \frac{dB}{dy} + \frac{dC}{dz}$$

mit dem Ausdrucke

5) $$-\frac{dJ}{dt} = \frac{dJe_x}{dx} + \frac{dJe_y}{dy} + \frac{dJe_z}{dz}$$

(siehe meinen Aufsatz) begründet ist. Es wird dabei der Ausdruck 4) aus der Umwandlung des zweifachen Integrals in der Gleichung der Erhaltung der Energie im ganzen Körper abgeleitet. Wenn die Frage in dieser Weise gestellt ist, so werden offenbar die Bewegungsgleichungen der Energie:

6) $$A = Je_x, \quad B = Je_y, \quad C = Je_z,$$

nur particuläre Lösungen sein. Die Aufgabe besteht aber in der Auffindung dreier solcher Functionen, dass die Summe ihrer ersten, nach den rechtwinkligen Coordinaten x, y, z genommenen Differentialquotienten der völlig von Zug- oder Druckkräften, Verschiebungen ihrer Differentialquotienten etc. bestimmten Function $-\frac{dJ}{dt}$ gleich wäre, und die folgenden, durch die Natur der Frage vorgeschriebenen Bedingungen erfüllt seien:

a) Da die genannten Functionen die Quantitäten der in drei einander

einheit durchströmenden Energie, d. h. die Grössen Je_x, Je_y, Je_z darstellen müssen, so soll ihre allgemeinste Form derart sein, dass die Coordinaten x, y, z in dieselben nur indirect durch Zug- oder Druckkräfte, Verschiebungen, ihre Differentialquotienten etc. eingehen. Eine Form dieser Functionen, welche von der von mir für Je_x, Je_y, Je_z in dem obigen Aufsatze für elastische und flüssige Körper gegebenen verschieden wäre, würde der Gleichung 5) nicht genügen ohne Hinzufügung neuer Bedingungen für Zug- oder Druckkräfte, Verschiebungen etc., ausser derjenigen, welche schon durch Partialdifferentialgleichungen der Bewegung der Körpertheilchen gegeben sind. Es sind daher die in dem Aufsatze abgeleiteten Bewegungsgleichungen der Energie die allgemeinsten.

b) Es müssen die für Je_x, Je_y, Je_z gefundenen Ausdrücke die Bedingung erfüllen, dass

7) $$\iiint \frac{dJe_x}{dx}\, d\omega, \quad \iiint \frac{dJe_y}{dy}\, d\omega, \quad \iiint \frac{dJe_z}{dz}\, d\omega,$$

wo die Integration auf den ganzen Körper ausgedehnt ist, die Quantitäten der Energie seien, welche durch die Oberfläche des Körpers während der Zeiteinheit in den Richtungen x, y, z fliessen. Es ist leicht einzusehen, dass die Auffindung der Bewegungsgleichungen der Energie in meinem Aufsatze sich auf die Erfüllung dieser Bedingungen stützt.

3. Die Bewegungsgleichungen der Energie, welche sowohl im Innern, als auch auf der Oberfläche des Körpers giltig sind, geben uns das Mittel nach den vorausgegebenen Gesetzen der Bewegung der Energie, diejenigen der Bewegung der Körpertheilchen aufzufinden.

Es seien nämlich

8) $$\Phi_x = 0, \quad \Phi_y = 0, \quad \Phi_z = 0$$

die Partialdifferentialgleichungen der Bewegung der Theilchen eines Körpers, wenn auf sein Inneres keine äusseren Kräfte wirken, und

9) $$Je_x = Q_x, \quad Je_y = Q_y, \quad Je_z = Q_z$$

die Bewegungsgleichungen der Energie. Wenn wir die linken Theile der Gleichungen 9) als gegeben betrachten, so reducirt sich die Frage auf die Aufsuchung solcher Integrale der Gleichungen 8), welche den Gleichungen 9), in denen die linken Seiten vorgeschrieben sind, genügen.

O

Kleinere Mittheilungen.

Copernicus.

XVIII. Reliquiae Copernicanae.

(Hierzu Tafel IV, Fig. 1 — 19.)

(Fortsetzung zu S. 76 d. Jahrg.)

Die Stellen, die sich bei Proklos[17] über Nikomedes und die Konchoide finden, sind folgende:

τὴν μὲν γὰρ ὀρθὴν τρίχα τεμεῖν δυνατὸν ὀλίγοις χρησάμενον τῶν ἑξῆς, τὴν δὲ ὀξεῖαν ἀδύνατον μὴ ἐπ' ἄλλας μεταβάντα γραμμάς, αἳ τοῦ μικτοῦ εἰσιν εἴδους. δηλοῦσι δὲ οἱ πρόθεσιν ποιησάμενοι ταύτην τὴν δοθαῖσαν εὐθύγραμμον γωνίαν τρίχα τεμεῖν. Νικομήδης μὲν γὰρ ἐκ τῶν κογχοειδῶν γραμμῶν, ὧν καὶ τὴν γένεσιν καὶ τὴν τάξιν καὶ τὰ συμπτώματα παραδέδωκεν, αὐτὸς εὑρετὴς ὢν τῆς ἰδιότητος αὐτῶν, πᾶσαν εὐθύγραμμον γωνίαν ἐτριχοτόμησεν. ἕτεροι δὲ ἐκ τῶν Ἱππίου καὶ Νικομήδους τετραγωνιζουσῶν πεποιήκασι τὸ αὐτό, μικταῖς καὶ οὗτοι χρησάμενοι γραμμαῖς ταῖς τετραγωνιζούσαις. ἄλλοι δὲ ἐκ τῶν Ἀρχιμηδείων ἑλίκων ὁρμηθέντες εἰς τὸν δοθέντα λόγον ἔτεμον τὴν δοθεῖσαν εὐθύγραμμον γωνίαν;[18]

Denn den rechten Winkel zu drittheilen ist möglich unter Benutzung nur weniger Hilfsmittel; den spitzen aber kann man nicht drittheilen, wenn man nicht seine Zuflucht zu anderen Curven nimmt, welche der gemischten Art angehören. Das beweisen auch die, welche die Aufgabe stellen, einen gegebenen Winkel zu drittheilen. Nikomedes hat nämlich jeden geradlinigen Winkel in drei gleiche Theile getheilt mittels der konchoidischen Linien, deren Entstehung, Construction und Eigenschaften er auseinandergesetzt hat, der er selbst der Entdecker ihrer eigenthümlichen Natur ist. Andere haben dieselbe Aufgabe mittels der Quadratrixen des Hippias und Nikomedes gelöst, indem sie sich der gemischten Curven bedienten, die Quadratrix genannt werden; andere theilten einen gegebenen geradlinigen Winkel mittels der Spirale des Archimedes nach einem gegebenen Verhältniss;

---

[17] *Procli Diadochi In Primum Euclidis Elementorum Librum Commentarii. Ex Recognitione Godofredi Friedlein. Lipsiae In Aedibus B. G. Teubneri M.DCCC.LXXIII.* — 8°. VIII, 507 S. ist die von mir benutzte Ausgabe.

[18] A. a. O. S. 271, Z. 23 — S. 272, Z. 12.

und die andere:

Τοῦτον δὲ τὸν τρόπον εἰώθασι καὶ οἱ ἄλλοι μαθηματικοὶ διαλέγεσθαι περὶ τῶν γραμμῶν, ἑκάστου εἴδους τὸ σύμπτωμα παραδιδόντες. καὶ γὰρ Ἀπολλώνιος ἐφ' ἑκάστης τῶν κωνικῶν γραμμῶν, τί τὸ σύμπτωμα δείκνυσι, καὶ ὁ Νικομήδης ἐπὶ τῶν κογχοειδῶν, καὶ ὁ Ἱππίας ἐπὶ τῶν τετραγωνιζουσῶν, καὶ ὁ Περσεὺς ἐπὶ τῶν σπειρικῶν.[19]

Ganz auf die nämliche Weise pflegen auch die übrigen Mathematiker die Curven zu behandeln, indem sie das jeder Art Eigenthümliche auseinandersetzen. So hat Apollonios für jeden der Kegelschnitte die Eigenschaften gezeigt, Nikomedes dasselbe für die Konchoiden, Hippias für die Quadratrix und Perseus für die spirischen Curven.

Dazu noch die Stellen, die über die Konchoide handeln, ohne des Nikomedes zu erwähnen.

1. *διαιρεῖ δ' αὖ τὴν γραμμὴν ὁ Γέμινος πρῶτον μὲν εἰς τὴν ἀσύνθετον καὶ τὴν σύνθετον — καλεῖ δὲ σύνθετον τὴν κεκλασμένην καὶ γωνίαν ποιοῦσαν — ἔπειτα τὴν σύνθετον εἴς τε τὴν σχηματοποιοῦσαν καὶ τὴν ἐπ' ἄπειρον ἐκβαλλομένην, σχῆμα λέγων ποιεῖν τὴν κυκλικὴν, τὴν τοῦ θυρεοῦ, τὴν κιττοειδῆ, μὴ ποιεῖν δὲ τὴν τοῦ ὀρθογωνίου κώνου τομήν, τὴν τοῦ ἀμβλυγωνίου, τὴν κογχοειδῆ, τὴν εὐθεῖαν, πάσας τὰς τοιαύτας.*[20]

1. Es unterscheidet aber Geminos wiederum die Linien in nicht zusammengesetzte und in zusammengesetzte — er nennt aber zusammengesetzt die gebrochenen und einen Winkel bildenden —, dann wieder die zusammengesetzten in solche, welche eine geschlossene Figur bilden, und in solche, die sich ins Unendliche verlängern. Eine geschlossene Figur bilde z. B. die Kreislinie, die Ellipse, die Kissoide, eine nicht geschlossene der Schnitt des rechtwinkligen und stumpfwinkligen Kegels, die Konchoide, die Gerade und alle derartigen Linien.

2. *οὐ γὰρ εὐθεῖα μὲν κατὰ κύκλον κινουμένη ποιεῖ τινα ἐπιφάνειαν, οὐχὶ δὲ καὶ αἱ κωνικαὶ γραμμαὶ καὶ αἱ κογχοειδεῖς καὶ αὐταὶ αἱ περιφέρειαι.*[21]

2. Eine im Kreise bewegte Gerade bildet keine Oberfläche, ebenso wenig aber auch die Kegelschnitte, die Konchoiden und die Kreisumfänge selbst.

---

[19] A. a. O. S. 356, Z. 6—12.

[20] A. a. O. S. 111, Z. 1—9.

3. *Δεῖ δὲ εἰδέναι, ὅτι τὸ ἀσύμπτωτον οὐ πάντως παραλλήλους ποιεῖ τὰς γραμμάς — καὶ γὰρ τῶν ὁμοκέντρων κύκλων αἱ περιφέρειαι οὐ συμπίπτουσιν — ἀλλὰ δεῖ καὶ ἐπ' ἄπειρον αὐτὰς ἐκβάλλεσθαι. τοῦτο δὲ οὐ μόναις ὑπάρχει ταῖς εὐθείαις, ἀλλὰ καὶ ἄλλαις γραμμαῖς. δυνατον γὰρ νοῆσαι τεταγμένας ἕλικας περὶ εὐθείας γραφομένας, αἵτινες συνεκβαλλόμεναι ταῖς εὐθείαις εἰς ἄπειρον οὐδέποτε συμπίπτουσι. ταῦτα μὲν οὖν παρὰ τούτων ὀρθῶς Γεμῖνος διεῖλεν ἐξ ἀρχῆς, ὅτι τῶν γραμμῶν αἱ μὲν εἰσιν ὡρισμέναι καὶ σχῆμα περιέχουσιν, ὡς ὁ κύκλος καὶ ἡ τῆς ἐλλείψεως γραμμὴ καὶ ἡ κισσοειδὴς καὶ ἄλλαι παμπληθεῖς, αἱ δὲ ἀόρεστοι καὶ εἰς ἄπειρον ἐκβαλλόμεναι, ὡς ἡ εὐθεῖα καὶ ἡ τοῦ ὀρθογωνίου κώνου τομὴ καὶ ἡ τοῦ ἀμβλυγωνίου καὶ ἡ κογχοειδής. πάλιν δὲ αὐτῶν εἰς ἄπειρον ἐκβαλλομένων αἱ μὲν ὀυδὲν σχῆμα περιλαμβάνουσιν, ὡς ἡ εὐθεῖα καὶ αἱ κωνικαὶ τομαὶ αἱ εἰρημέναι, αἱ δὲ συνελθοῦσαί τε καὶ ποιήσασαι σχῆμα ἐπ' ἄπειρον τὸ λοιπὸν ἐκφέρονται. τούτων δὲ αἱ μὲν εἰσιν ἀσύμπτωται αἱ, ὅπως ποτ' ἂν ἐκβληθῶσιν, μὴ συμπίπτουσαι, συμπτωταὶ δὲ αἵ ποτε συμπεσοῦμεναι. τῶν δὲ ἀσυμπτώτων αἱ μὲν ἐν ἑνί εἰσιν ἀλλήλαις ἐπιπέδῳ, αἱ δὲ οὔ. τῶν δὲ ἀσυμπτώτων καὶ ἐν ἑνὶ οὐσῶν ἐπιπέδῳ αἱ μὲν ἴσον ἀεὶ διάστημα ἀπεστήκασιν ἀλλήλων, αἱ δὲ μειοῦσιν ἀεὶ τὸ διάστημα, ὡς ὑπερβολὴ πρὸς τὴν εὐθεῖαν καὶ ἡ κογχοειδὴς πρὸς τὴν εὐθεῖαν. αὗται γὰρ ἀεὶ ἐλασσουμένου τοῦ διαστήματος ἀεὶ ἀσύμπτωτοί εἰσιν καὶ συνεύουσι μὲν ἀλλήλαις, οὐδέποτε δὲ συνεύουσι παντελῶς, ὅ καὶ παραδοξότατόν ἐστιν ἐν γεωμετρίᾳ θεώρημα δεικνύον σύνευσιν*

3. Man muss aber wissen, dass das Nichtzusammentreffen nicht in jedem Falle die Linien parallel macht — denn die Peripherien concentrischer Kreise treffen auch nicht zusammen —, sondern sie müssen auch ins Unendliche verlängert werden. Dies findet aber nicht blos bei den Geraden statt, sondern auch bei anderen Linien, denn man kann sich neben gezeichneten Geraden Spiralen construirt vorstellen, welche zugleich mit den Geraden ins Unendliche verlängert, mit diesen niemals zusammentreffen. In Betreff dieser hat nun Geminos von Anfang an richtig eingetheilt, dass nämlich von den Linien die einen begrenzt sind und eine Figur umschliessen, wie der Kreis, die Ellipse, die Kissoide und viele andere; die anderen aber unbegrenzt und ins Unendliche verlängert, wie die Gerade, der Schnitt des rechtwinkligen und des stumpfwinkligen Kegels und die Konchoide. Von den ins Unendliche verlängerten umfassen die einen wiederum keine Figur, wie die Gerade und die genannten Kegelschnitte, die anderen aber treffen zusammen und bilden eine geschlossene Figur, erstrecken sich aber im Uebrigen ins Unendliche. Von diesen sind nun die asymptotisch, welche, wie weit man sie auch verlängert, nicht zusammentreffen; zusammentreffend aber, die irgend einmal zusammentreffen. Von den asymptotischen liegen die einen beide in der nämlichen Ebene, die anderen nicht. Von den asymptotischen in einer Ebene sind die einen immer um dieselbe Strecke voneinander entfernt,

ἴσον ἀεὶ ἀπεχουσῶν διάστημα αἵ εἰσιν εὐθεῖαι μηδέποτε ἔλλασσον ποιοῦσαι τὸ μεταξὺ αὐτῶν ἐν ἑνὶ ἐπιπέδῳ παράλληλοί εἰσιν.[22]

fortwährend, wie die Hyperbel mit der Geraden und die Konchoide mit der Geraden, denn diese bleiben, obwohl sich ihr Abstand fortwährend verändert, doch immer asymptotisch und nähern sich zwar einander, treffen sich aber niemals vollständig. Das ist das paradoxeste Theorem der Geometrie, denn es beweist die Annäherung gewisser Linien ohne wirkliches Zusammentreffen. Von denen aber, welche stets denselben Abstand haben, sind die Geraden, welche in einer Ebene den Abstand zwischen sich immer gleich lassen, parallel.

Es folgt hieraus unzweifelhaft, dass **Nikomedes** die Konchoide selbstständig fand, dass er ihre Erzeugung, ihre Construction und ihre Eigenschaften entwickelte, und dass er sie speciell zur Dreitheilung des Winkels verwendete. Wir dürfen aber auch annehmen, dass die von **Proklos** aufgeführten Eigenschaften der Konchoide zu den von **Nikomedes** entdeckten gehören. Dieser fand also, dass sie keine geschlossene Figur bilde, sondern sich ins Unendliche erstrecke, dass sie nicht eine Oberfläche bildet, dass sie endlich eine Asymptote hat, wie die Hyperbel. Genauere Auskunft über das Werk des **Nikomedes** *περὶ κογχοειδῶν γραμμῶν* findet sich bei **Eutokios** (*Comm. in II libr. Archimedis de sphaera et cylindro*)[23] und bei **Pappos** (*Mathematicae Collectiones lib. IV*)[24]. **Pappos** als der ältere Schriftsteller möge voranstehen, zu seinen Angaben liefert dann **Eutokios** eine erwünschte Ergänzung. Da der der Uebersetzung des **Commandin** zu Grunde liegende griechische Text augenscheinlich mit dem des **Eutokios** identisch ist, so kann man zugleich sicher sein, in beiden Autoren einen wörtlichen Auszug aus dem Werke des **Nikomedes** vor sich zu haben.

---

[22] A. a. O. S. 176, Z. 18 — S. 177, Z. 23.

[23] *Αρχιμηδους Τα Σωζομενα Μετα Των Ευτοκιου Ασκαλωνιτου Υπομνηματων. Archimedis Quae Supersunt Omnia Cum Eutocii Ascalonitae Commentariis. Ex Recensione Josephi Torelli, Veronensis, Cum Nova Versione Latina. Accedunt Lectiones Variantes Ex Codd. Mediceo Et Parisiensibus. Oxonii, Ex Typographeo Clarendoniano. MDCCXCII.* — gr. in Fol. 1 Blatt, V, XXIX S., 1 Blatt, 472 S. mit 2 Kupfern ist die von mir benutzte Ausgabe.

[24] Ich hatte folgende Ausgabe zur Disposition: *Pappi Alexandrini Mathematicae Collectiones A Federico Commandino Vrbinate In Latinum conuersae, et Commentariis illustratae. In hac nostra editione ab innumeris, quibus scatebant mendis, et praecipuè in Graeco contextu diligenter vindicatae. Et Serenissimo Principi Leopoldo Gulielmo Archiduci Austriae, etc. Dicatae. Bononiae, Ex Typographia HH. de Duccijs. M.DC.LX. Supe-*

Nachdem Pappos bis *Theorema XXII, Prop. XXII* des 4. Buches über Kreissätze und die archimedische Spirale gehandelt hat, fährt er als Einleitung in die *Prop. XXIII* folgendermassen fort:[20]

Ad cubi duplationem excogitata est a Nicomede quaedam linea, quae huiusmodi ortum habet. (Fig. 1.)

Exponatur recta linea AB, cui ad rectos angulos ducatur CDF, et in ipsa CDF sumatur aliquod punctum datum E. atque puncto E in eodem loco manente, recta linea CDEF feratur in recta ADB, per punctum E attracta, ita ut D semper in recta linea AB feratur, et non excidat, dum attrahitur ED, EF. Itaque huiusmodi motu facto ex utraque parte, manifestum est punctum C describere lineam, qualis est LCM, cuius accidens est, ut si recta linea quaepiam a puncto E ductae lineae LCM occurrat, ipsam CD aequalem esse ei, quae inter AB et LCM interiicitur. manente enim AB, et puncto E manente, quando D ad G se applicaverit, congruet recta CD cum GH, et C ad H se applicabit. ergo CD ipsi GH est aequalis. similiter et si alia quaedam a puncto E ad lineam ducatur, erit ea, quae inter lineam et AE rectam interiicitur, ipsi CD aequalis. Vocatur autem, inquit, recta linea quidem AB regula: punctum E polus; CD intervallum, quoniam huic aequales sunt, quae ipsi LCM occurrunt: linea vero LCM vocatur conchoïdes prima, nam et secunda, et tertia, et quarta exponitur, quae ad alia theoremata utiles sunt.

At vero instrumentaliter posse lineam describi, et semper ad regulam magis accedere, hoc est omnium perpendicularium, quae ab aliquibus punctis lineae LCM ad AB ducuntur, maximam esse CD, quae autem ipsi propinquior est, semper remotiore esse maiorem; et si recta linea quaedam inter regulam et conchoidem cadet producaturque, eam a conchoide secari Nicomedes ipse demonstravit, et nos in Analemma Diodori, cum vellemus angulum tripartito secare, praedicta linea usi sumus.

Problema I. Propositio XXIII.

Ex his autem manifestum est fieri posse, ut angulo dato, videlicet GAB, et puncto extra ipsum C ducatur CG, ita ut KG, quae interiicitur media inter lineam et ipsam AB, fiat aequalis rectae lineae datae. (Fig. 2.)

Ducatur enim perpendicularis a puncto C ad AB, quae sit CH, et producatur, sitque DH datae rectae lineae aequalis; et polo quidem C et intervallo dato, videlicet DH, regula autem AB describatur linea conchoides prima EDG. occurrit igitur ipsi AG ex eo, quod dictum est. occurret in G, et iungatur CG: ergo et KG rectae lineae datae aequalis erit. Quidam vero commoditatis caussa aptantes regulam ad punctum C, ipsam usque eo commovent, quoad quae interiicitur media inter AB rectam et lineam AG experientia fiat datae rectae lineae aequalis. Hoc enim existente id, quod initio propositum est, demonstratur. Dico autem, cubus cubi duplus invenitur.

Problema II. Propositio XXIV.

Sed prius duabus datis rectis lineis duae mediae in continua analogia assumuntur, quarum Nicomedes quidem constructionem tantum exposuit, nos vero et demonstrationem constructioni accommodabimus hoc modo. (Fig. 3.)

Sint duae rectae lineae CL, LA ad rectos inter se angulos, quarum oportet duas medias proportionales in continua analogia invenire, compleaturque ABCL parallelogrammum, et utraque ipsarum AB, BC in punctis D, E bifariam secetur; et iuncta DL producatur, ut occurrat rectae lineae CB productae in puncto G; ipsi autem BC sit ad rectos angulos EF, et ducatur CF, quae sit aequalis AD; et iuncta FG ipsi parallela sit CH. angulo autem existente KCH a dato puncto F ducatur FHK, faciens HK ipsi AD vel CF aequalem (hoc enim per lineam conchoidem fieri posse iam ostensum est) et iuncta KL producatur, ut occurrat rectae lineae AB protractae in puncto M. Dico ut LC ad CK, ita esse CK ad MA et MA ad AL.

Quoniam enim BC bifariam secatur in E, et ipsi adiicitur CK, erit rectangulum BKC una cum quadrato ex CE aequale quadrato ex EK. commune apponatur quadratum ex EF. rectangulum igitur BKC una cum quadratis ex CE, EF, hoc est una cum quadrato ex CF, aequale est quadratis ex KE, EF, hoc est quadrato ex KF. Et quoniam ut MA ad AB ita ML ad LK, ut autem ML ad LK ita BC ad CK, erit et ut MA ad AB ita BC ad CK; atque est ipsius quidem AB dimidia AD, ipsius vero BC dupla CG. ergo et ut MA ad AD ita erit GC ad CK. Sed ut GC ad CK ita FH ad HK propter lineas parallelas GF, CH. Componendo igitur ut MD ad DA ita est FK ad KH. Aequalis autem ponitur AD ipsi HK, quoniam et ipsi CF, ergo et MD ipsi FK aequalis erit, et quadratum ex MD quadrato ex FK aequale; atque est quadrato quidem ex MD aequale rectangulum BMA vna cum quadrato ex AD: sed quadrato ex FK aequale demonstratum est rectangulum BKC una cum quadrato ex CF, quorum quadratum ex AD aequale est CF, quod AD ipsi CF aequalis ponatur, ergo et BMA rectangulum rectangulo BKC est aequale, et ut MB ad BK ita KC ad MA, ut autem MB ad BK ita LC ad CK, quare ut LC ad CK ita MA ad AL. Ut igitur LC ad CK ita erit CK ad MA et MA ad AL.

Problema III. Propositio XXV.

Itaque cum hoc demonstratum sit, perspicuum est, quomodo oporteat dato cubo aliam cubum in data proportione invenire. (Fig. 4.)

Sit enim data proportio, quam habet recta linea A ad B rectam, et ipsarum A, B duae mediae proportionales in continua analogia assumantur, videlicet C, D; erit igitur ut A ad B ita cubus, qui fit ab A, ad eum qui a C cubum. Hoc enim ex

Hier ist scheinbar der Auszug aus Nikomedes zu Ende. Die Construction der beiden Proportionallinien hat Pappos mit denselben Worten auch unter Erwähnung des Nikomedes und der Konchoide in Buch III, *Problema I*, *Propositio V*, mit der Ueberschrift *Ut Nicomedes* gegeben.[26] Da er an dieser ersten Stelle nicht erwähnt, dass der Beweis von ihm und nicht von Nikomedes herrühre, da ferner Eutokios, wie wir später sehen werden, den Beweis mit denselben Worten wie Pappos giebt, und unzweifelhaft bei ihm ein wörtlicher Auszug aus Nikomedes vorliegt, so möchte ich fast behaupten, dass hier Pappos für seine Rechnung etwas geflunkert hat, wie er es in Betreff der Kissoide gethan,[27] und wie er es in Betreff seiner Bemerkung, dass er (Pappos) die Konchoide zur Dreitheilung des Winkels angewendet habe, gethan hat. Denn dass durch die obige Bemerkung glauben gemacht werden soll, er habe dies zuerst gethan, ist leicht einzusehen, steht aber mit dem unzweideutigen Zeugnisse des Proklos Diadochos in offenbarem Widerspruche. Die von Pappos in *Problema VII*, *Propositio XXXI* und *Problema VIII*, *Propositio XXXII* mit Hilfe des Kreises und der Hyperbel vorgetragene Auflösung der Dreitheilung des Winkels führt nun aber so unmittelbar nicht auf diese Linien, die nur auf Umwegen zur Benutzung gelangen, sondern auf die Konchoide des Nikomedes, dass man bei der Einfachheit der Construction sicher annehmen darf, sie würde Niemand entgehen, der sich mit derselben beschäftigt. Wir reclamiren dieselbe daher für Nikomedes und erlauben uns zur Stütze unserer Ansicht, hier noch den betreffenden Abschnitt aus Pappos mitzutheilen. Bevor ich jedoch dies thue, will ich zunächst aus dem vorhergehend abgedruckten Texte des Pappos entnehmen, was wir aus demselben für die Bemühungen des Nikomedes um die Konchoide lernen können. Nikomedes hat also zunächst die Erklärung der Konchoide gegeben (von Proklos oben *γένησις* genannt); er hat gezeigt, dass dieselbe sich mechanisch construiren lasse (die *τάξις* des Proklos), das Wie? zeigt Eutokios; dass sie sich der jetzt sogenannten Basis (*regula*) immer mehr und mehr nähere; dass jede Gerade, die man zwischen der Konchoide und der Basis zieht, die Curve nothwendig schneiden muss — auch hierfür giebt Eutokios die Beweise des Nikomedes —; dass man durch einen Punkt jederzeit eine Gerade ziehen kann, so dass das zwischen den Schenkeln eines gegebenen Winkels abgeschnittene Stück derselben eine gegebene Länge hat; er hat endlich mit Hilfe dieser letzteren Aufgabe den Würfel verdoppelt und, wie wir gleich sehen werden, den Winkel trisecirt. Die von Nikomedes als zweite, dritte und vierte Konchoide, der obenerwähnten entgegengesetzten Curven sind offenbar nichts Anderes, als die drei Formen der jetzt sogenann-

---

[26] A. a. O. S. 8, Z. 44—46, S. 9, Z. 1—32.

[27] Man sehe Bretschneider, Die Geometrie und die Geometer vor Euklides. Ein historischer Versuch. Leipzig, Teubner, 1870. S. 181, Z. 19—

ten unteren Konchoide, je nachdem die Entfernung des Poles von der Basis grösser (Fig. 5), gleich (Fig. 6) oder kleiner (Fig. 7) ist, als das von ihm auf dieselbe gefällte Perpendikel.[28]

Ueber die Probleme, welche dem Zeugnisse des Pappos zufolge mit Hilfe dieser Curven gelöst worden sind, bleiben wir völlig im Unklaren.

Den Abschnitt über die Trisection leitet Pappos folgendermassen ein.[29]

Antiqui geometrae datum angulum rectilineum tripartito secare volentes ob hanc caussam haesitarunt. Problematum, quae in Geometria considerantur, tria esse genera dicimus, et eorum alia quidem plana, alia solida, alia vero linearia appellari. Quae igitur per rectas lineas et circuli circumferentiam solvi possunt, merito dicuntur plana: lineae enim, per quas talia problemata inveniuntur in plano ortum habent. Quaecumque vero solvuntur assumpta in constructionem aliqua coni sectione vel etiam pluribus, solida appellata sunt, quoniam ad constructionem solidarum figurarum superficiebus, videlicet conicis, uti necessarium est. Relinquitur tertium genus problematum, quod lineare appellatur: lineae enim aliae praeter iam dictas in constructionem assumuntur, quae varium et difficilem ortum habent, ex inordinatis superficiebus et motibus implicatis factae. Eiusmodi vero sunt etiam lineae, quae in locis ad superficiem dictis inveniuntur, et aliae quaedam magis variae et multae a Demetrio Alexandrino ἐν ταῖς γραμμικαῖς ἐπιστάσεσι, *hoc est in linearibus aggressionibus, et a Philone Tyaneo ex implicatione* πλεκτοειδῶν, *et aliarum varii generis superficierum inventae, quae multa et admirabilia symptomata continent: et nonnullae ipsarum iunioribus dignae existimatae sunt, de quibus longus sermo haberetur. Una autem aliqua ex ipsis est, quae et admirabilis a Menelao appellatur.*

Ex hoc genere sunt lineae helices et quadrantes et conchoides et cissoides. Videtur autem quodammodo peccatum non parvum esse apud geometras, cum problema planum per conica vel linearia ab aliquo invenitur, et, ut summatim dicam, cum ex improprio solvitur genere, quale est in quinto libro conicorum Apollonii problema in parabola, et in libro de lineis Spiralibus Archimedis assumpta solida inclinatio in circulo. Fieri enim potest, ut nullo utentes solido problema ab ipso descriptum inveniamus. Dico autem circumferentiam circuli in prima circulatione descriptam demonstrare aequalem rectae lineae, quae a principio lineae spiralis ad rectos angulus ducitur ei, quae est circulationis principium, et a recta linea spiralem contingente terminatur. Itaque cum huiusmodi fit problematum differentia, antiqui geometrae problema iam dictum in angulo, quod natura solidum est, per plana inquirentes invenire non potuerunt · nondum enim ipsis cognitae erant coni sectiones, et ob eam caussam haesitarunt. Postea vero angulum tripartito diuiserunt ex conicis, ad inventionem infrascripta inclinatione utentes.

---

[28] Hierdurch wird eine Bemerkung Klügel's berichtigt, der in seinem mathematischen Wörterbuche (Bd. I, S. 531, Z. 24—26) behauptet, die Alten hätten nur die obere Konchoide betrachtet.

Problema VII. Propositio XXXI.

Dato parallelogrammo rectangulo A B C D et producta B C opus sit ducere rectam lineam A E, et facere E F datae rectae lineae aequalem. (Fig. 8.)

Dass diese Aufgabe mit *Problema I, Propositio XXIII*[80] identisch ist, ist unmittelbar einleuchtend. Pappos giebt davon folgende Lösung durch die Hyperbel. Der Grund zu dieser Lösung, statt durch die Konchoide, ist in dem einleitenden Passus deutlich genug angegeben.

Factum iam sit, et ipsis E F, E D parallelae ducantur D G, G F. Quoniam igitur data est E F et est aequalis ipsi D G, erit etiam D G data, et datum est punctum D. Ergo G est ad circumferentiam circuli positione datam. Et quoniam rectangulum B C D datum est, atque est aequale rectangulo contento B F, D E, datum erit et quod B F, D E continetur hoc est rectangulum B F G. Punctum igitur G est ad hyperbolen, sed etiam ad circuli circumferentiam positione datam, ergo et ipsum G datum erit.

Componetur autem problema hoc modo. (Fig. 9.) *Sit datum parallelogrammum A B C D, et recta linea M magnitudine data; sit autem ipsi aequalis D K, et per D quidem circa asymptotos A B C hyperbole describatur D G H (hoc enim deinceps ostendemus); per K vero circa centrum D describatur circuli circumferentia K G, secans hyperbolen in puncto G, et ducta G F ipsi D C parallela iungatur F A: dico E F rectae lineae M aequalem esse. Iungatur enim G D, et ipsi K A parallela ducatur G L. Rectangulum igitur F G L, hoc est B F G, aequale est rectangulo C D A, hoc est B C D, quare ut F B ad B C, videlicet ut C D ad D E, ita D C ad F G. Ergo E D est aequalis F G, et ideo parallelogrammum est D E F G. Est igitur E F ipsi D G, hoc est D K, hoc est ipsi M aequalis.*[81]

Hieran schliesst sich nun die Aufgabe, jeden geradlinigen Winkel zu drittheilen, was mit Hilfe des oben Bewiesenen, d. h. also mit Hilfe von *Probl. I, Prop. XXIII*, folgendermassen geschieht.[82]

Problema VIII. Propositio XXXII.

Hoc autem demonstrato datus angulus rectilineus tripartito secabitur in hunc modum. (Fig. 10.) *Sit enim primum angulus acutus A B C, et ab aliquo puncto ducatur perpendicularis A C, completoque parallelogrammo C F prousque ad E. Cum igitur parallelogrammum rectangulum sit, ponatur inter E A C ducatur F A recta linea E D tendens in B, quae duplae ipsius A B sit aequalis. Hoc enim fieri posse iam demonstratum est. Itaque dati anguli A B C dico tertiam partem esse E B C. Secetur E D C bifariam in puncto G, et A G iungatur. Tres igitur rectae lineae D G, G A, G E aequales sunt, et D E dupla ipsius A G. Sed et ipsius A B est dupla, ergo B A est aequalis A G, et A B D angulus angulo A G D aequalis. Angulus*

---

[80] Siehe oben S. 436, Z. 27 — 31.

[81] A. a. O. S. 96. Z. 1 — 27.

autem AGD est duplus anguli AED, hoc est ipsius DBC. Quod si angulum ABD bifariam secemus, erit angulus ABC tripartito sectus.

Si vero datus angulus sit rectus (Fig. 11), *assumemus quandam rectam lineam BC atque ab ipsa triangulum aequilaterum BDC describemus, et angulum, quem ipsa DC subtendit, bifariam secantes habebimus angulum ABC tripartito sectum. At si angulus obtusus sit* (Fig. 12), *ipsi BC ad rectos angulos ducatur BD, et anguli quidem DBC assumatur tertia pars DBF, anguli vero ABD itidem tertia pars assumatur EBD: haec enim a nobis ante demonstrata sunt. ergo totius anguli ABC tertia pars erit EBF, et ipsi EBF aequalem constituentes ad utramque ipsarum AB, BC datum angulum tripartito secuerimus.*

Nun folgt im Pappos noch die Construction der Hyperbel, wenn die Asymptoten und ein Punkt der Hyperbel gegeben sind,[33] die er vorher gebrauchte; dann noch zwei Constructionen für die Dreitheilung des Winkels mittels der Hyperbel, die aber nicht auf die Konchoide reducirt werden können, und damit hat der Abschnitt über die Trisection sein Ende.[34]

Wir gehen nun zu dem Passus über, welchen Eutokios der Konchoide des Nikomedes widmet. Derselbe lautet:[35]

ΩΣ ΝΙΚΟΜΗΔΗΣ.

Ἐν τῷ περὶ κογχοειδῶν γραμμῶν.

Γράφει δὲ καὶ Νικομήδης, ἐν τῷ ἐπιγεγραμμένῳ προς αὐτοῦ περὶ κογχοειδῶν συγγράμματι, ὀργάνου κατασκευὴν τὴν αὐτὴν ἀποπληροῦντος χρείαν. Ἐφ' ᾧ καὶ μεγάλα μὲν σεμνυνόμενος φαίνεται ὁ ἀνὴρ πολλὰ δὲ τοῖς Ἐρατοσθένους ἐπεγγελῶν εὑρήμασιν, ὡς ἀμηχάνοις τὲ ἅμα καὶ γεωμετρικῆς ἕξεως ἐστερημένοις, τοῦτε ἀνελλειποῦς. Τῶν τοίνυν, περὶ τὸ προβλημα πεπονηκότων, τῆς τε πρὸς Ἐρατοσθένη συγκρίσεως ἕνεκα, καὶ αὐτόν τοῖς ἤδη γεγραμμένοις συνάπτομεν δυνάμει γράφοντα οὕτως. Νοεῖν χρὴ κανόνας δύο (Fig. 13) *πρὸς ὀρθὰς ἀλλήλοις συμβεβλημένους οὕτως ὥς τε μίαν ἀποσώζειν αὐτοῦς ἐπιφάνειαν καθάπερ*

Qua Nicomedes.

In libro de lineis conchoidibus.

Describit etiam Nicomedes in libro, quem de conchoidibus lineis inscripsit, instrumenti cuiusdam constructionem, cuius ope eadem res absolvitur. Quo quidem in libro magnifice sese iactare videtur et Eratosthenis inventa irridere, utpote quae ardua sunt minusque geometrica. Itaque ut iis, qui problemati huic operam dederunt, grata res fiat, simulque Nicomedes cum Eratosthene conferri possit, ceteris, quos adhuc attulimus, hunc quoque adiungimus hoc fere modo scribentem. Intelligendae sunt duae regulae ad angulos in vicem rectos ita inter se aptatae et connexae, ut in una eademque superficie utraque iaceat, cuismodi sunt AB et ΓΔ;

---

[33] A. a. O. S. 97, Z. 46—47; S. 98.

[34] A. a. O. S. 99; Z. 19—43; S. 102, Z. 3—21 — Montucla behauptet (*Histoire des Mathématiques, T. I, p.* 177), die oben als nikomedisch angegebene Lösung der Trisection gehöre der platonischen Schule an. Er sagt aber nicht, aus welcher Quelle er seine Behauptung geschöpft hat.

εἰσίν οἱ ΑΒ, ΓΔ. ἐν δὲ τῷ ΑΒ σωλῆνα πελεκινοειδῆ, εἰς ὃν ἐχελώνιον διατρέχειν δυνήσαται. Ἐν δὲ τῷ ΓΔ κατὰ τὸ μέρος τὸ πρὸς τὸ Δ, καὶ μέσην τὴν διαίρουσαν εὐθεῖαν τὸ πλάτος αὐτοῦ, κυλίνδριον συμφυὲς τῷ κανόνι, καὶ βραχὺ ὑπερέχο:: τῆς ἄνωθεν ἐπιφανείας αὐτοῦ τοῦ κανόνος. Ἄλλον κανόνα, ὡς τὸν ΕΖ, μετὰ βραχύ τι διάστημα τοῦ πρὸς τὸ Ζ πέρατος ἀνατομὴν ἔχοντα, ὡς τὴν ΗΘ, δυναμένην περιβαίνειν τῷ πρὸς τῷ Δ κυλινδρίῳ· πρὸς δὲ τῷ Ε ὀπὴν στρογγύλην, ἥ τις ἐγκείσεται εἰς τὸ ἀξώνιον συμφυὲς τῷ διατρέχοντι χελωναρίῳ ἐν τῷ πελεκινοειδεῖ σωλῆνι, τῷ ὄντι ἐν τῷ ΑΒ κανόνι. Ἐναρμοσθέντος τοίνυν τοῦ ΕΖ κανόνος, κατὰ μὲν τὴν ΗΘ ἀνατομὴν, ἐν τῷ προς Δ κυλινδρίῳ, κατὰ δὲ τὴν Ε ὀπὴν ἐν τῷ ἀξωνίῳ τῷ συμφυεῖ τῷ χελωναρίῳ· ἐάν τις ἐπιλαβόμενος τοῦ Κ ἄκρου τοῦ κανόνος κινῇ αὐτὸν ἐπὶ τὰ πρὸς τὸ Α μέρη ἔπαιτα ἐπὶ τὰ πρὸς τὸ Β: τὸ μὲν Ε σημεῖον ἀεὶ ἐπὶ τοῦ ΑΒ κανόνος ἐνεχθήσεται, ἡ δὲ ΗΘ ἀνατομὴ ἐπὶ τῷ πρὸς τὸ Δ κυλινδρίῳ κινηθήσεται· ἀεὶ τῆς μέσης τοῦ ΕΖ κανόνος εὐθείας ἐν τῇ κινῆσαι διὰ τοῦ ἄξονος τοῦ πρὸς τῷ Δ κυλινδρίῳ νοουμένης, τῆς δὲ ΕΚ ὑπεροχῆς τοῦ κανόνος ἀεὶ τῆς αὐτῆς μενούσης. Ἐὰν τοίνυν πρὸς τὸ Κ ἐπινοήσωμέν τι γραφεῖον ἐφαπτόμενον τοῦ ἐδάφους, γραφήσεταί τις γραμμή, οἵα ἐστιν ἡ ΛΜΝ, ἥντινα καλεῖ Νικομήδης κογχοειδῆ πρώτην γραμμήν· καὶ διάστημα μὲν τῆς γραμμῆς τὸ ΕΚ, μέγεθος τοῦ κανόνος· πόλον δὲ τὸ Δ.

Τούτῃ δὴ τῇ γραμμῇ συμβαῖνον δαΐκνυσι, τὸ ἀεὶ ἐπ᾽ ἔλαττον μὲν συμπορεύεσθει τῷ ΑΒ κανόνι· καὶ ἐάν

et in AB quidem strix securiclata, in qua ligula moveri possit. In ΓΔ vero ab ea parte, in qua est Δ pusillus cylindrus regulae infixus atque e superficie eiusdem regulae paululum exstans, utique in recta, quae media ipsius latitudinem dividit. Intelligenda item est alia regula, puta EZ, modico ab eius termino Z intervallo rimam habens, puta ΗΘ, quae circa cylindrum Δ circumagi possit, et ad E foramen rotundum, cui axiculus inseri debet ligulae infixus, quae in strige securiclata, quae est in AB, movetur. Itaque accommodata regula EZ, qua quidem rima ΗΘ est, ad cylindrum Δ, qua vero foramen E, ad axiculum ligulae insertum: si quis sumpto regulae huius extremo K eam primum moveat versus partes A, deinde versus partes B, punctum quidem E continuo movebitur in regula AB, rima vero ΗΘ in cylindro Δ, utique cum eo ut recta, quae media regulam EZ dividit, per cylindri Δ axem transire intelligatur, reliqua regulae parte EK eadem continuo manente. Quae cum ita sint, si intelligatur graphium aliquod per K traiectum pavimentum contingere, describetur quaedam linea, cuiusmodi est ΛMN, quam primam conchoidem lineam Nicomedes vocat: atque intervallum quidem lineae EK vocat magnitudinem regulae, punctum vero Δ polum.

Itaque demonstrat duo haec potissimum huic lineae contingere, ut ad regulam AB continuo magis magisque

μῆς καὶ τοῦ ΑΒ κανόνος, ὅτι πάντως τέμνει τὴν γραμμήν. Καὶ τὸ μὲν πρότερον τῶν συμβαινόντων ἐστὶν εὐκατανόητον, ἐφ' ἑτέρας καταγραφῆς (Fig. 14), κανόνος τε νοουμένου τοῦ ΑΒ, πόλου δὲ τοῦ Γ, διαστήματος δὲ τοῦ ΔΕ, γραμμῆς δὲ κογχοειδοῦς τῆς ΖΕΗ. Προσπιπτέτωσαν ἀπὸ τοῦ Γ δύο αἱ ΓΘ, ΓΖ, ἴσων δῆλον ὅτι γινομένων τῶν ΚΘ, ΛΖ. Λέγω ὅτι ἡ ΖΜ κάθετος ἐλάττων τῆς ΘΝ καθέτου. Μείζονος γὰρ οὔσης τῆς ὑπὸ ΜΛΓ γωνίας τῆς ὑπὸ ΝΚΓ, λοιπὴ ἡ λοιποῦσα εἰς τὰς δύο ορθὰς ἡ ὑπὸ ΜΛΖ λοιπῆς τῆς ὑπὸ ΝΚΘ ἐστὶν ἐλάσσων. Καὶ διὰ τοῦτο ὀρθῶν οὐσῶν τῶν πρὸς τοῖς Μ, Ν, μείζων ἐστὶ καὶ ἡ πρὸς τὸ Ζ τῆς πρὸς τῷ Θ. Καὶ ἐὰν τῇ πρὸς τὸ Θ ἴσην συστησόμεθα τὴν ὑπὸ ΜΖΞ, ἡ ΚΘ, τουτέστιν ἡ ΛΖ, πρὸς ΘΝ τὸν αὐτὸν ἕξει λόγον, ὃν ἡ ΞΖ προς ΖΜ. Ὥς τε ἡ ΖΛ πρὸς τὴν ΘΝ ἐλάττονα λόγον ἔχει, ἤπερ πρὸς τήν ΖΜ· καὶ διὰ τοῦτο μείζων ἡ ΘΝ τῆς ΖΜ.

Τὸ δὲ δεύτερον ἦν τὸ, τὴν διαγομένην εὐθεῖαν μεταξὺ τῆς τε ΑΒ καὶ τῆς γραμμῆς τέμνειν τὴν γραμμήν· καὶ τοῦτο δὲ οὕτω γίνεται γνώριμον (Fig. 15). Ἡ γὰρ διαγομένη, ἤτοι παράλληλός ἐστι τῇ ΑΒ, ἢ οὔ. Ἔστω πρότερον παράλληλος ὡς ἡ ΖΗΘ. Καὶ γεγονάτω ὡς ἡ ΔΗ πρὸς ΗΓ, οὕτως ἡ ΔΕ προς ἄλλην τινὰ τὴν Κ· καὶ κέντρῳ τῷ Γ, διαστήματι δὲ τῇ Κ περιφέρεια γραφεῖσα τεμνέτω τὴν ΖΗ κατὰ τὸ Ζ, καὶ ἐπεζεύχθω ἡ ΓΖ. Ἔστιν ἄρα ὡς ἡ ΔΗ πρὸς ΗΓ, οὕτως ἡ ΛΖ πρὸς ΖΓ. Ἀλλ' ὡς ἡ ΔΗ πρὸς ΗΓ, οὕτως ἦν ἡ ΔΕ πρὸς τὴν Κ, τουτέστι τὴν ΓΖ. Ἴση ἄρα ἡ ΔΕ τῇ ΛΖ ὅπερ ἀδύνατον. Δεῖ γὰρ εἶναι τὸ Ζ πρὸς τῇ γραμμῇ. Ἀλλὰ δὴ μὴ ἔστω ἡ διαγο-

AB et ipsam ducatur, ab hac omnino secetur. Horum autem primum facile in figura altera deprehenditur, in qua AB regula esse intelligitur, Γ polus, ΔE intervallum, denique ZEH linea conchois. Cadant a puncto Γ hae duae ΓΘ, ΓZ, aequalibus videlicet inter se invicem KΘ, ΛZ. Dico normalem ZM normali ΘN minorem esse. Maior enim cum sit angulus MΛΓ angulo NKΓ, qui reliquus est ad duos rectos MΛZ, reliquo NKΘ est minor. Propterea cum anguli ad puncta M, N sint recti, maior est angulus ad punctum Z angulo ad punctum Θ. Quod si angulo ad Θ aequalis constituatur angulus MZΞ, KΘ, hoc est ΛZ, ad ΘN eandem habebit rationem, quam ΞZ ad ZM. Quare ZΛ minorem ad ΘN rationem habet quam ad ZM, ideoque ΘN maior est quam ZM.

Alterum erat rectam, quae inter AB et lineam ducitur, lineam ipsam secare, quod item hoc pacto dignoscitur. Quae enim ducitur recta, aut parallela est ipsi AB aut non parallela. Sit primo parallela, veluti ZHΘ. Fiat autem ut ΔH ad HΓ ita ΔE ad aliam quandam, puta K, descriptaque centro quidem Γ, intervallo vero K circumferentia secet ZH in puncto Z, et iungatur ΓZ. Ut igitur ΔH ad HΓ, ita se habet ΛZ ad ZΓ. Ut autem ΔH ad HΓ, ita se habet ΔE ad K, hoc est ΓZ. Aequalis est igitur ΔE ipsi ΛZ, quod fieri non potest. Oportet enim Z ad lineam esse. At vero quae ducitur recta parallela non sit, cuiusmodi est MHN, ducaturque per punctum H, ZH ipsi AB parallela.

καὶ ἤχθω διὰ τοῦ Η παράλληλος τῇ ΑΒ, ἡ ΖΗ. Ἡ ἄρα ΖΗ συμπεσεῖται τῇ γραμμῇ, ὥς τε πολλῷ μᾶλλον ἡ ΜΝ. Τούτων δὲ ὄντων τῶν παρακολουθημάτων διὰ τοῦ ὀργάνου, τὸ χρήσιμον εἰς τὸ προκείμενον δαίκνυται οὕτως.

Πάλιν (Fig. 2) γωνίας δοθείσης τῆς Α, καὶ σημείου ἐκτὸς τοῦ Γ, διάγειν τὴν ΓΗ, καὶ ποιεῖν τὴν ΚΗ ἴσην τῇ δοθείσῃ. Ἤχθω κάθετος ἀπὸ τοῦ Γ σημείου ἐπὶ τὴν ΑΒ, ἡ ΓΘ, καὶ ἐκβεβλήσθω. καὶ τῇ δοθείσῃ ἴση ἔστω ἡ ΔΘ· καὶ πόλῳ μὲν τῷ Γ, διασθήματι δὲ τῷ δοθέντι τῷ ΔΘ, κανόνι δὲ τῷ ΑΒ, γεγράφθω κογχοειδὴς γραμμὴ πρώτη ἡ ΕΔΗ. Συμβάλει ἄρα τῇ ΑΗ, διὰ τὸ προδειχθέν· σύμβαλλέτω κατὰ τὸ Η, καὶ ἐπεζεύχθω ἡ ΓΗ. Ἴση ἄρα ἡ ΚΗ τῇ δοθείσῃ.

Τούτων δειχθέντων, δεδόσθωσαν δύο εὐθεῖαι αἱ ΛΓ, ΛΑ (Fig. 3) πρὸς ὀρθὰς ἀλλήλαις, ὧν δεῖ δύο μέσας ἀνάλογον κατὰ τὸ συνεχὲς εὑρεῖν· καὶ συμπεπληρώσθω τὸ ΑΒΓΛ παραλληλόγραμμον· καὶ τετμήσθω δίχα ἑκατέρα τῶν ΑΒ, ΒΓ τοῖς Δ, Ε σημείοις· καὶ ἐπιζευχθεῖσα μὲν ἡ ΔΛ ἐκβεβλήσθω, καὶ συμπιπτέτω τῇ ΓΒ ἐκβληθείσῃ κατὰ τὸ Η. Τῇ δὲ ΒΓ πρὸς ὀρθὰς ἡ ΕΖ· καὶ προσβεβλήσθω ἡ ΓΖ ἴση οὖσα τῇ ΑΔ· καὶ ἐπεζεύχθω ἡ ΖΗ, καὶ αὐτῇ παράλληλος ἡ ΓΘ. Καὶ γωνίας οὔσης τῆς ὑπὸ τῶν ΚΓΘ, ἀποδοθέντος τοῦ Ζ, διήχθω ἡ ΖΘΚ, ποιοῦσα ἴσην τὴν ΘΚ τῇ ΑΔ, ἢ τῇ ΓΖ. Τοῦτο γὰρ ὡς δυνατὸν ἐδείχθη διὰ τῆς κογχοειδοῦς. Καὶ ἐπιζευχθεῖσα ἡ ΚΛ ἐκβεβλήσθω, καὶ συμπιπτέτω τῇ ΑΒ ἐκβληθείσῃ κατὰ τὸ Μ. Λέγω ὅτι ἐστὶν ὡς ἡ ΓΛ πρὸς ΚΓ, ἡ ΚΓ πρὸς ΜΑ, καὶ ἡ ΜΑ πρὸς τὴν ΑΛ. Ἐπεὶ ἡ ΒΓ τέτμηται δίχα τῷ Ε, καὶ προσκεῖται

magis MN ispsi lineae. Itaque cum haec ex instrumenti constructione consequantur, quod in rem nostram facit hoc pacto demonstratur.

Dato rursus angulo A (Fig. 2), *punctoque extra ipsum Γ, ducere rectam ΓH atque in ea KH datae aequalem efficere. Ducatur a puncto Γ ad AB normalis ΓΘ eaque producatur. Sit autem ΔΘ aequalis datae, et polo quidem Γ, intervallo vero dato ΔΘ denique regula AB prima describatur linea conchois EΔH, quae quidem cum ipsa AH, ut demonstratum est, concurret. Concurrat utique in puncto H, et iungatur ΓH. Est igitur KH datae aequalis.*

Quae cum demonstrata sint, dentur modo duae rectae ΓΛ, ΛA ad angulos inter se invicem rectos, quas inter duas proportionales medias proportione continua inveniri oporteat. Compleatur parallelogrammum ABΓΛ, et secetur utraque AB, BΓ in duas aequas partes punctis Δ et E, iunctaque ΔΛ producatur eademque cum ΓB producta in puncto H concurrat. Sid autem EZ ad rectos angulos ipsi BΓ, et ducatur ΓZ ipsi AΔ aequalis: iungaturque ZH eidemque parallela ΓΘ. Porro dato angulo, qui a KΓΘ continetur, punctoque Γ recta ducatur ZΘK, in qua ΘK ipsi AΔ vel ΓZ aequalis fiat (*hoc enim per conchoidem lineam fieri posse demonstratum est*), *postremo iuncta KΛ producatur eademque in puncto M cum AB producta concurrat. Dico, ut ΓΛ ad KΓ ita se habere tum KΓ ad MA tum MA ad AΛ. Quoniam BΓ secta in duas aequas partes est in puncto E,*

τοῦ ἀπὸ ΓΕ ἴσον ἐστὶ τῷ ἀπὸ ΕΚ. Κοινὸν προσκείσθω το ἀπὸ ΕΖ. Τὸ ἄρα ὑπὸ ΒΚΓ μετὰ τῶν ἀπὸ ΓΕ, ΕΖ, τουτέστι τοῦ ἀπὸ ΓΖ, ἴσον ἐστὶ τοῖς ἀπὸ ΚΕ, ΕΖ, τουτέστι τῷ ἀπὸ ΚΖ. Καὶ ἐπεὶ ὡς ἡ ΜΑ πρὸς ΑΒ, ἡ ΜΔ πρὸς ΔΚ· ὡς δὲ ἡ ΜΔ πρὸς ΔΚ, οὕτως ἡ ΒΓ πρὸς ΓΚ· καὶ ὡς ἄρα ἡ ΜΑ πρὸς ΑΒ, οὕτως ἡ ΒΓ πρὸς ΓΚ. Καί ἐστι τῆς μὲν ΑΒ ἡμίσεια ἡ ΑΔ, τῆς δὲ ΒΓ διπλὴ ἡ ΓΗ· ἐπεὶ καὶ ἡ ΔΓ τῆς ΑΔ. Ἔσθαι ἄρα καὶ ὡς ἡ ΜΑ πρὸς ΑΔ, οὕτως ἡ ΗΓ πρὸς ΓΚ. Ἀλλ' ὡς ἡ ΗΓ πρὸς ΓΚ, οὕτως ἡ ΖΘ πρὸς ΘΚ, διὰ τὰς παραλλήλους τὰς ΗΖ, ΓΘ. Καὶ σκυθέντι ἄρα ὡς ἡ ΜΔ πρὸς ΔΑ, ἡ ΖΚ πρὸς ΚΘ. Ἴση δὲ ὑποκεῖται καὶ ἡ ΑΔ τῇ ΘΚ, ἐπεὶ καὶ τῇ ΓΖ ἴση ἐστὶν ἡ ΑΔ. Ἴση ἄρα καὶ ἡ ΜΔ τῇ ΖΚ· ἴσον ἄρα καὶ τὸ ἀπὸ ΜΔ τῷ ἀπὸ ΖΚ. Καί ἐστι τῷ μὲν ἀπὸ ΜΔ ἴσον τὸ ὑπὸ ΒΜΑ, μετὰ τοῦ ἀπὸ ΔΑ. τῷ δὲ ἀπὸ ΖΚ ἴσον ἐδείχθη τὸ ὑπὸ ΒΚΓ μετὰ τοῦ ἀπὸ ΓΖ. Ἴσον ἄρα τὸ ὑπὸ ΒΜΑ μετὰ τοῦ ἀπὸ ΑΔ τῷ ὑπὸ ΒΚΓ μετὰ τοῦ ἀπὸ ΓΖ· ὧν τὸ ἀπὸ ΔΑ ἴσον τῷ ἀπὸ ΓΖ, ἴση γὰρ ὑποκεῖται ἡ ΑΔ τῇ ΓΖ. Ἴσον ἄρα καὶ τὸ ὑπὸ ΒΜΑ τῷ ὑπὸ ΒΛΓ. Ὡς ἄρα ἡ ΜΒ πρὸς ΒΚ, ἡ ΚΓ πρὸς ΑΜ. Ἀλλ' ὡς ἡ ΒΜ πρὸς ΒΚ, ἡ ΓΛ πρὸς ΓΚ, καὶ ὡς ἄρα ἡ ΓΛ πρὸς ΓΚ, οὕτως ἡ ΓΚ πρὸς ΑΜ. Ἔστι δὲ καὶ ὡς ἡ ΔΓ πρὸς ΓΚ ἡ ΜΑ πρὸς ΑΛ. Καὶ ὡς ἄρα ἡ ΛΓ πρὸς ΓΚ, ἡ ΓΚ πρὸς ΑΜ, καὶ ἡ ΑΜ πρὸς ΑΛ.

ΒΚΓ continetur una cum quadrato, quod a ΓΕ describitur, aequale est quadrato, quod describitur ab ΕΚ. Commune addatur quadratum, quod describitur ab ΕΖ. Spatium igitur quod sub ΒΚΓ continetur, una cum quadratis quae a ΓΕ, ΕΖ describuntur, hoc est quadrato, quod a ΓΖ describitur, aequale est quadratis quae describuntur a ΚΕ, ΕΖ, hoc est quadrato. quod describitur a ΚΖ. Et quoniam ut ΜΑ ad ΑΒ ita se habet ΜΔ ad ΔΚ, et ut ΜΔ ad ΔΚ ita ΒΓ ad ΓΚ, ideo etiam ut ΜΑ ad ΑΒ ita se habet ΒΓ ad ΓΚ. Est autem ipsius quidem ΑΒ dimidia ΑΔ, ipsius vero ΒΓ dupla ΓΗ, quoniam et ΔΓ ipsius ΑΔ est dupla. Igitur etiam ut ΜΑ ad ΑΔ ita se habebit ΗΓ ad ΓΚ. Ut autem ΗΓ ad ΓΚ ita se habet ΖΘ ad ΘΚ propter parallelas ΗΖ, ΓΘ. Igitur etiam componendo ut ΜΔ ad ΔΑ ita se habebit ΖΚ ad ΚΘ. Ponitur autem ΑΔ aequalem esse ipsi ΘΚ, cum ipsi quoque ΓΖ aequalis sit. Aequalis est igitur etiam ΜΔ ipsi ΖΚ, ideoque et quadratum, quod a ΜΔ describitur, aequale quadrato, quod describitur a ΖΚ. At quadrato quidem, quod a ΜΔ describitur, aequale est spatium, quod sub ΒΝΑ continetur, una cum quadrato, quod describitur a ΑΔ: quadrato vero, quod describitur a ΖΚ, aequale est spatium, quod continetur sub ΒΚΓ, una cum quadrato, quod describitur a ΓΖ, et aequale est igitur spatium, quod sub ΒΜΑ continetur, una cum quadrato quod ab ΑΔ describitur, spatio quod continetur sub ΒΚΓ, una cum quadrato, quod describitur a ΓΖ: quadratum autem, quod ab ΑΔ describitur, quadrato, quod describitur a ΖΓ, est aequale, quoniam ΑΔ ipsi ΓΖ est aequalis. Aequale est igitur spatium, quod sub ΒΜΑ contine-

tur, spatio, quod continetur sub $BK\Gamma$. Ut igitur MB ad BK ita se habet $K\Gamma$ ad AM, ut autem BM ad BK ita se habet $\Gamma\Delta$ ad ΓK: igitur etiam ut $\Gamma\Delta$ ad ΓK ita se habet ΓK ad AM. Se habet autem etiam ut $\Gamma\Delta$ ad ΓK ita $M\Delta$ ad $A\Delta$. Se habet igitur ut $\Delta\Gamma$ ad ΓK ita ΓK ad AM, et AM ad $A\Delta$.

Vergleichen wir das, was Eutokios berichtet, mit den Nachrichten des Pappos, so sehen wir das, was wir oben aus diesem entnommen haben, einfach bestätigt. Jeder wird bei aufmerksamer Vergleichung unmittelbar erkennen, dass speciell die letzte Construction nebst Beweis wörtlich mit der entsprechenden des Pappos übereinstimmt. Da nun nicht einzusehen ist, wie Eutokios, ohne dies zu erwähnen, den Beweis des Pappos reproduciren würde, so dürfte die oben ausgesprochene Annahme, dass dem Pappos hier ebenfalls, wie in Betreff der Kissoide, ein Plagiat zur Last zu legen sei, gerechtfertigt sein.

Was wir bis jetzt in Betreff des Buches *περὶ κογχοειδῶν γραμμῶν* des Nikomedes erkannt haben, stimmt mit dem, was Copernicus in seiner oben allegirten Notiz als aus diesem Buche entnommen anführt, nicht überein. Die copernicanische Bemerkung geht vielmehr auf die Konchoide mit circularer Basis, wie man bei genauerer Ansicht unmittelbar findet. Ist nun diese dem Nikomedes bekannt gewesen oder nicht? Diese Frage muss unentschieden bleiben; dass aber schon zur Zeit desselben Probleme vorhanden waren, deren Lösungen auf diese speciellen Konchoide zurückgehen, dass nämlich schon damals die Trisection des Winkels auf sie zurückgeführt wurde, will ich jetzt nachweisen. Ich will ferner zeigen, wie die Araber dieses Problem weiter ausbildeten, und dass das Scholion in der Ausgabe des Euklides von 1482 vielleicht schon in der arabischen Bearbeitung vorhanden war, und also nicht den Campanus zum Verfasser hat.

An der oben angeführten Stelle (*Th. I, p.* 177) schreibt Montucla ausser der früher aus Pappos entnommenen Lösung der Dreitheilung des Winkels durch die Konchoide auf geradliniger Basis noch folgende andere Lösung der platonischen Schule zu. Ist ABC (Fig. 16) der zu theilende Winkel, so beschreibe man aus C mit beliebigem Radius einen Halbkreis ABF; dann ziehe man durch B die Linie BE so, dass DE gleich dem Radius des beschriebenen Kreises wird, dann ist DF der dritte Theil von AB. Man braucht also nur durch C die zu BE parallele CG zu ziehen und den Winkel GCB noch zu halbiren, so ist dadurch der Winkel ACB gedrittheilt. Beweise für seine Behauptung, dass diese Lösung schon der platonischen Schule bekannt war, giebt Montucla nicht; er würde sie wahrscheinlich auch vergeblich suchen. Die älteste mir bekannte Erwähnung derselben findet sich in den durch die Araber uns erhaltenen *Lemmatis* des Archimedes.

In der Uebersetzung des Abraham Echelensis lautet das sie enthaltende *Lemma VIII* folgendermassen.[36]

Prop. VIII.

Si egrediatur in circulo linea AB ubicumque, et producatur in directum, et ponatur BC aequalis semidiametro circuli, et iungatur ex C ad centrum circuli, quod est D, et producatur ad E, erit arcus AE triplus arcus BF. (Fig. 17.)

Educamus igitur EG parallelam ipsi AB, et iungamus DB, DG. Et quia duo anguli DEG, DGE sunt aequales, erit angulus GDC duplus anguli DEG. Et quia angulus BDC aequalis est angulo BCD, et angulus CEG aequalis est angulo ACE, erit angulus GDC duplus anguli CDB, et totus angulus BDG triplus anguli BDC: et arcus BG, aequalis arcui AE, triplus est arcus BF. Et hoc est, quod voluimus.

Wie dieses *Lemma* mit dem Scholion in des Euklides Elementen von 1482 zusammenhängt, ist leicht einzusehen. In letzterer Lösung ist an die Stelle der Geraden *EC* (Fig. 16) der darauf senkrechte Radius *CX* getreten, sonst aber die nämliche Bedingung vorhanden, dass das Stück zwischen *CX* und dem Kreise, auf *BD* gemessen, gleich dem Radius des Kreises sei. Nun soll beide Male *DF* der dritte Theil von *BA* sein; das ist aber nur möglich, wenn die Linien *BE* der ersten und *BD* der zweiten Construction in eine einzige Linie zusammenfallen, d. h. beide Constructionen bilden nur eine. Wird der Punkt *F* durch den ausserhalb des Kreises liegenden Theil der Konchoide gefunden, so ergiebt sich gleichzeitig *L* durch den innerhalb des Kreises gelegenen Theil derselben Konchoide. Nikomedes lebte bekanntlich als jüngerer Zeitgenosse des Archimedes. Dürfen wir nun die *Lemmata* als echt ansehen, wie es Cantor[37] unbedenklich gethan hat, so haben wir damit ein Zeugniss, dass zu des Nikomedes Zeiten schon Aufgaben gelöst wurden, deren naturgemässe Lösung auf die Konchoide mit circularer Basis zurückkommt. Wann der Uebergang von der archimedischen Lösung zu der campanischen, um so kurz zu sprechen, erfolgt ist, dürfte schwer zu bestimmen sein; dass möglicherweise Demetrius Alexandrinus in den von Pappos erwähnten γραμμικαῖς ἐπιστάσεσι oder Philo Tyaneus in seinen πληκτοειδαῖς von den verschiedenen Arten der Konchoiden gehandelt haben, ist nicht von der Hand zu weisen, auch nicht, dass dergleichen Schriften in arabischer Bearbeitung vorhanden gewesen sein können. Von der in *Lemma VIII* des Archimedes behandelten Aufgabe kann ich dies nun bestimmt nachweisen, wie ich oben

[36] A. a. O. S. 358, Z. 9—19.

[37] Euklid und sein Jahrhundert. Mathematisch-historische Skizze von Moritz Cantor. Leipzig 1867. S. 39, Z. 40 bis S. 40, Z. 3. — *Euclide e il suo secolo Saggio storico matematico di Maurizio Cantor. Traduzione di G. B. Biadego. (Bullettino di Bibliografia e di Storia etc. Pubbl. da B. Boncompagni. T. V,* 1872. *p.* 36, *l.* 27—30.)

schon angedeutet habe. Da keineswegs sämmtliche Uebersetzungen der Araber aus dem Griechischen in der Ursprache oder in den barbarischen Bearbeitungen in lateinischer Sprache, wie sie das Mittelalter schuf, durchforscht sind,[38] so ist es immerhin möglich, dass Copernicus in Italien, wo er sich ja wohl auch seinen Euklides gekauft haben wird, auf ein Manuscript gestossen ist, das sich für eine Uebersetzung des Nikomedes *de Conchoidibus* ausgab, das aber durch arabische Commentatoren auch durch die Konchoide auf circularer Basis bereichert war. Daraus, dass sowohl Pappos als Eutokios die Konchoide auf circularer Basis nicht erwähnen, folgt übrigens keinesfalls in zwingender Weise, dass dieselbe von Nikomedes nicht behandelt ist. Beide Schriftsteller tragen nur die Lösung der Würfelverdoppelung vor, und dazu ist dieselbe ja nicht anwendbar. Man könnte sogar in der zweiten, dritten oder vierten Konchoide, die Pappos erwähnt, die auf circularer Basis finden wollen; doch glaube ich, dass dies dem gebrauchten Ausdrucke und der Stelle, wo es ausgesprochen wird, unangemessen sein würde.

Gerhard von Cremona übersetzte unter vielen anderen Stücken aus dem Arabischen auch ein Buch, das unter dem Titel *Liber trium fratrum de Geometria*[39] bekannt, dessen vollständiger Inhalt jedoch noch von Niemand veröffentlicht ist. Nur der Beweis für den Dreiecksinhalt aus den drei Seiten ist durch Kinkelin lateinisch und deutsch herausgegeben worden. Aus der Handschrift *F. II*, 33 der öffentlichen (Universitäts-) Bibliothek zu Basel will ich jetzt einen Abschnitt, der die Trisection behandelt, hier mittheilen. Man wird darnach unmittelbar sehen, dass eine ähnliche Stelle irgend einer Schrift Copernicus auf seine Verbesserung des Scholions in

---

[38] So enthält z. B. die Handschrift *F. II*. 33 der Universitätsbibliothek zu Basel Bl. 151—153 ein dem Archimenides, d. i. Archimedes, zugeschriebenes Werk *De curvis superficiebus*, das meines Wissens in den Ausgaben des Archimedes bis jetzt nicht erwähnt ist.

[39] Das *Liber trium fratrum de geometria* umfasst in der im Texte angeführten Handschrift Blatt 116[b]—122[a]. Dasselbe beginnt: „*Verba filiorum Moysi filii Schir* (lies *Schakir*) *id est Maumeti Hameti et Hason. Propterea quod vidimus quod conveniens est necessitas scientie mensure figurarum*“, und schliesst: „*in illo quem notet, ut sciatur demonstratio super operationem eius. Completus est liber trium fratrum auxilio Dei*“. Ausser der Einleitung enthält dasselbe 19 Sätze mit ihren Beweisen. Davon ist der im Texte mitgetheilte der 18. Die Lösung der Aufgaben von den zwei mittleren Proportionalen, welche nach dem Zeugniss der Alten dem Archytas zugehört (m. s. Eutokios, a. a. O. S. 143—144), wird von den drei Brüdern dem Mileus, d. i. dem Menelaus zugeschrieben. Drei weitere Handschriften des Buches der drei Brüder besitzt die *Bibliothèque nationale* in Paris, eine unvollständige die Gymnasialbibliothek zu Thorn. Die in unserer Figur ausgezogene Konchoide fehlt übrigens im Manuscripte. Die drei Brüder lebten im 9. Jahrhundert unserer Zeitrechnung.

der Euklid-Ausgabe von 1482 geführt haben muss. Der betreffende Abschnitt lautet:

XVIII. Et nobis quidem possibile est ostensum, ingenium (Hilfsmittel) *sit inventum, ut dividamus quemcumque angulum voluerimus in tres divisiones equales.* (Fig. 18.)

Sit itaque angulus abg *imprimis minor recto, et accipiam ex duabus lineis* ab, bg *duas quantitates equales, que sint* bd, be, *et revolvam super centrum* b *et mensura longitudinis* bd *circulum* del, *et extendam lineam* da *usque ad* l, *et protraham lineam* bz *erectam super lineam* bd *orthogonaliter, et lineabo lineam* ez, *et extendam ipsam usque ad* h, *et non ponam linee* zh *finem determinatam, et accipiam de linea* zh *equalem medietati diametri circuli, que sit linea* zq. *Cum ergo imaginamus, quod linea* zeh *movetur ad punctum* l, *et punctum* z *adherens est margini circuli in motu suo, et linea* zh *non cessat transire super punctum* e *circuli* del, *et imaginamus, quod punctum* z *non cessat moveri, donec fiat punctum* q *super lineam* bz, *opportet tunc, ut sit arcus, qui est inter locum, ad quem pervenit punctum* z, *et inter punctum* l, *tertia arcus* de. *Cuius demonstratio est hec. Cum ergo ponam locum, ad quem pervenit punctum* z *apud concursum puncti* q *super lineam* bz, *apud punctum* t, *et protraham lineam* te *secantem lineam* bz *super punctum* s, *ergo linea* ts *est equalis medietati diametri circuli, propterea quod est equalis linee* zq, *et protraham ex* b *lineam equidistantem linee* ts, *que sit linea* mbk, *et protraham lineam ex* t *ad* m, *ergo linea* mt *et linea* st *sunt equidistantes duabus lineis* st, mb *et equalis eis. Ergo linea* mt *equidistans linee* bs *est et equalis ei: sed linea* bs *est perpendicularis super diametrum* ld, *ergo corda arcus* tm *erigitur ex diametro* ed *super duos angulos rectos, ergo dividit diametros* ld *cordam* mt *in duo media, et dividit propter illud arcum* mt *in duo media super punctum* l. *Verum* mt *est equalis arcui* dk; *ergo arcus* dk *est tertia arcus* de, *et similiter angulus* dbk *est tertia anguli* abg.

Et quia possibile est nobis per ingenium, quod narravimus in eis, que premissa sunt, et propter ea, que sunt ei similia, ut moveamus lineam zh, *et ponamus extremitatem eius, que est apud punctum* z, *revolvi super marginem circuli inseparabilem ab ea, et sit linea* zh *in motu suo non transiens, nisi super punctum* e, *donec perveniat punctum* q *per motum linee* zh *super lineam* bz: *ergo similiter est divisio omnis anguli minoris recto in tres divisiones equales: et per illud possibile est nobis facile illud, quod narravimus. Et notum est, quod si angulus, quem dividere volumus in tres equales divisiones, est maior recto, dividemus eum in dua media, et dividemus unam duarum medietatum in tres divisiones equales, secundum quod narravimus. Manifestum est ergo, quod iam tunc scimus tertiam anguli, qui est maior recto, et illud est, quod demonstrare voluimus.*

Dass in dem Vorhergehenden die Quelle des ofterwähnten Scholion zu suchen, dürfte klar sein, besonders wenn man beachtet, dass die betreffende

Campanus, sei es von Atelhard von Bath.[40] Dass wieder der Abschnitt aus dem Buche der drei Brüder auf griechische Quellen, in letzter Instanz auf die auch durch arabische Ueberlieferung uns bekannten *Lemmata* des Archimedes zurückgeht, zeigt schon eine blosse Ansicht der Buchstabenfolge

$$a, b, g, d, e, z, h, t, k, l, m, q, s,$$

die nur aus griechischer Feder geflossen sein kann, niemals ursprünglich aus einer arabischen.[41]

Diese Behauptung lässt sich aber durch die von Woepcke[42] veröffentlichte Arbeit des Al Sing'ari über die Trisection fast zur Gewissheit bringen. Während Al Sing'ari darin die Arbeit der Beni Musa ben Schakir gar nicht erwähnt, bringt er von Thabit ben Korrah eine Construction, welche die des Nikomedes (Pappos, *Prop. XXXII*) ist,[43] den Alten, das ist den Griechen, schreibt er die Auflösung zu, welche in *Lemma* 8 des Archimedes sich findet — ein neuer Beweis für die Echtheit der *Lemmata* —, und, was gewiss bemerkenswerth ist, er sagt, die Alten hätten dieselbe gefertigt *au moyen de la règle et de la géometrie mobile.*[44] Woepcke erklärt dies dahin: *Le procédé de la „géométrie mobile" consiste à faire pivoter autour du point* D *une règle divisée en parties aliquotes du rayon, jusqu'à ce que le nombre des parties interceptées entre la circonférence du cercle et le prolongement de* AB *soit égal au nombre de ces parties qui correspond à la longueur du rayon.*[45] Wer dürfte hierin nicht die Construction der Konchoide wiederfinden, besonders in der Form, wie sie Pappos giebt, der

---

[40] Ich hoffe in Kurzem zeigen zu können, dass Atelhard der Uebersetzer, Campanus nur der Commentator des aus dem Arabischen geflossenen lateinischen Euklides ist.

[41] Man sehe hierüber Hultsch, Der Heronische Lehrsatz über die Fläche des Dreiecks als Function der drei Seiten (Zeitschrift f. Mathematik u. Physik, IX. Jahrg. 1864, S. 225—249), S. 247, Z. 25 bis S. 248, Z. 16. Dabei gelegentlich die Bemerkung, dass in dem Originalbeweise der drei Brüder die Reihenfolge der Buchstaben noch entschiedener griechisch ist; dort ist die Folge:

$$a, b, g, d, e, z, h, t, k, l, m;$$

und der von Paccioli eingefügte Beweis, in welchem das *o* vorkommt, fehlt bei den Beni Musa vollständig.

[42] *L'Algèbre D'Omar Alkhayyâmi publiée, traduite et accompagnée d'extraits de manuscrits inédits par E. Woepcke etc. Paris MDCCCLI.* — 8⁰. 2 Blatt, XX, 128, 52 S. u. 1 Bl. mit 5 Figurentafeln. S. 117 der 2. Reihe bis S. 125. *„Addition E. Traité de la trisection de l'angle rectiligne par Aboû Saïd Ahmed ben Mohammed Ben Abd Aldjalîl Alsidjzi."*

[43] A. a. O. *p.* 118, *l.* 14—18. *Proposition de Thabit ben Korrah Alharrâni.*

[44] A. a. O. *p.* 120, *l.* 1—7. *Proposition résolue par un des anciens au moyen de la règle et de la géométrie mobile.*

da sagt: *Quidam vero commoditatis caussa aptantes regulam ad punctum* C, *ipsam usque eo commovent, quod quae interiicitur media inter* AB *rectam et lineam* AG *experientia fiat datae rectae lineae aequalis:*[46] wer nicht die Analogie mit der Construction der drei Brüder, die auch die *Géométrie mobile* benutzen? Ihre Construction in leichter Abänderung schreibt Al Sing'ari dem Albîrûnî zu.[47] Er zeigt ausserdem, dass die drei scheinbar verschiedenen Constructionen des Nikomedes, des Archimedes und der drei Brüder, um so kurz zu sprechen — es sind bezüglich die des Thâbit, der Alten und die des Albîrûnî — im Grunde nur ein und dieselbe sind.[48] Betrachten wir in Fig. 19 DCB als den zu theilenden Winkel, so ist TA der dritte Theil des Bogens DB. Denken wir uns zunächst den Kreis weg, so erhalten wir die Construction des Nikomedes, da $ZL = 2CD$ ist. Ziehen wir den Kreis, denken uns aber CH, DX und DN weg, so haben wir die Construction des Archimedes in *Lemma* 8, denn ZT ist gleich dem Radius des Kreises; lässt man endlich noch ZT und ZA weg, zieht dagegen wieder den senkrechten Radius CH, so ist die Construction der drei Brüder entstanden, denn LT ist gleich dem Radius des Kreises. — Thabit war Schüler des Einen der drei Brüder, nämlich des Mohammed ben Musa ben Schakir, von dem Woepcke[49] sagt: „*auquel les ouvrages des mathématiciens grècs n'étaient rien moins qu'inconnus. C'est donc à ceux-ci que Thabit pourrait avoir emprunté sa solution.*“ Ich kann diese Annahme nur unterschreiben, ich halte sie sogar für die einzig mögliche, um so mehr, als die von Al Sing'ari dem Thabit zugeschriebene Lösung durch die Construction des Kreises unmittelbar in die übergeht, die von Al Sing'ari selbst den Alten zugetheilt wird, welche sowohl an und für sich, als durch die Constructionsweise so nahe verwandt ist mit der der drei Brüder. Diese letztere aber geht ebenfalls auf griechische Quellen zurück, direct wegen der angewendeten Buchstaben, indirect durch die Anwendung der Bewegung als Constructionsmittel, der *Géométrie mobile* Al Sing'ari's, der Konchoide des Nikomedes.

Es dürfte von grossem Interesse sein, auch die weitere Entwickelung der Theorie der Trisection bei den Arabern und den Völkern des Mittelalters und der Neuzeit zu verfolgen. Al Sing'ari's Arbeit giebt für die Entwickelung bei den Arabern reiches Material, jedoch, wie wir nach-

---

[46] A. a. O. *p.* 87, *l.* 11 — 14. (*Liber Quartus Propositio XXIII.*) Siehe auch oben S. 436, Z. 36 — 39.

[47] Woepcke, a. a. O. *p.* 119, *l.* 4 — 15. *Propositions proposées par Aboûl Rihân (Abîroûni).*

[48] A. a. O. *p.* 120, *l.* 13 — *p.* 123, *l.* 7. *Proposition que j'ai découverte, et au moyen de laquelle j'ai démontré les autres propositions mentionnées.*

gewiesen zu haben glauben, keineswegs vollständiges; das für das Mittelalter und die neuere Zeit müsste erst mühsam gesammelt werden.

In neuester Zeit hat Herr Rector Hippauf[50] in Halberstadt die oben als ziemlich alt nachgewiesene Methode der Trisection angeblich neu gefunden und in der Zeitschrift für mathematischen Unterricht, sowie daraus als Separatabzug veröffentlicht. Ein Herr Albrich[51] hat seine Prioritätsansprüche an derselben Stelle später geltend gemacht; wir sehen, dass beide Ansprüche müssig sind. Dabei wollen wir nicht in Abrede stellen, dass Herr Hippauf vielleicht eleganter und nach allen Seiten hin vollständig seine Arbeit durchgeführt hat; das Verdienst der ersten Erfindung gehört aber, wenn nicht Nikomedes selbst, so jedenfalls seinem Zeitgenossen, speciell Archimedes.

III.

Aus den „*Tabule Astronomice Alfonsi Regis*" und den „*Tabule directionum profectionumque etc.*" des Johannes Regiomontanus.

In dem Bande der Universitätsbibliothek zu Upsala „34. VII. 65" befinden sich zwei astronomische Tafeln vereinigt. Die des Königs Alfons X. von Castilien in der Ausgabe *Venetiis* 1492[52] und die astronomischen Tafeln des Regiomontanus in der Ausgabe *Augustae Vindelicorum* 1490.[53] Beide

---

[50] Lösung des Problems der Trisection mittels der Conchoide auf circularer Basis. Von Dr. H. Hippauf etc. (Zeitschrift für mathematischen und naturwissenschaftlichen Unterricht, 1872, Heft 3, S. 215—240), mit 2 Tafeln. Auch als Separatabdruck: Leipzig, Teubner, 1872.

[51] Bemerkungen über Dr. Hippauf's Aufsatz: „Die Trisection des Winkels." Von C. Albrich in Hermannstadt (Zeitschrift für mathematischen und naturwissenschaftlichen Unterricht, 1872, Heft 6, S. 537—538).

[52] *Tabule astronomice || Alfonsi* Regis.* 114 Blatt ohne Numeration, auf Bl. 114a Zeile 36—41 der Druckvermerk: „¶ *Expliciunt Tabule tabularum Astronomice Diui Alfonsi Romanorum ꝛ || Castelle regis illustrissimi: Opera ꝛ arte mirifica viri solertis Johānis Ham- || man de Landoia dictus Hertzog Curaqꝫ sua nō mediocri: impressiōe com- || plete existunt Felicibus astris. Anno a Prima Reꝝ ethereaꝝ circuitione.* || 8476. *Sole in parte.* 18. *gradiente Scorpij Sub celo Ueneto. Anno Sa- || lutis.* 1492. *currente: Pridie Calen̄ Nouembr̄. Uenetijs.*" Man sehe übrigens Hain, Repertorium, Nr. 869.

[53] „*Tabule direction̄u profectionūqꝫ || famosissimi viri Magistri Joannis || Germani de Regiomonte in nāti- || uitatibus multum vtiles,*" 156 Blatt ohne Numeration. Auf Blatt 139b der Druckvermerk (Zeile 19—23): „*Opus tabularum directionum profectionumqꝫ pro reuerendissimo dn̄o Joanne || archiep̄o Strigonien̄. ꝛcª per magistrum Joannem de Regiomonte compositaꝝ || Anno dn̄i.* 1467. *explicit feliciter. Magistri Joannis angeli viri ꝓitissimi diligēti || correctione. Erhardiqꝫ Ratdolt mira imprimendi arte: qua nuper Uenetijs nunc || Auguste vindelicorum excellit nominatissimus.* 4. *nonas Januarij.* 1490." Blatt 140a enthält das Buchdruckersignet Ratdolt's mit der Unterschrift:

„*Erhardi Ratdolt foelicia conspice signa*
Testata artificem qua valet ipse manum."

Blatt 141—156 enthält dann noch: „*Tabella Sinus recti: per gradus ꝛ singula minuta diuisa. Ad || tabulas direction̄u mag̃ri Johannis de regiomonte necessarias || cum quibus*

Tafeln scheinen damals gern vereinigt zu sein, denn auch die königl. Bibliothek zu Berlin besitzt die beiden Ausgaben in genau derselben Vereinigung. Copernicus hat offenbar dieses Buch sehr vielfach benutzt; einzelne Seiten sind von dem häufigen Gebrauche ganz schmutzig geworden,[54] ausserdem hat der Besitzer aber auch eine grössere Zahl astronomischer von ihm gefertigter Tabellen auf die freien Seiten, sowie auf eigens dazu eingeheftete Blätter am Schlusse des Bandes geschrieben. Diese Tabellen und mehrfache sonstige Bemerkungen bilden den Gegenstand des nachfolgenden Capitels.

Auf dem Titelblatte der Alfonsinischen Tafeln findet sich der Namenszug des Besitzers

„*Nic^9 Coppnic^9*",

ausserdem eine astronomische Bemerkung, die wir später einreihen wollen. Eine Zahl anderer Bemerkungen hat Prowe[55] schon veröffentlicht, doch zum Theil unvollständig und ohne die nöthigen Erläuterungen. Wir werden hier im Zusammenhange die betreffenden Notizen mittheilen, immer unter Berücksichtigung Prowe's. Ihnen schliessen wir dann die bis jetzt unedirten Stücke des Bandes an.

Auf Blatt $(A_2)^b$ am Ende der einleitenden Briefe steht die Notiz:

„*Alfonsus astronomus Castelle rex ac Hispanie fuit, quem Hali interpretatur quasi altus fons. Dictus est autem ab alto fonte id est sapientia, quia composuit has tabulas non quidem per se, sed per conductum* 60 *astronomorum, quibus hanc summam pecunie dedit Decies* 100000 *florenorum pro creatione radicum practicatarum in meridianum Toleti.*"[56]

Auf dem hinteren Deckel steht eine ähnliche Notiz:

„*Alfonsus rex fuit, de quo dicit Egidius, quod ille fuit liberalissimus regum . dedit enim pro duobus sexterciis pro de tabularum astronomicarum correctione* ~~*dedit enim*~~ 10000 (*sic!*)."[57]

---

[54] Es sind dies die Blätter d_5^b, d_6^a, d_6^b, d_7^a, d_7^b, d_8^a und h_4^a in den Tafeln des Regiomontanus.

[55] Mittheilungen Aus Schwedischen Archiven Und Bibliotheken. Bericht An Se. Excellenz Den Herrn Minister Der Geistlichen, Unterrichts- Und Medicinal-Angelegenheiten Herrn Von Raumer. Von Dr. L. Prowe. Mit 2 Lithographierten Blättern. Berlin, 1853. Verlag Der Decker'schen Geheimen Ober-Hofbuchdruckerei. S. 11—15 und die beigegebenen Schriftblätter.

[56] Prowe, a. a. O. S. 12 Z. 1—4; übrigens hat Prowe wahrscheinlich die Worte *pro creatione* bis *Toleti* nicht lesen können, denn sie fehlen bei ihm gänzlich. M. s. ausserdem: Ueber die Abhängigkeit des Copernicus von den Gedanken griechischer Philosophen und Astronomen. Von Dr. L. Prowe. Thorn, 1865. S. 29, Z. 29—33.

Ob Steinschneider[58] mit Recht Copernicus tadelt, dass er in der ersten Notiz sich als wenig bewanderter Kritiker zeige, weil er Haly Abenragel die Ableitung des Namens Alfonsus von *Altus fons* zuschiebt, da doch ein Araber dergleichen nicht schreiben könnte, überlasse ich dem Urtheile Aller. Hat Copernicus vielleicht arabisch verstanden, um beurtheilen zu können, ob ein Araber so schreiben kann?

In den *Tabule Alfonsi* auf Blatt $(d_8)^b$ hat Copernicus der Tafel mit der Ueberschrift „*Tabula Medij Motus Capitis Draconis*" die Notiz hinzugefügt:

„*revolutio eius annis equalibus* 18, *diebus* 228, *primis* 19.10",

die für sich klar ist.

In den Tafeln des Regiomontanus ist auf Blatt $(d_7)^b$, *Tabule directionum* überschrieben, am Fussende hinzugefügt:

„*per numerum multiplicandum intelligitur angulus sectionis circulorum latitudinis et equatoris*".

Ferner enthält Blatt $(f_4)^b$ derselben Tafel mit der Ueberschrift: *Tabula generalis Celi mediationum* den Vermerk:

„*Hic numerus multiplicandus est per residuum anguli de quadrante, qui fit ex conincidenţia circulorum latitudinis et aequatoris eius latitudine ferenda receptis.*"

Unter dem Schluss der *Tabula directionum profectionumque* steht mit rother Dinte geschrieben: „Τελος."

Auf Blatt $(d_8)^a$ des Regiomontan steht eine Tafel, überschrieben: „*Tabula Fecunda*". Dieselbe enthält dreispaltig die Zahlen von 1—90 und daneben Zahlen mit *Καθετος* überschrieben. Copernicus hat nun eine ganz neue Colonne hinzugefügt, die er mit *Τποτεινουσα* überschreibt. Ich werde diese Tafeln später mit den übrigen zusammen abdrucken lassen. Ehe ich zu diesen übergehe, mögen hier noch einige auf den eingehefteten Blättern befindliche, nicht auf die Tafeln Bezug habende Beobachtungen und Bemerkungen astronomischen Inhalts Platz finden.

Auf dem 15. der angehefteten Blätter liest man auf der Vorderseite:

„*Saturni apogeum*	240. 21.	*Anno* 1527	♏ 7."
„*Jovis apogeum*	159. 0.	*Anno*.1529	♎ 27."
„*Martis*	119. 40.	*Anno* 1523	♌ 27."
„*Veneris*	48. 30.	*Anno* 1532	♊ 16."

Auf der Rückseite desselben Blattes:

„*Eccentrotes Martis*	6583 "
„*Epiciclus* (*sic!*) *primus*	1492."
„*Epicyclus secundus*	494."

---

[58] *Steinschneider*, *Vite di matematici Arabi tratte da un' opera inedita di Bernardino Baldi. Con Note.* (*Bullettino di Bibliografia etc., pubbl. da B. Boncompagni, T. V,*

„*Iovis eccentrotes* 1917 . *Epicyclus . a* . 777 . *b* . 259."
„*Saturni eccentrotes* 1083 . *Epicyclus . a* . 852 . *b* . 284."
„*Mercurii eccentrotes* 2258 (*sic!*) . *Epicyclus . a . cum . b . 6 . . .* / 100 (*sic!*)"
„*diversitas diametri* 1151 . 19"
„*proportio orbium caelestium ad*
„*eccentrotelcm* 25 *partium.*"
„*Martis semidyametrus orbis* 38 *fere* . *Epicyclus . a* . 5 . $\overline{M}$ $34\frac{1}{3}$."
„*Epicyclus . b* $\overline{M}$. 51."
„*Iovis semidyametrus* 30 . $\overline{M}$ 25 . *epicyclus . a* . $10\frac{1}{10}$. *b* . $3\frac{1}{30}$."
„*Saturni semidiametrus* $230\frac{5}{6}$. *epicyclus . a* . $19\frac{4}{60}$. *b* . $6\frac{17}{30}$."
„*Veneris semidiametrus* 18 . *epicyclus . a* . $\frac{3}{4}$. *b* . $\frac{1}{4}$."
„*Mercurii orbis* . 9 . 24."
„*Epicyclus . a* . 1 . $41\frac{1}{4}$. *b* 0 . $33\frac{3}{4}$. *colligunt* . 1 . $7\frac{1}{2}$. (*diversitas diametri* 0 . 29)."
„*Semidiametrus orbis Lunae ad epicyclium . a* . $\frac{10}{1\frac{1}{18}}$. *epicyclus . a . ad . b* . $\frac{19}{4}$."

Hierzu noch einige andere Notizen, die ähnliche Angaben enthalten. Zunächst steht auf Blatt 16[a] der hinten eingehefteten Blätter:

„*Mars superat numerationem plus quam gradus ij.*"
„*Saturnus superatur a numeratione gradus* $1\frac{1}{2}$."[59]

Dann befinden sich neben dem Namenszuge des Copernicus auf dem Titelblatte des Alfonsus folgende Worte:

„*epicyclus Lunae . a . ad . b . proportio*
vt . 4 . 47 . *ad vnum* —— $\frac{44}{9}$."

Ferner auf dem hintern Deckel unter der oben abgedruckten Notiz über Alfonsus:

„*Annis Christi completis* 1200 *parilibus*
Locus anomalie Lune Alfonsi 1 . 42 . 8
Locus eiusdem secundum Ptolemaeum 102 . 40
alexandrie."[60]

Auf Blatt 16[b] endlich liest man folgende offenbar zusammengehörige, aber in umgekehrter Reihenfolge gemachte und auch zu lesende Beobachtungen:

„1500 *Anno completo*"
„4̈ 3̈ 2̈ 1̈"
„2 32 11 14" (oder 54?)
„*S. G.* $\ddot{\overline{M}}$. 2[a]"
„19 ~~41 30 lux X~~" (*sic!*) (*commutationis??*)
„ 10 56 53 ∂[t9] ∗ (*sic!*) (*dictus planeta??*)
„1 16 20 8 *recessus in M*(*ense?*)
„19 45 45"

---

[59] Prowe, a. a. O. Taf. I, Z. 22—23.

„11 1 13 17 ∂^{t9} ✱ (*sic!*) (*dictus planeta??*)"

„2 31 1. $\widehat{\partial ra}$ (*sic!*) (*differentia?*)"

„1500"

„*die nona Ianuarii hora noctis fere secunda fuit* ☌ ☽ ♄ *in* 15.42 ♉

„*hoc modo* $\overset{*}{D}$ *bononie.*"

„*Quarta Martii hora fere prima noctis fuit* ☌ ☽ ♄ *in* 18.28 ♉

„*fuitque tunc* ☽ *in altitudine visa* 33 *et allq* (*sic!*) *visa* ✱ *que*

„*est in ore* ♈ 21 *gradus* $\overset{*}{D}$ *bononie.*"[61]

Aus der letzten Bemerkung ist ersichtlich, das Copernicus vor April 1500 jedenfalls nicht in Rom gewesen sein kann, wo er bekanntlich in demselben Jahre am 6. Novbr. eine Mondfinsterniss beobachtete.[62] Auch die Beobachtung des Copernicus von 1497 in Bologna war eine Bedeckung durch den Mond;[63] es hat also den Anschein, als ob damals die Theorie des Mondes ihn vorzugsweise beschäftigte. Zugleich gewinnt die Annahme an Wahrscheinlichkeit, dass Copernicus bei seinem ersten italienischen Aufenthalte gar nicht in Padua, sondern in Bologna studirt hat, da wir soeben bologneser Beobachtungen aus der Anfangszeit seiner ersten Studien in Italien und aus dem Endjahre derselben durch ihn selbst bezeugt sehen. Dass es überhaupt sehr zweifelhaft ist, ob Copernicus jemals in Padua studirte, habe ich anderswo wahrscheinlich gemacht.[64] Ueber die astronomische Bedeutung der besonders in dem Passus 1500 *Anno completo* unklaren Angaben werde ich später handeln.

Es dürfte von Interesse sein, die bis jetzt mitgetheilten astronomischen Notizen mit den ähnlichen zu vergleichen, welche in den *Revolutiones* sich finden. Angaben über die Apogaeen der Planeten finden wir in seinem grossen Werke an drei verschiedenen Stellen. Die erste ist das Sternverzeichniss; diese Angaben sind erst in der Säcularausgabe nach dem Originalmanuscripte aufgenommen worden. Dort steht:

„*Saturni apogaeon*	226°. 30'"	(*Ed. Thorunensis*, *p.* 138, *l.* 16);
„*Iovis apogaeum*	154°. 20'"	(*Ibidem*, *p.* 136, *l.* 8):
„*Martis apogaeum*	109°. 50'"	(*Ibidem*, *p.* 134, *l.* 20):
„*Venus apogaea*	48°. 20'"	(*Ibidem*, *p.* 131, *l.* 27):
„*Mercurii apogaeum*	183°. 20'"	(*Ibidem*, *p.* 136, *l.* 21).

Die zweite und dritte Stelle finden sich im fünften Buche. Ich stelle hier beide nebeneinander:

---

61 *Ibidem* Taf. I, Z. 6—21.

62 *De Revolutionibus*, *Ed. Thor.*, *p.* 270, *Lib. IIII*, *Cap. XIIII.*

63 *Ibidem p.* 297, *Lib. IIII*, *Cap. XXVII.*

64 Altpreussische Monatsschrift, herausg. von Reicke und Wichert,

„Apogäum des Saturn:

226°. 23′ (*Ed. Thor.*, *p.* 331, *l.* 29—30),	240°. 20′ (*Ibid.*, *p.* 337, *l.* 29—30);

Apogäum des Jupiter:

154°. 22′ (*Ibid.*, *p.* 345, *l.* 4),	159°. 0′ (*Ibid.*, *p.* 349, *l.* 32);

Apogäum des Mars:

108°. 50′[65] (*Ibid.*, *p.* 356, *l.* 27),	119°. 40′ (*Ibid.*, *p.* 361, *l.* 2);

Apogäum der Venus:

48°. 20′ (*Ibid.*, *p.* 366, *l.* 18—19),	Angabe fehlt im jetzigen Texte;[66]

Apogäum des Merkur:

183°. 20′ (*Ibid.*, *p.* 380, *l.* 7),	211°. 30′ (*Ibid.*, *p.* 393, *l.* 7).

Die links stehenden Angaben sind die Werthe, welche Copernicus aus den Daten der Alten errechnet hat, die rechts stehenden dagegen diejenigen Werthe, welche aus seinen Beobachtungen folgten. Die ersteren stimmen offenbar fast vollständig mit den Angaben im Sternverzeichnisse, die für den Mars besonders mit der zweiten durchgestrichenen Angabe des Originalmanuscripts (s. Anm. 65); die zweite Reihe dagegen ist mit der aus der upsalenser Handschrift entnommenen völlig identisch; sie ist auch aus den Beobachtungen der in letzterer Quelle erwähnten Jahre geflossen, wie man an den betreffenden Stellen der *Revolutiones* sehen kann. Nur das Apogäum der Venus, das nach der in Anmerkung 65 erwähnten ausgestrichenen Stelle zu des Copernicus Zeiten in 48° 20′ geblieben sei, wird nach späterer Beobachtung in 48° 30′ festgestellt. Diese Beobachtung vom Jahre 1532 fällt also wahrscheinlich ausserhalb der Abfassungszeit seines grossen Werkes,[67] sie ist die späteste Beobachtung, die bis jetzt von Copernicus bekannt geworden ist. Weshalb in dem upsalenser Buche keine Beobachtung für Mercur steht, ist leicht einzusehen. Copernicus hat ja, wie er selbst bezeugt,[68] den Mercur niemals selbst zu Gesicht bekommen, und der oben aus den *Revolutiones* entnommene Werth des Mercurapagäums ist aus Beobachtungen Schoner's und Bernhard Walter's berechnet worden.

---

[65] Aus dem Originalmanuscripte habe ich zu der oben angezogenen Stelle unter dem Texte noch die Bemerkung abdrucken lassen: „*CIX cum triente Mspm.* (d. h. *Manuscriptum primae manus*), *quibus verbis deletis supra versum leguntur et ipsa deleta CIX, scrup. XLIX, et in margine ea, quae recepimus.*“

[66] Auf S. 375 der Säcularausgabe steht in einer früheren Version des Cap. XXIII von Buch V Folgendes: „*Manserunt interim loca absidum eccentri in partibus XLVIII et tertia et CCXXVIII, scrupulis XX non mutata*“, welche die im jetzigen Texte fehlende Angabe enthalten.

[67] Mit Ausnahme der Trigonometrie. Ueber diese sehe man die Prolegomena der Säcularausgabe, S. XVII Anm. 20 und S. XXII Anm. 25.

In Bezug auf die Besprechung der weiteren Notizen will ich die Reihenfolge beibehalten, in denen ähnliche Angaben in dem Werke *De Revolutionibus* abgehandelt sind. Ich beginne deshalb mit den Daten über den Mond. Wir haben hier zunächst:

Semidiametrus orbis: Epicyclium a = 10 : $1\frac{1}{18}$ = 9,47368;
nach den *Revolutiones* ist aber bei erstem
und letztem Viertel dieses Verhältniss[69] = 10000 : 1334 = 7,49625;
ferner für Voll- und Neumond[70] = 10000 : 860 = 11,62790;
daraus das Mittel ergiebt = 9,06207;
also Abweichung des Werthes aus der Handschrift zu Upsala = +0,41161.

Für das Verhältniss des *Epicyclus a* : *Epicyclus b* haben wir folgende vier Angaben:

1. 44 : 9 = 4,88889
2. $4\frac{47}{60}$: 1 = 4,78333 } nach dem erwähnten Manuscript;
3. 19 : 4 = 4,75000
4. 1097 : 237 = 4,62869 nach den *Revolutiones*.[71]

Auch hier ist die Angabe des grossen Werkes diejenige, welche den kleinsten Werth liefert. Die unter 1 und 2 verzeichneten Werthe hat Copernicus selbst für gleichgeltend angesehen, wie aus den obigen Notizen erhellt. Die Angaben über die Mondanomalie von verschiedenen Ausgangspunkten und, wie man bei Nachrechnung findet, nicht nach den Tafeln der *Revolutiones* berechnet, stimmen fast miteinander überein. Ihr Unterschied beträgt nur 32′. Nimmt man dagegen seinen Ausgang von dem *Locus anomaliae lunae ad principium annorum Christi* 207°7′[72], und addirt die aus der Tafel auf S. 242 der genannten Ausgabe für 1200 Jahre sich ergebenden 263°2′, so erhält man für den Alfonsinischen *Locus anomaliae* nach Weglassung der überflüssigen 360° den Werth 119°9′, berechnet für den Meridian von Krakau. Copernicus giebt den Zeitunterschied zwischen Krakau und Alexandrien gleich einer Stunde an;[73] diesem entspricht ein Unterschied von 38′32″ (Tafel auf S. 243). Abgezogen ergiebt sich der *Locus anomaliae lunae Alfonsi* zu 118°30′, was einer Differenz von 15°50′ gegen das upsalenser Manuscript gleichkommt. (Fortsetzung folgt.)

Thorn. M. Curtze.

[69] *Ibidem* p. 258, *l.* 3—4.
[70] *Ibidem* p. 258, *l.* 5.
[71] *Ibidem* p. 260, *l.* 21.
[72] *Ibidem* p. 256, *l.* 11—12.
[73] *Ibidem* p. 213, *l.* 13—14.

XIX. Neuer Beweis und Erweiterung eines Fundamentalsatzes über Polyederoberflächen.

In früheren Aufsätzen (Bd. XVIII S. 328, Bd. XIV S. 65 u. 337) habe ich gezeigt, dass die Relationen zwischen der Anzahl der Ecken, Flächen und Kanten eines Polyeders am einfachsten auf den folgenden Fundamentalsatz zurückzuführen ist:

Lassen sich auf einer $m$fach begrenzten Polyederoberfläche, deren Grenzlinien zusammen a Eckpunkte zählen, während die Zahl der inneren Eckpunkte i beträgt, n geschlossene Linien ziehen, ohne dieselbe zu zerstücken, so ist dieselbe entweder aus

$$a+2(i+2n+m-1)$$

Dreiecken zusammengesetzt, oder kann durch Diagonalen in so viele Dreiecke zerlegt werden.

Die beiden Beweise, die ich für diesen Satz gegeben habe, schliessen solche Polyeder aus, die aus mehr als einem begrenzten Raume bestehen, deren Oberfläche also sich selber durchschneidet. Es ist also ununtersucht gelassen, ob diese Relation auch für die sogenannten Sternpolyeder noch richtig ist. Im Folgenden soll nun ein Beweis gegeben werden, der nicht nur einfacher als die früheren ist, sondern auch die obige Beschränkung aufhebt.

Ich kann wohl als bekannt voraussetzen, dass ein einfaches lineares e-Eck, d. h. eine aus e geradlinigen Strecken zusammengesetzte geschlossene Linie auf sehr verschiedene Art durch $e-3$ Diagonalen in einen Complex von $e-2$ Dreiecken verwandelt werden kann, deren Flächen eine einzige zusammenhängende, von dem linearen e-Eck begrenzte Fläche bilden. Eine solche Fläche mag ein einfaches Flächen-e-Eck heissen. Es ist ferner ohne Beweis klar, dass die sämmtlichen Ecken einer jeden geschlossenen, aus ebenen Stücken zusammengesetzten Fläche, mag sie sich selber schneiden oder nicht, zu einem linearen Polygon verbunden werden können, das nur diese Ecken hat und dessen Seiten sämmtlich auf der Fläche liegen. Ist nun die Fläche einfach zusammenhängend, so wird sie durch diese geschlossene Linie in zwei getrennte Theile getheilt, welche nichts Anderes sind, als zwei einfache Flächenpolygone mit gemeinschaftlicher Begrenzung. Daraus folgt aber, dass die ganze Fläche, wenn sie e Eckpunkte hat, in $2(e-2)$ Dreiecke zerlegt werden kann.

Ist dagegen die Fläche mehrfach zusammenhängend, d. h. lassen sich geschlossene Linien auf ihr ziehen, welche sie nicht zerstücken, so können dieselben immer in Form von linearen Polygonen gezogen werden, deren

Nehmen wir an, es lassen sich n solche Polygone mit zusammen b Ecken ziehen, bis die geschlossene Fläche, die wir eine $2(n+1)$-fach zusammenhängende Polyederoberfläche nennen können, von jeder weiteren geschlossenen Linie zerstückt wird. Ziehen wir dann ferner als Grenzlinien m weitere lineare Polygone, welche ihre Eckpunkte nur in Eckpunkten der Fläche haben, und nehmen an, die Zahl der Eckpunkte aller dieser Polygone sei $=a$; setzen wir ferner voraus, keine zwei der $n+m$ linearen Polygone hätten einen Eckpunkt gemein und die Zahl der noch übrigen Eckpunkte sei $=c$; schneiden wir endlich diejenigen Flächentheile aus, welche von je einem der m Grenzpolygone ausschliesslich begrenzt werden, so bleibt eine Fläche übrig, welche aus zwei mehrfach begrenzten Flächenpolygonen zusammengesetzt ist, wovon die eine zu Grenzlinien alle $n+m$ Linienpolygone und ausserdem noch ein lineares c-Eck hat, dessen Ecken die übrigen c Eckpunkte sind; das andere hat mit dem ersteren alle Grenzpolygone gemein, mit Ausnahme der m Grenzlinien, deren a Ecken nicht auf ihm liegen.

Verbindet man aber auf einem von p einfachen Linienpolygonen begrenzten einfachen Flächenpolygone zwei aufeinanderfolgende Ecken der ersten Grenzlinie mit zwei aufeinanderfolgenden Ecken der zweiten, zwei aufeinanderfolgende Ecken der zweiten mit zwei aufeinanderfolgenden der dritten etc. durch gerade Linien, und schneidet die $p-1$ Flächenvierecke, durch welche dann die p Grenzlinien verbunden sind, aus, so ist die übrig gebliebene Fläche nur einfach begrenzt, zerfällt also bei e Ecken in $(e-2)$ Dreiecke; die ganze $p$fach begrenzte Fläche zerfällt mithin in

$$(e-2)+2(p-1)=e+2(p-2)$$

Dreiecke. Daraus folgt aber, dass unsere oben betrachtete Fläche im Ganzen in

$$a+b+c+2(m+n+1-2)+b+c+2(n+1-2)=a+2(b+c+m+2n-2)$$

Dreiecke zerfällt, womit der ursprünglich aufgestellte Satz so bewiesen ist, dass zugleich seine Ausdehnung auf Sternpolyeder einleuchtet.

Mannheim. Prof. J. C. Becker.

XX. Beziehungen in den Projectionen des regelmässigen Zwölfflachs und Zwanzigflachs.

(Herzu Taf. IV, Fig. 20—22.)

A. Das Dodekaeder. In Fig. 22 sind die Dreiecke QRS und QRT congruent, weshalb die Strecke ST durch QR halbirt wird. Die Projection des Rhombus $QSRT$ ist in Fig. 20 der Rhombus $DRFQ$ und demnach

1) $$OA = AB = \frac{r_1}{2}.$$

Ebenso ist $CBFG$ ein Rhombus, daher $HG = HB$. Ferner ist wegen $DF \| CB$ und $EC \| FB$ und der Nothwendigkeit, dass DG und EG Zehnecksseiten im kleinen Kreise sind, G ein Punkt dieses Kreises.

Auch $OKCG$ ist ein Rhombus und somit $OG = KC = r$. Das Dreieck PKC ist gleichschenklig, woraus folgt, dass

2) $$PC = r.^*$$

Die rechtwinkligen Dreiecke DQK und DQC haben bei D gleiche Winkel, sind daher congruent, woraus $DK = DC^{**}$, $QK = QC$. Sodann auch

$$MH = KC = r,\; MA = AH = \frac{r}{2} \text{ und } NM = NA - MA = r_1 - \frac{r}{2}.$$

Die ähnlichen Dreiecke ODA und ODC liefern $OD : OC = OA : OH$ oder

oder $r : r_1 = \frac{r_1}{2} : \frac{r_1 + r}{2}$, woraus

3) $$r_1^2 - r^2 - r_1 . r = 0.$$

Alle Eckpunkte des Zwölfflachs liegen auf zwei parallelen Seitenflächen und zwei anderen mit diesen parallelen Ebenen. Der Abstand der einen Seitenfläche von der ihr nächsten parallelen Ebene heisse h, der von der folgenden h_1.

Es ist

$$h^2 = \overline{NM}^2 - \overline{AH}^2 = r_1^2 - r . r_1;$$

Hierzu die Gleichung 3) addirt, giebt

4) $$h = r.$$

Sodann ist

$$h_1^2 = \overline{AJ}^2 - \overline{AB}^2 = \left(r + \frac{r_1}{2}\right)^2 - \left(\frac{r_1}{2}\right)^2 = r^2 + r . r_1$$

und hierzu die Gleichung 3) addirt, folgt

5) $$h_1 = r_1.$$

B. Das Ikosaeder. Ist der bei diesem Vielflach einer Seitenfläche umschriebene Kreis gleich dem einer Seitenfläche des Dodekaeders umschriebenen, so sind, wie bekannt, die bei der Darstellung der beiden Körper benutzten grossen Kreise ebenfalls gleich, weshalb die Gleichung 3) auch für das Ikosaeder gilt.

Die Abstände zwischen den vier parallelen Ebenen, in denen auch hier alle Eckpunkte des Vielfachs liegen, sollen wieder h und h_1 heissen.

---

* und **. Diese beiden Beziehungen theilt Herr Gugler in seinem Lehrbuche

Es ist in Fig. 21

$$\overline{AB}^2=(r_1-r)^2-\left(\frac{r_1-r}{2}\right)^2 \text{ und } BC=\frac{r_1+r}{2},$$

ferner

$$\overline{AC}^2=\overline{AB}^2+\overline{BC}^2=r_1^2-r_1.r+r^2,$$

$$h^2=\overline{AE}^2-\overline{AC}^2=(r.\sqrt{3})^2-\overline{AC}^2=2r^2+r_1.r-r_1^2,$$

und wenn man dazu die Gleichung 3) addirt, folgt

$$h=r.$$

Sodann ist

$$h_1^2=(r.\sqrt{3})^2-\overline{AD}^2=3r^2-(r_1-r)^2=2r^2+2rr_1-r_1^2,$$

und wird die mit 2 multiplicirte Gleichung 3) addirt, so folgt

$$h_1=r_1.$$

Schliesslich sei noch bemerkt, dass das Mitgetheilte seine Entstehung hauptsächlich einer Anregung des Herrn Prof. Dr. Wiener verdankt.

Carlsruhe. Joh. Schubert, Stud. technol.

XXI. Verallgemeinerung eines geometrischen Satzes von Fermat.

(Hierzu Taf. IV, Fig. 23.)

Beschreibt man über AB (Taf. IV, Fig. 23) als Durchmesser einen Kreis mit dem Radius CA, errichtet senkrecht zu AB die Geraden

$$AH=BK=CA.\sqrt{2}$$

und zieht nach einem beliebigen Punkte P des Kreisumfanges die Geraden HP, KP, welche AB in U, resp. V schneiden, so gilt bekanntlich der von Fermat gefundene Satz

$$\overline{AV}^2+\overline{BU}^2=\overline{AB}^2.$$

Wie es scheint, ist unbemerkt geblieben, dass die vorstehende Relation unverändert bleibt, wenn man statt des Kreises eine aus den Halbaxen CA, CD construirte Ellipse nimmt und den Senkrechten AH, BK die gemeinschaftliche Länge $CD.\sqrt{2}$ giebt. Die Aufsuchung des Beweises mittels der analytischen Geometrie bildet eine hübsche Schüleraufgabe.

Schlömilch.

XXII. Ueber die Bestimmung der Reibungsconstante der Luft als Function der Temperatur.

Von J. Puluj.

Der Verfasser benutzte zu seinen Transspirationsversuchen einen Apparat, wie ihn schon Prof. v. Lang zu ähnlichen Versuchen angewendet hatte und der im Wesentlichen aus einer in Centimeter getheilten Manometerröhre und einer mit derselben verbundenen Capillare besteht, durch welche die Luft transspirirt, wenn das Wasser in der Manometerröhre fällt. Die Beobachtung der Wasserstände in der Manometerröhre und der entsprechenden Transspirationszeiten lässt die Reibungsconstante mit Hilfe des Poisseuille'schen Gesetzes berechnen. Derartige Versuche, im Ganzen 20, wurden bei verschiedenen Temperaturen von 13°, 4—27°, 2 C. angestellt und die gefundenen Reibungscoefficienten mit Hilfe der Methode der kleinsten Quadrate nach der Formel

$$\eta = A + B\vartheta$$

berechnet. Die Rechnung ergab

$$\eta = 0{,}00017889 + 0{,}00000042799\,\vartheta.$$

Der hieraus für $\vartheta = 0^\circ$ C. resultirende Werth

$$\eta_0 = 0{,}00017889$$

stimmt gut mit den Resultaten der Versuche, welche Meyer nach zwei verschiedenen Methoden mit grosser Genauigkeit bestimmte. Nach einer Beobachtungsmethode fand er

$$\eta_0 = 0{,}000171,\quad \eta_0 = 0{,}000174,\quad \eta_0 = 0{,}000170,$$

nach einer andern

$$\eta_0 = 0{,}000174,$$

und aus Graham's Transspirationsversuchen für 15° 5 C.

$$\eta = 0{,}000178.$$

Bringt man die Gleichung $\eta = A + B\vartheta$ auf die Form

$$\eta = \eta_0 (1 + n\alpha\vartheta) = \eta_0 (1 + \alpha\vartheta)^n,$$

worin α den Ausdehnungscoefficienten der Luft bedeutet, so erhält man

$$n = 0{,}652776,$$

mit dem wahrscheinlichen Fehler $R = \pm\, 0{,}020893$ und den Fehlergrenzen 0,018544 und 0,023242. Man bleibt daher noch innerhalb dieser Fehlergrenzen, wenn man $n = \frac{2}{3}$ setzt, somit

Die von der Hypothese der molecularen Stösse ausgehende Theorie der Gase führt bekanntlich zum Gesetze, dass die Reibungsconstante der Luft der absoluten Temperatur proportional sein soll, d. h.

$$\eta = \eta_0 (1 + \alpha \vartheta)^{1/2}.$$

Diesem Gesetze steht das ebenerwähnte, nach welchem die Reibungsconstante der $\frac{2}{3}$ Potenz der absoluten Temperatur proportional ist, viel näher als die älteren Bestimmungen

von **Maxwell** $\eta = \eta_0 (1 + \alpha \vartheta)$,

„ **Meyer** $\eta = \eta_0 (1 + \alpha \vartheta)^{3/4}$,

und spricht zu Gunsten der Maxwell'schen Theorie, somit auch für die Richtigkeit der Hypothese der molecularen Stösse.

(Aus den Sitzungsberichten der Wiener Akademie.)

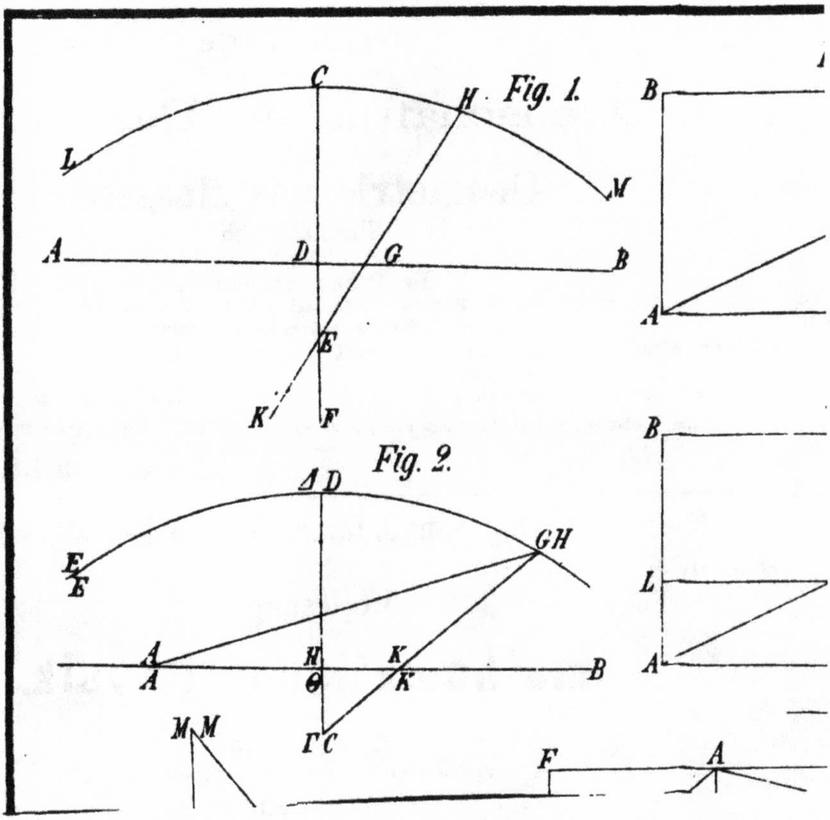

Fig. 1.
C
H
L
M
A
D
G
B
E
K
F
B
A
Fig. 2.
Δ D
G H
E
A
H
K
B
Θ
M M
Γ C
F
A
L

INHALT.

Dec. 30

Zeitschrift

für

Mathematik und Physik

herausgegeben

unter der verantwortlichen Redaction

von

Dr. O. Schlömilch, Dr. E. Kahl

und

Dr. M. Cantor.

19. Jahrgang. 6. Heft.

Mit einer lithographirten Tafel.

Ausgegeben am 3. November 1874.

Leipzig,

Verlag von B. G. Teubner.

1874.

XX.

Kinematisch-geometrische Untersuchungen der Bewegung affin-veränderlicher und collinear-veränderlicher ebener Systeme.

Von

Dr. L. BURMESTER,
Professor der darstellenden Geometrie am königl. Polytechnikum zu Dresden.

(Hierzu Taf. V, Fig. 1 – 15.)

Zweite Mittheilung. *

I. Affin-veränderliche ebene Systeme.

Durch die Aufhebung der Ruhe und Starrheit der geometrischen Gebilde werden wir zu immer höheren allgemeinen Beziehungen geführt, welche nicht nur für die Forschungen in der reinen Geometrie, sondern auch für die angewandte Kinematik von unübersehbarem Nutzen sind. — Je weiter in dieser Richtung die Untersuchungen fortschreiten, desto mehr erkennen wir, dass die Beziehungen der Grössen, Lagen und Bewegungsverhältnisse vereint mit grossem Erfolg die Auffindung neuer geometrischer Wahrheiten fördern und dass die Resultate der Lehre der Bewegung starrer Systeme ganz specielle Fälle der höheren Beziehungen sind, welche sich bei der Bewegung veränderlicher Systeme ergeben.

Alle Autoren, welche die Bewegung eines starren ebenen Systems behandelt haben, sind von dem folgenden Satze ausgegangen: Ein starres ebenes System kann innerhalb seiner Ebene stets durch Drehung um einen Systempunkt aus einer Lage in eine beliebige andere gebracht werden. Bei der Bewegung ähnlich veränderlicher ebener Systeme haben wir schon erkannt, dass dieser Satz nur für starre Systeme gilt, also ganz isolirt dasteht und in der bisherigen Form keiner rationellen Verallgemeinerung fähig ist. Das Festhalten an der beschränk-

* Fortsetzung der Abhandlung VII dieses Bandes.

ten Form dieses Satzes hat sogar dahin geführt: ein ähnlich-veränderliches ebenes System durch Drehung um einen Systempunkt und dann durch geradlinige Verschiebung aus einer Phase in eine andere überzuführen;* während dies doch durch eine geradlinige Bewegung allein geschehen kann.

Aus der Untersuchung der Bewegung ähnlich-veränderlicher ebener Systeme geht hervor, dass das bewegte starre ebene System, wenn wir bei demselben die Möglichkeit voraussetzen, es könne in jedem Moment ein ähnlich-veränderliches werden, ein specieller Fall des bewegten ähnlich-veränderlichen ebenen Systems ist. Dann bewahren alle Sätze der Bewegung der collinear-veränderlichen und specieller der ähnlich-veränderlichen ebenen Systeme ihre Giltigkeit bei der Bewegung starrer Systeme; und nicht die Drehung, sondern die geradlinige Bewegung ist die einfachste Bewegungsform, welche das Fundament der Untersuchungen bildet. Demnach muss jener Satz, wenn er das Merkmal einer höheren Abstammung an sich tragen soll, in folgende Form gefasst werden: Ein ähnlich-veränderliches ebenes System kann innerhalb seiner Ebene durch geradlinige Bewegung, bei der stets ein Systempunkt fest bleibt, aus einer Phase in eine andere congruente Phase gebracht werden. Handelt es sich nun um die Ueberführung eines starren ebenen Systems aus einer Lage in eine andere, so müssen wir vom höheren theoretischen Gesichtspunkte aus das starre ebene System als in ein ähnlich-veränderliches übergegangen betrachten und dann ist die geradlinige Ueberführung aus einer Phase S_1 in eine congruente S_2 aequivalent der Drehung des starren ebenen Systems innerhalb seiner Ebene aus der Lage S_1 in die Lage S_2. Ist die Bewegung unendlich klein, liegen die beiden congruenten Phasen wie bei jeder krummlinigen Bewegung unendlich nahe, so befindet sich das starre System, welches wir als in ein ähnlich-veränderliches übergegangen betrachten, ohne dass diese Veränderlichkeit zur Geltung gelangt, in der kleinsten Systemphase.

In analoger Weise, wie in der ersten Mittheilung, welche die Bewegung ähnlich veränderlicher ebener Systeme behandelt, wollen wir hier die Bewegung der affin-veränderlichen ebenen Systeme zuerst untersuchen und dann zur Bewegung der collinear-veränderlichen ebenen Systeme übergehen.

Ein ebenes System, welches während der Bewegung in einer festen Ebene sich derart ändert, dass alle Phasen desselben affine Systeme sind, nennen wir ein affin-veränderliches System. Die Phasen desselben sind durch drei Punkte bestimmt. Daher können wir, wenn wir die Bewegung von drei Systempunkten untersuchen, aus ihrem Lauf die Bewegung des ganzen affin-veränderlichen Systems erschliessen.

Wir nehmen an, es seien A, B, C drei Punkte eines ebenen affin-veränderlichen Systems S, die sich derart resp. auf drei Geraden a, b, c (Taf. V,

* *Liguine, Nouv. Annales de math.* 1873, *p.* 491.

Fig. 1) bewegen, dass die unbegrenzt gedachten Systemgeraden AB und AC in ihren verschiedenen Lagen A_1B_1, A_2B_2, A_3B_3... und A_1C_1, A_2C_2, A_3C_3... die Geraden a, b, c in ähnlichen Punktreihen schneiden. Die Phasen des Systems S, welche durch die Punkte $A_1B_1C_1$, $A_2B_2C_2$, $A_3B_3C_3$, ... bestimmt sind, wollen wir beziehungsweise mit S_1, S_2, S_3, ... bezeichnen. — Zwei in einer Ebene liegende affine Systeme haben bekanntlich stets drei selbstentsprechende Punkte, von denen der eine, der stets reell ist, im Allgemeinen im Endlichen liegt, die beiden anderen aber, welche entweder reell oder imaginär sein können, sich stets im Unendlichen befinden. — Es wird zunächst unsere Aufgabe sein, den zuerst genannten selbstentsprechenden Punkt, den wir mit O bezeichnen wollen, für zwei beliebige Systemphasen, etwa S_1 und S_2, zu bestimmen. Nehmen wir an, es sei in Fig. 1 O der im Endlichen liegende selbstentsprechende Punkt zweier affiner ebener Systeme S_1 und S_2, welche durch die entsprechenden Punkte $A_1B_1C_1$ und $A_2B_2C_2$ bestimmt sind; so sind die Geraden OC_1 und OC_2 entsprechende Gerade und die Schnittpunkte P_1 und P_2, welche diese Geraden beziehungsweise mit den Geraden A_1B_1 und A_2B_2 bilden, entsprechende Punkte; daraus folgt, dass P_1 die Strecke A_1B_1 in demselben Verhältniss theilt, wie P_2 die Strecke A_2B_2, und ferner, dass P_1P_2 parallel C_1C_2 ist. Wir erhalten demnach den Punkt O, welchen die beiden durch die Dreiecke $A_1B_1C_1$ und $A_2B_2C_2$ bestimmten affinen Systeme im Endlichen entsprechend gemein haben, wenn wir zu der Verbindungsgeraden zweier entsprechender Eckpunkte (C_1, C_2) der bestimmenden Dreiecke eine Parallele ziehen, welche die gegenüberliegenden Dreiecksseiten (A_1B_1, A_2B_2) in gleichem Verhältniss theilt. Die so erhaltenen Theilpunkte (P_1, P_2) geben resp. mit den Eckpunkten (C_1, C_2) verbunden zwei Gerade, die sich in dem selbstentsprechenden Punkte O schneiden.

Betrachten wir die vier Geraden A_1B_1, A_2B_2, a, b als Tangenten einer Parabel π, so ist auch die Gerade P_1P_2 eine Tangente dieser Parabel; und wir erhalten demnach die Punkte P_1, P_2, wenn wir an die gedachte Parabel π eine Tangente p parallel der Geraden c ziehen. Da die Punktreihen A_1, A_2, A_3, ... auf a und B_1, B_2, B_3, ... auf b ähnlich sind, so umhüllen die Geraden A_1B_1, A_2B_2, A_3B_3, ... die Parabel π; und wenn wir nun in gleicher Weise, wie oben angegeben wurde, auch den selbstentsprechenden Punkt der Systeme S_2 und S_3 bestimmen, dann erhalten wir dieselbe Parabeltangente p (P_1P_2), welche A_3B_3 in P_3 schneidet. Die Punktreihe P_1, P_2, P_3, ... ist den Punktreihen auf a und b und somit auch der auf c ähnlich; daraus folgt, dass alle Verbindungsgeraden C_1P_1, C_2P_2, C_3P_3, ... sich in einem Punkte O schneiden und dass alle Systemphasen S_1, S_2, S_3, ... einen gemeinsamen selbstentsprechenden Punkt O besitzen, den wir den Affinitätspol nennen wollen.

Ziehen wir von diesem Affinitätspol O die Tangenten r, s an die Parabel π, so haben alle Systemphasen S_1, S_2, S_3, ... diese Tangenten als gemeinsame selbstentsprechende Gerade, welche die allen Systemphasen angehörende selbstentsprechende unendlich ferne Gerade in den gemeinsamen unendlich fernen selbstentsprechenden Punkten (in den unendlich fernen Affinitätspolen) schneiden. Die beiden durch O gehenden selbstentsprechenden Geraden, sowie die beiden unendlich fernen selbstentsprechenden Punkte sind imaginär, wenn der Affinitätspol O innerhalb der Parabel π liegt. — Eine Punktreihe auf den Geraden AB, AC oder BC kann auch als einem ähnlich-veränderlichen System angehörig betrachtet werden und demnach bewegen sich alle Punkte der Geraden AB, AC, BC,... des affinveränderlichen Systems S auf geraden Linien und erzeugen auf diesen während der Bewegung des Systems S ähnliche Punktreihen. Nehmen wir nun noch einen beliebigen vierten Punkt D des affin veränderlichen Systems S an, so können wir durch ihn eine beliebige Systemgerade ziehen, welche etwa die Geraden AB und AC in den Punkten U und V schneidet; dann beschreiben die Systempunkte U, V ähnliche gerade Punktreihen und demnach bewegt sich auch der Punkt D, der in allen Phasen des affin-veränderlichen Systems S die veränderliche Strecke U, V stets in gleichem Verhältniss theilt, auf einer Geraden d und erzeugt auf derselben eine ähnliche Punktreihe. — Hiernach können wir das Ergebniss unserer Betrachtungen in folgenden Satz zusammenfassen:

> I. Bewegen sich drei Punkte eines affin-veränderlichen ebenen Systems derart auf drei Geraden, dass sie auf diesen ähnliche Punktreihen erzeugen, so bleiben drei Systempunkte, der Affinitätspol und zwei unendlich ferne reelle oder imaginäre Punkte und die durch sie bestimmten Geraden unbeweglich; alle beweglichen Systempunkte bewegen sich auf Geraden, welche durch je zwei homologe Punkte zweier Systemphasen gehen, und erzeugen auf diesen Geraden ähnliche Punktreihen; alle beweglichen Systemgeraden umhüllen Parabeln, welche die beiden festen durch den Affinitätspol gehenden reellen oder imaginären selbstentsprechenden Geraden berühren.

Diese Bewegungsform eines affin-veränderlichen ebenen Systems wollen wir die geradlinige Bewegung desselben und die Geraden, auf denen sich die Systempunkte bewegen, die Bahngeraden nennen. Demnach ist die geradlinige Bewegung eines affin-veränderlichen ebenen Systems bestimmt, wenn ein Systempunkt fest bleibt und zwei andere Systempunkte zwei gerade ähnliche Punktreihen erzeugen.

Betrachten wir zwei beliebige Systemphasen S_x und S_y eines affin-veränderlichen Systems S, dann sind die Verbindungsgeraden der homologen Punkte die in der festen Ebene liegenden Bahngeraden der Systempunkte. Jedem Systempunkte, ausgenommen die selbstentsprechenden festen Punkte, entspricht eine durch ihn gehende Bahngerade, und jeder Bahngeraden, ausgenommen die selbstentsprechenden festen Geraden, entspricht ein auf ihr liegender Systempunkt. Um zu einem Systempunkt D, der in der Phase S_x die Lage D_x hat, die entsprechende Bahngerade zu bestimmen, brauchen wir nur den entsprechenden Punkt D_y in der Phase S_y zu construiren; dann ist $D_x D_y$ die Bahngerade des Systempunktes D. Die Bahngeraden aller Punkte, welche auf einer Systemgeraden g liegen, umschliessen eine Parabel, dieselbe, welche die verschiedenen Lagen der Systemgeraden g während der geradlinigen Bewegung des affin-veränderlichen Systems umhüllen. Betrachten wir einen Systempunkt D als Mittelpunkt eines Systemstrahlenbüschels, so umhüllt jeder Strahl des Büschels während der geradlinigen Bewegung des affin-veränderlichen Systems S eine Parabel, welche die festen gemeinsamen selbstentsprechenden reellen oder imaginären Geraden und die Bahngerade des Punktes D berührt. Hieraus folgt der Satz:

II. Die Strahlen eines Systembüschels umhüllen bei der geradlinigen Bewegung eines affin-veränderlichen Systems eine Parabelschaar, für welche die beiden selbstentsprechenden Geraden und die Bahngerade des Büschelmittelpunktes gemeinschaftliche Tangenten sind.

Die Brennpunkte aller so erzeugten Parabeln liegen bekanntlich auf einem durch die Schnittpunkte der drei Tangenten, also auch durch den Affinitätspol gehenden Kreise, und die Leitlinien schneiden sich im Durchschnittspunkt der Höhen des Tangentendreiecks.*

Nehmen wir an, es sei g in Fig. 2 eine beliebige, in der festen Ebene liegende Bahngerade, so erhalten wir in der durch die Punkte A_x, B_x, C_x gegebenen Systemphase S_x die Lage G_x des Systempunktes G, der sich auf dieser Geraden bewegt, wenn wir die Gerade g als dem durch die Punkte A_y, B_y, C_y gegebenen System S_y angehörig betrachten, demgemäss mit g_y bezeichnen und die entsprechende Gerade g_x im System S_x bestimmen; der Durchschnitt G_x dieser Geraden ist dann in der Phase S_x die Lage des sich auf g bewegenden Systempunktes G. — Bestimmen wir so zu jeder durch einen Punkt B_y gehenden Bahngeraden $g_y{}^n$ den entsprechenden Punkt $G_x{}^n$, so bilden diese Punkte einen Kegelschnitt K, auf dem die entsprechenden Punkte B_x, B_y, der Affinitätspol O und die unendlich fernen reellen oder imaginären selbstentsprechenden Punkte liegen. Hieraus ergiebt sich der Satz:

III. Alle Systempunkte, welche sich während der geradlinigen Bewegung eines affin-veränderlichen Systems auf Bahngeraden bewegen, die sich in einem

---

* J. Steiner, Theorie der Kegelschnitte, bearbeitet von H. Schröter. Leip-

Punkte schneiden, liegen in jeder Systemphase auf einem Kegelschnitt, der durch die selbstentsprechenden Punkte (den Affinitätspol die unendlich fernen festen Punkte) und durch den gemeinsamen Schnittpunkt der Bahngeraden geht.

Aus diesem Satze folgt:

IV. Die Phasen eines Systemkegelschnittes, dessen Punkte sich auf den Strahlen eines Büschels bewegen, bilden ein Kegelschnittbüschel.

Die Kegelschnitte dieses Büschels, welche durch den Affinitätspol, den Mittelpunkt des Strahlenbüschels und durch die beiden unendlich fernen selbstentsprechenden Punkte gehen, sind homothetische Kegelschnitte, d. h. sie sind ähnlich und haben parallele Axen. Dieses Kegelschnittbüschel besteht aus Hyperbeln oder Ellipsen, je nachdem die unendlich fernen selbstentsprechenden Punkte reell oder imaginär sind. Bei einem ähnlich-veränderlichen System geht dieses Kegelschnittbüschel in ein System von Chordalkreisen über.

Bilden die Bahngeraden ein Parallelstrahlenbüschel, so liegen alle Systempunkte, welche diesen Bahngeraden entsprechen, auf einer durch den Affinitätspol gehenden Geraden. Hieraus ergiebt sich folgende einfache Construction des Affinitätspoles O. Es sind in Fig. 2 zwei beliebige Systemphasen S_x, S_y durch die entsprechenden Dreiecke $A_x B_x C_x$ und $A_y B_y C_y$ gegeben. Wir ziehen durch C_x zu $A_x B_x$, durch C_y zu $A_y B_y$ resp. die Parallelen $C_x E_x$, $C_y E_y$; dann geht die Verbindungsgerade UV der Schnittpunkte U und V dieser entsprechenden Parallelen durch den Affinitätspol. — Ferner ziehen wir durch B_x zu $A_x C_x$, durch B_y zu $A_y C_y$ resp. die Parallelen $B_x F_x$, resp. $B_y F_y$; dann geht auch die Verbindungsgerade $U'V'$ der Schnittpunkte U' und V' dieser entsprechenden Parallelen durch den Affinitätspol, und demnach ist der Durchschnitt O der Geraden UV und $U'V'$ der Affinitätspol.

Betrachten wir in Fig. 2 das Strahlenbüschel, dessen Mittelpunkt B_y ist, zu der Systemphase S_x gehörig und bezeichnen wir demgemäss den Punkt B_y mit P_x, so bewegen sich die auf den Strahlen $g_x, g'_x, \ldots g^n_x$ dieses Büschels liegenden Punkte G_x, $G'_x \ldots G^n_x$, welche den Kegelschnitt K bilden, momentan in der Richtung dieser Strahlen; diese Punkte sollen die Gleitpunkte der Strahlen des Büschels P_x $(G_x, G'_x \ldots G^n_x)$, und der Kegelschnitt K, auf dem sie liegen soll, der Gleitpunkt-Kegelschnitt heissen. Der Mittelpunkt P_x des Büschels bewegt sich auf der Bahngeraden p, welche den durch die Punkte G_x, $G'_x \ldots G^n_x$ gebildeten Kegelschnitt K in P_x berührt. Hieraus folgt der Satz:

V. Bei der geradlinigen Bewegung eines affin-veränderlichen ebenen Systems liegen die Gleitpunkte der

durch den Affinitätspol und durch die unendlich fernen selbstentsprechenden Punkte gehenden Kegelschnitt, der die Bahngerade des Büschelmittelpunktes berührt.

Jeder Systemphase entspricht demnach für ein Systemstrahlenbüschel ein Gleitpunkt-Kegelschnitt; alle diese Kegelschnitte gehen durch den Affinitätspol und durch die beiden unendlich fernen selbstentsprechenden Punkte, und berühren die Bahngerade des Büschelmittelpunktes in der Punktreihe, welche in den verschiedenen Phasen von den Lagen des Büschelmittelpunktes gebildet wird. Bei der Bewegung eines ähnlich-veränderlichen Systems und eines starren Systems wird der Gleitpunkt-Kegelschnitt ein Gleitpunkt-Kreis.

Die Strahlen eines Systembüschels umhüllen während der geradlinigen Bewegung eines affin-veränderlichen Systems eine Parabelschaar und der Gleitpunkt-Kegelschnitt einer bestimmten Systemphase S_x schneidet diese Parabeln in den Punkten, in welchen in der Systemphase S_x momentan alle Parabeln von den Strahlen des Büschels berührt werden. Die Bahngerade des Büschelmittelpunktes ist eine gemeinschaftliche Tangente aller Parabeln und des Gleitpunkt-Kegelschnittes.

Denjenigen Strahl eines Büschels, der in einer Systemphase mit der Bahngeraden des Büschelmittelpunktes zusammenfällt, nennen wir einen Gleitstrahl des Büschels.

Betrachten wir nun jeden Punkt einer bewegten Systemgeraden als Mittelpunkt eines Strahlenbüschels, so berühren die Gleitstrahlen dieser Büschel in jeder Phase dieselbe Parabel.

Nehmen wir an, es seien in Fig. 1 die beiden beliebigen Geraden r und s zwei selbstentsprechende Gerade, $a, b, c, \ldots$ beliebige Bahngerade, und bezeichnen wir die Abschnitte, welche die Geraden r und s auf diesen bilden, resp. mit $A_r A_s$, $B_r B_s$, $C_r C_s, \ldots$, so erhalten wir die Systemphasen $A_1 B_1 C_1$, $A_2 B_2 C_2, \ldots$ eines geradlinig bewegten affin-veränderlichen Systems, wenn wir auf die Bahngeraden von einer selbstentsprechenden Geraden, etwa von r aus die Strecken

$$\begin{array}{ll} A_r A_1 = m_1 \,.\, A_r A_s, & A_r A_2 = m_2 \,.\, A_r A_s, \ldots, \\ B_r B_1 = m_1 \,.\, B_r B_s, & B_r B_2 = m_2 \,.\, B_r B_s, \ldots, \\ C_r C_1 = m_1 \,.\, C_r C_s, & C_r C_2 = m_2 \,.\, C_r C_s, \ldots \\ \quad\cdot \qquad \cdot & \quad\cdot \qquad \cdot \\ \quad\cdot \qquad \cdot & \quad\cdot \qquad \cdot \end{array}$$

ordnungsgemäss auftragen. Hierin sind $m_1, m_2, \ldots$ beliebige Zahlen.

Denken wir uns alle Bahngeraden durch einen Punkt Q gezogen, so erhalten wir auf diese Weise Hyperbeln, welche sich in Q und in dem Affinitätspol O, dem Durchschnitt der Geraden r, s schneiden und deren Asymptoten diesen selbstentsprechenden Geraden parallel sind. Diese Hy-

geradlinigen Bewegung des affin-veränderlichen Systems auf den Geraden bewegen, die durch den Punkt Q gehen. Liegt Q auf einer der selbstentsprechenden Geraden r, s, etwa auf r, dann degenerirt jede Hyperbelphase zu zwei Geraden; die eine derselben fällt mit r zusammen und die andere ist parallel zu s. Ein analoges Resultat ergiebt sich, wenn Q auf der Geraden s liegt. Hieraus folgt:

VI. Jede Systemgerade, die parallel zu einer selbstentsprechenden Geraden ist, bewegt sich während der geradlinigen Bewegung eines affin-veränderlichen Systems parallel zu sich selbst und ihre Punkte beschreiben Gerade, welche sich in einem Punkte der andern selbstentsprechenden Geraden schneiden.

Nach diesen Betrachtungen gelangen wir leicht zu dem geometrischen Ort derjenigen Punkte, welche sich in einem Moment der geradlinigen Bewegung oder in einer bestimmten Systemphase mit gleicher Geschwindigkeit bewegen. Wenn zwei selbstentsprechende Gerade r, s auftreten, so können wir den geometrischen Ort der Punkte gleicher Geschwindigkeit in folgender Weise ermitteln. Um z. B. die Punkte zu bestimmen, welche in einer Systemphase S_1 dieselbe Geschwindigkeit haben, die ein in dieser Systemphase beliebig angenommener Punkt Q_1 besitzt, so brauchen wir nur die dem Systempunkt Q angehörige Bahngerade q zu ziehen und die Strecke $Q_r Q_s$, welche die selbstentsprechenden Geraden r, s auf der Bahngeraden q abschneiden, unverändert mit ihren Endpunkten Q_r, Q_s auf den Geraden r, s gleiten zu lassen, dann beschreibt der Punkt Q_1 dieser bewegten Geraden eine Ellipse, welche der geometrische Ort der Punkte gleicher Geschwindigkeit ist. Wir erhalten hiernach den Satz:

VII. Alle Systempunkte eines geradlinig bewegten affin-veränderlichen ebenen Systems, welche die Geschwindigkeit eines Systempunktes Q besitzen, liegen auf einer Systemellipse, die durch Q geht, deren Mittelpunkt der Affinitätspol ist; und alle Ellipsenphasen haben den Affinitätspol als gemeinschaftlichen Mittelpunkt.

Die Gesammtheit dieser Ellipsenphasen wird durch die Punkte der Geraden q beschrieben, wenn die Endpunkte der Strecke $Q_r Q_s$ auf den Geraden r, s entlang gleiten. Diese Ellipsen können auch durch Rollen eines Kreises in einem andern festen Kreise von doppelt so grossem Radius als des rollenden erzeugt werden. Die Systempunkte, die auf gleich langen Bahnstrecken aus einer Systemphase in eine andere gelangen, liegen also auf einer Ellipse, deren Mittelpunkt der Affinitätspol ist.

Sind die selbstentsprechenden Geraden imaginär, so kann man den Ort der Punkte gleicher Geschwindigkeit folgendermassen bestimmen. Es seien in Fig. 3 $A_x B_x C_x \dots$ und $A_y B_y C_y \dots$ zwei entsprechende Punktreihen in den Systemphasen S_x und S_y, und O sei der Affinitätspol. In der Systemphase S_x nehmen wir einen beliebigen Punkt P_x etwa auf der Geraden $A_x O$ an, ziehen $P_x P_y$ bis zum Durchschnitt mit $O A_y$ parallel zu $A_x A_y$; dann ist P_y der entsprechende Punkt in S_y, denn alle Punkte einer durch den Affinitätspol gehenden Geraden bewegen sich auf parallelen Bahngeraden. Der Systempunkt P durchschreitet von der Phase S_x bis zur Phase S_y die Strecke $P_x P_y$, welche wir mit v bezeichnen und als die Geschwindigkeit des Punktes P betrachten wollen. Legen wir nun die Strecke v so in das Dreieck $B_x O B_y$, dass sie parallel $B_x B_y$ ist, und ebenso in das Dreieck $C_x O C_y$ parallel $C_x C_y$, was leicht mit Hilfe eines um O mit dem Radius v beschriebenen Kreises ausführbar ist, so erhalten wir die entsprechenden Punkte $P'_x P'_y$, $P''_x P''_y$ u. s. w. Es lässt sich nun leicht nachweisen, dass die Punkte $P_x P'_x P''_x \ldots$ und ebenso die Punkte $P_y P'_y P''_y \ldots$ eine Ellipse bilden, deren Mittelpunkt O ist. Daraus folgt, dass auch in diesem Falle die Punkte, welche eine bestimmte Geschwindigkeit besitzen, in jeder Phase auf einer Ellipse liegen, deren Mittelpunkt der Affinitätspol ist. Die angegebene Construction des Ortes der Punkte gleicher Geschwindigkeit ist in jedem Falle anwendbar, die selbstentsprechenden Geraden mögen imaginär oder reell sein, oder in eine einzige Gerade zusammenfallen. — Bei einem ähnlich-veränderlichen ebenen System ist der Ort der Punkte, welche in einer Systemphase eine bestimmte gleiche Geschwindigkeit besitzen, ein Kreis, dessen Mittelpunkt der Aehnlichkeitspol ist.

Wir nehmen an, es bewegen sich in Fig. 4 drei Punkte ABC eines affinveränderlichen ebenen Systems von einer Systemphase $A_1 B_1 C_1$ bis zu einer andern $A_2 B_2 C_2$ geradlinig, und von da bis zu einer dritten Phase $A_3 B_3 C_3$ wieder geradlinig, aber so, dass die gebrochenen Bahnstrecken $A_1 A_2 A_3$, $B_1 B_2 B_3$, $C_1 C_2 C_3$ ähnlich sind. Um den Affinitätspol O für die erste geradlinige Bewegung zu bestimmen, ziehen wir parallel zu $C_1 C_2$ die Gerade $P_1 P_2$, welche $A_1 B_1$ und $A_2 B_2$ in gleichem Verhältniss theilt; dann ist der Schnittpunkt der Geraden $C_1 P_1$ und $C_2 P_2$ der Affinitätspol O. Betrachten wir nun die Punkte APB als einem ähnlich veränderlichen System angehörig, so ist die gebrochene Bahnstrecke $P_1 P_2 P_3$, welche der Punkt P beschreibt, den gebrochenen Bahnstrecken $A_1 A_2 A_3$ und $B_1 B_2 B_3$ und somit auch $C_1 C_2 C_3$ ähnlich; folglich ist auch $P_2 P_3$ parallel $C_2 C_3$, und die Gerade $P_2 P_3$ theilt $A_2 B_2$, $A_3 B_3$ in gleichem Verhältniss. Demnach ist der Durchschnitt der Geraden $C_2 P_2$, $C_3 P_3$ der Affinitätspol für die zweite geradlinige Bewegung; dieser fällt aber mit O zusammen, weil die gebrochenen Bahnstrecken $C_1 C_2 C_3$ und $P_1 P_2 P_3$ ähnlich und parallel sind; und alle übrigen Systempunkte bewegen sich auf Bahnstrecken, welche den Bahnstrecken der Systempunkte A, B, C ähnlich sind. Nehmen wir nun an, die Bahnstrecken $A_1 A_2$, $A_2 A_3$; $B_1 B_2$, $B_2 B_3$; $C_1 C_2$, $C_2 C_3$ und im Allgemeinen auch die Supplemente der Winkel $A_1 A_2 A_3$, $B_1 B_2 B_3$, $C_1 C_2 C_3$ seien unendlich klein, so erhalten wir Elemente von Bahn-

VIII. **Bewegen sich drei Punkte eines affin-veränderlichen ebenen Systems derart auf ähnlichen Curven, dass sie auf diesen ähnliche krumme Punktreihen erzeugen, so bleibt ein Systempunkt, der Affinitätspol, unbeweglich; alle beweglichen Systempunkte bewegen sich auf ähnlichen Curven und erzeugen auf diesen ähnliche krumme Punktreihen.**

Diese Bewegungsform eines affin-veränderlichen ebenen Systems wollen wir die **einförmig-krummlinige Bewegung** desselben und die ähnlichen Curven, auf denen sich die Systempunkte bewegen, die **Bahncurven** nennen.

Die einförmig-krummlinige Bewegung eines affin-veränderlichen ebenen Systems ist nach obigem Satze auch bestimmt, wenn ein Systempunkt, der Affinitätspol, fest bleibt und zwei andere Systempunkte sich auf ähnlichen Bahncurven bewegen und auf diesen ähnliche Punktreihen erzeugen.

Sind in Fig 5 $A_1 A_2 A_3 \ldots$ und $B_1 B_2 B_3 \ldots$ einstimmig ähnliche Punktreihen auf den Bahnkreisen a, b, deren Mittelpunkte resp. α, β sind, und ist O der Affinitätspol, so bewegen sich alle Punkte des durch OAB bestimmten affin veränderlichen Systems S gleichzeitig mit gleicher Winkelgeschwindigkeit auf Kreisen, deren Mittelpunktsystem dem System S und dessen Phasen affin ist und mit diesen den Punkt O selbstentsprechend gemein hat. Nehmen wir z. B. in der Systemphase $OA_1 B_1$ einen beliebigen Punkt C_1 an und bestimmen im affinen Kreismittelpunktsystem $O\alpha\beta$ den Punkt γ, der C_1 entspricht, und beschreiben wir um γ einen durch C_1 gehenden Kreis c, so ist dies der Bahnkreis des Systempunktes C. Diese Bewegungsform eines affin-veränderlichen ebenen Systems wollen wir die **kreislinige Bewegung** desselben nennen. Da die auf den Bahnkreisen erzeugten Punktreihen ähnlich sind, so erhalten wir auch nach Seite 165 dieses Bandes den Satz:

IX. **Eine Systemgerade eines affin-veränderlichen ebenen Systems umhüllt während der kreislinigen Bewegung desselben einen Kegelschnitt, dessen Hauptaxe mit einem Durchmesser des kleinsten Bahnkreises, der von einem Punkte der Systemgeraden beschrieben wird, zusammenfällt.**

Die kreislinige Bewegung eines affin-veränderlichen ebenen Systems kann auch in analoger Weise wie die kreislinige Bewegung eines ähnlich-veränderlichen ebenen Systems (auf S. 166 dieses Bandes) von einem andern Gesichtspunkte aus betrachtet werden.

Der Uebergang zur allgemeinsten Bewegungsform eines affin-veränderlichen ebenen Systems erfordert, dass wir die auf S. 467 angedeutete Bestimmung des Affinitätspoles noch zweckentsprechend ausführlicher behandeln.

Sind $A_1 B_1 C_1$ und $A_2 B_2 C_2$ in Fig. 1 zwei Phasen eines geradlinig

wurde, den Affinitätspol O, wenn wir zu einer Bahngeraden, etwa zu c, eine Parallele $P_1 P_2$ ziehen, welche die den Ecken C_1, C_2 gegenüberliegenden Dreiecksseiten $A_1 B_1$, $A_2 C_2$ in gleichem Verhältniss theilt. — Die Geraden $P_1 P_2$, welche eine Tangente der von den vier Geraden $A_1 B_1$, $A_2 B_2$, a, b berührten Parabel π ist, kann man mit Hilfe des Brianchon'schen Sechsseits, dessen eine Seite im Unendlichen liegt, leicht ziehen. Betrachten wir die vier in Fig. 6 mit m, n, a, b bezeichneten Geraden als Tangenten einer Parabel π, an welche die Tangente p parallel der Geraden c gezogen werden soll, so ergiebt sich folgende Construction. Wir ziehen durch den Schnittpunkt $m.n$, der mit $\varkappa_{ab}$ bezeichnet ist, zu b eine Parallele $\varkappa_{ab} H$, durch den Schnittpunkt $a.n$ zu c eine Parallele, welche $\varkappa_{ab} H$ in H trifft; dann schneidet die Verbindungsgerade des Punktes H und des Schnittpunktes $a.b$ die Gerade m im Punkte P_1, durch den die zu c parallele Parabeltangente p oder $P_1 P_2$ geht. Sind nun $A_1 B_1 C_1$ und $A_2 B_2 C_2$ in Fig. 6 zwei Systemphasen, so ist der Schnittpunkt O der Geraden $C_1 P_1$ und $C_2 P_2$ der Affinitätspol.

Da m, n, a, b permutirt 24 Permutationen geben, so erhalten wir bei unveränderter Lage der gegebenen Geraden 24 verschiedene Constructionen der Tangente p; und da wir statt parallel zur Bahngeraden $C_1 C_2$ die betreffende Parabeltangente auch parallel zu der Bahngeraden $A_1 A_2$ oder $B_1 B_2$ ziehen können, so ergeben sich 3 mal 24 verschiedene Constructionen des Affinitätspoles O. Wir erhalten z. B. dieselbe Gerade HP_1, wenn wir $\varkappa_{ab} H^{I}$ parallel zu a und durch den Schnittpunkt $b.n$ eine Parallele zu c ziehen; beide Parallelen schneiden sich dann in einem auf HP_1 liegenden Punkte H^{I}.

Die angegebene Bestimmung des Affinitätspoles kann auch entsprechend modificirt in dem Fall, wenn die Systemphasen $A_1 B_1 C_1$ und $A_2 B_2 C_2$ unendlich nahe liegen, benutzt werden. — Dann können wir in Fig. 7 die Geraden $A_1 B_1$ und $A_2 B_2$, welche wir mit m und n bezeichneten, als in eine Gerade zusammengefallen betrachten und statt des Schnittpunktes $m.n$ muss auf $A_1 B_1$ der Berührungspunkt $\varkappa_{ab}$ der von den Geraden $A_1 B_1$, a, b umschlossenen Parabel π gegeben sein — Wir ziehen durch $\varkappa_{ab}$ zu b eine Parallele $\varkappa_{ab} H^{III}$, durch den Schnittpunkt $a.n$ (A_1) zu c eine Parallele, welche $\varkappa_{ab} H^{III}$ in H^{III} trifft, und ziehen ferner die Verbindungsgerade der Punkte H^{III} und $a.b$, die $A_1 B_1$ in P^{III} schneidet; dann liegt der Affinitätspol auf der Geraden $C_1 P^{III}$. Denselben Punkt P^{III} erhalten wir auch, wenn wir durch $\varkappa_{ab}$ zu a und durch den Schnittpunkt $b.n$ (B_1) zu c eine Parallele ziehen und den Schnittpunkt $a.b$ mit dem Schnittpunkt dieser Parallelen verbinden. Ist nun auf der Geraden $A_1 C_1$ der Punkt $\varkappa_{ac}$ gegeben, in welchem diese Gerade die von den Geraden $A_1 C_1$, a, c umschlossene Parabel berührt, so erhalten wir in analoger Weise eine zweite Gerade $B_1 P^{II}$, auf der auch der Affinitätspol liegt, und folglich ist der Durchschnitt der Geraden $C_1 P^{III}$ und $B_1 P^{II}$ der Affinitätspol.

Die allgemeinen Bewegungsformen eines affin-veränderlichen ebenen

1. Wir nehmen drei beliebige Curven a', b', c' als Bahncurven dreier Systempunkte A, B, C und zwei beliebige Curven $\varkappa'_{bc}$ und $\varkappa'_{ac}$ resp. als Hüllbahnen zweier Systemgeraden BC und AC an.
2. Wir nehmen drei beliebige Curven $\varkappa'_{bc}$, $\varkappa'_{ac}$, $\varkappa'_{ab}$ resp. als Hüllbahnen der Systemgeraden BC, AC, AB und zwei beliebige Curven a' und b' als Bahncurven zweier Systempunkte A und B an.

Wir behandeln zunächst den ersten Fall. Es seien a', b', c' in Fig. 8 die Bahncurven dreier Systempunkte A, B, C eines affin veränderlichen ebenen Systems $\varkappa'_{bc}$, $\varkappa'_{ac}$ die Hüllbahnen zweier Systemgeraden BC und AC. Nehmen wir in einer durch $A_1B_1C_1$ bestimmten Systemphase einen beliebigen vierten Punkt D_1 an, so erhalten wir die Bahncurve des Systempunktes D, wenn wir in den durch $A_2B_2C_2$, $A_3B_3C_3$, .. bestimmten Systemphasen die Punkte D_2, D_3, ... so bestimmen, dass die Vierecke $A_2B_2C_2D_2$, $A_3B_3C_3D_3$, ... dem Viereck $A_1B_1C_1D_1$ affin sind; dann bilden die Punkte D_1, D_2, D_3, ... die Bahncurve des Systempunktes D.

Nehmen wir an, dass ein affin-veränderliches ebenes System S aus der durch die drei Punkte $A_1B_1C_1$ bestimmten Systemphase S_1 (Fig. 8) in eine unendlich nahe Systemphase S_2 übergeht, so bewegen sich die Systempunkte A, B, C momentan in den Richtungen der in A_1, B_1, C_1 an die Bahncurven a', b', c' gezogenen Tangenten a, b, c. Wir können demnach in einem unendlich kleinen Zeittheil die krummlinige Bewegung als geradlinig ansehen und nach der oben angegebenen Construction den Affinitätspol für diese unendlich kleine geradlinige Bewegung in folgender Weise bestimmen. Wir ziehen erstens durch den Punkt $\varkappa_{bc}$, in welchem die Gerade B_1C_1 die gegebene Hüllbahn $\varkappa'_{bc}$ berührt und den wir den Gleitpunkt der Geraden B_1C_1 nennen, zu b und durch C_1 zu a eine Parallele, ferner durch den Schnittpunkt H^{I} dieser Parallelen und durch den Schnittpunkt $b.c$ eine Gerade, die B_1C_1 in P^{I} trifft. (Dieselbe Gerade $H^{I}P^{I}$ erhalten wir auch, wenn wir durch $\varkappa_{bc}$ zu c und durch B_1 zu a eine Parallele führen.) Wir ziehen zweitens durch den Gleitpunkt $\varkappa_{ac}$, in welchem die Gerade A_1C_1 die gegebene Hüllbahn $\varkappa'_{ac}$ berührt, zu a und durch C_1 zu b eine Parallele, ferner durch den Schnittpunkt H^{II} dieser Parallelen und $a.c$ eine Gerade, welche A_1C_1 in P^{II} trifft. (Dieselbe Gerade $H^{II}P^{II}$ ergiebt sich auch, wenn man durch $\varkappa_{ac}$ zu c und durch A_1 zu b eine Parallele zieht.) Dann ist der Durchschnitt O^{I} der Geraden A_1P^{I} und B_1P^{II} der Affinitätspol für die unendlich kleine geradlinige Bewegung. Wir wollen ihn in der Folge den Affinitätspol der betreffenden Systemphase $A_1B_1C_1$ nennen. Construiren wir für verschiedene Systemphasen S_1, S_2, S_3, ... die Affinitätspole O^{I}, O^{II}, O^{III} ..., so bilden diese in der festen Ebene die **Affinitätspolbahn**; nehmen wir eine bestimmte Systemphase S_0 an und bestimmen in dieser die entsprechenden Punkte O_0^{I}, O_0^{II}, O_0^{III}, dann liefern diese Punkte in der Phase S_0 die **Affinitätspolcurve**. Durch Rückwärtsschreiten

Gleitpunkt $\varkappa_{ab}$ bestimmen, in welchem diese dritte Gerade $A_1 B_1$ die von der Systemgeraden erzeugte Hüllbahn $\varkappa'_{ab}$ berührt. — Wir ziehen die Gerade $O^I C_1$, welche $A_1 B_1$ in P^{III} trifft, verbinden P^{III} mit dem Durchschnittspunkt $a.b$, führen $A_1 H^{III}$ parallel zu c und $H^{III}\varkappa_{ab}$ parallel b. Oder wir ziehen $B_1 H'''$ parallel zu c und $H'''\varkappa_{ab}$ parallel zu a.

Diesen Berührungspunkt $\varkappa_{ab}$ können wir auch leicht ohne Benutzung des **Affinitätspoles** O^I ermitteln. Betrachten wir die Punkte $\varkappa_{bc}$ und $\varkappa_{ac}$ als **Mittelpunkte** zweier zu einer Punktreihe auf c perspectivisch liegender Strahlenbüschel, so erzeugen diese beziehungsweise auf den Geraden b und a zwei collineare Punktreihen, und die Verbindungsgeraden der entsprechenden Punkte dieser Reihen umhüllen einen Kegelschnitt, der die Hüllbahn $\varkappa'_{ab}$ im Punkte $\varkappa_{ab}$ und die fünf Geraden a, $A_1 B_1$, b, $\overline{\varkappa_{ac}(b.c)}$, $\overline{\varkappa_{bc}(a.c)}$ berührt. Wir erhalten demnach den auf $A_1 B_1$ liegenden Berührungspunkt $\varkappa_{ab}$ mittels des Brianchon'schen Fünfseits, wenn wir die Geraden $\overline{A_1(b.c)}$ und $\overline{B_1(a,c)}$, welche sich im Punkt Q schneiden, ziehen und den Durchschnittspunkt R der Geraden $\overline{\varkappa_{bc}(a.c)}$ und $\overline{\varkappa_{ac}(b.c)}$ mit Q verbinden; dann trifft RQ die Gerade $A_1 B_1$ im Gleitpunkt $\varkappa_{ab}$.

Mit Benutzung des Affinitätspoles O^I können wir sehr leicht in jedem Punkt der Systemphase $A_1 B_1 C_1$ an die betreffende Bahncurve die Tangente ziehen. — Betrachten wir z. B. den Punkt A_1, ziehen $A_1 O^I$, welche $B_1 C_1$ in P^I schneidet, ferner die Gerade $\overline{P^I(b.c)}$, welche die zu b parallele Gerade $\varkappa_{bc} H^I$ in H^I trifft, so ist die Tangente a im Punkte A_1 der Bahncurve a' parallel $C_1 H^I$. Dasselbe gilt für jeden beliebigen Punkt D_1 der Systemphase $A_1 B_1 C_1$. Wir ziehen $D_1 O^I$, welche $B_1 C_1$ in P^{IV} schneidet, ziehen ferner die Gerade $\overline{P^{IV}(b.c)}$, die $\varkappa_{bc} H^I$ in H^{IV} trifft; dann ist die Tangente d in Punkt D_1 der betreffenden Bahncurve d' parallel $C_1 H^{IV}$, und demnach sind für alle Punkte, die auf $O^I D_1$, also auf einer durch den Affinitätspol gehenden Geraden liegen, die entsprechenden Tangenten parallel. Hiernach kann man die Tangenten an sämmtliche Bahncurven, welche die Punkte des affin-veränderlichen Systems beschreiben, leicht construiren.

Wir können auch umgekehrt eine beliebige Gerade d annehmen, dieselbe als eine Tangente einer Bahncurve betrachten und dann den Punkt D_1 bestimmen, in welchem sie die vom Systempunkt D beschriebene Bahncurve d' berührt. — Zu dem Zwecke ziehen wir $C_1 H^{IV}$ parallel d, bis sie die zu b parallele Gerade $\varkappa_{bc} H^{IV}$ in H^{IV} trifft, ziehen ferner die Gerade $\overline{H^{IV}(b.c)}$, welche $B_1 C_1$ in P^{IV} schneidet; dann trifft die Gerade $O^I P^{IV}$ die beliebig angenommene Gerade d in dem Berührungspunkt D_1.

Betrachten wir die Gerade d als eine zur Systemphase $A_1 B_1 C_1$ gehörende Gerade, so ist D_1 der Gleitpunkt dieser Geraden. Hieraus ergiebt sich eine neue sehr einfache Bestimmung des Gleitpunktes einer beliebigen Geraden. — Um z. B. auf der Geraden $A_1 B_1$ den Gleitpunkt $\varkappa_{ab}$ zu bestimmen, ziehen wir durch C_1 parallel zu $A_1 B_1$ die Gerade $C_1 H^V$, welche die

zu b parallele Gerade $\varkappa_{bc} H^{V}$ in H^{V} trifft, ziehen ferner die Gerade $H^{V} (b . c)$, die $B_1 C_1$ in P^{V} schneidet; dann begegnet die Gerade $O^{I} P^{V}$ der Geraden $A_1 B_1$ im Gleitpunkt $\varkappa_{ab}$.

Da wir die krummlinige Bewegung in einem unendlich kleinen Zeittheil als geradlinig betrachten, so folgt aus dem Satz V, dass die Gleitpunkte aller sich in einem Punkt Q_1 schneidenden Geraden einer Systemphase S_1 eines krummlinig bewegten affin veränderlichen Systems S auf einem Kegelschnitt liegen, der durch den Affinitätspol O^{I} der Systemphase S_1 geht und im Punkt Q_1 die Bahnrichtung q, d. h. die in Q_1 an die betreffende Bahncurve gezogene Tangente, berührt.

Geht ein krummlinig bewegtes affin-veränderliches ebenes System S aus einer Phase S_1 in eine unendlich nahe Phase S_2 über, so umhüllt eine beliebige Systemgerade AC während der unendlich kleinen geradlinigen Bewegung ein Element der Parabel, welche von den Verbindungsgeraden der entsprechenden unendlich nahen Punktreihen der Geraden $A_1 C_1$ und $A_2 C_2$ umschlossen wird. Hieraus folgt, dass in einem jeden Moment die Bahnrichtungen aller Punkte einer Geraden Tangenten einer Parabel sind, welche die Gerade in ihrem Gleitpunkt berührt. — Demnach erhalten wir z. B. zu einem Punkt T_1 der Geraden $A_1 C_1$ die Tangente seiner Bahncurve, wenn wir von T_1 an die Parabel, welche $A_1 C_1$ im Gleitpunkt $\varkappa_{ac}$ und ausserdem die Geraden a, c berührt, eine Tangente t ziehen. — Umgekehrt ergiebt sich, wenn die Bahnrichtungen a, c, t dreier Punkte $A_1 C_1 T_1$ einer Geraden $A_1 C_1$ gegeben sind, der Gleitpunkt $\varkappa_{ac}$ dieser Geraden als Berührungspunkt der von den vier Geraden $A_1 C_1$, a, c, t umschlossenen Parabel.

Alle hier abgeleiteten Resultate behalten selbstverständlich ihre Giltigkeit, wenn das bewegte System ein ähnlich-veränderliches oder starres ist. Diesen besonderen Fällen entsprechen aber auch besondere Bestimmungen des Poles der Gleitpunkte und der Tangenten an den Bahncurven, wie aus der ersten Mittheilung Seite 161 dieses Bandes hervorgeht. Bringen wir aber die angegebene allgemeine Bestimmung mit der besonderen in diesen Fällen zusammen, so führen beide zu demselben Ziel und daraus ergiebt sich eine Fülle interessanter geometrischer Beziehungen, auf die wir aber nicht näher eingehen können, weil die Darlegung der fundamentalen Beziehungen der Hauptzweck dieser Abhandlung ist.

Bewegen sich drei Punkte A, B, C eines affin-veränderlichen ebenen Systems resp. auf den drei gegebenen Bahncurven a', b', c' und kennen wir in jedem Moment die Geschwindigkeiten v_a, v_b, v_c der drei Punkte A, B, C, so können wir den Affinitätspol, die Tangenten aller Bahncurven und die Geschwindigkeiten aller übrigen Systempunkte leicht bestimmen. — Wir nehmen an, dass in Fig. 9 die Punkte $A_1 B_1 C_1$ einer Systemphase S_1 sich in der Richtung der betreffenden Tangenten a, b, c, der Bahncurven mit den Geschwindigkeiten $v_a = A_1 A^{I}$, $v_b = B_1 B^{I}$, $v_c = C_1 C^{I}$ fortbewegen, dann ist das System in der Zeiteinheit aus der Phase $A_1 B_1 C_1$ in die Phase $A^{I} B^{I} C^{I}$

gelangt. Und wenn wir nun für diese geradlinige Bewegung den durch die Phasen $A_1 B_1 C_1$ und $A^I B^I C^I$ bestimmten Affinitätspol O^I in der Seite 470 gegebenen Weise construiren, so ist derselbe auch der Affinitätspol der Phase S_1 für die krummlinige Bewegung. — Construiren wir zu einem beliebigen Punkt D_1 in der Systemphase $A_1 B_1 C_1$ den entsprechenden Punkt D^I in der affinen Phase $A^I B^I C^I$, so ist $D_1 D^I$ im Punkt D_1 die Tangente an der durch den Systempunkt D während der krummlinigen Bewegung beschriebenen Bahncurve d' und die Strecke $v_d = D_1 D^I$ ist die Geschwindigkeit des Punktes D in der Systemphase S_1.

Hieraus folgt der Satz:

> X. Die Verbindungsgeraden $A_1 A^I$, $B_1 B^I$, $C_1 C^I, \ldots$ der entsprechenden Punkte der beiden affinen ebenen Systeme $A_1 B_1 C_1 \ldots$ und $A^I B^I C^I \ldots$ repräsentiren die Grösse und Richtung der Geschwindigkeit der Punkte $A_1, B_1, C_1, \ldots$ und sind in diesen Punkten Tangenten an den Bahncurven derselben.

Die Punkte der Systemphase S_1, welche mit einem bestimmten Systempunkt gleiche Geschwindigkeit besitzen, liegen nach dem Satze VII Seite 472 auf einer Ellipse, deren Mittelpunkt der Affinitätspol ist.

Sind in Fig. 9 die drei Bahncurven a', b', c', auf denen sich die Systempunkte A, B, C, bewegen und die zwei Hüllbahnen $\varkappa'_{ab}$, $\varkappa'_{bc}$ der Geraden AB, BC gegeben, so können wir, wenn wir für einen Punkt C_1 in einer Systemphase $A_1 B_1 C_1$ die Geschwindigkeit v_c als bekannt betrachten, die Geschwindigkeiten der übrigen Punkte und die Tangenten an den Bahncurven derselben leicht ermitteln. Denken wir uns die Punkte B_1, C_1 mit der Geschwindigkeit, welche sie in der Systemphase $A_1 B_1 C_1$ besitzen, auf den Tangenten b, c fortbewegt, so umhüllt die Gerade BC eine Parabel, welche die Gerade $B_1 C_1$ im Gleitpunkt $\varkappa_{bc}$ und ausserdem die Geraden b, c berührt; der Punkt C_1 ist, wenn wir $C_1 C^I = v_c$ machen, in der Zeiteinheit von C_1 nach C^I gelangt, und die Gerade $B_1 C_1$ ist in die Lage $B^I C^I$ übergegangen, welche eine Tangente der genannten Parabel ist. Wir erhalten diese Parabeltangente bekanntlich, wenn wir zu $B_1 C_1$ durch C^I eine Parallele $C^I F$ ziehen, welche die Verbindungsgerade des Punktes $\varkappa_{bc}$ und des Punktes $b.c$ in F trifft, ferner FI parallel zu a ziehen und I mit C^I verbinden; dann ist $C^I I$, welche b in B^I schneidet, die Parabeltangente und $B_1 B^I = v_b$ die Geschwindigkeit des Punktes B_1 in der Phase $A_1 B_1 C_1$. In gleicher Weise erhalten wir für den dritten Punkt A_1 die Geschwindigkeit $A_1 A^I = v_a$. Construiren wir nun zu den Punkten D_1, $E_1, \ldots$ des Systems $A_1 B_1 C_1$ die entsprechenden Punkte D^I, $E^I, \ldots$ im affinen System $A^I B^I C^I$, so geben die Strecken $D_1 D^I = v_d$, $E_1 E^I = v_e, \ldots$ die Grösse und Richtung der Geschwindigkeiten der Punkte D_1, $E_1 \ldots$ der Systemphase $A_1 B_1 C_1$ für die krummlinige Bewegung, und $D_1 D^I$, $E_1 E^I, \ldots$ sind die Tangenten in den Punkten D_1, $E_1, \ldots$ an den Bahncurven derselben.

Bevor wir unsere theoretische Entwickelung weiter fortsetzen, wollen wir die praktische Nützlichkeit der erhaltenen allgemeinen Ergebnisse beispielsweise an dem Watt'schen und Lipkin'schen Parallelogramm zeigen, welche beide ganz specielle Fälle eines bewegten affin veränderlichen Systems sind.

Durch das Watt'sche Parallelogramm ist eine krummlinige Bewegung eines affin-veränderlichen ebenen Systems gegeben. Zwei Punkte A und B (Fig. 10) dieses Systems bewegen sich auf den concentrischen Kreisen a', b', um deren gemeinschaftlichen Mittelpunkt O sich die Systemgerade AB dreht; ein dritter Systempunkt C bewegt sich auf einem Kreis c', dessen Mittelpunkt mit M bezeichnet ist. In diesem speciellen affin-veränderlichen System sind die Längen der Strecken AB und BC unveränderlich, folglich ist der Drehpunkt O fester Affinitätspol für alle Systemphasen, und die auf den Geraden AB, BC und auf Parallelen zu denselben liegenden Punktreihen sind starr. Nehmen wir an, es sei $A_1 B_1 C_1$ ein Systemphase und ein Punkt, etwa A_1, bewege sich momentan mit der gegebenen Geschwindigkeit $A_1 A^I$ auf dem Kreis a', so ist die gleichzeitige Geschwindigkeit des Punktes B_1 gleich der Strecke $B_1 B^I$, welche die Gerade $O A^I$ auf der zu $A_1 A^I$ parallelen Kreistangente $B_1 B^I$ abschneidet. Um die Geschwindigkeit des dritten Punktes C_1 zu erhalten, könnte man die obenan gegebene allgemeine Construction anwenden; da aber die Strecke $B_1 C_1$ starr ist, so führt die folgende Bestimmung rascher zum Ziel: Wir tragen vom Durchschnitt Ω der Geraden MC_1 und $A_1 B_1$ die Strecken $\Omega\theta = \Omega B_1$ auf, ziehen $\theta\eta$ parallel zur Kreistangente $C_1 C^I$ und machen $\theta\eta = B_1 B^I$, dann schneidet $\Omega\eta$ auf der Kreistangente $C_1 C^I$ die Geschwindigkeit $C_1 C^I$ des Punktes C_1 ab. Denken wir uns die Punkte A, B, C einem vollständig affin-veränderlichen ebenen System angehörig und geradlinig mit den entsprechenden Geschwindigkeiten auf den Tangenten fortbewegt, so geht das System nach einer Zeiteinheit aus der Phase $A_1 B_1 C_1$ in die Phase $A^I B^I C^I$ über. Bestimmen wir nun zu dem vierten Eckpunkt D_1 des Parallelogramms den entsprechenden Punkt D^I, so ist $D_1 D^I$ die Grösse und Richtung der Geschwindigkeit des Punktes D_1 in der Phase $A_1 B_1 C_1$ und $D_1 D^I$ ist zugleich die Tangente in D_1 an der Bahncurve desselben. In gleicher Weise können wir für jeden beliebigen Systempunkt die Grösse der Geschwindigkeit und die Tangente an seiner Bahncurve construiren. Es ergeben sich hiermit auf einmal nicht nur für die Punkte auf den Seiten des Parallelogramms, sondern für **alle** Punkte des unendlich grossen affin-veränderlichen Systems die Geschwindigkeiten, sowie die Tangenten an den Bahncurven, und wir erhalten hiermit eine leicht übersehbare bildliche Darlegung der Grösse und Richtung der Geschwindigkeiten der Systempunkte.

Diejenigen Systempunkte, welche mit einem Punkt, etwa mit A_1, gleichzeitig dieselbe Geschwindigkeit besitzen, liegen nach dem Satze VII auf einer leicht zu construirenden Ellipse, die durch den Punkt A_1 geht und deren Mittelpunkt der feste Affinitätspol O ist. Wird für einen beliebigen Punkt, etwa für D_1, nur die Tangente der Bahncurve verlangt, so lässt sich diese, weil BC starr ist, sehr leicht construiren. Wir ziehen die Gerade $D_1 O$, welche $B_1 C_1$ im Punkt F_1 schneidet; für diesen Punkt ist die Tangente senkrecht $F_1 \Omega$, und da für alle Punkte, welche auf einer durch den Affinitätspol gehenden, Geraden liegen, die Tangenten parallel sind, so ist die Tangente $D_1 D^I$ für den Punkt D_1 senkrecht auf $F_1 \Omega$.

Das Lipkin'sche Parallelogramm* $ABCD$ (Fig. 11), dessen vier starre Seiten von gleicher Länge sind, von dem zwei gegenüberliegende Eckpunkte A, B sich auf demselben Kreis $a'b'$ bewegen, bestimmt die Bewegung eines affin-veränderlichen ebenen Systems, wenn die Bahncurve eines dritten Eckpunktes gegeben ist. — Bewegt sich der Eckpunkt C auf einem Kreis, der durch den Mittelpunkt M des Kreises $a'b'$ geht, so bewegt sich der gegenüberliegende Eckpunkt D auf einer Geraden; bewegt sich C auf einer Curve c', so beschreibt D eine zu c' kreisverwandte Curve d'.

Nehmen wir an, es sei in der Phase $A_1 B_1 C_1 D_1$ die Geschwindigkeit des Punktes C_1 auf der Curve c' gleich $C_1 C^I$; dann erhalten wir die Geschwindigkeiten der beiden Systempunkte A_1, B_1, weil die Strecken AC und BC starr sind, in folgender Weise: Wir ziehen im Berührungspunkt C_1 auf die Tangente $C_1 C^I$ der Curve c' die Senkrechte, die Curvennormale des Punktes C_1, welche die Radien MA_1, MB_1 resp. in Ω_a, Ω_b trifft, machen auf $\Omega_a A_1$ die Strecke $\Omega_a \theta_a = \Omega_a C_1$ und auf $\Omega_b B_1$ die Strecke $\Omega_b \theta_b = \Omega_b C_1$, ziehen $\theta_a \eta_a = C_1 C^I$ parallel der Kreistangente $A_1 A^I$ und $\theta_b \eta_b = C_1 C^I$ parallel der Kreistangente $B_1 B^I$, dann schneidet $\Omega_a \eta_a$ auf $A_1 A^I$ die Geschwindigkeit AA^I des Punktes A_1 und $\Omega_b \eta_b$ auf $B_1 B^I$ die Geschwindigkeit $B_1 B^I$ des Punktes B_1 ab. Bestimmen wir nun zu einem beliebigen Punkt, etwa zu D_1 im System $A_1 B_1 C_1$ den entsprechenden Punkt D^I im affinen System $A^I B^I C^I$, so ist $D_1 D^I$ die Grösse und Richtung der Geschwindigkeit des Punktes D_1 und $D_1 D^I$ ist auch die Tangente in Punkt D_1 der zur Curve c' kreisverwandten Curve d'. Wenn die Curve c' ein durch M gehender Kreis ist, so ist, wie schon erwähnt, die Bahn d' eine Gerade und $D_1 D^I$ repräsentirt dann die Geschwindigkeit des Punktes D_1 in der Phase $A_1 B_1 C_1$ auf der Geraden d'. Der Affinitätspol der Phase $A_1 B_1 C_1 D_1$ ergiebt sich, wenn wir durch die Schnittpunkte U, V und U', V' der entsprechenden Parallelseiten der Parallelogramme $A_1 B_1 C_1 D_1$ und $A^I B^I C^I D^I$ die Geraden UV, $U'V'$ ziehen; diese schneiden sich in dem Affinitätspol O^I der Phase $A_1 B_1 C_1 D_1$. Wollen wir die auf Seite 476 abgeleitete Construction des Affinitätspoles anwenden, bei der die Punkte A_1^I, B_1^I, C_1^I, D_1^I nicht erforderlich sind, so müssen wir noch von Ω_a auf $A_1 C_1$ und von Ω_b auf $B_1 C_1$ Senkrechte ziehen, dann sind die Fusspunkte auf $A_1 C_1$ und $B_1 C_1$ die Gleitpunkte

---

* *Bull. de St. Petersbourg XVI*, 57—60, 1871. *Revue universelle* 1871, II. p. 148, Deutsche Bauzeitung Nr. 12, Jahrg. 1872.

dieser Geraden. Die für die verschiedenen Systemphasen construirten Affinitätspole bilden die Affinitätspolbahn, und die entsprechenden Punkte in einer bestimmten Systemphase bilden die Affinitätspolcurve.

Ein sehr interessantes Beispiel liefert auch der Fall, wenn drei Systempunkte sich auf demselben Kreis so bewegen, dass ihre Geschwindigkeiten in einem constanten Verhältniss stehen; dann ist die Hüllbahn jeder der Systemgeraden AB, BC, CB eine Epicycloide oder Hypocycloide und zugleich die Bahncurve eines bestimmten Punktes der betreffenden Systemgeraden.

Die Behandlung des zweiten Falles der allgemeinen Bewegung eines affin-veränderlichen ebenen Systems, wenn drei Hüllbahnen und zwei Bahncurven gegeben sind, erfordert, dass wir auf die Bestimmung des Affinitätspoles zweier Systemphasen noch näher eingehen. Es seien in Fig. 6 zwei Phasen $A_1 B_1 C_1$ und $A_2 B_2 C_2$ eines geradlinig bewegten affin-veränderlichen ebenen Systems. Nach der auf Seite 467 angegebenen Bestimmung erhalten wir den Affinitätspol O, wenn wir zu einer Bahngeraden, etwa zu c, eine Parallele ziehen, welche $A_1 B_1$ und $A_2 B_2$ in gleichem Verhältniss theilt. Die erhaltenen Theilpunkte resp. mit C_1 und C_2 verbunden liefern zwei Gerade, deren Durchschnitt der Affinitätspol O ist. Statt der Geraden c können wir aber eine beliebige andere Bahngerade wählen und als solche zeigt sich eine Seite des Dreiecks $A_2 B_2 C_2$ am zweckmässigsten; deshalb nehmen wir in unserer Figur die Gerade $B_2 C_2$ als Bahngerade, welche $B_1 C_1$ im Punkt $\varkappa_{bc}$ schneidet. Dieser Schnittpunkt $\varkappa_{bc}$ ist in der Phase $A_1 B_1 C_1$ die Lage des sich auf der Bahngeraden $B_2 C_2$ bewegenden Systempunktes. Wir legen nun eine Tangente parallel zu $B_2 C_2$ an die von den Geraden $A_1 B_1$, $A_2 B_2$, a, b umschlossene Parabel, indem wir durch den Schnittpunkt $\varkappa_{ab}$ der Geraden $A_1 B_1$, $A_2 B_2$ zu a eine Parallele ziehen, die $B_2 C_2$ in H'' trifft; dann geht die genannte Parabeltangente durch den Punkt P'', in welchem die Gerade $\overline{H''(a.b)}$ die Gerade $A_1 B_1$ schneidet, und der Affinitätspol O liegt auf der Geraden $P''\varkappa_{bc}$. Nehmen wir nun an, es seien $A_1 B_1 C_1$ und $A_2 B_2 C_2$ zwei unendlich nahe liegende Systemphasen, so behält die Bestimmung der Geraden $P'' H''$ ihre Giltigkeit, der Punkt $\varkappa_{bc}$ ist dann der Gleitpunkt der Geraden $B_1 C_1$, der Punkt $\varkappa_{ab}$ der Gleitpunkt der Geraden $A_1 B_1$ und die gedachte Parabel berührt die Geraden a, b und die Gerade $A_1 B_1$ in dem Punkt $\varkappa_{ab}$. In der angegebenen Weise kann man mit Benutzung des Gleitpunktes $\varkappa_{ac}$ der Geraden $A_1 C_1$ noch eine zweite Gerade $P'\varkappa_{ac}$ bestimmen, auf der der Affinitätspol O liegt und dann ist der Durchschnitt der Geraden $P''\varkappa_{bc}$ und $P'\varkappa_{ac}$ der Affinitätspol O der Phase $A_1 B_1 C_1$.

In Fig. 8 sind die Hüllbahnen $\varkappa'_{bc}$, $\varkappa'_{ac}$, $\varkappa'_{ab}$ der Systemgeraden BC, AC, AB, und die Bahncurven a', b' der Systempunkte A, B gegeben. Um nun den Affinitätspol O einer Systemphase $A_1 B_1 C_1$, für welche $\varkappa_{bc}$, $\varkappa_{ac}$, $\varkappa_{ab}$ die Gleitpunkte der Geraden $B_1 C_1$, $A_1 C_1$, $A_1 B_1$ und a, b die Tangenten in A_1, B_1 an den Bahncurven a', b' sind, ziehen wir durch $\varkappa_{ab}$ zu a eine Parallele, welche $B_1 C_1$ in H'' schneidet, durch die Punkte H'' und $a.b$ eine Gerade, die $A_1 B_1$ in P'' trifft; dann enthält die Gerade $P''\varkappa_{bc}$ den Affinitätspol. Ferner ziehen wir durch $\varkappa_{ab}$ zu b eine Parallele, welche $A_1 C_1$ in H' schneidet, durch die Punkte H' und $a.b$ eine Gerade, die $A_1 B_1$ in P' trifft; dann geht auch die Gerade $P'\varkappa_{ac}$ durch den Affinitätspol; folglich ist der Durchschnitt O^I der Geraden $P''\varkappa_{bc}$, $P'\varkappa_{ac}$ der Affinitätspol der Systemphase $A_1 B_1 C_1$.

Durch Rückwärtsgehen des eben dargelegten Constructionsweges erhalten wir die Tangente c im Punkt C_1 an der nicht gegebenen Bahncurve c' des Systempunktes C. Man ziehe die Gerade $O^I \varkappa_{ac}$, welche $B_1 C_1$ in Q' trifft, ferner zu b die Parallele $\varkappa_{bc} I'$, die $A_1 C_1$ in I' begegnet, dann schneidet $Q' I'$ die Gerade b in dem Punkt $b.c$, durch den die Tangente c geht. — Diese Tangente kann auch ohne Benutzung des Affinitätspoles mit Hilfe des specialisirten Pascal'schen Satzes bestimmt werden. In einem unendlich kleinen Zeittheil kann man die Bewegung der Punkte A, B als geradlinig und die Bewegung der Geraden BC, AC, AB als Drehung um die betreffenden Punkte $\varkappa_{bc}$, $\varkappa_{ac}$, $\varkappa_{ab}$ betrachten, dann erzeugt der Punkt C ein Element eines Kegelschnittes, der durch die Punkte $\varkappa_{bc}$, $\varkappa_{ac}$, $a.b$ hindurchgeht und die Bahncurve c', sowie die Tangente c im Punkte C_1 berührt. Demnach erhalten wir die Tangente in Fig. 12, indem wir den Schnittpunkt F der Geraden $\varkappa_{bc}\varkappa_{ab}$ mit a, den Schnittpunkt G der Geraden $\varkappa_{ac}\varkappa_{ab}$ mit b bestimmen, hierauf $\varkappa_{bc} G$, FC_1, die sich in L, und $\varkappa_{ac} F$, GC_1, die sich in K treffen, ziehen; dann geht die Tangente c von C_1 durch den Schnittpunkt M der Geraden LK und $\varkappa_{ac}\varkappa_{bc}$. Statt der Punkte F, G kann man auch ebenso leicht die Kegelschnitt-Tangenten u, v in den Punkten $\varkappa_{ac}$, $\varkappa_{bc}$ bestimmen, welche resp. die gegenüberliegenden Seiten des Dreiecks $\varkappa_{ac}\varkappa_{bc} C_1$ in U und V treffen; dann schneiden sich die Geraden UV und $\varkappa_{ac}\varkappa_{bc}$ im Punkt M, durch den die Tangente c geht. Sind die drei Tangenten a, b, c und die beiden Gleitpunkte $\varkappa_{ac}$, $\varkappa_{ab}$ gegeben, so kann man den Gleitpunkt $\varkappa_{bc}$ der Geraden $B_1 C_1$ ohne Hilfe des Affinitätspoles ermitteln, indem man den zweiten Durchschnitt $\varkappa_{bc}$ der Geraden $B_1 C_1$ mit dem durch G_1, C_1, $\varkappa_{ac}$, $a.b$ gehenden Kegelschnitt bestimmt, der c in C_1 berührt. Wegen Angabe anderer Bestimmungen des Gleitpunktes einer Systemgeraden und anderer Constructionen der Tangente einer Bahncurve verweisen wir auf Seite 477. Als ein hierher gehörendes einfaches Beispiel erwähnen wir den speciellen Fall, wenn die Hüllbahnen $\varkappa'_{bc}$, $\varkappa'_{ac}$, $\varkappa'_{ab}$ Punkte und die Bahncurven a', b' gerade Linien sind.

II. Collinear-veränderliche ebene Systeme.

Nachdem wir die fundamentalen Beziehungen der Bewegung affin veränderlicher ebener Systeme abgeleitet haben, gelangen wir, geführt durch die Analogien, leichten Schrittes zu den Grundgesetzen der Bewegung collinear-veränderlicher ebener Systeme.

Zwei collineare ebene Systeme besitzen bekanntlich entweder drei reelle selbstentsprechende Punkte und drei durch diese Punkte gehende selbstentsprechende Gerade oder einen reellen und zwei imaginäre selbstentsprechende Punkte, eine reelle und zwei imaginäre selbstentsprechende Gerade. Die Schnittpunkte der homologen Strahlen zweier entsprechender Büschel bilden einen Kegelschnitt, der durch die selbstentsprechenden Punkte hindurchgeht, und die Verbindungsgeraden der homologen Punkte zweier entsprechenden geraden Punktreihen umhüllen einen Kegelschnitt, der die selbstentsprechenden Geraden berührt. Hiernach erhalten wir die selbstentsprechenden Punkte und Geraden auf zweierlei Weise: drei Schnittpunkte der durch zwei Paare entsprechender Strahlenbüschel erzeugten Kegelschnitte liefern die drei selbstentsprechenden Punkte und mit diesen die drei selbstentsprechenden Geraden; drei gemeinschaftlichen Tangenten der durch zwei Paare entsprechender gerader Punktreihen erzeugten Kegelschnitte liefern die drei selbstentsprechenden Geraden und mit diesen die drei selbstentsprechenden Punkte.

In Fig. 13 sind durch vier Paare entsprechender Punkte $A_1\, B_1\, C_1\, D_1$ und $A_2\, B_2\, C_2\, D_2$ zwei collineare ebene Systeme S_1 und S_2 gegeben, für welche die Gerade r eine selbstentsprechende Gerade sein möge. Zu dem gesammten ebenen Gebilde in Fig. 13 der beiden Systeme S_1 und S_2 mit den Verbindungsgeraden ihrer homologen Punkte, welches wir mit Σ bezeichnen wollen, denken wir uns ein collineares Gebilde Σ' construirt, so dass der selbstentsprechenden Geraden r in Σ die unendlich ferne Gerade in Σ' entspricht; dann sind die entsprechenden ebenen Systeme S'_1 und S'_2 in Σ' affin und können als zwei Phasen eines geradlinig-bewegten affin-veränderlichen System S' betrachtet werden. Der Bewegung des affin-veränderlichen ebenen Systems S' in Σ', dessen Punkte ähnliche Punktreihen erzeugen, entspricht die Bewegung eines collinear-veränderlichen Systems S in Σ, dessen Punkte collineare Punktreihen beschreiben. Da nun während der geradlinigen Bewegung des Systems S' nach Satz I drei Systempunkte fest bleiben, von denen zwei im Unendlichen liegen, so bleiben auch während der Bewegung des Systems S drei Punkte und somit die drei durch sie hindurchgehenden Geraden unbeweglich. Diese Punkte, die im Allgemeinen im Endlichen liegen und von denen auch zwei imaginär sein können, wollen wir die Collineationspole, und die genannten Geraden, von denen auch zwei imaginär sein können, wollen wir die Collineationsgeraden nennen. Es ergeben sich demnach, weil durch vier Punkte oder vier Gerade die Phasen eines collinear-veränderlichen Systems bestimmt sind, mit Berücksichtigung der reciproken Beziehungen folgende Sätze:

XI. Bewegen sich vier Punkte eines collinear-ver-

XIa. Bewegen sich vier Gerade eines collinear-veränderlichen ebenen Systems derart, dass sie vier collineare gerade Punktreihen erzeugen, von denen vier entsprechende Punkte auf einer selbstentsprechenden Geraden zweier Systemphasen liegen, so bleiben drei Systempunkte, die Collineationspole, und die drei durch sie bestimmten Geraden, die Collineationsgeraden, fest; alle beweglichen Systempunkte erzeugen collineare gerade Punktreihen, von denen entsprechende Punkte auf den Collineationsgeraden liegen und deren Träger die Verbindungsgeraden homologer Punkte zweier Systemphasen sind; alle beweglichen Systemgeraden umhüllen Kegelschnitte, welche die drei Collineationsgeraden berühren; alle auf einer beweglichen Systemgeraden liegenden Punkte bewegen sich auf den Tangenten des von dieser Systemgeraden umhüllten Kegelschnittes.

änderlichen ebenen Systems derart, dass sie vier collineare Strahlenbüschel erzeugen, von denen vier entsprechende Strahlen sich in einem selbstentsprechenden Punkt zweier Systemphasen schneiden, so bleiben drei Systemgerade, die Collineationsgeraden, und die drei durch sie bestimmten Schnittpunkte, die Collineationspole, fest; alle beweglichen Systemgeraden erzeugen collineare Strahlenbüschel, von denen entsprechende Strahlen durch die Collineationspole gehen und deren Mittelpunkte die Schnittpunkte homologer Geraden zweier Systemphasen sind; alle beweglichen Systempunkte erzeugen Kegelschnitte, welche durch die Collineationspole hindurchgehen; alle durch einen beweglichen Systempunkt gehenden Geraden umhüllen die Punkte des von diesem Systempunkt beschriebenen Kegelschnittes.

Die Bewegungsform, welche aus dem linksstehenden Satze hervorgeht, wollen wir die geradlinige Bewegung, und die, welche der rechtsstehende Satz enthält, die kegelschnittlinige Bewegung eines collinear-veränderlichen Systems nennen. Im ersten Fall sollen die Geraden, auf denen sich die Systempunkte bewegen, die Bahngeraden heissen, und im zweiten Fall sollen die Kegelschnitte, welche die bewegten Systempunkte beschreiben, die Bahnkegelschnitte genannt werden.

Bei der geradlinigen Bewegung entspricht jedem Systempunkt eine durch ihn gehende Bahngerade und jeder Geraden als Bahngeraden ein auf ihr liegender Systempunkt. Bei der kegelschnittlinigen Bewegung entspricht jedem Systempunkt ein durch ihn und durch die drei Collineationspole gehender Bahnkegelschnitt, und jedem durch die drei Collineationspole gehenden Kegelschnitt als Bahnkegelschnitt entspricht ein auf ihm liegender Systempunkt.

Blicken wir auf die für affin-veränderliche ebene Systeme geltenden Sätze zurück, welche S. 469 ff. abgeleitet wurden, so ergeben sich die folgenden allgemeineren Sätze für die Bewegung eines collinear-veränderlichen ebenen Systems.

XII. Die Strahlen eines Systembüschels umhüllen bei der geradlinigen Bewegung eines collinear-veränderlichen ebenen Systems eine Kegelschnittschaar, für welche die drei Collineationsgeraden und die Bahngerade des Büschelmittelpunktes gemeinschaftliche Tangenten sind.

XIII. Alle Systempunkte, welche sich bei der geradlinigen Bewegung eines collinear-veränderlichen ebenen Systems auf Bahngeraden bewegen, die sich in einem Punkte schneiden, liegen in jeder Systemphase auf einem Kegelschnitt, der durch diesen Punkt und durch die drei Collineationspole geht.

XIV. Bei der geradlinigen Bewegung eines collinear-veränderlichen ebenen Systems liegen die Gleitpunkte der Strahlen eines Büschels in einer Systemphase auf einem durch die Collineationspole gehenden Kegelschnitt, der die Bahngerade des Büschelmittelpunktes berührt.

XIIa. Die Punkte einer Systemgeraden erzeugen bei der kegelschnittlinigen Bewegung eines collinear-veränderlichen ebenen Systems ein Kegelschnittbüschel, für welches die drei Collineationspole und der von der Systemgeraden umhüllte Punkt gemeinschaftliche Schnittpunkte sind.

XIIIa. Alle Systemgeraden, welche bei der kegelschnittlinigen Bewegung eines collinear-veränderlichen ebenen Systems Punkte umhüllen, die auf einer Geraden liegen, umhüllen in jeder Systemphase einen Kegelschnitt, der von dieser Geraden und von den drei Collineationsgeraden berührt wird.

XIVa. Bei der kegelschnittlinigen Bewegung eines collinear-veränderlichen ebenen Systems umhüllen die Gleitstrahlen der Büschel, deren Mittelpunkte auf einer Systemgeraden liegen, in einer Systemphase einen von den Collineationsgeraden berührten Kegelschnitt, der durch den von der Systemgeraden umhüllten Punkt geht.

Nehmen wir in einem geradlinig bewegten, collinear-veränderlichen ebenen System ein Netz von Systemkegelschnitten an, die durch die drei Collineationspole gehen und auf denen collineare krumme Punktreihen liegen, welche die Collineationspole entsprechend gemein haben, so bewegen sich die Punkte dieser Reihen auf Bahngeraden, welche collineare Strahlenbüschel bilden. Denken wir uns nun sämmtliche Kegelschnittphasen erstarrt, dann können wir die Gesammtheit aller entsprechenden Strahlen der Büschel als die Phasen eines collinear-veränderlichen ebenen Systems betrachten, dessen Punkte sich auf den erstarrt gedachten Phasen jener Kegelschnitte bewegen und auf diesen collineare krumme Punktreihen erzeugen. Im ersten Falle umhüllt jeder Systemkegelschnitt, abgesehen von den Collineationspolen, einen Punkt; im zweiten Falle umhüllt jede Systemgerade einen Punkt, und so erhalten wir in beiden Fällen dasselbe aus Punkten bestehende Hüllgebilde. Demnach ist in diesem Falle die kegelschnittlinige Bewegung die Umkehrung der geradlinigen Bewegung eines collinear-veränderlichen ebenen Systems.

Bei der krummlinigen Bewegung eines collinear-veränderlichen ebenen Systems nennen wir die Curve, welche ein Systempunkt beschreibt, die Bahncurve desselben, und die Curve, welche von den Phasen einer Systemcurve oder Hüllcurve umhüllt wird, die Hüllbahn dieser Systemcurve. Aus der Anschauung ergiebt sich dann der Satz:

XV. Die Hüllbahn, welche von einer Systemcurve während der krummlinigen Bewegung eines collinear-veränderlichen ebenen Systems erzeugt wird, wird auch von den Bahncurven umhüllt, welche die Punkte der Systemcurve beschreiben.

Betrachten wir in einem geradlinig bewegten, collinear-veränderlichen ebenen System zwei Phasen C_1^n und C_2^n einer Systemcurve C^n der n^{ten} Ordnung, so umhüllen die Verbindungsgeraden entsprechender Punkte von C_1^n und C_2^n die Hüllbahn der Systemcurve C^n. Herr Milinowski hat in Crelle's Journal Bd. 78 S. 175 den Satz abgeleitet: „Die Verbindungsgeraden homologer Punkte auf zwei Curven C_1^n und C_2^n der n^{ten} Ordnung, welche sich in collinearen Systemen entsprechen, werden von einer Curve K der $2n^{ten}$ Classe und $n(n+1)^{ten}$ Ordnung eingehüllt, welche jede der Curven C_1^n und C_2^n in $2n(n-1)$ Punkten berührt und die drei Geraden, welche in den collinearen Systemen sich selbst entsprechen, zu $n$fachen Tangenten hat." Hieraus folgen mit Beachtung der reciproken Beziehungen die Sätze:

XVI. Die Hüllbahn einer Curve n^{ter} Ordnung eines geradlinig bewegten, collinear-veränderlichen ebenen Systems ist eine Curve $2n^{ter}$ Classe und $n(n+1)^{ter}$ Ordnung, welche jede Curvenphase in

XVIa. Der Ort der Hüllpunkte eines Strahlenbüschels n^{ter} Ordnung eines kegelschnittlinig bewegten, collinear-veränderlichen ebenen Systems ist eine Curve $2n^{ter}$ Ordnung und $n(n+1)^{ter}$

$2n(n-1)$ Punkten berührt und die drei Collineationsgeraden als $n$fache Tangenten besitzt.

Classe, welche jede Büschelcurvenphase in $2n(n-1)$ Punkten berührt und die drei Collineationspole als $n$fache Punkte besitzt.

Nehmen wir in Fig. 13 drei beliebige Gerade r, s, t als Collineationsgerade an, und bestimmen wir auf vier beliebigen Bahngeraden a, b, c, d, welche die Collineationsgeraden r, s, t resp. in den Punkten $A_r A_s A_t$, $B_r B_s B_t$, $C_r C_s C_t$, $D_r D_s D_t$ schneiden, collineare Punktreihen, die von den Collineationsgeraden in entsprechenden Punkten geschnitten werden, so bestimmen die entsprechenden Punktgruppen $A_1 B_1 C_1 D_1$, $A_2 B_2 C_2 D_2$ u. s. w. die Phasen eines geradlinig bewegten, collinear veränderlichen ebenen Systems. Die Systempunkte $ABCD$ durchschreiten jede der Collineationsgeraden gleichzeitig und in jedem dieser Momente schrumpft das collinearveränderliche ebene Punktsystem in eine der Collineationsgeraden zusammen. Alle Punkte einer durch einen Collineationspol gehenden Systemgeraden bewegen sich auf Bahngeraden, die sich in einem Punkte auf der durch die beiden anderen Pole gehenden Collineationsgeraden schneiden.

Die allgemeine krummlinige Bewegung eines collinear veränderlichen ebenen Systems ist in folgenden beiden Fällen bestimmt:

1. wenn vier Curven als Bahncurven von vier Systempunkten und drei Curven als Hüllbahnen von dreien der Verbindungsgeraden dieser Punkte gegeben sind;
2. wenn vier Curven als Hüllbahnen von vier Systemgeraden und drei Curven als Bahncurven von dreien der Schnittpunkte dieser Geraden gegeben sind.

In Fig. 14 sind a', b', c', d' vier gegebene Bahncurven für vier Systempunkte, welche in einer Phase S_1 eines collinear veränderlichen ebenen Systems S resp. die Lage $A_1 B_1 C_1 D_1$ haben; ferner sind $\varkappa'_{ab}$, $\varkappa'_{bc}$, $\varkappa'_{cd}$ die drei gegebenen Hüllbahnen der Geraden $A_1 B_1$, $B_1 C_1$, $C_1 D_1$ und $\varkappa_{ab}$, $\varkappa_{bc}$, $\varkappa_{cd}$ die Gleitpunkte derselben. In einem unendlich kleinen Zeittheil können wir die krummlinige Bewegung des Systems S als eine geradlinige Bewegung ansehen, für welche die Tangenten a, b, c, d der Bahncurven Bahngerade sind. Um nun den nicht gegebenen Gleitpunkt $\varkappa_{bd}$ der Geraden $B_1 D_1$ zu bestimmen, betrachten wir die Gleitpunkte $\varkappa_{bc}$ und $\varkappa_{cd}$ als Mittelpunkte zweier collinearer Strahlenbüschel, welche zu einer Punktreihe der Geraden c perspectivisch liegen und beziehungsweise auf den Geraden b, d zwei collineare Punktreihen erzeugen, deren Verbindungsgeraden einen Kegelschnitt umhüllen. Dieser Kegelschnitt berührt die Gerade $B_1 D_1$ in dem Gleitpunkte $\varkappa_{bd}$, den man leicht mit Hilfe des specialisirten Brianchon'schen Satzes bestimmen kann. Hierauf construiren wir den Kegelschnitt K_b, der durch die Punkte $\varkappa_{bc}$, $\varkappa_{ab}$, $\varkappa_{bd}$ geht und die Gerade b im Punkte B_1 berührt. Dies ist der Gleitpunkt Kegelschnitt der durch B_1

gehenden Strahlen, und auf ihm liegen die Collineationspole der Systemphase S_1. Ferner bestimmen wir den Gleitpunkt $\varkappa_{ac}$ der Geraden $A_1 C_1$, indem wir $\varkappa_{bc}$, $\varkappa_{ab}$ als Mittelpunkte zweier Büschel betrachten, welche zu einer Punktreihe auf b perspectivisch liegen und resp. auf den Geraden a, c zwei collineare Punktreihen erzeugen, deren Verbindungsgeraden einen die Gerade $A_1 C_1$ im Gleitpunkt $\varkappa_{ac}$ berührenden Kegelschnitt umhüllen. Ist der Punkt $\varkappa_{ac}$ mittels des Brianchon'schen Fünfseits bestimmt, dann construiren wir den durch $\varkappa_{bc}$, $\varkappa_{cd}$, $\varkappa_{ac}$ gehenden Kegelschnitt K_c, der die Gerade c in C_1 berührt und der Gleitpunkt-Kegelschnitt der durch C_1 gehenden Strahlen ist. Beide Kegelschnitte K_b und K_c schneiden sich ausser im Punkte $\varkappa_{bc}$ in den drei Collineationspolen O_r, O_s, O_t der Systemphase S_1, die verbunden die drei Collineationsgeraden r, s, t dieser Phase liefern. Construiren wir in der angegebenen Weise für verschiedene Systemphasen die zugehörigen Collineationspole, so bilden diese Pole in der festen Ebene eine dreitheilige Polbahn, und bestimmen wir in einer angenommenen Systemphase S_0 zu den erhaltenen Collineationspolen die entsprechenden Punkte, so erhalten wir eine dreitheilige Collineationspolcurve in der Ebene des veränderlichen Systems. Das Analoge gilt von den Collineationsgeraden; sie erzeugen in der festen Ebene eine aus drei Theilen bestehende Hüllbahn, und die entsprechenden Geraden in der Systemphase S_0 umhüllen ebenfalls eine aus drei Theilen gebildete Curve.

Die Constructionen der Tangenten an den Bahncurven der Systempunkte und die Bestimmungen der Gleitpunkte der Systemgeraden, welche wir bei der Bewegung der affin-veränderlichen Systeme kennen gelernt und in Fig. 8 ausgeführt haben, finden auch hier ihre Anwendung; und es ist nur zu beachten, dass bei der allgemeinen Bewegung collinear-veränderlicher Systeme, wenn ein Collineationspol bei der Construction benutzt wird, anstatt des beim affin-veränderlichen System vorkommenden Parallelziehens zweier Geraden hier ein Schneiden der betreffenden beiden Geraden in der dem benutzten Collineationspol gegenüberliegenden Collineationsgeraden eintreten muss. Da es gleichgiltig ist, welchen Collineationspol wir bei der Construction der Tangenten oder Gleitpunkte verwenden, so kann jede dieser Constructionen, die wir bei der Bewegung eines affin-veränderlichen Systems kennen gelernt haben, hier auf dreierlei Art zur Ausführung gebracht werden.

Um z. B. in Fig. 14 für einen beliebigen Punkt E_1 der Systemphase S_1 die Tangente e der betreffenden Bahncurve zu construiren, ziehen wir von E_1 durch einen Collineationspol, etwa durch O_s, eine Gerade, welche eine mit ihrem Gleitpunkt gegebene Gerade, etwa $B_1 C_1$, in P^e schneidet, verbinden P^e mit $a.b$ und ferner den Gleitpunkt $\varkappa_{bc}$ mit dem Schnittpunkte B_s der bekannten Tangente b und der Collineationsgeraden s; beide Verbindungsgeraden treffen sich in einem Punkte H^e, dieser giebt mit C_1 verbunden eine Gerade, die e in E schneidet, dann ist $E E$ die Tangente e in E an der Bahncurve des Systempunktes E. Wir können auch von $\varkappa_{bc}$ eine Gerade durch den Punkt C_1 ziehen, die $P^e a.b$ in H_e trifft; dann liefert $B_1 H_e$ auf s denselben Durchschnitt E_e. — Ebenso wie E_1 umgekehrt als Gleitpunkt der Geraden e, ist auch $\varkappa_{da}$ als Gleitpunkt der Geraden $A_1 D_1$ construirt.

Betrachten wir die Gerade e als zur Systemphase S_1 gehörend, so ist E_1 der Gleitpunkt dieser Geraden, und demnach erhalten wir zu einer beliebigen Geraden e den entsprechenden Gleitpunkt E_1, wenn wir obigen Constructionsweg rückwärts durchschreiten.

Wir müssen wegen der Collineationspole noch den Fall besonders hervorheben, wenn die drei Gleitpunkte $\varkappa_{ab}$, $\varkappa_{bc}$, $\varkappa_{bd}$ gegeben sind, welche auf Geraden liegen, die sich in einem Punkte B_1 schneiden. In diesem Falle ist der Kegelschnitt K_b, der durch die drei gegebenen Gleitpunkte geht und die Gerade b in B_1 berührt, vollständig bestimmt. Aber für den zweiten Kegelschnitt K_c ist noch die Bestimmung der beiden nicht gegebenen Gleitpunkte $\varkappa_{ac}$, $\varkappa_{cd}$ erforderlich. Den Punkt $\varkappa_{ac}$ erhalten wir, wenn wir $\varkappa_{bc}$ und $\varkappa_{ab}$ als Mittelpunkte zweier zu einer Punktreihe auf b perspectivisch liegender Strahlenbüschel betrachten, die resp. auf a und c collineare Punktreihen erzeugen, deren Verbindungsgeraden einen die Gerade $A_1 C_1$ im Gleitpunkte $\varkappa_{ac}$ berührenden Kegelschnitt umhüllen. In gleicher Weise ergiebt sich der Gleitpunkt $\varkappa_{cd}$ der Geraden $C_1 D_1$ und demnach können wir den durch $\varkappa_{bc}$, $\varkappa_{ac}$, $\varkappa_{cd}$ gehenden Kegelschnitt K_c, der die Gerade c in C_1 berührt, construiren.

Nehmen wir an, es seien in Fig. 14 die vier Hüllbahnen $\varkappa'_{ab}$, $\varkappa'_{bc}$, $\varkappa'_{cd}$, $\varkappa'_{da}$ der Geraden $A_1 B_1$, $B_1 C_1$, $C_1 D_1$, $D_1 A_1$, die vier Gleitpunkte $\varkappa_{ab}$, $\varkappa_{bc}$, $\varkappa_{cd}$, $\varkappa_{da}$ und die drei Bahncurven a', b', c' nebst den Tangenten a, b, c in den Punkten A_1, B_1, C_1 gegeben, so brauchen wir in der oben angegebenen Weise nur den Gleitpunkt $\varkappa_{ac}$ zu bestimmen; dann können wir den durch $\varkappa_{ac}$, $\varkappa_{bc}$, $\varkappa_{cd}$ gehenden Kegelschnitt K_c, der c in C_1 berührt, und ebenso den durch $\varkappa_{ac}$, $\varkappa_{ab}$, $\varkappa_{da}$ gehenden Kegelschnitt K_a, der a in A_1 berührt, construiren. Diese beiden Kegelschnitte schneiden sich ausser in dem Punkte $\varkappa_{ac}$ in den drei Collineationspolen. Bei einem ähnlich-veränderlichen ebenen System sind die Kegelschnitte K_b und K_c Kreise; und wir gelangen dann in diesem speciellen Falle zu derselben Construction des Aehnlichkeitspoles einer Systemphase, welche wir in der ersten Mittheilung ausgeführt haben.

Nehmen wir in Fig. 14 die Kegelschnitte K_b und K_c im Voraus beliebig an, ziehen wir die Collineationsgeraden r, s, t und durch den vierten Schnittpunkt $\varkappa_{bc}$ von K_b und K_c eine beliebige Gerade, welche die Kegelschnitte in B_1 und C_1 trifft, so sind die Doppelverhältnisse der vier Punkte $B_r B_1 B_s B_t$ und $C_r C_1 C_s C_t$ auf den in B_1 und C_1 an K_b und K_c gelegten Tangenten gleich.

Zum Schluss wollen wir beispielsweise noch einen ganz speciellen Fall betrachten. Wir nehmen an, es bewegen sich in Fig. 15 auf den Kreisen a', b', deren Mittelpunkte O_r und O_s sind, die beiden starr verbundenen Punkte A und B: dann bestimmen die vier Punkte A. B. O_r. O_s. von denen die beiden letzten fest sind, ein bewegtes, collinear-veränderliches ebenes System, für welches die Punkte O_r, O_s zwei feste Collineationspole sind und die durch sie hindurchgehende Gerade t eine feste Collineationsgerade ist. Um den veränderlichen dritten Collineationspol O_t zu ermitteln, können wir in diesem besondern Falle in folgender Weise verfahren. Wir bestimmen zunächst die Tangente c der Bahncurve des Systempunktes C, des Durchschnittes der Systemgeraden $O_r A$, $O_s B$, im Punkte C_1; zu diesem Zwecke fällen wir von C_1 auf $A_1 B_1$ eine Senkrechte, dann ist der Fusspunkt $\varkappa_{ab}$ derselben der Gleitpunkt der Geraden $A_1 B_1$; diesen betrachten wir als den Mittelpunkt eines Strahlenbüschels, welches auf den Kreistangenten a und b collineare Punktreihen erzeugt, zu denen resp. die Strahlenbüschel, deren Mittelpunkte O_r, O_s sind, perspectivisch liegen. Diese Büschel erzeugen einen Kegelschnitt, der die zu bestimmende Tangente c in C_1 berührt. Ziehen wir die Gerade $\varkappa_{ab} A_1$, welche b in v trifft, und die Gerade $\varkappa_{ab} B_1$, die a in u schneidet, so sind $O_r u$ und $O_s v$ Tangenten des genannten Kegelschnittes in den Punkten O_r und O_s. Diese Tangenten schneiden die gegenüberliegenden Seiten $O_s C_1$ und $O_r C_1$ in den Punkten u' und v', und dann geht nach einem bekannten Satze die Tangente c von C_1 durch den Schnittpunkt C_t der Geraden $u'v'$ und t. Der Schnittpunkt der beiden Tangenten a und c giebt mit O_s verbunden die Collineationsgerade r und der Schnittpunkt der Tangenten b und c liefert mit O_r verbunden die Collineationsgerade s; dann ist der Schnittpunkt O_t von r und s der veränderliche dritte Collineationspol. Da sich bekanntlich die Gleichheit der Winkel $O_s C_1 C_t$ und $O_r C_1 D_1$ nachweisen lässt, die auch aus der ausgeführten Construction folgt, so wird die Construction der Tangente c sehr vereinfacht und die Bestimmung des Poles O_t ausserordentlich erleichtert. In diesem besondern Falle besteht die Collineationspolbahn, sowie die Collineationspolcurve aus einer einzigen Curve und zwei isolirten Punkten; und die Hüllbahn der Collineationsgeraden in der festen Ebene, sowie die entsprechende umhüllte Curve in einer bestimmten Systemphase degenerirt zu einer Geraden und zu zwei auf ihr liegenden Punkten.

Für die erste Mittheilung S. 169 dieser Zeitschrift müssen wir noch berichtigen, dass die in Fig. 14, Tafel II, gegebene Bewegung nicht die allgemeinste Bewegung eines ähnlich-veränderlichen ebenen Systems ist und dass die Mittelpunkte α, β nur in einem ganz speciellen Falle auf einem durch O und P gehenden Kreise liegen.

Um die Grenzen einer zeitschriftlichen Abhandlung nicht zu überschreiten, müssen wir die weitere Betrachtung specieller Fälle der Bewegung collinear-veränderlicher ebener Systeme unterlassen. Die nächste Fortsetzung dieser Untersuchungen wird uns zu der allgemeinen Bestimmung der Krümmungsmittelpunkte der Bahncurven und Hüllbahnen und schliesslich zu der Bewegung collinear-veränderlicher räumlicher Systeme führen.

XXI.

Ueber einige Euler'sche Sätze aus der Theorie der quadratischen Formen.

Von

Dr. F. Grube

in Schleswig.

§ 1.

Ueber die Zahlen, welche sich höchstens auf eine Art durch irgend eine zweigliedrige quadratische Form von negativer Determinante darstellen lassen.

I. Jede Primzahl und das Doppelte jeder Primzahl lässt sich höchstens auf eine Art durch irgend eine zweigliedrige Form $mx^2 + ny^2$ von negativer Determinante darstellen.

Beweis: Die Determinante der Form sei $-D$, so dass $D = mn$. Im Folgenden soll der Buchstabe q immer eine ungerade Primzahl, und der Buchstabe δ irgend einen Factor der Determinante bedeuten. Es sei die Zahl A entweder von der Form* q oder von der Form $2q$ und durch die Form $mx^2 + ny^2$ darstellbar. Jede Darstellung der Zahl A ist (nach der Bezeichnung von Gauss) jedenfalls eine eigentliche, d. h. die darstellenden Zahlen x und y sind relative Primzahlen. Deshalb gehört jede Darstellung der Zahl A zu irgend einem Werth des Ausdrucks $\sqrt{-D}$ (*mod.* A) (Art. 155).** Derselbe hat aber nur zwei, und zwar entgegengesetzte Werthe (Art. 104, 105); diese seien $\pm v$. Nach der Voraussetzung existirt jedenfalls eine Darstellung der Zahl A durch die Form $mx^2 + ny^2$. Diese gehöre zu dem Werthe v. Dann ist die Form $mx^2 + ny^2$ eigentlich äquivalent mit der Form $\left(A, v, \frac{v^2 + D}{A}\right)$. Eine eigentliche Transformation der ersteren Form in die zweite sei diese $\alpha, \beta, \gamma, \delta$. Aus Art. 180 ergiebt sich: Wenn

* Das Wort „Form" wird hier in zwei verschiedenen Bedeutungen gebraucht.

** Die Citate beziehen sich auf Gauss *Disquisitiones arithmeticae*

$D > 1$, so wird es keine anderen zu v gehörigen Darstellungen geben, als diese zwei: $x = \pm \alpha$, $y = \pm \gamma$; wenn aber $D = 1$, so giebt es ausser diesen beiden noch folgende zwei: $x = \mp \gamma$, $y = \pm \alpha$. Da die Form $mx^2 + ny^2$ eine Anceps ist, so ist sie auch mit der Form $\left(A, -v, \frac{v^2+D}{A}\right)$ eigentlich äquivalent, und geht in diese über durch die Substitution $\alpha, -\beta, -\gamma, \delta$. Hieraus ergeben sich, wenn $D > 1$, noch zwei andere Darstellungen der Zahl A durch die Form $mx^2 + ny^2$, die zu $-v$ gehören, nämlich $x = \pm \alpha$, $y = \mp \gamma$; und wenn $D = 1$, ausser diesen beiden noch folgende zwei zu $-v$ gehörige: $x = \pm \alpha$, $y = \pm \gamma$. Ausser diesen vier, resp. acht Darstellungen der Zahl A giebt es keine; da dieselben jedoch alle mit dieser einen Darstellung $A = m\alpha^2 + n\gamma^2$ zusammenfallen, so können wir sagen: Jede Zahl A von der Form q oder $2q$ lässt sich höchstens auf eine Art durch irgend eine zweigliedrige Form*) darstellen.

II. Aber auch irgend ein Product oder doppeltes Product einer Primzahl in irgend einem Factor der Determinante irgend einer zweigliedrigen Form $mx^2 + ny^2$ lässt sich höchstens auf eine Art durch dieselbe darstellen.

Denn es sei $A = ma^2 + nb^2$, und δ der grösste gemeinschaftliche Factor der beiden Zahlen A und D; ferner sei, wenn $A = \delta A'$, A' entweder von der Form q oder $2q$. Der grösste gemeinschaftliche Factor der beiden Zahlen A und m sei $\delta_1^2 \delta'_1$, und der beiden Zahlen A und n, $\delta_2^2 \delta'_2$, so dass δ'_1 und δ'_2 keinen quadratischen Factor enthalten, und endlich sei $m = \delta_1^2 \delta'_1 m'$, $n = \delta_2^2 \delta'_2 n'$. Die Zahlen m und n können der Allgemeinheit unbeschadet als relative Primzahlen vorausgesetzt werden; dann ist klar, dass a den Factor $\delta_2 \delta'_2$ und b den Factor $\delta_1 \delta'_1$ enthalten muss. Wenn also $a = \delta_2 \delta'_2 a'$, $b = \delta_1 \delta'_1 b'$, so ist

$$A' = \delta'_2 m' a'^2 + \delta'_1 n' b'^2.$$

Existirte nun noch eine zweite Darstellung der Zahl A durch die Form $mx^2 + ny^2$, so würde sich aus dieser ebenso noch eine zweite Darstellung der Zahl A' durch die zweigliedrige Form $\delta'_2 m' x^2 + \delta'_1 n' y^2$ herleiten lassen. Nach I lässt sich aber A' höchstens einmal durch irgend eine zweigliedrige Form darstellen.

Durch Zusammenfassung von I und II ergiebt sich: **Jede Zahl von der Form δq oder $2\delta q$ (wo δ auch 1 sein kann) lässt sich höchstens einmal durch eine zweigliedrige Form darstellen.**

§ 2.

Die Euler'schen Zahlen.

Wenn eine Zahl A durch eine zweigliedrige Form F nur auf eine Weise dargestellt werden kann, aber dann so, dass diese eine allein existirende

*) Der Zusatz „von negativer Determinante" soll fortan als selbstverständlich [vorausgesetzt werden.]

Darstellung durch relative Primzahlen erfolgt, so wollen wir der Kürze wegen sagen, die Zahl A werde durch die Form F primitiv dargestellt. Die Zahl 590 wird z. B. durch die Form $14x^2+y^2$ primitiv dargestellt; denn es existirt nur diese eine Darstellung $590=14.1^2+24^2$, und die darstellenden Zahlen 1 und 24 sind relative Primzahlen. Die Zahl 16 wird durch die Form x^2+15y^2 dargestellt, aber nicht primitiv; denn ausser dieser Darstellung $16=15.1^2+1^2$, die freilich durch relative Primzahlen erfolgt, existirt noch eine zweite $16=15.0^2+4^2$. Ebenso wird die Zahl 325 durch die Form $3x^2+y^2$ nicht primitiv dargestellt: es existirt freilich nur diese eine Darstellung $325=3.10^2+5^2$, aber die darstellenden Zahlen 10 und 5 haben den gemeinschaftlichen Factor 5.

Euler hat zuerst bemerkt, dass es Formen giebt, für welche der allgemeine, am Schluss des § 1 aufgestellte Satz sich umkehren lässt. Wenn daher eine Form so beschaffen ist, dass alle durch dieselbe primitiv darstellbaren Zahlen entweder von der Form δq oder von der Form $2\delta q$ sind, so wollen wir jene Form eine Euler'sche Form nennen. Es giebt auch solche Formen, dass alle durch eine derselben primitiv darstellbaren Zahlen entweder eine der beiden genannten Formen haben oder auch die Form $\delta.2^\lambda$; auch solche sollen Euler'sche genannt werden. Eine solche ist z. B. $15x^2+y^2$; durch dieselbe werden unter anderen diese beiden Zahlen von der Form $\delta.2^\lambda$, 16 und 24, primitiv dargestellt ($16=15.1^2+1^2$, $24=15.1^2+3^2$), während alle übrigen nicht in der Form $\delta.2^\lambda$ enthaltenen und durch die Form $15x^2+y^2$ primitiv darstellbaren Zahlen eine der beiden Formen δq und $2\delta q$ haben. Die Definition einer Euler'schen Form ist demnach folgende:

Eine Form soll dann und nur dann eine Euler'sche heissen, wenn alle durch dieselbe primitiv darstellbaren Zahlen keine andere Form haben als eine dieser drei: δq, $2\delta q$, $\delta.2^\lambda$.

Euler selbst nannte eine solche Form *formula idonea* oder *congrua*, deshalb, weil sie geeignet ist, um zu prüfen, ob eine Zahl eine Primzahl sei oder nicht. In Bezug auf die Euler'schen Formen heben wir zunächst folgenden, von Euler aufgestellten Satz hervor:

Wenn irgend eine Form mx^2+ny^2 der Determinante D eine Euler'sche ist, so ist jede andere (zweigliederige) derselben Determinante gleichfalls eine solche.

Dies ist der Euler'sche Beweis.

I. Voraussetzung: mnx^2+y^2 ist eine Euler'sche Form.

Behauptung: mx^2+ny^2 ist eine Euler'sche Form.

Wäre mx^2+ny^2 keine Euler'sche Form, so gäbe es wenigstens eine durch dieselbe primitiv darstellbare Zahl C, die nicht in einer der drei Formen δq, $2\delta q$, $\delta 2^\lambda$ enthalten wäre. Es sei $C=ma^2+nb^2$; hieraus folgt $nC=mna^2+(nb)^2$. Die Zahl nC wäre also durch die Form mnx^2+y^2 darstellbar. Dieselbe könnte aber auch nur auf eine Art durch diese Form darstellbar sein. Denn wäre auch $nC = mna_1^2 + (nb_1)^2$, so würde daraus folgen $C = ma_1^2 + nb_1^2$; es wäre also C auf zwei Arten durch die Form $mx^2 + ny^2$ darstellbar, was der über C gemachten Annahme widerstreitet. Es könnte also nC wirklich nur auf eine Art durch die Form $mnx^2 + y^2$ darstellbar sein; dann würde aber diese Form keine Euler'sche sein, was gegen die Voraussetzung ist. Die Form $mx^2 + ny^2$ muss also eine Euler'sche sein.

II. Ebenso zeigt man, dass, wenn $mx^2 + ny^2$ eine Euler'sche Form ist, dann auch $mnx^2 + y^2$ eine solche sein muss, mithin auch $m'x^2 + n'y^2$, wenn $m'n' = mn$.

Der aufmerksame Leser wird bemerkt haben, dass dieser Beweis nur für den Fall giltig ist, dass wenigstens eine der beiden Zahlen m und n keinen quadratischen Factor hat. Ein allgemeiner Beweis dieses Satzes wird sich aus dem Folgenden ergeben (§ 8 am Ende).

Mit Rücksicht auf diesen Satz können wir die Determinante einer Euler'schen Form, positiv genommen, also die Zahl $-D = mn$ passend eine Euler'sche Zahl nennen. (Euler nannte sie *numerus idoneus.*)

Euler hat ein Criterium aufgestellt, um zu entscheiden, ob eine beliebig gegebene Zahl eine Euler'sche ist oder nicht, und mit Hilfe desselben alle Euler'schen Zahlen, die zwischen 1 und 10000 enthalten sind, wirklich gefunden. Das Criterium findet sich zuerst ohne Beweis in einer kurzen Notiz von Euler in den *Nouv. Mém. de l'Ac. de Berlin* 1776, *pag.* 338. Eine grössere Abhandlung von Euler über diesen Gegenstand, die bald darauf erschien (*Nova acta Petr. XIII*) „*De variis modis numeros praegrandes examinandi, utrum sint primi necne*" enthält auch einen Beweis dieses Criteriums. Der Euler'sche Beweis ist aber entschieden als ungenügend zu bezeichnen. In einer zweiten Abhandlung über die Euler'schen Zahlen (gleichfalls in den *Nov. act. Petr.*) „*De formulis speciei* $mx^2 + ny^2$ *ad numeros primos explorandos idoneis earumque mirabilibus proprietatibus*" stellt Euler eine Reihe von Eigenschaften der Euler'schen Zahlen auf; aber auch deren Beweise sind theilweise mangelhaft. Ich werde zunächst die im Euler-schen Beweise des Criteriums enthaltenen Mängel aufdecken und dann einen strengen Beweis eines von dem Euler'schen etwas abweichenden Criteriums geben, welcher auf der Gauss'schen Eintheilung der Formen einer Determinante in Geschlechter und Classen beruht. Darauf werde ich auch die Euler'schen Beweise der Eigenschaften der Euler'schen Zahlen, in wie weit dieselben mangelhaft sind, durch strenge Beweise ersetzen, welche auf demselben Princip beruhen. Der Beweis des Euler'schen Criteriums ist mir bisher nicht gelungen, obgleich Gauss dasselbe *demonstratu facile* nennt (Art. 303).

Dem erwähnten Criterium hat Euler, wie schon bemerkt, alle Zahlen

Euler'sche erwiesen, von welchen 1848 die letzte ist. Dies ist allerdings eine äusserst merkwürdige Erscheinung, und es scheint hiernach, dass die Reihe der Euler'schen Zahlen mit der genannten Zahl wirklich abbricht. Euler selbst sagt hierüber: *Postquam omnes numeros idoneos sive congruos exhibuerim, primo quidem hoc phaenomenon maxime mirandum se obtulit, quod multitudo istorum numerorum neutiquam in infinitum excrescat, verum adeo non plures quam 65 hujusmodi numeros complectatur.* Folgendes sind die von Euler gefundenen 65 *numeri idonei:*

1	16	48	120	312
2	18	57	130	330
3	21	58	133	345
4	22	60	165	357
5	24	70	168	385
6	25	72	177	408
7	28	78	190	462
8	30	85	210	520
9	33	88	232	760
10	37	93	240	840
12	40	102	253	1320
13	42	105	273	1365
15	45	112	280	1848.

Es ist interessant, zu verfolgen, wie Euler während der Ausarbeitung der ersten Abhandlung gleichzeitig mit einem wahren Feuereifer die Arbeit des Aufsuchens der *numeri idonei* immer weiter geführt hat. Zuerst heisst es: *neque post hunc* (*numerum* 1848) *ullum alium majorem mihi quidem invenire licuit, postquam istum laborem usque ad* 3000 *et ultra sum exsecutus:* an einer späteren Stelle: *cum enim hanc investigationem usque ad* 4 *millia essem prosecutus, in toto hoc intervallo ne unicus quidem numerus idoneus se mihi obtulerat;* und endlich: *postquam autem hunc calculum usque ad* 10000 *essem prosecutus, nullus novus numerus se mihi obtulit, praeter illos quos tabula superior exhibuit ex quo ista tabula omnes plane numeros idoneos in se complecti videtur.*

§ 3.

Das Euler'sche Criterium

lautet folgendermassen:

In dem Ausdruck $D + n^2$ substituire man für n der Reihe nach alle ganzen Zahlen von 1 an, die zu D relative Primzahlen sind, bis der Ausdruck $D + n^2$ grösser wird als $4D$. Den Complex der hieraus resultirenden Zahlen wollen wir durch Ω bezeichnen.

I. Wenn Ω auch nur eine Zahl enthält, die eine andere Form hat als eine dieser vier:

$$q,\ 2q,\ q^2,\ 2^\lambda,$$

dann ist D keine Euler'sche Zahl.

II. Umgekehrt, wenn alle in Ω enthaltenen Zahlen irgend eine jener vier Formen haben, dann ist D eine Euler'sche Zahl.

Euler erläutert diese Regel an mehreren Beispielen, von denen ich einige anführe.

1. Beispiel. Zu prüfen, ob 14 eine Euler'sche Zahl ist. Man hat also in dem Ausdruck $14+n^2$, da $14+7^2$ schon grösser als 4.14 ist, für n alle ganzen Zahlen von 1 bis 6 zu setzen, die mit 14 keinen gemeinsamen Factor haben.

$$\frac{14+1^2,\ 3^2,\ 5^2}{15,\ 23,\ 39}.$$

Hier sind die beiden Zahlen 15 und 39 in keiner der vier Formen $q, 2q, q^2, 2^\lambda$ enthalten; mithin ist 14 keine Euler'sche Zahl.

2. Beispiel. Untersuchung der Zahl 13.

$$\frac{13+1^2,\ 2^2,\ 3^2,\ 4^2,\ 5^2,\ 6^2}{14,\ 17,\ 22,\ 29,\ 38,\ 49}.$$

Alle diese Zahlen haben eine der drei Formen q, $2q$, q^2; die Zahl 13 ist demnach eine Euler'sche.

3. Beispiel. Untersuchung der Zahl 11.

$$\frac{11+1^2,\ 2^2,\ 3^2,\ 4^2,\ 5^2}{12,\ 15,\ 20,\ 27,\ 36}.$$

Hier ist keine der resultirenden Zahlen in einer jener vier Formen enthalten; folglich ist 11 keine Euler'sche Zahl.

4. Beispiel. Untersuchung der Zahl 1848.

$$\begin{array}{llll}
1848+\ 1^2=1849=43^2=q^2 & & 1848+31^2=2809=53^2=q^2 \\
\quad +\ 5^2=1873 & =q & \quad +37^2=3217 & =q \\
\quad +13^2=2017 & =q & \quad +41^2=3529 & =q \\
\quad +17^2=2137 & =q & \quad +43^2=3697 & =q \\
\quad +19^2=2209=47^2=q^2 & & \quad +47^2=4057 & =q \\
\quad +23^2=2377 & =q & \quad +53^2=4657 & =q \\
\quad +25^2=2473 & =q & \quad +59^2=5329=73^2=q^2 & \\
\quad +27^2=2689 & =q. & \quad +61^2=5569 & =q.
\end{array}$$

Hieraus geht die Zahl 1848 als Euler'sche Zahl hervor.

§ 4.

Ueber den Euler'schen Beweis des Criteriums.

Die in dem Criterium in I aufgestellte Behauptung will Euler folgendermassen beweisen.

Wenn sich in dem Complex Ω eine Zahl A befindet, die keine Quadratzahl ist und die keine dieser drei Formen q, $2q$, 2^λ, also auch keine dieser, drei δq, $2\delta q$, $\delta.2^\lambda$, hat, da alle Zahlen Ω relative Primzahlen zu D sind so existirt wenigstens eine, nicht in einer der drei Formen δq, $2\delta q$, $\delta.2^\lambda$ enthaltene Zahl, nämlich A, welche primitiv durch die Form Dx^2+y^2 darstellbar ist; mithin kann D keine Euler'sche Zahl sein. Dass A durch die Form Dx^2+y^2 wirklich primitiv darstellbar ist, sieht man leicht; denn darstellbar ist A durch diese Form, da alle Zahlen Ω von der Form $D+n^2$ sind; ferner sind die darstellenden Zahlen relative Primzahlen, da $x=1$ ist; endlich kann A nur einmal darstellbar sein, denn setzt man $x=0$, so erhält man aus der Form Dx^2+y^2 nur Quadratzahlen; nimmt man aber $x>1$, so giebt die Form Dx^2+y^2 Zahlen, die grösser als $4D$ sind; in keinem Fall kann also die Zahl A erzeugt werden.

Exisirt aber in dem Complex Ω keine Zahl A von der ebengenannten Beschaffenheit, aber wohl eine Zahl A', die das Quadrat einer Primzahl ist, $A'=q^2$, so kann deshalb die Form Dx^2+y^2 noch immerhin eine Euler'sche sein; denn die Zahl A' ist freilich von keiner der drei Formen δq, $2\delta q$, $\delta . 2^\lambda$, wird aber auch nicht primitiv durch die Form Dx^2+y^2 dargestellt, da diese Form sie zweimal darstellt; $A'=D.1^2+n^2=D.0^2+q^2$. Euler übersieht hierbei, dass ganz dasselbe gilt, wenn in Ω keine Zahl wie A existirt, aber eine Zahl A', die das Quadrat irgend einer Zahl z wäre, die nicht grade eine Primzahl zu sein braucht. Mithin hat Euler nur bewiesen: wenn in Ω auch nur eine Zahl existirt, die eine andere Form hat als eine dieser vier: q, $2q$, 2^λ, z^2, dann ist D keine Euler'sche Zahl; während er behauptet hatte, wenn auch nur eine der Zahlen keine dieser vier Formen q, $2q$, 2^λ, q^2 hätte, dann sei schon D keine Euler'sche Zahl. Euler hätte, um die Behauptung aufrechthalten zu können, zeigen müssen, dass eine Quadratzahl, deren Wurzel keine Primzahl und keine Potenz von 2 ist, sich durch eine Euler'sche Form, wenn einmal, so dass x und y relative Primzahlen sind, dann zweimal so darstellen lässt, dass x nicht Null ist. Dieser Nachweis fehlt aber bei Euler; aus dem Folgenden wird sich diese Behauptung ergeben.

Es folgt der Euler'sche Beweis für die in dem Criterium unter II aufgestellte Behauptung:

Wenn alle in Ω enthaltenen Zahlen eine der vier Formen q, $2q$, q^2, 2^λ haben, dann ist D eine Euler'sche Zahl.

Wäre D keine Euler'sche Zahl, dann müsste wenigstens ein Product $A=qp$ $(q>2, p>2)$ existiren, welches primitiv durch die Form Dx^2+y^2 darstellbar und zu D relative Primzahl ist*. Euler will nun zeigen, dass dann in Ω wenigstens eine Zahl enthalten sein müsste, die von keiner der vier Formen q, $2q$, q^2, 2^λ sein könnte. Liesse sich dies zeigen, dann wäre offenbar die Behauptung bewiesen.

---

* Schon dieser Schluss ist nicht gerechtfertigt; denn die Zahl D wäre auch dann schon keine Euler'sche, wenn nur irgend eine Zahl von der Form δqp, die mit D den Factor δ gemeinsam hätte, durch die Form Dx^2+y^2 primitiv darstellbar wäre. Es existiren freilich, wenn D keine Euler'sche Zahl ist, sogar unendlich viele Producte qp, die zu D relative Primzahlen sind und sich primitiv durch die Form Dx^2+y^2 darstellen lassen (s. § 6); aber der Nachweis hiervon fehlt bei Euler.

Aus der Existenz des Productes $A=qp$ ergiebt sich zunächst Folgendes:

α) Wenn eine gleichfalls durch q theilbare Zahl $A'=q.r$, welche kleiner als A ist, sich auch durch die Form Dx^2+y^2 darstellen lässt, und zwar, wenn auch nicht primitiv, doch jedenfalls durch relative Primzahlen, so kann r weder q, noch 1, noch 2 sein.

Es sei nämlich

1) $$A=qp=Da^2+b^2,$$

2) $$A'=qr=Df^2+g^2.$$

Hieraus folgt

3) $$pr=D\left(\frac{ag\pm bf}{q}\right)^2+\left(\frac{Daf\mp bg}{q}\right)^2.$$

Multiplicirt man 1) mit Df^2 und 2) mit b^2 und subtrahirt, so erhält man

4) $$q(pDf^2-b^2)=D^2a^2f^2-g^2b^2=(Daf+gb)(Daf-gb).$$

Da nun q eine Primzahl ist, so muss jedenfalls einer der beiden Factoren $Daf+gb$ und $Daf-gb$ durch q theilbar sein. Nehmen wir an, dass der zweite durch q theilbar ist (wäre es der erste, so werden die folgenden Schlüsse dadurch nicht afficirt), so ist, wie aus 3) ersichtlich, auch $aq+bf$ durch q theilbar. Setzen wir also

$$\frac{ag+bf}{q}=h,\quad \frac{Daf-bg}{q}=k,$$

so wird

5) $$pr=Dh^2+k^2.$$

Diese Gleichung zeigt, dass r nicht gleich q sein kann, denn dann wäre $pq=Dh^2+k^2$, was der Voraussetzung widerspricht, der zufolge nur die eine Darstellung $x=a$, $y=b$ der Zahl pq durch die Form Dx^2+y^2 existirt. Dass nämlich wirklich a, b von h, k resp. verschieden sind, ergiebt sich leicht. Denn aus

$$a=h=\frac{ag+bf}{q},$$

würde folgen, dass bf durch a theilbar sein müsste, d. h. f durch a, da a und b relative Primzahlen sind. Ebenso folgt aus

$$b=k=\frac{Daf-bg}{q}$$

dass Daf durch b theilbar sein müsste, d. h. f durch b, da auch D und b relative Primzahlen sein sollen. Es müsste also f durch ab theilbar sein, d. h. $f=f'ab$. Da nun f von Null verschieden ist, so muss $f'\geqq 1$ sein. Dann könnte aber

$$A'=Df^2+g^2=Df'^2a^2b^2+g^2$$

nicht kleiner als $A=Da^2+b^2$ sein.

Aus 2) und 5) folgt

6) $$r^2pq=D(fk\pm gh)^2+(Dfh\mp gk)^2$$

Die Zahlen h und k sind beide von Null verschieden. Wäre nämlich $h=0$, so müsste $ag=\pm bf$ sein. Da aber a und b, sowie auch f und g relative Primzahlen sind, so ist dies nicht anders möglich, als dass $f=a$ und $g=b$ ist. Dann wäre aber $A=A'$. Wäre $k=0$, so müsste $Daf=\pm bg$ sein; da aber b mit D und a keinen gemeinsamen Factor hat, so müsste $n=\frac{f}{b}$ eine ganze Zahl sein, und $g=Da.n$. Da aber $A'<A$, so müsste auch $Df^2+D^2a^2n^2<Da^2+b^2$ sein, was offenbar unmöglich ist. Da nun h und k beide von Null verschieden sind, so geht aus der Gleichung 6) auf der Stelle hervor, dass r nicht gleich 1 sein kann; denn dann wäre pq zweimal durch die Form Dx^2+y^2 darstellbar.

Ebenfalls aus 6) ist ersichtlich, dass r nicht gleich 2 sein kann. Denn aus 2) und 5) folgt ähnlich, wie 4) aus 1) und 2)

$$r\,(Dh^2q-g^2p)=(Dfh+gk)\,(Dfh-gk).$$

Wäre nun $r=2$, so müsste zunächst einer der Factoren auf der rechten Seite durch 2 theilbar sein; ist es aber der eine, so ist es auch der andere. Hieraus und aus 6) folgt weiter, dass auch die beiden Zahlen $fk+gh$ und $fk-gh$ durch 2 theilbar sein müssten. Denn sonst müsste wegen 6) D durch 4 theilbar sein; dies ist aber, wenn $r=2$, wegen 2) unmöglich. Es wäre also wegen 6) pq wieder auf zwei Arten durch die Form Dx^2+y^2 darstellbar, was der Voraussetzung widerstreitet. Somit ist die Behauptung α) erwiesen.

Nun leitet Euler aus der Gleichung

$$A=qp=Da^2+b^2$$

ein anderes Product qr ab, welches gleichfalls den Factor q enthält und durch die Form Dx^2+y^2 darstellbar ist, indem er

$$x=na+\mu q=f,$$
$$y=nb+\nu q=g$$

setzt und die Zahlen n, μ, ν so bestimmt, dass das neue Product qr kleiner als das ursprüngliche pq wird. Es ist nämlich

$$\begin{aligned}Df^2+g^2&=D\,(na+\mu q)^2+(nb+\nu q)^2\\&=n^2\,(Da^2+b^2)+qP=q\,(n^2p+P),\end{aligned}$$

wo

$$P=D\mu^2q+2n\mu aD+2n\nu b+\nu^2q,$$

folglich, wenn man $n^2p+P=r$ setzt,

$$qr=Df^2+g^2.$$

Für die folgenden Schlüsse ist es nothwendig, dass f und g relative Primzahlen sind. Euler hebt dies nicht besonders hervor, hat dies aber offenbar im Sinne, indem er es als zwekmässig empfiehlt, n und μ so zu bestimmen, dass $f=1$ wird, was offenbar immer möglich sei. Dann geht aus α) hervor, dass r weder q, noch 1, noch 2 werden kann. Der kleinste in qr enthaltene Primfactor, welcher grösser als 2 ist, sei q', also $qr=q'p'$. Aus der Gleichung $q'p'=Df^2+g^2$ lässt sich auf dieselbe Weise wieder ein neues Product $q'r'$ ableiten, welches gleichfalls in der Form Dx^2+y^2 enthalten ist.

haupten, dass der Factor r' weder q', noch 1, noch 2 sein könne. Denn die Behauptung α), dass r weder q, noch 1, noch 2 sein könne, beruhte wesentlich auf folgenden zwei Voraussetzungen: erstens dass das ursprüngliche Product zu D relative Primzahl sei, zweitens dass dasselbe nur einmal darstellbar sei. Was den ersten Punkt anbetrifft, so hätte Euler also zeigen müssen, dass g so bestimmt werden könne, dass es relative Primzahl zu D werde; allein dies erwähnt er gar nicht einmal, viel weniger untersucht er, ob dies immer möglich sei. Ebenso fehlt der Nachweis, dass das aus dem ersten Product qp abgeleitete Product qr immer so bestimmt werden könne, dass es gleichfalls nur auf eine Art durch die Form $Dx^2 + y^2$ darstellbar sei, in dem Euler'schen Beweise gänzlich: Euler behauptet eben nur, dass auch das neue Product so bestimmt werden könne, dass es nur einmal durch die Form $Dx^2 + y^2$ darstellbar sei. Der letzte Schluss des Euler'schen Beweises ist nun illusorisch. Euler fährt nämlich fort: so könne man immer kleinere Producte entwickeln, die weder von der Form q (unter q irgend eine Primzahl verstanden, nicht gerade die in dem ersten Product enthaltene), noch von der Form $2q$, noch von der Form q^2 seien*, bis man zu einem solchen Producte gelange, welches kleiner als $4D$, also gewiss von der Form $D + n^2$ sei.

Man erhält übrigens in der That aus dem ursprünglichen Product pq durch die von Euler angegebene Substitution gar nicht immer ein neues Product, welches gleichfalls nur einmal in der Form $Dx^2 + y^2$ enthalten ist. Dies soll uns das folgende Beispiel zeigen. Das Product $313 . 647 = 202511$ lässt sich durch die Form $11x^2 + y^2$ darstellen, und zwar, wie die Induction ergiebt, nur auf eine Art. Es ist nämlich

$$313 . 647 = 202511 = 11 . 1^2 + 450^2.$$

In der Gleichung

$$f = na + \mu q = n + 313\,\mu$$

bestimmen wir n und μ so, dass $f = 1$ wird; dies wird erreicht, wenn wir $n = 314$, $\mu = -1$ setzen. Dann wird

$$g = nb + \nu q = 314 . 450 + \nu . 313 = 450 + \nu' . 313.$$

Soll das neue Product kleiner als das ursprüngliche werden, kann ν' nur $= -1$ oder $= -2$ gesetzt werden, woraus g, resp. 137 oder 176 wird. Der Werth 176 ist zu verwerfen, da er durch 11, d. i. durch D theilbar ist. Der Werth $g = 137$ liefert das neue Product

$$11 . 1^2 + 137^2 = 18780 = 313 . 60.$$

Es ist aber dies Product in der That noch auf eine zweite Art in der Form $11x^2 + y^2$ enthalten, nämlich $18780 = 11 . 37^2 + 61^2$.

---

* Von der Form 2^λ kann das neue Product offenbar auch nicht sein, da es immer einen von 1 und 2 verschiedenen Primfactor enthalten muss.

Es ist schon hervorgehoben, dass aus Euler's Beweis nicht ersichtlich ist, warum in den neuen Producten und namentlich in dem letzten Product, welches also von der Form $D+n^2$ ist, die Zahl n mit D keinen gemeinschaftlichen Factor zu haben brauche, warum dieses letzte Product also eine der Zahlen Ω sein müsse. Ich bemerke hierzu noch Folgendes. Gerade in dem Beispiel, welches Euler zur Erläuterung seines Beweises giebt, hat die Zahl n mit D wirklich einen gemeinsamen Factor. In demselben ist $D=14$ und $qp=59.131$. Dies Product ist in der That nur auf eine Art in der Form $14x^2+y^2$ enthalten: $59.131=14.6^2+85^2$. Hieraus entwickelt Euler das neue Product $59.10=14.1^2+24^2$, und daraus schliesslich $10.3=14.1^2+4^2$, welches kleiner als $4D$ ist. Hier ist $n=4$, hat also mit D den Factor 2 gemeinsam, und folglich ist das Product 10.3 gar nicht unter den Zahlen Ω enthalten. In diesem Beispiel hätte Euler dies freilich leicht vermeiden können, wenn er aus dem ersten Product dies neue $59.117=14.1^2+83^2$ $=3.2301$ entwickelt hätte, und hieraus $3.5=14.1^2+1^2$. Dies Product ist auch kleiner als $4D$ und $n=1$ ist zu 14 relative Primzahl. Aber es bleibt doch fraglich, ob das letztere immer erreicht werden kann.

Es scheint, dass Euler später selbst der Meinung gewesen, n brauche nicht relative Primzahl zu D zu sein. Denn in der zweiten vorhin erwähnten Abhandlung stellt er ein etwas anderes Criterium auf, welches sich von dem ersten gerade dadurch unterscheidet, dass man in dem Ausdruck $D+n^2$ für n der Reihe nach alle ganzen Zahlen 1, 2, 3, ... setzen soll, nicht blos diejenigen, welche zu D relative Primzahlen sind. Er theilt sämmtliche Zahlen in Bezug auf D in zwei Classen, von denen die erste alle Primzahlen und solche, „die als Primzahlen anzusehen sind" (*instar primorum spectandi*), die zweite alle „wirklich zusammengesetzten" (*revera compositi*) umfasst. Zu der ersten Classe rechnet Euler alle Zahlen, die in einer dieser Formen enthalten sind: q, $2q$, δq, q^2, 2^λ, zu der zweiten alle übrigen. Darauf stellt er folgende Regel auf.

„In dem Ausdruck $D+n^2$ setze man für n der Reihe nach alle ganzen Zahlen 1, 2, 3, 4, 5 u. s. w., bis man zu einer Summe gelangt, die grösser als $4D$ ist; wenn die auf diese Weise resultirenden Zahlen entweder Primzahlen (q) sind, oder $2q$ oder δq oder auch Potenzen von 2 oder Quadrate von Primzahlen, so ist die Zahl D eine „geeignete", wenn sich darunter aber auch nur eine einzige wirklich zusammengesetzte Zahl befindet, dann ist D keine geeignete Zahl."

Euler hebt aber gar nicht besonders hervor, dass dies Criterium von dem ersteren abweiche; er recapitulirt hiermit nur ein „früher von ihm bewiesenes Criterium".

Zur Erläuterung dieser Regel giebt er selbst folgendes Beispiel.

„Wir wollen diese Regel an der Zahl 48 erläutern; wenn wir die Quadrate der Zahlen von 1 bis 12 addiren, so erhalten wir folgende Zahlen, die entweder Primzahlen sind, oder doch solche, die als Primzahlen zu betrachten sind:

$$\begin{aligned} 48 + 1 &= 49 = q^2 & 48 + 7^2 &= 97 = q \\ + 2^2 &= 52 = 4.13 = \delta q & + 8^2 &= 112 = 16.\ 7 = \delta q \\ + 3^2 &= 57 = 3.19 = \delta q & + 9^2 &= 129 = 3.43 = \delta q \\ + 4^2 &= 64 = 2^\lambda & + 10^2 &= 148 = 4.37 = \delta q \\ + 5^2 &= 73 = q & + 11^2 &= 169 = 13.13 = q^2. \\ + 6^2 &= 84 = \delta q \end{aligned}$$

Hiernach ist 48 offenbar eine geeignete Zahl."

Während wir die Richtigkeit des ersten Euler'schen Criteriums noch bezweifeln müssen, ist dieses zweite offenbar falsch. Denn hiernach wäre z. B. die Zahl 33 keine Euler'sche Zahl, während sie doch in der That eine solche ist und sich auch in der Euler'schen Tafel befindet. Es ist nämlich $33 + 3^2 = 42$. Die Zahl 42 ist aber von keiner der Formen q, $2q$, δq, q^2, 2^λ, sondern vielmehr von der $2\delta q$. Ebenso finden wir für die Euler'sche Zahl 72:

$$72 + 3^2 = 81,$$

die also hiernach, da 81 von der Form $\delta . q^2$ ist, auch keine Euler'sche Zahl sein würde.

§ 5.

Die einclassigen Formen.

Im Folgenden muss die Bekanntschaft mit der von Gauss eingeführten Eintheilung der Formen einer Determinante in Ordnungen, Geschlechter und Classen vorausgesetzt werden. Wenn in jedem Geschlecht der eigentlich primitiven Ordnung einer Determinante nur eine Classe vorhanden ist, so soll diese Determinante eine einclassige Determinante oder (positiv genommen) eine einclassige Zahl genannt werden. Irgend eine zweigliedrige Form $mx^2 + ny^2$ der eigentlich primitiven Ordnung einer einclassigen Determinante soll eine einclassige Form heissen.

Bekanntlich ist die Anzahl der Geschlechter sowohl der eigentlich, als auch der uneigentlich primitiven Ordnung für jede Determinante gleich der Anzahl der Ancepsclassen der eigentlich (Art. 258, I), mithin auch der uneigentlich primitiven Ordnung (Art. 259). Hieraus folgt:

1. Für eine einclassige Determinante enthält die primitive Ordnung nur Ancepsclassen.

2. Wenn die primitive Ordnung einer Determinante nur Ancepsclassen enthält, dann ist die Determinante einclassig.

Es ist nun leicht zu zeigen, dass die einclassigen Zahlen und Formen mit den Euler'schen identisch sind. Gauss hat zuerst auf diesen Zusammenhang der Euler'schen und einclassigen Zahlen aufmerksam gemacht; er sagt von den letzteren (Art. 303): *Ceterum iidem 65 numeri (sub as-*

pectu paullulum diverso et cum criterio demonstratu facili) jam ab ill. Eulero traditi sunt. Nouv. Mém. de l'Ac. de Berlin 1776 *p.* 338.

Um die Identität der Euler'schen und einclassigen Formen zu zeigen, beweisen wir zunächst:

§ 6.

Jede Euler'sche Form ist eine einclassige.

Der Beweis dieses Satzes gründet sich auf folgendes Lemma, von dem wir auch in der Folge Gebrauch machen werden.

Wenn D keine einclassige Zahl ist, so giebt es (sogar unendlich viele) aus zwei ungeraden Primfactoren zusammengesetzte Zahlen aa', die beliebige Primfactoren $q, q' \ldots$ nicht enthalten, welche nur einmal durch eine primitive Form $mx^2 + ny^2$ der Determinante $-D$ darstellbar ist.

Beweis. Weil D keine einclassige Zahl ist, so giebt es wenigstens in einem Geschlecht der eigentlich primitiven Ordnung auch solche Classen, die nicht Ancipites sind. Eine solche Classe sei C. Die Classe, der die Form $mx^2 + ny^2$ angehört, sei K. Es giebt immer eine, aber auch nur eine solche Classe, die mit C zusammengesetzt K hervorbringt (Art. 249); diese sei L, so dass $L + C = K$. Die der Classe C entgegengesetzte Classe sei C', und $L + C' = K_1$. Dann ist K_1 verschieden von K; denn durch die Zusammensetzung verschiedener Classen (C und C') mit einer und derselben eigentlich primitiven Classe (L) entstehen verschiedene Classen (Art. 249). Jede eigentlich primitive Form stellt unendlich viele Primzahlen dar (Schering, „die Fundamentalclassen der zusammengesetzten arithmetischen Formen" im 14. Band der Abh. d. K. Ges. d. Wiss. zu Göttingen); es seien also a, a' zwei ungerade, durch die Formen der Classen C und L resp. darstellbare Primzahlen, die beide von $q, q' \ldots$ verschieden sind. Dann ist a auch durch die Formen der Classe C' darstellbar, mithin die zusammengesetzte Zahl aa' durch die Formen beider Classen K und K_1. Der Ausdruck $\sqrt{-D}$ (mod. aa') hat nur zwei nicht entgegengesetzte Werthe, N und N_1. Eine der beiden Formen $\left(aa', N, \frac{N^2 + D}{aa'}\right)$ und $\left(aa', N_1, \frac{N_1^2 + D}{aa'}\right)$ gehört also nur der Classe K an, da die andere der Classe K_1 angehören muss, die von K verschieden ist. Eine derselben kann also auch nur mit der Form $mx^2 + ny^2$ eigentlich äquivalent sein; mithin existirt auch nur eine eigentliche Darstellung der Zahl aa' durch die Form $mx^2 + ny^2$ (vgl. § 1), also überhaupt nur eine, da die Zahl aa' keine quadratischen Factoren enthält.

Wäre nun eine Euler'sche Form $mx^2 + ny^2$ keine einclassige, so gäbe es, wenn man für die Zahlen $q, q' \ldots$ des Hilfssatzes die Primfactoren von D setzt, Zahlen, die keine der Formen δq, $2\delta q$, $\delta . 2^\lambda$ haben, welche nur einmal durch die Form $mx^2 + ny^2$ darstellbar wären; folglich wäre diese Form keine Euler'sche, was der Voraussetzung widerstreitet.

Um zu zeigen, dass auch umgekehrt jede einclassige Form eine Euler'sche ist, schicken wir erst folgende Sätze über die einclassigen Zahlen voran.

§ 7.

Zwei Sätze über die einclassigen Zahlen.

1. Es giebt nur drei einclassige Zahlen, für welche auch die uneigentlich primitive Ordnung existirt, oder (weil D von der Form $4n+3$ sein muss, wenn für die Determinante $-D$ die uneigentlich primitive Ordnung existirt) welche von der Form $4n+3$ sind, nämlich 3, 7, 15.

Denn für die Determinanten $-11, -19, -23, -27, -31, \ldots -(4n+3)$ existiren resp. die reducirten Formen $(3, 1, 4)$, $(4, 1, 5)$, $(4, 1, 6)$, $(4, 1, 7)$, $(4, 1, 8) \ldots (4, 1, n+1)$, welche sämmtlich keine Ancipites sind, und entweder der eigentlich oder der uneigentlich primitiven Ordnung angehören. Für alle diese Determinanten enthält die primitive Ordnung also auch Classen, die keine Ancepsclassen sind; folglich sind nach § 5 alle diese Determinanten keine einclassigen. Es können also unter den Zahlen von der Form $4n+3$ höchstens diese drei, 3, 7, 15, einclassige Zahlen sein; diese sind es aber auch wirklich, wie man findet, wenn man für dieselben (nach Art. 174) alle reducirten Formen aufstellt und die sich daraus ergebenden Classen nach Geschlechtern ordnet.

2. Wenn $\lambda^2 i$ eine einclassige Zahl ist, so ist auch i eine solche.

Wenn nämlich $\lambda^2 i$ eine einclassige Zahl ist, so enthält die eigentlich primitive Ordnung der Determinante $-\lambda^2 i$ nur Ancepsclassen. Deshalb kann die Ordnung O dieser Determinante, die abgeleitet ist aus der eigentlich primitiven Ordnung der Determinante $-i$, auch nur Ancepsclassen enthalten. Denn jede Classe der Ordnung O kann angesehen werden als zusammengesetzt aus der Classe dieser Ordnung, welcher die Form $(\lambda, 0, \lambda i)$ angehört (also einer Anceps), mit einer Classe der eigentlich primitiven Ordnung (also einer Anceps) (Art. 251). Wenn aber eine Anceps mit einer Anceps zusammengesetzt wird, so entsteht immer eine Anceps (Art. 249). Da nun die Ordnung O nur Ancipites enthält, so kann auch die eigentlich primitive Ordnung der Determinante $-i$ nur Ancipites enthalten; mithin ist i eine einclassige Zahl.

§ 8.

Jede einclassige Form ist eine Euler'sche.

Voraussetzung: $mx^2 + ny^2$ ist irgend eine einclassige Form der Determinante $-D$.

Behauptung: $mx^2 + ny^2$ ist eine Euler'sche Form.

Beweis: Wir zeigen zunächst, dass jede nicht in einer der drei Formen a, $2a$ und 2^λ enthaltene Zahl, die mit D keinen Factor gemein sam hat, sich durch die Form mx^2+ny^2 wenigstens auf zwei Arten darstellen lässt, wenn sie durch dieselbe überhaupt und zwar durch relative Primzahlen darstellbar ist. Es sei $A=2^\lambda abc\ldots$ eine solche Zahl; $a, b, c\ldots$ bedeuten ungerade Primzahlen oder Potenzen von solchen; die Anzahl derselben sei μ.

I. D ist von 3, 7, 15 verschieden.

Man beachte, dass in diesem Fall die uneigentlich primitive Ordnung nicht existirt.

Die Zahl λ muss entweder 0 oder 1 sein: der Fall $\lambda \geqq 2$ kann nicht vorkommen. Denn wenn λ nicht Null ist, so muss D nothwendig ungerade sein (weil D und A relative Primzahlen sein sollen); da ferner $-DRA$ sein muss, so muss auch $-DR2^\lambda$ sein; da $-D$ aber, wenn ungerade, nach der Voraussetzung von der Form $4k+3$ ist, so ist $-DN2^\lambda$, wenn $\lambda \geqq 2$ ist (Art. 103).

Wir unterscheiden die beiden Fälle $\mu=1$ und $\mu>1$.

1. $\mu=1$. Dann ist A entweder $=q^r$ oder $=2q^r.(r>1)$.

a. $A=q^r$. Ist $r=2k$, so ist A ein Quadrat und von der Form $8n+1$; die Form mx^2+ny^2, durch welche A darstellbar ist, muss also dem Hauptgeschlecht angehören, mithin, da die Determinante einclassig sein soll, die Hauptform Dx^2+y^2 sein. Dann existirt offenbar ausser der einen, nach der Voraussetzung stattfindenden Darstellung durch relative Primzahlen in allen Fällen noch diese zweite $x=0$, $y=q^k$. Ist aber $k>1$, dann existirt noch eine dritte Darstellung der Zahl A durch die Form Dx^2+y^2, in welcher x von Null verschieden ist; denn A hat denselben Charakter, den q^2 hat, es muss sich also auch q^2 durch die Form Dx^2+y^2 mittels relativer Primzahlen darstellen lassen, da die Classe, der diese Form angehört, die einzigste ihres Geschlechtes ist: es sei $q^2=Da^2+b^2$, dann ist $A=q^{2k}=D(aq^{k-1})^2+(bq^{k-1})^2$. — Ist $r=2k+1$, dann hat A denselben Charakter, den q hat, es muss sich also auch q durch die Form mx^2+ny^2 darstellen lassen, da D einclassig ist. Es sei $q=ma^2+nb^2$; dann existirt ausser der nach der Voraussetzung stattfindenden Darstellung der Zahl A durch relative Primzahlen noch diese zweite $A=m(aq^k)^2+n(bq^k)^2$. Man beachte noch, dass auch bei dieser zweiten Darstellung x nicht Null ist. Dies wird sich auch in allen übrigen Fällen zeigen; nur für den Fall $A=q^2$ existirt keine andere zweite Darstellung, als solche, wo x Null ist.

b) $A=2q^r$. In diesem Fall muss D ungerade sein. Ist $r=2k$, also $A=2q^{2k}$, dann hat A denselben Charakter in Bezug auf alle Primfactoren von D, den 2 hat; wenn sich also A durch die Form mx^2+ny^2 darstellen lässt, so muss sich auch 2 durch dieselbe darstellen lassen. Denn wenn $D=4k+1$, so giebt es keine zwei Genera, also auch, da D einclassig, keine zwei Classen, die in Bezug auf alle Primfactoren von D denselben Charak-

§ 123, wo gezeigt wird, dass der Totalcharakter einer jeden Form so beschaffen ist, dass die dort durch $\Pi C'$ bezeichnete Grösse stets $= 1$, und niemals $= -1$ wird.) Da aber D ungerade ist, so lässt sich 2 durch keine andere zweigliedrige Form darstellen, als durch diese: $x^2 + y^2$; mit dieser muss also die Form $mx^2 + ny^2$ identisch sein. Dann existirt aber ausser der nach der Voraussetzung stattfindenden eigentlichen Darstellung der Zahl A noch diese uneigentliche $A = (q^k)^2 + (q^k)^2$. — Ist $r = 2k + 1$, also $A = 2q^{2k+1}$, so hat $2q$ in Bezug auf alle Primfactoren von D denselben Charakter, den A hat; es muss sich also auch $2q$ durch die Form $mx^2 + ny^2$ darstellen lassen: es sei $2q = ma^2 + nb^2$, dann ist $A = m(aq^k)^2 + n(bq^k)^2$. Diese Darstellung ist wieder von der nach der Voraussetzung stattfindenden (eigentlichen) verschieden.

2. $\mu > 1$. Mussten wir in dem Fall $\mu = 1$ zu uneigentlichen Darstellungen unsere Zuflucht nehmen, um wenigstens zwei Darstellungen aufweisen zu können, so wird sich zeigen, dass, wenn $\mu > 1$, immer wenigstens zwei eigentliche Darstellungen existiren. Es ist $-DRA$, der über A gemachten Voraussetzung zufolge. Die Werthe des Ausdrucks $\sqrt{-D}$ (*mod.* A) seien $\pm N$, $\pm N'$ u. s. w.; die Anzahl derselben, die wir durch m bezeichnen wollen, ist 2^μ (Art. 104, 105), also mindestens gleich 4. Da nun die Classe, welcher die Form $mx^2 + ny^2$ angehört, die einzigste ihres Geschlechtes ist und die uneigentlich primitive Ordnung nicht existirt, so ist die Form $\left(A, N \dfrac{N^2 + D}{A}\right)$ nothwendig der Form $mx^2 + ny^2$ eigentlich äquivalent; denn erstere kann keiner derivirten Ordnung angehören, weil A mit D keinen gemeinsamen Factor hat; ferner gehört sie demselben Geschlecht an, dem die Form $mx^2 + ny^2$ angehört, da beide die Zahl A darstellen. Ist daher α, β, γ, δ eine eigentliche Substitution, durch welche die letztere in die erstere übergeht, so existirt ausser dieser nur noch die andere $-\alpha$, $-\beta$, $-\gamma$, $-\delta$, welche dieselbe Eigenschaft hat. Es giebt daher zwei verschiedene Darstellungen der Zahl A durch die Form $mx^2 + ny^2$, die zu der Wurzel N gehören, nämlich diese beiden α, γ; $-\alpha, -\gamma$. Dasselbe gilt von jeder andern Wurzel; im Ganzen giebt es daher $2m$ (eigentliche) Darstellungen der Zahl A durch die Form $mx^2 + ny^2$. Man erkennt ferner leicht, dass, wenn die beiden Darstellungen $\pm\alpha$, $\pm\gamma$ zu der Wurzel N gehören, die beiden Darstellungen $\mp\alpha$, $\pm\gamma$ zu der Wurzel $-N$ gehören. Je vier der $2m$ Darstellungen sind mithin als identisch anzusehen; es giebt daher $\dfrac{m}{2}$, d. h. wenigstens zwei wirklich verschiedene eigentliche Darstellungen der Zahl A durch die Form $mx^2 + ny^2$.

II. $D = 3$. Wenn D von der Form $8n + 3$ ist, so hat keine Classe der eigentlich primitiven Ordnung mit irgend einer Classe der uneigentlich pri-

jedenfalls nicht durch irgend eine Form der uneigentlich primitiven Ordnung dargestellt werden. Nachdem dies festgestellt ist, lässt sich der Beweis ganz ähnlich wie vorhin führen, für den Fall $\mu > 1$. Wenn aber $\mu = 1$, so ist, da für $D = 3$, λ entweder 0 oder 2 sein muss, je nachdem eine der beiden Zahlen x und y gerade, die andere ungerade, oder beide ungerade sind, A entweder $= q^r$ oder $= 4q^r$. Im zweiten Fall ist der Beweis wie für I, 2; im ersten wie für I, 1, *a*.

III. $D = 7, 15$.

Ist A eine ungerade Zahl, so ist der Beweis ebenso zu führen, wie für I, da eine ungerade Zahl nicht durch eine Form der eigentlich primitiven Ordnung dargestellt werden kann.

Ist aber die durch die Form $mx^2 + ny^2$ der Determinante $-D = -(8n+7)$ darstellbare Zahl A gerade, so muss A den Factor 8 enthalten, wie leicht ersichtlich ist, wenn man bedenkt, dass die darstellenden Zahlen x und y relative Primzahlen und deshalb beide ungerade sind. Wenn also $A = 2^\lambda a$, so dass a ungerade, so ist λ wenigstens 3. Es muss $-D R (2^\lambda a)$ sein; der Ausdruck $\sqrt{-D}$ (*mod.* $2^\lambda a$) hat, wenn nur a von 1 verschieden ist, d. h. wenn nur A nicht eine Potenz von 2 ist, wenigstens acht Werthe: $\pm N_1$, $\pm N_2$, $\pm N_3$, $\pm N_4$. Denn der Ausdruck $\sqrt{-D}$ (*mod.* 2^λ) hat, da $\lambda \geqq 3$, vier Werthe; nennen wir einen v, so sind die übrigen $-v$, $\pm (2^{\lambda-1} - v)$ (Art. 104); der Ausdruck $\sqrt{-D}$ (*mod.* a) hat, da a von 1 verschieden und relative Primzahl zu D ist, wenigstens zwei Werthe, $\pm k$. Aus den beiden Werthen v und $2^{\lambda-1} - v$ des Ausdrucks $\sqrt{-D}$ (*mod.* 2^λ) und aus den beiden Werthen $\pm k$ des Ausdrucks $\sqrt{-D}$ (*mod.* a) ergeben sich nach Art. 105 die folgenden vier verschiedenen und auch nicht entgegengesetzten Werthe des Ausdrucks $\sqrt{-D}$ (*mod.* $2^\lambda a$):

$$N_1 = 2^\lambda z_1 + v, \quad N_2 = 2^\lambda z_2 + 2^{\lambda-1} - v,$$
$$N_3 = 2^\lambda z_3 + v, \quad N_4 = 2^\lambda z_4 + 2^{\lambda-1} - v,$$

in denen die Grössen z_1, z_2, z_3, z_4 so zu bestimmen sind, dass $N_1 \equiv k$, $N_2 \equiv k$, $N_3 \equiv -k$, $N_4 \equiv -k$ (*mod.* a) wird. Bilden wir nun folgende vier Formen, so dass die Determinante einer jeden $-D$ wird:

$$\alpha) \qquad (A, N_1, x_1), \quad (A, N_2, x_2)$$
$$(A, N_3, x_3), \quad (A, N_4, x_4),$$

so ist leicht zu zeigen, dass von den beiden Grössen x_1 und x_2 und ebenso von den beiden Grössen x_3 und x_4 die eine gerade, die andere ungerade sein muss. Denn aus

$$-D = N_1^2 - 2^\lambda a x_1 = N_2^2 - 2^\lambda a x_2$$

folgt

$$2^\lambda a (x_2 - x_1) = N_2^2 - N_1^2,$$

oder nach Substitution der für N_1 und N_2 aufgestellten Werthe und Division durch 2^λ:

$$a(x_2 - x_1) = 2B - v$$

wo R eine von z_1, z_2 und v abhängige ganze Zahl ist. Hieraus geht hervor, da v ungerade ist, dass auch $x_2 - x_1$ ungerade ist, d. h. dass von den beiden Zahlen x_1 und x_2 die eine gerade, die andere ungerade ist. Dasselbe wird ebenso von x_3 und x_4 gezeigt. Von den vier Formen α) gehören also zwei der eigentlich, zwei der uneigentlich primitiven Ordnung an. Zwei der vier Formen α) müssen also der Form $mx^2 + ny^2$ eigentlich äquivalent sein, da die Classe, der diese Form angehört, die einzige ihres Geschlechtes ist, und da alle jene vier Formen denselben Charakter haben, welchen die Form $mx^2 + ny^2$ hat, weil sie alle fünf die Zahl A darstellen, die zu D relative Primzahl ist. Dann ergiebt sich aber aus jeder der beiden Transformationen der Form $mx^2 + ny^2$ in je eine der beiden Formen α), die mit dieser äquivalent sind, eine Darstellung der Zahl A durch diese letztere, und zwar aus jeder eine andere. Es existiren also wenigstens zwei eigentliche Darstellungen der Zahl A durch die Form $mx^2 + ny^2$.

Ist aber $a = 1$ oder A eine Potenz von 2, so hat $\sqrt{-D}\ (mod.\ A)$ nur vier Werthe, nämlich $\pm v$, $\pm(2^{\lambda-1} - v)$, und statt der vier Formen α) haben wir jetzt nur zwei, nämlich:

$$(2^\lambda,\ v,\ x_1),\ (2^\lambda,\ 2^{\lambda-1} - v,\ x_2),$$

von denen, wie vorhin, die eine der eigentlich, die andere der uneigentlich primitiven Ordnung angehört, so dass für jede Potenz von 2 höchstens eine eigentliche Darstellung durch irgend eine einclassige Form der Determinanten -7 und -15 existirt.

Es ist nun noch zu zeigen, dass auch jede Zahl A, die mit D einen gemeinschaftlichen Factor δ hat (δ sei der grösste) und die nicht von einer der Formen δq, $\delta . 2q$, $\delta 2^\lambda$ ist, wenigstens auf zwei Arten durch die einclassige Form $mx^2 + ny^2$ dargestellt werden kann, wenn A überhaupt durch diese Form und zwar so dargestellt werden kann, dass x und y relative Primzahlen sind.

Es sei also

$$A = ma^2 + nb^2.$$

Ferner sei, wie in § 1, $A = \delta A'$; der grösste gemeinschaftliche Factor den beiden Zahlen A und m: $\delta_1^2 \delta'_1$ und der Zahlen A und n: $\delta_2^2 \delta'_2$, so dass δ'_1 und δ'_2 keinen quadratischen Factor enthalten; und endlich

1) $$m = \delta_1^2 \delta'_1 m',\quad n = \delta_2^2 \delta'_2 n',$$

so dass A' und m' und auch A' und n' relative Primzahlen sind. Es ist klar, dass a den Factor $\delta_2 \delta'_2$, und b den Factor $\delta_1 \delta'_1$ enthalten muss; wenn also

2) $$a = \delta_2 \delta'_2 a',\quad b = \delta_1 \delta'_1 b',$$

so ist

3) $$A' = \delta'_2 m' a'^2 + \delta'_1 n' b'^2.$$

Die Zahlen a' und b' sind relative Primzahlen, weil a und b es sind. Die Determinante der Form $\delta'_2 m' x^2 + \delta'_1 n' y^2$ sei $-D'$, so dass $D' = \delta'_1 \delta'_2 m' n'$. D' und A' können keinen gemeinschaftlichen Factor haben. Denn zunächst ist klar, dass A' und $m'n'$ relative Primzahlen sind. Aber auch A' und δ'_1 können keinen gemeinschaftlichen Factor haben; denn hätten sie einen, so müsste wegen 3) auch δ'_1 wenigstens mit einer der Zahlen δ'_2, m', a' einen gemeinschaftlichen Factor haben. Hätten nun δ'_1 und δ'_2 einen gemeinschaftlichen Factor, so hätten nach 2) auch a und b einen solchen; hätten δ'_1 und m' einen, so hätten nach 3) auch A' und m' einen; hätten endlich δ'_1 und a' einen, so hätten nach 2) auch a und b einen. Ebenso zeigt man, dass auch A' und δ'_2 keinen gemeinschaftlichen Factor haben können. Also sind D' und A' relative Primzahlen. Es ist $D = D'(\delta_1\delta_2)^2$. Da nun D eine einclassige Zahl ist, so ist nach § 7, 2 auch D' eine solche, also $\delta'_2 m'x^2 + \delta'_1 n'y^2$ eine einclassige Form. Da ferner A' weder q, noch $2q$, noch 2^λ ist und nach 3) durch die einclassige Form $\delta'_2 m'x^2 + \delta'_1 n'y^2$ mittels relativer Primzahlen darstellbar ist, so ist A', wie vorhin bewiesen, wenigstens zwei Mal durch diese Form darstellbar. Wenn also auch $A' = \delta'_2 m' a'^2_1 + \delta'_1 n' b'^2_1$, so folgt hieraus durch Multiplication mit $\delta = \delta_1^2 \delta_2^2 \delta'_1 \delta'_2$, dass $A = m\delta_2^2\delta'^2_2 a'^2_1 + n\delta_1^2\delta'^2_1 b'^2_1$, oder wenn man $\delta_2\delta'_2 a'_1 = a_1$ und $\delta_1\delta'_1 b'_1 = b_1$ setzt,

$$A = m a_1^2 + n b_1^2,$$

wo a_1, b_1 von a, b resp. verschieden sind. Mithin ist die Zahl A durch die Form $mx^2 + ny^2$ wenigstens zweimal darstellbar.

Somit ist die Behauptung bewiesen, dass jede einclassige Zahl eine Euler'sche Zahl ist. Da nun in § 6 bewiesen ist, dass jede Euler'sche Zahl eine einclassige ist, so haben wir das Resultat:

Die Euler'schen Zahlen, resp. Formen sind mit den einclassigen identisch.

Hieraus ergiebt sich beiläufig ein sehr einfacher Beweis des in § 3 erwähnten Satzes: „Wenn $mn = m'n'$ (m', n' als relative Primzahlen vorausgesetzt), und die Form $mx^2 + ny^2$ eine Euler'sche ist, so ist auch $m'x^2 + n'y^2$ eine solche.“ Wenn nämlich $mx^2 + ny$ eine Euler'sche Form ist, so ist sie auch eine einclassige. Mithin ist auch $m'x^2 + n'y^2$ eine einclassige Form; denn für die verschiedenen Geschlechter derselben Determinante ist die Classenzahl dieselbe. Wenn aber die Form $m'x^2 + n'y^2$ eine einclassige ist, so ist sie auch eine Euler'sche.

§ 9.

Criterium der Euler'schen Zahlen.

Um also ein Criterium der Euler'schen Zahlen zu haben, brauchen wir uns nur nach dem Criterium der einclassigen negativen Determinanten umzusehen. Eine negative Determinante ist dann und nur dann einclassig, wenn sämmtliche Classen Ancipites sind. Sämmtliche reducirte Formen der Determinante $-D$ erhält man (Art. 171), wenn man in dem Ausdruck $D + n^2$ für n alle ganzen Zahlen von 0 an setzt, welche nicht grösser als

$\sqrt{\frac{1}{3}D}$ sind, und für jede einzelne dieser Zahlen den Ausdruck $D+n^2$ auf alle möglichen Arten in zwei Factoren auflöst, welche beide nicht kleiner als $2n$ sind. Die hieraus resultirenden Classen werden dann und nur dann sämmtlich Ancipites, wenn dies nicht anders geschehen kann, als dass der kleinere Factor gleich $2n$ wird oder dass beide Factoren gleich werden. Hieraus ergiebt sich also folgendes Criterium für die Euler'schen Zahlen:

Um zu untersuchen, ob eine Zahl D eine Euler'sche Zahl ist, setze man in dem Ausdruck $D+n^2$ für n alle ganzen Zahlen von 1 an, welche nicht grösser als $\sqrt{\frac{1}{3}D}$ sind, und für jede einzelne dieser Zahlen zerlege man den Ausdruck $D+n^2$ in zwei Factoren, welche beide nicht kleiner als $2n$ sind. Wenn dies nicht anders geschehen kann, als dass der kleinere Factor gleich $2n$ wird oder dass beide Factoren gleich werden, dann ist die Zahl D eine Euler'sche, sonst nicht.

Später werden wir diesem Criterium noch eine andere Form geben.

§ 10.

Die Euler'schen Sätze über die Euler'schen Zahlen.

In zehn Sätzen hat Euler eine Reihe bemerkenswerther Eigenschaften der Euler'schen Zahlen aufgestellt; aber seine Beweise dieser Sätze sind, wie schon bemerkt, theilweise mangelhaft; auch lassen einige dieser Sätze eine Verallgemeinerung zu. Ich habe mir erlaubt, die Reihenfolge derselben etwas zu ändern.

1. Wenn $\lambda^2 i$ eine Euler'sche Zahl ist, so ist auch i eine Euler'sche Zahl.

Der Euler'sche Beweis ist unrichtig, er lautet wörtlich:

„Weil $\lambda^2 i$ eine geeignete Zahl ist, wird es zusammengesetzte Zahlen C geben, so dass
$$C=\lambda^2 i a^2+b^2=\lambda^2 i c^2+d^2.$$
Setzen wir $\lambda a=f$, $\lambda c=g$, so wird sein
$$C=if^2+b^2=ig^2+d^2.$$
Hieraus erkennt man zur Genüge, dass auch i eine geeignete Zahl ist."

Euler beweist nur, dass diejenigen zusammengesetzten Zahlen, welche durch die Form $\lambda^2 ix^2+y^2$ dargestellt werden können, durch die Form ix^2+y^2 auf zwei Arten dargestellt werden. Er zeigt aber nicht, dass jede zusammengesetzte Zahl, die sich durch die Form ix^2+y^2 darstellen lässt, sich immer auf zwei Arten durch diese Form muss darstellen lassen; denn die zweite Form stellt auch solche Zahlen dar, die sich nicht durch die erste darstellen lassen.

Der strenge Beweis ergiebt sich aus § 7, 2 und dem Schluss von § 8.

Ich bemerke, dass dieser Satz sich im Allgemeinen nicht umkehren lässt. Die speciellen Fälle, in denen die Umkehrung gestattet ist, sind in den folgenden vier Sätzen enthalten.

2. **Wenn i eine Euler'sche Zahl von der Form $4\alpha-1$ ist, so ist auch $4i$ eine Euler'sche Zahl.**

Der Euler'sche Beweis ist strenge; er lautet:

Wäre $4i$ keine Euler'sche Zahl, so müsste es zusammengesetzte Zahlen geben (und zwar auch solche, die zu $4i$ relative Primzahlen sind*), die nur auf eine Art durch die Form $4ix^2+y^2$ darstellbar wären. Sei C eine solche Zahl, so dass

$$1)\quad \begin{aligned} C &= 4if^2+b^2 \\ &= i(2f)^2+b^2 = ia^2+b^2. \end{aligned}$$

Die Zahl C ist also auch durch die Form ix^2+y^2 darstellbar, und zwar so, dass x eine gerade Zahl ist. Durch diese Form, als Euler'sche, ist dann aber C noch auf eine zweite Art darstellbar, es sei also auch

$$2)\quad C = ig^2+d^2.$$

Ich behaupte, dass auch g eine gerade Zahl sein muss. Denn wäre g ungerade, so müsste, da C, als relative Primzahl zu $4i$, ungerade ist, d gerade sein. Da dann ferner g^2 von der Form $4\alpha+1$ wäre, also ig^2 von der Form $4\alpha-1$, so müsste auch ig^2+d^2, d. i. C, von der Form $4\alpha-1$ sein, während nach 1) C von der Form $4\alpha+1$ ist. Es muss also g gerade sein; es sei $g=2c$, so ist nach 2) $C=4ic^2+d^2$. C wäre also durch die Form $4ix^2+y^2$ noch auf eine zweite Art darstellbar. Dies ist gegen die Annahme, nach der C nur auf eine Art durch diese Form darstellbar sein sollte. Folglich giebt es keine solche Zahl C; mithin ist $4i$ eine Euler'sche Zahl.

3. **Wenn i eine Euler'sche Zahl von der Form $4\alpha+2$ ist, so ist auch $4i$ eine solche.**

Der Euler'sche Beweis ist strenge; er lautet:

Wäre $4i$ keine Euler'sche Zahl, so würde es eine zusammengesetzte Zahl C geben, die sich nur auf eine Art durch die Form $4ix^2+y^2$ darstellen liesse. Es sei

$$C = 4if^2+b^2 = i(2f)^2+b^2 = ia^2+b^2.$$

Da sich nun C überhaupt durch die Form ix^2+y^2 darstellen lässt, so lässt sich dieselbe Zahl noch auf eine andere Weise durch diese Form darstellen, da ix^2+y^2 eine Euler'sche Form ist; es sei also auch $C=ic^2+d^2$. Weil i gerade ist, so sind die Zahlen b und d ungerade, und deshalb ihre Quadrate von der Form $8\alpha+1$, also die Differenz derselben, b^2-d^2, durch 8 theilbar. Es ist aber $b^2-d^2=i(c^2-4f^2)$. Da nun i nur durch 2, nicht durch 4 theilbar ist, so muss c^2-4f^2 durch 4 theilbar sein, also c gerade sein. Wenn also $c=2g$, so ist $C=i(2g)^2+d^2=4ig^2+d^2$. Also ist C auch durch die Form $4ix^2+y^2$ zweimal darstellbar. Dies steht im Widerspruch mit der Annahme u. s. w.

---

*) Dies hat Euler freilich nicht gezeigt (vgl. die Note § 4); es ergiebt sich aber aus dem Lemma in § 6.

4. Wenn i ungerade und $4i$ eine Euler'sche Zahl ist, so ist auch $16i$ eine Euler'sche Zahl.

Der Euler'sche Beweis ist dem vorigen Beweis ähnlich.

5. Wenn $i=3\alpha-1$ eine Euler'sche Zahl ist, so ist auch $9i$ eine solche.

Der Euler'sche Beweis ist streng und lautet:

Wäre $9i$ keine Euler'sche Zahl, so gäbe es zusammengesetzte Zahlen, die nur auf eine Art durch die Form $9ix^2+y^2$ darstellbar wären. Sei C eine solche, die zugleich nicht durch 3 theilbar ist (auch solche müsste es geben nach § 6; vergl. die Note zu 1), und zwar sei

$$1)\qquad \begin{aligned} C &= 9ig^2+b^2 \\ &= i(3g)^2+b^2 = ia^2+b^2, \end{aligned}$$

wo $a=3g$. C ist also auch durch die Form ix^2+y^2 darstellbar. Da diese Form eine Euler'sche sein soll, so ist C noch auf eine andere Art durch dieselbe Form darstellbar; es sei also auch $C=if^2+d^2$. Ich behaupte, f muss durch 3 theilbar sein. Denn da C nicht durch 3 theilbar ist, so ist auch b nicht durch 3 theilbar, also C von der Form $3\alpha+1$. Wäre nun f nicht durch 3 theilbar, so wäre f^2 von der Form $3\alpha+1$, also if^2 von der Form $3\alpha-1$, und if^2+d^2, d. i. C, entweder von der Form 3α (wenn d nicht durch 3 theilbar) oder von der Form $3\alpha-1$ (wenn d durch 3 theilbar). Es muss also auch f durch 3 theilbar sein; es sei also $f=3c$, so ist $C=i(3c)^2+d^2=9ic^2+d^2$. Es wäre also C zweimal durch die Form $9ix^2+y^2$ darstellbar; dies steht im Widerspruch mit der Annahme u. s. w.

6. Wenn i eine Euler'sche Zahl von der Form $4\alpha+1$ ist, so ist $4i$ keine Euler'sche Zahl.

Euler's Beweis ist unrichtig; er lautet wörtlich:

„Man betrachte diese Gleichung $C=ia^2+b^2=ic^2+d^2$, und setze darin $a=2f$, so dass $C=4if^2+b^2$. Wenn es nun nicht durchaus nothwendig ist, dass auch c eine gerade Zahl sein muss, so wird die Zahl $4i$ keine geeignete Zahl sein."

Dieser Schluss kann doch nur so lauten: „so würde die Behauptung, dass auch $4i$ eine geeignete Zahl sein müsse, sich jedenfalls nicht ebenso beweisen lassen, wie Satz 2".

Euler fährt fort: „Betrachten wir also den Fall, wo c eine ungerade Zahl ist, dann wird c^2 von der Form $4\alpha+1$ sein, und deshalb ic^2 von der Form $4\alpha+1$; da nun d gerade sein muss, so wird ic^2+d^2 von der Form $4\alpha+1$ sein; hieraus geht hervor, dass c nicht nothwendig eine gerade Zahl zu sein braucht, und eben dies zeigt, dass die Zahl $4i$ keine geeignete ist."

Der Schluss müsste wieder lauten: „und eben dies zeigt, dass der Beweis der Behauptung, $4i$ müsse auch eine geeignete Zahl sein, jedenfalls nicht wie vorhin (ad 2) geführt werden kann."

Ich bemerke zu Satz 6, dass derselbe einer Verallgemeinerung fähig ist und so lauten muss:

6'. Die Zahl 4 ausgenommen, giebt es überhaupt keine Euler'sche Zahl von der Form $4(4\alpha+1)$;

oder:

Wenn $i=4\alpha+1$, so ist $4i$ nie eine Euler'sche Zahl, einerlei ob i eine solche ist oder nicht, ausgenommen den Fall $i=1$.

Wenn nämlich i von der Form $4\alpha+1$ und nicht gleich 1 ist, so ist i wenigstens gleich 5. Deshalb ist jede der Formen $(1, 0, 4i)$ und $(4, 0, i)$ eine reducirte Form der Determinante $-4i$, und beide gehören offenbar dem Hauptgeschlechte an, ohne äquivalent zu sein; dies enthält also mindestens zwei Classen. Mithin kann $4i$ keine Euler'sche Zahl sein.

7. Wenn i ungerade und $8i$ eine Euler'sche Zahl ist, so ist $32i$ keine Euler'sche Zahl.

8. Wenn i ungerade und $16i$ eine Euler'sche Zahl ist, so ist $64i$ keine Euler'sche Zahl.

Von den Euler'schen Beweisen dieser beiden Sätze gilt dasselbe, wie für den Beweis des Satzes 6; Euler beweist eigentlich wieder nur, dass sich die entgegengesetzten Behauptungen, dass nämlich $32i$ und $64i$ resp. auch Euler'sche Zahlen seien, nicht wie Satz 4 würden beweisen lassen. Uebrigens sind diese beiden Sätze wieder einer Verallgemeinerung fähig und lassen sich in diesen einen Satz zusammenfassen:

(7 und 8)'. Es giebt überhaupt keine Euler'sche Zahl von der Form $32i$.

Es ist nämlich jede der beiden Formen $(1, 0, 32i)$ und $(4, 2, 8i+1)$ eine reducirte Form der Determinante $-32i$, und beide gehören dem Hauptgeschlecht an, ohne äquivalent zu sein; dies enthält also wenigstens zwei Classen. Mithin kann $32i$ keine Euler'sche Zahl sein.

9. Wenn i eine Euler'sche Zahl von irgend einer Form ist, und $i+a^2=p^2$, wo p eine Primzahl bedeutet, deren Quadrat kleiner als $4i$ ist, so ist $4i$ keine Euler'sche Zahl.

Auch dieser Satz lässt sich allgemeiner fassen und lautet dann so:

9'. Wenn p irgend eine ungerade Zahl, einerlei ob Primzahl oder nicht, und $p^2-a^2=i$, so ist $4i$ keine Euler'sche Zahl.

Denn aus $i=p^2-a^2$, wo p ungerade ist, folgt, dass i entweder von der Form $8n$, oder von der Form $4n+1$ ist. Im ersten Fall kann $4i$ nach (7 und 8'), im zweiten Fall nach 6' keine Euler'sche Zahl sein.

10. In der Reihe der Euler'schen Zahlen kommen keine anderen Quadrate vor als diese: 1, 4, 9, 16, 25.

Auch dieser Satz ist einer Erweiterung fähig.

10'. **Euler'sche Zahlen können nur diese fünf quadratischen Divisoren enthalten: 1, 4, 9, 16, 25.**

Durch 9 theilbare Euler'sche Zahlen giebt es ausser der Zahl 9 selbst nur noch diese drei: 18, 45, 72.

Durch 25 theilbar ist unter allen Euler'schen Zahlen nur die eine Zahl 25 selbst.

Unter den Euler'schen Zahlen, welche durch 4 und durch keine höhere Potenz von 2 theilbar sind, kommen ausser der Zahl 4 selbst nur noch diese drei vor: 12, 28, 60.

Durch 16 theilbare Euler'sche Zahlen giebt es ausser der Zahl 16 selbst nur noch diese drei: 48, 112, 240.

Beweis: I. Wenn $k > 1$, q eine ungerade Primzahl und $D = kq^2$ ist, und wenn wir die Zahl, die angiebt, wie viel mal die Anzahl aller Classen der eigentlich primitiven Ordnung für die Determinante $-D$ grösser ist als für die Determinante $-k$ durch n bezeichnen, so ist (Art. 256. II; oder Dirichlet's Zahlentheorie § 100):

$$n = q + 1, \text{ wenn } -kNq,$$
$$n = q \quad , \text{ wenn } k \text{ durch } q \text{ theilbar},$$
$$n = q - 1, \text{ wenn } -kRq \text{ und } k \text{ nicht durch } q \text{ theilbar}.$$

Die Zahl, welche angiebt, wie viel mal die Anzahl aller Classen in jedem Geschlecht der eigentlich primitiven Ordnung der Determinante $-D$ grösser ist als für die Determinante $-k$, wollen wir durch m bezeichnen. Wir unterscheiden zwei Fälle.

1. k ist nicht durch q theilbar; dann hat offenbar die eigentlich primitive Ordnung der Determinante $-D$ zweimal so viel Geschlechter als die der Determinante $-k$. Mithin ist

$$m = \frac{q+1}{2}, \text{ wenn } -kNq,$$

$$m = \frac{q-1}{2}, \text{ wenn } -kRq.$$

2. k ist durch q theilbar; dann ist die Anzahl der Geschlechter der eigentlich primitiven Ordnung für die beiden Determinanten $-D$ und $-k$ dieselbe, mithin $m = q$.

Hieraus ist ersichtlich, dass die Zahl m nur dann gleich 1 werden kann, wenn $q = 3$ und zugleich $-kR3$, d. h. k von der Form $3\alpha + 2$ ist, dass mithin eine Zahl von der Form kq^2, wo $k > 1$ und q eine ungerade Primzahl (> 1), nur dann eine Euler'sche Zahl sein kann, wenn $q = 3$ und k von der Form $3\alpha + 2$ ist, und dass sie ferner dann wirklich eine solche ist, wenn ausserdem noch k eine ist. (Das Letztere stimmt mit Satz 5 überein.) Hiernach könnten also durch 9 theilbare Euler'sche Zahlen diese sein: 9.2, 9.5, 9.8, 9.11, 9.14 u. s. w. Man überzeugt sich leicht (mit Hilfe des § 9 angegebenen Criteriums), dass die drei ersten 9.2, 9.5,

9.8 oder 18, 45, 72 wirklich Euler'sche Zahlen sind, weil nämlich 2, 5, 8 solche sind. Ferner ist klar, dass die übrigen alle, nämlich 9.11, 9.14 u. s. w., keine Euler'schen Zahlen sein können, weil nämlich 11, 14... $3\alpha+2$ keine sind. Denn wenn $\alpha>2$ ist, kann $3\alpha+2$ keine Euler'sche Zahl sein, weil dann die Form $(3, 1, \alpha+1)$ eine reducirte und keiner Ancepsclasse angehörige Form der Determinante $-(3\alpha+2)$ sein würde.

II. Wenn aber $k=1$, also $D=q^2$, wo q wie vorhin eine ungerade Primzahl bedeutet, so ist (Art. 256, V; oder Dirichlet a. a. O.) statt der Grösse n in I die Grösse $\frac{1}{2}n$ zu setzen, mithin die Anzahl der Classen in jedem Geschlecht der eigentlich primitiven Ordnung für die Determinante $-D\frac{n}{4}$ mal grösser als für die Determinante -1, d. h. als 1, also diese Anzahl selbst

$$\text{entweder } \frac{q+1}{4}, \text{ wenn } -1Nq \text{ oder } q=4\alpha+3,$$

$$\text{oder } \frac{q-1}{4}, \text{ wenn } -1Rq \text{ oder } q=4\alpha+1.$$

Die Ausdrücke $\frac{q+1}{4}$ und $\frac{q-1}{4}$ werden gleich 1 für $q=3$ und $q=5$ resp., in allen anderen Fällen grösser als 1. Also ausser der Zahl 1 selbst giebt es nur noch zwei Euler'sche Zahlen, welche Quadrate ungerader Primzahlen sind, nämlich 9 und 25.

Durch Zusammenfassung von I und II ergiebt sich:

Euler'sche Zahlen, die durch das Quadrat irgend einer ungeraden Primzahl (>1) theilbar sind, giebt es nur diese fünf:

9, 18, 25, 45, 72.

III. Ueber die Euler'schen Zahlen, die etwa durch die Quadratzahl 4, aber nicht durch 16 theilbar sind, geben die Sätze 1, 2, 3 und 6' Auskunft. Wenn i keine Euler'sche Zahl ist, so ist auch $4i$ keine. Wenn aber i eine Euler'sche Zahl von der Form $4\alpha-1$ oder $4\alpha+2$ ist, so ist auch $4i$ eine solche; hingegen giebt es keine Euler'sche Zahl von der Form $4(4\alpha+1)$, mit Ausnahme der Zahl 4. Da es nur drei Euler'sche Zahlen von der Form $4\alpha-1$ giebt (§ 7, 1), nämlich 3, 7, 15, so giebt es also auch nur vier Euler'sche Zahlen, welche durch 4 und nicht zugleich durch 8 theilbar sind, nämlich diese:

4, 12, 28, 60.

IV. Ueber die Euler'schen Zahlen endlich, welche durch die Quadratzahl 16 theilbar sind, geben die Sätze 1, (7 und 8'), 4 Auskunft. Damit $16i$ eine Euler'sche Zahl sein könne, muss i eine solche sein (1), und i ungerade, denn es giebt nach (7 und 8') keine Euler'sche Zahl, welche durch 32 theilbar ist; umgekehrt, wenn i ungerade ist, und $4i$ eine Euler'sche

Zahl, so ist auch $16i$ eine solche (4). Durch 16 theilbare Euler'sche Zahlen sind also diese vier:

16, 48, 112, 240

und keine andere (vgl. III).

§ 11.

Ein anderes Criterium der Euler'schen Zahlen.

Mit Hilfe der Sätze des vorigen Paragraphen können wir dem in § 9 aufgestellten Criterium eine etwas andere Form geben, welche der des zweiten Euler'schen Criteriums sehr nahe kommt.

Für die durch eine Quadratzahl theilbaren Euler'schen Zahlen bedarf es keines Criteriums mehr. Denn diese sind alle aus Satz 10' bekannt, bis auf die durch 4 theilbaren von der Form $4(4\alpha+2)$; die Zahlen von dieser Form sind aber dann Euler'sche Zahlen, wenn $4\alpha+2$ eine ist, sonst nicht. Die übrigen durch eine Quadratzahl theilbaren Euler'schen Zahlen sind folgende dreizehn:

4, 9, 12, 16, 18, 25, 28, 45, 48, 60, 72, 112, 240.

Wir setzen also im Folgenden voraus, dass die zu untersuchende Zahl D keinen quadratischen Factor enthält.

Zunächst ist klar, dass, wenn D eine Euler'sche Zahl ist, dann der Ausdruck

I) $$D+n^2 \quad (n \gtreqless 1,\ n<\sqrt{\tfrac{1}{3}D})$$

im Allgemeinen keine andere Form haben kann, als eine von diesen:

$$\delta q,\ 2\delta q,\ \delta q^2,$$

zu welchen, wenn D ein Vielfaches von 7 oder 15 ist, noch die Form $\delta.2^\lambda$ als möglich hinzutritt (§ 8). Denn alle in I enthaltenen Zahlen lassen sich ja durch die Form Dx^2+y^2 darstellen, und zwar so, dass x und y (weil $x=1$) relative Primzahlen sind; hätten also einige dieser Zahlen noch eine andere Form, so müssten sich diese nach § 8 wenigstens zweimal durch die Form Dx^2+y^2 (als Euler'sche) so darstellen lassen, dass x nicht Null ist, was aber offenbar unmöglich ist, weil selbst die grösste unter ihnen höchstens gleich $\frac{4D}{3}$ ist, und für $x=2$ aus der Form Dx^2+y^2 schon Zahlen hervorgingen, die wenigstens gleich $4D$ sind.

Was nun die Form δq^2 betrifft, so ist leicht zu sehen, dass $\delta=1$ sein muss. Denn wenn

$$D+n^2=\delta q^2,\ D=D'\delta,$$

so muss, da δ, als Factor von D, keinen quadratischen Divisor besitzen kann, $n=\delta n'$ sein; substituirt man diesen Werth für n, so ergiebt sich $D'+\delta n'^2=q^2$. Die Determinante der Form $D'x^2+\delta y^2$ ist $-D'\delta=-D$. Da q^2 (das Quadrat einer ungeraden Zahl) durch diese Form dargestellt

an; dasselbe würde also, wenn δ von 1 verschieden wäre, ausser der Hauptclasse noch eine zweite Classe enthalten, was, da D eine Euler'sche Zahl sein soll, unmöglich ist.

Was ferner die Form $\delta 2^\lambda$ betrifft, so zeigt sich bei näherer Betrachtung, dass sich dieselbe auf die Form 2^λ reducirt. Dies lässt sich folgendermassen zeigen. Es sei D eine Euler'sche Zahl, und

$$D + n^2 = \delta 2^\lambda.$$

Da die Form $Dx^2 + y^2$ die Zahl $\delta . 2^\lambda$ eigentlich darstellt, so muss $-DR(\delta 2^\lambda)$, also auch $-DR(2^\lambda)$ sein; folglich muss D, da es keinen quadratischen Factor enthalten soll, mithin auch nicht durch 4 theilbar ist, von der Form $4n+3$ sein; als Euler'sche Zahl kann D also nur eine der Zahlen 3, 7, 15 sein. Für diese drei Werthe von D giebt der Ausdruck I aber folgende Zahlen:

für 3 die eine Zahl 4,
„ 7 „ „ „ 8,
„ 15 die beiden Zahlen 16, 19.

Unter diesen Zahlen tritt also keine andere Form, $\delta 2^\lambda$ auf als die Form 2^λ selbst.

Schliessen wir, der grösseren Einfachheit wegen, ausser denjenigen Euler'schen Zahlen, die einen quadratischen Factor enthalten, auch noch diese drei: 3, 7, 15 aus, so kann der Ausdruck I also, wenn D eine Euler-sche Zahl ist, nur die Formen δq, $2\delta q$, q^2 annehmen. Umgekehrt, wenn der Ausdruck I nur solche Werthe annimmt, die in diesen drei Formen enthalten sind, dann ist D eine Euler'sche Zahl. Da nämlich n den Factor δ, der ja kein Quadrat enthalten kann, haben muss, so lassen sich aus diesen Werthen nur solche reducirte Formen bilden, die einer Ancepsclasse angehören. Aus δq lässt sich nämlich gar keine reducirte Form bilden, da δ höchstens gleich n ist; aus $2\delta q$ entweder gar keine reducirte Form, wenn $n < \delta$, oder, wenn $n = \delta$, diese Anceps $(2\delta, \delta, q)$; aus q^2 endlich entweder gar keine reducirte Form, wenn $2n > q$, oder, wenn $2n < q$, diese (q, n, q), welche einer Ancepsclasse angehört.

Das Criterium für diejenigen Euler'schen Zahlen, welche nicht mit einem quadratischen Factor behaftet sind und welche von 3, 7, 15 verschieden sind, wird demnach folgendes sein:

Wenn der Ausdruck

$$D + n^2 \quad (n \overline{\gtrless} 1, n < \sqrt{\tfrac{1}{3} D})$$

keine anderen Zahlen enthält, als solche, die entweder von der Form δq oder von der Form $2\delta q$ oder von der Form q^2 sind, dann ist D eine Euler'sche Zahl, sonst nicht.

Wenden wir dies Criterium auf die Zahl 1848 an. Dieselbe ist von der Form $4(4\alpha + 2)$, da sie gleich 4.462, und 462 von der Form $4\alpha + 2$ ist. Die Zahl 1848 wird also dann und nur dann eine Euler'sche Zahl sein, wenn

462 eine ist. Einen quadratischen Factor enthält diese Zahl nicht. In dem Ausdruck $462 + n^2$ haben wir also für n alle ganzen Zahlen zu setzen, welche kleiner $\sqrt{\frac{462}{3}}$ sind, also alle Zahlen von 1 bis 12 incl.

$$
\begin{aligned}
462 + 1^2 &= 463 = q & \qquad 462 + 7^2 &= 511 = 7.\ 73 = \delta q \\
+ 2^2 &= 466 = 2.233 = \delta q & + 8^2 &= 526 = 2.263 = \delta q \\
+ 3^2 &= 471 = 3.157 = \delta q & + 9^2 &= 543 = 3.181 = \delta q \\
+ 4^2 &= 478 = 2.239 = \delta q & + 10^2 &= 562 = 2.281 = \delta q \\
+ 5^2 &= 487 = q & + 11^2 &= 583 = 11.53 = \delta q \\
+ 6^2 &= 498 = 6.\ 83 = \delta q & + 12^2 &= 606 = 6.101 = \delta q.
\end{aligned}
$$

Hiernach ist 462, mithin auch 1848 eine Euler'sche Zahl.

XXII.

Das relative Drehungsmoment eines rotirenden Schwungrades.

Von

Jos. Finger,

Professor am Staats-Realgymnasium in Hernals bei Wien.

Wie zuerst M. Coriolis gezeigt, kann jede relative Kraft als die Resultirende dreier Kräfte angesehen werden, deren erstere die thatsächlich einwirkende Kraft, die beiden anderen aber die sogenannten scheinbaren Kräfte sind — und zwar, wenn man Coriolis' Nomenclatur beibehält: „die im entgegengesetzten Sinne genommene Zugkraft — *force d'entrainement** — und die zusammengesetzte Centrifugalkraft — *force centrifuge composée*".

Was nun Coriolis für Kräfte nachwies, hat auch für Kräftepaare volle Giltigkeit. Es lässt sich nämlich, wenn man die den obigen analogen Begriffe und Bezeichnungen auch für die Momente der Kräftepaare, resp. Drehungsmomente beibehält, das relative Drehungsmoment M_r eines rotirenden starren Körpers bezüglich eines beweglichen Axensystems in drei andere Momente zerlegen, erstens in das resultirende Moment M_1 der thatsächlich einwirkenden äusseren Kräfte, ferner in ein „scheinbares" Moment, nämlich das zur Drehung des beweglichen Axensystems, wofern der Körper mit demselben in starrer Verbindung wäre, nothwendige Drehungsmoment M_2 (*moment d'entrainement*) — dasselbe jedoch im entgegengesetzten Sinne genommen —, und schliesslich in ein weiteres „scheinbares" Drehmoment M_3, das völlig der „zusammengesetzten Centrifugalkraft" entspricht.

Dies für ein rotirendes Schwungrad zu zeigen und den Werth der entsprechenden Momente $M_r\,M_1\,M_2\,M_3$ zu bestimmen, sei der Gegenstand dieser Abhandlung.

Das Schwungrad rotire mit der Winkelgeschwindigkeit η um seine geometrische Rotationsaxe A, während die letztere ihre Richtung im Raume beständig ändert, demnach, abgesehen von ihrer progressiven Be-

---

* *Duhamel, Cours de mécanique, III. édit., tome I, p.* 469.

wegung um eine im Schwerpunkte auf derselben senkrecht stehende Axe B, die im Allgemeinen eine ideelle Axe ist, mit einer Winkelgeschwindigkeit γ sich dreht.

1.

Es sei zuvörderst angenommen, dass die Axe B während der Rotation des Schwungrades eine constante Lage im Raume einnehme oder stets parallel zu sich selbst sich fortbewege. Zugleich wollen wir zunächst die Untersuchung allgemein, unter Voraussetzung eines beliebigen, um eine materielle Axe A rotirenden starren Körpers führen und erst späterhin die allgemein abgeleiteten Formeln auf das Schwungrad in Anwendung bringen.

Die Axe B sei zur x-Axe eines fixen, resp. parallel sich fortbewegenden xyz-Systems, dessen Ursprung der Schwerpunkt G des starren Körpers ist, und zwar ihrer positiven Richtung nach derart gewählt, dass bezüglich der letzteren die Drehung der Axe A, daher auch die Winkelgeschwindigkeit γ als eine positive erscheine. Um nun die beschleunigende Kraft für irgend einen materiellen Punkt M des starren Körpers durch η und γ auszudrücken, wählen wir jene Richtung der materiellen Rotationsaxe A, bezüglich welcher die Drehung η eine positive ist, zur z'-Axe eines beweglichen Coordinatensystems, dessen Abscissenaxe mit der früheren identisch ist, somit des $xy'z'$-Systems. Mit ω sei der positive Neigungswinkel der positiven z'-Axe gegen die positive y-Axe bezeichnet, so dass $\frac{d\omega}{dt}=\gamma$ ist; r sei der Zahlwerth der constanten Entfernung des Punktes M von der z'-Axe und ψ sei der positive Winkel, unter welchem die positive Richtung von r, als welche wir die vom Durchschnitte der Rotationsebene mit der z'-Axe gegen M hin gehende annehmen, gegen die fixe x-Axe geneigt ist, so dass $\frac{dr}{dt}=0$ und $\frac{d\psi}{dt}=\eta$ ist.

Die Richtcosinus a, b, c. resp. a', b', c' der neuen y'-, resp. z' Axe, bezogen auf das xyz-System, sind

$$1)\quad \left\{\begin{array}{ll} a=0, & a'=0, \\ b=\sin\omega, & b'=\cos\omega, \\ c=-\cos\omega, & c'=\sin\omega. \end{array}\right.$$

Ferner ist, wenn man mit x', y', z' die Coordinaten des Punktes M bezüglich des beweglichen Axensystems bezeichnet:

$$2)\quad \left\{\begin{array}{l} x=x'=r\cos\psi, \\ \qquad y'=r\sin\psi, \\ y=\quad y'\sin\omega+z'\cos\omega=\quad r\sin\psi\sin\omega+z'\cos\omega, \\ z=-y'\cos\omega+z'\sin\omega=-r\sin\psi\cos\omega+z'\sin\omega \end{array}\right.$$

Die den Punkt M thatsächlich bewegende beschleunigende Kraft P, deren den $xy'z'$-Axen parallele Componenten mit X', Y', Z' bezeichnet seien, ist bekanntlich die Resultirende der relativen Kraft P_1, welche dessen relative Bewegung bezüglich des $xy'z'$-Systems hervorbringt, ferner der Zugkraft P_2, die denjenigen Punkt N des mit dem beweglichen Axensysteme unveränderlich verbunden gedachten Raumes bewegt, der mit M im betrachteten Augenblicke coincidirt, und schliesslich der im entgegengesetzten Sinne genommenen zusammengesetzten Centrifugalkraft, also der zusammengesetzten Centripetalkraft P_3.

Da sich nun die relative Bewegung auf eine Rotation des starren Schwungrades um die z'-Axe mit der Winkelgeschwindigkeit η reducirt, so lässt sich die relative beschleunigende Kraft P_1 in die relative Centripetalkraft $r\eta^2$ und die relative Tangentialkraft $r\frac{d\eta}{dt}$ zerlegen. Die Richtung der ersteren ist die negative Richtung des Radius vector r, deren Richtcosinus bezüglich des $xy'z'$-Systems demgemäss $-\cos\psi$, $-\sin\psi$, 0 sind; andererseits sind die Richtcosinus der auf r senkrecht stehenden Bewegungsrichtung des Punktes M durch $-\sin\psi$, $\cos\psi$, 0 bestimmt, so dass die zu den $x'y'z'$-Axen parallelen Componenten der relativen Kraft P_1 die Werthe

$$-r\cos\psi \,.\, \eta^2 - r\sin\psi \,.\, \frac{d\eta}{dt}, \quad -r\sin\psi \,.\, \eta^2 + r\cos\psi \,.\, \frac{d\eta}{dt}, \quad 0$$

haben.

Um die Componenten der beschleunigenden Kraft P_2 zu bestimmen, hat man nur zu beachten, dass das bewegliche Axensystem um die x-Axe mit der Winkelgeschwindigkeit η im positiven Sinne rotirt. Bezeichnet man daher mit n den Zahlwerth des vom Punkte N auf die x-Axe gefällten Lothes, so ist der Werth der centripetalen Componente der Kraft P_2 durch $n\gamma^2$ und der tangentiellen Componente durch $n\frac{d\gamma}{dt}$ bestimmt. Die Richtung der ersteren ist die von N gegen die x-Axe genommene Richtung von n, deren Richtcosinus $0, -\frac{r\sin\psi}{n}, -\frac{z'}{n}$ sind; dagegen sind die Richtcosinus der Bewegungsrichtung des Punktes N durch $0, -\frac{z'}{n}, \frac{r\sin\psi}{n}$ gegeben; die den $xy'z'$-Axen parallelen Componenten der Kraft P_2 sind daher

$$0, \quad -r\sin\psi \,.\, \gamma^2 - z'\frac{d\gamma}{dt}, \quad -z'\gamma^2 + r\sin\psi\frac{d\gamma}{dt}.$$

Die zusammengesetzte Centripetalkraft P_3 ist bekanntlich rechtwinklig zu derjenigen Ebene gerichtet, welche das relative Bahnelement und die durch den Anfangspunkt desselben zu legende augenblickliche Drehaxe des beweglichen Axensystems enthält, und entspricht zugleich dem Sinne, in welchem die Drehbewegung stattfindet. Nun ist in unserem Falle die augenblickliche

Drehaxe des beweglichen $xy'z'$-Systems die x-Axe, welche, wie auch die relative Bewegungsrichtung des Punktes M, auf der z'-Axe senkrecht steht; es ist daher die Richtung der beschleunigenden Kraft P_3 parallel und zufolge der obigen Wahl der positiven z'-Richtung auch (wofern P_3 positiv ist) gleich gerichtet mit der z'-Axe. Da ferner P_3 der Grösse nach gleich ist dem doppelten Producte aus der relativen Geschwindigkeit, die hier $r\eta$ ist, der Drehgeschwindigkeit des bewegten Raumes γ und dem Sinus des Winkels, den das relative Bahnelement mit der augenblicklichen Drehaxe einschliesst, welch letzterer Winkel hier den Werth $\frac{\pi}{2}+\psi$ hat, so ist

$$P_3 = 2r\cos\psi\,.\,\eta\gamma.$$

Fasst man all das Gesagte zusammen, so gelangt man zu der Folgerung

$$3)\quad \begin{cases} X' = -r\cos\psi\,.\,\eta^2 - r\sin\psi\,.\,\dfrac{d\eta}{dt}, \\ Y' = -r\sin\psi\,.\,\eta^2 + r\cos\psi\,.\,\dfrac{d\eta}{dt} - r\sin\psi\,.\,\gamma^2 - z'.\,\dfrac{d\gamma}{dt}, \\ Z' = -z'.\,\gamma^2 + r\sin\psi\,.\,\dfrac{d\gamma}{dt} + 2r\cos\psi\,.\,\eta\gamma. \end{cases}$$

Es dürfte bei dieser Gelegenheit und späterhin nicht überflüssig erscheinen, auf gewisse frühere Untersuchungen über die Bewegung des Schwungrades den kritischen Massstab anzulegen. Es sind dies besonders die Arbeiten von Dr. Hermann Scheffler*, die manche nicht eben unbedeutenden Unrichtigkeiten enthalten. Scheffler's irrthümliche Ansichten bezüglich eines angeblichen Widerstandes der Axe eines rotirenden Schwungrades gegen eine jede verschiebende Kraft sind schon durch Prof. Hoppe** aufgedeckt worden. Doch sind auch die von Scheffler, zumal in der in dieser Zeitschrift veröffentlichten Abhandlung „Imaginäre Arbeit, eine Wirkung der Centrifugal- und Gyralkraft"***, auf welche ich mich in der Folge öfter beziehen werde, abgeleiteten Formeln zumeist unrichtig. So stellt sich Scheffler daselbst die Aufgabe, die Grösse der die „imaginäre Arbeit verrichtenden Gyralkraft", d. i. der zur Rotationsaxe A parallelen Componente der einen beliebigen Punkt M des Schwungrades bewegenden Kraft zu ermitteln, und findet für dieselbe den Werth $\frac{w}{g}r^2\eta\gamma\cos\psi\,d\psi$†, somit für die Beschleunigung derselben, wie sich durch Division durch das

---

* Grunert's Archiv für Mathematik u. Physik, Bd. 25. Zeitschrift für Mathematik u. Physik, 11. Jahrg.

** „Ueber den Einfluss der Rotation eines Schwungrades auf die Bewegung eines damit verbundenen Körpers", von Prof. Dr. R. Hoppe (Zeitschrift f. Math. u. Phys., Jahrg. 1872 S. 167.

*** Jahrg. 1866 S. 93.

Massenelement $\frac{w}{g} r\, d\psi$ ergiebt, den Werth $r \cos\psi . \eta\gamma$, während der wahre Werth dieser Beschleunigung durch Z' in 3) gegeben ist. Es ist also, selbst wenn $z'=0$ ist, also das Schwungrad sich auf eine Schwungscheibe oder einen Schwungring reducirt, wie es wohl S. bei der Herleitung des besagten Werthes, nicht aber bei der weiteren Anwendung desselben auf ein beliebiges Schwungrad annimmt, Z' nicht $r \cos\psi . \eta\gamma$, sondern $r \sin\psi . \frac{d\gamma}{dt} + 2r \cos\psi . \eta\gamma$, und selbst wenn die Winkelgeschwindigkeit γ der Axe des Schwungringes eine constante ist, was im Allgemeinen anzunehmen wohl nicht gerechtfertigt ist, kommt die Beschleunigung der „Gyralkraft" keineswegs dem von S. aus der bekannten Formel $f = v\frac{d\varepsilon}{dt}$ (wo $d\varepsilon$ den Contingenzwinkel bedeutet) für die einfache Centrifugalkraft f zudem unrichtig abgeleiteten Werthe $r \cos\psi . \eta\gamma$ gleich, sondern es ist dann die „Gyralkraft" nichts Anderes, als Coriolis' sogenannte „zusammengesetzte Centrifugalkraft" und ihre Beschleunigung hat den Werth $2r \cos\psi . \eta\gamma$.

Wir gehen nun nach dieser Abschweifung zur Berechnung jener Drehungsmomente $M_x M_{y'} M_{z'}$ über, deren Axen die mit dem Index gleichnamigen Axen des beweglichen Coordinatensystems sind. Bedeutet dm das Massenelement am Punkte M, so ist

$$4)\quad \left\{ \begin{aligned} M_x &= \int (y'Z' - z'Y')\, dm, \\ M_{y'} &= \int (z'X' - x'Z')\, dm, \\ M_{z'} &= \int (x'Y' - y'X')\, dm. \end{aligned} \right.$$

Bezeichnet man mit ϱ die Masse der Volumeinheit, so ist

$$dm = \varrho . r\, d\psi . dr . dz'.$$

Substituirt man diesen Werth und die Werthe aus 2) und 3) in 4), so findet man

$$5)\quad \left\{ \begin{aligned} M_x = \frac{d\gamma}{dt} \int (r^2 \sin^2\psi + z'^2)\, dm &+ \eta\gamma . \int dz' \int_0^r r^3\, dr \int_0^{2\pi} \varrho . \sin 2\psi\, d\psi \\ &+ \eta^2 . \int z'\, dz' \int_0^r r^2\, dr \int_0^{2\pi} \varrho . \sin\psi\, d\psi \\ &- \frac{d\eta}{dt} . \int z'\, dz' \int_0^r r^2\, dr \int_0^{2\pi} \varrho . \cos\psi\, d\psi , \end{aligned} \right.$$

$$5)\left\{\begin{aligned}
M_{y'} &= -2\eta\gamma.\int dz'\int_0^r r^3 dr\int_0^{2\pi}\varrho.\cos^2\psi\, d\psi - \frac{1}{2}\frac{d\gamma}{dt}\\
&\quad\times\int dz'\int_0^r r^3 dr\int_0^{2\pi}\varrho.\sin 2\psi\, d\psi - \frac{d\eta}{dt}.\int z'dz'\int_0^r r^2 dr\int_0^{2\pi}\varrho.\sin\psi\, d\psi\\
&\quad+(\gamma^2-\eta^2).\int z'dz'\int_0^r r^2 dr\int_0^{2\pi}\varrho.\cos\psi\, d\psi,\\
M_{z'} &= \frac{d\eta}{dt}.\int r^2 dm - \frac{1}{2}\gamma^2.\int dz'\int_0^r r^3 dr\int_0^{2\pi}\varrho.\sin 2\psi\, d\psi\\
&\quad-\frac{d\gamma}{dt}.\int z'dz'\int_0^r r^2 dr\int_0^{2\pi}\varrho.\cos\psi\, d\psi.
\end{aligned}\right.$$

Da die schon früher in Rechnung gebrachte, auf die x-Axe gefällte Normale $n=\sqrt{r^2\sin^2\psi+z'^2}$ ist, so stellt das Integral $\int(r^2\sin^2\psi+z'^2)\,dm$ das Trägheitsmoment bezüglich der x-Axe vor, das mit T' bezeichnet sei, während T das Trägheitsmoment bezüglich der z'-Axe, nämlich $\int r^2\,dm$ bedeute.

Die Gleichungen 5) sind allgemein, so dass sie unter der zu Anfang gemachten Voraussetzung auf einen jeden starren Körper anwendbar sind.

Gehen wir nun wieder zu unserem ursprünglich angenommenen Schwungrade über, dessen geometrische Axe dann die z'-Axe ist, so werden — unter der begründeten Voraussetzung, dass dasselbe, wenn auch nicht vielleicht in seiner ganzen Ausdehnung gleichförmig dicht, so doch aus lauter gleichförmig dichten Ringen (Schwungringen), deren Axen durchweg in der z'-Axe liegen, besteht, so dass die Dichtigkeit ϱ wohl etwa von r und z', doch nicht von ψ abhängig ist — die innersten Integrale aller rechtsseitigen Glieder der Gleichungen 5), mit einziger Ausnahme jedes ersten Gliedes, Null; ferner ist dann

$$T=\int r^2\,dm=2\pi\int dz'\int_0^r\varrho\,.\,r^3 dr,$$

daher das Integral des ersten Gliedes der zweiten Gleichung in 5)

$$\int dz'\int_0^r r^3 dr\int_0^{2\pi}\varrho\,.\cos^2\psi\,d\psi=\pi\,.\int dz'\int_0^r\varrho\,.\,r^3\,dr=\frac{T}{2}.$$

Es reduciren sich somit die Gleichungen 5) auf folgende:

$$6)\qquad M_x = \frac{d\gamma}{dt} \, . \, T', \quad M_{y'} = -\eta\gamma \, . \, T, \quad M_{z'} = \frac{d\eta}{dt} \, . \, T.$$

Dies sind die componentalen Momente der auf das Schwungrad einwirkenden äusseren Kräfte.

In der vorerwähnten Abhandlung sucht Scheffler jenes Moment der äusseren Kräfte zu bestimmen, dessen Axe den von uns mit A und B bezeichneten Axen senkrecht steht, kurz dessen Axe unsere y'-Axe ist. Es ist dieser Werth des „Moments der Gyralkraft" für die ganze Abhandlung Scheffler's ein äusserst massgebender, da der gesammte der Ableitung desselben folgende, bei Weitem grössere Theil der Abhandlung (S. 120—151) nur in einer Anwendung desselben auf specielle Fälle besteht. Für dieses Moment findet Scheffler auf Seite 117 Z. 5 v. u. den Werth $\eta\gamma \, . \, \frac{T}{2}$. Zufolge der zweiten der Gleichungen 6) ist aber der wahre Werth dieses Momentes für den bisher behandelten Fall, dass die Axe B während der Rotation des Schwungrades eine constante Richtung beibehält, das Doppelte des von S. angenommenen. Dass auch der auf S. 115 von S. abgeleitete Werth F der einseitigen Theilresultirenden der Kräfte Z' aus der Gleichung 3) und demgemäss fast alle Gleichungen auf S. 115, 116, 117 unrichtig sind, lässt sich durch eine einfache Schlussfolgerung aus den Werthen Z' und M_y der Gleichungen 3) und 6) zeigen.

Wir wollen nun die in den Gleichungen 6) enthaltenen Ausdrücke etwas näher ins Auge fassen.

Das Product $\frac{d\eta}{dt} \, . \, T$ stellt das Moment jenes Kräftepaares dar, das eine der mit der Winkelbeschleunigung $\frac{d\eta}{dt}$ vor sich gehenden relativen Rotation gleiche absolute rotirende Bewegung des Schwungrades erzeugen würde, wofern das bewegliche Axensystem ruhend wäre; es ist also $\frac{d\eta}{dt} \, . \, T$, wofern man, wie in der Einleitung hervorgehoben wurde, die für Kräfte angewandten Bezeichnungen auch auf Kräftepaare zur Anwendung bringt, das in der Einleitung mit M_r bezeichnete „relative Drehungsmoment".

Weiterhin ist $\frac{d\gamma}{dt} T'$ das Drehmoment jener äusseren Kräfte, die zur Bewegung des Schwungrades nothwendig wären, wenn das letztere mit dem beweglichen Axensystem in starrer Verbindung wäre, also blos mit der Winkelbeschleunigung $\frac{d\gamma}{dt}$ dieses Axensystems um die Axe B rotiren würde, kurz, es ist $\frac{d\gamma}{dt} \, . \, T'$ das in der Einleitung mit M_s bezeichnete Moment, das analog Coriolis' Bezeichnungsweise *moment d'entrainement* heissen würde.

Das aus den Momenten M_{x}, $M_{y'}$, $M_{z'}$ resultirende Moment

$$\sqrt{M^2_{x} + M^2_{y'} + M^2_{z'}}$$

ist das resultirende Drehungsmoment der auf das Schwungrad einwirkenden Kräfte, das mit M_1 bezeichnet wurde, und das schliesslich erübrigende Glied der Gleichungen 6), nämlich $\eta\gamma T$, stellt das in der Einleitung mit M_3 bezeichnete, der zusammengesetzten Centripetalkraft analoge scheinbare Moment — in der That ergiebt sich auch im vorliegenden Falle, wie eine einfache Deduction zeigt, der Werth $M_3 = \eta\gamma T$ als Moment der zur z'-Axe parallel gerichteten Kräfte $2r\cos\psi\eta\gamma . dm$, demnach der „zusammengesetzten Centrifugalkräfte" —. Es enthält demnach die Gleichung 6) den Satz in sich, dass das Moment $M_1 = \sqrt{M^2_{x} + M^2_{y'} + M^2_{z'}}$ der wirklichen äusseren Kräfte ein resultirendes Moment aus dem relativen Drehungsmomente $M_r = \frac{d\eta}{dt} . T$ und den beiden Momenten $M_2 = \frac{d\gamma}{dt} . T$ und $-M_3 = -\eta\gamma T$ sei. Daraus folgt sofort der Coriolis' Satze analoge Satz, dass umgekehrt das relative Drehungsmoment $M_r = \frac{d\eta}{dt} T$ zusammengesetzt sei aus dem wirklichen Drehungsmomente M_1 und den beiden scheinbaren Drehungsmomenten $-M_2 = -\frac{d\gamma}{dt} T'$ und $M_3 = \eta\gamma T$. Die Axe des letzteren Moments ist die positive y'-Axe, demnach jene Richtung der auf den Axen A und B senkrecht stehenden Axe, bezüglich welcher diejenige Drehung als eine positive erscheinen würde, welche die positive Axe der Drehung η nach der positiven Axe der Drehung γ am kürzesten Wege überführen würde.

2.

Es sei nun der zweite mögliche Fall angenommen, dass nämlich die Axe B während der Bewegung des Schwungrades ihre Richtung im Raume stetig ändert. Der früheren Wahl analog sei die Axe A zur z'-Axe, die Axe B zur x'-Axe und die auf beiden im Schwerpunkte senkrecht stehende Axe zur y'-Axe eines beweglichen Axensystems, und zwar die x'-Axe ihrer positiven Richtung nach derart gewählt, dass bezüglich derselben die Rotationsgeschwindigkeit γ als eine positive erscheine.

Um nun in diesem Falle das relative Drehungsmoment auszudrücken, ist es vor allem Andern offenbar nothwendig, die relative Rotationsgeschwindigkeit des Schwungrades, die mit ε bezeichnet sei, und deren Axe festzustellen.

Da die z'-Axe als die geometrische Axe des Schwungrades eine materielle Axe ist und die in dieser Axe des $x'y'z'$-Systems selbst gelegenen materiellen Punkte des Schwungrades, die während der Bewegung desselben stets dieselben bleiben, an der relativen Bewegung bezüglich eben dieses Axensystems offenbar nicht theilnehmen können, so ist die z'-Axe selbst die augenblickliche Axe der relativen Drehung ε. Zugleich sei die bisher unbestimmt gelassene positive Richtung der z'-Axe derart festgestellt, dass die Winkelgeschwindigkeit ε eine positive werde.

Bezeichnet demgemäss, wie früher, r den Zahlwerth der Entfernung des beliebigen Punktes M des Schwungrades von der Axe A und ψ den positive Neigungswinkel der jeweiligen Lage des r gegen die x'-Axe, so ist

$$7)\qquad \frac{d\psi}{dt}=\varepsilon,\quad x'=r\cos\psi,\quad y'=r\sin\psi,$$

und da wegen der vorausgesetzten Starrheit des Schwungrades $\frac{dr}{dt}=0$ und $\frac{dz'}{dt}=0$ ist, so bestehen auch die Gleichungen

$$8)\qquad \frac{dx'}{dt}=-y'\varepsilon,\quad \frac{dy'}{dt}=x'\varepsilon,\quad \frac{dz'}{dt}=0.$$

Da die relative Rotationsgeschwindigkeit ε dieselbe Axe hat, wie die in der Einleitung bedingte wirkliche Drehgeschwindigkeit η des Schwungrades, so hat, wenn ε als eine Componente von η angesehen wird, die andere Componente, die mit β bezeichnet sei, dieselbe Axe, nämlich die positive z'-Axe, und es ist

$$9)\qquad \eta=\varepsilon+\beta,$$

wo β sowohl, wie η bezüglich der positiven z'-Axe bald positiv, bald negativ sein können.

Die resultirende Drehung des Schwungrades ist, wie in der Einleitung auseinandergesetzt wurde, durch γ und η, resp. γ, ε, β bestimmt; die Componente ε wird aber ganz von der relativen Drehung in Anspruch genommen. Es haben demnach auf die Drehung des beweglichen Axensystems blos die Geschwindigkeitscomponenten γ und β Einfluss, deren erstere die positive x'-Axe, die letztere die positive z'-Axe zur Drehaxe hat. Die aus den Componenten γ und β resultirende Drehgeschwindigkeit des Axensystems sei in der Folge stets mit α bezeichnet.

Was schliesslich die y'-Axe anbelangt, so ist sie ihrer Lage und Richtung nach durch die schon festgestellten Lagen und Richtungen der beiden anderen Axen genau bestimmt, und da den früheren Erörterungen zufolge eine jede hier überhaupt in Betracht kommende Drehung nur um die auf der y'-Axe senkrecht stehenden Axen vor sich geht, so findet um die y'-Axe absolut keine Drehung weder des Schwungrades, noch des beweglichen Axensystems statt.

Wir gehen nun zur Berechnung der in der Einleitung besprochenen Drehungsmomente über.

Es seien $\left\{\begin{matrix} a & b & c \\ a' & b' & c' \\ a'' & b'' & c'' \end{matrix}\right.$ die Richtcosinus der $\left\{\begin{matrix} x'- \\ y'- \\ z'- \end{matrix}\right.$ Axe, bezogen auf irgend ein fixes Coordinatensystem; dann bestehen zwischen diesen Werthen die bekannten, späterhin stets anzuwendenden Relationen

$$10)\left\{\begin{array}{l} a^2+b^2+c^2=1,\quad a'^2+b'^2+c'^2=1,\quad a''^2+b''^2+c''^2=1, \\ aa'+bb'+cc'=0,\quad aa''+bb''+cc''=0,\quad a'a''+b'b''+c'c''=0, \\ a\frac{da}{dt}+b\frac{db}{dt}+c\frac{dc}{dt}=0,\quad a'\frac{da'}{dt}+b'\frac{db'}{dt}+c'\frac{dc'}{dt}=0, \\ a''\frac{da''}{dt}+b''\frac{db''}{dt}+c''\frac{dc''}{dt}=0, \\ a=b'c''-c'b'',\quad b=c'a''-a'c'',\quad c=a'b''-b'a'', \\ a'=b''c-c''b,\quad b'=c''a-a''c,\quad c'=a''b-b''a, \\ a''=bc'-cb',\quad b''=ca'-ac',\quad c''=ab'-ba', \\ a^2+a'^2+a''^2=1,\quad b^2+b'^2+b''^2=1,\quad c^2+c'^2+c''^2=1, \\ ab+a'b'+a''b''=0,\quad ac+a'c'+a''c''=0,\quad bc+b'c'+b''c''=0. \end{array}\right.$$

Da γ, 0, β die Componenten der Rotationsgeschwindigkeit des beweglichen Axensystems um die einzelnen Axen desselben sind, so ergeben sich, mit Beachtung der früher festgestellten positiven Richtungen dieser Axen, die Gleichungen

$$11)\left\{\begin{array}{l} a''\frac{da'}{dt}+b''\frac{db'}{dt}+c''\frac{dc'}{dt}=\gamma, \\ a'\frac{da''}{dt}+b'\frac{db''}{dt}+c'\frac{dc''}{dt}=-\gamma, \\ a\frac{da''}{dt}+b\frac{db''}{dt}+c\frac{dc''}{dt}=0, \\ a''\frac{da}{dt}+b''\frac{db}{dt}+c''\frac{dc}{dt}=0, \\ a'\frac{da}{dt}+b'\frac{db}{dt}+c'\frac{dc}{dt}=\beta, \\ a\frac{da'}{dt}+b\frac{db'}{dt}+c\frac{dc'}{dt}=-\beta. \end{array}\right.$$

Bedeuten nun x, y, z die Coordinaten des Punktes M, bezogen auf ein Axensystem, dessen Ursprung der Schwerpunkt des Schwungrades ist und dessen Axen gleichgerichtet sind mit den Axen des fixen Axensystems, so ist

$$12)\left\{\begin{array}{l} x=ax'+a'y'+a''z', \\ y=bx'+b'y'+b''z', \\ z=cx'+c'y'+c''z'. \end{array}\right.$$

Analog den früheren Gleichungen 4) haben, wofern man die gleichen Zeichen beibehält, auch hier die in Frage stehenden Momente $M_{x'}$, $M_{y'}$, M_z, die Werthe

$$
13)\quad \begin{cases} M_{x'} = \int (y'Z' - z'Y')\, dm, \\ M_{y'} = \int (z'X' - x'Z')\, dm, \\ M_{z'} = \int (x'Y' - y'X')\, dm. \end{cases}
$$

Die beschleunigenden Kräfte X', Y', Z' ergeben sich sofort, wenn man eine jede der den fixen Axen parallelen Componenten $\frac{d^2x}{dt^2}$, $\frac{d^2y}{dt^2}$, $\frac{d^2z}{dt^2}$ der den Punkt M bewegenden beschleunigenden Kraft in je drei den $x'y'z'$-Axen parallele Componenten zerlegt und die je einer Axe parallelen in eine Resultirende vereinigt. Es ergeben sich dann die Werthe

$$
14)\quad \begin{cases} X' = a\frac{d^2x}{dt^2} + b\frac{d^2y}{dt^2} + c\frac{d^2z}{dt^2}, \\ Y' = a'\frac{d^2x}{dt^2} + b'\frac{d^2y}{dt^2} + c'\frac{d^2z}{dt^2}, \\ Z' = a''\frac{d^2x}{dt^2} + b''\frac{d^2y}{dt^2} + c''\frac{d^2z}{dt^2}. \end{cases}
$$

Um nun diese Werthe zweckentsprechend durch γ, β, ε auszudrücken, schlagen wir etwa folgenden bequemeren Weg ein.

Wir gehen aus von den bekannten Transformationsgleichungen

$$
x' = ax + by + cz, \quad y' = a'x + b'y + c'z, \quad z' = a''x + b''y + c''z.
$$

Differentiirt man dieselben mit Beachtung der Werthe 8) und berechnet einzeln die sich bei der Differentiirung ergebenden Summen

$$
x\frac{da}{dt} + y\frac{db}{dt} + z\frac{dc}{dt}, \quad x\frac{da'}{dt} + y\frac{db'}{dt} + z\frac{dc'}{dt}, \quad x\frac{da''}{dt} + y\frac{db''}{dt} + z\frac{dc''}{dt},
$$

indem man die Werthe von x, y, z aus 12) substituirt und die Relationen 10) und 11) in Anwendung bringt, so gelangt man zu den Gleichungen

$$
15)\quad \begin{cases} a\frac{dx}{dt} + b\frac{dy}{dt} + c\frac{dz}{dt} = -y'(\varepsilon + \beta) = -y'\eta, \\ a'\frac{dx}{dt} + b'\frac{dy}{dt} + c'\frac{dz}{dt} = x'(\varepsilon + \beta) - z'\gamma = x'\eta - z'\gamma, \\ a''\frac{dx}{dt} + b''\frac{dy}{dt} + c''\frac{dz}{dt} = y'\gamma. \end{cases}
$$

Multiplicirt man nun mit $\begin{cases} a \\ b \\ c \end{cases}$ die erste, mit $\begin{cases} a' \\ b' \\ c' \end{cases}$ die zweite und mit

$\begin{cases} a'' \\ b'' \\ c'' \end{cases}$ die dritte der Gleichungen 15) und addirt diese Producte, so findet man

16) $$\begin{cases} \dfrac{dx}{dt} = -ay'\eta + a'(x'\eta - z'\gamma) + a''y'\gamma, \\ \dfrac{dy}{dt} = -by'\eta + b'(x'\eta - z'\gamma) + b''y'\gamma, \\ \dfrac{dz}{dt} = -cy'\eta + c'(x'\eta - z'\gamma) + c''y'\gamma. \end{cases}$$

Differentiirt man ganz analog dem früheren Vorgange die Gleichungen 15) mit Beachtung der Werthe 8) und berechnet einzeln die sich bei der Differentiirung ergebenden Summen

$$\frac{da}{dt}\frac{dx}{dt} + \frac{db}{dt}\frac{dy}{dt} + \frac{dc}{dt}\frac{dz}{dt}, \quad \frac{da'}{dt}\frac{dx}{dt} + \frac{db'}{dt}\frac{dy}{dt} + \frac{dc'}{dt}\frac{dz}{dt},$$
$$\frac{da''}{dt}\frac{dx}{dt} + \frac{db''}{dt}\frac{dy}{dt} + \frac{dc''}{dt}\frac{dz}{dt},$$

indem man die Werthe von $\frac{dx}{dt}, \frac{dy}{dt}, \frac{dz}{dt}$ aus 16) substituirt und die Relationen aus 10) und 11) in Anwendung bringt, so ergeben sich für die zu bestimmenden Summen in 14) die Werthe

17) $$\begin{cases} X' = a\dfrac{d^2x}{dt^2} + b\dfrac{d^2y}{dt^2} + c\dfrac{d^2z}{dt^2} = -x'.\eta^2 - y'.\dfrac{d\eta}{dt} + z'.\gamma\beta, \\ Y' = a'\dfrac{d^2x}{dt^2} + b'\dfrac{d^2y}{dt^2} + c'\dfrac{d^2z}{dt^2} = x'.\dfrac{d\eta}{dt} - y'(\eta^2+\gamma^2) - z'.\dfrac{d\gamma}{dt}, \\ Z' = a''\dfrac{d^2x}{dt^2} + b''\dfrac{d^2y}{dt^2} + c''\dfrac{d^2z}{dt^2} = x'(\varepsilon+\eta).\gamma + y'.\dfrac{d\gamma}{dt} - z'.\gamma^2. \end{cases}$$

Substituirt man diese Werthe in die Gleichungen 13) und vernachlässigt, da den früher erwähnten Voraussetzungen zufolge die Masse des Schwungrades um die Axe A gleichförmig vertheilt, dasselbe etwa aus lauter einzelnen, gleichförmig dichten Schwungringen zusammengesetzt ist und demgemäss die x'-, y'-, z'-Axen Schwerpunkts-Hauptaxen sind, die Glieder mit den Factoren $\int x'y'.dm, \int x'z'.dm, \int y'z'.dm$, so sind die Momente $M_{x'}$, $M_{y'}$, $M_{z'}$ durch die Gleichungen bestimmt

18) $$\begin{cases} M_{x'} = \dfrac{d\gamma}{dt}.\displaystyle\int y'^2\,dm + \dfrac{d\gamma}{dt}.\int z'^2\,dm = \dfrac{d\gamma}{dt}.\int (y'^2+z'^2)\,dm, \\ M_{y'} = \beta\gamma.\displaystyle\int z'^2\,dm - (\varepsilon+\eta)\,\gamma.\int x'^2\,dm, \\ M_{z'} = \dfrac{d\eta}{dt}.\displaystyle\int x'^2\,dm + \dfrac{d\eta}{dt}.\int y'^2\,dm = \dfrac{d\eta}{di}.\int (x'^2+y'^2)\,dm. \end{cases}$$

Bezeichnet man nun wieder, wie früher, mit T das Trägheitsmoment bezüglich der Axe A, also

$$T = \int (x'^2+y'^2).dm,$$

und mit T' das Trägheitsmoment des Schwungrades bezüglich der Axe B, also

$$T' = \int (y'^2 + z'^2)\, dm,$$

so ist, wie im ersten Abschnitte gezeigt wurde:

$$\int x'^2\, dm = \frac{T}{2},$$

daher auch

$$\int y'^2\, dm = \frac{T}{2} \text{ und } \int z'^2\, dm = T' - \frac{T}{2}.$$

Setzt man diese Werthe in 18) ein, so nehmen die gesuchten Hauptgleichungen die Form an

$$19) \quad \left\{ \begin{aligned} M_{x'} &= \frac{d\gamma}{dt} \,.\, T', \\ M_{y'} &= \beta\gamma \,.\, T' - \eta\gamma \,.\, T = \gamma(\beta T' - \eta T), \\ M_{z'} &= \frac{d\eta}{dt} \,.\, T = \frac{d\varepsilon}{dt} \,.\, T + \frac{d\beta}{dt} \,.\, T. \end{aligned} \right.$$

Bevor wir zur Deutung dieser Gleichungen übergehen, sei es gestattet, nochmals auf Scheffler's öfter schon citirte Abhandlung zurückzukommen.

Scheffler begeht den schwerwiegenden Fehler, den für das im ersten Abschnitte behandelte, nämlich derart rotirende Schwungrad, dass die Axe *B* fix bleibt, ausserdem, wie früher gezeigt wurde, unrichtig abgeleiteten Werth des mit $M_{y'}$ identischen „Momentes *M* der Gyralkraft" ohne Weiteres auch auf den Fall* in Anwendung zu bringen, in welchem die Axe *B* während der Rotation des Schwungrades eine senkrechte Kegelfläche (die einzige von S. behandelte Bewegungsart der Axe *B*) beschreibt. Diese Art der Generalisation einer Formel ist entschieden zum Mindesten gefährlich und führt gerade in unserem Falle, wie eine einfache Vergleichung der Werthe von $M_{y'}$ der Gleichungen 19) und 6), die sich um den wichtigen Summanden $\beta\gamma T'$ unterscheiden, zeigt, zu einem groben Irrthum. Infolge dieses Fehlers sind auch die ferneren Schlussfolgerungen Scheffler's (S. 120—151), die sich auf Grund der unrichtigen Formel und zwar bei deren Anwendung auf specielle Fälle, wie das rollende Rad, den Kreisel, das Polytrop u. s. w. ergaben, zum grossen Theile unrichtig. Da es hier nicht am Platze ist, sich zu weit in eine specielle Untersuchung einzulassen, so soll hier nur für die beiden ersten von S. behandelten Fälle** gezeigt werden, wie unrichtig S.'s Folgerungen sind. — S. behandelt zunächst einen Revolutionskörper K_1, dessen zur Rotationsaxe *A* senkrechte Schwerpunktsebene auf einer fixen senkrechten Kegelfläche, deren Axe *CE* unter dem constanten Winkl φ gegen die Axe *A* geneigt ist, sich einfach wälzt, ferner einen zweiten Revolutionskörper K_2, der einfach um die frühere fixe Axe *CE* rotirt. — Bezüglich des ersteren Körpers heisst es auf S. 123 Z. 13—24 v. o.: „es muss $\eta = 0$ sein. Hierdurch wird aber

* *Ibidem* S. 120 Z. 17 v. u.

** *Ibidem* S. 121—131

auch $M=0$". Daraus folgt, dass keine „Gyralkraft M erforderlich ist, um diese Wälzbewegung, bei welcher sich der Körper mit der Winkelgeschwindigkeit $\gamma = \alpha \sin\varphi$ um die variable Linie AB (d. i. unsere Axe B) dreht, während er mit der Winkelgeschwindigkeit α eine scheinbare Drehung um CE und mit der Winkelgeschwindigkeit $\beta = \alpha \cos\varphi$ eine scheinbare rückläufige Bewegung um CD (d. i. unsere Axe A) vollführt, aufrecht zu erhalten. Diese Bewegung des Wälzens setzt sich also, wenn sie einmal eingeleitet ist, gleichförmig ins Unendliche fort." Diese Behauptung ist entschieden unrichtig. Wohl ist $\gamma = \alpha \sin\varphi$ und $\beta = -\alpha \cos\varphi$ und, wie leicht zu beweisen ist, $\varepsilon = \alpha \cos\varphi$, daher auch $\eta = \beta + \varepsilon = 0$. Doch verschwindet, wie der Werth von $M_{y'}$ in 19) zeigt, wohl das zweite Glied desselben, doch nicht im Allgemeinen das erste; es ist vielmehr, wie sich aus der Substitution der Werthe für β, γ und η ergiebt, $M = M_{y'} = -\alpha^2 \sin\varphi \cos\varphi \,.\, T'$ und es müssen somit stets äussere Kräfte von diesem Moment M auf den Körper K_1 einwirken, um die selbst als gleichförmig vorausgesetzte Wälzbewegung aufrecht zu erhalten. Reducirt sich beispielsweise der Körper K_1 auf eine Schwungscheibe, resp. ein rollendes Rad, so ist $T' = \frac{T}{2}$, also $M = -\frac{1}{4}\alpha^2 T \sin 2\varphi$. Nur dann wird $M=0$, wenn $\alpha = 0$ oder $\varphi = 0$, $\pm\frac{\pi}{2}$ wird, also entweder gar keine Rotation stattfindet oder das Rad um eine fixe materielle Axe A rotirt, oder aber die Axe B, wie im ersten Abschnitte vorausgesetzt wurde, eine fixe ist, in welchen Fällen jedoch keine wälzende Bewegung der angenommenen Art stattfindet.

Vom zweiten Körper K_2 sagt Scheffler S. 123 Z. 25—37 v. o.: „Ganz anders verhält sich die einfache Rotation desselben Körpers um die Axe CE, d. h. die Drehung mit constanter relativer Stellung aller Punkte des Körpers gegen die Axe CE. Diese Rotation verlangt Drehung um die Axe CD (d. i. Axe A) mit der Geschwindigkeit $\eta = \alpha \cos\varphi$. Für diesen Fall wird

$$M = \tfrac{1}{2}\alpha^2 T \sin\varphi \cos\varphi = \tfrac{1}{4}\alpha^2 T \sin 2\varphi.$$

Eine solche einfache Rotation mit der Geschwindigkeit α um die Axe CE ist hiernach nur möglich, wenn fortwährend Gyralkraft oder ein Kräftepaar thätig ist, dessen Axe in CG' (d. i. unsere y'-Axe) liegt und dessen Moment den eben berechneten Werth hat. Diese Bewegung kann sich also nicht von selbst aufrecht erhalten; ein Körper, welcher in eine solche Bewegung versetzt wäre und darauf sich selbst überlassen bliebe, würde seine relative Stellung gegen die Axe CE fortwährend ändern." Auch diese Behauptungen sind in ihrer Allgemeinheit unrichtig, denn eben weil in diesem Falle wegen der starren Verbindung des beweglichen Axensystems mit dem Schwungrade $\varepsilon = 0$ und daher $\eta = \beta$, somit $\eta = \alpha \cos\varphi$ und, wie früher, $\gamma = \alpha \sin\varphi$ ist, so nimmt das Moment $M_{y'}$ der Gleichung 19) gemäss den Werth $M = \alpha^2 \sin\varphi \cos\varphi (T' - T)$ an und verschwindet, wenn $T' = T$, also etwa der Revolutionskörper eine gleichförmig dichte Kugel ist, für jeden Werth des φ. Im letzteren Falle erhält sich demnach die Bewegung des um eine beliebige Axe CE einfach rotirenden Körpers K_1, auch wenn kein Kräftepaar thätig ist, was auch für eine rotirende Kugel bei näherer Betrachtung sofort einleuchtet, von selbst aufrecht und der sich selbst überlassene Körper ändert seine relative Stellung gegen die Axe CE nicht. Nur in dem Falle, wenn sich, wie früher, das Schwungrad auf eine Schwungscheibe reducirt, also $T' = \frac{T}{2}$ wird, ist $M = -\frac{1}{4}\alpha^2 T \sin 2\varphi$, demnach der Werth des M dem von S. aufgestellten, aber auch dem für den früheren Bewegungszustand der Schwungscheibe abgeleiteten Werthe gleich. Aehnlich erweisen sich auch weitere Folgerungen S.'s als irrthümlich, doch ist hier nicht der Ort dazu, weiter in diesen Gegenstand einzugehen.

Die an die Gleichungen 6) am Schlusse des ersten Abschnittes geknüpften Erörterungen haben auch hier, wie sich auf Grund der Hauptgleichungen 19) leicht zeigen lässt, volle Giltigkeit; nur werden hier folgende Modificationen Platz greifen:

Das relative Drehungsmoment M_r, dessen Axe, da die gesammte relative Bewegung sich nur auf eine Rotation um die z'-Axe als deren augenblickliche Axe reducirt, die z'-Axe (Axe Δ) ist, hat hier nicht den früheren Werth $\frac{d\eta}{dt} \cdot T$, sondern, weil die relative Winkelgeschwindigkeit s, daher die relative Winkelbeschleunigung $\frac{ds}{dt}$ ist, den Werth $\frac{ds}{dt} \cdot T$. — Da ferner, wie früher gezeigt wurde, die Rotation des beweglichen Axensystems durch die Geschwindigkeitscomponenten γ und β, resp. die Winkelbeschleunigungen $\frac{d\gamma}{dt}$ und $\frac{d\beta}{dt}$ um die x'- und z'-Axe beeinflusst wird, so würden zur Erzeugung dieser Beschleunigungen des beweglichen Axensystems, wenn dasselbe mit dem Schwungrade in starrer Verbindung wäre, die Momente $\frac{d\gamma}{dt} \cdot T'$ und $\frac{d\beta}{dt} \cdot T$, deren ersteres die positive x'-Axe, das letztere die positive z'-Axe zur Axe hat, nothwendig sein. Das aus beiden resultirende, in der Einleitung mit M_2 bezeichnete Moment hat hier demnach den Werth

$$M_2 = \sqrt{\left(\frac{d\gamma}{dt}\right)^2 \cdot T'^2 + \left(\frac{d\beta}{dt}\right)^2 \cdot T^2}$$

und die Richtcosinus seiner Axe bezüglich des $x'y'z'$-Systems sind $\frac{d\gamma}{dt} \cdot \frac{T'}{M_2}$, 0, $\frac{d\beta}{dt} \cdot \frac{T}{M_2}$.

Die Componenten des Drehungsmomentes M_1 der auf das Schwungrad einwirkenden äusseren Kräfte, die in 19) mit $M_{x'}$, $M_{y'}$, $M_{z'}$ bezeichnet sind, sind, wenn X', Y', Z' die den beweglichen Axen parallelen Componenten jener äusseren Kraft bedeuten, deren Angriffspunkt der Punkt (ξ', η', ζ') des Schwungrades ist, aus den Gleichungen bestimmbar:

$$M_{x'} = \Sigma(\eta' Z' - \zeta' Y'),$$
$$M_{y'} = \Sigma(\zeta' X' - \xi' Z'),$$
$$M_{z'} = \Sigma(\xi' Y' - \eta' X').$$

Das in der Einleitung mit M_3 bezeichnete Moment hat hier den Werth

$$M_3 = \gamma(\eta T - \beta T')$$

und seine Axenrichtung ist die der positiven Richtung der y'-Axe.

Demgemäss ist in den Hauptgleichungen 19) der Satz ausgesprochen, dass das Moment M_1 aus den Momenten M_r, M_2 und $-M_3$ resultire und demnach ist auch, wie in der Einleitung hervorgehoben wurde, das relative Drehungsmoment M_r ein resultirendes aus dem wirklichen Momente M_1 und den früher bestimmten scheinbaren Drehungsmomenten $-M_2$ und M_3.

XXIII.

Die Gleichung der elastigen Linie beliebig belasteter gerader Stäbe bei gleichzeitiger Wirkung von Horizontal-(Axial-) Kräften.

Von

Dr. J. Weyrauch

in Stuttgart.

In Bd. XVIII S. 392 dieser Zeitschrift wurde die Gleichung der elastigen Linie gerader Stäbe in einer Form gegeben, welche für alle continuirlichen und einfachen Stäbe und bei jeder Belastungsart giltig ist. Wir verstanden dabei unter geraden Stäben solche, deren Schwerpunktsaxe vor der Biegung eine gerade Linie war, und es stellten alle Lasten in Bezug auf den ergriffenen Stab Transversalkräfte dar. Heute soll die Gleichung der elastigen Linie bei ebenso allgemeiner Form und Belastung des Stabes abgeleitet werden, wenn ausserdem noch zwei gleich und entgegengesetzte Kräfte R in der Längsrichtung wirken, wobei die Gerade, in welcher dies geschieht, nicht nothwendig mit der Axe zusammenfallen muss, die R also nicht nothwendig Axialkräfte zu sein brauchen.

Die Aufgabe ist von Wichtigkeit in der Lehre von der Elasticität und Festigkeit, sie giebt auch die bereits gefundenen Gleichungen, sowie die Formel, von welcher die Theorie der Zerknickung ausgeht, als specielle Fälle und liefert nebenbei der angewandten Mechanik entnommene Beispiele für die Integration von Differentialgleichungen zweiter Ordnung mit unabhängigem Glied.

I. Allgemeine Formeln.

Ein ursprünglich gerader Stab ist belastet und in zwei oder mehr Punkten, deren Höhenlage innerhalb gewisser Grenzen (Bd. XVIII, S. 393) verschieden sein kann, unterstützt. Oberhalb, in, oder unterhalb der Axe des Stabes wirken zwei gleich und entgegengesetzte Horizontalkräfte R nach innen oder aussen, drückend oder ziehend. Die ganz beliebigen, gesetzmässig oder gesetzlos stetigvertheilten und concentrirten Lasten greifen an willkürlichen Stellen der ganzen Länge an. Wir legen die horizontale Abscissenaxe durch die Wirkungsgerade der R und für irgend eine betrachtete Oeffnung l den Ursprung der Coordinaten an die linke Stütze; dann sind für $x=0$ $y=y_0$, $y'=y'_0$ gegeben oder bestimmbar (V).

Die von den Transversalkräften allein herrührenden Momente über $x=0$ und $x=l$ seien M_0, M_l; ihre analytische Ermittelung haben wir für alle Belastungs- und Unterstützungsarten an anderem Orte gezeigt und sind dieselben als bekannt anzunehmen. Zwischen 0 und x greifen bei $a_1, a_2, \ldots a_x$ die Lasten $P_1, P_2, \ldots P_x$ an, wobei die P auch Lastelemente sein und die a stetig aufeinander folgen können. Das Moment sämmtlicher Lasten in Bezug auf einen beliebigen Querschnitt x ist also

1) $$M_x = M_0 + Ax - \overset{x}{\Sigma} P(x-a),$$

worin A eine Constante, nämlich, wie beiläufig bemerkt werden mag:

$$A = \frac{1}{l}\left[M_l - M_0 + \overset{l}{\Sigma} P(l-a)\right].$$

Durch directe Differentiation von M_x nach x erhält man, weil nach Bd. XVIII, S. 396

2) $$\frac{d\overset{x}{\Sigma}P(x-a)}{dx} = \overset{x}{\Sigma}P$$
$$\frac{dM_x}{dx} = A - \overset{x}{\Sigma}P = V_x$$

eine Function, welche in der Ingenieurmechanik die durch die Lasten hervorgerufene vertikale Schubkraft im Querschnitt x heisst.

Das Moment aller äusseren Kräfte in Bezug auf x ist

3) $$\mathfrak{M}_x = M_x \pm Ry,$$

wobei das obere oder untere Vorzeichen zu wählen, je nachdem die R nach innen oder aussen wirken. Die Navier'sche Gleichung der Biegung lautet

$$\frac{d^2y}{dx^2} = -\frac{\mathfrak{M}_x}{\Theta_x},$$

worin Θ_x das Elasticitätsmoment bei x, d. h. Product aus Elasticitätsmodul und Trägheitsmoment daselbst. Wir erhalten also in

$$\frac{d^2y}{dx^2} \pm \frac{R}{\Theta_x} y = -\frac{M_x}{\Theta_x}$$

eine Differentialgleichung zweiter Ordnung nach der Form

4) $$\frac{d^2y}{dx^2} + y \cdot g(x) = f(x),$$

worin

5) $$f(x) = -\frac{M_x}{\Theta_x},$$

6) $$f'(x) = -\frac{V_x}{\Theta_x};$$

in diesen beiden Ausdrücken sind M_x, V_x durch 1) und 2) bestimmt. Ferner ist in 4), wenn die R nach innen, d. h. drückend wirken:

$$7)\qquad g(x)=\frac{R}{\Theta_x},$$

und wenn die R nach aussen oder ziehend wirken:

$$8)\qquad g(x)=-\frac{R}{\Theta_x}.$$

Gleichungen von der Form 4) können, wie alle linearen Differentialgleichungen zweiter Ordnung mit unabhängigem Glied, gelöst werden mittels der Variation der Constanten von Lagrange oder durch die Methode des integrirenden Factors nach Christoffel. Die letztere giebt als Lösung von 4), wenn bei $x=x_0$ $y=y_0$ und $y'=y'_0$, in jedem bestimmten Punkte $x=X$ den Werth der Ordinate

$$9)\qquad y=Y=y'_0(v)_{x=x_0}-y_0(v')_{x=x_0}+\int_{x_0}^{X} v f(x)\,dx,$$

wo v — der integrirende Factor — die Lösung der Gleichung

$$\frac{d^2v}{dx^2}+vg(x)=0$$

mit den Bedingungen

$$\text{für } x=X,\quad v=0,\quad v'=-1.$$

Das Verfahren von Christoffel giebt zugleich als Tangente des Neigungswinkels bei $x=X$

$$10)\qquad \frac{dy}{dx}=Y'=y'_0(w)_{x=x_0}-y_0(w')_{x=x_0}+\int_{x_0}^{X} w f(x)\,dx,$$

worin w, ein anderer integrirender Factor, die Lösung von

$$\frac{d^2w}{dx^2}+w\,g(x)=0,$$

wenn

$$\text{für } x=X\quad w=1,\quad w'=0.$$

Da in unserer Gleichung 4) $f(x)$ und $g(x)$ das Elasticitätsmoment Θ_x enthalten, so muss dasselbe als Function von x gegeben sein, ehe die Integration vorgenommen werden kann.

Prismatische Stäbe.

Der Elasticitätsmodul $\Theta_x=\Theta$ ist constant. Wir setzen für drückende R

$$7a)\qquad g(x)=\frac{R}{\Theta}=k^2,\quad k=\sqrt{\frac{R}{\Theta}},$$

und für ziehende R

$$8a)\qquad g(x)=-\frac{R}{\Theta}=k^2,\quad k=i\sqrt{\frac{R}{\Theta}}.$$

Die Differentialgleichung 4) nimmt die bekannte Form an

4a) $$\frac{d^2y}{dx^2}+k^2y=f(x),$$

worin

5a) $$f(x)=-\frac{M_x}{\Theta} \text{ und speciell } f(0)=-\frac{M_0}{\Theta},$$

6a) $$f'(x)=-\frac{V_x}{\Theta} \quad \text{"} \quad \text{"} \quad f'(0)=-\frac{A}{\Theta}.$$

M_0, A sind bekannt, M_x, V_x durch 1) und 2) gegeben.

Zur Bestimmung der Ordinate des beliebigen Punktes $x=X$ findet sich der integrirende Factor v aus

$$\frac{d^2v}{dx^2}+k^2v=0$$

und den Bedingungen

$$\text{für } x=X \quad v=0, \quad v'=-1,$$

nämlich

$$v=\frac{1}{k}\sin k(X-x).$$

Als Anfangsbedigungen sind gegeben

$$\text{für } x=0 \quad y=y_0 \text{ und } y'=y'_0,$$

so dass aus der Formel 9) wird

$$Y=y'_0(v)_{x=0}-y_0(v')_{x=0}+\int_0^X v f(x)\,dx,$$

oder mit Einsetzen von v

$$Y=\frac{y'_0}{k}\sin kX+y_0\cos kX+\frac{\sin kX}{k}\int_0^X f(x)\cos kx\,dx-\frac{\cos kX}{k}\int_0^X f(x)\sin kx\,dx.$$

Hierin wird durch theilweise Integration

$$\int_0^X f(x)\cos kx\,dx=\left[\frac{1}{k}\sin kx\,f(x)\right]_0^X-\frac{1}{k}\int_0^X f'(x)\sin kx\,dx,$$

$$\int_0^X f(x)\sin kx\,dx=\left[-\frac{1}{k}\cos kx\,f(x)\right]_0^X+\frac{1}{k}\int_0^X f'(x)\cos kx\,dx,$$

also nach Substitution und Reduction

$$Y=\frac{y'_0}{k}\sin kX+y_0\cos kX+\frac{1}{k^2}\Big[f(X)-f(0)\cos kX-\sin kX\int_0^X f'(x)\sin kx\,dx$$

$$-\cos kX\int_0^X f'(x)\cos kx\,dx\Big].$$

$f(X)$, $f(0)$ folgen aus 5a), die Integralwerthe aus VI. Setzen wir alle diese Werthe ein und lassen dann, weil unsere Formel für jeden Punkt X, Y zwischen 0 und l gilt, die allgemeinen Coordinaten x, y an Stelle von X, Y treten, so folgt

$$11)\quad x = \frac{y'_0}{k} \sin kx + y_0 \cos kx - \frac{1}{k^2\Theta}\Big[k M_x - k M_0 \cos kx - A \sin kx + \overset{x}{\Sigma} P \sin k(x-a)\Big]$$

als gesuchte Gleichung der elastigen Linie. Die Tangente des Neigungswinkels im Punkte x, y ergiebt sich durch directe Differentiation

$$12)\quad y' = y'_0 \cos kx - y_0 k \sin kx - \frac{1}{k^2\Theta}\Big[V_x + k M_0 \sin kx - A \cos kx + \overset{x}{\Sigma} P \cos k(x-a)\Big],$$

doch könnte man dieselbe auch aus Formel 10) finden.

In den Gleichungen 11) und 12) sind alle Grössen als bekannt anzunehmen; inwiefern dies mit y_0, y'_0 immer der Fall ist, soll in V gezeigt werden. Die Werthe der Summenausdrücke richten sich nach der Belastungsart. Bei gleichmässiger Belastung mit q pro Längeneinheit wäre z. B.

$$\overset{x}{\Sigma} P \sin k(x-a) = \int_0^x q\, da \sin k(x-a) = \frac{q}{k}(1-\cos kx),$$

$$\overset{x}{\Sigma} P \cos k(x-a) = \int_0^x q\, da \cos k(x-a) = \frac{q}{k} \sin kx,$$

und in den Ausdrücken 1) und 2)

$$\overset{x}{\Sigma} P(x-a) = \int_0^x q\, da\, (x-a) = \tfrac{1}{2} q x^2,$$

$$\overset{x}{\Sigma} P = \int_0^x q\, da = q x.$$

III. Besondere Fälle bei prismatischen Stäben.

a) Die Kräfte R wirken drückend; Unterstützung und Belastung willkürlich. Die Gleichung der elastigen Linie ist durch 11) gegeben und darin nach 7a)

$$k = \sqrt{\frac{R}{\Theta}}.$$

b) **Die Kräfte R wirken ziehend; Unterstützung und Belastung willkürlich.** Es gilt ebenfalls Gleichung 11), jedoch ist nun nach 8a)

$$k = i\sqrt{\frac{R}{\Theta}} = i\lambda.$$

Daher wird nach Anwendung der bekannten Formeln

$$\sin i\lambda x = \frac{i}{2}(e^{\lambda x} - e^{-\lambda x}),$$

$$\cos i\lambda x = \frac{1}{2}(e^{\lambda x} + e^{-\lambda x})$$

die Gleichung der elastigen Linie

$$y = \frac{y'_0}{2\lambda}(e^{\lambda x} - e^{-\lambda x}) + \frac{y_0}{2}(e^{\lambda x} + e^{-\lambda x})$$

13) $$+ \frac{1}{2\lambda^3\Theta}\Big[2\lambda M_x - \lambda M_0(e^{\lambda x} + e^{-\lambda x}) - A(e^{\lambda x} - e^{-\lambda x}) + \sum^{x} P(e^{\lambda(x-a)} - e^{-\lambda(x-a)})\Big].$$

c) **Es wirken keine Lasten, Kräfte R drückend oder ziehend; Unterstützung willkürlich.** Dann verschwinden in 11) alle P und die von ihnen herrührenden Grössen M_x, M_0, A; wir erhalten

14) $$y = \frac{y'_0}{k}\sin kx + y_0 \cos kx,$$

die Formel, von welcher die Theorie der Zerknickung ausgeht.

Wenn speciell die R ziehend wirken, so folgt aus 13)

15) $$y = \frac{e^{\lambda x}}{2\lambda}(y'_0 + \lambda y_0) - \frac{e^{-\lambda x}}{2\lambda}(y'_0 - \lambda y_0),$$

und dieser Ausdruck wird mit y_0, y'_0 für jedes x gleich Null, wenn die R in der Axe wirken; es tritt also dann keine Biegung ein.

d) **Es wirken nur Lasten, die R verschwinden; Unterstützung willkürlich.** Da nun $k=0$, so nehmen in 11) der Coefficient von y'_0, und der Klammerausdruck dividirt durch k^3, die unbestimmte Form $\frac{0}{0}$ an. Bilden wir also mit der Bezeichnung

$$\frac{kM_x - kM_0\cos kx - A\sin kx + \sum^{x} P\sin k(x-a)}{k^3} = \frac{\varphi(k)}{\psi(k)}$$

das Verhältniss der ersten Derivirten nach k, so wird mit Rücksicht auf Formel 1) auch

$$\left[\frac{\varphi'(k)}{\psi'(k)}\right]_{k=0} = \frac{0}{0}.$$

Ebenso ergiebt sich

$$\left[\frac{\varphi''(k)}{\psi''(k)}\right]_{k=0} = \frac{0}{0},$$

und wir erhalten erst aus dem Verhältniss der dritten Derivirten

$$\left[\frac{\varphi(k)}{\psi'''(k)}\right]_{k=0} = \left[\frac{\varphi'''(k)}{\psi'''(k)}\right]_{k=0} = \tfrac{1}{6}\left[3\,M_0 x^2 + A x^3 - \overset{x}{\Sigma} P(x-a)^3\right].$$

Für den Coefficienten von y'_0 findet sich

$$\left[\frac{\sin k x}{k}\right]_{k=0} = \left[\frac{x \cos k x}{1}\right]_{k=0} = x,$$

so dass unsere Gleichung der elastigen Linie

16) $$y = y_0 + y'_0 x - \frac{1}{6\Theta}\left[3 M_0 x^2 + A x^3 - \overset{x}{\Sigma} P(x-a)^3\right].$$

Diese Gleichung haben wir in Bd. XVIII, S. 394 auf ganz anderem Wege gefunden.

IV. Stäbe mit sprungweise veränderlichem Querschnitt.

Der Querschnitt eines Stabes ist nicht auf die ganze Länge einer betrachteten Oeffnung l, sondern nur auf gewisse Strecken constant. e_β sei die Abscisse des letzten Sprunges vor einem beliebig gegebenen Punkt $x = X$. Demnach seien von $x = 0$ bis $x = X$

auf den Strecken:	e_1,	$e_2 - e_1$,	$e_3 - e_2$,	....	$X - e_\beta$,
die Elasticitätsmomente:	Θ_0,	Θ_1,	Θ_2,	....	Θ_β,
die Werthe $g(x)$:	k_0,	k_1,	k_2,	....	k_β,
ferner $f(x)$:	$-\frac{M_x}{\Theta_0}$,	$-\frac{M_x}{\Theta_1}$,	$-\frac{M_x}{\Theta_2}$,	....	$-\frac{M_x}{\Theta_\beta}$
und $f'(x)$:	$-\frac{V_x}{\Theta_0}$,	$-\frac{V_x}{\Theta_1}$,	$-\frac{V_x}{\Theta_2}$,	....	$-\frac{V_x}{\Theta_\beta}$.

M_x und V_x bleiben durch 1) und 2) bestimmt. Die Differentialgleichung der elastigen Linie lautet auch hier

$$\frac{d^2 y}{dx^2} + k^2 y = f(x);$$

dagegen ist jetzt zwischen 0 und X weder k, noch $f(x)$, also auch nicht $\frac{d^2 y}{dx^2}$ überall stetig und beträgt z. B. im Punkte $x = e_\nu$, wo das Elasticitätsmoment von $\Theta_{\nu-1}$ auf Θ_ν springt, der Sprungwerth von $\frac{d^2 y}{dx^2}$ für drückende oder ziehende R

$$\lim_{\delta=0}\left[f(x) - k^2 y\right]_{e_\nu-\delta}^{e_\nu+\delta} = -(M_{e_\nu} \pm R y_\nu)\left(\frac{1}{\Theta_\nu} - \frac{1}{\Theta_{\nu-1}}\right).$$

Wollte man die Differentialgleichung mittels der Methode des integrirenden Factors doch von 0 bis X integriren und so $y = Y$ direct bestimmen, so hätte man Gebrauch zu machen von dem Satz: Man findet den Werth eines bestimmten Integrals, dessen Function zwischen den Grenzen nicht überall stetig, indem man von dem Werthe des zwischen denselben Grenzen genommenen stetigen Integrals die Sprungwerthe des Integralausdruckes subtrahirt. Verfährt man so, dann erhält man allerdings einen geschlossenen Ausdruck für Y; derselbe enthält aber die y an allen Sprungstellen und diese Ordinaten sind selbst unbekannt. Es bleibt nichts übrig, als ein Recursionsverfahren anzuwenden.

Zwischen e_β und X gilt die Differentialgleichung

$$\frac{d^2 y}{dx^2} + k^2_\beta y = f(x) = -\frac{M_x}{\Theta_\beta},$$

und darin sind von e_β bis X alle Grössen stetig. Betrachtet man also als Anfangsbedingung: für $x = e_\beta$ $y = y_\beta$, $y' = y'_\beta$, so findet sich nach 9) $y = Y$ aus

$$Y = y'_\beta(v)_{x=e_\beta} - y(v')_{x=e_\beta} + \int_{e_\beta}^{X} v\, f(x)\, dx,$$

wobei v die Lösung von

$$\frac{d^2 v}{dx^2} + k^2_\beta y = 0$$

mit den Bedingungen

$$\text{für } x = X, \quad v = 0,\ v' = -1,$$

das heisst

$$v = \frac{1}{k_\beta} \sin k_\beta (X - x).$$

Es wird also durch Substitution von v

$$Y = \frac{y'_\beta}{k_\beta} \sin k_\beta (X - e_\beta) + y_\beta \cos k_\beta (X - e_\beta) + \frac{\sin k_\beta X}{k_\beta} \int_{e_\beta}^{X} f(x) \cos k_\beta x\, dx$$

$$- \frac{\cos k_\beta X}{k_\beta} \int_{e_\beta}^{X} f(x) \sin k_\beta x\, dx.$$

Hierin folgt wie in II durch theilweise Integration

$$\int_{e}^{X} f(x) \cos k_\beta x\, dx = \left[\frac{1}{k_\beta} \sin k_\beta x\, f'(x)\right]_{e_\beta}^{X} - \frac{1}{k_\beta} \int_{e_\beta}^{X} f'(x) \sin k_\beta x\, dx,$$

$$\int_{e}^{X} f(x) \sin k_\beta x\, dx = \left[-\frac{1}{k_\beta} \cos k_\beta x\, f(x)\right]_{e_\beta}^{X} + \frac{1}{k_\beta} \int_{e}^{X} f'(x) \cos k_\beta x\, dx,$$

so dass

$$Y=\frac{y'_\beta}{k_\beta}\sin k_\beta(X-e_\beta)+y_\beta\cos k_\beta(X-e_\beta)$$

$$+\frac{1}{k^2_\beta}\Big[f(X)-f(e_\beta)\cos k_\beta(X-e_\beta)$$

$$-\sin k_\beta X\int_{e_\beta}^{X} f'(x)\sin k_\beta x\,dx-\cos k_\beta X\int_{e_\beta}^{X} f'(x)\cos k_\beta x\,dx\Big].$$

Setzt man für $f(X)$, $f(e_\beta)$ die Werthe aus der Zusammenstellung am Anfange dieses Capitels, sowie die zweite Hälfte des Klammerausdrucks nach VI, ferner an Stelle von X, Y die allgemeinen Coordinaten x, y, so erhält man

$$y=\frac{y'_\beta}{k_\beta}\sin k_\beta(x-e_\beta)+y_\beta\cos k_\beta(x-e_\beta)$$

17) $$-\frac{1}{k^2_\beta\,\Theta_\beta}\Big[k_\beta M_x-k_\beta M_{e_\beta}\cos k_\beta(x-e_\beta)-V_{e_\beta}\sin k_\beta(x-e_\beta)$$

$$+\sum_{e_\beta}^{x} P\sin k_\beta(x-e_\beta)\Big],$$

und durch directe Differentiation als Tangente des Neigungswinkels bei x, y

$$y'=y'_\beta\cos k_\beta(x-e_\beta)-y_\beta k_\beta\sin k_\beta(x-e_\beta)$$

18) $$-\frac{1}{k^2_\beta\Theta_\beta}\Big[V_x+k_\beta M_{e_\beta}\sin k_\beta(x-e_\beta)-V_{e_\beta}\cos k_\beta(x-e_\beta)$$

$$+\sum_{e_\beta}^{x} P\cos k_\beta(x-c_\beta)\Big].$$

Die Gleichungen 17), 18) gelten für jeden Punkt x, y, wenn für e_β die Abscisse des letzten Sprunges beziehungsweise 0 gesetzt wird. M_x, M_{e_β} folgen aus 1), V_x, V_{e_β} aus 2), ferner ist $k_\beta=\sqrt{\frac{R}{\Theta_\beta}}$ oder $i\sqrt{\frac{R}{\Theta_\beta}}$, je nachdem die R drückend oder ziehend wirken. Indessen sind y_β, y'_β noch unbekannt. Zu ihrer Bestimmung dienen die Gleichungen 17), 18) selbst. Da nämlich die Gleichung, welche für jeden Punkt zwischen e_ν und $e_{\nu+1}$ gilt, auch noch in $e_{\nu+1}$ richtig bleibt, so setzen wir allgemein

$$U_\nu=-\frac{1}{k^2_\nu\,\Theta_\nu}\Big[k_\nu M_{e_{\nu+1}}-k_\nu M_{e_\nu}\cos k_\nu(e_{\nu+1}-e_\nu)-V_{e_\nu}\sin k_\nu(e_{\nu+1}-e_\nu)$$

19) $$+\sum_{e_\nu}^{e_{\nu+1}} P\sin k_\nu(e_{\nu+1}-e_\nu\Big],$$

$$W_\nu = -\frac{1}{k^2_\nu \Theta_\nu}\Big[V_{e_{\nu+1}} + k_\nu M_{e_\nu} \sin k_\nu (e_{\nu+1} - e_\nu) - V_{e_\nu} \cos k_\nu (e_{\nu+1} - e_\nu)$$

$$\text{20)} \qquad + \sum_{e_\nu}^{e_{\nu+1}} P \cos k_\nu (e_{\nu+1} - e_\nu)\Big],$$

und haben zur Bestimmung von 2β Unbekannten folgende 2β Gleichungen:

$$\text{21)} \quad \begin{cases} y_1 - \frac{y'_0}{k_0} \sin k_0 e_1 & - y_0 \cos k_0 e_1 & = U_0, \\ y'_1 - y'_0 \cos k_0 e_1 & + y_0 k_0 \sin k_0 e_1 & = W_0, \\ y_2 - \frac{y'_1}{k_1} \sin k_1 (e_2 - e_1) & - y_1 \cos k_1 (e_2 - e_1) & = U_1, \\ y'_2 - y'_1 \cos k_1 (e_2 - e_1) & + y_1 k_1 \sin k_1 (e_2 - e_1) & = W_1 \\ \cdot\;\cdot\;\cdot\;\cdot\;\cdot\;\cdot\;\cdot & \cdot\;\cdot\;\cdot\;\cdot\;\cdot\;\cdot\;\cdot & \cdot\;\cdot\;\cdot \\ y_\beta - \frac{y'_{\beta-1}}{k_{\beta-1}} \sin k_{\beta-1} (e_\beta - e_{\beta-1}) & - y_{\beta-1} \cos k_{\beta-1} (e_\beta - e_{\beta-1}) & = U_{\beta-1}, \\ y'_\beta - y'_{\beta-1} \cos k_{\beta-1} (e_\beta - e_{\beta-1}) & + y_{\beta-1} k_{\beta-1} \sin k_{\beta-1} (e_\beta - e_{\beta-1}) & = W_{\beta-1}. \end{cases}$$

Damit ist die Aufgabe gelöst.

Man kann unserer Gleichung der elastigen Linie noch eine andere Form geben. Fügt man dem Gleichungssystem 21) noch zu

$$y_0 = y_0,$$
$$y'_0 = y'_0,$$
$$y - \frac{y'_\beta}{k_\beta} \sin k_\beta (x - e_\beta) - y_\beta \cos k_\beta (x - e_\beta) = U_\beta$$

multiplicirt dann jede allgemein mit y_ν beginnende Gleichung mit einem vorläufig unbestimmten Factor λ_ν, jede mit y'_ν beginnende mit einem ebenfalls noch gleichgiltigen Factor γ_ν, addirt auf beiden Seiten und verlangt nun die noch willkürlichen λ, γ so, dass auf der linken Seite die Coefficienten aller y, y' mit Ausnahme desjenigen von y 0 werden und der Coefficient von y 1 wird, so erhält man für y folgende Gleichung:

$$\text{22)} \qquad y = \lambda_0 y_0 + \gamma_0 y'_0 + \sum_{\nu=0}^{\nu=\beta} \lambda_{\nu+1} U_\nu + \sum_{\nu=0}^{\nu=\beta-1} \gamma_{\nu+1} W_\nu,$$

worin U_ν, W_ν gegeben durch 19) und 20), mit dem Unterschiede jedoch, dass in U_β x an Stelle von $e_{\beta+1}$ tritt, während die λ, γ durch folgendes System recurrenter Gleichungen bestimmt sind:

$$\text{23)} \quad \begin{cases} \lambda_0 - \lambda_1 \cos k_0 e_1 & + \gamma_1 k_0 \sin k_0 e_1 & = 0, \\ \gamma_0 - \lambda_1 \frac{\sin k_0 e_1}{k_0} & - \gamma_1 \cos k_0 e_1 & = 0, \\ \lambda_1 - \lambda_2 \cos k_1 (e_2 - e_1) & + \gamma_2 k_1 \sin k_1 (e_2 - e_1) & = 0, \\ \gamma_1 - \lambda_2 \frac{\sin k_1 (e_2 - e_1)}{k_1} & - \gamma_2 \cos k_1 (e_2 - e_1) & = 0, \\ \cdot\;\cdot\;\cdot\;\cdot\;\cdot\;\cdot & \cdot\;\cdot\;\cdot\;\cdot & \cdot\;\cdot \end{cases}$$

$$
23)\quad \left\{\begin{array}{l}
\cdot\;\cdot \\
\lambda_{\beta-1} - \lambda_\beta \cos k_{\beta-1}(e_\beta - e_{\beta-1}) + \gamma_\beta\, k_{\beta-1} \sin k_{\beta-1}(e_\beta - e_{\beta-1}) = 0, \\
\gamma_{\beta-1} - \lambda_\beta \dfrac{\sin k_{\beta-1}(e_\beta - e_{\beta-1})}{k_{\beta-1}} - \gamma_\beta \cos k_{\beta-1}(e_\beta - e_{\beta-1}) \qquad = 0, \\
\lambda_\beta \quad - \lambda_{\beta+1} \cos k_\beta (x - e_\beta) \qquad = 0, \\
\gamma_\beta \quad - \lambda_{\beta+1} \dfrac{\sin k_\beta (x - e_\beta)}{k_\beta} \qquad = 0, \\
\lambda_{\beta+1} = 1.
\end{array}\right.
$$

V. Ueber die Werthe von y_0 und y'_0.

Mittels der Differentialgleichung einer Curve können Ordinate und Tangentenrichtung aller Punkte derselben dann bestimmt werden, wenn diese Grössen wenigstens für einen Curvenpunkt bekannt sind. In unserer Entwickelung diente als Ausgangspunkt der Punkt $x = 0$, für welchen $y = y_0$ und $y' = y'_0$. Um aber nicht blos die Form, sondern auch die Lage der Curve kennen zu lernen, müssen die Werthe y_0, y'_0 wirklich gegeben sein. Dies ist auch stets der Fall, d. h. einer der Werthe ist direct bekannt, der andere bestimmbar.

Wir haben für unsere Entwickelung die Abscissenaxe durch die Wirkungsgerade der gleich und entgegengesetzten Horizontalkräfte R gelegt und nur unter dieser Bedingung gelten die abgeleiteten Gleichungen. Es muss also die Entfernung der Wirkungsgeraden von wenigstens einem der Stützpunkte gegeben sein, woraus dann mit der bekannten relativen Höhenlage der letztern die Werthe der y bei allen Stützen folgen. Nun sind zwei Fälle zu unterscheiden: entweder der Stab liegt überall frei auf, so dass sich auch die Enden frei bewegen können, oder die Stabenden sind unabänderlich festgespannt.

Wenn der Stab frei aufliegt, so müssen die Kräfte R in der Axe oder an Hebeln von gewisser Länge auf die Stabenden wirken; damit sind aber schon die Entfernungen der Abscissenaxe von den Endstützpunkten und also auch die y bei allen übrigen Stützen gegeben In jeder betrachteten Oeffnung kennt man daher y_0 und y_l und nun findet sich auch y'_0. Für prismatische Stäbe z. B. ist für $x = l$ aus 11)

$$
y_l = \frac{y'_0}{k} \sin kl + y_0 \cos kl
$$
$$
- \frac{1}{k^2 \Theta}\left[k M_l - k M_0 \cos kl - A \sin kl + \overset{l}{\Sigma} P \sin k(l-a)\right],
$$

woraus das gesuchte y'_0

$$
24)\quad y'_0 = k\,\frac{y_l - y_0 \cos kl}{\sin kl} + \frac{1}{k^2 \Theta \sin kl}\Big[k M_l - k M_0 \cos kl - A \sin kl + \overset{l}{\Sigma} P \sin k(l-a)\Big].
$$

Hierin sind alle Grössen bekannt. So wäre, wenn speciell der Stab auf nur 2 gleichhohen Stützen frei aufruhte und er neben den Kräften R allein durch eine gleichmässig vertheilte Last von q per Längeneinheit ergriffen würde:

$$y'_0 = \left(k y_0 + \frac{q}{k^2 \Theta}\right) tang \frac{kl}{2} - \frac{ql}{2k^2 \Theta},$$

und bei Verschwinden aller Transversalkräfte

$$y'_0 = y_0 \, k \, tang \frac{kl}{2}.$$

Sind jedoch die Stabenden festgespannt und geschieht die Einwirkung der Horizontalkräfte R auf den Stab dadurch, dass die ganzen Einspannungswände gegeneinander oder auseinander rücken, so ist nicht ohne Weiteres bekannt, wo die Abscissenaxe hinverlegt werden muss. Dagegen kennen wir nun y'_0 an der Einspannungsstelle und, aus der relativen Höhenlage, die Differenz d der die erste Oeffnung begrenzenden Stützpunkte. Es ist also in der ersten Oeffnung für $x = l$ nach 11)

$$y_0 + d = \frac{y'_0}{k} \sin kl + y_0 \cos kl$$

$$- \frac{1}{k^3 \Theta}\left[k M_l - k M_0 \cos kl - A \sin kl + \overset{l}{\Sigma} P \sin k(l-a)\right],$$

woraus

25)
$$y_0 = \frac{y'_0}{k} \cot g \frac{kl}{2} - \frac{d}{1 - \cos kl}$$

$$- \frac{1}{k^3 \Theta (1 - \cos kl)}\left[k M_l - k M_0 \cos kl - A \sin kl + \overset{l}{\Sigma} P \sin k(l-a)\right].$$

Diese Gleichung bezieht sich auf die Verhältnisse in der ersten Oeffnung, wo y'_0 bekannt ist, und man erhält daraus in y_0 die Entfernung der Abscissenaxe von dem Endstützpunkt; damit sind aber auch die Abscissen bei allen übrigen Stützen gegeben, und nun findet sich y'_0 für jede betrachtete Oeffnung aus 24). Für Stäbe veränderlichen Querschnittes ist das Verfahren natürlich ganz dasselbe: aus den bekannten Abscissen bei den Stützen findet sich y'_0 für jede betrachtete Oeffnung durch die Gleichung für y mit $x = l$. Es sind also y_0, y'_0 für alle Fälle bestimmt.

VI. Ableitung der bestimmten Integrale.

Wir haben noch die Ableitung einiger Integralwerthe zu zeigen, welche in den vorausgegangenen Entwickelungen Anwendung fanden.

Zwischen 0 und x greifen bei $a_1, a_2, \ldots a_n$ die Kräfte $P_1, P_2, \ldots P_n$ an; es sollen ausgeführt werden

$$\int_0^x f'(x) \sin kx \, dx, \quad \int_0^x f'(x) \cos kx \, dx,$$

worin bei constantem Θ

$$f'(x) = -\frac{1}{\Theta}\left(A - \overset{x}{\Sigma} P\right).$$

Es ist zunächst

$$\int_0^x f'(x) \sin kx \, dx = -\frac{A}{\Theta}\int_0^x \sin kx \, dx + \frac{1}{\Theta}\int_0^x \sin kx \overset{x}{\Sigma} P \, dx,$$

aber

$$\int_0^x \sin kx \overset{x}{\Sigma} P dx = \int_0^{a_1} \sin kx \overset{x}{\Sigma} P dx + \int_{a_1}^{a_2} \sin kx \overset{x}{\Sigma} P dx + \dots$$

$$\dots + \int_{a_z}^x \sin kx \overset{x}{\Sigma} P dx.$$

Die Summe der Kräfte ΣP ist von 0 bis a_1 gleich 0, von a_1 bis a_2 gleich P_1, von a_2 bis a_3 gleich $P_1 + P_2$ u. s. w., also

$$\int_0^x \sin kx \overset{x}{\Sigma} P dx = 0 - \frac{1}{k} P (\cos k a_2 - \cos k a_1)$$

$$- \frac{1}{k}(P_1 + P_2)(\cos k a_3 - \cos k a_2) - \dots$$

$$\dots - \frac{1}{k}(P_1 + P_2 + \dots + P_z)(\cos kx - \cos k a_z),$$

$$= \frac{1}{k} \overset{x}{\Sigma} P \cos ka - \frac{\cos kx}{k} \overset{x}{\Sigma} P$$

Da nun

$$\int_0^x \sin kx \, dx = \frac{1 - \cos kx}{k},$$

so folgt mit Rücksicht auf die Bezeichnung 2) der Werth des ganzen Integrals

$$26) \quad \int_0^x f'(x) \sin kx \, dx = \frac{1}{k\Theta}\left[V_x \cos kx - A + \overset{x}{\Sigma} P \cos ka\right].$$

Auf ganz dieselbe Weise findet sich

$$27) \quad \int^x f'(x) \cos kx \, dx = -\frac{1}{k\Theta}\left[V_x \sin kx + \overset{x}{\Sigma} P \sin ka\right].$$

Weiter wird verlangt der Werth des folgenden Ausdrucks

$$\sin k_\beta x \int_{e_\beta}^{x} f'(x) \sin k_\beta x \, dx + \cos k_\beta x \int_{e_\beta}^{x} f'(x) \cos k_\beta x \, dx,$$

wo $f'(x)$ wie oben ausgedrückt, und Θ_β, k_β zwischen e_β und x constant.

Nach 26) und 27) hat man

$$\int_{e_\beta}^{x} f'(x) \sin k_\beta x \, dx = \frac{1}{k_\beta \Theta_\beta} \Big[\quad V_x \cos k_\beta x - V_{e_\beta} \cos k_\beta e_\beta + \overset{x}{\Sigma} P \cos k_\beta a - \overset{e_\beta}{\Sigma} P \cos k_\beta a \Big],$$

$$\int_{e_\beta}^{x} f'(x) \cos k_\beta x \, dx = \frac{1}{k_\beta \Theta_\beta} \Big[- V_x \sin k_\beta x + V_{e_\beta} \sin k_\beta e_\beta - \overset{x}{\Sigma} P \sin k_\beta a + \overset{e_\beta}{\Sigma} P \sin k_\beta a \Big].$$

Multiplicirt man die erste Formel mit $\sin k_\beta x$, die zweite mit $\cos k_\beta x$ und addirt, so folgt

$$\sin k_\beta x \int_{e_\beta}^{x} f'(x) \sin k_\beta x \, dx + \cos k_\beta x \int_{e_\beta}^{x} f'(x) \cos k_\beta x \, dx$$

28)
$$= - \frac{1}{k_\beta \Theta_\beta} \Big[V_{e_\beta} \sin k_\beta (x - e_\beta) - \sum_{e_\beta}^{x} P \sin k_\beta (x - a) \Big],$$

worin durch den Summenausdruck die Summe aller $P \sin k_\beta (x - a)$ zwischen e_β und x bezeichnet ist.

Kleinere Mittheilungen.

XXIII. Ueber den Axencomplex der Flächen II. Ordnung.

(Hierzu Taf. V, Fig. 16 und 17.)

Wenn man in dem Berührungspunkt einer Tangentenebene einer Fläche II. Ordnung (F^2) ein Loth auf dieser Ebene errichtet, so erhält man eine Normale der F^2; die Anzahl dieser Normalen ist zweifach unendlich, weil die Fläche nur doppelt unendlich viele Punkte enthält. Wir können sagen: Die Normalen einer Fläche II. Ordnung bilden ein Liniensystem, das zweifach unendlich viele gerade Linien enthält. Beachtet man, dass der Berührungspunkt der Tangentenebene zugleich Pol derselben ist, so ist man im Stande, dieses Liniensystem zu verallgemeinern. Man suche nämlich zu jedem Punkte des Raumes als Pol seine Polarebene in Bezug auf die F^2 und fälle auf dieselbe von dem Pol ein Loth. Zu den so erhaltenen Linien gehören dann auch die Normalen der Fläche. Nennen wir eine Gerade dieses verallgemeinerten Systems eine Axe der F^2 und beachten, dass die Anzahl der Punkte im Raume dreifach unendlich ist, so folgt:

Die Axen einer Fläche II. Ordnung bilden einen Liniencomplex, der aus dreifach unendlich vielen Geraden besteht.

Die Axen lassen sich mit Hilfe der Polarentheorie noch auf drei verschiedene Weisen definiren.

1. Der Axencomplex besteht aus allen solchen Geraden, die auf ihren eigenen Polaren senkrecht stehen. Wenn nämlich der auf der Axe liegende Pol auf derselben fortrückt, so dreht sich die ihm entsprechende Polarebene um die Polare der Axe, folglich lag diese Polare in der ursprünglichen Ebene und steht mithin senkrecht auf der Axe, wenngleich sich beide Linien im Allgemeinen nicht schneiden werden.

2. Der Axencomplex besteht aus allen Axen aller möglichen, auf der Fläche II. Ordnung liegenden Kegelschnitte. Seien a und b zwei solche Kegelschnittsaxen, und zieht man alle zu b parallelen Sehnen der F^2, so liegen bekanntlich die Halbirungspunkte aller

dieser Sehnen in einer Durchmesserebene der F^2. Da nun alle zu b parallelen Sehnen, welche in der Ebene des Kegelschnittes liegen, durch a halbirt werden, so liegt auch a in der Durchmesserebene. Diese hat aber den unendlich fernen Punkt von b zum Pol und daraus folgt, dass die Polare von a durch diesen unendlich fernen Punkt gehen muss, mithin senkrecht auf a steht, weil sie parallel zu b ist. Dadurch ist aber diese Definition durch die vorige gerechtfertigt.

3. Endlich sind zum Axencomplex alle drei Hauptaxen der Kegel II. Ordnung gehörig, welche der Fläche überhaupt umschrieben werden können. Denn es liegt die Polare einer solchen Symmetrie- oder Hauptaxe des umschriebenen Kegels immer in der Ebene der beiden anderen Hauptaxen. Es steht also jede derselben auf ihrer eigenen Polare senkrecht, und damit ist auch diese Definition als richtig bewiesen. —

II.* In unsere analytische Untersuchung ziehen wir zunächst nur die Mittelpunktsflächen und betrachten namentlich die Paraboloide später. Die Gleichung einer beliebigen Mittelpunktsfläche sei in rechtwinkligen Coordinaten

1) $$\frac{x^2}{A}+\frac{y^2}{B}+\frac{z^2}{C}=D.$$

(Die Hauptaxen der F^2 sind also zu Coordinatenaxen gewählt.)

Dann ist die Gleichung der Polarebene eines Punktes $(x_1 y_1 z_1)$

2) $$\frac{xx_1}{A}+\frac{yy_1}{B}+\frac{zz_1}{C}=D.$$

Eine Axe der Fläche sei gegeben durch die beiden Gleichungen:

3) $$\begin{cases} x=\beta y+a \\ x=\gamma z+a_1, \end{cases}$$

also als Schnitt von zwei Ebenen, deren eine zur Z-Axe, deren andere zur Y-Axe parallel ist. Diese Gerade geht zugleich durch den Punkt $(x_1 y_1 z_1)$ für

$$\begin{cases} a=x_1-\beta y_1 \\ a_1=x_1-\gamma z_1. \end{cases}$$

Soll die Gerade ferner senkrecht stehen auf der Polarebene 2), so sind die Bedingungen dafür zu ermitteln, dass die Gleichungen

$$x=\beta y+a \text{ und } \frac{xx_1}{A}+\frac{yy_1}{B}=D$$

* Die synthetische Untersuchung dieses Axencomplexes ist zuerst von Herrn Prof. Dr. Reye in den Vorlesungen über Geometrie der Lage im 18. und 19. Vor-

zwei aufeinander senkrechte Ebenen repräsentiren, und ebenso die Gleichungen

$$x = \gamma z + a_1 \text{ und } \frac{x x_1}{A} + \frac{z z_1}{C} = D.$$

Dies ergiebt aber

$$\gamma = \frac{C x_1}{A z_1}, \quad \beta = \frac{B x_1}{A y_1},$$

demnach

$$a = \frac{A-B}{A} \cdot x_1, \quad a_1 = \frac{A-C}{A} \cdot x_1,$$

folglich

4) $$\frac{a_1}{a} = \frac{A-C}{A-B} \quad (\equiv \varkappa),$$

also folgt:

Legt man durch irgend eine Axe der Fläche II. Ordnung zwei Ebenen parallel zu zwei Hauptaxen, so schneiden dieselben auf der dritten Hauptaxe proportionale Strecken ab.

Gleichung 4) ist aber zugleich die einzige, welche unsere Axen zu erfüllen haben; wir können sagen:

Jede Gerade, deren Gleichung lautet:

5) $$\begin{aligned} x &= \beta y + a \\ x &= \gamma z + \varkappa a, \end{aligned}$$

worin dann $\varkappa = \frac{A-C}{A-B}$ ist, ist eine Axe der Fläche II. Ordnung, deren Gleichung durch Gleichung 1) gegeben ist.

Denn es ist nicht nur

6) $$a = \frac{A-B}{A} \cdot x_1, \quad \beta = \frac{B x_1}{A y_1}, \quad \gamma = \frac{C x_1}{A z_1},$$

sondern auch umgekehrt

7) $$x_1 = \frac{A}{A-B} \cdot a, \quad y_1 = \frac{B}{A-B} \cdot \frac{a}{\beta}, \quad z_1 = \frac{C}{A-B} \cdot \frac{a}{\gamma}.$$

Also die Coordinaten des Poles und die Constanten $a \beta \gamma$ müssen entweder nur die Gleichungen 6) oder 7) befriedigen. Werden also $a \beta \gamma$ willkürlich gewählt, so entspricht den Gleichungen 7) zufolge diesem Werthsystem ein ganz bestimmter Pol $(x_1 y_1 z_1)$.

III. Wenn wir die Gleichung für $\varkappa$ etwa nach C auflösen und dann diesen Werth in 1 substituiren, so erhalten wir die Flächen II. Ordnung, welche einen ganz bestimmten Axencomplex besitzen. Es folgt aus

$$\varkappa = \frac{A-C}{A-B} \text{ aber } C = A - \varkappa(A-B)$$

und damit der Satz:

Alle Flächen II. Ordnung, welche durch die Gleichung

$$\frac{x^2}{A}+\frac{y^2}{B}+\frac{z^2}{A-\varkappa(A-B)}=D$$

repräsentirt werden, in welcher $\varkappa$ eine gegebene Contante, A, B und D aber ganz willkürlich sind, besitzen denselben Axencomplex.

Dies sind doppelt unendlich viele Flächen, denn es genügt, wenn A und B alle möglichen Werthe annehmen.

Als bemerkenswerthe Flächen sind hierin die ähnlichen und confocalen Flächen enthalten. Lassen wir nämlich D variiren, so erhalten wir lauter Flächen, welche ähnlich, concentrisch und ähnlich gelegen sind; und mit Rücksicht auf Gleichung 7), wornach x_1 y_1 z_1 von D unabhängig sind, folgt:

Alle ähnlichen, ähnlich liegenden und concentrischen Flächen II. Ordnung besitzen denselben Axencomplex und in Bezug auf dieselben kommt jeder Axe ein und derselbe Pol $(x_1\, y_1\, z_1)$ zu.

Weil aber $(x_1\, y_1\, z_1)$ immer in Bezug auf alle diese Flächen für jede Axe dasselbe ist, so müssen die Polarebenen parallel sein, d. h.:

Die Polarebenen eines Punktes $(x_1\, y_1\, z_1)$ in Bezug auf alle ähnlichen, ähnlich liegenden concentrischen Flächen II. Ordnung laufen einander parallel.

IV. Führt man in die Gleichung der Polarebene 2) die Werthe für $x_1\, y_1\, z_1$ mit Hilfe der Gleichungen 7) ein, so erhalten wir für die Polarebene die neue Gleichung

$$8)\qquad x+\frac{y}{\beta}+\frac{z}{\gamma}=\frac{A-B}{\alpha}\,D.$$

Diese Polarebene steht senkrecht auf der Axe 5) und schneidet sie in einem Punkte, welchen wir den Fusspunkt der Axe nennen wollen. Die Lage dieses Fusspunktes ändert sich durchaus nicht, wenn wir statt A, B, C setzen $A+\sigma$, $B+\sigma$, $C+\sigma$; denn der Axencomplex bleibt derselbe, weil wir nachgewiesen haben, dass er allein von der Constanten $\varkappa$ abhängt, welche durch diese Substitution gar nicht beeinflusst wird, und die Gleichung 8) bleibt auch dieselbe. Die Gleichung der F^2 wird aber

$$\frac{x^2}{A+\sigma}+\frac{y^2}{B+\sigma}+\frac{z^2}{C+\sigma}=D;$$

wenn hierin σ als Parameter angesehen wird, der alle Werthe von $-\infty$ bis $+\infty$ durchläuft, so stellt diese Gleichung ein System confocaler Flächen dar, und wir schliessen demnach:

Ein System confocaler Flächen besitzt denselben Axencomplex und weist jeder einzelnen Axe den näm-

Hieraus folgen sofort einige Fundamentalsätze über die confocalen Flächen.

Die Pole einer beliebigen Ebene in Bezug auf die confocalen Flächen liegen in einer Geraden, welche senkrecht auf dieser Ebene steht.

Da man ferner den Fusspunkt selbst als Pol der Ebene, in welcher er liegt, ansehen kann, so folgt:

Jede Ebene des Raumes berührt eine Fläche des confocalen Systems.

V. Die nächste Untersuchung, welche uns auf den Grad dieses Axencomplexes führt, gilt der Beantwortung der Frage nach dem Orte aller derjenigen Axen, welche durch einen festen Punkt des Raumes ($\xi\eta\zeta$) gehen.

Die Constanten α, β, γ aller dieser Axen genügen den vier Gleichungen

$$x = \beta y + a, \quad x = \gamma z + \varkappa a,$$
$$\xi = \beta\eta + a, \quad \xi = \gamma\zeta + \varkappa a,$$

aus denen die Constanten a, β, γ, welche eine Axe des Complexes individualisiren, zu eliminiren sind. Die Elimination ergiebt

$$9) \qquad \varkappa(\eta x - \xi y)(z - \zeta) = (\zeta x - \xi z)(y - \eta),$$

d. h. die Gleichung einer Fläche II. Ordnung, welche aber eine Kegelfläche sein muss, weil sie der Ort aller durch den Punkt ($\xi\eta\zeta$) gehenden Strahlen des Complexes ist. Diese Kegelfläche geht durch den Anfangspunkt, denn sie ist befriedigt für $x = y = z = 0$, sie enthält ferner drei den Coordinatenaxen parallele Gerade, weil die Gleichung derselben befriedigt ist, wenn irgend zwei der drei folgenden Gleichungen bestehen:

$$x = \xi, \quad y = \eta, \quad z = \zeta,$$

und ausser den vier schon bekannten Strahlen kennen wir als fünften das Loth, welches von der Spitze des Kegels auf dessen Polarebene gefällt ist, wodurch die Kegelfläche bestimmt ist. Folglich:

Alle Axen der Fläche II. Ordnung, welche durch einen Punkt ($\xi\eta\zeta$) gehen, liegen auf einer Kegelfläche zweiter Ordnung; dieselbe geht durch den Mittelpunkt der F^2 und enthält drei Strahlen, welche parallel den Hauptaxen der Fläche zweiter Ordnung laufen.

Also folgt weiter:

Der Axencomplex der Flächen zweiter Ordnung ist ein Strahlencomplex zweiten Grades.

Gleichung 9) ist erfüllt, wenn für $\xi\eta\zeta$ die Coordinaten des Mittelpunktes eingesetzt werden, d. h.:

Alle Durchmesser der gegebenen F^2 gehören zum Axencomplex

Und gleichzeitig geht der leicht zu ersehende Satz hervor:

Alle Strahlen, welche durch den unendlich fernen Punkt einer der drei Coordinatenaxen gehen, gehören zum Complex;

denn diese drei unendlich fernen Punkte liegen bei jedem Punkte $(\xi\eta\zeta)$ des Raumes auf je einem Strahl des betreffenden Kegels, folglich sind alle durch diese drei unendlich fernen Punkte der Coordinatenaxen gehenden Geraden zum Complex gehörig.

VI. Auf jedem Strahl des Kegels 9) liegt nun ein Punkt $(x_1 y_1 z_1)$, und es handelt sich zunächst darum, den Ort aller dieser Punkte zu bestimmen. Es liegen aber 1. diese Punkte auf jener Kegelfläche 9), 2. auf einem Ort, den man erhält, wenn in die Gleichungen

$$\xi = \beta\eta + a,$$
$$\xi = \gamma\zeta + \varkappa a$$

für a, β, γ die bekannten Werthe in $x_1 y_1 z_1$ eingeführt werden. Dies liefert

$$\xi = \frac{Bx_1}{Ay_1}.\eta + \frac{A-B}{A}x_1,$$
$$\xi = \frac{Cx_1}{Az_1}.\zeta + \frac{A-C}{A}x_1$$

oder

10a) $$Ay_1(x_1-\xi) = Bx_1(y_1-\eta),$$
10b) $$Az_1(x_1-\xi) = Cx_1(z_1-\zeta).$$

Dies sind Gleichungen zweier Cylinderflächen, von denen die erste senkrecht zur Ebene $z=0$, die zweite senkrecht zur Ebene $y=0$ ist. 10a) enthält die Gerade $x=\xi$, $y=\eta$, und da nun der geometrische Ort auf der Kegelfläche 9) und jeder dieser beiden Cylinderflächen liegt, so folgt, dass die erwähnte Gerade nicht zum geometrischen Ort gehören kann, weil sie nicht auf der Cylinderfläche 10b) liegt. Ein Gleiches gilt von der Geraden $x=\xi$, $z=\zeta$, welche auf der Fläche 10b), aber nicht auf 10a) liegt. Da nun ein Kegel und eine Cylinderfläche sich allgemein in einer Raumcurve vierter Ordnung schneiden, die hier jedoch in eine Gerade und in eine Raumcurve dritter Ordnung zerfällt (von denen jedoch die Gerade nicht zum geometrischen Ort gehört), so folgt, dass der gesuchte geometrische Ort der Punkte $(x_1 y_1 z_1)$ eine Raumcurve dritter Ordnung ist.

Die Gleichung derselben kann aus 10) in die mehr symmetrische Form

$$A\frac{x_1-\xi}{x_1} = B\frac{y_1-\eta}{y_1} = C\frac{z_1-\zeta}{z_1}$$

gebracht werden.

Die Raumcurve geht durch den Anfangspunkt, weil es beide Cylinderflächen thun; sie geht ferner durch den Punkt $(\xi\eta\zeta)$, weil dieser Punkt auch zu den Punkten $x_1 y_1 z_1$ gehört, und aus demselben Grunde durch die drei unendlich fernen Punkte der Coordinatenaxen, denn es gingen drei zu den Axen parallele Strahlen durch den Punkt $(\xi\eta\zeta)$.

Demnach folgt:

Die Pole aller durch einen Punkt $(\xi\eta\zeta)$ gehenden Axen der Fläche zweiter Ordnung liegen in einer Raumcurve dritter Ordnung, welche durch den Punkt $(\xi\eta z)$ geht und drei den Hauptaxen parallele Gerade der Fläche zu Asymptoten hat.

Da nun die Raumcurve dritter Ordnung die gegebene Fläche in 2.3 Punkten schneidet, so folgt:

Von einem Punkte $(\xi\eta\zeta)$ können höchstens sechs Normalen an eine Fläche zweiter Ordnung gezogen werden; die Fusspunkte derselben liegen auf jener Raumcurve dritter Ordnung.

Der Axencomplex blieb derselbe für das System ähnlicher, ähnlich gelegener und concentrischer Flächen zweiter Ordnung; da nun jeder Fusspunkt als Pol einer Ebene (die dann irgend eine Tangentialebene ist) aufgefasst werden konnte, so folgt:

Die Fusspunkte aller **Normalen**, *welche von einem Punkte an ein System ähnlicher, ähnlich gelegener und concentrischer Flächen zweiter Ordnung gezogen werden können, liegen auf einer Raumcurve dritter Ordnung.*

VII. Wir betrachten einige Specialfälle, welche bei einigen gewissen Lagen des Punktes $(\xi\eta\zeta)$ eintreten.

Es liege 1. $(\xi\eta\zeta)$ in einer Symmetrieebene der gegebenen F^2; es sei etwa $\zeta=0$. Dann gehen 9) und 10a) über in

9′) $$\varkappa(\eta x-\xi y)=-\xi(y-\eta),$$

10a′) $$x_1=\frac{A}{A-C}\xi,\quad y_1=\frac{B}{B-C}\eta.$$

Gleichung 9′) repräsentirt eine Ebene, die senkrecht zur Ebene $z=0$ ist, und die beiden anderen Gleichungen eine Gerade, welche zu derselben Ebene senkrecht ist; d. h.:

Die Pole aller Axen der Fläche zweiter Ordnung, welche eine Symmetrieebene in einem gegebenen Punkte schneiden, liegen auf einer Geraden, die auf der Symmetrieebene senkrecht steht.

Bemerkung. Hierin ist zugleich der Satz enthalten, dass alle Geraden, die in einer Symmetrieebene liegen, zum Complex gehören.

Es liege 2. $(\xi\eta\zeta)$ unendlich fern, alsdann sind $\xi\eta\zeta$ unendlich gross zu setzen; doch sollen die Verhältnisse $\frac{\xi}{\eta}=\beta$ und $\frac{\xi}{\zeta}=\gamma$ dieselben bleiben. Hierdurch erhalten wir aus 9) und 10) die Gleichungen

$$\varkappa(x-\beta y)=(x-\gamma z),$$

$$A\beta y - Bx \qquad A\gamma z - Cx$$

Die erste Gleichung stellt eine durch den Anfangspunkt der Coordinaten gehende Ebene dar, die beiden anderen Gleichungen repräsentiren aber einen Durchmesser; folglich:

Alle Axen der Fläche zweiter Ordnung, welche eine gegebene Richtung haben, liegen in einer Durchmesserebene und ihre Pole auf einem Durchmesser.

VIII. Die bis jetzt gefundenen Resultate genügen zur Construction sämmtlicher Axen nebst ihren Polen, wenn eine Axe und ihr Pol gegeben ist. (Fig. 16.)

Sei SH die gegebene Axe und P der zugehörige Pol; wenn ihre Gleichung $x = \beta y + a$, $x = \gamma z + \varkappa a$ ist, so stellt die erste dieser Gleichungen die Gerade LH, die zweite die Gerade SQ dar. Mithin ist $OL = a$ und $OQ = \varkappa a$. Zieht man nun von H alle Strahlen, welche LS schneiden, so bleibt $\varkappa$ ungeändert, d. h. alle diese Strahlen sind Axen und liegen in einer Ebene, welche zur xy-Ebene senkrecht ist, weil H ein Punkt derselben ist. Die zugehörigen Pole aber liegen nach dem ersten Satze von VII auf dem Lothe von P auf die xy-Ebene. Um nun sämmtliche Axen zu finden, legt man successive alle möglichen Ebenen durch den Mittelpunkt der F^2. Jede dieser Ebenen schneidet die Linien SL und HQ in zwei Punkten, deren Verbindungslinie aber eine Axe ist; denn $\varkappa$ bleibt für jeden Strahl ungeändert, welcher überhaupt jene beiden Linien schneidet. Zieht man dann zu einer auf diese Weise gefundenen Axe alle parallelen Linien in der betreffenden Durchmesserebene, so ergeben sich zufolge des letzten Satzes in VII alle in derselben liegenden Axen. Den Pol derselben bestimmt man in folgender Weise. Sei MN eine durch die Durchmesserebene OMN gefundene Axe, so ist LN die Projection derselben in der xy-Ebene. Da man nun den Pol P_1 von HL bereits kennt, so ergiebt sich auch sofort P_2 als Pol von NL, indem man von P_1 in der xy-Ebene eine Parallele zur Y-Axe zieht. Von P_2 geht man in der Ebene LMN senkrecht in die Höhe und findet den Pol P_3 der Axe MN als Schnitt derselben mit dem Lothe, d. h. der gesuchte Pol liegt in einer Ebene, die durch P senkrecht zu OX gelegt wird. Verbindet man dann O mit P_3, so schneidet dieser Durchmesser alle zu MN parallelen Axen zufolge des letzten Satzes in VII in den zugehörigen Polen.

IX. Die Fusspunkte der Fläche zweiter Ordnung wurden definirt als Schnittpunkte einer Axe mit ihrer zugehörigen Ebene. Die Gerade

5) $$\left\{\begin{array}{l} x = \beta y + a, \\ x = \gamma z + \varkappa a \end{array}\right.$$

schneidet also die Ebene

8) $$x + \frac{y}{\beta} + \frac{z}{\gamma} = \frac{A-B}{\alpha} D$$

Der geometrische Ort aller derjenigen Fusspunkte, welche den durch den Punkt ($\xi\eta\zeta$) gehenden Axen zukommen, wird daher durch Elimination von α, β, γ aus den fünf Gleichungen gefunden:

$$x=\beta y+\alpha,\quad x=\gamma z+\varkappa\alpha,$$
$$\xi=\beta\eta+\alpha,\quad \xi=\gamma\zeta+\varkappa\alpha,$$
$$x+\frac{y}{\beta}+\frac{z}{\gamma}=\frac{A-B}{\alpha}.$$

Die Elimination aus den ersten vier Gleichungen ergiebt aber die Kegelfläche

9) $$\varkappa(\eta x-\xi y)(z-\zeta)=(\zeta x-\xi z)(y-\eta).$$

Aus denselben Gleichungen folgt ferner

$$x-\xi=\beta(y-\eta)=\gamma(z-\zeta)$$

und

$$\eta x-\xi y=\alpha(\eta-y).$$

Dies in die letzte der fünf Gleichungen gesetzt, liefert:

11) $$(x-\xi)x+(y-\eta)y+(z-\zeta)z=\frac{(\eta-y)(x-\xi)}{\eta x-\xi y}(AD-BD).$$

Diese Gleichung ist in xyz vom dritten Grade, sie stellt daher eine Fläche dritter Ordnung dar. Der gesuchte geometrische Ort ist also die Schnittcurve dieser Fläche mit der Kegelfläche. Nun haben die beiden Flächen aber die Gerade $x=\xi$, $y=\eta$ gemein; wäre die Elimination aus jenen fünf Gleichungen in anderer Ordnung ausgeführt, so würde sich herausstellen, dass sie eine Gerade $z=\zeta$, $x=\xi$ gemein hätten; daraus folgt, dass die gemeinsame Gerade nicht zum geometrischen Orte gehört. Die durch 9) und 11) bestimmte Fusspunktcurve ist also nur von der fünften Ordnung. Folglich:

Die Fusspunkte aller Axen, welche durch einen Punkt $\xi\eta\zeta$ gehen, liegen auf einer Raumcurve fünfter Ordnung, die dreimal durch diesen Punkt hindurchgeht.

Da nämlich für $x=\xi$, $y=\eta$, $z=\zeta$ alle Theile von 11) doppelt Null sind, so hat die Fläche dritter Ordnung hier einen Doppelpunkt; der Kegel hat aber in ($\xi\eta\zeta$) auch einen Doppelpunkt, mithin hat die Schnittcurve jener Flächen hier einen vierfachen Punkt und, da jene durch ihn gehende Gerade nicht zum geometrischen Ort gehört, die Fusspunktcurve einen dreifachen Punkt.

X. Liegt $\xi\eta\zeta$ wieder in einer Symmetrieebene, so dass etwa $\eta=0$ ist, so geht 11) über in

11a) $$(x-\xi)+y^2+(z-\zeta)z=\frac{x-\xi}{\xi}(AD-BD).$$

Indem man auf beiden Seiten $\frac{\xi^2}{4}+\frac{\zeta^2}{4}$ hinzuaddirt und gehörig ordnet, findet

$$x=\tfrac{1}{2}\left(\xi+\frac{A-B}{\xi}.D\right),\quad y=0,\quad z=\frac{\zeta}{2}$$

sind, deren Radius

$$r=\sqrt{\tfrac{1}{4}\left(\xi+\frac{A-B}{\xi}D\right)^2+\frac{\zeta^2}{4}+(B-A)D}$$

ist; mithin folgt, weil alle durch $(\xi 0 \zeta)$ gehenden Axen in einer zur Y-Axe parallel gehenden Ebene liegen:

Wenn der Punkt $(\xi\eta\zeta)$ in einer Symmetrieebene liegt, so ist der Ort der Fusspunkte aller durch jenen Punkt gehenden Axen ein Kreis, welcher zu dieser Symmetrieebene symmetrisch liegt und durch $(\xi\eta\zeta)$ geht.

XI. Mit Hilfe dieses Kreises kann man alle Fusspunkte construiren, wenn nur eine Axe mit ihrem Fusspunkte gegeben ist. (Fig. 17.)

Die mit ihrem Fusspunkte F gegebene Axe schneide die xz-Ebene in V, die xy-Ebene in H. Alle durch H gehenden Axen liegen dann in einer zur xy-Ebene senkrechten Ebene, welche in VN die Vertikalebene schneidet; es liegen also die durch H gehenden Axen in der Ebene VHN, und die Fusspunkte derselben auf einem Kreise, der symmetrisch zur (xy)-Ebene ist. Dieser Kreis geht mithin durch H und F und sein Mittelpunkt muss auf HN liegen; um ihn zu finden, errichtet man im Mittelpunkt von HF ein Loth, welches NH in C trifft. Jede durch H gehende Axe trifft alsdann den Kreis in ihrem Fusspunkt.

Ebenso können die Fusspunkte aller Axen bestimmt werden, welche die Ebene (xz) in einem beliebigen Punkte S der Geraden VN schneiden. Zieht man nämlich SH, so kennt man durch den vorigen Kreis den Fusspunkt G. Alle anderen durch S gehenden Axen liegen in einer Ebene, die durch HK geht, und die Fusspunkte derselben auf einem Kreise, der durch S und G geht und dessen Mittelpunkt gefunden wird, indem man im Halbirungspunkt von SG ein Loth errichtet, welches SK schneidet.

Hieraus geht hervor, dass die Fusspunkte aller Axen gefunden werden können, welche die Geraden VN und HK schneiden.

Um die Aufgabe allgemein zu lösen, berücksichtige man noch die dritte Symmetrieebene. In ihr werde ein Punkt P angenommen, zu dem sofort eine Axe und ein Fusspunkt construirt werden kann. Verbindet man P mit VN und HK durch je eine Ebene, so schneidet die Schnittlinie der beiden Ebenen die genannten Geraden; sie ist also eine Axe und ihr Fusspunkt construirbar. Alle anderen durch P gehenden Axen liegen nach VII in einer zur yz senkrechten Ebene. Die Fusspunkte liegen wieder in einem Kreise, der durch P, den schon gefundenen Fusspunkt geht und dessen Mittelpunkt in der zur (yz) senkrechten Ebene liegt. Weil nun jede Axe die yz-Ebene schneiden muss, so ist die Construction der Fusspunkte für alle

XII. Die beiden Geraden VN und $K\dot{H}$, welche bisher eine wichtige Rolle gespielt haben, sollen Leitlinien des Complexes genannt werden. Es lässt sich zeigen, dass die Fusspunkte aller sie schneidenden Axen auf einer Fläche dritter Ordnung liegen, welche zwei Schaaren von Kreisen enthält. Dies erhellt sofort, wenn man aus den drei Gleichungen

5) $$x = \beta y + a, \quad x = \gamma z + \varkappa a,$$

8) $$x + \frac{y}{\beta} + \frac{z}{\gamma} = \frac{A-B}{a} D$$

β und γ eliminirt. Dann erhält man den Ort aller derjenigen Fusspunkte, welche Axen mit bestimmtem a zukommen. Diese Elimination ergiebt nämlich

$$x + \frac{y^2}{x-a} + \frac{z^2}{x - \varkappa a} = \frac{A-B}{a} D.$$

Der Abstand der beiden Leitlinien ist

$$d = (\varkappa - 1) a.$$

Setzen wir

$$x - a = x', \text{ also } x - \varkappa a = x' - d,$$

und führen dies in die Gleichung der Fläche ein, welche auch in folgender Weise geschrieben werden kann:

$$x(x-a)(x-\varkappa a) + y^2 (x - \varkappa a) + z^2 (x-a) = \frac{A-B}{a} . (x-a) . (x - \varkappa a),$$

so erhalten wir

$$(x'+a) x' (x'-d) + y^2 (x'-d) + z^2 . x' = \frac{A-B}{a} D x' (x'-d).$$

Es folgt

$$\text{für } x' = 0 : \ -y^2 . d = 0, \text{ also } y = 0;$$
$$\text{,, } x' = d : \quad z^2 . d = 0, \text{ ,, } z = 0.$$

Im ersten Falle liegt also die ganze Z-Axe, im zweiten die ganze Y-Axe auf der Fläche. Nehmen wir aber eine Coordinatentransformation des vorigen Systems vor, indem wir auf der X-Axe den Anfangspunkt von $x=0$ nach $x=a$ verlegen und $x' = x - a$ setzen, so liegt für $x'=0$ die neue Z-Axe und für $x'=d$ die neue Y-Axe ganz auf der Fläche. Diese beiden neuen Axen sind dann aber nichts Anderes, als die Leitstrahlen des Complexes, d. h.:

Die Leitlinien des Complexes liegen auf einer Fläche dritter Ordnung, auf der zwei Schaaren von Kreisen liegen.

XIII. Die Axen, welche durch einen beliebigen Punkt $\xi \eta \zeta$ gehen, liegen auf einer Kegelfläche zweiter Ordnung. Es soll im Folgenden gezeigt werden, dass alle Axen, die in einer gegebenen Ebene liegen, eine Curve zweiter Classe umhüllen.

Zur Gleichung

5) $$x = \beta y + a, \quad x = \gamma z + \varkappa a,$$

kommt dann die Gleichung einer beliebigen Ebene

[illegible]

Nun liegt aber die Axe 5) in dieser Ebene, wenn für jedes xyz der beiden ersten Gleichungen die letzte erfüllt ist. Es ist

$$y = \frac{x-a}{\beta}, \quad z = \frac{x-\varkappa a}{\gamma},$$

also muss

13)
$$mx + n\frac{x-a}{\beta} + p\frac{x-\varkappa a}{\gamma} + q = 0$$

sein; und diese Gleichung muss für jeden Werth von x erfüllt sein, d. h. der Coefficient von x muss für sich verschwinden, also auch der übrig bleibende Theil; dies giebt

14)
$$m + \frac{n}{\beta} + \frac{p}{\gamma} = 0, \quad \frac{na}{\beta} + p\frac{\varkappa a}{\gamma} - q = 0.$$

Diese Gleichungen müssen mit den Gleichungen 5) zusammen bestehen. Für die Projection der Axe in der Ebene $z=0$ bestehen aber die beiden Gleichungen 14) und $x = \beta y + a$; wird γ eliminirt, so folgt

$$m\varkappa a + \frac{n}{\beta}(\varkappa - 1)a + q = 0,$$

also

1)
$$\frac{1}{\beta} = -\frac{q + m\varkappa a}{n(\varkappa-1)a}.$$

Seien nun x' und y' die Abschnitte, welche irgend eine beliebige dieser Projectionen auf der X- resp. der Y-Axe hervorruft, so folgt aus $x = \beta y + a$

$$x' = a, \quad y' = -\frac{a}{\beta} = \frac{q + m\varkappa a}{n(\varkappa-1)} = \frac{q + m\varkappa x'}{n(\varkappa-1)}.$$

Zwischen den Abschnitten, welche diese Projection auf den beiden Axen hervorruft, besteht also diese lineare Gleichung.

Aendert man etwa x' um l, so entspricht dem eine proportionale Vergrösserung $\frac{m\varkappa l}{n(\varkappa-1)}$ von y', d. h. diese Projectionen theilen die Axen proportional. Solche Gerade aber umhüllen eine Parabel. Mit Hilfe eines parabolischen Cylinders kehrt man dann zu der gegebenen Ebene zurück. Es folgt also:

Alle Axen, welche in einer Ebene liegen, umhüllen eine Parabel.

Da jeder Ebene des Raumes eine Parabel entspricht, so ist die unendlich ferne Gerade jeder Ebene eine Axe, d. h.:

Jede unendlich ferne Gerade gehört zum Axencomplex.

XIV. Die Paraboloide waren bis jetzt von der Untersuchung ausgeschlossen. Es wird sich herausstellen, dass die meisten der früheren Sätze auch hier gelten müssen, und demnach sollen nur die hier auftretenden Unterschiede besonders entwickelt werden. Die Gleichung eines Para-

1) $$2x + \frac{y^2}{B} + \frac{z^2}{C} = D,$$

wenn die X-Axe mit der Hauptaxe des Paraboloids und die YX- und ZX-Ebenen mit den beiden Symmetrieebenen zusammenfallen.

Die Gleichung der Polarebene des Punktes $(x_1 y_1 z_1)$ lautet

2) $$x + x_1 + y_1 \frac{y}{B} + z_1 \frac{z}{C} = D.$$

Auf dieser Ebene soll die Axe senkrecht stehen, deren Gleichung wieder

3) $$x = \beta y + a, \quad x = \gamma z + a_1$$

sei. Dazu müssen die Gleichungen erfüllt sein

$$\beta = \frac{B}{y_1}, \qquad \gamma = \frac{C}{z_1},$$
$$a = x_1 - B, \quad a_1 = x_1 - C,$$

und damit diese Axe den Punkt $x_1 y_1 z_1$ enthalte, muss sein

$$a = x_1 - \beta y_1, \quad a_1 = x_1 - \gamma z_1;$$

zugleich folgt

4) $$a - a_1 = C - B = \varkappa.$$

Demnach haben alle Axen eines Paraboloids die Bedingung zu erfüllen, dass die betreffenden Abschnitte auf der X-Axe eine constante Differenz haben.

Die Gleichung einer Axe lautet also

5) $$x = \beta y + a, \quad x = \gamma z + a + \varkappa.$$

Da die Coordinaten des Poles

$$x_1 = a + B, \quad y_1 = \frac{B}{\beta}, \quad z_1 = \frac{C}{\gamma}$$

sind, so lautet die Gleichung der Polaren auch

6) $$x + \frac{y}{\beta} + \frac{z}{\gamma} = D - B - a.$$

XV. Der Axencomplex ist auch hier vom zweiten Grade; denn alle Axen, welche durch einen Punkt $\xi \eta \zeta$ gehen, liegen auf einer Kegelfläche, deren Gleichung diesmal ist

7) $$(x\eta - y\xi)(z - \zeta) - (x\zeta - z\xi)(y - \eta) + (\zeta - z)(\eta - y) = 0.$$

Dieselbe wird erhalten, wenn man aus 5) und den beiden Gleichungen

$$\xi = \beta\eta + a, \quad \xi = \gamma\zeta + \varkappa + a$$

die Grössen a, β, γ eliminirt.

Dieser Kegel geht nicht durch den Anfangspunkt, doch enthält er drei Strahlen, welche den Coordinatenaxen parallel sind, da für das gleichzeitige Bestehen zweier von den folgenden drei Gleichungen

$$\xi = x, \quad \eta = y, \quad \zeta = z$$

die Gleichung 7) befriedigt ist.

XVI. Da $C-B=\varkappa$ ist, so können wir zu dem gegebenen Paraboloid noch unendlich viele andere construiren, welche ebenfalls denselben Axencomplex haben. Gleichung 1) geht dadurch über in

$$2x+\frac{y^2}{B}+\frac{z^2}{B+\varkappa}=D,$$

wo B und D beliebig sein können.

Sollen sämmtliche Axen, die diesen Flächen gemeinsam sind, auch denselben Pol für jede derselben haben, so muss ausser $\varkappa$ noch B und C constant bleiben, damit sich die Coordinaten des Poles nicht ändern; es darf also nur D variabel sein. Dies liefert eine Schaar ähnlicher und ähnlich liegender Flächen. Also folgt:

Alle ähnlichen und ähnlich liegenden Paraboloide besitzen denselben Axencomplex und weisen jeder Axe den nämlichen Pol $(x_1\, y_1\, z_1)$ zu.

Wenn man den Axencomplex parallel zur Hauptaxe des Paraboloids verschiebt, so kann sich der Complex nicht ändern, weil die Grösse $\varkappa$ dabei dieselbe bleibt, denn sie ist nach Gleichung 4) die Differenz der Abschnitte, welche eine Axe auf der Hauptaxe des Paraboloids hervorruft.

Der Axencomplex für alle ähnlichen und ähnlich liegenden Paraboloide ändert sich durch Parallelverschiebung in der Richtung der Hauptaxe derselben nicht.

Die Gleichung eines zu 1) ähnlichen Paraboloids laute etwa:

$$2x+\frac{y^2}{B}+\frac{z^2}{C}=D+D'$$

oder

$$2\left(x-\frac{D'}{2}\right)+\frac{y^2}{B}+\frac{z^2}{C}=D.$$

Für $x-\frac{D'}{2}=x'$ folgt

$$2x'+\frac{y^2}{B}+\frac{z^2}{C}=D.$$

Wir kommen also auf ein Paraboloid, dessen Gleichungsform dieselbe ist, wie die des ursprünglichen, nur dass es auf ein Coordinatensystem bezogen ist, dessen Anfangspunkt um $\frac{D'}{2}$ auf der ursprünglichen X-Axe verschoben ist, d. h.:

Alle ähnlichen Paraboloide können durch geeignete Verschiebung zur Deckung gebracht werden, d. h. sie sind congruent.

XVII. In einer der früheren ganz analogen Weise ergeben sich auch hier folgende Sätze, welche wir für Mittelpunktsflächen bewiesen haben:

Alle Axen, welche durch einen Punkt einer Symmetrieebene gehen, liegen in einer zu derselben senkrechten

Der Ort aller Pole, welche auf den durch einen Punkt $(\xi\eta\zeta)$ gehenden Axen liegen, ist eine Raumcurve dritter Ordnung.

Dieselbe ist als Schnitt des Kegels 7) mit einer Cylinderfläche aufzufassen und geht durch die drei unendlich fernen Punkte der drei Coordinatenaxen.

Die Gleichung der zu 1) confocalen Paraboloide ist

$$2x+\frac{y^2}{B+\sigma}+\frac{z^2}{C+\sigma}=D+\sigma.$$

Durch diese Substitution wird weder $\varkappa$ geändert, noch auch Gleichung 6), d. h.:

Das System confocaler Paraboloide besitzt denselben Axencomplex, und jeder Axe kommt für alle diese Flächen der nämliche Fusspunkt zu.

Strassburg. Emil Schilke, Stud. math.

Fig. 1.

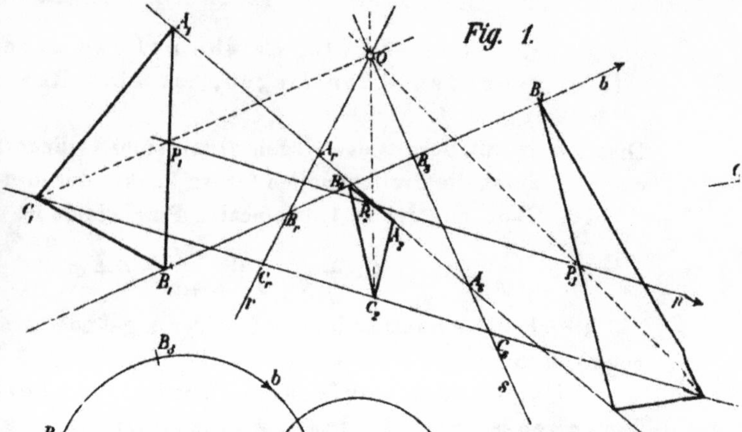

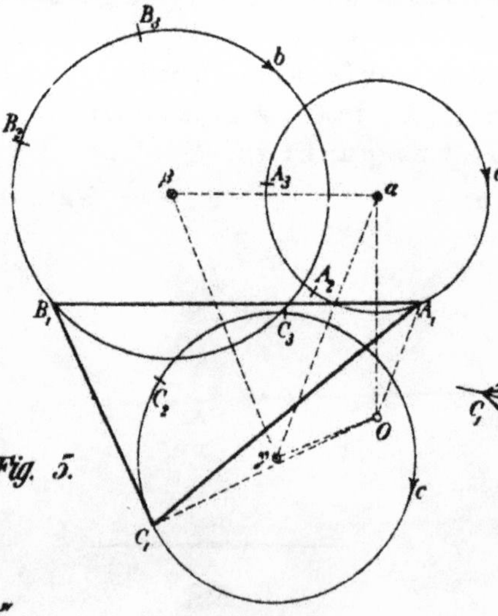

Fig. 5.

Fig. 6.

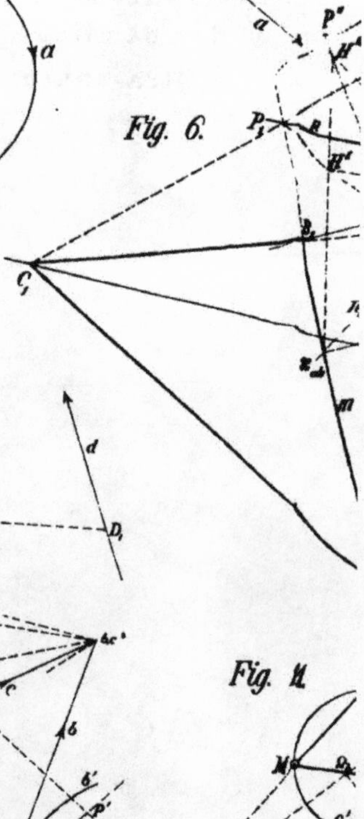

Fig. 8.

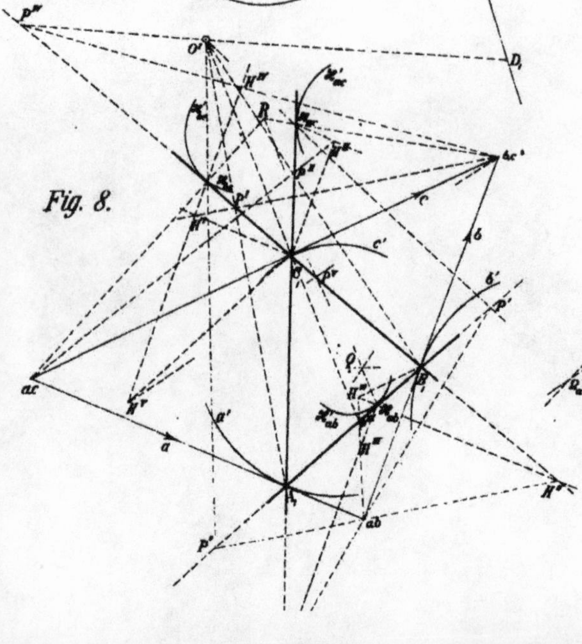

Fig. 11.

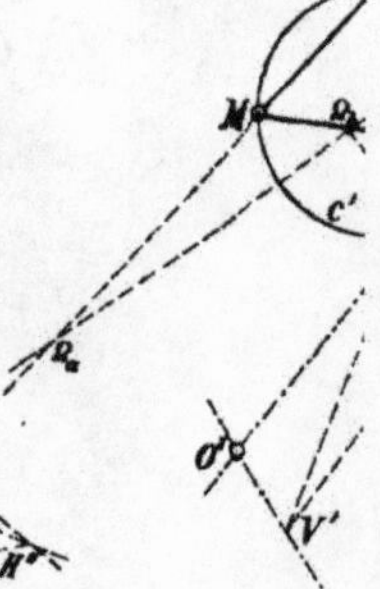

Literaturzeitung

der

Zeitschrift für Mathematik und Physik

herausgegeben

unter der verantwortlichen Redaction

von

Dr. O. Schlömilch, Dr. E. Kahl

und

Dr. M. Cantor.

Neunzehnter Jahrgang.

LEIPZIG,

Verlag von B. G. Teubner.

1874.

Druck von B. G. Teubner in Dresden.

Inhalt.

Literaturzeitung.

Recensionen.

Le Calendrier de Cordoue de l'anné 961 *texte arabe et ancienne traduction latine, publié par R. Dozy. Leyde, E. J. Brill*, 1873. (VIII, 117 S.) 8⁰.

Die Bedeutung dieses Schriftchens geht weit über den Kreis der mathematischen Wissenschaften hinaus; die Besprechung desselben darf aber hier einen grösseren Raum beanspruchen, da die Ausgabe indirect der „Zeitschrift für Mathematik" ihr Dasein verdankt, wie sich zeigen wird. Hören wir zuerst den Herausgeber.

Das Vorw. erzählt uns, dass der arabische Text des von Libri (*Hist. des sciences math*.. I. Anhang) herausg. „*Liber anoe*" sich mit hebräischen Lettern in der Pariser Bibliothek finde; die Existenz desselben sei erst durch den im Jahre 1866 erschienenen Catalog (unter Nr. 1082) bekannt geworden, da der alte den Autornamen entstellt habe. „*Je l'avais dechiffré* (? sind hebräische Buchstaben Chiffern, oder Räthsel?) *et copié pour mon propre usage, et cédant aux instances de mes amis, je le publie parcequ'il fait comprendre la traduction latine, qui à force d'etre littérale, est fort souvent inintelligible.*" Wann und wie so Hr. D. auf die hebr. HS. gerathen sei, ist nicht gesagt. Mit Verweisung auf einen Artikel in der Zeitschr. der deutschen morgenl. Gesellsch. Bd. XX S. 595—609 giebt er eine kurze Gegenüberstellung der Gründe für die Autorschaft, um welche zwei Zeitgenossen concurriren: Rabî Ibn Zeid der Bischof und Arib Ibn Sa'd der Secretär, beide aus Cordova, Günstlinge Hakem's II., genannt Almonstansir, für den einer (oder beide?) eine derartige Schrift verfasste. Sicher sei eine Confusion derselben, wahrscheinlich habe ein dritter Epitomator die Schriften verschmolzen; oder es gab zwei Compendien, oder zwei Redactionen eines einzigen Compendium. „*La question est tres-obscure, et les materiaux que nous avons à notre disposition ne suffisent pas pour la resoudre*" (p. VII). Ueber den lateinischen Uebersetzer erfahren wir Nichts; auf Rechnung des jüdischen Textabschreibers werden einige sprachliche Mängel gesetzt. Vor Kenntniss des Textes war Hr. D. etwas weniger skeptisch. Der Artikel in der D. M. Zeitschrift ist eine ausführliche Kritik und theilweise Ergänzung des meinigen in der Zeitschr. für Mathem. XI, 235, der zuerst die Quellen über den Kalender und dessen Vf. untersuchte, woran Hr. D. bis dahin nicht gedacht hatte. Ich habe Hrn. D., der sich bei meinem Aufenthalt in Leyden im Jahre 1854 sehr freundlich gegen mich benommen, direct einen Abzug zugesendet, um seine Aufmerksamkeit darauf zu lenken, und musste der empfindliche Ton der Besprechung mich befremden. Sein Resultat konnte mich nicht befriedigen; ich wartete auf neues Material und fand solches in der Nachricht über die Pariser HS.; der Catalog selbst S. 199 weiss kein Wort von Libri's Kalender (s. Ztschr. f. Math. XII, 44, 1867, und D. M. Ztschr. XXV, 1871, S. 393: „hoffentlich wird es bald wieder möglich sein, dort nähere Nachforschungen anzustellen"). Im J. 1872 wendete ich mich indirect und direct an Hrn. *Derenbourg*, Akademiker in Paris, mit der Bitte um nähere Auskunft über die HS.; ich erhielt keinerlei Answort und hörte, dass derselbe an den Augen leide. Soweit der äussere Sachverhalt. Für meine erste Anregung musste ich den Vorwurf über mich ergehen lassen (D. M. Ztschr. XX, 599): „der Aufsatz hat nicht nur etwas Verwirrtes (?), sondern auch etwas Skizzenhaftes und die nähere Begründung fehlt in manchen Fällen". Wie weit kam Hr. Dozy? Am Schluss (S. 609) fand er doch Etwas „*very puzzling*", und nach dem von mir nachgewiesenen Material ist die Frage zuletzt „*tres obscure*" geworden. Ein grosses lexicalisches Werk verhindert jetzt Hrn. *D.*, die Materie näher zu behandeln; dass ein Anderer sich damit beschäftigt, erfahren die Leser gar nicht. Es sei mir daher gestattet, über das neue Material zu referiren und die, allerdings complicaten, Fragen auseinanderzusetzen.[1]

Durch die sachkundige Herausgabe des Textes ist der Literaturgeschichte ein Dienst erwiesen, aber für die des Arabischen Unkundigen sind nur einzelne Wörter in dem Abdruck aus Libri berichtigt, „*A quelques rares exceptions près j'ai cru inutile de signaler les bévues assez nombreuses du traducteur, on les corrigera facilement en consultant le texte arabe*" (p. VIII). Die (S. VI) allgemein angedeuteten Differenzen zwischen Text und Uebersetzung muss auch der Arabist im Einzelnen aufsuchen; sie konnten durch Zeichen oder Klammern leicht bezeichnet werden. Betrachten wir beide näher.[2] Der Kalender ist so angelegt, dass zu Anfang mehr die astronomischen, meteorologischen und medicinischen, zu Ende mehr die agro-

[1] Der Kürze halber bezeichne ich mit *St.* meine Abhandlung, mit *D.* die Kritik derselben, mit *V.* das Vorwort, mit *T.* den arabischen Text, *L.* die lateinische Uebersetzung nach der neuen Ausgabe.

[2] Um das Nachschlagen zu erleichtern, da die Ausgabe keinen Columnentitel hat, gebe ich hier die Seitenzahlen, mit welchen die Monate beginnen: Januar 16, Febr. 25, März 33, April 42, Mai 50, Juni 59, Juli 68, Aug. 76, Sept. 84, Oct. 92, Nov. 101, Dec. 110.

nomischen Bemerkungen Platz finden, welche sich „an keinen bestimmten Tag knüpfen". Dass der Vf. einen „tabellarischen" Kalender beabsichtige, sagt er ausdrücklich (S. 15); aber es gab nicht für jeden Tag etwas Bemerkenswerthes. Libri (S. 402, die Note fehlt hier S. 18) bemerkt: *Les jours que nous avons laissés en blanc ne portent aucune note dans le manuscript.* Der Text (d. h. der Abschreiber) bemerkte ausdrücklich, dass zu dem betreffenden Tage sich Nichts finde (S. VII). Es findet sich aber kein einziger Tag in T. besetzt, der in L. leergeblieben wäre, mit Ausnahme der Bemerkung „*dschubsiahu*" (aegyptisch, d. h. *nefastus*, s. S. 18), die auch sonst am Anfang oder Ende des Artikels nur in T. vorkommt, s. 1. Febr. (was bedeutet das Wort *Mars?!*), 27. Febr., 9. Juni, 13. Juli, 3 Sept., 10. Oct. Mit der tabellarischen Einrichtung hängt es wohl zusammen, dass einzelne Artikel oder Sätze sich verschoben haben; s. S. 18 Anm. d, 22. Apr. T. noch *St. Georg?* (s. weiter unten — ש ist wie arab. ش nicht selten für scharfes *s* der romanischen Sprache gebraucht) vgl. 24? 2. Mai S. 52 A. *c*, 17.—18. Juni S. 63, 9.—10. Aug. S. 79, 26.—27. S. 82, 16. Nov. S. 105 Anm. *e*, 27. u. 29. S. 108. Im Allgemeinen sind die christlichen Heiligentage im Lateinischen richtiger angegeben.

In T. fehlt durchaus die Form der Constellationen, es fehlen die Kalendersprüche der Araber, s. S. 80 14. Aug. (*dixit Rismator*), 13. Febr. (*dicunt Arabes*, zur Anm. vgl. Ibn Awam S. 437, französ. S. 423 Anm. 1), 13. März S. 37; vgl. auch S. 4 Leile etc. Unter 19. April S. 46 fehlt nur die Anführungsformel: *Et existimant Arabes:* der Gedichte und Erzählungen der Araber über die Mondstationen erwähnt die Einleitung, auch T. 6 Z. 1. Hier ist entschieden eine Weglassung anzunehmen, vielleicht seitens des jüdischen Abschreibers. Hingegen sind die Worte *et est aequatio Albeteni* — d. h. Bettani vulgo *Albategnius* (14. Jan.) — wahrscheinlich eine Glosse, vielleicht erst des Lateiners. Für das vorangehende: *secundum intentionem experimentatoris* hat der Text: „nach der Meinung (*madsheb* ist Weg, Methode, Partei, Schule) der *As'hab el-mumtahan*, sonst nur *bil-mumtahan*, „*per experimentatorem*", s. 16., 17. Juni S. 63, 18. Aug., 18. Sept., 19. Oct., 16. Nov. u. nur in T. 13. Febr. S. 29 Z. 1. Man hat hier wohl, wie bei dem häufig citirten „*Sindi* (oder *Asindi*) *Indi*" (arab. *Sind-hind*), das Wort *zidsch*, Tafeln, zu suppliren und an die berühmten „probaten Tabellen" zu denken (s. D. M. Ztschr. XXIV, 375, wo lies: *Dalmontaban*, XXV, 419); vgl. Libros del saber de astron. des Alfons ed. Madrid T. III S. 237: *Almuntahin con Acindihind*, S. 203 *Almumiahin* (Druckfehler); bei Rico y Synobas S. VIII Nr. 9: „*sobre certos instrumentos antiguos*" ist ein Irrthum. Hingegen sind die „*experimentatores*" 4. Juni S. 65, wörtlich bei Ibn Awam S. 442, französ. S. 429 (wo auf den Calender hingewiesen ist) „*gens d'expérience*", arab. *Ahl et-Tadscharraba.*

Die für die fragliche Autorschaft wichtigste Differenz besteht im Heiligenkalender (vgl. K. VII). L. hat Artikel und namentlich viele

Angaben über die Oerter, Plätze (Klöster u. dgl.) in und um Cordova, wo die Feste gefeiert werden, welche in T. fehlen, auch Märtyrer aus der Zeit der dem Hakem vorangehenden drei Khalifen. Für nähere Prüfung des mir ferner liegenden Stoffes bezeichne ich hier eine Anzahl von Stellen: Jan. 6, 7, 22, 23; Febr. 14, März 3, 13, April 4, 20, 27 (vgl. 12. Mai), 30 (Perfectus, vgl. D. 14 A. 7); Mai 1 (Torquatus, vgl. 27. Apr. S. 48, am Ende des MS. steht Custos für das folg. *septem nuncios*), 3, 4, 7, 12, 20, 21; Juni 13, 17 (T. 18), 29; Juli 17, 18, 26; Aug. 3, 10 (T. 9), 25; Sept. 14, 27; Oct. 13, 16; Nov. 11, 18, 22, 29, 30 („*in villa Tarsil filii Mughisa*"); Dec. 9, 10, 18, 26, 31. — Seltener sind wirkliche Varianten, wie z. B. 18. Juni Carthagena, in T. Almeria. Die in T. vorkommenden Heiligen gehören nicht blos dem Oriente an (s. weiter unten), sondern auch anderen Gegenden, wie Frankreich (11. Nov.), dem Arelat (21. Aug.), Nola (31. Aug.), abgesehen von Rom, das mehrmal genannt ist. Die Weglassung der Erscheinung Christi u. s. w. am 25. Jan. ist vielleicht auf Rechnung des jüdischen Abschreibers zu setzen. — An wenigen Stellen ist T. vollständiger, z. B. 10. August *St. Lorenz*, 24. Aug. *Samkuris* (?) und *Simeon* (?). Einiges Andere wird später zur Sprache kommen.

Gehen wir nun an die Hauptfrage, zugleich Hauptdifferenz zwischen Herrn *D.* und mir, nämlich nach dem Verfasser des Kalenders. Hier muss ich vor Allem ein mir unbegreifliches Missverständniss zurückweisen. *D.* 605 behauptet, ich sei auf *Recemundus* gekommen, ohne einzusehen, dass der Bischof Recemundus, der Abgesandte Abdarrahman's II. an Otto I., und der Bischof Ibn Zeid Eine und dieselbe Person und der Verfasser des *liber anoe* ist, und will Letzteres erst beweisen. Wozu hätte ich denn überhaupt *Rec.* herbeigezogen?! Die Worte: „ein anderer Bischof" u. s. w. habe ich mit Anführungszeichen aus Gayangos citirt; ich selbst identificirte ausdrücklich den Rabi bei Makkari und Ibn Abi Oseibia („auch Dr. *St.*" u. s. w. bei D. 608; wer hat denn jene Stelle vor mir benutzt?) mit „Recemundus dem Secretär" nach christlichen Quellen. Ich habe nur (S. 242) angenommen, dass etwa Zeid Namen des Vaters sei, Rabi eine Umstellung von Arib (auch D. 609 kommt darauf, V. *IV*, 3 hingegen: „*Harib n'est pas Rabi*"); und um alle Möglichkeiten zu erschöpfen, fügte ich hinzu: „oder sind es zwei Brüder" (d. h. Arib und Rabi, nicht etwa Recemundus!), Söhne des Bischofs Zeid? Hr. D. hat zwar den Genitiv zu Anfang von L. „*Harib fil. Zeid episcopi*" nicht erklärt — in der HS. fehlt kein Wort vorher —, aber die Beziehung von Bischof auf Rabi festgehalten, und man wird ihm beistimmen. Er gab (S. 605 ff.) die Nachrichten über Recemundus ausführlicher wieder,[3] wornach derselbe im Frühjahr 955 einen leergewordenen Bischofssitz zum Lohne verlangte und erhielt, in Frankfurt den Luitprand von Pavia

---

[3] Eine kleine Berichtigung gab Herr Harkawy in D. M. Ztschr. XXI. 286.

zur Abfassung einer Geschichte der Kaiser und Könige seiner Zeit veranlasste, welche dem Recemundus, Bischof von *Eliberis* (oder *Illiberis*, *Elbira*, *Elvira*) gewidmet wurde. Im Juni 956 kehrte Rec. zurück und reiste, da er in den Quellen als „Bischof" bezeichnet wird, wie *D.* argumentirt, erst später nach Jerusalem und Constantinopel. Hier wird (S. 607) die für die Frage bedeutende allgemeine Bemerkung eingeschaltet, dass die Christen am arabischen Hofe, auch die Bischöfe, arabische Namen führten, und bietet sich der vorislamische Namen Rabi Ibn Zijjad. Hierzu gehört gewissermassen die Erörterung S. 597 über Namen und Person des Arib. Darnach möchte man fast glauben, ich habe die Existenz dieses Namens oder der Wortform bestritten! Ich habe in der That übersehen, dass Ibn Schebat ausdrücklich das *ain* ohne Punkt angiebt; das haben freilich auch die arabischen Abschreiber des Ibn Schebat selbst gethan, indem sie an anderen Stellen Garib schrieben! Der hebräische Abschreiber des Kalenders schreibt zuletzt ein unzweideutiges Gimel (s. weiter unten), zu Anfang Arib. Die medicinischen Fragmente, welche ich inzwischen mit hebräischen Lettern in München entdeckte, haben Arib.[4] Ebenso haben T. und Ibn Awam in der, freilich oft fehlerhaften Ausgabe, Said, nicht Sa'd; den von mir nachgewiesenen Dichter Garib ben Said, der aus dem Norden sich an Cordova richtet, ignorirt Hr. *D.* vollständig, wie ich in D. M. Ztschr. XXV, 393 hervorgehoben. Die von *D.* verworfenen Formen müssen den Arabern selbst die geläufigeren gewesen sein; nur so erklärt sich die häufige Aenderung durch Zusatz eines Punktes über dem *ain* in Garib, wie die Einschiebung des *i* in dem sicherlich frequenteren Said. Hr. D. hatte früher Arib für einen Abkömmling von Christen gehalten; er glaubte (S. 599) „jetzt noch einen Schritt weiter gehen und annehmen zu dürfen" (d. h. wie ich S. 241 vermuthet), dass er selbst zum Islam übergetreten sei. Christen erhielten arabische, jedoch nicht die ihnen verbotenen muhammedanischen Namen (über das angebliche Alter und die Anwendung dieses Gesetzes muss ich mir eine Erörterung anderswo vorbehalten); beim Uebertritt zum Islam gab man ihnen einen Namen und

---

[4] S. D. M. Ztschr. XXV, 393, wo ich auf den wahrscheinlich jüdischen Ursprung der HS. im Escurial hingewiesen; in Cod. München 220 f. 264 wird ein jüdischer Arzt citirt. — Als Arzt wird „Garib" erwähnt bei Siebold I, 293, *Morejon* I, 136, vgl. 135; Wüstenfeld S. 56; Haeser, Gesch. d. Med. I, 224, 233. In den „Biographien" Sontheimer's zur Uebersetzung Ibn Baithars (II, 743 „Ebn Said") ist unser Garib ohne jeden Grund aufgenommen, da er nirgends citirt ist, soviel ich weiss. — Ich hebe gleich hier hervor, dass T. und L. — 17. März, 8. Juli, 16. Sept. (*et alios medicos,* in T. nur *ala madshab*), 19. Nov. — Hippocrates und Galen citiren; von den Aerzten ist auch in der Einleit. S. 10 die Rede. — Ein Garib al-Khadim (Diener der Khalifen in Bagdad) erscheint bei

Vaternamen zugleich,[5] womöglich den eines Traditionslehrers u. dgl.; ein solcher Namens *Arib ben Sa'd* wird nachgewiesen (S. 599), so dass die Namen der Väter Arib's und Rabi's gleich unbekannt sind.

Ueber letzteren hätte Herr *D.*, bei selbstständiger Benutzung des Catalogs der Pariser HSS., Etwas gefunden, was auch die Leser dieser Blätter näher interessiren wird, denn es handelt sich um ein altes arabisches mathematisches Werk eines spanischen Christen. Eine kurze Nachweisung ist bereits in der „Hebräischen Bibliographie" 1871 S. 136 gegeben. Vier Pariser und eine Münchener HS. enthalten die hebräische Uebersetzung einer arabischen Bearbeitung der Arithmetik des Nicomachus Gerasenus (vgl. Ztschr. für Mathem. X, 464 Anm. 24) von „Abu Soleiman Rabi ben Jahja, Bischof von Elbira!" Der Beiname Abu Soleiman steht in Verbindung mit dem Namen Rabi;[6] Jahja ist soviel als Johannes und scheint wirklicher Namen des Vaters. Dieser Rabi, Bischof von Elbira, kann nur identisch mit Ibn Zeid oder dessen Vorgänger sein. Leider ist die Vorrede oder Widmung, namentlich in der mir allein zugänglichen Münchener HS., nicht unzweideutig und die Auffassung des Pariser Catalogs schwerlich richtig. Nach letzterem erinnert der Verf. den angeredeten alten Mitschüler an die gemeinschaftlichen Studien unter ihrem Lehrer al-Kindi, nach dessen Ansichten sie die arabische Uebersetzung des Nestorianers Habib ben Bahriz,[7] welche dieser aus dem Syrischen für Thahir ben el-Husein „*ambidexter*"[8] angefertigt, verbessert hätten.[9] Ich finde Nichts von „gemeinschaftlichen Studien"; der Verf. spricht wohl von sich selbst im Plural; der angeredete Anonymus hatte ein zu Anfang unvollständiges Exemplar

---

[5] Den Bischof Muhammed Ibn Meimum genannt Marcus, S. 598 A. 2, habe auch ich, S. 242, aus anderer Quelle erwähnt; s. auch Hammer *l. c.* V, 604 Nr. 4711.

[6] Die Belege in Hebr. Bibliogr. *l. c.*; ferner Abu Sol. Rabi Ibn Sol. im Fihrist II, 229; Abu Muhammed R. Ibn Sol. † 884 (Ibn. Khallikan, biogr. Lexicon, engl. v. Slane I, 519; vgl. IV, 394, 396).

[7] Bestätigt die Lesart Habib, für Hasan, bei Fihrist II, 18 Z. 8, vgl. S. 109, wo lies Wenrich S. 34 für 38; s. auch Wüstenfeld, arab. Aerzte S. 19 § 41, Hagi Khalfa III, 97, u. VII, 981 (also ist im Index S. 1046 Nr. 1774 = 1094 u. 3572); Hammer, Litgesch. III, 344 Nr. 12. Habib hiess syrisch Ebed Jeschu und war zuerst Metropolitan in Harran (Fihrist I, 24), ist also wohl der „Katholikos" (nicht „Katholik", wie Chwolsohn, die Ssabier I, 651; über diese Würde s. Mommsen bei A. Geiger, Urschrift u. s. w. S. 492; Geiger's jüd. Zeitschr. II, 303; G. Oppert, Presb. Johannes, S. 91). Habib hat Verschiedenes für Maamun übersetzt; aber Fihrist und alle Bibliographen kennen nur die Categorien des Aristoteles.

[8] Mörder des Amin, Bruders des Maamun; geb. 775/6, † 822/3; s. Fihrist II, 110 Anm. 9.

[9] Ueber das Verhältniss des aufgenommenen Textes zum griech. Original und der Uebersetzung des Thabit ben Korra (British Mus. Catal. S. 208, s. Hebr. Bibliogr. V, 208, 132, wo lies Chwolsohn I, 559) behalte ich mir weitere Mittheilungen vor.

des vom Verf. nach den Ansichten „unseres Lehrers"-emendirten — wohl auch glossirten — Buches u. s. w. erhalten und die Vervollständigung gewünscht. Zweimal kommt freilich die Phrase vor, dass der Verf. „von unserem Lehrer gehört"; ob an der zweiten Stelle die Worte „mehr als einmal" zu jener Phrase gehören oder zum vorangehenden Hauptsatz, ist mir unsicher. Al-Kindi, mit vollem Namen genannt, ist unzweifelhaft der berühmte Gelehrte (vulgo *Alchindus*), der noch 864 am Leben war;[10] ein directer Zuhörer desselben konnte jedenfalls der um 950—60 blühende Recemundus-Rabi nicht sein. Sollte ein gleichnamiger Vorgänger in seiner Jugend im fernen Osten ein Schüler al-Kindi's gewesen sein? Oder sind die Redensarten anders aufzufassen und Rabi identisch? Ich wage ohne weitere Hilfsmittel[11] keinerlei Entscheidung und riskire es noch einmal, Hrn. Dozy's Gelehrsamkeit zu provociren.

Meine Identificirung der Nachrichten über den Kalender und dessen Verfasser bezeichnet *D.* 605 als eine „luftig dahingeworfene Vermuthung, die jeden festen Grundes entbehrt", aus drei, nunmehr zu prüfenden Gründen.

1. Die Anführungen aus Ibn Awam[12] stimmen nicht mit L. Ich hätte die Citate selbst genau vergleichen sollen, und da ich es nicht gekonnt, so hat es D. 599—603 gethan. Das Resultat sei, dass Ibn Aw. sogar den Titel *Anwa* ausdrücklich angebe, aber die Abweichung sei grösser als die Uebereinstimmung, letztere leichter erklärlich. In *V.* VI A. 1 wird das wiederholt und eine Stelle (S. 130) hinzugefügt, aber nicht gesagt, dass sie wirklich mit T. S. 94 unter 2. October übereinstimmt. Allein auch die genaue Vergleichung des Gesammtmaterials modificirt jenes Urtheil. Es sind im Ganzen etwas über 10 Stellen, und zwar meist aus den agronomischen Schlussbemerkungen der Monate (s. oben); von 7 theilt D. den Text aus Banqueri mit, zum Theil mit Berichtigungen, welche nunmehr T. bestätigt (in den Noten zu T. sind nicht immer die Parallelen angegeben); die anderen kurz angedeuteten sind aber meist nur gewissermassen Doubletten der wirklichen oder vermeinten Differenzen; theilweise hat Herr *D.* den Widerspruch bei Awam selbst übersehen, theilweise die Uebereinstimmung im Einzelnen nicht herausgefunden, weil er ein streng wörtliches Citat auch in Bezug auf die Reihenfolge zu verlangen scheint. Ich kann hier dem Leser die Details nicht ersparen.

---

[10] Flügel, Alkindi S. 6 u. 18; dazu Serapeum, her. v. Naumann 1870 S. 292 über Costa ben Luca, der dabei in Betracht kommt.

[11] P. B. Gams, *Series Episcoporum Eccles. Cathol.*, Ratisb. 1873 S. 34, hat unter 850—64 einen Samuel *circumcisus, ejectus;* dann einige Namen aus Cod. Aemil. v. J. 962—74 und Regimund (Recemund).

[12] Ich bezeichne mit *Aw.* die Ausgabe Banqueri's, mit *Cl.* die französische Uebersetzung von Clement Mullet, Bd. II, *partie* 1: 1866 (*p.* 2 : 1867) — welche Hr. D. nirgends erwähnt. *P.* 1 S. 417 Note wird über den Kalender nichts Neues bemerkt, und später die Lesart Hazib nirgend berichtigt.

Gleich bei der ersten Stelle II, 430 Sept. (*Cl.* 417) heisst es: „Steht nicht im *Liber anoe* und ist im Widerspruch mit ... October"; d. h. die Saat von Lactuca kommt in L. unter Oct. vor, — was D. 601 noch einmal erwähnt. — Hier ist die wörtliche Uebereinstimmung (T. 101) gewichtiger, als der vermeinte Widerspruch im Monat, wenn man nicht übersieht (was auch Cl. S. 418 Note 1 gethan), dass Ibn Awam die Zwiebel im September und October erwähnt, wornach das ganze Citat unter Sept. verdächtig wird (vgl. weiter unten); ob der in L. (und T.) fehlende Schluss von Oct. S. 430 (Cl. 418) noch zum Citat aus Arib gehöre, ist fraglich; vgl. die Parallele aus der Nabatäischen Agricultur bei Cl. 418 Note 2. — S. 432 Nov., Cl. 419, fehlt nur der erste Satz in L. und T. — S. 434 Dec., Cl. 421, hat nicht die letzten Worte: *et eradicantur aliumar*; sie stehen auch T. 117 (in der Note fehlt die Parallele) nicht am Ende, zugleich Ende des Buches, — wohl aber in Zeile drei! — S. 438 März, Cl. 425, ein Citat von 6 Zeilen, fehlt angeblich in L. Allein die ersten 2 sind identisch mit Seite 439 (was auch Cl. 425—26 nicht beachtet); und aus T. 41 Zeile 7, 9 sieht man noch in den Worten والباد فجان und الترفجان die Spur der Variante والريحان; zur Fortsetzung Seite 438 Z. 13 vgl. T. 41 Z. 4 (das in Note *d* ergänzte Wort steht in L. und bei Awam); ja noch mehr, T. 41 Z. 1—4 steht zum Theil bei Aw. vor dem Citat aus Arib. — S. 439 April, Cl. 426 u. 425; D. 602: „diese lange Stelle steht nicht im Liber anoe, obschon es, wie die Natur der Sache es mit sich bringt, hier und da unter April die nämlichen Erscheinungen bespricht;" — Aw. hat aber keinen Tageskalender! über die Mondstation am 6. s. T. 44 — s. unten zu S. 490 und zum nächstfolgenden Citat. — S. 440 April stimmt nicht zu Liber anoe und Libri S. 420! Hier hat Hr. D. nicht genau verglichen; aus T. 49 Z. 3 v. u. bis 50 Z. 3 sieht man noch genauer, wie Aw. excerpirt. Die letzten 4 Wörter bei Aw. stehen T. 49 Z. 4, und was in T. folgt, steht bei Aw. vor diesem zweiten Citat im Namen eines „Anderen"; wahrscheinlich gehört das Vorangehende nicht mehr zum ersten Citat dieses Monats aus Arib. Nach Aw. ist freilich das Ende des Nisanregens am 5. Mai, nach T. und L. S. 52 am 3. Man beachte S. 440 Z. 2 وقيل „*Il en est qui disent*", Cl. 426 Z. 5 v. u. — S. 440 Mai, Cl. 427; D. 602 „stimmt gut überein" mit 5. und 25., T. S. 52, 56. — S. 441 Mai, Cl. 428, D. *ib.* „nicht im Liber anoe" — es handelt sich um vier Wörter. — Die bisherigen Citate gehören dem Kalenderabschnitt des Aw.; es erübrigen nur noch zwei: S. 490 und 492, Cl. II, 2 S. 31, 33, die zweite übereinstimmend mit dem Citat im Kalenderabschn. unter März bei Awam selbst (s. Cl. II, 1 S. 425 Note) und Lib. anoe u. s. w. wie D. 603 selbst bemerkt. In der ersten Stelle findet D. 602, dass Aw. die aus Lib. anoe (unter 15. April und 15. März sich ergebenden) 11 Monate im Namen Anderer vorbringe (vielmehr sollen diese Anderen 11 M. und 10 Tage annehmen!), während er im Namen Arib's 10 M. angiebt! Hier darf ich wohl Hrn. D. zurufen, den Balken aus dem eigenen Auge zu entfernen. Die beiden Stellen kommen in einem Abschnitt über Pferdezucht vor, und man hat deshalb, durch die Anführung bei Casiri verleitet, Arib zum Verfasser einer Veterinärkunde gemacht (u. A. auch Ercolani, *Ricerche* etc. Torino 1851, *I*, 303 ohne Quelle). Ich habe, ohne die Citate selbst nachschlagen zu können, dieselben auf den Kalender bezogen, und D. 599 widerruft demgemäss den früheren Irrthum. Um so mehr hätte er sehen müssen, dass die Zahl 10 falsch sei, denn in der „langen Stelle“, S. 439 April, welche er in L. vermisst, steht ausdrücklich im Namen Arib's elf Monate, wie in L. (und T. S. 45) unter 15. April!! — Nimmt man zu den ausdrücklichen Citaten noch andere wörtlich übereinstimmende Stellen, wie z. B. 11. Juli S. 71 mit Aw. 443 Z. 3, Cl. 429 Note 1 (vgl. auch 1. Jan. und Aw. 435 und die Note Cl. 422 über einen Widerspruch Aw.'s mit sich selbst), so wird man von dem angeblichen Uebergewicht der Differenzen wohl einen, andern Begriff bekommen und daraus wenigstens keinen Grund gegen die Identificirung machen.

2. Einen zweiten Grund gegen die Identification findet D. 603 in der Religionsverschiedenheit der beiden Autoren. Arib zeigt in seiner historischen Schrift den Hass eines Renegaten. *Lib. anoe* ist „unzweifelhaft von einem Christen und für Christen (!)“ verfasst, wenn auch Hakem gewidmet; die christlichen Heiligentage sind ein „Hauptzweck“ (!), selbst Märtyrer unter den drei letzten Herrschern sind angegeben, unter 25. Jan. sind die Worte Christi angeführt; „es ist unnöthig, diesen Punkt noch weiter zu urgiren“ u. s. w. Man könnte annehmen, dass Arib 961 noch Christ war; das sei aber ein unwahrscheinlicher Nothbehelf. — Von dieser Zuversicht ist Herr D. doch zurückgekommen. Nach *V.* IV, 4—5, „scheint“ der Vf. nicht Muselmann, aus denselben Gründen, wozu noch der Mangel einer islamischen Doxologie zu Anfang gerechnet wird. Dagegen citire T. S. 4 eine Koranstelle als Wort Gottes und habe die Stelle am 25. Jan. nicht. (Letztere könnte wohl der jüdische Abschreiber weggelassen haben?). Ich füge dazu die durchgehende Bezeichnung *Adschem*, wo L. „*Latini*“ hat, — nur 14 Z. 6 steht النصارى (Christen), aber Z. 9 wieder *Adschem*. Als ein Hauptzweck darf der Heiligenkalender nicht bezeichnet werden; die citirte Stelle der Einleitung (S. 14) sagt nur, dass durch Angabe der fixen Feste die Kenntniss vermehrt und die Anleitung gefördert werde (*L. ut sit illud addens in cognitione eius et adiuvans super significationem illius*, die Wörter, resp. Suffixe, *eius* und *illius* stehen nicht in T., *significatio* ist hier unpassend). Die Angabe der spanischen Orte, wo die Heiligen gefeiert werden (s. oben), kann von dem jüdischen Abschreiber als für Juden gleichgiltig weggelassen sein, nicht so die Feier selbst. Oder sind das Zusätze des lateinischen Uebersetzers, der höchst wahrscheinlich in Spanien arbeitete? Ich habe (S. 238) als solchen Gerard von Cremona vermuthet, einen Zeitgenossen Ibn Awam's, der jedenfalls ein *Liber*

wird jetzt todtgeschwiegen, wohl nicht deshalb, weil Hr. D. es durchaus vermeiden will, den Leser mit einer ungenügenden Behandlung des Gegenstandes bekannt zu machen. — D. 608 hatte in der Angabe Jerusalem unter 22. April eine Erinnerung an Recemunds Reise vermuthet; T. S. 47 hat nur *St. Georg!* — In Bezug auf Hakim II., für welchen nach L. die Schrift verfasst ist, bemerke ich noch, dass dieser spanische Ptolemäus auch den Juden Josef Ibn Abi Thaur (vulgo Abitur) beauftragt haben soll, die Mischna arabisch zu übersetzen (s. meinen Catal. Bodl. S. 1437 u. Add.; vgl. Grätz, Gesch. d. Juden V, 394).

3. Die Hauptschwierigkeit liegt in den Namen (*St.* 240, *D.* 604, 609). Wenn auch Arib und Rabi Umstellung sein können, so bleibt Zeid und Said, oder Sa'd (nach D.) unerklärt. D. 603 kam zu dem Resultat, dass zwei Autoren zu gleicher Zeit in Cordova eine Schrift derselben Art verfassten, von denen wahrscheinlich Einer den Anderen benutzte; Ibn Awam citire das Werk Arib's, *Liber anoe* sei von Rabi. Allein T. nennt ausdrücklich „Abu'l Hasan (bisher unbekannt) Arib (oder Garib) ben Said den Secretär" und zuletzt den Titel,[13] welchen ein arabischer Autor des XIII. Jahrh. für das Werk des Bischofs Ibn Zeid angiebt (*St.* 238, vgl. *D.* 605; in der Ausg. S. 1 Z. 4 ist *temporum* Druckf. für *corporum*). Daher kommt *V.* VI jetzt auf einen dritten Bearbeiter u. s. w. (auf eine „auszügliche" Uebersetzung deutet schon *St.* 240 hin). — Ist es denn aber absolut unmöglich, dass der Bischof Recemund = Rabi nach seiner zweiten Reise zum Islam übergetreten sei, den ähnlichen Namen Arib ben Sa'd angenommen und zwei Schriften (die medicinische im J. 964) für Hakem II. verfasst habe? Und angenommen, es seien zwei Personen, so scheint mir Herrn *D.'s* Hypothese von zwei gleichartigen Schriften nach der jetzigen Sachlage der allerunwahrscheinlichste Ausweg, und ist dann viel eher anzunehmen, dass dieselbe Schrift einem oder dem anderen der beiden Günstlinge Hakem's beigelegt, durch den lateinischen Uebersetzer und den jüdischen Abschreiber verändert worden. Wer ist aber, wird man fragen, der wirkliche Autor? Doch wohl eher der als Geschichtsschreiber gerühmte, als Arzt bekannte Secretär Arib, in dessen Vornamen T. und L. übereinstimmen.

Berlin, im October 1873. M. Steinschneider.

---

[13] Der Pariser Catalog übersetzt: *Ecrit extraordinaire* (für Garib) und setzt am Anfang Punkte, wo nach *V.* V A. 1 im Texte Arib steht; den Namen Garib scheint der Catalog also aus Casiri entlehnt zu haben.

Das mechanische Wärmeäquivalent. Gesammelte Abhandlungen von James Prescott Joule. Ins Deutsche übersetzt von J. W. Spengel. Braunschweig, Druck und Verlag von Friedrich Vieweg und Sohn. 1872.

Das vorliegende, 127 Seiten 8⁰ umfassende Werkchen ist durch seinen Titel schon hinlänglich charakterisirt. Die Ausstattung ist die anerkannt gute der anerkannten Braunschweiger Firma. Wenn auch der Inhalt des Werkes nichts Neues darbietet, da ja die einschlagenden Abhandlungen Joule's dem 5. und 6. Decennium unseres Jahrhunderts angehören, so gewährt doch die Herausgabe des Werkchens ihre bedeutenden Vortheile. Denn die Originalabhandlungen Joule's sind zerstreut in verschiedenen Bänden des *Philos. Mag.* enthalten, die Zusammenfassung der hauptsächlichsten und Epoche machenden Joule'schen Abhandlungen erspart daher ein zeitraubendes Nachschlagen, zumal da der Uebersetzer auch den Ort, wo die einschlagende Abhandlung steht, getreulich angegeben hat. Ausserdem hat Joule seine Versuche mit solcher Meisterschaft durchgeführt, dass auch nur das Studium ihrer Methode für den experimentirenden Physiker ein hoher Genuss ist. Das Werkchen enthält: „Ueber die erwärmenden Wirkungen der Magneto-Elektricität und über den mechanischen Werth der Wärme" (S. 1—40); „Ueber die Wärmeentwickelung bei der Elektrolyse des Wassers" (S. 41—55); „Ueber die Temperatur-Veränderungen durch Verdünnung und Verdichtung der Luft" (S. 56—76); „Ueber das Vorhandensein einer Aequivalenzbeziehung zwischen der Wärme und den gewöhnlichen Formen mechanischer Kraft" (S. 77—80); „Ueber das mechanische Aequivalent der Wärme, bestimmt durch die Wärmeentwickelung bei Reibung von Flüssigkeiten" (S. 81—86); „Ueber das mechanische Aequivalent der Wärme" (S. 87—119); „Einige Bemerkungen über die Wärme" (S. 120—127).

Gröbere Verstösse gegen den deutschen Sprachgebrauch haben wir nicht vorgefunden.

Freiberg. Th. Kötteritzsch.

Grundriss der theoretischen Astronomie und der Geschichte der Planetentheorien, von Johannes Frischauf. Graz, Leuschner & Lubensky, 1871. XII und 159 Seiten, 8⁰.

Die Bestimmung der wahren Bahnen der Planeten und Kometen, wie auch die Vorausberechnung der scheinbaren Oerter der letzteren gehört ohne Zweifel zu den interessantesten Anwendungen der Mathematik und Mechanik, und derjenige Schriftsteller, welcher es versteht, in die Behandlung dieser Probleme auf einfache und verständliche Weise einzuführen, wird mit Sicherheit auf ein dankbares Publikum rechnen können, das sich nur mehr um die Erkenntniss der Möglichkeit der Lösung, als um ein Erfassen aller Einzelheiten, die dem Fachmann wichtig werden, zu thun ist. Die vorliegende Schrift scheint dem Referenten trefflich zur Erfüllung des genannten Zweckes geeignet, und hat er sie bereits 1871 seinen Zuhörern am hiesigen Polytechnikum im Anschluss an einige Vorträge über Bahnbestimmung als Ergänzung empfohlen.

Der Verfasser hält im Allgemeinen den Gang der *Theoria motus* ein und beginnt mit Betrachtung eines und mehrerer Orte in der Bahn, sowie im Raume; zeigt hierauf die Bestimmung einer elliptischen Bahn aus drei Beobachtungen, einer parabolischen Bahn aus drei Beobachtungen und einer elliptischen Bahn aus vier Beobachtungen; erläutert sodann die Vorbereitungsrechnungen und behandelt endlich die Bestimmung aus einer grössern Reihe von Beobachtungen, wobei auch Encke's Methode der speciellen Berechnung der Coordinatenstörungen zur Darstellung gelangt.

Nachdem so der Leser die Lösung der fraglichen Probleme kennen gelernt hat, auch in den Stand gesetzt ist, sich selbst in Rechnungen zu versuchen, macht ihn der Schluss des Werkchens in einem geschichtlichen Ueberblick mit den Theorien der Planetenbewegung bekannt, und Mancher, der diesen Schluss zuerst durchblättert, wird hier Anregung zu weiteren Studien finden. Aeusserst fesselnd ist namentlich die Entdeckungsgeschichte der Kepler'schen Gesetze und die ausserordentliche Energie Kepler's in Verfolgung seiner Ideen trotz mühseligster Rechnungen nur dazu angethan, dem Anfänger als aufmunterndes Vorbild bei den meist nicht gerade einfachen astronomischen Rechnungen zu dienen.

Aachen. Prof. Dr. F. R. Helmert.

Theorie und Darstellung der Beleuchtung gesetzmässig gestalteter Flächen, mit besonderer Rücksicht auf die Bedürfnisse technischer Hochschulen. Von Dr. L. Burmester. Mit einem Atlas von 14 lithographirten Tafeln. Leipzig 1871, Verlag von B. G. Teubner.

Die darstellende Geometrie, welche in dem letzten Decennium durch die Einwirkung der neueren Geometrie vollständig umgestaltet und zu höherer Entwickelung befähigt wurde, musste naturgemäss auch die Bestimmung der Licht- und Hellevertheilung auf den Flächen in eine ganz neue Bahn lenken und zu neuen, einfacheren Constructionsmethoden führen. In den Lehrbüchern der darstellenden Geometrie wird meistens nur die Grenze zwischen Licht und Schatten bestimmt, damit ist aber für das Plastisch-Erscheinen der dargestellten Gegenstände fast gar nichts gewonnen; demnach entstand das Bedürfniss, die gesetzmässige Vertheilung des Lichttones sowohl in dem direct, als in dem indirect beleuchteten Flächengebiete des Dargestellten constructiv zu bestimmen. Diese Bestimmung wird in dem

praktisch ausgeführt. Die Beleuchtung der Flächen wird in demselben zum ersten Male in die *wahre Beleuchtung* und in die *scheinbare Beleuchtung* getheilt. Die erste ist nur von der Neigung der Lichtrichtung gegen die beleuchteten Flächenelemente, die zweite aber von dieser Neigung und ausserdem von der Neigung der Sehrichtung gegen die beleuchteten Flächenelemente abhängig. Die wahre Beleuchtung findet ihre Geltung bei matten, die scheinbare Beleuchtung bei schwach glänzenden Flächen. Demgemäss besteht das Werk aus zwei Haupttheilen, welche gleichberechtigt nebeneinander gestellt werden. Der Künstler wird jedoch der scheinbaren Beleuchtung den Vorzug geben, denn sie lässt die Tonvertheilung wärmer erscheinen und macht auf den Beschauer der dargestellten Flächen einen angenehmeren Eindruck, als die wahre Beleuchtung.

Die einfache Annahme, von der der Verfasser bei der wahren Beleuchtung im ersten Theile ausgeht, ist: „Die Beleuchtung einer Fläche wird durch parallele Lichtstrahlen erzeugt, die auf einer Ebene eine gleichmässige wahre Beleuchtung hervorbringen.“ Hierauf bauend, gelangt er mittelst der höheren Analysis und der neueren Geometrie zunächst zu dem Parallelogramm der Lichtstrahlen“, nach dem die Lichtstrahlenbündel wie Kräfte zusammengesetzt und zerlegt werden können; er entwickelt dann die Grundgleichungen der „Isophoten“ (Linien gleicher wahrer Beleuchtungsintensität oder gleicher Lichtintensität), welche als Norm für die Auftragung der Farbentöne dienen. Es ergiebt sich, dass die Construction der Isophoten, dieser oft seltsam gestalteten Curven, schliesslich auf die Tangentenziehung an eine betreffende ebene Curve führt. Aus diesem Grunde wird für viele Curven die Tangente für einen gegebenen Berührungspunkt, und der Berührungspunkt einer zu einer gegebenen Geraden parallelen Tangente derart bestimmt, dass eine Construction jene Tangente und diesen Berührungspunkt liefert, je nachdem man den Constructionsweg in der einen oder in der andern Richtung durchschreitet. Daraus ergeben sich mehrere elegante Tangentenconstructionen, so z. B. für die Unduloide und Nodoide. Der Verfasser behandelt die wahre Beleuchtung der Cylinder- und Kegelflächen, der Rotationsflächen, Schraubenflächen, Conoidflächen, Flächen zweiter Ordnung und andere Flächenfamilien allgemein und speciell, er giebt viele in den lithographirten Tafeln sorgfältig ausgeführte Beispiele in senkrechter, centraler und axonometrischer Darstellung, welche den Studirenden anregen und als Muster für die selbstständige Ausführung dienen können. Die neuesten Fortschritte der darstellenden Geometrie hat der Verfasser für die Beleuchtungsconstructionen höchst vortheilhaft verwendet und dadurch die Constructionen sehr vereinfacht.

In dem zweiten Theile, der die scheinbare Beleuchtung behandelt, gelangen wir in ein ganz neues Gebiet. Als Grundlage dient die Annahme: „Die scheinbare Beleuchtungsintensität eines Flächenelementes ist propor-

sinus des Winkels, welchen die Normale des Flächenelements mit der Sehrichtung bildet.“ Aus dieser Annahme werden die Grundgleichungen für die „Isophengen“ (Linien gleicher scheinbarer Beleuchtungsintensität oder gleicher Helle) abgeleitet. Es treten bei der scheinbaren Beleuchtung unerwartete, einfache interessante Beziehungen auf, welche zu einfachen Constructionen der Isophengen aller obengenannten Flächen führen. Obgleich die wahre Beleuchtung, wie der Verfasser hervorhebt, im Princip einfacher ist als die scheinbare Beleuchtung, so zeigt sich doch, dass die Darstellung der letzteren im Allgemeinen kaum schwieriger, ja in einzelnen Fällen sogar einfacher als die der ersteren ist.

Das Buch ist von der Verlagshandlung sehr schön ausgestattet; Text und Tafeln sind fast durchgängig correct, den es sind nur wenige Druckfehler geblieben und diese wenigen wird der Lernende lesend leicht erkennen. Die letzte Tafel, welche die Licht- und Hellevertheilung auf einigen Flächen zur Anschauung bringen soll, ist leider in der oberen Reihe vom Drucker mangelhaft hergestellt. Derjenige aber, der solche Tafeln mit Sepie oder Tusche selbst ausführt, wird sich über das plastische Hervortreten der dargestellten Flächen erfreuen.

Im Uebrigen kann man sagen: Das Buch bietet mit seinen sorgfältig gezeichneten und künstlerisch ausgeführten Tafeln dem Leser viel Neues und Interessantes; die Theorie der Beleuchtung ist durch dasselbe in ein neues Stadium getreten, von dem aus sie sich theoretisch weiter entwickeln und in der praktischen Anwendung nützlich zeigen wird.

Referent kann dieses Buch dem Lehrer der darstellenden Geometrie, dem Techniker und dem Mathematiker mit voller Ueberzeugung zum erfolgreichen Studium empfehlen.

Schlömilch.

Bibliographie

vom 16. December 1873 bis 15. Januar 1874.

Periodische Schriften.

Abhandlungen der mathematisch-physikalischen Classe der königl. bayrischen Akademie der Wissenschaften. 11. Bd., 2. Abtheil. München, Franz. 2⅓ Thlr.

Sitzungsberichte der königl. bayrischen Akademie der Wissenschaften, mathematisch-physikalische Classe. 1873, 2. Heft. Ebendas. 12 Ngr.

Abhandlungen der königl. Gesellschaft der Wissenschaften zu Göttingen. 18. Bd. v. J. 1873. Göttingen, Dieterich. 10 Thlr.

Tageblatt der 46. Versammlung deutscher Naturforscher und Aerzte zu Wiesbaden. Wiesbaden, Feller & Gecks. 2⅔ Thlr.

Jahrbuch über die Fortschritte der Mathematik, herausgeg. von C. Ohrtmann, F. Müller und A. Wangerin. 3. Bd., 1871. 2. Heft. Berlin, G. Reimer. 1 Thlr.

Mathematische Annalen, herausgegeben von C. Neumann. 7. Bd., 1. Heft. Leipzig, Teubner. pro compl. 6 Thlr.

Preussische Statistik. 27. Heft, enth.: monatliche Mittel des Jahres 1872 für Druck, Temperatur, Feuchtigkeit und Niederschläge, nebst fünftägigen Wärmemitteln, von H. W. Dove. Berlin, Verlag des statist. Bureaus. ⅔ Thlr.

Bibliotheca historico-naturalis, physico-chemica et mathematica, ed. A. Metzger. 23. Jahrg., 1. Heft. Januar-Juni 1873. Göttingen, Vandenhoeck & Ruprecht. 8 Ngr.

Reine Mathematik.

Dölp, H., Die Determinanten, nebst Anwendungen auf die Lösung algebraischer und analytisch-geometrischer Aufgaben. Darmstadt, Brill. ⅔ Thlr.

Finger, J., Directe Deduction der Begriffe der algebraischen und arithmetischen Grundoperationen aus dem Grössen- und Zahlenbegriffe. Laibach, Kleinmayer & Bamberg. ⅓ Thlr.

Hechel, C., Aufgaben aus der Buchstabenrechnung und Algebra, nebst ihren Auflösungen. Reval, Kluge. 1 Thlr.

FREGE, G., Ueber eine geometrische Darstellung der imaginären Gebilde in der Ebene. Jena, Neuenhahn. ½ Thlr.

ZONS, M., Lehrbuch der Geometrie. 1. Thl.: Planimetrie. Cöln, Du Mont-Schauberg. 28 Ngr.

HECHEL, C., Compendium der Planimetrie. 3. Aufl. Reval, Kluge. ⅓ Thlr.

KELLNER, F., Leitfaden für den Unterricht in der Geometrie. Reval, Kluge. ½ Thlr.

Angewandte Mathematik.

STRECKFUSS, W., Lehrbuch der Perspective. 2. Aufl. Breslau, Trewendt. 4⅔ Thlr.

VOGEL, W., Die Elemente des geographischen Zeichnens. 1. Thl. Stuttgart, Grüninger. 1 Thlr.

WEISBACH, J., Lehrbuch der Ingenieur- und Maschinenmechanik. 5. Aufl., bearb. von G. HERMANN. 1. Thl., 9. u. 10. Lief. Braunschweig, Vieweg. 1⅓ Thlr.

KLEIN, H., Die Vorübergänge der Venus vor der Sonnenscheibe und ihre Bedeutung für die Astronomie. Leipzig, Mayer. ⅓ Thlr.

Physik und Meteorologie.

MACH, E., Beiträge zur Doppler'schen Theorie der Ton- und Farbenänderung durch Bewegung. Prag, Calve. 16 Ngr.

WIEDEMANN, G., Die Lehre vom Galvanismus und Elektromagnetismus. 2. Aufl. 2. Bd., 1. Abth. 1. Lief. Braunschweig, Vieweg. 1⅔ Thlr.

BRUHNS, C., Resultate aus den meteorologischen Beobachtungen, angestellt an 24 königl. sächsischen Stationen im Jahre 1870. Leipzig, Teubner. 1⅓ Thlr.

Literaturzeitung.

Recensionen.

Bibliografija pismiennictwa polskiego z działu Matematyki i Fizyki oraz ich zastósowań. Na obchod czterechsetletniéj rocznicy urodzin Kopernika. Nakładem właściciela Biblioteki kórnickiéj, przewodniczącego w towarcystwie nauk ścisłych w Paryżu, napisana i wydana przez Dra Teofila Żebrawskiego Człon. Akad. Krak. W Krakowie w drukarni Uniwersytetu Jagiellońskiego pod zarządem K. Mańkowskiego 1873. — gr. 8°. 1. Blatt, III u. 618 SS., 4 Tf. Abb.

Die vorliegende polnisch-mathematisch-physikalische Bibliographie von Theophil Żebrawski verzeichnet 2640 Schriften u. dergl. In den Kreis der aufzunehmenden Bücher sind aber eine solche Menge von Sachen hineingezogen, die füglich nicht hineingehören, dass sich die Zahl wohl bedeutend vermindern würde, wollte man alle die betreffenden Bücher ausmerzen. Wie dickleibig würde wohl eine deutsche mathematische Bibliographie werden, wenn wir jeden beliebigen Kalender als mathematisches Werk aufführen wollten, statt uns auf die wirklich zu astronomischen Zwecken edirten zu beschränken? Wird ein Werk, wie z. B. des Ptolemäus Geographie, dadurch zu einem polnischen Werke, dass darin auch von Sarmatien gehandelt wird, so dass sämmtliche Ausgaben des Buches, jede mit fortlaufender Nummer, als Bestandtheil der polnischen Literatur aufgeführt werden? Hat ein Pole irgendwo das Werk irgend Jemandes abgeschrieben, so ist die betreffende Handschrift eine polnische Handschrift, mag nun der wirkliche Verfasser ein Italiener, Deutscher oder sonst wer sein. Dass Arbeiten über polnische Schriftsteller an betreffender Stelle aufgeführt werden, hat seine Berechtigung; auch darüber wollen wir kein Wort verlieren, dass der Begriff Polen im weitesten Sinne genommen wird, und dass also ein gut Theil jetzt völlig deutscher Länder als polnisch herhalten müssen, und es dem Verfasser nicht selten geschieht, dass er deutsche Schriften als polnische aufführt, weil dieselben z. B. in Danzig erschie-

Die Anordnung ist nach Jahrhunderten, so dass die Zugehörigkeit einer bestimmten Persönlichkeit zu einem bestimmten Jahrhundert sowohl seinem Werke, als den über ihn handelnden Schriften den Platz anweist. Am Ende ist ein *Index Nominum* angehängt; eine systematische Uebersicht sucht man vergebens, und dies ist ein Hauptmangel der Arbeit, deren Angaben sonst vollkommenes Vertrauen verdienen, da sie zum grössten Theile auf Autopsie beruhen. Es ist in dem Werke zum ersten Male der Versuch einer *Bibliographia Copernicana* gemacht, die freilich bei Weitem nicht vollständig ist, nicht einmal die Ausgaben vollständig enthält, denn 1640 ist von der Müller'schen Ausgabe eine neue Titelauflage gemacht worden, von der z. B. ein Exemplar auf der Dresdner königl. Bibliothek sich befindet. Die Bibliographie liefert für die Streitfrage der Nationalität des Copernicus übrigens, ohne es zu wollen, einen wichtigen Beitrag. Mit Recht haben die Biographen des Copernicus auf deutscher Seite betont, dass man wohl Schriften des Copernicus in deutscher Sprache, nicht aber in polnischer besitze; dagegen war das Argument der Polen immer das, es hätte zu des Copernicus Zeiten Polnisch als Schriftsprache noch nicht existirt, Copernicus habe also überhaupt polnisch nicht schreiben können. Wie hinfällig dieses Argument ist, zeigt die *Bibliografija* schlagend, denn sie giebt unter Nr 377 folgenden Titel eines Werkes aus dem Jahre 1538: *Algoritmus: To jesth nauka Liczby: Polką rzeczą wydana: Przez Księdza Tomasza Kłosa etc. Cracovię ex Officina Ungleriana* 1538, unter Nr. 378 eine Neuausgabe desselben Werkes aus demselben Jahre und unter Nr. 579 den Titel: *Przezrzenie Przygód swiatskich z biegów Niebieskich obaczone. Na Rok Boży* 1544. *Przez Mistrza Piotra z Proboszczowicz etc.* Wenn also zu Lebzeiten des Copernicus mathematische Bücher in polnischer Sprache gedruckt sind, wie jetzt sicher feststeht, so muss doch unbestreitbar damals Polnisch Schriftsprache, ja schon längere Zeit Schriftsprache gewesen sein, da wohl kaum mit einer so abstracten Sache, wie Mathematik, der erste Versuch zu einer Schriftsprache gemacht sein dürfte. Dass übrigens Polnisch schon viel früher schriftlich fixirt ist, zeigt unser Werk ebenfalls, denn der *Computus manualis* von 1451 (Nr. 88 der *Bibliografija*) endigt mit einem polnisch geschriebenen Distychon:

„*Duch krzysz lucia po popyelczu szroda pyywa*
Ossada moya myla swathe dny wyedzecz ma."

Die vier angehängten Tafeln enthalten unter I und II Initialen aus Handschriften, unter Nr. III Wasserzeichen des Papieres der Handschriften und Buchdruckersignete, endlich unter Nr. IV Facsimile des Titelblattes der „Practica deutsch Magistri Johannis von Krakaw auf das Jahr tausenth funf hundert vnd . iij.".

Thorn, 2. Januar 1874. M. Curtze.

Biblioteca Matematica Italiana dalla origine della stampa ai primi anni del secolo XIX, compilate dal Dott. Ing. Pietro Riccardi etc. Modena 1870 – 1872, *fascicolo* 1°—4°. XXIX S., 3 Blatt, Sp. 1—96; Sp. 97—256; Sp. 257—432; Sp. 433—656, 2 Blatt und Sp. 1—16.

Die vorliegenden vier Hefte der *Biblioteca Matematica Italiana*, welche den ersten Band des ersten Theiles, der alphabetisch nach den Autoren geordnet ist, sowie einen Theil des Nachtrags enthalten, bilden einen höchst werthvollen Beitrag zur mathematischen Bibliographie. Es wäre wohl zu wünschen, dass jede Nation einer ähnlichen sich erfreue. Man sieht, mit welcher Liebe der Verfasser seine Aufgabe erfasst, mit welcher Treue er dieselbe durchgeführt hat. Auf seine Arbeit könnte man wohl mit Recht jene Lobsprüche anwenden, welche, wie ich früher in diesen Blättern mittheilte, Herr A. Erlecke seiner nichts weniger als exacten und brauchbaren Arbeit selbst spendet.

Der bis jetzt erschienene erste Band des ersten Theiles umfasst die Werke von *Abaco* bis *Kirchoffer di Kirchoffen veronese*. Der zweite Band wird die Werke von *L* bis *Z* bringen, der zweite Theil dann eine systematische Uebersicht der jetzt nur alphabetisch aufgeführten Werke. Der *Appendice* enthält ausser einer Druckfehlersammlung noch *Correzioni ed Aggiunti*, die aber noch nicht zum Abschluss gelangt sind.

Die Einrichtung des Buches ist folgende. Zunächst steht der Name des Verfassers, dessen Werke aufgezählt werden sollen, mit Angabe des Geburtsortes und der Lebenszeit, soweit sie mit Sicherheit angegeben werden kann. Dann folgt in kleinerer Schrift die Angabe der Literatur über den Autor, darauf in grösserer Schrift die Aufzählung der einzelnen Werke von 1 an numerirt. Verschiedene Ausgaben werden durch Indices, wie 1_1, 2_1 unterschieden. Unter jedem einzelnen Werke ist die genauere bibliographische Angabe, sowie, wenn nöthig, kurze Mittheilung über den Inhalt des betreffenden Werks in kleiner Schrift abgedruckt. Als Beispiele der Reichhaltigkeit wählen wir zwei berühmte Namen: *Cardano* und *Galilei*. Der Artikel *Cardano Girolamo, milanese nato a Pavia*, 1501 — 1566 umfasst Spalte 248—260; der Artikel *Galilei Galileo, da Pisa*, 1564 — 1642 erstreckt sich von Spalte 503—565. Von den in Zeitschriften erschienenen Schriften eines Autors ist stets in dem Artikel, der ihm gewidmet ist, gehandelt, mit Angabe, wo die Abhandlung erschien; die betreffende Sammlung ist jedoch unter ihrem Stichwort an gehöriger Stelle, aber ohne Inhaltsangabe aufgeführt.

Wir können dem verdienten Verfasser nur wünschen, dass er sein Werk in solcher Weise fortführen möge bis an das glückliche Ende, und

dert in ähnlicher Weise zu behandeln. Das Buch dürfte leider bald zu den Seltenheiten der Literatur gehören, da es nur in 250 Exemplaren gedruckt ist.

Thorn, 2. Januar 1874. M. Curtze.

Elemente der analytischen Geometrie der Ebene in trilinearen Coordinaten. Für Mathematiker und Studirende. Von Leopold Schendel. Jena, Hermann Costenoble. 1874.

Unter diesem Titel hat soeben ein Buch die Presse verlassen, in dem die einfachen geometrischen Gebilde der Ebene unter Zugrundelegung eines Fundamentaldreiecks untersucht werden.

Der Verfasser nimmt als Coordinaten des Punktes die von demselben mit den Eckpunkten des Dreiecks bestimmten Dreiecksflächen oder vielmehr diesen proportionale Grössen an und bestimmt dann die Gerade gleichfalls durch drei Coordinaten. Hieran schliesst sich die Bestimmung des Winkels zweier Geraden, der Entfernung zweier Punkte u. s. w. Der Umstand, dass dieselben Coordinaten, wie die dabei erscheinende unendlich ferne Gerade, der Schwerpunkt des Fundamentaldreiecks hat, bestimmt den Verfasser zur Bezeichnung desselben als endlich fernen Punkt und zur Einführung der den bekannten durchaus analogen Begriffe des Winkels zweier Punkte, der Entfernung zweier Geraden u. s. f. Die Darstellung der Tangente dieses Winkels durch die Coordinaten der Punkte führt auf sechs Grössen, die den Seiten und Winkeln des Fundamentaldreiecks genau entsprechen und die so beschaffen sind, dass diese durch jene in derselben Weise darstellbar sind, wie jene durch diese. So zeigt sich eine vollständige Analogie zwischen Punkt und Gerade, die auch äusserlich durch die Bezeichnungen zur Anschauung gebracht wird und die endlich in der Darlegung der verschiedenen Bedeutung der Coordinaten ihre allgemeine Begründung und in dem Princip der Dualität ihren Ausdruck findet. Dabei erweisen sich die Coordinaten der Geraden als die sogenannten Plücker'schen Coordinaten, und es zeigt sich, dass der Zusammenhang derselben nicht blos durch eine Gleichung zweiten, sondern auch durch eine solche ersten Grades darstellbar ist. Die wichtige Bedeutung des Schwerpunktes giebt hiernach dem Verfasser den Anlass zur Betrachtung des Schwerpunktes materieller Punkte, die einerseits auf einem merkwürdigen sogenannten Kreise der mittleren quadratischen Entfernungen und durch diesen auf die Potenz eines Punktes führt und andererseits insbesondere zeigt, dass die Coordinaten des Punktes seine barycentrischen (Möbius'schen) Coordinaten in Bezug auf das Fundamentaldreieck sind, woran sich die Discussion der merkwürdigen Punkte, Geraden und Kreise des Dreiecks und in einfacher Weise im Verein mit der Reciprocität und Collinearverwandtschaft zwischen Punkten und Geraden die Coordinatentransformation anfügt. Darauf wendet sich

system einer Geraden, in dem immer vier Punkte in einer von einer variablen Grösse abhängigen Beziehung zu zwei festen Punkten stehen; von diesen Punkten werden zwei und zwei als hyperbolische und elliptische Punkte und für besondere Werthe dieser Grösse als parabolische oder harmonische und anharmonische Hauptpunkte und cyclische oder Hauptpunkte, und ausserdem immer ein hyperbolischer und ein elliptischer zusammen als in Bezug auf die parabolischen Punkte harmonisch oder anharmonisch conjugirte Punkte bezeichnet. Das ist der Hauptinhalt des ersten Theiles.

Der zweite Theil handelt von den Kegelschnitten, auf deren Gebiete sich in dreifacher Beziehung die Dualität zeigt. Zunächst werden zwei nach dem Princip der Dualität einander entsprechende Classificationen der Kegelschnitte in Rücksicht auf die unendlich ferne Gerade und den endlich fernen Punkt vorgenommen, bei deren erster ihre Gestalt und bei deren zweiter ihre Lage in Bezug auf einen Punkt in Berücksichtigung kommt; sie werden eingetheilt in Gerade, Ellipsen, Parabeln, Hyperbeln und in Punkte, relative Ellipsen, Parabeln, Hyperbeln. Sodann zeigt sie sich in der Zweitheilung der Kegelschnitte in Ellipsen und Hyperbeln, als deren Grenzfall die Parabeln erscheinen und unter denen die elliptischen (gewöhnlichen) und hyperbolischen Kreise (gleichseitigen Hyperbeln) besonders hervortreten. Und endlich erscheinen die Kegelschnitte selbst als solche im Allgemeinen als der eine Theil eines zweitheiligen Ganzen. Es werden nämlich, um nur von der Geraden zu reden, die auf ihr liegenden Punkte des Kegelschnittes als harmonische Hauptpunkte und ihre Mittelpunkte in Bezug auf diese — in dem entsprechenden Falle treten an deren Stelle Winkelhalbirungslinien — als Hauptpunkte derselben in Bezug auf den Kegelschnitt aufgefasst und dadurch zugleich ihre anharmonischen Hauptpunkte bestimmt; und wie nun zwei Punkte, die in Bezug auf die harmonischen Hauptpunkte ihrer Verbindungslinie harmonisch oder in Bezug auf die anharmonischen Hauptpunkte derselben anharmonisch conjugirt sind, als in Bezug auf den Kegelschnitt polar conjugirt bezeichnet werden, so werden zwei Punkte, für die das Umgekehrte statthat, in Bezug auf ihn apolar conjugirt genannt. Und es ist der Kegelschnitt der Ort der sich selbst polar conjugirten Punkte und Geraden, und der Ort der sich selbst apolar conjugirten Punkte und Geraden der andere Theil jenes zweitheiligen Ganzen.

Die Eigenschaften der Kegelschnitte werden von dem Verfasser unter Annahme eines Princips der Continuität in einer einheitlichen Weise abgeleitet. Durch sie sowohl, als auch durch die sie darstellenden analytischen Ausdrücke wird eine vollständige Analogie zwischen Ellipse und Hyperbel und insbesondere zwischen dem elliptischen und hyperbolischen Kreise dargethan, doch so, dass der elliptische Kreis insofern, als von ihm oder dessen unendlich fernen imaginären Kreispunkten die Metrik der geo-

dieses Vorrecht auf dem Gebiete der Oerter der sich selbst apolar conjugirten Punkte und Geraden dem dem hyperbolischen Kreise entsprechenden Orte zuzukommen scheint. Die zum Kegelschnitte in Beziehung stehenden ausgezeichneten Punkte, Geraden und Kreise, wie z. B. die harmonischen und anharmonischen Hauptdiametrallinien (Asymptoten und gleichen conjugirten Durchmesser), die Hauptdiametrallinien (Axen), die Brennpunkte, und ferner die Abstände eines Punktes von den Hauptdiametrallinien, die Entfernungen der Brennpunkte und Scheitelpunkte vom Centrum u. s. f. werden in trilinearen Coordinaten dargestellt, und zwar werden die Gleichungen z. B. der Geraden in einer solchen Form gegeben, dass sie nach einer kleinen Aenderung deren Pole darstellen. Den (elliptischen) Brennpunkten stellt der Verfasser zur Seite die hyperbolischen Brennpunkte oder die auf den Hauptdiametrallinien liegenden Punkte des Ortes je zweier zu einander rechtwinkliger Geraden des Kegelschnittes und wird dadurch auf zwei den imaginären Kreispunkten entsprechende sogenannte unendlich ferne reelle Kreispunkte geführt, die in naher Beziehung zu den unendlich fernen Punkten stehen, die in der Theorie der Kegelschnitte als Repräsentanten der unendlich fernen Punkte aller hyperbolischen Kreise angesehen werden können und über die der Verfasser in einer im Vorwort angezeigten Abhandlung, in der auch auf dem Gebiete der höheren Analysis eine gewisse Dualität aufgedeckt wird, das Nähere geben wird. Weiter werden die die verschiedenen Charaktere der Kegelschnitte kennzeichnenden Functionen und die im Laufe der Untersuchungen auftretenden Coefficientenfunctionen zweier Kegelschnitte als Invarianten nachgewiesen und der Potenzexponent des Coefficienten, den sie bei dem Uebergange zu einem andern Fundamentaldreieck annehmen, als Invariantenexponent bezeichnet; vermittelst desselben wird u. A. der Flächeninhalt des in Bezug auf zwei Kegelschnitte polar conjugirten Dreiecks durch Invarianten ausgedrückt. Und endlich spricht der Verfasser, nachdem er noch die einfacheren Formen der Kegelschnittsgleichung, den Krümmungskreis und das Doppelverhältniss von vier Punkten und Geraden des Kegelschnitts betrachtet, zum Schlusse von der Herleitung eines neuen Satzes aus einem bekannten vermittelst des Princips der Polarreciprocität und von der Verallgemeinerung von Sätzen durch die Principien der Dualität und Continuität; die letztere Methode, die sich auf die Veränderlichkeit der Lage des endlich fernen Punktes gründet, ersetzt die Projectionsmethode.

Man wird aus dieser Inhaltsangabe ersehen, dass der Verfasser ein reiches Material in eigenthümlicher Form bearbeitet hat. Jedenfalls verdient sein Werk die Beachtung aller Freunde der neueren analytischen Geometrie.

SCHLÖMILCH.

Bibliographie

vom 16. Januar bis 28. Februar 1874.

Periodische Schriften.

Astronomische Nachrichten, herausgegeben von C. A. PETERS. 83. Bd. Nr. 1. Hamburg, Mauke & Söhne. pro compl. 5 Thlr.

Vierteljahrsschrift der astronomischen Gesellschaft, herausgegeben von A. AUWERS und A. WINNECKE. 8 Jahrg. 3 und 4. Heft. Leipzig, Engelmann. 1 Thlr.

Nautisches Jahrbuch der vollständigen Ephemeriden und Tafeln für das Jahr 1876, herausgeg. von C. BREMIKER. Berlin, G. Reimer. ½ Thlr.

Annalen der k. k Sternwarte in Wien, herausgeg. von C. v. LITTROW. 3 Folge, 20. Bd. Jahrg. 1870. Wien, Wallishauser. 3⅜ Thlr.

Zeitschrift für Vermessungswesen, herausgeg. von W JORDAN. 3. Bd., 1. Heft. Stuttgart, Wittwer. pro compl 3 Thlr.

Annalen der Physik und Chemie, herausgeg. von J. C. POGGENDORFF. 6 Ergänzungsband, 3. Stück. Leipzig, Barth. 1⅓ Thlr.

Jahrbücher der k. k. Centralanstalt für Meteorologie und Erdmagnetismus, herausgeg. von C. JELINEK und F. OSNAGHI. Neue Folge 8. Bd., Jahrg. 1871. Wien, Braumüller. 2 Thlr.

Zeitschrift der österreichischen Gesellschaft für Meteorologie, herausgeg. von C. JELINEK und J. HANN. 9. Bd., 1874; Nr. 1. Wien. Braumüller. pro compl. 3 Thlr.

Annuario marittimo per l'anno 1874. 24. *Annata.* Triest, literar. artist. Anstalt. 2 Thlr.

Reine Mathematik.

CANTOR, Historische Notizen über die Wahrscheinlichkeitsrechnung. Halle, Schmidt. $^1/_5$ Thlr.

FELD und V. SERF, Uebungsbuch für den Unterricht in der Arithmetik und Algebra. 3. Aufl. Mainz, Kunze's Nachf. ⅔ Thlr.

SCHRÖN, L., Siebenstellige Logarithmen u. s. w. 13. Aufl. Braunschweig, Vieweg. $1^2/_5$ Thlr.

COTTA, H. v., Handbuch der Aufgaben und Formeln aus der Geometrie, Stereometrie und ebenen Trigonometrie. Eisenach, Bacmeister.

Eserskt, Th. v., Multiplications- und Divisionstabellen. 2. Ausg. Dresden, v. Zahn. 1⅓ Thlr.

Vöckel's Beispiele und Aufgaben zur Algebra. 7. Aufl., bearbeitet von Th. Schröder. Nürnberg, Korn. 8 Ngr.

Hartmann, B., Genetischer Leitfaden für den Unterricht in der Planimetrie. 3. Heft. Bautzen, Röhl. 8 Ngr.

Wagner, H., Lehrbuch der ebenen Geometrie. Hamburg, Gräfe. $^4/_5$ Thlr.

Zetzsche, K., Leitfaden zur ebenen und körperlichen Geometrie. 2. Aufl. Chemnitz, Brunner. 1⅓ Thlr.

Kieseritzky, C., Lehrbuch der elementaren Geometrie. 1. Bd.: Planimetrie. Petersburg, Deubner. 1⅙ Thlr.

Vogt, H., Der sphärische Kegelschnitt. Breslau, Korn. 12 Ngr.

Schendel, L., Elemente der analytischen Geometrie der Ebene in trilinearen Coordinaten. Jena, Costenoble. 2 Thlr.

Lipschitz, R., Beitrag zur Theorie des Hauptaxenproblems. (Akad.) Berlin, Dümmler. ⅓ Thlr.

Rosenow, H., Die Curven dritter Ordnung mit einem Doppelpunkte. Breslau, Maruschke & Berendt. ½ Thlr.

Angewandte Mathematik.

Knapp, G. F., Theorie des Bevölkerungswechsels. Abhandlungen zur angewandten Mathematik. Braunschweig, Vieweg. 1⅔ Thlr.

Defert, C. F., Tafeln zur Berechnung rechtwinkliger Coordinaten. Berlin, Springer. 2⅔ Thlr.

Schering, E., Die Hamilton-Jacobi'sche Theorie für Kräfte, deren Maass von der Bewegung der Körper abhängt. Göttingen, Dieterich. $^3/_5$ Thlr.

Physik und Meteorologie.

Recknagel, G., Compendium der Experimentalphysik. 1. Abth. Stuttgart, Meyer & Zeller. $^4/_5$ Thlr.

Krebs, G., Lehrbuch der Physik und Mechanik. 2. Aufl. Wiesbaden, Kreidel. $1^1/_5$ Thlr.

Abbé, E., Neue Apparate zur Bestimmung des Brechungs- und Zerstreuungsvermögens fester und flüssiger Körper. Jena, Mauke's Verl. 28 Ngr.

Domalik, K., Ueber den Widerstand einer Kreisscheibe bei verschiedener Lage der Elektroden. (Akad.) Wien, Gerold. 2 Ngr.

Bolzmann, L., Experimentaluntersuchung über die elektrostatische Fernwirkung dielektrischer Körper. (Akad.) Wien, Gerold. ⅔ Thlr.

Literaturzeitung.

Recensionen.

Verschiedene Methoden zur Berechnung der anziehenden Kraft gleichförmig mit Masse belegter Kreislinien und Kugelschalen auf ausserhalb und innerhalb gelegene Massenpunkte und einige Sätze über das Potential. Von Dr. C. Bender. Nördlingen, Beck'sche Buchhandlung.

Das kleine, 58 Seiten gr. 4^0 enthaltende Schriftchen, dem noch eine Figurentafel beigegeben ist, enthält die Berechnung der Anziehung von ebenen massenbelegten Figuren oder von Körpern, die aus der Kreislinie auf einfachste Weise entstanden gedacht werden können, auf einzelne Massenpunkte. Die Massenbelegung der anziehenden Körper ist durchaus gleichförmig angenommen. Das Gesetz, nach welchem die Anziehung erfolgt, wird verschieden angenommen, namentlich werden miteinander die sehr analogen Resultate verglichen, die sich ergeben, wenn für die Kreislinie die Anziehung der Entfernung einfach umgekehrt proportional angenommen wird und wenn für die Kugel die Anziehung umgekehrt proportional dem Quadrate der Entfernung erfolgt. Die Resultate werden gewonnen theils und vorzüglich durch elementare Rechnung, die namentlich die Integrationen zu umgehen sucht, und theils durch directe Anwendung der höhern Mathematik. Die Einfachheit, Sicherheit und Strenge der letzteren Methode tritt gegen die Umständlichkeit der ersteren, die noch dazu, weil sie des Satzes über das Unendlichkleine höherer Ordnung entbehrt, an wesentlichen Mängeln der Unsicherheit leidet, deutlich hervor.

Dies ist der Inhalt des ersten Abschnittes, ihm folgt ein zweiter von Seite 33—42, der die elementarsten Sätze über die Potentialfunction (hier kurz Potential genannt) enthält. Von Seite 43—48 folgen einige einfache Sätze über das logarithmische Potential und von Seite 48—54 einige Sätze über Integrale, wie sie in der Potentialrechnung häufig gebraucht werden

In einem Anhange von Seite 55—58 ist noch einiges über die Anziehung einer ellipsoidischen Schale gebracht, die begrenzt wird von den beiden Ellipsoiden

$$\frac{x^2}{a^2}+\frac{y^2}{b^2}+\frac{z^2}{c^2}-1=0 \text{ und } \frac{x^2}{a^2}+\frac{y^2}{b^2}+\frac{z^2}{c^2}-k=0.$$

Freiberg, d. 19. Decbr. 1873. TH. KÖTTERITZSCH.

Die Schule des Physikers. Experimentell und mathematisch durchgeführte Versuche als Leitfaden bei den Arbeiten im physikalischen Laboratorium von Dr. LUDWIG KÜLP. Heidelberg. Carl Winter's Universitätsbuchhandlung. 1873.

Je mehr auch in der Physik, wie bereits schon seit längerer Zeit in der Chemie, sich bestimmte Normen und Regeln herausbilden, nach denen häufig wiederkehrende Bestimmungen physikalischer Grössen auszuführen sind, je mehr die Physik an Popularität und allgemeiner Brauchbarkeit gewinnt, um so mehr wird es auch Bedürfniss, dass Lehrbücher erscheinen, die dem gefühlten Mangel abzuhelfen suchen. So war das kürzlich in ähnlichem Sinne von Kohlrausch erschienene Werkchen in seiner ersten Auflage bald vergriffen und sicher hilft auch das vorliegende einem immer noch gefühlten Mangel entsprechend ab. Die Einrichtung dazu hat das vorliegende Werkchen in vorzüglicher Weise, namentlich möchten wir hervorheben, dass die Apparate, welche zur Ausführung der einzelnen Arbeiten verlangt werden, möglichst einfach gewählt sind und dass die Anordnung des Stoffes in jeder einzelnen Aufgabe zweckmässig so getroffen ist, dass zunächst auf die klar ausgesprochene Aufgabe die Aufzählung der zu ihrer Lösung nöthigen Apparate folgt und dann die Anleitung zur Lösung auf mathematischer oder praktischer Grundlage.

Der Stoff, über welchen man sich durch ein beigegebenes ausführliches Inhaltsverzeichniss bald orientiren kann, umfasst: 1. Themas aus der Mechanik S. 1—138, aus der Lehre vom Magnetismus S. 141—184, aus der Lehre vom Galvanismus S. 187—236, aus der Akustik S. 239—272, aus der Optik S. 275—400, aus der Wärmelehre S. 403—474. Hieran schliesst sich ein Abschnitt, überschrieben: Ergänzungsthemas von S. 477—522, der kleinere Aufgaben aus allen eben genannten Gebieten enthält. Ein Anhang S. 525—606, der allgemeine Regeln über die Ausführung der praktisch-physikalischen Arbeiten und über die theoretische Verarbeitung der gewonnenen Resultate enthält und eine Sammlung, umfassend die nöthigsten physikalischen und mathematischen Tabellen S. 609—624, schliessen das ganz vortreffliche Werkchen.

Freiberg, den 2. Februar 1874. TH. KÖTTERITZSCH.

Physikalische Aufgaben nebst ihrer Auflösung. Eine Sammlung zum Gebrauche auf höheren Unterrichtsanstalten und beim Selbstunterrichte. Von Dr. H. Emsmann. 3. Aufl. Leipzig, Otto Wigand. 1873.

Diese umfassende und zweckmässig angeordnete Aufgabensammlung unterscheidet sich von den früheren Auflagen zu ihrem Vortheil wesentlich dadurch, dass in ihr das metrische Masssystem durchaus eingeführt ist. Sie enthält Aufgaben aus dem gesammten Gebiet der Physik, und zwar der Reihe nach Aufgaben aus der Mechanik, Akustik, Wärmelehre, Optik, Magnetismus und Electricität und erheischt natürlich keine höheren mathematischen Hilfsmittel, als sie die sogenannte niedere Mathematik gewährt. Die einzelnen Abschnitte enthalten noch Formelzusammenstellungen und das nöthige Tabellenwerk, so dass nach einem vernünftig ertheilten physikalischen Unterricht der Lehrer nur dem Schüler die Nummer der zu lösenden Aufgabe anzugeben hat, um mit Grund die Ausführung der Lösung der Aufgabe seiten des Schülers erwarten zu können.

Der Aufgabensammlung ist noch ein wichtiger zweiter Theil beigegeben, der die Auflösungen enthält; dabei ist die Lösung jeder schwierigeren Aufgabe noch zweckmässig erläutert.

Wir betrachten die vorliegende Aufgabensammlung als eine der zweckmässigsten ihrer Art, die man jedenfalls mit Glück auch als einfaches Repetitorium den Schülern in die Hände geben könnte.

Freiberg, den 14. Decbr. 1873. Th. Kötteritzsch.

I Precursori di Copernico nell'Antichità. Ricerche storiche di G. V. Schiaparelli. Ulrico Hoepli editoro-librajo, Milano e Napoli 1873. *(Pubblicazioni del Reale Osservatorio di Brera in Milano No. III.)* 4°. 1 Bltt., 52 S.

Der berühmte Director der Sternwarte der Brera zu Mailand hat die Festrede, welche er im königl. lombardischen Institute zur vierhundertjährigen Feier der Geburt des Vaters der neueren Astronomie gehalten hat, in offenbar erweiterter Gestalt der Oeffentlichkeit übergeben. Er hat in eingehendster Weise alle Versuche des Alterthums, die himmlischen Bewegungen durch Bewegungen der Erde zu erklären, der Untersuchung unterworfen. Neben ihrer gewählten Sprache dürfte die Schrift durch ihre Vollständigkeit die Aufmerksamkeit auf sich lenken.

Seine Arbeit hat der Verfasser in fünf Abschnitte getheilt. Der erste behandelt die Pythagoräer, speciell Pythagoras selbst, Philolaos, Hiketas und Archedemos; der zweite Plato (wir machen hier besonders auf die prächtige Darlegung der Ideen des Timäos aufmerksam); der dritte Heracleides Ponticos und Ekphantos; der vierte Aristarch

pernicus — dass der Letztere das System des Aristarch gekannt hat, lehrt die Säcularausgabe nach dem Originalmanuscript —; der fünfte endlich, Aryabhatta und Prithûdaca-Swami überschrieben, zeigt, was von den griechischen Lehren sich bei den Indern wiederfindet. Die Seiten 40 – 51 nimmt dann eine Sammlung aller der Stellen im Originaltexte ein, welche der Verfasser im Laufe seiner Abhandlung zu citiren genöthigt ist.

Von allen Behauptungen, welche Herr Schiaparelli aufstellt, ist nur eine einzige, die wir nicht vollständig unterschreiben können. „*Nel lungo intervallo trascorso fra la decadenza della scuola di Alessandria ed il risorgimento delle scienze in Occidente, non era da aspettarsi che alcuno proponesse il moto della Terra come tesi scentifica. I sistemi cosmici si riavicinavano a quelli d'Omero e di Talete, e la stessa rotondità della Terra, durante un certo tempo, fu in Europa una nozione riserbata a menti privilegiate. Nè si legge, chè gli Arabi, i quali tennero in quell' intervallo il primato scientifico, e conservarono con diligenza, ma non estesero, le conquiste astronomiche dei Greci abbiano pensato, che vi potesse esser un' astronimia più semplice e più vera che quella dell' Almagesto*" schreibt der Herr Verfasser am Anfange des fünften Abschnitts. Er scheint also nicht zu kennen die neueren Arbeiten Munk's und Steinschneider's über Alpetragius, die Bemerkungen Le Verrier's und Narducci's über Arzachel, der die excentrischen Kreise und Epicyclen schon durch Ellipsen ersetzte; er scheint nicht an den Ausspruch Königs Alfons des Weisen, der ja in der Astronomie wohl zu den Arabern zählt, zu denken: „Wenn ich Gott wäre, so hätte ich die Welt besser eingerichtet."

In Betreff des ersten Abschnittes ist es von hohem Interesse, die beiden Abhandlungen Th. Henri Martin's im Bulletino Boncompagni, T. V, 1872: „*Hypothèse astronomique de Pythagore*" und „*Hypothèse astronomique de Philolaüs*" (S. 99 — 157), zu vergleichen. Beide Verfasser kommen auf verschiedenem Wege an dasselbe Ziel.

Thorn, April 1874. M. Curtze.

Bibliographie

vom 1. März bis 15. April 1874.

Periodische Schriften.

Sitzungsberichte der königl. sächsischen Gesellschaft der Wissenschaften, mathematisch-physikalische Classe. 1873, Heft 3—5. Leipzig, Hirzel. 1 Thlr.

Monatsbericht der königl. preussischen Akademie der Wissenschaften. Jahrgang 1874, Januar. Berlin, Dümmler. pro compl. 4 Thlr.

Sitzungsberichte der königl. bayrischen Akademie der Wissenschaften, mathemat.-physikalische Classe. 1873, Heft 3. München, Franz. $^2/_5$ Thlr.

Beobachtungen (metrische und meteorologische) an der k. k. Sternwarte zu Prag. 33. Jahrgang (Jahr 1872). Prag, Calve's Universitäts-Buchhandlung. $2\frac{1}{2}$ Thlr.

Fortschritte der Physik. 25. Jahrgang (Jahr 1869), 2. Abth., redigirt von SCHWALBE. Berlin, G. Reimer. $3\frac{1}{3}$ Thlr.

Annalen der Physik und Chemie, herausgegeben von POGGENDORFF. Jubelband. Leipzig, Barth. $4\frac{2}{3}$ Thlr.

Reine Mathematik.

PAUGGER, F., Lehrbuch der Elementararithmetik oder Algebra. Neue Auflage. Triest, literar.-artist. Anstalt. $1\frac{1}{3}$ Thlr.

HAUCK, A., Lehrbuch der Arithmetik. 1. Thl., 1. Abth. 3. Aufl. Nürnberg, Korn. $\frac{1}{2}$ Thlr.

GEGENBAUER, L., Ueber die Functionen X_n^m. (Akad.) Wien, Gerold. 2 Ngr.

PAUGGER, F., Logarithmentafeln für die Zahlen 1 bis 1000 und für die goniometrischen Functionen der Winkel von 10 zu 10 Minuten auf vier Decimalen. Triest, literar.-artist. Anstalt. $^2/_5$ Thlr.

LIEBENAM, A., Tafel der vielfachen Sinus und Cosinus, sowie der einfachen Tangenten und Cotangenten. Eisleben, Reichardt. $^5/_{12}$ Thlr.

LIEBER, H. und F. v. LÜHMANN, Geometrische Constructionsaufgaben. 2. Aufl. Berlin, Simion. 27 Ngr.

NIEMTSCHIK, R., Construction der einem Kreise eingeschriebenen Ellipse, von welcher der Mittelpunkt und eine Tangente gegeben sind. (Akad.) Wien, Gerold. [illegible] Ngr.

SPITZ, C., Lehrbuch der ebenen Trigonometrie (nebst Anhang). 4. Aufl. Leipzig, Winter. 1 Thlr.

STAUDIGL, R., Bestimmungen von Tangenten an die Selbstschattengrenze von Rotationsflächen. (Akad.) Wien, Gerold. 4 Ngr.

Angewandte Mathematik.

KIRCHHOFF, G., Vorlesungen über mathematische Physik. Mechanik. 1. Lief. Leipzig, Teubner. 1⅓ Thlr.

WALBERER, J. C., Anfangsgründe der Mechanik fester Körper. 2. Aufl. München, Ackermann. ⅔ Thlr.

FINGER, J., Betrachtung der allgemeinen Bewegungsform starrer Körper vom Standpunkte der Gyralbewegung. (Akad.) Wien, Gerold. $^1/_5$ Thlr.

PREHN, M., Ueber die bequemste Form der Luftwiderstandsgesetzes. Berlin, Mittler & Sohn. $^5/_6$ Thlr.

PFAUNDLER, L., Ueber einen Apparat zur Demonstration der Zusammensetzung beliebiger rechtwinklig zueinander stattfindender Schwingungen. (Akad.) Wien, Gerold. ⅙ Thlr.

SCHRÖDER, H., Dichtigkeitsmessungen. Heidelberg, Bassermann. 4 Ngr.

WEISBACH, J., Der Ingenieur. 6. Auflage, unter Mitwirkung von F. REULEAUX herausgegeben von G. QUERFURTH. 1. Abtheilg. Braunschweig, Vieweg. 16 Ngr.

DELLINGHAUSEN, F. v., Beiträge zur mechanischen Wärmetheorie. Heidelberg, Winter. $1^1/_5$ Thlr.

ADOLPH, C., Bahnbestimmung der Mnemosyne und Ableitung der Jupitersmasse aus Mnemosyne-Beobachtungen seit 1859. Carlsruhe, Braun. 2 Thlr.

Verzeichniss von 5563 teleskopischen Sternen nördlich von $+15^0$ und südlich von -15^0 Declination, welche in den Münchener Zonenbeobachtungen vorkommen, reducirt auf den Anfang des Jahres 1850. Herausgegeben von J. v. LAMONT. München, Franz. 2 Thlr.

OPPOLZER, TH. v., Ueber den Winnecke'schen Cometen. (III, 1819.) 2. Abhdlg. (Akad.) Wien, Gerold. 8 Ngr.

Physik und Meteorologie.

THOMSON, W. und G. TAIT, Handbuch der theoretischen Physik. 1. Bd., 2. Thl. Braunschweig, Vieweg. 4 Thlr.

KREMERS, P., Physikalisch-chemische Untersuchungen. 5. Heft. Wiesbaden, Limbarth. $^2/_5$ Thlr.

SCHMIDT, W., Die Brechung des Lichts in Gläsern, insbesondere die achromatische und aplanatische Objectivlinse. Leipzig, Teubner. $1^1/_5$ Thlr.

FROMME, G., Die Magnetisirungsfunction einer Kugel aus weichem Eisen für starke magnetisirende Kräfte. Göttingen, Poppmüller. ⅓ Thlr.

Mathematisches Abhandlungsregister.

1873.

Erste Hälfte: 1. Januar bis 30. Juni.

A.

Abbildung.

1. Beiträge zur Theorie der isogonalen Verwandtschaften. Holzmüller. Zeitschr. Math. Phys. XVIII, 227.
2. Ueber die geradlinigen Flächen vom Geschlechte $p=0$. Clebsch. Mathem. Annal. V, 1.
3. Ueber die Abbildung einer Fläche dritter Ordnung. Clebsch. Mathem. Annal. V, 419.
4. Ueber die Gleichung der auf einer Ebene abbildbaren Flächen. Brill. Mathem. Annal. V, 401.
5. *Sur la représentation sphérique des surfaces.* Ribaucour. *Compt. rend. LXXV*, 533.
6. Eine Abbildungsaufgabe. Thomae. Zeitschr. Math. Phys. XVIII, 401.

Akustik.

7. Mathematische Bestimmung der in den diatonischen Dur-Tonleitern vorkommenden Zahlenverhältnisse und der zwischen den einzelnen Tönen bestehenden Consonanz. Schlegel. Zeitschr. Math. Phys. XVIII, 203.
8. *Théorie mathématique des expériences acoustiques de Kundt.* Bourget. *Compt. rend. LXXV*, 1263.

Analytische Geometrie der Ebene.

9. Ueber die Formen der Curven dritter Ordnung. Durège. Crelle LXXV, 153.
10. Ueber die Epicycloide und Hypocycloide. Eckardt. Zeitschr. Math. Phys. XVIII, 319. [Vergl. Bd. XVI, Nr. 6..

Vergl. Brennpunkt. Ellipse. Hyperbel. Kegelschnitte. Parabel.

Analytische Geometrie des Raumes.

11. Zur Theorie der linearen Complexe. Pasch. Crelle LXXV, 106.
12. Ueber Complexe, insbesondere Linien- und Kugelcomplexe mit Anwendung auf die Theorie der partiellen Differentialgleichungen. Lie. Mathem. Annal. V, 145.
13. Ueber die Complexflächen und die Singularitätenflächen der Complexe. Clebsch. Math. Annal. V, 435. [Vergl. Bd. XVII, Nr. 20.]
14. *De l'accélération dans le déplacement d'un système de points qui reste homographique à lui même.* Durrande. *Compt. rend. LXXV*, 1177. [Vergl. Bd. XVIII, Nr. 187.]
15. Zur analytischen Geometrie des Raumes, insbesondere zur Theorie der Flächen dritten Grades mit vier Doppelpunkten und der Steiner'schen Flächen, sowie zur Lehre von den Raumcurven. Eckhardt. Mathem. Ann. V, 30.
16. Bemerkungen über geodätische Linien. Enneper. Zeitschr. Math. Phys. XVIII, 613.
17. Das harmonische Hexaeder und das harmonische Octaeder. Heger. Zeitschr. Math. Phys. XVIII, 307.

Vergl. Oberflächen.

Analytische Geometrie des Raumes von mehr als drei Dimensionen.

18. *Essai sur la géométrie à n dimensions.* C. Jordan. *Compt. rend. LXXV*, 1614.
19. Ueber Liniengeometrie und metrische Geometrie. Klein. Mathem. Annal. V, 257.
20. Ueber gewisse in der Liniengeometrie auftretende Differentialgleichungen. Klein. Mathem. Annal. V, 278.

Astronomie.

21. Bestimmung der Polhöhe und des Stundenwinkels (beziehungsweise der Azimuthe) zweier Sterne, deren Declinationen bekannt sind, aus ihren gemessenen Höhen und der gemessenen Differenz ihrer Stundenwinkel (Azimuthe). Grunert. Grun. Archiv LIV, 419.
22. *Sur le mouvement des planètes autour du soleil d'après la loi électrodynamique de Weber.* Tisserand. *Compt. rend. LXXV*, 760.

Attraction.

23. Zurückführung der Cohäsionskraft auf die Newton'sche Anziehungskraft. Gilles. Zeitschr. Math. Phys. XVIII, 123.
24. Zurückführung des Beharrungsvermögens auf die Newton'sche Anziehungskraft. Gilles. Zeitschr. Math. Phys. XVIII, 517.
25. Zurückführung der abstossenden Naturkräfte auf die Newton'sche Anziehungskraft. Gilles. Zeitschr. Math. Phys. XVIII, 601.

B.

Ballistik.

26. *Sur quelques lois de la penétration des projectiles oblongs dans les milieux résistants.* Martin de Brettes. *Compt. rend. LXXV*, 1702.

Bestimmte Integrale.

27. *Sur la méthode d'intégration de Mr. Tschébychef.* Zolotareff. Mathem. Annal. V, 560.
28. Ueber einige bestimmte Integrale. Enneper. Zeitschr. Math. Phys. XVIII, 407.
29. Ueber einige Integrale von allgemeiner Form. Schlömilch. Zeitschr. Math. Phys. XVIII, 315.

Vergl. Cylinderfunctionen. Elliptische Transcendenten. Imaginäres 96, 97, 98, 99, 100. Ultraelliptische Transcendenten.

Brennpunkt.

30. Ueber die Curve dritter Ordnung, welche den geometrischen Ort der Brennpunkte einer Kegelschnittschaar bildet. Durège. Mathem. Annal. V, 83.
31. Mit einem gegebenen Brennpunkte einen durch drei gegebene Punkte gehenden Kegelschnitt zu beschreiben. Grunert. Grun. Archiv LIV, 99.

C.

Combinatorik.

32. Ueber die Werthe des Ausdruckes $x_1 w_1 + x_2 w_2 + \ldots + x_n w_n$ bei Permutation der einzelnen w untereinander. G. Cantor. Mathem. Annal. V, 133.

Cylinderfunctionen.

33. Ueber die Darstellung einer willkürlichen Function zweier Variablen durch Cylinderfunctionen. Mehler. Mathem. Annal. V, 135.
34. Ueber die Dirichlet'schen Integralausdrücke für die Kugelfunction $P^n(\cos\Theta)$ und über eine analoge Integralform für die Cylinderfunction $J(x)$. Mehler. Mathem. Annal. V, 141.
35. Ueber die Bessel'schen Functionen und ihre Anwendung auf die Theorie der elektrischen Ströme. H. Weber. Crelle LXXV, 75.
36. Ueber ein dreifaches Neumann'sches Integral. Ermakoff. Mathem. Annal. V,

D.

Determinanten.

37. Ueber einen Satz aus der Determinantentheorie. Gundelfinger. Zeitschr. Math. Phys. XVIII, 212.
38. Ueber Functionen, welche ein den Functionaldeterminanten analoges Verhalten zeigen. Rosanes. Crelle LXXV, 166.
Vergl. Pascal'sches Sechseck.

Determinanten in geometrischer Anwendung.

39. Ueber die Erzeugung der Curven dritter Classe und vierter Ordnung. Frahm. Zeitschr. Math. Phys. XVIII, 363.
40. Ueber das Pentaeder der Flächen dritter Ordnung. Gordan. Mathem. Annal. V, 341.
Vergl. Kegelschnitte 105. Oberflächen 131.

Differentialgleichungen.

41. Ueber unbeschränkt integrable Systeme von linearen totalen Differentialgleichungen und die simultane Integration linearer partieller Differentialgleichungen. A. Mayer. Mathem. Annal. V, 448.
42. Zur Theorie der linearen Differentialgleichungen. L. W. Thomé. Crelle LXXV, 265. [Vergl. Bd. XVIII, Nr. 50.]
43. Zur Integration partieller Differentialgleichungen. Sersawy. Zeitschr. Math. Phys. XVIII, 511.
44. *Étude sur les méthodes d'intégration des équations aux dérivées partielles du second ordre d'une fonction de deux variables indépendantes.* Imschenetsky. Grun. Archiv LIV, 209.
45. *Sur la théorie des équations à différences partielles du second ordre à deux variables indépendantes.* Levy. *Compt. rend. LXXV*, 1094.
Vergl. Analytische Geometrie des Raumes 12. Analytische Geometrie des Raumes von mehr als drei Dimensionen 20.

E.

Elasticität.

46. Die Gleichung der elastischen Linie willkürlich belasteter gerader Stäbe. Weyrauch. Zeitschr. Math. Phys. XVIII, 392.

Elektrodynamik.

47. Ueber die Theorie der Elektrodynamik, zweite Abhandlung Kritisches. Helmholtz. Crelle LXXV, 35. — Bertrand, *Compt. rend. LXXV*, 860. [Vergl. Bd. XVI, Nr. 212.]
48. Ueber die Elementargesetze der Kräfte elektrodynamischen Ursprungs. Neumann. Mathem. Annal. V, 602.
49. Ueber die dualistische und die unitarische Ansicht in der Elektricitätslehre. Kötteritzsch. Zeitschr. Math. Phys. XVIII, 218, 618.
50. Ueber die Bestimmung des Leitungswiderstandes der Flüssigkeiten. Külp. Grun. Archiv LIV, 77.
51. Vergleichung des Leitungswiderstandes eines Metalldrahtes und einer Flüssigkeitssäule. Külp. Grun. Archiv LIV, 80.
52. *Sur la démonstration de la formule qui représente l'action élémentaire de deux courants.* *Bertrand. Compt. rend. LXXV*, 733.
Vergl. Astronomie 22. Cylinderfunctionen 35.

Ellipse.

53. Ueber die Normalen der Ellipse. Eckardt. Zeitschr. Math. Phys. XVIII, 106.
54. Wenn um eine Ellipse oder Hyperbel ein Viereck beschrieben ist, so geht die Verbindungslinie der Mittelpunkte der Diagonalen des Vierecks durch den Mittelpunkt der Curve. Grunert. Grun. Archiv LIV, 361.

55. Ueber den Durchschnittspunkt der Diagonalen eines einer Ellipse umschriebenen Paralleltrapezes. Grunert. Grun. Archiv LIV, 375.
Vergl. Mechanik 120.

Elliptische Transcendenten.

56. Zur Theorie der elliptischen Integrale. Unferdinger. Grun. Archiv LIV, 459.
57. Beziehungen zwischen dem Modul der elliptischen Functionen und den Invarianten der biquadratischen binären Form. F. Müller. Zeitschr. Math. Phys. XVIII, 280.

F.

Fourier'sche Reihen.

58. Summation der Reihe mit dem allgemeinen Gliede $\frac{p \,.\, \sin pu}{h^2+p^2}$. Du Bois-Reymond. Mathem. Annal. V, 399.
59. Ueber die Ausdehnung eines Satzes aus der Theorie der trigonometrischen Reihen. G. Cantor. Mathem. Annal. V, 123.

Functionen.

60. Ueber die Darstellung der Functionen complexer Variablen, insbesondere der Integrale linearer Differentialgleichungen. Fuchs. Crelle LXXV, 177.
61. Ueber die Darstellung von Functionen durch unendliche Reihen. Koenig. Mathem. Annal. V, 310.
62. Zur Theorie der symmetrischen Functionen. Martens. Crelle LXXV, 264. [Vergl. Bd. XV, Nr. 59.]
Vergl. Cylinderfunctionen. Determinanten. Elliptische Transcendenten. Homogene Functionen. Hypergeometrische Reihe. Imaginäres. Invarianten. Kettenbrüche. Ultraelliptische Transcendenten.

G.

Geodäsie.

63. Ueber die Pothenot'sche Aufgabe. Schlesinger. Grun. Archiv LIV, 174.
64. Ein Apparat zur mechanischen Lösung der nach Pothenot, Hansen u. A. benannten geodätischen Aufgaben. Bauernfeind. Grun. Archiv LIV, 81.

Geometrie (descriptive).

65. Kinematisch-geometrische Constructionen der Parallelprojection der Schraubenflächen und insbesondere des Schattens derselben. Burmester. Zeitschr. Math. Phys. XVIII, 185.

Geometrie (höhere).

66. *On the Non-Euclidian Geometry. Cayley.* Mathem. Annal. V, 630.
67. Die geometrische Verwandtschaft räumlicher Systeme. Silldorf. Zeitschr. Math. Phys. XVIII, 523.
68. *Détermination immédiate par le principe de correspondance du nombre des points d'intersection de deux courbes d'ordre quelconque qui se trouvent à distance finie. Chasles. Compt. rend. LXXV*, 736.
69. Ueber zwei Erzeugungsarten der ebenen Curven dritter Ordnung. Clebsch. Mathem. Annal. V, 422.
70. Ueber eine besondere Curve dritter Ordnung und eine einfache Erzeugungsart der allgemeinen Curve dritter Ordnung. Schroter. Math. Ann. V, 50.
71. Ueber die Wendepunktdreiseite einer Curve dritter Ordnung. Gundelfinger. Mathem. Annal. V, 442.
72. *Résultats d'une recherche des caractéristiques des systèmes élémentaires de quartiques. Zeuthen. Compt. rend. LXXV*, 703.
73. *Équations des quartiques dont une partie se réduit à une droite double. Zeuthen. Compt. rend. LXXV*, 950.
Vergl. Determinanten in geometrischer Anwendung 30.

Geschichte der Mathematik.

74. *De l'origine de la semaine planétaire et de la spirale de Platon.* Sédillot. *Compt. rend. LXXV*, 1643.
75. Thabit ben Korra. Steinschneider. Zeitschr. Math. Phys. XVIII, 331.
76. Die steierischen Landschaftsmathematiker vor Kepler. Peinlich. Grun. Archiv LIV, 470.
77. Ueber Johannes Kepler's Leben und Wirken. Rogner. Grun. Archiv LIV, 447.
78. Zur Biographie Bürmann's. Caspari. Zeitschr. Math. Phys. XVIII, 120.
79. Zur Geschichte der mechanischen Wärmelehre und der Theorie der Gase. Mohr. Zeitschr. Math. Phys. XVIII, 415.

Gleichungen.

80. Auflösung eines Systems von Gleichungen, worunter zwei quadratisch und die übrigen linear. Gundelfinger. Zeitschr. Math. Phys. XVIII, 543.
81. Ueber Elimination aus einem gewissen System von Gleichungen. Brill. Math. Annal. V, 378.
82. Notiz über die biquadratische Gleichung. Enneper. Zeitschr. Math. Phys. XVIII, 93.

H.

Homogene Functionen.

83. Ueber Combinanten. Gordan. Mathem. Annal. V, 95.
84. *On a theorem in Covariants.* Cayley. Mathem. Annal. V, 625.
85. Ueber die Darstellung binärer Formen als Potenzsummen. Rosanes. Crelle LXXV, 172.

Vergl. Functionen 62.

Hydrodynamik.

86. *Essai sur la théorie des eaux courantes.* Boussinesq. *Compt. rend. LXXV*, 1011.
87. *Sur la théorie de la roue à réaction.* De Pambour. *Compt. rend. LXXV*, 131. [Vergl. Bd. XVIII, Nr. 262.]
88. *Roues hydrauliques. Du calcul des effets par la méthode des coefficients.* De Pambour. *Compt. rend LXXV*, 1757.
89. *Sur l'écoulement d'un liquide sortant d'un reservoir à niveau constant par un grand orifice en mince paroi.* Phillips. *Compt. rend. LXXV*, 1733.
90. Das Verhältniss der Wassermengen bei sinkendem und constantem Niveau. Külp. Grun. Archiv LIV, 207.

Hyperbel.

91. Ueber eine Hyperbelschaar innerhalb derselben Asymptoten. Hoza. Grun. Archiv LIV, 171.
92. Ueber das constante Dreieck, welches eine Hyperbeltangente mit den Asymptoten bildet. Hoza. Grun. Archiv LIV, 172.

Vergl. Ellipse 54, 55. Mechanik 120.

Hypergeometrische Reihe.

93. Ueber diejenigen Fälle, in welchen die Gauss'sche hypergeometrische Reihe eine algebraische Function ihres vierten Elementes darstellt. H. A. Schwarz. Crelle LXXV, 292.

I.

Imaginäres.

94. *Nouvelle méthode d'analyse fondée sur l'emploi des coordonnées imaginaires.* Lucas. *Compt. rend. LXXV*, 1250.
95. *Sur quelques propriétés générales de l'enveloppe imaginaire des conjuguées d'un lieu plan.* Marie. *Compt. rend. LXXV*, 7.
96. *Théorie élémentaire des intégrales simples et de leurs périodes.* Marie. *Compt. rend.*

97. *Théorie élémentaire des intégrâles doubles et de leur période.* Marie. *Compt. rend. LXXV*, 576, 614, 660.
98. *Théorie des résidus des intégrales doubles.* Marie. *Compt. rend. LXXV*, 695, 751.
99. *Extension de la méthode de Cauchy à l'étude des intégrales doubles ou théorie des contours élémentaires dans l'espace.* Marie. *Compt. rend. LXXV*, 865, 937.
100. *Théorie élémentaire des intégrales d'ordre quelconque et de leurs périodes.* Marie. *Compt. rend. LXXV*, 1078, 1247, 1475.

Vergl. Functionen 60.

Invarianten.

101. Ueber eine Fundamentalaufgabe der Invariantentheorie. Clebsch. Mathem. Annal. V, 427.
102. Ueber die simultanen Invarianten binärer Formen. Gordan. Mathem. Annal. V, 595.

Vergl. Elliptische Transcendenten 57.

K.

Kegelschnitte.

103. Erzeugnisse krumm-projectivischer Gebilde. Milinowski. Zeitschr. Math. Phys. XVIII, 288.
104. Zur allgemeinen Theorie der Kegelschnitte. Mittelacher. Zeitschr. Math. Phys. XVIII, 1.
105. Ueber Kegelschnitte, welche zwei Punkte gemeinsam haben. Voss. Zeitschr. Math. Phys. XVIII, 102.
106. *Evaluation du rapport anharmonique de quatre droites passant par un point et touchant deux coniques.* Ed. Weyr. Crelle LXXV, 67.
107. Verallgemeinerung eines Euler'schen Satzes über Kegelschnitte. Grunert. Grun. Archiv LIV, 183.
108. Ueber das vollständige Fünfeck und gewisse durch dasselbe bestimmte Kegelschnitte. v. Drach. Mathem. Annal. V, 404.

Vergl. Brennpunkte. Ellipse. Hyperbel. Kreis. Parabel.

Kettenbruch.

109. Zur Theorie von Jacobi's Kettenbruch-Algorithmen. Bachmann. Crelle LXXV, 25.

Kreis.

110. Ueber einige Punkte der äusseren Berührungskreise eines Dreiecks. Hain. Grun. Archiv LIV, 382.
111. Wird durch die Seiten eines gleichseitigen Dreiecks ein Kreis gezogen, so sind die Summen je dreier getrennter äusserer Abschnitte einander gleich. Hain. Grun. Archiv LXIV, 494.

L.

Lemniscate.

112. Siebzehntheilung des Lemniscatenumfanges durch alleinige Anwendung von Lineal und Zirkel. Kiepert. Crelle LXXV, 255, 348.

M.

Mechanik.

113. Das Projiciren der Kräfte als Ersatz des Kräfteparallelogramms in der analytischen Statik. Matzka. Grun. Archiv LIV, 1.
114. Zusammenstellung der Sätze von den übrigbleibenden Bewegungen eines Körpers, der in einigen Punkten seiner Oberfläche durch normale Stützen unterstützt wird, und von den Kräftesystemen, die durch diese Stützen im Gleichgewicht gehalten werden können. Okatow. Zeitschr. Math. Phys.

115. Zur Theorie der geradlinigen Bewegung eines Punktes. Van Geer. Zeitschr. Math. Phys. XVIII, 111.

116. *Équations générales du mouvement d'un corps solide rapporté à des axes mobiles.* Resal. *Compt. rend. LXXV*, 10.

117. *Sur un nouveau théorème de mécanique générale.* Yvon Villarceau. *Compt. rend. LXXV*, 232, 377, 990. — Clausius *ibid.* 912.

118. *Partage de la force vive due à un mouvement vibratoire composé, en celles qui seraient dues aux mouvements pendulaires simples et isochrones composants, de diverses périodes et amplitudes. Partage du travail dû au même mouvement composé, entre deux instants quelconques, en ceux qui seraient dus aux mouvements composants.* De Saint-Venant. *Compt. rend. LXXV*, 1425, 1567.

119. *Rapport sur un mémoire de M. Felix Lucas portant le titre: „Théorèmes généraux sur l'équilibre et le mouvement des systèmes matériels.* De Saint-Venant. *Compt. rend LXXV*, 1463.

120. Untersuchungen über die Fälle, in denen ein von zwei festen Punkten angezogener oder abgestossener Punkt eine Ellipse oder Hyperbel beschreibt, deren Brennpunkte jene beiden Punkte sind. Perlewitz. Zeitschr. Math. Phys. XVIII, 58.

121. *Sur un théorème de mécanique céleste.* Newcomb. *Compt. rend. LXXV*, 1750.

122. *Sur la force vive d'un système vibrant.* Quet. *Compt. rend. LXXV*, 1616. — Lucas *ibid.* 1698.

123. *Théorie mathématique d'un mouvement d'une corde dont une des extrémités possède un mouvement périodique donné.* Bourget. *Compt. rend. LXXV*, 5.

124. *Equation du mouvement d'une corde funiculaire assujettie à rester plane.* Resal. *Compt. rend. LXXV*, 1010.

125. *Sur une manière simple de déterminer expérimentalement la résistance au glissement maximum dans un solide ductile homogène et isotrope.* Boussinesq. *Compt. rend. LXXV*, 254.

126. *Sur le nutoscope.* Zenger. *Compt. rend. LXXV*, 633.

127. Die Bestimmung des Einflusses des Rades der Fallmaschine. Külp. Grun. Archiv LIV, 207.

Vergl. Akustik. Attraction. Ballistik. Elasticität. Elektrodynamik. Hydrodynamik. Molekularphysik. Optik. Pendelbewegung. Potential. Wärmelehre.

Methode der kleinsten Quadrate.

128. Verallgemeinerung eines Satzes der Methode der kleinsten Quadrate. Jordan. Zeitschr. Math. Phys. XVIII, 116.

Molekularphysik.

129. Grundzüge einer neuen Molekulartheorie unter Voraussetzung einer Materie und eines Kraftprincipes. Simony. Zeitschr. Math. Phys. XVIII, 463.

N.

Nautik.

130. *Méthode nouvelle et rapide pour la régulation des compas à la mer dans tous les cas possibles.* Fournier. *Compt. rend. LXXV*, 25.

Normalen.

Vergl. Ellipse 53.

O.

Oberflächen.

131. *Sur la condition pour qu'une famille de surfaces données puisse faire partie d'un système orthogonal.* Cayley. *Compt. rend. LXXV*, 177, 246, 324, 381, 1800.

132. Bestimmung der Ordnung und Classe der Krümmungsmittelpunktfläche einer

133. Die Singularitäten der Liniencomplexe. Geisenheimer. Zeitschr. Math. Phys. XVIII, 346.
134. Ueber Strahlensysteme, welche die Tangentenschaar einer Fläche bilden. Geisenheimer. Zeitschr. Math. Phys. XVIII, 33.
135. Bemerkungen über die Enveloppe einer Fläche. Enneper. Mathem. Annal. V, 304.
136. Ueber die von einer Geraden erzeugte Minimalfläche. Lewänen. Zeitschr. Math. Phys. XVIII, 423.
137. *Sur les lignes de faîte et de thalweg. Boussinesq. Compt. rend. LXXV*, 198, 835. — *C. Jordan ibid.* 625, 1023. [Vergl. Bd. XVIII, Nr. 331.]
138. Ueber Curven auf Rotationsflächen. Biehringer. Zeitschr. Math. Phys. XVIII, 552.

Vergl. Abbildung. Analytische Geometrie des Raumes 13, 15. Determinanten in geometrischer Anwendung 40.

Optik.

139. Ueber Intensitätslinien. Hoza. Grun. Archiv LIV, 164, 165, 167.
140. Ueber die Reflexion des Lichtes von Winkelspiegeln. Ritsert. Zeitschr. Math. Phys. XVIII, 339.
141. Die Fundamentaleigenschaften der Linsensysteme in geometrischer Darstellung. Beck. Zeitschr. Math. Phys. XVIII, 588.
142. Ueber die Reflexion und Brechung des Lichtes an der Grenze unkrystallinischer Medien. Von der Mühll. Mathem. Annal. V, 471.
143. *Sur la vitesse de transmission de la lumière dans les corps simples et sur leur forme cristalline. Zenger. Compt. rend. LXXV*, 670.

P.

Parabel.

144. Trägt man auf jede von zwei sich schneidenden Geraden beliebig grosse gleiche Theile auf, so hüllen die Geraden, welche die Theilpunkte der Reihe nach verbinden, eine Parabel ein. Hoza. Grun. Archiv LIV, 173.

Pascal'sches Sechseck.

145. Ein Cyclus von Determinantengleichungen. Hesse. Crelle LXXV, 1.

Vergl. Kegelschnitte 108.

Pendelbewegung.

146. Aufsuchung der parallelen Drehaxen, für welche ein materielles Pendel die nämliche Schwingungszeit besitzt. Zetzsche. Grun. Archiv LIV, 73.
147. Ueber die Bewegung einer Pendelkugel in der Luft. O. E. Meyer. Crelle LXXV, 336. [Vergl. Bd. XVII, Nr. 422.]

Planimetrie.

148. Verallgemeinerung eines bekannten Satzes vom gleichseitigen Dreieck. Hain. Grun. Archiv LIV, 494.
149. Die Winkelhalbirenden eines beliebigen Vierecks bilden ein Kreisviereck. Hain. Grun. Archiv LIV, 493.
150. Zur v. Staudt'schen Construction des regulären Siebenzehnecks. Schröter. Crelle LXXV, 13.
151. *Sur un modèle de vernier de vernier. Mannheim. Compt. rend. LXXV*, 1495.

Vergl. Kreis. Lemniscate.

Potential.

152. Beitrag zur Mechanik ellipsoidischer Körper. Kötteritzsch. Zeitschr. Math. Phys. XVIII, 252.

R.

Reihen.

153. Ueber die gleichzeitige Convergenz oder Divergenz zweier Reihen. Schlö-

154. Ueber bedingt-convergirende Reihen. Schlömilch. Zeitschr. Math. Phys. XVIII, 520.
155. *Sommation directe et élémentaire des quatrièmes puissances des* n *premiers nombres entiers.* Dostor. Grun. Archiv LIV, 70.
Vergl. Fourier'sche Reihen. Functionen 61. Homogene Function 85. Hypergeometrische Reihe. Taylor's Reihe.

S.

Stereometrie.

156. Die Lehre von den Polyedern. Becker. Zeitschr. Math. Phys. XVIII, 328.
157. Ueber die Construction und Darstellung des Ikosaeders und Sternendodekaeders. Schönemann. Zeitschr. Math. Phys. XVIII, 387.
Vergl. Analytische Geometrie des Raumes 17.

Substitution.

158. Zur Theorie der eindeutigen Ebenentransformationen. Nöther. Mathem. Annal. V, 635.
159. *Théorèmes sur les groupes de substitutions.* *Sylow.* Mathem. Annal. V, 584.
160. *Sur l'énumération des groupes primitifs pour les dix-sept premiers degrés.* *C. Jordan.* *Compt. rend. LXXV*, 1754.

T.

Taylor's Reihe.

161. *Détermination du périmètre de la région de convergence de la série de Taylor et des portions des différentes conjuguées comprises dans cette région.* *Marie.* *Compt. rend. LXXV*, 469.

U.

Ultraelliptische Transcendenten.

162. Beitrag zur Theorie der Abel'schen Functionen. J. Thomae. Crelle LXXV, 224.

W.

Wärmelehre.

163. Ueber die Art der Bewegung, welche wir Wärme nennen. Wittwer. Zeitschr. Math. Phys. XVIII, 141.
164. *De la définition de la température dans la théorie mécanique de la chaleur et de l'interprétation physique du second principe fondamental de cette théorie.* *Mallard.* *Compt. rend. LXXV*, 1479.
165. Ueber das specifische Gewicht der Legirungen. Schlegel. Zeitschr. Math. Phys. XVIII, 96.
166. *Sur la loi des tensions maxima des vapeurs.* *Massieu.* *Compt. rend. LXXV*, 872.
167. *Relation entre la pression et le volume de la vapeur d'eau saturée qui se détend en produisant du travail sans addition ni soustraction de chaleur.* *Resal.* *Compt. rend. LXXV*, 1475.
168. Ueber die von Regnault aufgestellte Formel für die mittleren Ausdehnungscoefficienten der atmosphärischen Luft und des Quecksilbers. Matthiessen. Zeitschr. Math. Phys. XVIII, 323.
169. *Sur les effets thermiques de l'aimentation.* *Moutier.* *Compt. rend. LXXV*, 1610.

Z.

Zahlentheorie.

170. Zur Charakteristik der Zahl 60. Von Wasserschleben. Grun. Archiv LIV, 411.
171. Allgemeine Auflösung der Gleichung $ax^2 \pm 1 = y^2$ in ganzen Zahlen. Matthiessen. Zeitschr. Math. Phys. XVIII, 426.
172. *Sur les formes quadratiques positives quaternaires. Korkine et Zolotareff.* Mathem. Annal. V, 581.

Vergl. Lemniscate. Planimetrie 150.

Literaturzeitung.

Recension.

Regiomontanus (Joh. Müller aus Königsberg in Franken), **ein geistreicher Vorläufer des Columbus.** Von Alexander Ziegler. Dresden, C. Höckner. 1874.

Wäre die kleine, 6½ Druckbogen starke Monographie, die uns vorliegt, wirklich keinem andern Gegenstande gewidmet, als der Begründung der in dem Titel angedeuteten Behauptung, wäre nur darüber eine Untersuchung angestellt, wie weit es berechtigt ist, dem Regiomontanus unter den geistigen Entdeckern Amerikas einen Platz anzuweisen, so würde Referent bescheiden schweigen, würde am allerwenigsten die Literaturzeitung dieses mathematisch-physikalischen Fachblattes zu einer Auseinandersetzung mit dem Verfasser der Monographie benutzen. Allein dem ist nicht so. Erst auf S. 67 wendet sich der Verfasser zu Regiomontanus als Vorläufer des Columbus in dem Sinne, dass er für ihn die Berechnung von Tabellen, die Erfindung von Apparaten in Anspruch nimmt, ohne welche die Küstenfahrt niemals in eine freie Seefahrt hätte übergehen können. Die vorhergehenden 4½ Bogen beschäftigen sich mit Regiomontanus, dem reinen Mathematiker, und dieser räumliche Hauptheil der Schrift fordert mit Nothwendigkeit unsere Kritik heraus.

Wir können uns dieselbe sehr leicht machen, indem wir dem Verfasser für die Zukunft den Rath ertheilen, nicht über Dinge zu schreiben, die ihm so fremd sind, wie die Geschichte der Mathematik. Wer von den Werken des Apollonios Conicos (S. 7), von der Schrift Johann Werner's über die Kegelabschnitte (S. 18) spricht, wer Albrecht Dürer in neun verschiedenen Trefflichkeiten, nur nicht als Geometer kennt (S. 21), wer die Heimath des im heutigen Cus gegenüber von Bernkastel an der Mosel geborenen Cardinals Cusanus „Causs" schreibt (vielleicht in irriger Erinnerung an den Franzosen Salomon de Caux?) (S. 62), von dem darf man auch die Behauptungen erwarten, Regiomontanus habe die arabischen Zahlzeichen eingeführt und das Decimalsystem vervollständigt (S. 7), der darf auch bald den Regiomontanus als Urheber der Trigonometrie betrachten (S. 7), bald wissen, dass die Araber schon 500 Jahre früher Tangententafeln hatten und ihren Nutzen in der Trigonometrie sehr wohl kannten (S. 36). Einzelne dieser Mängel mögen einer gewissen Flüchtigkeit aufgebürdet werden. Eben diese kann auch die Schuld dafür tragen, dass *commoditas instrumentorum* dahin übersetzt wird, die Instrumente seien bequem eingerichtet (S. 12), während diese Worte die Bedeutung haben, die Instrumente seien in Nürnberg mit Bequemlichkeit zu beschaffen gewesen. Auch die vielen stylistischen Fehler, von welchen das Büchlein wimmelt und von welchen es leicht wäre, aus S. 1, 9, 10, 11, 15, 41, 54, 57, 66, 68, 74, 101 ein abschreckendes Dutzend von Beispielen zusammenzustellen, mögen mit Flüchtigkeit entschuldigt werden. Aber womit ist die Flüchtigkeit selbst zu entschuldigen? Wer in einer Abhandlung einen Satz als „auf Grund langjähriger Studien" entstanden ausspricht (S. 67), und wenn ein aufmerksamer Leser diese Studien überall anmerkt, der hat auch die Pflicht, bei der Ausarbeitung noch Fleiss zu verwenden, zu feilen und zu verbessern, was dieser Sorgfalt bedarf; der hat namentlich die alte Gärtnerregel zu beachten, in erster Linie das Unkraut zu entfernen, damit das Gute, was gepflanzt ist, nicht ersticke! Wir sagten, man merke Herrn Ziegler eifrige Studien an, welche freilich nur theilweise auch in der vorliegenden Monographie ihre Verwerthung gefunden haben. Dieses Verdienst wollen wir ihm nicht im Geringsten schmälern. Wir heben im Gegentheil lobend eine Zusammenstellung der Regiomontanus-Literatur auf Seite 44—48 hervor, welche vollständiger wohl nirgends zu finden ist. Wir haben uns die Ueberzeugung verschafft, dass der Verfasser einen grossen Theil dieser Literatur selbst gelesen hat und nicht blos Anderen nachcitirt. Wir haben endlich nicht das Mindeste dagegen einzuwenden, dass ihm als Hauptquelle für den mathematischen und biographischen Theil offenbar Stern's vortrefflicher Artikel „Johannes de Monteregio" in Ersch und Gruber's Allgemeiner Encyclopädie der Wissenschaften und Künste gedient hat. Unser Tadel bleibt einzig dahin gerichtet, dass der Verfasser gerade diesen Theil zum räumlichen Munpttheile seiner Monographie gemacht hat, dass er sich damit eine Aufgabe stellte, welcher er nicht gewachsen ist, oder mindestens dass er es an Sorgfalt bei der Behandlung so sehr hat fehlen lassen, dass seine Befähigung zur Lösung der gestellten Aufgabe nicht hervortritt.

In einer Beziehung können wir mit dem Verfasser uns einverstanden erklären, darin nämlich, dass es wohl sich lohnen würde, die mathematischen Verdienste des Regiomontanus einmal in ein genaueres Licht zu setzen. Die Stellung deutlicher zu machen, welche er als einer der ersten Vermittler zwischen antiker Wissenschaft, italienischer Kunstfertigkeit und deutscher Lernbegierde einnahm, ist auch nach der eben gerühmten Abhandlung Stern's nicht überflüssig. War doch im Jahre 1842, als der betreffende Band der Encyclopädie die Presse verliess, Leonardo von Pisa ein kaum gekannter Schriftsteller und damit überhaupt die Möglichkeit noch nicht gegeben, die italienische Mathematik, insbesondere die Algebra in ihrer Fortbildung auf italienischem Boden richtig zu verstehen, abgesehen davon, dass die buchhändlerische Bestimmung der Stern'schen Abhandlung zu weite Abschweifungen von selbst verbot, wenn nicht Tautologien in verschiedenen Artikeln der Encyclopädie auftreten sollten.

In einem Referate dürfen wir es freilich nicht unternehmen, so nebenbei jenem Bedürfnisse in vollem Masse gerecht werden zu wollen. Gleichwohl können wir es uns nicht versagen, einige Streiflichter hinzuwerfen als Probe dessen, was wir meinen. Die Beschränkung, welche wir uns selbst auferlegen, gestattet uns auch, über den Missstand uns hinwegzusetzen, dass wir die Schriften des Regiomontanus, mit Ausnahme seines Briefwechsels (welchen Christ. Gottl. v. Murr 1786 im 1. Bande seiner „*Memorabilia Bibliothecarum publicarum Norimbergensium et universitatis Altdorfinae*" S. 74—205 veröffentlichte), nicht von eigenem Augenschein her kennen, sondern uns der Hauptsache nach auf indirecte Berichte bei Kästner (Geschichte der Mathematik, Bd. I und II), Pfleiderer (Ebene Trigonometrie mit Anwendungen und Beiträgen zur Geschichte derselben, Tübingen 1802), Stern (am angegebenen Orte) und Anderen verlassen müssen.

Der Zustand der gesammten reinen Mathematik um die Mitte des XV. Jahrhunderts, dessen Schilderung an die Spitze zu stellen ist, lässt sich, so ausführlich und zeitraubend auch eine Darstellung im Einzelnen sein müsste, mit wenigen grossen Zügen andeuten. Will es uns doch scheinen, als genügte dazu schon die mit kurzen Erläuterungen zu versehende Bemerkung, dass die Mathematik der damaligen Zeit aus Geometrie — die Curvenlehre mit einschliessend —, aus Trigonometrie, aus Rechenkunst, aus Algebra und aus Zahlentheorie bestand, und dass diese Disciplinen keineswegs gleichmässig oder gleichzeitig ihren Höhepunkt erreichten, sondern dass bald die eine, bald die andere die bevorziehende Gunst der Gelehrten besass.

Den frühesten Aufschwung nahm die Geometrie, welche von ägyptischen Anfängen aus auf griechischem und griechisch-ägyptischem Boden, vorzugsweise in den alexandrinischen Schulen auf einen Gipfel gelangte, von dem aus sie sich nicht weiter zu erheben vermochte, bevor die analytische Methode ihr Flügel verlieh. Die Trigonometrie konnte gleichfalls bereits verhältnissmässig frühe als nahezu abgeschlossen gelten, nachdem die Betrachtung der Chorden, von welcher Hipparch, Menelaos und Ptolemäos sich hatten genügen lassen, bei den arabischen Astronomen des X. Jahrhunderts, bei Al Battani, Ibn Junos und Abul Wefa, in die Betrachtung des Sinus und der Tangente übergegangen war. Geometrie und Trigonometrie gemeinsam waren nun theils über Rom, theils auf dem entstellenden, wenn auch vermehrenden Umwege des Uebergangs von den Griechen zu den Arabern, von diesen zu den emsigen Bewohnern der mittelalterlichen Mönchsklöster für die allgemeinere europäische Bildung gewonnen worden. Von den Klöstern an der Grenze Schottlands lässt sich an dem Faden einzelner Biographien die Ueberleitung nach der Schule des heiligen Martin in Tours, von da nach den Klöstern des Benedictinerordens, nach den neu gegründeten Universitäten verfolgen. Einzelne Uebersetzungen und sie begleitende Commentare sind bis auf den heutigen Tag erhalten, von denen wir nur die schriftstellerischen Leistungen des Engländers Atelhart von Bath, der Italiener Gerhard von Cremona, Plato von Tivoli aus dem XII., des Campanus von Navarra aus dem XIII. Jahrhundert erwähnen. Auch die Rechenkunst war soweit gediehen, dass wir nur geringfügige, auf Einzelheiten sich beziehende Unterschiede gegen die modernsten Werke über dieses Capitel nachweisen könnten. Es lag in der Natur des Handelsverkehrs, dass Rechenaufgaben frühzeitig auftraten, dass ihre Lösung unabweisliches Bedürfniss war, während der praktische Nutzen der Geometrie noch nicht gleichmässig sich fühlbar machte, und daraus wieder ergab sich eine Entwickelung der Rechenkunst auf mündliche Ueberlieferung hin neben einer auf wissenschaftlicher Zusammenfassung beruhenden. Eigentliche Lehrbücher aus ältester Zeit sind gar nicht bis auf uns gekommen; wir müssen die Eigenthümlichkeiten des alten Rechnens vielmehr aus einzelnen Aufgabensammlungen, aus einzelnen Bruchstücken erschliessen. Dann finden wir die Rechenkunst schon entwickelt gemeinsam mit Geometrie und Trigonometrie, theilweise dieselben überwuchernd in den Klosterschulen, und ihre Lehre wird von Abacisten und Algorithmikern des XI. und XII. Jahrhunderts, zuletzt besonders nach den Vorschriften des Johannes von Holywood geübt, jenes gelehrten Engländers, der um die Mitte des XIII. Jahrhunderts zu Paris seine Vorträge hielt und dessen Werke für den Unterricht von drei Jahrhunderten den unentbehrlichen Leitfaden abgaben. Wir finden aber auch die Rechenkunst hinter den Wechselbänken italienischer Kaufleute, mit diesen wandernd, wohin der Handelsgeist sie trieb, sei es nach der Nordküste von Afrika, sei es nach dem zu einer Hauptstadt in modernem Sinne heranblühenden Paris, sei es nach den Mittelpunkten deutschen Gewerbfleisses.

Ganz anders steht es um die beiden letztgenannten Theile der Mathematik, um Algebra und Zahlentheorie. Auch hier freilich verliert sich der Ursprung im Alterthume. Die eine algebraische Methode, welche als *Regula falsi* bis in das XVIII. Jahrhundert fortgelebt hat, lässt sich mit aller Bestimmtheit bei den Aegyptern anderthalb Jahrtausende vor Christi Geburt nachweisen. Die eigentliche Methode der Gleichungen bildet in einer Form, welche eine lange Vorgeschichte verbürgt, zur Zeit Kaisers Julian des Apostaten den Gegenstand eines Werkes, dessen Verfasser Diophant sich den geistreichsten Algebristen aller Zeiten gleichberechtigt zur Seite stellen kann. Die Algebra der Inder, der Chinesen, der Araber, von welchen letzteren der Name, wie die Methode, die diesen Namen führt, auf uns gekommen ist, war schon ziemlich entwickelt. Die Zahlentheorie der Griechen wie der Inder ist eine hochachtbare. Und dennoch stehen um das Jahr 1450 beide Theile selbst nach den Fortschritten, welche sie seit dem Anfange des XIII. Jahrhunderts in Italien machten, weit unter der heute erreichten Spiegelfläche. Ganze Theorien, welche heute zu den Anfangsgründen zählen, wie z. B. die Lösung der Gleichungen vom dritten und vierten Grade, die Lehre von den imaginären Wurzelgrössen u. dergl. m. waren damals noch gar nicht vorhanden. Ein weiterer Unterschied besteht darin, dass, während die vorhergenannten Theile der Mathematik als allverbreitet bezeichnet werden dürfen, während England, wie Frankreich, wie Italien ihren Besitz zu damaliger Zeit mit bestimmten Belegen nachweisen können, die Algebra, sowie die Zahlentheorie um 1450 noch als in Italien localisirt betrachtet werden müssen, wo Leonardo von Pisa sie um 1200 einbürgerte, wo Geistliche und Laien, Hof und Bürgerschaft sich gleichmässig der *Regula della cosa*, der welschen Praktik befleissigten.

Ein Land mussten wir mit Stillschweigen übergehen, wo wir von der Allverbreitung mathematischen Wissens in einer diesem einen Lande gegenüber euphemistischen Redeweise sprachen: Deutschland. Nicht als ob die Klosterschulen unsers Vaterlandes dieser Wissenschaft weniger als Wohnstätte gedient hätten, als die Klöster anderer Länder; aber der Weg aus dem Kloster in das weltliche Leben, auf die Universitäten und in das Bürgerthum vollzog sich für die Mathematik in Deutschland entschieden am spätesten. Ein einzelner Mann war es: Heinrich von Langenstein, genannt *Henricus Hossianus*, welcher nach allgemeiner Annahme zur Verbreitung mathematischer Kenntnisse in Deutschland den Anstoss gab. „*Primus mathematicas artes Lutetia Viennam transtulit, unde brevi tempore per universam Germaniam proseminatae mathematicorum tamquam familiae*“ sagt von ihm Petrus Ramus um 1560. Heinrich von Hessen war nun zwar als *Rector magnificus* und Professor der Theologie, nicht als Mathematiker an die seit 1381 gestiftete Hochschule zu Wien berufen worden, welcher er in diesen Eigenschaften bis zu seinem 1397 erfolgenden Tode angehörte; allein die Neigungen des gelehrten Theologen gingen ebenso sehr auf Astronomie und Mathematik, wie auf seine eigene Wissenschaft, so dass an dem Begründetsein jener von Ramus zuerst aufgestellten Behauptung kein Zweifel ist. Hat doch die Nachwelt ihre Erinnerung an Heinrich von Hessen nicht zum geringsten Theile auf die Thätigkeit gegründet, welche er gegen Astrologie und Zeichendeuterei entwickelte, jene geistigen Seuchen des ganzen Mittelalters, denen noch ein Keppler bis zu einem gewissen Grade unterworfen war; ist es doch eines seiner bleibendsten Verdienste im Jahre 1368, als von Palmsonntag an ein Comet drei Wochen hindurch die Gemüther erschreckte und zu allen möglichen Weissagungen verleitete, laut und öffentlich geleugnet zu haben, dass man es in diesem Phänomene mit einer vorbedeutenden Himmelserscheinung zu thun habe. Die Hochschule, welche unter der Leitung eines so exacten Denkers stand, musste der Mittelpunkt eines regen mathematischen Lebens werden, musste ihre Wirksamkeit auf weite und weitere Kreise ausdehnen, insbesondere wenn noch unterstützende Umstände hinzutraten. Dass dem so war, fällt bei der flüchtigsten Betrachtung schon in die Augen, denn die Zeit, in welcher die Keime mathematischer Wissenschaft dem für dieses Geisteserzeugniss noch jungfräulichen Boden des deutschen Volkes anvertraut wurde, war dieselbe Zeit, welche die Erfindung der Buchdruckerkunst hervorbrachte, dieselbe Zeit, welche die Schätze griechischen Alterthums zuerst wieder in der Originalsprache an das Licht zog, nachdem das Anstürmen der Osmannen gegen das oströmische Kaiserreich eine grosse Anzahl gelehrter Byzantiner als Flüchtlinge nach Italien getrieben hatte, die das ihnen gebotene Gastrecht durch Mittheilung ihres griechischen Wissens, ihrer geretteten Codices reichlich bezahlten.

Diese Darstellung, so skizzenhaft sie nothwendig sein musste, genügt vielleicht schon, das Auftreten des Regiomontanus zu erklären: zu erklären, wie der geistig frühreife Jüngling gerade Wien wählte, um unter Peurbach's Leitung in Mathematik und Astronomie sich einführen zu lassen; wie er freudig die ihm durch Cardinal Bessarion gebotene Gelegenheit ergriff, in Italien aus der Doppelquelle alter Handschriften und moderner Forschung seinen Wissensdurst zu löschen; wie er selbst mit Begeisterung der griechischen Sprache sich zuwandte und neue Autoren zu entdecken mit Erfolg sich bestrebte; wie er später in Nürnberg, am Wohnsitze der kunstfertigsten Instrumentenmacher, der bedeutendsten Buchdrucker, sich niederlassend, dort auch diesen beiden Gewerben selbst oblag, astronomische Apparate anfertigte, den Druck mathematischer Werke beaufsichtigte, wenn nicht gar vollzog. Wir beabsichtigen nicht, die Lebensgeschichte des „Maister Johannes Künisperger“ hier zu behandeln. Im Wesentlichen würden wir mit der Erzählung von Stern übereinstimmen, welcher auch Herr Ziegler sich bedient. Dagegen wollen wir die Verdienste des Regiomontanus auf mathematischem Gebiete etwas genauer schildern, indem wir nicht seine einzelnen Werke, sondern die früher aufgeführten einzelnen Capitel der Mathematik als Faden benutzen, an welchem wir unsere Bemerkungen sich aufreihen lassen.

In der Geometrie war Regiomontanus im Besitz all der Kenntnisse, welche die grossen Alexandriner Euklid, Archimed, Apollonius und ihre Epigonen für die Wissenschaft errungen hatten. Die meisten dieser Autoren beabsichtigte er selbst herauszugeben, wie er sie auch selbst aus den griechischen Originalen übersetzt und commentirt hat. Allenfalls in Bezug auf Archimed ist hier ein Zweifel erlaubt, da er diesen Schriftsteller vielleicht aus einer Uebersetzung des XV. Jahrhunderts kennen lernte. Der Werth solcher Originalstudien ist insbesondere für die damalige Zeit nicht hoch genug anzuschlagen. Wie ganz anders mussten z. B. die

Gestalt derselben, die aus dem Griechischen ins Arabische, aus dem Arabischen in das Lateinische übersetzt, von doppelten Missverständnissen wimmelten. Wie zieht auch R. gegen diese früheren mittelbaren Uebertragungen, besonders gegen den Euklid des Campanus zu Felde! Hat er doch, abgesehen von gelegentlicher Polemik gegen Campanus, in einem sehr bekannten, Nürnberg, 4. Juli 1471, datirten Briefe an Magister Christian Roder eine besondere Abhandlung gegen die Auffassung der euklidischen Proportionalitätslehre durch Campanus geschrieben, uneingedenk dessen, was er selbst jenem Gelehrten verdankte — oder sollte es ein zufälliges Zusammentreffen sein, dass eine Auflösung der Dreitheilung des Winkels in einem Briefe an Bianchini (ohne Ort und Datum, aber wahrscheinlich im Februar 1464 geschrieben) fast wörtlich mit der von Campanus gelehrten übereinstimmt? Wir haben vom Euklid des Campanus gesprochen. Wir wissen wohl, dass es ein streitiger Punkt in der Geschichte der Mathematik ist, ob Campanus selbst den Euklid aus dem Arabischen übersetzt und dann commentirt hat, oder ob seinem Commentare die Uebersetzung des Atelhart von Bath zu Grunde lag. Wir können die Frage nicht entscheiden, ob Chasles in seiner Geschichte der Geometrie im Texte (deutsche Uebersetzung S. 596) oder in der Anmerkung 245 das Richtige getroffen hat, wo er die beiden Ansichten zu vertreten scheint. Wir haben leider nie Gelegenheit gehabt, die nothwendigen Vergleichungen anzustellen. Wir benutzen diese Besprechung, um öffentlich zur Neuuntersuchung dieses Streitpunktes aufzufordern, welcher seit einer im Bulletino Boncompagni für August 1873 abgedruckten Arbeit von S. Günther an Wichtigkeit gewonnen hat. Es war nämlich seit langer Zeit bekannt, dass ein Manuscript der Atelhart'schen Euklidbearbeitung im Besitze des R. gewesen sei, und unser ebengenannter tüchtiger junger Fachgenosse hat diese Handschrift in Nürnberg einer Untersuchung unterworfen. Er hat gefunden, dass der Anfang derselben bis zum 9. Satze des II. Buches eigenhändig durch R. geschrieben ist, dass im Verlaufe des Commentars, und zwar eingeschaltet zwischen dem 32. und 33. Satze des ersten Buches, tiefsinnige Betrachtungen über Sternvielecke sich finden, in ihren Ergebnissen viel weiter sich erstreckend, als die analogen Bemerkungen, welche Campanus bekanntlich genau an der gleichen Stelle eingeschaltet hat. Hier stehen wir offenbar vor einem Räthsel. Die im ersten Augenblick nächstliegende Vermuthung, man habe es hier mit einer Einschaltung des R. zu thun, will vor den Einwürfen, welche Herr Günther dagegen erhebt, nicht recht bestehen. Somit bleiben noch drei Alternativen. Soll man sich die Sache so denken, dass Campanus die Uebersetzung und den Commentar des Atelhart vor sich hatte und den Commentar so sehr verkürzte? Oder hat Campanus ein Exemplar jener Uebersetzung ohne Commentar benutzt, hat nur allgemeine Kenntnisse von Atelhart'schen, vielleicht auch von arabischen Forschungen über Sternvielecke und über die Stelle, an welche man sie einzufügen pflegte, besessen, und hat davon ebendaselbst Notiz genommen? Oder endlich hat Campanus selbst aus dem Arabischen übersetzt und dort bereits jene erläuternden Zusätze gefunden, von denen er aufnahm, was er verstand und was weniger war, als Atelhart verstanden hatte? Wir haben die Fragen gestellt. Für die Beantwortung werden wir unseren Collegen, welchen das erforderliche Material zugänglich ist, sehr dankbar sein, und worin jenes Material besteht, ist wohl leicht ersichtlich. Die Handschriften des Euklid nach Atelhart müssen mit dem gedruckten Euklid des Campanus verglichen werden, um die Uebereinstimmung oder Nichtübereinstimmung des Textes festzustellen; die verschiedenen Handschriften des Euklid nach Atelhart müssen unter sich verglichen werden, um festzustellen, ob sie sämmtlich einen Commentar enthalten. Die Polemik des R. beschränkte sich nicht auf Campanus. Auch die Schrift des Cardinals Nicolaus von Cus über die Quadratur des Kreises unterwarf R. 1463, also ein Jahr vor dem Tode des Angegriffenen, einer vernichtenden Kritik. Von eigenen Leistungen ist dagegen weniger zu berichten. Insbesondere ist eine in jenem Briefe vom Februar 1464 an Bianchini vorgeschlagene Verhältnisszahl des Kreisumfanges zum Durchmesser $\frac{1554}{497}$ (oder $3\frac{9}{71}$) durchaus ungenügend, ja besitzt nicht einmal die ihr ausdrücklich zugeschriebene Eigenschaft, zwischen $3\frac{1}{7}$ und $3\frac{10}{71}$ zu liegen, während Peurbach, R.'s Lehrer, dieser Bedingung in seinem „*Tractatus sinuum et chordarum*“ mit der Zahl $\frac{377}{120}$ gerecht geworden war. Auch Untersuchungen über das Sehnenviereck, auf welche R. in seinem Briefwechsel wiederholt zurückkommt, leiden an namhaften Mängeln.

Die Trigonometrie hat in R. den ersten modernen Bearbeiter gefunden, der in seinem Lehrbuche: *De triangulis omnimodis libri quinque* ein auch von Späteren kaum übertroffenes Muster zweckmässiger Behandlung dieses Stoffes giebt. Auch an materiell Neuem fehlt es nicht. Wir heben nur die Sätze von der Proportionalität zweier Seiten und der Sinusse der gegenüberliegenden Winkel aus der ebenen, von der Bestimmbarkeit der Seiten aus den drei Winkeln aus der sphärischen Trigonometrie heraus, welche R. zum Erfinder haben. Wir könnten neben diesen auch vielfältige verwickelte Combinationen von gegebenen Stücken erwähnen, mit deren Hilfe in dem genannten Buche, sowie auch in den Briefen Dreiecke bestimmt werden. Dagegen kann die trigonometrische Tangente nicht als geistiges Eigenthum des R. aufgeführt werden, da sie jedenfalls schon in dem *Quadratum geometricum* des Georg Peurbach sich vorfindet, falls nicht auf die „Schatten“ des Ibn Junos zurückgegangen werden soll. Ein wesentlicher Fortschritt ist durch R. in der Berechnung und Anordnung der Tabellen der Sinusse und der Tangenten vollzogen worden. Die entsprechenden Tabellen der Griechen, der Inder und der Araber messen die trigonometrischen Linien, welcher Gattung sie auch sein mögen, stets nach dem unzweifelhaft babylonischen Systeme der Sexagesimalbrüche. Die

Längeneinheit zerfällt demnach in Sechzigstel, jedes Sechzigstel wieder in Sechzigstel von Sechzigsteln u. s. f. Peurbach brach zum Theil mit dieser alten Gewohnheit, indem er den Halbmesser = 600000 Längeneinheiten setzte, also einmal Sechzigstel desselben annahm, dann aber die weitere Theilung decimal fortsetzte. R. endlich war kühner und consequenter als sein Lehrer. Er setzte, wenigstens in einigen seiner Arbeiten, den Halbmesser = 100000 mit durchweg decimaler Untertheilung und hat damit das Seinige zur Verbreitung der Decimalbrüche in Europa beigetragen, wenn er auch bekanntlich nicht deren Erfinder war.

Der Rechenkunst und den Leistungen R.'s in derselben haben wir mit der letzten Angabe einigermassen vorgegriffen. Weiteres hinzuzufügen ist aber kaum, da ein Buch, von welchem an dieser Stelle zu reden wäre, wahrscheinlich nicht von R. herrührt. Wir meinen, wie der sachkundige Leser bereits vermuthen wird, den *Algorithmus demonstratus*. Stern hat bereits in dem gerühmten Beitrage zu Ersch und Gruber's Encyclopädie in Anmerkung 24 es deutlich ausgesprochen, diese Schrift sei nicht von ihm selbst, sondern von ihm nach dem Manuscripte eines Unbekannten in Wien abgeschrieben. Dem Referenten war früher diese Angabe entgangen; erst neuester Zeit begegneten wir ihr, und die Vergleichung des inzwischen auch in unsern Besitz gelangten äusserst seltenen Werkes hat uns die Ueberzeugung beigebracht, dass Stern's Behauptung vermuthlich richtig ist, wenn sie auch in der Form etwas zu apodiktisch sein dürfte. Der *Algorithmus demonstratus* ist nämlich 1534 in Nürnberg gedruckt, herausgegeben durch Johannes Schoner, also durch einen Mann, der bei vielfältiger Beschäftigung mit dem Nachlasse R.'s dessen Handschrift und dessen Schreibweise genau kennen gelernt hatte und deshalb wie kein Anderer befähigt war, über dessen Anrecht an ein Werk ein Urtheil zu fällen. Schoner sagt nun in der an Prof. Georg Volckamer gerichteten Vorrede: „*Indici nuper in libellum quendam, ut mihi tum est visus (sic!) probandum, ut postea cognovi eximium, de Numerorum ratione, exaratum Maximi et doctiss. viri Regiomontani divina manu, quem in Vienensi quapiam bibliotheca audio asservari hoc titulo Algorithmus demonstratus incerti autoris, unde suspicor hoc exemplum fuisse descriptum.* Schoner hat also nur von Hörensagen, dass ein Exemplar des Werkes in Wien existire, und vermuthet nur, das Schriftstück aus R.'s eigener Feder sei eine Copie des Andern. So bereitwillig wir seiner Vermuthung uns anschliessen, feststehend ist es keineswegs, dass nicht etwa umgekehrt jenes Wiener Exemplar die Abschrift des Nürnberger Originals sein könnte. Der innere Werth des *Algorithmus demonstratus* widerspricht fast mehr einem älteren Ursprunge, als der Verfasserschaft R.'s. Ferner ist es an sich nicht unwahrscheinlich, dass R., der so vielfach den Fusstapfen seines Lehrers folgte, auch darin dieser Gewohnheit treu blieb, dass er ein Lehrbuch der Rechenkunst zusammenstellen wollte nach dem

communibus et de proportionibus. Ein endgiltiges Urtheil muss daher aufgeschoben bleiben, bis es gelingt, unter den handschriftlichen Schätzen Wiens den echten *Algorithmus demonstratus incerti autoris* aufzufinden und nachzuweisen, dass er höheren Alters ist, als die Lebenszeit des R. Bei der in geringem Grade freilich obwaltenden Möglichkeit, dass wir im *Algorithmus demonstratus* doch ein Werk des R. vor uns hätten, wie z. B. Chasles mit aller Zuversicht annimmt, wird es vielleicht nicht als allzugrosse Abschweifung betrachtet werden können, wenn wir noch einen Augenblick bei jenem Werke verweilen. In Chasles' Geschichte der Geometrie (deutsche Uebersetzung S. 622) heisst es nämlich: „Der *Algorithmus demonstratus* wendet stets Buchstaben an in Stelle der Zahlengrössen nach dem Gebrauche jener Zeit, und diese abstracten Zeichen, welche die Form der neueren mathematischen Wissenschaft ausmachen, werden selbst zur Erklärung des Zahlensystems und zum Beweise der Regeln aus der praktischen Arithmetik gebraucht. Wenn nicht ein zu frühzeitiger Tod den R. in der ersten Periode seiner so glanzvollen Laufbahn dahingerafft hätte, so würden wir ihm vielleicht die grosse Entdeckung Vieta's zu danken haben.“ Was hier über die Anwendung der Buchstaben in dem *Algorithmus demonstratus* gesagt ist, entspricht vollständig der Wahrheit, und nur den Schlusssatz von Chasles möchten wir nicht unterschreiben. Derselbe besagt zwar nicht ausdrücklich, lässt aber doch vermuthen, dass vom *Algorithmus demonstratus* bis auf Vieta kein Zwischenglied der sich Bahn brechenden Buchstabenrechnung existire. Das ist unrichtig. Um nur einen Vorgänger Vieta's in diesem Sinne zu nennen, so hat Jacques Le Fèvre aus Estaples bei Amiens, welcher 1455—1536 lebte, unter seinem Gelehrtennamen Jacobus Faber Stapulensis im Jahre 1496 die Arithmetik des Nemorarius, des Zeitgenossen des Campanus, mit Beweisen versehen im Druck herausgegeben, und in diesen Beweisen ist genau so mit Buchstaben gerechnet, wie in dem *Algorithmus demonstratus*, dessen Einfluss wir vielleicht hier erkennen dürfen. Eine Buchstabenrechnung im modernen Sinne des Wortes war es freilich noch nicht und konnte es nicht sein, so lange nicht das Zeichen erfunden war, welches wir für das wichtigste Zeichen vor Anwendung des Infinitesimalcalculs halten, welches allein die Wortsätze in Zeichenformeln umzugestalten gestattete, selbst nachdem Zahlensymbole und Operationszeichen schon geraume Zeit durch deutsche Rechenkünstler eingeführt waren; wir meinen das Gleichheitszeichen.

Die Algebra besass in R. einen eifrigen Verehrer, wenn auch nur zerstreute Bemerkungen in den Druckwerken und in den Briefen von seiner Thätigkeit auf diesem Gebiete Zeugniss ablegen. Er hat die Kunst, Gleichungen ersten und zweiten Grades mit einer, wie mit mehreren Unbekannten zu lösen verstanden und, wie aus den vielfältigen Aufgaben erhellt, welche er brieflich seinen wissenschaftlichen Freunden stellt, er hat die Wichtigkeit der Uebung dieser Fertigkeit wohl begriffen. Allerdings stand es nicht auf der höchsten Höhe seiner Zeit, sonst würde es ihm nicht entgangen sein, dass einer Aufgabe, welche er am 15. Februar 1465 von Rom aus an Jakob von Speier einsendet und welche in moderner Schreibweise der Gleichung $(15x+27)+\left(15+\frac{27}{x}\right)=100$ entspricht, die zwei Wurzelwerthe $x=\frac{29\pm\sqrt{436}}{15}$ genügen, während R. nur den kleineren der beiden Werthe $x=\frac{29-\sqrt{436}}{15}$ bemerkt zu haben scheint. Dagegen erkennen wir den Schüler der italienischen Algebristen in dem Bestreben, cubische Gleichungen aufzulösen, welches an verschiedenen Stellen sich kundgiebt, wir erkennen in ebendiesem Bestreben zugleich auch wieder den Trigonometer R., wie z. B. wo er im Anschluss an eine Aufgabe, welche wir

$$ax^3=3ab^2x-b^2(a^2+b^2-c^2)$$

schreiben würden, an Bianchini die Worte richtet: „*Si dabitis lineam dabo cordam unius gradus*“ und damit das Bewusstsein kundgiebt, dass der Uebergang von der Sehne des dreifachen Bogens zu der des einfachen auf einer cubischen Gleichung beruht.

Auch der Zahlentheorie hat R. sich befleissigt, und nicht ohne Erfolg, wenn wir aus einzelnen Briefstellen Schlüsse zu ziehen berechtigt sind. Folgende zehn Aufgaben stellt er nämlich seinen Correspondenten, wobei es wohl überflüssig ist, besonders zu bemerken, dass die hier benutzten Zeichen ihm keineswegs angehören, sondern nur der Uebersichtlichkeit wegen gewählt sind, und dass wir eben zu diesem Zwecke auch die Reihenfolge der Aufgaben mehrfach verändert haben.

1. $x+y+z=240 \ . \ 97x+56y+3z=16047.$
2. $17x+15=13y+11=10z+3.$
3. $23x+12=17y+7=10z+3.$
4. $x+y+z=116 \ . \ x^2+y^2+z^2=4624.$
5. Drei in harmonischer Progression stehende Zahlen zu finden, deren kleinste >500000.
6. Drei Quadratzahlen zu finden, welche in harmonischer Progression stehen.
7. Drei Quadratzahlen zu finden, welche in arithmetischer Prosion stehen und deren kleinste >20000.
8. Drei Quadratzahlen zu finden, welche in arithmetischer Progression stehen und deren ganzzahlige Wurzeln die Summe 214 besitzen.
9. Vier Quadratzahlen zu finden, welche zusammen wieder eine Quadratzahl bilden.
10. 20 Quadratzahlen zu finden, deren Summe >300000 selbst

Diese Aufgaben beziehen sich auf theilweise ziemlich schwierige Gegenstände, welche auch einem heutigen Zahlentheoretiker Kopfbrechen zu veranlassen im Stande sind, so dass ebensowohl die Frage berechtigt erscheint, wodurch R. veranlasst wurde, gerade solche Aufgaben zu stellen, wie auch die andere Frage, ob er selbst die zugehörigen Auflösungen besessen hat? In ersterer Beziehung hat bereits Stern darauf hingewiesen, dass R. so glücklich war, eine Handschrift der diophantischen Arithmetik zu entdecken, und dass er den unschätzbaren Werth des Aufgefundenen alsbald erkannte. R. spricht sich darüber gegen Bianchini auf's Deutlichste aus (Murr *l. c.* Bd. I S. 135), und offenbar hat sich die Kunde davon in Deutschland erhalten, wo Xylander in der Vorrede zu seiner 1571 erschienenen Diophant-Uebersetzung den R. zu nennen nicht unterlässt. Es ist nun nicht von der Hand zu weisen, dass R. durch dieses Buch *qui revera pulcerrimus est et difficilimus*, und welches ihm *novum et pretiosissimum munus* heisst, der Zahlentheorie näher gebracht worden sein muss; allein zugeführt wurde er derselben wohl schon vorher bei seinem Umgange mit italienischen Gelehrten, welche den Lieblingsforschungen des grossen Pisaners nie ganz untreu geworden waren. Wir glauben die Berechtigung zu diesem Schlusse darin zu finden, dass nicht blos die zehn Fragen des R., sondern auch drei richtige Antworten von seinen Correspondenten vorhanden sind. Bianchini weiss, dass die Aufgabe 2 durch 1103, auch durch 3313 und durch viele andere Zahlen erfüllt wird; Jakob von Speier nennt als Auflösung von 1 die drei Werthe 114, 87, 39, als Auflösung von 9 die beiden Summen $1+4+16+100=121$ und $4+16+49+100=169$; und wenn auch Bianchini durch die nachfolgenden Worte, er wolle sich die Mühe nicht geben, weitere Lösungen zu suchen, zeigt, dass ihm die allgemeine Formel $2210n+1103$ als Auflösung nicht bekannt war, so ist doch keineswegs anzunehmen, dass solche Fragen durch blosses Probiren ihre Beantwortung finden konnten, ohne dass den Bearbeitern jemals vorher ähnliche Probleme vorgelegen hätten. Wir könnten dafür vielleicht auch auf die Kalenderreform hinweisen, welche gerade damals sich vorbereitete, welche die besten Köpfe beschäftigte, an welcher wenige Jahre später R. selbst bekanntlich mitzuarbeiten berufen wurde und bei deren Perioden unbestimmte Aufgaben, wenn auch sehr einfacher Natur, regelmässig auftraten. Die zweite von uns aufgeworfene Frage können wir nur dahin beantworten, dass R. mindestens glaubte, zu seinen Aufgaben auch entsprechende Lösungen zu besitzen, mochten sie nun richtig sein oder nicht. Antwortet er doch z. B. dem Jakob von Speier bezüglich der Auflösungen von 9: „*Reddidisti quatuor numeros quadratos quales petebam. Difficulter tamen quispiam decem hujusmodi societates numerorum quadratorum inveniet: videlicet quadraginta quadratos diversos, quorum quaterni collecti quadratum efficerent nostrum: nisi artem id patrandi calleat: quam ego petivi*“, wodurch

Das ist der Hauptsache nach, soweit es innerhalb der Raumgrenzen, welche wir uns stecken mussten, gezeichnet werden kann, ein Bild der mathematischen Leistungen des R. Die ganze bedeutsame Persönlichkeit des nach so vielen Richtungen hin interessanten Mannes tritt uns dabei freilich nicht entgegen. Dazu bedürfte es einer Schilderung des Astronomen, der darin wenigstens seiner Zeit vorauseilte, dass er an der Autorität des Alterthums zu zweifeln wagte, wo eigene Himmelsbeobachtungen im Widerspruche zu ihr standen. Dazu bedürfte es des ausführlichen Verweilens bei allen Werken, die R. im Drucke herausgab und so zum Gemeingut der deutschen Gelehrsamkeit insbesondere machte. Dazu bedürfte es der eingehenden Besprechung der von R. zuerst bearbeiteten Ephemeriden, des von ihm erfundenen Jakobsstabes, die beide Columbus auf seiner Entdeckungsreise begleiteten, eine Besprechung, welche den zweiten, kürzeren, aber weitaus besten Theil der Ziegler'schen Monographie bildet.

Auf alle diese an sich nothwendigen Untersuchungen müssen wir hier verzichten. Nur eine Bemerkung sei uns noch verstattet, welche R. ein kleines Anrecht darauf verschaffen soll, als Vorgänger der grossen Gelehrten des XVII. Jahrhunderts bezeichnet zu werden. In dem Briefe an Magister Christian Roder findet sich folgende Aufgabe (*Murr l. c.* Bd. I S. 201): „*Pertica quedam decupedalis perpendiculariter suspenditur : cujus pes ab orizontę quatuor extollitur pedibus. Queritur punctus orizontis a quo pertica ipsa cernitur longissima, hoc est sub maximo angulo. Verum cum infinita sint talia puncta circumferentiam circuli occupantia. queritur quantum distet unumquodque eorum a pede suspensa pertice.*“ Unseres Wissens ist dieses die bisher noch nie beachtete erste Frage nach einem Maximum bei einem nachgriechischen Schriftsteller.

Die Charakteristik des Regiomontanus, welche wir zum Schlusse geben möchten, wird nach den versuchten Auseinandersetzungen in Folgendem nicht untreu erscheinen. Regiomontanus war vor Allem ein kritischer und emsig sammelnder Forscher; die Verdienste, welche er um die Verbreitung der Mathematik in Deutschland sich erworben hat, sind überwiegend; die Mathematik selbst hat er verhältnissmässig nicht so sehr bereichert, wie manch anderer deutscher Gelehrter; aber dieser letzte Ausspruch darf nicht als Tadel, sondern nur als Bedauern über den frühzeitigen Tod des Regiomontanus aufgefasst werden, denn wenn auf Einen, so können auf ihn die Worte angewandt werden, in welchen Newton das Hinscheiden von Roger Cotes beklagte: „Hätte er länger gelebt, so würden wir noch viel von ihm gelernt haben!“

CANTOR.

Bibliographie

vom 16. April bis 15. Juni 1874.

Periodische Schriften.

Mathematische Abhandlungen der königl. Akademie der Wissenschaften zu Berlin. Aus dem Jahre 1873. Berlin, Dümmler. 17 Ngr.

Physikalische Abhandlungen der königl. Akademie der Wissenschaften zu Berlin. Aus dem Jahre 1873. Ebendas. 6 Thlr. 27½ Ngr.

Berichte über die Verhandlungen der königl. sächsischen Gesellschaft der Wissenschaften, mathemat.-physikal. Classe. 1873, VI u. VII. Leipzig, Hirzel. ⅔ Thlr.

Crelle's Journal für Mathematik, fortges. von W. Borchardt. 78. Bd., 1. und 2. Heft. Berlin, G. Reimer. pro compl. 4 Thlr.

Jahrbuch über die Fortschritte der Mathematik, herausgeg. von C. Ohrtmann, F. Müller und E. Wangerin. 3. Bd., Jahrg. 1871, 3. Heft. Berlin, G. Reimer. 1 Thlr.

Jahresbericht der deutschen Seewarte für das Jahr 1873, herausgeg. von W. v. Freeden. Hamburg, Meissner. ⅘ Thlr.

Annalen der k. k. Sternwarte in Wien. III. Folge, 21. Bd. (Jahrg. 1871). Wien, Wallishauser. 3⅔ Thlr.

Repertorium für Experimentalphysik, physikalische Technik und Instrumentenkunde, herausgeg. von Ph. Carl. 10. Bd. 1. Heft. München, Oldenbourg. pro compl. 6⅖ Thlr.

Annalen des physikalischen Centralobservatoriums, herausgeg. v. H. Wild. Jahrg. 1872. Petersburg und Leipzig, Voss. 6 Thlr. 8 Ngr.

Mémoires de l'académie impériale des sciences de St. Petersbourg. 7. *Série. T.* 19 *No.* 10, *T.* 20 *No.* 3—5, *T.* 21 *No.* 1—5. Leipzig, Voss. 9 Thlr. 4 Ngr.

Reine Mathematik.

Spitzer, S., Neue Studien über die Integration linearer Differentialgleichungen. Wien, Gerold. 2 Thlr.

Hentschel, O., Conforme Abbildung von Flächen, welche den unendlich fernen Punkt enthalten, auf den Kreis. Berlin, Calvary & Comp. ⅓ Thlr.

Lipich, F., Bemerkungen zu einem Satze aus Riemann's Theorie der Functionen einer complexen Variabelen. (Akad.) Wien, Gerold. 2 Ngr.

GALLENKAMP, W., Die Elemente der Mathematik. 1. Theil. 4. Aufl. Iserlohn, Bädeker. 20 Ngr.

——, Dasselbe. 2. Theil. 3. Aufl. Ebendas. 24 Ngr.

WIEGAND, A., Erster Cursus der Planimetrie. 10. Aufl. Halle, Schmidt. ⅓ Thlr.

——, Lehrbuch der Stereometrie. 7. Aufl. Ebendas. ⅙ Thlr.

——, Lehrbuch der ebenen Trigonometrie. 6. Aufl. Ebendas. ⅙ Thlr.

MARTUS, H., Mathematische Aufgaben für die obersten Classen höherer Lehranstalten. 1. Theil. 3. Aufl. Leipzig, Koch's Verl. 1⅙ Thlr.

HEINZE, C., Die prismatischen und pyramidalen Drehungskörper. Cöthen, Schulze. ⅓ Thlr.

LIEBER und v. LÜHMANN, Trigonometrische Aufgaben. Berlin, Simion. 1⅓ Thlr.

BALTZER, R., Die Elemente der Mathematik. 2. Band. 4. Aufl. Leipzig, Hirzel. 2 Thlr.

HOFFMANN, V., Vorschule der Geometrie. 1. Lief. Halle, Nebert's Verl. 1 Thlr.

KÖSTLER, H., Leitfaden für den Anfangsunterricht in der Geometrie. Ebendas. 12½ Ngr.

HARTMANN, B., Genetischer Leitfaden für den Unterricht in der Planimetrie. 3. Heft. Bautzen, Rühl. 8 Ngr.

NIEMTSCHIK, R., Ueber die Construction der einander eingeschriebenen Linien zweiter Ordnung. II. (Akad.) Wien, Gerold. 5 Ngr.

BERMANN, O., Ueber Schwerpunktsörter und Umhüllungsflächen bei Triederschnitten. Berlin, Calvary & Comp. 12 Ngr.

HESSE, O., Die Reciprocität zwischen Kreisen, welche dieselbe gemeinschaftliche Secante haben, und den confocalen Kegelschnitten. (Akad.) München, Franz. 7½ Ngr.

Angewandte Mathematik.

HANSEN, P. A., Bestimmung der Theilungsfehler eines geradlinigen Massstabes. (Sächs. Gesellsch.) Leipzig, Hirzel. 1⅓ Thlr.

SCHMARDA, K., Lehrbuch der praktischen Messkunst. 3. Aufl. Wien, Seidel & Sohn. 1⅔ Thlr.

PAUGGER, F., Lehrbuch des terrestrischen Theiles der Nautik. 2. Aufl. Triest, literar.-artist. Anstalt. 2⅔ Thlr.

WIEGAND, A., Grundriss der mathematischen Geographie. 8. Aufl. Halle, Schmidt. ⅙ Thlr.

NYRÉN, N., Die Polhöhe von Pulkowa. (Akad.) Leipzig, Voss. 12 Ngr.

KRICHENBAUER, A., Schluss auf das Alter des Ilias aus der Differenz zwischen dem Sirius und dem Sonnenjahr. (Akad.) Wien, Gerold. 6 Ngr.

MACH, E., Zur Geschichte des Arbeitsbegriffes. (Akad.) Wien, Gerold. 3 Ngr.

Schuberth, H., Die Vorübergänge der Venus vor der Sonnenscheibe, insbesondere der Vorübergang am 9. Decbr. 1874. Leipzig, Brandstetter. 5 Ngr.

Reuter, F., Sternkarte des nördlichen Himmels. 4 Sectionen. Gotha, Perthes. 1⅓ Thlr.

Physik und Meteorologie.

Dvorak, V., Ueber die Entstehungsweise der Kundt'schen Staubfiguren. (Akad.) Wien, Gerold. 2 Ngr.

Stefan, J., Versuche über die Verdampfung. (Akad.) Wien, Gerold. 6 Ngr.

Exner, F., Bestimmung der Temperatur, bei welcher das Wasser ein Maximum seiner Dichtigkeit hat. (Akad.) Wien, Gerold. 3 Ngr.

Schmidt, Die Lichtbrechung im Wasser nach Frauenhofer's Beobachtungen. (Progr.) Grimma, Gensel. ⅙ Thlr.

Puschl, K., Ueber die Mitbewegung des Lichtes in bewegten Mitteln. (Akad.) Wien, Gerold. 3 Ngr.

Exner, F., Ueber Lösungsfiguren an Krystallflächen. (Akad.) Wien, Gerold. 2 Ngr.

——, Ueber die Abhängigkeit der Elasticität des Kautschuks von der Temperatur. (Akad.) Wien, Gerold. 3 Ngr.

Puschl, K., Bemerkung über die specifische Wärme des Kohlenstoffs. (Akad.) Wien, Gerold. 1½ Ngr.

Dalibor, R., Ein neues Atombild. Beitrag zur mechanischen Wärmetheorie. Königshütte, Lowack. 8 Ngr.

Mayer, R., Die Mechanik der Wärme. 2. Aufl. Wien, Braumüller. 2⅔ Thlr.

Schweigger ist der Entdecker des Electromagnetismus. Berlin, Schweigger. 10 Ngr.

Abendroth, W., Ueber elektrisirte Flüssigkeitsstrahlen. Dresden, Exped. der Jahresberichte des Vereins für Erdkunde. 10 Ngr.

Erman und Petersen, Die Grundlagen der Gauss'schen Theorie und die Erscheinungen des Erdmagnetismus im J. 1829. Berlin, Reimer. 2 Thlr.

Crüger, J., Lehrbuch der Physik. 2. Aufl. Leipzig, Körner's Verl. 1⅙ Thlr.

Berghaus, H., Physikalische Wandkarte der Erde in Mercator's Projection. Gotha, Perthes. 3⅓ Thlr.

Schilling, Nw., Die beständigen Strömungen in der Luft und im Meere. Versuch, dieselben auf eine gemeinsame Ursache zurückzuführen. Berlin, D. Reimer. 12 Ngr.

Literaturzeitung.

Recensionen.

Allgemeine Theorie und Berechnung der continuirlichen und einfachen Träger. Für den akademischen Unterricht und zum Gebrauch der Ingenieure, von Dr. phil. JAKOB WEYRAUCH, Ingenieur, Ritter etc. Leipzig, B. G. Teubner. 1873.

Ein Buch, wie ein solches nur entstehen kann, wenn der in demselben behandelte Stoff schon in früheren Arbeiten bis zu einer hohen Stufe der Ausbildung gebracht worden, und der Autor daher nicht mehr genöthigt ist, unsicher tastend den Pfad des Entdeckers zu gehen, sondern sicher fortschreitend den Weg bequemer gestalten und für die allgemeine Benutzung zweckmässiger aufbauen kann.

Mit grosser Eleganz und Klarheit wird unter Zugrundelegung der gewöhnlichen Hypothese von auch nach der Biegung eben bleibenden Balkenquerschnitten der Zusammenhang zwischen den verschiedenen Belastungsarten und den entsprechenden Momenten der inneren Kräfte, sowie den verticalen Schubkräften für die verschiedenen Querschnitte entwickelt. Hierbei sind die Formeln möglichst allgemein gehalten und sowohl für Balken mit ungleich hohen Stützen, als auch mit veränderlichem Querschnitte aufgestellt und durch Zahlenbeispiele erläutert. Für die einfachen Träger folgen die Gleichungen als specielle Fälle.

Die Auflösung der bekannten, hier natürlich entsprechend erweiterten Clapeyron'schen Gleichungen für die Stützenmomente erfolgt mittels recurrenter Gleichungen und es gründet sich die mitgetheilte Theorie des Ortes der Lasten auf die Eigenschaften der dabei angewandten Factorensysteme. Dieser Theil des Werkes zeichnet sich besonders durch seine Exactheit und Gründlichkeit aus.

Der Verfasser hat sich, jedenfalls principiell, von der Anwendung neuerer graphischer Methoden ferngehalten und selbst bei Untersuchung von Trägern mit veränderlichem Querschnitt nur die Rechnung angewandt. Es lässt sich dies natürlich desto weniger als Fehler bezeichnen, als hierdurch das Buch an Einheit gewonnen hat. Ob dies aber auch derjenige

Weg ist, auf welchem man — wie die Tendenz des Buches ist — den praktischen Ingenieuren grössere Sympathie für continuirliche Träger beibringen kann, ist doch zu bezweifeln. Wie der Verfasser selbst (Anmerkung S. 130) bemerkt, ist die Berechnung zwar nicht schwierig, aber umständlich. Will man daher den praktischen Ingenieuren die Scheu vor den Festigkeitsuntersuchungen continuirlicher Träger benehmen, so muss man entweder, wo dies angeht, die Rechnung durch zeitsparende Constructionen unterstützen, oder durch Mittheilung möglichst reichhaltiger Tabellen fertiger Zahlenresultate (wie in Prof. E. Winkler's musterhaftem „Brückenbau") die Rechnung erleichtern.

Auf S. 154 wird behauptet, dass „die continuirlichen Träger dort am meisten in Gunst stehen, wo die Ingenieure rechnen können, wie in Frankreich und Süddeutschland, und nicht da, wo es Regel, dass Ingenieurbureaux von Leuten dirigirt werden, welche zwischen zwei Stühlen und auf keinem fest sitzen". Ohne auf die zweite Hälfte dieses Satzes uns einzulassen, muss doch gegen die erste Hälfte desselben Einiges bemerkt werden.

Dass auch unter den französischen Ingenieuren der Einfluss der ungleichen Stützenhöhe ebenso beurtheilt wird, wie von den norddeutschen, zeigt unter Anderem der Ausspruch von Bresse (*Cours de mécanique appliquée, IIIe Partie, p.* 250), welchen Ingenieur Darcel in den *Annales des ponts et chaussées* 1866, *I, p.* 261, wie folgt commentirt:

„*Nous ne pouvons ainsi que nous associer à M. Bresse pour montrer le danger que présente le moindre changement dans les donées du problème. Pour notre part, comme d'un côté nous ne croyons pas qu'un constructeur ose affirmer qu'il construira une poutre parfaitement rectiligne, que ses supports seront parfaitement de niveau ou qu'il s'apercevra d'un tassement de quelques centimètres, et que cependant, d'un autre côté, il est pénible de renoncer à la grande facilité pour le levage que donne la solidarité, puisqu'elle permet de construire la poutre sur la rive dans le prolongement de l'axe du pont, puis de la pousser progressivement et tout d'une pièce, jusqu'à ce qu'elle vienne reposer successivement sur les divers appuis, nous estimons que si l'on veut joindre la prudence à la facilité d'exécution, on devrait calculer et construire la poutre comme devant être formée de travées isolées, puis réunir ces travées bout à bout sur la rive au moyen de semelles et d'un boulonage provisoire que l'on enlèverait ensuite lorsque la poutre aurait été poussée tout d'une pièce dans sa position primitive.*" Wenn trotzdem Balkenträger häufig als continuirliche in Frankreich berechnet werden, so ist hierfür die bedeutende Materialersparniss von 25—50 Procent ein sehr einleuchtender Grund.

In Baden ist die neue grosse Rheinbrücke zwischen Mannheim und Ludwigshafen mit nicht continuirlichen Trägern von 89 M. Spannweite gebaut worden. In Baiern hat Director Gerber sich sein System von continuirlichen Gelenkträgern patentiren lassen, das speciell die Unabhängigkeit der Träger von den Stützenhöhen bezweckt.

Es scheint demnach, dass das Misstrauen gegen die continuirlichen Träger nicht blos bei den norddeutschen, sondern auch bei vielen gut rechnenden französischen und süddeutschen Ingenieuren zu finden ist.

Referent glaubt, dass auch hier, wie so oft, die beiden gegenüberstehenden Parteien in die Extreme verfallen. Im Allgemeinen ist es gewiss richtiger, nur solche Constructionen anzuwenden, welche sich möglichst den theoretischen Voraussetzungen anschliessen, welche bei der Berechnung derselben gemacht worden sind. Wo jedoch besondere Verhältnisse (leichtere Aufstellung, geringe Breitendimension der Zwischenstützen, Schiefe der Brücke) die Anwendung continuirlicher Träger empfehlenswerth erscheinen lassen, sollte man nicht mit äusserster Consequenz die Anwendung der letzteren umgehen. Freilich darf man aber auch dann über den Einfluss der ungleichen Stützenhöhe nicht, wie dies gewöhnlich geschieht, einfach wegsehen, sondern einerseits eine solche in die Rechnung einführen und andererseits die Lager zur nachträglichen Höhenjustirung einrichten. Da selbstverständlich hierbei eine Hypothese bezüglich der Grösse der möglicherweise eintretenden Stützenhöhendifferenzen gemacht werden muss, so wird man die zulässige Maximalinanspruchnahme des Materials geringer als bei einfachen Trägern anzunehmen haben.

Für derartige Berechnungen bietet das vorliegende Buch einen höchst schätzenswerthen Leitfaden. Nach dem genannten Werke von Winkler ist es als das beste und vollständigste seiner Art dem praktischen Ingenieur sowohl, als dem studirenden Techniker auf's Angelegentlichste zu empfehlen.

Dr. W. Fränkel.

Vorlesungen über mathematische Physik. Von Dr. Gustav Kirchhoff. Leipzig, B. G. Teubner. 1874.

Von diesem ganzen Werke, das seinen Ursprung der Thätigkeit des Verfassers an der Heidelberger Universität verdankt, liegt die erste Lieferung zur Beurtheilung vor. Diese umfasst die bekannten mechanischen Grundgleichungen bis zur Aufstellung der Differentialgleichungen für die Bewegung elastischer und flüssiger Körper. Die Sprache ist knapp und dabei scharf und präcis, so dass es möglich wurde, die ganze ebengenannte Materie auf einem Raume von 124 Seiten gr. 8° vollständig darzustellen.

Der Verfasser behandelt seine Aufgabe in einer Weise, die wir am zweckmässigsten durch Wiederholung der Worte des Prospects definiren können. „Die Herausgabe dieser ersten Lieferung soll ihre Rechtfertigung hauptsächlich in einer Eigenthümlichkeit der Darstellung finden, welche die Unklarheiten zu entfernen sucht, die den mechanischen Begriffen bei der gewöhnlichen Behandlung anhaften. Der Verfasser bezeichnet es nämlich als die Aufgabe der Mechanik, die in der Natur vor sich gehenden Bewegungen vollkommen und auf die einfachste Weise zu beschreiben, und begründet, hiervon ausgehend, unter Voraussetzung der Vorstellungen von Raum, Zeit und Materie, die Lagrange'schen Gleichungen durch rein mathematische Betrachtungen. Freilich erscheinen diese Gleichungen dann als solche, die über die wirklichen Bewegungen der Körper gar nichts aussagen, sie bilden nur ein Schema für diese, deren Inhalt zu geben Sache der Beobachtung ist; ihr Nutzen beruht darauf, dass sie eine Sprache möglich machen, die, wie die Erfahrung gelehrt hat, sich besonders eignet, die wirklichen Bewegungen in einfacher Weise zu beschreiben."

Es hat dem Referenten grosses Vergnügen gewährt, den ausgesprochenen Zweck vom Verfasser in ausgezeichneter Weise erreicht zu sehen. Mit seinem genialen Scharfblick hat damit Kirchhoff die Klippen umschifft, die so manches Schifflein scheitern machten, wie z. B. die Einführung des Begriffes Kraft, Druck etc. in die verschiedenen Systeme der Mechanik zeigt. Es muss die vorliegende erste Lieferung des ganzen Werkes als ausgezeichnet betrachtet werden sowohl dem Inhalt, als auch der Form nach. Die Hochachtung, welche der berühmte Verfasser allenthalben geniesst, berechtigt zu der Erwartung, dass auch die ferneren Lieferungen nicht hinter der ersten zurückbleiben werden.

Die Ausstattung ist die bekannte vorzügliche der Verlagshandlung.

Freiberg, den 3. Juni 1874. TH. KÖTTERITZSCH.

Handbuch der theoretischen Physik von W. Thomson und P. G. Tait, autorisirte deutsche Uebersetzung von Dr. H. HELMHOLTZ und WERTHEIM. I. Band II. Theil. Braunschweig, Friedrich Vieweg & Sohn. 1874.

Von dem wichtigen Gesammtwerke bildet der vorliegende Theil die Fortsetzung zu dem im Jahre 1871 erschienenen I. Theile. Es sind in einer von Nr. 438 bis Nr. 848 fortlaufenden Paragraphenreihe, die sich an die des ersten Theiles anschliesst, zunächst noch einige Fragen über den Umfang, in welchem physikalische Erscheinungen der Rechnung unterworfen werden können, behandelt. Alsdann folgt die Statik in zwei grösseren Abschnitten, von denen der eine die Statik eines materiellen Punktes, der andere die Statik fester und flüssiger Körper behandelt. Wir möchten es als selbstverständlich bezeichnen, dass die genannte Materie in der anerkannt originellen Weise und mit der bekannten Schärfe der Gedanken behandelt ist. Die angewandte Knappheit und Präcision der Sprache hat es möglich gemacht, die genannte Materie trotz des engen Raumes in einem Umfange zu behandeln, wie man von einem Handbuch nur erwarten kann.

Dass die Potentialtheorie umfangreicher benützt ist, als es in den sonstigen Werken über Mechanik geschieht, kann nur gebilligt werden.

Die angeführten und berechneten Beispiele sind theils für sich interessant, theils für die Physik der Erde von ausserordentlicher Wichtigkeit.

Das Vorwort von H. Helmholtz, das sich gar nicht auf das vorliegende Handbuch, sondern auf Zöllner's „Ueber die Natur der Cometen" bezieht, mag nur historisch erwähnt werden.

Freiberg, den 15. Mai 1874. Th. Kötteritzsch.

Di alcune recenti memorie sul Processo e sulla Condanna del Galilei. Nota e documenti aggiunti alla Bibliografia Galileiana del Prof. Cav. Pietro Riccardi. Modena dalla società tipografica. 1873. 79 S. 4⁰.

Die vorliegende Schrift behandelt die den Lesern dieser Zeitschrift bekannten Arbeiten Wohlwill's, Gherardi's und Friedlein's über den Galilei'schen Process, von denen die letzten in diesen Blättern erschienen sind. Er wägt unparteiisch auf Grund aller Documente die Frage ab und kommt zu dem Schlusse, dass eine Fälschung, wenn auch nicht endgiltig erwiesen, so doch höchst wahrscheinlich gemacht sei. Er drängt auf eine genaue Untersuchung des betreffenden Actenstückes und meint, es müsse jetzt der Curie selbst daran liegen, sich von dem Verdachte zu reinigen, durch Zurückhaltung des wahren Sachverhaltes eine vielleicht schlechte Sache beschönigen zu wollen.

Den grössten Theil des Schriftchens nimmt (S. 19—78) eine Zusammenstellung der neuerdings aufgefundenen Documente, eigentlich aller für den Process wichtigen Documente ein: der Abdruck des Vaticanmanuscripts nach l'Epinois bildet den Anfang, die Gherardi'schen Documente den Schluss. Durch diesen letzten Theil ist die Schrift von hohem Werthe für Jeden, der sich eingehend mit dem betreffenden Gegenstande beschäftigen will. Ursprünglich ist die Arbeit in den *Memorie della R. Accademia delle Scienze, Lettere ed Arti* in Modena (T. XIV) erschienen.

Thorn, April 1874. M. Curtze.

Bibliographie

vom 16. Juni bis 31. Juli 1874.

Periodische Schriften.

Sitzungsberichte der mathematisch-physikalischen Classe der königl. bayrischen Akademie der Wissenschaften. 1874, 1. Heft. München, Franz. 12 Ngr.

Denkschriften der kaiserl. Akademie der Wissenschaften zu Wien, mathematisch-physikalische Classe. 33. Bd. Wien, Gerold. 1 Thlr.

Astronomische Nachrichten, herausgegeben von C. Peters. 84. Bd. Nr. 1. Hamburg, Mauke Söhne. pro compl. 5 Thlr.

Die veränderlichen Tafeln des astronomischen und chronologischen Theils des königl. preussischen Normalkalenders für 1875, herausgegeben von Förster. Berlin, Verlag des statist. Bureaus. 2 Thlr. 6½ Ngr.

Generalbericht über die europäische Gradmessung f. d. Jahr 1873. Berlin, G. Reimer. 1⅓ Thlr.

Bibliotheca historico-naturalis, physico-chemica et mathematica, ed. A. Metzger. 23. Jahrg. 2. Heft, Juli — December 1873. Göttingen, Vandenhoeck & Ruprecht. 12 Ngr.

Reine Mathematik.

Geiser, C. F., Zur Erinnerung an Jacob Steiner. Zürich, Schabelitz. ⅓ Thlr.

Durège, H., Zur Analysis situs Riemann'scher Flächen. (Akad.) Wien, Gerold. 3 Ngr.

Hattendorff, K., Die Sturm'schen Functionen. 2. Aufl. Hannover, Rümpler. ⅚ Thlr.

Bremiker, C., Tafeln vierstelliger Logarithmen. Berlin, Weidmann. 6 Ngr.

Frege, G., Rechnungsmethoden, welche sich auf eine Erweiterung des Grössenbegriffs gründen. Jena, E. Frommann. 12 Ngr.

Hesse, O., Sieben Vorlesungen aus der analytischen Geometrie der Kegel- [illegible]

Salmon, G., Analytische Geometrie des Raumes; deutsch bearbeitet von W. Fiedler. 1. Theil. 2. Aufl. Leipzig, Teubner. 2⅔ Thlr.

Pelz, C., Die Axenbestimmung der Kegelflächen zweiten Grades. (Akad.) Wien, Gerold. 6 Ngr.

Müller, H., Leitfaden der ebenen Geometrie. Leipzig, Teubner. 20 Ngr.

Spitz, C., Lehrbuch der allgemeinen Arithmetik. 1. Theil. 3. Aufl. Leipzig, Winter. 2⅓ Thlr.

Haberl, J., Lehrbuch der allgemeinen Arithmetik und Algebra. 2. Aufl. Wien, Braumüller. 2 Thlr.

Pfenninger, A., Lehrbuch der Arithmetik und Algebra. 1. Theil. Zürich, Schulthess. 24 Ngr.

Sass, J., Buchstabenrechnung und Algebra. (Uebungsbuch.) 1. Theil. 5. Aufl. Altona, Schlüter. Mit den Auflösungen: 1 Thlr.

Eserskey, Th. v., Ausgeführte Multiplication und Division bis zu jeder beliebigen Grösse. 4. Ausg. Leipzig, Brockhaus. ⅔ Thlr.

Hermes, O., Sammlung von Aufgaben aus der Algebra und niederen Analysis. Berlin, Springer. ⅚ Thlr.

Kieseritzky, C., Lehrbuch der elementaren Geometrie. 2 Bde. Petersburg, Deubner. 1⅔ Thlr.

Angewandte Mathematik.

Becker, K., Zur Berechnung von Sterbetafeln an die Bevölkerungsstatistik zu stellender Anforderungen. Berlin, Verl. d. stat. Bureaus. ⅔ Thlr.

Bauernfeind, C. v., Beobachtungen und Untersuchungen über die Naudetschen Aneroidbarometer. München, Franz. ¾ Thlr.

Schoder, H., Hilfstafeln zur barometrischen Höhenbestimmung. 2. Aufl. Stuttgart, Schweizerbart. 20 Ngr.

Bruhns, C., Astronomisch-geodätische Arbeiten in den Jahren 1872, 1869 und 1867. Leipzig, Engelmann. 4⅔ Thlr.

Hagen, G., Messung des Widerstandes, den Planscheiben erfahren, wenn sie in normaler Richtung gegen ihre Ebenen durch die Luft bewegt werden. Berlin, Dümmler. ½ Thlr.

Ritter, A., Lehrbuch der technischen Mechanik. 3. Aufl. Hannover, Rümpler. 5⅓ Thlr.

Dumas, W., Ueber die Schwingungen verbundener Pendel. Berlin, Weidmann. 4 Ngr.

Weisbach, J., Lehrbuch der Ingenieur- und Maschinenmechanik. 5. Aufl., bearbeitet von G. Herrmann. 1. Thl., 11. u. 12. Lief. Braunschweig, Vieweg. 1⅓ Thlr.

Behrmann, C., Atlas des südlichen gestirnten Himmels. Leipzig, Brockhaus. 3⅓ Thlr.

Anderssohn, A., Die Mechanik der Gravitation durch die Wärme-Mechanik erklärt. Breslau, Maruschke & Berendt. ⅓ Thlr.

Physik und Meteorologie.

Vogel, H. C., Untersuchungen über die Spectra der Planeten. Leipzig, Engelmann. 1 Thlr.

Caspari, O., Die Thomson'sche Hypothese von der endlichen Temperaturausgleichung im Weltall. Stuttgart, Horster. ⅓ Thlr.

Dvórak, V., Ueber die Leitung des Schalles in Gasen. (Akad.) Wien, Gerold. 3 Ngr.

Stern, S., Weitere Beiträge zur Theorie der Schallbildung. (Akad.) Wien, Gerold. $^1/_6$ Thlr.

Röntgen und Exner, Anwendung des Eiscalorimeters zur Bestimmung der Intensität der Sonnenstrahlung. (Akad.) Wien, Gerold. 4 Ngr.

Stefan, J., Zur Theorie der magnetischen Kräfte. (Akad.) Wien, Gerold. $^1/_5$ Thlr.

Wüllner, A., Lehrbuch der Experimentalphysik. 1. Bd.: Mechanik und Akustik. 3. Aufl. Leipzig, Teubner. 3 Thlr.

Recknagel, G., Compendium der Experimentalphysik. 2. Abth.: Wärmelehre. Stuttgart, Meyer & Zeller. 24 Ngr.

Subic, L., Lehrbuch der Physik für Obergymnasien. 3. Aufl. Pest, Heckenast. 3 Thlr.

Druckfehler

in der Literaturzeitung zu Heft 4 dieses Jahrgangs.

S. 42 Z. 14 statt „wenn" lies „wem".
„ 44 „ 8 statt „Navarra" lies „Novarra".
„ 45 „ 23 statt „Hossianus" lies „Hassianus".
„ 43 „ 8 v. u. statt „von welcher" lies „an welcher".

Literaturzeitung.

Recensionen.

Zur Erinnerung an Jacob Steiner, von Dr. C. F. GEISER, Professor am schweizerischen Polytechnikum. Verlag von Cäsar Schmidt (Schabelitz'sche Buchhandlung), Zürich 1874.

Jacob Steiner, der grösste synthetische Geometer des Jahrhunderts, der schweizer Bauernsohn, war in beiden Eigenschaften, die ihn geradezu kennzeichnen, der besonderen Aufmerksamkeit der mathematischen Section der schweizer naturforschenden Versammlung warm empfohlen. Wir können uns um so deutlicher den Eindruck vorstellen, welchen der uns heute gedruckt liegende Vortrag von Prof. Geiser am 22. August 1873 in Schaffhausen auf den genannten Zuhörerkreis ausüben musste, ein Eindruck, der beim Lesen der Abhandlung nur um so viel sich abschwächt, als die Frische des gesprochenen Wortes entbehrt wird, sich dagegen um so viel erhöht, als der Genuss, bei Geistvollem verweilen zu können, das geschriebene Wort wieder vor dem gesprochenen auszeichnet. Herr Geiser war — das hat seine Herausgabe Steiner'scher Vorlesungen, das haben seine Originalarbeiten bewiesen — in hohem Grade befähigt, der Ehrenpflicht zu genügen, welche die neuere Geometrie Steiner zehn Jahre nach seinem Tode noch immer schuldete, befähigt, das Epochemachende in Steiner's Schriften zu ermitteln und hervorzuheben. Herr Geiser war aber auch — und das beweisen die gegenwärtigen 37 Druckseiten, welche wir kaum erhalten, auch schon verschlungen haben — befähigt wie Wenige, dem biographischen Theile der Aufgabe gerecht zu werden, die er sich gestellt hatte. Mit derbem Humor allein lässt eine so derbe Natur, wie die Steiner's war, sich schildern, und Herr Geiser besitzt diese Geistesgabe in köstlichem Masse. Die kleinen Begebenheiten aus Steiner's Leben, seine Kraft- und Schlagworte, welche in grosser Zahl buchstäblich angeführt sind, würden nicht im richtigen Rahmen erscheinen, wenn sie einer trockenen Lebensbeschreibung oder gar einer Alles und Jegliches lobenden Verhimmelung eingefügt wären. Herr Geiser sagt uns selbst (S. 2), er habe es vermeiden wollen, ein Heiligenbild mit langen blonden Locken in einer Gewandung, zu welcher die sattesten Anilinfarben herhalten mussten, auszuarbeiten. Er hat sehr wohl daran gethan, sich von diesem Extreme fern zu halten. Er hat aber unsern doppelten Dank sich dadurch verdient, dass er statt des glücklich Vermiedenen eines jener Cabinetstücke naturwahrer Porträtirkunst uns lieferte, einen Balthasar Denner, der mit der Loupe betrachtet, nur immer neue Aehnlichkeiten hervortreten lässt. Es sei uns gestattet, ergänzend etwa zwei kleine Pinselstriche beizufügen, um Erinnerungen zu verwerthen, welche uns aus Wintersemester 1851—1852 geblieben sind, in welchem wir selbst den Steiner'schen Vorlesungen einige Wochen lang folgten. Die eine Erinnerung knüpft sich an seine Auffassung des verhältnissmässigen Werthes von Analysis und Synthesis. „Die Analysis, so sagte er in einer der ersten Stunden, zieht Einem die Schlafkappe über den Kopf. Bei uns heisst es: Augen aufsperren, dann sieht man die Sachen auch! Die zweite Erinnerung bezieht sich auf seine Lehrthätigkeit. In der ersten Stunde war der ziemlich kleine Hörsaal im südwestlichen Theile des Erdgeschosses des Berliner Universitätsgebäudes, in welchem er zu lesen pflegte, geradezu überfüllt. Wir sassen dichtgedrängt auf den Bänken und etwa ein halbes Dutzend von Zuhörern stand noch an die Wand gelehnt. In der zweiten Stunde legte man einen Zettel auf den Katheder, auf welchem der Wunsch ausgesprochen war, in das zu derselben Zeit freistehende grössere, damals sogenannte Dirichlet'sche Auditorium überzusiedeln. Steiner las den Zettel, legte ihn wieder hin und trug an das in der letzten Vorlesung Besprochene anknüpfend weiter vor; wenn wir nicht irren, handelte es sich um jene ebene Curve vierten Grades, welche der geometrische Ort des Punktes ist, von welchem aus zwei in der Ebene gegebene gerade Strecken unter gleichem Winkel gesehen werden. Am Schlusse fügte er dann noch hinzu: „Man hat mir da einen Zettel hingelegt. Ich werde in diesem Zimmer bleiben. In ein Paar Stunden ist es gross genug." Er hatte wahr geweissagt. Bald waren wir nur noch sechs oder acht Zuhörer, und wieder etwas später lässt sich das Wörtlein „wir" in diesem Zusammenhang nicht mehr rechtfertigen. Wie kam das? Es mochten wohl zwei Gründe zusammenwirken, ein innerer und ein äusserer. Herr Geiser sagt (S. 30): „Die Selbstthätigkeit des Lernenden war unumgänglich nothwendig, ein blosses Anhören und Nachschreiben genügte nicht." Die Schüler des Winters 1851—1852 machten die Erfahrung dieser Nothwendigkeit in so hohem Grade, dass es bald klar ward, man müsse wählen zwischen Steiner und Dirichlet. Ausgewählte Capitel aus der synthetischen Geometrie und partielle Differentialgleichungen nebeneinander zu hören und zu verarbeiten, dazu reichten wohl nur sehr selten Fleiss und Fähigkeit eines Studirenden, und theilweise wenigstens in diesem Sinne fassen wir auch Jacobi's Rath auf (S. 30), erst bei Steiner zu hören, bevor man zu ihm komme. Der äussere Grund, welcher hinzutrat, jene Wahl leicht

hatte, es im warmen Zimmer nicht aushalten zu können, und dass er dem entsprechend fast in jeder Stunde ohne Rücksicht auf einen Berliner Winter das Fenster des Hörsaales öffnete und dadurch eine meistens nur ihm allein erwünschte Temperaturerniedrigung hervorbrachte. So sah er sich bald in der Mitte von sehr wenigen, allerdings um so begeisterteren Schülern, und hier mag er dann jene sokratische Lehrmethode angewandt haben, welche Herr Geiser (S. 8) rühmt, welche aber bei höherer Zahl von Zuhörern durchzuführen fast zur Unmöglichkeit wird und welche auch, so weit unser Gedächtniss reicht, nicht versucht wurde. Möge Herr Geiser, mögen unsere Leser in diesen kurzen Bemerkungen nur den Beweis dafür finden, wie sehr die uns vorliegende Abhandlung unser Interesse gespannt, unsere Erinnerungen aufgefrischt hat. Was endlich den wissenschaftlich wichtigsten Theil der Brochure, die Darstellung von Steiner's schriftstellerischer Thätigkeit (S. 14—27) betrifft, so muss es uns vollends genügen, auf die in Knappheit und Uebersichtlichkeit der Behandlung mustergiltige Schrift selbst zu verweisen.

Cantor.

Lehrbuch der Experimentalphysik, bearbeitet von Dr. Adolph Wüllner, Professor der Physik am Königl. Polytechnikum zu Aachen. Erster Band, Mechanik und Akustik. Dritte vielfach umgearbeitete und verbesserte Auflage. Leipzig, Druck und Verlag von B. G. Teubner, 1874.

Die Rückseite des Umschlags enthält die Anzeige der Verlagshandlung: „Da die folgenden Bände noch nicht in neuer Auflage erscheinen können, so ist das beim vierten Bande befindliche Sach- und Namenregister nach der dritten Auflage des ersten Bandes umgearbeitet worden, so dass fortwährend vollständige Exemplare des ganzen Werkes mit einem correcten, zu allen Bänden (I in dritter, II — IV in zweiter Auflage) passenden Register bezogen werden können. Dieses neue Register wird auch zu allen Exemplaren gratis geliefert, welche die Abnehmer dieses ersten Bandes von Band II bis IV beziehen."

Im Anschluss hieran bemerken wir, dass diese Recension sich nur auf den Band I in dritter Auflage bezieht, und dass Das, was noch über die Bände II, III, IV der zweiten Auflage nachzuholen ist, in einem der nächstfolgenden Hefte dieser Zeitschrift gegeben werden wird.

Dem Herrn Verfasser ward die Freude zu Theil, die erste Auflage seines Werkes (2500 Exemplare) bereits fünf Jahre nach dem Erscheinen vergriffen zu sehen, was sich zum grössten Theile aus der wohlgelungenen, streng wissenschaftlichen und historischen Behandlung der Probleme erklärt, die in ihrer Gesammtheit die Physik bilden. Diese Behandlung, welche die erste Auflage von Wüllner's Lehrbuch in hohem Grade zum Selbststudium geeignet und zur besten Vorschule beim tieferen Eindringen in das physikalische Wissen machten, finden wir beim I. Band der dritten Auflage wieder. Ausserdem zeigt der Vergleich mit der vorhergehenden Auflage überall das Bestreben, nach genauer Revision das minder Vollkommene zu verbessern und das Bisherige durch die Resultate neuer Arbeiten zu ergänzen.

Zur Bekräftigung des Vorstehenden möge im Folgenden das speciellere Resultat der Vergleichung der zweiten und dritten Auflage des I. Bandes mitgetheilt werden.

Der Umfang ist von 44 auf 46 Druckbogen gestiegen, die Zahl der Holzschnitte im Text von 283 auf 298 angewachsen.

Was den Gebrauch der Mathematik anlangt, so sind, wie früher, die nothwendigen Beweise so elementar als möglich gehalten worden; dass da und dort das Differentialzeichen hervortritt und von den ersten Anfängen der Integralrechnung eine Anwendung vorkommt, wird vollständig durch den Stoff und die dem Herrn Verfasser erwachsene Aufgabe gerechtfertigt, gesetzmässige Beziehungen zu erläutern und darzustellen. Da derselbe nur die allerersten Anfänge der Infinitesimalrechnung gebraucht und auch diese nur auf das physikalisch unbedingt Nothwendige beschränkt hat, so gereicht dies dem Buche eher zum Vortheile als zum Nachtheile.

Im einleitenden Theil erscheint Seite 1 bis 8 mehrfach umgearbeitet und durch Betrachtungen über das Ziel der Naturwissenschaften ergänzt; Seite 11 bis 13 ist nach der inzwischen erfolgten Einführung des metrischen Masssystems in Deutschland abgeändert und Seite 21 bis 23 ist statt des bisherigen einfachen ein zu genaueren Messungen geeigneteres Sphärometer aus der Werkstatt von Hermann Pfister in Bern abgebildet und beschrieben worden.

I. Abschnitt: Lehre vom Gleichgewicht und der Bewegung der Körper als solcher. § 1 ist bei der ungleichförmigen Bewegung durch Einführung des Begriffes mittlere Geschwindigkeit erweitert, letztere durch Uebergang zur Grenze in den bekannten Ausdruck $v = \frac{ds}{dt}$ übergeführt und ebenso bei der mittleren Beschleunigung verfahren worden. Die Ausdrücke $\frac{ds}{dt}$ und $\frac{dv}{dt}$ kommen dann auch in § 15 beim Maasse der inconstanten Kräfte vor. § 16, über die statischen Momente, ist um die Ableitung des Principes der virtuellen Geschwindigkeiten aus der Arbeit der am Hebel wirkenden Kräfte vermehrt worden. § 21 über die Trägheitsmomente, hat eine übersichtlichere Ableitung des Fundamentalsatzes (mv^2) und als Zusatz eine Ableitung der in der Physik öfter vorkommenden Trägheitsmomente von Cylinder und Kugel erhalten. §§ 31, 32 sind zu einer sehr klaren Abhandlung über die Bestimmung der Beschleunigung g umgearbeitet und durch Abbildung und Beschreibung des Kater'schen Reversionspendels ergänzt worden. § 34 ist zusätzlich gezeigt worden, wie man durch Torsionsschwingungsversuche das Trägheitsmoment eines Körpers bestimmen kann.

II. Abschnitt: Von dem Gleichgewicht und der Bewegung der Körper in ihren einzelnen Theilen. Dieser Abschnitt ist im § 52 über die cubische Zusammendrückbarkeit der festen Körper theilweis umgearbeitet worden. Die Lehre von den tropfbarflüssigen Körpern hat folgende Abänderungen erlitten, die entweder auf eine wissenschaftlichere Darstellung abzielen oder nothwendige Zusätze infolge neuer Arbeiten bringen. § 61 ist der Beweis aufgenommen, dass das Gleichgewicht von Flüssigkeiten nur bei gleichmässiger Fortpflanzung des Druckes bestehen kann. § 62 ist vermehrt worden durch Aufnahme der aus Grassi's Versuchen hervorgehenden Elasticitätscoefficienten (*kg*, *qmm*) von Flüssigkeiten und durch eine vergleichende Besprechung neuer Versuche über Compressibilität. § 64 enthält eine Beschreibung und Theorie des Desgoffe'schen Manometers. § 65 enthält zusätzlich die Ableitung der Niveauflächen bei einer rotirenden Flüssigkeit. § 68 ist das Verfahren mit dem Pyknometer bei der Bestimmung des specifischen Gewichts nachgetragen worden. § 71 (und im Gefolge davon §§ 73 und 74) ist durch Ausdehnung der Berechnung des Normaldruckes auf beliebige Oberflächen vervollständigt worden. §§ 75 und 77 enthalten neu die Bildung von Tropfen auf horizontaler Unterlage und von Luftblasen, sowie die Grösse der Wirkungssphäre der Molecularkräfte. § 83 enthält den strengeren Beweis des Torricelli'schen Theorems und § 85 die Ableitung des Ausflusses aus capillaren Röhren aus den Gesetzen der Flüssigkeitsreibung. — Bei den gasförmigen Körpern bietet § 97 einen Zusatz über die Abweichungen der Gase vom Mariotte'schen Gesetz nach den Versuchen von Regnault, Natterer, Cailletet u. A., § 99 einen Zusatz in der Beschreibung des Regnault'schen Manometers. § 103 eine Vermehrung durch Beschreibung der Sprengel'schen Quecksilberluftpumpe, §§ 109, 110, 111 eine Umarbeitung des Früheren über das Ausströmen der Gase, über die Diffusion, sowie über Stoss und Widerstand der Luft.

III. Abschnitt: Von der Wellenbewegung. Derselbe ist mit Ausnahme der §§ 115 und 122 unverändert geblieben.

IV. Abschnitt: Lehre vom Schalle. Dieser Abschnitt ist durch die Zusätze vervollkommnet, resp. in den Paragraphen umgearbeitet: § 161. Die Verzögerung der Schallgeschwindigkeit in Röhren nach den Arbeiten im Anschluss an den Kundt'schen Versuch. § 162: Die Bestimmung der Schallgeschwindigkeit in festen Körpern nach Stefan und Warburg, und die Schallgeschwindigkeit im unbegrenzten festen Körpern nach Wertheim. § 166. Die Ursachen der Klanganalyse durch das menschliche Ohr nach Helmholtz. § 167: Die Bestätigung der Doppler'schen Theorie durch Stimmgabelversuche Mayer's.

Nachdem in umfänglicher Weise die Qualification des besprochenen

studium nachgewiesen wurde, möge am Schlusse nur noch hervorgehoben werden, dass die für ein gründliches Studium gewählte streng wissenschaftliche und historische Behandlung der Probleme der Physik das Buch auch zur Benutzung als Handbuch der Physik vorzüglich geeignet machen. Bei der einen oder andern Verwendung wird dasselbe aber durch die, wie immer, vorzügliche äussere Ausstattung, mit der es aus der Hand der Verlagshandlung hervorging, auf das Wirksamste unterstützt.

Dr. Kahl.

Die Determinanten nebst Anwendung auf die Lösung algebraischer und analytisch-geometrischer Aufgaben. Von Dr. H. Dölp. Darmstadt, Verlag von Ludwig Brill. 1874.

Das kleine, nur 94 Seiten 8°. umfassende Schriftchen enthält die Hauptsätze der Determinantenlehre. Es soll dazu dienen, das Studium der Mathematik vorzubereiten, und stellt sich also Denen hilfreich zur Seite, die entweder ihre akademischen Studien beginnen oder ihre Lehrzeit auf den Mittelschulen abzuschliessen im Begriffe stehen. Man merkt es der Haltung des Schriftchens an, dass es aus der Praxis hervorgegangen ist. Schwierigere Lehrsätze sind nicht sofort allgemein abgeleitet, sondern der allgemeine Lehrsatz ist zuvor durch einfache Betrachtungen angebahnt. Eine grosse Anzahl sehr treffend gewählter Beispiele führt den Lernenden spielend in das fruchtbare Gebiet der Determinanten ein. Referent glaubt daher, dass das vorliegende Werkchen zu den besten zu zählen ist, welche solchen, die in der Mathematik weiter gehen wollen, empfohlen werden können.

Freiberg, den 20. Juni 1874. Th. Kötteritzsch.

Bibliographie

vom 1. August bis 30. September 1874.

Periodische Schriften.

Abhandlungen der mathematisch-physikalischen Classe der königl. bayrischen Akademie der Wissenschaften, 11. Bd. 3. Aufl. München, Franz. 3⅓ Thlr.

Sitzungsberichte der mathematisch-physikalischen Classe der königl. bayrischen Akademie der Wissenschaften. 1874, 2. Heft. München, Franz. 12 Ngr.

Crelle's Journal für reine und angewandte Mathematik, herausgegeben von W. Borchardt. 79. Bd. 1. Heft. Berlin, G. Reimer. pro compl. 4 Thlr.

Jahrbuch über die Fortschritte der Mathematik, herausgegeben von Ohrtmann, Müller und Wangerin. 4. Bd. Jahrg. 1872, 1. Heft. Berlin, G. Reimer. 1⅕ Thlr.

Vierteljahrsschrift der astronomischen Gesellschaft, herausgegeben von A. Auwers und A. Winnecke. 9. Jahrg. 1. Heft. Leipzig, Engelmann. 15 Ngr.

Fortschritte auf dem Gebiete der Meteorologie. 1872—73. Leipzig, Mayer. 10 Ngr.

Fortschritte auf dem Gebiete der Physik. 1872—73. Ebendas. 15 Ngr.

Verhandlungen der naturforschenden Gesellschaft in Basel. 1. Thl. 1. Heft. Basel, Schweighauser. 28 Ngr.

Mémoires de l'académie impériale des sciences de St. Pétersbourg. 7. Série. Tom XXI, Nr. 6—8. Leipzig, Voss. 1 Thlr. 23 Ngr.

Reine Mathematik.

Seidel, L., Ueber ein Verfahren, die Gleichungen, auf welche die Methode der kleinsten Quadrate führt, sowie lineäre Gleichungen überhaupt, durch successive Annäherung aufzulösen. München, Franz. ⅓ Thlr.

Königsberger, L., Vorlesungen über die Theorie der elliptischen Functionen. 1. Theil. Leipzig, Teubner. 4⅔ Thlr.

SCHLÖMILCH, O., Compendium der höheren Analysis. 1. Bd. 4. Aufl. Braunschweig, Vieweg. 3 Thlr.
——, Dasselbe. 2. Bd. 2. Aufl. Ebendas. 3 Thlr.
REIDT, F., Vorschule der Determinantentheorie. Leipzig, Teubner. 1⅓ Thlr.
SCHRÖDER, E., Ueber die formalen Elemente der absoluten Algebra. Stuttgart, Schweizerbart. 8 Ngr.
DÖLP, H., Aufgaben zur Differential und Integralrechnung. 2. Aufl. Giessen, Ricker. 1 Thlr.
FOCKE, M. und M. KRASS, Lehrbuch der allgemeinen Arithmetik nebst einer Aufgabensammlung. Münster, Coppenrath. ⁵⁄₆ Thlr.
HERMES, O., Sammlung von Aufgaben aus der Algebra und niederen Analysis. Berlin, Springer. ⅔ Thlr.
SCHLÖMILCH, O., Fünfstellige logarithmische und trigonometrische Tafeln. Wohlfeile Schulausgabe. 3. Aufl. Braunschweig, Vieweg. ⅙ Thlr.
SCHRÖDER, E., Abriss der Arithmetik und Algebra. 1. Heft. Leipzig, Teubner. 6 Ngr.
BAUER, G., Ueber das Pascal'sche Theorem. München, Franz. 13½ Ngr.
WEYR, E., Ueber Raumcurven siebenter Ordnung. (Akad.) Wien, Gerold. 3 Ngr.
ESCHERICH, G. v., Die Geometrie auf den Flächen constanter negativer Krümmung. (Akad.) Wien, Gerold. ¹⁄₆ Thlr.
WEYR, E., Die Erzeugung der Curven dritter Ordnung mittels geometrischer Elementarsysteme 2. Grades. (Akad.) Wien, Gerold. 2 Ngr.
NOWRATH, Einige Capitel aus der neueren Geometrie für den Unterricht auf Gymnasien und Realschulen. Sagan, Schönborn. ¼ Thlr.
KIESERITZKY, C., Lehrbuch der elementaren Geometrie. 2. Bd.: Stereometrie. St. Petersburg, Deubner. ⅔ Thlr.
KOBER, J., Leitfaden der ebenen Geometrie. Leipzig, Teubner. ⅓ Thlr.
KOPPE, R., Planimetrie für den Schul- und Selbstunterricht. 12. Aufl. Essen, Bädeker. 21 Ngr.
——, Stereometrie. 9. Aufl. Ebendas. 16 Ngr.
FÉAUX, B., Lehrbuch der elementaren Planimetrie. 5. Aufl. Paderborn, Schöningh. 24 Ngr.
SCHUBERT, K., Lehrbuch der Geometrie für Bürgerschulen. 1.—3. Theil. Wien, Hölder. 1 Thlr. 16 Ngr.
WORPITZKY, Elemente der Mathematik für gelehrte Schulen und zum Selbststudium. 3. Heft: Planimetrie. Berlin, Weidmann. 1 Thlr.
SCHUMANN, H., Lehrbuch der Planimetrie für Gymnasien und Realschulen. 2. Aufl. Ebendas. ⅔ Thlr.
HOLFERT, F., Geometrische Aufgaben. 1. Planimetrie. 2. Aufl. Dresden, Huhle. 9 Ngr.
GROSSE, H., Die Elemente der kinematischen Curvenlehre. Berlin, Wasmuth. 6 Ngr.

LIEBSMANN, K. H., Planimetrische Constructionen. 1. Theil: Systemaufgaben. Berlin, Calvary & Comp. ⅙ Thlr.

GALLENKAMP, W., Die Elemente der Mathematik. 4. Aufl. 1. Thl. Iserlohn, Bädeker. ⅜ Thlr.

HOCHHEIM, A., Ueber die Differentialcurven der Kegelschnitte. Halle, Nebert. 1 Thlr.

Angewandte Mathematik.

GUGLER, B., Lehrbuch der descriptiven Geometrie. 3. Aufl. Stuttgart, Metzler. 2⅜ Thlr.

STURM, R., Elemente der darstellenden Geometrie. Leipzig, Teubner. 1⅙ Thlr.

OTT, R. v., Die Grundzüge des graphischen Rechnens und der graphischen Statik. 3. Aufl. Prag, Calve. 1 Thlr.

WEYRAUCH, J., Ueber die graphische Statik. Leipzig, Teubner. ⅙ Thlr.

WEHRLE, J., Projectivische Abhandlung über Steinschnitt. 9. Lief. Zürich, Kraut-Bosshart. 1⅜ Thlr.

ROTHE, L., Krystallnetze zur Aufertigung der wichtigsten Krystallgestalten. 2. Aufl. Wien, Pichler. 6 Ngr.

BOYMANN, J. R., Grundlehren der mathematischen Geographie und Uebersicht des Weltgebäudes. 2 Aufl. Cöln, Schwann. 2½ Ngr.

BAUERNFEIND, C. M. v., Das bayrische Präcisionsnivellement. 3. Mittheil. München, Franz. 13½ Ngr.

KREBS, G., Einleitung in die mechanische Wärmetheorie. Leipzig, Teubner. 1⅓ Thlr.

KIRCHHOFF, G., Vorlesungen über mathematische Physik. Mechanik, 2. Lief. Leipzig, Teubner. 1⅜ Thlr.

DOMKE, F., Nautische und astronomische Tafeln. 6. Aufl. Berlin, Geh. Ober-Hofbuchdruckerei. 1⅙ Thlr.

STERT, E., Ueber die Bahnbestimmung des Planeten (100) Hecate. Wien, Gerold. 6 Ngr.

Physik und Meteorologie.

HEUSSI, J., Der physikalische Apparat. 1. Hälfte. Leipzig, Frohberg. 1½ Thlr.

MOUSSON, A., Die Physik auf Grundlage der Erfahrung. 3. Bd., 2. Lief. 2. Aufl. Zürich, Schulthess. 2 Thlr. 8 Ngr.

CRÜGER, J., Schule der Physik. 9. Aufl. Leipzig, Körner. 2⅓ Thlr.

LOCKYER, J., Das Spektroskop und seine Anwendungen. Braunschweig, Westermann. 1⅓ Thlr.

FRIEDRICH, O., Die optische und magnetische Circularpolarisation des Lichtes und der Wärme, nebst ihrer Anwendung. Dresden, v. Zahn. 27 Ngr.

LANG, V. v., Ueber die Abhängigkeit der Brechungsquotienten der Luft von der Temperatur. (Akad.) Wien, Gerold. 8 Ngr.

Dvořak, V., Ueber einige Staubfiguren. (Akad.) Wien, Gerold. 4 Ngr.

Puluj, J., Ueber die Reibungsconstante der Luft als Function der Temperatur. Ebendas. ⅙ Thlr.

Puschl, C., Ueber Körperwärme und Aetherdichte. Ebendas. 2 Ngr.

Streintz, H., Ueber Dämpfung der Torsionsschwingungen von Drähten. Ebendas. 8 Ngr.

Boltzmann, Experimentelle Bestimmung der Dielektricitätsconstante einiger Gase. Ebendas. 8 Ngr.

Schrauf, A. und E. Dana, Notiz über die thermoelektrischen Eigenschaften von Mineralvarietäten. Ebendas. 4 Ngr.

Zetzsche, H. E., Kurzer Abriss der Geschichte der elektrischen Telegraphie. Berlin, Springer. 1 Thlr.

Wild, H. v., Repertorium f. Meteorologie. 3. Bd. Petersburg. 4 Thlr. 22 Ngr.

Fritz, H., Verzeichniss beobachteter Polarlichter. Wien, Gerold. 4 Thlr.

Mathematisches Abhandlungsregister.

1873.
Zweite Hälfte: 1. Juli bis 31. December.

A.

Abbildung.

173. Ueber die Abbildung der Kreisbogen-Polygone. Pochhammer. Crelle LXXVI, 170.
174. *Sulle trasformazioni razionali nello spazio.* *Cremona.* *Annali mat. Ser.* 2, *V*, 131. [Vergl. Bd. XVIII, Nr. 4.]
175. Ueber eine neue Art der conformen Abbildung einer Ebene auf eine andere. Wangerin. Grun. Archiv LV, 5.

Aerodynamik.

176. *On the mathematical theory of atmospheric tides.* *Challis.* *Phil. Mag. XLIII*, 24.
177. *On gaseous pressure.* *Strutt.* *Phil. Mag. XLIV*, 64, 219; *XLV*, 438. — *Moon ibid. XLIV*, 101; *XLV*, 100; *XLVI*, 87.

Akustik.

178. *On resonance.* *Moon.* *Phil. Mag. XLIII*, 99, 201.
179. *On the effect of internal friction on resonance.* *Hopkinson.* *Phil. Mag. XLV*, 176.
180. *On the mode in which stringed instruments give rise to sonorous undulations in the surrounding atmosphere.* *Moon.* *Phil. Mag. XLIII*, 439.
181. *On the definition of intensity in the theories of light and sound.* *Moon.* *Phil. Mag. XLIV*, 304; *XLV*, 38, 361. — *Bosanquet ibid. XLIV*, 381; *XLV*, 215. — *Hudson ibid. XLV*, 160, 359.
182. *On variations of pitch in beats.* *Taylor.* *Phil. Mag. XLIV*, 56.
183. *On an experimental determination of the relation between the energy and apparent intensity of sounds of different pitch.* *Bosanquet.* *Phil. Mag. XLIV*, 381; *XLV*, 173.
184. *On the integration of the accurate equation representing the transmission in one direction of sound through air deduced on the ordinary theory.* *Moon.* *Phil. Mag. XLVI*, 122.
185. *Théorie mathématique des expériences de Pinaud relatives aux sons rendus par les tubes chauffés.* *Bourget.* *Compt. rend. LXXVI*, 428.

Analytische Geometrie der Ebene.

186. Ueber ein neues Grundgebilde der analytischen Geometrie der Ebene. Clebsch. Mathem. Annal. VI, 203.
187. Ergänzung zu dem Aufsatze „Ueber die Formen der Curven dritter Ordnung". Durège. Crelle LXXVI, 59. [Vergl. Nr. 9.]
188. Einleitende Bemerkungen über Involution. August. Grun. Archiv LV, 337.
189. Zur Involution. Eggers. Grun. Archiv LV, 341.
190. *On a bicyclic chuck.* *Cayley.* *Phil. Mag. XLIII*, 365; *XLIV*, 65.

Vergl. Ellipse. Hyperbel. Lemniscate.

Analytische Geometrie des Raumes.

191. *Théorie des coordonnées curvilignes quelconques.* *Aoust.* *Annali mat. Ser.* 2, *V*, 261. [Vergl. Bd. XV, Nr. 212.]
192. Kinematische Grundlage der Curventheorie. R. Hoppe. Grun. Archiv LV, 77.
193. Ueber die Brennflächen der Strahlensysteme und die Singularitätenflächen der Complexe. Pasch. Crelle LXXVI, 156.
194. *Sur la représentation algébrique des lignes droites dans l'espace.* *Spottiswoode.* *Compt. rend. LXXVI*, 1189.
195. Ueber die windschiefe Fläche $z = My^2x$. Hochheim. Grun. Archiv LV, 35.
196. Geometrische Darstellung der Wurzeln der Gleichung $u^2 + v^2 + w^2 = 0$. Wangerin. Grun. Archiv LV, 215.

Astronomie.

197. *Sur le développement algébrique de la fonction perturbatrice.* *Bourget.* *Journ.*

198. *On the moon's libration.* Birt. *Phil. Mag. XLVI,* 305.

199. *Sur l'influence de la réfraction atmosphérique relative à l'instant d'un contact dans un passage de Venus.* Dubois. *Compt. rend. LXXVI,* 1526.

Vergl. Geschichte der Mathematik 289, 291.

Attraction.

200. Ueber die Beziehungen zwischen den bei Centralbewegungen vorkommenden charakteristischen Grössen. Clausius. Mathem. Annal. VI, 390. — *Phil. Mag. XLVI,* 1. [Vergl. Bd. XVIII, Nr. 27.]

201. *Investigation of the attraction of a galvanic coil on a small magnetic mass.* Stuart. *Phil. Mag. XLV,* 218.

Vergl. Hydrodynamik 312.

B.

Balistik.

202. *Sur la pénétration des projectiles oblongs dans les milieux résistants.* Martin de Brettes. *Compt. rend. LXXVI,* 278. [Vergl. Nr. 26.]

Bestimmte Integrale.

203. Bemerkungen über den Du Bois-Reymond'schen Mittelwerthsatz. G. F. Meyer. Mathem. Annal. VI, 313.

204. *Classification des intégrales quadratrices des courbes algébriques.* Marie. *Compt. rend. LXXVI,* 692.

205. *Des conditions sous lesquelles quelques périodes de la quadratrice d'une courbe de degré m disparaissent en devenant nulles ou infinies.* Marie. *Compt. rend. LXXVI,* 757.

206. *D'une réduction accessoire dans le nombre des périodes qui se produit par juxtaposition lors de la formation d'un point double.* Marie. *Compt. rend. LXXVI,* 865.

207. *Des résidus relatifs aux asymptotes. Classification des quadratrices des courbes algébriques.* Marie. *Compt. rend. LXXVI,* 943.

208. Beweis für das Crofton'sche Theorem durch directe Arealrechnung. R. Hoppe. Grun. Archiv LV, 426.

209. Zur näherungsweisen Berechnung bestimmter Integrale. Ligowski. Grun. Archiv LV, 219.

210. Ueber ein bestimmtes Integral. Enneper. Mathem. Annal. VI, 360.

211. Ueber das bestimmte Integral $\int_0^{2\pi} \frac{d\varphi}{A + B\cos\varphi + C\sin\varphi}$, in welchem A, B, C beliebige reelle oder complexe Constanten sind. Worpitzky. Grun. Archiv LV, 59.

Vergl. Elliptische Transcendenten. Riemann'sche Fläche. Ultraelliptische Transcendenten.

C.

Capillarität.

212. *Théorie des phénomènes capillaires.* Roger. *Compt. rend. LXXVI,* 816. [Vergl. Bd. XVIII, Nr. 197.]

Combinatorik.

213. *Evaluation du nombre de combinaisons desquelles les 28 dés d'un jeu du domino sont susceptibles d'après la règle de ce jeu.* Reiss. *Annali mat. Ser. 2, V,* 63.

214. *Sur les fonctions symétriques.* Faa de Bruno. *Compt. rend. LXXVI,* 163.

Conchoide.

215. Zur Theorie der Conchoide. Affolter. Grun. Archiv LV, 175.

Convergenzbedingungen.

216. Eine neue Theorie der Convergenz und Divergenz von Reihen mit positiven Gliedern. Du Bois-Reymond. Crelle LXXVI, 61.

217. *Sur les limites de la convergence des séries infinies à termes positifs.* J. Thomae. *Annali mat. Ser. 2, V,* 121.

218. *Détermination du point critique où est limitée la convergence de la série de Taylor.* Marie. *Journ. mathém. XXXVIII,* 53.

219. *Détermination du périmètre de la région de convergence de la série de Taylor et des portions des différentes conjuguées comprises dans cette région, ou construction du tableau général des valeurs d'une fonction que veut fournir le développement*

de cette fonction suivant la série de Taylor. M a r i e. *Journ. mathém.* XXXVIII, 68.
220. *Rapport sur deux mémoires de M. Maximilien Marie.* P u i s e u x. *Compt. rend.* LXXVI, 618. — *Journ. mathém.* XXXVIII, 180.
221. *Note au sujet d'un rapport de M. Puiseux.* M a r i e. *Journ. mathém.* XXXVIII, 185. Vergl. Fourier'sche Reihe.

Cylinderfunctionen.
222. Ueber eine Darstellung willkürlicher Functionen durch Bessel'sche Functionen. H. We b e r. Mathem. Annal. VI, 146.
223. *Notes on Bessel's functions.* S t r u t t. *Phil. Mag.* XLIV, 328.
224. *Sopra un teorema di Jacobi recato a forma più generale ed applicato alla funzione cilindrica.* S c h l a e f l i. *Annali mat. Ser. 2. V,* 199.
Vergl. Elektrodynamik 253.

D.
Determinanten.
225. *Intorno ad alcuni trasformazioni di determinanti.* S i a c c i. *Annali mat. Ser. 2, V,* 296.

Determinanten in geometrischer Anwendung.
226. *Intorno ad alcune formole della teoria delle curve di secondo e di terzo ordine.* G u n d e l f i n g e r. *Annali mat. Ser. 2, V,* 223.
227. Ueber ebene Curven dritter Ordnung mit einem Doppelpunkt. I g e l Mathem. Annal. VI, 633.
Vergl. Analytische Geometrie der Ebene 189. Analytische Geometrie des Raumes 194. Kegelschnitte 321. Krümmung. Oberflächen 356.

Differentialgleichungen.
228. *Sur diverses conditions d'intégrabilité et d'intégration.* C o m b e s c u r e *Annali mat. Ser. 2, V,* 20.
229. *Sur les conditions d'intégrabilité des équations simultanées aux dérivées partielles du premier ordre d'une seule fonction.* C o l l e t. *Compt. rend.* LXXVI, 1126.
230. *On the relations between the particular integrals in Cayley's solution of Ricati's equation.* G l a i s h e r. *Phil. Mag.* XLIII, 433.
231. Zur Theorie der linearen Differentialgleichungen. T h o m é Crelle LXXVI, 273. [Vergl. Nr. 42.]
232. Ueber die Integration der linearen Differentialgleichungen durch Reihen. F r o b e n i u s. Crelle LXXVI, 214
233. Ueber den Begriff der Irreductibilität in der Theorie der linearen Differentialgleichungen. F r o b e n i u s. Crelle LXXVI, 236.
234. Ueber die Form der Integrale der linearen Differentialgleichungen mit veränderlichen Coefficienten. H a m b u r g e r. Crelle LXXVI, 113.
235. Ueber Relationen, welche für die zwischen je zwei singulären Punkten erstreckten Integrale der Lösungen linearer Differentialgleichungen stattfinden. F u c h s. Crelle LXXVI, 177.
236. Studien über lineare Differentialgleichungen zweiter Ordnung. G e g e n b a u e r. Grun. Archiv LV, 252.
237. Die Lie'sche Integrationsmethode der partiellen Differentialgleichungen erster Ordnung. A. M a y e r Mathem. Annal. VI, 162, 192.
238. *Sur une équation différentielle.* B e s g e *Journ. mathém.* XXXVIII, 139.
239. *Dimostrazione di un teorema di Cauchy.* A s c o l i. *Annali mat. Ser. 2, V,* 14.
240. *Sur l'intégration de l'équation* $dx^2 + dy^2 = ds^2$ *et de quelques équations analogues.* D a r b o u x. *Journ. mathém.* XXXVIII, 236.
241. *Sulla integrazione della equazione* $\mathbf{\Delta}^2 u = 0.$ D i n i. *Annali mat. Ser. 2, V,* 305.

E.
Elasticität.
242. Ueber die Transformation der Elasticitätsgleichungen in allgemeine orthogonale Coordinaten. B o r c h a r d t. Crelle LXXVI, 45.
243. *Mémoire sur l'application de la théorie mathématique de l'élasticité à l'étude des systèmes articulés formés de verges élastiques.* L e v y. *Compt. rend.* LXXVI, 1059.
244. Ueber das Problem des Gleichgewichts elastischer Rotationskörper. W a n g e r i n. Grun. Archiv LV. 113.

Elektrodynamik.

246. *On the nature of electricity.* Edlund. *Phil. Mag. XLIV*, 81. 174.
247. *On the theory of electrodynamics.* *Helmholtz.* *Phil. Mag. XLIV*, 530.
248. Notiz zu dem Aufsatze „Ueber die Elementargesetze der Kräfte elektrodynamischen Ursprungs". Neumann. Mathem. Annal. VI, 350. [Vergl. Nr. 48.]
249. Ueber die theoretische Behandlung der sogenannten constanten Magnete. Neumann. Mathem. Annal. VI, 330.
250. Ueber gewisse von Helmholtz für die Magnetoinduction und Voltainduction aufgestellte Formeln. Neumann. Mathem. Annal. VI, 342.
251. *On the induction of electric currents in an infinite plane sheet of uniform conductivity.* *Maxwell.* *Phil Mag. XLIII*, 529.
252. *An inquiry into the nature of galvanic resistance together with a theoretic deduction of Ohm's law and the formula for the heat developed by a galvanic current.* Edlund. *Phil. Mag. XLVI*, 201.
253. Ueber die stationären Strömungen der Elektricität in Cylindern. H. Weber. Crelle LXXVI, 1. [Vergl. Nr. 35.]
254. *On electrolysis and the passage of electricity through liquids.* *Quincke.* *Phil. Mag. XLIII*, 369, 518; *XLIV*, 261.
255. *Elektrodynamic measurements.* *W. Weber.* *Phil. Mag. XLIII*, 1, 119.
256. *On differential galvanometers.* *Schwendler.* *Phil. Mag. XLIV*, 161; *XLV*, 263.
257. *Sur les conditions de Maximum de résistance des galvanomètres.* *Du Moncel.* *Compt. rend. LXXVI*, 368, 1201, 1403. — *Raynaud ibid.* 1014, 1554.
258. *Sur les conditions de Maximum d'effet magnétique dans les galvanomètres et les électro-aimants.* *Raynaud.* *Compt. rend. LXXVI*, 1303.
259. *On testing the metal-resistanze of telegraph-wires or cables influenced by earth-currents.* *Winter.* *Phil. Mag. XLIII*, 186.
260. *On the relation which the internal resistance of the battery and the conductivity of the wire bear to the maximum magnetizing force of an electromagnet coil.* *Winter.* *Phil. Mag. XLIV*, 414.

Vergl. Hydrodynamik 311.

Ellipse.

261. Ueber einige Probleme der höheren Geometrie. S. Günther. Grun. Archiv LV, 163.

Ellipsoid.

Vergl. Ellipse. Geodäsie 272, 273. Rectification 386.

Elliptische Transcendenten.

262. Wirkliche Ausführung der ganzzahligen Multiplication der elliptischen Functionen. Kiepert. Crelle LXXVI, 21.
263. Auflösung der Transformationsgleichungen und Division der elliptischen Functionen. Kiepert. Crelle LXXVI, 34.
264. Lösung des Integrales $U=\int\frac{x^{\alpha}\,dx}{\sqrt[2]{(a+bx+cx^2)^{\beta}}}$ durch elliptische Integrale erster, zweiter und dritter Gattung, vorausgesetzt, dass α, β beliebige ganze positive oder negative Zahlen bedeuten und a, b, c von 0 verschieden sind. Simony. Grun. Archiv LV, 193.

F.

Fourier'sche Reihen.

265. Ueber trigonometrische Reihen. Ascoli. Mathem. Annal. VI, 231.

Functionen.

266. Theorie der unendlichen Grössen. Hoppe. Grun. Archiv LV, 49.
267. Bemerkung über gleichmässige Stetigkeit. Lüroth. Mathem. Annal. VI, 319.
268. Ueber die Darstellung der Functionen complexer Variablen. Fuchs. Crelle LXXVI, 175. [Vergl. Nr. 60.]
269. Ueber einen Satz aus der Theorie der algebraischen Functionen. Noether. Mathem. Annal. VI, 351.
270. *Sur la fonction cinq fois transitive de 24 quantités.* *Emile Mathieu.* *Journ. math. XXXVIII*, 25.
271. *Sur les relations qui doivent exister entre les coefficients d'un polynome* F(x), *pour qu'il contienne un facteur de la forme* (x^n-a^n). *Bjoerling jun.* Grun. Archiv LV, 420.

Vergl. Bestimmte Integrale. Cylinderfunctionen. Determinanten. Differentialgleichungen 239. Elliptische Transcendenten. Gleichungen 299. Homogene Functionen. Irrationalität. Kettenbrüche. Thetafunctionen. Ultraelliptische Transcendenten. Wurzelausziehung.

G.

Geodäsie.

272. *Détermination des positions géographiques sur un ellipsoide quelconque.* Levret. *Compt. rend. LXXVI*, 410.

273. *Influence sur les résultats des opérations géodésiques de la substitution des arcs de plus courte distance aux sections planes de l'ellipsoide; expression de la correction qui doit être faite à toutes les valeurs des mesures d'angles.* Levret. *Compt. rend. LXXVI*, 540.

274. *Nouveaux théorèmes sur les attractions locales et applications à la détermination de la vraie figure de la terre.* Yvon Villarceau. *Journ. mathém. XXXVIII*, 393.

275. *Nouveau mode d'application du troisième théorème sur les attractions locales au contrôle des réseaux géodésiques et à la détermination de la vraie figure de la terre.* Yvon Villarceau. *Compt. rend. LXXVI*, 851.

Geometrie (höhere).

276. Ueber die sogenannte nicht-Euklidische Geometrie. Klein. Mathem. Annal. VI, 112.

277. Ueber Curven dritter Ordnung. Schroeter. Mathem. Annal. VI, 85. [Vergl. Nr. 70.]

278. Ueber Entsprechen von Punktsystemen auf einer Curve. Brill. Math. Annal. VI, 33.

279. Ueber die Doppeltangenten einer Curve vierter Ordnung mit einem Doppelpunkt. Brill. Mathem. Annal. VI, 66.

280. *Détermination immédiate, par le principe de correspondance, du nombre des points d'intersection de deux courbes d'ordre quelconqué, qui se trouvent à distance finie.* Chasles. *Journ. mathém. XXXVIII*, 202. [Vergl. Nr. 68.]

281. *Note relative à la détermination du nombre des points d'intersection de deux courbes d'ordre quelconque, qui se trouvent à distance finie.* Chasles. *Compt. rend. LXXVI*, 126. — *Journ. mathém. XXXVIII*, 212.

282. *Classification des courbes du sixième ordre dans l'espace.* Ed. Weyr. *Compt. rend. LXXVI*, 424, 475, 555.

283. Ueber die mechanische Erzeugung von Curven. Schlegel. Mathem. Annal. VI, 321.

284. Das Problem der räumlichen Projectivität. Sturm. Mathem. Annal. VI, 513.

285. Ueber Fusspunkt-Curven und -Flächen, Normalen und Normalebenen. Sturm. Mathem. Annal. VI, 241.

Vergl. Conchoide.

Geometrie der Lage.

286. Ueber eine Aufgabe aus der *Geometria situs.* Wiener. Mathem. Annal. VI, 29.

287. Ueber die Möglichkeit, einen Linienzug ohne Wiederholung und ohne Unterbrechung zu umfahren. Hierholzer. Mathem. Annal. VI, 30.

Geschichte der Mathematik.

288. *Sur deux dodécaèdres antiques du Musée du Louvre.* Hugo. *Compt. rend. LXXVI*, 420.

289. *Sur la découverte de la variation par Aboul-Wefâ. Débats entre Mrs. Chasles, Bertrand, Sédillot. Compt. rend. LXXVI*, 859, 901, 1291. [Vergl. Bd. XVIII Nr. 241.]

290. *Notice respecting some new facts in the early history of logarithmic tables.* Glaisher. *Phil. Mag. XLIV*, 291, 500; *XLV*, 376. — Bierens de Haan ibid. *XLV*, 371.

291. *Sur une observation faite par Hevelius en 1652.* W. de Fonvielle. *Compt. rend. LXXVI*, 60.

292. *On the form of the cells of bees.* Glaisher. *Phil. Mag. XLVI*, 103.

293. *On the ultramondane corpuscules of Lesage.* William Thomson. *Phil. Mag. XLV*, 321.

294. *The first extension of the term „area" to the case of an autotomic plane circuit.* Muir. *Phil. Mag. XLV*, 450.

295. *A contribution to the history of the horizontal pendulum.* Šafařík. *Phil. Mag. XLVI*

296. *Mort de Charles Dupin.* *De Quatrefuges.* *Compt. rend. LXXVI,* 125.
297. Nekrolog von Johann August Grunert. Curtze. Grun. Archiv LV, 1.
298. Zum Andenken an Rudolf Friedrich Alfred Clebsch. Neumann. Mathem. Annal. VI, 197.

Vergl. Mechanik 337. Trigonometrie 400.

Gleichungen.

299. *Détermination des fonctions entières irreductibles, suivant un module premier, dans le cas où le degré est égal au module. J. A. Serret. Journ. mathém. XXXVIII,* 301, 437.
300. Ueber die Auflösung linearer Gleichungen mit reellen Coefficienten. Gordan. Mathem. Annal. VI, 23.
301. Ueber Gleichungen, welche auf reciproke Gleichungen zurückgeführt werden können. F. W. Fischer. Grun. Archiv LV, 294.
302. *Sur la résolution de l'équation du quatrième degré. Darboux. Journ. mathém. XXXVIII,* 220.

H.

Homogene Functionen.

303. Ueber ein Princip der Zuordnung algebraischer Formen. Rosanes. Crelle LXXVI, 312. [Vergl. Nr. 85.]
304. Erweiterte Fassung eines von Clebsch aufgestellten Uebertragungsprincips und deren Anwendung. Gundelfinger. Mathem. Annal. VI, 16.
305. Ueber cubische ternäre Formen. Clebsch & Gordan. Mathem. Annal. VI, 436.

Vergl. Combinatorik 214. Quadratische Formen.

Hydrodynamik.

306. Einige Betrachtungen über die Gleichungen der Hydrodynamik. Bobylew. Mathem. Annal. VI, 72.
307. *Addition au mémoire sur la théorie des ondes et des remous qui se propagent le long d'un canal rectangulaire. Boussinesq. Journ. mathém. XXXVIII,* 47. [Vergl. Bd. XVIII, Nr. 257.]
308 *Rapport sur un mémoire de Mr. Boussinesq: Essai sur la théorie des eaux courantes. De Saint-Venant. Compt. rend. LXXVI,* 924.
309. *On the steady flow of a liquid. Moseley. Phil. Mag. XLIV,* 30.
310. Ueber den Ausfluss des Wassers aus Gefässen in zwei besonderen Fällen nach Eintritt des Beharrungszustandes. Meissel. Grun. Archiv LV, 241.
311. *A new discussion of the hydrodynamical theory of magnetism. Challis. Phil. Mag. XLIII,* 401.
312. *On the hydrodynamical theory of attractive and repulsive forces.* } *Challis. Phil. Mag. XLIV,* 189.
313. *On objections recently made to the received principles of hydrodynamics. Challis. Phil. Mag. XLVI,* 159, 309. — *Moon ibid.* 247, 446.
314. *On the motion of rigid solids in a liquid circulating irrotationally trough perforations in them or in a fixed solid. William Thomson. Phil. Mag. XLV,* 332.

Hyperbel.

315. Geometrische Darstellung der Wurzeln der Gleichung $u^2+v^2=0$. Wangerin. Grun. Archiv LV, 216.
316. Sätze über die Hyperbel. Hoza. Grun. Archiv LV, 443.

I.

Instrumentalarithmetik.

317. *On calculating-machines. Bruce Warren. Phil. Mag. XLIII,* 396.

Involution.

Vergl. Analytische Geometrie der Ebene 188, 189.

Irrationalität.

318. *On arithmetical irrationality. Glaisher. Phil. Mag. XLV,* 191.

K.

Kegelschnitte.

319. Zur Theorie der Charakteristiken. Clebsch. Mathem. Annal. VI, 1.
320. *Sur les caractéristiques dans la théorie des coniques sur le plan et dans l'espace et des surfaces du second ordre. Halphen. Compt. rend. LXXVI,* 1074.

322. Ueber das Doppelverhältniss von vier Punkten eines Kegelschnittes. Hoza. Grun. Archiv LV, 441.
Vergl. Ellipse. Hyperbel Kreis.

Kettenbrüche.

323. Beiträge zur Theorie der Kettenbrüche. S. Günther. Grun. Archiv LV, 392.
324. *Sur l'expression* U.sinx+V.cosx+W. *Hermite.* Crelle LXXVI, 303, 342.

Kreis.

325. Zum Problem des Apollonius über die Berührung der Kreise. Stoll. Mathem. Annal. VI, 613
326. *Sur les faisceaux de cercles. Ribaucour. Compt. rend. LXXVI*, 830.
327. *Sur les systèmes cycliques. Ribaucour. Compt. rend. LXXVI*, 478.
Vergl. Planimetrie 380, 381. Rectification 387. Trigonometrie 399.

Krümmung.

328. Ueber die Krümmungsradien und Krümmungscurven einer in homogenen Ebenencoordinaten gegebenen Fläche. Franz. Grun. Archiv LV, 105.
Vergl. Rectification 386.

L.

Lemniscate.

329. Ueber einige Eigenschaften der Lemniscaten. Wangerin. Grun. Arch. LV, 19.

Logarithmen.

Vergl. Geschichte der Mathematik 290.

M.

Mechanik.

330. Sätze aus dem Grenzgebiet der Mechanik und Geometrie. Lipschitz. Math. Annal. VI, 416.
331. *On a new mechanical theorem relative to stationary motion. Clausius. Phil. Mag. XLVI*, 236, 266. [Vergl. Bd. XVIII, Nr. 166.]
332. *On the measure of work in the theory of energy. Moon. Phil. Mag. XLVI*, 219.
333. *Sur le mémoire de Lagrange intitulé: Essai sur le problème des trois corps. J. A. Serret. Compt. rend. LXXVI*, 1557.
334. *Sur la théorie des dérivées principales et son application à la mécanique analytique. E. Mathieu. Compt. rend. LXXVI*, 1193.
335. *Quelques cas de mouvement d'un point sur un corps en mouvement. Hoppe. Annali mat. Ser. 2, V*, 1.
336. *Mouvement d'un point matériel sur une ligne fixe, en égard au frottement. Dieu. Journ. mathém XXXVIII*, 1.
337. Mathematische Betrachtungen über eine Stelle bei Plinius. S. Günther. Grun. Archiv LV, 147.
338. Theorie der Longitudinalschwingungen zusammengesetzter Stäbe. Obermann. Grun Archiv LV, 22.
339. *On the vibrations of approximately simple systems. Rayleigh (Strutt). Phil. Mag. XLVI*, 357.
340. *On the fundamental modes of a vibrating system Rayleigh. Phil. Mag. XLVI*, 434.
341. Durchbiegung einer in einer beliebigen ebenen Curve gekrümmten Feder, welche durch zwei gleiche und entgegengesetzte Kräfte deformirt wird, in der Richtung der Kraftwirkung. Westphal Grun. Archiv LV, 447.
342. *Sur une théorie rationelle de l'équilibre des terres fraîchement remuées et ses applications au calcul de la stabilité des murs de soutènement. Levy. Journ. mathém. XXXVIII*, 241.
343. *Sur le désaccord qui existe entre l'ancienne théorie de la poussée des terres et l'expérience. Curie. Compt. rend. LXXVI*, 1579.
344. *On the action of a blast of sand in cutting hard material. Reynolds. Phil. Mag. XLVI*, 337.
345. *Application du pandynamomètre à la mesure du travail d'une machine à vapeur d'après la flexion du balancier. Hirn. Compt rend. LXXVI*, 1056.
Vergl. Aerodynamik. Akustik. Attraction. Balistik. Capillarität. Elasticität. Elektrodynamik. Hydrodynamik. Molekularphysik Optik. Pendelbewegung. Potential. Wärmelehre.

Methode der kleinsten Quadrate.

Molekularphysik.

347. *A discourse on molecules.* Maxwell. *Phil. Mag. XLVI,* 453.
348. *On the constitution of matter.* Pell. *Phil. Mag. XLIII,* 161.
349. *Recherches sur les principes de la mécanique, sur la constitution moléculaire des corps et sur une nouvelle théorie des gaz parfaits.* Boussinesq. *Journ. mathém XXXVIII,* 305, 361.

N.

Nautik.

350. *Rapport sur un mémoire de M. Bertin relatif à la résistance opposée par la carène des navires aux mouvements de roulis.* Dupuy de Lôme. *Compt. rend. LXXVI,* 1122.
351. *Régulation des compas sans relèvements.* Caspari. *Compt. rend. LXXVI,* 1196, 1275.

O.

Oberflächen.

352. *Sulle coordinate curvilinee d'una superficie e dello spazio.* Codazzi. *Annali mat. Ser. 2, V,* 206. [Vergl. Bd. XVII, Nr. 387.]
353. *Sulle curve multiple di superficie algebriche.* Noether. *Annali mat. Ser. 2, V,* 163.
354. *Nota alla memoria del sig Beltrami „Sugli spazii di curvatura costante".* Schlaefli. *Annali mat. Ser. 2, V,* 178. — Beltrami *ibid.* 194. [Vergl. Bd. XV, Nr. 319.]
355. Zum Problem des dreifach orthogonalen Flächensystems. R. Hoppe. Grun. Archiv LV, 362.
356. Ueber die allgemeinste Flächenschaar zweiten Grades, die mit irgend zwei an deren Flächenschaaren ein orthogonales System bildet. Schlaefli. Crelle LXXVI, 126.
357. *Sur l'équation du troisième ordre dont dépend le problème des surfaces orthogonales.* Darboux. *Compt. rend. LXXVI,* 41, 83, 160.
358. *Sur les trajectoires des points d'une droite mobile dans l'espace.* Mannheim. *Compt. rend. LXXVI,* 551.
359. *Propriétés relatives aux trajectoires des points d'une figure de forme invariable.* Mannheim. *Compt rend LXXVI,* 635.
360. *Propriétés relatives aux déplacements d'un corps assujetti à quatre conditions.* Ribaucour. *Compt. rend. LXXVI,* 1347.
361. *Sur quelques problèmes relatifs à deux séries de surfaces.* Combescure. *Annali mat. Ser. 2, V,* 236.
362. Ueber Flächen dritter Ordnung. Klein. Mathem. Annal. VI, 551.
363. *Quand' è che dalla superficie generale di terz' ordine si stacca una parte che non sia realmente segata da ogni piano reale?* Schlaefli. *Annali mat Ser. 2, V,* 289.

Vergl. Analytische Geometrie des Raumes 191, 193, 195. Krümmung

Oberflächen zweiter Ordnung.

364. *Théorie générale des surfaces de révolution du second degré.* Dostor. Grun. Archiv LV, 302.

Vergl. Kegelschnitte 320.

Operationscalcul.

365. *On Hyperdistributives.* Cockle. *Phil. Mag. XLIII,* 300.

Optik.

366. Construction der Intensitätslinien bei centraler Beleuchtung. Hoza. Grun. Archiv LV, 319.
367. *Sur le calcul des phénomènes lumineux produits à l'intérieur des milieux transparents animés d'une translation rapide dans le casoù l'observateur participe lui même à cette translation.* Boussinesq. *Compt. rend. LXXVI.* 1293.
368. *On the theory of the aberration of light.* Challis. *Phil. Mag. XLIII,* 289.
369. *On the optics of mirage.* Everett. *Phil. Meg. XLV,* 161, 248.
370. *On attempt to account for anomalous dispersion of light.* O. E. Meyer. *Phil. Mag. XLIII,* 295.
371. *On the reflexion and refraction of light by intensely opaque matter.* Strutt. *Phil. Mag. XLIII,* 321.
372. *On optical phenomena produced by crystals submitted to circulary polarized light.* Spottiswoode. *Phil. Mag. XLIV,* 69.
373. *Sur le troisième rayon dans le cas général des cristaux triréfringents.* Perry. *Compt. rend. LXXVI,* 497, 501.

P.

Pendelbewegung.

374. *Théorie des effets observés par Savart sur l'influence mutuelle de deux pendules.* Resal. *Compt. rend. LXXVI*, 75.

Planimetrie.

375. Ueber die Grundbegriffe der Geometrie. Worpitzky. Grun. Archiv LV, 405.
376. Sätze über das Dreieck Hoza. Grun. Archiv LV, 331.
377. Sätze über das Viereck. Meutzner. Grun. Archiv LV, 422.
378. Zur Staudt-Schröter'schen Construction des regulären Vielecks. Affolter. Mathem. Annal. VI, 582.
379. Construction des regulären 7- und 13-Ecks. Affolter. Mathem. Annal. VI, 592.
380. Ueber das Malfatti'sche Problem. Affolter. Mathem. Annal. VI, 597.
381. Geometrischer Beweis der Steiner'schen Construction zur Lösung des Malfatti-schen Problems. Mendthal. Grun. Archiv LV, 211.

Potential.

382. Das Potential eines homogenen Kreises. Heine. Crelle LXXVI, 271.

Q.

Quadratische Formen.

383. *Sur les formes quadratiques.* *Korkine & Zolotareff.* Mathem. Annal. VI, 366. [Vergl Nr. 172.]
384. Untersuchungen über quadratische Formen. Bachmann Crelle LXXVI, 331.
385. *Sur quelques formules générales qui se rattachent à certaines formes quadratiques. J. Liouville. Journ mathém. XXXVIII*, 142.

R.

Rectification.

386. *Sur la rectification des lignes de courbure d'un ellipsoide. Michael Roberts. Annali mat. Ser. 2, V*, 17.
387. Die Berechnung der Zahl π. Ligowski. Grun. Archiv LV, 218.

Reihen.

388. Summation einiger endlichen Reihen und deren Anwendung zur Darstellung der n^{ten} Potenzen von $\cos x$ und $\sin x$ als Aggregate gleichartiger Functionen ganzer Multipla des Bogens x. Simony. Grun. Archiv LV, 64.
389 *Sur la sommation de quelques séries et sur quelques intégrales définies nouvelles. Graindorge. Journ. mathém. XXXVIII*, 129.
390. Ueber figurirte Zahlen. Hochheim. Grun. Archiv LV, 189.
391. Ueber hypergeometrische Reihen. Gegenbauer. Grun. Archiv LV, 284.

Vergl Convergenzbedingungen. Fourier'sche Reihen.

Riemann'sche Flächen.

392. Zur Theorie der Riemann'schen Flächen. Clebsch. Mathem. Annal. VI, 216.
393. Ueber die linearen Relationen zwischen den $2p$ Kreiswegen erster Art und den $2p$ zweiter Art in der Theorie der Abel'schen Functionen der Herren Clebsch und Gordan. Schlaefli. Crelle LXXVI, 149.

S.

Stereometrie.

394. Ein Polyeder von gegebenem Netze ist im Allgemeinen durch ebensoviele Stücke bestimmt, als es Kanten hat Hoppe. Grun. Archiv LV, 217.

Substitutionen.

395. *Mémoire sur les substitutions. C. Jordan. Compt. rend. LXXVI*, 952. [Vergl. Nr. 159 und Bd. XVIII, Nr. 158.]
396. Zur Theorie der Transformation algebraischer Functionen. H. Weber. Crelle LXXVI, 345.

T.

Thetafunctionen.

397. Darstellung des Quotienten zweier Thetafunctionen, deren Argumente sich um Drittel ganzer Periodicitätsmoduln unterscheiden, durch algebraische

Trigonometrie.

398. Das Aussendreieck ein neues Hilfsmittel zum Studium der sphärischen Trigonometrie. Ziegler. Grun. Archiv LV, 221.
399. Ueber die Malfatti'sche Aufgabe für das sphärische Dreieck. Mertens. Crelle LXXVI, 92.
400. *On the history of certain formulae in spherical trigonometry.* Todhunter. *Phil. Mag. XLV*, 98.

U.

Ultraelliptische Transcendenten.

401. *On the reduction of Abelian Integrals.* Malet. Crelle LXXVI, 97.

V.

Variationsrechnung.

402. *On the solutions of three problems in the calculus of variations.* Challis. *Phil. Mag. XLIII*, 52. [Vergl. Bd. XVIII, Nr. 164.]
403. *On integrating differential equations by factors and differentiation and applications in the calculus of variations.* Challis. *Phil. Mag. XLVI*, 388.

W.

Wärmelehre.

404. *A contribution to the history of the mechanical theory of heat.* Clausius. *Phil. Mag. XLIII*, 106, 443; *XLIV*, 117. — Tait *ibid.* 338, 516; *XLIV*, 240.
405. *On Hamilton's principle and the second proposition of the mechanical theory of heat.* Szily. *Phil. Mag. XLIII*, 339; *XLVI*, 426. — Clausius *ibid.* XLIV, 365.
406. *On the definition of temperature in the mechanical theory of heat.* Mallard. *Phil. Mag. XLV*, 77. [Vergl. Nr. 164.]
407. *The vibrations, which heated metals untergo when in contact with cold material.* Davis. *Phil. Mag. XLV*, 296.
408. *The source of the solar heat.* Maxwell Hall. *Phil. Mag. XLIII*, 473.
409. *Sur la chaleur de transformation.* Moutier. *Compt. rend. LXXVI*, 365. — *Phil. Mag. XLV*, 236.
410. *Sur la variabilité apparente de la loi de Dulong et Petit.* Hirn. *Compt. rend. LXXVI*, 191.
411. Ueber die Verbreitung vollkommen elastischer Gase von constanter Temperatur im Raume. Meissel. Grun. Arch. LV, 225.
412. *Sur les vapeurs émises à la même température par un même corps sous deux étals différents.* Moutier. *Compt. rend. LXXVI*, 1077.
413. *On the expansion of superheated vapours.* Herwig. *Phil. Mag. XLV*, 401.

Wahrscheinlichkeitsrechnung.

414. *Sur la statistique judiciaire.* Ern. Liouville. *Journ. mathém XXXVIII*, 145.
415. *Rapport sur le concours pour le prix de statistique, fondation Montyon.* Bienaymé. *Compt. rend. LXXV*, 1306, 1349. — *Journ. mathém. XXXVIII*, 164, 174.
416. *Sur la comparaison des dénombrements de la population française pour* 1866 *et* 1873. Charles Dupin. *Compt. rend. LXXVI*, 21.

Vergl. Methode der kleinsten Quadrate.

Wurzelausziehung.

417. Eine einfache Lösung des Problems $\sqrt[n]{a+bi}$ in der Form $x+yi$ vollständig darzustellen. Simony. Grun. Archiv LV, 72.

Z.

Zahlentheorie.

418. Ueber die Theiler einer Zahl. Hain Grun. Archiv LV, 290.
419. *On negative and fractional unitates.* Walenn. *Phil. Mag. XLVI*, 36.
420. *Sur les résidus de cinquième puissance.* Pépin. *Compt. rend. LXXVI*, 151.

Vergl. Kettenbrüche 324. Quadratische Formen.

INHALT.

Notiz.

Vom 1. Januar 1875 sollen die historischen Abhandlungen der „Zeitschrift für Mathematik und Physik" mit der bisherigen „Literaturzeitung" zu einer besonderen „historisch-literarischen Abtheilung" unter der Redaction von Dr. M. Cantor vereinigt werden. Die Herren Verfasser von historischen Artikeln und Recensionen werden deshalb ersucht, ihre Beiträge direct an Herrn Dr. Cantor, Professor an der Universität Heidelberg, einzusenden, wogegen alle übrigen Artikel an den Unterzeichneten zu adressiren sind.

Dr. O. Schlömilch,
Geh. Schulrath im K. S. Unterrichtsministerium.

CPSIA information can be obtained
at www.ICGtesting.com
Printed in the USA
LVHW040715040423
743358LV00001B/135

9 783382 009731